Colleen McCullough · Günstlinge der Götter

Colleen McCullough

Günstlinge der Götter

Roman

Deutsch von
Helmut Dierlamm, Enrico Heinemann
und Reinhard Tiffert

C. Bertelsmann

Die Originalausgabe erschien 1993 unter dem Titel
»Fortune's Favorites«
bei William Morrow & Co., New York

Umwelthinweis:
Dieses Buch und sein Schutzumschlag
wurden auf chlorfrei gebleichtem Papier gedruckt.
Die vor Verschmutzung schützende Einschrumpffolie ist
aus umweltschonender und recyclingfähiger PE-Folie.

1. Auflage

Satz: Dr. Ulrich Mihr GmbH Tübingen
Druck und Bindung: Graphischer Großbetrieb Pößneck
Printed in Germany
ISBN 3-570-08280-6

Für Lieutenant
Colonel the Reverend
A. Rebecca West
Femina Optima Maxima

TEIL EINS

April 83 v. Chr.
bis Dezember 82 v. Chr.

YOUNG POMPEY

Der Verwalter hielt die Öllampe mit den fünf brennenden Dochten empor, bis sie die beiden Schlafenden auf dem Bett erleuchtete, aber er wußte, daß das Licht nicht hell genug war, um Pompeius zu wecken. Dazu brauchte er dessen Frau.

»*Domina!*«

Verwirrt schlug Antistia die Augen auf – es war nicht üblich, daß Diener Pompeius' Schlafzimmer betraten. Sie vergewisserte sich, daß das Laken ihren Körper züchtig bedeckte, dann setzte sie sich auf.

»Was gibt es? Was ist denn los?«

»Eine dringende Nachricht für den Herrn«, sagte der Verwalter grob. »Weckt ihn und sagt ihm, er solle ins Atrium kommen!« Die Flammen seiner Lampe flackerten und rauchten, als er auf dem Absatz kehrtmachte. Die Tür schloß sich, und Antistia blieb im Dunkeln zurück.

Dieser schreckliche Mensch! Das hatte er absichtlich getan! Zum Glück wußte sie noch, daß ihr Unterkleid am Fußende des Bettes lag. Sie zog es an und rief laut nach Licht.

Pompeius störte das alles nicht. Als Antistia mit einer Lampe in der Hand und eingewickelt in eine warme Decke wieder an das Bett trat, schlief er noch immer. Nicht einmal die Kälte schien er zu spüren, obwohl er bis zur Hüfte nackt dalag.

Bei anderen Gelegenheiten – und aus anderen Gründen – hatte Antistia versucht, ihn wachzuküssen, doch stets vergeblich. Pompeius mußte gerüttelt und geschüttelt werden.

»Was ist denn?« fragte er, setzte sich auf und fuhr mit den Händen durch sein dichtes gelbes Haar. Die Stirnlocke über dem hohen Haaransatz stand keck nach oben, seine blauen Augen musterten Antistia aufmerksam. So war Pompeius: im einen Augenblick wie tot, im nächsten hellwach – ein typischer Soldat. »Was ist los?« fragte er nochmals.

»Im Atrium wartet ein Bote mit einer wichtigen Nachricht auf dich.«

Antistia hatte ihren Satz noch nicht beendet, als Pompeius schon aufgesprungen und in Pantoffeln und Tunika geschlüpft war, ohne darauf zu achten, daß ein Ärmel der Tunika ihm über die sommersprossige Schulter rutschte.

Antistia blieb einen Augenblick unentschlossen stehen. Pompeius hatte den Leuchter nicht mitgenommen – er sah im Dunkeln wie eine Katze –, nichts hinderte sie also, ihm zu folgen. Zwar wußte sie, daß er darüber kaum erfreut sein würde, aber Frauen hatten schließlich ein Anrecht darauf, zu erfahren, was so wichtig war, daß ihre Männer geweckt werden mußten! Also tastete Antistia sich mit ihrer kleinen Lampe durch die Dunkelheit des großen Korridors entlang. Sie bog um eine Ecke und stieg eine Treppe hinunter, und schon war sie der furchteinflößenden gallischen Festung entronnen und befand sich in einer zivilisierten römischen Villa, inmitten freundlicher Farben und schön verputzter Wände.

Diener eilten geschäftig hin und her und hatten überall helle Lichter angezündet. Und da war auch Pompeius. Obgleich nur mit einer Tunika bekleidet, sah er aus wie Mars persönlich. Eine herrliche Gestalt!

Auch er hatte sie bemerkt und hätte ihre Frage vielleicht sogar beantwortet, wäre in diesem Augenblick nicht sichtlich verstört Varro eingetreten. Damit war Antistias Gelegenheit vorüber, von Pompeius zu erfahren, was die ganze Aufregung bedeutete.

»Varro!« rief Pompeius. »Varro!« Er stieß einen Schrei aus, markerschütternd und schauerlich und ganz und gar unrömisch. Genau so hatten einst die Gallier geschrien, als sie über die Alpen geströmt waren und weite Teile Italiens erobert hatten, darunter Picenum, wo Pompeius herstammte.

Antistia zuckte zusammen. Sie sah, daß auch Varro erschrak.

»Was gibt es?«

»Sulla ist in Brundisium gelandet!«

»Brundisium! Woher weißt du das?«

»Das spielt keine Rolle!« Pompeius packte den kleinen Varro

bei den Schultern und schüttelte ihn. »Endlich, Varro! Das Abenteuer hat begonnen.«

»Abenteuer?« Varro starrte ihn an. »So werde doch endlich erwachsen, Magnus! Das hier ist kein Abenteuer, sondern ein Bürgerkrieg, und zwar schon wieder auf italischem Boden!«

»Das ist mir egal!« rief Pompeius wild. »Für mich ist es ein Abenteuer. Wenn du wüßtest, wie sehr ich auf diese Nachricht gewartet habe, Varro! Seit Sullas Abreise ist Italien so zahm wie der Schoßhund einer vestalischen Jungfrau.«

»Und die Belagerung Roms?« Varro unterdrückte ein Gähnen.

Die Begeisterung auf Pompeius' Gesicht erlosch. Er ließ die Hände sinken, trat einen Schritt zurück und sah Varro finster an. »Davon möchte ich lieber nicht sprechen«, sagte er barsch. »Sie haben den nackten Leichnam meines Vaters an einen Esel gebunden und durch die Straßen geschleift!«

Dem armen Varro schoß das Blut in den fast kahlen Schädel. »Bitte verzeih mir, Magnus! Ich wollte nicht ... ich meine, ich würde nie ... ich bin dein Gast, verzeih mir!«

Doch Pompeius lachte bereits wieder und klopfte Varro auf den Rücken. »Es war ja nicht deine Schuld, ich weiß!«

In dem großen Zimmer war es eiskalt; Varro verschränkte frierend die Arme auf der Brust. »Ich breche besser sofort nach Rom auf.«

Pompeius starrte ihn erstaunt an. »Rom? Du gehst nicht nach Rom, du kommst mit mir! Was erwartet dich in Rom? Eine Herde meckernder Schafe und im Senat ein Haufen ständig zankender alter Weiber. Komm mit mir, das ist viel lustiger!«

»Wohin willst du?«

»Ich schließe mich natürlich Sulla an.«

»Dazu brauchst du mich nicht, Magnus. Steige auf dein Pferd und reite los. Ich bin überzeugt, Sulla findet unter seinen jüngeren Militärtribunen einen Platz für dich. Du hast viel Kampferfahrung.«

»Ach Varro!« Pompeius schlug verzweifelt die Hände zusammen. »Ich gehe doch nicht als Militärtribun zu Sulla! Ich bringe ihm drei weitere Legionen! Bin ich denn Sullas Lakai? Nie! Diesmal werde ich sein gleichberechtigter Partner sein.«

Unwillkürlich schnappte Antistia nach Luft und hätte beinahe laut aufgeschrien; dann zog sie sich rasch in eine Ecke des Zimmers zurück, wo ihr Mann sie nicht sehen konnte. Pompeius hatte ihre Anwesenheit schon wieder vergessen, und sie wollte, sie mußte einfach weiter zuhören.

In den zweieinhalb Jahren ihrer Ehe hatte Pompeius Antistias Seite nur einmal länger als einen Tag verlassen. Wie schön war es bisher gewesen, seine ungeteilte Aufmerksamkeit zu genießen! Gekitzelt, gescholten, gezaust, gestreichelt, gebissen, heftig umarmt, hingeworfen ... traumhaft. Wer hätte gedacht, daß sie, Tochter eines Senators von bescheidenem Rang und Vermögen, jenen Gnaeus Pompeius heiraten würde, der sich selbst Magnus nannte, der Große. Reich genug, um jede zu heiraten, Herr über halb Umbria und Picenum und so gutaussehend, daß ihn alle für eine Reinkarnation Alexanders des Großen hielten – was für einen Mann hatte ihr Vater für sie gefunden! Dabei war sie schon fast verzweifelt gewesen, so klein war ihre Mitgift.

Natürlich wußte sie, warum Pompeius sie geheiratet hatte: Er hatte die Hilfe ihres Vaters gebraucht, der zufällig der für die Anklage gegen Pompeius zuständige Richter war. Die Anklage war natürlich frei erfunden gewesen, ganz Rom wußte das. Cinna hatte verzweifelt nach Geld gesucht, um Soldaten anzuwerben, und wollte deshalb das Vermögen des Pompeius an sich reißen. Dem jungen Pompeius wurden Dinge vorgeworfen, für die im Grunde sein Vater Pompeius Strabo verantwortlich war: daß er sich nach der Eroberung der Stadt Asculum Picentum widerrechtlich einen Teil der Beute angeeignet habe, namentlich ein Jagdnetz und einige Stapel Bücher. Kleinigkeiten also. Denn es ging nicht um das Ausmaß des Vergehens, sondern um die Strafe. Wurde Pompeius verurteilt, so war es den Cinna hörigen Geschworenen, die das Strafmaß bestimmten, völlig freigestellt, seinen gesamten Besitz zu pfänden.

Ein richtiger Römer hätte beschlossen, den Fall vor Gericht auszufechten und notfalls die Geschworenen zu bestechen. Nicht so Pompeius, dessen Gesicht den Gallier in ihm verriet. Er hatte es vorgezogen, die Tochter des Richters zu heiraten. Das war im Oktober gewesen, und im Verlauf der Monate November und Dezember hatte Antistias Vater sich als Meister der Untätigkeit erwiesen.

Der Prozeß gegen seinen Schwiegersohn fand nie statt; er wurde hinausgezögert durch schlechte Omen, Vorwürfe der Bestechlichkeit gegenüber den Geschworenen, Senatsversammlungen und verschiedene andere Hindernisse. Schließlich überredete der Konsul Carbo Cinna im Januar, woanders nach dem so dringend benötigten Geld zu suchen. Pompeius' Vermögen war nicht mehr in Gefahr.

Gerade achtzehn, war Antistia mit ihrer Aussteuer zu Pompeius' Besitzungen im Nordosten der italischen Halbinsel gereist und hatte sich in den trutzigen schwarzen Mauern seiner Burg den bräutlichen Freuden hingegeben. Sie war ein hübsches Mädchen, reif für das eheliche Bett, und so war ihr Glück lange Zeit ungetrübt gewesen. Doch dann begann eine nagende Unruhe sie heimzusuchen. Schuld daran war nicht ihr Mann, den sie über alles bewunderte, sondern dessen Gefolge, Diener und andere, die Antistia verachteten und sie dies auch deutlich spüren ließen. Sie hatte das tapfer ertragen – solange Pompeius jeden Abend nach Hause kam. Doch nun wollte er in den Krieg ziehen, wollte Legionen ausheben und für Sulla kämpfen! Was sollte sie tun, wenn ihr geliebter Magnus sie nicht mehr vor den Beleidigungen seiner Leute schützen konnte?

Pompeius versuchte immer noch, Varro zu überreden, sich ebenfalls Sulla anzuschließen, doch der pedantische kleine Mann, der so altklug daherredete, obwohl er erst zwei Jahre im Senat war, wehrte ab.

»Wie viele Truppen hat Sulla denn?« fragte er.

»Fünf Veteranenlegionen, sechstausend Reiter, einige Freiwillige aus Mazedonien und dem Peloponnes und fünf Kohorten Spanier, die dem dreckigen Schwindler Marcus Crassus gehören. Insgesamt etwa neununddreißigtausend Mann.«

Varro rang die Hände. »Ich sage es nochmals, Magnus, werde erwachsen! Ich komme soeben aus Ariminum, wo sich Carbo mit acht Legionen und einer riesigen Reiterei aufhält – und das ist erst der Anfang! Allein in der Campania befinden sich sechzehn weitere Legionen! Drei Jahre lang haben Cinna und Carbo Truppen ausgehoben, und jetzt stehen in Italien und dem italischen Gallien hundertfünfzigtausend Soldaten unter Waffen. Mit ihnen kann Sulla es nicht aufnehmen!«

»Sulla wird sie schlagen«, erwiderte Pompeius ungerührt. »Schließlich bringe ich ihm drei Legionen der kampferprobten Veteranen meines Vaters. Carbos Soldaten sind blutige Anfänger.«

»Du willst tatsächlich ein eigenes Heer aufstellen?«

»Ja.«

»Aber du bist erst zweiundzwanzig, Magnus. Du kannst nicht erwarten, daß die Veteranen deines Vaters in deine Dienste treten!«

»Warum nicht?« Pompeius war ehrlich erstaunt.

»Du bist noch acht Jahre zu jung, um dich für den Senat zu qualifizieren, und Konsul kannst du erst in zwanzig Jahren werden. Selbst wenn die Soldaten deines Vaters in deine Dienste treten würden, es wäre absolut ungesetzlich, sie darum zu bitten. Du bist ein einfacher Bürger, und Bürger heben keine Heere aus.«

»Die Regierung Roms ist seit drei Jahren ungesetzlich«, gab Pompeius zurück. »Cinna war viermal Konsul, Carbo zweimal, Marcus Gratidianus war zweimal Stadtprätor. Fast die Hälfte des Senats wurde geächtet, Appius Claudius wurde verbannt, obwohl er ein gültiges Statthalteramt hatte, und Fimbria trifft in Kleinasien Vereinbarungen mit König Mithridates – das ist doch alles ein Witz!«

Varro brachte es fertig, wie ein gekränktes Maultier dreinzuschauen, was für einen Sabiner der Rosea Rura nicht sonderlich schwierig war, denn Maultiere gab es dort reichlich. »Die Angelegenheit muß durch eine neue Verfassung gelöst werden«, sagte er.

Pompeius lachte laut heraus. »Ach Varro, du bist ein hoffnungsloser Phantast! Wenn diese Angelegenheit durch eine neue Verfassung gelöst werden könnte, würden dann hundertfünfzigtausend Soldaten in Italien und im italischen Gallien stehen?«

Wieder rang Varro die Hände, doch dann gab er sich geschlagen. »Also gut, ich komme mit.«

Pompeius strahlte, legte den Arm überschwenglich um Varros Schultern und schob ihn in Richtung des Korridors, der zu seinen Gemächern führte. »Wunderbar!« rief er. »Du wirst die Geschichte meiner ersten Feldzüge schreiben; schließlich hast du einen besseren Stil als dein Freund Sisenna. Ich bin der bedeutendste Mann unserer Zeit und verdiene es, einen eigenen Geschichtsschreiber an meiner Seite zu haben.«

Doch Varro behielt das letzte Wort. »Der bedeutendste Mann, in der Tat! Deshalb nennst du dich wohl auch Magnus? Ich bin beeindruckt!« Er schnaubte. »Der Große! Mit zweiundzwanzig Jahren! Dein Vater konnte sich lediglich nach seinen schielenden Augen nennen!«

Aber Pompeius hörte diese Spitze nicht mehr, denn er war vollauf damit beschäftigt, dem Verwalter und dem Waffenmeister eine Reihe von Befehlen zu erteilen.

Auf einmal war das Atrium wieder leer. Nur Pompeius stand noch da. Und Antistia. Er trat zu ihr.

»Du dummes kleines Kätzchen, du wirst dir eine Erkältung holen«, schalt er und küßte sie zärtlich. »Marsch ab ins Bett, mein Schatz.«

»Kann ich dir nicht beim Packen helfen?« Ihre Stimme hatte einen verzweifelten Unterton.

»Das tun meine Leute für mich. Aber du darfst zusehen.«

Ein Diener mit einem schweren Armleuchter ging ihnen voraus. An Pompeius geschmiegt und immer noch die kleine Lampe in der Hand, betrat Antistia die Kammer, in der sich die Rüstungen ihres Mannes befanden. Es war eine beeindruckende Sammlung. Nicht weniger als zehn Brustpanzer aus Gold, Silber, Stahl und Leder, an denen mit Riemen verschiedene Auszeichnungen befestigt waren, hingen an Stangen, und an Haken in der Wand waren Schwerter und Helme, Ledergürtel und wattierte Unterkleider aufgemacht.

»Bleib hier, Mäuschen, und sei schön artig!« Pompeius hob seine Frau wie eine Feder auf und setzte sie auf zwei aufeinandergestellte große Truhen, so daß ihre Beine in der Luft baumelten.

Dort vergaß er sie. Mit seinen Dienern ging er jeden einzelnen Gegenstand durch: Was war nützlich, was nötig? Als Pompeius alle Truhen der Kammer durchwühlt hatte, setzte er seine Frau achtlos auf einen anderen Platz, um auch noch die Truhen zu durchstöbern, auf denen sie gesessen hatte. Den wartenden Sklaven warf er dies und jenes zu, und er redete dabei so heiter mit sich selbst, daß Antistia jede Hoffnung verlor, er werde sie, das Haus oder das Leben als Zivilist vermissen. Natürlich hatte sie schon immer gewußt, daß er zuallererst Soldat war und die herkömmlichen Interessen anderer Männer seines Ranges wie Rhetorik, Rechtsgelehrsamkeit, Regierungsgeschäfte, Versammlungen und die Ränke und Intrigen der Politik nicht teilte und sogar verachtete. Wie oft hatte sie ihn sagen hören, er werde sich auf seinem Speer in den elfenbeinernen Amtsstuhl des Konsuls schwingen, nicht mit schönen Reden! Jetzt ging er also daran, seinen Vorsatz in die Tat umzusetzen. Er zog wie vor ihm sein Vater in den Krieg. Sobald der letzte Sklave vollbeladen davongewankt war, glitt Antistia von ihrer Truhe und stellte sich vor ihren Gatten hin.

»Bevor du gehst, muß ich mit dir reden, Magnus.«

Es war offensichtlich, daß Pompeius das als eine reine Zeitverschwendung ansah, doch er blieb stehen. »Was ist denn?«

»Wie lange wirst du fort sein?«

»Keine Ahnung«, erwiderte er fröhlich.

»Mehrere Monate? Ein Jahr?«

»Einige Monate vermutlich. Sulla wird Carbo schnell besiegen.«

»Dann möchte ich nach Rom zurückkehren und während deiner Abwesenheit im Haus meines Vaters wohnen.«

Pompeius schüttelte den Kopf. »Auf keinen Fall. Während ich mit Sulla gegen Carbo Krieg führe, spaziert meine Frau nicht in Carbos Rom herum. Du bleibst hier.«

»Deine Diener und alle anderen Leute hier mögen mich nicht. Ich werde es schwerhaben, wenn du nicht da bist.«

»Unsinn«, gab er zurück und wollte gehen.

Doch Antistia war entschlossen, sich nicht abwimmeln zu lassen. »Bitte, liebster Gatte, höre mir nur ein paar Minuten zu. Ich weiß, Zeit ist wertvoll, aber immerhin bin ich deine Frau.«

Pompeius seufzte. »Also gut, aber fasse dich kurz!«

»Ich kann unmöglich hier bleiben!«

»Doch, das kannst du.« Er trat von einem Fuß auf den andern.

»Sobald du fort bist, Magnus – und sei es auch nur für wenige Stunden –, behandeln deine Leute mich unfreundlich. Ich habe mich nie beklagt, weil du immer gut zu mir warst und mich bis auf das eine Mal, als du zu Cinna nach Ancona gingst, nie verlassen hast. Doch jetzt werde ich ganz allein sein, weil es in diesem Haushalt keine andere Frau gibt. Es wäre wirklich besser, wenn ich bis zum Ende des Krieges im Haus meines Vaters wohnen könnte.«

»Kommt nicht in Frage. Dein Vater steht auf Carbos Seite.«

»Nein. Er ist sein eigener Herr.«

Nie zuvor hatte sie sich ihm so energisch widersetzt oder ihm auch nur widersprochen. Pompeius reagierte gereizt. »Sieh mal, Antistia, ich habe Gescheiteres zu tun, als hier mit dir herumzustreiten. Du bist meine Frau, und du bleibst hier in meinem Haus.«

»Wo dein Verwalter mich verhöhnt und mich im Dunkeln sitzen läßt, wo ich keine eigenen Diener habe und niemanden, der mir Gesellschaft leistet.« Sie versuchte, ruhig und vernünftig zu klingen, doch allmählich geriet sie in Panik.

»Das ist doch völliger Unsinn!«

»Nein, Magnus. Ich weiß nicht, warum alle auf mich herabsehen, aber sie tun es.«

»Natürlich tun sie das!« Ihre Begriffsstutzigkeit ärgerte ihn.

Ihre Augen weiteten sich. »Natürlich? Wie meinst du das?«

Er zuckte die Achseln. »Meine Mutter war eine Lucilia. Meine Großmutter auch. Und du, was bist du?«

»Eine gute Frage. Was bin ich?«

Er merkte, daß sie aufgebracht war, und wurde gleichfalls wütend. Er schickte sich an, in seinen ersten großen Krieg zu ziehen, und diese unbedeutende Person erdreistete sich, ihm eine Szene zu machen. Hatten Frauen denn überhaupt keinen Verstand? »Du bist meine erste Frau«, sagte er.

»Deine erste Frau?«

»Noch.«

»Ach so.« Nachdenklich sah sie ihn an. »Du meinst, du hast nur die Tochter des Richters geheiratet.«

»Das hast du doch gewußt.«

»Aber es ist lange her. Ich dachte, du hättest mich in der Zwischenzeit liebgewonnen. Und ich komme aus einer Senatorenfamilie, unsere Heirat war durchaus standesgemäß.«

»Wenn du einen gewöhnlichen Mann geheiratet hättest, ja. Doch für mich bist du nicht gut genug.«

»Woher dieser Dünkel, Magnus? Hast du dich deshalb nie in mich ergossen? Weil ich nicht gut genug bin, deine Kinder zu gebären?«

»Ja«, schrie er und wollte das Zimmer verlassen.

Sie folgte ihm mit ihrer kleinen Lampe, so verärgert, daß sie sich nicht darum kümmerte, ob ihnen jemand zuhörte. »Ich war gut genug, um dir zu helfen, als Cinna hinter deinem Geld her war!«

»Darüber haben wir bereits gesprochen«, sagte er und ging schneller.

»Wie vorteilhaft für dich, daß Cinna tot ist!«

»Vorteilhaft für Rom und alle guten Römer.«

»Du hast Cinna umbringen lassen!«

Laut hallten ihre Worte durch den steinernen Korridor, der breit genug für eine ganze Armee war. Pompeius blieb abrupt stehen.

»Cinna starb während eines Saufgelages.«

»In Ancona – deiner Stadt, Magnus! Deiner Stadt! Kurz nachdem du ihn dort besucht hast!« schrie sie.

Einen Augenblick lang war es totenstill, dann fand sie sich plötzlich an die Wand gepreßt. Pompeius hatte die Hände um ihren Hals gelegt, jedoch ohne zuzudrücken.

»Das sagst du nicht noch einmal«, flüsterte er.

»Mein Vater sagt das«, würgte sie heraus. Ihre Kehle war trokken.

Der Griff um ihren Hals wurde fester. »Dein Vater mochte Cinna nicht. Aber gegen Carbo hat er nichts, weshalb es ein Vergnügen für mich wäre, ihn zu töten. Doch dich zu töten, wäre kein Vergnügen. Ich bringe keine Frauen um. Aber hüte deine Zunge, Antistia. Ich bin an Cinnas Tod nicht schuld; es war ein Unfall.«

»Ich will nach Rom zu meinen Eltern!«

Pompeius ließ sie los und gab ihr einen Stoß. »Die Antwort lautet nein. Und jetzt laß mich in Ruhe!«

Er rief nach dem Verwalter und verschwand. Antistia hörte, wie er dem widerwärtigen Menschen befahl, dafür zu sorgen, daß sie die nähere Umgebung der Burg nicht verließ, solange er im Krieg war. Zitternd ging Antistia ins Schlafzimmer zurück, das sie zweieinhalb Jahre lang mit Pompeius geteilt hatte. Als dessen erste Frau. Die nicht gut genug war, ihm Kinder zu gebären. Wie oft hatte sie sich gefragt, weshalb er sich, wenn sie sich liebten, stets vorzeitig zurückzog.

Antistia traten die Tränen in die Augen. Wenn sie jetzt anfing zu weinen, würde sie stundenlang nicht aufhören können. Die jähe Enttäuschung einer noch nicht erloschenen Liebe war schrecklich.

Wieder hörte sie in der Ferne einen markerschütternden barbarischen Schrei und dann Pompeius' Stimme. »Auf in den Krieg! Sulla ist in Italien, es ist Krieg!«

Kurz nach Tagesanbruch führte Pompeius in glitzernder silberner Rüstung und begleitet von seinem achtzehnjährigen Bruder und Varro eine kleine Gruppe von Schreibern zum weiträumigen Marktplatz von Auximum. Er stellte die Standarte seines Vaters auf, auf der ein Specht abgebildet war, und wartete ungeduldig, bis die Schreiber sich hinter einigen auf Böcken ruhenden Tischen versammelt hatten und alle Schreibfedern gespitzt waren, Papier bereitlag und Tinte in schweren Steinbehältern aufgelöst war.

Inzwischen hatte sich auf dem Platz und den angrenzenden Straßen und Gassen eine große Menschenmenge versammelt. Behende sprang Pompeius auf ein behelfsmäßiges Podium unter der Standarte. »Wir sind am Ziel!« schrie er. »Lucius Cornelius Sulla ist in Brundisium gelandet und fordert, was ihm zusteht: ein Imperium, einen Triumph und das Privileg, seinen Lorbeer Jupiter Optimus Maximus auf dem Kapitol in Rom zu Füßen legen zu dürfen! Im vergangenen Jahr hat ein anderer Lucius Cornelius – der sogenannte Cinna – versucht, nicht weit von hier die Veteranen meines Vaters für sich zu gewinnen. Es gelang ihm nicht; er mußte sterben. Heute seht ihr mich vor euch stehen, und ich sehe viele Veteranen meines Vaters vor mir. Ich bin sein Erbe! Seine Leute sind auch meine. Seine Vergangenheit ist meine Zukunft. Ich ziehe nach Brundisium und kämpfe für Sulla, denn er ist im Recht. Wer von euch begleitet mich?«

Er drückt sich kurz und einfach aus, dachte Varro voller Bewunderung. Vielleicht hatte Pompeius recht, wenn er sich mit dem Speer und nicht mit schönen Reden auf den Elfenbeinstuhl des Konsuls schwingen wollte. Die Männer folgten seiner Rede begeistert. Er hatte kaum geendet, da redeten die Frauen bereits davon, daß ihre Männer und Söhne bald in den Krieg ziehen würden; einige rangen bei dem Gedanken verzweifelt die Hände. Andere gingen unverzüglich daran, Kleidersäcke mit Tuniken und Socken zu füllen, wieder andere blickten beflissen zu Boden, damit niemand sah, wie sie verschlagen lächelten. Die Männer schoben aufgeregte Kinder aus dem Weg und drängten sich um die Tische der Schreiber. Wenige Augenblicke später begannen diese eifrig zu schreiben.

Varro beobachtete den Trubel von seinem erhöhten Platz auf den Stufen des alten Picus-Tempels. Waren diese Männer einem Aufruf Pompeius Strabos genauso begeistert gefolgt? Nein. Strabo war unnahbar gewesen, ein strenger Führer, wenngleich ein ausgezeichneter Soldat. Sie hatten ihm gutwillig, aber ohne Begeisterung gedient. Bei seinem Sohn war das offensichtlich anders. Er ist ein Phänomen, dachte Varro. Die Myrmidonen hätten nicht fröhlicher für Achilles in den Kampf ziehen können, und auch nicht die Mazedonier für Alexander den Großen. Sie liebten ihn! Er war ihr Vorbild, ihr Glücksbringer, ihr Sohn und ihr Vater.

Eine massige Gestalt setzte sich auf die Stufen neben ihn, und als Varro den Kopf wandte, sah er ein rotes Gesicht und üppige rote Haare. Intelligente blaue Augen musterten ihn, den einzigen Fremden weit und breit.

»Wer bist du?« fragte der rote Riese.

»Ich heiße Marcus Terentius Varro und bin ein Sabiner.«

»Ein Sabiner wie wir? Na, das ist jedenfalls schon lange her.« Er deutete mit seiner schwieligen Hand auf Pompeius. »Sieh ihn dir an! Wie haben wir auf diesen Tag gewartet, Sabiner. Ist er nicht der Busenfreund der Götter?«

Varro lächelte. »Ich würde es zwar anders ausdrücken, aber ich weiß, was du meinst.«

»Ah! Du bist nicht nur ein Herr mit drei Namen, du bist auch noch gebildet. Wohl ein Freund von ihm?«

»Möglich.«

»Und was treibst du, um deinen Lebensunterhalt zu verdienen?«

»In Rom bin ich Senator, in Reate züchte ich Stuten.«

»Stuten? Keine Maulesel?«

»Es ist einträglicher, Stuten zu züchten als ihre gemischte Nachkommenschaft. Ich besitze Land in der Rosea Rura und auch einige Zuchtesel.«

»Und wie alt bist du?«

»Zweiunddreißig.« Varro amüsierte sich königlich.

Plötzlich hörte der Riese auf zu fragen. Er legte sich so hin, daß er den Ellbogen auf die Stufe über ihm aufstützen konnte, dann streckte er seine langen Beine aus und kreuzte sie. Fasziniert sah der schmächtige Varro schmutzige Zehen, die fast so lang waren wie seine Finger.

»Und wie heißt du?« fragte er und fiel dabei unwillkürlich in die lokale Mundart.

»Quintus Scaptius.«

»Hast du dich anwerben lassen?«

»Alle Kriegselefanten Hannibals hätten mich nicht davon abhalten können.«

»Dann bist du ein Veteran?«

»Ich bin als Siebzehnjähriger in die Armee seines Vaters eingetreten. Das war vor acht Jahren, aber ich habe schon an zwölf Feldzügen teilgenommen, ich müßte also nicht mehr dienen, wenn ich nicht wollte.«

»Aber du willst?«

»Hannibals Elefanten, Marcus Terentius, Hannibals Elefanten!«

»Dann bist du wohl Zenturio?«

»Vielleicht in diesem Feldzug.«

Während sie sich unterhielten, blickten Varro und Scaptius unverwandt auf Pompeius, der vor einem der Tische stand und immer wieder Männer aus der Menge freudig begrüßte.

»Er sagt, er will noch diesen Monat losmarschieren«, sagte Varro, »aber das kann ich mir nicht vorstellen. Zugegeben, er hat erfahrene Soldaten, aber woher bekommt er Waffen und Rüstungen? Woher Lastesel, Wagen und Nahrungsmittel? Und woher das Geld, um alles zu finanzieren?«

Scaptius grunzte, offensichtlich amüsiert. »Darum braucht er sich nicht zu sorgen! Als der Krieg gegen die Italiker ausbrach, teilte sein Vater Waffen und Rüstungen an uns alle aus, und nach seinem Tod befahl der Junge uns, sie zu behalten. Jeder bekam einen Maulesel, und die Zenturionen erhielten Karren und Ochsen, damit wir bereit sein würden, wenn es wieder soweit war. Und in unseren Speichern lagern genug Weizen und andere Nahrungsmittel; unsere Frauen und Kinder werden also nicht verhungern.«

»Und das Geld?« fragte Varro leise.

»Geld?« Scaptius schnaubte verächtlich. »Wir haben seinem Vater gedient, ohne viel Geld zu bekommen. Früher gab es nicht viel Geld. Wenn er welches hat, wird er es uns geben. Wenn nicht, kommen wir auch ohne aus. Er ist ein guter Herr.«

»Ich weiß.«

Varro verfiel wieder in Schweigen und betrachtete Pompeius mit neuem Interesse. Die Unabhängigkeit Pompeius Strabos im Bundesgenossenkrieg war zur Legende geworden: Er hatte es verstanden, seine Legionen zusammenzuhalten, auch wenn ihm befohlen worden war, sie aufzulösen, und dadurch den Lauf der Ereignisse in Rom beeinflußt. Als Cinna nach dem Tod des Gaius Marius die Bücher der Schatzkammer durchgesehen hatte, hatte er festgestellt, daß keine größeren Beträge ausbezahlt worden waren. Jetzt wußte Varro auch, warum Pompeius Strabo gar nicht daran gedacht hatte, seine Truppen zu bezahlen. Warum auch, wenn sie ihm praktisch gehörten?

In diesem Augenblick verließ Pompeius seinen Platz vor dem Tisch und kam zu ihnen.

»Ich muß los, um einen Lagerplatz zu finden«, sagte er zu Varro. Dann grinste er den Herkules an Varros Seite breit an. »Wie ich sehe, bist du früh eingetroffen, Scaptius.«

Scaptius erhob sich schwerfällig. »Ja, Magnus. Ich gehe jetzt nach Hause und hole meine Rüstung.«

Alle nannten ihn also Magnus! Varro stand auf. »Ich komme mit dir, Magnus.«

Die Menge zerstreute sich, und nach und nach kehrten die Frauen wieder auf den Marktplatz zurück. Die Händler konnten nun endlich ihre Marktbuden aufstellen, und Sklaven schleppten die Waren herbei. Berge schmutziger Wäsche wurden auf dem Pflaster um den großen Brunnen vor dem Schrein der Laren abgeladen, und zwei Mädchen schürzten die Röcke und wateten in das seichte Wasser. Eine Stadt wie jede andere, dachte Varro, als er Pompeius folgte. Sonne und Staub, ein paar schattige Bäume, summende Insekten, das Gefühl, daß alles schon immer so gewesen ist, und Menschen, die viel zuviel voneinander wußten. Es gab keine Geheimnisse in Auximum!

»Ein wilder Menschenschlag«, sagte Varro zu Pompeius, als sie den Marktplatz verließen und zu ihren Pferden gingen.

»Es sind Sabiner, Varro, genau wie du, auch wenn sie vor Jahrhunderten aus dem Gebiet östlich der Apenninen gekommen sind.«

»Nicht ganz so wie ich.« Varro ließ sich von einem Stallburschen des Pompeius in den Sattel helfen. »Ich mag zwar Sabiner sein, doch bin ich weder von Natur noch von meiner Ausbildung her Soldat.«

»Aber du hast doch im Bundesgenossenkrieg gedient.«

»Schon. Ich war ja bei sechs Feldzügen dabei. Wie schnell das damals ging! Doch seit dem Ende des Krieges habe ich weder Schwert noch Kettenpanzer getragen.«

Pompeius lachte. »Du redest wie mein Freund Cicero.«

»Marcus Tullius Cicero? Der geniale Anwalt?«

»Ja. Er haßte den Krieg. Mein Vater konnte nicht verstehen, daß Cicero einfach nicht dafür geschaffen war. Doch er war trotzdem ein guter Kamerad. So hielten wir meinen Vater bei Laune, ohne ihm zuviel erzählen zu müssen.« Pompeius seufzte. »Als Asculum Picentum fiel, wollte er unbedingt unter Sulla in der Campania dienen. Ich habe ihn vermißt!«

Innerhalb von zwei Marktwochen hatte Pompeius seine drei Freiwilligenlegionen in einem gut befestigten Lager fünf Meilen von Auximum entfernt am Ufer eines Nebenflusses des Aesis untergebracht. Im Lager wurde streng auf Hygiene geachtet. Pompeius Strabo hatte als Mensch ländlicher Herkunft im Hinblick auf Jauchegruben, Latrinen, Abfallbeseitigung und Abwasserkanalisation immer dasselbe getan: Wenn der Gestank unerträglich wurde, zog er weiter. Deshalb war er vor der römischen Porta Collina am Fieber gestorben, und die Bewohner des Viminal und des Quirinal, deren Quellen von seinen Abfällen verschmutzt waren, hatten seine Leiche aus Rache grausam geschändet.

Gebannt beobachtete Varro, wie das Heer seines jungen Freundes Gestalt annahm, und er staunte über Pompeius' Geschick in Fragen der Organisation. Keine Einzelheit, so unbedeutend sie auch sein mochte, wurde übersehen, und trotzdem schritt das große Unternehmen rasch und reibungslos voran. Ich gehöre zum kleinen Kreis der Vertrauten eines wahren Genies, dachte Varro. Pompeius wird den Lauf der Welt und unsere Einstellung zu ihr ändern. Er kennt keine Angst, und sein Selbstbewußtsein ist grenzenlos.

Allerdings hatten auch schon andere vor Beginn einer Schlacht Großes vollbracht. Was würde Pompeius tun, wenn der Krieg richtig begann, wenn er auf Widerstand stieß, wenn er sich Carbo oder Sertorius, nein, Sulla selbst gegenübersah? Das würde die wahre Prüfung sein! Ob als Parteigänger oder Gegner, das Verhältnis zwischen dem alten und dem jungen Stier würde die Zukunft des jungen bestimmen. Würde er sich beugen? Konnte er sich beugen? Wie sah die Zukunft eines jungen Mannes aus, der so sicher und selbstbewußt war? Gab es irgendeine Kraft oder irgendeinen Menschen auf der Welt, der seinen Willen brechen konnte?

Nach Pompeius' Überzeugung bestimmt nicht. Obwohl nicht mystisch veranlagt, hatte er instinktive Vorstellungen von sich selbst. Seine Unbesiegbarkeit, Unverwundbarkeit und Unverletzlichkeit schrieb er seinem glücklichen Schicksal zu. Er glaubte, es fließe nicht nur Götterblut in seinen Adern, sondern es umgebe ihn auch eine Art göttlicher Schutz. Von Kindheit an hatte er von großen Taten geträumt. Im Geist hatte er zehntausend Schlachten geschlagen, war hundert Male im Triumphwagen gefahren und hatte wie ein Mensch gewordener Jupiter über Rom geherrscht, das ihm als dem bedeutendsten Menschen aller Zeiten zu Füßen lag.

Doch von anderen Träumern unterschied sich Pompeius dadurch, daß er die Welt zugleich mit scharfem Verstand betrachtete, sämtliche Möglichkeiten und Wahrscheinlichkeiten berücksichtigte und keiner Tatsache auswich, ob sie nun so groß war wie ein Berg oder so klein wie ein Tropfen klaren Wassers. Seine großartigen Tagträume waren der geistige Amboß, auf dem er die Wirklichkeit schmiedete und den Gegebenheiten des tatsächlichen Lebens anpaßte.

Er stellte also Zenturien, Kohorten und Legionen auf, bildete Soldaten aus und inspizierte ihre Ausrüstung. Er sonderte Tragtiere aus, die zu alt waren, und ließ die Achsen der Wagen auf ihre Festigkeit prüfen, indem er sie etwa in vollem Tempo über die holprige Furt unterhalb des Lagers jagte. Alles mußte vollkommen sein.

Zwölf Tage nachdem Pompeius begonnen hatte, seine Truppen zusammenzustellen, kam Nachricht aus Brundisium: Sulla marschiere auf der Via Appia Richtung Rom und werde in jedem

Dorf und in jeder Stadt jubelnd empfangen. Der Bote berichtete Pompeius auch, Sulla habe seinen Soldaten einen persönlichen Treueid abverlangt. Wer in Rom je an Sullas Entschlossenheit gezweifelt hatte, daß er einer künftigen Verfolgung wegen Hochverrats zuvorkommen werde, wurde eines Besseren belehrt: Jetzt, da Sullas Heer geschworen hatte, dem Feldherrn auch gegen Rom die Treue zu halten, schien der Krieg unausweichlich.

Sullas Soldaten, fuhr der Bote fort, hätten ihrem Feldherrn ihr ganzes Geld angeboten, damit er, während sie durch Calabria und Apulia zogen, für jedes Weizenkorn und alles Gemüse und Obst, das sie verzehrten, bezahlen könne. Kein Groll der Bauern sollte das Kriegsglück ihres Feldherrn verderben. Es sollte kein Blutbad geben und keine verwüsteten Felder, keine Vergewaltigungen und keine hungernden Kinder. Alles sollte nach Sullas Wunsch geschehen, und er könnte sie später entlohnen, wenn er Herr über Italien und Rom war.

Pompeius war enttäuscht, daß der Süden der Halbinsel Sulla mit solchem Jubel empfing. Er hatte gehofft, Sulla werde in Schwierigkeiten geraten und ihn dringend brauchen, wenn er mit seinen drei Legionen bei ihm eintraf. Damit war jetzt nicht mehr zu rechnen, und es blieb ihm nichts anderes übrig, als seine Pläne der Situation anzupassen.

»Wir marschieren an der Küste bis Buca, dann landeinwärts nach Beneventum«, sagte er zu den drei Zenturionen, die seine Legionen befehligten. Befehlshaber der Legionen hätten eigentlich adlige Militärtribunen sein müssen. Pompeius hätte solche auch gefunden, doch hätten sie sein Recht, eine Armee zu befehligen, in Frage gestellt. Deshalb hatte er es vorgezogen, seine Offiziere aus seinen eigenen Leuten zu wählen, auch wenn gewisse hochgeborene Römer dies bestimmt beanstanden würden.

»Wann brechen wir auf?« fragte Varro.

»Acht Tage vor Ende des Monats April.«

Da betrat Carbo den Schauplatz, und Pompeius mußte seine Pläne nochmals ändern. Gnaeus Papirius Carbo, zweimaliger Konsul Roms und jetziger Statthalter über das italische Gallien, lagerte mit seinen acht Legionen und seiner Reiterei vor den Toren Ariminums am Adriatischen Meer. Die Stadt lag strategisch sehr günstig: Von dort konnte Carbo in drei Richtungen vorrücken: auf der Via Aemilia durch das italische Gallien in Richtung der westlichen Alpen, entlang der Adriatischen Küste nach Brundisium und auf der Via Flaminia nach Rom.

Seit achtzehn Monaten wußte er, daß Sulla kommen würde, und dann mußte er nach Brundisium. Andererseits gab es in Rom immer noch zu viele Männer, die sich zu gegebener Zeit Sulla anschließen würden, obwohl sie vorgaben, völlig neutral zu sein. Diese Männer waren in der Lage, die derzeitige Regierung zu stürzen, deshalb kam auch Rom als Ziel in Frage. Carbo wußte außerdem, daß Metellus Pius das Ferkel in Liguria gelandet war. Metellus befehligte zwei gute Legionen, die er mitgenommen hatte, als er von Carbos Anhängern aus der Provinz Africa vertrieben worden war. Er würde sich bestimmt Sulla anschließen, sobald er von dessen Ankunft erfuhr, und dadurch wurde auch das italische Gallien verwundbar.

Sechzehn Legionen standen zwar in der Campania, viel näher bei Brundisium als Carbos Truppen. Doch wie verläßlich waren die Konsuln dieses Jahres, Norbanus und Scipio Asiagenus? Ende des vergangenen Jahres war er von zwei Dingen überzeugt gewesen: daß Sulla im Frühjahr ankommen werde und daß Rom Sulla eher Widerstand leisten werde, wenn er, Carbo, nicht dort war. Deshalb hatte er dafür gesorgt, daß seine beiden treuen Anhänger Norbanus und Scipio Asiagenus zu Konsuln gewählt wurden, und sich dann selbst zum Statthalter des italischen Gallien ernannt, um von dort die Lage kontrollieren zu können. Zumindest theoretisch hatte er eine gute Wahl getroffen: Weder Norbanus noch Scipio Asiagenus konnten auf Sullas Gnade hoffen. Norbanus war ein ehemaliger Klient des Gaius Marius, Scipio Asiagenus war während des Bundesgenossenkrieges als Sklave verkleidet aus Aesernia geflohen, wofür Sulla ihn verachtete. Aber waren die beiden stark genug? Würden sie ihre sechzehn Legionen wie Feldherren einsetzen und ihre Chancen nützen?

Überrascht hatte Carbo, daß Pompeius Strabos Sohn, kaum dem Kindesalter entwachsen, schon die Kühnheit hatte, drei Veteranenlegionen seines Vaters auszuheben und sich Sulla anzuschließen. Nicht daß Carbo den jungen Mann ernst nahm. Es waren die drei Veteranenlegionen, die ihm Sorgen bereiteten. Sobald Sulla über sie verfügte, würde er sie erfolgreich einsetzen.

Carbos Quästor, der tapfere Gaius Verres, hatte die Nachricht von Pompeius' geplantem Feldzug überbracht.

Carbo runzelte die Stirn. »Der Bursche muß gestoppt werden, ehe er Unheil anrichtet«, sagte er. »Ich hoffe nur, Metellus Pius verläßt Liguria nicht, während ich gegen den jungen Pompeius ziehe, und die Konsuln sind Sulla gewachsen.«

»Mit Pompeius bist du schnell fertig«, sagte Gaius Verres überzeugt.

»Ganz meine Meinung, aber das macht ihn nicht weniger lästig«, sagte Carbo. »Schicke mir jetzt die Legaten.«

Die Legaten waren schwer zu finden. Während Verres von einem Teil des riesigen Lagers zum anderen eilte, gingen ihm die verschiedensten Dinge durch den Kopf. Der Gedanke an Sulla ließ ihm keine Ruhe. Er war zwar noch nie mit diesem zusammengekommen – schließlich war sein Vater nur ein bescheidener Hinterbänkler im Senat, und im italischen Krieg hatte er zuerst unter Gaius Marius und dann unter Cinna gedient. Doch erinnerte er sich daran, wie Sulla bei seiner Amtseinführung als Konsul ausgesehen hatte und wie beeindruckt er damals von dessen Erscheinung gewesen war. Von Natur aus nicht kriegerisch veranlagt, hatte Verres nicht daran gedacht, sich Sullas Feldzug im Osten anzuschließen; im Rom Cinnas und Carbos ließ sich gut leben. Verres wollte sein, wo das Geld war, denn er hatte einen kostspieligen Geschmack in Sachen Kunst und war sehr ehrgeizig. Erst jetzt, als er Carbos Legaten suchte, begann er sich zu fragen, ob es nicht an der Zeit war, ins andere Lager überzuwechseln.

Mit dem alten Jahr war Gaius Verres' offizielle Amtszeit als Quästor zu Ende gegangen, und er hatte es Carbo zu verdanken, daß er seinen Posten noch innehatte. Carbo hatte ihn zum Quästor ernannt und war so zufrieden mit ihm gewesen, daß er seine Dienste auch im italischen Gallien nicht entbehren wollte. Als Quästor war er für die Gelder und Konten seines Vorgesetzten zuständig und hatte für Carbo beim Schatzamt die Summe von mehr als zwei Millionen Sesterzen erwirkt. Carbo sollte damit seine Soldaten bezahlen und verpflegen, außerdem sich selbst, den Legaten,

Dienern und Quästoren einen angemessenen Lebensstil ermöglichen.

Obwohl der April noch nicht vergangen war, waren bereits über anderthalb Millionen Sesterzen ausgegeben, was bedeutete, daß Carbo das Schatzamt in Kürze um mehr Geld bitten mußte. Carbos Legaten führten ein luxuriöses Leben, und er selbst bediente sich schon seit langem nach Belieben öffentlicher Gelder. Auch Gaius Verres hatte seine Hände tief in die Geldsäcke gesteckt. Bisher waren seine Unterschlagungen niemandem aufgefallen, und jetzt gab es keine Veranlassung mehr, sich zurückzuhalten. Sobald Carbo auszog, um die drei Veteranenlegionen des Pompeius niederzuschlagen, würde er verschwinden. Denn es war an der Zeit, das Lager zu wechseln.

In der Morgendämmerung des darauffolgenden Tages zog Carbo mit vier Legionen, jedoch ohne Reiterei, gegen Strabos Sohn ins Feld. Die Sonne stand noch nicht hoch, als auch Gaius Verres aufbrach, nur begleitet von seinen Dienern. Verres folgte Carbo nicht nach Süden, sondern wandte sich nach Ariminum, wo Carbos Geld in den Gewölben eines ortsansässigen Bankiers lagerte. Nur zwei Personen waren berechtigt, das Geld zu holen: Statthalter Carbo und sein Quästor. Verres ließ sich achtundvierzig Ledersäcke mit jeweils einem halben Talent aushändigen und lud sie auf die von ihm gemieteten zwölf Maulesel. Er brauchte nicht einmal einen Grund vorzubringen, warum er das Geld holte. Die Nachricht von Sullas Landung hatte sich in Windeseile in Ariminum verbreitet, und der Bankier wußte, daß Carbo mit der Hälfte seines Heeres unterwegs war.

Es war noch lange nicht Mittag, als Gaius Verres die Stadt mit sechshunderttausend Sesterzen aus Carbos Kriegskasse verließ. Er ritt zunächst auf einem Umweg zu seinem eigenen Anwesen im oberen Tal des Tiber und begab sich dann auf die Suche nach Sulla.

Carbo marschierte inzwischen, ohne zu wissen, daß Verres sich aus dem Staub gemacht hatte, an der Adriatischen Küste entlang auf das Lager des Pompeius in der Nähe des Aesis zu.

Er war so siegesgewiß, daß er sich Zeit ließ und auch keine Vorkehrungen traf, sein Kommen zu verheimlichen. Das ganze Unternehmen würde lediglich eine Übung für seine zumeist unerfahrenen Soldaten sein. Zwar klang es furchterregend, daß drei Legionen von Pompeius Strabos Veteranen sie erwarteten, aber Carbo war erfahren genug, um zu wissen, daß eine Armee nur so gut war wie ihr Befehlshaber. Und der Befehlshaber dieser Armee war noch ein Kind! Ihn zu besiegen, war deshalb ein Kinderspiel.

Als Pompeius erfuhr, daß Carbos Truppen anrückten, stieß er einen freudigen Schrei aus und ließ sofort alle Soldaten zusammenrufen.

»Wir brauchen unsere Heimat nicht einmal zu verlassen, um unsere erste Schlacht zu schlagen«, rief er. »Carbo kommt persönlich aus Ariminum, um gegen uns zu kämpfen. Er hat bereits so gut wie verloren! Ihr fragt, warum? Weil er weiß, daß ich euch befehlige. Vor euch hat er Respekt, vor mir nicht. Dabei sollte man doch annehmen, daß der Sohn eines Schlächters weiß, wie man Knochen bricht und Fleisch schneidet! Doch Carbo ist ein Narr! Er glaubt, der Sohn des Schlächters sei sich zu fein, um sich mit dem Handwerk seines Vaters die Hände schmutzig zu machen. Doch er täuscht sich! Das wißt ihr so gut wie ich. Wir werden ihm eine Lektion erteilen!«

Und das taten sie denn auch. Carbos vier Legionen näherten sich dem Aesis in geordneten Reihen und warteten diszipliniert, bis Späher ausgekundschaftet hatten, wo man den Fluß, der wegen des Tauwetters in den Apenninen über die Ufer getreten war, am besten überqueren konnte. Carbo wußte zwar, daß Pompeius nicht weit unterhalb der Furt lagerte, doch seine Verachtung war derart, daß er nicht auf den Gedanken kam, Pompeius könnte ihm entgegenziehen.

Pompeius hatte seine Streitkräfte geteilt und eine Hälfte bereits vor Carbos Ankunft über den Aesis geschickt. Er nahm Carbo in die Zange, als zwei von dessen Legionen den Fluß überquert hatten und zwei weitere Legionen sich dazu anschickten. Pompeius' Soldaten brachen gleichzeitig aus ihren jeweiligen Verstecken hinter Büschen und Bäumen und trieben Carbos Männer vor sich her. Pompeius selbst mußte als Feldherr freilich darauf verzichten, Carbo persönlich zu verfolgen, so gern er es auch getan hätte. Wie er von seinem Vater gelernt hatte, durfte sich ein Feldherr nie weit von seinem Lager entfernen, für den Fall, daß die Schlacht eine unglückliche Wendung nahm und ein rascher Rückzug erforderlich wurde. Pompeius mußte also zusehen, wie Carbo und sein Legat Lucius Quinctius die beiden Legionen, die auf der anderen Seite des Flusses verblieben waren, sammelten und mit ihnen nach Ariminum zurückkehrten. Auf Pompeius' Seite überlebte kein Soldat des gegnerischen Heeres. Der Sohn des Schlächters verstand sein Handwerk also noch besser als sein Vater!

Er stieß einen triumphierenden Schrei aus. Jetzt war es an der Zeit, Sulla entgegenzuziehen.

Zwei Tage später brach Pompeius mit seinen drei Legionen auf. Er saß auf einem großen Schimmel, dem »Staatspferd« seiner Familie, wie er sagte – einem Pferd also, das der Staat bezahlte. Die Armee zog durch Gebiete, die noch vor wenigen Jahren erbittert gegen Rom gekämpft hatten; hier wohnten die südlichen Picenter, die Vestiner, die Marrukiner und die Frentaner, jene Völker, die danach gestrebt hatten, die italischen Bundesgenossen aus der langen Abhängigkeit von Rom zu befreien. Für ihre Niederlage war hauptsächlich Lucius Cornelius Sulla verantwortlich, dem Pompeius nun entgegenzog. Dennoch versuchte niemand, das Vorrükken der Armee zu behindern; einige ließen sich sogar als Soldaten anwerben, denn die Kunde, daß Pompeius Carbo geschlagen hatte, eilte ihm voraus. Der Kampf um Italien war verloren, und nun wollte man lieber auf der Seite Sullas stehen als auf der Seite Carbos.

In bester Stimmung verließen Pompeius' achtzehntausend Veteranen in Buca die Küste und marschierten auf einer gut ausgebauten Straße nach Larinum. Zwei Wochen später trafen sie in der blühenden kleinen Stadt inmitten reicher Felder und Wiesen ein. Nicht einmal der aufmerksame Varro nahm den versteckten Haß in den Blicken der Bürger und Frauen wahr, die Pompeius willkommen hießen und ihn mit sanftem Druck zum Weitermarschieren drängten.

Nahe bei Larinum kam es erneut zum Kampf. Carbo hatte sofort nach Rom gemeldet, der Sohn des Schlächters sei mit drei Veteranenlegionen unterwegs, und in Rom tat man alles, um eine Vereinigung der Heere von Pompeius und Sulla zu verhindern.

Zwei der in der Campania stationierten Legionen unter dem Befehl von Gaius Albius Carrinas wurden in Marsch gesetzt, um Pompeius aufzuhalten. Das Gefecht war kurz und heftig und schnell entschieden. Sobald Carrinas erkannte, daß er keine Chance hatte, zog er sich eilig zurück. Große Verluste hatte er nicht zu beklagen, aber sein Respekt vor dem Sohn des Schlächters war gewachsen.

Wie auf Flügeln eilten Pompeius' Soldaten voran. Als sie zweihundert Meilen hinter sich gebracht hatten, erhielt jeder einige Schlucke sauren, verdünnten Weins. Schließlich erreichten sie Saepinum, und dort erfuhr Pompeius, daß Sulla nicht weit entfernt an der Via Appia lagere.

Zuerst mußte allerdings noch eine weitere Schlacht geschlagen werden. Lucius Junius Brutus Damasippus, der Bruder von Pompeius Strabos altem Freund und erstem Legaten, wollte Pompeius in der wilden Gegend zwischen Saepinum und Sirpium aus dem Hinterhalt überfallen. Doch Pompeius sah sich in seinem grenzenlosen Selbstvertrauen erneut bestätigt: Seine Späher fanden heraus, wo Brutus Damasippus sich mit seinen beiden Legionen versteckt hielt, und Pompeius fiel ohne Vorwarnung über sie her. Mehrere hundert Männer von Brutus Damasippus kamen um, bevor es diesem gelang, in Richtung Bovianum zu fliehen.

Pompeius hatte in drei Schlachten gesiegt, aber in keinem Fall versucht, seine Feinde zu verfolgen. Doch wenn Varro und die drei Zenturionen glaubten, er habe dies nicht getan, weil er die Gegend nicht kenne oder den Hinterhalt einer noch größeren Streitmacht befürchte, täuschten sie sich. In Pompeius' Kopf hatte nur ein Gedanke Platz: die bevorstehende Begegnung mit Lucius Cornelius Sulla.

Immer wieder beschwor er das triumphale Schauspiel in seiner Phantasie herauf: Zwei gottgleiche Männer mit Haaren wie Feuer und starken und schönen Gesichtszügen glitten Raubkatzen gleich von ihren Pferden und gingen gemessenen Schrittes auf einer dicht von Einheimischen und Reisenden gesäumten Straße aufeinander zu. Hinter den beiden Feldherrn standen ihre Heere, und aller Augen waren auf sie gerichtet. Zeus schritt Jupiter entgegen, Ares dem Mars, Herakles dem Milon, Achill dem Hektor. Die erste Begegnung der beiden Giganten dieser Welt, der beiden Sonnen des Universums! Die untergehende Sonne brannte zwar noch heiß und stark, aber ihr Lauf näherte sich dem Ende; die aufgehende Sonne dagegen stieg am Firmament immer höher, dem Zenit entgegen. Sullas Sonne sinkt im Westen, dachte Pompeius frohlokkend, während meine Sonne im Osten aufgeht!

Pompeius sandte Varro voraus. Er sollte Sulla grüßen, ihm von Pompeius' Vormarsch berichten und ihm die Zahl der getöteten Feinde und die Namen der besiegten Generäle nennen. Varro sollte Sulla bitten, ihm auf der Straße entgegenzukommen, damit alle sehen konnten, daß er in friedlicher Absicht kam, um sich und seine Truppen dem bedeutendsten Mann seiner Zeit zur Verfügung zu stellen. Dem bedeutendsten Mann seiner Zeit, aber nicht dem bedeutendsten Mann aller Zeiten – soweit wollte Pompeius nicht einmal in einer blumigen Begrüßungsrede gehen.

Pompeius hatte genau überlegt, was er tragen wollte. Zuerst hatte er beabsichtigt, sich ganz in Gold zu kleiden, doch dann waren ihm Zweifel gekommen, ob dies nicht zu protzig wirkte. Jetzt sah er sich in einer einfachen weißen Toga daherschreiten, ohne alle militärischen Auszeichnungen und nur mit dem schmalen Purpurstreif des Ritters an der rechten Schulter der Tunika. Doch würden weiße Toga und weißes Pferd nicht zu einer unförmigen Masse verschmelzen? Also wollte er die silberne Rüstung tragen, die sein Vater ihm nach der Belagerung von Asculum Picentum geschenkt hatte. In ihr gefiel er sich am besten.

Als Gnaeus Pompeius Magnus sich schließlich von seinem Stallburschen in den Sattel des weißen Staatspferdes helfen ließ, trug er nur einen einfachen Brustpanzer aus Stahl mit schmucklosen Lederriemen und einen gewöhnlichen Helm. Nur sein Pferd hatte er herausgeputzt, denn er war Ritter der achtzehn ursprünglichen Zenturien der ersten Klasse, und seine Familie war seit Generationen Empfänger eines Staatspferdes. Das Pferd verschwand nahezu unter der Pracht seines Schmuckes, unter Silberknöpfen und Schmuckscheiben, einem mit Silber besetzten, scharlachroten Geschirr, einer bestickten Decke, unter einem reichverzierten und geschmückten Sattel und verschiedenen laut klimpernden silbernen Anhängern. Pompeius beglückwünschte sich selbst zu seiner Erscheinung, als er in der Mitte der Straße entlangritt, gefolgt von seinen Soldaten in Reih und Glied. Er sah aus wie ein einfacher Soldat, der sich auf sein Handwerk verstand. Sollte das Pferd von seinem Ruhm künden!

Beneventum lag auf der anderen Seite des Flusses Calor, an der Stelle, wo die Via Appia auf die von der apulischen und calabrischen Küste kommende Via Minucia stieß. Die Sonne stand senkrecht am Himmel, als Pompeius von einer Anhöhe zur Furt des Calor hinuntersah. Und dort, am jenseitigen Ufer, wartete Lucius Cornelius Sulla mitten auf der Straße. Er saß auf einem unaussprechlich müde aussehenden Maultier, und nur Varro begleitete ihn. Wo war das Volk? Wo waren Sullas Legaten, seine Truppen?

Instinktiv drehte Pompeius den Kopf und befahl dem Standartenträger der vorausmarschierenden Legion, die Soldaten anzuhalten. Dann ritt er ganz allein den Hang hinunter auf Sulla zu. Sein Gesicht war wie versteinert. Als Pompeius auf hundert Schritt herangekommen war, fiel Sulla mehr oder weniger von seinem Maultier. Er konnte sich nur auf den Beinen halten, weil er einen Arm um den Hals des Maultiers schlang und sich mit der anderen Hand an dessen schmutzigem Ohr festhielt. Mühsam richtete er sich auf und schickte sich an, Pompeius schwankend über die breite, leere Straße entgegenzugehen.

Pompeius glitt vom Rücken seines silbern glänzenden Pferdes, obgleich er fürchtete, daß auch ihm die Beine versagen könnten, so sehr hatte die Überraschung ihn geschwächt. Doch seine Beine trugen ihn. Zumindest einer von uns muß die Würde bewahren, dachte er, und schritt aus.

Selbst aus der Entfernung hatte er erkannt, daß dieser Sulla, den er vor sich sah, nichts mit dem Sulla gemein hatte, an den er sich zu erinnern glaubte. Je näher er kam, desto deutlicher sah er, wie schrecklich Zeit und Krankheit Sulla zugesetzt hatten. Doch er war vor Entsetzen noch wie betäubt und empfand kein Mitgefühl oder gar Mitleid, sondern nur eine so intensive körperliche Abneigung, daß er einen Augenblick lang glaubte, er müsse sich erbrechen.

Sulla war betrunken. Pompeius hätte ihm das verziehen, wäre es der Sulla gewesen, den er am Tag seines Amtsantritts als Konsul kennengelernt hatte. Doch von der Schönheit und Faszination jenes Menschen war nichts geblieben, nicht einmal die Würde grauer oder weißer Haare. Der Sulla, den er vor sich sah, hatte seinen kahlen Schädel mit einer Perücke bedeckt, einem häßlichen Gewirr rötlichbrauner Locken, unter dem vor den Ohren in zwei geraden, silbernen Strähnen seine eigenen Haare hervorwuchsen. Sulla hatte keine Zähne mehr; sein eingekerbtes Kinn war dadurch länger geworden, und der Mund unter der unverwechselbaren Nase mit der leichten Einbuchtung an der Spitze sah aus wie eine gezackte Narbe. Die Haut seines Gesichts schälte sich; an manchen Stellen war sie blutigrot, an anderen so weiß wie früher. Und obwohl Sulla bis auf die Knochen abgemagert war, mußte er vor nicht allzu langer Zeit sehr dick gewesen sein, denn sein Gesicht war runzlig, und auch an seinem Hals hing die Haut schlaff und faltig herab.

Pompeius kämpfte mit Tränen der Enttäuschung. Wie konnte sein Stern vor diesem Jammerbild menschlichen Elends strahlen?

Fast hatten sie einander erreicht. Pompeius streckte die rechte Hand aus. Er hielt die Finger gespreizt und die Handfläche senkrecht nach oben.

»Imperator!« rief er.

Sulla kicherte und streckte Pompeius unter gewaltiger Anstrengung die Hand entgegen. »Imperator!« rief er, dann fiel er gegen Pompeius. Sein feuchter, fleckiger Lederharnisch stank nach Sodbrennen und Wein.

Plötzlich stand Varro an Sullas Seite. Gemeinsam halfen sie Lucius Cornelius Sulla auf den Rücken seines schmutzigen Maultiers.

»Er wollte dir unbedingt entgegenreiten«, sagte Varro leise. »Nichts konnte ihn davon abbringen.«

Pompeius drehte sich im Sattel seines Staatspferdes um und bedeutete seinen Truppen durch ein Handzeichen, sich in Bewegung zu setzen. Dann nahmen er und Varro Sulla in die Mitte und ritten in Richtung Beneventum.

»Ich kann es immer noch nicht glauben!« stöhnte Pompeius, nachdem sie den nahezu bewußtlosen Sulla seinen Männern übergeben hatten.

»Die letzte Nacht war für ihn besonders schlimm«, sagte Varro. Er wußte nicht, wie sehr Pompeius in seinen Phantasien enttäuscht worden war.

»Was meinst du damit?«

»Seine Haut. Als Sulla so krank wurde, daß die Ärzte um sein Leben fürchteten, schickten sie ihn nach Aedepsus, einen kleinen Badeort außerhalb der Stadt Chalkis auf Euböa. Die Ärzte des dortigen Tempels sollen die besten in ganz Griechenland sein. Und sie haben ihm wirklich das Leben gerettet! Er durfte kein reifes Obst, keinen Honig, kein Brot und keinen Kuchen essen und keinen Wein trinken. Doch die Bäder haben seine Gesichtshaut in Mitleidenschaft gezogen. Seit er in Aedepsus war, leidet er an Anfällen schlimmsten Juckreizes und kratzt sich das Gesicht blutig. Er ißt immer noch kein Obst, keinen Honig, kein Brot und keinen Kuchen. Nur Wein bringt ihm Erleichterung, deshalb trinkt er ihn.« Varro seufzte. »Er trinkt viel zu viel.«

»Und warum nur im Gesicht? Warum nicht auch an Armen und Beinen?« fragte Pompeius, der nicht wußte, ob er diese Geschichte glauben sollte.

»Er hatte einen schlimmen Sonnenbrand im Gesicht. Du erinnerst dich sicher, daß er in der Sonne immer einen breitkrempigen Hut trug. Doch einmal bestand er trotz seiner Krankheit darauf, einer Zeremonie beizuwohnen, die in einem kleinen Ort zu seinem Empfang veranstaltet wurde. Aus Eitelkeit trug er einen Helm statt des Hutes. Vermutlich hat das seine Haut ruiniert.« Varro schien fasziniert, Pompeius war abgestoßen. »Sein Kopf sieht aus wie eine mit Mehl bestreute Maulbeere. Außergewöhnlich!«

»Du sprichst so salbungsvoll wie diese griechischen Ärzte«, sagte Pompeius, der sich allmählich von seinem Schock erholte. »Wo sind wir untergebracht? Weit von hier? Und was ist mit meinen Männern?«

»Ich nehme an, Metellus Pius hat deinen Männern ein Lager zugewiesen. Wir sind nicht weit von hier in einem schönen Haus untergebracht. Wenn du jetzt frühstücken willst, können wir danach zu deinen Männern hinausreiten.« Varro legte die Hand auf Pompeius' sehnigen Arm. Er hätte gern gewußt, was in Pompeius vorging. Daß Pompeius kein Mitleid empfand, hatte er gemerkt. Aber warum war er so niedergeschlagen?

An jenem Abend veranstaltete Sulla zu Ehren der beiden Neuankömmlinge ein großes Bankett in seinem Quartier; dort sollten sie die anderen Legaten kennenlernen. Die Nachricht von Pompeius' Ankunft, von seiner Jugend und Schönheit und von der Verehrung, die seine Soldaten ihm entgegenbrachten, hatte sich in Beneventum wie ein Lauffeuer verbreitet. Amüsiert betrachtete Varro die verärgerten Mienen von Sullas Legaten. Sie sahen aus wie kleine Kinder, denen die Amme eine köstliche Honigwabe weggenommen hatte. Als Sulla Pompeius dann auch noch den Ehrenplatz auf seiner eigenen Liege einräumte und niemanden zwischen sich und Pompeius kommen ließ, stand blanker Haß in ihren Augen. Pompeius ließ sich freilich nicht aus der Ruhe bringen. Er machte es sich mit sichtlichem Vergnügen bequem und unterhielt sich mit Sulla, als wären sie allein.

Sulla war jetzt nüchtern. Der Juckreiz schien nachgelassen zu haben, und die wunden Stellen seines Gesichts waren verschorft. Er war ruhig und freundlich und offensichtlich von Pompeius beeindruckt. Varro fühlte sich in seiner Meinung über Pompeius bestätigt.

Er begann sich nach den anderen Anwesenden umzusehen, zunächst nach dem Mann, der neben ihm lag – Appius Claudius Pulcher, den er mochte und schätzte. »Ist Sulla noch fähig, uns zu führen?« fragte er ihn.

»Er ist so brillant wie eh und je. Wenn wir es schaffen, ihn nüchtern zu halten, wird er Carbo besiegen, Carbo mag an Truppen aufbieten, was er will.« Appius Claudius erschauerte und zog eine Grimasse. »Spürst du das Böse, das in diesem Raum anwesend ist, Varro?«

»Ganz deutlich«, sagte Varro, obgleich er nicht annahm, daß Appius Claudius die Atmosphäre meinte, die er selbst spürte.

»Ich habe mich in den kleineren Tempeln Delphis ein wenig mit diesem Thema beschäftigt«, fuhr Appius Claudius fort. »Um uns herum wirken höhere Mächte, unsichtbare Mächte natürlich. Die meisten Menschen spüren sie nicht, aber du und ich, Varro, wir registrieren genau, was bestimmte Orte ausstrahlen.«

»Was für Orte?« fragte Varro verblüfft.

»Unter uns und überall um uns«, erklärte Appius Claudius mit Grabesstimme. »Höhere Mächte – anders kann ich es nicht ausdrücken. Wie kann man das Unsichtbare beschreiben, das nur empfängliche Menschen wie wir wahrnehmen? Ich meine nicht die Götter auf dem Olymp oder irgendwelche göttlichen Wesen.«

Appius Claudius redete pausenlos weiter, während Varro seine Aufmerksamkeit anderen Anwesenden zuwandte. Zunächst versuchte er, die Legaten Sullas einzuschätzen.

Da waren einmal Philippus und Cethegus, zwei Wendehälse, die nach jedem Wechsel der Amtsinhaber sofort bestrebt waren, auch den neuen Herren von Rom zu dienen, und das schon seit dreißig Jahren. Philippus war der nach außen Erfolgreichere der beiden; er war nach einigen vergeblichen Versuchen Konsul und unter Cinna und Carbo sogar Zensor geworden, was den Höhepunkt der politischen Karriere eines Mannes darstellte. Cethegus hingegen, ein patrizischer Cornelier und entfernter Verwandter Sullas, hatte es vorgezogen, seine Macht im Hintergrund auszuüben, indem er die anderen Hinterbänkler im Senat manipulierte. Die beiden lagen nebeneinander, unterhielten sich laut und ignorierten alle anderen.

Auch die jungen Legaten Verres, Catilina und Ofella blieben unter sich. Was für ein Trio! Varro war überzeugt, daß alle drei Schurken waren, obgleich Ofella mehr um sein Ansehen besorgt schien als um irgendwelche zukünftigen Profite. Bei Verres und Catilina dagegen gab es keinen Zweifel: Ihre einzige Triebfeder war die Habgier.

Auf einer weiteren Liege lagen drei ehrenwerte und aufrechte Männer: Mamercus, Metellus Pius und Varro Lucullus, ein adoptierter Varro und in Wirklichkeit der Bruder von Sullas treuestem Gefolgsmann Lucullus. Sie machten aus ihrer Abneigung gegen Pompeius kein Hehl.

Mamercus war Sullas Schwiegersohn, ein ruhiger, vernünftiger Mensch, der Sullas Vermögen gerettet und Sullas Familie sicher nach Griechenland gebracht hatte.

Metellus Pius das Ferkel und sein Quästor Varro Lucullus waren im April von Liguria nach Puteoli gesegelt und dann durch die Campania marschiert, um sich Sulla anzuschließen, kurz bevor Carbos Senat die Truppen mobilisiert hatte, die sie hätten aufhalten können. Bis zu Pompeius' Erscheinen hatten sie sich in den warmen Strahlen der dankbaren Anerkennung Sullas gesonnt, dem sie zwei Legionen kampferprobter Soldaten gebracht hatten. Ihre Abneigung gegen Pompeius beruhte in erster Linie auf dessen Abstammung, weniger auf seinem Handeln. Ein Pompeius aus dem nördlichen Picenum? Ein Emporkömmling, ein Parvenü! Ein Nichtrömer! Sein Vater, der aufgrund seiner Kriegsführung den Spitznamen »der Schlächter« erhalten hatte, mochte Konsul gewesen sein und großen politischen Einfluß gehabt haben, doch mit Pompeius konnte Metellus Pius oder Varro Lucullus nichts versöhnen. Kein echter Römer, ob nun aus einer Senatorenfamilie oder nicht, hätte es gewagt, im Alter von zweiundzwanzig auf vollkommen illegale Weise ein Heer aufzustellen, es dem großen Patrizier Lucius Cornelius Sulla zuzuführen und dann mehr oder weniger zu verlangen, daß Sulla ihn als Partner anerkenne. Die Legionen, die Metellus Pius und Varro Lucullus Sulla gebracht hatten, waren automatisch Sullas Befehl unterstellt worden, und er konnte mit ihnen anfangen, was er wollte. Hätte Sulla dankend angenommen und die beiden Legaten dann fortgeschickt, hätten sie sich zwar vielleicht geärgert, aber sofort gehorcht. Brav und phantasielos, dachte Varro. Und hier lagen sie auf derselben Liege und starrten Pompeius wütend an, weil dieser seine Truppen dazu benutzt hatte, ein Kommando zu bekommen, das weder seinem Alter noch seiner Herkunft entsprach. Er hatte Sulla erpreßt.

Für den weitaus interessantesten Mann hielt Varro jedoch Marcus Licinius Crassus. Im Herbst des vorangegangenen Jahres war er in Griechenland eingetroffen und hatte Sulla zweieinhalbtausend gute spanische Soldaten angeboten. Doch Sulla hatte ihn kaum herzlicher empfangen als Metellus Pius, den Crassus im Sommer in Africa aufgesucht hatte.

Grund des kühlen Empfangs war in erster Linie der katastrophale Ausgang einer Spekulation, zu der Crassus und sein Freund, der jüngere Titus Pomponius, römische Investoren angestiftet hatten. Es war gegen Ende des ersten Jahres gewesen, in dem sich Cinna und Carbo das Konsulat teilten. Als die Nachricht eintraf, daß von seiten König Mithridates' keine Bedrohung mehr bestand, da Sulla den Vertrag von Dardanus mit ihm abgeschlossen hatte, machten Crassus und Titus Pomponius sich den daraufhin ausbrechenden Optimismus geschäftlicher Investoren zunutze und boten Anteile eines Spekulationsgeschäfts in Asia an. Der Zusammenbruch folgte, als bekannt wurde, daß Sulla die Finanzen der römischen Provinz von Grund auf neu geordnet hatte und daß durch das Eintreiben von Steuern nun doch keine Reichtümer zu erwarten waren.

Anstatt in Rom zu bleiben und sich der aufgebrachten Menge ihrer Gläubiger zu stellen, hatten Crassus und Titus Pomponius Reißaus genommen. Titus Pomponius erkannte sofort, daß ihm nur ein Mensch helfen konnte, Sulla, und zog deshalb mit seinem gesamten riesigen Vermögen nach Athen. Gebildet, weltläufig und ein Liebhaber der Literatur, hatte er ein einnehmendes Wesen und liebte Knaben und verstand sich daher rasch mit Sulla. Da er die Kultur und den Lebensstil Athens zutiefst bewunderte, entschied er sich, dort zu bleiben, und nannte sich fortan Atticus – Mann aus Athen.

Crassus, weniger selbstbewußt als Atticus, erkannte erst viel später, daß Sulla seine einzige Rettung war. Unglückliche Umstände hatten dazu geführt, daß Marcus Licinius Crassus zum verarmten Oberhaupt seiner Familie geworden war. Das übriggebliebene Geld gehörte Axia, der Witwe nicht nur seines ältesten, sondern auch seines mittleren Bruders. Ihre Mitgift war nicht das einzig Attraktive an ihr gewesen. Sie war hübsch, lebhaft, herzlich und liebevoll. Wie Crassus' Mutter Vinuleia war sie eine Sabinerin aus Reate und außerdem recht nahe mit Vinuleia verwandt. Hauptquelle ihres Einkommens war die Rosea Rura, das beste Weideland ganz Italiens und Zuchtgebiet jener berühmten Eselshengste, die auf dem Markt ungeheure Summen erzielten. Sechzigtausend Sesterzen waren kein ungewöhnlicher Preis für einen solchen Zuchthengst.

Axias Gatte Publius, der älteste Sohn der Familie Crassus, fiel im italischen Krieg vor Grumentum; seine Witwe war schwanger. Für dieses Problem gab es in der sparsam wirtschaftenden, dafür aber eng zusammenhaltenden Familie nur eine Lösung: Als die zehnmonatige Trauerzeit verstrichen war, heiratete Axia Lucius, den zweiten Sohn der Familie. Diese Ehe blieb kinderlos, und Axia wurde zum zweiten Mal Witwe, als Lucius auf der Straße vor seinem Haus von Fimbria ermordet wurde. Vinuleia ereilte ein ähnliches Schicksal: Als ihr Mann sah, wie sein Sohn umgebracht wurde, und erkannte, daß ihn dasselbe Schicksal erwartete, beging er Selbstmord.

Marcus, der jüngste Sohn der Familie Crassus, war damals

neunundzwanzig. Ihn hatte der Vater, ein ehemaliger Konsul und Zensor, dazu bestimmt, zu Hause zu bleiben und den Fortbestand der Familie zu sichern. Das gesamte Eigentum der Familie wurde konfisziert, nur Axias Mitgift blieb unangetastet, da ihre Familie hervorragende Beziehungen zu Cinna hatte. Als Axias zweite zehnmonatige Trauerzeit verstrichen war, heiratete Marcus Licinius Crassus sie und adoptierte ihren kleinen Sohn Publius. Aufgrund ihrer dreifachen Heirat mit drei Brüdern hieß Axia hinfort nur noch Tertulla – »kleine Drei«. Die Namensänderung war auf ihren eigenen Vorschlag hin erfolgt: Axia klang hart und unlateinisch, während Tertulla auf der Zunge zerging.

Der glorreiche Plan, den Crassus und Atticus sich ausgedacht hatten und der ein großer Erfolg gewesen wäre, hätte Sulla die Finanzen der Provinz Asia nicht überraschend völlig neu geordnet, scheiterte ausgerechnet zu der Zeit, als das Vermögen der Familie wieder zu wachsen begann. Crassus' Hoffnungen waren zerstört, und er mußte mittellos fliehen und Mutter und Frau schutzlos zurücklassen. Zwei Monate später schenkte Tertulla seinem Sohn Marcus das Leben.

Wohin sollte Crassus fliehen? Er entschied sich für Spanien, weil sich dort noch Vermögenswerte der Familie befanden. Vor Jahren war sein Vater auf die Zinninseln, die Kassiteriden, gefahren und hatte einen Vertrag ausgehandelt, der ihm die alleinigen Rechte für den Transport des Zinns von den Kassiteriden über Nordspanien an die Mittelmeerküste garantierte. Der Bundesgenossenkrieg hatte das Projekt unmöglich gemacht, doch Crassus hatte nichts zu verlieren. Er flüchtete sich nach Hispania Citerior, wo er von Vibius Paccianus, einem Klienten seines Vaters, in einer Höhle versteckt wurde, bis er sicher sein konnte, daß ihn die Folgen seiner finanziellen Machenschaften in Spanien nicht einholen würden. Dann trat er wieder in Erscheinung und begann, das Zinnmonopol erneut aufzubauen; anschließend erwarb er einige Anteile an den Silberbergwerken im südlichen Spanien.

Soweit gut und schön, doch Geld verdienen konnte er damit nur, wenn die finanziellen Einrichtungen und Handelsgesellschaften Roms ihm wieder zugänglich waren. Mit anderen Worten: Er brauchte einen Verbündeten, der mächtiger war als alle, die er kannte. Er brauchte Sulla. Wenn er diesen für sich gewinnen wollte, mußte er ihm jedoch etwas schenken, denn er besaß nicht den Charme und die Bildung eines Titus Pompeius Atticus. Das einzige Geschenk, das er Sulla anbieten konnte, war ein Heer, das er unter den früheren Klienten seines Vaters aushob: Es bestand nur aus fünf Kohorten, die allerdings gut ausgebildet und ausgerüstet waren.

Crassus verließ Spanien und fuhr zunächst nach Utica in der Provinz Africa, denn er hatte gehört, daß Quintus Caecilius Metellus, den Gaius Marius »das Ferkel« genannt hatte, dort nach wie vor versuchte, sich als Statthalter zu behaupten. Crassus traf im Frühsommer ein, aber Metellus gab ihm zu verstehen, daß er als Inbegriff römischer Tugenden keinen Gefallen an seinen Geschäften fand. Also überließ Crassus Metellus seinem Schicksal und ging nach Griechenland zu Sulla, der die fünf Kohorten zwar gnädig angenommen, ihm dann jedoch die kalte Schulter gezeigt hatte.

Jetzt lag er neben den anderen Legaten, die Augen unverwandt auf Sulla gerichtet. Er wartete auf ein kleines Zeichen der Anerkennung und war ganz offensichtlich darüber verärgert, daß Sulla sich nur für Pompeius interessierte. »Crassus« war seit vielen Generationen der Beiname der berühmten Familie Licinius, und noch immer, dachte Varro, machten die Mitglieder der Familie aufgrund ihres Körperumfangs dem Namen alle Ehre. Crassus war zwar größer, als er aussah, aber zugleich stark wie ein Ochse, und sein Gesicht sah gutmütig aus wie das eines Ochsen.

Varro warf einen letzten Blick auf die versammelten Männer und seufzte. Ja, Crassus war der interessanteste unter ihnen. Ehrgeizig waren sie alle, die meisten wahrscheinlich auch begabt und einige skrupel- und gewissenlos, aber Marcus Crassus war, von Pompeius und Sulla abgesehen, derjenige, den man künftig besonders im Auge behalten mußte.

Als Varro neben dem vollkommen nüchternen Pompeius nach Hause ging, war er froh, Pompeius' Aufforderung nachgegeben und sich dem Feldzug angeschlossen zu haben.

»Worüber hast du mit Sulla gesprochen?« fragte er.

»Über nichts Weltbewegendes.«

»Ihr habt sehr leise geredet.«

»Ja, nicht wahr?« Varro spürte Pompeius' Lächeln eher, als daß er es sah. »Sulla ist nicht dumm, auch wenn er sich verändert hat. Daß die anderen uns nicht hören konnten, hat sie sicher mißtrauisch gemacht. Wir könnten ja über sie gesprochen haben.«

»Hat Sulla zugestimmt, den Feldzug mit dir als Partner durchzuführen?«

»Ich habe das Kommando über meine eigenen Legionen behalten. Mehr wollte ich nicht. Er weiß, daß ich sie ihm nicht geschenkt, ja nicht einmal geliehen habe.«

»Habt ihr offen darüber gesprochen?«

»Ich sagte dir bereits, der Mann ist nicht dumm«, sagte Pompeius kurz angebunden. »Wir haben nur über wenig gesprochen. Entsprechend wenig gibt es, an das er sich halten müßte.«

»Und du bist damit zufrieden?«

»Aber ja! Er weiß, daß er mich braucht.«

Sulla stand vor dem Morgengrauen auf, und eine Stunde später marschierte sein Heer in Richtung Capua. Sein Handeln war nun ganz von seiner Hautkrankheit bestimmt. Da Sulla gerade einen Anfall überstanden hatte, wußte er, daß er einige Tage Ruhe haben würde, vorausgesetzt, er tat nichts, was den Juckreiz erneut auslöste. Dazu gehörte, daß er seine Hände streng unter Kontrolle hielt. Er durfte sein Gesicht auf keinen Fall berühren, und das fiel ihm schwer genug, denn wie oft faßt man sich ganz unabsichtlich an Stirn oder Mund. Erst wenn die feuchten Bläschen sich schlossen und verschorften, begann die Haut wieder zu jucken. Am ersten Tag war es noch am leichtesten auszuhalten, doch mit der Zeit vergaß Sulla dann alle Vorsicht, kratzte sich an Nase oder Wange, und der ganze gräßliche Kreislauf begann von neuem. Also hatte er es sich zur Gewohnheit gemacht, vor dem nächsten Ausbruch des Juckreizes so viel wie möglich zu erledigen und sich dann bewußtlos zu trinken, bis alles vorbei war.

Wie mühsam das war! Es gab so viel zu tun, und er war nur noch ein Schatten seiner selbst. Auch bisher war ihm nichts in den Schoß gefallen, doch seit er vor über einem Jahr in Griechenland erkrankt war, fragte er sich immer wieder, warum er überhaupt noch weitermachte. Er wußte genau, daß er nur noch eine begrenzte Zeit zu leben hatte.

Nur an einem Tag wie diesem, an dem er gerade einen Anfall

hinter sich hatte, war ihm klar, warum er weitermachte: Weil er der größte Mann seiner Zeit war, auch wenn die Welt das nicht zugeben wollte. Nabupolassar hatte das erkannt, damals am Ufer des Euphrat, und nicht einmal die Götter konnten einen Seher der Chaldäer täuschen. Größer zu sein als alle anderen Menschen, das begriff Sulla an einem Tag wie diesem, bedeutete auch größeres Leiden. Er dachte an seinen Gast vom Abend zuvor und unterdrückte ein Lächeln, um die Gesichtshaut nicht zu reizen. Pompeius hatte keine Ahnung, was Größe war.

Pompeius der Große! Ein junger Mann, der tatsächlich glaubte, daß Größe einem zufiel, daß jemand von Geburt an groß war und es immer sein würde. Sulla wünschte sich plötzlich inbrünstig, zu erleben, wer oder was diesen großen Pompeius zu Fall bringen würde. Zugegeben, Pompeius war ein faszinierender Bursche, ein Phänomen. Gewiß kein treuer Untertan! Pompeius war, auch seinem eigenen Verständnis nach, sein Rivale. Schon jetzt, mit zweiundzwanzig Jahren. Seine Veteranenlegionen konnte Sulla gut gebrauchen. Aber konnte er auch Pompeius den Großen gebrauchen? Zunächst mußte er ihm viel Freiheit geben. Pompeius durfte nur Aufgaben bekommen, die er bewältigen konnte. Das schmeichelte ihm, nährte seine kolossale Eitelkeit! Er sollte glauben, daß er derjenige war, der andere benutzte, nicht umgekehrt. Nein, Sulla würde Pompeius' Ende nicht erleben. Er wollte vielmehr dafür sorgen, daß Pompeius nichts passierte – dazu war Pompeius viel zu nützlich, viel zu wertvoll.

Sullas Maultier schrie und warf den Kopf auf und ab, als wolle es seine Gedanken bestätigen. Wieder unterdrückte Sulla ein Lächeln, um sein Gesicht zu schonen. Er wartete jetzt schon so lange auf einen Topf Salbe und ein Rezept für diese Salbe. Vor fast zehn Jahren hatte er zum ersten Mal an dieser Hautkrankheit gelitten, auf dem Rückweg vom Euphrat. Wie erfolgreich jener Feldzug verlaufen war!

Sein Sohn hatte ihn damals begleitet, Julillas Sohn. Er war ihm der Freund und Vertraute gewesen, den er zuvor nie besessen hatte. Ein vollkommener Partner in einer vollkommenen Beziehung. Was für Gespräche sie geführt hatten! Sie hatten sich über alles unterhalten können. Der Junge hatte dem Vater vieles verziehen, was dieser sich selbst nie hatte verzeihen können. Nicht Morde oder andere Dinge, zu denen einen das Leben zwang, sondern Charakterschwächen, unvernünftige und unerfüllbare Sehnsüchte und Neigungen. Wie ernst hatte der junge Sulla ihm zugehört, wie gut hatte er, der noch so jung war, ihn verstanden und getröstet und Entschuldigungen vorgebracht, die damals sogar stichhaltig schienen. Und Sullas öde Welt hatte angefangen zu glühen, hatte sich entfaltet, hatte eine Tiefe und Dimension bekommen, die nur sein geliebter Sohn ihr hatte geben können. Und dann, als sie sicher von der Reise in die unbekannten Gebiete jenseits des Euphrat zurückgekehrt waren, war sein geliebter Sohn gestorben. Einfach so, innerhalb von zwei Tagen. Sein Freund und Vertrauter hatte ihn verlassen.

Tränen schossen ihm in die Augen – doch nein! Er durfte nicht weinen! Die erste Träne, die seine Wangen hinunterrann, würde den Juckreiz wieder entfesseln. Er konzentrierte sich auf die Salbe, die seine Qual linderte, ihn heilte. Morsimus hatte sie einst in einem vergessenen Dorf irgendwo in der Nähe des Flusses Pyramos in Cilicia entdeckt.

Vor einem halben Jahr hatte er nach Morsimus geschickt, der inzwischen Ethnarch in Tarsos geworden war, und ihn gebeten, die Salbe oder das Rezept zu beschaffen, auch wenn er dafür jedes cilicische Dorf durchsuchen müsse. Nur dann konnte Sulla auf Heilung hoffen. Bis dahin blieb ihm nichts anderes übrig, als zu warten, zu leiden und durch sein Leiden noch größer zu werden. Aber davon, dachte Sulla, verstehst du nichts, Pompeius Magnus.

Hinter Sulla ritten Metellus Pius das Ferkel und Marcus Crassus. Pompeius bildete mit seinen drei Legionen die Nachhut. Sulla winkte Metellus und Crassus zu sich. Als sie auf gleicher Höhe waren, sagte er: »Ich habe ein Problem.«

»Mit wem?« fragte Metellus ahnungsvoll.

»Aha, du weißt es schon!« sagte Sulla mit ausdruckslosem Gesicht. »Mit unserem lieben Philippus.«

Auch Crassus war sofort im Bild. »Und das Problem ist um so schlimmer, als wir auch Appius Claudius dabei haben. Appius Claudius ist immerhin Philippus' Onkel, und das hätte Philippus eigentlich davon abhalten sollen, Appius Claudius aus dem Senat auszuschließen.«

»Das hat er wahrscheinlich deshalb nicht getan, weil Philippus einige Jahre älter ist als sein Onkel.« Sulla lachte belustigt.

»Wie willst du das Problem lösen?« fragte Metellus Pius, der verhindern wollte, daß die Unterhaltung in eine Erörterung der komplizierten Verwandtschaftsverhältnisse innerhalb des römischen Adels ausartete.

»Ich hätte schon eine Lösung, aber ob sie möglich ist, hängt von dir ab, Crassus.«

»Von mir?« fragte Crassus erstaunt.

Sulla schob den breitkrempigen Strohhut in den Nacken und sah seinen Legaten an. Seine Augen blickten freundlicher als sonst, und Crassus verspürte unwillkürlich ein warmes Gefühl in der Herzgegend. Sulla hatte eine Bitte an ihn!

»Es ist ja gut und schön, wenn wir von ortsansässigen Bauern Getreide und andere Nahrungsmittel für unterwegs kaufen«, sagte Sulla. Wegen seiner fehlenden Zähne sprach er undeutlich. »Doch gegen Ende des Sommers brauchen wir von irgendwoher Getreide für den Winter. Nicht so viel, wie wir aus Sizilien oder Africa bekommen könnten, aber genügend für die Versorgung meines Heeres. Und ich bin überzeugt, daß mein Heer bis dahin noch gewachsen ist.«

»Aber im Herbst bekommen wir doch alles, was wir brauchen«, sagte Metellus Pius vorsichtig. »Denn im Herbst sind wir in Rom.«

»Das bezweifle ich.«

»Warum? Rom fault von innen.«

Sulla seufzte, und seine Lippen bebten. »Wenn ich Rom wieder aufhelfen soll, Metellus, muß ich der Stadt Gelegenheit geben, sich im Frieden für mich zu entscheiden. Aber so weit wird es im Herbst noch nicht sein. Ich darf also nicht drohen, auf der Via Latina nach Rom zu marschieren und die Stadt anzugreifen wie einst Cinna und Marius, als ich im Osten unterwegs war. Als ich zum ersten Mal nach Rom marschierte, hatte ich die Überraschung auf meiner Seite. Keiner dachte, daß ich angreifen würde, deshalb stellte sich mir niemand entgegen außer einigen Sklaven und Söldnern des Gaius Marius. Diesmal ist es anders. Alle erwarten, daß ich nach Rom marschiere. Aber wenn ich das jetzt sofort tue, werde ich nicht siegen. Gewiß, Rom würde fallen! Aber alle Aufrührer würden nur um so verbitterter gegen mich kämpfen, und um ihren Widerstand niederzuschlagen, bräuchte ich länger, als ich noch zu leben habe. Ich habe weder die Zeit noch die Kraft zu einem solchen Unternehmen, deshalb rücke ich langsam vor.«

Metellus Pius nickte nachdenklich; Sullas Argumente leuchteten ihm ein. Der römische Adel zeichnete sich in seinen Augen nicht durch Weisheit aus, römische Adlige dachten nicht weit voraus und planten nur kurzfristig. Selbst der Senatsvorsitzende Scaurus war trotz seiner Erfahrung und des ungeheuren Ansehens, das er genoß, nicht weise gewesen, auch Metellus' eigener Vater nicht. Mutig war er gewesen, entschlossen und prinzipientreu, aber nicht weise. Metellus war sehr erleichtert zu wissen, daß er mit einem weisen Mann wie Sulla nach Rom ritt. Denn obwohl er sich persönlich für Sulla entschieden hatte, hatte er nach wie vor Verbindungen zu beiden Lagern, und wenn ihm etwas Sorgen machte, dann das Wissen, daß die kommenden Auseinandersetzungen unausweichlich viele seiner Verwandten ruinieren würden. Er war deshalb froh über das langsame Vorrücken auf Rom. Vielleicht erkannten einige seiner Verwandten, die im Augenblick noch Carbo unterstützten, ihren Irrtum, bevor es zu spät war.

Sulla wußte, worüber Metellus nachdachte, und ließ ihm Zeit, seine Überlegungen in Ruhe zu Ende zu bringen. Gedankenverloren starrte er auf die traurig herunterhängenden Ohren seines Maultiers. Er war wieder in Italien, und bald würde sich die Campania vor ihm ausbreiten, jener so überaus fruchtbare Landstrich mit seinen sanften grünen Hügeln und seinem süßen Wasser. Er wollte nicht an Rom denken, sich nicht vom Gedanken an diese Stadt auffressen lassen. Rom würde ihm gehören, davon war er überzeugt. Doch obwohl er viele Verbrechen begangen und keines davon bereut hatte – Vergewaltigung war ihm stets zuwider gewesen. Viel besser war es, Rom gab sich ihm freiwillig hin.

»Wahrscheinlich wißt ihr, daß ich nach meiner Ankunft in Brundisium an alle Anführer der alten italischen Bundesgenossen geschrieben und ihnen versprochen habe, dafür zu sorgen, daß jeder Italiker gemäß den am Ende des Bundesgenossenkrieges vereinbarten Gesetzen und Verträgen als Bürger Roms eingetragen wird. Ich will sogar dafür sorgen, daß diese Neubürger auf alle fünfunddreißig Tribus verteilt werden. Glaube mir, Ferkel, bevor ich Rom angreife, werde ich alle anderen Möglichkeiten ausschöpfen.«

»Was haben die Italiker mit Rom zu tun?« fragte Metellus Pius. Er war immer dagegen gewesen, den Italikern das volle römische Bürgerrecht zu verleihen, und pries insgeheim Philippus dafür, daß dieser es als Zensor zusammen mit seinem Amtskollegen Perperna unterlassen hatte, die Italiker in die Bürgerlisten einzutragen.

»Pompeius und ich werden auf unserem Marsch durch Länder, die einst gegen Rom gekämpft haben, nur freundlich empfangen – und vielleicht mit der Hoffnung, daß ich ihr Bürgerrecht in Rom durchsetze. Die Unterstützung der Italiker hilft mir dabei, Rom dazu zu bringen, daß es sich friedlich fügt.«

»Das bezweifle ich«, sagte Metellus Pius steif. »Doch du mußt wissen, was du tust. Aber zurück zu Philippus, der ein Problem ist.«

»Was hat Philippus mit mir zu tun?« mischte Crassus sich ein, um endlich auch wieder etwas zu sagen.

»Ich muß ihn loswerden, aber so unauffällig wie möglich, denn er ist ja geradezu zu einer römischen Institution geworden«, sagte Sulla.

Metellus lächelte. »Er ist das Sinnbild des aalglatten Politikers.«

»Sehr treffend«, stimmte Sulla ihm zu und nickte, ohne zu lächeln. »Also, mein lieber Marcus Crassus, ich stelle dir jetzt eine Frage, auf die ich eine ehrliche Antwort erwarte. Bist du dazu trotz deines schlechten Rufes in der Lage?«

Crassus verzog keine Miene. »Ich werde mich bemühen, Lucius Cornelius.«

»Liegen dir deine spanischen Truppen sehr am Herzen, Crassus?«

»Angesichts der Tatsache, daß du mich ständig dazu zwingst, Proviant für sie zu besorgen, lautet meine Antwort nein.«

»Gut! Könntest du dich von ihnen trennen?«

»Wenn du glaubst, daß wir auf sie verzichten können, ja.«

»Wunderbar! Dann schlage ich gleich mehrere Fliegen mit einer Klappe. Ich gebe deine Spanier Philippus – er wird Sardinien für mich erobern und mir die dortige Ernte schicken.« Sulla griff nach der Feldflasche, die am Horn seines Sattels hing und mit saurem

Wein gefüllt war, hob sie hoch und ließ den Wein geschickt in seinen zahnlosen Mund spritzen. Nicht ein Tropfen fiel auf sein Gesicht.

»Philippus wird sich weigern, nach Sardinien zu gehen«, sagte Metellus Pius kurz.

»Nein, er wird begeistert sein«, entgegnete Sulla und verschloß die Flasche wieder. »Dort kann er unbeschränkt herrschen, und die sardinischen Banditen werden ihn wie einen Bruder begrüßen.«

Doch Crassus hatte Bedenken. Er räusperte sich umständlich, sagte jedoch nichts.

»Überlegst du, was du ohne Truppen anfangen sollst?« fragte Sulla.

»Ja, so ungefähr«, antwortete Crassus vorsichtig.

»Du könntest mir einen großen Dienst erweisen.«

»Welchen?«

»Deine Mutter und deine Frau stammen beide aus berühmten Sabiner Familien. Warum gehst du nicht nach Reate und rekrutierst dort für mich Soldaten? Du könntest in Reate anfangen und bei den Marsern aufhören.« Sulla streckte die Hand aus und ergriff Crassus' Arm. »Glaube mir, Marcus Crassus, im nächsten Frühjahr gibt es viel für dich zu tun, und du bekommst gute Truppen – Italiker oder sogar Römer.«

»Das klingt gut«, sagte Crassus. »Einverstanden.«

»Wenn doch alles so einfach wäre!« rief Sulla und griff wieder nach seiner Flasche.

Crassus und Metellus Pius sahen sich über Sullas gebeugten Kopf hinweg an. Sulla behauptete zwar, er trinke, um seine Qualen zu lindern, doch es war wohl eher so, daß er sich beständig die Kehle anfeuchten mußte. Was ursprünglich nur ein Mittel gewesen war, ihm körperliche Erleichterung zu verschaffen, bedeutete ihm inzwischen offensichtlich viel mehr. Ob er das auch selbst wußte?

Hätten sie den Mut gehabt, Sulla danach zu fragen, hätte er die Frage ohne Umschweife bejaht. Es war ihm egal, daß jedermann wußte, daß er trank und daß sein Wein keineswegs so schwach war, wie er aussah. Da ihm Brot, Honig, Früchte und Kuchen verboten waren, gab es wenig Speisen, die er wirklich mochte. Er zweifelte allerdings keinen Augenblick daran, daß die Ärzte von Aedepsus recht daran getan hatten, ihm all diese schmackhaften Dinge zu verbieten. Als er zu ihnen gekommen war, hatte er geglaubt, sterben zu müssen. Zuerst hatte er ein unersättliches Verlangen nach süßer, stärkehaltiger Nahrung verspürt und so sehr zugenommen, daß sogar sein Maulesel störrisch wurde. Dann hatten seine Füße sich taub angefühlt. Sie begannen zu kribbeln, später auch zu brennen und zu schmerzen, so daß er nicht einschlafen konnte, wenn er sich hinlegte. Die Schmerzen krochen die Knöchel und Waden hoch, deshalb fügte er seiner gewöhnlichen Kost einen schweren und sehr süßen Wein hinzu, der ihn schlafen ließ. Eines Tages jedoch fing er plötzlich an, stark zu schwitzen. Er schnappte nach Luft und verlor während der darauffolgenden Tage so viel Gewicht, daß er schon fürchtete, es werde überhaupt nichts mehr von ihm übrigbleiben. Er trank flaschenweise Wasser, doch er blieb immer durstig. Und was ihn am meisten entsetzte: Seine Augen begannen zu versagen!

Die meisten Symptome hatten aufgrund der Behandlung in Aedepsus nachgelassen oder waren verschwunden. An sein verwüstetes Gesicht wagte er freilich nicht zu denken, er, der in seiner Jugend so schön gewesen war, daß Frauen und Männer seinetwegen den Kopf verloren. Geblieben war sein Bedürfnis nach Wein. Auch die heilkundigen Priester von Aedepsus hatten ihm das nicht austreiben können, ihn aber wenigstens dazu überredet, den süßen, durch Alkoholzusatz noch verstärkten Wein durch einen derart sauren Wein zu ersetzen, daß er ihn nur mit einer Grimasse trinken konnte. Wurde er nicht vom Juckreiz geplagt, hatte er seinen Weinkonsum so weit unter Kontrolle, daß er noch klar denken konnte. Der Wein beflügelte seine Gedanken sogar – jedenfalls redete er sich das ein.

»Ofella und Catilina behalte ich bei mir«, sagte er zu Crassus und Metellus Pius, während er die Flasche wieder verschloß. »Aber Verres macht seinem Namen alle Ehre – er ist unersättlich wie ein Eber. Ich schicke ihn für einige Zeit nach Beneventum zurück. Dort soll er den Nachschub organisieren und uns den Rücken decken.«

Metellus kicherte. »Das gefällt ihm sicher, dem Freundchen.«

Crassus grinste. »Und Cethegus?«

»Cethegus behalte ich vorerst«, sagte Sulla. Er wollte nach dem Wein greifen, zog die Hand aber wieder zurück. »Er soll in der Campania nach dem Rechten sehen.«

Kurz bevor Sullas Heer bei Casilinum über den Volturnus setzte, schickte er sechs Gesandte zu Gaius Norbanus, dem fähigeren der beiden Carbo hörigen Konsuln. Norbanus hatte acht Legionen aufmarschieren lassen, um Capua zu verteidigen. Als Sullas Gesandte mit einer Parlamentärflagge erschienen, ließ er sie einsperren, ohne anzuhören, was sie zu sagen hatten. Dann marschierte er mit seinen Legionen in die Ebene vor Capua am Fuß des Berges Tifata. Sulla war wütend über die schimpfliche Behandlung seiner Gesandten und beschloß, Norbanus eine Lektion zu erteilen, die dieser so schnell nicht vergessen würde. Er ließ seine Truppen die Flanke des Berges hinunterstürmen und den ahnungslosen Norbanus angreifen. Norbanus war besiegt, noch ehe die Schlacht richtig begonnen hatte, und zog sich nach Capua zurück. Dort ordnete er seine in panischem Schrecken geflohenen Männer, schickte zwei Legionen nach Neapolis, um den Hafen für Carbo zu halten, und bereitete sich auf eine Belagerung vor.

In Capua war man den gegenwärtigen Machthabern in Rom freundlich gesonnen. Der Volkstribun Marcus Junius Brutus hatte ein Gesetz vorgelegt, nach dem Capua zu einer römischen Stadt wurde, und das hatte in Capua, das von Rom im Lauf der Jahrhunderte immer wieder wegen verschiedener Aufstände bestraft worden war, große Begeisterung hervorgerufen. Norbanus konnte daher sicher sein, daß er und seine Armee in Capua freundliche Aufnahme finden würden. Außerdem war die Stadt daran gewöhnt, römische Legionen zu beherbergen.

»Wozu brauchen wir Neapolis, wenn wir Puteoli haben«, sagte Sulla zu Pompeius und Metellus Pius, als sie nach Teanum Sidicinum ritten, »und wozu brauchen wir Capua, wenn wir Beneventum haben. Ich muß eine Vorahnung gehabt haben, als ich Gaius Verres dorthin schickte.« Er hielt einen Augenblick inne, dachte nach und nickte, als wolle er seine Gedanken bestätigen. »Cethegus bekommt eine neue Aufgabe. Er soll als Legat den Nachschub befehligen. Das wird seine diplomatischen Fähigkeiten herausfordern!«

»Dieser Feldzug zieht sich ewig hin«, sagte Pompeius verärgert. »Warum marschieren wir nicht nach Rom?«

Sulla sah ihn so freundlich an, wie seine Krankheit es erlaubte. »Habe Geduld, Pompeius! Vom Krieg verstehst du viel, von Politik viel zu wenig. Auch wenn du dieses Jahr sonst nichts lernst, erfährst du wenigstens etwas über politisches Taktieren. Bevor wir nach Rom marschieren, müssen wir der Stadt zeigen, daß sie unter ihren gegenwärtigen Machthabern gar nicht gewinnen kann. Und wenn sie dann Vernunft annimmt, öffnet sie uns freiwillig die Tore.«

»Und wenn nicht?« fragte Pompeius. Er wußte nicht, daß Sulla dieses Thema bereits mit Metellus Pius und Crassus erörtert hatte.

»Kommt Zeit, kommt Rat«, sagte Sulla nur.

Sie waren an Capua vorbeimarschiert, als würde Norbanus nicht existieren, und näherten sich der zweiten Armee der Konsuln, die unter dem Befehl von Scipio Asiagenus und dessen ranghöchstem Legaten Quintus Sertorius stand. Die blühenden kleinen Städte der Campania empfingen Sulla mit offenen Armen, denn sie kannten ihn gut; Sulla hatte fast während des gesamten Bundesgenossenkrieges hier als Feldherr gekämpft.

Scipio Asiagenus lagerte zwischen Teanum Sidicinum und Cales an einem kleinen Nebenfluß des Volturnus, der von sprudelnden Mineralquellen gespeist wurde und dessen warmes Wasser selbst im Sommer köstlich schmeckte.

»Dieser Platz ist für das Winterlager hervorragend geeignet«, meinte Sulla und ließ seine Armee am gegenüberliegenden Ufer des Flüßchens anhalten. Die Reiter wurden unter Cethegus' Befehl nach Beneventum zurückgeschickt, Sulla selbst gab einer neuen Gruppe Gesandter genaue Anweisungen, wie sie mit Scipio Asiagenus eine Waffenruhe vereinbaren sollten.

»Scipio ist kein ehemaliger Klient des Gaius Marius, er wird also viel zugänglicher sein als Norbanus«, sagte er zu Metellus Pius und Pompeius. Da der Juckreiz in seinem Gesicht noch nicht wiedergekehrt war, hatte er wenig Wein getrunken und war deshalb gutgelaunt und zu klaren Gedanken fähig.

Metellus machte ein bedenkliches Gesicht. »Ich würde dir gern zustimmen, wenn es sich nur um Scipio handelte. Doch an seiner Seite ist Quintus Sertorius, und du weißt, was das heißt, Lucius Cornelius.«

»Das heißt, daß es Ärger geben wird«, sagte Sulla unbekümmert.

»Du solltest überlegen, wie du Sertorius unschädlich machen kannst.«

»Nicht notwendig, Ferkel. Das tut Scipio für mich.« Sulla zeigte mit einem Stock auf eine Stelle, wo der Abstand zwischen seinem Lager und dem Scipios am anderen Ufer infolge einer scharfen Biegung des Flüßchens sehr gering war. »Können deine Veteranen graben, Gnaeus Pompeius?«

Pompeius sah ihn verblüfft an. »Natürlich!«

»Gut.« Gleichgültig fuhr Sulla fort: »Während die anderen Soldaten unser Lager für den Winter befestigen, könnten deine Männer zwischen der Mauer der Lagers und dem Fluß eine Grube ausheben und ein großes Bad anlegen.«

»Eine phantastische Idee.« Pompeius lächelte. »Ich werde meine Männer gleich damit beauftragen.« Er machte eine Pause, nahm Sulla den Stock aus der Hand und zeigte auf das gegenüberliegende Ufer. »Ich werde mit deiner Zustimmung das Ufer abgraben und einfach den Fluß verbreitern, statt ein separates Bad anzulegen. Und unsere Männer werden es uns danken, wenn ich das Bad wenigstens teilweise überdache – dann ist es im Winter nicht so kalt.«

»Gute Idee!« sagte Sulla freundlich. »Das solltest du tun.« Aufmerksam sah er dem geschäftig davoneilenden Pompeius nach.

Metellus Pius runzelte die Stirn. »Worum geht es?« fragte er, unwillig darüber, daß Sulla mit dem jungen Schnösel so vertraulich redete.

»Er hat mich verstanden«, antwortete Sulla geheimnisvoll.

»Aber ich nicht«, sagte Metellus mürrisch. »Ich bitte um Aufklärung.«

»Es geht um Verbrüderung, liebes Ferkel! Glaubst du, Scipios Männer werden der Versuchung widerstehen, die Pompeius' Bad im Winter und auch schon im Sommer auf sie ausüben wird? Schließlich sind unsere Männer auch römische Soldaten. Und es gibt nichts, was Freundschaft mehr fördern könnte, als sich gemeinsam im Bad zu vergnügen. Sobald das Bad fertig ist, werden nicht nur unsere, sondern auch Scipios Soldaten darin baden. Sie werden sich miteinander unterhalten, über dieselben Witze lachen, über dieselben Dinge klagen – schließlich führen sie dasselbe Leben. Ich wette, wir brauchen gar nicht zu kämpfen.«

»Und das hat Pompeius aus den wenigen Worten herausgehört, die du gesagt hast?«

»Jawohl.«

»Dann überrascht es mich, daß er dir helfen will. Er will doch kämpfen.«

»Stimmt. Aber er kennt meinen Plan, Pius, und er weiß, daß ich vor nächstem Frühjahr nicht kämpfen werde. Und er will mich nicht verärgern. Er braucht mich so sehr, wie ich ihn brauche.« Sulla lachte leise, ohne das Gesicht zu verziehen.

»Ich habe den Eindruck, er könnte noch vor dem Frühjahr zu dem Schluß kommen, daß er dich nicht mehr braucht.«

»Da irrst du dich.«

Drei Tage später vereinbarten Sulla und Scipio Asiagenus auf der Straße zwischen Teanum und Cales einen Waffenstillstand. Zur gleichen Zeit wurde Pompeius mit dem Bad fertig. Dann stellte er in der für ihn typischen methodischen Art Regeln für die Benutzung auf, die gewährleisteten, daß genügend Platz für Besucher vom Lager auf dem anderen Ufer blieb, und gab es dann zur Erfrischung der Soldaten frei. Innerhalb von zwei Tagen herrschte zwischen den Lagern ein reges Kommen und Gehen.

»Eine schöne Bescherung, dieses Bad«, sagte Quintus Sertorius zu seinem Feldherrn. »Jetzt brauchen wir gar nicht mehr so zu tun, als seien wir Feinde.«

Scipio Asiagenus war überrascht. »Was hat das Bad damit zu tun?«

Sertorius richtete das Auge, das ihm geblieben war, zum Himmel. Er war großgewachsen, stiernackig und stark wie ein Ochse. Sein schwerfälliges Aussehen stand jedoch in krassem Gegensatz zu seiner geistigen Beweglichkeit. Sertorius war ein Vetter des Gaius Marius und hatte weit mehr von dessen geistigen und militärischen Fähigkeiten geerbt als etwa Marius' Sohn. In einem Gefecht kurz vor der Belagerung Roms hatte er sein linkes Auge verloren, doch da er Rechtshänder war, hatte der Verlust seine Schnelligkeit im Kampf nicht beeinträchtigt. Die Narbe hatte seine angenehmen Züge allerdings verunstaltet. Während seine rechte

Gesichtshälfte unversehrt war, war die linke wie zu einem höhnischen Grinsen verzerrt.

Scipio schätzte Sertorius nicht besonders und gab sich deshalb jetzt auch keine Mühe, ihn zu verstehen.

»Überlege doch, Asiagenus!« beharrte Sertorius. »Wie gut werden unsere Leute kämpfen, wenn du ihnen erlaubst, mit dem Feind Freundschaft zu schließen?«

»Sie werden kämpfen, weil ich es ihnen befehle.«

»Da bin ich anderer Meinung. Für wen, glaubst du, hat Sulla das Bad gebaut? Doch nicht für seine Männer! Er will unsere Soldaten bestechen! Es ist eine Falle, und du bist im Begriff, darauf hereinzufallen!«

»Wir haben Waffenruhe vereinbart, und unsere Gegner sind Römer wie wir«, sagte Scipio Asiagenus starrköpfig.

»Aber dein Gegner ist ein Feldherr, den du fürchten solltest wie die Drachenbrut. Wenn du ihm nur einen Zoll weichst, ist er morgen in Rom.«

»Du übertreibst«, sagte Scipio eisig.

Sertorius verlor die Beherrschung. »Und du bist ein Narr!« stieß er hervor.

Scipio gähnte, kratzte sich am Kinn und betrachtete seine sorgfältig manikürten Fingernägel. Dann sah er Sertorius an, der wütend vor ihm stand, und lächelte kalt. »Geh jetzt bitte!«

»Das werde ich!« sagte Sertorius barsch. »Und zwar sofort! Vielleicht bringt dich Gaius Norbanus zur Vernunft!«

»Richte ihm meine besten Grüße aus!« rief Scipio ihm hinterher und wandte sich wieder seinen Fingernägeln zu.

Quintus Sertorius ritt im Galopp nach Capua. Norbanus war eher nach seinem Geschmack als Scipio Asiagenus. Norbanus war Marius treu ergeben gewesen, aber kein fanatischer Anhänger Carbos. Nach Cinnas Tod war er nur deshalb auf Carbos Seite geblieben, weil er Sulla noch mehr verabscheute als diesen.

»Du meinst, dieser Idiot hat tatsächlich einen Waffenstillstand mit Sulla geschlossen?« Norbanus' Stimme überschlug sich, als er den verhaßten Namen aussprach.

»Gewiß. Und er erlaubt seinen Männern, sich mit dem Feind zu verbrüdern.« Sertorius' Miene war unbewegt.

»Warum bin ich nur mit einem so dummen Kollegen geschlagen?« jammerte Norbanus. Dann zuckte er mit den Schultern. »Na, du siehst, wer Rom regiert, Quintus Sertorius. Ich werde ihm einen bösen Brief schreiben, aber den wird er natürlich ignorieren. Ich schlage vor, du kehrst einfach nicht zu ihm zurück. Es wäre zu schade, wenn Sulla dich gefangennehmen würde. Er würde dich umbringen lassen. Du solltest etwas tun, was Sulla ärgert.«

»Sehr vernünftig. Ich hetze die Städte der Campania gegen Sulla auf. Die haben sich zwar schon für ihn ausgesprochen, doch ich kenne viele, die darüber sehr unglücklich sind.« Sertorius sah angewidert aus. »Es sind die Frauen, Gaius Norbanus, die Frauen! Sie werden schon schwach, wenn sie Sullas Namen hören. Die Frauen haben entschieden, auf welche Seite sich die Städte stellen, nicht die Männer.«

»Sie sollten ihn jetzt sehen«, sagte Norbanus und zog eine Grimasse. »Er sieht angeblich gar nicht mehr wie ein Mensch aus.«

»Schlimmer als ich?«

»Viel schlimmer sogar, heißt es.«

Sertorius runzelte die Stirn. »Ich habe davon gehört, doch Scipio nahm mich nicht mit, als er den Waffenstillstand mit ihm vereinbarte, deshalb habe ich ihn nicht gesehen. Und Scipio machte über sein Aussehen keine Bemerkung.« Er lachte grimmig. »Wie ihm das wehtun muß, dem Schönling! Wie eitel er war! Eitel wie eine Frau!«

Norbanus grinste. »Du scheinst das schwache Geschlecht nicht zu mögen.«

»Für das Bett sind die Frauen gut genug, doch heiraten möchte ich keine. Die einzige Frau, für die ich Zeit opfere, ist meine Mutter. Sie ist, wie eine Frau sein soll. Sie steckt ihre Nase nicht in Dinge, die sie nichts angehen, will nicht im ganzen Haus bestimmen und benutzt ihre Möse nicht als Waffe.« Sertorius ergriff seinen Helm und stülpte ihn sich auf den Kopf. »Ich gehe jetzt, Gaius. Ich wünsche dir viel Glück dabei, Scipio davon zu überzeugen, daß er einen Fehler macht!«

Nach einiger Überlegung entschied sich Sertorius, von Capua zur Küste zu reiten. Dort wollte er in dem kleinen Hafen Sinuessa Aurunca eine Erklärung gegen Sulla abgeben. In der Campania waren alle Straßen offen. Abgesehen von der Belagerung Neapolis' hatte Sulla keine Blockaden versucht. Zwar würde er sicher bald Truppen nach Capua schicken, um Norbanus einzuschließen, doch noch war davon nichts zu sehen. Trotzdem hielt Sertorius es für angebracht, die Hauptstraßen zu meiden. Er fand Gefallen an seinem Flüchtlingsdasein, denn es gab seinem Leben eine neue Dimension und erinnerte ihn ein wenig an die Zeit, in der er als keltiberischer Krieger verkleidet bei den Germanen spioniert hatte. War das ein Leben gewesen! Da gab es keine schwächlichen römischen Aristokraten, denen man schmeicheln und schöntun mußte! Handeln war angesagt, und die Frauen kannten ihre Grenzen. Er hatte sogar eine Germanin zur Frau gehabt und mit ihr einen Sohn gezeugt. Nie hatte er das Gefühl gehabt, daß sie oder der Junge ihm zur Last fielen. Sie lebten in Hispania Citerior, in der Bergfeste Osca, und der Junge mußte jetzt schon fast ein Mann sein. Wie die Zeit verging! Aber Quintus Sertorius vermißte seine Frau nicht, und es verlangte ihn auch nicht danach, sein einziges Kind zu sehen. Was er vermißte, war jenes Leben in ungebundener Freiheit, in dem ein Mann sich als Krieger bewährte. Ja, damals ...

Wie gewöhnlich reiste er ohne Begleitung. Nicht einmal einen Sklaven hatte er bei sich, denn er glaubte wie sein Vetter Gaius Marius, daß ein Soldat allein zurechtkommen mußte. Seine Ausrüstung war noch in Scipio Asiagenus' Lager, aber er würde nicht zurückreiten und sie holen. Oder doch? Einige Gegenstände würde er vermissen: sein Schwert, ein Kettenhemd von unvergleichlicher Leichtigkeit und Beschaffenheit, wie es in ganz Italien nicht zu finden war – er hatte es aus Gallia Transalpina mitgebracht –, und seine Winterstiefel aus Liguria. Er beschloß, doch zurückzureiten. Scipio würde sich noch einige Tage halten.

Also wandte er sein Pferd und ritt zurück in Richtung Nordosten mit der Absicht, Sullas Lager in weitem Bogen am gegenüberliegenden Ufer zu umgehen. Da bemerkte er, daß in einiger Entfernung eine kleine Gesellschaft auf ihn zukam, vier Männer und drei Frauen. Frauen! Fast hätte er die Richtung nochmals geändert, doch dann beschloß er, schnell an ihnen vorbeizureiten.

Als sie näher kamen, runzelte er die Stirn. Der Mann an der Spitze kam ihm irgendwie bekannt vor: groß wie ein Riese, strohblond und kraftstrotzend wie viele Germanen, die er kannte –

Burgundus! Ja, bei den Göttern, es war Burgundus! Und hinter ihm ritt Lucius Decumius mit seinen beiden Söhnen!

Auch Burgundus hatte ihn erkannt. Die beiden Männer trieben ihre Pferde an und ritten aufeinander zu, während der schmächtige Lucius Decumius wie wild auf sein Reittier einhieb, um mit ihnen Schritt zu halten.

Die Männer schüttelten sich die Hände und umarmten sich. »Was um alles in der Welt tust du hier, Burgundus?« fragte Sertorius.

»Wir haben uns verirrt«, sagte Lucius Decumius und starrte Burgundus böse an. »Dieser germanische Müllhaufen schwor, den Weg zu kennen. Und kennt er ihn? Nein!«

Burgundus war solche nicht weiter böse gemeinten Beschimpfungen seit Jahren gewohnt, und sie machten ihm nichts aus. Jetzt sah er den Römer nur geduldig an.

»Wir wollen zu Quintus Pedius«, sagte er in seinem langsamen Latein und lächelte Sertorius mit einer Zuneigung an, die er nur für wenige Menschen empfand. »Aurelia holt ihre Tochter nach Rom.«

Und da war Aurelia. Aufrecht saß sie auf einem stämmigen Maultier, tadellos frisiert und mit makellos sauberem braunen Reisekleid. Bei ihr waren ihre gallische Magd Cardixa und noch eine Dienerin, die Sertorius nicht kannte.

»Quintus Sertorius«, begrüßte sie ihn, sofort die Herrin der Situation.

War das eine Frau! Als Sertorius zu Norbanus gesagt hatte, er schätze eigentlich nur eine Frau wirklich, seine Mutter, hatte er nicht an Aurelia gedacht. Sie war in seinen Augen die einzige Frau der Welt, der es gelang, Schönheit und Vernunft zu verbinden. Außerdem war sie ehrenwert wie ein Mann, erzählte keine Lügen, stöhnte und klagte nicht, arbeitete hart und kümmerte sich um ihre eigenen Angelegenheiten. Sertorius und Aurelia waren fast genau gleich alt – vierzig – und kannten einander, seit Aurelia vor über zwanzig Jahren Gaius Julius Caesar geheiratet hatte.

Die beiden entfernten sich ein paar Schritte vom Rest der Gesellschaft. »Hast du meine Mutter in letzter Zeit gesehen?« fragte Sertorius.

»Nicht seit den *ludi Romani* des letzten Jahres, wo auch du sie gesehen hast. Doch sie wird auch in diesem Jahr während der Spiele bei uns wohnen. Das ist schon eine feste Gewohnheit geworden.«

»Sie wohnt nie bei mir.«

»Sie ist einsam, Quintus Sertorius, und dein Haus ist leer. Bei uns herrscht geschäftiges Treiben, und das mag sie – zumindest einmal im Jahr, wenn die Spiele stattfinden.«

»Habt ihr euch wirklich verirrt, wie Decumius sagt?«

Aurelia nickte seufzend. »Ich fürchte ja. Wenn mein Sohn davon erfährt, wird er mir ewig Vorhaltungen machen. Aber als Jupiterpriester darf er Rom nicht verlassen, deshalb habe ich mich Burgundus anvertraut.« Sie sah zerknirscht aus. »Cardixa sagt, er finde nicht einmal vom Forum in die Subura, und ich habe geglaubt, sie übertreibe. Jetzt weiß ich, daß sie kein bißchen übertrieben hat.«

»Und Lucius Decumius und seine Söhne wissen den Weg auch nicht?«

»Außerhalb der Stadtmauern sind sie verloren. Aber ich könnte mir keine aufmerksameren Beschützer wünschen. Und jetzt haben wir ja dich getroffen. Du kannst uns sicher sagen, wie wir auf dem schnellsten Weg zu Quintus Pedius gelangen.«

»So schnell geht es nicht, aber den Weg kann ich euch zeigen.« Der Einäugige betrachtete sie nachdenklich. »Du holst deine Tochter nach Hause, Aurelia?«

Sie errötete. »Es ist nicht ganz so. Quintus Pedius hat mich in einem Brief gebeten zu kommen. Anscheinend lagern sowohl Scipio als auch Sulla in unmittelbarer Nähe seiner Ländereien, und er meint, Lia sei woanders sicherer. Aber sie weigert sich zu gehen!«

»Sie ist so eigensinnig wie ihr Vater«, sagte Sertorius lächelnd.

»Recht hast du! Eigentlich hätte ich ihren Bruder schicken sollen. Wenn er etwas befiehlt, gehorchen seine beiden Schwestern sofort. Doch Quintus Pedius scheint der Ansicht zu sein, ich könnte das auch.«

»Bestimmt. Denn daß dein Sohn sich durchsetzen kann, hat er von dir, Aurelia.« Sertorius wechselte das Thema. »Bitte verstehe, daß ich in Eile bin. Ich kann dich zwar ein Stück begleiten, aber leider nicht bis zu Quintus Pedius. Dazu mußt du dich an Sulla wenden. Er lagert zwischen dem Gebiet, wo wir uns gerade befinden, und Quintus Pedius' Ländereien.«

»Und du bist auf dem Weg zu Scipio«, sagte sie und nickte.

»Eigentlich wollte ich nicht zu ihm. Aber dann fiel mir ein, daß meine Ausrüstung, von der ich mich nicht trennen möchte, noch in Scipios Lager ist.«

Aurelia musterte ihn mit ihren veilchenblauen Augen. »Aha! Scipio hat in deinen Augen nicht bestanden.«

»Dachtest du, daß er es könnte?«

»Nein, nie.«

Eine kleine Pause entstand. Sie ritten jetzt den Weg zurück, den sie gekommen waren; Aurelias Begleiter hatten sich ihnen wortlos angeschlossen.

»Was wirst du tun, Quintus Sertorius?«

»Sulla so viele Schwierigkeiten bereiten, wie ich nur kann. Ich will nach Sinuessa. Aber zuerst hole ich meine Ausrüstung aus Scipios Lager.« Er räusperte sich. »Ich kann dich bis zu Sulla begleiten. Er wird nicht versuchen, mich festzuhalten, wenn ich mit dir komme.«

»Nein, begleite uns nur bis zu einer Stelle, von der wir sein Lager finden, ohne uns zu verlaufen.« Aurelia seufzte in froher Erwartung. »Wie schön es ist, Lucius Cornelius wiederzusehen! Zuletzt war er vor vier Jahren in Rom. Er hat mich immer gleich nach seiner Ankunft und kurz vor seiner Abreise besucht. Es war eine Art Tradition, die ich jetzt nur wegen meiner eigensinnigen Tochter brechen muß! Aber was macht das schon! Wichtig ist allein, daß ich Lucius Cornelius wiedersehe. Ich habe seine Besuche schrecklich vermißt.«

Sertorius öffnete schon den Mund, um sie zu warnen, doch dann sagte er nichts. Er kannte Sullas Zustand nur vom Hörensagen und wußte, was Aurelia von Mitteilungen aus zweiter Hand hielt.

Als die Wälle aus Erde und Holz, die Sullas Lager umgaben, in der Ferne auftauchten, verabschiedete sich Quintus Sertorius von der Frau seines Vetters. Dann trieb er sein Pferd an und verschwand.

Eine neu angelegte Straße, in welche die vielen mit Proviant beladenen Pferdekarren bereits tiefe Spuren gegraben hatten, führte über die Felder zu den Wällen. Jetzt konnten sie sich nicht mehr verirren.

»Wir müssen daran vorbeigeritten sein«, grollte Lucius Decumius. »Dein dicker Arsch hat das Lager verdeckt, Burgundus!«

»Jetzt aber Schluß mit dem Gezänk«, sagte Aurelia ruhig.

Eine Stunde später hielt die kleine Schar vor dem Tor, und Lucius Decumius bat um Einlaß. Dann tat sich vor ihnen eine Welt auf, die für Aurelia, die noch nie in ihrem ganzen Leben ein Heerlager besucht hatte, völlig fremd war. Sie erntete viele anerkennende Blicke, als sie und ihre Begleiter die breite Hauptstraße entlangritten, die schnurgerade auf ein weiteres Tor zuführte, das in der Ferne nur als kleine Öffnung zu erkennen war. Erstaunt stellte Aurelia fest, daß die beiden Tore ungefähr drei Meilen voneinander entfernt waren.

Auf halber Strecke erhob sich ein Hügel in dem ansonsten flachen Lager: Er war offensichtlich künstlich angelegt worden, und auf ihm stand ein großes steinernes Haus. Eine rote Fahne flatterte im Wind, um die Anwesenheit des Feldherrn anzuzeigen, und der wachhabende Offizier, der vor dem Haus unter einem Sonnensegel an einem Tisch saß, stand verlegen auf, als er sah, daß es sich bei dem Besucher um eine Frau handelte.

Lucius Decumius, seine Söhne, Burgundus, Cardixa und die andere Dienerin blieben bei den Pferden, während Aurelia ruhig auf den Offizier zuging. Da sie sich in einen schweren braunen Wollmantel gehüllt hatte, sah der junge Offizier Marcus Valerius Messala Rufus nur ihr Gesicht, doch genügte das schon, sein Herz klopfen zu lassen. Obwohl Aurelia seine Mutter hätte sein können, war sie die schönste Frau, die er je gesehen hatte. Auch die schöne Helena war schließlich nicht mehr ganz jung gewesen. Nein, Aurelia hatte mit den Jahren bestimmt nichts an Ausstrahlung eingebüßt! Auf der Straße drehten sich immer noch alle nach ihr um.

»Ich möchte zu Lucius Cornelius Sulla«, sagte sie.

Messala Rufus fragte weder nach ihrem Namen, noch dachte er daran, Sulla von ihrer Ankunft zu unterrichten. Er verbeugte sich nur und zeigte mit der Hand auf die offene Tür. Aurelia bedankte sich lächelnd und trat ein.

Obgleich die Fensterläden weit geöffnet waren, um Luft hereinzulassen, war es drinnen dunkel – vor allem im hinteren Teil des Zimmers, wo ein Mann mit dem Rücken zum Eingang über einen Schreibtisch gebeugt saß und im Schein einer großen Lampe eifrig schrieb.

»Lucius Cornelius?« fragte sie mit ihrer unverwechselbaren Stimme.

Beim Klang ihrer Stimme ging eine Veränderung mit dem Mann vor. Er zog die Schultern hoch, als gelte es, einen schrecklichen Schlag abzuwehren. Papier und Feder rutschten über den Tisch, so heftig stieß er beides von sich. Dann saß er regungslos da. Sie trat ein paar Schritte vor. »Lucius Cornelius?« wiederholte sie.

Noch immer erhielt sie keine Antwort. Ihre Augen begannen, sich an das Dunkel zu gewöhnen. Sie sah einen Kopf, der mit lächerlichen rötlichbraunen Locken bedeckt war. Das war nicht Lucius Cornelius Sulla!

Dann drehte er sich mit einem Ruck um, und sie erkannte ihn an seinen Augen. Es waren unverkennbar seine Augen!

Ihr Götter, wie konnte ich ihm das nur antun? Aber ich wußte ja nicht, wie er aussieht. Wenn ich es gewußt hätte, wäre ich nicht gekommen! Verrät mein Gesicht, was ich denke? Weiß er es?

»Ich freue mich, dich zu sehen, Lucius Cornelius«, sagte sie ruhig. Sie ging vollends auf ihn zu und küßte ihn auf die beiden vernarbten Wangen. Dann setzte sie sich auf einen Klappstuhl, der in der Nähe stand, legte die Hände in den Schoß, lächelte unbefangen und wartete.

»Ich hatte nicht vor, dich je wiederzusehen, Aurelia.« Er starrte sie unverwandt an. »Konntest du nicht warten, bis ich nach Rom komme? So haben wir es doch sonst immer gemacht.«

»Aber diesmal ist es nicht wie sonst – du kommst mit einer Armee. Oder vielleicht habe ich geahnt, daß du mich zum erstenmal nicht besuchen würdest. Doch nein, lieber Lucius Cornelius, du wirst nie erraten, warum ich hier bin: Ich habe mich verirrt!«

»Verirrt?«

»Ja. Ich bin auf der Suche nach Quintus Pedius. Meine Tochter will nicht nach Rom kommen, aber Quintus Pedius – ihr zweiter Mann, was du wohl nicht weißt – will nicht, daß sie sich in der Nähe zweier befestigter Lager aufhält.« Sie hatte das unbekümmert und überzeugend gesagt, dachte sie. Das müßte ihn eigentlich beruhigen.

»Habe ich dich erschreckt?« fragte er.

Sie versuchte nicht zu heucheln. »In gewisser Weise schon. Vor allem deine Haare – ich nehme an, sie sind dir ausgefallen.«

»Meine Zähne auch.« Er entblößte das Zahnfleisch wie ein Affe.

»Dem Alter entgeht keiner.«

»Du würdest bestimmt nicht wollen, daß ich dich noch einmal so küsse wie vor einigen Jahren.«

Aurelia neigte den Kopf und lächelte. »Ich wollte schon damals nicht, daß du mich küßt, auch wenn es mir gefallen hat. Es war zuviel für meinen Seelenfrieden. Wie du mich gehaßt hast!«

»Was hast du erwartet? Du hast mich zurückgestoßen! Ich hasse es, verschmäht zu werden.«

»Ich erinnere mich noch gut daran.«

»Ich erinnere mich noch an die Trauben.«

»Ich auch.«

Er atmete tief ein und schloß die Augen. »Wenn ich nur weinen könnte.«

»Ich bin froh, daß du es nicht kannst, lieber Freund«, sagte sie zärtlich.

»Damals hast du um mich geweint.«

»Ja, aber jetzt nicht mehr. Das wäre, als würde ich einer lange entschwundenen Erscheinung nachtrauern. Du bist hier, und darüber freue ich mich.«

Schließlich stand er auf, ein müder alter Mann. »Einen Becher Wein?«

»Ja, gern.«

Aurelia fiel auf, daß er aus zwei verschiedenen Flaschen eingoß. »Du würdest den Wein nicht mögen, den ich zur Zeit trinken muß. So trocken und so sauer wie ich selbst.«

»Ich bin auch trocken und sauer geworden, aber ich bestehe nicht darauf, deinen Wein zu probieren, wenn du mir nicht dazu rätst.« Sie ergriff den Becher, den er ihr reichte, und nahm dankbar einen Schluck. »Danke, das tut gut. Es war ein langer Tag für uns.«

»Was fällt deinem Mann ein, dich seine Arbeit tun zu lassen? Ist er wieder unterwegs?« fragte Sulla etwas entspannter.

Der strahlende Blick ihrer Augen verdunkelte sich. »Ich bin seit zwei Jahren Witwe, Lucius Cornelius.«

»Gaius Julius ist tot? Er war so gesund, wie ein Mensch nur sein kann! Ist er auf dem Schlachtfeld gestorben?«

»Nein, einfach so – ganz plötzlich.«

»Und hier bin ich, tausend Jahre älter als Gaius Julius, und lebe immer noch.« Seine Worte klangen bitter.

»Du bist ein großer Mann, er war nur Mittelmaß. Er war ein guter Ehemann, und ich war gern mit ihm verheiratet. Aber ich glaube, er war kein Mensch, der unbedingt weiterleben mußte.«

»Vielleicht starb er deshalb. Wenn ich Rom erobere, hätte er es schwer gehabt. Ich nehme an, er hätte sich für Carbo entschieden.«

»Wegen Gaius Marius folgte er Cinna. Aber Carbo? Das weiß ich nicht.« Sie wechselte das Thema, allmählich an seinen Anblick gewöhnt. Er, der einst schön gewesen war wie Apollo! »Wie geht es deiner Frau, Lucius Cornelius?«

»Gut, soviel ich weiß. Sie ist noch in Athen und hat mir letztes Jahr Zwillinge geschenkt, einen Jungen und ein Mädchen.« Er lachte in sich hinein. »Sie hat Angst, die Kinder könnten später ihrem Onkel Schweinebacke ähnlich sehen.«

»Ach, die Ärmsten! Aber es ist schön, Kinder zu haben. Hast du je daran gedacht, wie es deinen anderen Zwillingen ergehen mag, den Söhnen deiner germanischen Frau? Sie müßten inzwischen zu jungen Männern herangewachsen sein.«

»Junge Cherusker, die Römer bei lebendigem Leib in Käfigen rösten!«

Er klang jetzt ruhiger, weniger gequält. Natürlich hatte sie damit rechnen müssen, daß er sich verändert hatte – aber nie hätte sie erwartet, daß er seine einzigartige Ausstrahlung verlieren würde. Und doch war er Sulla geblieben. Seine Frau, dachte Aurelia, liebte ihn bestimmt noch genauso wie früher.

Sie unterhielten sich noch einige Zeit über dies und das und ließen die vergangenen Jahre noch einmal passieren. Aurelia merkte, daß er gerne von seinem Schützling Lucullus sprach, und er merkte, daß sie gern über ihren einzigen Sohn sprach, der jetzt Caesar genannt wurde.

»Soweit ich mich erinnere, war der junge Caesar eine Art Gelehrter. Dann müßte Jupiterpriester eigentlich das Richtige für ihn sein«, sagte Sulla.

Aurelia zögerte. Sie schien etwas sagen zu wollen, verwarf den Gedanken jedoch und sagte statt dessen etwas anderes. »Er gibt sich viel Mühe, ein guter Priester zu sein, Lucius Cornelius.«

Sulla runzelte die Stirn und sah durch das Fenster. »Die Sonne steht bereits im Westen, deshalb ist es hier so dunkel. Es wird Zeit, daß du dich auf den Weg machst. Ich gebe dir ein paar Offiziersanwärter als Führer mit; von hier ist es nicht mehr weit zu Quintus Pedius. Und deiner Tochter kannst du sagen, daß sie eine Närrin ist, wenn sie bleibt. Meine Männer sind zwar keine wilden Tiere, aber wenn deine Tochter eine richtige Julia ist, wird sie eine wahre Versuchung für sie sein, und ich kann meinen Soldaten nicht verbieten, Wein zu trinken, wenn sie in der Campania sind. Bringe deine Tochter sofort nach Rom. Für übermorgen stelle ich eine Eskorte bereit, die euch bis Ferentinum geleiten wird. So kommt ihr sicher an den beiden Heeren vorbei, die hier lagern.«

Aurelia erhob sich. »Ich habe zwar Burgundus, Lucius Decumius und dessen Söhne, doch ich weiß eine Eskorte zu schätzen, wenn du dafür einige Männer abstellen kannst. Wird es zwischen dir und Scipio zur Schlacht kommen?«

Wie traurig es war, daß sie Sullas strahlendes Lächeln nie mehr sehen würde! Das einzige, was er hervorbrachte, war ein Grunzen; sein durch Narben und Schorf entstelltes Gesicht blieb unbewegt. »Eine Schlacht mit diesem Idioten? Nein, wohl kaum.« Er begleitete sie bis zur Tür, dann berührte er kurz ihren Arm. »Geh jetzt, Aurelia. Und erwarte nicht, daß ich dich in Rom besuche.«

Sie kehrte zu ihren wartenden Begleitern zurück, während Sulla Messala Rufus Anweisungen erteilte. Wenig später ritten sie die Via Praetoria entlang zu einem der vier Tore, die aus Sullas riesigem Lager hinausführten.

Da Aurelia ein abweisendes Gesicht machte, schwiegen auch die anderen, und so hatte sie die Ruhe, die sie so dringend brauchte, um ihre Gedanken zu Ende zu bringen.

Sie hatte ihn stets gemocht, dachte sie, obwohl er zuletzt zum Feind ihrer Familie geworden war. Und obwohl er kein guter Mensch war. Ihr Mann war ein durch und durch guter Mensch gewesen; sie hatte ihn geliebt und war ihm in jeglicher Hinsicht treu gewesen. Dennoch – und das wurde ihr erst jetzt bewußt – gehörte ein kleiner Teil von ihr Lucius Cornelius Sulla. Das, was ihr Gatte nicht gewollt hatte, womit er nichts anzufangen gewußt hätte. Sie hatten sich nur ein einziges Mal geküßt, Lucius Cornelius und sie. Es war berauschend und zugleich gefährlich gewesen. Ein Morast der Gefühle und Leidenschaften. Sie hatte nicht nachgegeben. Aber die Götter wußten, wie sie ihn begehrt hatte! Damals hatte sie einen Sieg errungen – oder hatte sie einen Krieg verloren?

Immer, wenn er ihre kleine, behagliche Welt betreten hatte, war es wie ein Wirbelsturm gewesen. Wenn er Apollo war, dann auch Äolus. Er hatte ihren Geist in Schwingung versetzt, und in ihr war eine Melodie erklungen, die ihr Mann nie, nie vernommen hatte ... Aber was sie jetzt erlebt hatte, war schlimmer als Abschied und Tod! Sie stand vor dem Ende eines unerfüllten Traums, der ihnen beiden gehört hatte, und er wußte es, der arme Lucius Cornelius. Doch wie mutig er war! Ein Geringerer hätte sich in sein Schwert gestürzt. Welche Schmerzen er ertragen mußte! Aber warum hatte sie diese Gefühle? Sie war eine vielbeschäftigte, praktisch und nüchtern denkende Frau und führte ein geordnetes, erfülltes Leben. Doch jetzt verstand sie, welcher Teil ihrer Seele ihm seit je gehörte: der, welcher sich einem Vogel gleich in die Lüfte schwang und unablässig sang, während die Erde darunter zu einem unwichtigen Nichts schrumpfte. Und doch bereute sie nicht, auf dem Boden geblieben zu sein, sich nie emporgeschwungen zu haben. So war sie eben. Zusammen hätten sie keinen Augenblick Ruhe gehabt. Aber wie sie für ihn blutete, wie sie um ihn weinte!

Und weil Aurelia allen vorausritt, außer den Offizieren, die sie führten, sahen die andern ihre Tränen nicht, so wie sie auch den zerstörten Lucius Cornelius Sulla nicht gesehen hatten.

Der Brief, in dem Gaius Norbanus Scipio Asiagenus eindringlich warnte, konnte dessen selbstverschuldeten Sturz nicht aufhalten. Scipio Asiagenus war völlig überrascht, als er beim Befehl zum Angriff erfahren mußte, daß seine Soldaten nicht mehr für ihn kämpfen wollten. Statt dessen gingen seine acht Legionen geschlossen zu Sulla über.

Selbst als Sulla Scipio Asiagenus die Amtsinsignien des Konsuls wegnahm und ihn in Begleitung einiger Reiter fortjagte, war Scipio Asiagenus immer noch nicht imstande, die ausweglose Lage zu erkennen, in die Rom geraten war. In eitler Verblendung begab er sich nach Etruria und begann dort unter den zahlreichen Klienten des Gaius Marius eine neue Armee auszuheben.

»Er kapiert nicht einmal, daß er eine feierlich vereinbarte Waffenruhe gebrochen hat«, sagte Sulla verblüfft. »Ich weiß, mit den Scipionen geht es bergab, aber Scipio Asiagenus verdient nicht einmal diesen Namen. Wenn ich Rom erobere, lasse ich ihn hinrichten.«

»Das hättest du tun sollen, als du ihn in der Hand hattest«, bemerkte Metellus gereizt. »Er wird dir noch viel Ärger bereiten.«

»Nein, er ist wie ein Breiumschlag, den ich auf die Eiterbeule Etrurias lege: Ziehe das Gift heraus, solange du nur mit einem Gegner zu tun hast. Lasse aus einer Eiterbeule keinen Karbunkel werden!«

Das war unbestritten sehr weise, und Metellus Pius grinste. »Welch treffendes Bild!«

Der Sommer war noch lange nicht vorbei, aber dennoch hatte Sulla beschlossen, dieses Jahr nicht mehr weiterzuziehen. Nach Scipios Abgang wurden die beiden Lager näher zusammengelegt, und Sullas erfahrene Zenturionen nahmen sich die jungen und unerfahrenen Truppen vor, die bisher Carbo und Rom unterstanden hatten. Dabei war es eher die Angst vor Sullas Veteranen als die Freude über die Verbrüderung, die Scipios Legionären Beine machte. Bereits nach wenigen Tagen in Gesellschaft der Veteranen hatten sie einen Typus Soldat kennengelernt, der ihnen bisher unbekannt war – abgebrüht, kaltblütig, professionell. Ganz bestimmt kein Gegenüber, dem ein unerfahrener Rekrut auf dem Schlachtfeld begegnen wollte. Da war es ihnen bei weitem vorteilhafter erschienen zu desertieren.

Daß Sinuessa Aurunca unter dem Einfluß von Quintus Sertorius abfiel, war kaum mehr als ein Nadelstich. Sulla ließ die Stadt zwar belagern, aber nur, um Scipios Legionen Übung zu verschaffen und nicht, weil er die Stadt auszuhungern oder gegen ihre starken Festungswälle anzurennen gedachte. Er wollte sich in diesem Jahr auf keine Unternehmung mehr einlassen, die einen hohen Blutzoll forderte, und was konnte ihm Besseres passieren, als daß der so fähige Quintus Sertorius in Sinuessa festsaß? Dort eingeschlossen, nützte er Carbo nichts mehr, der ihn bestimmt sehr viel besser hätte einsetzen können.

Aus Sardinien kam die Nachricht, daß Philippus mit seinen spanischen Kohorten die Insel ohne Schwierigkeiten erobert und die gesamte Getreideernte nach Puteoli verschifft hatte. Die Schiffe begegneten unterwegs weder Kriegsgaleeren noch Piraten und trafen gerade zur rechten Zeit mit ihrer für Sulla bestimmten Fracht ein.

Der Winter begann in diesem Jahr früh und brachte eine ungewöhnliche Kälte. Um seine auf mehr als das Doppelte angeschwollene Armee zu verteilen, kommandierte Sulla jeweils einige Kohorten zur Belagerung von Capua, Sinuessa und Neapolis ab. Dadurch entlastete er die Gegend um Teanum von der Bürde, die gesamte Armee allein zu versorgen. Verres und Cethegus erwiesen sich als brauchbare Proviantmeister und entwickelten sogar eine Methode, mit der sie den im Adriatischen Meer gefangenen Fisch in Behältern mit festgepreßtem Schnee über lange Zeit hinweg frisch halten konnten. Die Soldaten begrüßten die Abwechslung auf dem Speiseplan, und die Feldärzte mußten mehr als einmal eine Gräte aus dem Hals eines röchelnden Legionärs ziehen.

Doch das kümmerte Sulla inzwischen schon nicht mehr. Er hatte an dem Wundschorf auf seinem verheilten Gesicht gekratzt, und das Jucken war wieder aufgetreten. Alle in seiner Umgebung hatten ihn angefleht, zu warten, bis der Schorf von alleine abfiel, aber sein rastloses Wesen hatte sich nicht in Geduld üben können. Wenn der Schorf lose hing, kratzte er so lange daran, bis er abfiel.

Die Krankheit brach erneut heftig aus und währte drei volle Monate lang. Varro, der sich um den Kranken kümmerte, vermutetete die Ursache dafür in dem kalten Wetter. Drei Monate lang trank Sulla ohne Maß, tobte, phantasierte, stöhnte und kratzte, brüllte und soff. Schließlich mußte Varro Sullas Hände fesseln, um ihn daran zu hindern, sich das Gesicht aufzukratzen. Ähnlich wie Odysseus, der sich an den Mast hatte binden lassen, um dem

Gesang der Sirenen lauschen zu können, war Sulla zwar willens, sich dieser Behandlung zu unterziehen, flehte aber zugleich inständig darum, losgebunden zu werden. Schließlich riß er sich los, und alles fing wieder von vorne an.

Gegen Ende des Jahres wußte Varro nicht mehr weiter. Er ging zu Metellus Pius und Pompeius und vertraute ihnen seine Zweifel an, ob sich Sulla bis zum Frühjahr erholen würde.

»Ich habe einen Brief für ihn aus Tarsus erhalten«, erklärte Metellus Pius, der sich inzwischen damit abgefunden hatte, den Rest des Winters in Pompeius' Gesellschaft verbringen zu müssen. Crassus hielt sich bei den Marsern auf, und Appius Claudius und Mamercus waren in anderen Gegenden mit Belagerungen beschäftigt.

»Aus Tarsus?« Varro blickte ihn aufgeregt an.

»Ja, vom Ethnarchen Morsimus.«

»Liegt dem Brief ein Behältnis bei?«

»Nein. Ist Sulla in der Lage, den Brief zu lesen?«

»Auf keinen Fall.«

»Dann lies du ihn, Varro«, schlug Pompeius vor.

»Pompeius!« Metellus Pius war empört.

»Stell dich nicht so an, Ferkel«, erwiderte Pompeius ungeduldig. »Wir wissen, daß Sulla auf eine magische Salbe oder etwas Ähnliches hofft und daß er Morsimus beauftragt hat, danach zu suchen. Jetzt haben wir eine Nachricht von Morsimus, und er kann sie nicht lesen. Denkst du nicht auch, daß Varro, und sei es nur um Sullas Wohlergehen willen, lesen sollte, was Morsimus zu berichten hat?«

So wurde Varro die Lektüre gestattet.

Teuerster Lucius Cornelius, Freund und Gebieter, hier ist das Rezept. Mehr kann ich im Moment nicht für Dich tun. Allem Anschein nach muß die Salbe frisch zubereitet werden und würde bei einer Reise vom Fluß Pyramus in Cilicia Pedia bis ins ferne Rom ihre Wirksamkeit verlieren. Du mußt Dir die Zutaten also selbst besorgen und die Salbe selbst anrühren. Glücklicherweise ist keine der Ingredienzen besonders ausgefallen, wenn auch einige sich offenbar nur schwer beschaffen lassen.

Das Mittel kommt vom Schaf, oder besser gesagt, von vielen

Schafen. Nimm zuerst ein Schaffell von reinster Wolle und laß die Fasern mit einem Instrument schaben, das scharf genug ist, sie zu brechen, aber wiederum auch nicht so scharf, sie zu durchtrennen. An der Kante des Striegels wird sich nach und nach eine Substanz ansammeln, die ölig ist, von ihrer Konsistenz her aber geronnener Milch ähnelt. Diesen Vorgang mußt Du wiederholen, bis Du eine gewisse Menge von dieser Substanz gewonnen hast. Sodann mußt Du diese in warmem Wasser auflösen. Das Wasser darf auf keinen Fall zu heiß oder zu kalt sein, es ist gerade richtig, wenn Du Deine Fingerspitze eintauchst und es sich heiß, aber noch nicht unerträglich anfühlt. Die Substanz wird zum Teil schmelzen und sich in einer Schicht auf dem Wasser sammeln. Diese Schicht brauchst Du, dem Maß nach einen vollen Becher.

Als nächstes nimm das Fell eines frisch geschlachteten Schafes, von dem die Haut noch nicht entfernt ist. Achte aber darauf, daß noch etwas Fett an der Haut hängt. Koche das Ganze auf und lasse das Fett, das Du daraus gewonnen hast, zweimal aus. Bewahre davon ebenfalls einen vollen Becher auf.

Sodann muß dem Schaffett, das normalerweise selbst in einem warmen Raum sehr hart ist, ein ganz bestimmtes Fett aus den Innereien des Tieres zugesetzt werden. Die Frau, von der ich das Rezept erhalten habe, das stinkendste und abstoßendste aller alten Weiber, die mir jemals untergekommen sind, hat gesagt, daß dieses innere Fett aus dem härteren Fett ausgelöst werden muß, das sich über den Nieren der Tiere findet. Dann muß es zerstampft und, in derselben Art wie die von den Schaffellen gewonnene Substanz, in warmem Wasser aufgelöst werden. Von der Schicht, die sich auf der Oberfläche des Wassers ansammelt, brauchst Du zwei Drittel eines Bechers. Gebe dazu ein Drittel Becher frischer Galle, die unmittelbar nach der Schlachtung der Gallenblase des Schafes entnommen werden muß.

Vermische nun alle Zutaten langsam, aber gründlich miteinander. Die Salbe wird ziemlich hart sein, aber nicht so hart wie das Schaffett. Trage sie mindestens viermal täglich auf. Ich warne Dich, Lucius Cornelius, die Salbe stinkt unerträglich. Aber das alte Weib beharrt darauf, daß sie ohne jeden Zusatz von Duftstoffen, Gewürzen oder Harzen aufgetragen werden muß.

Bitte laß mich wissen, ob es hilft. Ich habe zwar meine Zweifel, aber die alte Fuchtel schwört Stock und Bein, daß sie es gewesen sei, die jene Salbe anrührte, die Du mit so großem Erfolg angewandt hast.

Vale von Morsimus.

Varro trommelte eine kleine Armee von Sklaven zusammen, deren erste Aufgabe darin bestand, eine Schafherde aufzutreiben. Nachdem das geschehen war, richtete er sich in einem Verschlag nahe dem Steinhaus ein, in dem Sulla wohnte. Höchstpersönlich inspizierte er jeden geschlachteten Kadaver, jede einzelne Niere, eilte zwischen großen, dampfenden Kesseln und unablässig schabenden Sklaven hin und her, prüfte hier die Temperatur des Wassers, dort das richtige Mischungsverhältnis und trieb die Sklaven mit seiner Sorgfalt, seiner Ungeduld und seinen ständigen Kritteleien bis an den Rand der Verzweiflung.

Hundert Schafe später (die Galle und das ausgelassene Fett stammten von nur zwei Schafen, aber die winzigen Mengen des weichen Fetts über den Nieren und die aus der Wolle gewonnene Substanz summierten sich nur langsam und mühevoll zu der notwendigen Menge) hielt Varro einen ansehnlichen Porphyrkrug voll Salbe in Händen. Die Sklaven, denen die hundert weitgehend vollständigen Kadaver köstlichsten Schaffleisches blieben, sahen sich mit der Aussicht auf ein Festmahl für ihre Mühen reichlich entlohnt.

Es war spät am Abend, und Sulla, so hatte sein Leibdiener Varro zugeflüstert, schlief auf der Liege in seinem Speisezimmer.

»Betrunken?«

»Ja, Marcus Terentius.«

»Nun, ich denke, das kommt uns zugute.«

Varro schlich sich auf Zehenspitzen in das Zimmer. Einen Moment lang blieb er stehen und sah auf die arme, gequälte Kreatur hinunter, die einstmals Sulla gewesen war. Die Perücke war heruntergefallen und lag mit der gazeartigen Innenseite nach oben da; Tausende von Haaren waren zu ihrer Herstellung notwendig gewesen, und jedes einzelne davon war sorgsam in die Gaze geknotet worden. Kopfschüttelnd betrachtete Varro die Perücke, seufzte, beugte sich vor und strich die Salbe mit größter Sorgfalt auf die wundgekratzten Stellen in Sullas Gesicht.

Sulla riß die Augen auf, und aus ihrem weintrüben Glanz blitzten Schmerz und Schrecken. Seine Lippen öffneten sich und gaben den Blick auf seinen zahnlosen Schlund frei, aber er brachte keinen Ton heraus.

»Es ist die Salbe, Lucius Cornelius«, flüsterte Varro. »Ich habe mich genau an das Rezept gehalten. Wirst du es ertragen, wenn ich sie auftrage?«

Tränen stiegen in Sullas Augen hoch und sammelten sich in seinen Augenhöhlen. Bevor die Tränen über Sullas wundes Gesicht laufen konnten, tupfte Varro sie mit einem weichen Tuch vorsichtig ab. Aber immer wieder quollen neue Tränen hervor und Varro mußte unablässig tupfen.

»Du darfst nicht weinen, Lucius Cornelius. Die Salbe kann nur auf die trockene Haut aufgetragen werden. Liege still und schließe die Augen.«

Sulla gehorchte, und bis auf ein paar unwillkürliche Zuckungen, wenn Varro sein Gesicht berührte, wehrte er sich nicht. Langsam entspannte er sich.

Schließlich war Varro fertig. Er nahm eine Lampe mit fünf Dochten und hielt sie über Sullas Gesicht, um seine Arbeit in Augenschein zu nehmen. Aus den offenen Stellen trat eine klare Flüssigkeit in dicken Tropfen aus, aber die Salbe schien immerhin die Blutungen gelindert zu haben.

»Du darfst dich nicht kratzen, Lucius Cornelius. Juckt es?«

»Ja, es juckt«, antwortete Sulla mit geschlossenen Augen. »Aber es war schon schlimmer. Binde meine Hände fest.«

»Ich komme in der Morgendämmerung wieder und schmiere dich wieder ein«, sagte Varro, während er Sullas Hände fesselte. »Wer weiß, vielleicht hat das Jucken bis dahin schon nachgelassen.« Auf Zehenspitzen schlich er hinaus.

Am anderen Morgen trug Varro erneut Salbe auf. Der Juckreiz war zwar immer noch da, aber Varros prüfendem Blick schien es, als habe Sullas Haut – wie sagte man? – sich *beruhigt.* Sulla bat, seine Hände gefesselt zu lassen, aber nach drei weiteren Behandlungen verkündete er, daß er die Fesseln nicht mehr brauche. Vier Tage später war der Juckreiz verschwunden.

»Das Zeug wirkt!« Mit der tiefen Befriedigung eines Arztes, der gegen alle Widerstände recht behalten hat (auch wenn Varro alles andere als ein Arzt war und auch gar keiner sein wollte), überbrachte er Metellus Pius und Pompeius die frohe Botschaft.

»Wird er im Frühjahr wieder ins Feld ziehen können?« fragte Pompeius.

»Noch vor dem Frühjahr, vorausgesetzt, die Wirkung der Salbe hält an«, erwiderte Varro und eilte weiter, um den Porphyrkrug in einen mit Schnee gefüllten Kasten zu stellen. So hielt sich die Salbe länger. Wie die ranzige Version der Salbe roch, konnte Varro an seinen Händen feststellen.

Der früh und heftig einsetzende Winter bescherte Rom Schnee, und viele Einwohner nahmen die ungewöhnliche Kälte für ein schlechtes Omen. Norbanus und Scipio Asiagenus waren nach ihrer Niederlage nicht zurückgekehrt, und was man sonst von ihnen hörte, gab wenig Anlaß zu Optimismus; Norbanus war in Capua eingeschlossen, und Scipio zog auf der Suche nach neuen Rekruten durch Etruria.

Gegen Ende des Jahres erwog der Senat, eine Sitzung einzuberufen, um über seine – und Roms – Zukunft zu debattieren. Die unter Sulla sehr umfangreiche Körperschaft war auf rund ein Drittel ihrer Mitglieder zusammengeschrumpft; viele Senatoren waren Sulla damals nach Griechenland gefolgt, und viele hatten sich ihm jetzt, da er nach Italien zurückgekehrt war, angeschlossen. Zwar beteuerte eine Gruppe von Senatoren, neutral zu sein, aber in Rom wußte jedermann, vom Patrizier bis zum Sklaven, wo die Grenze zwischen den Lagern verlief. Italien und das italische Gallien waren nicht groß genug, als daß Sulla und Carbo friedlich hätten nebeneinander regieren können; zu unterschiedlich waren die Werte, für die sie standen, und ihre Vorstellungen der künftigen Staatsform und Entwicklung Roms. Sulla stand für das *mos maiorum*, die Gesamtheit jener jahrhundertealten Sitten und Gebräuche, die den landbesitzenden Adligen die Führung in Friedens- und in Kriegszeiten übertrug. Carbo vertrat die Händler und Geschäftsleute – den Ritterstand und die Zahlmeister. Da keine Gruppe sich auf eine Machtteilung einlassen wollte, konnte nur ein Bürgerkrieg die Entscheidung herbeiführen.

Daß der Senat überhaupt mit dem Gedanken an eine Sitzung spielte, lag in der Rückkehr Carbos aus Ariminum im italischen

Gallien begründet. Marcus Junius Brutus, jener Volkstribun, der durchgesetzt hatte, daß Capua den Status einer vollrömischen Stadt erhielt, hatte Carbo herbeigerufen. Die beiden Männer trafen sich in Brutus' Haus auf dem Palatin, das Carbo als langjähriger Freund von Brutus bereits gut kannte. Zudem war es eine verschwiegenere Örtlichkeit als Carbos eigenes Domizil, wo Gerüchten zufolge selbst der Bursche, der die Nachttöpfe leerte, gleich von mehreren an Carbos Plänen interessierten Parteien bestochen wurde.

Brutus verdankte die Tatsache, daß sein Haus frei von korrupten Sklaven war, vor allem seiner Frau Servilia, die in ihrem Haushalt mehr auf Disziplin achtete, als Scipio Asiagenus es in seiner Armee getan hatte. Servilia, die über so viele Augen wie Argus und so viele Ohren wie eine ganze Fledermauskolonie zu verfügen schien, tolerierte nicht das geringste Fehlverhalten. Einen Diener, der ihr an Schläue und Durchtriebenheit überlegen war, gab es nicht, und ein Diener, der sich von ihr nicht einschüchtern ließ, blieb nicht lange im Haus.

Brutus und Carbo konnten sich also sicher sein, daß kein Unberufener ihrer streng vertraulichen Konversation zuhörte, natürlich mit Ausnahme von Servilia selbst. Nichts geschah oder wurde in diesem Haus gesagt, worüber sie nicht Bescheid wußte, und sie sorgte dafür, daß auch diese streng vertrauliche Unterhaltung nicht außerhalb ihrer Hörweite stattfand. Die beiden Männer saßen hinter verschlossenen Türen in Brutus' Arbeitszimmer, doch draußen im Säulengang kniete Servilia unter dem einen offenen Fenster und belauschte ihre Unterhaltung. Es war ein kalter und unbequemer Ort, aber Servilia empfand das als geringe Unbill im Vergleich zu dem, was sie von dem Gespräch der beiden Männer würde aufschnappen können.

»Wie geht es meinem Vater?« fragte Brutus.

»Gut. Er läßt dich grüßen.«

»Daß du seine Gesellschaft ertragen kannst!« brach es aus Brutus heraus, er fügte jedoch, erschreckt über den Ausruf, zu dem er sich hatte hinreißen lassen, hinzu: »Entschuldige, ich wollte nicht wütend klingen. Ich bin nicht wütend.«

»Nur verwirrt, daß ich mit deinem Vater auskomme?«

»Du sagst es.«

»Er ist dein Vater«, sagte Carbo beschwichtigend, »und er ist ein alter Mann. Ich kann zwar verstehen, warum du ihn als Belastung empfindest, aber für mich ist er das nicht. Nachdem sich Verres mit dem letzten Geld aus meiner Statthalter-Schatulle davongemacht hatte, mußte ich mich sowieso nach einem neuen Quästor umsehen. Wie du weißt, sind dein Vater und ich einander seit Marius' Rückkehr aus dem Exil in Freundschaft verbunden.« Carbo machte eine Pause. Wahrscheinlich tätschelte er Brutus beruhigend den Arm, dachte die Lauscherin unter dem Fenster. Sie wußte nur zu gut, wie Carbo mit ihrem Mann umsprang. »Zu deiner Heirat«, fuhr Carbo fort, »hat er dir dieses Haus gekauft, um euch nicht im Wege zu sein. Womit er nicht gerechnet hat, war die Einsamkeit, die ihn überfiel, nachdem du und er so lange Zeit als – wie soll ich sagen? – als Junggesellen zusammengelebt habt. Vielleicht hat er sich dumm benommen und auch deine Frau verärgert. Jedenfalls hat er, als ich ihm schrieb und ihn bat, mein neuer Proquästor zu werden, sofort zugesagt. Du brauchst dich nicht schuldig zu fühlen, Brutus. Dein Vater ist da, wo er jetzt ist, glücklich.«

»Ich danke dir«, antwortete Brutus und stieß einen Seufzer aus. »Was ist denn nun so dringlich, daß ich persönlich herkommen mußte?«

»Die Wahlen«, antwortete Brutus, der kein Mann mit starken Nerven war, nervös. »Seit dem Abfall des allgemeinen Lieblings Philippus hat die öffentliche Moral in Rom sehr gelitten. Keiner hat den Willen oder Mut, sich in herausragender Stellung zu bewähren. Deshalb halte ich es für notwendig, daß du wenigstens bis nach den Wahlen in Rom bleibst. Ich finde einfach niemanden, der ausreichend qualifiziert ist und Konsul werden will. Niemand, der dazu in der Lage wäre, will überhaupt noch irgendein wichtiges Amt annehmen.«

»Was ist mit Sertorius?«

»Sertorius ist, wie du weißt, ein Kleingeist. Ich habe ihm nach Sinuessa geschrieben und ihn gebeten, sich als Konsul aufstellen zu lassen. Er hat abgelehnt. Aus zwei Gründen, obwohl ich nur einen zu hören erwartete. Einmal führte er an, er sei noch immer Prätor und müsse die üblichen zwei Jahre abwarten, bevor er als Konsul kandidieren könne. Ich hatte gehofft, ihm diesen Einwand ausreden zu können. Gegen seinen zweiten Einwand vermochte ich allerdings nichts auszurichten.«

»Und der war?«

»Sertorius sagte, Rom sei am Ende, und er weigere sich, Konsul einer Stadt zu werden, die von Feiglingen und Schmarotzern nur so strotze.«

»Nett ausgedrückt.«

»Am liebsten würde er, wie er hinzufügte, Statthalter im diesseitigen Spanien werden und so bald wie möglich abreisen.«

»*Fellator!*« stieß Carbo wütend hervor.

Brutus, der Kraftausdrücke verabscheute, schwieg. Offensichtlich war damit das Thema Sertorius erledigt, denn auch Carbo sagte eine Zeitlang nichts mehr.

Von Neugier getrieben, richtete sich die Lauscherin draußen auf und spähte durch das verzierte Gitterwerk der Fensterläden. Carbo und Brutus saßen sich an dem Arbeitstisch ihres Mannes gegenüber. Sie hätten Brüder sein können. Beide hatten eher dunkles Haar und dieselbe untersetzte, unvorteilhafte Figur und waren nicht sonderlich gutaussehend.

Warum, so fragte Servilia sich oft, hatte Fortuna sie nicht mit einem besser aussehenden Ehemann beglückt, einem Mann, der politisch Karriere machte? Die Hoffnung auf eine militärische Karriere ihres Mannes hatte sie schon früh begraben müssen, also blieb nur die Politik übrig. Aber alles, was ihm einfiel, war, Capua in den Rang einer römischen Stadt zu erheben. Keine schlechte Idee, gewiß, immerhin hatte diese Maßnahme ihm als Volkstribun eine gewisse Aufmerksamkeit eingebracht, aber niemals würde man sich an ihn, wie etwa an ihren Onkel Drusus, als einen der großen Volkstribunen erinnern.

Brutus war Servilia von ihrem Onkel Mamercus ausgesucht worden, obgleich Mamercus durch und durch Sullas Mann war und mit ihm gerade in Griechenland weilte, als die Zeit reif war, dem ältesten seiner sechs Mündel einen Gemahl zu suchen. Alle sechs Kinder lebten damals noch unter der Aufsicht einer armen Verwandten, Gnaea, und ihrer Mutter Porcia Liciniana – einer schrecklichen Frau – in Rom. Kein Vormund, egal wie weit er von seinen Mündeln entfernt war, brauchte sich um ihre Tugendhaftigkeit und Moral zu sorgen, wenn sie unter der gestrengen Fuchtel von Porcia Liciniana lebten. Selbst Porcias eigene Tochter Gnaea welkte von Jahr zu Jahr mehr dahin und sah schon aus wie eine alte Jungfer.

Porcia Liciniana war es gewesen, welche die Freier der bald achtzehnjährigen Servilia empfing. Und sie war es auch, die den im Osten weilenden Mamercus mit Einzelheiten über die jeweiligen Kandidaten versorgte, zusammen mit ihren unvermeidlichen Bemerkungen über Tugendhaftigkeit, Moral, Bescheidenheit, Mäßigkeit und all die anderen Eigenschaften, die ein Ehemann ihrer Ansicht nach aufweisen sollte. Obgleich Porcia Liciniana sich nicht ein einziges Mal dazu hinreißen ließ, eine deutliche Vorliebe für diesen oder jenen Freier zu äußern, fielen ihre Bemerkungen bei Mamercus auf fruchtbaren Boden. Immerhin brachte Servilia eine riesige Mitgift sowie einen alten patrizischen Namen mit und war zudem, wie Porcia Liciniana Mamercus versichert hatte, von einnehmender Erscheinung.

So wählte Mamercus, um ja nichts falsch zu machen, den Mann aus, der in Porcia Licinianas Beurteilung am besten abgeschnitten hatte: Marcus Junius Brutus. Brutus war ein Senator Anfang Dreißig und somit über jugendliche Eskapaden und Fehltritte erhaben. Wenn der ältere Brutus starb (was nicht mehr lange dauern würde, wie Porcia Liciniana versichert hatte), würde er zum Oberhaupt seiner Familie aufsteigen. Davon abgesehen war er ein vermögender Mann und von einwandfreier, wenn auch plebejischer Herkunft.

Servilia kannte Brutus nicht, und selbst nachdem Porcia Liciniana sie von ihrer bevorstehenden Vermählung unterrichtet hatte, durfte sie Brutus bis zum Tag ihrer Hochzeit nicht sehen. Daß sie sich dieser uralten Sitte beugen mußte, ging ausnahmsweise nicht auf die gestrenge Porcia Liciniana zurück, sondern war die direkte Folge einer in ihrer Kindheit über sie verhängten Strafe. Weil sie im Haushalt ihres Onkels Drusus für ihren verfemten Vater spioniert hatte, hatte Drusus sie mit einer Art Hausarrest belegt. Servilia durfte in Drusus' Haus nie mehr ein eigenes Zimmer bewohnen, und genausowenig war ihr gestattet, das Haus zu verlassen, es sei denn in Begleitung einer Aufsichtsperson, die jeden ihrer Schritte und jedes ihrer Worte überwachte. Das war zwar viele

Jahre vor ihrem Eintritt ins heiratsfähige Alter gewesen, und obwohl inzwischen längst alle Erwachsenen tot waren, die damals eine Rolle gespielt hatten – Mutter und Vater, Tante und Onkel, Großmutter und Stiefvater –, galt Drusus' Verdikt noch immer.

Es war also keine Übertreibung, wenn behauptet wurde, Servilia sei so begierig gewesen, zu heiraten und das Haus ihres Onkels zu verlassen, daß es sie kaum kümmerte, wen sie zum Mann bekam. Wer immer es war, er würde sie aus ihrer verhaßten Vormundschaft befreien. Aber dann seufzte sie doch erleichtert auf, als sie seinen Namen vernahm. Ein Mann aus ihrer Klasse, mit einem vergleichbaren Hintergrund! Kein kleiner Adliger vom Land, wie sie stets befürchtet hatte und wie Onkel Drusus es ihr zu seinen Lebzeiten wiederholt angedroht hatte.

So zog sie, eine frischgebackene und sehr dankbare Braut, mitsamt ihrer enormen Mitgift von zweihundert Talenten oder fünf Millionen Sesterzen in das Haus des Marcus Junius Brutus. Und was noch besser war, ihre Mitgift blieb in ihrem Besitz. Mamercus hatte das Geld klug angelegt, und sie verfügte über ein reichliches Einkommen. Zudem hatte er bestimmt, daß Servilias Vermögen nach ihrem Tod an ihre Töchter fallen sollte. Da Marcus Junius Brutus selbst kein armer Mann war, betrübte ihn diese Regelung nicht im geringsten, im Gegenteil, hatte er damit doch eine Frau aus dem höchsten patrizischen Adel, die stets in der Lage sein würde, für ihren eigenen Unterhalt zu sorgen. Ob es sich um Sklaven, den Lohn für Bedienstete, Gewänder, Schmuck, Häuser oder sonst etwas handelte, sie würde ihre Unkosten aus eigener Tasche bestreiten müssen. Sein Geld war sicher!

Abgesehen von der Freiheit, zu gehen, wohin es ihr gefiel, und zu besuchen, wen sie wollte, entpuppte sich ihre Heirat mit Brutus schnell als eine ausgesprochen lustlose Angelegenheit. Allzulange hatte Brutus das Leben eines Junggesellen geführt, ohne Mutter oder eine andere Frau im Haus. Sein Tagesablauf war fest geregelt, und eine Frau hatte darin keinen Platz. Es gab nichts, was er mit ihr teilte, nicht einmal, so empfand sie es, seinen Körper. Wenn er Freunde zum Essen einlud, gab er ihr vorher zu verstehen, daß sie das Speisezimmer meiden sollte, sein Arbeitszimmer war ihr sowieso verboten. Niemals wandte er sich an sie, um mit ihr etwas zu besprechen, niemals zeigte er ihr, was er gekauft oder erstanden hatte, niemals begehrte er ihre Gesellschaft, wenn er einen seiner Landsitze aufsuchte. Was seinen Körper betraf – nun, damit suchte er sie von Zeit zu Zeit in ihrem Zimmer auf, versetzte sie aber in keinster Weise in Erregung. Plötzlich, so fand sie, lebte sie in einer viel größeren Zurückgezogenheit, als sie nach den langen Jahren ohne Rückzugsmöglichkeit ertragen konnte. Da ihr Ehemann es außerdem vorzog, allein zu schlafen, war sie selbst in ihrem Schlafgemach ohne Gesellschaft und empfand die Stille als bedrückend.

Ihr Eheleben schien nur eine Variation des Zustandes, der sie seit ihrer Kindheit verfolgte. Niemandem war sie wichtig, niemand beachtete sie. Ihre einzige Möglichkeit, Beachtung zu erzwingen, bestand darin, sich gemein, gehässig und bösartig zu betragen, und diese Seite an ihr bekamen alle Bediensteten zu spüren. Ihrem Ehemann gegenüber gab sie sich freilich unfehlbar liebenswürdig, da sie nur zu gut wußte, daß er sie nicht liebte und die Gefahr einer Scheidung ständig drohte.

Seinen ehelichen Pflichten kam Brutus immerhin nach, und zwei Jahre nach ihrer Hochzeit war Servilia schwanger. Ihr Körper war wie der ihrer Mutter wie geschaffen dazu, Kinder zu gebären, und sie litt kein bißchen. Auch die Wehen waren nicht so schlimm, wie man sie glauben gemacht hatte, und sieben Stunden nach deren Einsetzen schenkte sie in einer eisigen Märznacht einem Sohn das Leben. So gut ging es ihr, daß sie ihr Kind, kaum daß es gewaschen war, in ihre Arme schließen und sich ihrem neuen Glück hingeben konnte.

Kein Wunder, daß der kleine Brutus bald schon Dreh- und Angelpunkt in dem liebesentwöhnten Leben seiner Mutter wurde. Keine andere Frau durfte ihn säugen, sie kümmerte sich ganz allein um ihn, stellte seine Krippe in ihr Schlafgemach und widmete sich ihm so ausschließlich, daß ihr sonst alles egal war.

Weshalb also kauerte Servilia an diesem eisigen Novembertag auf der Kolonnade und belauschte ihren Mann? Bestimmt nicht, weil sie sich um das politische Fortkommen ihres Mannes sorgte. Sie lauschte, weil er der Vater ihres innig geliebten Kindes war und sie sich geschworen hatte, das Erbe, das Ansehen und das Wohlergehen ihres Sohnes abzusichern. Also mußte sie alles wissen, durfte ihr nicht die kleinste Kleinigkeit entgehen. Ganz besonders nicht, wenn es sich um die politischen Aktivitäten ihres Mannes handelte.

Servilia mochte Carbo nicht, obwohl sie erkannte, daß er kein Leichtgewicht war. Aber sie schätzte ihn ganz richtig als einen Mann ein, der seine persönlichen Interessen vor die Roms setzte. Ob Brutus weitsichtig genug war, Carbos Schwächen zu erkennen, bezweifelte sie. Sullas Gegenwart in Italien beunruhigte Servilia sehr, denn sie verstand in politischen Zusammenhängen zu denken und konnte die Entwicklung zukünftiger Ereignisse besser einschätzen als die meisten der Männer, welche die Hälfte ihres Lebens im Senat gesessen hatten. Und sie war überzeugt, daß Carbo nicht über genügend innere Stärke verfügte, um Rom gegen einen Mann wie Sulla zu einigen.

Servilia löste ihren Blick von den beiden Männern, kniete wieder auf den bitterkalten Terrazzoboden und legte ihr Ohr an den Fensterladen. Es fing an zu schneien – eine günstige Fügung. Die Flokken bildeten einen Schleier zwischen ihrem zusammengekauerten Körper und dem geschäftigen Treiben am anderen Ende des Gartens, wo sich die Küche befand und die Bediensteten aus- und eingingen. Nicht daß sie befürchtet hätte, entdeckt zu werden, denn die Dienerschaft würde es niemals wagen, ihr Recht, sich dort aufzuhalten, wo es ihr beliebte, in Frage zu stellen. Es ging ihr vielmehr darum, den Bediensteten als eine Art übermenschliches Geschöpf zu erscheinen, und übermenschliche Geschöpfe kauerten nicht unter geöffneten Fenstern und belauschten ihre Männer.

Plötzlich spannte sich ihr Körper an, und sie preßte ihr Ohr noch näher gegen den Fensterladen. Carbo und ihr Mann sprachen wieder.

»Unter denen, die für das Amt eines Prätors kandidieren können, finden sich ein paar gute Männer«, sagte Brutus. »Carrinas und Damasippus sind ebenso talentiert wie beliebt.«

»Ha!« rief Carbo. »Genau wie ich haben sie sich von einem bartlosen Jüngling auf dem Feld schlagen lassen. Im Unterschied zu mir aber waren sie gewarnt, daß Pompeius ebenso unerbittlich ist wie sein Vater und zehnmal listenreicher. Wenn Pompeius sich zum Prätor aufstellen lassen würde, gewänne er mehr Stimmen als Carrinas und Damasippus zusammen.«

»Die Veteranen verhalfen Pompeius zum Sieg«, sagte Brutus beschwichtigend.

»Vielleicht. Aber immerhin hat Pompeius sie ihre Arbeit ungestört verrichten lassen.« Doch es gab Wichtigeres zu besprechen als Pompeius, und Carbo wechselte das Thema. »Wer Prätor wird, ist mir ziemlich egal, Brutus. Was mir wirklich Kopfzerbrechen macht, ist das Konsulat. Wenn es sein muß, lasse ich mich zum Konsul wählen. Wer aber soll an meiner Seite amtieren? Wer in dieser verfluchten Stadt kann mir den Rücken freihalten, anstatt mich mit Problemen zu belasten? Im Frühjahr werden wir Krieg haben, das steht außer Zweifel. Sulla ist es in letzter Zeit schlecht gegangen, aber was mir an Nachrichten zugetragen wird, deutet darauf hin, daß er inzwischen den kommenden Feldzügen in Hochstimmung entgegenfiebert.«

»Seine Krankheit war nicht der einzige Grund, warum er es im letzten Jahr hat schleifen lassen«, sagte Brutus. »Mir kam das Gerücht zu Ohren, Sulla habe sich nur zurückgehalten, um Rom die Möglichkeit zu bieten, ohne Krieg zu kapitulieren.«

»Dann hat er sich umsonst zurückgehalten!« rief Carbo wütend aus. »Ach, genug der Spekulationen! Wen soll ich an meiner Seite zum Konsul nehmen?«

»Fällt dir kein einziger Name ein?«

»Kein einziger! Ich brauche jemanden, der die Massen zu begeistern vermag, der die jungen Männer dazu bewegen kann, sich in die Listen einzutragen, und der in den Alten den Wunsch wachruft, jung genug zu sein, sich in die Listen eintragen zu können. Ein Mann wie Sertorius. Aber der hat dein Angebot ja rundweg abgelehnt.«

»Was hältst du von Marcus Marius Gratidianus?«

»Er ist ein adoptierter Marius, das genügt nicht. Ich wollte Sertorius, weil er vom Blut her ein Marius ist.«

Schweigen machte sich breit, aber kein hilfloses, sondern ein spannungsgeladenes Schweigen. Servilia, die hörte, wie ihr Mann geräuschvoll einatmete, erstarrte zu absoluter Reglosigkeit. Brutus' nächste Worte wollte sie um keinen Preis verpassen.

»Wenn du unbedingt einen Marius willst«, sagte er langsam, »warum dann nicht den jungen Marius?«

Erneutes Schweigen, diesmal von der verblüfften Art. Dann

Carbos Antwort: »Unmöglich! Beim Pollux, Brutus, er hat kaum die Zwanzig überschritten!«

»Er ist sechsundzwanzig, um genau zu sein.«

»Vier Jahre zu jung für den Senat.«

»Es gibt trotz der *lex Villia annalis* kein gesetzlich festgelegtes Mindestalter. Ich schlage also vor, daß du ihn unverzüglich zum Senator ernennen läßt.«

»Aber er hat nicht das Format seines Vaters!« protestierte Carbo.

»Ist das von Belang? Ist es das, Gnaeus Papirius? Wirklich? Ich gebe zu, in Sertorius hättest du den idealen Abkömmling aus der Familie des Marius gefunden. Kein Römer versteht sich besser als er darauf, Soldaten zu führen, niemand wird von ihnen mehr verehrt. Aber da Sertorius sich weigert, wer bleibt uns denn noch außer dem jungen Marius?«

»Ja, die Männer würden sich bestimmt in Scharen in die Listen eintragen«, sagte Carbo mit schwärmerischer Stimme.

»Und für ihn kämpfen wie die Spartaner für Leonidas.«

»Denkst du, daß er es tun würde?«

»Er würde es zumindest versuchen.«

»Heißt das, daß er bereits den Wunsch geäußert hat, Konsul zu werden?«

»Nein, Carbo, natürlich nicht.« Brutus lachte, etwas, was bei ihm nicht oft vorkam. »Obwohl er ziemlich eitel ist, mangelt es ihm doch an Ehrgeiz. Ich bin überzeugt, daß er die Chance ergreift, wenn du zu ihm gehst und sie ihm bietest. Bisher hat sich ihm noch keine Möglichkeit eröffnet, seinem Vater nachzueifern. Und was du ihm anbietest, versetzt ihn in die Lage, seinen Vater zumindest in einer Hinsicht zu überflügeln. Gaius Marius ist erst spät zu seinem ersten Amt gekommen, der junge Marius aber wird in einem jüngeren Alter zum Konsul gewählt als selbst Scipio Africanus. Egal wie er sich schlägt, allein schon diese Tatsache wird ihm zum Ruhm gereichen.«

»Wenn er sich nur halb so gut schlägt wie Scipio Africanus, dann hat Rom von Sulla nichts zu befürchten.«

»Hoffe nicht auf einen Scipio Africanus in dem jungen Marius«, warnte Brutus. »Alles, was jenem einfiel, um den Konsul Cato vor einer Niederlage zu bewahren, war, ihm eine Klinge in den Rücken zu stoßen.«

Carbo lachte, er tat dies oft. »Nun, zum Glück für Cinna immerhin! Der alte Marius hat ihm ein Vermögen gezahlt, damit er ihn nicht wegen Mordes anklagte.«

»Genau«, sagte Brutus, und seine Stimme klang ernst. »Dieser Vorfall sollte dir zeigen, worauf du achten mußt, wenn der junge Marius neben dir Konsul sein wird.«

»Ihm nicht meinen Rücken zuzuwenden?«

»Nein, ihm nicht deine besten Truppen anzuvertrauen. Zuerst soll er beweisen, daß er sich auf die Führung von Soldaten versteht.«

Als Stühle gerückt wurden, sprang Servilia hastig auf. Sie floh in die Wärme ihres Arbeitszimmers, wo das junge Mädchen, welches die Säuglingswäsche besorgte, die seltene Gelegenheit dazu benutzt hatte, den kleinen Brutus in ihren Armen zu wiegen.

Glühende Eifersucht flammte in Servilia auf. Und ehe sie sich zusammenreißen konnte, holte sie aus und schlug das Mädchen so hart auf die Wange, daß es sein Gleichgewicht verlor und den kleinen Brutus fallen ließ. Geistesgegenwärtig riß Servilia ihr Kind an sich, bevor es auf den Boden fiel. Ihn mit aller Kraft an ihre Brust pressend, schlug Servilia auf das Mädchen ein, bis es sich aus dem Zimmer geschleppt hatte.

»Morgen wirst du verkauft«, schrie sie ihm durch den Säulengang hinterher. Dann, in verändertem Tonfall: »Ditus! Ditus!«

Der Hausverwalter, dessen Name eigentlich Epaphroditus lautete, kam herbeigeeilt. »Ja, *domina?*«

»Dieses Mädchen, die Gallierin, die du mir für die Säuglingswäsche zugeteilt hast, peitsche sie aus und verkaufe sie als Sklavin der untersten Kategorie.«

»Aber *domina,* sie ist hervorragend. Sie wäscht nicht nur gut, sie liebt das Kind auch von ganzem Herzen.«

Servilia schlug Epaphroditus ebenso hart wie zuvor das Mädchen und stellte dann unter Beweis, daß auch sie wußte, wie man ausgesuchte Schimpfwörter gebrauchte.

»Hör mir gut zu, du gestopfter, vollgefressener griechischer *Fellator*! Wenn ich dir einen Befehl erteile, dann hast du ohne ein weiteres Wort, ganz zu schweigen von einer Widerrede, zu gehorchen. Es ist mir völlig egal, wem du gehörst, und solltest du es wagen, dich bei deinem Herrn zu beklagen, wirst du es bitter bereuen. Jetzt bring das Mädchen in dein Büro und warte dort auf mich. Du magst es, also wirst du es nicht hart genug peitschen, wenn ich nicht daneben stehe und zusehe.«

Auf seiner Wange konnte man den rot angelaufenen Abdruck jedes einzelnen ihrer Finger erkennen. Aber weniger das als ihre Worte jagten Epaphroditus Todesangst ein. Er stürzte los.

Servilia verlangte nach keiner anderen Dienerin, sondern wikkelte den kleinen Brutus selbst in einen weichen Wollschal und trug ihn mit sich in das Büro des Verwalters. Das Mädchen wurde festgebunden, und der heulende Epaphroditus mußte es unter den unerbittlichen Blicken seiner Herrin peitschen, bis sein Rücken wie hellroter Brei aussah und das Fleisch in Fetzen herunterhing. Die Schreie, die aus dem Zimmer hinausdrangen, wurden auch von dem immer noch fallenden Schnee nicht gedämpft. Doch kein Brutus kam, um zu sehen, was hier vor sich ging, er war, wie Servilia richtig vermutet hatte, mit Carbo zu dem jungen Marius aufgebrochen.

Schließlich winkte Servilia, und Epaphroditus' Arm fiel kraftlos nieder. Sie trat näher und besah sich das Werk ihres Verwalters genauer. »Gut«, nickte sie zufrieden. »Auf dieser Fleischwüste wird ihr nie mehr Haut wachsen. Wozu sie also verkaufen, sie würde uns keinen Sesterz mehr einbringen. Kreuzige sie; draußen im Peristyl, sie soll den anderen als Warnung dienen. Aber brich ihr nicht die Beine, ich will, daß sie langsam stirbt.«

Damit ging Servilia in ihr Arbeitszimmer zurück, wickelte ihren Sohn aus dem Schal und wechselte seine Leinenwindel. Dann setzte sie ihn auf ihre Knie und hielt ihn auf Armeslänge von sich, um ihn zu bewundern. Sie neigte sich vor, küßte ihn sanft und sprach immer wieder mit einer sanften, leicht schnurrenden Stimme zu ihm.

Sie gaben ein hübsches Bild ab, das kleine, dunkelhaarige Kind auf den Knien seiner zierlichen, ebenso dunkelhaarigen Mutter. Servilia war eine Schönheit, gesegnet mit einer üppigen Figur und einem jener kleinen, spitzen Gesichter, die hinter ihren reglosen Lippen und stark geschminkten, mit Lidschatten belegten Augen unzählige kleine Geheimnisse zu verbergen scheinen. Das Kind aber besaß nur die Schönheit eines Säuglings, in Wahrheit war es eher unscheinbar und träge, genau das, was die Leute »ein braves

Kind« nannten. Er schrie kaum und bereitete auch sonst kaum Umstände.

So fand Brutus sie vor, als er von dem Besuch beim jungen Marius zurückkehrte. Er hörte sich Servilias mit kühler Stimme vorgetragenen Bericht über die nachlässige Waschfrau und ihre Bestrafung kommentarlos an. Da er es niemals gewagt hätte, in Servilias häusliches Walten und Schalten einzugreifen – seit seiner Heirat mit ihr wurde sein Haushalt besser als je zuvor geführt –, verfügte er auch keine Änderung der von ihr verhängten Strafe und verlor dem Verwalter gegenüber kein Wort über die schneebedeckte Figur, die an einem Kreuz im Garten hing.

»Caesar! Caesar, wo bist du?«

Stirnrunzelnd, eine Schreibfeder in der einen, eine Papierrolle in der anderen Hand, trat Caesar, der lediglich eine dünne Tunika trug, aus dem Arbeitszimmer seines Vaters. Die Stimme seiner Mutter hatte ihn aus seinen Gedanken aufgeschreckt.

Seiner Mutter, die sich in viele Lagen eines feinen, selbstgesponnenen Wollstoffes eingewickelt hatte, war sein körperliches Wohlergehen wichtiger als seine geistige Tätigkeit. »Es ist bitter kalt, und du läufst in einer dünnen Tunika herum«, schalt sie ihn. »Nicht einmal Schuhe trägst du. Caesar, du weißt ganz genau, daß dein Horoskop dir für dieses Alter eine schwere Krankheit prophezeit hat. Warum versuchst du Fortuna? Um zu verhindern, daß mögliche Gefahren auch wirklich eintreten, läßt man ja bei der Geburt ein Horoskop erstellen. Sei ein braver Junge!«

Ihre Sorge war nicht vorgetäuscht, und so schenkte er ihr jenes Lächeln, für das er bereits berühmt war, eine Art wortlose Entschuldigung, die seinem Stolz keinen Abbruch tat.

»Was gibt's?« fragte er. Er hatte sich bereits damit abgefunden, daß er seine Arbeit unterbrechen mußte, denn seine Mutter hatte sich zum Ausgehen angezogen.

»Wir sind zu Tante Julia bestellt worden.«

»Zu dieser Tageszeit? Bei diesem Wetter?«

»Ich bin froh, daß du das Wetter bemerkt hast. Nicht daß es dich dazu bewegt hätte, dich entsprechend zu kleiden, aber immerhin ...«

»Ich habe eine Kohlepfanne in meinem Zimmer stehen, Mater. Zwei sogar, um genau zu sein.«

»Dann geh zurück in die Wärme und zieh dich um. Hier, wo der Wind durch den Lichtschacht zieht, ist es bitter kalt.« Bevor er sich zum Gehen wandte, fügte sie noch hinzu: »Und hole Lucius Decumius. Wir sollen alle kommen!«

Damit meinte sie seine beiden Schwestern. Caesar war überrascht, es mußte sich um eine wichtige Familienkonferenz handeln. Fast war er versucht, ihr zu erwidern, daß er keinen Lucius Decumius brauche, daß auch hundert Frauen unter seinem Schutz sicher wären, doch im letzten Moment nahm er sich zurück. Er würde sich sowieso nicht durchsetzen können, warum sich also groß bemühen? Aurelia hatte immer eine genaue Vorstellung davon, wie etwas getan werden sollte.

Eingehüllt in den Staat des Jupiterpriesters, trat er eine Weile später wieder aus seinem Zimmer. Bei solchem Wetter trug er unter dem Priestermantel, den er anstelle einer Toga umgelegt hatte, drei Tuniken, Wollhosen, die bis unter die Knie reichten, und über den Füßen, die in einem Paar unförmiger Stiefel steckten, ein paar dicke Socken. Der Priestermantel war aus zwei kreisförmigen Lagen eines grauen Stoffes genäht, in deren Mitte ein Loch geschnitten war, durch das er seinen Kopf stecken konnte. Der Mantel war abwechselnd mit scharlachroten und purpurfarbenen Stoffbändern geschmückt und reichte bis an seine Knie hinunter. Immerhin, dachte er in dem Versuch, dem verhaßten Gewand wenigstens eine gute Seite abzugewinnen, brauchte er selbst in einem Schneesturm, wie er gerade draußen tobte, keine Handschuhe überzuziehen. Auf dem Kopf trug er den *apex*, einen engsitzenden Helm aus Elfenbein, an dessen Spitze eine dicke, aus Wolle gefertigte Scheibe steckte.

Seit Caesar offiziell zu einem Mann geworden war, hatte er sich an die Gebote gehalten, die das Amt des Jupiterpriesters mit sich brachte. Er hatte seine Kriegsübungen auf dem Marsfeld aufgegeben, achtete darauf, kein Metall zu berühren, trug keine Knoten oder Schnallen, grüßte keinen Hund, sein Schuhwerk wurde nur aus der Haut von Tieren gefertigt, die bei einem Unfall ums Leben gekommen waren, und er aß nur Dinge, die ihm als Jupiterpriester erlaubt waren. Daß er keinen Bart trug, lag daran, daß er ein bronzenes Rasiermesser benutzte; daß er Schuhe tragen konnte, wenn seine priesterlichen Holzschuhe unangemessen waren, verdankte er seinem Erfindungsreichtum. Er hatte sich Schuhe ausgetüftelt, die gut saßen, aber dennoch ohne die Bänder und Senkel auskamen, mit denen sie üblicherweise um Wade und Knöchel gebunden wurden.

Nicht einmal seine Mutter wußte, wie sehr er sein Priesterdasein haßte. Als er mit fünfzehneinhalb Jahren zum Mann wurde und sich ohne Murren den inhaltsleeren Gebräuchen des Jupiterpriesteramts unterwarf, hatte Aurelia sich von einer schweren Last befreit gefühlt. Caesars anfängliche Aufsässigkeit hatte nicht angehalten. Wie hätte sie die wahren Gründe hinter seinem plötzlichen Gehorsam erahnen sollen? Er war Römer bis in sein Inneres, und das bedeutete, daß er nicht nur übermäßig abergläubisch war, sondern sich auch den Sitten seines Landes bis zum Letzten verpflichtet fühlte. Er *mußte* gehorchen, denn wenn er ungehorsam war, wie sollte er dann jemals Fortunas Gunst gewinnen? Sie würde nicht länger über seine Unternehmungen wachen, das Glück wäre ihm niemals hold. Denn trotz der lebenslangen Verdammung zum Priesterdasein vertraute er immer noch darauf, daß Fortuna ihn befreien werde. Aber nur, wenn er Jupiter Optimus Maximus so gut, wie es ihm möglich war, diente.

Sein Gehorsam war also keineswegs gleichbedeutend mit einer Aussöhnung, wie Aurelia annahm. Im Gegenteil, Caesars Haß auf das Priesteramt wuchs mit jedem Tag. Und er haßte es um so mehr, als es unter dem Gesetz keinen Ausweg geben konnte. Dem alten Fuchs Gaius Marius war es gelungen, ihn für sein ganzes Leben anzuketten.

Caesar war siebzehn und würde erst in sieben weiteren Monaten achtzehn werden, aber er sah älter aus, und er gab sich wie ein Konsular, der bereits als Zensor gedient hatte. Dabei kamen ihm seine Größe, seine breiten Schultern und seine gut ausgebildeten Muskeln zustatten. Da sein Vater seit nunmehr zweieinhalb Jahren tot war, war ihm verhältnismäßig früh die Rolle des *pater familias* zugefallen, und er trug sie inzwischen ganz selbstverständlich. Er sah noch ebenso auffallend gut aus wie als Jüngling, obgleich seine Züge männlicher geworden waren. Seine Nase vor allem war, den Göttern sei Dank, länger geworden, hatte sich zu einem wahrhaftigen, mit einem Höcker versehenen römischen Organ ausgebildet und ihn vor einer ebenmäßigen Schönheit bewahrt, die für einen Mann, der sich so sehr danach sehnte, alles zu sein, was einen Mann ausmachte – Soldat, Staatsmann und Liebhaber der Frauen ohne den Verdacht, auch ein Liebhaber der Männer zu sein –, eine große Belastung gewesen wäre.

Caesars Familie, ausstaffiert für einen langen Fußmarsch durch eisiges Wetter, hatte sich im Empfangszimmer versammelt. Einzig Cinnilla durfte mit ihren elf Jahren noch nicht an diesen seltenen Zusammenkünften der ganzen Familie teilnehmen. Doch da stand sie, die kleinste, einzige dunkelhaarige Angehörige des Haushalts. Als Caesar den Raum betrat, suchten ihre blauschwarzen Augen wie immer sein Antlitz. Caesar betete sie an. Er ging zu ihr hin, umarmte sie und drückte ihr einen Kuß auf ihre weiche, rosige Wange. Seine Augen waren geschlossen, er wollte sich durch nichts von dem erlesenen Duft ablenken lassen, der von einem reinlichen, frisch von seiner Mutter gepuderten Kind ausging.

»Mußt du wieder als einzige zurückbleiben?« fragte er und küßte sie nochmals auf die Wange.

»Warte ab, eines Tages werde ich schon groß genug sein«, antwortete sie und lächelte ihn an, wobei sich in ihren Wangen Grübchen bildeten.

»Und ob du das sein wirst! Und dann wirst du noch wichtiger sein als Mater, denn du wirst die Herrin des Hauses sein.« Er streichelte sie über ihr dichtes schwarzes Haar und blinzelte dann Aurelia zu.

»Ich werde niemals Herrin dieses Hauses sein«, erklärte sie ernsthaft. »Ich werde Jupiterpriesterin sein und Herrin in einem Staatshaus.«

»Stimmt«, antwortete Caesar unbekümmert. »Wie konnte ich das nur vergessen?«

Und schon war er draußen und kämpfte sich durch das dichte Schneetreiben an den von Aurelia vermieteten Ladenräumen vorbei bis zu dem dreieckigen Gebäude, das wie eine gewöhnliche Taverne wirkte. Hier hatte die Kreuzwegbruderschaft ihren Sitz, die sich um die Wohlfahrt und das geistige Leben des Kreuzweges vor ihren Türen kümmerte, insbesondere aber um den turmartigen

Schrein der Laren und den großen Brunnen, an dem sich jetzt unzählige Eiszapfen gebildet hatten. Ja, es war ein außergewöhnlich kalter Winter.

Lucius Decumius saß wie gewohnt hinter seinem Tisch in der hinteren linken Ecke des weitläufigen, sehr reinlichen Raumes. Seine Haare waren grau geworden, aber sein Gesicht war noch unberührt von Falten. Erst vor kurzem hatte er seine beiden Söhne in die Vereinigung aufgenommen und versuchte jetzt, ihnen die vielfältigen Aktivitäten der Bruderschaft nahezubringen. Sie saßen zu seinen Seiten wie die Löwen, die stets die Statuen der Großen Mutter flankierten – massig, mit gelbbrauner, dichter Mähne, stechend gelben Augen und eingezogenen Klauen. Nicht daß Lucius Decumius der Großen Mutter ähnlich sah, er war ein schmächtiger, unscheinbar aussehender Mann; seine Söhne aber schlugen ihrer Mutter nach, einer riesenhaften Keltin aus dem Ager Gallicus. Wer Lucius Decumius nicht näher kannte, hätte niemals vermutet, was für Eigenschaften in ihm schlummerten; er war mutig, überaus spitzfindig, treu ergeben, sehr intelligent – und ziemlich verdorben.

Die Gesichter der drei Decumii leuchteten auf, als Caesar eintrat, aber nur Lucius Decumius erhob sich. Er schob sich zwischen den Tischen und Bänken hindurch und stellte sich, kaum daß er vor Caesar stand, auf die Zehenspitzen, um ihm einen Kuß auf die Lippen zu drücken, in dem mehr Zuneigung lag, als er seinen eigenen Söhnen entgegenbrachte. Es war der Kuß eines Vaters, obwohl er dem, dem er ihn auf die Lippen drückte, nur mit dem Sehnen seines großen Herzens verbunden war.

»Mein Junge!« rief er aus und ergriff Caesars Hand.

»Tag, Vater«, antwortete Caesar lächelnd, ergriff Lucius Decumius' Hand und legte sie an seine kalte Wange.

»Hast du das Haus eines toten Mannes gefegt?« fragte Lucius Decumius in Anspielung auf Caesars priesterliche Amtstracht. »Ein Scheißwetter zum Sterben. Nimm einen Schluck Wein zum Aufwärmen.«

Caesar zog eine Grimasse. Er hatte, allen Bemühungen von Lucius Decumius und seinen Brüdern zum Trotz, keine besondere Vorliebe für Wein entwickelt. »Keine Zeit, Vater. Ich will mir nur ein paar deiner Brüder ausleihen. Ich muß meine Mutter und meine Schwestern zum Haus des Gaius Marius bringen, und natürlich trauen sie mir nicht zu, das allein bewerkstelligen zu können.«

»Eine kluge Frau, deine Mutter«, sagte Lucius Decumius und lächelte schadenfroh. Er nickte seinen beiden Söhnen zu, die sich sofort erhoben und herbeieilten. »Werft euch was über, Burschen. Wir bringen die Frauen zum Haus des Gaius Marius.«

Die beiden Jungen waren nicht im geringsten eifersüchtig angesichts der eindeutigen Vorliebe ihres Vaters für Gaius Julius Caesar. Sie nickten nur und versetzten Caesar einen freundschaftlichen Klaps auf den Rücken, bevor sie sich davonmachten, ihre wärmsten Gewänder hervorzuholen.

»Bleib du hier, Vater«, sagte Caesar. »Draußen ist es eisig kalt.«

Aber das sah Lucius Decumius nicht ähnlich, und er ließ sich von seinen Söhnen so sorgsam einpacken, wie es wohl eine besorgte Mutter mit ihrem Säugling getan hätte. »Wo ist dieser Dummkopf von Burgundus?« rief er, als sie in das Schneetreiben hinaustraten.

»Burgundus?« Caesar lachte. »Der ist im Moment zu nichts zu gebrauchen. Mater hat ihn mit Cardixa nach Bovillae geschickt. Cardixa mag spät mit dem Kinderkriegen angefangen haben, aber seit sie Burgundus erobert hat, hat sie Jahr für Jahr einen Riesensäugling in die Welt gesetzt. Das wird jetzt die Nummer vier sein, aber das weißt du ja alles.«

»Nun, so wird es dir, wenn du einmal Konsul bist, niemals an Leibwächtern mangeln.«

Ein Schauer durchlief Caesars Körper. »Ich werde niemals Konsul werden«, entgegnete er barsch. Dann zog er seine Schultern hoch und versuchte, freundlich zu sein. »Meine Mutter sagt, sie komme sich vor, als füttere sie eine Familie von Titanen. Ihr Götter, was die verschlingen!«

»Aber es sind gute Leute.«

»Ja, das sind sie.«

Inzwischen standen sie vor der Tür zu Aurelias Wohnung und versammelten die Frauen um sich. Die meisten adligen Frauen hätten sich, zumal bei solch einem Wetter, wohl für eine Sänfte entschieden, nicht so aber die weiblichen Angehörigen der Julier. Sie gingen zu Fuß, wobei ihnen die Söhne von Lucius Decumius die Fauces Suburae hinunter vorauseilten und einen Weg durch den sich immer höher anhäufenden Schnee bahnten.

Das Forum Romanum lag völlig verlassen da. Es herrschte eine eigenartige Stimmung auf dem Platz; die sonst so farbenprächtigen Säulen, Wände, Dächer und Statuen standen im reinsten Marmorweiß da, versunken in einen tiefen und traumlosen Schlaf. Auf dem Gesicht der monumentalen Statue des Gaius Marius neben der Rostra hatte sich über den buschigen Augenbrauen Schnee angesammelt und milderte den stechenden Ausdruck seiner dunklen Augen.

Sie mühten sich den Bankiershügel hinauf, durch die Porta Fontinalis hindurch bis vor die Tür von Gaius Marius' Haus. Da das Peristyl sich im rückwärtigen Teil des Anwesens befand, betraten sie direkt das Empfangszimmer, wo sie, mit Ausnahme von Caesar, der seine Amtstracht anbehalten mußte, ihre Obergewänder ablegten. Strophantes, der Verwalter, nahm Lucius Decumius und seine Söhne beiseite und verköstigte sie mit ausgesuchten Speisen und Weinen, während Caesar und die Frauen sich in das Atrium begaben.

Wäre das Wetter nicht so unnatürlich kalt gewesen, dann wären sie wohl hier geblieben, denn die Zeit des Abendessens war bereits vorüber. Aber die rechteckige Öffnung des *compluvium* im Dach wirkte wie ein Luftstrudel, und auf dem Wasser des darunterliegenden Beckens glitzerten die Schneeflocken kurz auf, bevor sie schmolzen.

Der junge Marius begrüßte sie und führte sie in das Speisezimmer, wo es, wie er sagte, wärmer sei. Er sah gut aus, ja strahlte geradezu vor Glück, stellte Caesar fest. Marius war ebensogroß wie er, sein Vetter ersten Grades, dabei aber von massiverer Statur, mit blondem Haar und grauen Augen, gutaussehend und beeindruckend. Vom Äußeren her viel anziehender als sein Vater, ging ihm doch jenes gewisse Etwas ab, das Gaius Marius in den Rang eines der unsterblichen Römer erhoben hatte. Es würde noch viele Generationen dauern, bis nicht mehr jedes Schulkind von den Errungenschaften des Gaius Marius hören würde. Ein solches Schicksal war seinem Sohn, dem jungen Marius, nicht vorherbestimmt.

Caesar haßte es, hierherzukommen. Zuviel war in diesem Haus geschehen. Während andere Jungen in seinem Alter auf dem

Marsfeld gespielt hatten, hatte er sich jeden Tag hier melden, den alten, langsam genesenden Gaius Marius pflegen und ihm Gesellschaft leisten müssen. Und obgleich er nach Gaius Marius' Tod jeden Winkel des Hauses mit seinem geheiligten Besen gefegt hatte, hing dessen böser Geist immer noch in der Luft. Zumindest empfand er das so. Einst hatte er Gaius Marius geliebt und bewundert, doch dann hatte dieser ihn zum Jupiterpriester ernannt und so auf einen Schlag verhindert, daß Caesar jemals zum Rivalen werden konnte. Kein Eisen, keine Waffen, niemals dem Tod ins Angesicht blicken – keine Soldatenkarriere für den Jupiterpriester. Eine automatische Mitgliedschaft im Senat, aber ohne das Recht, sich zur Wahl für ein Amt aufstellen zu lassen – keine politische Karriere für den Jupiterpriester. Es war Caesars Schicksal, geehrt zu werden, ohne die Ehre verdient zu haben, bejubelt zu werden, ohne den Jubel zu verdienen. Der Jupiterpriester war ein Geschöpf des Staates, gehörte dem Staat, wurde von ihm gefüttert und bezahlt, war ein Gefangener des *mos maiorum,* der überlieferten Praktiken von Sitte und Tradition.

Aber Caesars düstere Stimmung war in dem Moment wie weggeblasen, als er seine Tante Julia erblickte, die Schwester seines Vaters, die Witwe des Gaius Marius und, abgesehen von seiner Mutter, die Person auf der Welt, die er am innigsten liebte. Ja, würde man Liebe als das plötzliche Aufwallen eines Gefühls bezeichnen, dann liebte er sie sogar mehr als seine Mutter. Mit seiner Mutter war er mehr geistig verbunden: Sie verehrte ihn, stritt sich mit ihm, kritisierte ihn und war seine vertraute Gefährtin. Tante Julia aber schloß ihn in ihre Arme, küßte ihn auf die Lippen, strahlte ihn mit ihren weichen grauen Augen an, in denen nie auch nur die geringste Spur einer Anklage lag. Ein Leben ohne die beiden Frauen konnte Caesar sich nicht vorstellen.

Julia und Aurelia nahmen auf derselben Liege Platz, was ihnen etwas Unbehagen bereitete, da die herrschenden Gebräuche es den Frauen verboten, sich auf Liegen bequem auszustrecken. So saßen sie auf der Liegefläche, während ihre Füße in der Luft baumelten und ihr Rücken keine Lehne zum Halt fand.

»Kannst du den Frauen nicht Stühle zum Sitzen bringen lassen?« wandte sich Caesar an den jungen Marius, während er seiner Mutter und seiner Tante Kissen unterschob.

»Danke, Vetter. Jetzt, mit den Kissen, wird es schon gehen«, warf Julia, wie immer um Frieden bemüht, ein. »Ich glaube kaum, daß es hier im Haus Stühle für uns alle gibt. Schließlich ist das eine Konferenz der Frauen.«

Damit hatte sie unbestreitbar recht, mußte Caesar zugestehen, denn das männliche Element der Familie beschränkte sich auf Caesar und den jungen Marius, beide die einzigen Söhne von Vätern, die schon seit einiger Zeit tot waren.

Rom hätte das Schauspiel, Julia und Aurelia, zwei der schönsten Frauen der Stadt, nebeneinander sitzen zu sehen, unendlich genossen. Beide Frauen waren schlank und hochgewachsen, aber Julia war die angeborene Graziosität ihrer Familie zugefallen, während Aurelias Bewegungen eher knapp und unelegant ausfielen. Die eine, Julia, besaß weiches blondgewelltes Haar und weit offene, graue Augen; die andere, Aurelia, hatte glattes braunes Haar, dunkle Wimpern und tiefliegende Augen, von denen viele ehemalige Freier behaupteten, sie seien purpurfarben, und das Profil einer griechischen Göttin. Kein Wunder also, daß sie in ihrer Jugend oft mit der schönen Helena verglichen worden war.

Julia war fünfundvierzig Jahre alt, Aurelia vierzig. Beide waren unter sehr unglücklichen, wenn auch sehr unterschiedlichen Umständen zu Witwen geworden. Gaius Marius war an seinem dritten und schwersten Schlaganfall gestorben, aber nicht ohne zuvor noch eine Orgie des Mordens zu inszenieren, die Rom nicht so schnell vergessen würde. Alle seine Feinde – und auch einige seiner Freunde – mußten ihr Leben lassen, und auf der Rostra staken die Köpfe so dicht wie Nadeln auf einem Nadelkissen. Mit dieser Last mußte Julia leben.

Aurelias Ehemann hatte Cinna auch nach dem Tod des Marius noch die Treue gehalten, wie es sich für einen Mann gehörte, dessen Sohn mit Cinnas jüngerer Tochter verheiratet war. Er war für Cinna nach Etruria gezogen, um Truppen auszuheben. Eines schönen Sommermorgens kniete er sich in Pisa nieder, seinen Schuh zuzubinden, und fiel tot um. Der Befund der Obduktion lautete auf ein geplatztes Blutgefäß im Kopf; ohne daß ein Mitglied seiner Familie anwesend war, wurde er auf einem Scheiterhaufen eingeäschert. Die Asche wurde an seine Frau nach Rom geschickt, die noch nicht einmal wußte, daß ihr Ehemann tot war, bis Cinnas Bote mit der Begräbnisurne vor ihr stand. Was in dieser Zeit in ihr vorging, wußte niemand, nicht einmal ihr Sohn, der einen Monat vor seinem fünfzehnten Geburtstag zum Familienoberhaupt ernannt wurde. Niemand hat sie auch nur eine Träne vergießen sehen; und ihr Gesichtsausdruck hatte sich kein bißchen verändert. So war sie, Aurelia, zugeknöpft bis obenhin; ihr schien die Arbeit als Besitzerin eines umtriebigen Mietshauses mehr zu bedeuten als jedes lebende Wesen, von ihrem Sohn einmal abgesehen.

Der junge Marius besaß keine Geschwister, aber Caesar hatte zwei ältere Schwestern. Beide sahen ihrer Tante Julia sehr ähnlich, aber kaum ihrer Mutter Aurelia, deren Züge sich dafür um so mehr in Caesars Gesicht widerspiegelten.

Julia Major, genannt Lia, war zwar erst einundzwanzig Jahre alt, aber wer genau hinsah, konnte in ihrem Blick einen leichten Kummer erkennen. Und das nicht ohne Grund. Ihr erster Ehemann, ein Habenichts von einem Patrizier namens Lucius Pinarius, war ihre große Liebe gewesen, und so hatte man ihr, wenn auch zögerlich, erlaubt, ihn zu ehelichen. Kaum ein Jahr später erblickte ein Sohn das Licht der Welt, doch kurz darauf starb Lucius Pinarius unter mysteriösen Umständen. Eine Fehde unter Kumpanen wurde allgemein dahinter vermutet, aber ein Beweis dafür ließ sich nicht erbringen. So war die neunzehnjährige Lia Witwe geworden und lebte in solch ärmlichen Umständen, daß sie wieder unter das Dach ihrer Mutter zurückkehren mußte. Doch in der Zwischenzeit war die Rolle des *pater familias* auf Caesar übergegangen, und sie mußte entdecken, daß ihr jüngerer Bruder nicht annähernd so weichherzig oder beeinflußbar war, wie es ihr Vater gewesen war. Daß sie wieder heiraten mußte, verstand sich von selbst, aber diesmal hatte es ein Mann nach Caesars Geschmack zu sein.

»Sonst suchst du dir doch nur wieder irgendeinen Schwachkopf aus«, hatte er ihr mitleidlos vorgehalten.

Wie Caesar es angestellt hatte, Quintus Pedius, einen trägen und aufrechten campanischen Ritter aus guter, wenn auch nicht adliger Familie, aufzutreiben, wußte niemand so recht. Einige vermuteten, er habe die Sache gemeinsam mit Lucius Decumius ausgeheckt, der zwar nur ein kleiner Halunke aus der vierten Klasse war, aber über erstaunliche Kontakte verfügte. Jedenfalls kam er eines Tages mit Quintus Pedius nach Hause und verlobte seine älteste Schwester mit ihm. Zwar konnte man Quintus nicht gerade gutaussehend nennen, aber dafür war er kolossal reich und fast bis zur Peinlichkeit dankbar dafür, eine junge und schöne Frau aus den höchsten Kreisen der patrizischen Nobilität ehelichen zu dürfen. Lia hatte ihrem fünfzehnjährigen Bruder einen Blick zugeworfen, einmal leer geschluckt und sich gefügt. Selbst in diesem Alter verfügte Caesar über die Fähigkeit, seinem Gesicht und seinen Augen einen Ausdruck zu verleihen, der jeden Widerspruch bereits im Keim erstickte.

Glücklicherweise entwickelte sich die Ehe gut. Lucius Pinarius mochte jung, gutaussehend und draufgängerisch gewesen sein, aber als Ehemann hatte er versagt. Lia entdeckte, daß es viele Vorteile hatte, die Frau eines reichen Mannes zu sein, auch wenn er doppelt so alt war wie sie, und mit der Zeit fing sie sogar an, ihren uninspirierenden zweiten Mann sehr zu schätzen. Sie schenkte ihm einen Sohn und ging so sehr in ihrem luxuriösen Leben auf den Gütern ihres Mannes vor Teanum Sidicinum auf, daß sie, als Scipio Asiagenus und Sulla in der Nachbarschaft ihre Lager aufschlugen, sich schlichtweg geweigert hatte, zu ihrer Mutter zurückzukehren, die, wie sie nur zu gut wußte, ihr angenehmes Leben ihren spartanischen Idealen unterstellen würde. Natürlich führte das nur dazu, daß Aurelia (nach einem Überraschungsbesuch bei Sulla, über den sie kaum mehr sagte, als daß er stattgefunden hatte) höchstpersönlich bei ihr auftauchte und sie nach Rom holte. Allerdings ohne ihre Söhne; Quintus Pedius hatte es vorgezogen, sie bei sich in Teanum zu behalten.

Julia Minor, die von allen Ju-ju genannt wurde, war Anfang des Jahres verheiratet worden, nicht lange nach ihrem achtzehnten Geburtstag. Um zu verhindern, daß sie einem nicht standesgemäßen Freier das Jawort gab, bestand Caesar darauf, die Auswahl zu treffen. Ju-ju wehrte sich heftig gegen seine selbstherrliche Übernahme einer Sache, die in die Hand zu nehmen sie sich selbst durchaus zutraute. Natürlich behielt Caesar die Oberhand und kam mit einem weiteren unglaublich vermögenden Freier heim. Er stammte aus einer alten Senatorenfamilie, im Senat war er Hinterbänkler und durchaus damit zufrieden. Er kam aus Aricia, nicht weit von Caesars Landgut bei Bovillae an der Via Appia, war also Latiner und somit über Quintus Pedius erhaben, der nur Campaner war. Nachdem Ju-ju Marcus Atius Balbus gesehen hatte, heiratete sie ihn ohne Murren. Und sie konnte sich nicht beklagen; Balbus war siebenunddreißig Jahre alt, sah aber für sein fortgeschrittenes Alter überraschend gut aus.

Da Marcus Atius Balbus im Senat saß, unterhielt er neben seinem weitläufigen Landsitz in Aricia ein *domus* in Rom, Ju-ju freute sich, es besser erwischt zu haben als ihre Schwester, konnte sie doch wenigstens mehr oder weniger ständig in Rom leben. Seit einiger Zeit trug Ju-ju ein Kind unter ihrem Herzen, aber das hielt Aurelia nicht davon ab, sie an diesem Nachmittag den ganzen Weg bis zu Gaius Marius' Haus zu Fuß zurücklegen zu lassen.

»Schwangeren Frauen tut es nicht gut, wenn sie verhätschelt werden«, hatte Aurelia erklärt. »Das ist auch der Grund dafür, daß so viele von ihnen bei der Geburt sterben.«

»Ich dachte, du hättest gesagt, sie würden sterben, weil sie sich ausschließlich von Bohnen ernährten«, hielt ihr Ju-ju entgegen.

»Daran auch. Pythagoräische Ärzte sind eine Landplage.«

Noch eine Frau war da, auch wenn sie keine Blutsbande mit den anderen verbanden, keine engen zumindest: die Frau des jungen Marius. Als Tochter des Scaevola Pontifex Maximus wurde sie Mucia Tertia genannt, um sie von ihren beiden berühmten Basen, den Töchtern von Scaevola dem Auguren, zu unterscheiden.

Obwohl Mucia Tertia nicht besonders schön war, hatte sie schon viele Männer um den Schlaf gebracht. Ihre blaßgrünen Augen standen unnatürlich weit auseinander und wurden von dichten schwarzen Wimpern eingefaßt, die nach außen hin länger wurden – ein Phänomen, das den Abstand zwischen ihren Augen noch zu vergrößern schien. Sie hätte es zwar nie zugegeben, aber sie selbst war es, die ihre Wimpern an den inneren Augenwinkeln mit einer winzigen Elfenbeinschere aus Ägypten kürzer trimmte. Mucia Tertia war sich ihrer ungewöhnlichen Anziehungskraft bewußt. Selbst ihre lange, gerade Nase gereichte ihr aus irgendeinem Grund nicht zum Nachteil, und ihr breiter Mund entsprach bei weitem nicht dem römischen Schönheitsideal. Wenn sie lächelte, präsentierte sie ein Gebiß, das aus Hunderten von makellos weißen Zähnen zu bestehen schien. Dabei hatte sie volle und sinnliche Lippen, und ihre cremefarbene Haut paßte hervorragend zu ihrem dunkelroten Haar.

Auch Caesar konnte sich ihrem Zauber nicht entziehen. Mit seinen siebzehneinhalb Jahren war er in sexuellen Dingen schon sehr erfahren, hatte doch jedes weibliche Wesen in der Subura danach gestrebt, diesen hübschen jungen Mann in die Wonnen der Liebe einzuweihen. Nur wenige hatten sich von Caesars Eigenart, darauf zu bestehen, daß sie gebadet und sauber waren, abschrecken lassen. Schnell hatte sich herumgesprochen, daß Caesar über mächtige Waffen verfügte *und* über das Wissen, sie bestmöglich einzusetzen.

Mucia Tertia interessierte Caesar vor allem wegen ihrer geheimnisvollen Aura. Denn so sehr er sich auch bemühte, sie war der einzige Mensch, auf dessen Grund er nicht sehen konnte. Sie lächelte oft und entblößte dabei stets ihre weißen Zähne, aber niemals widerspiegelte sich das Lächeln in ihren außergewöhnlichen Augen, und niemals deutete sie mit irgendeiner Geste oder einem Zeichen an, was sie wirklich empfand.

Seit vier Jahren war sie mit dem jungen Marius verheiratet, und keiner von beiden hatte seither eine sonderlich große Leidenschaft für den anderen an den Tag gelegt. Ihre Unterhaltungen verliefen in einem angenehmen Plauderton, blieben aber stets förmlich. Niemals tauschten sie diese Blicke voll geheimen Verstehens aus, wie das die meisten anderen Paare taten, und keiner von beiden streckte jemals die Hand aus, den anderen zu berühren, nicht einmal dann, wenn sie allein waren. Ihre Ehe war kinderlos, und falls ihre Vereinigung wirklich ohne jedes Gefühl war, dann schien zumindest der junge Marius nicht darunter zu leiden: Er war ein stadtbekannter Schürzenjäger. Was aber ging in Mucia Tertia vor, der noch nie jemand indiskretes Verhalten, geschweige denn Ehebruch nachgesagt hatte? War sie glücklich? Liebte sie den jungen Marius? Oder haßte sie ihn? Unmöglich, das zu sagen – und doch, Caesar spürte, daß Mucia Tertia zutiefst unglücklich war.

Inzwischen hatten sich alle niedergelassen, und aller Augen ruhten auf dem jungen Marius, der es sich auf einem Stuhl bequem gemacht hatte. Caesar, bemüht, sich nicht zurücksetzen zu lassen, hatte sich ebenfalls einen Stuhl geholt, sich aber nicht an die Seite des jungen Marius in der Mitte des Bogens gesetzt, den die drei Liegen formten, sondern schräg hinter seine Mutter. So konnte er zwar nicht die Gesichter der ihm wichtigsten Frauen sehen, dafür aber den jungen Marius, Mucia Tertia und den Verwalter Strophantes im Auge behalten. Strophantes war gebeten worden, der Versammlung beizuwohnen, hatte es aber, entgegen der Einladung des jungen Marius, sich zu setzen, vorgezogen, an der Tür stehen zu bleiben.

Marius fuhr sich – ein an ihm ungewohntes Zeichen der Nervosität – mit der Zunge über die Lippen. Dann fing er an zu sprechen. »Heute am frühen Nachmittag habe ich Besuch von Gnaeus Papirius Carbo und Marcus Junius Brutus erhalten.«

»Ein sonderbares Paar«, warf Caesar ein, der darauf aus war, Marius ein wenig aus dem Konzept zu bringen.

Der junge Marius bestrafte ihn mit einem wütenden Blick, ließ sich aber nicht beirren. Immerhin, dachte Caesar, ein Anfang.

Doch was sein Vetter dann sagte, durchkreuzte seine Absichten. »Sie haben mich gefragt, ob ich mich zusammen mit Gnaeus Carbo um das Amt des Konsuls bewerben würde. Ich habe ihnen zugesagt.«

Der Aufruhr war allgemein. Auf den Gesichtern seiner Schwestern konnte Caesar bares Erstaunen erkennen, der Rücken seiner Tante zuckte wie in einem Krampf zusammen, und in Mucia Tertias bemerkenswerte Augen trat ein sehr bestimmter, gleichwohl undeutbarer Ausdruck.

»Aber mein Sohn, du sitzt noch nicht einmal im Senat«, rief Julia aus.

»Doch, ab morgen. Perperna nimmt mich in die Listen auf.«

»Du bist noch nicht einmal Quästor gewesen, geschweige denn Prätor.«

»Der Senat ist bereit, mir die üblichen Voraussetzungen zu erlassen.«

»Aber du hast weder die nötige Erfahrung noch das Wissen«, beharrte Julia, und ihre Stimme klang verzweifelt.

»Mein Vater war siebenfacher Konsul, ich bin inmitten von Konsularen aufgewachsen, und Carbo könnt ihr kaum unerfahren nennen.«

»Warum hast du uns herbestellt?« fragte Aurelia.

Der junge Marius blickte seine Tante ernst an. »Um diese Angelegenheit mit euch zu besprechen natürlich«, antwortete er ein wenig verdutzt.

»Unsinn!« erwiderte Aurelia barsch. »Du hast dich nicht nur bereits entschieden, du hast Carbo längst zugesagt, dich an seiner Seite zur Wahl aufstellen zu lassen. Mir scheint, du hast uns in diesem frostigen Wetter nur hierherbestellt, um uns eine Nachricht zu präsentieren, die wir fast ebenso schnell auf der Straße aufgeschnappt hätten.«

»Das ist nicht richtig, Tante Aurelia.«

»Natürlich ist es so!« fuhr sie ihn an.

Mit hochrotem Kopf wandte sich der junge Marius wieder seiner Mutter zu und streckte ihr flehentlich seine Hand entgegen. »Mama, es ist wirklich nicht so. Ja, ich habe Carbo zugesagt, mich aufstellen zu lassen, aber ... aber ich hatte immer die Absicht, mir anzuhören, was meine Familie dazu zu sagen hat. Wirklich! Ich kann mich immer noch anders entscheiden.«

»Ha! Du und dich anders entscheiden!« fuhr Aurelia dazwischen.

»Sei ruhig, Aurelia.« Julias Finger umklammerten Aurelias Handgelenk. »Ich will keinen Streit in diesem Raum.«

»Du hast vollkommen recht, Tante Julia, ein Streit ist das letzte, was wir jetzt brauchen könnten«, ergriff Caesar das Wort und zwängte sich zwischen seine Mutter und seine Tante. »Warum hast du ja gesagt?« Caesar sah seinen Vetter mit einem bohrenden Blick an.

»Etwas mehr Vertrauen in meine Intelligenz hätte ich mir von dir doch erhofft, Caesar.« Marius ließ sich von Caesars Frage nicht aufs Glatteis führen. »Ich habe aus demselben Grund ja gesagt, aus dem auch du ja sagen würdest, müßtest du nicht Priestermütze und Mantel tragen.«

»Ich verstehe zwar, warum du annimmst, ich hätte ebenfalls ja gesagt, aber tatsächlich hätte ich Carbos Ansinnen abgelehnt. *In suo anno* ist der richtige Zeitpunkt.«

»Außerdem verstößt es gegen das Gesetz«, warf Mucia Tertia unvermittelt ein.

»Nein«, antwortete Caesar, bevor sein Vetter etwas erwidern

konnte. »Es verstößt zwar gegen die Sitten und sogar gegen die *lex Villia annalis,* aber ungesetzlich ist es nicht. Das wäre es nur, wenn dein Ehemann das Amt gegen den erklärten Willen des Senats und des Volkes von Rom annähme. Der Senat und das Volk haben die Macht, die *lex Villia* außer Kraft zu setzen. Und genau das wird auch geschehen. Der Senat und das Volk werden die notwendigen Erlasse verabschieden. Der einzige, der dieses Vorgehen als ungesetzlich verdammen wird, wird Sulla sein.«

Eine ungute Stille breitete sich aus.

»Das ist das Schlimmste daran«, ließ sich schließlich Julia mit verzagter Stimme hören. »Du stellst dich gegen Sulla.«

»Ich hätte mich so oder so gegen Sulla stellen müssen, Mama«, entgegnete der junge Marius.

»Aber nicht als der inaugurierte Repräsentant des Senats und des Volkes von Rom. Konsul zu werden heißt, die letztendliche Verantwortung zu übernehmen, heißt, Roms Truppen ins Feld zu führen.« Eine Träne rollte über Julias Wange. »Auf dich wird sich Sullas Denken konzentrieren, und Sulla ist der gewaltigste aller Männer. Ich kenne ihn nicht so gut wie deine Tante Aurelia, Gaius, aber ich kenne ihn. Ich habe ihn sogar gemocht, in den Tagen, in denen er sich um deinen Vater gekümmert hat. Sulla hat all die kleinen Ungereimtheiten, die sich immer um deinen Vater herum zu ereignen schienen, zurechtgerückt. Er ist geduldiger und aufmerksamer, als es dein Vater war, und ein Mann von beträchtlichem Ehrgefühl. Aber eine sehr wichtige Eigenschaft hatte dein Vater mit Lucius Cornelius gemein. Wenn alle anderen Mittel versagen, seien es nun Gesetze oder die Unterstützung der Massen, sind – oder sollte ich besser sagen waren? – beide bereit, alles, und zwar wirklich alles zu tun, um ihre Ziele zu erreichen. Aus diesem Grund sind beide gegen Rom marschiert. Und aus demselben Grund wird Lucius Cornelius, wenn Rom dich wirklich zum Konsul wählt, wieder gegen Rom marschieren. Deine Wahl zum Konsul ist für ihn das Zeichen, daß Rom bis zum bitteren Ende kämpfen will, daß eine friedliche Lösung ausgeschlossen ist.« Sie seufzte und wischte sich eine Träne von der Wange. »Wegen Sulla will ich, daß du dich anders besinnst. Wenn du alt genug wärst und über ausreichend Erfahrung verfügtest, könntest du vielleicht sogar siegen. Aber du bist weder das eine, noch hast du das andere. Du kannst nicht gewinnen. Und ich werde meinen einzigen Sohn verlieren.«

Julias Bittrede war geprägt von Vernunft und Reife – Eigenschaften, die dem jungen Marius abgingen; und so hatten sich seine Züge, während er ihrer aus dem tiefsten Inneren kommenden Rede lauschte, immer mehr verhärtet. Nun setzte er zu einer Antwort an.

»Nun, Mater«, kam ihm Caesar zuvor, »wie Tante Julia schon gesagt hat, du kennst Sulla am besten von uns allen. Was denkst du?«

Wenig brachte Aurelia aus der Fassung, und sie hatte nach wie vor nicht die Absicht, ihnen Einzelheiten von ihrer letzten Begegnung mit Sulla zu berichten, von jenem tragischen, schrecklichen Zusammentreffen in seinem Lager. »Du hast recht, ich kenne Sulla gut. Ich habe ihn, wie ihr alle wißt, vor nicht allzu langer Zeit getroffen. In den alten Tagen war ich die erste, die er sah, wenn er in die Stadt zurückkam, und die letzte, wenn er wieder ging. Dazwischen habe ich Sulla, und das ist typisch für ihn, fast nie gesehen. In seinem Herzen ist er ein Schauspieler, er kann ohne das Drama nicht leben. Ja, er weiß, wie man eine im Grunde harmlose Situation bis zum Äußersten mit Spannung auflädt. Deswegen hat er auch seine Besuche so gelegt, hat meine Rolle in seinem Leben mit mehr Farbigkeit, mehr Bedeutung ausgestattet. Statt eines gewöhnlichen Besuchs bei einer Dame, mit der er über Nebensächlichkeiten plauderte, verlieh er jedem seiner Besuche die Aura eines Abschieds oder einer Wiedervereinigung.«

Caesar lächelte seine Mutter an, dann sagte er sanft: »Du hast meine Frage nicht beantwortet, Mater.«

»Das habe ich auch gar nicht vor«, setzte sie ihm bestimmt entgegen. Statt dessen fixierte sie den jungen Marius. »Du mußt dir darüber im klaren sein, daß Sulla dich, wenn du ihm als Konsul entgegentrittst, ebenfalls mit Bedeutung ausstatten wird. Dein Alter und der Name deines Vaters werden Sulla dazu dienen, das Drama seines Kampfes um die Macht in Rom noch etwas dramatischer auszugestalten. Denk an deine Mutter, Neffe. Um ihrer willen laß die Finger von dieser Idee! Wenn du gegen Sulla kämpfen mußt, dann als einer von vielen Militärtribunen.«

»Was denkst du?« wandte sich der junge Marius an Caesar.

»Ich sage, tue es. Werde Konsul vor deinem Jahr.«

»Lia?«

Lia richtete ihren gequälten Blick auf Julia und sagte: »Bitte, tu es nicht, Vetter.«

»Ju-ju?«

»Ich stimme meiner Schwester zu.«

»Frau?«

»Du mußt mit deinem Glück gehen.«

»Strophantes?«

Der alte Verwalter seufzte vernehmlich und sagte: »*Domine,* tu es nicht.«

Der junge Marius hatte einen Arm um die Stuhllehne geschlungen und nickte bedächtig. Die Bewegung übertrug sich auf seinen Oberkörper, der sanft vor- und zurückschwang. Er schürzte die Lippen, blies die Luft durch seine Nasenlöcher und sagte: »Genau, wie ich es erwartet habe. Der weibliche Teil meiner Verwandtschaft und mein Verwalter flehen mich an, mich nicht vor meiner Zeit und über das, was mir zukommt, zu erheben und dadurch meine Person in Gefahr zu bringen. Meine Tante scheint auch zu sagen, daß ich meinen Ruf aufs Spiel setzen werde, während meine Frau es Fortuna in den Schoß legt – bin ich einer von Fortunas Günstlingen? Nur mein Vetter sagt, ich solle es wagen.«

Er erhob sich, seine Erscheinung beherrschte den Raum. »Ich werde das Wort, das ich Gnaeus Papirius Carbo und Marcus Junius Brutus gegeben habe, nicht zurücknehmen. Falls Marcus Perperna meiner Ernennung zum Senator und der Senat den notwendigen Erlassen zustimmen, werde ich meine Kandidatur um das Amt des Konsuls bekanntgeben.«

»Du hast uns immer noch nicht gesagt, warum du es tust«, sagte Aurelia.

»Ich dachte, das sei klar. Rom ist in einer verzweifelten Lage, Carbo kann keinen geeigneten Mitkonsul finden. An wen also wendet er sich? An mich, den Sohn des Gaius Marius. Rom liebt mich! Rom braucht mich! Das ist der Grund.«

Nur die ältesten und vertrautesten Gefolgsmänner hätten den Mut aufgebracht, das zu sagen, was Strophantes jetzt sagte. Der Verwalter ergriff das Wort nicht nur für die verzweifelte Mutter, sondern auch für den toten Vater. »Es ist dein Vater, den Rom liebt, *domine!* Rom wendet sich deines Vaters wegen an dich. Rom kennt dich nicht, Rom weiß nur, daß du der Sohn des Mannes bist, der die Stadt vor den Germanen gerettet hat, der die ersten Siege gegen die Italiker errang und siebenfacher Konsul war. Wenn du zum Konsul gewählt wirst, dann nicht, weil du du selbst bist, sondern weil du der Sohn deines Vaters bist.«

Der junge Marius liebte Strophantes, und Strophantes wußte das auch. Deshalb reagierte er sehr zurückhaltend auf dessen Worte. Er kniff lediglich seine Lippen zusammen und sagte: »Ich weiß. Aber es liegt in meiner Hand, Rom zu zeigen, daß der junge Marius seinem hochgeehrten alten Vater in nichts nachsteht.«

Caesar sah zu Boden und schwieg. Warum, fragte er sich, hatte der verrückte Greis den Mantel und die Mütze des Jupiterpriesters nicht seinem Sohn verpaßt? Ich könnte es tun. Aber der junge Marius? Niemals!

Gegen Ende Dezember versammelten sich die Wähler in ihren Zenturien auf dem Marsfeld. Der junge Marius wurde zum ersten Konsul gewählt, Gnaeus Papirius Carbo zum zweiten Konsul. Die Tatsache, daß der junge Marius weit mehr Stimmen auf sich vereinigte als Carbo, verdeutlichte Roms Verzweiflung, die Ängste und Sorgen, welche die Stadt plagten. Viele, die ihre Stimme dem jungen Marius gegeben hatten, waren auch zutiefst davon überzeugt, daß er wenigstens einen Teil der Anlagen seines Vaters geerbt hatte, daß unter ihm ein Sieg gegen Sulla wieder in den Bereich des Möglichen rückte.

In einer Hinsicht trug das Wahlergebnis überreiche Früchte: Die jungen Männer strömten, vor allem in Etruria und Umbria, zuhauf zu den Waffen. Die Söhne und Enkel von Gaius Marius' Klienten schlossen sich frohgemut und zuversichtlich den Legionen seines Sohnes an. Und als der junge Marius die riesigen Ländereien seines Vaters aufsuchte, wurde er als Retter gepriesen und von den Menschen bejubelt.

Rom legte sein Festtagsgewand an, der Inauguration seiner neuen Konsuln am ersten Tag des neuen Jahres beizuwohnen. Und Rom wurde nicht enttäuscht. Der junge Marius trug während den Zeremonien eine strahlende Glückseligkeit zur Schau, mit der er die Herzen all derer, die ihn erblickten, eroberte; großartig, wie er aussah! Er lächelte, winkte und grüßte bekannte Gesichter in der Masse. Und da jedermann wußte, wo seine Mutter stand (zu Füßen der riesenhaften Statue ihres verblichenen Ehemannes neben der Rostra), wurden auch alle Zeugen, wie der frischgebackene erste Konsul seinen Platz in der Prozession verließ, zu seiner Mutter eilte und ihr Hände und Lippen küßte – und seinen Vater mit einer Geste der Tapferkeit ehrte.

Vielleicht, dachte Carbo zynisch, war es das, was das Volk in dieser Stunde brauchte: die Macht der Jugend. Wie lange war es her, daß die Massen einem neugewählten Konsul am Tag seiner Inauguration so vorbehaltlos zugejubelt hatten? Geben die Götter, daß Rom dereinst diesen Kuhhandel von Wahl nicht wird bereuen müssen. Bisher hatte sich der junge Marius sehr anmaßend aufgeführt; er schien es als gegeben hinzunehmen, daß ihm alles von selbst in den Schoß fallen werde, daß er nicht dafür arbeiten müsse, daß die Schlachten der Zukunft schon geschlagen und gewonnen seien.

Die Omen waren nicht gut, obgleich den neuen Konsuln bei ihrer Nachtwache auf dem Kapitol nichts Unziemliches zu Gesicht gekommen war. Was düster über allem hing, war eine Lücke, eine Lücke von solchem Ausmaß, daß keiner sie übersehen oder ignorieren konnte. Dort, wo sich der mächtige Tempel des Jupiter Optimus Maximus seit fünfhundert Jahren auf dem höchsten Punkt des Kapitols erhoben hatte, lag nur noch ein Haufen verkohlter Schutt. Am sechsten Tag des Quintilis des eben erst zu Ende gegangenen Jahres war im Innern der Heimstatt des Großen Gottes ein Feuer ausgebrochen und hatte sieben Tage lang gewütet. Nichts war übriggeblieben, gar nichts. Der Tempel war so alt gewesen, daß er, abgesehen von dem Podium, ganz aus Holz erbaut worden war. Die massiven Säulentrommeln der schlichten dorischen Säulen waren ebenso aus Holz gewesen wie die Wände, das Sparrenwerk und die Innenverkleidung. Allein die schiere Größe und Massigkeit des Tempels, die seltenen und kostbaren Farben, die hervorragenden Wandmalereien und die überreichen Goldverzierungen hatten das Bauwerk in den Rang einer angemessenen Heimstatt für Jupiter den Besten und Größten, der ausschließlich an diesem Ort lebte, erhoben.

Nachdem sich die Asche genügend abgekühlt hatte, konnten

die Priester die Unglücksstätte in Augenschein nehmen. Nun jagte eine Schreckensnachricht die andere. Von der gigantischen Terrakottastatue Jupiters, die der etruskische Bildhauer Vulca unter König Tarquinius' Regentschaft in Rom erschaffen hatte, war nicht eine Spur übriggeblieben. Auch die Elfenbeinstatuen von Juno, der Gemahlin des Jupiter, und ihrer Tochter Minerva waren ein Raub der Flammen geworden; dasselbe galt für die Abbilder der in dem Tempel untergeschlüpften Untermieter, des Grenzgottes Terminus und Juventas, der Göttin der Jugend, die sich geweigert hatte, ihren Platz zu verlassen, als König Tarquinius mit dem Bau der Heimstatt für Jupiter Optimus Maximus begonnen hatte. Gesetzestafeln und uralte Aufzeichnungen waren verbrannt, ebenso wie die Sibyllinischen Bücher und zahllose andere prophetische Zeugnisse, die Rom in Krisenzeiten zur Orientierung gedient hatten. Unzählbar auch die aus Gold und Silber gefertigten Schätze, die in den Flammen geschmolzen waren, selbst die massivgoldene Statue der Victoria, die ihr Hieron aus Syrakus nach der Schlacht am Trasimenersee gewidmet hatte, und die massivbronzene, mit Gold belegte Abbildung der Victoria auf einer *biga,* einem zweispännigen Pferdewagen. Die zu absurden Klumpen zusammengeschmolzenen Metalle wurden zwar aus dem Schutt herausgesucht und von Schmieden wieder aufbereitet. Doch die daraus gefertigten Barren konnten kein Ersatz sein für die unsterblichen Namen der ursprünglichen Bildhauer – Praxiteles und Myron, Strongylion und Polykletes, Skopas und Lysippus. Kunst und Geschichte hatten sich in demselben Flammenmeer aufgelöst wie die irdische Heimstatt des Jupiter Optimus Maximus.

Einige benachbarte Tempel waren ebenfalls in Mitleidenschaft gezogen worden, insbesondere der Tempel der Ops, der geheimnisvollen, gesichts- und leiblosen Wächterin über Roms öffentliche Wohlfahrt. So groß war das Ausmaß der Zerstörung, daß ihr Tempel neu aufgebaut und geweiht werden mußte. Auch der Tempel der Fides Publica war stark beschädigt; die Hitze des nebenan wütenden Feuers hatte die Verträge und Pakte, die an den Innenwänden des Tempels aufgehängt waren, ebenso verkohlen lassen wie die Leinenwickel, die um die rechte Hand einer uralten Statue gewunden waren, von der man dachte, sie stelle die Fides Publica dar. Ein weiteres Bauwerk hatte unter dem Feuer gelitten; doch da es erst vor kurzer Zeit errichtet worden war und überwiegend aus Marmor bestand, war zu seiner Wiederherstellung wenig mehr als ein neuer Anstrich vonnöten. Es handelte sich dabei um den Tempel, den Gaius Marius zu Ehren des Honos und der Virtus hatte errichten lassen und in dem seine Kriegstrophäen, militärischen Auszeichnungen und Geschenke an Rom verwahrt wurden. Was das Volk Roms am meisten beunruhigte, war die Tatsache, welche Götter am stärksten von dem Brand in Mitleidenschaft gezogen wurden: Jupiter Optimus Maximus war Roms wichtigster Gott; Ops war für das öffentliche Wohl der Stadt zuständig; Fides Publica kümmerte sich um die guten Beziehungen zwischen den Römern und ihren Göttern; auf Honos und Virtus schließlich stützte sich der Ruhm des römischen Kriegshandwerks. So wurde jeder Römer von derselben Frage geplagt: War das Feuer ein Omen dafür, daß die Tage von Roms Aufstieg vorüber waren? War das Feuer ein Omen für das bevorstehende Ende?

Die Konsuln, die an diesem Neujahrstag ihr Amt antraten, waren die ersten, die nicht in der Heimstatt Jupiters des Besten und Größten geweiht wurden. Zu Füßen des alten, geschwärzten Steinpodiums, auf dem der Tempel geruht hatte, wurde unter einem Baldachin ein behelfsmäßiger Schrein errichtet, auf dem die neuen Konsuln ihre Opfer darbrachten und ihren Amtseid schworen.

Caesar, dessen blondes Haar unter dem Elfenbeinhelm verborgen war und dessen Körper in dem schweren, engen Priestermantel steckte, wohnte den Riten in seiner offiziellen Funktion bei, obgleich ihm keine aktive Rolle zukam; die Zeremonien wurden von dem obersten Priester der Republik, dem Pontifex Maximus Quintus Mucius Scaevola durchgeführt, dem Schwiegervater des jungen Marius.

Für Caesar war das Ganze doppelt schmerzlich. Zum einen hatte die Zerstörung des Großen Tempels ihn, den Jupiterpriester, seiner religiösen Heimstatt beraubt, zum anderen war ihm deutlich bewußt, daß er in seiner purpurgesäumten Toga niemals Konsul werden konnte. Doch hatte er gelernt, mit seinen Schmerzen umzugehen, besaß er genügend Selbstbeherrschung, die Zeremonien in aufrechter Haltung und ohne jede Gefühlsregung durchzustehen.

Die Zusammenkunft des Senats und das anschließende Fest waren von dem Schrein in die Curia Hostilia verlegt worden, den Sitz des Senats und vorschriftsgemäß geweihten Tempel. Obwohl Caesar vom Alter her der Zutritt in das Innere der Curia Hostilia untersagt war, war er als Jupiterpriester automatisch auch Mitglied des Senats. So verwehrte ihm niemand den Zutritt, und er folgte regungslos den kurzen, formellen Handlungen, die der junge Marius als erstgewählter Konsul recht ordentlich vollzog. Die Statthalter, die in zwölf Monaten ihr Amt antreten würden, wurden per Losentscheid aus den diesjährigen Prätoren und den beiden Konsuln ausgewählt, der Tag des Festes des Jupiter Latiaris auf dem Albanerberg wurde festgesetzt, ebenso der Zeitpunkt der anderen beweglichen Festtage öffentlicher und religiöser Natur.

Im Anschluß an die Zeremonien wurden auserlesene Speisen in rauhen Mengen aufgetischt. Da Caesar als Jupiterpriester davon nur wenig essen durfte, suchte er sich einen unauffälligen Platz und lauschte den Unterhaltungen, die an sein Ohr drangen, während die Senatoren sich zu ihren bevorzugten Liegen begaben. Einigen war von ihrer Stellung her vorgeschrieben, wo sie Platz zu nehmen hatten, etwa jenen, die ein Friedensrichter-, ein Priester- oder ein Augurenamt innehatten. Die meisten Senatoren aber konnten ihre Plätze frei wählen und sich an den Köstlichkeiten laben, die aus dem unerschöpflichen Reichtum des jungen Marius quollen.

Die Reihen waren dünn besetzt, kaum hundert Männer befanden sich in der Versammlungshalle. Viele Senatoren waren zu Sulla geflohen, und auch von denen, die der Inauguration der Konsuln beigewohnt hatten, standen bei weitem nicht alle auf seiten der Konsuln oder stimmten ihren Plänen zu. Quintus Lutatius Catulus etwa war sicherlich kein Gefolgsmann Carbos; sein Vater, Catulus Caesar, war ein unversöhnlicher Feind des Marius gewesen und bei Gaius Marius' Blutbad umgekommen; und sein Sohn war aus demselben Holz geschnitzt, wenn auch nicht so begabt oder so gebildet wie sein Vater. Bestimmt, sinnierte Caesar, lag das an der Verdünnung des julischen Blutes durch die Mutter, einer Domitia Ahenobarbi. Ihre Familie war zwar berühmt, aber ganz bestimmt nicht der Intelligenz ihrer Mitglieder wegen. Caesar mochte Catulus nicht, ein Vorurteil, das von dessen Aussehen herrührte; er war dünn, untersetzt und hatte von seiner Mutter das rote Haar und ihre Sommersprossen geerbt. Catulus war mit der Schwester des Mannes verheiratet, der sich neben ihm auf derselben Liege ausgestreckt hatte. Dieser Mann wiederum, Quintus Hortensius, war mit Catulus' Schwester Lutatia verheiratet. Hortensius, noch Anfang Dreißig, war unter Cinnas und Carbos Herrschaft zum führenden Advokaten Roms aufgestiegen und wurde von manchen sogar als der klügste Rechtsgelehrte in der Geschichte Roms gepriesen. Hortensius war ein gutaussehender Mann, dessen sinnliche Unterlippe seine Vorliebe für die kleinen Annehmlichkeiten des Lebens verriet – und sein auf Caesar ruhender Blick seine Vorliebe für schöne junge Männer. Caesar, erfahren im Umgang mit solchen Blicken, machte jeden weiterführenden Gedanken, der sich in Hortensius' Geist vielleicht formen mochte, zunichte, indem er eine unmögliche Grimasse schnitt und mit den Augen schielte. Hortensius errötete und wandte sich schnell wieder zu Catulus um.

Just in diesem Augenblick kam ein Diener zu Caesar und teilte ihm mit, daß sein Vetter ihn zu sehen wünsche. Caesar erhob sich von der untersten Sitzreihe, auf der er sich niedergelassen hatte, und schlurfte in seinen an den Fersen offenen Holzschuhen auf die andere Seite der Halle, wo der junge Marius und Carbo lagen. Er küßte seinen Vetter auf die Wange und setzte sich auf die Kante des kurulischen Podiums hinter der Liege.

»Ißt du nichts?« fragte der junge Marius und schob sich ein Stück Fisch in den Mund.

»Es gibt nicht viel, das ich essen darf.«

»Stimmt, hab's vergessen«, schmatzte der junge Marius mit vollem Mund. Er schluckte den Fisch hinunter und deutete auf die riesige Platte, die auf dem Tisch vor ihm stand. »Aber davon kannst du essen, soviel du willst.«

Caesar betrachtete den teilweise zerlegten Fisch ohne jeden Enthusiasmus; es war ein Barsch aus dem Tiber. »Ich danke dir«, sagte er, »aber ich konnte noch nie eine Tugend darin erkennen, Scheiße zu essen.«

Diese Bemerkung ließ den jungen Marius vor Belustigung glucksen, hielt ihn aber nicht davon ab, sich weiter an dem Fleisch einer Kreatur zu laben, die sich von den Exkrementen ernährte, die aus Roms Kanalisation in den Tiber strömten. Carbos Magen war, wie Caesar amüsiert feststellte, weniger robust. Carbos Hand, die sich eben noch nach dem Barsch ausgestreckt hatte, zuckte zurück und griff statt dessen nach einem gerösteten Hühnchen.

Natürlich fiel Caesar da, wo er jetzt stand, viel mehr auf. Aber das hatte auch seine guten Seiten, denn auch er konnte jetzt mehr sehen. Und während er mit dem jungen Marius scherzte, blickten seine Augen in die Runde. Mochte Rom mit der Wahl eines sechsundzwanzigjährigen ersten Konsuls glücklich sein, etliche der den Festlichkeiten beiwohnenden Männer waren es offensichtlich ganz und gar nicht. Das galt vor allem für Carbos Günstlinge, für Brutus Damasippus, Carrinas, Marcus Fannius, Censorinus, Publius Burrienus, Publius Albinovanus den Lucaner ... Natürlich gab es auch einige, die sehr zufrieden aussahen, Marcus Marius Gratidianus etwa oder auch Scaevola Pontifex Maximus. Doch diese beiden waren verwandt mit dem jungen Marius und hatten sozusagen ein ureigenes Interesse daran, dem neuen ersten Konsul alles Gute zu wünschen.

Da tauchte der jüngere Marcus Junius Brutus am Ende von Carbos Liege auf und wurde, wie Caesar auffiel, von dem in solchen Dingen sonst eher zurückhaltenden Carbo mit ungewöhnlicher Heftigkeit begrüßt. Daraufhin entschloß sich der junge Marius, nach geselligerem Umgang zu suchen, und überließ Brutus seinen Platz, der Caesar im Vorbeigehen zunickte, ihn aber ansonsten kaum beachtete. Das war das Beste an seiner Position als Jupiterpriester: Weil er politisch bedeutungslos war, kümmerte er niemanden, und Carbo und Brutus sprachen völlig offen.

»Wir können uns zu einem gelungenen Schachzug gratulieren«, sagte Brutus und griff mit seinen Fingern nach dem Barsch.

»Hhmm.« Carbo warf das Hühnchen mit einem Ausdruck des Widerwillens weg und langte nach Brot.

»Du könntest dich ruhig etwas begeisterter zeigen.«

»Worüber? Über den jungen Marius? Er ist so hohl wie ein ausgeblasenes Ei, Brutus. Ich habe ihn in dem vergangenen Monat oft genug erlebt, das kannst du mir glauben. Er wird zwar den Januar über die *fasces* halten, aber an mir wird die ganze Arbeit hängenbleiben.«

»Und? Hast du etwas anderes erwartet?«

»Ach, ich weiß nicht ...« Carbo zuckte mit den Schultern und warf das Brot weg; Caesars Bemerkung über den Verzehr von Scheiße hatte ihm den Appetit verdorben. »Vielleicht hatte ich gehofft, daß er doch noch so etwas wie Vernunft entwickeln würde. Immerhin ist er Marius' Sohn, und seine Mutter ist eine Julierin. Das müßte doch einiges wert sein.«

»Ist es aber nicht, oder wie soll ich dich verstehen?«

»Nicht das verrotzte Taschentuch deiner Großmutter! Das Beste, was ich über ihn sagen kann, ist, daß er nützlicher Zierat ist. Mit ihm an der Seite sehen wir sehr schmuck aus, und er zieht uns scharenweise neue Soldaten an Land.«

»Vielleicht liegt ihm das Kriegshandwerk mehr«, sagte Brutus und wischte seine Hände an einem Leinentüchlein ab, das ihm ein Sklave reichte.

»Vielleicht. Ich vermute aber eher das Gegenteil. An deinen Ratschlag werde ich mich halten, da kannst du Gift darauf nehmen.«

»Welchen Ratschlag?«

»Ihm nicht gleich die besten Soldaten zu geben.«

»Oh!« Brutus warf das Leinentüchlein hinter sich, ohne darauf zu achten, ob es dem stumm neben Caesar stehenden Diener gelang, es aufzufangen. »Ist Quintus Sertorius nicht hier? Ich hatte gehofft, ihn wenigstens bei dieser Gelegenheit in Rom anzutreffen. Immerhin ist er der Vetter unseres neuen ersten Konsuls.«

Carbo lachte, aber es klang nicht glücklich. »Sertorius, mein lieber Brutus, hat unserer Sache den Rücken gekehrt. Er hat Sinuessa seinem Schicksal überlassen und sich nach Telamon davongemacht. Dort hat er aus den etrurischen Klienten des Gaius Marius eine Legion aufgestellt und ist mit den Winterwinden nach Tarraco gesegelt. Mit anderen Worten, er hat sein Amt als Statthalter des diesseitigen Spanien sehr früh angetreten. Ohne Zweifel baut er darauf, daß es noch vor Ablauf seiner Amtsperiode hier zu einer Entscheidung kommt.«

»Dieser Hasenfuß!« rief Brutus aufgebracht aus.

Carbo stieß einen obszönen Laut aus. »Nein, Sertorius doch nicht. Ich würde ihn eher als eigenartig bezeichnen. Hast du jemals bemerkt, daß er keine Freunde hat? Und keine Frau? Und – dafür sollten wir alle den Göttern dankbar sein – auch nicht Gaius Marius' Ehrgeiz. Wenn er den besäße, Brutus, dann wäre er jetzt erster Konsul.«

»Ich für meinen Teil bedauere, daß er uns im Stich gelassen hat. Mit ihm hätten wir den Sieg schon so gut wie sicher in der Tasche gehabt. Abgesehen von seinen militärischen Talenten weiß er nämlich auch, wie Sulla kämpft.«

Statt zu antworten, würgte Carbo und hielt sich den Bauch. »Ich glaube, ich werde mich zurückziehen und ein Brechmittel nehmen. Die Speisen, die unser Frischling hat auffahren lassen, bekommen meinem Magen nicht.«

Brutus half ihm von der Liege auf und führte ihn zu der auf der anderen Seite des Podiums mit Wandschirmen abgetrennten Ecke der Halle, wo mehrere Diener damit zugange waren, ein ganzes Arsenal von Töpfen und Schüsseln für diejenigen bereitzuhalten, die ein gewisses Bedürfnis verspürten.

Caesar sandte Carbo einen verächtlichen Blick hinterher und entschied, daß er die wichtigste Unterhaltung auf diesem Inaugurationsfest bereits miterlebt hatte. Mit einer raschen Bewegung schlüpfte er aus seinen Holzschuhen, hob sie auf und stahl sich leise davon.

Lucius Decumius hatte in einem geschützten Winkel des Vestibüls der Curia Hostilia gewartet und stand an Caesars Seite, kaum daß er aus der Halle geschritten kam. In seinen Armen hielt er eine Kollektion dem Wetter angemessener Kleidungsstücke – robuste Stiefel, einen Überwurf mit Kapuze, Socken und ein Paar wollener, knielanger Hosen. Caesar entledigte sich seiner priesterlichen Aufmachung. Er hielt Lucius Decumius seine Priestermütze, den Mantel und seine Holzschuhe hin, der sie an eine hinter ihm stehende riesenhafte Gestalt weiterreichte, die alles in einen ledernen Zugbeutel stopfte.

»Was? Schon zurück aus Bovillae, Burgundus?« rief Caesar, der vor Kälte nach Luft schnappte, während er versuchte, einen seiner senkellosen Schuhe überzuziehen.

»Ja, Caesar.«

»Wie geht es dir? Alles in Ordnung mit Cardixa?«

»Ich bin Vater eines weiteren Sohnes.«

»Ich habe es dir doch gesagt, Pavo mein Pfau!« kicherte Lucius

Decumius. »Bis du Konsul bist, hat er eine ganze Leibwache für dich großgezogen.«

»Ich werde niemals Konsul werden«, sagte Caesar und sah auf das nur verschwommen sichtbare Ende der Basilica Aemilia hinaus. Er schluckte vor Schmerz.

»Unsinn! Natürlich wirst du Konsul werden«, sagte Lucius Decumius und nahm Caesars Gesicht in seine behandschuhten Hände. »Hör auf, solch düsteren Gedanken nachzuhängen! Es gibt nichts auf dieser Welt, das dich aufhalten kann, wenn du dich erst einmal für etwas entschieden hast. Hast du mich verstanden?« Er ließ seine Hände sinken und gab dann Burgundus ein ungeduldiges Zeichen. »Los, mach schon, du germanischer Klotz! Bahne dem Meister einen Weg.«

Der Winter blieb weiterhin kalt, und er schien nie mehr enden zu wollen. Unter dem Pontifex Maximus Scaevola hatten sich die Jahreszeiten nach einigen Jahren wieder an den Kalender gehalten. Wie auch Metellus Delmaticus hatte Scaevola auf die Übereinstimmung der Jahreszeiten mit dem Kalender geachtet. Aber der Pontifex Maximus zwischen ihnen, Gnaeus Domitius Ahenobarbus, hatte zugelassen, daß der Kalender, der zehn Tage kürzer war als das Sonnenjahr, ungezügelt vorangaloppiert war. Ahenobarbus hatte verkündet, er halte nicht viel von affektierten griechischen Traditionen.

Im März endlich setzte Tauwetter ein, und ganz Italien atmete auf. Die Legionen wachten aus ihrer Winterruhe auf und regten sich wieder. Anfang März zog Gaius Norbanus trotz des immer noch tiefen Schnees mit sechs seiner acht Legionen aus Capua aus, um sich in Ariminum Carbo anzuschließen. Seine Armee passierte Sulla, der es vorzog, nicht zu reagieren. Trotz der widrigen Umstände kam Norbanus auf der Via Latina und der Via Flaminia rasch voran und erreichte nach kurzer Zeit Ariminum. Mit seiner Ankunft schwoll die Zahl der unter Carbo stehenden Legionen auf dreißig an. Zusammen mit den mehreren Tausend Mann Reiterei bedeutete dies eine enorme Last für Roms Schatzamt – und für den Ager Gallicus. Aber noch vor seinem Abmarsch hatte Carbo die drängende Frage gelöst, wo die Mittel, mit denen er seine riesige Armee unter Waffen halten konnte, herkommen sollten.

Vielleicht hatte ihn die Erinnerung an das geschmolzene Gold und Silber aus dem ausgebrannten Tempel des Jupiter Optimus Maximus, das in Barrenform in der Schatzkammer lagerte, inspiriert. Schließlich war Carbo es gewesen, der damals befohlen hatte, die Barren zu beschlagnahmen und an ihrer Stelle einen Schuldschein des Wortlauts zu hinterlassen, daß Rom seinem Großen Gott soundsoviele Talente Gold und soundsoviele Talente Silber schuldete. Jedenfalls beschlossen Carbo und der junge Marius, die vielen reichen Tempel Roms zur Ader zu lassen und sich ihr Vermögen zu »leihen«. Da das Religionswesen Teil des Staatswesens war und vom Staat verwaltet wurde, verstieß Carbos Vorgehen, obgleich gotteslästerlich und noch nie zuvor praktiziert, gegen keine bestehenden Gesetze. Und so wurde aus den Schatzkammern der Tempel Roms eine mit Münzen gefüllte Kiste nach der anderen geschleppt. Kisten, in die der eine Sesterz geflossen war, der bei jeder Geburt eines römischen Kindes der Juno Lucina geopfert wurde; der eine Denar, der anläßlich der Mannwerdung eines römischen Knaben der Juventas dargeboten wurde; die vielen Denare, die Merkur von Händlern gespendet wurden, wenn sie ihre Lorbeerzweige in seinem heiligen Brunnen netzten; die Sesterzen, die erfolgreiche Prostituierte der Venus Erucina gaben – die Einkünfte aus diesen und vielen anderen Opfern wurden darauf verwendet, Carbos Feldzug zu finanzieren. Auch ungemünztes Gold und Silber und aus Edelmetallen gefertigte Geschenke an die Götter der Tempel wurden teilweise eingeschmolzen.

Der stammelnde Prätor Quintus Antonius Balbus erhielt die Aufgabe, neue Münzen zu prägen und die alten aus dem Verkehr zu ziehen. Egal, wie viele Römer Carbos Vorgehen für ein Sakrileg halten mochten, der Ertrag war schwindelerregend hoch gewesen und hatte es Carbo erlaubt, dem jungen Marius die Befehlsgewalt über Rom und den Feldzug im Süden zu übertragen und ruhigen Gewissens nach Ariminum weiterzuziehen.

Ohne es zu wissen, teilten Sulla und Carbo eine Überzeugung. Beide hatten gelobt, Italien in diesem Krieg nicht zu verwüsten. Jeder Bissen Nahrung für die Soldaten und jedes Fuder Heu für die Tiere, die an den Kämpfen beteiligt waren, wurde bezahlt, und ihre Armeen waren angewiesen worden, so wenig Land wie nur möglich niederzutrampeln. Der Bundesgenossenkrieg hatte das Land an den Rand des Untergangs gebracht, und Sulla und Carbo wußten, daß das Land einen weiteren, ähnlich geführten Krieg nicht überstehen würde.

Beiden war auch bewußt, daß der Krieg zwischen ihnen in den Augen der einfachen Menschen keinen edlen Zweck verfolgte und auch nicht wegen unterschiedlicher Überzeugungen geführt wurde, wie das noch im Bundesgenossenkrieg der Fall gewesen war. Damals hatten die italischen Völker in ihrem Unabhängigkeitsdrang gegen Rom gekämpft, das wiederum die aufständischen Völker in seiner Abhängigkeit hatte halten wollen. Worum aber ging es bei dem jetzigen Konflikt wirklich? Doch nur darum, ob der Herrscher über Rom am Ende Sulla oder Carbo heißen würde. Sie mochten den Leuten vorgaukeln, was sie wollten, keiner von beiden konnte diese Tatsache vertuschen und das römische und italische Volk an der Nase herumführen. Es war deshalb nicht möglich und ratsam, dem Land allzu große Bürden aufzulasten oder die Prosperität der römischen und italischen Gemeinschaften zu vermindern.

Sulla borgte sich die nötigen Mittel von seinen Soldaten, und Carbo, dem diese Möglichkeit nicht offenstand, belieh die Götter. Und wie ein dunkler Schatten lastete ein Gedanke auf beiden Männern: Wie sollten sie, wenn der Krieg erst einmal vorüber war, diese Schulden jemals begleichen?

Der junge Marius verschwendete keine Sekunde an solche Überlegungen. Als Sohn eines sagenhaft reichen Mannes hatte er es nie nötig gehabt, sich um Geld zu sorgen; sei es das Geld, sich irgendeinen kostspieligen Wunsch zu erfüllen, oder das Geld, um seine Legionen zu bezahlen. Wenn der alte Gaius Marius jemals mit jemandem über die finanziellen Aspekte der Kriegführung gesprochen hatte, dann mit dem jungen Caesar während der Monate, die er dem alten Mann geholfen hatte, sich von seinem zweiten Schlaganfall zu erholen. Mit seinem Sohn hatte er sich so gut wie nie unterhalten, denn zu der Zeit, da Gaius Marius seinen Sohn nötig gehabt hätte, hatte der junge Marius bereits ein Alter erreicht, in dem die Vergnügungen Roms ihn mehr lockten als die Hilfsbedürftigkeit seines Vaters. So kam es, daß Gaius Marius den Großteil seiner Lebensweisheiten Caesar anvertraute. Und Caesar hatte begierig einen Schatz an Wissen in sich aufgesogen, dessen größter Teil mit seiner Ernennung zum Jupiterpriester jedoch mehr als wertlos geworden war.

Mitte März erreichte das Tauwetter auch Rom. Der junge Marius und seine Legaten verließen die Stadt und schlugen ihr Lager in der Nähe des Dörfchens Ad Pictas an der Via Labicana auf, einer Nebenstraße, die das Albanergebirge umging und sich wieder mit der Via Latina vereinte. Auf einer Ebene nahe dem Städtchen Sacriportus kampierten seit dem frühen Winter acht Legionen etrurischer und umbrischer Freiwilliger; sie hatten in hartem Drill, soweit es die Kälte eben zugelassen hatte, das Kriegshandwerk erlernt. Ihre Zenturionen waren allesamt Veteranen und geübte Zuchtmeister aus dem Heer des Marius. Und doch stand Marius, der gegen Ende März das Lager erreichte, vor einer Armee unerfahrener Bauernburschen. Nicht daß er besorgt gewesen wäre; im Gegenteil, er war davon überzeugt, daß auch noch der unerfahrenste Legionär genauso unermüdlich und tapfer für ihn kämpfen würde, wie die schlachterprobten Soldaten seines Vaters für ihn gefochten hatten. Mit ungetrübter Zuversicht zog der junge Marius gegen Sulla ins Feld.

Keiner der Männer in dem Lager, die sehr viel deutlicher als ihr Feldherr die Gewaltigkeit des Vorhabens erkannten, versuchte diesen aufzuklären. Wären sie nach dem Grund für ihr Schweigen gefragt worden, hätten sie wahrscheinlich geantwortet, daß Marius bei all seinem großspurigen Gehabe nicht die innere Stärke besaß, eine Wahrheit von solchem Ausmaß zu akzeptieren. Er war ihr strahlender Held, er durfte keinen Kratzer abbekommen, er mußte bejubelt und beschützt werden.

Als dem jungen Marius von seinen Spionen berichtet wurde, daß Sulla sich zum Aufbruch rüste, brach er in lauten Jubel aus. Offensichtlich hatte Sulla nämlich elf seiner achtzehn Legionen mitsamt der beinahe vollständigen Reiterei unter das Kommando von Metellus Pius gestellt und in Richtung auf die Adriatische Küste und Ariminum in Bewegung gesetzt. Somit blieben Sulla nur sieben Legionen.

»Jetzt kann ich ihn schlagen«, sagte der junge Marius zu seinem Legaten Gnaeus Domitius Ahenobarbus.

Ahenobarbus war mit Cinnas ältester Tochter verheiratet und so vernarrt in seine schöne rothaarige Frau, daß er ihr aus der

Hand fraß und jeden Wunsch von den Augen ablas. Das war auch der Grund, warum er sich, entgegen einer natürlichen Sympathie für Sulla, auf Carbos Seite geschlagen hatte. Daß die meisten seiner engsten Verwandten entweder strikt neutral geblieben waren oder sich mit Sulla verbündet hatten, übersah er dabei geflissentlich.

Je länger Ahenobarbus aber dem frohlockenden jungen Marius zuhörte, desto weniger wohl fühlte er sich in seiner Haut. Vielleicht, dachte Ahenobarbus bei sich, sollte er besser darüber nachdenken, wie und wohin er fliehen könnte, sollte der junge Marius seinen großen Worten keine Taten folgen lassen und gegen den alten Fuchs Sulla unterliegen.

Am ersten Tag des April gab der junge Marius den Befehl zum Aufbruch und zog mit seiner Armee an Sacriportus vorbei auf die Via Latina, der er Richtung Campania nach Südosten folgte, von wo aus Sulla sich ihm näherte. Er verschwendete keine Zeit, galt es doch, auf einer Strecke von fünf Meilen zwei Brücken zu überqueren, und die wollte er auf jeden Fall vor dem Feind überschritten haben. Keiner seiner Legaten wies ihn darauf hin, daß es besser gewesen wäre, an und Ort und Stelle auf Sulla zu warten, anstatt ihm entgegenzueilen. Marius selbst, der die Via Latina immerhin schon ein gutes Dutzend Male bereist hatte, besaß weder ein Gedächtnis für Geländeformationen noch ein Auge für militärisch günstige Positionen.

An der ersten, sich über den Veregis spannenden Brücke hielt er sich hinter seinen in Hochstimmung voranrückenden Truppen zurück. Obwohl Marius an dieser Stelle erstmals Zweifel kamen, ob ihnen nicht die Gegend um Sacriportus bei einem Kampf gegen Sulla mehr Vorteile geboten hätte als das vor ihnen liegende Gelände, ließ er nicht haltmachen. Erst bei der zweiten Brücke, die über den größeren und reißenderen Tolerus führte, ging ihm auf, daß er immer tiefer in ein Gelände vorstieß, das seinen Legionen kaum mehr Raum zum Manövrieren ließ. Als dann auch noch Kundschafter mit der Nachricht eintrafen, Sulla habe bereits das nur rund zehn Meilen entfernte Ferentinum erreicht und nähere sich schnell, verlor der junge Marius die Nerven.

»Am besten, wir ziehen uns nach Sacriportus zurück«, wandte er sich an Ahenobarbus. »Hier kann ich meine Truppen nicht wie vorgesehen in Stellung bringen. Genausowenig aber können wir jetzt noch an Sulla vorbei auf offenes Terrain vorstoßen. Denkst du nicht auch, es wäre besser, ihn bei Sacriportus zu erwarten?«

»Wie du meinst«, antwortete Ahenobarbus zurückhaltend, da er sich bewußt war, welche Auswirkungen der Befehl zur Kehrtwendung und zum Rückmarsch auf ihre unerfahrenen Truppen haben würde. Doch er verlor kein Wort über seine Zweifel und befahl den Soldaten: »Zurück nach Sacriportus!«

»Im Schnellschritt!« setzte der junge Marius hinzu, dessen Hochgefühl einem rasch um sich greifenden Gefühl der Panik Platz machte.

Ahenobarbus warf ihm einen überraschten Seitenblick zu, zog es aber erneut vor, sich eines Kommentars zu enthalten. Wenn der junge Marius seine Armee unbedingt über mehrere Meilen im Eiltempo hetzen wollte, was ging das ihn an? Eine Aussicht auf Sieg besaßen sie so oder so nicht.

So mußten die acht Legionen den Weg nach Sacriportus im Laufschritt zurücklegen. Die Zenturionen, angesteckt von Marius' plötzlicher Panik, brüllten die jungen Soldaten an, verdammt nochmal ihre Füße in die Hände zu nehmen und sich in Bewegung zu setzen. Die allgemeine Hektik brachte den jungen Marius noch mehr aus der Fassung. Er ritt neben seinen verängstigten Soldaten her und trieb sie zu immer größerer Eile an. Dabei kam es ihm nicht ein einziges Mal in den Sinn, seinen Männern auseinanderzusetzen, daß sie sich nicht auf dem Rückzug befanden, sondern sich lediglich auf besseres Terrain zurückzogen. Schließlich bezogen die Truppen und ihr Feldherr zwar auf vorteilhaftem Gelände Stellung, waren aber weder körperlich noch stimmungsmäßig in der Lage, aus diesem Vorteil auch Kapital zu schlagen.

Wie alle seine Standesgenossen war der junge Marius zwar auch in der Kunst der Schlachtenführung unterrichtet worden, aber bisher hatte er einfach angenommen, daß der Scharfsinn und die Weisheit seines Vaters ihn auf dem Schlachtfeld inspirieren würden, inspirieren mußten. Jetzt, zurück in Sacriportus, stand er inmitten seiner Legaten und Militärtribunen, die auf seine Befehle warteten, und er konnte nicht mehr denken, konnte nicht ein einziges Jota des Scharfsinns und der Weisheit seines Vaters in sich entdecken.

»Die Legionen sollen sich in Manipeln anordnen«, befahl er schließlich, »mit je acht Mann an den Seitenlinien einer jeden Zenturie. Zwei Legionen sollen sich im Hintergrund in einer Linie aufstellen und als Reserve bereithalten.«

Das waren zwar keine guten Befehle, aber niemand wagte, ihn zu kritisieren. Anstatt nun den angeschlagenen Kampfgeist seiner ausgelaugten, schwer atmenden Soldaten mit einer flammenden Rede wieder aufzurichten, trieb Marius sein Pferd an den Rand der Ebene und starrte mit hängenden Schultern ins Leere.

Sulla stand auf einem Hügel zwischen dem Veregis und Sacriportus und erkannte mit einem Blick, wie einfältig der Schlachtplan des jungen Marius war. Er seufzte tief auf, zuckte mit den Achseln und sandte seine fünf Veteranen-Legionen unter dem älteren Dolabella und Servilius Vatia aus. Die beiden kampferprobtesten Legionen von Scipio Asiagenus' alter Streitmacht hielt er unter dem Kommando von Lucius Manilus Torquatus als Reserve zurück, während er selbst mit einer berittenen Schwadron auf dem Hügel blieb. Die Reiter sollten für den Fall, daß ihr Feldherr sich gezwungen sah, seine Taktik zu ändern, die entsprechenden Befehle schnellstmöglich den Kommandeuren auf dem Schlachtfeld übermitteln. An Sullas Seite stand kein Geringerer als der alte Lucius Valerius Flaccus Princeps Senatus. Flaccus hatte sich Anfang Februar zu einem Entschluß durchgerungen und hatte, noch mitten im tiefsten Winter, Rom verlassen und Sulla aufgesucht.

Der junge Marius gewann seine Fassung, wenn auch nicht seinen Siegesmut, in dem Augenblick wieder, als er Sullas Armee heranrücken sah. Ohne eine plausible Vorstellung davon, was er tun könnte oder was zu tun sei, übernahm er das Kommando über den linken Flügel seiner Armee. Um die Mittagszeit dieses kurzen Wintertages kreuzten die beiden Armeen erstmals ihre Schwerter. Kaum eine Stunde später flohen die etrurischen und umbrischen Bauernsöhne, die sich voller Heldenmut dem jungen Marius angeschlossen hatten, in alle Himmelsrichtungen vor Sullas kampferprobten Legionären, die leichtes Spiel mit ihnen hatten. Eine der beiden Legionen, die der junge Marius als Reserve zurückgehalten hatte, lief geschlossen zu Servilius Vatia über und sah tatenlos zu, wie ihre ehemaligen Bundesgenossen praktisch zu ihren Füßen abgeschlachtet wurden.

Der Anblick der desertierten Legion gab dem jungen Marius den Rest. In höchster Not fiel ihm ein, daß die uneinnehmbare Burgstadt Praeneste nicht weit östlich von dem Schlachtfeld lag, und er befahl den sofortigen Rückzug in die Festung. Jetzt, da er ein greifbares Ziel vor Augen hatte, fühlte er sich besser, und es gelang ihm, seinen linken Flügel einigermaßen geordnet zum Rückzug zu führen. Ofella, der den rechten Flügel von Sullas Armee kommandierte, setzte mit einer solchen Geschwindigkeit und Wildheit hinter dem jungen Marius her, daß Sulla, der die Aktion von dem Hügel aus beobachtete, spontan applaudierte. Über zehn Meilen hinweg griffen Ofellas Soldaten Marius' Truppen immer wieder an, kesselten hier und da Nachzügler ein, machten sie nieder und setzten dann wieder dem Haupttroß nach. Der junge Marius bemühte sich zwar verzweifelt, die Verluste so gering wie möglich zu halten, aber am Ende gelang es nur siebentausend seiner Männer, sich mit ihm hinter die mächtigen Stadttore von Praeneste zu retten.

Das Zentrum seiner Armee war fast bis zum letzten Mann aufgerieben worden, aber wenigstens war es dem rechten Flügel unter der Führung Ahenobarbus' gelungen, auszubrechen und sich auf Norba zurückzuziehen. Norba, eine uralte Hochburg der Volsker, die in unerschütterlicher Treue zu Carbo hielt, thronte auf einer Bergspitze rund zwanzig Meilen in südwestlicher Richtung und öffnete Ahenobarbus' zehntausend Soldaten nur zu gerne die Tore ihrer unüberwindbaren Mauern. Aber nicht für Ahenobarbus! Der wünschte seinen erschöpften Soldaten einen guten Tag und floh weiter bis zur Küste bei Tarracina, wo er sich nach Africa einschiffte, den am weitesten von Rom entfernten Ort, an dem zu leben er sich vorstellen konnte.

Inzwischen frohlockte der junge Marius, der keine Ahnung von Ahenobarbus' heimlicher Flucht hatte. Sulla würde große, wenn nicht gar unüberwindbare Schwierigkeiten haben, ihn aus Praeneste zu vertreiben. Rund dreiundzwanzig Meilen von Rom entfernt lag Praeneste auf den Höhen eines Ausläufers der Apenninen, eine Lage, die der Stadt geholfen hatte, über Jahrhunderte hinweg alle Angriffe auf ihre gewaltigen Mauern abzuwehren.

Hinter der Stadt schlossen sich höhere, steilere Berge an. Keine Armee konnte die Stadt aus dieser Richtung angreifen; dabei war es möglich, über kleine, aus den Bergen herabführende Pfade Versorgungsmittel herbeizuschaffen und so jeden Versuch zu unterlaufen, die Stadt auszuhungern. Zudem fanden sich zahlreiche Quellen innerhalb der Burgmauern, und in den riesigen Kavernen unterhalb des mächtigen Schreins der Fortuna Primigenia, für den Praeneste so berühmt war, lagerten viele *medimni* Weizen, zahllose Amphoren Öl und Wein und andere unverderbliche Nahrungsmittel wie harter Käse und getrocknete Weintrauben neben Äpfeln und Birnen aus der letztjährigen Ernte.

Obwohl Praeneste latinischen Ursprungs war und die Bürger der Stadt das hier gesprochene Latein für die älteste und reinste Form dieser Sprache hielten, hatte die Stadt sich nie mit Rom verbündet. Während des Bundesgenossenkrieges hatte die Stadt auf seiten der italischen Verbündeten gefochten, und auch jetzt noch verachteten die Bürger Praenestes die Römer als Emporkömmlinge. Kein Wunder also, daß sie den jungen Marius mit offenen Armen empfingen. Immerhin war er der Sohn des Gaius Marius und ein Aufständischer gegen Sullas furchtbare Macht. Zum Dank für den herzlichen Empfang wies der junge Marius seine Soldaten an, Stoßtrupps zu bilden, die über die Schleichwege hinter der Stadt ins Bergland ausschwärmten und so viel Nahrungsmittel wie möglich in die Stadt karrten. Praeneste hatte jetzt viele zusätzliche Münder zu stopfen.

»Spätestens im Sommer wird Sulla seine Truppen abziehen müssen. Dann kannst du die Stadt wieder verlassen«, verkündete der oberste Magistrat der Stadt.

Eine Prophezeiung, die sich als unzutreffend herausstellen sollte. Kaum eine Marktwoche nach der Schlacht von Sacriportus begannen Sullas Truppen sich auf eine Belagerung einzurichten. Angesichts des Umfangs der Unternehmung mußten der junge Marius und mit ihm die Bürger der Stadt erkennen, daß Sulla Praeneste um jeden Preis in die Knie zwingen wollte. Die Stadt lag an einer Wasserscheide. Die den Ausläufer Richtung Rom entwässernden Bäche mündeten früher oder später in den Anio, die in die andere Richtung fließenden Wasserläufe ergossen sich in den Tolerus. Sullas Soldaten zogen mit einer Geschwindigkeit, welche die eingeschlossenen Zuschauer in höchstes Erstaunen versetzte, eine gewaltige Mauer von der zum Anio abfallenden Seite bis zu der zum Tolerus abfallenden Seite des Höhenzugs. Es war absehbar, daß Praeneste, wenn dieses gewaltige Bauwerk erst einmal fertiggestellt war, nur noch über die durch die Berge führenden Schleichpfade erreicht – und verlassen – werden konnte. Vorausgesetzt natürlich, daß diese nicht bewacht wurden.

Die Nachricht von Sullas Sieg bei Sacriportus erreichte Rom, noch bevor die Sonne über jenem schicksalshaften Tag unterging. Doch diese Nachricht war nicht für die Allgemeinheit bestimmt, die sich mit vagen Gerüchten begnügen mußte. Der junge Marius hatte, kaum daß die Stadttore Praenestes hinter ihm zugefallen waren, in größter Eile einen Brief diktiert und per Boten an den Stadtprätor Lucius Junius Brutus Damasippus übermittelt.

Südlich von Rom ist alles verloren. Wir können nur noch darauf hoffen, daß Carbo oben in Ariminum ein zu großer Fisch für Sulla ist, und sei es nur aufgrund seiner starken zahlenmäßigen Überlegenheit. Carbos Soldaten sind besser, als meine es waren, deren Mangel an Ausbildung und Erfahrung so gravierend war, daß sie kaum eine Stunde gegen Sullas altgediente Recken standhielten.

Das Beste wird sein, Du richtest Rom auf eine Belagerung ein, obwohl es sich vielleicht als unmöglich erweisen wird, eine so große und in ihren Loyalitäten so sehr zersplitterte Stadt zu verteidigen. Falls Rom sich weigert, sich auf eine Belagerung einzurichten, mußt Du innerhalb einer Marktwoche mit Sullas Einzug in die Stadt rechnen. Zwischen hier und Rom stehen keine Truppen mehr, die ihn aufhalten könnten. Ob er tatsächlich beabsichtigt, Rom zu besetzen, weiß ich nicht. Ich hoffe, er läßt die Stadt links liegen und wendet sich statt dessen gegen Carbo. Wenn ich bedenke, was mir mein Vater über Sulla berichtet hat, dann ist es am wahrscheinlichsten, daß er mit Hilfe von Metellus Pius Carbo in die Zange nehmen will. Ich wünschte, ich wüßte, was er vorhat. Doch ich weiß nur eins: Rom jetzt zu besetzen, wäre verfrüht. Und ich glaube kaum, daß Sulla solch einen Schnitzer begehen wird.

Es kann durchaus noch einige Zeit dauern, bis ich Praeneste wieder verlassen werde. Die Stadt hat mich bereitwillig aufgenommen – ihre Bürger erinnern sich voll Liebe an Gaius Marius und haben nicht gezögert, seinem Sohn zu Hilfe zu kommen. Sei versichert, sobald Sulla von hier abrückt und gegen Carbo ins Feld zieht, werde ich Praeneste verlassen und Rom zu Hilfe kommen. Vielleicht werden die Bürger Roms sich verteidigungswilliger zeigen, wenn ich wieder in der Stadt bin.

Im übrigen scheint es mir an der Zeit, Sullas letzte Vipernnester in unserer geliebten Stadt auszuräuchern. Töte sie alle, Damasippus. Laß Dich nicht von Deinem Herzen erweichen! Jeder Mann, der für Sulla steht und noch am Leben ist, erschwert es Rom, ihm zu widerstehen. Wenn wir aber einmal die großen Fische erledigt haben, die uns ernsthaft Schwierigkeiten bereiten könnten, dann werden die kleinen kuschen, ohne zu murren. Danach müssen alle waffenfähigen Männer Rom verlassen und sich Carbo anschließen. Das gilt auch für Dich, Damasippus.

Im folgenden die Namen einiger sullascher Vipern, die mir so aufs Geratewohl einfallen. Unser Pontifex Maximus. Der ältere Lucius Domitius Ahenobarbus. Carbo Arvina. Publius Antistius Vetus. Was das übrige Gewürm angeht, das ich nicht erwähnt habe, so verlasse ich mich ganz auf Dein Gedächtnis.

Brutus Damasippus erwies sich als sehr gehorsam. Bereits während des kurzlebigen, aber um so umfassenderen Terrors, den der alte Gaius Marius kurz vor seinem Tod über die Stadt gebracht hatte, war der Pontifex Maximus Quintus Mucius Scaevola aus keinem ersichtlichen Grund niedergestochen worden. Fimbrius, sein Möchtegern-Mörder, hatte, damals zur Rede gestellt, nur laut gelacht und nichts weiter geantwortet. Obwohl die Verletzung ernst gewesen war, hatte Scaevola überlebt und war, zäh und tapfer wie er war, bereits nach zwei Monaten wieder auf den Beinen. Diesmal aber gab es kein Entkommen, da half Scaevola auch die Tatsache nicht, daß er der Schwiegervater des jungen Marius war und diesen nie verraten hatte. Er wurde bei dem Versuch, im Tempel der Vesta Zuflucht zu suchen, niedergestreckt.

Der ältere Lucius Domitius Ahenobarbus, der nur kurz nach seinem Bruder, dem reformistischen Pontifex Maximus, zum

Konsul gewählt worden war, wurde in seinem Haus ermordet. Zweifellos hätte Pompeius Magnus lautstark Beifall geklatscht, hätte er gewußt, daß er nun seine Hände nicht mehr mit dem Blut seines Schwiegervaters würde beflecken müssen. Auch Publius Antistius wurde ermordet, woraufhin sich seine Frau vor lauter Kummer das Leben nahm. Als sich Brutus Damasippus durch die Liste der Männer, die ihm eine Gefahr für Carbos Rom schienen, gearbeitet hatte, schmückten rund dreißig Köpfe die Rostra im unteren Forum Romanum, und selbst Männer, die sich neutral nannten, wie Catulus, Lepidus und Hortensius, verriegelten die Türen ihrer Häuser und hüteten sich, auf die Straße hinauszugehen, aus Angst, einer von Brutus Damasippus' Meuchelmördern könnte auf den Gedanken kommen, daß auch sie den Tod verdient hätten.

Nach vollbrachter Tat flohen Brutus Damasippus und der *praetor peregrinus* Gaius Albius Carrinas aus Rom und schlossen sich Carbo an. Auch der für die Münzprägung zuständige Prätor Quintus Antonius Balbus verließ Rom an der Spitze einer Legion und mit dem Auftrag, Philippus Sardinien streitig zu machen.

Am meisten Aufsehen erregte Volkstribun Quintus Valerius Soranus. Soranus, ein hervorragender, den Prinzipien der Humanität verpflichteter Gelehrter, war empört über das Abschlachten von Männern, denen nicht die geringste Verbindung zu Sulla nachgewiesen werden konnte. Aber wie sollte er mit seinem Protest ganz Rom erreichen? Wie konnte er allein ganz Rom zerstören? Denn Quintus Valerius Soranus war zu dem Schluß gekommen, daß die Welt friedlicher wäre, wenn es Rom nicht mehr gäbe. Nach einigem Nachdenken fand er eine Lösung. Er stieg auf die Rostra, stellte sich zwischen den blutigen Trophäen des Brutus Damasippus auf und brüllte mit der ganzen Kraft seiner Lungen den geheimen Namen Roms hinaus.

»*AMOR!*« gellte seine Stimme von der Rostra herunter, und immer wieder: »*AMOR!*«

Die, die ihn hörten und verstanden, hielten sich entsetzt die Ohren zu und rannten zu Tode erschreckt davon. Roms geheimer Name durfte niemals laut ausgesprochen werden. Wer das tat, gab Rom und alles, wofür es stand, dem Untergang preis, zog Tod und Verderben auf die Stadt. Nachdem Soranus dem Himmel, den Göttern und den entsetzten Menschen den geheimen Namen der Stadt Rom ins Gesicht geschrieen hatte, Rom aber immer noch auf seinen sieben Hügeln ruhte, floh er verwundert nach Ostia. Dort schiffte sich Soranus, der auf der Liste beider Seiten jetzt ganz oben stand, nach Sizilien ein.

Weder tat sich der Boden auf und verschluckte die Stadt, noch regnete es Feuer vom Himmel. Rom war zwar regierungslos, aber stand fest wie eh und je. Die Menschen gingen ihren alltäglichen Tätigkeiten nach, die neutralen Ritter schoben die Riegel an ihren Toren zurück, steckten vorsichtig den Kopf hinaus und wagten sich langsam wieder auf die Straßen. Über das, was geschehen war, verloren sie nicht ein Wort. Rom wartete gespannt darauf, was Sulla tun würde.

Und Sulla kam. Aber leise und ohne seine Armee, die ihm den Rücken freigehalten hätte.

Sulla sah keinen zwingenden Grund, Rom nicht zu betreten, aber zahlreiche Gründe, es zu tun. Fragen wie die nach seinem Imperium – und ob er es in dem Moment aufgab, da er die geheiligte Grenze des *pomerium* überschritt – kümmerten ihn wenig. Wer hätte ihn in Rom denn noch herausfordern, wegen Übertretung der Gesetze anklagen oder seine Macht aus religiösen Gründen in Frage stellen können? Wenn er nach Rom zurückkehrte, dann als Eroberer und Herr über Rom, mit jeder Vollmacht ausgestattet, die er brauchte, um sein Ziel zu vollenden. Ohne jeden Skrupel überschritt er die heilige Stadtgrenze und machte sich sofort daran, der Stadt eine Regierung zurückzugeben.

Der höchste Amtsinhaber, der nach Damasippus' Blutbad in Rom noch aufzutreiben war, war einer der beiden Brüder Magius aus Aeclanum im Range eines Prätors. Sulla übertrug Magius die Regierungsgewalt und stellte ihm die Ädilen Publius Furius Crassipes und Marcus Pomponius zur Seite. Als ihm von Soranus' Sakrileg berichtet wurde, fuhr es ihm kalt den Rücken hinunter. Der bluttriefende Zaun aus aufgespießten Köpfen jedoch, der die Rostra umgab, ließ ihn völlig kalt. Trotzdem befahl er, die Häupter abzunehmen und gemäß den Riten zu bestatten. Sulla hielt weder eine Rede an das Volk, noch rief er den Senat zusammen.

Nicht einmal ein ganzer Tag war vergangen, seit Sulla die Stadt betreten hatte, und schon war er wieder unterwegs nach Praeneste. Aber nicht, ohne unter Torquatus' Kommando zwei Schwadronen Reiterei in der Stadt zurückzulassen, um, wie er mit sanfter Stimme gesagt hatte, dem Magistrat dabei zu helfen, die Ordnung aufrechtzuerhalten.

Sulla hatte nicht versucht, Aurelia zu sehen. Als sie erfuhr, daß er die Stadt wieder verlassen hatte, setzte sie vor ihrer Familie und vor allem vor Caesar eine gleichgültige Miene auf. Caesar wußte, daß das Treffen seiner Mutter mit Sulla bei Teanum sehr bedeutungsvoll gewesen war, aber er wußte auch, daß sie ihm nichts davon erzählen würde.

Der Legat, den Sulla mit der Organisation der Belagerung von Praeneste beauftragt hatte, war der Überläufer Quintus Lucretius Ofella.

»Ich will, daß der junge Marius den Rest seiner Tage in Praeneste fristen muß«, hatte Sulla Ofella aufgetragen. »Du wirst eine dreißig Fuß hohe Mauer um Praeneste ziehen und alle zweihundert Schritt einen sechzig Fuß hohen Turm errichten. Zwischen der Stadt und der Mauer muß ein zwanzig Fuß tiefer und zwanzig Fuß breiter Graben ausgehoben und so dicht mit Spitzpfählen bepflanzt werden, wie das Rohrgras in den seichten Stellen im Fucinersee steht. Wenn du damit fertig bist, soll ein Teil der Soldaten hinter Praeneste in die Berge aufsteigen und die von der Stadt in den Hochapennin führenden Schleichwege bewachen. Niemand darf in die Stadt hinein, niemand aus ihr heraus. Ich will diesem hochnäsigen Versager unmißverständlich klarmachen, daß er hinter den Mauern von Praeneste verfaulen wird.«

Sulla verzog seine Lippen zu einem säuerlichen Lächeln. Anstelle der raubtierhaft langen Eckzähne, die er früher bei jedem Lächeln entblößt hatte, eröffnete sich jetzt der Blick auf einen zahnlosen Mund. Ofella erschauerte. »Dasselbe gilt für die Einwohner von Praeneste. Sie sollen keinen Augenblick vergessen, daß sie die Gesellschaft des jungen Marius ertragen müssen, solange sein Herz noch schlägt. Ich will, daß ihnen diese Nachricht jeden Tag sechsmal von einem Ausrufer kundgetan wird. Es ist eine Sache, einem liebenswerten jungen Mann mit wohlklingendem Namen zu Hilfe zu eilen, aber eine ganz andere, zu verstehen, daß dieser liebenswerte junge Mann Tod und Verderben mit in die Stadt geschleppt hat.«

Sulla ließ Ofella mit zwei Legionen vor Praeneste zurück und zog weiter in das nördlich von Rom gelegene Veii. Ofella und seine Soldaten legten sich mächtig ins Zeug. Glücklicherweise fanden sich in dieser Gegend dicke Schichten vulkanischen Tuffgesteins, das sich so leicht wie Käse schneiden ließ, aber hart wie Fels wurde, wenn es längere Zeit der Luft ausgesetzt war. So schritt der Mauerbau in rasantem Tempo voran, und auch der Wallgraben zwischen der Mauer und Praeneste wurde von Tag zu Tag tiefer. Die ausgehobene Erde wurde zu einem zweiten Wall aufgeschichtet, und innerhalb des weiten Niemandslands, das sich jenseits der Belagerungsanlagen erstreckte, blieb kein Baum stehen, der groß genug war, um als Rammbock Verwendung zu finden. Auch auf den Bergen hinter der Stadt wurde zwischen der Stadtmauer und den Lagern der Soldaten, welche die Schleichwege bewachten und damit die einzige Verbindung der Stadt nach außen blockierten, jeder größere Baum gefällt.

Ofella war ein strenger Baumeister. Er mußte sich bei Sulla einen Namen machen, und hier bot sich seine große Chance. Unablässig trieb er seine Männer an, die kaum Zeit fanden, sich über ihre schmerzenden Rücken und schlaffen Muskeln zu beklagen. Auch die Soldaten hatten einen Ruf zu gewinnen, denn die eine der beiden Legionen war bei Sacriportus von Marius abgefallen, während die andere einstmals auf das Kommando Scipio Asiagenus' gehört hatte. Ihre Loyalität war noch nicht bewiesen, und eine gute, solide Mauer sowie ein tiefer Graben würden Sulla zeigen, daß sie sein Vertrauen verdient hatten. Alles, was sie hatten, waren ihre Hände und ihr Schanzgeschirr. Aber sie zählten über zehntausend Paar Hände und ebenso viele Schaufeln. Außerdem hatten sie fähige Zenturionen, die ihnen zeigten, wie man beim Bau einer Belagerungsanlage vorging. Und Ofella, ein typischer Römer, was die methodische Ausführung einer Aufgabe anging, war ein Baumeister, dem selbst ein Unternehmen von solch monumentalem Charakter kein allzu großes Kopfzerbrechen verursachte.

Innerhalb von zwei Monaten war Praeneste von einer Mauer und einem Wallgraben eingeschlossen. Das Mauerwerk war über acht Meilen lang und kreuzte die Via Praenestina und die Via Labicana an zwei Stellen, so daß die Straßen nur noch bis Tusculum und Bola befahrbar waren. Darüber hinaus war kein Verkehr mehr möglich, und den römischen Rittern und Senatoren, die wegen der Befestigungen ihre Landgüter nicht mehr erreichen konnten, blieb nichts anderes übrig, als untätig zu warten und den jungen Marius zu verfluchen. Die Bauern in der Gegend um Praeneste hingegen rieben sich schon jetzt die Hände: Wenn die Belagerung beendet und die Mauer geschliffen wurde, dann würden sie hier Tuffsteine im Überfluß finden, um Mauern, Häuser, Scheunen und Ställe zu bauen.

Vor Norba, wo Mamercus mit einer von Marcus Crassus frisch ausgehobenen Legion sabinischer Soldaten hingeeilt war, wurden ähnliche Anstrengungen unternommen, wenn auch bei weitem nicht im selben Umfang wie vor Praeneste. Mamercus hatte den Auftrag erhalten, die Stadt dem Erdboden gleichzumachen, und er kam diesem Auftrag mit derselben unnachgiebigen und unspektakulären Effizienz nach, die ihn schon viele gefährliche Situationen erfolgreich hatte meistern lassen.

Sulla hatte in Veii die unter seinem Kommando verbliebenen fünf Legionen zwischen sich und Publius Servilius Vatia aufgeteilt. Vatia war mit zwei Legionen in das etrurische Küstenland marschiert, während Sulla und der ältere Dolabella mit den restlichen drei Legionen auf der Via Cassia in Richtung auf das weiter im Landesinneren gelegene Clusium vorgerückt waren. Es war Anfang Mai, und Sulla war mit dem, was er bisher erreicht hatte, sehr zufrieden. Wenn Metellus Pius sich ähnlich gut geschlagen hatte, dann standen die Chancen nicht schlecht, daß Sulla bis zum Herbst ganz Italien und das italische Gallien beherrschte.

Aber wie war es Metellus Pius und seinen Legionen ergangen? Sulla hatte, seit er auf der Via Cassia unterwegs war, kaum etwas von Metellus gehört. Doch Metellus war sein treuester Anhänger, Sulla hatte großes Vertrauen in seine Fähigkeiten – und er war sehr neugierig zu hören, wie es Pompeius Magnus ergangen war. Nicht zufällig hatte er Metellus Pius das Kommando über den größeren Teil seiner Armee und Pompeius Magnus den Befehl über fünftausend Reitersoldaten übertragen, für die er bei seinen Aktionen im dichter besiedelten und ziemlich bergigen Landesinneren kaum Verwendung haben würde.

Metellus Pius war mit zwei seiner Legionen (unter dem Befehl seines Legaten Varro Lucullus), sechs ehemaligen Legionen des Scipio, den drei von Pompeius ausgehobenen Legionen und jenen fünftausend berittenen Soldaten, die Sulla Pompeius' Oberbefehl unterstellt hatte, an die Küste des Adriatischen Meers gezogen.

Natürlich war Varro der Sabiner mit Pompeius unterwegs. Pompeius fand in ihm einen willigen und freundlichen Zuhörer und zudem einen willigen und freundlichen Chronisten für seine Gedanken.

»Ich muß mir Crassus gewogen stimmen«, sagte Pompeius auf ihrem Weg durch das Picenum. »Metellus Pius und Lucullus sind harmlos – und außerdem mag ich sie. Aber Crassus ist ein unzivilisierter Rohling und beiden weit überlegen. Ich muß ihn auf meiner Seite haben.«

»Der Winter mit Sulla hat dich ja doch etwas gelehrt«, sagte Varro, der auf einem kleinen Pferd ritt, und warf dem neben ihm auf seinem weißen Staatspferd reitenden Pompeius einen erstaunten Blick zu. »Es überrascht mich, daß du davon sprichst, dir einen Mann gewogen zu stimmen – außer Sulla natürlich.«

»Ja, ich habe etwas gelernt«, gestand Pompeius großmütig ein. Er sah Varro mit aufrichtiger Zuneigung an, dann lachte er. »Ach hör doch auf, Varro! Ich weiß zwar, daß ich auf dem besten Wege bin, Sullas wertvollster Gehilfe zu werden. Aber genauso bin ich in der Lage zu verstehen, daß Sulla auch andere Männer braucht. Doch vielleicht hast du ja recht«, fuhr er nachdenklich fort, »es ist das erste Mal, daß ich nicht unter dem Kommando meines Vaters kämpfe. Mein Vater war zwar ein großartiger Soldat, aber ihn interessierten nur seine Landgüter. Sulla ist anders.«

»Inwiefern?« Varro war neugierig geworden.

»Sulla liegt an den meisten Dingen herzlich wenig, und das schließt auch uns ein, die er seine Legaten oder Bundesgenossen oder wie auch immer es ihm gerade beliebt nennt. Selbst Rom ist ihm gleichgültig. Materielle Dinge, Geld, Ländereien – selbst die

Größe seiner *auctoritas* oder sein öffentliches Ansehen, das alles bewegt ihn nicht.«

»Was aber dann?« rief Varro aus, der fasziniert war, einen Pompeius zu erleben, der weiter sah als er selbst.

»Vielleicht nichts außer seiner *dignitas*«, antwortete Pompeius.

Varro dachte lange darüber nach. Hatte Pompeius recht? *Dignitas!* Die am wenigsten faßbare Eigenschaft, die einen römischen Aristokraten ausmachte. *Auctoritas* beschrieb die Macht eines Mannes, seinen öffentlichen Einfluß, seine Fähigkeit, die Meinung der Massen zu beeinflussen und die öffentlichen Organe, vom Senat bis hin zum Schatzamt, zu steuern.

Dignitas war etwas anderes, war einerseits zutiefst persönlich, berührte aber auch alle Aspekte des öffentlichen Lebens eines Mannes. So schwer zu fassen! Aus diesem Grunde gab es ja auch ein Wort dafür. *Dignitas* war ... Die äußere Ehre eines Mannes ... ? Sein Ruhm? *Dignitas* vereinte in sich alles, was einen Mann ausmachte, es war die Summe seines persönlichen Stolzes, seiner Aufrichtigkeit, seiner Worte, seiner Intelligenz, seiner Verdienste, seiner Fähigkeiten, seines Wissens, seines Ansehens, seiner Wertschätzung ... *Dignitas* überlebte den Tod eines Mannes, sie war die einzige Möglichkeit, über den Tod zu triumphieren. Ja, das war die beste Beschreibung. *Dignitas* war der Triumph eines Menschen über seine Auslöschung als lebendes Sein. Und so gesehen, dachte Varro, lag Pompeius mit seiner Vermutung vollkommen richtig. Wenn Sulla etwas am Herzen lag, dann seine *dignitas*. Er hatte gesagt, er werde Mithridates besiegen. Er hatte versprochen, nach Italien zurückzukehren und für seine Rechte zu kämpfen. Er hatte angekündigt, die Republik in ihrer alten, traditionellen Form wiederauferstehen zu lassen. Und was immer er angekündigt hatte, er hatte es vollbracht. Hätte er versagt, dann hätte seine *dignitas* Schaden genommen. Jenseits der Gesetze, jenseits von Rom konnte es keine *dignitas* geben. Sullas Antrieb, seine Worte wahr werden zu lassen, lag also in ihm selbst begründet. Erst wenn er seine Prophezeiungen in die Tat umgesetzt hatte, würde er zufrieden sein können. Bis dahin konnte – und wollte – er nicht ruhen.

»Wenn du tatsächlich dieser Ansicht bist«, sagte Varro schließlich, »erweist du Sulla die höchstmögliche Anerkennung.«

»Bitte?« Pompeius blickte ihn fragend an.

»Damit meine ich«, erklärte Varro geduldig, »daß du mir gezeigt hast, daß Sulla unmöglich verlieren kann. Er kämpft für etwas, von dem Carbo nicht einmal weiß, was es ist.«

»Ach so! Ja, genau so ist es!« stimmte Pompeius Varro zu.

Inzwischen waren sie nicht mehr weit vom Aesis entfernt, der durch das Herzland von Pompeius' Provinz floß. Pompeius hatte sein jugendliches Ungestüm keineswegs abgelegt. Aber er war durch die neuen Erfahrungen reifer geworden, und er lernte mit jedem Tag dazu. So hatte etwa Sullas geschickter Einsatz der Reiterei sein Interesse für einen Truppenteil geweckt, den er früher, typisch für einen Römer, nie ernst genommen hatte. Römer glaubten an den Fußsoldaten und waren bis zu einem gewissen Grad der Ansicht, daß die Reitersoldaten mehr zur Zierde als zum Kampf taugten und so eher eine Last denn eine Hilfe darstellten. Varro wiederum war überzeugt, daß Rom nur aus einem einzigen Grund eine Reiterei unterhielt: weil das auch seine Feinde taten.

Zu Zeiten, als in Rom noch die Könige regiert hatten, und in den frühen Jahren der Republik, bildeten die Reitersoldaten die militärische Elite, waren sie Roms Speerspitze. Daraus hatte sich der Ritterstand entwickelt, der *ordo equester,* wie Gaius Gracchus ihn genannt hatte. Pferde waren unerschwinglich gewesen, die meisten Männer konnten sie nicht aus ihrer eigenen Tasche bezahlen. Aus dieser Situation heraus war die Tradition des Staatspferdes erwachsen, das vom Staat gekaufte und unterhaltene Pferd eines Ritters.

Zu Sullas Zeit hatte der römische Reitersoldat praktisch nur wirtschaftliche Bedeutung. Der Ritter – Geschäftsmann oder Landbesitzer und Mitglied der ersten Klasse der Zenturien in einem – war das Relikt der römischen Reitersoldaten. Dennoch stellte der Staat den achtzehnhundert höchsten Rittern immer noch ein Staatspferd zur Verfügung.

Varro, dessen größtes Vergnügen darin bestand, den gewundenen Pfaden eines Gedankens zu folgen, merkte, daß er den Faden verloren hatte. Er riß sich zusammen und lenkte seine Gedanken wieder zurück zu ihrem Ausgang: Pompeius' Interesse an der Reiterei. Die unter Pompeius' Kommando stehende Reiterei war nicht in Italien rekrutiert worden, Sulla hatte sie aus Griechenland mitgebracht. So kam es auch, daß sich kein einziger Gallier darunter fand. Wären die Reitersoldaten in Italien angeworben worden, Pompeius' Reiterei würde fast ausschließlich aus Galliern bestehen, die entweder aus dem jenseits des Po gelegenen Teil des italischen Galliens oder aus dem weiten Tal der Rhône in Gallia Transalpina rekrutiert worden wären. So aber waren Sullas Reiter größtenteils Thraker, unter denen sich auch einige hundert Galater fanden. Gute Kämpfer und so treu ergeben, wie man es nur von Männern erwarten konnte, die keine Römer waren. Sie genossen Auxiliar-Status, und zumindest einige von ihnen konnten darauf hoffen, nach Beendigung eines siegreichen Feldzugs mit der Verleihung des vollen römischen Bürgerrechts oder einem Stück Land belohnt zu werden.

Den ganzen Weg von Teanum Sidicinum her hatte Pompeius überlegt, wie er diese in lederne Hosen und Wamse gekleideten Männer mit ihren kleinen Rundschilden und langen Lanzen in den Kampf führen würde. Ihre Langschwerter eigneten sich besser für den Kampf vom Rücken eines Pferdes aus als die Kurzschwerter der Fußsoldaten. Nach und nach hatte Pompeius die Vorteile der Reitersoldaten entdeckt und gegeneinander abgewogen, hatte beobachtet, sich Strategien ausgedacht und versucht herauszufinden, ob es etwas an der Ausrüstung oder der Taktik zu verbessern gab. Die fünftausend Reiter waren aufgegliedert in zehn Regimenter zu je fünfhundert Mann, die sich wiederum auf zehn Schwadronen zu je fünfzig Mann aufteilten. Angeführt wurde die Truppe von ihren eigenen Offizieren, nur der oberste Befehlshaber der Reiterei war ein Römer, in diesem Falle Pompeius. Er war fasziniert von seiner berittenen Streitmacht und fest entschlossen, sie unter seinem Kommando zu großen Taten zu führen.

Das Schicksal ging doch seltsame Wege! Am Horizont erblickten sie den Aesis, und unter ihnen, am Fuß des Hügels, lag das alte Lager, von dem sie vor einem Jahr aufgebrochen waren. Als habe es all die Meilen, die sie seitdem zurückgelegt hatten, niemals gegeben. Was war das für eine Reise gewesen! Ein paar kleinere Schlachten, viele lange Märsche und sonst – nichts.

Und das alles, um einen zahn- und haarlosen alten Greis zu

besuchen. »Ob sich deine Männer jemals fragen«, sinnierte Varro, »welchem Zweck das alles eigentlich dient?«

»Was für eine seltsame Frage!« Pompeius drehte sich verwundert zu Varro um. »Meine Soldaten brauchen nicht nachzudenken. *Ich* tue das für sie. Sie brauchen nur zu tun, was ihnen gesagt wird.« Er verzog sein Gesicht bei dem revolutionären Gedanken, daß es auch nur einem von Pompeius Strabos alten Veteranen einfallen könnte, selber zu *denken*.

»Was sagst du da, Pompeius?« So leicht ließ Varro sich nicht abspeisen. »Sie sind *Menschen* – und gleichen uns zumindest in dieser einen Hinsicht. Und als Menschen ist ihnen die Gabe des Denkens verliehen, auch wenn die meisten von ihnen weder lesen noch schreiben können. Befehle nicht in Frage zu stellen ist eine Sache, nicht darüber nachzudenken, was das alles eigentlich soll, eine ganz andere.«

»Das sehe ich gar nicht so«, erwiderte Pompeius aus Überzeugung.

»Hast du schon einmal etwas von der jedem Menschen angeborenen Neugierde gehört? Es liegt in der Natur des Menschen, nach dem Warum zu fragen. Auch wenn er nur ein picenischer Fußsoldat ist, der noch nie in Rom war oder den Unterschied zwischen Rom und Italien nicht kennt. Wir kommen gerade aus Teanum zurück, und da unten liegt unser altes Lager. Glaubst du im Ernst, daß sich nicht wenigstens ein paar deiner Männer fragen werden, warum wir nach Teanum marschiert sind und nach weniger als einem Jahr schon wieder zurückkommen?«

»Ach, das wissen die schon«, entgegnete Pompeius ungeduldig. »Außerdem sind das alles Veteranen. Wenn sie für jede Meile, die sie in den letzten zehn Jahren marschiert sind, tausend Sesterzen bekommen hätten, dann könnten sie sich jetzt auf dem Palatin ein Haus kaufen, und die Frauen würden ihnen die Tür einrennen, selbst wenn sie in den Brunnen pissen oder in den Kräutergarten des Kochs scheißen würden. Varro, du bist ein Original. Die Gedanken, die dich umtreiben – dir gelingt es immer wieder, mich zu überraschen.« Pompeius gab seinem Pferd die Sporen und galoppierte den Hang hinab. Plötzlich zügelte er sein Pferd und wandte sich im Sattel um. Laut lachend winkte er mit den Armen und schrie: »Der Letzte im Lager ist ein faules Ei.«

Pompeius, du bist immer noch ein Kind! sagte sich Varro. Was habe ich hier verloren? Welchen Zweck erfülle ich? Das ist doch alles nur ein Spiel, ein großes – und großartiges – Abenteuer!

Noch in derselben Nacht rief Metellus Pius seine drei Legaten zu sich. Pompeius erschien wie immer in Varros Begleitung. Die Atmosphäre war gespannt, es hatte Neuigkeiten gegeben.

»Carbo steht nicht weit vor uns«, sagte Pius das Ferkel. Er hielt inne und korrigierte sich. »Um genau zu sein, Carrinas steht nicht weit vor uns, und Censorinus rückt rasch nach. Offensichtlich glaubte Carbo zuerst, acht Legionen würden ausreichen, um uns aufzuhalten, und hat dann, nachdem er bemerkt hat, wie stark unsere Streitmacht ist, Censorinus mit vier weiteren Legionen ausgesandt. Sie werden den Aesis vor uns erreichen, und dort werden wir uns ihnen auch stellen müssen.«

»Wo befindet sich Carbo?« wollte Marcus Crassus wissen.

»Noch in Ariminum. Ich nehme an, er wartet Sullas nächsten Schritt ab.«

»Und wie es dem jungen Marius ergeht«, fügte Pompeius hinzu.

»Genau«, stimmte Metellus zu und zog seine Augenbrauen in die Höhe. »Aber der soll jetzt nicht unsere Sorge sein. Wir müssen Carbo auf Trab bringen. Pompeius, du kennst dich hier am besten aus. Sollen wir Carrinas über den Fluß locken oder ihn auf dem anderen Ufer festhalten?«

»Das kommt auf dasselbe heraus«, antwortete Pompeius. »Hier wie dort finden wir ausreichend Platz, unsere Truppen in Aufstellung zu bringen. Das Gelände ist zwar teilweise mit Bäumen durchsetzt, aber ansonsten ziemlich eben. Ideale Voraussetzungen, Carrinas' Armee bis auf den letzten Mann aufzureiben – wenn wir es richtig anstellen.« Pompeius sah Metellus unschuldig an und fuhr mit einschmeichelnder Stimme fort: »Die Entscheidung liegt ganz bei dir, Pius. Ich bin nur ein Legat.«

»Nun, da wir versuchen, nach Ariminum zu gelangen, macht es mehr Sinn, mit unserer Armee an das andere Ufer überzusetzen«, entschied Metellus Pius mit unbewegter Miene. »So müssen wir, wenn es uns gelingt, Carrinas in die Flucht zu schlagen, nicht erst noch den Aesis überqueren. Nach dem vorliegenden Bericht ist unsere Reiterei der Carrinas' deutlich überlegen. Pompeius, vorausgesetzt, das Terrain und der Wasserstand des Flusses erlauben es, traust du es dir zu, zuerst überzusetzen und die Furt eine Zeitlang zu sichern? Das würde es mir erlauben, mit meinen Fußtruppen den Fluß zu überqueren und, nachdem du deine Reiter wieder abgezogen hast, anzugreifen. Leider bleibt uns keine Zeit, eine Kriegslist zu ersinnen, es wird also auf eine offene Feldschlacht hinauslaufen. Wir könnten höchstens eines tun. Sobald ich angreife, schlägst du mit deinen Schwadronen einen Bogen um die feindlichen Reihen und fällst Carrinas und Censorinus in den Rücken.«

Niemand hatte etwas gegen diese Strategie einzuwenden, die den Legaten im Kampf genügend Handlungsspielraum ließ. Metellus Pius verstand sich auf das Kriegshandwerk. Sogar Pompeius stimmte dem Vorschlag zu, daß Varro Lucullus die drei aus seinen Veteranen bestehenden Legionen kommandieren sollte, damit er selbst sich voll auf die Führung der Reiterei konzentrieren konnte.

»Ich werde das Kommando über den mittleren Abschnitt übernehmen«, schloß Metellus Pius die Besprechung ab. »Crassus führt den rechten und Varro Lucullus den linken Flügel an.«

Da das Wetter an diesem Tag gut und der Boden nicht zu feucht war, entwickelte sich alles so, wie Metellus Pius es geplant hatte. Pompeius hatte keine Schwierigkeit, die Furt zu sichern, und die anschließende Schlacht der Fußsoldaten demonstrierte einmal mehr, wie viel kampferprobte Soldaten in den Händen eines guten Legaten zuwege brachten. Zwar bestanden Scipios Legionen aus recht unerfahrenen Soldaten, aber Varro Lucullus und Crassus zeigten viel Geschick in der Führung der fünf Veteranen-Legionen, deren Selbstvertrauen sich mit der Zeit auf Scipios Männer übertrug. Carrinas und Censorinus hatten keinen einzigen Veteranen in ihren Reihen, sie konnten Metellus Pius zu keinem Zeitpunkt ernstlich Widerstand leisten. Wäre es Pompeius gelungen, den feindlichen Truppen in den Rücken zu fallen, die Schlacht hätte unweigerlich mit der völligen Zerschlagung von Carrinas' und Censorinus' Legionen geendet. Aber als Pompeius mit seinen Reitern die feindlichen Linien in einem weiten Bogen umgehen wollte, traf er direkt auf Carbo, der mit sechs weiteren Legionen und einer dreitausend Mann starken Reiterei seinen Verbündeten zu Hilfe geeilt war.

Mit Mühe und Not gelang es Carrinas und Censorinus, sich zurückzuziehen und ihre Verluste auf drei- bis viertausend Mann zu beschränken. Nur eine knappe Meile hinter dem Schlachtfeld schlugen sie neben Carbos Lager ihre Zelte auf. Der Vormarsch von Metellus Pius und seinen Legaten war zum Stillstand gekommen.

»Wir ziehen uns in unser altes Lager südlich vom Fluß zurück«, entschied Metellus Pius ohne zu zögern. »Sollen sie ruhig denken, wir seien zu feige, um weiter vorzurücken. Jetzt, da Carbo zu ihnen gestoßen ist, müssen wir auf einen gewissen Abstand zwischen ihnen und uns achten.«

Trotz dieser enttäuschenden Wendung der Dinge waren die Soldaten guten Mutes, und auch Pompeius, Crassus und Varro Lucullus waren bester Stimmung, als sie bei Einbruch der Dämmerung im Kommandozelt ihres Feldherrn zusammenkamen. Auf dem Tisch waren zahlreiche Landkarten ausgebreitet, mit deren Studium Metellus Pius die letzten Stunden verbracht hatte.

»Ich möchte, daß ihr das hier anschaut«, Pius stand hinter dem Tisch und deutete auf die Karten, »und euch überlegt, wie wir Carbo am besten von der Flanke her angreifen können.«

Die Männer versammelten sich um den Tisch. Varro Lucullus hielt einen fünfarmigen Leuchter über die mit feinen Linien bemalten Schafhäute. Die erste Karte gab den Verlauf der adriatischen Küstenlinie zwischen Ancona und Ravenna sowie das Landesinnere bis jenseits der Kammlinie der Apenninen wieder.

»Wir stehen hier.« Metellus das Ferkel zeigte mit einem Finger auf einen Punkt unterhalb des Aesis. »Der nächste Fluß vor uns ist der Metauro, ein tückischer Strom. Jenseits davon liegt der Ager Gallicus – hier – und hier – mit Ariminum in der Mitte. Nach der Karte zu schließen, kann man über die meisten dieser Flüsse leicht übersetzen. Bis wir zu diesem hier gelangen. Seht ihr? Hier, zwischen Ariminum und Ravenna, bildet der Pisantello die natürliche Grenze zum italischen Gallien. Es ist ziemlich offensichtlich, warum Carbo Ariminum als Stützpunkt gewählt hat. Von dort aus kann er über die Via Aemilia das Herzland des italischen Gallien erreichen, ab Arretium der Via Cassia folgen und durch das obere Tibertal die Via Flaminia erreichen und auf Rom vorstoßen, er kann aber auch entlang der Küste das Picenum erreichen und, falls nötig, durch Apulia und Samnium bis in die Campania vorrücken.«

»Das heißt, wir müssen ihn aus Ariminum vertreiben«, zog Crassus die naheliegende Schlußfolgerung. »Das sollte nicht unmöglich sein.«

»Ja, aber es gibt einen Haken«, erwiderte Metellus Pius. »Allem Anschein nach hat sich Carbo unter rätselhaften Umständen wenigstens zum Teil aus Ariminum zurückgezogen und acht Legionen unter dem Kommando von Gaius Norbanus die Via Aemilia hoch nach Forum Cornelii verlegt. Hier, seht ihr, ein Ort nicht weit hinter Faventia. Forum Cornelii liegt nicht allzuweit vor den Toren Ariminums, höchstens vierzig Meilen.«

»Ein harter Marschtag, und diese acht Legionen sind wieder in Ariminum, wenn es sein muß«, sagte Pompeius.

»Genau. Und in zwei, drei Tagen in Arretium oder Placentia«, fügte Varro Lucullus, immer mit einem Blick für die Gesamtsituation, hinzu. »Hier, auf der anderen Seite des Aesis stehen Carbo, Carrinas und Caesar mit insgesamt achtzehn Legionen und dreitausend Reitersoldaten. Dazu kommen Norbanus' acht Legionen in Forum Cornelii und die vier in Ariminum einquartierten Legionen mit einer mehrere tausend Mann starken Reiterei.«

»Ich mache keinen Schritt, bevor ich nicht eine umfassende Strategie habe«, sagte Metellus Pius und sah seine Legaten an.

»Kein Problem«, erwiderte Crassus, dessen inneres Rechenbrett unablässig ratterte. »Wir müssen vor allem verhindern, daß Carbo sich wieder mit Norbanus vereint. Wenn wir ihn dann noch von Carrinas und Censorinus weglocken und schließlich Carrinas und Censorinus voneinander trennen, haben wir sie. Wir müssen allerdings darauf achten, daß sie sich nicht wieder zusammenschließen können. Wie Sulla es gesagt hat: den Feind zersplittern.«

»Einer von uns wird mit fünf Legionen über Ariminum hinaus vorrücken und von dort aus ins italische Gallien vorstoßen müssen«, sagte Metellus Pius mit gerunzelter Stirn. »Eine heikle Angelegenheit, am besten, ich übernehme das.«

»Im Gegenteil, das ist ein Kinderspiel!« rief Pompeius aus. »Seht, hier liegt Ancona, der zweitgrößte Hafen am Adriatischen Meer. In dieser Jahreszeit ist der Hafen voller Schiffe, die auf die

Westwinde warten, um nach Osten zu segeln und den Sommer über Handel zu treiben. Warum nimmst du nicht deine fünf Legionen, marschierst nach Ancona, schiffst dich dort ein und segelst nach Ravenna? Eine angenehme Seereise, immer in Sichtweite der Küste und in dieser Jahreszeit ohne Sturmgefahr. Das sind kaum mehr als hundert Meilen. Selbst wenn ihr rudern müßtet, braucht ihr dazu höchstens acht oder neun Tage. Und wenn ihr, was um diese Jahreszeit gar nicht so unwahrscheinlich ist, Rückenwind habt, dann seid ihr innerhalb von vier Tagen in Ravenna.« Pompeius' Finger glitt über die Karte. »Dann ein Eilmarsch nach Faventia, und Norbanus ist isoliert.«

»Ja, Pompeius, das könnte funktionieren«, stimmte Metellus Pius mit glänzenden Augen zu. »Wir müssen allerdings auf größte Geheimhaltung achten. Nicht einmal im Traum würde Carbo vermuten, daß wir uns nach Ancona zurückziehen. Warum also sollte er auch nur einen einzigen Späher über den Aesis nach Süden aussenden? Pompeius und Crassus, ihr müßt hierbleiben und Carbo fünf zusätzliche Legionen vorgaukeln. Ihr setzt euch erst in Bewegung, wenn Varro Lucullus und ich uns in Ancona eingeschifft haben. Versucht, Carrinas einzuholen. Wenn möglich, nagelt ihr ihn fest. Das gleiche gilt für Censorinus. Anfangs wird Carbo noch bei ihnen sein, aber sobald er erfährt, daß ich in Ravenna an Land gegangen bin, wird er Norbanus zu Hilfe eilen. Natürlich könnte er auch Censorinus oder Carrinas nach Forum Cornelii schicken, aber das glaube ich nicht. Carbo weiß, daß er seine Mitte nicht schwächen darf.«

»Das wird ein Riesenspaß!« rief Pompeius aufgeregt aus.

Die in dem Zelt Versammelten waren so zuversichtlich, daß keiner Pompeius' Bemerkung als zu kindisch empfand; selbst Marcus Terentius Varro nicht, der ruhig in einer Ecke saß und eifrig Notizen machte.

Der Plan ging auf. Während Metellus Pius mit Varro Lucullus und fünf Legionen nach Ancona eilte, spielten die restlichen sechs Legionen Theater und gaukelten Carbo vor, elf Legionen zu sein. Pompeius und Crassus ließen einige Tage verstreichen, dann brachen sie das Lager ab und setzten über den Aesis, ohne auf Widerstand zu stoßen. Offensichtlich wollte Carbo sie in Richtung

Ariminum locken und auf dem ihm vertrauteren Gelände eine Entscheidungsschlacht herbeiführen.

Pompeius blieb mit seiner Reiterei Carbos Nachhut, die Censorinus mit einer Reiterschar bildete, dicht auf den Fersen und führte immer wieder kleinere Attacken gegen sie aus. Das irritierte Censorinus, der sich noch nie durch besonders große Geduld ausgezeichnet hatte, so sehr, daß er in der Nähe von Sena Gallica Halt machen ließ und seinen Reitern befahl, Pompeius anzugreifen. Pompeius, der ein Talent für die Führung der Reiterei entwickelt hatte, behielt die Oberhand, und der schwer angeschlagene Censorinus mußte sich mit seinen Fußsoldaten und seiner Reiterei in Sena Gallica verschanzen. Doch es dauerte nicht lange, bis Pompeius die bescheidenen Befestigungen des Städtchens überrannt hatte. Censorinus opferte seine Reiterei, brach mit seinen acht Legionen Fußsoldaten aus Sena Gallica aus und beeilte sich, die Via Flaminia zu erreichen. Das war das Klügste, was er in dieser Situation tun konnte.

Zu diesem Zeitpunkt hatte Carbo bereits von Metellus Pius' unwillkommenem Eintreffen in Faventia erfahren: Norbanus war somit von Ariminum abgeschnitten. Carbo eilte nach Faventia, Carrinas mit acht Legionen im Schlepptau. Censorinus sollte für sich selbst sorgen.

Doch dann stieß Brutus Damasippus, der bereits auf dem Weg nach Faventia war, zu Carbo und unterrichtete ihn von der vernichtenden Niederlage, die Sulla dem jungen Marius bei Sacriportus zugefügt hatte. Sulla rückte inzwischen auf der Via Cassia nach Arretium vor. Carbo warf seine bisherige Strategie über den Haufen, jetzt blieb ihm nur noch eine Möglichkeit. Norbanus mußte allein sehen, wie er das italische Gallien gegen Metellus Pius halten konnte. Carbo selbst wollte Sulla bei Arretium abfangen, was ihm angesichts der Tatsache, daß Sulla nur mit drei Legionen anrückte, nicht allzu schwierig erschien.

Pompeius und Crassus erfuhren ungefähr zur gleichen Zeit wie Carbo von Sullas Sieg bei Sacriportus und feierten ihn mit lautem Jubel. Sie wandten sich westwärts und verfolgten Carrinas und Censorinus, die mit jeweils acht Legionen versuchten, den bei Arretium an der Via Cassia stehenden Carbo zu erreichen. Sie legten eine mörderische Marschgeschwindigkeit vor, aber die Verfolger hielten mit. Je mehr sie sich der Via Flaminia näherten, desto bergiger wurde die Gegend. Pompeius erkannte, daß seine Reiter in diesem Gelände wenig würden ausrichten können, sandte sie zurück in das Lager am Aesis und übernahm wieder das Kommando über die Veteranen-Legionen seines Vaters. Crassus schien ihm die Führung willig zu überlassen, solange seine Vorschläge mit den Kalkulationen übereinstimmten, die er in seinem Dickschädel anstellte.

Erneut gaben die Veteranen-Legionen den Ausschlag. Auf der Via Flaminia zwischen Fulginum und Spoletium holten Pompeius und Crassus Censorinus ein. Doch es kam zu keiner Schlacht. Ausgelaugt, hungrig und mutlos suchten die Legionen des Censorinus ihr Heil in der Flucht. Die drei Legionen, die ihm geblieben waren, wollte er auf jeden Fall retten. Er bog von der Straße ab und marschierte den Rest des Weges zu Carbo nach Arretium durch unwegsames Gelände. Die Soldaten der anderen fünf Legionen zerstreuten sich in alle Winde.

Drei Tage später stießen Pompeius und Crassus in der Nähe der großen und gutbefestigten Stadt Spoletium auf Carrinas. Diesmal kam es zur Schlacht, aber Carrinas geriet so sehr in Bedrängnis, daß ihm nichts anderes übrigblieb, als sich mit drei seiner acht Legionen in Spoletium zu verschanzen. Drei andere Legionen flohen nach Tuder und verschanzten sich dort, die restlichen beiden Legionen verschwanden einfach und tauchten nie wieder auf.

»Wunderbar, Varro!« rief Pompeius erfreut aus. »Ich sehe eine Möglichkeit, wie ich mir den alten Dickkopf Crassus vom Hals schaffen kann.«

Pompeius schlug Crassus vor, daß er mit seinen drei Legionen Tuder belagern sollte, was es ihm, Pompeius, erlaubte, mit seinen Männern auf Spoletium vorzurücken. Überglücklich bei dem Gedanken, einen eigenen Feldzug unternehmen zu dürfen, eilte Crassus nach Tuder. Pompeius ließ sich in Hochstimmung vor Spoletium nieder. Er wußte ganz genau, daß derjenige, der Spoletium einnahm, am meisten Ruhm ernten würde, denn schließlich saß Carrinas in Spoletium und nicht in Tuder. Leider ging Pompeius' Rechnung nicht auf. Mit viel Wagemut und Geschick gelang es Carrinas, sich während eines mitternächtlichen Sturms aus Spoletium hinauszustehlen und mit drei vollständigen Legionen zu Carbo zu stoßen.

Pompeius, der sich selbst die alleinige Schuld an Carrinas' Flucht gab, führte Varro einen seiner typischen Wutausbrüche vor. Er heulte, biß sich die Fingerknöchel wund, riß sich ganze Haarbüschel aus, trommelte wie wild mit Füßen und Fäusten auf den Boden, zerbrach Krüge und Teller, zerschlug Möbel ... Aber dann, so plötzlich, wie das mitternächtliche, für Carrinas so segensreiche Unwetter wieder vergangen war, verflog Pompeius' Wut auch wieder.

»Auf nach Clusium, auf zu Sulla«, verkündete er. »Los, Varro. Steh auf. Was trödelst du so herum?«

Anfang Juni erreichten Pompeius und seine Veteranen Sullas Lager am Fluß Chiana. Sulla war ziemlich gereizt und sein Kampfgeist schwer angeschlagen. Carbo war aus Arretium ausgerückt und nach Clusium gezogen, wo die beiden Armeen überraschend aufeinandergetroffen waren. Da keine Zeit blieb, eine Strategie auszuarbeiten, waren Sullas Legionen in schwerste Bedrängnis geraten und hätten die Schlacht sicherlich verloren, hätte Sulla nicht die Geistesgegenwart besessen, die Feindseligkeiten abzubrechen, und den Rückzug auf ein stark befestigtes Lager befohlen.

»Aber das ist jetzt egal«, sagte Sulla, sichtlich erfreut über Pompeius' Ankunft. »Du bist jetzt hier, und Crassus steht mit seinen Legionen ebenfalls ganz in der Nähe. Mit euch beiden an meiner Seite ist Carbo so gut wie erledigt.«

»Wie steht es um Metellus Pius?« wollte Pompeius wissen, dem es überhaupt nicht behagte, daß Sulla ihn und Crassus in einem Atemzug nannte.

»Das italische Gallien ist in unserer Hand. Metellus hat Norbanus vor Faventia gestellt, während Varro Lucullus, der bis nach Placentia ziehen mußte, um Aufnahme zu finden, Lucius Quinctius und Publius Albinovanus bei Fidentia abgefangen hat. Alles ging gut, und unsere Feinde sind tot oder in alle Winde verstreut.«

»Und Norbanus selbst?«

»Nach Ariminum geflohen, nehme ich an«, antwortete Sulla achselzuckend und ging dazu über, Pompeius Anweisungen zur Unterbringung seiner Legionen zu erteilen. Sulla war es ziemlich gleichgültig, wie es seinen militärischen Gegnern erging, wenn er sie erst einmal besiegt hatte und, wie es bei Norbanus der Fall war, keine persönliche Feindschaft gegen sie hegte.

Am nächsten Tag kehrte Crassus an der Spitze von drei ziemlich mißmutigen und aufgebrachten Legionen aus Tuder zurück. Unter den Soldaten ging das Gerücht um, Crassus sei bei der Eroberung der Stadt ein Goldschatz in die Hände gefallen, er habe ihn aber für sich selbst behalten.

»Entspricht das der Wahrheit?« verlangte Sulla zu wissen. Er starrte Crassus ingrimmig an.

»Nein.« Crassus hatte eine Unschuldsmiene aufgesetzt und erwiderte Sullas Blick verwirrt, aber ohne Schuldbewußtsein.

»Bist du dir ganz sicher?«

»In Tuder gab es nichts zu holen außer ein paar alten Weibern. Und von denen lockte mich keines.«

Sulla sah ihn mißtrauisch an. War Crassus absichtlich unverschämt? »Marcus Crassus, du bist verschlagen und hinterhältig«, sagte er schließlich. »Eingedenk des Rufs deiner Familie und deiner Stellung schenke ich dir diesmal Glauben. Aber sei gewarnt! Sollte ich jemals entdecken, daß du dich in meinen Diensten auf Kosten des Staates bereichert hast, will ich dich nie mehr sehen.«

»Das ist nur gerecht«, nickte Crassus zur Antwort und trollte sich.

Publius Servilius Vatia, der die Unterhaltung verfolgt hatte, lächelte Sulla an. »Einfach unmöglich, Crassus sympathisch zu finden.«

»Dafür gibt es auch nur wenige Männer, denen er wohlgesonnen ist«, sagte Sulla und legte seinen Arm um Vatias Schultern. »Aber du, Vatia, du bist ein Glückspilz.«

»Ich?«

»Ja, weil ich dich mag. Du bist ein guter Verbündeter – weder überschreitest du jemals deine Grenzen, noch streitest du mit mir. Was auch immer ich von dir verlange, du tust es.« Sulla gähnte, und Tränen traten ihm in die Augen. »Ich fühle mich so ausgetrocknet. Was ich jetzt brauche, ist ein Krug Wein.«

Vatia, ein schlanker und gutaussehender Mann mit dunklen Haaren, gehörte nicht zu den patrizischen Servilii, doch sein Stammbaum reichte weit genug zurück, um ihn auch den strengsten gesellschaftlichen Ansprüchen genügen zu lassen. Zudem war seine Mutter, die Tochter des Metellus Macedonius, eine der angesehensten Caecilii Metelli. Was nicht mehr und nicht weniger hieß, als daß Vatia irgendwie mit allen verwandt war, deren Stimme Gewicht hatte. Unter anderem auch, dank einer Heirat, mit Sulla. So fühlte er sich von Sullas Arm auf seiner Schulter nicht bedroht, sondern erwiderte die Umarmung und geleitete Sulla zum Feldherrenzelt. Sulla hatte an diesem Tag bereits sehr ausgiebig dem Wein zugesprochen und konnte eine Stütze gut gebrauchen.

»Was soll ich mit diesen Männern nur tun, wenn ich Rom erobert habe?« wandte sich Sulla an Vatia, der ihm gerade einen Becher mit dem für ihn reservierten Wein füllte. Vatia schenkte sich selbst aus einem anderen Krug ein und achtete darauf, daß sein Wein gut verwässert war.

»Welche Männer meinst du? Crassus?«

»Ja, Crassus. Und Pompeius Magnus.« Sulla verzog die Lippen, und Vatia konnte sein Zahnfleisch sehen. »Ich frage dich, Vatia, was soll das? *Magnus!* In seinem Alter!«

»Nun«, lächelte Vatia und setzte sich auf einen Klappstuhl, »wenn Pompeius zu jung ist, dann bin ich zu alt. Ich hätte bereits vor sechs Jahren zum Konsul gewählt werden sollen. Jetzt ist es wohl endgültig zu spät.«

»Sei unbesorgt, Vatia. Wenn ich siege, wirst du Konsul werden. Ich bin ein gefährlicher Feind, aber auch ein aufrechter Freund.«

»Ich weiß, Lucius Cornelius«, erwiderte Vatia sanft.

»Nun, was meinst du, was soll ich mit ihnen anstellen?« kehrte Sulla zu seiner Frage zurück.

»Pompeius, ja, der wird dir Schwierigkeiten machen. Ich kann mir nicht vorstellen, daß er sich zur Ruhe setzt, wenn die Kämpfe vorüber sind. Oder wie du verhindern willst, daß er sich vor der Zeit um irgendwelche politischen Ämter bewirbt.«

»Pompeius ist auf kein Amt aus«, lachte Sulla, »Pompeius jagt dem Ruhm der Schlachtfelder hinterher. Ich glaube, genau den werde ich ihm auch geben. Ja, wenn man die Dinge so sieht, kommt er eigentlich gerade zur rechten Zeit.« Durstig streckte er Vatia seinen leeren Becher hin. »Und Crassus? Was soll ich mit Crassus anfangen?«

»Oh, der schaut schon für sich selbst«, sagte Vatia und schenkte

Sulla ein. »Er wird sich, und das kann ich auch sehr gut verstehen, ein Vermögen zusammenscheffeln. Nach dem Tod seines Vaters und seines Bruders hätte er mehr zu erwarten gehabt als eine reiche Witwe. Das Vermögen des Licinus Crassus war über dreihundert Talente schwer, aber natürlich wurde es beschlagnahmt. Da kannst du dich getrost auf Cinna verlassen, der hat sich garantiert jeden Sesterz unter den Nagel gerissen. Und der arme Crassus hatte bei weitem nicht den Einfluß, über den Catulus verfügte.«

»Der arme Crassus!« Sulla schnaubte wütend. »Er hat das Gold aus Tuder gestohlen, da bin ich mir ganz sicher.«

»Höchstwahrscheinlich«, entgegnete Vatia unbeeindruckt. »Aber du kannst es dir im Moment nicht leisten, ihn dafür zur Rechenschaft zu ziehen. Du brauchst ihn! Und das weiß er auch ganz genau. Was du vorhast, ist äußerst gewagt.«

Carbo wurde unverzüglich von der Ankunft von Pompeius und Crassus mit ihren Legionen unterrichtet. Seinen Legaten gegenüber gab er sich wie die Ruhe selbst und sprach mit keinem Wort davon, seine Truppen abzuziehen. Zahlenmäßig war er Sulla immer noch weit überlegen, der denn auch keine Anstalten machte, aus seinem Lager auszubrechen. Während Carbo darauf wartete, daß die Dinge ihren Lauf nahmen und ihm die Entscheidung darüber, was zu tun sei, abnehmen würden, traf aus dem italischen Gallien die Nachricht ein, daß Norbanus mitsamt seinen Legaten Quinctius und Albinovanus besiegt worden war und Metellus Pius und Varro Lucullus die Provinz besetzt hielten. Am niederschmetterndsten aber waren die Begleitumstände der Niederlage. Publius Albinovanus, der lucanische Legat, hatte Norbanus und die anderen Mitglieder des militärischen Oberkommandos unter dem Vorwand einer Unterredung nach Ariminum gelockt und dort alle Anwesenden bis auf Norbanus selbst ermorden lassen. Dann hatte er Metellus Pius die Stadttore geöffnet und ihm im Austausch gegen seine Begnadigung Norbanus ausgeliefert. Später war Norbanus, der den Wunsch geäußert hatte, irgendwo im Osten um Asyl nachzusuchen, erlaubt worden, ein Schiff zu besteigen. Der einzige überlebende Legat war also Lucius Quinctius, der sich in Varro Lucullus' Gewahrsam befunden hatte, als die Morde verübt wurden.

Tiefe Gedrücktheit senkte sich über Carbos Lager. Männer wie Censorinus sehnten sich in ihrem unstillbaren Tatendrang nach einem Kampf, aber Sulla verhielt sich immer noch ruhig. Unfähig, Censorinus weiter zurückzuhalten, schickte Carbo ihn mit acht Legionen nach Praeneste, wo er versuchen sollte, den Belagerungsring um den jungen Marius zu zerschlagen. Zehn Tage später kehrte Censorinus zurück. Er hatte keine Möglichkeit gesehen, dem jungen Marius zu helfen. Die von Ofella errichteten Verteidigungsanlagen hatten sich als unüberwindbar erwiesen. Daraufhin sandte Carbo eine zweite Armee nach Praeneste, die aber in einen von Sulla gelegten Hinterhalt geriet und dabei zweitausend gute Soldaten verlor. Eine dritte Streitmacht unter dem Kommando des Brutus Damasippus versuchte, einen Weg durch die Berge zu finden und über die Schleichpfade in die Stadt vorzudringen. Aber auch dieses Unternehmen scheiterte. Angesichts der hinter der Stadt errichteten Belagerungsanlagen gab Brutus Damasippus alle Hoffnung auf und kehrte unverrichteter Dinge nach Clusium zurück.

Selbst die Nachricht, daß der gelähmte Samniterführer Gaius Papius Mutilus in Aesernia eine vierzigtausend Mann starke Armee um sich geschart habe und mit ihr auf Praeneste vorrücke, konnte Carbos Stimmung nicht heben, Tag für Tag versank er tiefer in seiner Depression. Da half auch der Brief von Mutilus nichts, der ihn davon unterrichtete, daß er nicht vierzig-, sondern siebzigtausend Männer ins Feld schicken werde. Marcus Lamponius sandte zwanzigtausend Männer aus Lucanien zu Hilfe und Tiberius Gutta weitere zehntausend Soldaten aus Capua.

Der Juni ging ins Land, und der Quintilis brach an, aber Carbo zermarterte sich sein Hirn immer noch auf der Suche nach einer befriedigenden Lösung. Der einzige, dem er wirklich vertraute, war Marcus Junius Brutus, sein Proquästor. Schließlich wandte er sich in seiner Verzweiflung an ihn.

»Wenn Albinovanus nicht davor zurückschreckt, Männer hinzuschlachten, mit denen zusammen er lange Monate hindurch gelacht und gekämpft hat, wie kann ich mir dann noch meiner eigenen Legaten sicher sein?« fragte er.

Er und Brutus folgten der drei Meilen langen Via Principalis, einer der beiden durch das Lager führenden Hauptstraßen. So breit, wie die Straße war, konnten sie sicher sein, daß keine unerwünschten Mithörer ihrem Gespräch lauschten.

Der alte Mann blinzelte in dem hellen Sonnenlicht und bewegte seine blau verfärbten Lippen, ohne jedoch etwas zu sagen. Er nahm sich Zeit und wog die Frage in seinem Kopf ab, bevor er schließlich trocken antwortete: »Nein, du kannst ihrer nicht sicher sein, Gnaeus Papirius.«

»O ihr Götter, was soll ich nur tun?« rief Carbo verzweifelt aus und faßte sich mit zittriger Hand an den Kopf.

»Im Moment gar nichts. Du mußt dich in sichere Gefilde absetzen, bevor einer oder mehrere deiner Legaten deinen Tod als die für sie vorteilhafteste Lösung betrachten.«

»Mich absetzen?«

»Ja, absetzen«, erwiderte Brutus mit fester Stimme.

»Aber meine Legaten würden das nie zulassen!« Carbo zitterte inzwischen am ganzen Körper.

»Wohl kaum. Aber sie brauchen davon ja auch nichts zu wissen. Ich werde mich um alles Notwendige kümmern. Du tust weiterhin so, als liege dir einzig und allein das Schicksal der samnitischen Armee am Herzen.« Der ältere Brutus legte seine Hand auf Carbos Arm. »Verzweifle nicht! Noch ist es nicht zu spät.«

Gegen Mitte Quintilis hatte Brutus seine Vorbereitungen abgeschlossen. Kaum eine Woche war vergangen, als er und Carbo sich mitten in der Nacht aus dem Lager stahlen, ohne Diener und ohne Gepäck; sie führten nur ein Maultier mit sich, dessen Satteltaschen schwerbeladen waren mit Goldbarren, die unter einer Schicht Blei verborgen waren. Zur Bezahlung allfälliger Reisekosten hatten sie noch einen großen Beutel voller Denare eingesteckt. Niemand belästigte die beiden, die aussahen wie ein Paar arme Händler, niemand zeigte auch nur das geringste Interesse an ihrem schwer schleppenden Maultier oder an dem, was sich in seinen Satteltaschen verbarg. Ungestört erreichten sie die etrurische Küste und schifften sich in Telamon nach Africa ein. Fortuna steht mir bei, dachte Carbo, als das Schiff die Anker lichtete.

Da Gaius Papius Mutilus von der Hüfte an abwärts gelähmt war, konnte er das Kommando über die samnitische Streitmacht, der Soldaten aus Samnium, Lucanien und der Campania angehörten, nicht ausüben. Aber er ließ es sich nicht nehmen, den samnitischen Flügel aus dem Lager bei Aesernia bis nach Teanum Sidicinum zu begleiten, wo Verbände aus Lucanien und der Campania dazustießen und die vereinte Armee Scipios und Sullas altes Lager in Beschlag nahmen. Mutilus selbst begab sich in sein dortiges Haus.

Seit dem Bundesgenossenkrieg hatten Mutilus' Unternehmungen prosperiert, und jetzt besaß er Villen in über einem halben Dutzend Städten in Samnium und der Campania. Mutilus' Reichtum war ins unermeßliche gewachsen, und manchmal dachte er, dieser Reichtum sei die Entschädigung, die ihm ein zynisches Schicksal für den Verlust seiner Zeugungsfähigkeit zugesprochen hatte.

Am liebsten weilte er in Aesernia und Bovianum, seine Frau Bastia jedoch zog es vor, in Teanum zu leben – sie stammte aus der Gegend. Daß Mutilus sich mit der fast permanenten Trennung abfand, hatte mit seiner Verletzung zu tun. Als Ehemann taugte er wenig, und wenn seine Frau, was ihn nicht wundern würde, von Zeit zu Zeit die Einsamkeit ihres Körpers linderte, so sollte sie das besser in seiner Abwesenheit tun. Bis jetzt jedoch waren noch keine diesbezüglichen Gerüchte bis zu ihm nach Aesernia gedrungen. Was nur bedeuten konnte, daß sie entweder ebenso keusch war, wie es ihm von seiner Verletzung auferlegt wurde, oder daß sie beispiellose Vorsicht walten ließ. Beides wäre ihm recht gewesen, und so freute er sich, als er in seinem Haus in Teanum ankam, sehr auf Bastias Gesellschaft.

»Ich habe nicht erwartet, dich zu sehen«, empfing ihn Bastia ohne jeden Anflug von Falschheit.

»Dafür hattest du auch gar keinen Grund, ich habe ja auch nicht geschrieben«, antwortete er freundlich. »Du siehst gut aus.«

»Nun, ich fühle mich auch gut.«

»Den Umständen entsprechend befinde auch ich mich bei bester Gesundheit«, fuhr er fort, fand das Wiedersehen jedoch unangenehmer, als er erwartet hatte. Sie gab sich distanziert und allzu zuvorkommend.

»Was führt dich nach Teanum?«

»Vor der Stadt steht eine Armee. Wir ziehen gegen Sulla in den Krieg. Das heißt, meine Armee. Ich werde unterdessen hier bei dir bleiben.«

»Wie lange gedenkst du zu bleiben?« erkundigte sie sich höflich.

»So oder so, bis der Krieg vorüber ist.«

»Ich verstehe.« Bastia war eine makellos schöne Frau Anfang Dreißig. Sie lehnte sich in ihrem Stuhl zurück und sah ihn an. Nichts in ihrem Blick erinnerte Mutilus an das glühende Verlangen, das er in ihren Augen gesehen hatte, früher, als er noch ein ganzer Mann gewesen war. »Wie kann ich für dein Wohlergehen sorgen, Mann? Brauchst du etwas Bestimmtes?«

»Ich habe meinen Leibsklaven. Er weiß, was zu tun ist.«

Bastias Hände nestelten an dem kostbaren Stoff, der ihren vollendeten Körper bedeckte. Unverwandt starrte sie ihn mit ihren großen Augen an. »Nur du zum Essen?« fragte sie endlich.

»Nein, noch drei Männer. Meine Legaten. Oder stellt dich das vor ein Problem?«

»Nein, überhaupt nicht. Die Speisen werden dir zur Ehre gereichen, Gaius Papius.«

Bastia, die eine hervorragende Hausfrau war, hatte nicht zuviel versprochen. Zwei der drei Männer, die mit ihrem verunstalteten Feldherrn zum Essen gekommen waren, kannte sie. Pontius Telesinus und Marcus Lamponius. Telesinus entstammte einer uralten samnitischen Familie, war aber etwas zu jung gewesen, um während des Bundesgenossenkrieges in der ersten Reihe der samnitischen Großen zu stehen. Jetzt, mit seinen zweiunddreißig Jahren, war er ein gutaussehender junger Mann, der genügend Frechheit besaß, seine Gastgeberin mit heimlichen Blicken voller Lüsternheit zu umschmeicheln. Aber Bastia ging nicht darauf ein. Telesinus war Samniter, und das bedeutete, wie sie wohl wußte, daß er Römer mehr haßte, als er Frauen jemals lieben konnte.

Der zweite ihr bekannte Mann, Marcus Lamponius, war der oberste Stammesführer der Lucaner. Während des Bundesgenossenkrieges war er einer der unerbittlichsten Feinde der Römer gewesen. Und obwohl er die Fünfzig schon überschritten hatte, stand ihm der Sinn immer noch nach Krieg, dürstete er immer noch nur nach einem: nach römischem Blut. Sie ändern sich nie, diese nichtrömischen Italiker, dachte Bastia. Rom zu zerstören bedeutete ihnen mehr als ihr Leben, ihr Reichtum oder der Friede, mehr sogar als Kinder.

Der einzige unter den dreien, den Bastia nie zuvor gesehen hatte, stammte wie sie selbst aus der Campania. Tiberius Gutta, der Bürgermeister von Capua, war fettleibig, grobschlächtig, egoistisch und ebenso fanatisch wie die anderen Männer darauf aus, römisches Blut zu schmecken.

Bastia verließ das Speisezimmer, sobald ihr Ehemann ihr bedeutete, daß sie sich zurückziehen durfte. In ihr tobte eine Wut, die sie vor den Männern sorgsam verborgen hatte. Wie ungerecht! Endlich hatte sich alles wieder eingerenkt, endlich schien es fast so, als habe der Bundesgenossenkrieg nie stattgefunden. Und da sollte alles wieder von vorne anfangen? Sie hatte herausschreien wollen, daß sich nichts geändert habe, daß Rom ihre Gesichter zerstören und ihnen allen Reichtum wegnehmen werde. Aber sie hatte ihre Zunge in Zaum gehalten. Selbst wenn sie Mutilus, Gutta und die anderen von ihrer Ansicht überzeugen könnte, ihr Patriotismus und ihr Stolz würde sie trotzdem in den Krieg treiben.

Die Wut fraß sie auf, steigerte sich noch. Bastia lief in ihrem Wohnraum hin und her, verzehrt von dem Wunsch, diesen verbohrten, engstirnigen Männern eine saftige Lektion zu erteilen. Vor allem ihrem Gatten, dem Stammesführer seines Volkes, dem Mann, zu dem alle Samniter ratsuchend aufsahen. Aber wozu riet er ihnen? Zum Krieg gegen Rom. Zum Untergang. Scherte es ihn, daß sie alle fallen würden, wenn er fiele? Natürlich nicht! Er war ein Mann, ein Mann mit all seinen kleingeistigen Prinzipien von Patriotismus und Rache. Ganz Mann, und doch nur ein halber Mann. Und die Hälfte, die ihm geblieben war, taugte nichts für sie, taugte weder für die Fortpflanzung noch für das Vergnügen.

Erschreckt hielt sie inne, fühlte die Hitze in sich, das Verlangen, das ihre verzweifelte Wut wachgerufen hatte. Ihre Lippen waren wundgebissen, sie konnte mit ihrer Zunge das Blut schmecken.

Da war dieser Sklave ... Einer dieser Griechen von der Insel Samothraki, mit Haar so dunkel, daß es blau leuchtete, wenn Licht darauf fiel, mit buschigen Augenbrauen und darunter Augen von der Farbe eines Bergsees ... eine Haut so zart, daß sie geradezu danach schrie, geküßt zu werden ... Bastia klatschte in die Hände.

Der Hausverwalter trat ein. »Sind die Gäste im Speisezimmer versorgt?« Sie sah ihn mit hocherhobenem Haupt an. Ihre zerbissenen Lippen waren angeschwollen und knallrot.

»Ja, *domina.*«

»Gut. Bitte sorge dafür, daß es ihnen an nichts mangelt. Und schicke Hippolytus zu mir. Mir ist etwas eingefallen, wobei mir seine Dienste behilflich sein könnten.«

Das Gesicht des Hausverwalters blieb unbewegt. Da Mutilus es im Gegensatz zu Bastia nicht für nötig erachtete, in Teanum Sidicinum zu leben, gingen sie und ihr Wohlbefinden vor. Er verbeugte sich. »Ich werde Hippolytus unverzüglich herbestellen, *domina!*« Er verbeugte sich noch einmal, bevor er sich aus dem Zimmer entfernte.

Die Männer im Speisezimmer hatten Bastia, kaum daß sie die Tür hinter sich zugezogen hatte, vergessen.

»Carbo hat mir versichert, er habe Sulla bei Clusium unter Kontrolle«, wandte sich Mutilus an seine Legaten, als sie ungestört waren.

»Und, glaubst du das?« Lamponius blickte zweifelnd.

Mutilus runzelte die Stirn. »Ich sehe keinen Grund, warum ich das nicht tun sollte, aber natürlich kann ich nicht ganz sicher sein. Hast du einen Grund für deinen Zweifel?«

»Nein, außer daß Carbo ein Römer ist.«

»Hört, hört!« rief Pontius Telesinus.

»Fortuna ist wankelmütig«, warf Tiberius Gutta ein, der gerade einen mit Kastanien gefüllten, knusprig gebackenen Kapaun zerlegte und sich mit fetttriefenden Fingern das Gesicht abwischte. »Für den Moment kämpfen wir auf Carbos Seite. Wenn Sulla besiegt ist, können wir uns immer noch Carbo und die anderen Römer vornehmen.«

»Genau!« stimmte Mutilus lächelnd zu.

»Wir sollten keine Zeit verlieren und so schnell wie möglich nach Praeneste ziehen«, drängte Lamponius.

»Ja, am besten morgen schon«, warf Telesinus ein.

»Nein!« Mutilus schüttelte heftig den Kopf. »Wir müssen unseren Männern einige Tage Rast gönnen. Sie haben einen harten Marsch hinter sich und müssen noch die Via Latina in ihrer ganzen Länge hinter sich bringen. Ich will, daß sie ausgeruht sind, wenn wir Ofella angreifen.«

Kein Widerspruch erhob sich, und die vier Männer beschlossen, mit der Aussicht auf einige Tage voller Muße, die Unterredung früher als erwartet zu beenden. Da Mutilus' Verwalter gerade in der Küche war, sah und hörte er nichts von dem Aufbruch der Gäste und war auch nicht zugegen, als der Hausherr seinem germanischen Riesen befahl, ihn in das Zimmer seiner Frau zu tragen.

Bastia lag nackt und mit weit gespreizten Beinen auf den Kissen ihrer Liege. Zwischen ihren feuchtglänzenden Schenkeln hatte sich ein blauschimmernder Haarschopf vergraben. Der kompakte, muskulöse Leib, zu dem der Kopf gehörte, lag so entspannt auf der Liege, daß es beinahe schien, als gehöre er einer schlafenden Katze. Nur da, wo der Kopf zwischen Bastias Schenkeln verschwand, berührten sich die beiden Körper. Bastia hatte ihre Arme ausgestreckt und knetete die hinter ihr liegenden Kissen, die des Griechen lagen leblos neben seinem Leib.

Die Tür war lautlos aufgestoßen worden. Der germanische Sklave hielt seinen Herrn wie ein Bräutigam, der seine Braut in der Hochzeitsnacht über die Türschwelle in ihr neues Heim trägt. Er blieb stehen und wartete mit der dumpfen Trägheit eines seinem Zuhause entrissenen Sklaven auf weitere Befehle.

Mutilus' und Bastias Augen trafen sich, in den ihren stand Triumph und Jubel geschrieben, in seinen das pure, von keinem mildernden Schock besänftigte Entsetzen. Wie von selbst wanderte sein Blick über ihre vollen Brüste und ihren schlanken Leib, bis ihm die Tränen in die Augen schossen und er nichts mehr sah.

Der junge Grieche, der bisher ganz in seiner Beschäftigung aufgegangen war, spürte eine Veränderung, eine Spannung im Körper Bastias, die nichts mit ihm zu tun hatte. Er hob seinen Kopf. Da schnellten Bastias Hände wie zwei Schlangen vor, ergriffen das blauschwarze Haar und preßten den Kopf zurück zwischen ihre Beine.

»Nicht aufhören!« schrie sie.

Unfähig, seinen Blick abzuwenden, sah Mutilus, wie ihre Brustwarzen sich immer steiler aufrichteten, wie sie ihre Hüften bewegte, auf denen der Kopf des Griechen ritt. Und dann erfaßte ein Zittern Bastias Körper, und unter lautem Stöhnen und Schreien überkam sie ein Orgasmus, der eine Ewigkeit zu dauern schien.

Erschöpft blieb sie liegen, dann ließ sie den Kopf des Griechen los und versetzte ihm einen leichten Hieb. Der Sklave drehte sich auf den Rücken und erblickte Mutilus. Starr vor Entsetzen wagte er kaum mehr zu atmen.

»Mit diesem Instrument weißt du zwar nichts anzufangen«, sagte Bastia und deutete auf das abschlaffende Glied des Sklaven. »Aber mit deiner Zunge, Mutilus, ist doch alles in Ordnung.«

»Du hast recht, mit meiner Zunge ist alles in Ordnung«, erwiderte er. Die Tränen in seinen Augen waren getrocknet. »Sie kann immer noch tasten und schmecken. Aber an Aas findet sie nun mal keinen Gefallen.«

Der Germane machte kehrt und trug ihn aus dem Zimmer zurück in seine Schlafkammer, wo er ihn sorgfältig auf das Bett niederlegte. Er verrichtete die ihm obliegenden Pflichten und entfernte sich dann von Gaius Papius Mutilus ohne jedes Zeichen des Mitgefühls. Er hätte ihm keinen größeren Gefallen erweisen können, dachte Mutilus und vergrub sein Gesicht in den Kissen. Immer noch brannte das Bild seiner Frau lichterloh in ihm, ihre Brüste mit den hervorstehenden Warzen und dann dieser Kopf mit den blauschwarzen Haaren! Dieser Kopf ... Doch unterhalb seiner Hüfte regte sich nichts, würde sich nie mehr etwas regen. Aber der Rest von ihm kannte Qualen und Träume, sehnte sich nach allem, was Liebe war. Nach *allem!*

»Ich bin nicht tot«, schrie er in das Kissen und fühlte, wie die Tränen wieder in ihm aufwallten. »Nein, ich bin nicht tot! Aber, o ihr Götter, wie sehr wünschte ich, ich wäre es!«

Gegen Ende Juni verließ Sulla mit seinen fünf Legionen und den drei Legionen Scipios Clusium. Grund dafür waren die Nachrichten über ein heranrückendes samnitisches Heer. Sulla wollte die nähere Umgebung von Praeneste erreichen und seine Truppen in Stellung bringen, bevor die feindliche Streitmacht dem jungen Marius zu Hilfe eilen konnte. Das Kommando über die zurückbleibenden Truppen hatte er Pompeius übertragen, eine Entscheidung, welche die anderen Legaten nicht gerade mit Jubel begrüßt hatten. Aber da sie alle Sulla nur zu gut kannten, wagte keiner, sein Wort gegen ihn zu erheben und Pompeius' Ernennung anzufechten.

»Ich will, daß du hier aufräumst«, hatte er zu Pompeius gesagt. »Sie sind dir zwar zahlenmäßig überlegen, aber völlig demoralisiert. Wenn sie erst herausfinden, daß ich abgezogen bin, werden sie dich zum Kampf herausfordern. Achte vor allem auf Brutus Damasippus, er ist der Fähigste von allen. Crassus soll sich Marcus Censorinus vornehmen. Torquatus wird sich gegen Carrinas schon behaupten.«

»Und was ist mit Carbo?«

»Carbo kannst du vergessen. Er überläßt alles seinen Legaten. Aber trödle nicht zu lange herum, Pompeius. Ich habe noch mehr zu tun für dich.«

Nach Pompeius' Ernennung war es keine Überraschung, daß Sulla seine hohen Legaten mit sich nahm. Weder Vatia noch der ältere Dolabella hätten die Schmach ertragen, Befehle von einem Dreiundzwanzigjährigen entgegenzunehmen.

Sulla, dessen Späher die Gegend diesseits von Rom genauestens ausgekundschaftet hatten, hatte einen detaillierten Plan ausgearbeitet. Zwar waren die Via Praenestina und die Via Labicana seit Ofellas Mauerbau unpassierbar, aber die Via Latina und die Via Appia waren noch immer offen und verbanden Rom und den Norden des Landes mit der Campania und dem Süden. Wer den Krieg für sich entscheiden wollte, mußte die Verbindungsstraße zwischen Rom und dem Süden in seine Hände bekommen. Etruria war ausgeblutet, im Süden aber konnten Samnium und Lucanien noch viele kampffähige Männer und große Mengen an Verpflegung aufbringen.

Die Landschaft zwischen Rom und der Campania war ziemlich unzugänglich. An der Küste lagen die pontinischen Sümpfe, durch welche die moskitoverseuchte Via Appia schnurgerade auf Rom zuführte, bis sie kurz vor der Stadt auf das Albanergebirge traf. Dieses vor Urzeiten von einem Vulkan aufgeschüttete Gebirge ragte hoch über das eigentliche Schwemmland der latinischen Ebene. Das Albanergebirge erhob sich zwischen der Via Appia und der weiter landeinwärts verlaufenden Via Latina. Südlich davon verlief ein weiterer Höhenzug zwischen der Via Appia und der Via Latina, so daß es von der Campania bis kurz vor Rom keine Querverbindung zwischen diesen beiden wichtigen Straßen gab. Für Truppenbewegungen wurde fast immer die mehr im Landesinneren verlaufende Via Latina bevorzugt, da viele Männer krank wurden, wenn sie auf der Via Appia durch die Sümpfe ziehen mußten.

Aus diesem Grund ließ sich Sulla an der Via Latina nieder, achtete jedoch darauf, einen Ort auszuwählen, von dem aus er mit seinen Truppen in kürzester Zeit die Via Appia erreichen konnte. Beide Straßen mußten Ausläufer des Albanergebirges überwinden. Die Via Latina folgte einer Schlucht, die den östlichen Steilabbruch des Albanergebirges durchbrach und weiter auf relativ ebenem Grund zwischen dem höher gelegenen Land zur Rechten und dem Albanerberg zur Linken bis nach Rom verlief. An der Stelle, an der sich die Schlucht zum Albanerberg hin öffnete, zweigte eine kleine, nach Westen führende Straße ab, die sich um den Albanerberg herumwand und nahe dem heiligen Nemi-See mit seinem Tempelbezirk auf die Via Appia traf.

An diesem Engpaß der Via Latina setzte sich Sulla fest. An beiden Enden der Schlucht ließ er aus Tuffblöcken riesige Verteidigungsanlagen errichten, die auch die Abzweigung der zum Nemi-See und weiter zur Via Appia führenden Nebenstraße einschlossen. Über diese Straße wollte Sulla später die Versorgungsmittel für die Besatzungstruppen heranschaffen lassen. Sulla hatte damit die einzige Stelle auf der Via Latina in seiner Hand, die es ihm erlaubte, jeglichen Verkehr in beiden Richtungen zu unterbrechen. Nachdem die Befestigungsanlagen an der Via Latina innerhalb kürzester Zeit hochgezogen waren, postierte Sulla Wachen an der Via Appia. So verhinderte er, daß sich feindliche Truppen an ihm vorbei nach Rom oder von Rom in Richtung Campania schleichen konnten.

Zu der Zeit, da die vereinten samnitischen, lucanischen und campanischen Streitmächte Sacriportus erreichten, wurden sie trotz ihrer zusammengewürfelten Herkunft – inzwischen hatten sich auch noch die Überreste der von Pompeius und Crassus besiegten Legionen dieser großen, gutgeführten Armee angeschlossen – als »Samniter« bezeichnet. Hinter Sacriportus folgten sie der Via Labicana, mußten aber bald feststellen, daß Ofella sich inzwischen hinter einer zweiten Befestigungslinie verschanzt hatte. Pontinus Telesinus, Marcus Lamponius und Tiberius Gutta ritten jeden Zoll der Befestigungsanlagen ab, konnten aber keinen Schwachpunkt erkennen. Genauso undenkbar war es aber auch, mit siebzigtausend Mann ohne genaues Ziel durch das Hinterland zu ziehen.

Praeneste, das auf dem Höhenzug über ihnen in der Sonne glitzerte, hätte ebensogut jenseits der Gärten der Hesperiden liegen können. So wurde ein Kriegsrat einberufen und eine neue Taktik beschlossen. Die einzige Möglichkeit, Ofella hinter seinen Mauern hervorzulocken, bestand darin, Rom selbst anzugreifen. Und der einzige Weg nach Rom führte über die Via Latina.

Also kehrte die samnitische Streitmacht nach Sacriportus zurück und folgte von dort aus der Via Appia nach Rom. Schon nach kurzer Zeit stießen sie auf die hochaufragenden Wälle, hinter denen Sulla sich verschanzt hatte und mit denen er die Straße beherrschte. Da Sullas Position verwundbarer erschien als die Ofellas, entschloß sich die samnitische Armee zum Angriff. Immer und immer wieder rannten sie die Befestigungen an, hinter denen Sulla saß und ebenso laut über sie lachte wie zuvor schon Ofella. Doch alle Anstürme wurden abgewehrt.

Da erreichte die Samniter eine Nachricht, die gleichzeitig Jubel und Niedergeschlagenheit auslöste. Die bei Clusium zurückgebliebene Armee war ausgezogen und hatte Pompeius angegriffen. Daß sie dabei eine völlige Niederlage einstecken mußte, war niederschmetternd, kümmerte die Samniter jedoch wenig, verglichen mit der Tatsache, daß die etwa zwanzigtausend überlebenden Soldaten unter dem Kommando von Censorinus, Carrinas und Brutus Damasippus jetzt auf dem Weg nach Süden waren. Carbo selbst war verschwunden, aber Brutus Damasippus hatte in einem Brief an Pontius Telesinus gelobt, den Kampf fortzuführen. Wenn sie Sulla gleichzeitig von beiden Seiten angriffen, dann würde er fallen, mußte er fallen!

»Sollen sie sich ruhig die Köpfe einrennen«, sagte Sulla zu Pompeius, den er nach seinem Sieg bei Clusium zu sich gerufen hatte. »Und wenn sie die Berge des Pelion auf die Gipfel des Ossa häufen, mich werden sie nicht von hier vertreiben. Diese Stelle ist wie geschaffen für die Verteidigung. Unangreifbar, unbezwingbar.«

»Ich frage mich nur, warum du, wenn du dir so sicher bist, mich überhaupt hierher bestellt hast?« Pompeius' Stolz darüber, von Sulla zur Hilfe gerufen worden zu sein, verflüchtigte sich zusehends.

Die Schlacht bei Clusium war kurz und grausam gewesen. Viele Feinde starben, noch mehr gerieten in Gefangenschaft, und diejenigen, denen die Flucht gelang, verdankten das weniger ihrem Kampfesmut als vielmehr der Umsicht der Männer, die ihre Flucht anführten. So befanden sich zu Pompeius' großer Enttäuschung auch keine Legaten unter den Gefangenen. Von Carbos Desertion erfuhren Pompeius' Männer erst nach der Schlacht. Mit Tränen in den Augen und voller Bitterkeit hatten die gefangenen Legionäre, Zenturionen und Tribunen von der mitternächtlichen Flucht, von dem unfaßbaren Verrat berichtet.

Wenig später hatte Pompeius hocherfreut vernommen, daß Sulla ihn zu sehen wünsche. Sechs Legionen und tausend Pferde sollte er mitbringen. Daß Varro ihn begleitete, verstand sich von selbst, Crassus und Torquatus allerdings sollten in Clusium bleiben. Wozu aber, so fragte sich Pompeius, brauchte Sulla noch mehr Soldaten in einem Lager, das jetzt schon aus allen Nähten platzte? Pompeius' Legionen waren angewiesen worden, am Ufer des Nemi-Sees haltzumachen, in unmittelbarer Nähe der Via Appia.

»Oh, ich brauche dich nicht hier.« Sulla legte seine Arme auf die Brüstung eines Beobachtungsturms, der sich über die Befestigungsanlagen erhob, und blinzelte angestrengt in die Richtung von Rom. Die Krankheit hatte sein Sehvermögen beeinträchtigt, obgleich er sich das nur ungern eingestand. »Ich nähere mich meinem Ziel, Pompeius! Unaufhaltsam, Schritt für Schritt.«

Pompeius, der ansonsten wenig Scheu kannte, wagte nicht, die Frage zu stellen, die ihm auf der Zunge brannte: Was hatte Sulla vor, wenn der Krieg vorüber war? Wie wollte er seine Autorität aufrechterhalten, wie sich gegen allfällige Rachegelüste wehren? Einerseits konnte Sulla seine Armee nicht ewig unter Waffen halten, andererseits würde er sich in dem Moment, in dem er sie auflöste, der Gnade und Willkür eines jeden ausliefern, der über genügend Stärke und Einfluß verfügte, ihn zur Rechenschaft zu ziehen. Und das konnte sehr wohl ein Mann sein, der sich gegenwärtig als treuen Gefolgsmann Sullas bezeichnete. Wer wußte schon, welche Absichten Männer wie Vatia und der ältere Dolabella wirklich hegten? Beide waren alt genug für ein Konsulat, auch wenn die Umstände sie bisher daran gehindert hatten, sich erfolgreich um das Amt zu bewerben. Wie wollte Sulla sich schützen? Die Feinde eines großen Mannes glichen einer Hydra – für jeden Kopf, den er abschlug, wuchsen zehn andere nach, und jeder neue Kopf hatte größere und schärfere Zähne.

»Wenn du mich hier nicht brauchst, Sulla, wo dann?« fragte Pompeius verwirrt zurück.

»Es ist Anfang Sextilis«, sagte Sulla. Er wandte sich um und ging den Weg vom Turm hinab voran.

Die beiden Männer schwiegen, bis sie am Fuße des Turms angelangt waren und in das nur scheinbare Chaos unterhalb der Befestigungsmauern eintauchten. Geschäftig eilten Soldaten hin und her, die einen karrten Öl heran, das sie später anzünden und über die Angreifer ausgießen würden, die versuchten, die Mauer auf Leitern zu besteigen, während andere damit zugange waren, Felsbrocken als Wurfgeschosse für die bereits auf den Wehrgängen thronenden Onager und Katapulte aufzuhäufen oder Lanzen, Pfeile und Schilde für den Kampf bereitzulegen.

»Es ist Anfang Sextilis?« griff Pompeius Sullas letzte Bemerkung auf, kaum daß sie den Bereich der größten Betriebsamkeit verlassen hatten und auf der zum Nemi-See führenden Straße ausschritten.

»In der Tat!« Sulla tat, als sei er erstaunt. Dann lachte er angesichts von Pompeius' verdutztem Gesicht lauthals los.

Offensichtlich erwartete er, daß Pompeius das ebenfalls lustig fand, also lachte Pompeius auch. »In der Tat«, sagte er, »Anfang Sextilis.«

Sulla genoß es, wieder einmal aus ganzem Herzen zu lachen. Aber dann riß er sich doch zusammen. Höchste Zeit, diesen jungen Möchtegern-Alexander von der Last seiner Neugier zu befreien.

»Ich habe mir etwas Besonderes für dich ausgedacht, Pompeius«, sagte Sulla. »Die anderen brauchen vorerst noch nichts davon zu wissen. Ich will, daß du unterwegs bist, bevor sich der unvermeidliche Proteststurm erhebt. Ich betraue dich mit einer Aufgabe, die keinem zusteht, der nicht zumindest Prätor gewesen ist.«

Pompeius, der sich vor lauter Aufregung kaum mehr halten konnte, blieb stehen. Er faßte Sulla am Arm und zog ihn zu sich her, so daß er ihm direkt in seine blauen Augen sah. Sie standen in einem lieblichen Tal an der Seite der unbefestigten Straße, und der Lärm des eifrigen Treibens vor und hinter ihnen wurde von dem wildwuchernden Brombeergestrüpp und den zahlreichen Rosenbüschen gedämpft.

»Warum ist deine Wahl gerade auf mich gefallen, Lucius Cornelius?« wunderte sich Pompeius. »Du hast mehr als genügend Legaten, die diese Voraussetzung erfüllen – Vatia, Appius, Claudius, Dolabella, ja sogar Männer wie Mamercus oder Crassus scheinen eher dazu befähigt. Warum also ich?«

»Du stirbst mir ja noch vor Neugier, Pompeius. Ich werde es dir gleich sagen. Aber zuerst muß ich dir erklären, was ich von dir will.«

»Ich höre.« Pompeius bemühte sich, ruhig zu erscheinen.

»Ich habe dir befohlen, sechs Legionen und tausend Reiter mit dir hierher zu bringen. Das ist eine ansehnliche Armee. Mit dieser Armee wirst du so schnell wie möglich nach Sizilien ziehen und die kommende Ernte für mich sicherstellen. Es ist Anfang Sextilis, und die Erntezeit beginnt bald. Die Weizenflotte liegt im Hafen von Puteoli vor Anker. Hunderte von leeren Schiffen! Deine Flotte, Pompeius! Aber du mußt dort sein, bevor die Schiffe Segel setzen. Deshalb sollst du schon morgen nach Puteoli aufbrechen. Du wirst eine Vollmacht in meinem Namen und die Amtsgewalt eines Statthalters haben. Ich werde dir auch genügend Geld mitgeben, um für die Überfahrt auf den Schiffen zu bezahlen. Deine Reiterei soll sich nach Ostia begeben, dort ankert eine kleinere Flotte. Zudem habe ich Boten in die kleineren Hafenstädte, etwa nach Tarracina und Antium, ausgeschickt und den dortigen Schiffseignern ausrichten lassen, daß sie nach Puteoli segeln sollen, wenn sie für eine Fahrt, die sie normalerweise mit leerem Laderaum zurücklegen müßten, bezahlt werden wollen. Du wirst also mehr als genügend Schiffe vorfinden, Pompeius. Das garantiere ich dir.«

Hatte er nicht einstmals von einem solchen Treffen geträumt, er zusammen mit Lucius Cornelius Sulla, der den Göttern ebenso nahestand wie er selbst? Und hatte er nicht alle seine Hoffnungen betrogen gesehen, als vor ihm ein Satyr und kein Gott gestanden war? Aber, sagte er sich jetzt, was tat das Aussehen eines Mannes schon zur Sache, wenn er in seinen Händen den Schlüssel zu allen Träumen der Welt hielt? Dieser narbengesichtige, trunksüchtige alte Mann, dessen Augen nicht einmal mehr dazu taugten, Rom zu sehen, bot ihm das Kommando über einen ganzen Krieg an.

Ein Krieg fern von Rom, fern aller Eifersüchteleien, gegen einen Feind, der ihm, ihm ganz allein gehörte ... Pompeius schnappte nach Luft, streckte seine sommersprossige Hand mit ihren kurzen, krummen Fingern aus und ergriff Sullas wohlgeformte Hand.

»Lucius Cornelius, das ist ja wunderbar. Einfach wunderbar! Du kannst dich auf mich verlassen! Und wie! Ich werde Perperna Veiento aus Sizilien hinausjagen und mehr Weizen zu deinen Füßen aufhäufen, als zehn Armeen verschlingen können.«

»Ich werde mehr Weizen brauchen, als zehn Armeen verschlingen können«, erwiderte Sulla und entwand Pompeius seine Hand. Trotz seiner Jugend und seines unleugbar anziehenden Äußeren war Pompeius nicht die Art Mann, die Sulla gefiel. Sulla mochte es nicht, von Männern oder Frauen berührt zu werden, deren Körper ihn nicht ansprach. »Noch bevor dieses Jahr vorüber ist, gehört Rom mir. Aber Rom beugt sich meinem Willen nur, wenn es keinen Hunger leidet. Dazu brauche ich die sizilianische, die sardische und wenn möglich auch die africanische Weizenernte. Wenn du also Sizilien unterworfen hast, wirst du in die Provinz Africa weiterziehen und tun, was du dort zu tun vermagst. Da du bestimmt mehrere Monate in Sizilien beschäftigt sein wirst, bevor du auch nur einen Gedanken an Africa verschwenden kannst, wird es dir wohl nicht mehr gelingen, die Schiffe, die in Utica und Hadrumetum beladen werden, abzufangen. Aber Africa muß befriedet sein, bevor du nach Italien zurückkehrst. Wie ich höre, wurde Fabius Hadrianus während eines Aufstandes in Utica im Palast des Statthalters bei lebendigem Leib verbrannt. Inzwischen aber hat Gnaeus Domitius Ahenobarbus – ist er dir nicht aus Sacriportus entwischt? – die Macht in der Provinz an sich gerissen. Von Lilybaeum an der Westspitze Siziliens aus ist es nicht mehr weit bis nach Utica. Ich wäre überrascht, wenn Ahenobarbus dir Schwierigkeiten bereiten würde, Pompeius. Du siehst nicht aus wie ein Verlierer.«

Pompeius zitterte vor Erregung. Er lächelte und schnappte nach Luft. »Ich werde dich nicht enttäuschen, Lucius Cornelius. Ich verspreche dir, ich werde dich niemals enttäuschen.«

»Das glaube ich dir gerne, Pompeius.« Sulla setzte sich auf einen Baumstamm und fuhr sich mit der Zunge über die Lippen. »Was tun wir eigentlich hier? Ich brauche Wein.«

»Hier sind wir sicher, hier kann uns niemand sehen oder hören«, sagte Pompeius beschwichtigend. »Warte, Lucius Cornelius, ich bringe dir einen Schlauch Wein. Bleib einfach sitzen und warte.«

Es gab genügend Schatten in dem Tälchen, und Sulla machte es nichts aus zu warten. Er lächelte stillvergnügt in sich hinein, wie über einen Scherz, den außer ihm niemand kannte. Was für ein wunderbarer Tag dies doch war!

Kurze Zeit später kehrte Pompeius mit einem Weinschlauch zurück. Sulla griff danach und spritzte sich gekonnt Wein in den Schlund. Da er die Kunst beherrschte, zur gleichen Zeit zu schlukken und Luft zu holen, dauerte es eine ganze Zeit, bis er den Weinschlauch wieder absetzte.

»Aah, da geht es einem doch gleich viel besser. Wo war ich schon wieder?«

»Andere Männer kannst du vielleicht zum Narren halten, Lucius Cornelius, aber mich nicht. Du weißt ganz genau, wovon du gesprochen hast«, antwortete Pompeius unbeeindruckt und ließ sich direkt vor Sulla nieder.

»Gut gebrüllt, Pompeius! Du bist ebenso bemerkenswert wie eine Perle von der Größe eines Taubeneis. Ich übertreibe nicht, wenn ich sage, daß ich froh bin, lange schon tot zu sein, bevor du anfängst, Rom Kopfschmerzen zu bereiten.« Er griff wieder nach dem Weinschlauch.

»Ich werde Rom nie Kopfschmerzen bereiten«, erwiderte Pompeius unschuldig. »Im Gegenteil, ich werde der Erste Mann in Rom werden. Aber nicht, indem ich einen Haufen anmaßenden Blödsinns auf dem Forum oder im Senat von mir gebe.«

»So, und wie denn sonst, wenn nicht durch aufrüttelnde Reden?«

»Indem ich genau das tue, was du mir aufgetragen hast. Indem ich Roms Feinde auf dem Schlachtfeld besiege.«

»Kein besonders origineller Ansatz«, erwiderte Sulla. »So habe ich es getan. Und vor mir Gaius Marius.«

»Ja, aber im Unterschied zu euch werde ich meinen Ämtern nicht hinterherlaufen müssen«, sagte Pompeius. »Rom wird mich auf den Knien anflehen, sie anzunehmen.«

Sulla hätte diese Bemerkung als Kritik oder gar als Zurechtweisung auffassen können, aber inzwischen kannte er den jungen Pompeius gut genug und wußte, daß er aus purer Selbstverliebtheit so großspurig tat, aber in Wirklichkeit noch keinen Schimmer hatte, wie schwer es sein würde, diesen großen Worten auch Taten folgen zu lassen. So beließ es Sulla bei einem Seufzer und der Bemerkung: »Genaugenommen kann ich dir kein Amt verleihen. Ich bin nicht Konsul und habe für meine Erlasse weder den Segen des Senats noch den des Volkes von Rom. Du wirst also darauf vertrauen müssen, daß ich dir nach deiner Rückkehr das Amt eines Provinzstatthalters verleihen werde.«

»Daran zweifle ich nicht.«

»Zweifelst du jemals?«

»Nicht, wenn es mich persönlich betrifft. Ich kann den Lauf der Dinge beeinflussen.«

»Mögest du bleiben, wie du bist!« Sulla neigte sich vor und legte seine Hände auf die Knie. »In Ordnung, Pompeius, genug geschmeichelt. Ich will, daß du mir jetzt gut zuhörst. Ich habe dir noch zwei weitere Dinge mitzuteilen.«

»Ich höre«, antwortete Pompeius.

»Das erste betrifft Carbo. Er ist mit dem älteren Brutus von Telamon aus in See gestochen. Es ist möglich, daß die beiden nach Spanien oder sogar nach Massilia unterwegs sind. Aber um diese Jahreszeit werden sie sich eher für Sizilien oder Africa entschieden haben. Carbo ist, auch wenn er sich auf der Flucht befindet, ein Konsul, ein *gewählter* Konsul. Das heißt, er kann die Befugnisse eines Statthalters außer Kraft setzen, dessen Soldaten und Miliz unter seinen Befehl stellen, Auxiliartruppen ausheben und eine Menge Aufruhr verursachen, bis seine Amtszeit als Konsul abgelaufen ist. Und bis dahin ziehen noch einige Monate ins Land. Ich habe zwar nicht die Absicht, dir auseinanderzusetzen, was ich nach meinem Einzug in Rom zu tun gedenke, aber eines mußt du wissen – es ist unbedingt notwendig, daß Carbo noch vor Ablauf seines Mandats Ende des Jahres tot ist! Und daß ich von Carbos Tod unterrichtet bin! Deine Aufgabe besteht darin, Carbo aufzuspüren und zu töten. Ohne viel Aufhebens und ohne allzu viele Zeugen. Am liebsten wäre es mir, wenn sein Tod wie ein Unfall aussähe. Traust du dir das zu?«

»Ja«, antwortete Pompeius ohne zu zögern.

»Sehr gut!« Sulla drehte seine Handflächen nach oben. Er betrachtete sie, als gehörten sie zu einem anderen Körper. »Und jetzt der zweite Punkt. Nicht zu Unrecht wunderst du dich, warum ich diese überseeischen Unternehmungen dir und nicht einem meiner altgedienten Legaten anvertraue.« Sulla sah ihn durchdringend an. »Welche Erklärung hast du dafür?«

Pompeius dachte eine Weile nach, dann zuckte er mit den Achseln. »Ein paar Vorstellungen habe ich schon, aber ohne zu wissen, was du tun wirst, nachdem Rom in deine Hände gefallen ist, werde ich mit meinen Vermutungen aller Voraussicht nach falsch liegen. Sag du mir, warum.«

»Weil du der einzige bist, dem ich diese Aufgabe anvertrauen kann, Pompeius. Stell dir vor, ich gebe einem Mann wie Vatia oder Dolabella eine Armee mit sechstausend Mann und tausend Reitern und schicke ihn nach Sizilien und nach Africa. Wen auch immer ich ausschicke, er braucht nur zu warten, bis ich gezwungen bin, meine Armee aufzulösen. Dann kann er geruhsam nach Rom zurückkehren und mich aus Amt und Würden jagen. Sizilien und Africa lassen sich kaum in sechs Monaten erobern. Und ich verfüge weder über die Mittel noch die sonstigen Voraussetzungen, um eine ständige Armee in Italien zu unterhalten. Außerdem würden der Senat und das römische Volk einer solchen Lösung niemals zustimmen. Ich werde also aller Wahrscheinlichkeit nach meine Armee aufgelöst haben, bevor derjenige, dem ich diesen Kriegszug anvertraue, wieder nach Italien zurückkehrt. Also muß ich jeden Mann, der mir gefährlich werden könnte, unter meiner wachsamen Obhut behalten. Nur aus diesem Grund beauftrage ich dich, die Weizenernte sicherzustellen, mit der ich das undankbare Maul Roms stopfen kann.«

Pompeius atmete tief durch, schlang die Arme um seine Knie und sah Sulla direkt an. »Und was sollte mich davon abhalten, eben dies zu tun, Lucius Cornelius? Wenn ich fähig bin, einen Feldzug zu führen, bin ich dann nicht auch fähig, Umsturzgedanken zu hegen?«

Sulla sah ihn an, dann lachte er herzhaft. Um Pompeius machte er sich keine Sorgen. »Du kannst von mir aus denken, was du willst, Pompeius. Du bist Rom einfach nicht gewachsen! Bei Vatia und Dolabella sieht das schon anders aus. Sie haben die Jahre, die Beziehungen, die Vorfahren, den Einfluß und die Klienten. Aber ein dreiundzwanzigjähriger Grünschnabel aus dem Picenum, den keiner kennt? Vergiß es!«

Dabei beließen sie es. Als Pompeius etwas später auf Varro traf, teilte er seinem unermüdlichen Chronisten lediglich mit, daß er für Sulla auf Sizilien die Ernte sichern müsse. Kein Wort über das Statthalteramt, über Dolabella und Vatia oder über Carbos Todesurteil. Pompeius hatte Sulla um einen einzigen Gefallen gebeten. Er wollte seinen Schwager Gaius Memmius, der in Sullas Legion diente, zu seinem obersten Legaten ernennen. Memmius war zwar einige Jahre älter als Pompeius, war aber noch nicht Quästor gewesen.

»Sehr gut, Pompeius«, hatte Sulla auf die Bitte hin gelächelt. »Eine hervorragende Wahl. So bleibt alles in der Familie.«

Zwei Tage nachdem Pompeius mit seiner Armee nach Puteoli abmarschiert war, griffen die Samniter und die Überreste von Carbos Streitmacht Sulla von Norden und Süden gleichzeitig an. Welle um Welle brandeten die Angreifer gegen die Verteidigungsmauern, wurden aber jedesmal zurückgeschlagen. Am Abend des ersten Tages hielt Sulla immer noch die Via Latina, die im Norden stehenden Angreifer hatten also keine Möglichkeit, sich mit ihren von Süden her angreifenden Verbündeten zusammenzuschließen. Dann, in der Morgendämmerung des zweiten Tages, rieben sich die Männer in den Wachtürmen am Nord- und am Südende verwundert die Augen: Die Angreifer waren verschwunden. Sie mußten mitten in der Nacht ihre Lager abgebrochen und sich davongestohlen haben. Die den ganzen Tag über eintreffenden Berichte der Kundschafter bestätigten, daß die zwanzigtausend Mann unter dem Kommando von Censorinus, Carrinas und Brutus Damasippus auf der Via Appia in Richtung Campania unterwegs waren, während die samnitische Streitmacht die Via Latina in derselben Richtung hinabzog.

»Laßt sie ziehen«, war Sullas einzige Reaktion. »Früher oder später werden sie sich vereinen und uns auf der Via Appia direkt in die Arme laufen.«

Gegen Ende Sextilis trafen sich die Samniter mit den Überresten von Carbos Armee bei Fregellae, von wo aus sie gemeinsam auf der Via Latina ostwärts durch die Melfaschlucht weitermarschierten.

»Sie ziehen sich zum Nachdenken nach Aesernia zurück«, schloß Sulla, der keine Weisungen erteilte, die vereinte feindliche Streitmacht noch weiter zu überwachen. »Es genügt, Späher an der Via Latina bei Ferentium und an der Via Appia bei Tres Tabernae zu postieren. Mehr Vorwarnzeit brauchen wir nicht. Aesernia liegt in Samnium, und ich schicke keinen Späher ohne guten Grund in eine Gegend, in der sein Leben in ständiger Gefahr ist.«

Auch Praeneste machte wieder von sich reden. Angetrieben von seiner Ungeduld, wagte sich der junge Marius, dem die Bewohner der Stadt immer weniger Sympathien entgegenbrachten, hinaus in das Niemandsland. Am westlichen Punkt des Hügelzugs, dort, wo die Wasserscheide zwischen den Zuflüssen des Tolerus und denen des Anio verlief, ließ er an dem seiner Ansicht nach schwächsten Punkt von Ofellas Bollwerk einen riesigen Belagerungsturm bauen. Da um die Stadt herum alle Bäume gefällt worden waren, die bei dem Turmbau hätten Verwendung finden können, wurden aus den Häusern und Tempeln der Stadt die nötigen Balken und Bretter herausgerissen, ohne die der Bau nicht voranschreiten konnte.

Der gefährlichste Teil der Arbeit bestand darin, eine Rampe aufzuschütten, auf welcher der Turm von der Stelle, an der er errichtet wurde, bis vor den Wallgraben geschoben werden konnte. Die damit beschäftigten Soldaten boten den Scharfschützen auf der Belagerungsmauer ein leichtes Ziel. So wählte der junge Marius die jüngsten und gewandtesten Burschen dafür aus und ließ ihnen ein notdürftiges Holzdach zimmern, unter dem sie einigermaßen sicher waren. Jenseits der Gefahrenzone mühte sich eine andere Gruppe von Soldaten damit ab, aus Planken und Bohlen, die für den Turmbau nicht taugten, eine Art Brücke zusammenzufügen, die sie, wenn es soweit war, über den Wallgraben legen konnten, um darauf den Turm an die Mauer zu schieben.

Nach einem Monat harter Arbeit war der Bau fertig. Auch die Rampe war aufgeschüttet und die notdürftige Brücke zusammengefügt. Aber auch Ofella hatte mehr als genug Zeit gehabt, seine Verteidigungsmaßnahmen vorzubereiten. In einer dunklen Nacht wurde die Brücke über den Graben gelegt und der an allen Ecken ächzende und knarrende Turm über die mit Schaffett und Öl eingeschmierte Rampe vorgeschoben. Als der Morgen dämmerte, stand der Turm, der die Belagerungsmauer um gute zwanzig Fuß überragte, an seinem Platz. In seinem Inneren hing an mit Pech verstärkten Seilen ein gewaltiger Rammbock, ein einziger riesiger Balken, der zuvor im Tempel der Fortuna Primigenia, der erstgeborenen Tochter des Jupiter und der Beschützerin Italiens, die Decke getragen hatte.

Aber da es mehrere Jahre dauert, bis Tuffgestein ganz hart wird, schwangen Marius' Soldaten den gewaltigen Rammbock vergeblich gegen die Belagerungsmauer. Die noch weichen Tuffblöcke erbebten zwar unter der Gewalt der Schläge, bröckelten teilweise und zeigten auch erste Risse, aber sie hielten dem Ansturm stand, bis die von den Katapulten der Belagerer abgeschossenen Brandsätze den Turm in eine riesige Fackel verwandelten. Unter dem Hagel der von den Verteidigern gegen sie geschleuderten Speere und Pfeile rannten die Angreifer, oft mit brennenden Haaren, um ihr Leben. Bei Anbruch der Nacht lag der Turm ausgebrannt und in sich zusammengefallen in dem Wallgraben, und die Angreifer waren entweder tot oder hatten sich nach Praeneste zurückgezogen.

Im Oktober versuchte der junge Marius mehrmals, die über den Graben führende Brücke und die Überreste des Turms für seine Zwecke zu nutzen. Er ließ den Zwischenraum zwischen der Belagerungsmauer und dem Wallgraben an einer Stelle überdachen. Zuerst versuchten seine Soldaten, im Schutze des Daches einen Gang unter der Mauer durch zu graben, als nächstes versuchten sie, die Mauer selbst zu durchbrechen, und schließlich, sie zu besteigen. Doch alle Mittel versagten, und der vor der Tür stehende Winter drohte ebenso hart und kalt zu werden wie der letztjährige. In Praeneste gingen die Nahrungsmittel zur Neige, und die Bewohner der Stadt verfluchten den Tag, da sie den Sohn des Gaius Marius aufgenommen hatten.

Die neunzigtausend Mann starke samnitische Streitmacht war nicht, wie Sulla angenommen hatte, nach Aesernia gezogen, sondern hatte sich in der wilden Bergregion südlich des Fuciner Sees ein Lager errichtet. Zwei Monate lang wurden die Legionäre eisernem Drill unterzogen, den sie nur zu gelegentlichen, der Versorgung dienlichen Streifzügen durch die nähere Umgebung unterbrachen. Pontinus Telesinus und Brutus Damasippus hatten Mutilus in Teanum aufgesucht. Er hatte ihnen einen Weg gezeigt, wie sie Sulla umgehen und auf Rom marschieren konnten. Den jungen Marius müßten sie endgültig sich selbst überlassen, ihre einzige Chance bestehe darin, Rom zu erobern. Dadurch würden sie Sulla und Ofella zu einer Belagerung der Stadt zwingen, ein Unterfangen, das um so verzweifelter sein würde, weil Sulla sich nicht sicher sein konnte, ob die Bewohner Roms am Ende nicht zu den Samnitern überlaufen würden.

Mutilus wußte von einer Straße über die Berge, die von der Melfaschlucht zur Via Valeria führte. Diese Straße, oder treffender: dieser Viehweg führte von dem im hinteren Melfatal gelegenen Atina durch die unwegsame Berglandschaft in das Tal des Liri und über Sora weiter nach Treba und Sublaquaeum, bis er eine knappe Meile östlich von Varia bei einem kleinen Dorf namens Mandela in die Via Valeria mündete. Der Weg war weder gepflastert noch auf einer Karte verzeichnet, und doch wurde er seit vielen Jahrhunderten von den Hirten der Gegend benutzt. In den warmen Sommermonaten trieben sie ihre Herden auf diesem Pfad auf die hochgelegenen Weiden und im Herbst hinunter nach Rom, zu den Viehmärkten oder in die Schlachthäuser des Campus Lanatarius und des Vallis Camenarum außerhalb der aventinischen Mauer.

Hätte sich Sulla an seine eigene Reise von Fregellae an den Fuciner See erinnert, wo er Gaius Marius im Kampf gegen Silo und die Marser beigestanden hatte, dann wäre ihm dieser alte Viehweg vielleicht eingefallen. Schließlich war er ihm von Sora bis Treba gefolgt und hatte ihn dabei keineswegs unbegehbar gefunden. Doch Sulla war damals bei Treba von dem Pfad abgewichen und hatte nicht daran gedacht, sich über dessen weiteren Verlauf im Norden kundig zu machen. So brachte ihn seine Vergeßlichkeit um die Chance, Mutilus' Strategie zu durchkreuzen. Überzeugt, daß die einzige dem Samniter für einen Angriff auf Rom offenstehende Straße die Via Appia sei, hielt Sulla hinter seinem Bollwerk auf der Via Latina Wache; er glaubte sich dort gegen Überraschungen aller Art gefeit.

Unterdessen folgten die Samniter und ihre Verbündeten dem Hirtenweg durch einen Landstrich, dessen Bewohner ebensowenig Sympathien für Rom übrig hatten wie sie selbst und der weit jenseits der Reichweite von Sullas Spähernetz lag. Problemlos passierte die samnitische Streitmacht Sora, Treba und Sublaquaeum, bis sie bei Mandela auf die Via Valeria stieß. Rom war jetzt kaum mehr dreißig Meilen entfernt, ein knapper Tagesmarsch auf der hervorragend instandgehaltenen Via Valeria, die durch Tibur und das Tal des Anio führte und schließlich auf dem Campus Esquilinus vor dem Doppelwall, dem Agger Roms, endete.

Da dies jedoch nicht der beste Platz für einen Angriff auf Rom war, bog die samnitische Streitmacht unter der Führung von Pontius Telesinus und Brutus Damasippus von der Via Valeria ab und folgte einem *diverticulum*, das vor der Porta Collina in die Via Nomenta mündete. Dort stand, als ob es auf sie gewartet hätte, das Lager des Pompeius Strabo, das seit Roms Belagerung durch Cinna und Gaius Marius Wind und Wetter getrotzt hatte. Am letzten Tag des Oktober, noch vor Einbruch der Nacht, hatten sich Pontius Telesinus, Brutus Damasippus, Marcus Lamponius, Tiberius Gutta, Censorinus und Carrinas in dem Lager eingerichtet. Am nächsten Morgen wollten sie Rom angreifen.

Kaum war die Nacht des letzten Oktobertages hereingebrochen, erfuhr Sulla von dem Aufmarsch der neunzigtausend Samniter vor der Porta Collina. Er hatte zwar ausgiebig dem Wein zugesprochen, war aber noch nicht schlafen gegangen. Kurz darauf schreckten Trompetenstöße und Trommelwirbel die Soldaten auf. Sie erhoben sich schlaftrunken von ihren Strohsäcken, überall leuchteten Fackeln auf. Sulla, inzwischen wieder stocknüchtern, rief seine Legaten zusammen und erklärte ihnen die Lage.

»Die Samniter haben uns ausgetrickst«, verkündete er düster. »Wie sie nach Rom gelangt sind, weiß ich nicht. Tatsache ist, daß sie vor der Porta Collina stehen und die Stadt jeden Moment angreifen können. In der Morgendämmerung brechen wir auf. Vor uns liegen zwanzig Meilen über zum Teil hügeliges Gelände, aber wir müssen Rom erreichen, bevor die Samniter angreifen.« Sulla wandte sich an Octavius Balbus, den Kommandeur der Reiterei. »Wie viele Reiter hast du am Nemi-See stehen, Balbus?«

»Siebenhundert.«

»Du brichst sofort auf. Nimm die Via Appia und spute dich! Du wirst etliche Stunden vor den Fußtruppen dort sein, das bedeutet, daß du die Samniter eine Zeitlang ohne unsere Hilfe hinhalten mußt. Es ist mir egal, wie. Hauptsache, du hältst sie auf, bis ich eintreffe.«

Octavius Balbus verschwendete keine Zeit auf eine Antwort. Noch bevor Sulla sich wieder zu den anderen Legaten umgewandt hatte, war er schon vor das Zelt geeilt und rief nach seinem Pferd.

Erschreckt, aber beileibe nicht vor den Kopf geschlagen, standen die vier anderen Legaten, Crassus, Vatia, Dolabella und Torquatus, in Sullas Zelt.

»Wir haben acht Legionen, die müssen uns reichen«, sagte Sulla, »auch wenn es bedeutet, daß auf jeden unserer Männer zwei Samniter kommen. Am besten legen wir jetzt gleich unsere Strategie fest. Wer weiß, ob uns dazu noch Zeit bleibt, wenn wir vor der Porta Collina stehen.«

Schweigend betrachtete er seine Legaten. Wer von ihnen würde die Härte beweisen, die vonnöten war, seine Soldaten in einer fast aussichtslosen Schlacht zu führen? Vom Rang her kamen eigentlich nur Vatia und Dolabella in Frage. Aber waren sie die *Besten*? Seine Augen blieben auf Marcus Licinius Crassus hängen, der wie ein großer Fels vor ihm stand, nach außen hin die Ruhe selbst, in seinem Inneren von Habgier zerfressen, ein Dieb und Lügner, ohne Prinzipien und Moral. Trotzdem, für ihn stand in diesem Krieg am meisten auf dem Spiel. Vatia und Dolabella würde eine Niederlage wenig kümmern, sie verfügten in Rom über ausreichend Einfluß. Torquatus war zwar ein treuer Gefolgsmann, aber kein Führer.

»Wir werden in zwei Abteilungen zu je vier Legionen marschieren«, sagte er und klatschte mit den Händen auf die Schenkel. »Ich behalte mir zwar das Oberkommando vor, befehlige aber selbst keine der beiden Abteilungen. In Ermangelung besserer Namen nenne ich sie linker und rechter Flügel. Falls ich vor unserer Ankunft keine neuen Anweisungen erteile, werden wir so auch kämpfen, mit einem linken und einem rechten Flügel. Ohne Zentrum, dafür fehlen uns die Männer. Vatia, du übernimmst mit Dolabella als Stellvertreter das Kommando über den linken Flügel und du, Crassus, mit Torquatus als Stellvertreter den rechten Flügel.«

Während Sulla sprach, ruhten seine Augen auf Dolabella, sahen die Wut und den Zorn in ihm aufsteigen. Marcus Crassus brauchte er erst gar nicht anzusehen, er würde seine Gefühle sowieso nicht zeigen.

»So lautet meine Entscheidung«, sagte er mit harter Stimme. Ohne Zähne fiel es ihm schwer, die Worte richtig auszusprechen, und es klang, als spucke er sie aus. »Ich habe keine Zeit für große Diskussionen. Ihr habt euch für mich entschieden und mir die oberste Entscheidungsgewalt übertragen. Also tut jetzt, was ich euch befohlen habe! Ich verlange nicht mehr von euch, als daß ihr so kämpft, wie ich es euch sage. Das war alles, jetzt könnt ihr gehen.«

Dolabella trat von der Tür zurück und ließ die anderen drei vorausgehen. Dann wandte er sich um und sagte: »Auf ein Wort unter vier Augen, Lucius Cornelius.«

»Wenn du es kurz machst.«

Obwohl Dolabella ein Cornelius und entfernt mit Sulla verwandt war, gehörte er keiner dieser weitläufigen Familien an, die sich im Laufe der Zeit den Glanz erworben hatten, wie er von den Namen Scipio oder Sulla ausstrahlte. Wenn er etwas mit seinen Namensvettern gemein hatte, dann sein uneinnehmendes Äußeres – seine Wangen waren eingefallen, seine Augen standen etwas zu dicht beisammen, und ganz allgemein war ihm ein mißmutiger Gesichtsausdruck eigen. Ehrgeizig und mit dem Ruf der Lasterhaftigkeit versehen, setzten er und sein Bruder, der jüngere Dolabella, alles daran, ihren Zweig der Familie mit Ruhm zu bedecken.

»Ich könnte dich vernichten, Sulla«, sagte Dolabella. »Es liegt in meiner Hand, ob du den morgigen Kampf gewinnst oder verlierst. Wie du dir sicherlich vorstellen kannst, könnte ich die Seiten so schnell wechseln, daß die Samniter glauben würden, ich hätte schon immer auf ihrer Seite gestanden.« Dolabella machte eine Pause, um zu sehen, wie Sulla seine Drohung nahm.

»Bitte, fahr fort«, sagte Sulla mit ausgesuchter Freundlichkeit.

»Ich bin jedoch bereit, mich mit deiner Entscheidung, mir Marcus Crassus vorzuziehen, abzufinden. Unter einer Bedingung.«

»Und die wäre?«

»Daß ich nächstes Jahr Konsul werde.«

»Gemacht!« antwortete Sulla unverändert freundlich.

»Was? Du bist nicht verärgert?« Dolabella blinzelte ungläubig.

»Nichts kann mich mehr ärgern, mein lieber Dolabella«, antwortete Sulla und geleitete seinen Legaten zur Tür. »Um ehrlich zu sein, zur Zeit kümmert es mich herzlich wenig, wer nächstes Jahr Konsul sein wird. Was mich beschäftigt, ist, wer in der bevorstehenden Schlacht das Kommando führt. Und wie ich sehe, habe ich recht damit getan, dir Marcus Crassus vorzuziehen. Gute Nacht.«

Die siebenhundert Reiter unter Octavius Balbus erreichten am Vormittag des nächsten Tages Pompeius Strabos altes Lager. Selbst wenn Balbus es gewollt hätte, er und seine Männer konnten noch nichts unternehmen. Ihre Pferde waren von dem schnellen Ritt so erschöpft, daß sie mit hängenden Köpfen, schweißnassen Flanken und schäumenden Mäulern dastanden und am ganzen Leib zitterten. Die Reiter standen neben ihren Pferden und versuchten sie aufzumuntern, indem sie das Gurtzeug lockerten und mit sanften Stimmen auf sie einsprachen. Vorsichtshalber hatte Balbus seine Männer ein gutes Stück vor dem feindlichen Lager Stellung beziehen lassen – sollten die Samniter ruhig denken, seine Streitmacht stehe zum Angriff bereit. Nach einer kurzen Verschnaufpause stellten sich die Reitersoldaten in einer Angriffsformation auf. Eine Schwadron reckte ihre Lanzen in die Höhe, während die Offiziere vorgaben, einer hinter ihnen wartenden Armee Befehle zuzurufen.

Der Angriff auf Rom konnte noch nicht begonnen haben, denn noch war das Fallgitter der Porta Collina herabgelassen und die beiden mächtigen Eichentore geschlossen. Einzig auf den zinnenbesetzten Brustwehren der beiden Türme herrschte hektische Betriebsamkeit, und auf den Mauern zu beiden Seiten des Tores drängten sich die Männer dicht an dicht. Balbus' Erscheinen hatte in dem feindlichen Lager erhebliche Unruhe ausgelöst. Soldaten strömten aus dem südöstlichen Tor vor das Lager und stellten sich in einer Linie auf, um einen möglichen Reiterangriff abzuwehren. Von einer samnitischen Reiterei war nichts zu sehen, und Balbus hoffte inständig, daß seine Augen ihn nicht trogen.

Jeder Reiter hatte an dem linken hinteren Knauf seines Sattels einen ledernen Eimer befestigt, mit dem er sein Pferd tränken konnte. Balbus hatte befohlen, den Pferden Wasser zu geben, sobald das gefahrlos möglich war. Jetzt eilte ein Teil der Soldaten zu den Brunnen in der Nähe und füllte die Eimer auf. Unterdessen gaukelten die an vorderster Front stehenden Reiter den Samnitern weiterhin vor, an der Spitze einer großen Armee zu stehen und nur noch den richtigen Moment für einen Angriff abzuwarten.

Diese Kriegslist war so erfolgreich, daß die Samniter noch nichts unternommen hatten, als Sulla rund vier Stunden später mit den Fußtruppen eintraf. Seine Männer befanden sich nach dem Eilmarsch über zwanzig Meilen und zum Teil steiles Gelände in derselben Verfassung wie zuvor Balbus' Pferde; sie waren erschöpft, außer Atem, und ihre Beine zitterten.

»Heute können wir unmöglich noch angreifen«, sagte Vatia, nachdem er und Sulla gemeinsam mit den anderen Legaten das Gelände abgeritten hatten, um sich einen Überblick über die Lage zu verschaffen.

»Warum nicht?« fragte Sulla.

»Weil unsere Männer zu müde zum Kämpfen sind.« Vatia sah ihn ausdruckslos an.

»Sie mögen müde sein, aber sie werden kämpfen.«

»Das darfst du nicht tun, Lucius Cornelius! Du schickst sie ins Verderben!«

»Und ob ich das darf!« Sulla blieb unnachgiebig. »Vatia, uns bleibt keine Wahl. Wir müssen heute kämpfen. Dieser Krieg muß ein Ende finden, und zwar hier und jetzt. Die Samniter wissen, daß wir einen Gewaltmarsch hinter uns haben, daß ihre Chancen heute so gut stehen wie an keinem anderen Tag. Wenn sie heute nicht angreifen, wer weiß, was sie dann morgen tun werden? Wer sollte sie davon abhalten, zusammenzupacken, über Nacht zu verschwinden und eine neue Strategie auszuhecken? Was, wenn sie monatelang einfach untertauchen und im nächsten Frühjahr oder Sommer wieder vor Rom stehen? Oder auch erst im Herbst? Nein, Vatia, wir kämpfen heute. Heute dürsten die Samniter noch danach, das Feld vor der Porta Collina mit unserem Blut zu tränken.«

Zu Fuß begab sich Sulla unter seine Soldaten, die sich niedergelassen hatten und von ihren Vorräten aßen und tranken. Er wollte ihnen nahe sein, wollte nicht auf einer Rostra über ihnen thronen, sondern sie im Gespräch von Mann zu Mann davon überzeugen, daß sie von irgendwoher die Stärke und Ausdauer nehmen mußten, heute zu kämpfen, daß der Krieg, wenn sie jetzt zögern würden, noch wer weiß wie lange dauern konnte. Die meisten Soldaten kämpften seit Jahren unter seinem Kommando, und es konnte ohne Übertreibung gesagt werden, daß sie ihn liebten. Selbst Scipio Asiagenus' ehemalige Legionen hatten seine Hand lange genug gespürt, um sich als seine Männer zu fühlen. Gewiß, Sulla sah nicht mehr aus wie jenes wunderbare, gottgleiche Geschöpf, dem sie vor vielen Jahren vor der Stadt Nola eine Krone aus Gras aufgesetzt hatten, aber was machte das schon aus? Sulla gehörte *ihnen*! Und waren nicht auch sie ergraut, hatten Falten bekommen und waren nicht mehr ganz so gelenkig wie einst? Als er jetzt zwischen ihren Reihen hindurchging, auf sie einredete und sie bat, zu kämpfen, hoben sie nur müde ihre Arme und gaben ihm zu verstehen, daß er sich keine Sorgen zu machen brauche, sie würden den Samnitern schon zeigen, wer hier das Sagen hatte.

Knapp zwei Stunden vor Einbruch der Dunkelheit begann die Schlacht. Sullas linker Flügel setzte sich aus den drei ehemaligen Legionen des Scipio Asiagenus und einer seiner Veteranenlegionen zusammen. Sulla hatte das Kommando zwar abgegeben, hielt es aber trotzdem für angebracht, auf diesem Flügel zu bleiben. So suchte er sich eine kleine Erhebung auf der linken Seite des Schlachtfelds aus, von der aus er das Kampfgeschehen verfolgen konnte. Damit seine Männer ihn besser erkennen konnten, wenn er sich unter sie mischte, hatte er beschlossen, statt auf seinem Maultier auf seinem weißen Staatspferd zu reiten. Von dem Hügel aus konnte er sehen, daß die Bewohner Roms die Tore der Porta Collina geöffnet und das Fallgitter hochgezogen hatten, doch niemand kam heraus, um sich an der Schlacht zu beteiligen.

Sullas linkem Flügel stand die am besten ausgebildete feindliche Abteilung gegenüber, die nur aus Samnitern bestand und von Pontius Telesinus befehligt wurde. Mit vierzigtausend Mann war diese Abteilung zahlenmäßig etwas weniger stark als der zweite feindliche Flügel. Das war wenigstens eine Art Ausgleich, dachte Sulla und berührte seinen Stallburschen mit dem Fuß, das Zeichen für ihn, das Pferd voranzuführen. Sulla war kein sonderlich guter Reiter, weshalb er es vorzog, sein Pferd führen zu lassen. Sulla sah, daß sein linker Flügel zurückfiel. Er würde eingreifen müssen, Vatia konnte von seinem Standpunkt aus unmöglich erkennen, daß eines seiner größten Probleme das offene Tor nach Rom hinein war. Während sich nämlich die samnitischen Fußsoldaten mit ihren Kurzschwertern hauend und stechend vorankämpften, flohen viele von Vatias Soldaten durch das Tor, anstatt sich dort zu sammeln und die Stellung zu halten.

Gerade als Sulla sich anschickte, in das Kampfgetümmel einzugreifen, tauchten überraschend zwei samnitische Krieger vor ihm auf und schleuderten ihre Speere gegen ihn. Geistesgegenwärtig schlug Sullas Stallbursche auf die Flanke des Schimmels, der einen gewaltigen Satz nach vorne machte und davongaloppierte. Sulla blieb gerade noch Zeit, sich vorzubeugen und mit beiden Händen an der Mähne festzukrallen. Sein Leben verdankte er einzig und allein der Aufmerksamkeit des Stallburschen, der hinter dem Schimmel hergerannt kam, ihn an seinem geschmückten Schwanz zu fassen bekam und zum Anhalten brachte. Sulla, der unverletzt geblieben war, schenkte seinem Burschen ein dankbares Lächeln. Dann stürzte er sich, das Schwert in der Rechten und ein kleines Reiterschild in seiner Linken, mitten in das Schlachtgetümmel. Mit einer kleinen Schar Männer kämpfte Sulla sich zur Porta Collina vor, wo er ihnen befahl, das Fallgitter herabzulassen. Was sie, wie er zu seiner nicht geringen Belustigung bemerkte, taten, ohne auf die durch das Tor fliehenden Soldaten achtzugeben. Das half. Von ihrer einzigen Rückzugsmöglichkeit abgeschnitten, blieb Scipios ehemaligen Soldaten nichts anderes übrig, als ihre Stellung zu halten. Jetzt endlich konnte Sullas Veteranenlegion die Samniter im Kampf Mann gegen Mann Schritt um Schritt zurückdrängen.

Wie es Crassus und dem gesamten rechten Flügel bisher ergangen war, davon hatte Sulla keine Ahnung. Selbst von der kleinen Anhöhe aus hatte er Crassus nicht sehen können. Seine ganze Aufmerksamkeit hatte dem schwächeren linken Flügel gegolten. Trotzdem machte er sich keine Sorgen, denn wenn jemand allein zurechtkommen würde, dann Crassus mit seinen vier Legionen.

Die Nacht brach herein, aber die Schlacht ging im Licht der

zahllosen Fackeln weiter, die von den auf den Mauern stehenden Römern hochgehalten wurden. Von Sulla angetrieben, rafften sich Scipios verzagte Männer wieder auf und stürmten mit neuerwachtem Mut voran. Auch Sulla schreckte vor keinem Zweikampf zurück, wobei sein tapferer Stallbursche niemals zuließ, daß ihm sein Schimmel hinderlich wurde.

Rund zwei Stunden später brach Sullas linker Flügel durch die Reihen der Feinde. Die Samniter zogen sich eilig in Pompeius Strabos altes Lager zurück, vermochten aber nicht mehr, Sullas nachstoßende Einheiten zurückzuhalten. Mit heiseren Stimmen drängten Sulla, Vatia und Dolabella ihre Soldaten, nicht nachzulassen, die Samniter nicht zu schonen. Als dann auch noch Pontius Telesinus mit gespaltenem Schädel zu Boden sank, verließ seine Männer vollends der Mut. Nichts konnte Sulla jetzt noch aufhalten.

»Macht keine Gefangenen!« trieb er seine Männer an. »Keine Gnade, auch wenn sie sich ergeben.«

Sulla brauchte sich nicht sehr zu mühen, nach dieser erbittert geschlagenen Schlacht wäre es wohl schwieriger gewesen, die Soldaten dazu zu bewegen, das Leben der Samniter zu schonen.

Erst als kein Samniter mehr am Leben war, fand Sulla, der inzwischen wieder auf seinem vertrauten Maultier saß, die Zeit, sich über Crassus' Schicksal Gedanken zu machen. Weder vom rechten Flügel noch vom Rest der feindlichen Armee war irgend etwas zu sehen. Crassus und seine Widersacher waren verschwunden.

Gegen Mitternacht traf ein Bote in Sullas Lager ein. Sulla war gerade dabei, sicherzugehen, daß die am Boden liegenden Soldaten in Pompeius Strabos altem Lager tatsächlich auch tot waren, unterbrach seine Tätigkeit aber, weil er hoffte, daß der Mann ihm Nachrichten von Crassus brachte.

»Hat dich Marcus Crassus geschickt?«

»Ja«, bestätigte der Bote.

»Wo ist Marcus Crassus?«

»In Antemnae.«

»*Antemnae?*«

»Ja. Wir hatten den Feind noch vor Einbruch der Nacht zermürbt. Er floh, aber wir holten ihn bei Antemnae ein, erzwangen eine Schlacht und behielten die Oberhand. Marcus Crassus hat mich ausgesandt, um Essen und Wein für seine Männer zu erbitten.«

Mit einem zufriedenen Grinsen im Gesicht befahl Sulla, das Verlangte zu besorgen, und ritt auf seinem Maultier neben dem Zug der Packtiere auf der Via Salaria nach dem nur wenige Meilen entfernten Antemnae. Das Städtchen, das unfreiwillig zum Schauplatz einer blutigen Schlacht geworden war, war völlig verwüstet. Überall brannten Häuser, und die Menschen reichten mit Wasser gefüllte Eimer weiter, die sie auf die Brandherde schütteten. Zahllose Körper lagen auf den Straßen und Wegen, von der panischen Stadtbevölkerung bei dem Versuch, ihr Leben und ihre wenigen Habseligkeiten in Sicherheit zu bringen, zu Tode getrampelt.

Crassus wartete auf der anderen Seite des Städtchens, wo er auf einem Feld die feindlichen Überlebenden zusammengetrieben hatte.

»Rund sechstausend Mann«, sagte er zu Sulla. »Da Vatia die Samniter übernommen hat, blieben mir die Lucaner, Campaner und Carbos versprengte Männer. Marcus Lamponius gelang zwar die Flucht, aber Tiberius Gutta fiel im Kampf, unter den Gefangenen befinden sich Brutus Damasippus, Carrinas und Censorinus.«

»Gute Arbeit!« lobte Sulla und grinste so breit, daß man sein Zahnfleisch sehen konnte. »Dolabella hat sich über deine Ernennung zwar furchtbar aufgeregt, und ich mußte ihm für das nächste Jahr eine Konsulstelle versprechen. Aber ich wußte, daß ich mit dir die richtige Wahl getroffen hatte.«

»Was?« Entgeistert starrte Vatia Sulla an. »Dolabella hat etwas verlangt? *Cunnus! Mentula! Verpa! Fellator!*«

»Sei unbesorgt, Vatia. Du wirst auch noch Konsul werden«, tröstete ihn der immer noch lächelnde Sulla. »Dolabella wird aus seinem Amt wenig Vorteil ziehen können. Spätestens bei der Verwaltung seiner Provinz überspannt er den Bogen und muß den Rest seiner Tage in Gesellschaft der anderen unbeherrschten Idioten im Exil in Massilia zubringen.« Sulla wandte sich ab und deutete auf die Packtiere. »Wo willst du deine kleine Mahlzeit zubereitet haben, Marcus Crassus?«

»Am besten gleich hier. Aber dann müßten wir die Gefangenen

an einen anderen Ort bringen«, sagte Crassus mit unbewegter Miene. Nichts an seiner Haltung verriet, daß er gerade einen großartigen Sieg errungen hatte.

»Ich habe Balbus mit seinen Reitern mitgebracht«, antwortete Sulla. »Er kann die Gefangenen sofort bei Tagesanbruch auf die Villa Publica bringen.«

Während Octavius Balbus die überlebenden Samniter zusammentrieb, ließ sich Sulla Censorinus, Carrinas und Brutus Damasippus vorführen. Obwohl sie soeben eine vernichtende Niederlage erlitten hatten, sahen sie keineswegs niedergeschlagen aus.

»Ihr seid wohl der Ansicht, ihr könntet euren Kampf an einem anderen Tag fortsetzen?« Sulla lächelte noch immer, aber seine Augen blickten eiskalt. »Nun, meine römischen Freunde, das werdet ihr nicht. Pontius Telesinus ist tot, und ich habe alle samnitischen Überlebenden mit Pfeilen niedermachen lassen. Da ihr euch mit den Samnitern und Lucanern verbündet habt, seid ihr in meinen Augen keine Römer mehr. Ihr werdet also nicht als Verräter unter Anklage gestellt, sondern ohne Verhandlung hingerichtet. Und zwar auf der Stelle.«

So wurden die drei unversöhnlichsten Feinde Sullas auf einem gewöhnlichen Acker vor Antemnae ohne Verhandlung oder Ankündigung enthauptet. Ihre Leiber wurden in das riesige Massengrab geworfen, das für die toten Feinde ausgehoben worden war, ihre Köpfe aber ließ Sulla in einen Sack stecken.

»Catilina, mein Freund«, wandte sich Sulla an Lucius Sergius Catilina, der ihn und Vatia nach Antemnae begleitet hatte, »nimm diesen Sack, suche den Kopf von Tiberius Gutta und hole an der Porta Collina den Kopf von Pontius Telesinus ab. Nimm sie alle und reite damit zu Ofella. Er soll die Köpfe auf sein mächtigstes Katapult laden und sie, einen nach dem anderen, über die Mauern nach Praeneste hineinschleudern.«

»Mit größtem Vergnügen, Lucius Cornelius.« Catilinas dunkles, wohlgeformtes Gesicht strahlte vor Vorfreude. »Aber darf ich dich vorher um einen Gefallen bitten?«

»Kommt darauf an, was du willst.«

»Laß mich nach Rom gehen und Marcus Marius Gratidianus finden. Ich will seinen Kopf haben! Wenn der junge Marius Gratidianus' Kopf erblickt, weiß er, daß Rom dir gehört und er am Ende ist.«

Mit einer langsamen Bewegung schüttelte Sulla den Kopf – aber nicht, um Catilina seine Bitte abzuschlagen. »Catilina, ich liebe dich! Was würde ich nur ohne dich tun? Gratidianus ist dein Schwager.«

»*War* mein Schwager«, erwiderte Catilina mit weicher Stimme und fügte hinzu: »Meine Frau starb, kurz bevor ich zu dir stieß.« Er verschwieg, daß Gratidianus ihn verdächtigte, sie ermordet zu haben, um eine andere Beziehung ungestörter verfolgen zu können.

»Nun, früher oder später müßte Gratidianus sowieso daran glauben«, sagte Sulla mit einem Achselzucken. »Wenn du meinst, sein Kopf werde den jungen Marius beeindrucken, dann kannst du ihn von mir aus deiner Sammlung hinzufügen.«

Ganz beiläufig war somit das Todesurteil über Gratidianus ausgesprochen worden. Sulla, Vatia und die anderen Legaten gesellten sich zu Crassus und feierten mit ihm und seinen Legaten den Sieg, während Antemnae brannte und Lucius Sergius Catilina sich in Hochstimmung aufmachte, sein grausiges Geschäft zu erledigen.

Sulla schien keinen Schlaf mehr nötig zu haben. Nach dem Fest in Antemnae ritt er nach Rom. Er betrat die Stadt selbst nicht, sondern schickte einen Boten aus, der den Senat zu einer Zusammenkunft im Tempel der Bellona auf dem Marsfeld bestellte. Auf dem Weg zu dem Tempel machte Sulla auf dem Platz der Villa Publica halt und erteilte Anweisungen bezüglich der dort festgehaltenen sechstausend Gefangenen. Dann ritt er weiter bis zu dem ungepflegten, offenen Platz vor dem Tempel, der seit Menschengedenken schon »Feindesland« genannt wurde, und stieg ab.

Rund hundert Senatoren waren in dem Tempel versammelt, keiner hatte es gewagt, Sullas Ruf zu mißachten. Nicht ein einziger von ihnen hatte sich gesetzt, es erschien ihnen nicht angemessen, Sulla in Klappstühlen sitzend zu erwarten. Nur wenige Männer schauten unbesorgt drein – Catulus etwa sowie Hortensius und Lepidus. Anderen wiederum, ein oder zwei Senatoren mit dem Namen Flaccus, ein Fimbria, ein Carbo, stand die Angst vor dem, was da kommen würde, nur allzu deutlich ins Gesicht geschrieben.

Die meisten jedoch glichen Schafen mit leeren, erschreckten Augen.

Sulla hatte seinen Helm abgenommen, aber er trug noch immer seine Rüstung. Ohne den Senatoren zu zeigen, daß er ihre Anwesenheit wahrgenommen hatte, schritt er durch ihre Reihen und stieg auf den Sockel, auf dem die Statue Bellonas ruhte. Ihr Tempel war damit geschmückt worden, nachdem es Sitte geworden war, selbst die ältesten Götter Roms in Menschengestalt darzustellen. Da Bellona ebenfalls eine Rüstung trug, paßte Sulla sehr gut an ihre Seite. Andererseits war ihr eine gewisse Schönheit eigen, was man von Sulla nicht gerade sagen konnte. Die meisten Anwesenden waren von seiner äußeren Erscheinung schockiert, aber natürlich wagte keiner das zu sagen. Sullas orangefarbene Lockenperücke saß schief, seine karmesinrote Toga war verdreckt, und die roten Flecken in seinem ansonsten albinoweißen Gesicht stachen hervor wie kleine Blutpfützen im Schnee. Daß sein Aussehen so vielen Senatoren Kummer bereitete, hatte verschiedene Gründe. Die einen hatten Sulla gut gekannt und empfanden Mitleid mit ihm, die anderen hatten gehofft, daß der Mann, der sich zum Gebieter über Rom aufgeschwungen hatte, wenigstens ein entsprechendes Äußeres besitze. Der Mann da vor ihnen aber erinnerte sie an eine alte, vom Leben gezeichnete Hure.

Als Sulla zu sprechen begann, schmatzte er mit den Lippen, und manche seiner Worte waren kaum zu verstehen. Zumindest bis er in Fahrt geriet und der pure Selbsterhaltungstrieb seine Zuhörer dazu zwang, ihm seine ungeteilte Aufmerksamkeit zu schenken.

»Wie ich sehe, bin ich nicht einen Augenblick zu früh zurückgekehrt!« keifte Sulla. »Das ›Feindesland‹ ist von Unkraut überwuchert. Hier sollte mal wieder gründlich geschrubbt und neue Tünche aufgetragen werden! Unter den kläglichen Resten des Straßenbelages kommen bereits die Steine des Fundaments zum Vorschein, und auf der Villa Publica hängen Wäscherinnen ihre Wäsche zum Trocknen auf. *Großartig,* wie ihr euch um Rom gekümmert habt! Idioten! Schurken! Trottel!«

Nach seinen Mundbewegungen zu urteilen, schimpfte, drohte und lästerte Sulla zwar noch weiter, aber kaum hatte er das Wort »Trottel!« ausgesprochen, da wurden seine Worte von unmenschlichen, in höchster Todesangst ausgestoßenen Schreien übertönt, die aus der Richtung der Villa Publica zu kommen schienen. Den versammelten Senatoren stockte das Blut in den Adern. Anfangs gaben sie noch vor, Sullas Rede zu folgen, aber die gellenden Schreie wurden immer unerträglicher. Voller Angst fingen die Senatoren an, auf ihren Sitzen hin- und herzurutschen, miteinander zu tuscheln und sich erschreckte Blicke zuzuwerfen.

Dann, so plötzlich, wie er begonnen hatte, war der Spuk vorbei.

»Was ist los, meine kleinen Schäfchen? Habe ich euch erschreckt?« rief Sulla höhnisch aus. »Ihr braucht doch keine Angst zu haben! Was eure zarten Ohren vernommen haben, waren nur meine Männer, die ein paar Verbrecher bestraft haben.«

Ohne die erschreckten Senatoren auch nur eines weiteren Blikkes zu würdigen, stieg Sulla wieder von dem Sockel herab und verließ den Tempel.

»Mein Lieber, ist der aber in einer Stimmung!« raunte Catulus seinem Schwager Hortensius zu.

»So, wie er aussieht, wundert mich das kein bißchen«, antwortete Hortensius.

»Er hat uns nur hierher bestellt, damit wir das hören«, sagte Lepidus. »Wen hat er wohl bestrafen lassen?«

»Die gefangenen Soldaten«, antwortete Catulus.

Catulus' Vermutung entsprach der Wahrheit. Während Sulla zu dem Senat gesprochen hatte, hatten seine Soldaten die sechstausend Gefangenen auf der Villa Publica mit Schwerthieben und Pfeilen niedergemacht.

»Ich für meinen Teil werde mich künftig jedenfalls bemühen, nicht allzusehr aufzufallen«, sagte Catulus zu Hortensius.

»Und warum, wenn ich fragen darf?« Hortensius hatte Catulus, was Arroganz und Blauäugigkeit anging, einiges voraus.

»Weil Lepidus recht hat. Sulla hat uns nur hierher bestellt, um uns das Todesgeschrei seiner Feinde anhören zu lassen. Auf das, was Sulla *sagt,* gebe ich keinen Deut. Was er *tut,* dafür sollte sich jeder von uns, der an seinem Leben hängt, interessieren. Wir werden uns vorsehen und darauf achten müssen, ihn nicht zu provozieren.«

»Du übertreibst, mein lieber Quintus Lutatius!« entgegnete Hortensius. »In ein paar Wochen ist das alles vorbei. Sulla wird sich seine Taten vom Senat und von der Volksversammlung legalisieren lassen und sein Imperium zurückerhalten. Dann wird er, wie es sich gehört, in der ersten Stuhlreihe der Konsulare Platz nehmen, und Rom kann wieder zur Tagesordnung übergehen.«

»Glaubst du wirklich?« Catulus fröstelte. »Ich weiß zwar nicht, wie Sulla es machen wird, aber ich habe das seltsame Gefühl, daß wir seine rastlosen Augen noch eine Zeitlang von oben auf uns herabstarren sehen werden.«

Am nächsten Tag, dem dritten Tag des November, ritt Sulla nach Praeneste.

Ofella begrüßte ihn hocherfreut und deutete auf zwei niedergeschlagen aussehende Männer, die etwas abseits unter Bewachung standen.

»Kennst du sie?« fragte er Sulla.

»Ja, aber im Moment fallen mir ihre Namen nicht ein.«

»Zwei jüngere Tribunen aus Scipios alten Legionen. Am Morgen nach der Schlacht vor der Porta Collina kamen sie wie zwei griechische Schnellreiter angaloppiert und versuchten mir weiszumachen, daß du die Schlacht verloren hättest und tot seist.«

»Was? Und du hast ihnen nicht geglaubt, Ofella?«

Ofella lachte herzlich. »Dazu kenne ich dich zu gut, Lucius Cornelius! Dich umzubringen braucht es mehr als ein paar dahergelaufene Samniter.« Mit der Gewandtheit eines Magiers, der einen Hasen aus einem Nachttopf zaubert, griff Ofella hinter sich und hielt den Kopf des jungen Marius in die Höhe.

»Ah!« rief Sulla aus und inspizierte den Kopf gewissenhaft. »Ein hübscher Bursche, nicht? In der Beziehung geriet er nach seiner Mutter. Nach wem er mit seiner Intelligenz geriet, weiß ich nicht, jedenfalls nicht nach seinem Vater.« Sulla gab ein Zeichen, daß der Kopf weggebracht werden könne. »Hebt ihn gut auf. Also hat Praeneste sich ergeben?«

»Fast sofort, nachdem ich die Köpfe, die du mir hast bringen lassen, über die Stadtmauer katapultiert hatte. Die Tore gingen auf, und die Bewohner der Stadt kamen weiße Fahnen schwingend herausgerannt und schlugen sich mit ihren Fäusten auf die Brust.«

»Auch der junge Marius?«

»O nein! Er hat sich auf der Suche nach einem Fluchtweg in

die Kanalisation verkrochen. Aber schon vor Monaten habe ich alle Ausflüsse vergittern lassen, und wir haben ihn vor einem der Gitter gefunden. In seinem Bauch steckte ein Schwert, und sein griechischer Sklave saß heulend daneben.«

»Das war der letzte von ihnen!« rief Sulla triumphierend.

Ofella blickte ihn überrascht an. Vergeßlichkeit war doch sonst nicht die Art des Lucius Cornelius Sulla.

»Wieso? Ein Mann ist doch immer noch am Leben«, wandte Ofella ein, hätte sich aber im nächsten Moment am liebsten die Zunge abgebissen. Sulla war kein Mann, den man daran erinnerte, daß auch er Fehler beging.

»Du meinst wohl Carbo?« fragte Sulla, über dessen Gesicht ein Lächeln huschte.

»Ja, Carbo«, antwortete Ofella unsicher.

»Carbo ist tot, mein Lieber. Der junge Pompeius hat ihn Ende September gefangengenommen und auf dem Marktplatz von Lilybaeum wegen Verrats hingerichtet. Ein außergewöhnlicher Bursche, dieser Pompeius. Ich war mir sicher, er würde Monate brauchen, um Sizilien zu unterwerfen und Carbo dingfest zu machen. Aber ihm hat ein einziger Monat ausgereicht! Und dabei hat er noch die Muße gefunden, mir Carbos Kopf per Eilboten zukommen zu lassen. Eingelegt in Essig! Unverkennbar Pompeius!« Sulla kicherte.

»Und der alte Brutus?«

»Hat es vorgezogen, sich umzubringen, um Pompeius nicht verraten zu müssen, wohin Carbo geflüchtet war. Eine sinnlose Tat. Die Besatzung seines Schiffs – Brutus war nämlich dabei, eine Flotte für Carbo auszuheben – hat Pompeius natürlich alles erzählt. Also schickt mein umtriebiger junger Legat seinen Schwager nach Cossura, wohin Carbo geflohen war, und läßt ihn in Ketten geschlagen nach Lilybaeum zurückbringen. Und damit nicht genug: Pompeius hat mir nicht zwei, sondern drei Köpfe geschickt: von Carbo, dem alten Brutus und Soranus.«

»Soranus? Du meinst doch nicht den Volkstribun, den Gelehrten Quintus Valerius Soranus?«

»Doch, genau den.«

»Aber warum?« rief Ofella verwundert aus. »Wessen hat er sich schuldig gemacht?«

»Er hat sich auf die Rostra gestellt und Roms geheimen Namen hinausgerufen.«

»Beim Jupiter!« Ofellas Kinnlade fiel herunter, und ein Zittern erfaßte seinen Körper.

»Glücklicherweise hatte der Große Gott jedes Ohr auf dem Forum verschlossen«, log Sulla ungerührt, »Soranus hat also zu tauben Menschen gerufen. Kein Grund zur Beunruhigung, mein lieber Ofella. Rom wird nicht untergehen.«

»Welch ein Glück!« Erleichert wischte sich Ofella den Schweiß von der Stirn. »Ich habe schon viele seltsame Dinge vernommen, aber Roms geheimen Namen laut auszusprechen – das übersteigt meine Vorstellungskraft.« Dann fiel ihm etwas ein, und er konnte nicht anders, als Sulla zu fragen. »Was hatte Pompeius eigentlich in Sizilien verloren, Lucius Cornelius?«

»Er sollte mir die Getreideernte sichern.«

»Ich habe zwar ein entsprechendes Gerücht vernommen, habe ihm aber keinen Glauben geschenkt. Pompeius ist doch noch ein Kind.«

»Mhm«, stimmte Sulla zu. »Aber was immer der junge Marius von seinem Vater nicht mitbekommen hat, das hat der junge Pompeius von dem seinigen mitbekommen. Und noch mehr dazu!«

»Dann wird der Kleine also bald zurückkommen?« Ofella gefiel dieser neue Stern an Sullas Himmel gar nicht; er hatte sich an diesem Firmament ohne Konkurrenten gesehen.

»Noch nicht«, antwortete Sulla, ohne auf Ofellas eifersüchtigen Tonfall einzugehen. »Ich habe ihn nach Africa geschickt, um unsere dortige Provinz zurückzuerobern. Und ich glaube, genau das tut er in diesem Moment auch.« Er wandte sich um und deutete in das Niemandsland hinunter, wo eine riesige Menschenmenge reglos unter der kalten Wintersonne versammelt stand. »Sind das diejenigen, die Waffen trugen, als sie sich ergaben?«

»Ja. Insgesamt zwölftausend Mann«, antwortete Ofella, dem es sehr recht war, das Thema zu wechseln. »Größtenteils Samniter oder Bewohner der Stadt, abgesehen von ein paar Römern, die dem jungen Marius gedient haben. Willst du sie genauer in Augenschein nehmen?«

Sulla brauchte nicht lange, um zu entscheiden, was mit den Männern geschehen sollte. Er begnadigte die Römer, die anderen ließ er auf der Stelle hinrichten. Den überlebenden Einwohnern Praenestes, fast ausschließlich Greise, Frauen und Kinder, befahl er, die Toten im Niemandsland zu begraben. Danach ließ sich Sulla, der nie zuvor in Praeneste gewesen war, die Stadt zeigen. Besonders erzürnt reagierte er, als er sah, was der junge Marius auf seiner Suche nach Baumaterial für den Belagerungsturm dem Tempelbezirk der Fortuna Primigenia angetan hatte.

»Ich bin Fortunas Günstling«, sagte er zu den Ratsmitgliedern, die nicht hingeschlachtet worden waren, »ich werde dafür sorgen, daß eure Fortuna Primigenia die prächtigste Tempelanlage ganz Italiens erhält. Und zwar auf eure Kosten.«

Am nächsten Tag ritt Sulla nach Norba weiter, wo Mamercus ihn in der ausgebrannten Stadt empfing.

»Sie ergaben sich freiwillig«, berichtete Mamercus aufgebracht, »aber dann haben sie in der ganzen Stadt Feuer gelegt und jede Menschenseele getötet. Frauen, Kinder, Ahenobarbus' Soldaten, die Männer der Stadt – sie alle zogen den Tod der Niederlage vor. Es tut mir leid, Lucius Cornelius, aber Norba hat uns weder Gold noch Gefangene gebracht.«

»Das macht nichts«, antwortete Sulla. »Praeneste hat uns überreiche Beute eingetragen. Ich bezweifle, daß Norba viel von Nutzen oder Interesse zu bieten gehabt hätte.«

Am fünften Tag des November ritt Sulla durch die Porta Capena nach Rom hinein. Die Morgensonne spiegelte sich in den vergoldeten Statuen auf den Tempeldächern und tauchte die heruntergekommene Stadt in ein sanftes Licht. Es war eine feierliche Prozession. Sulla saß auf dem weißen Staatspferd, das ihn sicher durch die Schlacht vor der Porta Collina getragen hatte, die Zügel hielt sein Stallbursche. Sulla trug seine beste Rüstung, ihr silberbeschlagener Panzer war mit einer Abbildung verziert, auf der dargestellt war, wie seine Armee ihm vor den Mauern von Nola die Graskrone anbot. Neben ihm ritt, gekleidet in eine purpurgesäumte Toga, Lucius Valerius Flaccus, der Princeps Senatus. Ihnen folgten Sullas Legaten, ebenfalls paarweise, darunter auch Metellus Pius und Varro Lucullus aus dem italischen Gallien, die erst vor vier Tagen den Befehl erhalten hatten, nach Rom zu kommen, und sich sehr hatten beeilen müssen, um den Einzug Sullas nicht zu verpassen. Von allen Männern, die in Zukunft noch eine Rolle spielen sollten, waren nur Pompeius und Varro der Sabiner nicht anwesend.

Als militärische Eskorte genügten Sulla jene siebenhundert Reiter, die mit ihrem Täuschungsmanöver die Samniter vor der Porta Collina hingehalten hatten. Sullas Armee war damit beschäftigt, das Befestigungswerk auf der Via Latina abzureißen, so daß der Verkehr wieder ungehindert fließen konnte. Auch Ofellas Belagerungsringe mußten abgetragen und das Baumaterial auf die Felder verteilt werden. Die Tuffblöcke der Mauer sollten für den geplanten Bau des neuen Tempels der Fortuna Primigenia in Praeneste verwendet werden. Keine Spur der Feindseligkeiten, so lautete Sullas Befehl, durfte übrigbleiben.

Viel Volk strömte auf die Straßen, um seinen Einzug mitzuerleben. Mochte Rom in noch so großer Gefahr schweben, keiner seiner Bürger konnte der Versuchung eines Spektakels widerstehen. Und wenn ein Ereignis Geschichte machen würde, dann Sullas Einzug in Rom. Viele von denen, die ihn in die Stadt reiten sahen, waren überzeugt davon, den Todeswehen der Republik beizuwohnen. Gerüchte gingen um, Sulla beabsichtige, sich zum König über Rom zu erheben. Wie sonst wollte er seine Macht erhalten? Denn wie konnte er, in Anbetracht dessen, was er getan hatte, es jemals wagen, die Macht aus den Händen zu geben? Keiner der Schaulustigen übersah die Reiterschar, die unmittelbar hinter den letzten Legaten einherritt und auf deren hochgereckten Lanzen nicht nur die Köpfe von Carbo und dem jungen Marius steckten, sondern auch die von Carrinas und Censorinus, von Marius Gratidianus und dem alten Brutus, von Pontius Telesinus und Brutus Damasippus, von Soranus sowie von Gutta aus Capua – und von dem Samniterführer Gaius Papius Mutilus.

Mutilus hatte die Nachricht von der Niederlage der Samniter an der Porta Collina einen Tag danach erfahren und so laut geweint, daß Bastia zu ihm geeilt war, um nachzusehen, was mit ihm los sei.

»Verloren, alles verloren!« rief er ihr verzweifelt zu und vergaß dabei völlig, wie sehr sie ihn beleidigt hatte. Sie war jetzt der einzige Mensch, der ihm geblieben war und mit dem ihn Familienbande und eine lange gemeinsame Geschichte verbanden.

»Meine Armee ist vernichtet. Sulla hat gesiegt! Sulla wird sich zum König von Rom ausrufen, und Samnium wird ausgelöscht werden!«

Bastia starrte das Häuflein Elend, das auf der Liege vor ihr zusammengesunken war, gerade so lange an, wie es dauerte, alle Dochte an einem kleinen Lüster zu entzünden. Sie sagte kein Wort des Trostes, sondern stand reglos und mit weit aufgerissenen Augen vor ihm. Langsam stahl sich ein Ausdruck von Verstehen in ihren Blick, der schließlich einer eisernen Entschlossenheit wich. Ihre Gesichtszüge wurden kalt und hart, sie klatschte in die Hände.

»Ja, *domina?*« fragte der Hausverwalter von der Tür her, während er bestürzt seinen schluchzenden Herrn betrachtete.

»Treib mir seinen Germanen auf und richte die Sänfte her«, befahl sie knapp.

»*Domina?*« Der Hausverwalter sah sie verwirrt an.

»Steh nicht rum, tu, was ich dir gesagt habe! Und zwar auf der Stelle.«

Der Hausverwalter schluckte und verschwand.

»Was soll das heißen?« Mutilus wischte sich die Tränen ab und blickte Bastia entsetzt an.

»Ich will, daß du von hier verschwindest«, zischte sie ihn an. »Ich will mit dieser Niederlage nichts, aber auch gar nichts zu tun haben! Ich will mein Haus behalten, mein Vermögen, mein Leben! Und das heißt, daß du verschwinden mußt, Gaius Papius! Geh zurück nach Aesernia oder nach Bovianum, geh irgendwohin, wo du ein Haus hast. Wo du bleibst, ist mir egal. Aber nicht hier! Geh, und zwar ohne mich!«

»Ich will meinen Ohren nicht glauben!« Mutilus schnappte nach Luft.

»Und ob du das glaubst! Raus, fort mit dir!«

»Aber ich bin gelähmt, Bastia. Ich bin dein Gatte, ich kann nicht laufen. Wenn du schon keine Liebe empfindest, dann nicht wenigstens eine Spur Mitleid?«

»Ich empfinde weder Liebe noch Mitleid für dich«, fuhr sie ihn an. »Dein dummes, nutzloses Kämpfen und Intrigieren gegen Rom hat dich die Kraft deiner Beine gekostet und die Kraft deiner Lenden, nach der ich mich so gesehnt habe, die Kinder, die ich hätte haben können, das ganze Glück darüber, an deinem Leben teilhaben zu dürfen. Fast sieben Jahre lebe ich nun hier allein, während du von Aesernia aus Ränke und Intrigen geschmiedet hast. Und wenn du dich einmal dazu herabgelassen hast, mich zu besuchen, dann hast du nach Kot und Urin gestunken und mich herumkommandiert. O nein, Gaius Papius Mutilus, ich bin fertig mit dir. Mach, daß du hinauskommst!«

Mutilus, dessen Verstand das Ausmaß seines Ruins noch gar nicht ganz erfassen konnte, gab kein Wort des Protestes von sich, als sein germanischer Diener ihn von der Liege aufhob und durch die Vordertür des Hauses hinaustrug, wo seine Sänfte am Fuß der Treppe bereitstand. Bastia war dem Germanen wie das Abbild einer Gorgone gefolgt, schön und grausam, mit Augen, die einen Mann zu Stein verwandeln konnten, und wilden Schlangenhaaren. So hastig schlug sie die Tür hinter dem Sklaven zu, daß sich sein Umhang darin verfing und er von seinem eigenen Schwung zurück und gegen die Tür gerissen wurde. Mutilus in seinem linken Arm haltend, zerrte der Germane mit seiner Rechten an dem Umhang.

Gaius Papius Mutilus trug an seinem Gürtel einen Legionärsdolch, ein Erinnerungsstück an die Zeit, da er noch ein samnitischer Krieger gewesen war. Er zog den Dolch aus der Scheide, preßte seinen Kopf gegen das Holz der Tür und schnitt sich die Kehle durch. Das Blut spritzte überall umher, besudelte den schreienden Germanen, lief an der Tür herunter und sammelte sich in kleinen Pfützen auf dem Boden. Von den Schreien angelockt, kamen Leute aus den engen Gassen herbeigerannt. Das letzte, was Gaius Papius Mutilus sah, war sein Gorgonenweib, das bei dem ersten Schrei des Germanen die Tür wieder aufgerissen hatte, gerade rechtzeitig, um noch von dem Blut ihres Mannes bespritzt zu werden.

»Ich verfluche dich, Weib!« versuchte er hervorzuwürgen, brachte aber kein Wort mehr heraus. Bastia schien weder sonderlich bestürzt noch traurig angesichts ihres sterbenden Mannes. In aller Seelenruhe hielt sie die Tür auf und fuhr den schluchzenden Germanen an: »Los, schaff ihn rein.« Kaum hatte der Sklave den inzwischen leblosen Mann auf den Boden gelegt, da befahl sie ihm: »Schneid ihm den Kopf ab. Ich werde ihn Sulla als Geschenk schicken.«

Bastia hielt Wort. Zusammen mit ihren Glückwünschen zu seinem Sieg sandte sie Sulla den Kopf ihres Ehemannes. Aber die Geschichte, die Sulla von dem armen, von Bastia zur Übergabe des Geschenks gezwungenen Hausverwalter zu hören bekam, schmeichelte ihr wenig. Sulla gab den Kopf seines alten Feindes an einen seiner Militärtribunen weiter und ordnete mit ausdrucksloser Stimme an: »Tötet die Frau, die mir das geschickt hat.«

Mit Ausnahme von Marcus Lamponius aus Lucanien waren alle Männer tot, die gegen Sullas Rückkehr nach Italien gewesen waren. Hätte Sulla es gewünscht, er hätte sich zum unwidersprochenen König von Rom ausrufen können.

Aber Sulla war auf eine Lösung verfallen, die zu einem Mann wie ihm, der fest an die überlieferten Traditionen des *mos maiorum* glaubte, paßte. Und so galt, während er durch den Circus Maximus ritt, kein einziger seiner Gedanken der Königswürde.

Sulla war alt und krank, und er hatte achtundfünfzig lange Jahre gegen eine geistlose Verschwörung der Umstände und Ereignisse gekämpft, die ihn immer und immer wieder um die ihm zustehenden Früchte seiner Bemühungen gebracht hatte und um den Rang in der Hierarchie Roms, auf den er von seiner Geburt her und seiner Fähigkeiten wegen ein Anrecht besaß. Niemals war ihm eine Chance angeboten worden oder hatte sich ihm die Möglichkeit eröffnet, seinen Aufstieg durch den *cursus honorum,* wie er in den Gesetzen und Traditionen festgelegt war, zu verfolgen. An jeder Wendung hatte sich ihm etwas oder jemand in den Weg gestellt, hatte es ihm unmöglich gemacht, dem geraden, gesetzmäßigen Weg treu zu bleiben. So ritt er, ein achtundfünfzigjähriges Wrack, seine Eingeweide von der zweifachen Flamme des Triumphes und des Verlustes verzehrt, den leeren Circus Maximus hinunter. Sulla, Herrscher über Rom. Sulla, der erste Mann Roms. Endlich, endlich war ihm Genüge getan!

Aber die Enttäuschungen seines Alters, seine Häßlichkeit und der herannahende Tod durchsetzten seinen Triumph mit der größtmöglichen Bitterkeit, machten alle Freuden zunichte, verdoppelten seine Pein. Wie spät kam sein Sieg, wie bitter war er erkämpft, wie teuer erstanden …

Für das Rom, das jetzt seiner Gnade ausgeliefert war, empfand er weder Liebe noch Begeisterung, zu hoch war sein Preis gewesen. Genausowenig freute er sich auf die Aufgabe, von der er wußte, daß er sie tun mußte. Am meisten sehnte er sich nach Frieden, nach Muße, nach der Erfüllung seiner ungezählten sexuellen Phantasien, nach den alles Denken auslöschenden Sauforgien, nach völliger Befreiung von jeder Verantwortung und allen Pflichten. Was aber hielt ihn, der nun Herr über Rom war, davon ab, eben dies zu tun? Rom hielt ihn davon ab, sein Pflichtgefühl, die Unerträglichkeit des Gedankens, seine Arbeit niederzulegen, wo doch noch so viel zu tun war. Und das war auch der alleinige Grund dafür, daß er den Circus Maximus in der falschen Richtung durchquerte: das Wissen um den riesigen Berg Arbeit, der abgetragen werden mußte, von ihm abgetragen werden mußte. Denn wer außer ihm war noch am Leben, der diese Arbeit hätte übernehmen können?

Sulla beschloß, den Senat und das Volk von Rom im unteren Bereich des Forum Romanum zusammenzurufen und eine Rede zu halten. Sulla legte keinen allzu großen Wert auf die Wahrheit. Wer war es gewesen, der ihn der politischen Unbekümmertheit bezichtigt hatte? Scaurus? Er konnte sich nicht mehr erinnern. Jedenfalls war er viel zu sehr Politiker, um in allen Belangen der Wahrheit zu folgen, und so ignorierte er in seiner Rede die Tatsache, daß er selbst es gewesen war, der den ersten Kopf auf der Rostra aufgespießt hatte – den Kopf Sulpicius', in der Absicht, Cinna einzuschüchtern.

»Diese abscheuliche Angewohnheit, die so jung ist, daß ich noch als Stadtprätor einem Rom diente, das davon nichts wußte« – Sulla gestikulierte zu der Reihe der aufgespießten Köpfe –, »wird kein Ende finden, bis nicht die wahren Traditionen des *mos maiorum* wieder volle Geltung genießen und unsere alte, geliebte Republik aus den Ruinen auferstanden ist, zu denen sie verkommen ist. Wie ich gehört habe, wird mir nachgesagt, daß ich mich zum König von Rom erheben wolle. Nein, *quirites*, das will ich nicht! Mich für den Rest der Zeit, die mir hier noch vergönnt ist, zum Opfer von Intrigen und Ränken, von Rebellionen und Vergeltungen zu verdammen? Nein, auf keinen Fall! Ich habe lange und hart in den Diensten Roms gearbeitet, und ich habe es verdient, meine letzten Tage frei von Sorgen, frei von Pflichten – und frei von Rom! – zu verbringen. Dieses eine verspreche ich euch, Senat und Volk von Rom: Ich werde mich nicht zum König von Rom ausrufen lassen oder auch nur einen Moment länger an der Macht bleiben, als es meine Aufgabe erfordert.«

Niemand hatte das erwartet, nicht einmal Sulla so nahestehende Männer wie Vatia und Metellus Pius. Als Sulla jedoch mit seiner Rede fortfuhr, ging vielen seiner Zuhörer auf, daß er sein Geheimnis mit mindestens einem anderen Menschen geteilt hatte. Neben Sulla stand der Senatsvorsitzende Lucius Valerius Flaccus, und nichts von dem, was Sulla sagte, schien ihn zu überraschen.

»Die Konsuln sind tot«, fuhr Sulla fort und deutete auf die Köpfe von Carbo und dem jungen Marius. »Die Rutenbündel müssen den Vätern zurückgegeben und auf den Liegen im Tempel der Venus Libitina aufbewahrt werden, bis die nächsten Konsuln gewählt sind. Was Rom jetzt braucht, ist ein *interrex*. Die Gesetze lassen uns wenig Spielraum. Der Princeps Senatus Lucius Valerius Flaccus ist der ranghöchste Patrizier unter den Senatoren, erstes Mitglied seiner Klasse und Oberhaupt seiner Familie.« Sulla wandte sich Flaccus zu. »Lucius Valerius Flaccus, du wirst der erste Zwischenkönig sein. Bitte nimm das Amt an und gib für die fünf Tage deines Interregnums alle anderen Pflichten ab.«

»So weit, so gut«, flüsterte Hortensius seinem Schwager Catulus zu. »Er hat einen Zwischenkönig ernannt. Das ist genau das, was in einer solchen Situation vorgeschrieben ist.«

»Schweig!« zischte Catulus, der Schwierigkeiten hatte, Sulla zu verstehen.

»Bevor der Senatsvorsitzende die Leitung dieses Treffens in seine Hand nimmt«, sagte Sulla langsam und um eine deutliche Aussprache bemüht, »gibt es noch zwei Dinge, die ich euch zu sagen habe. Rom ist sicher unter meiner Fürsorge, niemand wird zu Schaden kommen. Ich will dafür sorgen, daß Recht und Ordnung wiederhergestellt werden und die Republik zu ihrem alten Glanz zurückfindet. Doch diese Dinge hängen von den Entscheidungen ab, die unser Zwischenkönig trifft, also werde ich mich hier nicht weiter darüber auslassen. Was ich sagen will, ist folgendes: Viele gute Männer haben mir große Dienste erwiesen, und es ist an der Zeit, ihnen dafür zu danken. Laßt mich mit jenen beginnen, die heute nicht hier sein können. Gnaeus Pompeius, der die sizilianische Getreideernte sichergestellt hat und so dafür sorgte, daß Rom in diesem Winter keinen Hunger leiden wird ... Lucius Marius Philippus, der uns die letztjährige Getreideernte der Insel Sardinien geliefert hat und sich dieses Jahr mit Erfolg gegen Quintus Antonius Balbus zur Wehr gesetzt hat. Antonius ist tot, und Sardinien sicher ... In Asia habe ich gleich drei herausragende Männer zurückgelassen, die sich um Roms reichste und wertvollste Provinz kümmern: Lucius Licinus Murena, Lucius Licinus Lucullus und Gaius Scribonius Curio ... Nun zu den Männern, die heute unter uns weilen. Da wären zunächst meine treuesten Gefolgsleute in Zeiten der Not und Entbehrung: Quintus Caecilius Metellus Pius und sein Legat Marcus Terentius Varro Lucullus, Publius Servilius Vatia, der ältere Gnaeus Cornelius Dolabella, Marcus Licinus Crassus ...«

»Bei den Göttern, das kann ja ewig dauern!« grummelte Hortensius, der es verabscheute, jemand anderem als sich selbst zuhören zu müssen, vor allem wenn dieser Jemand die Kunst der Rhetorik so wenig beherrschte wie Sulla ...

»Er ist fertig. Komm schon, Quintus«, riß Catulus ihn ungeduldig aus seinen Tagträumereien. »Sulla hat den Senat in die Curia Hostilia zusammengerufen, diesen Schwachköpfen vom Forum hat er nichts mehr zu sagen. So komm doch!«

Aber nicht Sulla, sondern der Princeps Senatus Lucius Valerius Flaccus nahm auf dem kurulischen Stuhl Platz, umgeben von den wenigen Senatoren, die in Rom zurückgeblieben waren und nicht mit ihrem Leben dafür bezahlt hatten. Sulla setzte sich zur Rechten des kurulischen Podiums nieder, ungefähr dort, wo normalerweise sein Platz in der ersten Reihe der Konsulare und der ehemaligen Zensoren und Prätoren gewesen wäre. Er hatte seine Rüstung noch nicht abgelegt, eine Tatsache, die den versammelten Senatoren deutlich vor Augen führte, daß Sulla keineswegs gewillt war, die Kontrolle über die Vorgänge aus der Hand zu geben.

»An den Kalenden des November stand Rom vor dem Untergang«, erhob Flaccus seine asthmatische Stimme. »Ohne die Tapferkeit und Entschlossenheit von Lucius Cornelius Sulla und seinen Legaten und dem Kampfesmut seiner Legionen stünde Rom unter der Herrschaft Samniums, und wir müßten heute ebenso unter ihrem Joch hindurchgehen wie einstmals nach der Kapitulation an den Caudinischen Pässen. Nun, ich brauche das nicht weiter auszuführen. Samnium hat verloren, Lucius Cornelius gewonnen, und Rom ist sicher.«

»Komm doch endlich zur Sache!« stöhnte Hortensius. »Ihr Götter, unser Princeps Senatus wird von Tag zu Tag seniler.«

»Jetzt, da der Krieg vorbei ist, plagen Rom viele andere Bürden.« Flaccus, dem seine Rolle wenig gefiel, wurde um so nervöser, je mehr er sich dem Kern seiner Rede näherte. »Die Finanzen der Stadt sind in Unordnung, die Schatzkammern der Tempel geplündert. In den Straßen sieht man kaum einen Händler und im Senat nur noch wenige Ratsmitglieder. Die Konsuln sind tot, und fünf der sechs Prätoren, die am Anfang des Jahres ihr Amt angetreten haben, ebenfalls.« Flaccus hielt inne und atmete tief durch. Dann erhob er seine Stimme mit dem Mut der Verzweiflung und kam zu dem, was Sulla ihm zu sagen aufgetragen hatte. »Eingeschriebene Väter! Rom ist in einem Zustand, der es nicht mehr zuläßt, mit normalen Mitteln zu regieren. Rom braucht jetzt eine starke und sichere Hand. Nur eine solche Hand vermag es, unsere geliebte Stadt wieder in ihrer alten Größe auferstehen zu lassen. Meine Regierungszeit als Zwischenkönig beschränkt sich auf fünf Tage. Ich kann keine Wahlen abhalten. Nach mir folgt ein zweiter Zwischenkönig, der ebenfalls fünf Tage im Amt sein wird und von dem wir erwarten, daß er Wahlen abhalten wird. Wenn ihm die Zeit dazu nicht ausreicht, muß ein dritter Zwischenkönig ernannt werden. Und so weiter, und so fort. Eingeschriebene Väter! Rom kann sich keine handlungsunfähige Regierung leisten. Dies ist eine Zeit des absoluten Notstandes. Ich sehe unter uns nur *einen* Mann, der in der Lage ist, das zu tun, was getan werden muß. Aber das kann er nicht als Konsul tun. Deshalb schlage ich eine andere Lösung vor, eine Lösung, über die ich das Volk Roms in den Zenturiatskomitien, dem höchsten Wahlorgan der Stadt, abstimmen lassen möchte. Ich will das Volk von Rom bitten, eine *lex rogata* zu verabschieden, durch die Lucius Cornelius Sulla zum Diktator von Rom ernannt und eingesetzt wird.«

Eine Woge der Erregung ging durch die Versammlung, die Senatoren blickten einander überrascht an.

»Das Amt des Diktators ist uralt«, fuhr Flaccus fort, »und normalerweise der Führung eines Krieges vorbehalten. So war es zumindest in der Vergangenheit. Dem Diktator wurde das Kommando über einen Krieg übertragen, wenn die Konsuln ihrer Aufgabe nicht nachkommen konnten. Über hundert Jahre ist es nun her, daß zuletzt ein Diktator ernannt wurde. Doch Roms gegenwärtige Lage ist ohne Beispiel in seiner Geschichte. Der Krieg ist zwar vorüber, aber nicht die Notlage. Ich sage euch, eingeschriebene Väter, *kein gewählter Konsul* kann unser geliebtes Rom von seinen Übeln kurieren. Die Heilmittel, die notwendig sind, werden vielen aufstoßen und großen Widerstand herausfordern. Ein Konsul kann am Ende seiner Amtszeit gezwungen werden, vor dem Volk oder der Plebs Rechenschaft über seine Taten abzulegen. Er kann des Verrats angeklagt, und, wenn sich alle gegen ihn wenden, ins Exil verjagt werden sowie sein gesamtes Vermögen verlieren. Wie sollte ein Mann, der von vornherein weiß, wie verwundbar er ist, die Stärke und Entschlossenheit aufbringen, die Rom jetzt so dringend nötig hat? Ein Diktator braucht weder das Volk noch die Plebs zu fürchten. Von Amtes wegen ist der Diktator gegen jede spätere Vergeltung geschützt, weder muß er sich für Amtshandlungen rechtfertigen noch vor irgendeinem Gesetz verantworten, und so ist es unmöglich, ihn jemals anzuklagen. Gestärkt von dem Wissen um seine Immunität und der Tatsache, daß kein Volkstribun ein Veto gegen ihn einlegen kann und er keiner Versammlung Rechenschaft schuldig ist, kann er seinen ganzen Tatendrang und seine Entschlossenheit darein setzen, die Dinge wieder ins rechte Lot zu rücken, unserer geliebten Stadt wieder zu ihrem alten Glanz zu verhelfen.«

»Das klingt ja alles wundervoll, Princeps Senatus«, ließ sich Hortensius vernehmen, »aber die hundertzwanzig Jahre, die vergangen sind, seit der letzte Diktator im Amt war, haben offensichtlich deinem Erinnerungsvermögen geschadet! Es stimmt, daß der Senat einen Diktator vorschlägt, aber ernannt werden muß er von den Konsuln. Und wir haben keine Konsuln, die *fasces* wurden in den Tempel der Venus Libitina zurückgebracht. Mithin kann auch kein Diktator ernannt werden.«

»Quintus Hortensius, wann hörst du mir einmal richtig zu?« seufzte Flaccus. »Ich habe bereits erklärt, wie es getan werden kann: mittels einer von den Zenturiatskomitien verabschiedeten *lex rogata*. Wenn es keine Konsuln als ausführende Macht des

Volkes gibt, dann wird das in den Zenturien zusammengefaßte Volk zur ausführenden Macht, und zwar zur alleinigen ausführenden Macht. Der Zwischenkönig hat eine einzige Funktion, nämlich die kurulischen Wahlen vorzubereiten und durchzuführen. Das Volk in den Tribus besitzt keine ausführende Macht, nur die Zenturiatskomitien.«

»Ich gebe zu, du hast recht, Princeps Senatus«, sagte Hortensius knapp. »Du kannst fortfahren.«

»Meine Absicht ist es, die Zenturiatskomitien morgen bei Tagesanbruch zusammenzurufen und sie darum zu bitten, ein Gesetz auszuarbeiten, nach dem Lucius Cornelius Sulla zum Diktator ernannt wird. Das Gesetz braucht nicht sehr ausführlich zu sein, je einfacher, desto besser. Ist der Diktator rechtmäßig von den Zenturien ernannt, dann kommen sowieso alle weiteren Gesetze von ihm. Ich werde die Zenturien also auffordern, Lucius Cornelius Sulla zum Diktator zu ernennen und als solchen einzusetzen, und zwar bis zu dem Zeitpunkt, da seine Aufgabe vollbracht ist. Weiter verlange ich von ihnen, alle seine bisherigen Taten als Konsul und Prokonsul gutzuheißen und alle gegen ihn verhängten offiziellen Sanktionen wie Verbannung und Ächtung zurückzunehmen, ihn zu keiner Zeit in der Zukunft für seine Taten als Diktator zur Rechenschaft zu ziehen, seine Amtshandlungen vor dem Veto eines Volkstribuns oder den Beschlüssen gleich welcher Versammlung in Schutz zu nehmen, desgleichen gegen alle Maßnahmen des Senats, des Volkes oder der Magistrate, und außerdem keine Berufung gegen seine Erlasse vor irgendwelchen Versammlungen, Körperschaften oder Amtsinhabern zuzulassen.«

»Das ist mehr Macht, als einem König zustünde«, rief Lepidus.

»Nein, es ist eine andere Art von Macht«, erwiderte Flaccus unnachgiebig. Er hatte einige Zeit gebraucht, sich für das Thema zu erwärmen, aber jetzt war er in Fahrt, und niemand konnte ihn mehr aufhalten. »Ein Diktator kann für seine Handlungen zwar nicht belangt werden, aber er regiert nicht allein. Der Senat und die Komitien stehen ihm als beratende Organe zur Seite, er verfügt über einen Reiteroberst, und er erhält so viele Beamte, wie es ihm beliebt. So ist es zum Beispiel Brauch, daß auch Konsuln unter einem Diktator dienen.«

»Ein Diktator wird nur auf sechs Monate ernannt«, beharrte

Lepidus, der noch nicht gewillt war, aufzugeben. »Falls ich mich nicht verhört habe, dann gedenkst du doch, den Komitien vorzuschlagen, Sulla zum Diktator auf unbestimmte Zeit zu ernennen. Das ist wider das Gesetz, Princeps Senatus! Ich bin nicht dagegen, Lucius Cornelius Sulla zum Diktator zu ernennen. Ganz und gar nicht. Aber ich bin dagegen, daß er auch nur einen Tag länger als die vorgeschriebenen sechs Monate im Amt bleibt.«

»Sechs Monate sind gar nichts im Vergleich zu dem, was ich brauche.« Sulla sprach, ohne sich von seinem Stuhl zu erheben. »Glaube mir, Lepidus, ich will dieses verfluchte Amt nicht einen Tag länger als unbedingt nötig, geschweige denn für den Rest meines Lebens. Sobald meine Arbeit getan ist, werde ich zurücktreten. Aber sechs Monate? Unmöglich!«

»Wieso?«

»Erstens befinden sich Roms Finanzen in einem chaotischen Zustand«, antwortete Sulla. »Allein diesem Zustand abzuhelfen, wird mindestens ein, wenn nicht sogar zwei Jahre in Anspruch nehmen. Siebenundzwanzig Legionen müssen aufgelöst werden, die Soldaten wollen Land, sie wollen ihren Sold. Die Männer, welche die gesetzlosen Regime von Marius, Cinna und Carbo unterstützt haben, müssen ausfindig gemacht werden. Wir müssen ihnen zeigen, daß sie ihrer gerechten Strafe nicht entgehen können. Die Gesetze Roms sind veraltet, insbesondere was die Regulierung der Gerichtsbarkeit und der Statthalter in den Provinzen betrifft. Die Beamten der Republik sind schlecht organisiert, Lethargie und Habgier haben sich unter ihnen breitgemacht. Aus den Tempeln wurden solche Mengen an Geld, Schätzen und Edelmetall geraubt, daß Roms Schatzkammer selbst nach diesem einen Jahr liederlichster Verschwendungssucht noch zweihundertachtzig Talente Gold und einhundertzwanzig Talente Silber beherbergt. Der Tempel des Jupiter Optimus Maximus ist eine ausgebrannte Ruine …« Sulla seufzte vernehmlich auf. »Muß ich noch mehr aufzählen, Lepidus?«

»Nein, ich sehe ein, daß diese Aufgabe sich nicht innerhalb von sechs Monaten erledigen läßt. Aber warum kannst du dich nicht, bis du getan hast, was du zu tun hast, alle sechs Monate erneut zum Diktator ernennen lassen?«

»Das könnte dir so gefallen, Lepidus!« fuhr Sulla den Senator an und verzog seinen zahnlosen Mund zu einem abstoßenden Grinsen. »Ja, ich sehe es ganz deutlich vor mir. Die Hälfte jeder Amtsperiode wäre ich damit beschäftigt, den Zenturiatskomitien Honig ums Maul zu schmieren! Ich würde sie anflehen müssen, mich erklären, mich entschuldigen müssen, ihnen nette kleine Bildchen aufmalen und in die Börse eines jeden adligen Geschäftsmannes pinkeln müssen, ich würde mich zur schäbigsten und stinkendsten Hure im gesamten römischen Reich erniedrigen!« Sulla erhob sich, ballte seine Fäuste und schüttelte sie drohend gegen Marcus Aemilius Lepidus. Seit er Rom verlassen hatte und gegen König Mithridates in den Krieg gezogen war, hatten die Senatoren keine Stimme mehr gehört, die so viel Gift zu verspritzen vermochte. »Wer, mein selbstsüchtiger Lepidus, hat sich denn in seiner Villa verkrochen? Und wer hat die Tochter eines Verräters geheiratet, hat versucht, sich zum König über Rom aufzuschwingen. *Ich mache es auf meine Art, oder ich mache es überhaupt nicht!* Habe ich mich klar genug ausgedrückt, ihr feiges und armseliges Pack selbstgerechter Kleingeister und Memmen? Ihr wollt Rom wieder groß sehen! Aber gleichzeitig wollt ihr den Mann, der eben dies unternimmt, zwingen, vor euch zu kuschen, zu betteln und zu kriechen. Nun, eingeschriebene Väter, ihr könnt euch gleich jetzt und hier entscheiden. Lucius Cornelius Sulla ist zurück in Rom, und er kann, wenn ihm der Sinn danach steht, so lange an den Grundfesten der Stadt rütteln, bis sie in Schutt und Asche liegt. Vor den Toren der Stadt stehen meine Soldaten. Wer hätte mich daran hindern wollen, sie in die Stadt zu führen und wie die Wölfe auf euch blökende Schafe loszuhetzen? Aber ich habe es nicht getan! Seit ich dem Senat angehöre, habe ich in seinem besten Interesse gehandelt. Und das tue ich noch immer. Friedlich und mit großer Zurückhaltung. Aber ich warne euch! Versucht nicht meine Geduld! Ich werde so lange Diktator sein, wie ich Diktator sein muß. Ist dir das klar, Lepidus? Ist das allen klar?«

Absolute Stille senkte sich über die Versammlung. Selbst Vatia und Metellus Pius saßen zitternd und mit bleichen Gesichtern auf ihren Stühlen und starrten erschreckt auf das entblößte Monster vor ihnen. Wie hatten sie nur vergessen können, welches Ungeheuer sich hinter Sullas Brust verbarg?

Ebenso bleich und zitternd starrte Lepidus Sulla an, aber der

Schrecken in ihm rührte nicht von dem Ungeheuer her, das sich in Sullas Brust verbarg. Lepidus dachte vielmehr an seine geliebte Appuleia, seine langjährige Frau, Schatz seines Herzens, Mutter seiner Söhne – und Tochter des Saturninus, der in der Tat versucht hatte, sich zum König von Rom zu erheben. Warum hatte Sulla in seinem giftspritzenden Ausfall auf sie Bezug genommen? Was hatte er vor, wenn er Diktator war?

Die Zenturiatskomitien hatten mehr als genug von Bürgerkriegen, von wirtschaftlichem Niedergang und von den zahllosen Legionen, die Italien von Norden nach Süden und wieder zurück durchzogen. Deshalb stimmten sie dafür, Lucius Cornelius Sulla zum Diktator auf unbestimmte Zeit zu ernennen. Die in einer *contio* am sechsten Novembertag verabschiedete *lex Valeria dictator legibus scribundis et rei publicae constituendae* trat mit dem dreiundzwanzigsten Tag desselben Monats in Kraft. Abgesehen von der Dauer der Diktatur beinhaltete das Gesetz keinerlei genauere Formulierungen. Die brauchte es auch gar nicht, da es Sulla praktisch unbegrenzte Macht übertrug und fürderhin untersagte, ihn auch nur für eine einzige seiner Handlungen zur Rechenschaft zu ziehen. Sulla konnte tun und beschließen, was ihm beliebte.

Viele in der Stadt erwarteten jetzt, da Sullas Ernennung zum Diktator feststand, einen Ausbruch hektischer Aktivitäten, aber Sulla unternahm nichts, bis seine Ernennung drei Markttage später ratifiziert wurde.

Sulla hatte sich in dem Haus des nach Africa geflüchteten Gnaeus Domitius Ahenobarbus niedergelassen. Sein eigenes Haus war nach der Übernahme Roms durch Gaius Marius und Cinna geplündert und bis auf die Grundmauern niedergebrannt worden. Er tat wenig, außer ausgiebige Spaziergänge durch die Stadt zu unternehmen. Er lief über den Cermalus auf dem nordwestlichen Palatin, stöberte in dem Schutthaufen herum und genoß den herrlichen Ausblick über den Circus Maximus hinweg auf den Aventin. In diesen Tagen konnte man ihm von der Morgendämmerung bis zum Sonnenuntergang an jedem beliebigen Ort der Stadt begegnen. Einmal stand er allein auf dem Forum Romanum und starrte zum Kapitol hoch, ein andermal wurde er neben der gigantischen Säule des Gaius Marius nahe der Rostra gesehen, dann wieder vor einer der zahlreichen kleineren Statuen seines alten Feindes, im Senatsgebäude oder im Tempel des Saturn. Er spazierte von dem großen Handelshaus der Aemilier im Hafen Roms am Ufer des Tiber entlang bis zum Tribarium, wo die jungen Männer schwammen. Er ging vom Forum Romanum zu jedem einzelnen der sechzehn Stadttore Roms. Er ging eine Straße hinauf und die nächste herunter.

Niemals verriet er auch nur das geringste Anzeichen, daß er um sein Leben oder sein Wohlergehen fürchtete, niemals fragte er einen Freund, ob er ihn nicht begleiten wolle, geschweige denn einen Leibwächter. Manchmal trug er eine Toga, meistens aber wickelte er sich einfach in einen bequemeren Umhang aus dickem Stoff – der Winter nahte und versprach, ebenso kalt zu werden wie der letzte. Einmal, an einem für die Jahreszeit ungewöhnlich warmen Tag, trug er lediglich seine Tunika, und man konnte sehen, wie *klein* er war. In ihrer Erinnerung sahen die Menschen immer noch den gutgebauten, mittelgroßen Mann vor sich, der er einst gewesen war. Jetzt aber war er in sich zusammengesunken und trippelte vornübergebeugt wie ein achtzigjähriger Greis durch die Straßen. Stets trug er seine entsetzliche orangefarbene Perücke auf dem Haupt, und da die Ausschläge in seinem Gesicht wieder nachgelassen hatten, erinnerte er sich einer alten Gewohnheit und färbte seine grauen Augenbrauen und Wimpern mit *stibium.*

Bereits seit einem Markttag stand Sullas Ernennung zum Diktator fest, aber noch immer war nichts geschehen. Diejenigen, die seinen Ausfall vor dem Senat miterlebt hatten und nicht, wie etwa Lepidus, direkt davon betroffen gewesen waren, fühlten sich inzwischen schon wieder sicher genug, um mit einer gewissen Verächtlichkeit in der Stimme über den durch Rom spazierenden Greis zu spotten. Wie kurzzeitig das menschliche Gedächtnis doch sein kann!

»Sulla gleicht einer billigen Hure«, spottete Hortensius hochnäsig. Er und Catulus hatten sich auf dem Forum getroffen.

»Ach, irgend jemand wird ihm auflauern und ihn ermorden«, antwortete Catulus gelangweilt.

»Wenn ihn nicht vorher ein Schlaganfall oder ein Krampf umbringt«, kicherte Hortensius, ergriff den linken Ärmel der Toga seines Schwagers und schüttelte ihn am Arm. »Ich frage mich nur, warum ich so verängstigt war! Sulla ist da, aber eigentlich ist er gar nicht da. Wo bleibt die harte Hand, mit der er Rom zu führen drohte? Ich glaube, Sulla ist gebrochen, Quintus, ein Opfer des voranschreitenden Altersschwachsinns.«

Eine Ansicht, die unter Römern aller Klassen mit jedem Tag populärer wurde, an dem sie Sullas schmächtige Gestalt mit der schlecht sitzenden Perücke und den nachlässig gepuderten Wimpern durch die Stadt schleichen sahen. Immer wieder hörten sie, wie er mit sich selbst sprach, unvermittelt den Kopf schüttelte oder jemanden anschrie, der gar nicht da war.

Sulla war ein eitler Mann, und es hatte ihn unglaubliche Überwindung gekostet, seine Gebrechlichkeit vor den Augen der Öffentlichkeit darzubieten. Nur er selbst wußte, wie sehr er darunter litt, was seine Krankheit ihm angetan hatte. Nur er konnte wissen, wie sehr er sich danach sehnte, wieder der großartige Mann zu sein, der er gewesen war, als er gegen König Mithridates in den Krieg gezogen war. Aber dann hatte er angefangen, einen großen Bogen um seinen Spiegel zu machen und sich zu sagen, daß er sein Spiegelbild um so eher würde vergessen können, je eher er sich dazu durchrang, Rom zu zeigen, was aus ihm geworden war. Und so geschah es. Sullas Spaziergänge waren keineswegs ziellos oder das Ergebnis eines einsetzenden Altersschwachsinns. Sulla streifte durch Rom, um zu sehen, was aus Rom geworden war, was Rom brauchte, was er zu tun hatte. Je mehr er sah, desto wütender wurde er – und desto aufgeregter. Denn in seiner Hand lag es, dieser verfallenden, zerbröckelnden Stadt wieder jene Schönheit zurückzugeben, für die sie einst so berühmt gewesen war.

Sulla wartete außerdem auf die Ankunft einiger Menschen, die ihm sehr wichtig waren, obschon er sie nicht wirklich liebte oder auch nur nötig hatte: seine Frau, ihre Zwillinge, seine erwachsene Tochter und deren Kinder sowie Ptolemaios Alexander, Erbe des ägyptischen Throns. Seit Monaten hatten sie unter Chrysogonus' Obhut zuerst in Griechenland, dann in Brundisium geduldig gewartet, jetzt sollten sie Ende Dezember in Rom eintreffen. Dalmatica würde sich mit Ahenobarbus' altem Haus begnügen müssen, bis der vor kurzem begonnene Wiederaufbau von Sullas eigener Villa abgeschlossen sein würde. Philippus war braungebrannt und erholt aus Sardinien zurückgekehrt, hatte den Senat ohne offizielles Mandat zusammengerufen und die hasenfüßige Versammlung so weit eingeschüchert, daß sie dafür gestimmt hatte, nichtexistierende öffentliche Mittel für den Wiederaufbau von Sullas Villa bereitzustellen. Philippus konnte sich Sullas Dank dafür sicher sein.

Am dreiundzwanzigsten November wurde Sullas Ernennung zum Diktator ratifiziert und als Gesetz verabschiedet. An diesem Tag wachte Rom auf und sah, daß jede einzelne Statue des Gaius Marius verschwunden war, vom Forum Romanum, vom Boarium, vom Holitorium, von allen Straßenkreuzungen und Plätzen. Verschwunden waren auch die Trophäen, die in Marius' Tempel auf dem Kapitol ausgestellt waren: erbeutete Rüstungen, Fahnen, Standarten, die zahllosen Tapferkeitsauszeichnungen, die ihm an die Brust geheftet worden waren, sowie die Rüstungen, die er in Africa, bei Aquae Sextia, Vercellae und Alba Fucentis getragen hatte. Auch die Standbilder von Cinna, Carbo, dem älteren Brutus, Norbanus und Scipio Asiagenus waren verschwunden; aber da ihre Zahl um vieles geringer war, wurde ihr Verschwinden weniger bemerkt. Marius hinterließ eine riesige Lücke, einen ganzen Wald verlassener Sockel, an denen selbst sein Name unleserlich gemacht worden war.

Zur gleichen Zeit gingen die ersten, noch leise geflüsterten Gerüchte um, die von dem Verschwinden von weit mehr als nur unbelebten Statuen zu berichten wußten. Auch *Männer* verschwanden, und zwar ausnahmslos solche, die eindeutig und lautstark Marius, Cinna oder Carbo oder auch alle drei unterstützt hatten. Ritter vor allem, die trotz darniederliegender Wirtschaft erfolgreich Geschäfte gemacht hatten: Sie hatten lukrative Aufträge aus dem Senat erhalten, Kredite an Parteigänger des Marius vergeben oder sich mittels ihrer Beziehungen zu Marius, Cinna oder Carbo auf irgendeine Weise bereichert. Zugegeben, noch hatte sich kein Senator in Luft aufgelöst, aber die Lücken, welche die plötzlich verschwundenen Männer hinterließen, waren nicht zu übersehen. Vielleicht lag es nur daran, daß die Römer aufmerksam geworden waren, vielleicht steckte aber auch eine bestimmte Absicht dahinter. Tatsache war jedenfalls, daß man jetzt Augenzeuge wurde, wie diese Männer verschwanden. Stets waren es Gruppen von zehn bis fünfzehn kräftigen, unauffällig gekleideten Männern, die Einlaß zur Villa eines Ritters begehrten, hereingebeten wurden, kurze Zeit später mit dem Ritter in ihrer Mitte wieder auf die Straße traten und mit ihm davonmarschierten – wohin, wußte niemand.

Die Römer fingen an, sich unwohl zu fühlen, und erkannten, daß die Spaziergänge ihres hutzeligen Herrn mehr als nur harmlose Ausflüge waren. Was zuerst auf eine fast traurige Art zur Belustigung der Leute beigetragen hatte, erhielt jetzt eine andere, schrecklichere Bedeutung; die unschuldigen Absonderlichkeiten von gestern wurden zu den bösen Ahnungen von heute und zur schrecklichen Realität von morgen. Sulla sprach auf seinen Spaziergängen mit niemandem, nur mit sich selbst. Viel zu oft stand er viel zu lange an einem Ort und starrte wer weiß was oder wen an. Und ein- oder zweimal schrie er sogar. Was hatte er vor? Und warum?

Je mehr dieses allgemeine Gefühl der Angst sich verbreitete, desto mehr fielen die seltsamen Aktivitäten jener harmlos erscheinenden Bürgergruppen auf, die an den Haustüren irgendwelcher Ritter anklopften. Immer öfter wurden sie gesehen, wie sie hier und da herumlungerten und Notizen machten, wie sie schattengleich einem vermögenden, mit Carbo verbundenen Bankier oder einem zu Reichtum gelangten Aktienhändler folgten, der bei Marius ein- und ausgegangen war. Immer mehr Männer verschwanden. Schließlich klopfte eine dieser Gruppen an der Tür eines Hinterbänklers aus dem Senat, der immer für Marius, für Cinna und für Carbo gestimmt hatte. Der Senator wurde nicht, wie die anderen, weggeführt. Kaum war er auf die Straße herausgetreten, zogen die davor versammelten Männer ihre Waffen, ein Schwert blitzte auf, und sein Kopf fiel mit einem dumpfen Laut zu Boden und rollte davon. Zurück blieb der Leib, dessen Blut in die Gosse rann. Der Kopf aber blieb verschwunden.

In den nächsten Tagen fand jeder Römer einen Vorwand, an der Rostra vorbeizudefilieren und die dort aufgespießten Köpfe zu zählen – Carbo, der junge Marius, Carrinas, Censorinus, Scipio Asiagenus, der ältere Brutus, Marius Gratidianus, Pontius Telesinus, Brutus Damasippus, Tiberius Gutta aus Capua, Soranus, Mutilus … Nein, das waren alle. Der Kopf des Hinterbänklers aus dem Senat stak nicht auf der Rostra. Genausowenig wie der Kopf eines der Männer, die kürzlich verschwunden waren. Unterdessen setzte Sulla seine Spaziergänge durch die Stadt fort. Während zuvor die Menschen angehalten und ihm mitleidig zugelächelt hatten, wenn sie ihn sahen, so packte sie jetzt bei seinem Anblick Angst und Schrecken, und sie bemühten sich, seinen Weg nicht zu kreuzen. Ganz ängstliche Naturen rannten gar weg, wenn sie ihn kommen sahen. Wo immer Sulla sich aufhielt, hielt sich niemand sonst auf. Hinter sich zurück ließ er eine Spur kalten Angstschweißes, wie er auf die Stirn der Menschen trat, wenn an den *dies religiosi* ein schlimmes Vorzeichen am Himmel erschien.

Niemals zuvor hatte sich einer der großen Römer so sehr hinter einem Mantel der Verschwiegenheit versteckt, waren Sinn und Zweck seiner Handlungen so rätselhaft und undurchschaubar gewesen. Sullas Verhalten war in höchstem Maße ungewöhnlich. Das Volk erwartete, daß er auf die Rostra stieg und ihm in großartigen Reden seine Absichten auseinandersetzte oder wenigstens, daß er dem Senat rhetorischen Sand in die Augen streute. Reden von einer großen Zukunft, endlose Litaneien über unhaltbare Mißstände, blumige Phrasen – alle warteten darauf, daß Sulla sein Schweigen brach, wenn schon nicht vor allen, so doch zumindest gegenüber seinen Vertrauten. Römer behielten Probleme nicht für sich, sie sprachen oft und gerne darüber. Aber Sulla? Nichts als Schweigen. Nur diese einsamen Spaziergänge, die weder auf eine Komplizenschaft noch ein Interesse an den Vorgängen hinwiesen. Und doch – all das konnte nur von Sulla ausgehen, von Sulla, dem schweigsamen, in sich versunkenen Herrn über Rom.

An den Kalenden des Dezember rief Sulla den Senat zu einer Sitzung zusammen, der ersten Sitzung, seit Flaccus gesprochen hatte. Oh, wie sich die Senatoren beeilten, rechtzeitig in der Curia Hostilia einzutreffen! Ihr Herz raste im Galopp, und doch fühlten sie in ihrem Inneren eine eisige Hand nach ihrem Leben greifen. Wie von einem Sturm gebeutelte Möwen saßen sie zusammengesunken in ihren Stühlen und wagten nicht, an die Decke der Curia hinaufzuschauen, so groß war ihre Furcht, dasselbe Schicksal wie Saturninus und seine Genossen zu erleiden, die mit vom Dach herabgeschleuderten Ziegeln erschlagen worden waren.

An niemandem war der namenlose Terror der vergangenen Tage spurlos vorübergegangen, an Flaccus Princeps Senatus und Metellus Pius ebensowenig wie an Sullas militärischem Liebling Ofella oder an seinen Handlangern Philippus und Cethegus. Und dabei sah Sulla, als er in das Senatsgebäude hereinschlurfte, aus, als könnte er keiner Fliege etwas zuleide tun. Eine mitleiderregende Gestalt! Abgesehen davon, daß er von vierundzwanzig Liktoren begleitet wurde. Das hatte es noch nie gegeben, das waren doppelt so viele Liktoren, wie einem Konsul zustanden, und doppelt so viele, wie frühere Diktatoren beansprucht hatten.

»Es ist an der Zeit, euch über meine Absichten aufzuklären«, sagte Sulla, der auf seinem elfenbeinernen Stuhl Platz genommen hatte. Mit jedem Wort stieß er eine kleine weiße Wolke aus, so kalt war es in der Halle. »Ich bin der rechtmäßige Diktator, und Lucius Valerius, der Vorsitzende des Senats, ist mein Reiteroberst. Nach den Bestimmungen des Gesetzes, durch das die Zenturiatskomitien mich in mein Amt erhoben haben, bin ich nicht verpflichtet, andere Amtsinhaber an meiner Seite wählen zu lassen. Doch in Rom werden die Jahre nach den Namen der jeweiligen Konsuln benannt, und mir liegt daran, diese Tradition beizubehalten. Ich will nicht, daß in einer späteren Zeit dieses kommende Jahr den Zusatz ›Unter der Diktatur des Lucius Cornelius Sulla‹ erhält. Mein Wunsch ist es, daß zwei Konsuln gewählt werden, des weiteren acht Prätoren, zwei kurulische und zwei plebejische Ädilen, zehn Volkstribunen und zwölf Quästoren. Und um Männer, die noch zu jung für den Senat sind, erste Erfahrungen in der Führung eines Amtes sammeln zu lassen, werden vierundzwanzig Militärtribunen gewählt. Zudem werde ich drei Männer ernennen, welche die Münzprägung überwachen, und drei Männer, die für Roms Kerker und Asyle zuständig sind.«

So sehr hatten Catulus und Hortensius sich vor dieser Senatssitzung geängstigt, daß sie mit verkrampften Schließmuskeln auf ihren Stühlen saßen und dagegen ankämpfen mußten, den Inhalt ihrer Gedärme auf den Boden zu entleeren. Ihre Hände zitterten so stark, daß sie sie vor den Augen der anderen verborgen hielten. Und jetzt hörten sie, die erwartet hatten, mit Dachziegeln gesteinigt oder aufgereiht und enthauptet oder zumindest enteignet und ins Exil geschickt zu werden, wie Sulla ankündigte, daß er Wahlen abhalten lassen wolle. Alles andere hatten sie erwartet, nur das nicht! War er am Ende doch unschuldig? Wußte er vielleicht wirklich nicht, was in Rom vor sich ging? Wer aber war dann für die Entführungen und Ermordungen verantwortlich?

»Natürlich ist euch allen klar, daß ich mit dem Wort Wahlen keine freien Wahlen meine«, fuhr Sulla fort, dessen Aussprache seit dem Verlust aller Zähne sehr undeutlich geworden war. »Ich werde euch und den verschiedenen Komitien mitteilen, wen ihr zu wählen habt. Freie Wahlen in Zeiten wie diesen abzuhalten, wäre absurd. Ich brauche Männer, die mir helfen, meine Arbeit zu tun. Männer also, die zu mir stehen, nicht Männer, die mir von den Wahlausschüssen aufgezwungen werden. Mithin bin ich in der Lage, euch mitzuteilen, wer im kommenden Jahr welches Amt ausüben wird. Sekretär, die Liste!« Sulla nahm ein Blatt Papier von dem neben ihm stehenden Diener entgegen, dessen einzige Aufgabe darin zu bestehen schien, auf dieses Blatt achtzugeben, während der neben ihm sitzende Schreiber, der jedes Wort, das Sulla von sich gab, mit einem Griffel auf Wachstäfelchen einritzte, von seiner Arbeit aufsah.

»Die Konsuln ... Erstgewählter – Marcus Tullius Decula. Zweitgewählter – Gnaeus Cornelius Dolabella–«

Weiter kam er nicht. Ein Schrei gellte durch den Saal, und eine Gestalt sprang auf: Quintus Lucretius Ofella.

»Nein! Ich sage nein! Du vergibst das Amt des Konsuls an *Decula*? Nein! Wer ist Decula? Eine Null, die wie die Made im Speck in Rom saß und es sich gutgehen ließ, während deine Getreuen auf dem Schlachtfeld für dich kämpften, Sulla. Wodurch hat Decula sich ausgezeichnet? Er hat noch nicht einmal Gelegenheit gehabt, dein Hinterteil abzuwischen! Dolabella, das kann ich verstehen, alle deine Legaten wissen, daß du dich mit ihm auf einen Handel eingelassen hast. Aber was hat dieser Decula getan, daß er sich das Amt des ersten Konsuls verdient hat? Ich sage nein und nochmals nein.«

Ofella hielt inne, um Luft zu holen.

»Meine Wahl für das Amt des erstgewählten Senators ist und bleibt Decula«, wiederholte Sulla kühl.

»Dann muß dir die Macht zur willkürlichen Ernennung abgesprochen werden, Sulla. Wir stellen Kandidaten auf und halten eine ordentliche Wahl ab. Ja, ich werde mich zur Wahl aufstellen!«

»Das wirst du nicht tun«, erwiderte Sulla sanft.

»Versuche doch, mich aufzuhalten!« rief Ofella und rannte aus der Halle hinaus. Vor dem Senatsgebäude hatte sich eine kleine Menge versammelt, die begierig war zu hören, wohin dieses erste Treffen zwischen dem Senat und Sulla seit seiner Ernennung zum Diktator führen würde. Unter ihnen befand sich keiner, der etwas von Sulla zu befürchten hatte, denn wer dazu Grund hatte, war lieber zu Hause geblieben. Ofella drängte sich ohne Rücksicht auf die Männer, die ihm im Weg standen, durch die Menge hindurch und eilte die Treppen vor der Curia Hostilia hinunter und über das Kopfsteinpflaster zum Brunnen am Versammlungsplatz der Komitien und bestieg die Rostra.

»Römer!« rief Ofella. »Kommt näher und hört, was ich euch über diesen ungesetzlichen Monarchen zu sagen habe, den wir zum Herrn über uns ernannt haben. Er sagt, daß die Konsuln gewählt werden sollen. Aber Kandidaten wird es keine geben, nur die beiden Männer, die er ausgewählt hat. Zwei unfähige und korrupte Idioten, deren einer, Marcus Tullius Decula, noch nicht einmal nobler Abstammung ist. Er ist der erste seiner Familie, der im Senat sitzt, ein Hinterbänkler, der sich unter dem verruchten Regime von Cinna und Carbo einen Prätorenposten erschlichen hat. Und doch soll er zum ersten Konsul ernannt werden, während Männer wie ich leer ausgehen.«

Sulla war aufgestanden und langsam über den mosaikverzierten Boden der Curia auf den Säulengang hinausgegangen. Hier war das Licht heller, und er blinzelte, während er scheinbar nur wenig interessiert Ofellas Auftritt auf der Rostra verfolgte. Ohne Aufsehen zu erregen, versammelten sich jetzt nach und nach rund fünfzehn gewöhnlich aussehende Männer am Fuße der zum Senatsgebäude hinaufführenden Stufen.

Langsam, einer nach dem anderen, wagten sich die anderen Senatoren heraus, um zu sehen und zu hören, was vor sich ging. Sie waren fasziniert von Sullas Gelassenheit und gleichzeitig beruhigt. Er war also doch nicht das Ungeheuer, für das sie ihn gehalten hatten, konnte es nicht sein.

»Hört her, Römer«, fuhr Ofella fort, der langsam in Fahrt kam. »Ich werde mich dieser Erniedrigung widersetzen. Ich habe mehr Anspruch auf das Amt des Konsuls als diese Null mit dem Namen Decula. Ich bin mir sicher, daß die Wahlausschüsse Roms, wenn sie die freie Wahl hätten, mich beiden von Sulla ernannten Männern vorziehen würden. Genauso wie ihre Wahl für die anderen Ämter anders ausfallen würde, wenn es Männer gäbe, die vortreten und sich als Kandidaten aufstellen lassen würden.«

Sullas Augen suchten und fanden die Augen des Anführers der Gruppe, die sich am Fuße der Treppe unter ihm versammelt hatte. Er nickte beinahe unmerklich, seufzte und lehnte seinen ermüdeten Körper gegen eine Säule.

Die Männer arbeiteten sich unauffällig durch die nicht allzu dicht stehende Menge bis zur Rostra vor, bestiegen sie und packten Ofella mit Händen, deren Griff nur scheinbar sanft war. Ofella wehrte sich verzweifelt, konnte gegen die erdrückende Übermacht aber nichts ausrichten. Es kam, wie es kommen mußte. Die Männer drückten Ofella nieder, bis er auf die Knie fiel, dann griff einer von ihnen nach seinen Haaren und zog seinen Kopf nach hinten, bis sein Nacken entblößt war. Ein Schwert blitzte auf und fiel nieder. Der Mann, der Ofellas Kopf gehalten hatte, stolperte nach hinten, als das Schwert den Hals durchtrennte. Er fing sich und hielt den Kopf hoch empor, so daß jedermann auf dem Platz ihn sehen konnte. Innerhalb weniger Augenblicke war das Forum wie leergefegt, nur noch die eingeschriebenen Väter des Senats standen stumm vor Schrecken da.

»Spießt den Kopf auf der Rostra auf«, rief Sulla den Männern zu, streckte sich und ging zurück in die Versammlungshalle.

Willenlos folgten ihm die Senatoren.

»Nun, das wäre erledigt. Wo war ich stehengeblieben?« Sulla hatte sich an seinen Sekretär gewandt, der sich vorbeugte und ihm etwas zuflüsterte. »Ach so, genau. Ich danke dir. Ich hatte mit der Verlesung der Konsuln geendet und wollte mit den Prätoren weitermachen. Sekretär, die Liste.« Sulla streckte die Hand aus und nahm das Blatt entgegen. »Danke. Um fortzufahren … Mamercus Aemilius Lepidus. Gaius Claudius Nero. Gnaeus Cornelius Dolabella der Jüngere. Lucius Fufidus. Quintus Lutatius Catulus. Marcus Minucius Thermus. Sextus Nonius Sufenas. Gaius Papirius Carbo. Den jüngeren Dolabella ernenne ich zum Stadtprätor und Mamercus zum Prätor für Fremdenprozesse.«

Eine in der Tat außergewöhnliche Liste! Lepidus und Catulus hätten bei einer regulären Wahl erwarten können, in ein Amt gewählt zu werden, aber im Senat saßen mehr als genügend Männer, die für Sulla gekämpft hatten und im richtigen Alter waren, und doch waren sie zugunsten dieser beiden übergangen worden. Fufidus war sozusagen ein Niemand, und Nonius Sufenas war der jüngere Sohn von Sullas Schwester. Nero war ebenso fettleibig wie dickköpfig, Thermus wiederum zwar ein guter Soldat, aber ein dermaßen schlechter Redner, daß sich das ganze Forum jeweils über ihn lustig machte. Um es sich ja mit allen Lagern zu verderben, verlieh Sulla den letzten Platz auf der Liste der Prätoren an einen Abkömmling der Carbo-Familie, der sich zwar mit Sulla verbündet, aber durch keine besonderen Heldentaten ausgezeichnet hatte.

»Wenigstens bist du dabei«, flüsterte Hortensius Catulus zu. »Mir bleibt nur die Hoffnung, nächstes Jahr auf der Liste zu stehen oder im darauffolgenden Jahr. Ihr Götter, was für ein Schmierentheater! Wie lange können wir das nur ertragen?«

»Die Prätoren sind unwichtig«, murmelte Catulus. »Sie werden sich alle hervortun wollen, Sulla ist viel zu klug, einen wichtigen Posten mit einem Mann zu besetzen, der nichts taugt. Daß er Decula zum Konsul ernannt hat, ist bezeichnend. Decula ist der geborene Bürokrat, und genau aus diesem Grund hat Sulla ihn ausgewählt, mußte er ihn auswählen, nachdem Dolabella ihn erpreßt hatte. Du wirst sehen, die Erlasse unseres Diktators werden peinlich genau umgesetzt werden, dafür steht Decula mit seiner Neigung zur Perfektion.«

Die Versammlung zog sich in die Länge, einer nach dem andern wurden die Namen der diesjährigen Amtsinhaber verlesen, ohne daß sich auch nur eine einzige weitere Stimme des Protestes erhob. Nachdem der letzte Name verlesen war, gab Sulla seinem Sekretär die Liste zurück und legte die Hände auf die Knie.

»Alles, was ich heute zu sagen hatte, habe ich gesagt, mit einer Ausnahme. Ich habe durchaus nicht übersehen, daß Rom Mangel leidet an Priestern und Auguren, und ich werde schon bald ein Gesetz erlassen, um diesem Mißstand abzuhelfen. *Aber vernehmt dies!*« Sullas Stimme war plötzlich lauter geworden, und die Senatoren schreckten in ihren Stühlen zusammen. »In Zukunft wird kein religiöses Amt mehr durch Wahl besetzt werden! Per Abstimmung zu entscheiden, wer den Göttern dienen soll, ist der Gipfel der Gotteslästerung! So verkommt ein in Ernst und Demut zu verrichtender Akt zu einem billigen politischen Zirkus, und Männer werden zu Priestern gemacht, die in ihrer Familie weder auf eine Tradition im Dienste der Götter zurückblicken können, noch über die notwendige Achtung vor ihnen verfügen.« Sulla stand auf. »Solange die Götter Roms nicht der Tradition entsprechend geehrt werden, kann Rom nicht prosperieren.«

Eine Stimme erhob sich. Mit einem spöttischen Ausdruck im Gesicht sank Sulla auf seinen Elfenbeinstuhl zurück. »Du wünschst zu sprechen, mein liebes Ferkel?« fragte er und benutzte den Spitznamen, den Metellus Pius von seinem Vater geerbt hatte.

Metellus Pius errötete, erhob sich aber mit einem Ausdruck unerschütterlicher Entschlossenheit. Seit seiner Ankunft in Rom am fünften Tag des November war es mit seinem Stottern, das er fast überwunden geglaubt hatte, stetig schlimmer geworden. Und er wußte genau, warum. Sulla! Metellus liebte Sulla, aber er fürchtete ihn auch. Dennoch, er war der Sohn seines Vaters, und Metellus Numidicus Schweinebacke hatte sich auf dem Forum lieber zweimal fürchterlich zusammenschlagen lassen und war einmal sogar ins Exil gegangen, statt eine ihm teure Überzeugung zu verraten. So gesehen war es fast seine Pflicht, in die Fußstapfen seines Vaters zu treten und die Ehre seiner Familie und nicht zuletzt seine eigene *dignitas* unter Beweis zu stellen.

»Lu-Lu-Lucius Cornelius, wü-wü-würdest du mir eine Fr-Frage beantworten?«

»Metellus, du stotterst ja!« rief Sulla beinahe fröhlich aus.

»D-d-das stimmt. E-Entschuldige mich. Ich werde mich bemühen«, preßte er mit fast übermenschlicher Anstrengung hervor. »Bist du dir bewußt, Lu-Lu-Lucius Cornelius, daß Männer getötet werden und ihr Eigentum hier in Rom und in ganz Italien kon-kon-konfisziert wird?«

Die versammelten Senatoren warteten mit angehaltenem Atem auf Sullas Antwort: Wußte er von den Morden? War er verantwortlich?

»Ja, dessen bin ich mir bewußt.«

Ein kollektiver Seufzer klang durch die Halle, und die angespannt lauschenden Senatoren sanken wieder auf ihren Stühlen zusammen. Was alle befürchtet hatten, hatte sich bewahrheitet.

»Ich ver-verstehe, d-d-daß es notwendig ist, die Sch-Sch-Schuldigen zu bestrafen.« Metellus Pius ließ sich nicht so leicht einschüchtern. »Könntest d-d-du mich über die näheren Um-Um-Umstände aufklären? Zum Bei-Bei-Beispiel, wo d-d-du die Grenze zu z-z-ziehen gedenkst? Wird es Gerichtsverhandlungen geben? Wer, wenn nicht ein ordentliches Gericht, befindet d-d-darüber, ob diese M-M-Männer des Verrats schuldig sind?«

»Ich, und zwar kraft meines Amtes, liebstes Ferkel«, erwiderte Sulla mit fester Stimme. »Ich weigere mich, staatliche Mittel und Zeit mit Verhandlungen gegen Männer zu verschwenden, die ganz offensichtlich schuldig sind.«

»K-k-könntest du mir sagen, wen du zu verschonen gedenkst«, bohrte Metellus Pius weiter.

»Ich fürchte, nein«, antwortete Sulla.

»Wenn du m-m-mir schon nicht sagen k-kannst, wen du verschonen wirst, k-kannst d-d-du mir wenigstens sagen, wen d-d-du bestrafen willst?«

»Diesen Gefallen, mein liebstes Ferkel, kann ich dir erweisen.«

»Dann wäre ich d-d-dir sehr verbunden, L-L-Lucius Cornelius, wenn du dein W-W-Wissen mit uns allen teilen würdest«, schloß Metellus Pius und stieß einen deutlich hörbaren Seufzer der Erleichterung aus.

»Nicht heute«, antwortete Sulla. »Wir werden morgen wieder zusammenkommen.«

Am nächsten Tag fanden sich alle Senatoren erneut in der Curia ein, wenn auch fast keiner den Anschein erweckte, als hätte er in der vergangenen Nacht auch nur eine Stunde Schlaf gefunden.

Sulla saß auf seinem Amtsstuhl und erwartete sie bereits. Neben ihm hatte der Schreiber mit seinen Wachstäfelchen und seinem Griffel Platz genommen, der Sekretär hielt eine Papierrolle. Kaum war die Senatssitzung mit dem vorgeschriebenen Opfer und den Orakeln für eröffnet erklärt, streckte Sulla seine Hand nach der Rolle aus. Er blickte dem armen, von Gram zerfressenen Metellus Pius direkt in die Augen.

»Hier ist eine Liste mit den Namen von Verrätern, die entweder bereits gestorben sind oder in Kürze sterben werden«, verkündete Sulla. »Ihr Eigentum fällt an den Staat und wird versteigert. Jeder Mann und jede Frau, der oder die einen der hier auf den Listen bezeichneten Männer sieht und es in die eigene Hand nimmt, diesen Mann in den Tod zu befördern, ist von jeder Strafe ausgenommen.« Er übergab die Liste seinem obersten Liktor. »Schlage diese Liste an der Rostra an«, befahl er. »Damit jedermann in Rom weiß, was zu fragen allein Quintus Caecilius den Mut hatte.«

»Wenn ich dich recht verstehe, darf ich jeden Mann, dessen Name auf der Liste steht, ungestraft töten?« fragte Catilina begierig. Catilina war zwar noch kein Senator, aber Sulla hatte ihn gebeten, bei dieser Sitzung anwesend zu sein.

»Ja, das darfst du, mein kleiner Tellerlecker! Und dir obendrein noch zwei Silbertalente verdienen.« Sulla sah in die Runde der Senatoren. »Natürlich werde ich diese Vorschriften betreffs der Ächtung von Verrätern per Gesetz beschließen. Ich werde nichts unternehmen, das nicht durch ein entsprechendes Gesetz abgesichert ist. Jedes ausbezahlte Kopfgeld wird in eigens dafür angelegten Büchern verzeichnet. Die Nachwelt soll erfahren können, wer zu unserer Zeit Kapital aus dieser Maßnahme schlug.«

Das klang zwar sehr schlicht, aber Männer wie Metellus Pius ließen sich nicht über die darin versteckte Boshaftigkeit Sullas hinwegtäuschen. Männern wie Catilina war dieser hinterhältige Stachel, falls sie ihn überhaupt wahrnahmen, offensichtlich gleichgültig.

Die erste Liste mit den Namen von geächteten Männern zählte vierzig Senatoren und fünfundsechzig Ritter. Angeführt wurde sie von Gaius Norbanus und Scipio Asiagenus, als nächste folgten Carbo und der junge Marius, Carrinas, Censorinus und Brutus Damasippus. Nicht genannt wurde der Name des älteren Brutus. Die meisten der aufgeführten Senatoren waren bereits tot, und der Zweck der Listen bestand vor allem darin, Rom darüber zu informieren, wessen Eigentum konfisziert werden würde. Die Listen gaben keine Auskunft darüber, ob der Betreffende bereits tot war oder noch unter den Lebenden weilte. Am nächsten Tag wurde eine zweite Liste an der Rostra angeschlagen, auf der die Namen von hundertzwanzig Rittern standen, am übernächsten Tag eine dritte, hundertfünfzehn Ritter umfassende Liste. Mit dem Senat hatte Sulla offensichtlich bereits abgerechnet, sein eigentliches Ziel war der Ritterstand, der *ordo equester.*

Sullas *leges Corneliae*, seine Gesetze bezüglich der Handhabung und Ausführung der Ächtungen, waren sehr umfangreich. Der Großteil des Gesetzeswerkes erschien innerhalb von nur zwei Tagen Anfang Dezember, und an den Nonen des Monats hatte bereits alles seine deculische Ordnung gefunden. Catulus hatte sich in seiner Einschätzung des ersten Konsuls nicht getäuscht. Jeder mögliche Fall war in Betracht gezogen worden. Das gesamte Eigentum der Familie eines geächteten Mannes fiel an den Staat und konnte auch nicht mehr rasch auf irgendeinen unbescholtenen Mittelsmann übertragen werden. Das Testament eines geächteten Mannes verlor seine Gültigkeit, kein darin Berücksichtigter durfte sein Erbe antreten. Ein geächteter Mann durfte von jedermann, egal ob Mann oder Frau, ob freier Bürger, Freigelassener oder Sklave, getötet werden. Die Belohnung, die auf die Tötung oder die Festnahme eines Geächteten ausgesetzt war, betrug zwei Silbertalente, die vom Schatzamt aus dem konfiszierten Vermögen beglichen und in öffentlich ausliegenden Büchern verzeichnet wurde. Ein Sklave, der Anspruch auf die Belohnung hatte, wurde freigelassen, ein Freigelassener wurde in einen ländlichen Tribus aufgenommen. Alle Männer, ob Zivilisten oder Soldaten, die, nachdem Scipio Asiagenus den Waffenstillstand gebrochen hatte, sich auf die Seite Carbos oder des jungen Marius gestellt hatten, wurden zu Staatsfeinden erklärt; jeder Mann, der einem Geächteten seinen Beistand oder seine Freundschaft anbot, erlitt dasselbe Schicksal. Den Söhnen und Enkeln der Geächteten wurde untersagt, ein kurulisches Amt zu bekleiden, das konfiszierte Eigentum zurückzukaufen oder sonstwie wieder in seinen Besitz zu gelangen. Für die Söhne und Enkel derjenigen Geächteten, die bereits tot waren, galten dieselben Beschränkungen wie für diejenigen, deren geächtete Väter oder Großväter noch am Leben waren. Das letzte Gesetz, das die Proskriptionen betraf, wurde am fünften Tag des Dezember erlassen und bestimmte, daß der Proskriptionsprozeß mit dem ersten Tag des kommenden Juni, in sechs Monaten also, enden werde.

So hatte Sulla gleich zu Beginn seiner Diktatur bewiesen, daß er nicht nur Herr und Meister über Rom war, sondern auch die Kunst der Erzeugung von Angst und Schrecken trefflich beherrschte. Nein, Sulla hatte die Zeit, in der ihn seine Krankheit an den Rand des Wahnsinns getrieben hatte, nicht nur in willenlosem Dahindämmern oder hilflosem Suff verbracht. Er hatte sich über viele Dinge gründlich Gedanken gemacht. Etwa darüber, wie er Rom beherrschen könnte; wie er vorgehen würde, wenn er Herr über Rom war; wie er in jedem Mann, in jeder Frau und in jedem Kind eine Gesinnung erzeugen könnte, die es ihm erlauben würde, seine Pläne ohne Widerstand in die Tat umzusetzen. Keine Soldaten, die an den Straßenecken patrouillierten, sondern dunkle Schatten in den Köpfen der Menschen, Ängste, die Grund zur Hoffnung und Grund zur Verzweiflung waren. Sullas Spießgesellen waren unscheinbare Menschen aus dem Volk, manchmal war es der Nachbar oder ein alter Freund des Mannes, der ihn ausfindig machte und fortführte. Es kam mehr darauf an, ein dauerhaftes Klima zu erzeugen als einen Sturm. Mit einem Sturm kamen die Menschen zurecht, aber mit dem Klima? Das Klima konnte die Menschen zur Verzweiflung treiben.

Daran hatte er gedacht, als er auf seinem Lager lag und sich die Haut in blutigen Fetzen vom Leib riß. Daß er ein alter, häßlicher und verbitterter Mann war, dem das Schicksal das wundervollste Spielzeug der Welt in die Hand gegeben hatte: Rom! Rom mitsamt seinen Männern und Frauen, seinen Hunden und Katzen, den Sklaven und Freigelassenen, den Gemeinen, den Rittern und den Aristokraten. Inmitten des rasenden Schmerzes hatte er mehr als genug Zeit gefunden, sich seiner offenen Rechnungen zu erinnern, seinen alten, kalt und böse gewordenen Haß aufzufrischen und genüßlich seine Rache zu planen.

Der Diktator war da.

Der Diktator streckte seine rachsüchtigen Hände nach seinem neuen Spielzeug aus.

TEIL ZWEI

Dezember 82 v. Chr.
bis Mai 81 v. Chr.

LUCIUS CORNELIUS SULLA FELIX

Es war Anfang Dezember, und alles entwickelte sich ganz nach Sullas Wunsch. Die meisten scheuten zwar noch davor zurück, einen in den Listen aufgeführten Mann zu töten, doch andere, wie etwa Catilina, waren weniger empfindlich, und so wuchs die Menge der konfiszierten Gelder und Besitztümer rasch. Deswegen hatte Sulla ja auch zum Mittel der Proskription gegriffen; denn irgendwoher mußten die gewaltigen Summen kommen, die Rom brauchte, um seine Finanzen wieder in Ordnung zu bringen. In ruhigeren Zeiten hätte Sulla sich das Geld aus den Provinzen beschafft, aber infolge von Mithridates Umtrieben im Osten und den Unruhen in den beiden spanischen Provinzen waren die Einnahmen stark zurückgegangen und auf absehbare Zeit war es nicht möglich, von Spanien zusätzliche Mittel zu holen. Also mußten Rom und Italien bluten – aber die Last konnte weder dem einfachen Volk noch Sullas getreuen Anhängern aufgebürdet werden.

Sulla hatte den Ritterstand nie geliebt – jene einundneunzig Zenturien der ersten Klasse, der die Handel treibenden Ritter angehörten, vor allem aber jene achtzehn Zenturien des alten Adels, die Anrecht auf ein Staatspferd hatten. Viele dieser Ritter hatten unter der Herrschaft von Marius, Cinna und Carbo Fett angesetzt; sie sollten Roms wirtschaftlichen Aufschwung bezahlen. Eine perfekte Lösung! dachte der Diktator schadenfroh: So konnte er die leeren Kassen Roms füllen und sich zugleich seiner Feinde entledigen.

Außerdem hatte Sulla beschlossen, einem weiteren Übel ein für allemal abzuhelfen – Samnium. Er hatte Cethegus und Verres, zwei der schlimmsten Offiziere, mit vier tüchtigen Legionen dorthin entsandt.

»Laßt keinen Stein auf dem anderen«, hatte er gesagt. »Macht

Samnium dem Erdboden gleich. Kein Mensch soll jemals mehr dort leben wollen, auch nicht der glühendste samnitische Patriot. Fällt die Bäume, verwüstet die Felder und Gärten, zerstört die Städte, und« – Sulla lächelte kalt – »schlagt allem den Kopf ab, was zu groß geworden ist.«

Das würde Samnium eine Lehre sein. Und zwei Männer von Rom fernhalten, die ihm im kommenden Jahr nur lästig gewesen wären. Sie würden nicht so schnell zurückkehren, denn in Samnium wartete viel Geld auf sie – von dem sie kaum alles an das Schatzamt weiterleiten würden.

Just zu dieser Zeit kehrte Sullas Familie nach Rom zurück und gab ihm wieder ein Gefühl der Normalität, das er brauchte und vermißt hatte, ohne sich dessen bewußt zu sein. Wie hätte er auch ahnen sollen, daß der Anblick Dalmaticas ihn so sehr aus der Fassung bringen würde? Er starrte sie an wie ein junger Bursche, der plötzlich der Frau seiner Träume gegenübersteht; seine Knie gaben unter ihm nach, und er mußte sich rasch setzen.

Wie schön sie immer noch war, mit ihren großen grauen Augen, der braunen Haut und dem dunklen Haar. Und ihr Blick, der immer gleich liebevoll schien, egal, wie alt oder häßlich Sulla geworden sein mochte. Sie saß auf seinem Schoß, die Arme um seinen knochigen Hals geschlungen, und drückte sein Gesicht an ihre Brüste, während sie seinen schorfigen Kopf streichelte und ihre Lippen darauf preßte, als sei er noch immer jenes strahlende, mit rotgoldenen Haaren geschmückte Haupt von einst. Doch da hob sie schon seinen Kopf empor, und er spürte, wie ihr lieblicher Mund seine runzligen Lippen umfing und wieder erblühen ließ ... Die Kraft kehrte in seine Glieder zurück, und er nahm sie in die Arme, stand auf und trug sie triumphierend in ihr gemeinsames Zimmer ... Vielleicht, dachte er, während er in ihr versank, bin ich doch imstande, zu lieben.

»Wie sehr ich dich vermißt habe«, sagte er.

»Und wie sehr ich dich liebe«, antwortete sie.

»Zwei Jahre ...! Zwei Jahre ist es nun her.«

»Mir kommt es vor wie zweitausend Jahre.«

Die erste Leidenschaft war gestillt. Die Geliebte verwandelte sich in die Gattin, die ihren Mann voller Fürsorge betrachtete.

»Deine Haut sieht viel besser aus!«

»Morsimus hat mir eine Salbe geschickt.«

»Hat es aufgehört zu jucken?«

»Ja.«

Dann wurde aus der Gattin die Mutter, und sie ließ ihm keine Ruhe, bis er ihr in das Zimmer der Kinder folgte und den kleinen Faustus und die kleine Fausta begrüßte.

»Sie sind kaum älter als zwei Jahre, die Zeit unserer Trennung«, sagte er mit einem Seufzer. »Sie sehen Metellus Numidicus ähnlich.«

Dalmatica unterdrückte ein Kichern. »Ich weiß! Die armen kleinen Dinger.«

Und jetzt lachten sie beide. Es war einer der glücklichsten Tage in Sullas Leben.

Die Zwillinge, die nicht verstanden, warum sich ihre Mutter und dieser wunderlich aussehende alte Mann lachend in die Arme fielen, sahen unsicher lächelnd zu ihnen auf. Doch dann konnten auch sie der Versuchung, in das Gelächter einzustimmen, nicht mehr widerstehen. Und auch wenn Sulla sie deshalb nicht plötzlich innig liebte, fand er doch, daß sie nette kleine Kinder waren, mochten sie auch aussehen wie ihr Großonkel Quintus Caecilius Metellus Numidicus Schweinebacke – den ihr Vater ermordet hatte. Welche Ironie, dachte Sulla, wollen die Götter mich auf diese Weise strafen? Ein Grieche hätte das geglaubt, aber er war Römer – und würde außerdem schon lange tot sein, ehe die beiden Kinder alt genug waren, sich an irgend jemandem zu rächen.

Auch der Rest der Familie, darunter Sullas erwachsene Tochter Cornelia Sulla mit den beiden Kindern, die sie ihrem verstorbenen ersten Gatten geboren hatte, war wohlauf. Pompeia war jetzt acht Jahre alt und ging ganz im Bewußtsein ihrer Schönheit auf, und der sechsjährige Quintus Pompeius Rufus machte seinem Nachnamen alle Ehre: Er war nicht nur rothaarig, sondern hatte auch eine rote Haut und rote Augen.

»Und wie geht es meinem Gast, der die heilige Stadtgrenze nicht überschreiten darf?« fragte Sulla seinen Verwalter Chrysogonus, der sich um Sullas Familie gekümmert hatte.

Der Verwalter war etwas dünner, als Sulla ihn in Erinnerung hatte. Es konnte wahrhaftig keine leichte Aufgabe gewesen sein, so viele Menschen mit derart ausgeprägten und verschiedenen Charakteren zusammenzuhalten. Chrysogonus verdrehte seine ausdrucksvollen, dunklen Augen und zuckte mit den Achseln.

»Ich fürchte, dein Gast wird die Stadtgrenze nicht respektieren, wenn du ihn nicht persönlich aufsuchst und ihm die Gründe dafür darlegst, Lucius Cornelius. Ich habe es versucht! Und wie! Aber er hält mich für einen kleinen Diener, der es nicht wert ist, daß man ihn beachtet und ihm zuhört.«

Das sah Ptolemaios Alexander ähnlich, dachte Sulla und machte sich auf den Weg zu dem Gasthaus am ersten Meilenstein der Via Appia, in dem Chrysogonus den hochnäsigen und mimosenhaften Prinzen aus Ägypten untergebracht hatte. Seit der Prinz vor drei Jahren in Pergamon aufgetaucht war, war er ihm nur zur Last gefallen.

Ptolemaios Alexander hatte behauptet, er sei vom pontischen Hof geflohen, und Sulla um Asyl gebeten, das dieser ihm nach einigen Nachforschungen denn auch gewährte. Denn der Bittsteller war tatsächlich Ptolemaios Alexander der Jüngere, der einzige rechtmäßige Sohn des Pharao, der bei dem Versuch, seinen Thron zurückzuerobern, umgekommen war. Im selben Jahr hatte Mithridates Ptolemaios Alexander und seine beiden unehelich geborenen Vettern nach Pontos entführt, und Ägypten war seitdem fest in der Hand des Ptolemaios Soter mit dem Spitznamen »Lathyros«, Kichererbse, der den Titel des Pharao von seinem verstorbenen jüngeren Bruder übernommen hatte.

Ein Blick auf den jüngeren Ptolemaios Alexander hatte Sulla genügt, um zu verstehen, warum die Ägypter lieber vom alten Ptolemaios Lathyros regiert werden wollten. Ptolemaios Alexander der Jüngere war eine sehr weibische Erscheinung und kleidete sich mit Vorliebe als Reinkarnation der Isis. Nach dem Vorbild der hellenisierten ägyptischen Göttin schlang er sich wallende Tücher um den Leib, setzte sich eine Perücke mit goldenen Locken und eine goldene Krone auf den Kopf und bemalte sein Gesicht dick mit Schminke. So herausgeputzt, stolzierte er mit schmachtenden Blicken umher, klimperte mit den Augenwimpern, lispelte und lachte affektiert. Sullas scharfem Blick war freilich nicht entgangen, daß hinter dem weibischen Getue ein harter Kern verborgen lag.

Ptolemaios Alexander hatte Sulla von den drei schrecklichen Jahren berichtet, die er als Gefangener am Hof des Mithridates verbracht hatte. Mithridates, ein fanatischer Heterosexueller, war davon überzeugt, weibische Männer »heilen« zu können; er hatte den jungen Ptolemaios Alexander deshalb einer Erniedrigung nach der anderen ausgesetzt, mit dem einzigen Ziel, dem armen Burschen seine Neigungen auszutreiben. Doch vergebens! Zu pontischen Liebesdienerinnen und Straßenhuren ins Bett geworfen, hatte Ptolemaios Alexander nicht mehr zuwege gebracht, als seinen Kopf über den Rand des Bettes zu strecken und sich zu übergeben. Als er gezwungen wurde, eine Rüstung anzulegen und mit hundert feixenden Soldaten Gewaltmärsche zu absolvieren, war er weinend zusammengebrochen. Daß man ihn mit Fäusten geschlagen und ausgepeitscht hatte, hatte ihn nur in höchstem Grade erregt. Auch auf dem Marktplatz von Amisus, wo man ihn in seinem vollen Ornat der Menge vorgeführt hatte und verfaulte Früchte, Eier, Gemüse und hie und da sogar ein Stein auf ihn niedergeprasselt waren, hatte er nicht klein beigegeben.

Dann war Mithridates im Krieg gegen Rom von Sulla in die Enge getrieben worden, und der pontische Hof löste sich auf. Ptolemaios Alexander hatte die Gelegenheit ergriffen und war zu Sulla geflohen.

»Meine beiden Bastarde von Vettern haben es natürlich vorgezogen, in Amisus zu bleiben«, hatte er Sulla ins Ohr gelispelt. »Ihnen hat es an diesem abscheulichen Ort hervorragend gefallen. Sie haben die Töchter geheiratet, die Mithridates von seiner halb parthischen, halb seleukidischen Frau Antiochis hatte. Sollen sie doch Pontos mitsamt allen Töchtern des Königs behalten. Ich hasse das Land!«

»Und was willst du von mir?« fragte Sulla.

»Asyl! Eine Bleibe in Rom, wenn du dorthin zurückkehrst. Und wenn Lathyros Kichererbse stirbt, den ägyptischen Thron. Berenice, seine Tochter, herrscht an seiner Seite als Königin, aber heiraten kann er sie natürlich nicht – er könnte nur eine Tante, Base oder Schwester heiraten, und die hat er nicht. Da der ägyptische Thron über die mütterliche Linie weitervererbt wird, wird der

König nur König, wenn er die Königin oder die älteste Tochter der Linie heiratet. Ich bin als einziger rechtmäßiger Ptolemäer noch am Leben. Die Alexandriner – deren Stimme in dieser Sache allein ausschlaggebend ist, seit die mazedonischen Ptolemäer Alexandria zur Hauptstadt gemacht haben – werden dafür eintreten, daß ich Lathyros Kichererbse beerbe und Königin Berenice zur Frau nehme. Wenn Lathyros Kichererbse also stirbt, schicke du mich als seinen Nachfolger nach Alexandria – mit Roms ausdrücklicher Zustimmung.«

Sulla musterte Ptolemaios Alexander amüsiert und dachte einen Augenblick über seinen Vorschlag nach. Dann sagte er: »Heiraten kannst du die Königin natürlich, aber wirst du auch Kinder von ihr bekommen?«

»Wahrscheinlich nicht«, antwortete der Prinz gefaßt.

»Wozu dann überhaupt heiraten?« Sulla grinste.

Verständnislos starrte Ptolemaios Alexander ihn an. »Ich will Pharao Ägyptens werden, Lucius Cornelius«, beharrte er mit fester Stimme. »Der Thron steht mir rechtmäßig zu. Was mit ihm nach meinem Tod geschieht, ist mir egal.«

»Wer könnte sonst noch Anspruch auf den Thron erheben?«

»Nur meine beiden Bastard-Vettern, die jetzt Mithridates' und Tigranes' Stiefel lecken. Kurz bevor ich floh, kam ein Bote von Mithridates zu uns und sagte, wir sollten in den Süden zu Tigranes geschickt werden. Offensichtlich wollte Mithridates verhindern, daß wir in römische Hände geraten, wenn Pontos fallen sollte.«

»Deine Bastard-Vettern sind also womöglich gar nicht mehr in Amisus?«

»Sie waren dort, als ich floh. Mehr weiß ich auch nicht.«

Sulla musterte die herausgeputzte Gestalt. »Meinetwegen, Prinz Alexander, ich werde dir Asyl gewähren. Du kannst mich begleiten, wenn ich nach Rom zurückkehre. Was deine Gelüste auf die Doppelkrone Ägyptens betrifft, so unterhalten wir uns darüber am besten, wenn die Zeit reif ist.«

Als Sulla jetzt auf dem Weg zu Ptolemaios Alexander war, war die Zeit freilich noch nicht reif, und Sulla sah die Schwierigkeiten, vor denen Ptolemaios Alexander der Jüngere stand, inzwischen deutlicher. Aber natürlich hatte er einen Plan; wäre ihm dieser nicht bei der ersten Begegnung mit Ptolemaios Alexander eingefallen, hätte er den jungen Mann ohne Bedenken zu seinem Onkel Lathyros Kichererbse nach Alexandria geschickt und seine Hände in Unschuld gewaschen. Jetzt hatte er sich auf den Plan eingelassen und konnte nur noch darauf hoffen, so lange zu leben, bis er Früchte trug. Denn Lathyros Kichererbse war zwar um einiges älter als Sulla, erfreute sich aber offensichtlich bester Gesundheit, und Alexandria, hieß es, hatte ein gesundes Klima.

Sulla wurde in den besten Raum des Gasthauses geführt, wo ihn der Prinz empfing. »Ich fürchte, Prinz Alexander«, sagte er, ohne sich zu setzen, »daß ich dich kaum all die Jahre, die dein Onkel zum Sterben braucht, auf Kosten Roms versorgen kann – auch nicht in einer Herberge wie dieser.«

Die dunklen Augen des Ägypters blitzten zornig, und sein Körper spannte sich wie der einer Schlange vor dem Zupacken. »Einer Herberge wie dieser? Eher kehre ich nach Amisus zurück, als daß ich hier bleibe.«

»In Athen«, entgegnete Sulla kalt, »wurdest du auf Kosten der Athener königlich untergebracht – dank der Geschenke, die dein Onkel der Stadt überreichte, nachdem ich gezwungen gewesen war, sie teilweise zu plündern und einigen Schaden anzurichten. Nun, das war das gute Recht der Athener. Mich hast du dort nichts gekostet. Aber hier würdest du mich ein Vermögen kosten, und das kann Rom sich nicht leisten. Du hast die Wahl: Entweder du nimmst auf Kosten Roms ein Schiff nach Alexandria und schließt mit deinem Onkel Lathyros Kichererbse Frieden. Oder du handelst mit einem Geldleiher in der Stadt einen Kredit aus, mietest dir auf dem Pincius oder in einer anderen schönen Wohngegend vor der Stadt ein Haus mitsamt Dienerschaft und bleibst dort, bis dein Onkel stirbt.«

Es war schwer festzustellen, ob Ptolemaios Alexander unter der dicken Schicht von Schminke erbleichte, jedenfalls bildete Sulla sich das ein. Der Ägypter wirkte auf einmal ganz kleinlaut.

»Ich kann nicht nach Alexandria zurück, mein Onkel würde mich töten lassen!«

»Dann handle einen Kredit aus.«

»Gut, das will ich. Sage mir nur, wie!«

»Chrysogonus wird dir helfen. Er kennt sich in solchen Dingen aus.« Sulla ging zur Tür. »Noch etwas, Prinz Alexander. Du darfst Rom unter keinen Umständen betreten.«

»Aber hier komme ich um vor Langeweile.«

»Das bezweifle ich«, antwortete Sulla spöttisch. »Warte, bis bekannt wird, daß du Geld und ein komfortables Haus besitzt. Was zusammengehört, hat noch immer zusammengefunden. Alexandria ist weit, und ich gehe davon aus, daß du der rechtmäßige König Ägyptens sein wirst, sobald Lathyros Kichererbse tot ist. Wann das allerdings sein wird, wissen wir erst, wenn eine entsprechende Nachricht in Rom eintrifft. Rom duldet jedoch keinen amtierenden Herrscher innerhalb der Stadtgrenze. Deshalb darfst du die Stadt nicht betreten. Mißachte meinen Befehl, und du brauchst nicht nach Alexandria zurückzukehren, um einen vorzeitigen Tod zu finden.«

Ptolemaios Alexander brach in Tränen aus. »Du bist ein furchtbarer und abscheulicher Mensch.«

Auf dem Weg zur Porta Capena brach Sulla mehrere Male in wieherndes Gelächter aus. Wenn hier jemand furchtbar und abscheulich war, dann Ptolemaios Alexander! Aber der Prinz konnte ihm auch nützen – wenn nur Lathyros Kichererbse genügend Anstand hatte, zu sterben, solange er, Sulla, noch Diktator war. Beim Gedanken daran, was er tun würde, wenn der ägyptische Thron verwaist war, stampfte er übermütig auf.

Weil er in Gedanken im sagenhaften Alexandria war, bemerkte er nicht, daß sein Lachen und sein absonderlicher Gang von den Menschen, die seinen Weg kreuzten, als Vorzeichen des Schreckens gedeutet wurden.

Viel mehr beschäftigte Sulla zu dieser Zeit jedoch die Religion. Gleich den meisten Römern verband er mit dem Namen eines Gottes nicht in erster Linie eine menschliche Gestalt – wie die Griechen es taten und wie es gegenwärtig Mode war. Denn es galt als Zeichen von Kultiviertheit und Fortschrittlichkeit, Bellona als bewaffnete Göttin darzustellen, Ceres als wohlgestalte, eine Weizengarbe haltende Matrone und Merkur mit einer geflügelten Mütze und geflügelten Sandalen. Die Gesellschaft war hellenistisch geprägt und verachtete abstrakte Götter als barbarisch, geistlos und verschiedenartiger menschlicher Regungen unfähig.

Die Götter der Griechen waren im Grunde menschliche Wesen mit übermenschlichen Fähigkeiten, denn die Griechen konnten sich kein vielschichtigeres Wesen als den Menschen vorstellen. Deshalb war Zeus, der König des griechischen Pantheons, eine Art mächtiger, wenngleich nicht allmächtiger römischer Zensor, der anderen Göttern Aufgaben übertrug, und diese wiederum gefielen sich darin, ihn übers Ohr zu hauen, ihn zu erpressen und sich aufzuführen wie römische Volkstribunen.

Aber Sulla war Römer, der wußte, daß man die Götter nicht anfassen konnte, wie die Griechen es sich einbildeten: Die Götter waren nicht wie die Menschen, sie hatten keine Augen, sie führten keine Gespräche, sie dachten nicht in der Art der Menschen, und sie hatten keine über*menschlichen* Kräfte. Sulla erkannte in den Göttern Kräfte, die bestimmte Ereignisse geschehen ließen und andere, ihnen untergeordnete Kräfte lenkten. Sie schöpften ihre Kraft aus anderem Leben und ließen sich deshalb Lebewesen opfern. Sie brauchten nicht nur in ihrer eigenen, sondern auch in der irdischen Welt Ordnung und Regeln, denn die Ordnung in der Welt der Menschen half ihnen, die Ordnung in der Welt der Kräfte aufrechtzuerhalten.

Es gab Kräfte, die in Speisekammern, Scheunen, Kellern und Lagerhallen wohnten und sie gut gefüllt sehen wollten – die sogenannten Penaten. Die Kräfte, die Schiffe antrieben, über Wegkreuzungen wachten und unter unbelebten Dingen für Ordnung sorgten, hießen Laren. Dann wieder existierten Kräfte, die in den Bäumen lebten und diese veranlaßten, über der Erde Äste und Blätter und unter der Erde Wurzeln zu treiben, und Kräfte, die das Wasser süß machten und dafür sorgten, daß die Flüsse in die Meere flossen. Die Kraft, die bestimmten Menschen Glück und Reichtum schenkte, den meisten jedoch weniger und einigen gar nichts, hieß Fortuna. Und die Kraft mit dem Namen Jupiter Optimus Maximus war die Summe all dieser Kräfte, das Bindegewebe, das die anderen Kräfte auf sinnhafte, wenngleich den Menschen rätselhafte Art miteinander verband.

Sulla spürte deutlich, daß Rom den Kontakt mit seinen Göttern, mit seinen Kräften verloren hatte. Warum sonst war der große Tempel niedergebrannt? Warum sonst hatten sich die unersetzlichen Aufzeichnungen, die prophetischen Bücher in Rauch aufgelöst? Die Menschen fingen an, Geheimnisse zu vergessen, strenge Formeln und Worte, die göttliche Kräfte lenkten. Die Wählbarkeit von Priestern und Auguren störte das Gleichgewicht innerhalb des Priesterkollegiums, verhinderte jene feine Regulierung, die nur möglich war, wenn, wie es seit undenkbaren Zeiten der Fall gewesen war und in alle Ewigkeit sein mußte, dieselben Familien dieselben religiösen Ämter ausübten.

Bevor Sulla seine Energien also darauf verwenden konnte, Roms hinfällige Institutionen und Gesetze zu stärken, mußte er zuerst den Himmel über Rom reinigen, die göttlichen Kräfte ordnen und ihnen ermöglichen, wieder frei zu fließen. Wie durfte Rom ein günstiges Schicksal erwarten, wenn jemand sich dazu versteigen konnte, ohne jeden Anstand lauthals den geheimen Namen der Stadt hinauszubrüllen? Wie konnte Rom auf Wohlstand hoffen, wenn die Tempel der Stadt geplündert und ihre Priester ermordet wurden? Vergessen war, daß er einst selbst die Tempel der Stadt hatte brandschatzen wollen. Er wußte nur, daß er es nicht getan hatte, obwohl er gegen einen mächtigen Feind gekämpft hatte. Vergessen war auch seine Einstellung zu den Göttern in jenen Tagen, als Krankheit und Wein sein Leben noch nicht ruiniert hatten.

Der Brand des großen Tempels war ein Zeichen gewesen, das hatte er zuinnerst gespürt. In seine Hand war es nun gegeben, Chaos und Auflösung Einhalt zu gebieten. Er rief Priester und Auguren in Roms ältestem Tempel zusammen, dem Tempel des Jupiter Feretrius auf dem Kapitol, der noch aus unverputzten Kalktuffquadern erbaut und von Romulus geweiht worden war. Der Eingang ruhte lediglich auf zwei quadratischen Säulen, und der Innenraum enthielt keine Götterstatue. Auf einem schlichten rechteckigen Sockel lagen ein Elektrumstab von der Länge einer Elle und ein schwarzer, glasig schimmernder Feuerstein aus Quarz. Der Raum wurde nur von dem durch die Tür einfallenden Licht erhellt und roch durchdringend nach Mäusekot, Schimmel, Moder und Staub. Er maß nur drei mal zwei Meter, Sulla war deshalb froh, daß weder das Priester- noch das Augurenkollegium vollzählig erschienen war.

Sulla selbst bekleidete wie Marcus Antonius, der jüngere Dolabella und Catilina das Amt eines Augurs. Im Priesterkollegium war Gaius Aurelius Cotta das dienstälteste Mitglied, dicht gefolgt von Metellus Pius und Flaccus, dem Reiterobersten, Senatsvorsitzenden und Priester des Mars. Weiter waren erschienen Catulus, Mamercus, der Rex Sacrorum Lucius Claudius vom einzigen Zweig der Claudier mit dem Vornamen Lucius und der jüngere Brutus, der sehr besorgt aussah, weil er sich ganz offensichtlich fragte, ob und wann sein Name auf den Listen erscheinen würde.

»Wir haben keinen Pontifex Maximus«, begann Sulla, »und unsere Reihen haben sich gelichtet. Ich weiß, ich hätte einen angenehmeren Ort für unsere Zusammenkunft wählen können, aber ich bin überzeugt, daß es unseren Göttern gefällt, wenn wir uns ein wenig bescheiden. Wir haben uns viel zu lange unseren Göttern überlegen gefühlt und sie dadurch erzürnt. Es war kein Zufall, daß gerade der Tempel des Jupiter Optimus Maximus abbrannte, mit dessen Bau im Jahr der Gründung der Republik begonnen wurde. Er brannte nieder, weil der mächtige und gewaltige Jupiter sich vom Senat und vom Volk von Rom betrogen fühlt. Wir sind nicht so einfältig oder leichtgläubig, daß wir den Vorstellungen der Barbaren vom göttlichen Zorn anhängen. Der Blitz, der einen Menschen erschlägt, oder die Säule, die ihn unter sich begräbt, sind natürliche Ereignisse, die lediglich das persönliche Unglück eines Menschen anzeigen. Aber es gibt Anzeichen des göttlichen Zorns, und der Brand des Jupitertempels gehört dazu. Wenn wir noch im Besitz der Sibyllinischen Bücher wären, könnten wir wahrscheinlich mehr darüber in Erfahrung bringen, aber leider sind sie wie auch die Amtskalender der Magistraten, die Zwölf Tafeln und viele andere Dinge ein Raub der Flammen geworden.«

Der Tempel bot den fünfzehn erschienenen Priestern und Auguren so wenig Platz, daß Sulla seinen Zuhörern nicht gegenübertreten konnte; er stand deshalb in ihrer Mitte und sprach mit normaler Stimme. »Als Diktator Roms ist es meine Pflicht, die alte Form der römischen Religion zu erneuern und euch zur Mithilfe aufzurufen. Ich verfüge zwar über die Macht, entsprechende Gesetze zu erlassen, aber in eurer Hand liegt es, sie in die Tat umzusetzen. Zu einem bin ich allerdings fest entschlossen, denn ich bin ein Augur, ich habe Träume, und ich weiß das Recht auf meiner Seite: Ich werde die *lex Domitia de sacerdotiis* außer Kraft setzen, die unser ehemaliger Pontifex Maximus, Gnaeus Domitius

Ahenobarbus, uns mit so viel Eifer aufgezwungen hat. Warum hat er das getan? Weil er die Ehre seiner Familie beschmutzt sah und sich übergangen fühlte. Aus persönlichem Ehrgefühl also, nicht aus religiösen Überlegungen heraus. Dadurch hat Ahenobarbus Pontifex Maximus die Götter und vor allem Jupiter erzürnt. Von heute an werden keine Wahlen zu religiösen Ämtern mehr stattfinden, auch nicht für das Amt des Pontifex Maximus.«

»Aber der Pontifex Maximus wurde doch schon immer gewählt«, rief Lucius Claudius, der Rex Sacrorum, überrascht. »Er ist der oberste Priester der Republik! Er *muß* demokratisch ernannt werden!«

»Ich sage nein! Von heute an wird er von den Mitgliedern des Priesterkollegiums bestimmt.« Sulla sprach in einem Ton, der keine Widerrede zuließ. »Nur so ist es richtig!«

»Ich weiß nicht …« Flaccus verstummte, als sein Blick Sullas glühenden Augen begegnete.

»Aber ich weiß es. Und damit wäre wohl alles gesagt!« Sullas Blick strich über die eingeschüchterten Gesichter der Männer und erstickte jeden weiteren Widerspruch. »Außerdem glaube ich, den Göttern mißfällt, daß wir so wenige sind. Deshalb beabsichtige ich, jedes Priesterkollegium mit fünfzehn statt wie bisher mit zehn oder zwölf Mitgliedern zu besetzen. Kein Priester soll zwei Aufgaben gleichzeitig erfüllen müssen. Davon abgesehen ist die Fünfzehn eine Glückszahl in der Mitte zwischen den beiden Unglückszahlen Dreizehn und Siebzehn. Ich glaube an die Magie der Zahlen und will diese Magie zu Roms Vorteil einsetzen, wie es unsere heilige Pflicht ist.«

»K-k-könnten wir nicht wenigstens ei-ei-einen Kandidaten für das Amt des Pontifex Maximus aufstellen?« begann Metellus Pius vorsichtig. »Dann k-k-könnten wir wenigstens ei-ei-eine Wahl abhalten.«

»Es wird keine Wahl geben!« brauste Sulla auf.

Die Männer schwiegen. Keiner wagte sich auch nur zu bewegen.

Nach einer Pause ergriff Sulla erneut das Wort. »Aus einer Reihe guter Gründe bin ich mit einem bestimmten Priester unzufrieden. Ich meine unseren Jupiterpriester, den jungen Gaius Julius Caesar. Nach dem Tod des Lucius Cornelius Merula wurde er von Gaius Marius und dessen gekauftem Speichellecker Cinna zum Jupiterpriester bestimmt. Schon das war ein böses Vorzeichen. Sie haben das traditionelle Auswahlverfahren, an dem alle Kollegien teilhaben, mißachtet. Daß einer meiner Ahnen, der erste Cornelius, der den Familiennamen Sulla trug, ebenfalls Jupiterpriester war, trägt zu meinem Unbehagen noch bei. Das schlimmste Vorzeichen aber war der Brand des Jupitertempels. Ich habe also Nachforschungen über den jungen Caesar angestellt und herausgefunden, daß er die mit dem Priesteramt verbundenen Vorschriften anfangs schlicht ignoriert hat. Erst seit er die *toga virilis* trägt, hält er sich daran. Nun könnte man seine Verfehlungen meinetwegen als Jugendsünde entschuldigen. Aber was ich denke, ist unwichtig. Wichtig ist allein, was Jupiter Optimus Maximus denkt! Priester und Auguren, der Brand im Jupitertempel endete zwei Tage vor den Iden des Quintilis – genau am Geburtstag unseres Jupiterpriesters. Wenn das kein Omen ist!«

»Es könnte ein gutes Omen sein«, warf Cotta ein, dem Caesars Schicksal am Herzen lag.

»Möglich«, erwiderte Sulla. »Aber ich kann das nicht entscheiden. Als Diktator fühle ich mich berechtigt, das Verfahren festzulegen, nach dem unsere Priester und Auguren bestimmt werden, und ich fühle mich berechtigt, die Wahl abzuschaffen. Aber der Jupiterpriester ist eine andere Sache. Ihr müßt gemeinsam über sein Schicksal befinden. Ihr alle! Alle Priester, Fetialen, Auguren, die Priester der geweihten Bücher, ja selbst die Ordner des Festmahls und die Tanzpriester. Cotta, dir, dem Priester mit der längsten Amtszeit, vertraue ich die Untersuchung an. Du hast Zeit bis zu den Iden des Dezember. Dann treffen wir uns wieder hier und fällen unser Urteil.« Er sah Cotta finster an. »Niemand darf davon erfahren, insbesondere der junge Caesar nicht.«

Auf dem Weg nach Hause kicherte Sulla vor sich hin und rieb sich die Hände. Was für ein wunderbarer Scherz! Ein Scherz, den Jupiter Optimus Maximus ihm sicher hoch anrechnen würde. Ein Opfer! Ein lebendes Opfer für Rom – für die Republik, deren Hoherpriester der Pontifex Maximus war. Das Amt war eingeführt worden, um den Rex Sacrorum, den Opferkönig, zu ersetzen und damit sicherzustellen, daß die Republik über die Könige triumphierte, die seinerzeit König und Opferkönig gewesen waren. Was für ein gelungener Scherz! Sulla lachte. Er lachte, bis ihm die Tränen kamen. Ich werde dem großen Gott ein Opfer vorführen, das sich freiwillig opfert, und zwar immer wieder, bis zu seinem Tod. Ich werde der Republik und dem Großen Gott das Beste zu Füßen legen, was ein Mensch geben kann – sein Leid, seine Angst, seinen Schmerz. Und all das mit der Einwilligung des Geopferten, denn er wird sich niemals weigern, zum Altar geführt zu werden.

Am nächsten Tag ließ Sulla das erste seiner Gesetze zur Neuordnung der religiösen Angelegenheiten an der Rednerbühne auf dem Forum Romanum und an der Mauer der Regia, dem Amtssitz des Pontifex Maximus, öffentlich aushängen. Zuerst glaubten die Menschen, es handle sich um neue Proskriptionslisten. Schon kurze Zeit später hatten sich professionelle Menschenjäger in dichten Trauben um die Listen geschart, nur um sich mit Ausrufen des Unwillens schnell wieder abzuwenden, handelte es sich doch um Listen der Männer, die zu Mitgliedern der verschiedenen Priesterkollegien ernannt worden waren. Insgesamt waren die Plebejer dabei stärker berücksichtigt worden als die Patrizier. Mehr Sorgfalt war dagegen auf eine gleichmäßige Beteiligung der berühmten Familien verwendet worden. Auf den Listen fanden sich keine unwürdigen Namen, kein Pompeius, Tullius oder Didius! Statt dessen Julier, Servilier, Junier, Aemilier, Cornelier, Claudier, Sulpicier, Valerier, Domitier, Mucier, Licinier, Antonier, Manlier, Caecilier und Terentier. Ebenfalls ging daraus hervor, daß Sulla sich zusätzlich zum Amt des Augurs die Priesterwürde verliehen hatte – und nun als einziger Römer beide Ämter ausübte.

Er mußte in beiden Lagern vertreten sein, hatte er sich gesagt. Schließlich war er der Diktator.

Am nächsten Tag ließ er eine zusätzliche Liste anschlagen, auf der nur ein einziger Name stand, der Name des neuen Pontifex Maximus: Quintus Caecilius Metellus Pius das Ferkel.

Die Bürger Roms waren außer sich vor Entsetzen, als sie Metellus' Namen lasen – Metellus Pius der neue Pontifex Maximus? Wie konnte das sein? Was war los mit Sulla? Hatte er jetzt völlig den Verstand verloren?

Eine verschreckte Abordnung aus Priestern und Auguren suchte Sulla in Ahenobarbus' Haus auf, unter ihnen Metellus Pius selbst. Aus einleuchtenden Gründen war Metellus Pius nicht der Sprecher der Abordnung; seine Zunge kam in diesen Tagen so häufig aus dem Tritt, daß niemand es ertragen konnte, abzuwarten, bis er es endlich geschafft hatte, einen Gedanken zu artikulieren. Statt dessen sprach Catulus.

»Was soll das, Lucius Cornelius?« sagte er anklagend. »Hat unser Wort in dieser Sache kein Gewicht?«

»Ich w-w-will d-d-dieses Amt n-n-nicht«, brachte Metellus mit wild gestikulierenden Händen und rollenden Augen mühsam heraus.

»Das ist unmöglich, Lucius Cornelius!« rief Vatia.

»Völlig unmöglich!« stimmte Vatias Schwiegersohn Mamercus ein.

Sollen sie sich doch austoben, dachte Sulla, ohne eine Miene zu verziehen. Teil des Scherzes war, niemanden erkennen zu lassen, daß es ein Scherz war. Alle mußten glauben, daß es ihm völlig ernst sei damit. Und ob es ihm ernst war! Vergangene Nacht war Jupiter ihm im Traum erschienen und hatte ihm gesagt, wie sehr er den Scherz zu schätzen wisse.

Die Männer hatten ihre Bedenken geäußert, und eine unangenehme Stille breitete sich aus, nur vom leisen Schluchzen Metellus' unterbrochen.

»Als Diktator«, sagte Sulla freundlich, »kann ich tun, was ich will. Doch darum geht es nicht. Jupiter Optimus Maximus höchstpersönlich ist mir im Traum erschienen und hat Quintus Caecilius zu seinem Pontifex Maximus bestimmt. Am anderen Morgen habe ich nach Omen gesucht, und was ich sah, war günstig. Auf dem Weg zum Forum, wo ich die Listen mit den Namen der Priester anschlagen wollte, sah ich fünfzehn Adler von links nach rechts über das Kapitol fliegen. Und keine Eule hat gerufen, kein Blitz zuckte über den Himmel.«

Die Männer sahen Sulla an, dann senkten sie ihre Blicke zu Boden. Es war ihm ernst. Und offensichtlich war es auch Jupiter Optimus Maximus ernst.

»Aber die Rituale müssen fehlerlos vollzogen werden«, beharrte Vatia. »Keine Geste, keine Handlung, kein Wort darf von der

Vorschrift abweichen. Wenn auch nur das kleinste Detail falsch ausgeführt oder ein Wort falsch ausgesprochen wird, muß die ganze Zeremonie ganz von vorn beginnen.«

»Ich weiß«, erwiderte Sulla sanft.

»Aber dann«, rief Catulus, »weißt du doch so gut wie wir, daß Pius in jedem Satz, den er von sich gibt, stottert und stammelt. Wenn er als Pontifex Maximus eine Zeremonie leitet, müssen wir ihm ewig zuhören.«

»Das ist mir völlig klar«, antwortete Sulla mit tiefernster Miene. »Auch ich muß ihm ja ewig zuhören.« Er zuckte mit den Achseln. »Was soll ich dazu sagen? Vielleicht ist das ein Opfer, das der große Jupiter uns abverlangt, weil wir den Willen der Götter mißachtet haben.« Sulla wandte sich an Metellus Pius und ergriff eine seiner zitternden Hände. »Natürlich kannst du ablehnen, mein lieber Metellus. Keines unserer religiösen Gesetze verbietet das.«

Mit seiner freien Hand ergriff Metellus den Saum seiner Toga und wischte sich damit über Augen und Nase. Dann atmete er tief durch und sagte: »Wenn der große Gott nach mir ruft, w-w-werde ich ihm folgen, Lucius Cornelius.«

»Siehst du?« Sulla tätschelte Metellus' Hand. »Und jetzt hast du fast gar nicht gestottert! Übung macht den Meister, lieber Metellus.«

Sulla konnte sein Lachen kaum mehr unterdrücken. Hastig verabschiedete er die Delegation, eilte in sein Arbeitszimmer und schloß die Tür hinter sich. Dann gaben seine Knie unter ihm nach, und er sank brüllend auf eine Liege nieder, bis ihm die Tränen in Strömen über die Wangen liefen. Völlig außer Atem ließ er sich auf den Fußboden fallen, wo er mit den Füßen in der Luft strampelnd liegenblieb. Er fürchtete schon, vor lauter Lachen zu ersticken. Bessere Omen konnte es in der Tat nicht geben! Jedesmal, wenn er an diesem Tag das Märtyrergesicht, mit dem Metellus sich geopfert hatte, oder die Gesichter von Catulus, Vatia und dessen Schwiegersohn vor seinem geistigen Auge sah, packte ihn der unwiderstehliche Drang zu lachen. Es war einfach zu gut! Ein göttlicher Scherz und die vollkommene Gerechtigkeit. Jeder hatte erhalten, was er verdiente. Auch Lucius Cornelius Sulla.

An den Iden des Dezember zwängten sich rund siebzig Männer, allesamt Mitglieder der verschiedenen Priesterkollegien, in den Tempel des Jupiter Feretrius.

»Halt!« rief Sulla. »Wir haben dem großen Jupiter unseren Respekt bereits erwiesen. Er wird es uns nachsehen, wenn wir uns an der frischen Luft versammeln.«

Er setzte sich auf die kleine Mauer, die das alte Asylum von den parkähnlichen Anlagen abtrennte, welche sich auf beiden Seiten sanft zu den Zwillingshügeln von Kapitol und Arx hinaufzogen. Dem Rest der Versammlung bedeutete er mit einer Geste, im Gras Platz zu nehmen.

Genau das, dachte Metellus Pius, war an Sulla so verwirrend. Er verrichtete die unwichtigsten Vorgänge mit der allergrößten Würde und dann wiederum – wie heute – die wichtigsten Dinge mit der größten Nachlässigkeit. Besuchern des Kapitols, die schwer atmend die zum Asylum führende Treppe oder die Gemonische Treppe, eine beliebte Abkürzung vom Forum Romanum zum Marsfeld, heraufkamen, mußte Sulla wie ein Philosoph inmitten seiner Schüler oder ein Familienvater vom Land im Kreise seiner Brüder, Neffen, Söhne und Vettern vorkommen.

»Nun, was hast du uns zu berichten, Gaius Aurelius?« wandte sich Sulla an Gaius Aurelius Cotta, der in der Mitte der ersten Reihe saß.

»Zuerst, Lucius Cornelius, dies eine: daß mir die Aufgabe sehr schwerfiel. Der junge Caesar, unser Jupiterpriester, ist, wie du weißt, mein Neffe.«

»Er ist auch mein Neffe«, entgegnete Sulla ruhig. »Nur durch Heirat und nicht durch Blutsverwandtschaft, aber immerhin.«

»Sodann muß ich dir eine Frage stellen. Gedenkst du, die Familie Caesars zu ächten?«

Sulla mußte an Aurelia denken. »Nein, Cotta.« Er schüttelte den Kopf. »Meine beiden Schwäger aus dieser Familie sind seit langem tot. Außerdem haben sie sich nie eines Verbrechens gegen den Staat schuldig gemacht, obwohl sie auf Marius' Seite standen. Der Grund dafür ist einfach: Marius hatte der Familie aus Geldnöten geholfen, sie waren ihm deshalb zu Dank verpflichtet. Die Witwe des alten Gaius Marius ist die Tante des Jungen, und ihre Schwester war meine erste Frau.«

»Aber du hast sowohl die Familie des Marius als auch die des Cinna geächtet.«

»Das ja.«

»Ich danke dir.« Cotta wirkte erleichtert. Er räusperte sich. »Der junge Caesar war kaum dreizehn Jahre alt, als er feierlich zum Jupiterpriester geweiht wurde. Er erfüllte alle Bedingungen bis auf eine: Er war zwar ein Patrizier, dessen Eltern beide noch lebten, aber er war nicht mit einer Patrizierin verheiratet, deren Eltern gleichfalls noch lebten. Also suchte Gaius Marius ihm eine Braut, mit der er noch vor seiner Amtseinführung und Weihe verheiratet werden konnte. Die Braut war Cinnas jüngste Tochter.«

»Wie alt war sie?« Sulla hob die Finger einer Hand, worauf ein Diener ihm einen breitkrempigen Strohhut reichte, wie ihn die Bauern trugen. Er rückte ihn bequem zurecht und sah Cotta dann fragend an. Sein Gesicht im Schatten der breiten Krempe sah wie das eines listigen alten Bauern aus.

»Sieben Jahre.«

»Aha! Eine Kinderhochzeit im besten Sinne des Wortes. Pfui! Cinna konnte wohl nicht abwarten, wie?«

»Nein.« Cotta war unbehaglich zumute. »Doch der Junge war von seinem Priesteramt wenig angetan. Er bestand darauf, das normale Leben eines adligen jungen Römers zu führen, bis er die Toga des erwachsenen Mannes anzog. Also trieb er sich auf dem Marsfeld herum und übte sich im Schwertkampf, im Bogenschießen und Speerwerfen. In allem, was er tat, bewies er großes Talent. So wurde mir berichtet, er sei in vollem Galopp ohne Sattel auf einem schnellen Pferd geritten, die Hände hinter dem Rücken verschränkt! Die alten Männer auf dem Marsfeld erinnern sich noch gut an ihn und finden es angesichts seiner Begabung für das Kriegshandwerk beschämend, daß er zum Jupiterpriester bestimmt wurde. Was sein sonstiges Benehmen betrifft, stütze ich mich auf die Aussagen seiner Mutter, meiner Halbschwester Aurelia. Ihr zufolge hat er den vorgeschriebenen Speisenplan nicht eingehalten, seine Nägel mit einem eisernen Messer und seine Haare mit einer eisernen Klinge geschnitten und Schnallen und Schleifen getragen.«

»Was geschah, als er die *toga virilis* anlegte?«

»Er war wie verwandelt.« Cottas Stimme klang verwundert.

»Sein Aufstand – wenn es denn einer war – brach in sich zusammen. Seine religiösen Pflichten hat er schon immer mit allergrößter Sorgfalt ausgeübt, aber seit er Wollmantel und Mütze des Priesters trägt, ist sein Verhalten absolut untadelig. Seine Mutter behauptet zwar, er könne sein Amt genausowenig leiden wie bisher, doch scheint er sich inzwischen mit seinem Schicksal abgefunden zu haben.«

»Ich verstehe.« Sulla stieß mit den Fersen leicht gegen die Mauer, auf der er saß. »Das klingt doch nicht schlecht, Cotta. Was hältst du also von ihm als Jupiterpriester?«

»Es gibt eine Ungereimtheit.« Cotta runzelte die Stirn. »Hätten wir die prophetischen Bücher zu Rate ziehen können, wäre es uns vielleicht möglich gewesen, Licht in das Dunkel zu bringen. Aber da das natürlich unmöglich ist, sahen wir uns außerstande, ein abschließendes Urteil zu fällen. Nach den Buchstaben des Gesetzes ist der junge Caesar rechtmäßiger Jupiterpriester. Vom religiösen Standpunkt aus sind wir uns freilich nicht sicher.«

»Warum nicht?«

»Das hängt mit dem bürgerlichen Stand von Caesars Frau Cinnilla zusammen, die jetzt zwölf Jahre alt ist. Das Amt des Jupiterpriesters ist, soviel steht unumstößlich fest, ein Doppelamt für Mann und Frau. Die Frau des Jupiterpriesters führt den religiösen Titel einer *flaminica Dialis*, sie unterliegt denselben Geboten wie ihr Mann und muß besondere religiöse Pflichten beachten. Wenn sie den religiösen Anforderungen nicht genügt, hat das Auswirkungen auf das Doppelamt. Und, Lucius Cornelius, wir sind zu dem Schluß gekommen, daß Cinnilla die an eine Jupiterpriesterin gestellten Voraussetzungen nicht erfüllt.«

»Wirklich? Und wie seid ihr darauf gekommen, Cotta?« Gedankenverloren stieß Sulla die Fersen heftiger gegen die Mauer. »Ist die Ehe schon vollzogen worden?«

»Nein, noch nicht. Cinnilla lebt seit ihrer Heirat mit Caesar bei meiner Schwester und ihrer Familie. Und meine Schwester ist eine sehr tugendhafte Römerin.«

Sulla lächelte knapp. »Das ist mir bekannt.«

»Nun, dann ...« Cotta fühlte sich unwohl bei dem Gedanken an die Debatten, die in seinem Haus über die Art der Freundschaft zwischen Aurelia und Sulla geführt worden waren. Und war er jetzt nicht drauf und dran, Sullas neue Proskriptionsgesetze zu kritisieren? Aber dann faßte er sich ein Herz, entschlossen, die Sache ein für allemal hinter sich zu bringen. »Wir sind der Ansicht, daß Caesar zwar der rechtmäßige Jupiterpriester ist, seine Frau aber nicht die rechtmäßige Jupiterpriesterin. Zumindest interpretieren wir so deine Proskriptionsgesetze, obwohl sie offenlassen, ob die *lex Minicia* auch für minderjährige Kinder von Geächteten gilt. Cinnas Sohn war volljährig, als sein Vater geächtet wurde, an seinem Status als Bürger von Rom besteht demnach kein Zweifel. Aber wie sieht es mit den Bürgerrechten der minderjährigen Kinder aus, insbesondere der Mädchen? Soll die *lex Minicia* auf sie angewendet werden? Oder soll wie bei gerichtlich verhängten Strafen und Verbannungen der Verlust der Bürgerschaft einzig den Vater treffen? Diese Frage mußten wir entscheiden. Angesichts der Strenge der neuen Proskriptionsgesetze, was die Rechte von Kindern und anderen Erben betrifft, sind wir zu dem Schluß gekommen, daß die *lex Minicia de liberis* Anwendung findet.«

»Und du, mein guter Metellus, was sagst du dazu?« fragte Sulla mit Unschuldsmiene, ohne weiter auf die Ungenauigkeit seiner Gesetze einzugehen. »Überlege und laß dir Zeit. Ich habe heute nichts mehr vor.«

Metellus Pius errötete. »Wie Gaius Aurelius bereits gesagt hat, findet das Gesetz über den Bürgerschaftsstatus eines Kindes Anwendung. Das heißt, wenn ein Elternteil kein römischer Bürger ist, kann auch das Kind kein römischer Bürger sein. Also ist Caesars Frau keine römische Bürgerin und kann folglich auch nicht das Amt der Jupiterpriesterin ausüben.«

»Bravo, Ferkel, bravo. Drei Sätze, ohne ein einziges Mal zu stottern!« Sullas Fersen trommelten gegen die Mauer. »Dann bin also ich an allem schuld? Weil ich das Gesetz nicht deutlich genug formuliert und damit Auslegungen Vorschub geleistet habe?«

Cotta atmete tief ein, dann sagte er entschlossen: »Ja!«

»Es ist zwar so, Lucius Cornelius«, fiel Vatia ein. »Aber natürlich wissen wir, daß wir uns irren können, und bitten dich deshalb um deinen geschätzten Rat.«

»Tja.« Sulla glitt von der Mauer. »Die einfachste Lösung wäre wohl, Caesar eine neue Jupiterpriesterin zu finden. Die Hochzeit war zwar in besonders feierlicher Form vollzogen, doch erlaubt das bürgerliche und das religiöse Recht auch in diesem Fall eine Scheidung. Wenn Cinnas Tochter nicht Priesterin des großen Jupiter sein kann, muß Caesar sich eben von ihr scheiden lassen.«

»Du meinst, er muß die Ehe annullieren lassen«, sagte Cotta.

»Er muß sich scheiden lassen«, sagte Sulla fest. »Auch wenn alle Welt schwört, die Ehe sei noch nicht vollzogen worden, und obgleich wir die Vestalinnen das Hymen des Mädchens untersuchen lassen könnten – wir haben es hier mit dem großen und mächtigen Jupiter zu tun. Habt ihr mir nicht eben erst gezeigt, daß meine Gesetze verschiedene Auslegungen zulassen? Habt ihr sie nicht nach eurem Gutdünken ausgelegt, ohne mich vorher zu Rate zu ziehen? Das war ein Fehler. Ihr hättet meinen Rat einholen sollen. Da ihr darauf verzichtet habt, müßt ihr nun die Folgen tragen. Ich bestehe auf einer ordnungsgemäßen Scheidung!«

Cotta zuckte zusammen. »Eine solche Scheidung ist eine schreckliche Angelegenheit.«

»Dein Schmerz rührt mich zu Tränen, Cotta«, sagte Sulla kalt.

»Dann werde ich jetzt den Jungen unterrichten«, sagte Cotta entschlossen.

»Nein!« sagte Sulla scharf und streckte die Hand aus. »Nichts zu dem Jungen, kein Sterbenswörtchen! Sag ihm nur, daß er morgen abend vor dem Abendessen in mein Haus kommen soll. Ich werde ihm die Neuigkeit persönlich mitteilen. Ist das klar?«

»Und deshalb«, sagte Cotta kurze Zeit später zu Caesar und Aurelia, »mußt du zu Sulla, lieber Neffe.«

Caesar und seine Mutter schienen besorgt, geleiteten den Gast aber ohne Kommentar zur Tür. Aurelia verabschiedete sich von ihrem Bruder und folgte Caesar in sein Arbeitszimmer.

»Nimm Platz, Mater«, sagte Caesar sanft.

Sie setzte sich auf die Kante eines Stuhls. »Das gefällt mir gar nicht. Warum will er persönlich dich sehen?«

»Du hast Onkel Gaius gehört. Sulla macht mit der Reform der religiösen Vorschriften ernst und will mich in meiner Eigenschaft als Jupiterpriester sprechen.«

»Ich glaube ihm kein Wort«, beharrte Aurelia.

Caesar stützte sein Kinn in die rechte Hand und warf seiner Mutter einen sorgenvollen Blick zu. Nicht um sich selbst hatte er Angst; er war felsenfest davon überzeugt, mit allem fertig zu werden, was die Zukunft für ihn bereithielt. Nein, seine Sorge galt Aurelia und den anderen Frauen seiner Familie.

Seit dem Tag, da der junge Marius das Treffen einberufen hatte, um über seine Bewerbung für das Amt des Konsuls zu beratschlagen, hatte die Tragödie unaufhaltsam ihren Lauf genommen. Gefolgt waren eine Zeit pflichtschuldiger Freude und falschen Vertrauens, dann die rapide Verschlechterung der Situation in jenem schrecklichen Winter und schließlich der gähnende Abgrund, der sich nach der Niederlage von Sacriportus aufgetan hatte. Nach seiner Wahl zum Konsul hatten sie den jüngeren Marius so gut wie nicht mehr zu Gesicht bekommen, nicht einmal seine Mutter und seine Frau hatten ihn öfter gesehen. Eine Geliebte war aufgetaucht, eine schöne Römerin ritterlicher Abstammung namens Praecia, die jeden freien Moment der knappen Zeit des jungen Marius für sich beanspruchte. Sie war reich, finanziell unabhängig und bereits siebenunddreißig. An Heirat dachte sie nicht; sie hatte mit achtzehn geheiratet, aber nur, um ihrem Vater zu gehorchen. Als ihr Vater kurz nach der Hochzeit starb, nahm sie sich einen Liebhaber nach dem anderen, bis es ihrem Mann zuviel wurde und er sich von ihr scheiden ließ. Das kam Praecia sehr gelegen, endlich konnte sie leben, wie es ihr am besten gefiel, sie war Herrin im eigenen Haus und Geliebte eines hochgestellten Adligen, der mit ihr seine Sorgen, Intrigen und Freunde teilte. Praecia konnte so Politik und Leidenschaft miteinander verbinden – eine für sie unwiderstehliche Verlokkung.

Der jüngere Marius war der größte Fisch, der sich bisher in ihrem Netz verfangen hatte. Sie hatte ihn gern, war amüsiert über seine jungenhaften Possen, fasziniert von der Macht, die der Name Gaius Marius ausstrahlte, und geschmeichelt, daß er sie seiner Mutter Julia und seiner Frau Mucia vorzog. Auch Marius' Freunden stand die Tür ihres großen, geschmackvoll eingerichteten Hauses weit offen. Die Tür zu ihrem Schlafzimmer hingegen öffnete sich nur einer erlesenen Gruppe von Männern, die dem engsten Kreis um Marius angehörten. Als der Praecia verhaßte Carbo nach Ariminum abreiste, wurde sie in allem zum wichtigsten Ratgeber ihres Liebhabers, und sie bildete sich schließlich ein, sie und nicht der junge Marius beherrsche Rom.

Als dann die Nachricht von Sullas bevorstehendem Abmarsch aus Teanum Sidicinum eintraf und Marius verkündete, er müsse sofort zu seinen Truppen bei Ad Pictas aufbrechen, spielte Praecia mit dem Gedanken, dem jungen Konsul ins Feld zu folgen. Aber so weit kam es dann doch nicht; Marius löste das Problem, zu dem Praecia geworden war, auf eine für ihn typische Weise: Nach Anbruch der Nacht verließ er Rom, ohne ihr Bescheid zu sagen. Praecias Traurigkeit dauerte nicht lange, sie tat seine Flucht mit einem Achselzucken ab und sah sich nach neuer Beute um.

Auch Marius' Mutter Julia und seine Frau Mucia Tertia hatten keine Gelegenheit, sich von ihm zu verabschieden und ihm die Wünsche mit auf den Weg zu geben, die er so dringend brauchte. Marius war fort – und sollte Rom nie wiedersehen. Doch noch bevor die Nachricht von der Niederlage in Sacriportus in Rom bekannt geworden war, hatte Brutus Damasippus, der als Anhänger Carbos für Praecia nur Verachtung übrig hatte, schon das Blutbad angerichtet, dem unter anderen auch Quintus Mucius Scaevola, der Pontifex Maximus, zum Opfer fiel. Quintus Mucius war Marius' Schwiegervater und zugleich ein guter Freund seiner Mutter gewesen.

»Das ist das Werk meines Sohnes«, hatte Julia zu Aurelia gesagt, als diese sie besuchte, um ihr beizustehen.

»Unsinn!« hatte Aurelia heftig erwidert. »Das war ganz allein Brutus Damasippus.«

»Aber ich habe den Brief gelesen, den Marius aus Sacriportus geschrieben hat«, schluchzte Julia in größtem Schmerz auf. »Als ob diese billige Vergeltung die Schmach seiner Niederlage hätte tilgen können! Wie kann ich von meiner Schwiegertochter erwarten, daß sie jemals wieder mit mir spricht?«

Caesar hatte sich in eine Ecke des Zimmers zurückgezogen und beobachtete die Gesichter der Frauen mit unbewegter Konzentration. Warum hatte Marius seiner Mutter das angetan? Nach allem, was sein wahnsinniger Vater angerichtet hatte? Julia war in ihrem Gram eingeschlossen wie eine Fliege im Bernstein. Ihr schönes

Gesicht war wie versteinert und deshalb noch schöner, den Schmerz hatte sie in sich verschlossen, allen Blicken verborgen. Selbst ihre Augen verrieten nichts.

Mucia betrat den Raum, und Julia sank in sich zusammen und versuchte, ihren Blicken auszuweichen.

Aurelia hatte sich kerzengerade aufgerichtet, ihre Gesichtszüge waren scharf und hart. »Mucia Tertia, gibst du Julia die Schuld an der Ermordung deines Vaters?«

»Natürlich nicht«, antwortete Mucia Tertia und zog sich einen Stuhl heran. Sie setzte sich neben Julia und nahm deren Hände. »Julia, bitte sieh mich an.«

»Ich kann nicht.«

»Du mußt! Ich gedenke nicht, in das Haus meines Vaters zurückzukehren und dort mit meiner Stiefmutter zu leben. Genausowenig will ich bei meiner Mutter und ihren schrecklichen Söhnen leben. Ich will hier bleiben, bei meiner herzensguten Schwiegermutter.«

Damit war das geklärt. Und irgendwie ging das Leben für Julia und Mucia Tertia weiter, obwohl sie keine Nachricht von dem in Praeneste eingeschlossenen Marius hatten und die Berichte von den verschiedenen Schlachtfeldern immer zugunsten Sullas ausfielen. Wenn der junge Marius mein Bruder wäre, also der Sohn Aurelias, dachte Caesar, würde der Gedanke an seine Mutter ihn jetzt nicht trösten. Aurelia war nicht so sanft, so liebevoll und nachsichtig wie Julia – aber andererseits, wenn sie wie Julia gewesen wäre, dachte Caesar mit einem Lächeln, wäre er selbst vielleicht dem jungen Marius ähnlicher. Caesar hatte die Nüchternheit seiner Mutter geerbt – und ihre Härte.

Die schlechten Nachrichten mehrten sich. Carbo hatte sich im Schutz der Nacht davongestohlen, Sulla hatte die Samniter zurückgeschlagen, Pompeius und Crassus hatten die Männer, die Carbo in Clusium im Stich gelassen hatte, besiegt, und Metellus und Varro Lucullus kontrollierten das italische Gallien. Sulla war für einige Stunden nach Rom zurückgekehrt, hatte eine provisorische Regierung eingesetzt und zu deren Schutz Torquatus mit der thrakischen Reiterei zurückgelassen.

Aurelia hatte er nicht besucht, eine Tatsache, die ihren Sohn veranlaßte, sie ein wenig auszuhorchen. Von der Begegnung vor den Toren von Teanum Sidicinum hatte sie so gut wie nichts erzählt. Und jetzt tat sie, als sei nichts geschehen.

»Er hätte dich besuchen müssen!« sagte Caesar.

»Er wird mich nie mehr besuchen«, antwortete seine Mutter.

»Warum nicht?«

»Diese Besuche gehören einer vergangenen Zeit an.«

»Einer Zeit, in der er noch attraktiv genug war, deine Phantasie anzuregen?« brauste ihr Sohn in einem plötzlichen Ausbruch seiner sonst so streng unterdrückten Leidenschaft auf.

Sie erstarrte. Dann warf sie ihm einen vernichtenden Blick zu. »Du bist dumm und beleidigend! Laß mich allein!«

Er ging. Das Thema Sulla sprach er nie wieder an. Was immer Sulla ihr bedeutete, es war, so beschloß er, ganz allein ihre Sache.

Sie hatten vom Versuch des jungen Marius gehört, mit einem Belagerungsturm die Mauern Ofellas zu bezwingen, ein Versuch, der wie viele andere Versuche zuvor kläglich gescheitert war. Und dann, am letzten Tag des Oktober, traf die schockierende Nachricht ein, daß in Pompeius Strabos Lager vor der Porta Collina neunzigtausend Samniter eingetroffen waren.

Die beiden folgenden Tage waren die schlimmsten in Caesars Leben. Sein Priesteramt erstickte ihn, verbot ihm, ein Schwert zur Hand zu nehmen oder Sterbenden in die Augen zu sehen. So schloß er sich in seinem Arbeitszimmer ein und begann ein neues Epos, diesmal auf Lateinisch, nicht auf Griechisch. Um sich die Aufgabe zu erschweren, wählte er den daktylischen Hexameter. Der Lärm der Schlacht drang laut von draußen herein, aber er hörte nicht hin und schlug sich mit Spondeen und hohlklingenden Versen herum – und wünschte sich doch nichts sehnlicher, als mitten im Getümmel zu stehen. Er wollte kämpfen, egal auf welcher Seite, solange er nur kämpfte …

In der folgenden Nacht ließ der Lärm nach. Caesar stürmte aus seinem Zimmer. Seine Mutter saß in ihrem Büro tief über die Abrechnungen gebeugt. Zitternd vor Wut blieb er an der Tür stehen.

»Wie soll ich über etwas schreiben, das ich nicht kenne?« rief er. »Wovon handelt denn die große Literatur, wenn nicht vom Krieg und von Kriegern? Hat Homer über Blumen geschrieben? Hat Thukydides die Imkerei als würdigen Gegenstand seiner Feder erachtet?«

Aurelia wußte, wie sie reagieren mußte. Ruhig sagte sie: »Wahrscheinlich nicht.« Dann wandte sie sich wieder ihrer Arbeit zu.

Und in dieser Nacht endete der Frieden. Julias Sohn war tot – alle waren tot, und Rom gehörte Sulla. Aber sie hörten nichts von ihm, er besuchte sie nicht und ließ ihnen keine Botschaft zukommen.

Daß der Senat und die Zenturiatskomitien ihn zum Diktator gewählt hatten, war allgemein bekannt und Gegenstand nicht enden wollender Debatten. Lucius Decumius war es, der Caesar und dem jungen Gaius Matius aus der Wohnung nebenan von den auf rätselhafte Weise verschwindenden Rittern erzählte.

»Alles Männer, die unter Marius, Cinna und Carbo reich wurden, es kann also kein Zufall sein. Und du, Pickelgesicht«, sagte Lucius Decumius zu Gaius Matius, der diesen häßlichen Spitznamen seit seiner frühesten Kindheit trug, »sei froh, daß dein Vater schon lange genug tot ist.« Er wandte sich Caesar zu. »Dasselbe gilt wahrscheinlich auch in deinem Fall, kleiner Pfau.«

»Was soll das heißen?« fragte Matius stirnrunzelnd.

»Das heißt, einige schrecklich unauffällig aussehende Gestalten sind in Rom unterwegs und murksen reiche Ritter ab«, sagte der Hausmeister der Kreuzwegbruderschaft. »Es handelt sich dabei vor allem um Freigelassene, aber nicht irgendwelche eifersüchtige Griechen, denen der Freund davongelaufen ist. Auffällig ist auch, daß sie alle Lucius Cornelius Soundso heißen. Meine Brüder und ich nennen sie Sullaner. Sie gehören nämlich Sulla. Denkt an meine Worte, ihr beiden! Wir gehen schlimmen Zeiten entgegen. Ich kann mit einiger Sicherheit voraussagen, daß noch sehr viele reiche Ritter abgemurkst werden.«

»Aber darf Sulla das denn?« sagte Matius zornig.

»Sulla darf alles«, sagte Caesar. »Sie haben ihn zum Diktator gemacht. Er hat mehr Macht als ein König. Seine Erlasse haben Gesetzeskraft, und er ist auch nicht an die *lex Caecilia Didia* gebunden, nach der zwischen Veröffentlichung und Inkrafttreten eines Gesetzes siebzehn Tage verstreichen müssen. Er muß seine Gesetze nicht einmal dem Senat oder Versammlungen der Plebs zur Beratung vorlegen, und er ist niemandem Rechenschaft über sein vergangenes oder gegenwärtiges Tun schuldig.« Nachdenklich fügte er hinzu: »Aber wenn Rom nicht mit eiserner Hand geführt wird, droht der Stadt der Untergang. Deswegen setze ich auf Sulla und hoffe darauf, daß er genügend Weitblick und Mut besitzt, zu tun, was getan werden muß.«

»Der bringt alles fertig!« sagte Lucius Decumius. »Alles!«

Dort, wo sie wohnten, im Herzen der Subura, einem der ärmsten und vielsprachigsten Viertel Roms, war von Sullas Proskriptionen weniger zu spüren als etwa auf den Carinae, auf dem Palatin, auf dem oberen Quirinal oder auf dem Viminal. Und obwohl viele Ritter der Ersten Klasse in der Subura lebten, hatten nur wenige ein höheres Amt als das des Zahlmeisters inne oder verfügten über politische Kontakte, die ihnen jetzt, da Sulla an der Macht war, zum Verhängnis werden konnten.

Als der Name des jüngeren Marius auf der ersten ausgehängten Liste an zweiter Stelle erschien, statteten Julia und Mucia Tertia Aurelia einen Besuch ab. Da sonst Aurelia diejenige war, die Julia und Mucia besuchte, war sie über die Ankunft der Frauen nicht wenig überrascht. Noch überraschter war sie, als sie von der Proskriptionsliste erfuhr, von der man in der Subura bis dahin noch nichts gehört hatte.

»Mir hat der künftige Stadtprätor, der jüngere Dolabella, die Nachricht überbracht.« Julia erschauerte. »Kein angenehmer Mensch! Der gesamte Besitz meines Sohnes ist konfisziert worden. Alles.«

»Auch euer Haus?« fragte Aurelia, die ganz blaß geworden war.

»Alles. Er hatte eine Liste, in der alles verzeichnet war. Die Bergwerke in Spanien, die Ländereien in Etruria, unsere Villa in Misenum, das Haus hier in Rom, die Besitzungen, die Gaius Marius in Lucanien und Umbria erworben hatte, die Latifundien am Bagrada in der Provinz Africa, die Wollfärberei in Hierapolis, die Glashütte in Sidon und selbst der Bauernhof in Arpinum. Das alles gehört nun Rom und wird, wie man mir gesagt hat, versteigert.«

»Ach Julia!«

Julia gelang ein Lächeln, das selbst ihre Augen erfaßte. »Aber es waren nicht nur schlechte Nachrichten. Sulla hat in einem Brief angeordnet, daß mir aus dem Vermögen hundert Silbertalente gezahlt werden. So hoch setzt er meine Mitgift an, wenn Gaius

Marius mir je eine gezahlt hätte. Denn als ich zu ihm kam, hatte ich, wie die Götter wissen, nicht einen Sesterz. Aber ich bekomme die hundert Talente, schreibt Sulla, weil ich Julillas Schwester bin. Sie war schließlich seine Frau, und um ihretwillen will er nicht, daß ich Not leide. Der Brief war sehr zuvorkommend formuliert.«

»Das ist viel Geld – und doch, nach dem, was du hattest, ist es praktisch nichts«, sagte Aurelia mit zusammengepreßten Lippen.

»Es reicht für ein hübsches Haus am Vicus Longus oder der Alta Semita und für ein angemessenes Einkommen. Die Sklaven werden natürlich zusammen mit den Besitzungen verkauft, aber Sulla hat mir erlaubt, Strophantes zu behalten. Wie dankbar ich ihm dafür bin! Der arme alte Mann verzehrt sich ganz vor Kummer.« Sie hielt inne, und in ihren Augen standen Tränen – nicht wegen ihr selbst, sondern wegen Strophantes. »Ich komme also sehr gut zurecht«, fuhr sie fort, »besser jedenfalls als die Frauen oder Mütter der anderen geächteten Männer. Ihnen bleibt rein gar nichts.«

»Und du, Mucia Tertia?« fragte Caesar. »Giltst du als Angehörige des Marius oder des Mucius?« Ihm fiel auf, daß sie nicht die geringste Trauer um ihren Mann oder Selbstmitleid wegen ihres Witwenstandes zeigte. Tante Julia litt, auch wenn sie es nicht offen zeigte. Aber Mucia Tertia?

»Ich wurde als Angehörige des Marius klassifiziert und verliere meine Mitgift«, antwortete sie. »Der Besitz meines Vaters ist hoch verschuldet, und er hat mich in seinem Testament nicht berücksichtigt. Aber selbst wenn er das getan hätte, meine Stiefmutter hätte alles unternommen, damit ich das Erbe nicht bekomme. Meine Mutter braucht sich keine Sorgen zu machen – Metellus Nepos hat nichts zu befürchten, er steht auf Sullas Seite. Aber wir müssen uns um ihre beiden Söhne kümmern. Julia und ich haben auf dem Weg hierher schon alles besprochen. Wir werden zusammenziehen. Übrigens hat Sulla mir als Witwe eines Marius verboten, jemals wieder zu heiraten. Aber das will ich sowieso nicht mehr.«

»Es ist ein Alptraum«, schluchzte Aurelia auf. Sie betrachtete ihre Hand, die tintenverschmierten Finger und die leicht geschwollenen Gelenke. »Durchaus denkbar, daß auch wir auf die Liste kommen. Mein Mann war bis zuletzt Gaius Marius' Anhänger – und ein Anhänger Cinnas, als er starb.«

»Dieses Mietshaus ist auf deinen Namen eingetragen, Mutter«, sagte Caesar. »Da alle Cottas auf Sullas Seite stehen, kannst du es sicher behalten. Vielleicht verliere ich mein Land. Aber als Jupiterpriester werde ich auch weiterhin vom Staat bezahlt und ein Haus auf dem Forum zu meiner Verfügung haben. Cinnilla wird, so wie die Dinge stehen, wohl ihre Mitgift verlieren.«

»Soviel ich weiß, verlieren Cinnas Verwandte alles«, sagte Julia mit einem Seufzer. »Sulla will mit seinen Gegnern ein für allemal aufräumen.«

»Und Annia? Und die ältere Tochter Cornelia Cinna?« wollte Aurelia wissen. »Annia konnte ich noch nie ausstehen. Sie war der kleinen Cinnilla eine Rabenmutter und hat sich nach Cinnas Tod mit unziemlicher Hast wieder verheiratet. Wahrscheinlich hat sie damit ihren Hals gerettet.«

»Ganz recht«, sagte Julia. »Sie ist lange genug mit Pupius Piso Frugi verheiratet, um als Pupia durchzugehen. Von Dolabella habe ich eine Menge erfahren. Wie begierig er war, mir zu sagen, wer alles bluten muß. Die arme Cornelia Cinna wurde mit Gnaeus Ahenobarbus eingestuft. Natürlich hat sie ihr Haus verloren, als Sulla nach Rom zurückkam. Da Annia sie nicht bei sich aufnehmen wollte, wohnt sie jetzt, soviel ich weiß, bei einer alten Tante, einer ehemaligen Vestalin, draußen in der Via Recta.«

»Wie froh bin ich, daß meine beiden Töchter mit unbedeutenden Männern verheiratet sind!« rief Aurelia.

»Wißt ihr schon, was Lepidus getan hat?« warf Caesar ein, um die Frauen von ihren Sorgen abzulenken.

»Nein, was?«

»Offenbar hat er eine Vorahnung von dem gehabt, was passieren würde. Gestern hat er sich nämlich von seiner Frau, Saturninus' Tochter Appuleia, scheiden lassen.«

»Nein, wie furchtbar!« rief Julia. »Daß die bestraft werden müssen, die gegen Sulla gekämpft haben, kann ich noch verstehen. Aber warum müssen auch ihre Kinder und Kindeskinder darunter leiden? Die Sache mit Saturninus liegt doch schon so lange zurück! Als ob das Sulla noch kümmern würde. Warum hat Lepidus das getan, wo sie ihm doch drei so prachtvolle Söhne geboren hat?«

»Sie wird ihm keine mehr gebären«, sagte Caesar. »Sie hat ein heißes Bad genommen und sich die Venen aufgeschnitten. Und was macht Lepidus jetzt? Er rennt herum und vergießt Bäche von Tränen. Wirklich!«

»Das sieht ihm gleich«, sagte Aurelia verächtlich. »Ich will ja gar nicht abstreiten, daß es auch für schwache Männer einen Platz auf der Welt geben muß, aber das Problem von Marcus Aemilius Lepidus ist, daß er sich für stark hält.«

»Armer Lepidus!« seufzte Julia.

»Arme Appuleia«, sagte Mucia Tertia trocken.

Doch nach dem, was Cotta ihnen jetzt berichtet hatte, schien es, als sollte ihre Familie nicht geächtet werden. Die sechshundert Jugera bei Bovillae waren ihr sicher, und beim nächsten Zensus würde Caesar in den Rang eines Senators aufsteigen. Caesar lächelte sarkastisch und sah dem Schnee zu, der dicht wie ein pulveriger Wasserfall in den Lichtschacht heruntersank. Nicht daß er sich um den Zensus Sorgen zu machen brauchte! Als Jupiterpriester war er automatisch Mitglied des Senats.

Während Caesar die fallenden Flocken betrachtete, ruhte der Blick seiner Mutter auf ihm.

Er ist ein wunderbarer Mensch! dachte sie – und das ist mein Verdienst, ganz allein meines. Denn er ist keineswegs vollkommen, auch wenn er viele herausragende Eigenschaften besitzt. Er ist nicht so liebenswert, so nachsichtig und so mitfühlend, wie sein Vater es war, auch wenn er ihm äußerlich sehr ähnlich sieht. Auch mir sieht er ähnlich. Und er hat so viele verschiedene Fähigkeiten. Wohin man ihn in diesem Haus auch schickt, er bessert alles aus – Rohre, Kacheln, Putz, Fensterläden, Abflüsse, Farben, Holz. Er kann Hebräisch und Medisch und, dank der erstaunlichen Vielfalt unserer Mieter, ein gutes Dutzend weiterer Sprachen. Und als Junge war er auf dem Marsfeld eine Legende, versichert mir Lucius Decumius! Er schwimmt wie ein Fisch, reitet sicher und läuft schnell wie der Wind. Die Gedichte und Dramen, die er schreibt – so gut wie Plautus und Ennius, obwohl ich seine Mutter bin und das nicht sagen sollte. Was die Rhetorik angeht, sucht er seinesgleichen, sagt Marcus Antonius Gnipho. Wie waren seine Worte? Ach ja: Er kann Steine zu Tränen rühren und Berge in Zorn versetzen. Er kennt sich in den Gesetzen aus! Und er kann alles auf den ersten Blick lesen, egal wie schlecht es geschrieben ist. In ganz Rom macht ihm das keiner nach, nicht einmal der wortgewandte Marcus Tullius Cicero. Und die Frauen – wie sie ihn verfolgen! Durch die ganze Subura. Natürlich glaubt er, ich wisse das nicht. Er nimmt an, ich hielte ihn für einen keuschen jungen Mann, der auf seine junge Gemahlin wartet. Auch gut! Männer sind seltsame Wesen, wenn es um den Teil geht, der sie zu Männern macht. Aber mein Sohn ist eben nicht vollkommen, nur in höchstem Maße begabt. Er hat ein jähzorniges Temperament, auch wenn er versteht, das zu verbergen. In mancher Hinsicht ist er sehr egoistisch und kann sich nur wenig in die Gefühle und Nöte anderer Menschen hineinversetzen. Was sein starkes Bedürfnis nach Sauberkeit angeht: Ich habe daran nichts auszusetzen, ich frage mich nur, von wem er es hat – von mir bestimmt nicht! Er würdigt keine Frau eines Blickes, die nicht gerade aus dem Bad gestiegen ist. Ich habe den Eindruck, er inspiziert sie vom Scheitel bis zu den Zehen. Und das hier in der Subura! Na, so überaus beliebt, wie er ist, hat die Sauberkeit der Frauen hier deutlich zugenommen, seit er vierzehn geworden ist. Frühreifes Früchtchen! Ich hatte immer gehofft, mein Mann werde sich während der vielen Jahre, die er auswärts verbracht hat, der dortigen Frauen bedienen. Aber er hat mir stets die Treue gehalten und auf mich gewartet. Wenn mir etwas an ihm mißfallen hat, dann diese Eigenschaft. Weil er sich für mich, die er doch so selten sah, aufhob, habe ich mich immer schuldig gefühlt. Na, das wird mein Sohn seiner Frau nie antun – ich hoffe nur, sie wird ihr Glück zu schätzen wissen. Jetzt also Sulla! Sulla will ihn sehen. Ich wünschte, ich wüßte warum. Ich wünschte …

Ein Geräusch riß sie aus ihren Tagträumen. Caesar war vor sie getreten, schnippte mit den Fingern und lachte.

»Wo bist du gewesen?« fragte er.

»Überall und nirgends.« Fröstelnd stand sie auf. »Ich werde Burgundus sagen, er soll eine Kohlenpfanne in dein Zimmer stellen, Caesar. Es ist zu kalt hier.«

»Unsinn«, sagte er liebevoll.

»Ich will nicht, daß du verschnupft und niesend vor Sulla stehst.«

Am folgenden Tag erschien Caesar eine gute Stunde vor der Essenszeit im Haus des Gnaeus Ahenobarbus. Er wollte lieber warten, als eine Verspätung riskieren. Sullas Verwalter, ein glatter Grieche, maß ihn mit anzüglichen Blicken und teilte ihm mit, er sei zu früh gekommen. Ob es ihm etwas ausmache zu warten? Ein kalter Schauer überlief Caesar. Er nickte knapp und wandte dem Mann den Rücken zu, der wenig später in ganz Rom als Chrysogonus zu einiger Berühmtheit gelangen sollte.

Doch Chrysogonus ließ sich nicht abwimmeln. Offensichtlich fand er den Besucher so anziehend, daß er seine Verführungskünste an ihm erproben wollte. Caesar hätte ihm am liebsten die Faust in die Zähne geschlagen, doch hatte er genügend Verstand, sich zu beherrschen. Dann kam ihm die rettende Idee. Er trat auf die Loggia hinaus, und wie erwartet schreckte die Kälte den Verwalter davor ab, ihm zu folgen. Das Haus hatte zwei Loggien. Von der Loggia, auf der Caesar jetzt stand und mit der Spitze seines Holzschuhs halbmondförmige Muster in den Schnee zeichnete, sah man nicht zum Forum Romanum hinunter, sondern auf die Felsen des Palatin in Richtung des Clivus Victoriae. Direkt über Caesar befand sich die Loggia eines anderen Hauses, das buchstäblich über dem Anwesen des Ahenobarbus hing.

Wessen Haus war das? Caesar runzelte die Stirn und versuchte sich zu erinnern. Marcus Livius Drusus hatte dort gewohnt; er war vor zehn Jahren im Atrium des Hauses ermordet worden. Jetzt wohnten dort all diese verwaisten Kinder, unter der strengen Aufsicht von ...? Wie hieß sie denn, die Tochter dieses Servilius Caepio, der auf dem Rückweg aus seiner Provinz ertrunken war? Gnaea? Ja, Gnaea. Und ihre gefürchtete Mutter, die furchtbare Porcia Liciniana! Und viele kleine Servilii Caepiones und Porcii Catones. Die falschen Porcii Catones, die vom Zweig des Salonius. Abkömmlinge eines Sklaven. Da war ja einer von ihnen! Ein magerer Junge lehnte über die marmorne Brüstung. Sein Hals war so lang, daß er an einen Storch erinnerte, seine Nase so groß, daß sie selbst auf diese Entfernung hervorstach. Außerdem hatte er einen dicken Schopf glatter roter Haare – kein Zweifel, das war ein Nachkomme von Cato dem Zensor.

Caesar liebte den Klatsch und merkte sich jede Einzelheit. Doch nun ertönte eine Stimme hinter ihm.

»Ehrwürdiger Priester, mein Herr ist bereit, dich zu empfangen.«

Caesar winkte dem Jungen auf dem Balkon über ihm zu und wandte sich grinsend ab, amüsiert darüber, daß sein Winken nicht beantwortet worden war. Der junge Cato war wahrscheinlich zu erstaunt gewesen, um zurückzuwinken. Wer sollte auch hier, in Sullas zeitweiligem Domizil, einem armseligen Jungen, der aussah wie ein Storch und von einem tusculanischen Landbesitzer und einer keltiberischen Sklavin abstammte, freundschaftlich zuwinken?

Obwohl Caesar wußte, was ihn erwartete, erschrak er, als er Sulla sah. Kein Wunder, daß der Diktator seine Mutter nicht besucht hatte! An seiner Stelle hätte ich das auch nicht getan, dachte Caesar. Er näherte sich Sulla so leise, wie seine Holzschuhe es erlaubten.

Sulla sah auf und starrte ihn einen Moment lang verständnislos an. Caesar war in seinem häßlichen, rot und lila gemusterten Umhang und dem cremefarbenen Elfenbeinhelm, der an einen kahlrasierten Schädel erinnerte, kaum zu erkennen.

»Nimm das Zeug ab«, sagte Sulla schließlich und widmete sich wieder den Dokumenten, die auf seinem Tisch lagen.

Als Sulla erneut aufsah, machte sein Herz einen Satz. Der Priester war verschwunden, und vor ihm stand – sein Sohn. Die Haare auf Sullas Armen und in seinem Nacken richteten sich auf. Er gab einen Ton von sich, der klang, als entweiche Luft aus einer Blase, und erhob sich unsicher. Das goldene Haar, die großen blauen Augen, das lange Gesicht der Caesaren, sein hoher Wuchs ... Und dann verwischten Sullas tränenverhangene Augen die Unterschiede: Aurelias hohe, scharfe Wangenknochen mit den Grübchen, ihre wohlgeformten Lippen mit den Falten in den Mundwinkeln. Caesar war älter als der jüngere Sulla zum Zeitpunkt seines Todes, er war fast schon ein Mann, kein Junge mehr. Lucius Cornelius, mein Sohn, warum mußtest du sterben?

Sulla drängte die Tränen zurück. »Ich hielt dich einen Augenblick lang für meinen Sohn«, sagte er rauh. Er erschauerte.

»Dein Sohn war mein Vetter.«

»Du hast einmal gesagt, du hättest ihn gern gehabt.«

»Das stimmt.«

»Mehr als den Sohn des Marius, hast du gesagt.«

»Das stimmt.«

»Und du hast ihm nach seinem Tod ein Gedicht gewidmet, aber gesagt, ich könne es nicht sehen, es sei nicht gut genug.«

»Ja, das ist wahr.«

Sulla ließ sich in seinen Sessel zurücksinken. Seine Hände zitterten. »Setz dich, Junge. Dorthin, wo das Licht am hellsten ist und ich dich am besten sehen kann. Meine Augen sind nicht mehr die besten.« Unverwandt starrte er ihn an. Der große Jupiter, dessen Priester der Junge war, mußte ihn geschickt haben. »Was hat dein Onkel Gaius Cotta dir gesagt?«

»Nur, daß ich zu dir kommen soll, Lucius Cornelius.«

»Nenne mich Sulla. Alle nennen mich so.«

»Und ich werde Caesar genannt, sogar von meiner Mutter.«

»Du bist der Jupiterpriester.«

Etwas blitzte in den Augen Caesars auf, die Sulla so beunruhigend vertraut waren – warum waren sie ihm so vertraut? Die Augen seines Sohnes waren doch von einem viel reineren Blau und viel lebhafter gewesen. War es Wut? Schmerz? Nein, nicht Schmerz. Wut.

»Das bin ich«, antwortete Caesar. »Der Priester des Jupiter.«

»Die Männer, die dich ernannt haben, waren Feinde Roms.«

»Nicht zu der Zeit, als sie mich ernannten.«

»Stimmt.« Sulla nahm eine mit Gold eingelegte Schreibfeder auf und legte sie wieder hin. »Du hast eine Frau.«

»Ja.«

»Cinnas Tochter.«

»Ja.«

»Habt ihr die Hochzeit vollzogen?«

»Nein.«

Sulla stand auf und ging zu dem trotz der klirrenden Kälte weit offenstehenden Fenster hinüber. Caesar mußte innerlich lachen – was seine Mutter wohl dazu gesagt hätte? Hier war ein Mann, den die Elemente ebenfalls nicht kümmerten.

Sulla betrachtete durch das Fenster die auf einer hohen Säule thronende Statue des Scipio Africanus. Da sein Haus weiter oben am Hang stand, befand Sulla sich auf einer Höhe mit der Statue. »Ich habe mir die Wiedererrichtung der Republik zum Ziel gesetzt«, sagte er. »Aus Gründen, die du verstehen wirst, habe ich beschlossen, mit der Religion anzufangen. Wir haben die alten Werte aus den Augen verloren und müssen uns auf sie besinnen. Deshalb werden Priester und Auguren von nun an nicht mehr gewählt. Dasselbe gilt auch für den Pontifex Maximus. In Rom sind Politik und Religion zwar unentwirrbar miteinander verwoben, aber ich will nicht, daß die Religion die Dienerin der Politik wird, wenn es umgekehrt sein sollte.«

»Das leuchtet mir ein«, sagte Caesar. »Aber ich glaube, der Pontifex Maximus muß gewählt werden.«

»Was du glaubst, mein Junge, interessiert mich nicht.«

»Warum bin ich dann hier?«

»Ganz bestimmt nicht, um schlaue Bemerkungen auf meine Kosten zu machen.«

»Ich bitte um Entschuldigung.«

Sulla drehte sich abrupt um und warf dem Jupiterpriester einen durchdringenden Blick zu. »Du hast wohl überhaupt keine Angst vor mir, was?«

Caesar lächelte – dasselbe Lächeln! – ein Lächeln, das Herz und Verstand gleichermaßen bezauberte. Dann sagte er: »Ich habe mich oft über unserem Speisezimmer versteckt und gelauscht, wenn du mit meiner Mutter gesprochen hast. Die Zeiten haben sich geändert und wir mit ihnen. Aber ich kann mich nicht vor dem Mann fürchten, den ich liebgewann, als ich entdeckte, daß er nicht der Liebhaber meiner Mutter war.«

Sulla lachte laut los, und das Lachen ließ ihn die Tränen vergessen, die wieder in seine Augen getreten waren. »Du hast recht! Nicht, daß ich es nicht versucht hätte. Aber deine Mutter war viel zu klug, sich auf mich einzulassen. Sie denkt wie ein Mann. Ich bringe Frauen kein Glück, das habe ich noch nie getan.« Er musterte Caesar mit seinen blassen, unruhigen Augen. »Auch du wirst Frauen kein Glück bringen, obwohl es in deinem Leben viele geben wird.«

»Warum hast du mich rufen lassen, wenn du meinen Rat nicht hören willst?«

»Das hat mit bestimmten religiösen Mißständen zu tun. Man sagt, du seist an dem Tag geboren worden, an dem das Feuer im Jupitertempel erlosch.«

»Ja.«

»Und wie deutest du das?«

»Als gutes Omen.«

»Leider teilen weder das Priesterkollegium noch das Kollegium der Auguren deine Ansicht, Caesar. Sie haben seit einiger Zeit angestrengt über dich und das Amt des Jupiterpriesters nachgedacht und sind zu dem Schluß gekommen, daß gewisse Unstimmigkeiten in bezug auf dein Priesteramt für die Zerstörung des Jupitertempels verantwortlich waren.«

Caesar sah ihn begeistert an. »Wie froh bin ich, das zu hören!«

»Was? Froh über was?«

»Daß ich nicht der Jupiterpriester bin.«

»Das habe ich nicht gesagt.«

»Doch, das hast du!«

»Du verstehst mich falsch, Junge. Du bist der Jupiterpriester. Fünfzehn Priester und fünfzehn Auguren haben dies zweifelsfrei festgestellt.«

Die Begeisterung auf Caesars Gesicht war wie weggeblasen. »Ich wäre viel lieber Soldat«, sagte er mürrisch. »Dazu tauge ich mehr.«

»Was du willst, tut nichts zur Sache. Entscheidend ist, was du bist. Und was deine Frau ist.«

Caesar runzelte die Stirn. »Das ist nun schon das zweite Mal, daß du meine Frau erwähnst.«

»Du mußt dich von ihr scheiden lassen«, sagte Sulla unverblümt.

»Mich von ihr scheiden lassen? Aber das kann ich nicht!«

»Warum nicht?«

»Wir haben unsere Ehe nach dem Ritus der *confarreatio* geschlossen.«

»Sie läßt sich durch eine *diffarreatio* auflösen.«

»Aber warum soll ich mich von ihr scheiden lassen?«

»Weil sie Cinnas Tochter ist. Meine Gesetze zu den geächteten Männern und ihren Familien lassen den Bürgerstatus minderjähriger Kinder unklar. Die Priester und Auguren haben nun entschieden, daß in diesem Fall die *lex Minicia* Anwendung findet. Demzufolge ist deine Frau weder Römerin noch Patrizierin und darf deshalb auch nicht das Amt der Jupiterpriesterin bekleiden.

Das Amt des Jupiterpriesters ist ein Doppelamt, die Priesterin muß den Voraussetzungen des Amtes also genauso genügen wie der Priester. Deshalb mußt du dich von ihr scheiden lassen.«

»Das tue ich nicht«, sagte Caesar, der auf einmal eine Idee hatte, wie er das verhaßte Priesteramt loswerden konnte.

»Du tust, was ich dir befehle, mein Junge.«

»Ich tue nichts, was ich nicht verantworten kann.«

Sullas Lippen wurden zu dünnen Strichen. »Ich bin der Diktator«, sagte er ruhig. »Du wirst dich scheiden lassen.«

»Ich weigere mich.«

»Notfalls zwinge ich dich.«

»Und wie?« entgegnete Caesar verächtlich. »Die Durchführung einer *diffarreatio* erfordert meine Einwilligung und Mitarbeit.«

Es war Zeit, dem Jungen den Starrsinn auszutreiben. In Sullas Augen lauerte die nackte, klauenbewehrte Bestie, die in ihm hauste. Doch in dem Moment, als sie zum Sprung ansetzte, erkannte Sulla plötzlich, warum Caesars Augen ihm so vertraut waren. Sie waren wie seine eigenen Augen, kalt und empfindungslos wie die einer Schlange. Die nackte, klauenbewehrte Bestie verschwand, ihrer Macht beraubt. Zum ersten Mal in seinem Leben sah sich Sulla außerstande, einem anderen Menschen seinen Willen aufzuzwingen. Die Wut, die sonst über ihn kam, blieb aus. Gezwungen, in Augen wie die seinen zu blicken, versagte Lucius Cornelius Sullas Macht.

Also mußte er mit Worten weiterkämpfen. »Ich habe gelobt, den religiösen Vorschriften unserer Väter wieder zur Geltung zu verhelfen«, sagte er. »Rom soll seine Götter wieder ehren und pflegen, wie es zu Anfang der Republik Brauch war. Jupiter Optimus Maximus ist zornig. Über dich – oder besser deine Frau. Du bist sein Priester, aber deine Frau ist ein untrennbarer Teil des Priesteramtes. Du mußt dich von deiner gegenwärtigen Frau trennen und eine andere nehmen, welche die Voraussetzungen erfüllt. Du mußt dich von Cinnas Tochter scheiden lassen, weil sie keine Römerin ist.«

»Das werde ich nicht«, beharrte Caesar.

»Dann muß ich eine andere Lösung finden.«

»Ich weiß eine«, sagte Caesar schnell. »Der große Jupiter kann sich von mir scheiden lassen. Beende mein Priesteramt!«

»Das hätte ich als Diktator vielleicht sogar tun können, wenn ich die Priester und Auguren nicht gefragt hätte. Jetzt ist es zu spät, ich muß mich an ihre Beschlüsse halten.«

»Es scheint, als steckten wir in einer Sackgasse«, sagte Caesar ruhig.

»Nicht unbedingt. Es gibt noch einen anderen Ausweg.«

»Du kannst mich töten lassen.«

»Genau.«

»Dann würde das Blut des Jupiterpriesters an deinen Händen kleben, Sulla.«

»Es würde an den Händen eines anderen kleben. Ich halte nichts von diesen griechischen Metaphern, Gaius Julius Caesar. Und unsere Götter auch nicht. Schuld kann nicht übertragen werden.«

Caesar dachte über diese Worte nach. »Ich glaube, du hast recht. Wenn jemand anderer mich tötet, trägt er die ganze Schuld.« Er stand auf. »Damit wäre unsere Unterredung wohl beendet.«

»Das ist sie. Es sei denn, du willst es dir noch einmal überlegen.«

»Ich lasse mich nicht scheiden.«

»Dann lasse ich dich töten.«

»Wenn es dir gelingt.« Caesar wandte sich zum Gehen.

»Priester«, rief Sulla ihm hinterher, »du hast deinen Wollmantel und deine Mütze vergessen!«

»Bewahre sie für den nächsten Jupiterpriester auf.«

Caesar zwang sich, langsam zu gehen. Wie schnell würde der Diktator sein Gleichgewicht wiederfinden? Denn daß er es verloren hatte, hatte Caesar sofort gemerkt. Offenbar gab es nicht allzu viele Menschen, die sich Lucius Cornelius Sulla offen widersetzten.

Es war eisig kalt, zu kalt für Schnee. Weil er in kindischem Trotz seinen Mantel hatte liegenlassen, fror er jetzt. Aber das war unwichtig. Auf dem Weg vom Palatin zur Subura würde er nicht an Unterkühlung sterben. Viel wichtiger war, was er als nächstes unternehmen sollte. Sulla wollte ihn töten, davon war er fest überzeugt. Caesar seufzte. Ihm blieb nur die Flucht. Zwar mangelte es ihm nicht an Selbstbewußtsein, aber er wußte genau, wer siegen würde, wenn er in Rom blieb. Sulla. Wenigstens hatte er noch eine Gnadenfrist von einem Tag, denn der Diktator hatte einen übervollen Terminkalender wie alle anderen Beamten und mußte jetzt noch eine Besprechung mit einer Gruppe jener unauffälligen Männer unterbringen, wie sie überall in der Stadt zu sehen waren. Im Flur von Sullas Haus saßen, wie Caesar vorhin mit einem Blick festgestellt hatte, Klienten, keine gedungenen Mörder. Das Leben in Rom hatte nichts mit einer griechischen Tragödie gemein, in der leidenschaftliche Befehle an Männer ergingen, die bereits wie blutrünstige Hunde an der Leine zerrten. Sulla würde seine Befehle erteilen, wenn er Zeit dazu hatte. Also nicht sofort.

Blau vor Kälte kam er zu Hause an.

»Wo ist dein Mantel?« rief Aurelia erschrocken.

»Bei Sulla«, brachte er mühsam heraus. »Ich habe sie dem nächsten Jupiterpriester vermacht. Mutter, Sulla hat mir gezeigt, wie ich das Priesteramt loswerde!«

Aurelia drückte ihn auf einen Hocker neben einer Kohlenpfanne. »Erzähle.«

Caesar setzte sich und fing an zu berichten.

»Ach Caesar! Warum?« rief sie, als er geendet hatte.

»Das weißt du doch, Mutter. Vor allem liebe ich meine Frau. Sie hat jahrelang mit uns gelebt und in mir nach der Liebe gesucht, die ihr weder Vater noch Mutter geben konnten. Sie verehrt mich über alles. Wie könnte ich sie jetzt verlassen? Sie ist Cinnas Tochter! Mittellos und nicht einmal mehr Bürgerin Roms! Ich will nicht sterben, Mutter. Auch ein Leben als Jupiterpriester ist dem Tod bei weitem vorzuziehen. Aber es gibt Dinge, für die zu sterben sich lohnt. Prinzipien zum Beispiel. Die Pflichten eines römischen Ritters, zu denen du mich so konsequent erzogen hast. Ich bin für Cinnilla verantwortlich, ich kann sie nicht verlassen.« Er zuckte mit den Achseln, dann sah er Aurelia triumphierend an. »Außerdem werde ich so das Priesteramt los. Solange ich mich weigere, mich von Cinnilla scheiden zu lassen, kann der Große Gott mich nicht als seinen Priester annehmen.«

»Sulla wird dich umbringen.«

»Das liegt in der Hand des großen Jupiter, Mutter, das weißt du doch. Bestimmt war es Fortuna, die mir diese Gelegenheit zu Füßen gelegt hat. Ich muß sie nur nutzen. Ich muß am Leben bleiben, bis Sulla tot ist. Dann wird niemand mehr wagen, sich am Jupiterpriester zu vergreifen, und die Kollegien müssen die Ketten, die mich ans Priesteramt fesseln, lösen. Ich glaube nicht daran, daß Jupiter Optimus Maximus mich zu seinem Priester auserkoren hat. Jupiter hat mich für eine andere Aufgabe ausersehen, eine Aufgabe, in der ich Rom mehr nützen kann.«

Aurelia gab auf. »Dann brauchst du jetzt vor allem Geld, Caesar, und zwar mindestens zwei Silbertalente. Das ist der Preis, der auf den Kopf eines geächteten Mannes steht. Wenn du in deinem Versteck aufgestöbert wirst, brauchst du natürlich mehr als zwei Talente, um dich freizukaufen. Für Lebensunterhalt und Kopfgeld zusammen könnten drei Talente genügen.« Sie fuhr sich mit den Händen durchs Haar, wie sie es immer tat, wenn sie eine größere Summe Geld auftreiben mußte. »Woher aber drei Talente nehmen? Von der Bank? Nein, das dauert zu lange. Fünfundsiebzigtausend Sesterzen ... Zehntausend bewahre ich in meinem Zimmer auf. Und die Mieten sind fällig, ich kann sie heute nacht noch einsammeln. Wenn die Mieter hören, wozu ich das Geld brauche, werden sie sofort zahlen. Sie sind nämlich in dich vernarrt – warum, ist mir allerdings ein Rätsel, eigensinnig und starrköpfig, wie du bist! Vielleicht weiß Gaius Matius, wo noch mehr zu holen ist. Und wie ich Lucius Decumius kenne, versteckt er das Geld aus seinen dunklen Geschäften in Krügen unter dem Bett ...«

Weiter vor sich hin murmelnd, verließ Aurelia das Zimmer. Caesar seufzte und stand auf. Er mußte seine Flucht organisieren und mit Cinnilla sprechen, bevor er verschwand, und ihr alles erklären. Er schickte den Verwalter Eutychus zu Lucius Decumius, dann ließ er Burgundus kommen.

Der ältere Gaius Marius hatte Caesar den Sklaven Burgundus testamentarisch vermacht. Caesar hatte Gaius Marius von Anfang an verdächtigt, das nur getan zu haben, um ihn noch fester an das Amt des Jupiterpriesters zu binden und damit seine politische Karriere endgültig zu beenden. Tatsächlich hatte Gaius Marius Burgundus beauftragt, Caesar für den Fall, daß er aus irgendeinem Grund sein Priesteramt niederlegen sollte, zu töten. Doch Caesar hatte Burgundus mit seiner Liebenswürdigkeit bald für sich gewonnen. Dabei hatte ihm geholfen, daß Cardixa, eine hünenhafte Avernerin und Dienstmagd seiner Mutter, Burgundus fest im Griff hatte. Burgundus, ein Germane vom Stamm der Kimber, war gerade achtzehn Jahre alt gewesen, als er nach der Schlacht von Vercellae in Gefangenschaft geraten war. Jetzt war er siebenunddreißig und Cardixa fünfundvierzig. Wie lange Cardixa Burgundus noch jährlich ein Kind gebären würde – fünf hatten sie bereits –, war in Caesars Familie Gegenstand witziger Diskussionen. Cardixa und Burgundus wurden an dem Tag freigelassen, an dem Caesar die Volljährigkeit erreichte, entschieden sich aber dafür, auch als römische Bürger bei ihren bisherigen Herren zu bleiben – ihre Stimmen waren bei Wahlen sowieso wertlos, da sie natürlich in der Subura registriert worden waren. Aurelia war zwar sparsam, aber auch gerecht und hatte Cardixa und Burgundus immer einen anständigen Lohn gezahlt, den die beiden, für deren Auskommen in Aurelias Haushalt gesorgt war, für ihre Söhne gespart hatten.

»Aber jetzt mußt du das Geld nehmen, Caesar«, sagte Burgundus in seinem von einem starken germanischen Akzent gefärbten Latein. »Du brauchst es.«

Caesar war mit seinen über sechs Fuß für einen Römer zwar groß, aber Burgundus überragte ihn bei doppelter Körperbreite noch um einen halben Kopf. Das hellhäutige Gesicht des Germanen mit der für den römischen Geschmack viel zu kurzen und geraden Nase und dem zu breiten Mund sah so gleichmütig aus wie immer, als er Caesar seine gesamten Ersparnisse anbot. Aus seinen klaren blauen Augen aber schienen die Liebe und Achtung, die er seinem Herrn entgegenbrachte.

Caesar sah ihn dankbar an, schüttelte aber den Kopf. »Ich danke dir für das Angebot, aber meine Mutter wird Geld schon anderswo auftreiben. Wenn nicht – nun, dann werde ich dein Angebot annehmen und dir die Schuld mit Zins und Zinseszins begleichen.«

Lucius Decumius trat ein, und mit ihm kam ein Schwall eisiger Luft ins Zimmer. Hastig erteilte Caesar Burgundus die letzten Anweisungen.

»Packe warme Sachen für uns beide ein, Burgundus. Und für dich eine Keule. Ich werde das Schwert meines Vaters tragen.« Wie gut es tat, das sagen zu können: Ich werde das Schwert meines

Vaters tragen! Es gab Schlimmeres, als vor dem Zorn eines Diktators fliehen zu müssen.

»Ich wußte, daß dieser Sulla uns noch Schwierigkeiten machen würde!« sagte Lucius Decumius grimmig. Er sagte nichts davon, wie Sulla ihm einmal mit einem einzigen Blick panische Angst gemacht hatte. »Meine Jungs sind nach Hause, Geld holen. Es ist genug da.« Mit funkelnden Augen starrte er Burgundus an. »Hör zu, Caesar. Du kannst dich bei einem solchen Wetter nicht allein mit diesem zu groß geratenen Tölpel auf den Weg machen! Meine Jungs und ich begleiten dich.«

Caesar hatte das erwartet. Er sah Lucius Decumius mit einem Blick an, der keinen Widerspruch duldete, und sagte: »Nein, das kann ich nicht zulassen. Je mehr wir sind, desto eher erregen wir Aufsehen.«

»Aufsehen?« Lucius Decumius schnappte nach Luft. »Wie kannst du hoffen, kein Aufsehen zu erregen, wenn dieser zu groß geratene Trampel hinter dir herwatschelt? Laß ihn hier und nimm mich an seiner Stelle mit. Den alten Lucius Decumius sieht niemand, er macht sich auf der Straße unsichtbar.«

»Für Rom mag das zutreffen«, sagte Caesar und sah Decumius liebevoll an, »aber im Sabinerland fällst du auf wie ein bunter Vogel. Nein, Burgundus und ich kommen schon zurecht. Und wenn ich weiß, daß du hier bist und dich um die Frauen kümmerst, während ich weg bin, nimmst du mir damit eine große Sorge ab.«

Er hatte vollkommen recht, und Lucius Decumius gab widerstrebend nach.

»Aufgrund der Proskriptionen ist es wichtiger als jemals zuvor, daß jemand zurückbleibt und die Frauen beschützt. Tante Julia und Mucia Tertia haben niemanden außer uns. Auf dem Quirinal wird ihnen zwar kaum etwas zustoßen, schließlich mögen alle Römer Tante Julia. Aber Sulla mag sie nicht, ihr müßt also trotzdem auf sie achtgeben. Meine Mutter« – er zuckte mit den Achseln – »meine Mutter ist, wie sie ist, und das ist ebenso gut wie schlecht, was die Gefahr betrifft, die ihr von Sulla droht. Wenn die Umstände sich ändern sollten, wenn Sulla sich zum Beispiel entschließt, mich und wegen mir auch meine Mutter zu ächten, sorgt dafür, daß ihr alle Mitglieder des Haushalts in Sicherheit bringt.« Er grinste. »Wir haben viel zu viel Geld in die Mästung von Cardixas Söhnen gesteckt, um jetzt zulassen zu können, daß Sulla sich an ihnen eine goldene Nase verdient.«

»Ihnen wird nichts geschehen, kleiner Pfau.«

»Danke.« Dann wandte Caesar sich der konkreten Planung zu. »Bitte beschaffe einige Maultiere und hole die Pferde aus dem Stall.«

Dies war Caesars Geheimnis, ein Geheimnis, in das nur Burgundus und Lucius Decumius eingeweiht waren. Als Jupiterpriester war es ihm verboten, ein Pferd zu besteigen. Doch seit der Zeit, da ihn der ältere Gaius Marius das Reiten gelehrt hatte, liebte er das Gefühl der Schnelligkeit und den kraftvollen Leib eines Pferdes zwischen den Schenkeln über alles. Obwohl er, von seinem wertvollen Landbesitz abgesehen, keineswegs reich genannt werden konnte, besaß er aus dem Erbe seines Vaters eine gewisse Summe, die ihm allein gehörte und die seine Mutter nie angerührt hätte. Dieses Geld erlaubte ihm, zu kaufen, wonach sein Herz begehrte, ohne vorher Aurelia fragen zu müssen. Und so hatte er ein Pferd gekauft, ein ganz besonderes Pferd.

Allen anderen Auflagen seines Priesteramtes beugte Caesar sich willig. Da ihn wenig kümmerte, was er aß, war die eintönige Kost der Priester für ihn nicht weiter schlimm. Das Schwert seines Vaters aus der Truhe zu holen, in der es lag, wünschte er sich zwar schon öfter, aber auch dieser Versuchung hatte er widerstanden. Nicht widerstehen können hatte er hingegen seiner Liebe zu Pferden und zum Reiten. Das harmonische Zusammenspiel zweier so verschiedener Geschöpfe wie Mensch und Pferd faszinierte ihn. Deshalb hatte er einen wunderschönen kastanienbraunen Wallach erstanden, der schnell wie der Nordwind galoppierte, und ihn nach dem legendären Pferd Alexanders des Großen Bucephalus benannt. Dieses Tier war die größte Freude in Caesars Leben. Wann immer er es einrichten konnte, eilte er zur Porta Capena, wo jeweils Burgundus oder Lucius Decumius mit Bucephalus auf ihn warteten. Er schwang sich auf das Pferd und jagte ohne Rücksicht auf Leib und Leben den Treidelpfad am Tiber entlang und preschte an Ochsen vorbei, die gleichgültig die Kähne flußaufwärts zogen. Wenn ihm das langweilig wurde, lenkte er Bucephalus querfeldein und flog mit ihm über niedrige

Mauern und Büsche. Viele kannten das Pferd, aber niemand erkannte den seltsam gekleideten Reiter, denn Caesar trug stets Hosen wie ein Galater und hatte einen medischen Schal um Kopf und Hals geschlungen.

Die geheimen Ausritte verliehen seinem Leben aber auch jenes Risiko, das er so dringend brauchte. Bewußt war ihm das freilich nicht. Er hielt es einfach nur für einen gelungenen Witz, Rom hinters Licht zu führen und sein Priesteramt aufs Spiel zu setzen. Zwar ehrte und respektierte er den Großen Gott, dem er diente, gleichzeitig wußte er aber auch um seine einzigartige Beziehung zu diesem Gott. Sein Vorfahr Aeneas war schließlich das der Liebe entsprungene Kind der Venus gewesen, der Göttin der Liebe, also verstand Jupiter ihn, wußte Jupiter, daß in den Adern seines irdischen Dieners ein Tropfen göttlichen Bluts floß. Allen anderen Vorschriften, die das Amt ihm auferlegte, gehorchte er, so gut er konnte, aber der Preis dieses Gehorsams war Bucephalus, die Erfahrung des Einsseins mit einem Lebewesen, das ihm unendlich mehr bedeutete als alle Frauen der Subura. Wenn er auf einer Frau lag, war die Summe weniger als die Teile, wenn er auf Bucephalus saß, war sie mehr.

Kurz nach Einbruch der Nacht war er zum Aufbruch bereit. Lucius Decumius und seine Söhne hatten die sechsundsiebzigtausend Sesterzen, die Aurelia hatte zusammenkratzen können, in einem Handkarren zur Porta Quirinalis geschafft. Unterdessen waren zwei treu ergebene Brüder der Kreuzwegbruderschaft zu den Ställen auf dem Campus Lanatarius geeilt, wo Caesar seine Pferde untergestellt hatte, und hatten die Pferde den weiten, außerhalb der Servianischen Mauer verlaufenden Weg zur Porta Capena geführt.

»Ich wünschte, du hättest dir ein weniger auffälliges Pferd gewählt«, sagte Aurelia, ohne die Angst zu zeigen, die in ihr fraß. »Mit deinem Wallach bist du doch schon durch ganz Latium galoppiert.«

Caesar schnappte nach Luft, dann prustete er laut lachend los. »Das ist ja nicht zu glauben!« rief er, als er wieder sprechen konnte. »Seit wann weißt du über Bucephalus Bescheid, Mutter? «

»So heißt er also? Bucephalus?« Sie rümpfte die Nase. »Mein

Sohn, mir scheint, du leidest an einem Größenwahn, der sich schlecht mit deiner priesterlichen Berufung verträgt.« Dann blitzten ihre Augen auf einmal amüsiert auf. »Ich wußte es von Anfang an. Ich weiß sogar, welch unverschämt hohen Preis du bezahlt hast – fünfzigtausend Sesterzen! Du bist ein unverbesserlicher Verschwender, Caesar. Woher hast du diese Neigung eigentlich? Von mir jedenfalls nicht.«

Caesar umarmte sie und küßte sie auf die Stirn. »Ich verspreche dir, daß auf ewig nur du meine Konten führen wirst. Aber eins würde ich doch gerne wissen: Wie hast du von Bucephalus erfahren?«

»Ich habe meine Quellen.« Sie lächelte. »Wie könnte es auch anders sein, nach dreiundzwanzig Jahren in der Subura.« Ihr Lächeln erstarb, und sie betrachtete ihn forschend. »Hast du mit Cinnilla schon gesprochen? Sie macht sich große Sorgen. Ich habe sie zwar auf ihr Zimmer geschickt, aber sie weiß trotzdem, daß etwas nicht stimmt.«

Er seufzte, runzelte die Stirn und sah sie flehend an. »Was soll ich ihr denn sagen, Mutter? Und wenn überhaupt etwas, wieviel?«

»Sag ihr die Wahrheit, Caesar. Cinnilla ist immerhin schon zwölf.«

Cinnilla wohnte in Cardixas altem Zimmer unter der Treppe, die auf der dem Vicus Patricius zugewandten Seite des Hauses in die oberen Stockwerke führte. Cardixa war mit Burgundus und ihren Söhnen in ein anderes Zimmer gezogen, das Caesar mit großer Begeisterung selbst entworfen und eigenhändig über den Gemächern der Diener gebaut hatte.

Caesar klopfte und trat ein. Cinnilla saß an ihrem Webstuhl und webte einen graubraunen, haarigen Stoff, der ein Teil ihres Priesterinnengewandes werden sollte. Aus irgendeinem Grund versetzte der Anblick des häßlichen Stoffes Caesars Herz einen Stich.

»O nein, das ist ungerecht!« rief er, zog sie von ihrem Stuhl in seine Arme und setzte sich mit ihr auf dem Schoß auf den einzigen freien Platz im Zimmer, auf das Bett.

Für ihn war sie wunderschön, obwohl er noch zu jung war, um ihre kaum erblühte Weiblichkeit anziehend zu finden. Er bevorzugte Frauen, die um einiges älter waren als er selbst. Aber wie andere Menschen, die ihr ganzes Leben von großen, schlanken und blonden Menschen umgeben waren, fühlte er von dem Geschöpf mit den rundlichen Formen und nachtschwarzen Haaren eine unwiderstehliche Faszination ausgehen. Seine Gefühle ihr gegenüber waren verwirrt. Seit fünf Jahren lebte sie wie seine Schwester in seinem Haus, obwohl er wußte, daß sie seine Frau war und er, sobald Aurelia ihre Zustimmung erteilte, mit ihr das Bett teilen würde. Seine Gefühlsverwirrung war nicht moralischer Natur, sondern hing mit dem Problem zusammen, was Cinnilla nun eigentlich war, seine Frau oder seine Schwester. Noch war sie seine Schwester, aber schon morgen konnte sie seine Frau sein. In den östlichen Reichen war es beileibe nicht ungewöhnlich, daß Könige ihre Schwestern heirateten. Allerdings hatte Caesar gehört, daß Bruder und Schwester dort oft wie Raubtiere gegeneinander kämpften. Er dagegen hatte weder mit Cinnilla noch mit seinen echten Geschwistern je viel gestritten. Aurelia hätte das auch nie zugelassen.

»Gehst du fort, Caesar?« Cinnilla sah ihn fragend an.

Eine Haarsträhne war ihr in die Stirn gefallen. Caesar strich sie fort und streichelte ihren Kopf, wie man ein Haustier streichelt, sanft und gleichmäßig. Sie schloß die Augen und schmiegte sich an ihn.

»Nein, du darfst jetzt nicht einschlafen!« sagte er bestimmt und schüttelte sie sanft. »Ich weiß, es ist schon spät, aber ich muß mit dir reden.« Er sah sie an. »Ich gehe weg.«

»Was ist geschehen? Hat es mit den Ächtungen zu tun? Aurelia sagt, mein Bruder sei nach Spanien geflohen.«

»Nein, Cinnilla, mit den Ächtungen hat es eigentlich nichts zu tun oder höchstens indirekt, weil wir sie auch Sulla zu verdanken haben. Ich muß weg, weil Sulla sagt, ich könne nicht mehr Jupiterpriester sein.«

Cinnilla lächelte. Dabei kräuselte sich ihre Oberlippe so sehr, daß deren Innenseite sichtbar wurde, eine Eigenart, die alle, die Cinnilla kannten, bezauberte. »Dann sei doch glücklich. Du hast doch noch nie Priester sein wollen.«

»Leider bin ich das immer noch«, seufzte Caesar. »Den Priesterkollegien zufolge bist du das eigentliche Problem.« Er setzte sie so auf seine Knie, daß er ihr in die Augen sehen konnte. »Du kennst die Lage deiner Familie. Was du vielleicht noch nicht weißt, ist, daß dein Vater seit seiner Ächtung auch kein römischer Bürger mehr ist.«

»Warte! Ich verstehe zwar, warum Sulla uns unseren Besitz wegnehmen kann, aber mein Vater ist doch gestorben, lange bevor Sulla nach Rom zurückkehrte.« Cinnilla war etwas langsam von Begriff, und man mußte ihr alles ganz genau erklären. »Wie kann es dann sein, daß er jetzt seine Bürgerrechte verliert?«

»Weil nach Sullas Gesetzen ein Mann, der geächtet wird, automatisch auch die Bürgerrechte verliert. Viele der Männer, deren Namen er auf die Proskriptionslisten setzen ließ, sind schon lange tot. Dein Vater etwa, oder der junge Marius, oder die Prätoren Carrinas und Damasippus. Aber das hat sie nicht davor bewahrt, nachträglich die Bürgerrechte entzogen zu bekommen.«

»Das ist gemein!«

»Ich stimme dir voll und ganz zu, Cinnilla.« Caesar bemühte sich, die komplizierte Situation mit einfachen Worten darzustellen. »Dein Bruder war volljährig, als dein Vater geächtet wurde. So hat er zwar jeden Anspruch auf das Familienvermögen verloren und darf kein kurulisches Amt ausüben, er ist jedoch nach wie vor römischer Bürger. In deinem Fall ist das leider anders.«

»Warum? Weil ich ein Mädchen bin?«

»Nein, weil du noch nicht volljährig bist. Dein Geschlecht tut nichts zur Sache. Die *lex Minicia de liberis* gibt den Kindern eines römischen und eines nichtrömischen Elternteils die Bürgerschaft des nichtrömischen Elternteils. Was zumindest nach Ansicht der Priesterkollegien bedeutet, daß du keine Römerin mehr bist.«

Cinnilla weinte nicht, doch sie begann zu zittern und starrte Caesar mit großen Augen an. »Heißt das, ich bin nicht mehr deine Frau?«

»Nein, Cinnilla. Du bist meine Frau bis zu dem Tag, an dem einer von uns stirbt, denn wir haben noch auf die alte Art geheiratet. Kein Gesetz verbietet einem Römer, eine Nichtrömerin zu heiraten, es ist also nicht unsere Ehe, die angezweifelt wird. Es geht um deinen Status als Bürgerin Roms – und um den Status aller Kinder, die zu dem Zeitpunkt, als ihr Vater geächtet wurde, minderjährig waren. Verstehst du das?«

»Ich glaube schon.« Der besorgte Ausdruck wich nicht von

ihrem Gesicht. »Heißt das, daß auch unsere Kinder, falls wir welche haben werden, keine römischen Bürger sind?«

»Der *lex Minicia* zufolge, ja.«

»Ach Caesar, wie schrecklich!«

»Ja.«

»Aber ich bin doch eine Patrizierin!«

»Nicht mehr, Cinnilla.«

»Was soll ich tun?«

»Im Augenblick gar nichts. Sulla weiß, daß er die Gesetze, die das alles regeln, noch genauer formulieren muß. Wir können nur hoffen, daß er sie so ändert, daß unsere Kinder Römer sind, obwohl du keine Römerin mehr bist.« Er drückte Cinnilla an sich. »Heute hat Sulla mich zu sich gerufen und mir befohlen, mich von dir scheiden zu lassen.«

Jetzt endlich weinte sie, still und schicksalsergeben. Caesar war zwar erst achtzehn, aber er hatte schon viele Frauen weinen sehen. Meist geschah das dann, wenn sein Interesse an ihnen erlahmte oder sie entdeckten, daß er neben ihnen noch eine andere hatte. Heulende Frauen ärgerten ihn und provozierten sein jähzorniges, aufbrausendes Temperament. Obgleich er gelernt hatte, sich zu beherrschen, vergaß er sich dann, und das Resultat war stets vernichtend – für die Frauen zumindest. Cinnilla jedoch weinte aus schierem Kummer, und die Wut, die jetzt in Caesar aufwallte, galt einzig und allein Sulla, der an ihren Tränen schuld war.

»Es wird alles gut werden, meine kleine Geliebte«, sagte er leise und drückte sie fest an sich. »Selbst wenn Jupiter Optimus Maximus persönlich herabsteigt und es mir befiehlt, ich werde dich nie verlassen. Auch wenn ich tausend Jahre alt werde.«

Sie kicherte und schniefte. Dann erlaubte sie ihm, ihr mit einem Tuch die Tränen aus dem Gesicht zu wischen. »Schneuzen!« befahl er. Sie schneuzte. »So, das reicht. Kein Grund mehr, Tränen zu vergießen. Du bist meine Frau und wirst es auch bleiben, egal, was passiert.«

Ein Arm stahl sich um seinen Hals. Sie barg ihr Gesicht an seiner Schulter und seufzte glücklich. »Caesar, ich liebe dich so sehr! Wann bin ich endlich alt genug?«

Er erstarrte, denn plötzlich spürte er durch seine dünne Tunika hindurch ihre knospenden Brüste. Noch während er seine Wange in ihrem Haar vergrub, machte er sich vorsichtig von ihr los. Er wollte sich auf nichts einlassen, das zu Ende zu führen sein Ehrgefühl ihm verbot.

»Jupiter Optimus Maximus hat keinen Körper, mit dem er zu uns herabsteigen könnte«, sagte sie. Solche Dinge wußte sie wie alle römischen Kinder. »Er ist da, wo Rom ist – und darum ist Rom die größte und mächtigste Stadt.«

»Du wärst eine gute Jupiterpriesterin geworden.«

»Ich hätte mir zumindest Mühe gegeben. Für dich!« Sie hob den Kopf und sah ihn an. »Wenn Sulla dir befohlen hat, dich scheiden zu lassen, und du hast abgelehnt, heißt das, daß er versuchen wird, dich zu töten? Ist das der Grund, weshalb du fliehst?«

»Ja, das ist der Grund, warum ich fortgehe. Wenn ich in Rom bleiben würde, könnte er mich leicht umbringen. Hier schleichen viele seiner Kreaturen herum, und wir kennen weder ihre Namen noch ihre Gesichter. Auf dem Land stehen meine Chancen besser.« Er ließ sie auf seinen Knien reiten, wie er es damals getan hatte, als sie gerade erst zu ihm gekommen war. »Du brauchst dir um mich keine Sorgen zu machen, Cinnilla. Ich werde überleben, trotz Sulla, davon bin ich überzeugt. Aber du mußt Mutter von ihren Sorgen ablenken.«

»Ich werde es versuchen«, sagte sie. Sie küßte ihn auf die Wange, denn sie wagte nicht, das zu tun, wonach sie sich mit jeder Faser ihres Körpers sehnte: ihn auf den Mund zu küssen und zu sagen, sie sei alt genug.

»Gut!« sagte er. Er ließ sie von seinem Schoß gleiten und stand auf. »Wenn Sulla tot ist, kehre ich zurück.« Dann ging er.

Inzwischen hatte es angefangen zu schneien. Als Caesar an der Porta Quirinalis eintraf, warteten Lucius Decumius und seine Söhne bereits. Das Geld war gleichmäßig auf die beiden Maultiere verteilt worden, so daß keines der Tiere schwer beladen war. Statt das Geld in auffälligen, ledernen Geldtaschen zu verstauen, hatte Lucius Decumius die Münzen in geheimen Fächern in Behältern untergebracht, die wie Bücherkisten aussahen und auch tatsächlich Buchrollen enthielten.

»Diese Behälter hast du bestimmt nicht erst heute gemacht«,

sagte Caesar und grinste. »Beförderst du so deine Beute von einem Ort zum anderen?«

»Du stellst Fragen. Sprich lieber mit deinem Pferd, es steht dort drüben. Nein, halt, eines noch. Laß Burgundus die Bücherkisten hochheben.« Lucius Decumius starrte Burgundus so durchdringend an, daß der Germane unwillkürlich einen Schritt zurückwich. »Hör zu, Tölpel! Wenn du diese Kisten hochhebst, achte darauf, daß es so aussieht, als seien sie federleicht. Hast du mich verstanden?«

»Ja, Lucius Decumius.« Burgundus nickte. »Federleicht.«

»Und jetzt packe das restliche Gepäck auf die Kisten – und egal, wie schnell Caesar vorausreitet, du läßt die Maultiere keinen Moment lang aus den Augen.«

Caesar war zu seinem Pferd gegangen, hatte seinen Kopf an den des Tieres gelegt und murmelte ihm zärtliche Worte ins Ohr. Als das restliche Gepäck auf die Maultiere verladen war, ließ er sich von Burgundus in den Sattel helfen.

»Paß auf dich auf, kleiner Pfau!« rief Lucius Decumius und streckte eine schmutzige Hand zu ihm herauf. Er hatte Tränen in den Augen.

Und Caesar, der sonst so fanatisch auf Sauberkeit achtete, lehnte sich vor, ergriff die Hand und küßte sie. »Ja, Lucius Decumius!«

Dann verschwanden er, Burgundus und die Maulesel hinter einer dichten Wand aus Schnee.

Burgundus ritt auf einem Pferd, das fast ebensoviel wert war wie Bucephalus. Es war medischer Abstammung und von viel größerem Wuchs als die Pferde der Mittelmeervölker. Pferde dieser Rasse gab es in Italien nur wenige, taugten sie doch ausschließlich dazu, großgewachsene Reiter zu tragen. Viele Bauern und Händler hatten anfangs solche Pferde haben wollen und versucht, sie als Arbeits- oder Zugtiere vor schwere Karren und Pflüge zu spannen, denn sie waren schneller und intelligenter als Ochsen. Leider erstickten sie, wenn sie angeschirrt wurden, da das Geschirr ihnen beim Ziehen die Luftröhre abpreßte. Als Packtiere waren sie genauso nutzlos, da sie viel zu viel Futter fraßen, um noch einen Gewinn abzuwerfen. Doch kein normales Pferd hätte vermocht, Burgundus' Gewicht zu tragen, und wenn er sich einen starken Esel genommen hätte, hätten seine Beine auf dem Boden geschleift.

Caesar, der vorausritt, duckte sich hinter Bucephalus' Kopf, um sich vor dem schneidenden Wind zu schützen. Hatte es je einen so kalten Winter wie diesen gegeben?

Da sie so viel Abstand wie möglich zwischen sich und Rom bringen wollten, ritten sie die ganze Nacht und den nächsten Tag hindurch und hielten erst an, als es erneut dämmerte. Sie waren in Trebula, einem Dorf unweit der ersten Berggipfel. Trebula war zwar klein, hatte aber eine Herberge. Da die Herberge gleichzeitig auch die einzige Taverne am Ort war, war der Gastraum überfüllt, laut und sehr stickig. Mit Unbehagen stellte Caesar fest, wie drekkig und vernachlässigt alles war.

»Egal«, sagte er zu Burgundus, als er das eine Treppe höher gelegene Zimmer inspiziert hatte, in dem sie in Gesellschaft von mehreren Schäferhunden und sechs Hühnern nächtigen konnten. »Wenigstens haben wir ein Dach über dem Kopf und ein Bett zwischen uns und dem Boden.«

In der Gaststube erregten sie unter den anderen Gästen, Leuten aus der Umgebung, die auf einen Becher Wein eingekehrt waren, beträchtliches Aufsehen. Die meisten würden noch in der Lage sein, durch den Schnee nach Hause zu torkeln, einige aber, vertraute der Wirt Caesar an, würden die Nacht dort verbringen, wo sie nach dem letzten Glas hinfielen.

»Zu essen gibt es Brot und Wurst«, sagte der Wirt.

»Wir nehmen von beidem«, antwortete Caesar.

»Wein?«

»Nein, Wasser«, sagte Caesar bestimmt.

»Noch zu jung zum Trinken, was?« Der Wirt war enttäuscht. Mit Wein machte er das beste Geschäft.

»Meine Mutter würde mich umbringen, wenn sie mich auch nur einen Schluck trinken sähe.«

»Und dein Freund? Er ist doch alt genug.«

»Ja, aber er ist geistig zurückgeblieben«, erwiderte Caesar. »Du würdest es bereuen, ihm auch nur einen Schluck Wein zu trinken zu geben. Er zerreißt mit bloßen Händen wilde Bären, und in Rom hat er einmal gleich zwei Löwen getötet, die ein Prätor bei den Spielen zeigen wollte.« Caesar sah den Wirt ernst an, während Burgundus neben ihm ins Leere starrte.

»Ach so!« sagte der Wirt und zog sich hastig zurück.

Schon in Rom war Caesar nie belästigt worden, wenn Burgundus ihn begleitete. Auch jetzt wagte sich niemand in die Nähe ihres Tisches, und sie konnten ungestört das Treiben der anderen Gäste beobachten, das vor allem darin zu bestehen schien, einem bereits betrunkenen jungen Burschen noch mehr Wein einzuflößen und Wetten darauf abzuschließen, wann sein Magen rebellieren werde.

»Bauern!« sagte Caesar verächtlich und schlug sich auf den Arm. »Ich darf gar nicht daran denken, daß diese Trampel jedes Jahr in Rom wählen dürfen. Schrecklich! Und da sie aus ländlichen Bezirken kommen, zählen ihre Stimmen auch noch, anders als bei Männern, die in der Politik zwar jedes Hintertürchen kennen, aber das Pech haben, in Rom geboren worden zu sein, und deshalb wertlose Stimmen haben. Wie ungerecht!«

»Nicht einmal lesen können sie«, sagte Burgundus, dem Caesar und Gnipho das Lesen beigebracht hatten. Er lächelte breit. »Aber das ist ja auch gut so, Caesar. Um so sicherer sind unsere Bücherkisten.«

»Stimmt.« Caesar schlug sich wieder auf den Arm. »Dieses Gasthaus ist die reinste Brutstätte für Stechfliegen. Verdammte Viecher.«

»Sie überwintern hier«, sagte Burgundus. »Hier drinnen ist es heiß genug, um Eier zu kochen.«

Das war zwar übertrieben, aber die zahlreichen auf engstem Raum zusammengepferchten Leiber und das Feuer, das in einer aus dicken Steinen gemauerten Feuerstelle an der Längswand des Raumes prasselte, produzierten eine unerträgliche Hitze. Die Feuerstelle war zwar nach oben hin offen, damit wenigstens der Rauch abziehen konnte, aber kein noch so strenger Winter hätte es mit den von zahlreichen hüftdicken Baumstämmen genährten Flammen aufnehmen können. Ganz offensichtlich mochten die Männern von Trebula die Kälte nicht.

Während die Gaststube das Revier der Stechfliegen gewesen war, waren die Betten das Reich der Flöhe und sonstigen Ungeziefers. Caesar verbrachte die Nacht auf einem harten Stuhl und war froh, als sie in der Morgendämmerung aufbrachen. Der Wirt und seine Frau brachten sie zur Tür und sahen ihnen nach. Woher kam der junge Mann? Was hatte ihn und seinen titanischen Diener bei diesem Wetter zu einer Reise veranlaßt?

»Vornehm und hochnäsig!« sagte der Wirt.

»Ein Geächteter«, vermutete seine Frau.

»Dafür ist er viel zu jung«, mischte sich ein städtisch gekleideter Bursche ein, der angekommen war, als Caesar und Burgundus aufgebrochen waren. »Außerdem hätte man ihm die Angst angesehen, wenn Sulla wirklich hinter ihm her wäre.«

»Dann besuchen sie jemanden«, sagte die Frau.

»Höchstwahrscheinlich«, sagte der Fremde, aber es klang nicht überzeugt. »Interessanter Fall. Unverwechselbar, die beiden, wie? Achilles und Ajax.« Nachdem er so seine Bildung demonstriert hatte, sagte er: »Was mich am meisten überrascht hat, sind die Pferde. Ein Vermögen wert! Da steckt Geld dahinter.«

»Wahrscheinlich gehört ihm ein Landgut in der Rosea Rura bei Reate«, meinte der Wirt. »Ich wette, die Pferde stammen von dort.«

»Er könnte auch ein Adliger aus Rom sein«, sagte der Fremde, in dessen Worten jetzt offenes Mißtrauen mitschwang. »Bestimmt ein Angehöriger einer der berühmten Familien. Ja, da steckt Geld dahinter.«

»Wie auch immer, dabei hat er es jedenfalls nicht«, sagte der Wirt mürrisch. »Willst du wissen, was sie auf ihren Maultieren hatten? Bücher! Ein Dutzend großer Kisten voller Bücher! Bücher, nichts als Bücher!«

Je höher Caesar und Burgundus in die Berge um den Mons Fiscellus hinaufstiegen, desto schlechter wurde das Wetter. Endlich, einen Tag später, erreichten sie Nersae.

Die Mutter des Quintus Sertorius war seit über dreißig Jahren verwitwet, und wenn man sie sah, mochte man nicht glauben, daß sie überhaupt verheiratet gewesen war. Sie erinnerte Caesar an den verstorbenen Senatsvorsitzenden Scaurus, denn sie war wie dieser klein und dürr, hatte eine unglaublich runzlige Haut und für eine Frau auffallend schütteres Haar. Ihre lebhaften grünen Augen allerdings waren wunderschön. Daß die kleine Frau einem so massigen Mann wie Quintus Sertorius das Leben geschenkt haben sollte, konnte man sich nur schwer vorstellen.

»Quintus geht es gut«, sagte sie, während sie allerlei Köstlichkeiten aus Räucherhaus und Speisekammer auf den alten, blankgescheuerten Tisch stellte. Das war das Landleben! Man lag nicht zu Tisch, sondern saß auf Stühlen um ihn herum. »Er hatte keine Schwierigkeiten, sich als Statthalter im diesseitigen Spanien zu etablieren, aber jetzt, mit Sulla als Diktator in Rom, rechnet er mit dem Schlimmsten.« Sie kicherte belustigt. »Kein Grund zur Sorge, er wird Sulla mehr zu schaffen machen als der arme Sohn meines Vetters Marius. Der kleine Marius ist viel zu nachgiebig erzogen worden. Liebenswerte Frau, diese Julia, aber viel zu nachgiebig. Und Marius war ja nie da, um nach dem Jungen zu sehen. Dasselbe kann man zwar auch deinem Vater nachsagen, Caesar, aber deine Mutter war nicht nachgiebig, wie?«

»Nein, Ria«, antwortete Caesar und lächelte sie an.

»Wie dem auch sei, Quintus Sertorius gefällt es in Spanien. Er hat das Land ja immer gemocht. Er und Sulla waren vor Jahren dort und haben unter den Germanen aufgeräumt. Jetzt hat er mir geschrieben, er habe in Osca eine germanische Frau und einen Sohn. Ich freue mich so. Sonst gibt es niemanden mehr, wenn er einmal tot ist.«

»Er hätte eine Römerin heiraten sollen«, sagte Caesar streng.

Ria lachte lauthals los. »Er doch nicht! Nein, nicht mein Quintus Sertorius. Er mag Frauen nicht. Die Germanin hat ihn nur bekommen, weil er eine Frau brauchte, um in den Stamm aufgenommen zu werden. Nein, er mag keine Frauen.« Sie schürzte die Lippen und schüttelte den Kopf. »Männer allerdings auch nicht.«

Sie sprachen noch einige Zeit über Quintus Sertorius, dann hatten sie das Thema erschöpft, und Ria kam darauf zu sprechen, wie Caesar am besten zu helfen sei.

»Am liebsten würde ich dich hierbehalten. Aber die Verbindung zwischen uns ist zu offensichtlich, und du bist auch nicht der erste Flüchtling, der zu mir kommt. Mein Vetter Marius hat mir damals einen gewissen Copillus ins Haus geschickt, einen König – jawohl, König! – der Volken Tektosager. Ein sehr angenehmer Mann und so zivilisiert für einen Barbaren. Natürlich wurde er nach Marius' Triumph im Kerker erwürgt. Trotzdem habe ich einiges verdient, indem ich mich all die Jahre um ihn gekümmert habe. Rund vier Jahre … Marius hat sich niemals lumpen lassen. Hat mir ein Vermögen bezahlt. Dabei hätte ich es auch umsonst getan, Copillus war meine einzige Gesellschaft. Du weißt ja, Quintus Sertorius ist kein sehr häuslicher Mensch, er liebt den Kampf.« Sie zuckte mit den Achseln. Dann schlug sie sich auf die Knie. »Es gibt da ein Ehepaar, das zwischen hier und Amiternum in den Bergen lebt. Sie könnten etwas Geld gut gebrauchen, und sie sind absolut vertrauenswürdig. Die Frau ist meine Base. Ich gebe dir einen Brief für sie mit und erkläre dir den Weg, sobald ihr zum Aufbruch bereit seid.«

»Morgen«, antwortete Caesar.

»Nein, nicht morgen.« Ria schüttelte den Kopf. »Und genausowenig übermorgen. Wir erwarten einen schlimmen Sturm. Du würdest den Weg nicht finden und nicht wissen, wohin du treten sollst. Und dein Germane wäre ertrunken, noch bevor er gemerkt hätte, daß da überhaupt ein Fluß ist. Du mußt bleiben, bis es richtig Winter ist.«

»Richtig Winter ist?«

»Bis die ersten schlimmen Stürme vorüber sind und der Frost anzieht. Dann ist das Eis fest, und ihr könnt ohne Gefahr reisen. Das strengt zwar die Pferde an, aber ihr werdet sicher vorankommen. Laß den Germanen vorausreiten. So groß wie die Hufe seines Pferdes sind, kann es gar nicht ausrutschen. Und gleichzeitig bahnt es deinem edlen Renner den Weg. Es ist Wahnsinn, mit einem Pferd wie diesem im Winter hierher zu kommen! Du bist verrückt, Caesar.«

»Das sagt meine Mutter auch«, antwortete er zerknirscht.

»Aurelia ist vernünftig. Ja, die sabinischen Bauern sind ein Volk von Reitern. Dein edles Roß fällt hier garantiert auf. Nur gut, daß es da, wohin ich euch schicke, niemanden gibt, dem es auffallen könnte.« Ria grinste und entblößte dabei ihre schwarzen Zähne. »Du bist ja noch so jung, erst achtzehn. Da kannst du noch viel lernen.«

Das Wetter am nächsten Tag bestätigte Rias Vorhersage. Es schneite ohne Unterlaß, bis der Schnee sich zu unüberwindlichen Wehen aufgetürmt hatte. Hätten Caesar und Burgundus nicht Schnee geschaufelt, Rias gemütliches Steinhaus wäre bald zugeschneit gewesen, und selbst Burgundus hätte die Tür nicht mehr öffnen können. Es schneite vier Tage lang, dann rissen endlich die Wolken auf, und ein starker Frost setzte ein.

»Ich mag den Winter hier oben«, sagte Ria, als sie ihnen half, im Stall warmes Stroh aufzuschütten. »Ein kalter Winter in Rom ist furchtbar, und diese Dekade bringt uns kalte Winter. Aber hier ist der Winter sauber und trocken, auch wenn es noch so kalt ist.«

»Ich muß bald aufbrechen«, sagte Caesar, eine Heugabel in der Hand.

»In Anbetracht der Mengen, die dein Germane und sein Pferd verschlingen, kann mir das nur recht sein«, rief Sertorius' Mutter mit gespielter Verzweiflung aus. »Aber morgen noch nicht. Vielleicht übermorgen. Sobald die Straße zwischen Rom und Nersae wieder offen ist, seid ihr hier nicht mehr sicher. Wenn Sulla sich an mich erinnert – und das wird er, wo er doch meinen Sohn so gut kannte –, schickt er seine gedungenen Mörder hierher.«

Doch das Schicksal wollte es, daß Rias Gäste noch länger bleiben mußten. Am Abend vor der geplanten Abreise wurde Caesar krank. Draußen war es klirrend kalt, im Haus aber war es, wie auf dem Land üblich, sehr warm. In allen Räumen standen Kohlenpfannen, und gute, solide Fensterläden hielten den Wind draußen. Trotzdem fror Caesar, und er fror immer mehr.

»Das gefällt mir gar nicht«, sagte Ria. »Ich kann deine Zähne schon klappern hören. Hoffentlich hast du dir nichts Schlimmeres geholt als eine Erkältung.« Sie legte ihm die Hand auf die Stirn und erschrak. »Du brennst ja geradezu! Hast du Kopfweh?«

»Und wie«, stöhnte er.

»Dann kannst du morgen nicht reisen. Und du, du germanischer Klotz, sieh zu, daß du deinen Herrn ins Bett verfrachtest.«

Dort blieb Caesar, fiebernd und von einem trockenen Husten und nicht nachlassenden Kopfschmerzen gequält und unfähig, auch nur einen Bissen bei sich zu behalten. Schließlich kam eine alte, heilkundige Frau sich den Patienten ansehen.

»Das Wetter ist schlecht und ungesund«, sagte die Frau.

»Aber das ist kein normales Fieber«, beharrte Ria. »Es dauert nun schon über vier Tage. Und er schwitzt nicht.«

»Aber es ist ein Fieber, Ria. Das Wechselfieber.«

»Dann wird er sterben!«

»Er ist stark«, sagte die Frau. »Er muß trinken. Wasser, vermischt mit Schnee. Mehr kann ich dir nicht raten.«

Sulla hatte gerade einen Brief zur Hand genommen, den Pompeius ihm aus Africa geschickt hatte, als sein Verwalter Chrysogonus aufgeregt eintrat.

»Was gibt es? Du siehst doch, daß ich beschäftigt bin.«

»*Domine*, eine Dame wünscht dich zu sprechen.«

»Sag ihr, sie soll sich davonscheren.«

»Das kann ich nicht, *domine*!«

Sulla ließ den Brief sinken und sah Chrysogonus überrascht an. »Und ich dachte immer, du könnest alles«, sagte er leicht belustigt. »Du zitterst ja, Chrysogonus. Hat sie dich vielleicht gebissen?«

»Nein, *domine*.« Der Verwalter fand das alles offenbar gar nicht komisch. »Aber ich fürchtete schon, sie wolle mich umbringen.«

»Oha! Vielleicht sollte ich die Frau doch empfangen. Ist sie sterblich? Hat sie dir einen Namen genannt?«

»Ja, Aurelia.«

Sulla streckte die Hand aus und betrachtete sie angestrengt. »Nein, noch zittere ich nicht.«

»Soll ich sie hereinführen?«

»Nein, auf keinen Fall. Sag ihr, ich will sie nie mehr wiedersehen.« Sulla wollte in Pompeius' Brief weiterlesen, hielt dann aber inne. Der Brief interessierte ihn plötzlich nicht mehr.

»Aber sie weigert sich zu gehen, bevor du sie empfangen hast, Herr.«

»Dann sollen die Diener sie hinaustragen.«

»Das habe ich bereits angeordnet, Herr. Aber keiner hat gewagt, sie anzufassen.«

»Das sieht Aurelia ähnlich.« Sulla atmete tief ein und schloß die Augen. »Also gut, Chrysogonus, bring sie herein.« Kurz darauf trat Aurelia ein und setzte sich, nachdem Sulla sie dazu aufgefordert hatte.

Der Anblick der von der grellen Wintersonne beschienenen Aurelia führte dem alternden Sulla einmal mehr vor Augen, wie wenig die Zeit einem vollkommenen Körper anhaben konnte. Bei ihrem letzten Treffen in seinem Quartier in Teanum war das Licht so schwach gewesen, daß er sie nicht richtig hatte in Augenschein nehmen können. Das holte er jetzt ausgiebig nach. Aurelia war zu dünn. Das hätte ihre Schönheit eigentlich schmälern müssen, aber es verstärkte ihre Reize seltsamerweise noch. Der rosige Hauch auf ihren Lippen und Wangen war marmorner Blässe gewichen. Ihre Haare waren noch nicht ergraut, und sie hatte der Versuchung widerstanden, sich durch eine weniger strenge Frisur ein jüngeres Aussehen zu geben. Sie trug die Haare immer noch straff nach hinten gekämmt und im Nacken zu einem Knoten zusammengebunden. Die lieblichen Augen hinter den dichten schwarzen Wimpern, über denen sich dunkle Brauen wölbten, sahen ihn streng an.

»Du kommst wahrscheinlich wegen deines Jungen«, sagte er und lehnte sich zurück.

»In der Tat.«

»Dann rede. Ich höre.«

»Warum, Sulla? Weil er deinem Sohn ähnlich sieht?«

Das saß. Er wich ihrem Blick aus und starrte auf Pompeius' Brief, bis der Schmerz nachgelassen hatte. »Ich erschrak, als ich ihn das erste Mal sah. Aber nein, das hat nichts damit zu tun.« Seine kalten Augen suchten wieder ihren Blick.

»Ich habe deinen Sohn gemocht, Lucius Cornelius.«

»Damit erreichst du bei mir nichts, Aurelia. Mein Sohn ist schon lange tot, und ich habe gelernt, mit dem Verlust zu leben. Auch wenn Menschen wie du das immer wieder auszunutzen versuchen.«

»Du weißt also, was ich von dir will?«

»Natürlich.« Er balancierte auf den beiden hinteren Beinen seines Stuhls – kein leichtes Unterfangen angesichts der kurzen, krummen Stuhlbeine. »Du willst, daß ich deinen Sohn schone. Warum sollte ich? Meinen Sohn hat auch niemand verschont.«

»Aber das kannst du weder mir noch meinem Sohn zur Last legen.«

»Ich kann euch zur Last legen, was ich will«, brauste er plötzlich auf. »Ich bin der Diktator!«

»Unsinn, Sulla! Das weißt du genausogut wie ich. Ich bitte dich, das Leben meines Sohnes zu verschonen. Er hat den Tod ebensowenig verdient wie sein Priesteramt.«

»Ich stimme zu, daß er dafür kaum der geeignete Mann ist. Aber er ist nun mal Priester geworden, und du wolltest das doch auch.«

»Weder ich noch mein Mann wollten das. Es wurde uns befohlen. Von Marius höchstpersönlich, als er sein Schwert einmal für einen kurzen Moment aus der Hand legte.« Aurelia zog voller Abscheu eine Grimasse. »Marius war es auch, der Cinna befahl, seine Tochter mit meinem Sohn zu verheiraten. Cinna hätte nie daran gedacht, Cinnilla zur Jupiterpriesterin zu machen!«

»Warum trägst du nicht mehr die kräftigen Farben, die dir früher so gut gefallen haben?« wechselte Sulla das Thema. »Was du da anhast, steht dir überhaupt nicht.«

»Du redest schon wieder Unsinn!« schnappte Aurelia. »Ich bin nicht hier, um dir meine Kleider vorzuführen. Ich bin hier, um für meinen Sohn zu bitten.«

»Ich tue nichts lieber, als deinen Sohn zu schonen. Caesar weiß genau, was er tun muß. Er braucht sich nur von Cinnas Balg scheiden zu lassen.«

»Das wird er niemals tun.«

»Und warum nicht?« Sulla sprang auf. »Warum denn nicht?«

»Weil du Narr ihm gezeigt hast, daß er so dem verhaßten Priesteramt entkommen kann.« Aurelias Wangen hatten sich gerötet. »Soll er sich denn von ihr scheiden lassen, um den Rest seines Lebens Jupiterpriester zu sein? Nein, lieber will er sterben.«

»Was?« Sulla starrte sie an.

»Du bist ein Narr, Sulla! Ein Narr! Er wird sich nie von ihr scheiden lassen.«

»Wage es nicht, mich zu kritisieren!«

»Ich sage, was ich will.«

Eine seltsame Stille breitete sich aus. Sullas Wut war ebenso schnell verraucht, wie Aurelia sich in Wut geredet hatte. Er starrte zum Fenster hinaus. Nach einer Weile drehte er sich wieder um und sah sie mit einem Blick an, in dem mehr lag als nur Zorn oder Ungeduld.

»Also, noch einmal von vorn«, sagte er. »Warum hat Marius Caesar gegen seinen und euren Willen zum Jupiterpriester gemacht?«

»Das hängt damit zusammen, was die alte Martha ihm prophezeit hat.«

»Ja, davon habe ich gehört. Siebenmal Konsul, dritter Gründer Roms – schließlich hat Marius das jedem erzählt, der es hören wollte.«

»Aber das war nicht alles. Vom zweiten Teil der Prophezeiung hat er niemandem erzählt. Erst als seine geistigen Kräfte nachließen, vertraute er sich seinem Sohn an, der Julia davon berichtete. Julia wiederum hat es mir gesagt.«

Sulla setzte sich. »Weiter.«

»Dieser zweite Teil betrifft meinen Sohn. Die alte Martha hat prophezeit, Caesar werde der größte Römer aller Zeiten sein. Gaius Marius hat ihr geglaubt, und um zu verhindern, daß Caesar Soldat oder Politiker wird, hat er ihm das Amt des Jupiterpriesters aufgehalst.« Aurelia schwieg erschöpft.

»Denn wer weder Feldherr noch Konsul werden kann, kann auch nicht der größte Römer aller Zeiten werden.« Sulla nickte. »Klug eingefädelt, Marius.« Er pfiff bewundernd durch die Zähne. »Mach deinen Rivalen zum Jupiterpriester, und schon hast du gewonnen. Soviel Durchtriebenheit hätte ich dem alten Kerl gar nicht zugetraut.«

»Er war wirklich durchtrieben!«

»Eine interessante Geschichte.« Sulla nahm Pompeius' Brief in die Hand. »Du kannst gehen. Ich habe genug gehört.«

»Verschone meinen Sohn!«

»Nur, wenn er sich von Cinnas Tochter trennt.«

»Das wird er niemals tun.«

»Dann gibt es nichts mehr zu sagen. Geh jetzt, Aurelia.«

Aurelia machte noch einen letzten Versuch, für Caesar, für ihren Sohn. »Ich habe einst um dich geweint, und ich weiß noch, wie du meine Tränen geliebt hast! Jetzt wollte ich am liebsten wieder weinen, aber diese Tränen würdest du nicht mehr lieben. Sie gelten nämlich dem Ende eines großen Mannes, der so tief gefallen ist, daß er sich an Kindern vergreift. Cinnas Tochter ist zwölf, mein Sohn achtzehn. Du bestrafst Kinder! Und was tut Cinnas Witwe? Sie spaziert in aller Offenheit durch Rom. Warum? Weil sie schnell einen anderen geheiratet hat und dieser andere auf deiner Seite steht. Cinnas Sohn, ein Kind, besitzt keinen Sesterz mehr. Ihm bleibt keine Wahl, er muß das Land verlassen, während Cinnas Witwe lebt wie die Made im Speck.« Aurelia lachte verächtlich. »Hat Annia nicht rote Haare? Sind die Haare auf deinem kahlen Schädel vielleicht von ihr?«

Sie drehte sich um und verließ das Zimmer.

Chrysogonus trat ein.

»Ich will, daß eine bestimmte Person ausfindig gemacht wird!« sagte Sulla. Auf seinem Gesicht lag ein tückischer Ausdruck. »Aber lebendig, Chrysogonus, nicht tot!«

Chrysogonus hätte für sein Leben gern gewußt, was zwischen seinem Herrn und dieser außergewöhnlichen Frau vorgefallen war – zweifellos hatten die beiden eine gemeinsame Vergangenheit. Er seufzte in sich hinein und sagte dann glatt: »Eine private Angelegenheit?«

»So könnte man es auch nennen. Eine private Angelegenheit. Ich setze zwei Talente Belohnung aus für den, der den Jupiterpriester Gaius Julius Caesar ausfindig macht und zu mir bringt. Aber wehe, ihm wird auch nur ein Haar gekrümmt! Sag das allen. Niemand tötet den Jupiterpriester! Ich brauche ihn lebend. Verstanden, Chrysogonus?«

»Natürlich, *domine.*« Der Verwalter machte keine Anstalten zu gehen, sondern hustete höflich.

Sulla, der den Brief des Pompeius wieder in die Hand genommen hatte, sah auf. »Ja?«

»Ich habe den Entwurf vorbereitet, den du sehen wolltest, Herr. Erinnerst du dich? Ich hatte darum gebeten, mit der Abwicklung der Proskriptionen betraut zu werden. Für den Fall, daß du meine Bitte erfüllst, habe ich einen Stellvertreter für meine Aufgaben als Verwalter gefunden, den ich dir vorstellen möchte.«

Sullas Lächeln war nicht freundlich. »Du bist davon überzeugt, zwei Aufgaben gleichzeitig erfüllen zu können, nicht wahr? Vorausgesetzt, ich bewillige dir einen Stellvertreter.«

»Es gibt keine bessere Lösung, Herr. Lies den Entwurf. Du wirst feststellen, daß ich die Anforderungen, die diese Aufgabe stellt, so gut erfülle wie sonst niemand. Warum sie einem Beamten aus dem Schatzamt übertragen? Er würde sich nicht trauen, dich selbst um Rat zu fragen, und wäre zu sehr den Methoden des Schatzamts verhaftet, um die kommerzielleren Aspekte dieser Aufgabe in vollem Umfang wahrzunehmen.«

»Ich werde darüber nachdenken und dich meine Entscheidung wissen lassen«, sagte Sulla und griff erneut nach Pompeius' Brief. Ungeduldig wartete er, bis der Verwalter das Zimmer verlassen hatte, dann grinste er säuerlich. Verschlagener Hundesohn! Speichellecker! Doch genau diese Eigenschaften mußte die Person besitzen, die er mit der Abwicklung der Proskriptionen betraute – Verschlagenheit. Zugleich mußte die Person vertrauenswürdig sein. Wenn er Chrysogonus diese Aufgabe übertrug, konnte er sicher sein, daß keine ungebührliche Nachsicht geübt werden würde. Zweifellos würde Chrysogonus sich eine fette Scheibe von dem Gewinn abschneiden, aber keiner wußte besser als Chrysogonus, daß es ihm schlecht bekommen würde, sich auf Kosten von Sullas Ansehen zu bereichern. Die geschäftliche Seite der Proskriptionen wie der Verkauf von Grundbesitz, die Auflösung von Barschaften und die Veräußerung von Juwelen, Möbeln, Kunstwerken, Schuldverschreibungen und Beteiligungen mußte nach außen hin so seriös wie möglich abgewickelt werden. Sulla konnte unmöglich alles selbst erledigen, also mußte es jemand für ihn tun. Wer sonst außer Chrysogonus kam dafür in Frage? Lieber er als ein Beamter aus dem Schatzamt. Übertrug man einem Beamten eine Aufgabe, konnte man ewig warten, bis er sie erledigte. Aber es mußte alles sehr rasch abgewickelt werden, und gleichzeitig durfte niemand Grund zu der Annahme haben, er, Sulla, bereichere sich auf Kosten des Staates. Chrysogonus war zwar ein Freigelassener, aber deshalb um keinen Deut weniger Sullas Kreatur. Wenn er seinen Herrn hinterging, das wußte Chrysogonus genau, würde dieser keinen Moment zögern, ihn zu töten.

Zufrieden, die dringlichste Frage im Zusammenhang mit den Proskriptionen gelöst zu haben, vertiefte sich Sulla wieder in Pompeius' Brief.

Numidien und die Provinz Africa sind befriedet und verhalten sich ruhig. Ich habe diese Aufgabe in nur vierzig Tagen erledigt. Ende Oktober verließ ich mit sechs Legionen und zweitausend Reitern Lilybaeum; Gaius Memmius blieb zurück, um in Sizilien nach dem Rechten zu sehen. Da ich schon vor meiner Ankunft in Sizilien damit begonnen hatte, eine Flotte zusammenzustellen, standen uns über achthundert Schiffe zur Verfügung. Ich lege Wert auf gute Organisation. Sie erspart einem viel Zeit. Kurz bevor ich in See stach, sandte ich einen Boten zum mauretanischen König Bogud, dessen Armee in Iol steht. Iol liegt näher als Tingis. Bogud residiert seit einiger Zeit in Iol und hat Ascalis, einen untergeord-

neten König, auf den Thron von Tingis gesetzt. Ursache dieser Veränderung sind die Unruhen in Numidien, wo Prinz Iarbas König Hiemspal vom Thron vertrieben hat. Mein Bote hat König Bogud angewiesen, sogleich von Westen in Numidien einzufallen. König Bogud, so mein Plan, sollte Iarbas vor sich her nach Osten treiben, wo ich ihm einen gebührlichen Empfang bereiten wollte.

Meine Männer gingen in zwei Abteilungen an Land: eine Hälfte im Hafen des alten Karthago, die andere unter meinem Kommando bei Utica. Kaum hatte ich das Ufer betreten, als sich siebentausend Mann aus Ahenobarbus' Armee meinem Befehl unterstellten. Ich sah darin ein gutes Omen. Aus Furcht, noch mehr seiner Männer würden zu mir überlaufen, beschloß Ahenobarbus, sofort anzugreifen. Er ließ seine Soldaten längs einer Schlucht Aufstellung nehmen, durch die mein Weg führte, denn er wollte mich aus dem Hinterhalt überfallen. Von einer Felsenspitze aus jedoch sah ich seine Streitmacht und durchschaute seine List. Als es anfing zu regnen (der Winter ist in der Provinz Africa die Regenzeit), zog ich Vorteil aus der Tatsache, daß der Regen Ahenobarbus' Soldaten die Sicht nahm, und errang einen großartigen Sieg. Meine Soldaten riefen mich auf dem Schlachtfeld zum Imperator aus. Leider konnte Ahenobarbus mit dreitausend Soldaten entkommen. Ich sagte meinen Männern deshalb, sie sollten mich noch nicht ehren, denn noch sei Ahenobarbus am Leben. Meine Männer sahen das ein. Wir fielen in Ahenobarbus' Lager ein und töteten ihn und alle seine Männer. Erst dann ließ ich mich von meinen Männern zum Imperator ausrufen.

Nachdem alle in der Provinz Africa befindlichen Aufständischen an mich ausgeliefert worden waren, zog ich nach Numidien weiter. In Utica ließ ich die Gefangenen hinrichten. Der aufständische Iarbas war davon unterrichtet, daß ich von Osten und Bogud von Westen her vorrückte, und verschanzte sich in Bulla Regis, einer Stadt am Oberlauf des Bagradas. Natürlich erreichte ich Bulla Regis noch vor König Bogud. Bei meiner Ankunft öffnete die Stadt ihre Tore und lieferte Iarbas an mich aus. Ich ließ ihn sowie einen weiteren Fürsten namens Masinissa sofort hinrichten und setzte König Hiempsal wieder auf seinen alten Thron in Cirta. Zu meiner Freude fand ich noch genügend Muße, auf die Jagd zu gehen. Dieses Land beherbergt einen unglaublichen

Reichtum an wilden Tieren jeder Art, von Elefanten bis hin zu großen, unseren Rindern ähnlichen Vierbeinern. Ich schreibe diesen Brief aus meinem Lager in der numidischen Ebene.

Nachdem ich, wie bereits erwähnt, das gesamte nördliche Africa innerhalb von vierzig Tagen unterworfen habe, werde ich nach Utica zurückkehren. Du kannst ohne Sorge einen Statthalter entsenden, Soldaten brauchen wir hier nicht zu stationieren. Ich selbst werde mich mit meinen sechs Legionen und zweitausend Reitern nach Tarentum einschiffen und dann über die Via Appia nach Rom ziehen. Dort möchte ich einen Triumphzug veranstalten. Meine Männer haben mich auf dem Feld zum Imperator ausgerufen, ich habe also das Recht auf einen Triumph. Habe ich nicht sowohl Sizilien als auch Africa in nur hundert Tagen unterworfen? Und alle unsere Feinde getötet? Außerdem bringe ich viele schöne Beutestücke für den Triumphzug mit.

Als sich Sulla endlich durch den Brief hindurchgequält hatte, lachte er Tränen. Er wußte nicht, worüber er sich mehr amüsierte: über Pompeius' plumpe Vertraulichkeiten, über seine Arroganz oder über Nachrichten wie die, daß die Regenzeit in Africa auf den Winter fiel oder daß Bulla Regis am Oberlauf des Bagradas lag. Wußte Pompeius nicht, daß Sulla viele Jahre in Africa verbracht und dort eigenhändig König Jugurtha gefangengenommen hatte? Nach kaum vierzig Tagen in Africa tat Pompeius bereits so, als wisse er alles. Und ständig wiederholte er, seine Soldaten hätten ihn auf dem Schlachtfeld zum Imperator ausgerufen. Was für ein Angeber!

Sulla zog ein paar Bogen Papier heraus und begann zu schreiben. Das Vergnügen, Pompeius selbst zu antworten, wollte er sich von keinem Sekretär nehmen lassen.

Welche Freude, Deinen Brief erhalten zu haben. Besten Dank auch für die interessanten Einzelheiten über Africa. Ich sehe schon, eines Tages muß ich doch noch dorthin reisen, und sei es nur, um diese großen, unsern Rindern ähnelnden Vierbeiner in Augenschein zu nehmen. Wie Du erkenne auch ich einen Elefanten, wenn ich ihn vor mir sehe.

Ich gratuliere! Wie schnell Du warst. Vierzig Tage! War nicht auch Mesopotamien vor tausend Jahren vierzig Tage lang überflutet?

Ich weiß, ich kann mich auf Dein Wort verlassen, daß wir weder in Sizilien noch in der Provinz Africa Truppen stationieren müssen. Leider, mein lieber Pompeius, gibt es gewisse Regeln, an die wir uns halten müssen. Mein Befehl lautet daher, daß Du fünf Deiner sechs Legionen in Utica zurückläßt und in Begleitung einer Legion heimkehrst. Es ist mir egal, welche Du auswählst, vielleicht gibt es eine, die Du besonders magst. Übrigens: Fortuna scheint Dich besonders zu mögen.

Leider kann ich Dir keinen Triumph bewilligen. Zwar haben Deine Truppen Dich zum Imperator ausgerufen, Triumphe aber sind ausschließlich Mitgliedern des Senats vorbehalten, die den Rang eines Prätors erreicht haben. Du wirst in den nächsten Jahren noch viele Kriege gewinnen, Pompeius, und so früher oder später sicherlich deinen Triumph bekommen.

Für die rasche Übersendung von Carbos Kopf bin ich Dir zu großem Dank verpflichtet. Es geht doch nichts über einen Kopf, wenn man jemandem beweisen will, daß ein anderer vom scharfen Erze zerrissen wurde, wie Homer sagt. Daß Carbo tot und Rom ohne Konsuln ist, hat mir überaus große Genugtuung bereitet. Wie schlau von Dir, seinen Kopf in Essig zu legen. Ich danke Dir auch für Soranus. Und den älteren Brutus.

Nur noch eine Kleinigkeit, Pompeius. Es wäre besser gewesen, Du hättest Carbo mit etwas weniger öffentlicher Beteiligung beseitigt, wenn Du es schon auf so barbarische Weise tun mußtest. Langsam beginne ich zu glauben, was die Leute sagen – kratze an einem Mann aus Picenum, und schon kommt der Gallier zum Vorschein. Als Du Dich inmitten der Liktoren und bekleidet mit der toga praetexta *auf den Richterstuhl gesetzt hast, bist Du Römer geworden. Aber Du hast versäumt, Dich wie ein Römer zu verhalten. Du hast den armen Carbo zuerst vier Stunden in der glühenden Sonne gefoltert und ihm sodann eröffnet, er habe kein ordentliches Verfahren verdient und werde auf der Stelle hingerichtet. Da Du ihn vor diesem leider öffentlichen Verfahren mehrere Tage in einem Loch gefangengehalten und ihm nur verdorbene Speisen zu essen gegeben hast, war er zu diesem Zeitpunkt sehr krank. Trotzdem hast Du ihm seine Bitte abgeschlagen, vor seinem Tod seine Gedärme entleeren zu dürfen. So starb er, wie mir zu Ohren kam, in seinem eigenen Kot, aber sehr tapfer.*

Woher ich das alles weiß? Ich habe meine Quellen. Hätte ich die nicht, wäre ich jetzt wahrscheinlich nicht Diktator von Rom. Du bist noch sehr jung und hast fälschlicherweise angenommen, ich wolle nur Carbos Tod, der Rest sei mir egal. Einerseits hast Du natürlich recht. Andererseits ist es überhaupt nicht egal, wie ein römischer Konsul zu Tode kommt. Und Carbo war zum Zeitpunkt seines Todes gewählter römischer Konsul. Du tust gut daran, künftig daran zu denken, daß man einem Konsul jede Ehre erweisen muß, selbst wenn dieser Konsul Gnaeus Papirius Carbo heißt.

Übrigens habe ich gehört, daß Dir das barbarische Schauspiel auf dem Marktplatz von Lilybaeum einen neuen Namen eingetragen hat. Eine großartige Sache für jemanden, der noch keinen dritten Namen hat! Adulescentulus carnifex. *Der kleine Schlächter. Ein überaus passender Name, findest Du nicht auch? Denn Du bist wie schon Dein Vater ein Schlächter.*

Ich wiederhole: Fünf Deiner sechs Legionen bleiben in Utica und warten auf den neuen Statthalter, den ich entsenden werde, sobald ich dazu Zeit habe. Dir selbst steht es frei, nach Rom zurückzukehren. Ich freue mich schon darauf, Dich wiederzusehen. Wir können uns über Elefanten unterhalten, und Du kannst mein Wissen über Africa im allgemeinen und die dortigen Vierbeiner im besonderen erweitern.

Nicht vergessen sollte ich auch, Dir mein Beileid zum Tod Deiner Schwiegereltern auszusprechen. Es ist schwer nachzuvollziehen, warum Brutus Damasippus auch Antistius Vetus und seine Frau als Opfer auserkor. Brutus Damasippus ist natürlich auch tot. Ich habe ihn hinrichten lassen, allerdings unter Ausschluß der Öffentlichkeit, mein kleiner Schlächter. Unter Ausschluß der Öffentlichkeit.

Das, dachte Sulla, als er die Feder aus der Hand legte, war ein Brief, den er gern geschrieben hatte. Doch dann traten Falten auf seine Stirn. Was sollte er mit dem kleinen Schlächter in der nächsten Zeit anfangen? Der Bursche ließ nicht so schnell locker, wenn er sich etwas in den Kopf gesetzt hatte. Zum Beispiel den Triumph.

Wer es fertigbrachte, mit Liktoren und Amtsstuhl auf dem Marktplatz einer nichtrömischen Stadt zu repräsentieren und sich wie ein ausgemachter Barbar aufzuführen, der würde auch die Bedingungen für einen Triumph mißachten. Pompeius war gerissen genug, seinen Triumph gegen alle Widerstände durchzusetzen. Dann mußte man ihm eben mit einer List begegnen. Ein breites Grinsen trat auf Sullas Lippen, was seinem Sekretär, der in diesem Augenblick den Raum betrat, unwillkürlich einen Seufzer der Erleichterung entlockte. Den Göttern sei Dank, Sulla war guter Laune!

»Ah, Flosculus, gerade zur rechten Zeit. Setze dich und hole deine Wachstäfelchen heraus. Ich habe plötzlich Lust, allen möglichen Leuten meine Großzügigkeit zu beweisen, darunter auch dem tüchtigen Lucius Licinius Murena, meinem Statthalter in der Provinz Asia. Ja, ich habe beschlossen, ihm seine Angriffe auf König Mithridates und die Mißachtung meiner Befehle zu verzeihen. Ich glaube, ich werde den unwürdigen Murena eines Tages noch gut gebrauchen können. Schreibe ihm, er solle so bald wie möglich nach Rom zurückkehren und einen Triumph feiern. Als nächstes schreibe an Flaccus in Gallia Transalpina. Er soll sich sofort auf den Weg nach Rom machen, um einen Triumph zu feiern. Beide sollen wenigstens zwei Legionen mitbringen …«

Sulla kam immer mehr in Fahrt, und sein Schreiber hatte Mühe, ihm zu folgen. Kein Gedanke mehr an Aurelia und das unerfreuliche Gespräch, kein Gedanke an Roms unwilligen Jupiterpriester. Ein anderer, weit gefährlicherer junger Mann verlangte jetzt Sullas ganze Aufmerksamkeit. Denn der kleine Schlächter Pompeius konnte sehr gerissen sein, wenn es um seinen Vorteil ging.

In Nersae war es, wie Ria vorhergesagt hatte, richtig Winter geworden; die Stürme hatten sich gelegt, der Frost hatte angezogen, und über allem wölbte sich ein klarer blauer Himmel. Die Via Salaria nach Rom war wieder offen, desgleichen die Straße von Reate nach Nersae und der Weg über den Paß in das Tal des Aternus.

Caesar bekam all das nicht mit; sein Zustand hatte sich von Tag zu Tag verschlimmert. Anfangs, als er noch bei klarem Bewußtsein war, hatte er versucht, aufzustehen. Aber sobald er das Bett verließ, überkam ihn eine große Schwäche, und er torkelte wie ein Kind, das gerade laufen lernt. Am siebten Tag nach Ausbruch der Krankheit wurde er sehr müde und sank nach und nach in eine Art Koma.

Eines Morgens stand Lucius Cornelius Phagites in Begleitung des Mannes, der Caesar und Burgundus in der Herberge in Trebula gesehen hatte, vor Rias Tür. Ria hatte Burgundus zum Holzholen in den Wald geschickt, und ohne seinen Beistand konnte sie die Männer nicht daran hindern, sich Einlaß zu verschaffen.

»Bist du nicht die Mutter des Quintus Sertorius? Und der Bursche, der da drüben im Bett liegt und schläft, ist das nicht unser Jupiterpriester Gaius Julius Caesar?« Aus Phagites' Stimme klang Genugtuung.

»Er schläft nicht«, sagte Ria. »Und wecken kann man ihn auch nicht.«

»Natürlich schläft er!«

»Nein. Wie ich gesagt habe, weder ich noch sonst jemand kann ihn wecken. Er leidet an Wechselfieber, und das bedeutet, daß er sterben wird.«

Das waren schlechte Neuigkeiten für Phagites, der wußte, daß die auf Caesars Kopf ausgesetzte Belohnung nur bezahlt wurde, wenn Caesar noch lebte.

Lucius Cornelius Phagites, ein schlanker Grieche Anfang Vierzig, war wie andere Handlanger Sullas ein Freigelassener und hatte wenig Skrupel und noch weniger Ehrgefühl. Er hatte sich selbst in die Sklaverei verkauft, denn das war ihm vorteilhafter erschienen, als sein Leben in seinem verwüsteten Heimatland zu fristen. Als Sklave hatte er sich wie ein Blutegel an Sulla geheftet, der ihn zum Dank für seine Dienste zum Anführer einer der Proskriptions-Banden ernannt hatte. Seither hatte er mit der Ermordung von Geächteten bereits vierzehn Talente verdient. Wenn es ihm jetzt gelang, Caesar lebend zu Sulla zu schaffen, würde sich sein Verdienst auf insgesamt sechzehn Talente erhöhen. Der Gedanke, so kurz vor dem Ziel um die Früchte seiner Arbeit betrogen zu werden, gefiel ihm überhaupt nicht.

Natürlich hütete er sich, Ria über seine Absichten zu unterrichten. Er bezahlte seinen Informanten und sah zu, daß der Mann wieder verschwand. Tot würde Caesar ihm in Rom nichts einbringen, aber vielleicht trug der Bursche ja ein Sümmchen bei sich. Wenn er es geschickt anstellte, konnte er der Alten das Geld vielleicht entlocken.

»Auch gut«, sagte er und zückte ein riesiges Messer. »Ich schneide einfach seinen Kopf ab, dann bekomme ich zwei Talente Belohnung.«

»Nimm dich in acht, Schurke!« schrie Ria und baute sich vor ihm auf. »Burgundus kann jeden Moment zurückkommen. Er zertritt dich, bevor du nur einen Mucks machst. Wage nicht, seinem Herrn auch nur ein Haar zu krümmen.«

»Der germanische Trampel? Weißt du was, Mütterchen? Am besten, du gehst und holst ihn. Ich bleibe hier und leiste dem jungen Herrn ein wenig Gesellschaft.« Er setzte sich neben Caesar auf das Bett und hielt ihm das Messer an die Kehle.

Kaum war Ria aus dem Haus, da erhob sich Phagites und öffnete die Vordertür; draußen warteten seine Gehilfen, die Mitglieder seiner zehnköpfigen Bande. »Der germanische Riese ist auch hier«, erklärte Phagites. »Wir töten ihn nur, wenn es nicht anders geht. Er ist stark wie ein Bär, und ein Kampf gegen ihn kostet uns bestimmt einige Knochen. Der Junge ist wertlos für uns, er liegt im Sterben. Aber ich werde versuchen, den beiden ihr Geld abzuluchsen. Sobald ich es habe, kommt ihr herein und schützt mich vor dem Germanen. Alles klar?« Die Männer nickten.

Phagites kehrte ins Haus zurück. Als Ria mit Burgundus eintraf, saß er wieder wie zuvor neben Caesar und hielt sein Messer an dessen Kehle. Ein Knurren stieg aus Burgundus' Brust auf. Er blieb an der Tür stehen und öffnete und schloß seine riesigen Hände in hilfloser Wut.

»Also«, sagte Phagites freundlich und ohne jede Angst. »Jetzt höre mir gut zu, Alte. Wenn du genügend Geld hast, lasse ich den Burschen vielleicht am Leben. Überlege es dir gut! Vor der Tür warten neun kräftige Männer. Niemand kann mich also daran hindern, diesen hübschen Nacken zu durchtrennen. Bis der Germane am Bett ist, bin ich zehnmal draußen auf der Straße. Verstanden?«

»Er hat es nicht verstanden.« Ria zeigte auf Burgundus. »Er spricht kein Griechisch.«

»Was für ein Barbar! Dann muß ich mit dir verhandeln, Mütterchen. Hast du Geld?«

Ria schloß die Augen und überlegte, was sie tun sollte. Praktisch veranlagt wie ihr Sohn, entschied sie, daß es vor allem darauf ankam, Phagites loszuwerden. Der Grieche hatte recht: Caesar würde tot sein, bevor Burgundus das Bett erreichte – und dann würde Burgundus sterben, und als nächste wäre sie an der Reihe. Sie schlug die Augen wieder auf und deutete auf die in einer Ecke abgestellten Bücherkisten.

»Dort. Drei Talente.«

»Drei Talente!« Phagites Augen richteten sich begehrlich auf die Bücherkisten. Er pfiff leise. »Sehr gut.«

»Nimm das Geld und verschwinde. Laß den Jungen in Frieden sterben.«

»Ganz bestimmt, Mütterchen. Das werde ich.« Er legte die Finger an die Lippen und stieß einen scharfen Pfiff aus.

Seine Männer stürzten mit gezogenen Schwertern herein und blieben überrascht stehen. Sie hatten erwartet, den Germanen töten zu müssen, statt dessen bedeutete Phagites ihnen, ein Dutzend Bücherkisten hinauszuschaffen.

»Ihr Götter, das sind wirklich gewichtige Bücher!« rief Phagites, als sie Mühe hatten, die Kisten hochzuheben. »Ein sehr intelligenter Bursche, unser Jupiterpriester.«

Dreimal kamen und gingen die Männer, dann waren die Kisten verschwunden. Beim dritten Mal stand Phagites rasch auf, winkte zum Abschied und verschwand mit ihnen. Von der Straße drangen geschäftiger Lärm und das aufgeregte Wiehern mehrerer Pferde herein. Dann verloren sich die Geräusche in der Ferne, und erneut kehrte winterliche Stille ein.

»Du hättest mir erlauben sollen, sie zu töten«, sagte Burgundus.

»Dann wäre dein Herr als erster gestorben«, erwiderte Ria mit einem schweren Seufzer. »Sie werden erst zurückkommen, wenn sie das Geld verpraßt haben. Aber zurückkommen werden sie. Es hilft alles nichts, Caesar muß fort.«

»Dann wird er sterben!« Burgundus fing an zu weinen.

»Vielleicht. Aber wenn er hierbleibt, stirbt er auf jeden Fall.«

Reglos lag Caesar da. Wie dünn und ausgezehrt er aussieht, dachte Ria, und all die Fieberbläschen um seinen Mund. Aber selbst in seinem seltsamen Schlaf trank er, wann immer er zu trinken bekam, und noch lag er nicht lange genug still, um jene charakteristischen Geräusche von sich zu geben, die anzeigten, daß die Lungen zu verstopfen drohten.

»So ein Unglück, daß sie uns das Geld weggenommen haben«, sagte sie zu Burgundus. »Ich habe keinen Schlitten, aber nur mit einem Schlitten können wir Caesar von hier wegschaffen. Es gibt zwar einen Mann, der uns einen verkaufen könnte, aber seit Quintus Sertorius geächtet worden ist, besitze ich ebenfalls kein Geld mehr. Man hätte mir sogar dieses Haus weggenommen, wenn es nicht Teil meiner Mitgift gewesen wäre.«

Burgundus hörte ihr unbewegt zu. Dann zeigte er, daß auch er denken konnte. »Verkaufen wir das Pferd«, schlug er vor. »Es wird Caesar zwar das Herz brechen, aber welche Möglichkeit bleibt uns sonst?«

»Guter Burgundus«, rief Ria aufgeregt aus. »Du hast vollkommen recht! Das Pferd können wir ohne Probleme verkaufen. Natürlich nicht zu einem angemessenen Preis, aber es dürfte uns genug einbringen, einen Schlitten samt ein paar Ochsen zu erstehen und darüber hinaus für euren Aufenthalt bei Priscus und Gratidia zu bezahlen – eingerechnet die Mengen, die du verschlingst.«

So wurde es gemacht, und zwar in aller Eile. Überglücklich, ein Pferd wie Bucephalus für nur neuntausend Sesterzen bekommen zu haben, führte der neue Besitzer Caesars Pferd aus dem Stall. Bis zuletzt hatte er Angst, Ria könnte es sich doch noch anders überlegen.

Der Schlitten – eigentlich ein Wagen mit Rädern, an denen glattgehobelte Bretter mit hochgezogenen Enden befestigt waren – kostete viertausend Sesterzen, die beiden Zugochsen jeweils tausend Sesterzen. Der Verkäufer bot an, den Wagen samt Ochsen im nächsten Sommer für viertausend Sesterzen zurückzukaufen, was ihm einen Gewinn von zweitausend Sesterzen bescheren würde.

»Wer weiß, vielleicht bekommst du das Gespann sogar schon früher zurück«, sagte Ria bitter.

Sie und Burgundus wickelten Caesar in warme Decken ein und bemühten sich, es ihm im Wagen so bequem wie möglich zu machen.

»Achte darauf, ihn immer wieder umzulegen, sonst drücken noch seine Knochen durch das Fleisch – mager, wie er ist, der Arme. Bei dieser Kälte bleiben eure Vorräte länger frisch, das ist wenigstens ein Vorteil. Und sieh zu, daß er nicht nur Wasser trinkt, gib ihm auch von der Schafsmilch.« Mit einem Seil band sie hinten an den Schlitten ein Schaf, dessen Milch, wie sie hoffte, zu Caesars Genesung beitragen würde. Dann sah sie Burgundus bitter an. »Ach, ich wünschte, ich könnte euch begleiten. Aber ich bin zu alt.«

Sie sah Burgundus über die weiße, sanft abfallende Wiese hinweg nach, bis der Schlitten hinter der nächsten Wegbiegung verschwand. Dann stapfte sie durch den hohen Schnee in ihr Haus zurück und opferte Venus, der Schutzgöttin ihrer Familie, eine Taube und dann der Tellus und dem Sol Indiges, der Mutter und dem Vater aller Dinge auf italischem Boden, ein Dutzend Eier.

Die Ochsen waren unerträglich langsam, und so brauchten sie acht Tage, bis sie das Haus von Priscus und Gratidia erreichten. Andererseits kam diese gemächliche Art der Fortbewegung Caesar zugute. Die Fahrt in dem absonderlichen Gefährt, dessen mit vielen Schichten Bienenwachs versehene Kufen sanft über den gefrorenen Schnee glitten, schien ihm nichts auszumachen. Vom Tal des schnellfließenden Himella, an dem Nersae lag, folgten sie einer Straße, die sich im Zickzack einen steilen Hang hinaufwand. Auf der anderen Seite führte die Straße ebenso steil und kurvenreich in das Tal des Aternus hinunter.

Seltsamerweise besserte sich Caesars Zustand stetig, seit sie das warme Haus verlassen hatten. Jedesmal, wenn Burgundus das Schaf, das glücklicherweise alt und geduldig war, in einer mühsamen Prozedur mit seinen großen Händen gemolken hatte, trank Caesar von der Milch. Niemand begegnete ihnen, und sie fanden auch keine Unterkunft für die Nächte. Der strenge Frost hielt an. Tagsüber leuchtete der Himmel tiefblau, nachts war er mit weißen Sternen übersät.

Caesar erwachte aus dem Koma. Danach stellte sich die Schläfrigkeit, die dem Koma vorangegangen war, wieder ein, bis auch sie nachließ. Burgundus hielt ihm ein Stück Hartkäse hin, und Caesar kaute langsam darauf herum. Er sah allerdings immer noch aus, als hätte irgendein schreckliches Ungeheuer aus der Unterwelt ihm den letzten Tropfen Blut aus den Adern gesogen; er schaffte es kaum, die Hand zu heben. Als Caesar merkte, daß Bucephalus nicht bei ihnen war, sprach er zum erstenmal wieder.

»Wo ist Bucephalus?« flüsterte er. »Ich kann ihn nicht sehen.«

»Ich habe ihn in Nersae zurücklassen müssen, Caesar. Du siehst ja, auf was für Straßen wir reisen. Das ist nichts für ein Pferd wie Bucephalus. Aber mach dir keine Sorgen, Ria kümmert sich um ihn.« Lieber eine kleine Lüge als die Wahrheit, dachte Burgundus und war erleichtert, als Caesar beruhigt auf sein Lager zurücksank.

Priscus und Gratidia lebten auf einem kleinen Hof einige Meilen außerhalb von Amiternum. Sie waren in Rias Alter und hatten nur wenig Geld; ihre beiden Söhne, die ihnen bei der Arbeit hätten helfen können, waren im Bundesgenossenkrieg gefallen, Töchter hatten sie keine. Deshalb nahmen sie die Flüchtlinge, nachdem Burgundus ihnen die restlichen dreitausend Sesterzen gegeben und sie Rias Brief gelesen hatten, bereitwillig bei sich auf.

»Wenn das Fieber wieder ansteigt, pflege ich ihn draußen«, sagte Burgundus. »Wir hatten nämlich kaum Rias Haus verlassen und waren an der frischen Luft, als sich sein Zustand auch schon besserte.« Er zeigte auf den Schlitten und die Ochsen. »Die könnt ihr behalten. Wenn Caesar überlebt, wird er sie kaum behalten wollen.«

Ob Caesar überleben würde, war nach wie vor die große Frage. Die drei Menschen, die sich um ihn kümmerten, wußten es nicht. Die Tage vergingen, und sein Zustand veränderte sich kaum. Manchmal kam Wind auf, und es begann zu schneien, bis das Wetter wieder umschlug, der Himmel aufklarte und der Frost wieder anzog. Caesar schien nichts davon wahrzunehmen. Zwar hatte das Fieber und mit dem Fieber auch die Schläfrigkeit nachgelassen, aber weiter besserte sich sein Zustand nicht.

Gegen Ende April setzte Tauwetter ein, und es wurde Frühling. Der vergangene Winter, sagten die Bauern der Gegend, sei der härteste Winter seit Menschengedenken gewesen. Für Caesar war es der härteste Winter seines Lebens.

»Ich fürchte, Caesar stirbt, wenn er nicht nach Rom gebracht wird«, sagte Gratidia eines Tages. »Dort gibt es Ärzte, dort gibt es Medikamente, und dort gibt es Nahrungsmittel, die wir hier in den Bergen nicht bekommen können. Sein Blut hat kein Leben mehr in sich, und deshalb erholt er sich nicht. Ich weiß nicht, wie ich ihm helfen soll, und einen Heilkundigen aus Amiternum darf ich nicht zu Rate ziehen. Reite nach Rom, Burgundus, und unterrichte seine Mutter.«

Ohne ein Wort zu verlieren, ging der Germane aus dem Haus und sattelte sein Pferd. Gratidia konnte ihm gerade noch etwas zu essen mitgeben, bevor er sich auf das Pferd schwang und losritt.

»Ich habe mich schon gewundert, warum ich nichts von euch höre«, sagte Aurelia leise. Sie biß sich auf die Lippe und fing an, darauf herumzukauen, als ob ihr das helfen könnte, klarer zu denken. »Wie soll ich dir jemals danken, Burgundus? Ohne dich wäre mein Sohn längst tot. Jetzt müssen wir ihn irgendwie nach Rom bringen, sonst stirbt er doch noch.« Sie sah ihn an. »Geh jetzt zu Cardixa. Sie und deine Söhne haben dich sehr vermißt.«

Ein weiterer Bittgang zu Sulla, soviel war Aurelia klar, wäre vergebens. Ein Mittel, das vor dem Jahreswechsel versagt hatte, würde jetzt, Ende April des neuen Jahres, erst recht nichts nützen. Die Proskriptionen waren immer noch in vollem Gange, wenn auch, wie es schien, weniger systematisch als früher. Dafür kamen jetzt die ersten neuen Gesetze, großartige oder furchtbare Gesetze, je nachdem, wen man fragte. Sulla selbst steckte, so hieß es, bis über beide Ohren in Arbeit.

Zuerst hatte Aurelia gewagt, auf eine Änderung von Sullas Haltung zu hoffen. Sie hatte erfahren, daß Sulla einige Tage nach ihrer Unterhaltung Marcus Pupius Piso Frugi zu sich bestellt und ihm befohlen hatte, sich von Cinnas Witwe Annia scheiden zu lassen. Piso Frugi hatte Sullas Wunsch zwar ohne Zögern entsprochen und Annia den Laufpaß gegeben, aber weiter war nichts geschehen. Dann hatte Ria geschrieben, Caesars Geld sei ihm abgenommen worden und Caesar und Burgundus seien weitergezogen. Caesars Krankheit erwähnte sie nicht. Da Aurelia weiter nichts hörte, hatte sie geglaubt, alles sei in bester Ordnung.

»Ich werde Delmatica aufsuchen«, entschied sie. »Vielleicht weiß sie, wie ich Sulla umstimmen kann.«

Bisher hatte Rom von Sullas Frau, die im Dezember vergangenen Jahres von Brundisium nach Rom gekommen war, fast nichts gesehen. Einige meinten, sie sei krank, andere, Sulla habe keine

Zeit für sie und vernachlässige sie. Aber offenbar war sie noch seine Frau. Also schrieb Aurelia ihr einen Brief und bat sie um ein Treffen, vorzugsweise zu einer Zeit, wenn Sulla nicht da sei. Letzteres, setzte sie Delmatica auseinander, wünsche sie nur, weil sie Sulla auf keinen Fall verärgern wolle. Außerdem fragte sie an, ob sie bei dieser Gelegenheit nicht auch Cornelia Sulla begrüßen könne, die sie als Kind gekannt hatte. Wer weiß, vielleicht konnte Cornelia ihr weiterhelfen.

Inzwischen hatte Sulla seine wiederaufgebaute Villa oberhalb des Circus Maximus bezogen. Als Aurelia das Gebäude betrat, roch es streng nach frischem Kalkmörtel und frisch aufgetragenen Farben. Die Zimmer strahlten jene eigenartige Vulgarität alles Neuen aus, die nur die Zeit auszulöschen vermag. Aurelia wurde durch ein weitläufiges Atrium und in ein noch weitläufigeres Peristyl geführt und von dort in die Gemächer Delmaticas, die allein schon so groß wie Aurelias ganze Wohnung waren. Die beiden Frauen waren sich zwar schon zuvor begegnet, hatten aber nicht Freundschaft geschlossen. Aurelia verkehrte nicht wie die Frauen der großen Männer Roms in der Gesellschaft des Palatin. Sie war viel zu sehr mit der Verwaltung ihres Mietshauses in der Subura beschäftigt und konnte sich für Tratsch bei süßem Wein und Gebäck nicht begeistern.

Freilich gehörte auch Delmatica nicht zu diesem Kreis. Ihr erster Mann, der Senatsvorsitzende Scaurus, hatte sie lange wie eine Gefangene gehalten, und in dieser Zeit hatte sie ihren Appetit auf Klatsch verloren. Später war sie Sulla ins Exil nach Griechenland gefolgt, und sie hatten eine schöne Zeit in Ephesos, Smyrna und Pergamon erlebt. Dann waren die Zwillinge gekommen, dann Sullas furchtbare Krankheit. Allzu viele Sorgen, allzuviel Unglück, das Heimweh und anderes Unglück hatten Caecilia Metella Delmatica die Lust an Einkäufen, Komödien, Intrigen, Skandalen und Müßiggang ein für allemal genommen. Außerdem hatte sie in Rom endlich Sulla wieder! Sulla, der sie vermißt hatte und sie mehr liebte als jemals zuvor.

Was die Politik anging, so zog Sulla sie nach wie vor nicht ins Vertrauen. Deshalb wußte sie auch nichts vom Schicksal des Jupiterpriesters; sie wußte nicht einmal, daß Aurelia seine Mutter war. Cornelia Sulla für ihren Teil wußte nur, daß Aurelia in ihrer

Kindheit irgendwie mit ihrer leiblichen Mutter bekannt gewesen war, die sich dem Wein ergeben und schließlich das Leben genommen hatte, und mit ihrer geliebten Stiefmutter Aelia, an die sie sich im Unterschied zu ihrer richtigen Mutter noch lebhaft erinnerte. Cornelia Sullas erste Ehe mit dem Sohn des zusammen mit Sulla amtierenden Konsuls hatte tragisch geendet. Ihr Mann war in der Zeit, in der Sulpicius Tribun der Plebs war, während der Unruhen auf dem Forum ums Leben gekommen. Erst ihre zweite Ehe mit Drusus' jüngerem Bruder Mamercus hatte ihr dauerhaftes Glück beschert.

Die Frauen fanden Gefallen aneinander. Sie zählten alle drei zu den schönsten Frauen Roms, auch Aurelia, die mit zweiundvierzig Jahren die Älteste war. Delmatica war siebenunddreißig, Cornelia Sulla gerade erst sechsundzwanzig Jahre alt.

»Du wirst deinem Vater immer ähnlicher«, sagte Aurelia zu Cornelia Sulla.

»Sag das nicht, Aurelia!« Cornelia lachte, und ihre Augen, die viel blauer waren als die Sullas, blitzten. »Meine Haut ist gesund, und ich trage noch keine Perücke.«

»Armer Sulla«, sagte Aurelia, »seine Krankheit muß ihn hart getroffen haben.«

»Ja, sehr hart«, stimmte Delmatica zu, deren graue Augen trauriger waren, als Aurelia sie in Erinnerung hatte.

Eine Zeitlang kreiste das Gespräch um Nebensächlichkeiten, wobei Delmatica taktvoll darauf achtete, die heikleren Themen, die besonders ihre Stieftochter interessiert hätten, zu vermeiden.

Delmatica, die neben den Zwillingen noch einen Sohn und eine Tochter von ihrem ersten Mann Marcus Antonius Scaurus hatte, sprach fast nur von ihrer ältesten Tochter Aemilia Scaura.

»Das hübscheste Mädchen weit und breit!« sagte sie liebevoll und strahlte. »Wir glauben, daß sie schwanger ist. Aber es ist noch zu früh, um es mit Sicherheit sagen zu können.«

»Mit wem ist sie verheiratet?« wollte Aurelia wissen, die nie wußte, wer in letzter Zeit wen geheiratet hatte.

»Mit Manius Acilius Glabrio. Sie waren einander seit Jahren versprochen, Scaurus hat das noch eingefädelt. Die Beziehungen zwischen den beiden Familien reichen weit zurück.«

»Glabrio ist doch ganz nett«, sagte Aurelia. Insgeheim hielt sie ihn allerdings für einen arroganten Angeber, der mit seinem Vater nicht zu vergleichen war.

»Glabrio ist ein eingebildetes Großmaul«, sagte Cornelia Sulla.

»So schlimm ist er nicht«, sagte Delmatica tadelnd. »Obwohl, ganz unrecht hast du nicht, denn für dich wäre er nichts. Aber zu Aemilia Scaura paßt er ganz gut.«

»Und die kleine Pompeia?« lenkte Aurelia schnell ab.

»Die wird eine Schönheit!« sagte Cornelia Sulla und lachte. »Sie ist jetzt acht und geht zur Schule.« Und da sie Sullas Tochter war und dessen kritischen und distanzierten Blick geerbt hatte, fuhr sie fort: »Dabei ist sie unsäglich einfältig. Ich würde mich glücklich schätzen, wenn sie jemals genug Latein lernt, um eine Glückwunschkarte verfassen zu können. Griechisch wird sie wohl nie lernen. Aber für ein Mädchen ist es wichtiger, schön zu sein, als intelligent.«

»Zumindest, wenn es darum geht, sich einen Mann zu angeln«, sagte Aurelia trocken. »Aber da hilft auch eine angemessene Aussteuer.«

»Die bekommt sie«, sagte Pompeias Mutter. »Vater ist jetzt ein reicher Mann. Und sie erbt nicht nur von ihm, sondern auch von der Familie Pompeius Rufus – die mich jetzt ganz anders behandelt als früher, da ich als Witwe mein Leben in ihrem Haus fristen mußte. Sie haben mir das Leben ganz schön schwer gemacht, aber jetzt sind sie freundlich, weil ich einen berühmten Vater habe. Außerdem fürchten sie, er könnte sie auf die Proskriptionslisten setzen lassen.«

»Dann brauchen wir ja nur noch zu hoffen, daß Pompeia einen angemessenen Gatten findet«, sagte Delmatica. Dann sah sie Aurelia ernst an. »Ich freue mich, dich zu sehen, und hoffe, von nun an auf deine Freundschaft zählen zu können. Aber ich weiß, daß du nicht nur wegen mir gekommen bist. Du bist als tüchtige Frau bekannt, die ihre Zeit nicht mit Tratsch vertrödelt. Was ist passiert, Aurelia? Kann ich dir helfen?«

In ihrer einfachen, ungeschminkten Art berichtete Aurelia den beiden Frauen, was vorgefallen war.

»Wir müssen unbedingt etwas unternehmen«, sagte Delmatica, als Aurelia geendet hatte. Sie seufzte. »Lucius Cornelius hat sehr viel Arbeit, und besonders mitfühlend ist er leider auch nicht.«

Nachdenklich runzelte sie die Stirn. »Aurelia, du bist viele Jahre lang seine Freundin gewesen«, sagte sie schließlich verlegen. »Wenn es nicht einmal dir gelungen ist, ihn umzustimmen, dann habe ich wohl erst recht keine Chance.«

»Das sehe ich anders«, sagte Aurelia steif. »Es stimmt, Sulla hat mich von Zeit zu Zeit besucht, aber ich versichere dir, zwischen uns war nichts. Es war nicht meine Schönheit, die ihn anzog, sondern mein gesunder Menschenverstand, auch wenn das unromantisch klingt.«

»Ich glaube dir gerne«, sagte Delmatica lächelnd.

»Nun, das ist alles lange vorbei und hilft uns nicht weiter«, sagte Cornelia Sulla. »Aurelia, du hast ganz recht, wenn du meinst, Vater nicht mehr allein gegenübertreten zu können. Trotzdem mußt du ihn noch einmal aufsuchen – und zwar je früher, desto besser. Er hat zur Zeit nur noch seine Gesetze im Kopf, deshalb wäre es am besten, eine formelle Delegation zu entsenden, bestehend aus Priestern, männlichen Verwandten, Vestalinnen und natürlich dir. Mamercus wird uns bestimmt helfen, ich rede mit ihm. Wer sind Caesars engste Verwandten, die nicht auf den Listen stehen?«

»Die drei Cottas, meine Halbbrüder.«

»Gut, sie werden der Abordnung das nötige Gewicht verleihen. Gaius Cotta ist Pontifex und Lucius Cotta Augur, in religiösen Dingen also nicht ganz ohne Gewicht. Darüber hinaus wird sich wie gesagt auch Mamercus für dich einsetzen. Dann brauchen wir noch vier Vestalinnen. Fonteia wäre gut, sie ist die oberste Vestalin. Dazu Fabia, Licinia und Caesar Strabos Tochter Julia aus Caesars eigener Familie. Kennst du eine von ihnen?«

»Nicht einmal Julia Strabo«, sagte Aurelia.

»Das macht nichts, ich kenne sie alle. Überlaß das einfach mir.«

»Und was kann ich tun?« fragte Delmatica, von so viel Tatkraft eingeschüchtert.

»Deine Aufgabe wird sein, der Abordnung morgen nachmittag einen Termin mit Vater zu besorgen«, sagte Cornelia Sulla.

»Das ist leichter gesagt als getan. Er hat so viel zu tun.«

»Du bist viel zu bescheiden, Delmatica. Vater tut alles für dich, wenn du ihn nur darum bittest. Das Problem ist, daß du ihn viel zu selten um etwas bittest und deshalb gar nicht weißt, wie gern er dir einen Gefallen tut. Sei unbesorgt, frage ihn einfach beim Abendessen.« Sie wandte sich wieder Aurelia zu. »Ich werde dafür sorgen, daß alle Beteiligten etwas früher hier sind. Dann kannst du dich noch mit ihnen absprechen, bevor ihr euch zu ihm begebt.«

»Was soll ich anziehen?« fragte Aurelia, schon im Stehen.

Cornelia Sulla sah sie überrascht an, und auch Delmatica war erstaunt.

»Ich frage nur, weil er bei meinem letzten Besuch eine abfällige Bemerkung über meine Kleider gemacht hat.«

»Was hat ihm daran nicht gefallen?« wollte Cornelia Sulla wissen.

»Ich glaube, er fand sie zu farblos.«

»Dann zieh doch etwas Buntes an.«

Zu Hause angekommen, zog Aurelia all jene Gewänder aus der Kleidertruhe, die sie schon vor Jahren dorthin verbannt hatte, weil sie ihr als unpassend und zu kapriziös für eine aristokratische Matrone erschienen waren. Welche Farbe? Blau? Grün? Rot? Oder doch lieber gelb? Schließlich entschied sie sich für ein aus zwei Lagen eines rosa Stoffes gefertigtes Gewand, dessen innerer, dunklerer Stoff durch den darüberliegenden, durchsichtigen Stoff aus hellem Rosa durchschien.

Cardixa schüttelte den Kopf. »Wie schön du dich herausgeputzt hast! Du siehst aus wie an jenem Tag, an dem Caesars Vater zum Essen in das Haus deines Onkels Rutilius Rufus kam. Und nicht einen Tag älter!«

»Herausgeputzt?«

»Ja, wie ein Staatspferd beim Triumphzug.«

»Dann ziehe ich mich lieber wieder um.«

»Nein, das tust du nicht, dazu hast du keine Zeit mehr. Du mußt dich auf den Weg machen. Lucius Decumius begleitet dich.« Cardixa schob ihre Herrin durch die Tür auf die Straße, wo Lucius Decumius bereits mit seinen beiden Söhnen wartete.

Da Lucius Decumius taktvoll schwieg, als er Aurelias Aufmachung sah, und seinen Söhnen nichts einfiel, sagte auf dem langen Weg zur anderen Seite des Palatin niemand etwas. Aurelia rechnete jeden Moment damit, ein Bote könne auftauchen und melden, es sei zu spät, Caesar sei bereits tot. Jeder Schritt, den sie ging, ohne daß diese Nachricht eintraf, war ein Segen.

In dem Mietshaus, in dem Aurelia wohnte, war irgendwie bekannt geworden, daß Caesar mit dem Tod rang. Immer wieder hatten die Mieter Aurelia kleine Geschenke überreicht, von auf dem Markt gekauften Blumensträußen bis hin zu fremdartig aussehenden Amuletten von den Lykiern im fünften Stock; aus dem jüdischen Stock war der klagende Singsang von Gebeten zu hören gewesen. Die meisten Mieter lebten seit Jahren im Haus und kannten Caesar seit seiner Kindheit. Aufgeweckt, grenzenlos neugierig und schwatzhaft, wie er als Kind gewesen war, war er von Stockwerk zu Stockwerk gewandert und hatte mit jenem Talent gewuchert, das er im Übermaß besaß und das in den Augen seiner Mutter so fragwürdig war: seinem Charme. Viele der Frauen hatten ihm die Brust gegeben, ihm Leckerbissen aus der Küche zugesteckt und ihm so lange sehnsüchtige Lieder in der Sprache ihrer Heimat vorgesungen, bis er wußte, was Sehnsucht war. Später sangen sie die Lieder mit ihm zusammen, und sie brachten dem außerordentlich musikalischen Kind bei, auf verschiedenen Saiteninstrumenten und allen Arten von Pfeifen und Flöten zu spielen. Als Caesar älter wurde, streifte er gemeinsam mit seinem besten Freund Gaius Matius, der im Erdgeschoß der benachbarten Wohnung lebte, durch die Welt draußen, die Subura. Je mehr Bewohner der Subura jetzt von seiner Krankheit erfuhren, desto mehr kleine Geschenke und Gaben wurden an Aurelias Tür abgegeben.

Wie sollte sie Sulla erklären, daß Caesar mehr war als nur ein Römer? Einerseits war er so römisch wie nur irgendein Römer, andererseits vereinte er den Geist eines Dutzends anderer Völker in sich. Die Sache mit dem Priesteramt war im Grunde gar nicht so wichtig. Wichtig war, was Caesar den Menschen bedeutete, die ihn kannten. Caesar gehörte Rom, aber nicht dem Rom des Palatin, sondern dem Rom der Subura und des Esquilin. Er würde jedes Amt, das er bekleidete, mit einer Erfahrung füllen, die niemand anders hatte. Jupiter allein wußte, mit wie vielen Mädchen – und Frauen ihres Alters! – er schon geschlafen hatte, wie oft er mit Lucius Decumius und den anderen Raufbolden von der Kreuzwegbruderschaft durch die Nacht gezogen war und wo er überall Menschen in ihrem Innersten berührt hatte, weil er ihnen zuhörte und sich für alles interessierte. Dabei war er erst achtzehn! Ja,

Gaius Marius, dachte Aurelia, auch ich glaube an Marthas Prophezeiung. Mit vierzig wird mein Sohn ganz oben sein. Und ich gelobe bei den Göttern, daß ich, wenn es sein muß, sogar in die Unterwelt hinabsteige und den dreiköpfigen Hund des Hades entführe, um das Leben meines Sohnes zu retten.

Aber kaum war sie in Sullas Haus eingelassen und in den Raum geführt worden, in dem die anderen Mitglieder der Abordnung auf sie warteten, da waren diese Worte wie weggeblasen, und ihr Gesicht zeigte nichts von dem, was in ihr vorging. Im Gegenteil, sie wirkte blaß und eingeschüchtert.

Cornelia Sulla hatte Wort gehalten. Aurelias Blick fiel zuerst auf die vier Vestalinnen. Vestalinnen traten mit sieben oder acht Jahren in den Orden ein und blieben dreißig Jahre lang dessen Mitglieder. Die vier Frauen waren alle jünger als Aurelia, denn keine, auch die Vorsteherin nicht, hatte das Austrittsalter auch nur annähernd erreicht. Sie trugen weiße, langärmelige und fein gefältelte Gewänder, darüber einen weißen Umhang, die Kette und die Medaille der vestalischen *bulla* und auf dem Kopf eine aus sieben Strängen Wolle geflochtene, von zarten weißen Schleiern umhüllte Krone. Zwar waren sie zur Keuschheit verpflichtet, aber ihr Leben war keineswegs weltabgeschieden. Alle vier waren sich ihrer Bedeutung bewußt, schließlich hing von ihrer Jungfräulichkeit das Wohl Roms ab. Da Vestalinnen meist in jungen Jahren in ihren Dienst eingeführt wurden, allmählich in ihn hineinwuchsen und von großem Stolz auf ihre Rolle erfüllt waren, geriet kaum eine je in Versuchung, ihr Gelübde zu brechen.

Die Männer trugen weiße Togen. Mamercus' Toga war zum Zeichen seiner neuen Stellung als Prätor für Fremdenrecht mit einem purpurnen Saum verbrämt, die Cottas waren für einen Purpurstreif noch zu jung. Erschrocken mußte Aurelia feststellen, daß sie mit ihrem rosa schimmernden Kleid bei weitem am auffälligsten gekleidet war. Sie fühlte, wie sie sich innerlich verkrampfte. Wie sollte sie Sulla jetzt noch überzeugen können?

In diesem Moment trat Cornelia Sulla neben sie. »Du siehst großartig aus«, sagte sie leise. »Ich hatte schon vergessen, wie schön du bist, wenn du dich zurechtmachst. Aber was rede ich! Das weißt du ja selbst. Du versteckst deine Schönheit, als sei sie nicht vorhanden, und dann plötzlich – zeigst du sie!«

»Was sagen die anderen? Sind sie auf meiner Seite?« flüsterte Aurelia zurück, die immer noch wünschte, statt Rosa Braun oder Grau gewählt zu haben.

»Natürlich sind sie das. Schon deshalb, weil Caesar der Jupiterpriester ist. Und sie bewundern seinen Mut, sich dem Diktator zu widersetzen. Nicht einmal Mamercus wagt das. Ich schon, aber auch nur manchmal. Und weißt du was? Es gefällt ihm. Meinem Vater, meine ich. Die meisten Tyrannen mögen das. Sie umgeben sich zwar mit lauter Schwächlingen, aber im Grunde ihres Herzens verachten sie schwache Menschen.« Cornelia sah sie eindringlich an. »Geh als erste hinein, Aurelia. Und wehre dich!«

»Das habe ich immer getan.«

Auch Chrysogonus war da. Er schenkte jedem Mitglied der Abordnung ein öliges, je nach dessen Rang verschieden unterwürfig ausfallendes Lächeln. Dem Verwalter eilte inzwischen der Ruf voraus, einer der Hauptnutznießer der Proskriptionen zu sein und einen enormen Reichtum angehäuft zu haben. Ein Diener trat ein und flüsterte ihm etwas ins Ohr, woraufhin er sich unter vielen Verbeugungen zu der großen Doppeltür begab, die in Sullas Atrium führte, sie öffnete und die Männer und Frauen bat, einzutreten.

Sulla erwartete sie mit verdrossenem Gesicht. Er war mißmutig, weil er dem Drängen von Frauen nachgegeben und nicht die Härte besessen hatte, ihnen zu widerstehen. Es war ungerecht! Seine Frau und seine Tochter hatten gefleht und gebettelt, ihn mit traurigen Augen angesehen und ihm versichert, auf ewig in seiner Schuld zu stehen, wenn er ihnen diesen kleinen Gefallen erweisen würde – wenn er aber ablehnte, würden sie auf ewig mit ihm hadern. Delmatica war nicht so schlimm gewesen; sie erinnerte ihn immer noch ein wenig an einen geprügelten Hund, zweifellos eine Folge der langjährigen Gefangenschaft, in der Scaurus sie gehalten hatte. Aber Cornelia Sulla war von seinem Blut – und das hatte sich gezeigt. Ein richtiger Teufel! Wie konnte Mamercus es mit ihr aushalten und dabei auch noch richtig glücklich aussehen? Wahrscheinlich nur, weil er nie wagte, sich gegen sie aufzulehnen. Wie klug von ihm. Was die Männer um des häuslichen Friedens willen nicht alles auf sich nahmen. Vor allem er, Sulla, und vor allem jetzt.

Wenigstens war es eine Abwechslung, eine Erholung von seinen endlosen, öden Pflichten als Diktator. Ihm war langweilig! Sterbenslangweilig! In Rom war er nie zufrieden gewesen. Hier gab es Genüsse, die ihm verboten waren, Orgien, die er niemals würde besuchen können, Kreise, in denen zu verkehren ihm verboten war … Rom, das war Metrobius. Metrobius, immer wieder Metrobius. Wie lange hatte er ihn nun schon nicht mehr gesehen? Zuletzt bei seinem Triumph? Im Gewühl der Menge? Oder bei seiner Amtseinführung als Konsul? Konnte er sich nicht einmal daran mehr erinnern?

An seine erste Begegnung mit dem jungen Griechen konnte er sich hingegen noch sehr gut erinnern. Es war auf jenem Fest gewesen, bei dem er als Gorgo Medusa verkleidet erschienen war, mit einem Kranz lebender Schlangen auf dem Kopf. Wie sie alle gekreischt hatten. Nur Metrobius nicht, der verführerische kleine Cupido, dem die Safranschminke an den Innenseiten seiner seidigen Schenkel hinunterlief, mit dem süßesten Arsch der Welt …

Die Abordnung trat ein. Sulla, der hinter dem großen blauschimmernden Wasserbecken in der Mitte des weitläufigen Raumes stand, konnte die Gruppe von seinem Platz mit einem Blick übersehen. Lag es daran, daß er gerade an die Welt des Theaters und einen ganz bestimmten Schauspieler gedacht hatte? Was er vor sich sah, war jedenfalls keine steife Abordnung hochgestellter Römer, sondern ein prachtvoller Festzug, angeführt von einer prächtig in allen möglichen Schattierungen von Rosa gekleideten Matrone. Rosa war seine Lieblingsfarbe. Wie geschickt von ihr, sich mit Leuten zu umgeben, die nur Weiß mit hier und da einem Streifen Purpur trugen!

Mit einem Schlag war die langweilige Welt der Pflichten verschwunden und mit ihr Sullas schlechte Laune. Seine Miene hellte sich auf.

»Ah! Wunderbar! Einfach wunderbar! Besser als Theater oder Spiele. Nein, kommt nicht näher, bleibt auf der anderen Seite des Beckens. Aurelia, du stellst dich ganz vorne hin. Ich will, daß du hervorstichst wie eine langstielige Rose. Die Vestalinnen nach rechts. Nein, die jüngste soll hinter Aurelia stehenbleiben, ich will Aurelia vor einem weißen Hintergrund. Genau so, gut! Und die Männer nach links. Der junge Lucius Cotta stellt sich am besten ebenfalls hinter Aurelia, er ist der jüngste und hat bestimmt noch keine Sprechrolle. Mir gefällt der schmale Purpurstreifen auf euren Tuniken. Nur du, Mamercus, verdirbst alles. Warum mußtest du auch deine *toga praetexta* anziehen! Das Purpur der Toga ist einfach zu intensiv. Mal sehen, ja, geh ganz nach links, da fällst du am wenigsten auf.«

Sulla legte die Hand an das Kinn und sah die Gruppe prüfend an. Schließlich nickte er. »Gut! Sehr gut sogar! Nur mir fehlt noch der rechte Putz. Ich stehe hier ganz allein in meiner Purpurtoga da und sehe genauso jämmerlich aus wie Mamercus.«

Er klatschte in die Hände. Chrysogonus eilte zu ihm und verbeugte sich untertänig.

»Chrysogonus, schicke meine Liktoren herein. Aber sie sollen ihre karmesinroten Togen anlegen, nicht diese altmodischen weißen Fetzen. Und bringe mir meinen ägyptischen Sessel. Du weißt schon, den mit den Krokodilsarmen und den Nattern, die sich an der Lehne hochwinden. Und ein kleines Podium. Ja, unbedingt ein kleines Podium. Eingeschlagen in Purpur. In tyrischen Purpur, keine Imitation! Worauf wartest du noch? Los, beeil dich!«

Die Mitglieder der Abordnung, von denen bisher noch keiner ein Wort gesagt hatte, hatten sich bereits damit abgefunden, längere Zeit auf die Ausführung der umfangreichen Anweisungen warten zu müssen, aber Chrysogonus war nicht umsonst zu Sullas Hausverwalter und zum obersten für die Proskriptionen zuständigen Beamten aufgestiegen. Schon kurze Zeit später marschierten vierundzwanzig in karmesinrote Tuniken gekleidete und sichtlich um Fassung bemühte Liktoren mit ihren Rutenbündeln herein. Unmittelbar hinter ihnen folgten vier muskulöse Sklaven mit einem kleinen Podium, das sie genau in die Mitte des Raumes hinter dem Becken stellten und sorgfältig mit einem purpurnen Stoff bedeckten. Als nächstes folgte der ägyptische Sessel, ein beeindruckendes Möbelstück aus poliertem und teilweise vergoldetem Elfenbein. Die Augen der Schlangen an der Rückenlehne waren Rubine, die der Krokodile Smaragde. In der Mitte der Rückenlehne prangte ein buntschillernder Skarabäus.

Damit war die Bühne fertig dekoriert. Sulla widmete sich jetzt den Liktoren. »Die Beile in den Rutenbündeln machen sich außerordentlich gut. Laßt mal sehen … Zwölf Liktoren links und zwölf rechts von mir. In einer Reihe, Burschen, aber enger zusammen. An den Enden der Reihen könnt ihr etwas weiter auseinanderrücken ... Gut, sehr gut!« Er drehte sich wieder um und betrachtete stirnrunzelnd die Abordnung. »Ja, jetzt weiß ich, was mich stört! Ich kann Aurelias Füße nicht sehen! Chrysogonus! Hole den kleinen goldenen Hocker, den ich Mithridates abgenommen habe. Aurelia soll sich darauf stellen. Aber schnell!«

Schließlich entsprach alles seinen Vorstellungen, und Sulla sank zufrieden in seinen Schlangensessel. Er schien vergessen zu haben, daß er von Amts wegen auf einem schmucklosen elfenbeinernen Amtsstuhl sitzen mußte. Natürlich wagte keiner der Anwesenden ihn deswegen zu kritisieren. Für sie zählte nur, daß der Diktator gutgelaunt schien, was die Aussicht auf einen günstigen Urteilsspruch erhöhte.

»Redet!« sagte er mit tiefer, voll klingender Stimme.

»Lucius Cornelius, mein Sohn liegt im Sterben ...«

»Lauter, Aurelia. So laut, daß man dich auch auf den hinteren Rängen noch hören kann.«

»Lucius Cornelius, mein Sohn liegt im Sterben«, rief Aurelia. »Ich komme mit meinen Freunden zu dir und bitte dich, sein Leben zu verschonen.«

»Mit deinen Freunden? Sind all diese Menschen deine Freunde?« fragte Sulla mit übertriebener Verwunderung.

»Ja. Wir bitten dich, meinem Sohn die Rückkehr in die Stadt zu erlauben, bevor er stirbt.« Aurelia kam langsam in Fahrt. Wenn Sulla unbedingt eine griechische Tragödie haben wollte, dann sollte er eine haben. Flehend streckte sie die Arme aus, und die rosafarbenen Ärmel glitten zurück und entblößten ihre blasse, zarte Haut. »Lucius Cornelius, mein Sohn, mein einziger Sohn. Er ist erst achtzehn Jahre alt.« Ihre Stimme zitterte – und Sullas Gesichtsausdruck nach zu schließen, verfehlte das seine Wirkung nicht. »Du hast ihn gesehen, meinen Sohn. Er ist ein Gott! Ein römischer Gott! Ein würdiger Abkömmling der Venus! Und so mutig! Denn wagte er nicht sogar, dir zu widersprechen? Dir, dem mächtigsten Mann, den Rom kennt? Und hatte er Angst? Nein!«

»Wunderbar, du bist wunderbar!« rief Sulla. »Ich wußte gar nicht, welche Fähigkeiten in dir schlummern, Aurelia. Weiter, bitte weiter.«

»Lucius Cornelius, ich flehe dich an. Verschone meinen Sohn!« Irgendwie gelang es ihr, sich auf dem Hocker, auf dem sie stand, umzudrehen. Sie streckte die Hände Fonteia entgegen und hoffte, die Vestalin würde mitspielen. »Ich rufe Fonteia an, Roms oberste Vestalin. Fonteia, bitte du um das Leben meines Sohnes!«

Glücklicherweise hatte sich der Rest der Versammlung inzwischen von seiner Verblüffung erholt. Fonteia, die seit ihrem vierten Lebensjahr erzogen worden war, ihre Gefühle zu beherrschen, wuchs in diesem Moment über sich hinaus, warf ihre Arme in die Luft und setzte eine Miene abgrundtiefer Verzweiflung auf.

»Verschone ihn, Lucius Cornelius!« flehte sie. »Verschone ihn!«

»Verschone ihn«, flüsterte Fabia.

»Verschone ihn«, gellte Licinia.

Die siebzehnjährige Julia Strabo setzte dem ganzen die Krone auf, indem sie in Tränen ausbrach.

»Rom zuliebe, Lucius Cornelius! Verschone ihn Rom zuliebe!« donnerte Gaius Cotta mit der Stentorstimme, die vor ihm schon seinen Vater berühmt gemacht hatte. »Ich flehe dich an, verschone ihn!«

»Rom zuliebe, Lucius Cornelius!« stimmte Marcus Cotta ein.

»Rom zuliebe, Lucius Cornelius!« schmetterte Lucius Cotta.

»Verschone ihn!« blökte schließlich auch Mamercus.

Stille. Aurelia und die anderen sahen einander verlegen an.

Sulla saß in der klassischen Pose der großen Römer, rechter Fuß vorgeschoben, linker Fuß abgewinkelt, vor ihnen auf dem Podest. Schweigend, mit gerunzelter Stirn, wartete er. Dann rief er laut: »Nein!«

Noch einmal dasselbe Theater.

Noch einmal dieselbe Antwort: »Nein!«

Aurelia fühlte sich erschöpft und ausgewrungen wie ein Stück Wäsche, aber sie gab nicht auf. Mit brechender Stimme und zitternden Händen flehte sie ein drittes Mal um das Leben ihres Sohnes. Julia Strabo heulte voller Hingebung, und selbst Licinia traten jetzt Tränen in die Augen. Der Chor der beschwörenden Stimmen schwoll erneut an.

Wieder herrschte Schweigen. Sulla wartete lange. Er hatte eine Haltung eingenommen, von der er offensichtlich annahm, daß sie ihn dem gewaltigen, königlichen und göttlichen Zeus ähnlich machte. Endlich erhob er sich und trat würdevoll an den Rand des kleinen Podiums, die Stirn in unheilverkündende Falten gelegt.

Er stieß einen weithin hörbaren Seufzer aus, ballte die Hände zu Fäusten und schüttelte sie gegen die funkelnden Sterne der vergoldeten Decke. »So sei es denn!« rief er. »Ihr sollt euren Willen haben! Ich werde Caesar verschonen! Aber seid gewarnt! Tausendfach erkenne ich Marius in diesem jungen Mann wieder.«

Kaum war sein letztes Wort verklungen, da sprang er auch schon wie ein junges Reh von dem Podest und eilte um das Becken zu den anderen. »Wie ich das gebraucht habe! Wundervoll, einfach wundervoll. So viel Spaß habe ich nicht mehr gehabt, seit ich zwischen meiner Stiefmutter und meiner Geliebten im Bett lag! Diktator zu sein ist einfach kein Leben! Ich habe nicht einmal Zeit, ins Theater zu gehen. Aber das hier war besser als alle Aufführungen, die ich je gesehen habe. Und ich hatte die Hauptrolle! Ihr habt hervorragend gespielt. Mit Ausnahme von dir, Mamercus. Mit deiner *toga praetexta* und deiner blökenden Stimme hast du alles verdorben. Du bist einfach zu steif, Mamercus. Viel zu steif! Du mußt lernen, in deiner Rolle aufzugehen, sie zu leben.«

Sulla blieb vor Aurelia stehen und half ihr von dem aus solidem Gold gefertigten Hocker. »Glänzend!« rief er und umarmte sie. »Meine Liebe, du hast ausgesehen wie Iphigenie in Aulis.«

»Ich bin mir eher wie ein Fischweib auf der Bühne vorgekommen.«

Die vierundzwanzig Liktoren, die immer noch mit reglosen Gesichtern neben dem Krokodilsthron ausharrten, hatte Sulla völlig vergessen. Doch nach dem, was sie gerade erlebt hatten, konnte die Liktoren nichts mehr so schnell aus der Fassung bringen.

»Laßt uns in das Eßzimmer gehen und ein Fest feiern!« rief Sulla und scheuchte den Chor vor sich her. Einen Arm hatte er um die immer noch weinende Julia Strabo gelegt. »Nicht weinen, dummes Ding«, sagte er, »Sulla hat doch nur Spaß gemacht.« Er verdrehte die Augen, dann schob er das Mädchen zu Mamercus. »Mamercus, zieh dein Taschentuch heraus und wisch ihr die Tränen ab.« Er legte den Arm um Aurelias Schultern. »Großartig! Wirklich großartig! Du solltest nur noch Rosa tragen.«

Aurelia war so erleichtert, daß ihr die Knie zitterten. Doch sie riß sich zusammen und sagte mit gerunzelter Stirn und tiefer Stimme: »›Tausendfach erkenne ich Marius in ihm wieder.‹ Falsch! ›Tausendfach erkenne ich Sulla in ihm wieder!‹ hättest du sagen sollen. Das wäre weit zutreffender gewesen. Caesar soll Marius gleichen? Wenn Caesar jemandem gleicht, dann dir.«

Vor dem Atrium warteten ganz aufgeregt Delmatica und Cornelia Sulla. Daß die Liktoren hineingerufen worden waren, hatte sie nicht sonderlich überrascht, doch dann hatten sie gesehen, wie das kleine Podium, der purpurne Stoff, der ägyptische Sessel und schließlich noch der goldene Hocker hineingetragen wurden. Und jetzt kam die ganze Versammlung lachend heraus – aber warum heulte die kleine Julia Strabo? Und Sulla hatte seinen Arm um Aurelia gelegt, die so strahlend lächelte, als wollte sie nie mehr damit aufhören.

»Ein Fest!« rief Sulla und stürzte auf Delmatica zu. Er nahm ihr Gesicht zwischen seine Hände und drückte ihr einen Kuß auf die Lippen. »Wir werden ein Fest feiern, und ich werde sehr, sehr betrunken sein.«

Erst später fiel Aurelia auf, daß keiner der unfreiwilligen Schauspieler Sullas improvisiertes Drama peinlich gefunden hatte oder Sulla deshalb weniger ernst nahm. Wenn überhaupt, hatte es die gegenteilige Wirkung. Denn mußte man einen Mann nicht fürchten, dem sein Ruf so offensichtlich gleichgültig war?

Keiner der an diesem Tag Anwesenden sprach jemals auf Festen oder über einem Kelch süßen, gewässerten Weins davon; allerdings nicht nur, weil ihm sein Leben lieb war, sondern auch weil er ahnte, daß ihm in Rom sowieso niemand geglaubt hätte.

Als Caesar in Rom eintraf, profitierte er vom Erfolg, den der Einakter seiner Mutter gehabt hatte. Kurz nach seiner Ankunft schickte Sulla seinen Leibarzt Lucius Tuccius zu Aurelia.

»Sullas eigener Zustand ist offen gesagt nicht die beste Empfehlung für einen Arzt«, sagte Aurelia zu Lucius Decumius. »Ich kann nur hoffen, daß Sulla ohne Lucius Tuccius noch schlimmer dran sein würde.«

»Lucius Tuccius ist Römer«, sagte Lucius Decumius. »Das ist immerhin etwas. Ich traue den Griechen nicht über den Weg.«

»Griechische Ärzte sind sehr gebildet.«

»Was die Theorie anbelangt, magst du recht haben. Aber sie

behandeln ihre Patienten nach den neuesten Moden und verschmähen Altbewährtes, das oft am besten hilft. Denn was hilft besser als zerstoßene graue Spinnen und pulverisierte Haselmäuse?«

»Na, Lucius Decumius, dann ist es ja ein Glück, daß Lucius Tuccius Römer ist.«

In diesem Moment trat Sullas Leibarzt aus Caesars Zimmer, und die beiden verstummten. Tuccius war ein kleiner, rundlicher Mann, der sehr auf ein gepflegtes Äußeres achtete. Er war Sullas oberster Feldarzt gewesen, und er war es auch gewesen, der Sulla nach Aedepsus geschickt hatte, als dieser in Griechenland so schwer erkrankt war.

»Die Frau aus Nersae hatte mit ihrer Vermutung recht. Dein Sohn ist wirklich an Wechselfieber erkrankt«, sagte er fröhlich. »Er hat großes Glück gehabt. Nur wenige überleben diese Krankheit.«

»Dann wird er wieder gesund?« fragte Aurelia ängstlich.

»O ja. Das Schlimmste hat er längst überstanden. Aber die lange Krankheit hat sein Blut geschwächt. Deshalb ist er so blaß und kraftlos.«

»Und was sollen wir jetzt tun?« wollte Lucius Decumius leicht mißtrauisch wissen.

»Männer, die aufgrund einer Wunde viel Blut verloren haben, haben dieselben Symptome wie Caesar«, antwortete Tuccius unbeeindruckt. »Wenn sie nicht sterben, erholen sie sich nach einer Weile von selbst. Es hat sich jedoch als hilfreich erwiesen, ihnen einmal am Tag Schafsleber zu essen zu geben. Je jünger das Schaf, desto schneller schreitet die Genesung voran. Ich empfehle also, Caesar täglich die Leber eines Lammes und einen Trunk aus zehn in Ziegenmilch verrührten Hühnereiern zu reichen.«

»Und keine Medizin?« rief Lucius Decumius ungläubig.

»Die nützt bei Caesars Leiden nichts«, sagte Lucius Tuccius bestimmt. »Ich glaube wie die griechischen Ärzte von Aedepsus, daß die Ernährung in den meisten Fällen wichtiger ist als eine Medizin.«

»Siehst du?« sagte Lucius Decumius, nachdem der Arzt gegangen war. »Doch ein Grieche.«

»Sei unbesorgt«, antwortete Aurelia hoffnungsvoll. »Seine Ratschläge klingen vernünftig, und ich werde mich wenigstens bis zum nächsten Markttag daran halten. Bis dahin zeigt sich, ob sie etwas taugen.«

»Dann gehe ich gleich zum Campus Lanatarius«, sagte Lucius Decumius, dem Caesar mehr am Herzen lag als seine eigenen Söhne. »Ich kaufe ein Lamm und lasse es gleich an Ort und Stelle schlachten.«

Der einzige Haken an der Sache war der Patient. Caesar weigerte sich glattweg, die Leber zu essen, und den ersten Becher Ziegenmilch mit Eiern trank er nur widerwillig und erbrach ihn gleich wieder.

Die Bediensteten riefen Aurelia zu Hilfe.

»Muß die Leber wirklich roh sein?« fragte Murgus, der Koch.

»Ich weiß nicht«, sagte Aurelia. »Ich habe es einfach angenommen.«

»Sollten wir nicht jemanden zu Lucius Tuccius schicken und ihn fragen?« schlug der Hausverwalter Eutychus vor. »Caesar war noch nie ein großer Esser – ich meine, der bloße Geschmack einer Speise kann ihn nicht begeistern. Andererseits ist er auch nicht wählerisch. Was er jedoch unter keinen Umständen ißt, sind Speisen, die einen starken Eigengeschmack haben. Eier zum Beispiel. Und was die rohe Leber betrifft – pfui! Sie stinkt zum Himmel.«

»Ich könnte die Leber zubereiten und die Milch und die Eier mit süßem Wein strecken«, schlug Murgus vor.

»Und wie genau willst du die Leber zubereiten?« fragte Aurelia.

»Ich könnte sie in dünne Scheibchen schneiden, dann in ein wenig Salz und Dinkelmehl wenden und über einer heißen Flamme leicht anbraten.«

»Gut, Murgus. Ich schicke jemanden zu Lucius Tuccius und lasse ihm beschreiben, was du vorhast.«

Der Arzt war mit allem einverstanden. »Was ihr zu Milch und Eiern dazugebt, ist ganz egal. Die Leber muß selbstverständlich zubereitet werden.«

Danach ließ der Patient die Behandlung über sich ergehen, er zeigte aber immer noch wenig Begeisterung.

»Ob es schmeckt oder nicht, Caesar, ist mir egal, solange ich weiß, daß es hilft«, erklärte Aurelia angesichts seiner Unlust.

»Helfen tut es!« gab der Genesende niedergeschlagen zurück. »Glaubst du, ich würde den Fraß sonst in mich hineinwürgen?«

Besorgt sah Aurelia ihn an, dann setzte sie sich neben ihn auf das Bett. »Was bedrückt dich?« Ihr Gesichtsausdruck ließ darauf schließen, daß sie erst gehen würde, wenn sie eine befriedigende Antwort erhalten hatte.

Mit zusammengepreßten Lippen starrte Caesar durch das offene Fenster des Empfangszimmers in den Garten, den Gaius Matius unter dem Lichtschacht angelegt hatte. »Meine erste eigene Unternehmung war ein völliger Mißerfolg«, brach es schließlich aus ihm hervor. »Alle anderen haben gezeigt, wie mutig sie sind. Und ich? Ich lag einfach da und konnte gar nichts tun. Der Held war Burgundus. Und Ria und du, Mater, ihr wart auch Helden.«

»Vielleicht kannst du daraus ja eine Lehre ziehen.« Aurelia bemühte sich, ein Lächeln zu verbergen. »Vielleicht hat Jupiter, dessen Diener du ja immer noch bist, dir eine Lehre erteilt, die du nicht lernen wolltest: Man kann nicht gegen die Götter kämpfen. Die Griechen nannten das Hybris, und sie hatten recht. Wer so überheblich ist, fordert die Götter heraus.«

»Bin ich wirklich so überheblich?«

»Ja. Du hast viel falschen Stolz.«

»Aber ich sehe keinen Zusammenhang zwischen meiner angeblichen Hybris und dem, was in Nersae passiert ist«, beharrte Caesar eigensinnig.

Aurelia ging darauf nicht ein. »Du hast die Götter mit deinem Stolz herausgefordert. Wer an Hybris leidet, glaubt, über den Göttern zu stehen und mehr zu sein als die anderen Menschen. Wie wir Römer wissen, strafen die Götter den Menschen nicht durch persönliches Eingreifen für seine Hybris. Jupiter Optimus Maximus spricht nicht mit der Stimme eines Menschen zu uns, und ich glaube, der Jupiter Optimus Maximus, der einigen Menschen im Traum erscheint, ist lediglich eine Ausgeburt der Phantasie. Nein, die Götter sprechen durch natürliche Ereignisse zu uns. Und so haben sie auch dich bestraft – mit einer Krankheit. Die Schwere deiner Krankheit zeigt an, wie vermessen dein Stolz ist. Wenn man bedenkt, daß du fast gestorben wärst!«

»Du siehst hinter einem ganz banalen Vorfall einen göttlichen Willen am Werk«, sagte Caesar. »Ich dagegen glaube, die Ursache meiner Krankheit war ebenso weltlich wie die Krankheit selbst. Da aber keiner von uns seine Behauptung beweisen kann, führt dieser Streit zu nichts. Was zählt, ist einzig und allein die Tatsache, daß ich bereits beim ersten Versuch, mein Leben selbst in die Hand zu nehmen, kläglich gescheitert bin. Ich bin ein Versager, umgeben von lauter Helden.«

»Ach Caesar, hast du denn gar nichts gelernt?«

Da war es wieder, das bezaubernde Lächeln. »Wahrscheinlich nicht, Mater.«

Aurelia wechselte unvermittelt das Thema.

»Sulla will dich sehen.«

»Wann?«

»Ich soll dich zu ihm schicken, sobald du wieder auf den Beinen bist.«

»Morgen also.«

»Nein, nach dem nächsten Markttag.«

»Morgen.«

Aurelia seufzte. »Also gut, morgen.«

Caesar bestand darauf, ohne Begleitung zu gehen. Als er merkte, daß Lucius Decumius ihm in einiger Entfernung folgte, blieb er stehen. »Ich bin es leid, daß ständig jemand auf mich aufpaßt!« fuhr er ihn so heftig an, daß einige Passanten sich erschrocken umdrehten. »Verschwinde!«

Lucius Decumius entfernte sich gehorsam.

Der Weg war anstrengend, aber Caesar war keineswegs erschöpft, als er in Sullas Villa auf dem Palatin eintraf. Jetzt, nachdem das Schlimmste überstanden war, besserte sein Zustand sich rasch.

Sulla saß hinter seinem Schreibtisch. »Ich sehe, du trägst eine Toga.« Er deutete auf den Wollmantel und die Priestermütze, die ordentlich auf einer Liege neben ihm lagen. »Ich habe sie für dich aufgehoben. Hast du keine zweite Garnitur?«

»Zumindest keine zweite Mütze. Die dort auf der Liege war ein Geschenk meines verehrten Wohltäters Gaius Marius.«

»Hat die von Merula dir nicht gepaßt?«

»Ich habe einen dicken Schädel«, sagte Caesar ernst.

Sulla kicherte. »Das glaube ich dir gerne.« Aurelia hatte ihm gesagt, daß Caesar nichts von dem zweiten Teil der Prophezeiung wisse, und er hatte beschlossen, Caesar ebenfalls nichts davon zu erzählen. Aber er wollte mit ihm über Marius reden. Sullas Einstellung zu Caesar hatte sich aus zwei Gründen geändert. Zum einen kannte er jetzt dank Aurelia die Umstände, aufgrund derer Caesar Jupiterpriester geworden war. Zum anderen hatten Aurelias Aufzug und das anschließende Fest ihn so sehr erfrischt, daß er sich seinen Gesetzen mit neuer Tatkraft zugewandt hatte. Obwohl beides inzwischen schon über einen Monat zurücklag, erinnerte er sich immer noch deutlich an einzelne Szenen und Bilder.

Als die prächtige Abordnung mit solch theatralischer Würde in sein Atrium marschiert war, hatte er sich plötzlich wie jemand anders gefühlt – befreit von seinem abstoßenden Körper und seinem freud- und lichtlosen Dasein. Für kurze Zeit war der Alltag von ihm abgefallen, und er war in eine farbenprächtige Märchenwelt eingetaucht. An diesem Tag hatte er wieder Hoffnung geschöpft; seit diesem Tag wußte er, daß alles ein Ende hatte und daß er irgendwann wieder das würde tun können, wonach ihn so sehr verlangte – untertauchen in einer Welt des Lachens, des Müßiggangs, der Kunst, der Gespräche und der Schwänke und Travestien. Jenseits des öden Alltags wartete eine andere, unendlich lebenswertere Zukunft auf ihn.

»Du hast viele Fehler gemacht, als du geflohen bist«, sagte er freundlich.

»Das brauchst du mir nicht zu sagen; ich weiß es.«

»Erstens siehst du viel zu gut aus, um einfach untertauchen zu können«, erklärte Sulla. »Zweitens hast du einen angeborenen Sinn für das Drama. Der Germane, das Pferd, dein Gesicht, dein Selbstbewußtsein – soll ich fortfahren?«

»Nein«, sagte Caesar zerknirscht. »Meine Mutter hat mir das alles schon gesagt – und einige andere auch.«

»Aber ich gehe jede Wette ein, daß sie dir nicht den Rat gegeben hat, den ich dir jetzt geben werde. Finde dich mit deinem Schicksal ab, Caesar! Wenn du außergewöhnlich bist, wenn du dich nicht in der Masse verstecken kannst, wie kannst du dich dann auf ein Abenteuer einlassen, das eben diese Fähigkeit verlangt? Ich habe mich einmal als Gallier verkleidet. Die Verkleidung war perfekt, ich trug sogar einen Ring um den Nacken! Und eine Zeitlang glaubte ich, der Ring werde mir Glück bringen. Ich trug ihn also auch noch, als ich zurückkehrte. Aber dann behielt Gaius Marius doch recht. Ich fiel auf eine Art auf, die mir gar nicht behagte.

Also legte ich ihn ab. Ich bin eben ein Römer und kein Gallier oder ein Klumpen Gold. Wohin du auch kommst, Caesar, du wirst auffallen. Wie ich. Also lerne, dich innerhalb der Grenzen zu bewegen, die dir dein Charakter und dein Aussehen setzen.« Sulla grunzte. Er wirkte verblüfft. »Wie gut ich es mit dir meine. Dabei ist es sonst nicht meine Art, solche Ratschläge zu erteilen.«

»Um so mehr bin ich dir zu Dank verpflichtet«, sagte Caesar aufrichtig.

Sulla machte eine ungeduldige Handbewegung. »Wenden wir uns wichtigeren Dingen zu. Warum, glaubst du, hat Gaius Marius dich zum Jupiterpriester gemacht?«

Caesar dachte nach. Er wußte, daß Sulla eine sachliche Antwort erwartete.

»Ich habe mich in den Monaten nach seinem zweiten Schlaganfall viel um ihn gekümmert«, fing er an.

»Wie alt warst du damals?« unterbrach Sulla.

»Als ich das erste Mal zu ihm ging, zehn. Zuletzt fast zwölf.«

»Weiter.«

»Mich interessierte sehr, was Gaius Marius über das Soldatentum zu sagen hatte, und ich hörte ihm gut zu. Er hat mir das Reiten beigebracht, und er hat mir gezeigt, wie man ein Schwert führt, einen Speer wirft und wie man schwimmt.« Caesar lächelte gequält. »Damals wollte ich ein großer Feldherr werden.«

»Du hast ihm also gut zugehört.«

»Ja. Und wahrscheinlich hat Gaius Marius den Eindruck gehabt, ich wolle ihn überflügeln.«

»Wie das?«

»Ich habe ihm gesagt, ich wolle es«, sagte Caesar reuevoll.

»Gut. Jetzt zum Priesteramt. Warum hat er es dir übertragen?«

»Darauf kann ich dir beim besten Willen keine schlüssige Antwort geben. Ich kann mir höchstens vorstellen, daß er mir eine militärische oder politische Laufbahn verbauen wollte. Ich sage das nicht aus Hochmut. Gaius Marius war geistig verwirrt, vielleicht hatte er deshalb Angst vor mir.«

»Tja«, sagte Sulla mit undurchdringlichem Gesicht, »da Gaius Marius tot ist, werden wir den wahren Grund für sein Handeln nie erfahren. Angesichts seiner geistigen Verwirrung erscheint deine Vermutung jedoch durchaus plausibel. Gaius Marius hatte schon immer Angst, von jemandem, der einen alten und großen Namen trug, überflügelt zu werden. Sein eigener Name hat keine Geschichte, und er fühlte sich immer benachteiligt, weil er ein Aufsteiger war. Nimm zum Beispiel die Gefangennahme von König Jugurtha. Ich allein habe sie bewerkstelligt! Und was tat Gaius Marius? Er nahm den ganzen Ruhm für sich in Anspruch! Wenn ich Jugurtha nicht gefangen hätte, hätte sich der Krieg in Africa noch sehr viel länger hingezogen, und die Entscheidung wäre lange nicht so eindeutig ausgefallen. Der Vetter deines Vaters, Catulus Caesar, hat in seinen Erinnerungen versucht, mein Verdienst zu würdigen, aber er wurde niedergebrüllt.«

Nicht für sein Leben hätte Caesar durch ein Wort oder einen Blick verraten, was er von dieser erstaunlichen Version der Gefangennahme König Jugurthas hielt. Sulla war Marius' Legat gewesen. Egal wie geschickt er die tatsächliche Gefangennahme bewerkstelligt hatte, das Verdienst gehörte einzig und allein Marius. Denn Marius hatte Sulla mit der Mission betraut, und Marius war der oberste Feldherr gewesen. Ein Feldherr kann nicht alles selbst tun – deshalb stehen ihm Legaten zur Seite. Was Caesar da aus Sullas Mund hörte, würde, so vermutete er, bald die offizielle Version werden. Marius hatte verloren, Sulla gewonnen, aber nur aus einem einzigen, simplen Grund: Sulla hatte Marius überlebt.

»Ich verstehe«, sagte Caesar und beließ es dabei.

Schwerfällig erhob sich Sulla aus seinem Sessel und schlurfte zu der Liege, auf der das Gewand des Jupiterpriesters lag. Er nahm den Elfenbeinhelm mit seiner Spitze und der wollenen Scheibe und wog ihn in den Händen. »Du hast ihn gut gefüttert«, sagte er schließlich.

»Unter der Mütze wird es sehr heiß, Lucius Cornelius«, antwortete Caesar. »Ich mag nicht, wenn ich schwitze.«

»Wechselst du das Futter oft?« Sulla hob die Mütze an seine Nase und roch daran. »Riecht gut. Ihr Götter, wie Soldatenhelme stinken können! Ich habe schon Pferde gesehen, die nicht aus dem Helm eines Soldaten trinken wollten.«

Caesar verzog das Gesicht zu einer Grimasse. Dann zuckte er mit den Schultern und sagte gelassen: »So ist der Krieg eben.«

»Ich bin gespannt, wie du damit fertig wirst, mein Junge.« Sulla grinste. »Du scheinst mir ziemlich verwöhnt.«

»In mancher Hinsicht vielleicht«, erwiderte Caesar ausdruckslos.

Sulla ließ die Mütze auf die Liege fallen. »Also du haßt dein Amt?«

»Ja.«

»Und Gaius Marius hatte so viel Angst vor einem Bürschchen wie dir, daß er es dir aufzwang?«

»So scheint es.«

»Ich erinnere mich, daß es immer hieß, du seist außerordentlich intelligent und könnest ein vollgeschriebenes Blatt auf einen Blick lesen. Stimmt das?«

»Ja.«

Sulla ging zu seinem Schreibtisch, wühlte in seinen Unterlagen und zog ein Blatt heraus. Er legte es vor Caesar. »Lies.«

Caesar erkannte sofort, warum Sulla ausgerechnet dieses Blatt ausgewählt hatte. Die Handschrift war praktisch unleserlich, die Buchstaben standen dicht gedrängt nebeneinander, und kein Absatz half dem Auge. Was da auf dem Blatt stand, sah aus wie ein einziges bedeutungsloses Geschmiere.

»*Du kennst mich nicht Sulla aber ich habe Dir etwas mitzuteilen und zwar daß ein Mann aus Lucania mit Namen Aponius reiche Güter in Rom besitzt und daß Marcus Crassus diesen Aponius nur deswegen auf die Proskriptionsliste gesetzt hat damit er dessen Güter bei der Versteigerung günstig erwerben kann und das hat er für zweitausend Sesterzen auch getan – ein Freund.*«

Caesar hatte fließend übersetzt und sah jetzt triumphierend auf.

Sulla warf den Kopf zurück und lachte. »Genau das habe ich auch gelesen. Und mein Sekretär ebenfalls. Vielen Dank, Caesar. Wie machst du das? Du hast den Brief doch vorher nicht gesehen und erst recht nicht gelesen.«

Caesar zuckte mit den Schultern.

»Man hat nur Scherereien, wenn man nicht alles selbst tun kann«, seufzte Sulla. »Das ist das Schlimmste am Amt des Diktators. Ich muß einen Teil der Arbeit an andere delegieren – es gibt einfach zu viel zu tun. Der Mann, der in dem Brief erwähnt wird, hat bisher mein Vertrauen genossen. Ich wußte zwar, daß er geldgierig ist, aber ich hätte nie gedacht, daß er so weit gehen würde.«

»In der Subura kennt jeder Marcus Licinius Crassus.«

»Weil er ab und zu ein Mietshaus in Brand setzt?«

»Ja, und weil die Feuerbrigaden immer erst dann eintreffen und das Feuer löschen, wenn er das Haus billig gekauft hat. Er wird langsam zum größten Grundbesitzer in der Subura. Zum größten und unbeliebtesten. Aber eines schwöre ich dir: Das Haus meiner Mutter bekommt er nicht.«

»Genausowenig wie die Grundstücke der Geächteten«, sagte Sulla grimmig. »Crassus hat meinen Namen beschmutzt. Ich habe ihn schon einmal gewarnt, aber er hat nicht hören wollen. Jetzt bin ich mit ihm fertig. Verrotten soll er!«

Caesar hörte ihm verlegen zu. Was gingen ihn die Schwierigkeiten an, die der Diktator mit seinen Agenten hatte? Es würde in Rom nie mehr einen Diktator geben! Trotzdem wartete er geduldig und hoffte, Sulla werde endlich zur Sache kommen. Er spürte, daß Sulla ihn ein wenig auf die Folter spannen wollte.

»Weder du noch deine Mutter wissen, daß ich nicht befohlen habe, dich töten zu lassen«, fuhr Sulla fort.

»Nicht?« Mit aufgerissenen Augen starrte Caesar ihn an. »Ein gewisser Lucius Cornelius Phagites hat Ria etwas ganz anderes erzählt. Er sagte, er werde mein Leben schonen, hat sich dafür mit den drei Talenten meiner Mutter aus dem Staub gemacht. Hast du dich nicht gerade erst über habgierige Agenten beklagt? Habgier scheint eine Krankheit der Agenten auf allen Ebenen.«

»Ich werde mir den Namen merken, und deine Mutter bekommt ihr Geld zurück«, sagte Sulla wütend. »Aber darum geht es jetzt nicht. Es geht darum, daß ich niemals angeordnet habe, dich zu töten. Mein Befehl lautete, dich zu mir zu bringen, damit ich dich fragen kann, was ich dich jetzt gefragt habe.«

»Um mich dann umbringen zu lassen.«

»Ursprünglich, ja.«

»Aber jetzt hast du versprochen, mich am Leben zu lassen.«

»Ich nehme an, du lehnst eine Scheidung von Cinnas Tochter weiterhin ab.«

»Ja. Ich werde mich niemals von ihr scheiden lassen.«

»Dann steht Rom vor einem großen Problem. Ich kann dich nicht töten lassen, und du willst dein Amt nicht ausüben und weigerst dich, dich von Cinnas Tochter zu trennen, weil du so dein Amt loswerden kannst – erspare mir hochtrabende Erklärungen von wegen Ehre und Moral und Prinzipientreue.« Sulla schmatzte mit den Lippen. Sein zerfurchtes Gesicht glich auf einmal dem eines Greises; er sah aus wie Kronos vor der Verspeisung seines nächsten Kindes. »Hat deine Mutter dir gesagt, was vorgefallen ist?«

»Nur, daß du mich verschonst. Du kennst sie ja.«

»Eine außergewöhnliche Person, deine Mutter. Hätte als Mann geboren werden sollen.«

»Das sagst du immer!« Caesar lächelte sein unwiderstehlichstes Lächeln. »Ich muß sagen, ich bin froh, daß sie kein Mann ist.«

»Ich ja auch, ich ja auch! Wenn sie ein Mann wäre, hätte ich einen ernsthaften Rivalen.« Sulla schlug sich auf die Schenkel und beugte sich vor. »Also, lieber Caesar, du bist und bleibst ein Stein des Anstoßes für uns Mitglieder der Priesterkollegien. Was sollen wir mit dir anfangen?«

»Mich von meinem Amt befreien, Lucius Cornelius. Sonst kannst du mich nur umbringen, aber das hieße, dein Wort zu brechen, und ich glaube nicht, daß du das tun würdest.«

»Warum glaubst du das nicht?«

Caesar zog die Augenbrauen hoch. »Weil ich wie du Patrizier bin. Und außerdem Julier. Du würdest nie ein Wort brechen, das du jemandem von so vornehmer Geburt wie mir gegeben hast.«

»So ist es.« Der Diktator lehnte sich in seinem Sessel zurück. »Die Priesterkollegien haben entschieden, dich deinem Wunsch entsprechend von deinem Amt als Jupiterpriester zu entbinden. Ich kann zwar nicht für die anderen reden, aber ich kann dir sagen, warum ich mich so entschieden habe: Ich glaube nicht, daß Jupiter Optimus Maximus dich zu seinem Priester bestimmt hat. Mit dir hat Jupiter etwas anderes vor. Gut möglich, daß das ganze Theater mit seinem Tempel nur dazu diente, dich von deinem Amt zu befreien. Das kann ich zwar nicht beweisen, aber ich habe so ein Gefühl – und es ist nicht das Schlechteste, auf sein Gefühl zu vertrauen. Gaius Marius hat mein ganzes Leben lang über mich bestimmt wie eine griechische Nemesis. Es hat mir die Freude über meine größten Triumphe verdorben. Aus Gründen, auf die ich nicht näher eingehen will, wollte er auch dich fesseln. Wenn er dich fesseln wollte, will ich dich befreien. Ich will zuletzt lachen. Deshalb.«

Niemals hätte sich Caesar seine Rettung aus dieser Richtung erhofft. Weil Gaius Marius ihn gefesselt hatte, würde Sulla ihn befreien. Er betrachtete Sulla aufmerksam. Plötzlich war er felsenfest überzeugt, daß er nur aus diesem Grund verschont worden war: Sulla wollte zuletzt lachen. Gaius Marius war der Verlierer.

»Ich und die anderen Mitglieder der Priesterkollegien glauben, daß das Ritual, mit dem du zum Jupiterpriester geweiht worden bist, möglicherweise nicht den Vorschriften entsprechend vollzogen wurde. Mehrere von uns – nicht ich, aber genügend andere – waren bei der Einführungszeremonie anwesend, und keiner von ihnen kann einen Verstoß mit Sicherheit ausschließen. Angesichts der blutigen Unruhen jener Zeit erscheint uns auch ein noch so geringer Zweifel als untragbar, und deshalb müssen wir dich aus deinem Amt entlassen. Da es jedoch sein könnte, daß wir uns irren und die Zeremonie doch korrekt war, können wir keinen neuen Jupiterpriester ernennen, solange du lebst.« Sulla legte die Hände vor sich auf den Tisch. »Wir haben uns für alle Fälle vorgesehen. Keinen Jupiterpriester zu haben wäre ein schwerer Verstoß gegen die Tradition, andererseits will Jupiter Optimus Maximus, daß die Vorschriften eingehalten werden. Aus diesem Grund werden die anderen Priester bis zu deinem Tod die Pflichten gegenüber Jupiter unter sich aufteilen.«

Sulla schwieg, und es war an Caesar, etwas zu antworten. Caesar fuhr sich mit der Zunge über die Lippen, dann sagte er: »Das scheint mir klug und richtig gehandelt.«

»Der Ansicht sind wir auch. Allerdings wirst du in dem Moment, in dem der Große Gott seine Zustimmung bezeigt, deinen Sitz im Senat verlieren. Um Jupiters Zustimmung zu erlangen, mußt du ihm das ihm geweihte Tier opfern, einen weißen Stier. Wenn die Opferzeremonie günstig verläuft, bist du von deinem Amt befreit. Wenn nicht, dann – dann müssen wir uns etwas Neues einfallen lassen. Der Pontifex Maximus und der Rex Sacrorum werden der Zeremonie vorsitzen« – Sullas kalte, helle Augen blitzten amüsiert auf –, »aber du selbst wirst das Opfer vollziehen. Danach richtest du im Tempel des Jupiter Stator auf dem Forum Romanum ein Fest für die Priesterkollegien aus. Opfer und Fest sollen den Großen Gott damit versöhnen, keinen eigenen Priester mehr zu haben.«

»Ich werde gern tun, was du sagst«, antwortete Caesar förmlich.

»Wenn alles gutgeht, bist du bald ein freier Mann und kannst verheiratet sein, mit wem du willst – auch mit Cinnas Tochter.«

»An Cinnillas Bürgerstand hat sich demnach nichts verändert?« fragte Caesar mit tonloser Stimme.

»Natürlich nicht. Sonst müßtest du doch Priestermütze und Priestermantel für den Rest deines Lebens tragen. Es enttäuscht mich, Junge, daß du so etwas überhaupt fragst.«

»Ich frage, weil die *lex Minicia* automatisch auch für die Kinder gilt, die ich mit meiner Frau haben werde. Das kann ich nicht hinnehmen! *Ich* wurde doch nicht geächtet. Warum also sollen meine Kinder bestraft werden?«

»Stimmt«, antwortete Sulla, der von der direkten Art Caesars nicht im geringsten gekränkt war. »Ich werde dem Gesetz einen Zusatz hinzufügen, in dem die Interessen von Männern wie dir berücksichtigt werden. Die *lex Minicia de liberis* gilt von nun an nur noch für die Kinder der Geächteten. Wenn diese Kinder das Glück haben, von einem römischen Bürger geheiratet zu werden, sind die Kinder aus dieser Ehe wieder römische Bürger.« Er runzelte die Stirn. »Daran hätte ich denken müssen. Aber solche Fehler lassen sich nicht vermeiden, wenn man innerhalb kürzester Zeit so viele Gesetze erlassen muß. Aber die Art, in der ich auf diesen Mißstand aufmerksam gemacht wurde, hat mich öffentlich lächerlich gemacht. Im Prinzip ist alles nur deine Schuld, mein Junge! Und die deines einfältigen Onkels Cotta. Die priesterliche Auslegung meiner Gesetze, die bereits bestehende römische Rechtsgrundlagen betreffen, mußte sich notwendigerweise auch auf die Kinder der Geächteten erstrecken.«

»Zum Glück für mich«, grinste Caesar. »Denn das hat mich von Gaius Marius' Fesseln befreit.«

»So ist es.« Sulla setzte ein geschäftsmäßiges Gesicht auf und wechselte das Thema. »Mytilene weigert sich, Rom Tribut zu zahlen. Zur Zeit amtiert in der Provinz Asia mein Proquästor Lucullus, aber ich habe vor kurzem den Prätor Thermus als Statthalter dorthin entsandt. Thermus' vordringlichste Aufgabe wird es sein, den Widerstand Mytilenes zu brechen. Da du eine Vorliebe für den Militärdienst zu haben scheinst, sende ich dich als Militärtribun nach Pergamon, wo du dich Thermus unterstellen wirst. Ich erwarte hervorragende Leistungen von dir, Caesar.« Sulla sah ihn streng an. »Von deiner Leistung im Feld hängt mein endgültiges Urteil über dich ab. Rom ehrt niemanden höher als seine Kriegshelden, und auch ich habe die Absicht, solche Männer auszuzeichnen. Sie sollen Vergünstigungen und Ehrungen erhalten, von denen andere Männer nur träumen können. Wenn du dich also im Kampf auszeichnest, werde auch ich dich auszeichnen. Aber wenn du versagst, dann werde ich dich tiefer hinabstoßen, als Gaius Marius es je vermocht hätte.«

»Einverstanden«, sagte Caesar, begeistert über seine Ernennung zum Militärtribun.

»Noch etwas.« Sulla sah Caesar, der bereits aufgestanden war, listig an. »Dein Pferd. Das Tier, das du während deiner Amtszeit entgegen aller Vorschrift geritten hast.«

»Ja?« Caesar fühlte, wie er innerlich versteinerte.

»Ich habe gehört, du willst es zurückkaufen. Das tust du nicht. Ich befehle, daß du auf einem Maultier reitest. Ein Maultier hat mir genügt, ein Maultier muß also auch dir genügen.«

Caesars Augen funkelten wütend. Aber – nein! dachte er, in diese Falle würde er nicht gehen. Laut sagte er: »Glaubst du, ich bin mir für ein Maultier zu gut, Lucius Cornelius?«

»Ich weiß nicht, wofür du dir zu gut bist.«

»Ich bin ein besserer Reiter als die meisten Männer, die ich kennengelernt habe«, sagte Caesar fest. »Du hingegen bist, so heißt es, einer der schlechtesten Reiter unter der Sonne. Wenn ein Maultier für dich gut genug ist, dann ist es natürlich mehr als gut genug für mich.«

»Dann kannst du jetzt gehen«, erwiderte Sulla ausdruckslos. »Schicke mir bitte meinen Sekretär herein.«

Sullas kleine Bosheit verminderte die Dankbarkeit, die Caesar ihm gegenüber empfand. Aber vielleicht hatte Sulla ja genau das bezweckt? Vielleicht wollte Sulla seinen Dank gar nicht, vielleicht wollte er Aurelias Sohn nicht wie einen Klienten an sich binden. Ein Julier als Klient eines Corneliers? Das hieße, das Patriziertum der Lächerlichkeit preisgeben. Je klarer Caesar dies erkannte, desto mehr Hochachtung empfand er für Sulla. Sulla hatte ihm wirklich seine Freiheit zurückgegeben. Er hatte ihm sein Leben zurückgegeben! Caesar war frei zu tun, was er wollte – oder konnte. Nein, er mochte Sulla nicht. Aber es hat Zeiten gegeben, da hatte er das geglaubt.

Dann dachte er an sein Pferd Bucephalus. Tränen stiegen ihm in die Augen.

»Sulla ist klug, Caesar.« Aurelia nickte zustimmend, nachdem er mit seinem Bericht geendet hatte. »Denn auf dich kommen auch ohne das Pferd beträchtliche Ausgaben zu. Für einen weißen Bullen ohne Fehler mußt du mindestens fünfzigtausend Sesterzen bezahlen, und das Fest für die Auguren und Priester Roms wird dich noch einmal das Doppelte kosten. Dann mußt du dich für Asia ausrüsten. Das Leben dort soll sehr kostspielig sein. Ich erinnere mich noch gut daran, wie dein Vater sagte, die jungen Militärtribunen würden jeden verspotten, der sich nicht jeden Luxus und jede Ausgefallenheit leisten könne. Du bist nicht reich. Die Einkünfte aus deinen Ländereien haben sich zwar seit dem Tod deines Vaters angesammelt, weil du sie nicht brauchtest, aber das wird sich ändern. Jetzt dein Pferd zurückzukaufen, wäre eine unwillkommene Ausgabe. Außerdem wärst du ja gar nicht hier, um das Tier zu reiten. Nein, begnüge dich mit einem Maultier, bis sich Sulla anders besinnt. Ein gutes Maultier bekommst du zum Glück schon für weniger als zehntausend Sesterzen.«

Caesar schwieg, aber der Blick, den er seiner Mutter zuwarf, war nicht sehr freundlich. Wenn er weiterhin von seinem Pferd träumte und ihm nachtrauerte, behielt er das für sich.

Einige Tage später vollzog Caesar das ihm auferlegte Sühneopfer. Er hatte bereits alle notwendigen Vorbereitungen für die Reise nach Pergamon abgeschlossen, wo er in den Dienst des Marcus Minucius Thermus, des zukünftigen Statthalters der Provinz Asia, eintreten würde. Für das Sühneopfer hatte man am Fuß der Treppe zum einstigen Tempel des Jupiter Optimus Maximus auf dem Kapitol einen Altar errichtet. Das anschließende Fest für die Priester und Auguren sollte im Tempel des Jupiter Stator stattfinden.

Als Caesar den schneeweißen Stier durch Fauces Suburae und Argiletum zum Forum Romanum führte, war er nur mit einer gewöhnlichen Toga bekleidet; seine Priestermütze und sein Wollmantel waren den anderen Priestern übergeben worden, bis sie in einem neuen Jupitertempel verwahrt werden konnten. Da Caesar nicht geizig erscheinen wollte, hatte er die vollkommen geschwungenen Hörner des Tieres mit dicker Goldfolie belegen lassen, obwohl es gereicht hätte, sie mit Bändern zu schmücken. Um den Hals des Stiers war eine aus kostbaren exotischen Blumen geflochtene Girlande geschlungen, zwischen den Hörnern saß ein Kranz vollkommener weißer Rosen. Die Hufe waren ebenfalls vergoldet, in den Schwanz waren goldgewirkte Bänder und Blumen geflochten. Neben Caesar schritten seine gleichfalls in Togen gekleideten Gäste – seine Onkel aus der Linie der Cottas, ferner Gaius Matius, Lucius Decumius mit seinen Söhnen und die meisten Brüder der Kreuzwegbruderschaft. Aurelia war nicht dabei. Als Frau durfte sie an keinem dem Jupiter Optimus Maximus geweihten Opfer teilnehmen; Jupiter Optimus Maximus war ein Gott der römischen Männer.

Die verschiedenen Priesterkollegien warteten bereits am Altar, desgleichen Opferschlächter, Opferdiener und Sklaven, die das Opfer durchführen würden. Obwohl es sonst üblich war, das Opfertier vor der Zeremonie mit einem Betäubungsmittel zu beruhigen, hatte Caesar das diesmal abgelehnt. Jupiter sollte seine Ablehnung oder Zustimmung deutlich zeigen können. Die Anwesenden merkten, daß der Stier nicht betäubt war. Er trat sicher und kraftvoll auf und schlug mit seinem Schweif aufgeregt hin und her; offensichtlich gefiel es ihm, im Mittelpunkt der Aufmerksamkeit zu stehen.

»Du bist wahnsinnig, Junge!« flüsterte Gaius Aurelius Cotta. »Was tust du, wenn er bockt?« Die wartende Menge schwoll immer mehr an. Der steil zum Kapitol hinaufführende Weg war bereits dicht mit Menschen gefüllt.

»Der Stier wird gehorchen«, erwiderte Caesar ruhig. »Er weiß, daß er über mein Schicksal entscheidet. Alle sollen sehen, daß ich mich bedingungslos dem Willen des großen Jupiter ausliefere.« Er lachte leise. »Außerdem gehöre ich zu den Günstlingen Fortunas. Ich habe immer Glück.«

Inzwischen hatten sich alle versammelt. Caesar wusch sich in einer auf einem bronzenen Dreifuß stehenden Schüssel mit Wasser die Hände. Metellus Pius, der Pontifex Maximus, und Lucius Claudius, der Rex Sacrorum, sowie die beiden anderen wichtigen

Priester, der Priester des Mars, Lucius Valerius Flaccus, und der Priester des Quirinus, der erst kürzlich in dieses Amt berufene Mamercus, taten es ihm gleich. Nachdem sie so Leib und Gewänder zeremoniell gereinigt hatten, verhüllten sie den Kopf mit ihren Togen. Die anderen Anwesenden folgten ihrem Beispiel.

Der Pontifex Maximus trat zum Altar und deklamierte, ohne ein einziges Mal zu stottern: »Allmächtiger Jupiter Maximus Optimus – wenn es dir gefällt, mit diesem Namen angerufen zu werden, denn ich rufe dich mit jedem Namen an, der dir gefällt. Empfange deinen Diener Gaius Julius Caesar, der dein Priester war und dich für seine unrechte Ernennung um Vergebung bittet, die, wie er zu betonen wünscht, ohne sein Zutun zustande kam!« Metellus trat zurück und warf Sulla, der sich mühsam beherrschte, nicht laut loszulachen, einen wütenden Blick zu. Sulla wußte genau, daß Metellus für diese Worte tagelang mit eiserner Disziplin geprobt hatte.

Die Priester nahmen dem Opferstier die Blumengirlanden ab, entfernten die Goldfolie und drückten sie sorgfältig zu einem Ball zusammen. Caesar, der vortrat und seine Hand auf die feuchten Nüstern des Stiers legte, schenkten sie keinerlei Beachtung. Mit dunkelroten, von dicken, farblosen Wimpern umrahmten Augen starrte das Tier, das sich die Behandlung widerstandslos gefallen ließ, Caesar an.

Dann betete Caesar mit lauter Stimme, denn er wollte, daß jedes seiner Worte weithin zu hören war. »Allmächtiger Jupiter Maximus Optimus – wenn es dir gefällt, mit diesem Namen angerufen zu werden, denn ich rufe dich mit jedem Namen an, der dir gefällt. Allmächtiger Jupiter, der du nach Belieben jedes Geschlecht annehmen kannst und der du der Geist Roms bist, ich bitte dich, nimm dieses heilige Tier als Geschenk an, das ich dir opfere zur Sühne für meine unrechte Ernennung zu deinem Priester. Ich flehe dich an, mich von meinem Schwur zu entbinden und mir zu erlauben, dir auf andere Weise zu dienen. Ich unterwerfe mich deinem Willen und opfere dir diesen Stier in der Überzeugung, daß du mein Opfer gnädig aufnehmen und meinen Wunsch erfüllen wirst.«

Caesar lächelte den Stier an, als ob dieser ihn verstehen könnte.

Die Priester traten vor. Caesar und der Pontifex Maximus

wandten sich um und nahmen jeder einen auf einem Dreifuß stehenden goldenen Kelch, während der Rex Sacrorum eine goldene, mit Dinkel gefüllte Schale hochhielt.

»Ich bitte um Schweigen!« rief Caesar mit donnernder Stimme.

Tiefe Stille breitete sich aus. Aus der Ferne drang der Lärm der Geschäfte unter den Arkaden des Forums herüber.

Ein Flötenspieler hielt sein aus dem Schienbeinknochen eines getöteten feindlichen Soldaten gefertigtes Instrument an die Lippen und begann, eine klagende Weise zu spielen.

Dann streute der Rex Sacrorum den Dinkel über den Kopf des Stiers, der die Körner offensichtlich für Regentropfen hielt und sie mit seiner Zunge von den Nüstern leckte.

Der Opferschlächter trat vor den Stier, den Hammer locker in der Hand. »Soll ich zuschlagen?« fragte er Caesar mit lauter Stimme.

»Ja!« rief Caesar.

Der Opferschlächter riß den Hammer hoch und ließ ihn genau auf die Stelle zwischen den sanften Augen des ahnungslosen Stiers niedersausen. Die Vorderbeine des Tieres knickten ein, und seine Knie schlugen mit solcher Wucht auf den Boden, daß die Umstehenden die Erschütterung spürten. Dann knickten seine Hinterbeine ein. Langsam fiel der Rumpf nach rechts, während der Kopf geradeaus zeigte – ein gutes Omen.

Der Opferdiener, wie der Opferschlächter bis zur Hüfte nackt, ergriff die Hörner des Stiers und wuchtete den leblosen Schädel hoch. Der Schädel wog an die fünfzig Pfund, und die Muskeln und Sehnen an den Armen des Opferdieners traten vor Anstrengung deutlich hervor. Dann senkte er den Kopf langsam wieder, bis das Maul des Tieres das Pflaster berührte.

»Das Opfertier willigt ein«, rief er Caesar zu.

»Dann vollzieht das Opfer!« befahl Caesar.

Der Opferdiener hob den Kopf des Stiers erneut hoch. Der Opferschlächter zog ein großes, scharf geschliffenes Messer aus der Scheide und schnitt mit einer raschen Bewegung die Kehle des Tieres durch. Das Blut spritzte nicht – der Schlächter verstand sich auf seine Tätigkeit –, sondern ergoß sich in einem mächtigen Schwall auf den Boden. Niemand, auch nicht der Schlächter, wurde von der dampfenden Flüssigkeit bespritzt. Der Opferdiener ließ den Schädel los, und dieser fiel auf die rechte Seite. Caesar reichte dem Opferdiener seinen Kelch, und der Diener füllte ihn mit Blut, wobei kein einziger Tropfen über den Rand des Gefäßes schwappte. Auch Metellus Pius ließ sich seinen Kelch füllen.

Caesar und der Pontifex Maximus stiegen über den anschwellenden Strom aus Blut und nahmen vor dem noch unbefleckten Steinaltar Aufstellung. Dann entleerte Caesar seinen Kelch über dem Altar und rief: »Allmächtiger Jupiter Maximus Optimus – wenn es dir gefällt, mit diesem Namen angerufen zu werden, denn ich rufe dich mit jedem Namen an, der dir gefällt. Allmächtiger Jupiter, der du nach Belieben jedes Geschlecht nach deinem Gefallen annehmen kannst und der du der Geist Roms bist, ich bitte dich, nimm dieses dir heilige Tier als Geschenk an, das ich dir opfere zur Sühne, und nimm dieses Gold von den Hörnern und Hufen deines Opfertiers, auf daß es deinen neuen Tempel ziere.«

Auch Metellus Pius goß seinen Kelch über dem Altar aus und sagte: »Allmächtiger Jupiter Maximus Optimus – wenn es dir gefällt, mit diesem Namen angerufen zu werden, denn ich rufe dich mit jedem Namen an, der dir gefällt. Ich bitte dich, nimm die Sühne des Gaius Julius Caesar an, der dein Priester war und dein Diener sein wird bis in alle Zeiten.«

Kaum hatte Metellus Pius seine Rede ohne zu stottern beendet, da ging ein Seufzer der Erleichterung durch die Reihen der Versammelten, der so laut war, daß er sogar über dem traurigen Spiel des Flötenspielers zu hören war.

Das letzte Opfer brachte der Rex Sacrorum dar. Er verstreute die restlichen Dinkelkörner über dem geronnenen Blut auf dem Altar. »Allmächtiger Jupiter Maximus Optimus – wenn es dir gefällt, mit diesem Namen angerufen zu werden, denn ich rufe dich mit jedem Namen an, der dir gefällt. Ich bezeuge, daß dir das Leben dieses mächtigen und starken Tieres geopfert wurde und daß die Zeremonien in Übereinstimmung mit den Vorschriften und ohne Fehler vollzogen wurden. Entsprechend unseren vertraglichen Vereinbarungen schließe ich daraus, daß du das Opfer und seinen Darbringer Gaius Julius Caesar gnädig angenommen hast. Gaius Julius Caesar will dir zu Ehren das ganze Opfer verbrennen und keinen Teil für sich zurückbehalten. Mögen seine

Großzügigkeit Rom und allen Einwohnern der Stadt zum Wohl gereichen.«

Die Priester und Auguren entblößten ihre Häupter wieder und schritten den Clivus Capitolinus hinunter zum Forum, während die für den Opferdienst eingeteilten Priester mit den Aufräumarbeiten begannen. Mit Hilfe eines Gerüsts und einer Winde hievten sie den riesigen Kadaver auf den Scheiterhaufen; dann zündeten sie den Scheiterhaufen an und sprachen dazu viele Gebete. Die Sklaven schwemmten unterdessen mit Eimern voller Wasser das Blut auf dem Boden weg. Ein köstlicher Duft nach gebratenem Fleisch und kostbarem Räucherwerk, das Caesar gekauft und zwischen das Holz des Scheiterhaufens gesteckt hatte, erfüllte die Luft. Das Blut auf dem Altar würde erst abgewaschen werden, wenn der Stier vollständig verbrannt war. Der Ball aus Gold dagegen war bereits auf dem Weg in die Schatzkammer. Mit dem Namen des Spenders und Datum und Anlaß der Spende gekennzeichnet, würde er dort aufbewahrt werden.

Das anschließende Fest im Tempel des Jupiter Stator war für Caesar ein mindestens genauso großer Erfolg wie das vorangegangene Opfer. Männer, die Caesar bisher keines Blickes gewürdigt hatten, musterten ihn jetzt prüfend, als er seine Gäste begrüßte, sie aufforderte, das Fest zu genießen, und einige freundliche Worte mit ihnen wechselte. Von Rang und Geburt her war Caesar ein ernstzunehmender Bewerber um ein politisches Amt, und sein Auftreten und seine Haltung ließen es vielen ratsam erscheinen, ihn künftig genauer zu beobachten.

»Er ähnelt deinem Vater«, sagte Metellus Pius zu Catulus. Die Tatsache, daß er die Zeremonie überstanden hatte, ohne zu stottern, erfüllte ihn immer noch mit tiefer Befriedigung.

»Kein Wunder«, erwiderte Catulus, der Caesar mit instinktiver Abneigung beäugte. »Mein Vater war ja auch ein Caesar. Ein ausgemachter Schönling, dieser Gaius Julius, aber das könnte ich zur Not ja noch ertragen. Viel schlimmer finde ich seine Arroganz. Schau ihn dir an! Noch nicht einmal so alt wie Pompeius, tut er so, als gehöre ihm die ganze Welt.«

Doch Metellus Pius konnte Caesar sehr gut verstehen. »Du wärst an seiner Stelle genauso froh. Endlich ist er dieses schreckliche Priesteramt los.«

»Ich fürchte, wir werden den Tag noch bereuen, an dem wir Sulla gehorchten und Caesar seines Amtes enthoben«, orakelte Catulus mit düsterer Miene. »Siehst du, wie er da drüben bei Sulla steht? Zwei vom selben Schlag.«

Metellus sah Catulus erstaunt an. Catulus hätte sich die Zunge abbeißen mögen; für einen kurzen, unvorsichtigen Moment hatte er vergessen, daß sein Zuhörer nicht Quintus Hortensius war, so sehr hatte er sich daran gewöhnt, seinen Schwager um sich zu haben. Aber Hortensius war ja gar nicht hier. Sulla hatte ihn bei der Ernennung der Mitglieder der priesterlichen Kollegien nicht berücksichtigt. Und nicht nur Quintus Hortensius, sondern auch Catulus hielt Sullas Unterlassung für unverzeihlich.

Sulla, der nicht wußte, daß er Catulus gekränkt hatte, war gerade damit beschäftigt, Caesar auszufragen.

»Du hast dem Stier kein Betäubungsmittel gegeben?« fragte er verwundert. »Damit bist du ein unglaubliches Risiko eingegangen.«

»Ich gehöre eben zu Fortunas Günstlingen«, erwiderte Caesar.

»Wie kommst du darauf?«

»Überlege! Ich bin von meinem Priesteramt befreit worden! Ich habe eine Krankheit überstanden, die normalerweise tödlich endet. Ich lebe, obwohl du mich töten wolltest – und ich bringe meinem Maultier mit erstaunlichem Erfolg bei, sich wie ein edles Roß zu bewegen.«

Sulla grinste. »Hat es denn einen Namen?«

»Natürlich. Es heißt Schlappohr.«

»Und wie hieß dein wunderbares Pferd?«

»Bucephalus.«

Sulla lachte laut, sagte aber nichts. Schweigend ließ er seinen Blick über die versammelten Gäste gleiten. Dann sagte er anerkennend: »Für einen Achtzehnjährigen ist das ein erstaunliches Fest.«

»Ich halte mich nur an deinen Rat. Da ich nicht in der Masse untertauchen kann, habe ich beschlossen, mich gleich beim ersten Fest, das ich veranstalte, über sie zu erheben.«

»Dein Selbstbewußtsein ist wirklich unglaublich! Aber sei unbesorgt, es ist ein denkwürdiges Fest. Austern, Meeräschen, Barsche aus dem Tiber, Wachtelküken – das alles muß dich ein Vermögen gekostet haben.«

»Mehr auf jeden Fall, als ich mir leisten kann«, erwiderte Caesar gelassen.

»Dann bist du ein Verschwender!«

»Geld ist ein Mittel zum Zweck, Lucius Cornelius.« Caesar zuckte mit den Achseln. »Wenn, wie du zu glauben scheinst, Geld nur dazu da wäre, es anzuhäufen, wäre mir egal, ob ich welches hätte oder nicht. Meiner Überzeugung nach muß Geld kursieren, sonst fault es. Und die Wirtschaft stagniert. Ich werde jeden einzelnen Sesterz, den ich habe, für meine politische Karriere verwenden.«

»Eine gute Methode, sich zu ruinieren.«

»Ich komme schon zurecht«, sagte Caesar unbesorgt.

»Wie kannst du dir so sicher sein?«

»Weil ich ein Günstling Fortunas bin. Ich habe Glück.«

Sulla erschauerte. »Auch ich bin ein Günstling des Schicksals! Aber vergiß eines nicht, Caesar: Alles hat seinen Preis. Und du wirst nicht umhinkommen, ihn zu bezahlen. Fortuna ist eine eifersüchtige, schwer zu befriedigende Geliebte.«

»Genau die sind mir am liebsten!« rief Caesar und lachte so laut, daß einen Moment lang alle anderen Unterhaltungen verstummten. Viele der Anwesenden erinnerten sich noch lange an dieses Lachen – nicht, weil es ihnen als unheilverkündendes Omen erschien, sondern weil sie Caesar, der gelacht hatte, um zweierlei zutiefst beneideten: seine Jugend und seine Schönheit.

Das Fest dauerte noch viele Stunden. Vom Gastgeber wurde erwartet, daß er blieb, bis die letzten Gäste gegangen waren. Caesar verbrachte den Abend damit, jeden einzelnen Gast zu taxieren und in seinem Gedächtnis zu speichern, wie er alles speicherte, was ihm begegnete. Und seine Gäste waren eine interessante Gesellschaft.

»Dennoch bin ich niemandem begegnet, an dessen Freundschaft mir gelegen wäre«, vertraute er am nächsten Tag Gaius Matius an. »Willst du wirklich nicht mit mir kommen? Du mußt sechs Feldzüge mitmachen.«

»Danke für die Nachfrage, aber ich habe keine Lust, so weit von Rom weg zu sein. Lieber warte ich noch. Wenn ich Glück habe, komme ich ins italische Gallien.«

Das Abschiednehmen erschöpfte Caesar. Am liebsten wäre er

einfach gegangen, aber dann ertrug er die Zeremonien doch geduldig. Am schlimmsten waren die, die gelobt hatten, ihn zu begleiten, obwohl er sich standhaft geweigert hatte, jemand anders mitzunehmen als Burgundus. Die beiden Leibdiener, die ihn begleiteten, hatte er neu gekauft – es waren Männer, die seine Mutter nicht kannten, ein neuer Anfang.

Dann hatte er sich von allen verabschiedet – von Lucius Decumius und seinen Söhnen, von den Brüdern der Kreuzwegbruderschaft, von Gaius Matius, von den Bediensteten seiner Mutter und von Cardixa samt ihren fünf Söhnen, von seiner Schwester Ju-ju, seiner Frau und seiner Mutter. Endlich konnte Caesar auf sein unscheinbares Maultier steigen und Rom den Rücken kehren.

TEIL DREI

Januar 81 v. Chr.
bis Sextilis (August) 80 v. Chr.

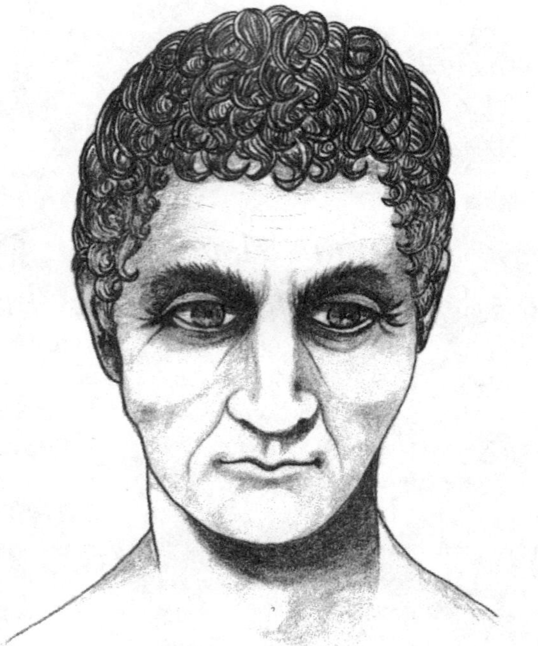

QUINTUS CAECILIUS METELLUS PIUS

Keine zwei Monate später stellte Sulla befriedigt fest, daß Rom sich mit seinen Proskriptionen abgefunden hatte. Das Gemetzel war kaum weniger grausam gewesen als Marius' Wüten in den wenigen Tagen seines siebten Konsulates, auch wenn auf den Straßen weniger Blut floß und sich im unteren Forum Romanum keine Leichen türmten. Die Leichen der Geächteten durften weder bestattet noch betrauert werden; an Fleischerhaken wurden sie zum Tiber geschleift und ins Wasser geworfen. Nur die Köpfe wurden auf dem Forum Romanum ausgestellt, aufgeschichtet um einen öffentlichen Brunnen, das sogenannte Servilius-Becken.

Während Sullas Hausverwalter Chrysogonus gewaltige Besitztümer für den Staat beschlagnahmte, traten zwei weitere neue Gesetze in Kraft: Die Witwe eines Geächteten durfte nicht mehr heiraten, und die Wachsmasken des Gaius Marius und des jüngeren Marius, Cinnas und seiner Ahnen sowie aller Geächteten und ihrer Ahnen durften bei Bestattungen nicht mehr zur Schau gestellt werden.

Gaius Marius' Haus war von Sextus Perquitienus ersteigert worden, dem Enkel des Mannes, der das Familienvermögen begründet hatte und einst Gaius Marius' Nachbar gewesen war. Jetzt war in dem Haus auf dem Nachbargrundstück die Kunstsammlung des jungen Perquitienus untergebracht.

Chrysogonus konnte den Besitz der Geächteten anfangs noch zu guten Preisen versteigern, aber das einsetzbare Kapital war beschränkt, und bei der zehnten Versteigerung begannen die Preise drastisch zu fallen. In diesem Augenblick begann Marcus Crassus mitzubieten. Seine Taktik war schlau: Er konzentrierte sich nicht auf die attraktiven Posten der Versteigerungsliste, sondern auf weniger begehrte Grundstücke, die er dann auch zu Spottpreisen bekam. Noch gerissener stellte es Lucius Sergius Catilina an: Er informierte Chrysogonus über verschwörerische Reden und Umtriebe und erreichte damit, daß unter anderem sein älterer Bruder Quintus und später sein Schwager Caecilius geächtet wurden. Sein Bruder konnte sich ins Exil retten, sein Schwager kam ums Leben. Catilina beantragte beim Diktator daraufhin eine Sonderregelung, um in den Genuß der Erbschaft zu kommen, denn er war weder testamentarisch bedacht worden noch ein direkter Erbe der Geächteten gewesen, die beide Söhne gehabt hatten. Sulla gab dem Antrag statt, und Catilina wurde reich, ohne einen einzigen Sesterz auf einer Versteigerung ausgegeben zu haben.

Als Sulla am letzten Tag des Januar seinen Triumph feierte, war das Wetter kalt und die Atmosphäre gedrückt. Zwar strömte das Volk in Massen auf die Straßen, um ihm zuzujubeln, aber die Ritter blieben zu Hause, aus Angst, ihre Namen könnten auf einer der nächsten Proskriptionslisten auftauchen, wenn Sulla oder Chrysogonus auf sie aufmerksam würden. Kriegsbeute und Tributzahlungen aus Asia und von König Mithridates wurden prunkvoll mitgeführt, denn Sulla wollte verbergen, daß der Krieg überstürzt und voreilig beendet worden und die Beute angesichts des Reichtums des Feindes geradezu kläglich ausgefallen war.

Der Zug, der am nächsten Tage folgte, glich eher einer Ausstellung als einem Triumph: Sulla führte vor, was er im Kampf gegen den jüngeren Marius und Carbo erbeutet hatte, ließ die Zuschauer aber tunlichst wissen, daß die Beutestücke den Tempeln und Besitzern, denen sie geraubt worden waren, zurückgegeben würden. An diesem Tag begleiteten ihn heimgekehrte und nun rehabilitierte Verbannte, darunter Appius Claudius Pulcher, Metellus Pius, Varro Lucullus und Marcus Crassus. Sulla ersparte ihnen die Demütigung, die Filzkappe der Freigelassenen zu tragen.

Pompeius in seine Schranken zu weisen war schwieriger, als Rom an die Proskriptionen zu gewöhnen. Dies mußte Sulla am Tag vor seinem Triumph erfahren. Pompeius war entgegen Sullas Befehl mit seiner gesamten Armee aus der Provinz Africa nach Italien gekommen; in einem Brief aus Tarentum teilte er ihm mit, seine treuen Soldaten hätten ihn nicht allein fahren lassen wollen und seien deshalb bis auf den letzten Mann mitgekommen; die Masseneinschiffung sei nicht zu verhindern gewesen. Die Erklärung, wo er die Schiffe für fünf weitere Legionen und zweitausend Pferde aufgetrieben hatte, blieb er allerdings schuldig. Am Schluß des Briefes bat er erneut, einen Triumph feiern zu dürfen.

Der Diktator schickte einen Eilboten mit einer Antwort nach Tarentum, in der er den Triumph, den Pompeius so heiß begehrte, ein zweites Mal ablehnte. Derselbe Bote kehrte mit einem Brief zurück, in dem sich Pompeius bei Sulla für das störrische Verhalten seiner Armee entschuldigte und noch einmal betonte, er habe keinen Einfluß darauf, denn seine Soldaten bestünden dreist auf dem wohlverdienten Triumph ihres geliebten Feldherrn! Wenn der Diktator bei seinem Nein bleibe, sei ernsthaft zu befürchten, daß die Soldaten die Sache selbst in die Hand nehmen und empört nach Rom marschieren würden. Er werde selbstverständlich alles in seiner Macht Stehende tun, um dies zu verhindern!

Sulla schickte einen zweiten Brief per Eilboten über die Via Appia nach Tarentum: kein Triumph! Diese dritte Absage war zuviel. Pompeius' sechs Legionen und zweitausend Reiter traten den Marsch nach Rom an, begleitet von ihrem geliebten Feldherrn, der Sulla in einem weiteren Brief beteuerte, er folge seinen Leuten nur, um sie von Aktionen abzuhalten, die sie später bereuen könnten.

Der Senat war in die einzelnen Etappen der Auseinandersetzung eingeweiht und hatte, erschreckt über die Vermessenheit des vierundzwanzigjährigen Ritters, die Anweisungen des Diktators an Pompeius durch einen Beschluß bestätigt. Als der Senat und Sulla nun erfuhren, daß Pompeius und seine Armee nach Capua vorgerückt waren, beschlossen sie, den Druck zu verstärken. Inzwischen war es Ende Februar. Winterliche Stürme tobten durch das Land, und das Marsfeld war bereits mit den Soldaten anderer Armeen besetzt – mit zwei Legionen des Lucius Licinius Murena, des ehemaligen Statthalters der Provinzen Asia und Cilicia, und zwei Legionen des Gaius Valerius Flaccus, des ehemaligen Statthalters von Gallia Transalpina. Beide Feldherren bereiteten ihren Triumphzug vor.

Sulla mußte Pompeius wohl oder übel einen weiteren Brief

schreiben, in dem er ihm befahl, in Capua zu bleiben, und ihn nebenbei darüber informierte, daß das Marsfeld mit vier schlachterprobten Legionen besetzt sei. Dann brach der Diktator selbst aus Rom nach Capua auf, begleitet von den Konsuln Decula und Dolabella, dem Pontifex Maximus Metellus Pius, dem Reiterobersten und Senatsvorsitzenden Flaccus sowie einer Eskorte von Liktoren. Soldaten zu seinem Schutz nahm er nicht mit.

Sullas Brief erreichte Pompeius noch vor dem Abmarsch aus Capua. Wie gelähmt angesichts der Nachricht, daß vier kampferprobte Legionen vor Rom lagerten, rührte er sich nicht von der Stelle. Schließlich hatte er keinen Augenblick ernsthaft erwogen, gegen Sulla zu kämpfen; der Marsch war nur eine List gewesen, um seinen Triumphzug durchzusetzen. Er selbst wußte, daß er nur geblufft hatte, aber wußte Sulla es auch? Natürlich nicht! Woher auch? Sulla mußte darin eine Wiederholung des Marsches sehen, den er selbst im Jahr seines Konsulates durchgeführt hatte. Pompeius war verzweifelt.

Als die Meldung eintraf, Sulla sei persönlich und ohne Armee auf dem Weg zu ihm, sprang Pompeius auf sein Pferd und galoppierte ihm ebenfalls ohne Begleitschutz auf der Via Appia entgegen. Die Umstände der Begegnung erinnerten an das erste Treffen der beiden Männer an der Furt des Calor. Diesmal war Sulla allerdings nicht betrunken, obwohl er auf dem unvermeidlichen Maultier saß. Er trug die purpurgesäumte *toga praetexta,* und ihm voran marschierten vierundzwanzig frierende Liktoren in karmesinroten Tuniken mit bronzebeschlagenen schwarzen Ledergürteln, die Rutenbündel mit dem Richtbeil über der Schulter. Hinter Sulla folgten dreißig weitere Liktoren, die zwölf des Konsuls Decula, die zwölf des Konsuls Dolabella und sechs weitere des Reiterobersten, der den Rang eines Prätors bekleidete. Es war ein würdigerer und eindrucksvollerer Zug als damals bei der Überquerung des Calor, und fast hätte Pompeius bei diesem Anblick den Mut wieder verloren.

Doch er hatte in den zweiundzwanzig Monaten seit seiner ersten Begegnung mit Sulla an Format gewonnen: Er hatte zusammen mit Metellus Pius und Crassus einen Feldzug geführt, dann einen zweiten in Clusium mit Sulla und Crassus und einen dritten als alleiniger Befehlshaber im Ausland. Jetzt trug er selbstbewußt seine prächtigste, vergoldete Rüstung, und auch sein herausgeputztes Staatspferd blitzte und funkelte. Da ihm die Eskorte des Diktators zu Fuß entgegenkam, stieg Pompeius ebenfalls ab, um nicht den Anschein zu erwecken, er sei in kriegerischer Absicht gekommen.

Sulla trug seine Graskrone, eine unangenehme Erinnerung für Pompeius, daß dieser bis jetzt noch nicht einmal den Bürgerkranz errungen hatte! Trotz seiner albernen Perücke und trotz seines von Narben entstellten Gesichts war Sulla immer noch jeder Zoll der Diktator, wie Pompeius beeindruckt feststellte. Die Liktoren teilten sich, und der braungebrannte junge Feldherr in der vergoldeten Rüstung schritt zwischen ihnen hindurch auf Sulla zu, der stehengeblieben war. Einige Schritte hinter Sulla stand sein restliches Gefolge.

»Ave, Pompeius Magnus!« rief Sulla mit erhobener Rechter.

»Ave, Diktator Roms!« rief Pompeius. Was für eine Freude! Sulla hatte ihn tatsächlich öffentlich mit dem Beinamen begrüßt, den er sich selbst gegeben hatte – er war jetzt offiziell Pompeius der Große!

Sie küßten sich auf den Mund, eine Prozedur, die beiden Männern unangenehm war. Dann gingen sie hinter den Liktoren langsam auf Pompeius' Lager zu, gefolgt von den anderen Männern.

»Du siehst also ein, daß ich der große Pompeius bin!« sagte Pompeius glücklich.

»Der Name ist eben hängengeblieben«, meinte Sulla, »genauso wie der ›kleine Schlächter‹.«

»Meine Soldaten fordern einen Triumph für mich, Lucius Cornelius.«

»Dazu haben sie überhaupt kein Recht, Gnaeus Pompeius Magnus.«

Pompeius gestikulierte verzweifelt mit seinen Armen. »Was soll ich tun?« rief er. »Sie nehmen mich sonst nicht mehr ernst!«

»Unsinn!« sagte Sulla knapp. »Du hast vier Briefe bekommen, einschließlich des ersten, der dich in Utica erreicht hat. Seither hast du zur Genüge bewiesen, daß du deine Truppen nicht unter Kontrolle hast.«

Pompeius wurde rot, und sein kleiner Mund wurde noch kleiner. »Deine Kritik ist ungerecht!«

»Aber doch. Du hast ihre Richtigkeit in nicht weniger als drei Briefen bestätigt.«

»Du willst mich nicht verstehen!« rief Pompeius mit noch röterem Gesicht. »Meine Soldaten tun das doch nur, weil sie mich lieben!«

»Ob Liebe oder Haß! Befehlsverweigerung ist Befehlsverweigerung. Wenn es meine Soldaten wären, würde ich die Verantwortlichen hinrichten lassen.«

»Aber ihr Vergehen ist doch harmlos«, protestierte Pompeius matt.

»Befehlsverweigerung ist niemals harmlos, das weißt du genau. Du bedrohst den rechtmäßig ernannten Diktator von Rom.«

»Ich marschiere nicht gegen Rom, Lucius Cornelius, ich marschiere nur nach Rom«, erklärte Pompeius umständlich. »Das ist ein Unterschied! Meine Männer wollen nur, daß ich bekomme, was ich verdiene.«

»Was du verdienst, entscheide ich als Diktator Roms. Du bist erst vierundzwanzig und noch nicht Senator. Ich habe dich mit deinem stolzen Namen begrüßt, der nur noch eine Steigerungsform zuläßt, nämlich Maximus – der aber auch zu Parvus verkleinert werden kann oder zu Minutus oder sogar Pusillus.«

Pompeius blieb abrupt stehen und starrte Sulla an. Die Männer hinter ihnen kamen auf Hörweite heran.

»Ich will aber einen Triumph!« rief Pompeius und stampfte mit dem Fuß auf.

»Und ich sage dir, du bekommst keinen!« Auch Sulla war laut geworden.

Pompeius' breites, zornrotes Gesicht bekam einen drohenden Ausdruck, und unter den schmalen Lippen kamen kleine weiße Zähne zum Vorschein. »Vergiß nicht, Lucius Cornelius Sulla, Diktator von Rom, daß die aufgehende Sonne von mehr Menschen angebetet wird als die untergehende!«

Ohne erkennbaren Grund für die anderen Männer, die den beiden wie gebannt zuhörten, brach Sulla in schallendes Gelächter aus. Mit Tränen in den Augen klatschte er sich hilflos auf die Schenkel, bis seine in zahlreichen Falten kunstvoll über die linke Schulter drapierte Toga ins Rutschen kam und zu Boden fiel. »Na gut!« keuchte er, als er die Sprache wiedergefunden hatte. »Du sollst deinen Triumph haben!« Und immer wieder in schallendes Gelächter ausbrechend, setzte er hinzu: »Steh hier nicht herum, Magnus, du großer Trottel! Hilf mir die Toga aufheben!«

»Du bist vollkommen verrückt, Magnus«, sagte Metellus Pius zu Pompeius, als er mit ihm allein war.

»Ganz im Gegenteil, ich war besonders klug«, erwiderte Pompeius selbstgefällig.

Metellus war bereits Ende Vierzig und immer noch nicht Konsul, aber das Alter hatte ihm nicht viel anhaben können. Das lockige braune Haar war nur an den Schläfen ergraut, und außer attraktiven Krähenfüßen an den braunen Augen war seine Haut von Falten verschont geblieben. Trotzdem wirkte er neben Pompeius unscheinbar. Er wußte das selbst, und es machte ihn mehr traurig als neidisch.

»Du warst überhaupt nicht klug«, sagte er jetzt und freute sich, als die strahlend blauen Augen ihn ungläubig anblickten. »Ich kenne unseren Herrn um einiges besser als du, und ich versichere dir, er ist intelligenter als wir beide zusammen. Wenn er einen Fehler hat, dann keinen Charakterfehler, höchstens einen Fehler in seinem Temperament! Aber der beeinträchtigt seinen ausgezeichneten Verstand nicht im geringsten.«

Pompeius schnaubte verächtlich. »Ich weiß nicht, was du meinst, Pius! Sulla soll einen Fehler haben? Was für einen denn?«

»Daß er sich gerne über andere lustig macht, natürlich.« Metellus verhaspelte sich, und dann kam sein Stottern wieder über ihn, und er verlor für einen Augenblick die Kontrolle über seine Zunge. »D-d-das ist nicht das gleiche wie Sinn für H-H-Humor. Ich meine, er hat mich doch zum Pontifex Maximus ernannt, obwohl ich leicht stottere. Solche Scherze kann er einfach nicht lassen.«

Pompeius setzte eine gelangweilte Miene auf. »Ich habe keine Ahnung, worauf du hinauswillst, Pius – und was das mit mir zu tun hat.«

»Er hat sich die ganze Zeit über dich lustig gemacht, Magnus! Darauf will ich hinaus. Dein Triumph war von Anfang an vorgesehen – was interessiert ihn dein Alter und ob du Ritter bist? Du bist ein Kriegsheld, und Kriegshelden überschüttet er mit allen möglichen Ehren! Aber er wollte sehen, wie wichtig dir der Triumph ist, wie weit du gehen würdest, um ihn zu bekommen. Du hättest dich nicht einschüchtern lassen sollen. Jetzt hat er dich durchschaut und sich ein Urteil über dich gebildet. Er weiß jetzt, daß du beinahe so viel Mut hast wie Ehrgeiz. Aber eben nur beinahe. Er weiß, daß du zuletzt nachgibst.«

»Was meinst du damit, daß ich nachgebe?«

»Das weißt du ganz genau.«

»Ich bin gegen Rom marschiert!«

Metellus lächelte. »Du bist *nach* Rom marschiert! Das hast du selbst gesagt. Und ich habe dir geglaubt. Und Sulla auch.«

Pompeius sah Metellus betroffen an und wußte nicht mehr, was er sagen sollte oder konnte. »Ich bekomme meinen Triumph.«

»Allerdings. Aber du hast einen hohen Preis zahlen müssen. Das wäre dir erspart geblieben, wenn du dich klüger benommen hättest.«

»Preis? Was für einen Preis?« Pompeius schüttelte den Kopf wie ein gereizter Löwe. »Heute sprichst du wirklich in Rätseln, Pius.«

»Du wirst sehen«, sagte Metellus unbestimmt.

Und so kam es, allerdings erst am Tag des Triumphes. Es gab zwar Vorzeichen, aber die Aufregung trübte Pompeius' Wahrnehmung. Sein Triumph wurde auf den zwölften März gelegt. Am sechsten März feierte Gaius Flaccus, der ehemalige Statthalter von Gallia Transalpina, seine Siege über die aufständischen gallischen Stämme; am neunten März triumphierte Murena, der ehemalige Statthalter der Provinz Asia, der in Kappadokien und Pontos gesiegt hatte. Als dann Pompeius an die Reihe kam, hatte Rom von Siegesparaden genug. Nach Sullas zweitägigem prachtvollen Siegeszug hatten Flaccus nur mäßiges und Murena fast kein Interesse geweckt. So konnte der unbekannte Pompeius, von dessen Schönheit und Jugend kaum einer wußte, nicht damit rechnen, daß bei seiner Parade eine gewaltige Menschenmenge die Straßen säumen würde. Noch ein Triumph? Den Römern war es egal.

Pompeius war trotzdem nicht sonderlich besorgt, als er von der Villa Publica aus aufbrach. In Windeseile würde sich herumsprechen, was für ein besonderer Triumph das war! Die Bevölkerung würde in Scharen herbeiströmen, wenn sie von seinem Zug erfuhr! Ganz Rom würde dabei sein, wenn er vom Circus Maximus in die Via Triumphalis einbiegen würde. Sein Triumph war zwar in fast jeder Hinsicht konventionell: voran die Magistraten und Senatoren, dann Musiker und Tänzerinnen, Karren mit Beutestükken und Wagen mit Darstellungen verschiedener Episoden aus dem Feldzug, Priester und hellhäutige Gefangene für Schaukämpfe, Sklaven und Geiseln und schließlich der Feldherr auf dem Triumphwagen, gefolgt von seinem Heer.

Auch das Gewand des Triumphators war traditionell. Pompeius trug die purpurne, reich mit Gold bestickte Toga, den Lorbeerkranz und die palmenbestickte Tunika mit dem breiten Purpurstreifen. Er hatte sich nur geweigert, sich das Gesicht mit Zinnober anmalen zu lassen. Es war für seine Pläne besonders wichtig, daß Rom sah, wie jung und schön er war und wie sehr er Alexander dem Großen ähnelte. Mit einem ziegelroten Fleck als Gesicht hätte er irgend jemand sein können. Also kein Zinnober!

Aber daß Pompeius sich das Gesicht nicht anmalte, war nicht der wichtigste Unterschied zwischen ihm und den anderen triumphierenden Heerführern. Wichtiger noch waren die Zugtiere seines vierrädrigen Triumphwagens: Pompeius hatte die üblichen Schimmel durch vier gewaltige afrikanische Elefantenbullen ersetzt. Er hatte sie eigenhändig in Numidien gefangen, und seither hatten vier Elefantentreiber in Utica und Tarentum, auf der Via Appia und in Capua jeden Tag dazu genutzt, die widerspenstigen Dickhäuter für ihre Aufgabe an diesem Tag abzurichten, eine durchaus beachtliche Leistung. Pompeius würde also auf einem von vier Elefanten gezogenen Wagen dem Jubel der Massen entgegenrollen. Der Lenker neben ihm brauchte die Zügel des prächtigen Geschirrs nur zu halten, denn gelenkt wurden die Tiere von den Treibern, die in über drei Metern Höhe zwischen den mächtigen grauen Schulterblättern schaukelten. Wenn sich das erst herumgesprochen hatte – und das würde in Windeseile der Fall sein! –, würden sich die Massen entlang der Paradestraßen drängen, um ihn zu sehen, den neuen Alexander, gezogen von Tieren, die in Rom als heilig galten: Elefanten! Riesige Elefanten mit Ohren so groß wie Schiffssegel und zwei Meter langen Stoßzähnen!

Die Parade wand sich von der Villa Publica am Marsfeld durch eine enge, von Villen und mehrstöckigen Wohnhäusern gesäumte Straße, die am Kapitolinischen Hügel entlang zur Servianischen Mauer an der steilen Westseite des Hügels führte. Dort lag die Porta Triumphalis, durch die der siegreiche Feldherr in die Stadt einziehen wollte. Da es für die Senatoren und Magistraten an der Spitze des Zuges der dritte Triumph innerhalb von sechs Tagen war, hatten sie von der Prozedur allmählich genug; sie waren nicht besonders zahlreich erschienen und schritten rasch voran. Im selben Tempo folgten ihnen die Musiker, Tänzerinnen, Karren, Wagen, Priester, Gefangenen, Sklaven und Geiseln. Pompeius dagegen, der im langsameren Tempo der vier paarweise zusammengespannten Elefanten hinterherrollte, fiel bald zurück.

Als sein Prunkwagen schließlich an der Porta Triumphalis ankam, blieb er abrupt stehen. Die Soldaten, die statt Schwertern und Speeren lorbeerumwundene Stöcke trugen, blieben ebenfalls stehen. Der Triumphwagen stammte noch aus etruskischer Zeit und wurde ausschließlich für zeremonielle Zwecke benutzt; er lag deutlich tiefer als der klassische zweirädrige Streitwagen, und so war Pompeius der Blick auf das Geschehen jenseits der majestätischen Ungetüme vor ihm versperrt. Pompeius war verärgert, und als der Halt sich in die Länge zog, schickte er wütend seinen Lenker vor, um nach dem Rechten zu sehen.

Der Mann kehrte mit erschrockener Miene zurück. »Triumphator, die Elefanten passen nicht durch das Tor!«

Pompeius Unterkiefer sank herab. Ein Schauer lief über seinen Rücken, und auf seiner Stirn bildeten sich Schweißperlen. »Unsinn!« meinte er.

»Doch, es ist so, Triumphator!« beharrte der Lenker. »Die Elefanten sind zu groß.«

Pompeius stieg von seinem prunkvollen Wagen und eilte mit wehenden purpurnen und goldbestickten Gewändern zum Tor und zu den Treibern, von denen die beiden vorderen abgestiegen waren und ratlos auf einen Wink der Götter warteten. Dankbar sahen sie Pompeius entgegen.

»Die Öffnung ist zu klein«, stellte einer von ihnen fest.

Pompeius hatte auf dem Weg zum Tor beschlossen, die Tiere ausspannen und einzeln durch die Öffnung führen zu lassen, aber jetzt erkannte er den Ernst der Lage: Nicht die Breite, sondern die Höhe des Tores war das Problem. Ein Heer aus acht nebeneinander marschierenden Kolonnen, eine Quadriga mit vier nebeneinander gespannten Pferden oder ein breiter Wagen hätten bequem durch dieses Tor gepaßt, durch das der Triumphator in die Stadt einziehen mußte, aber für einen ausgewachsenen afrikanischen Elefantenbullen war die Öffnung nicht hoch genug. Der Torbogen, der aus dem Gestein des Kapitolinischen Hügels gemauert war, reichte den Tieren gerade bis zu den Schultern.

»Na schön«, sagte Pompeius trotzdem, »spannt sie aus und führt sie einzeln durch. Sie müssen eben die Köpfe einziehen.«

»Darauf sind sie nicht abgerichtet!« sagte ein Elefantentreiber erschrocken.

»Worauf sie abgerichtet sind, ist mir egal!« bellte Pompeius. Er sah auf einmal aus, als habe er sich das Gesicht doch mit Zinnober bemalen lassen. »Führt sie durch!«

Der erste Elefant dachte allerdings überhaupt nicht daran, den Kopf einzuziehen.

»Zieht ihn am Rüssel!« befahl Pompeius.

Doch so sehr die Treiber ihn am Rüssel zogen, so heftig einer auf seinen majestätisch gebogenen Stoßzähnen herumritt, der Elefant senkte den Kopf nicht. Er trompetete seine Peiniger vielmehr böse an und machte die drei anderen Elefanten unruhig. Die beiden hinteren Tiere, die noch immer im Geschirr des Triumphwagens steckten, wichen zurück, und der Triumphwagen drohte die mit Löwenfellen behangenen Fahnenträger hinter ihm zu überrollen.

Während die Treiber versuchten, die Tiere in ihre Gewalt zu bekommen, fluchte Pompeius wie ein gemeiner Soldat und stieß Drohungen aus, angesichts derer die Treiber glasige Augen bekamen und wie Espenlaub zu zittern begannen. Doch alles war vergebens. Die Elefanten waren zu groß und wollten nicht durch das Tor.

Über eine Stunde war vergangen, als Varro, der mit den anderen Senatoren an der Spitze des Zuges gegangen war, nach hinten eilte, um zu sehen, was los war.

Ein Blick genügte, und er wurde von dem unwiderstehlichen Drang erfaßt, sich auf die Straße zu werfen und laut loszulachen.

Ein kurzer Blick auf Pompeius' Gesicht verriet ihm freilich, daß er dies nicht tun durfte, wenn ihm sein Leben lieb war.

»Schick doch Scaptius mit einigen seiner Männer zu den Ställen, um Pferde zu holen«, sagte er deshalb mühsam beherrscht. »Sei doch vernünftig, Magnus! Der übrige Zug ist schon am Forum, und keiner weiß, wo du bleibst. Sulla sitzt vor dem Castor-Tempel und wird immer ungeduldiger, und die Lieferanten für das Fest im Tempel des Jupiter Stator raufen sich schon die Haare!«

Pompeius antwortete mit einem Tränenausbruch. Er setzte sich in seinen Prachtgewändern auf das staubige Pflaster und weinte sich die Seele aus dem Leib. Also schickte Varro die Männer los, um Pferde holen, und Varro war es auch, der das Ausspannen der Elefanten überwachte. Die Unternehmung wurde dadurch erschwert, daß mehrere mit Schaufeln und Karren ausgerüstete Gemüsehändler aus der Via Recta fest entschlossen waren, sich die Hinterlassenschaft der Elefanten anzueignen, die als weltbester Dünger galt. Unbeirrbar stapften sie zwischen den säulenförmigen Beinen der Dickhäuter herum und schaufelten Haufen zusammen, die so groß wie Käseräder aus Arpinum waren. Varros Heiterkeit wurde nur durch die Gefahr und das Mitleid mit Pompeius gedämpft. Mit lauten Schreien sorgte er dafür, daß die Elefantentreiber mitsamt ihren Tieren, denen der Rückweg durch die nachrückenden sechs Legionen versperrt war, schließlich in Richtung Forum Holitorium abziehen konnten.

Inzwischen war die erste Hälfte der Parade im Forum Romanum vor der eindrucksvollen ionischen Fassade des Tempels des Castor und Pollux angekommen, auf dessen hohem Podest Sulla mit seinem Reiterobersten, den beiden Konsuln sowie Familienmitgliedern und Freunden saß. Höflichkeit und Brauch geboten, daß der Triumphator in der Prozession und beim anschließenden Fest die wichtigste Person war, deshalb war der erlauchte Kreis um Sulla nicht mitgezogen und würde auch nicht am Fest teilnehmen.

Alle waren unruhig und froren. Trotz des schönen Tages blies ein eisiger Nordwind, und die Sonne hatte nicht genug Kraft, um die Eiszapfen am Gesims der Tempeldächer im unteren Forum zu schmelzen. Endlich kehrte Varro zurück. Zwei Stufen auf einmal nehmend, eilte er die Treppe zum Castor-Tempel hinauf, beugte sich zu Sulla hinab und flüsterte ihm etwas ins Ohr. Neugierig blickten die Schaulustigen zum Tempel hinauf, als Sulla plötzlich in schallendes Gelächter ausbrach. Lachend erhob er sich und trat an den Rand des Podests.

»Ihr müßt euch noch ein wenig gedulden!« rief er. »Unser Triumphator kommt, doch hat er beschlossen, seinen Triumph zu verschönern und statt Pferde Elefanten vor den Triumphwagen zu spannen! Leider passen die Elefanten nicht durch die Porta Triumphalis, er muß also Pferde holen lassen!« Nach einer Pause fuhr er gut hörbar fort: »Was hätte ich darum gegeben, das mitanzusehen!«

Die Ankündigung löste allgemeines Gelächter aus. Am lautesten lachten aber die, die wie Metellus Pius, Varro Lucullus oder Crassus den Triumphator persönlich kannten.

»Es ist nicht klug, Sulla zu beleidigen«, sagte Metellus Pius zu den Männern um ihn herum. »Ich habe das immer wieder beobachtet. Er hat bei Fortuna eine Art Sonderrecht. Er braucht selbst gar nichts zu tun, wenn er jemanden demütigen will. Die Göttin erledigt das für ihn. Sulla ist ihr Liebling unter den Sterblichen.«

»Ich begreife nur eines nicht«, sagte Varro Lucullus stirnrunzelnd. »Warum hat Pompeius das Tor nicht ausmessen lassen? Er denkt doch sonst an alles.«

»Seine Tagträume haben ihm den Verstand geraubt«, sagte Varro. Er war den ganzen Weg von der Porta Triumphalis bis zum Castor-Tempel gerannt und immer noch atemlos. »Er hat sich auf diese blöden Elefanten so sehr versteift, daß er an nichts anderes denken konnte. Armer Magnus, er ist so erschrocken.«

»Er tut mir wirklich leid«, sagte Varro Lucullus.

»Mir jetzt auch, wo ich recht behalten habe«, sagte Metellus Pius. Er sah den keuchenden, scharlachroten Varro fragend an. »Wie trägt er es?«

»Bis er ins Forum einzieht, hat er sich gefaßt«, prophezeite Varro. Den Tränenausbruch verschwieg er taktvoll.

Pompeius beendete den Triumphzug tatsächlich mit Anstand und Würde, auch wenn er selbst einsehen mußte, daß die Siegerparade nach der zweistündigen Unterbrechung sehr dürftig ausfiel und nur wenige Schaulustige anlockte. Was waren Pferde verglichen mit ausgewachsenen Elefantenbullen, zumal jene plumpen braunen Gäule, die Scaptius als einzige hatte auftreiben können?

Erst im Tempel des Jupiter Stator, wo das anschließende Fest gefeiert wurde, begriff Pompeius richtig, wie sehr die Römer, die etwas zu sagen hatten, sich über das Mißgeschick mit den Elefanten amüsierten. Die Tortur begann bereits auf dem Rückweg vom Kapitol nach Beendigung des Triumphzuges. Um die Säule mit dem Standbild des Scipio Africanus stand eine Gruppe lachender Männer. Als sie Pompeius sahen, traten sie beiseite und ließen ihn das Gedicht lesen, das ein Scherzbold mit Kreide in großen Lettern an den Sockel der Säule geschrieben hatte:

Africanus droben nahm Elefanten,
Die ruhig und würdevoll standen.
Der kleine Schlächter kann's nicht lassen,
Holt Elefanten, die nicht passen!

Noch schlimmer wurde es im Tempel des Jupiter Stator. Während sich einige Gäste damit begnügten, Pompeius' Beinamen »Magnus« ironisch zu betonen, entstellten andere den Namen scheinbar versehentlich zu »Magus«, Zauberer, oder »Manus«, Hand, in Anspielung auf allerhand Dienste für Sulla, darunter auch sehr intime. Nur einige wenige wie Metellus Pius oder Varro Lucullus hielten sich taktvoll zurück. Einige Freunde und Verwandte machten alles noch schlimmer, indem sie die Spötter wütend zum Kampf herausforderten. Wieder andere, wie Catulus und Hortensius, glänzten durch Abwesenheit.

Immerhin gewann Pompeius auch einen neuen Freund. Catilina stellte ihm einen Mann vor, bei dem es sich um niemand anderen als den lange verschollenen Neffen des Diktators mit Namen Publius Cornelius Sulla handelte.

»Ich wußte gar nicht, daß Sulla einen Neffen hat!« sagte Pompeius verwundert.

»Er auch nicht«, sagte Publius Sulla vergnügt und fügte hinzu: »Ich selbst übrigens bis vor kurzem auch nicht.«

Catilina lachte. »Das stimmt wirklich«, versicherte er Pompeius, der jetzt völlig verwirrt schien.

»Das müßt ihr mir erklären«, sagte Pompeius, froh, daß das Gelächter diesmal nicht ihm galt.

»Ich bin in der Überzeugung aufgewachsen, ich sei der Sohn

des Sextus Perquitienus«, sagte Publius Sulla. »Ich habe mein Leben lang direkt neben Gaius Marius gewohnt! Als mein Großvater starb und mein Vater ihn beerbte, ahnte keiner die Wahrheit. Mein Vater war mit Cinna befreundet, und als die ersten Proskriptionslisten an den Rostra ausgehängt wurden, erwartete er jedesmal, seinen Namen ganz oben zu finden. Vor lauter Sorge ist er schließlich gestorben.«

Der Gleichgültigkeit, mit der Publius Sulla das sagte, konnte Pompeius unschwer entnehmen, daß zwischen Vater und Sohn kein besonders inniges Verhältnis geherrscht hatte. Er war darüber allerdings nicht überrascht. Den alten Sextus Perquitienus hatte niemand gemocht.

»Sehr interessant«, sagte er.

»Wer ich wirklich bin, entdeckte ich beim Durchwühlen einer Kiste mit alten Dokumenten meines Großvaters«, fuhr Publius Sulla fort. »Dabei stieß ich auf die Adoptionspapiere! Mein Vater, stellte sich heraus, war von meinem Großvater adoptiert worden. Damals war mein Onkel, der Diktator, noch nicht geboren, und er wußte auch später nichts von seinem älteren Bruder. Ich hielt es allerdings für besser, ihm diese Papiere zu zeigen, bevor auch mein Name auf die Proskriptionsliste gesetzt würde!«

»Nun, eine gewisse Ähnlichkeit mit Sulla besteht.« Pompeius lächelte. »Ich nehme deshalb an, es war nicht schwer, ihn zu überzeugen.«

»Überhaupt nicht!« sagte Publius Sulla strahlend. »Ist das nicht ein ganz außergewöhnliches Glück? Ich besitze jetzt das gesamte Vermögen der Familie Perquitienus, ich bin vor der Proskription sicher, und wahrscheinlich werde ich auch noch einen Teil der Millionen meines Onkels Lucius erben.«

»Glaubst du, er will aus dir eine Art Nachfolger machen?«

Publius kicherte beschwipst. »Aus mir? Seinen Nachfolger? Bei den Göttern, nein! Ich habe politisch überhaupt keine Ambitionen, lieber Magnus!«

»Bist du schon im Senat?«

Catilina mischte sich ein: »Sulla hat uns beide zwar nicht offiziell zu Senatoren ernannt, aber er hat uns aufgefordert, die Sitzungen des Senats zu besuchen. Publius Sulla und ich hatten das Gefühl, du könnest heute ein paar nette junge Gesichter um dich brauchen, deshalb sind wir hergekommen, um das köstliche Essen zu probieren und dich aufzuheitern.«

»Ich bin sehr froh, daß ihr gekommen seid«, sagte Pompeius dankbar.

»Laß dich von den eingebildeten und konservativen Wichtigtuern hier nicht unterkriegen«, sagte Catilina und klopfte Pompeius auf den Rücken. »Einige von uns sind wirklich begeistert, daß auch einmal ein junger Mensch triumphiert. Du wirst bald im Senat sitzen, das verspreche ich dir. Sulla will ihn mit Männern besetzen, die diesem eingebildeten Pack überhaupt nicht passen!«

Pompeius' Miene verfinsterte sich schlagartig. »Mir kann der ganze Senat gestohlen bleiben! Ich weiß, was ich im Leben will, und Mitglied des Senats zu werden gehört nicht dazu! Ich bin erst dann mit dem Senat fertig – oder trete in ihn ein! –, wenn ich ihm bewiesen habe, daß er einem herausragenden Mann kein Amt und kein Kommando verweigern kann, das dieser anstrebt, auch wenn er nur Ritter ist und nicht Senator!«

Catilina zog eine der schmalen Augenbrauen, die seinem Gesicht einen boshaften Ausdruck gaben, nach oben, während Publius Sulla unschlüssig schien, was er mit Pompeius' Bemerkung anfangen sollte.

Pompeius sah sich suchend um, und dann war seine Wut plötzlich verraucht, und er strahlte wieder. »Ah! Da ist er ja! Und auch noch allein auf seiner Liege. Kommt mit und speist mit mir und meinem Schwager Memmius! Mit diesem besten aller Freunde!«

»Aber du solltest mit den Senatoren speisen«, sagte Catilina. »Immerhin haben sie sich dazu herabgelassen, heute zu kommen. Wir haben Verständnis, wenn du dich Metellus Pius und seinen Freunden anschließt. Laß uns den Gaius Memmius, dann sind wir zufrieden wie zwei alte Peripatetiker, die sich über Sinn und Zweck des menschlichen Nabels streiten.«

»Heute feiere ich meinen Triumph, und ich speise, mit wem ich will«, sagte Pompeius.

Anfang April veröffentlichte Sulla eine Liste mit zweihundert neuen Senatoren, und er kündigte an, in den folgenden Monaten noch weitere zu ernennen. Ganz oben stand Gnaeus Pompeius Magnus. Pompeius suchte Sulla sofort auf.

»Ich werde nicht in den Senat eintreten!« schnaubte er.

Sulla sah seinen Besucher überrascht und verärgert an. »Wieso? Ich hätte geschworen, du würdest alles daransetzen, um hineinzukommen!«

Der Zorn verflog, und Vorsicht gewann die Oberhand. Pompeius merkte, daß Sulla es nicht verstehen würde, wenn er sich nun so ganz anders verhielt als erwartet. Immerhin hatte es Pompeius einige Mühe gekostet, dem Diktator ein bestimmtes Bild von sich zu vermitteln. Ruhig, Magnus! Beruhige dich und überlege genau. Finde einen glaubwürdigen Grund, der in Sullas Bild von dir paßt. Oder nein, noch besser: Finde einen Grund, der zu ihm selbst passen würde!

»Es ist wegen der Lektion, die du mir bei diesem unglücklichen Triumph erteilt hast«, begann er und sah Sulla mit großen, ernsten Augen an. Er holte Luft. »Ich habe seither nachgedacht, Lucius Cornelius. Und mir ist klar geworden, daß ich für einen Sitz im Senat noch zu jung und nicht gebildet genug bin. Bitte laß mich meinen eigenen Weg in den Senat finden, wenn es Zeit ist, Lucius Cornelius. Wenn ich jetzt schon eintrete, wird man noch jahrelang über mich lachen.« Und das, dachte Pompeius, stimmt sogar! Ich trete nirgendwo ein, wo mich alle auslachen, sobald sie mich sehen.

Sulla zuckte beschwichtigt die Achseln. »Wie du willst, Magnus.«

»Danke, so ist es mir wirklich lieber. Ich warte, bis ich etwas vorweisen kann, das die Elefanten vergessen macht. Zum Beispiel eine anständig und gewissenhaft geführte Quästur im Alter von dreißig.«

Das war zuviel gewesen. Die blassen Augen blickten nun unverhohlen amüsiert, als habe Sulla tiefer in Pompeius hineingeschaut, als diesem lieb sein konnte. Aber Sulla sagte nur: »Eine sehr gute Idee! Ich nehme deinen Namen von der Liste, bevor ich sie der Volksversammlung zur Genehmigung vorlege – denn ich werde in Zukunft alle wichtigen Gesetze vom Volk genehmigen lassen. Ich will übrigens, daß du morgen trotzdem in den Senat kommst. Alle meine Legaten sollten meine Rede hören. Sei also da.«

Und Pompeius war da.

»Ich beginne mit Italien und den Italikern«, sagte Sulla, der auf seinem elfenbeinernen Amtsstuhl saß. »Gemäß meinen Versprechen an die italischen Führer werde ich dafür sorgen, daß auch der letzte Italiker, der Anspruch darauf hat, ordnungsgemäß als Bürger Roms registriert wird und daß die Neubürger gleichmäßig auf die fünfunddreißig Tribus verteilt werden. Niemand darf mehr versuchen, das italische Volk um sein Wahlrecht zu betrügen, indem er ihm nur in bestimmten Tribus eine Stimme gibt. Das habe ich versprochen, und ich werde es halten.«

Hortensius und Catulus, die in der mittleren Reihe nebeneinander saßen, tauschten einen vielsagenden Blick aus. Sie waren beide gegen dieses massive Zugeständnis an Leute, die in ihren Augen letztlich nicht einmal einen römischen Schnürsenkel wert waren.

Sulla beugte sich etwas vor. »Leider ist es mir unmöglich, mein Versprechen einzulösen, auch Roms Freigelassene auf die fünfunddreißig Tribus zu verteilen. Sie werden in den städtischen Tribus Esquilin und Suburana registriert bleiben müssen. Diese Verfügung hat einen bestimmten Grund: Ich will nicht, daß ein Besitzer von Tausenden von Sklaven in Versuchung gerät, eine große Anzahl zu befreien und mit ihnen als Klienten die Mehrheit in seinem Bezirk zu erringen.

»Ein schlauer Fuchs, der alte Sulla!« sagte Catulus leise zu Hortensius.

»Dem entgeht kaum etwas«, flüsterte Hortensius. »Das klingt, als habe er mitbekommen, daß Marcus Crassus heftig ins Sklavengeschäft drängt.«

Nun wandte Sulla sich den Städten und Ländern zu. »Die Stadt Brundisium, die mich und meine Männer mit der gebotenen Achtung behandelt hat, wird zur Belohnung von allen Zöllen und Verbrauchssteuern befreit.«

»Puh!« stöhnte Catulus. »Das macht Brundisium zum wichtigsten Hafen Italiens!«

Der Diktator belohnte noch einige andere Gemeinden, sehr viel mehr aber belegte er mit unterschiedlich harten Strafen. Praeneste traf es am schlimmsten, das unbedeutendere Sulmo wurde dem Erdboden gleichgemacht, und Capua erhielt wieder seinen früheren Status und verlor sämtliche Ländereien an den römischen *ager publicus.*

Catulus hörte Sulla, der eine endlose Liste mit Städtenamen

vorlas, nur noch mit halbem Ohr zu, als Hortensius ihn mit einem Rippenstoß unsanft in die Wirklichkeit zurückholte. »Er spricht über dich, Quintus!« sagte Hortensius.

»... Quintus Lutatius Catulus, meinem treuen Gefolgsmann, übertrage ich hiermit die Aufgabe, den Tempel des Jupiter Optimus Maximus auf dem Kapitol wiederaufzubauen.« Sulla bleckte die Zähne, und seine Augen blitzten spöttisch und boshaft auf. »Das Geld dazu wird zum größten Teil aus den Erträgen des neuen *ager publicus* kommen, aber von dir, mein lieber Quintus Lutatius, erwarte ich, daß du aus deinem Privatvermögen dazulegst.«

Catulus ließ den Unterkiefer sinken. Ein kalter Schauer überlief ihn, als er begriff: Das war Sullas Rache, daß er all die Jahre unter Cinna und Carbo sicher in Rom gelebt hatte.

»Unser Pontifex Maximus Quintus Caecilius Metellus Pius wird den Tempel der Ops erneuern, der beim gleichen Brand in Mitleidenschaft gezogen wurde«, fuhr Sulla fort. »Da sich in der Göttin Ops der öffentliche Wohlstand Roms manifestiert, muß das Projekt allerdings ganz aus der Staatskasse finanziert werden. Ich verlange aber, daß unser Pontifex Maximus den Tempel nach Abschluß der Arbeiten persönlich einweiht.«

»Das gibt ein stotterndes Vergnügen!« kommentierte Hortensius.

»Ich habe soeben eine Liste mit den Namen von zweihundert Männern veröffentlicht, die ich für den Senat bestimmt habe«, sagte Sulla weiter. »Gnaeus Pompeius Magnus hat mich allerdings wissen lassen, daß er vorerst nicht in den Senat eintreten möchte. Sein Name wurde deshalb gestrichen.«

Diese Neuigkeit sorgte für einige Unruhe. Alle Augen wandten sich Pompeius zu, der allein in der Nähe der Tür saß und selbstzufrieden in sich hineinlächelte.

»Ich beabsichtige, den Senat in Zukunft um etwa hundert weitere Männer zu vergrößern, so daß er ungefähr vierhundert Mitglieder hat; wir haben in den letzten zehn Jahren viele Senatoren verloren.«

»Man würde nicht vermuten, daß er die Senatoren umgebracht hat«, zischte Catulus in das Ohr seines Nachbarn. Woher sollte er die gewaltigen Summen nehmen, die für den Wiederaufbau des Jupitertempels nötig waren?

Ohne Pause fuhr der Diktator fort: »Ich habe versucht, die neuen Senatsmitglieder vornehmlich aus Senatorenfamilien zu rekrutieren, aber ich habe auch Ritter genommen, deren Familien bislang noch nicht im Senat waren. Voraussetzung war allerdings, daß ihre Abstammung dem Haus Ehre macht. Emporkömmlinge werdet ihr auf meiner Liste nicht finden. Bei einigen Männern freilich sehe ich, wenn ich sie zu Senatoren mache, über alle üblichen Qualifikationen hinweg – über den inoffiziellen Zensus von einer Million Sesterzen und über den familiären Hintergrund. Ich spreche von Soldaten von ungewöhnlicher Tapferkeit. Ich meine, Rom sollte diese Männer wieder ehren wie zur Zeit des Marcus Fabius Buteo. Wir haben Kriegshelden in den letzten Generationen überhaupt nicht beachtet. Das soll sich ändern! Jeder Mann, der eine Graskrone oder einen Bürgerkranz erringt, wird automatisch Senator, egal wer oder was seine Vorfahren waren. Auf diese Art kommt wenigstens etwas frisches Blut in den Senat! Ich hoffe freilich, daß unter denen, die eine solche Auszeichnung erringen, auch altehrwürdige Namen sind: Es darf nicht den Neulingen überlassen bleiben, als unsere tapfersten Männer zu gelten!«

Hortensius grunzte. »Damit will er sich beim Volk einschmeicheln.«

Catulus, der über die finanzielle Bürde, die Sulla ihm aufgeladen hatte, nicht hinwegkam, sah seinen Schwager nur jammervoll an.

»Eines noch, bevor ich die Sitzung aufhebe«, sagte Sulla. »Jeder Mann, der auf meiner Liste der neu ernannten Senatoren steht, wird der Volksversammlung vorgestellt, Patrizier wie Plebejer. Die Volksversammlung soll ihn bestätigen.« Sulla stand auf. »Die Sitzung ist geschlossen.«

»Wo treibe ich nur das Geld auf?« jammerte Catulus, als er mit Hortensius aus der Curia Hostilia eilte.

»Vielleicht brauchst du es gar nicht«, sagte Hortensius gelassen.

»Aber ich muß den Tempel aufbauen!«

»Er stirbt bald, Quintus. Bis dahin mußt du die Sache verschleppen. Wenn er tot ist, wen interessieren dann noch seine Verfügungen? Soll der Senat das Geld auftreiben.«

»Der Jupiterpriester ist an allem schuld!« wetterte Catulus. »Er hat den Brand verursacht – soll doch er für den neuen Tempel zahlen!«

Hortensius runzelte die Stirn. »Laß das besser niemanden hören! Der Jupiterpriester kann für einen Unglücksfall nicht verantwortlich gemacht werden, es sei denn, er ist angeklagt und von einem Gericht verurteilt worden wie ein ganz gewöhnlicher Priester. Sulla hat nicht erklärt, warum der junge Bursche aus Rom geflohen ist, aber er hat ihn auch nicht geächtet. Und es ist keine Anklage gegen ihn erhoben worden.«

»Er ist Sullas angeheirateter Neffe!«

»Eben, mein lieber Quintus.«

»Warum mischen wir überhaupt in der Politik mit, Schwager? Es gibt Zeiten, da würde ich am liebsten mein ganzes Geld nehmen, meine Güter verkaufen und nach Cyrenaica übersiedeln.« Catulus seufzte.

»Wir mischen mit, weil wir von Geburt dazu berechtigt sind«, sagte Hortensius.

Als die neuen und alten Senatoren sich zwei Tage später versammelten, gab Sulla bekannt, er wolle die Wahl von Zensoren zumindest für die nächste Zeit abschaffen. Die geplante Neuordnung der Staatsfinanzen mache die Vergabe von Staatsaufträgen unnötig, und außerdem stehe eine Vermögensschätzung der Bürger frühestens wieder in zehn Jahren an.

»Und dann könnt ihr immer noch über die Zensoren entscheiden«, sagte der Diktator würdevoll. »Ich maße mir jedenfalls nicht an, sie endgültig abzuschaffen.«

Für seinen Stand, die Patrizier, setzte er sich besonders ein. »In den Jahrhunderten nach dem ersten Aufstand der Plebejer«, erklärte er, »hat das Patriziat stark an Bedeutung verloren. Ein Patrizier hat einem Plebejer gegenüber heutzutage nur noch den Vorteil, daß er bestimmte religiöse Ämter bekleiden kann, die Plebejern verschlossen sind. Ich glaube nicht, daß dies der Sitte unserer Väter entspricht. Die Ahnenreihe eines Patriziers reicht direkt bis in die Zeit der Könige zurück. Die Familien der heute lebenden Patrizier dienen Rom deshalb seit über fünfhundert Jahren. Angesichts dessen halte ich es nur für gerecht, wenn Patrizier in den Genuß einer besonderen Ehre kommen, die zwar klein ist, aber ihnen allein vorbehalten sein soll. Ich will Patrizier schon zwei Jahre vor den Plebejern zu den kurulischen Ämtern, zu Prätur und Konsulat, zulassen.«

»Dabei hat er natürlich seinen eigenen Vorteil im Sinn«, beklagte sich der Plebejer Marcus Junius Brutus später bei seiner Frau Servilia, einer Patrizierin.

Servilia hatte festgestellt, daß ihr Mann in diesen gefährlichen Zeiten gesprächiger geworden war. Kaum war die Nachricht eingetroffen, ihr Schwiegervater sei bei Lilybaeum während der Säuberungsaktionen von Sullas Gehilfen Pompeius ums Leben gekommen, fand Brutus keine Ruhe mehr. Würde auch sein Vater geächtet? Oder er selbst? Als Sohn eines Geächteten würde er sein gesamtes Erbe verlieren, wenn sein eigener Name auf die Liste gelangte, sein Leben. Aber der ältere Brutus hatte zum Glück nicht zu den vierzig geächteten Senatoren der ersten Liste gehört, und auf späteren Listen waren keine weiteren Namen von Senatoren aufgetaucht. Brutus hoffte, die Gefahr sei vorüber, aber sicher konnte er nicht sein. Das konnte niemand! Sulla machte nur Andeutungen.

Wenn er Servilia gegenüber mitteilsamer war, so deshalb, weil ihm eingefallen war, daß ihn womöglich seine Ehe mit Servilia vor der Ächtung bewahrt hatte. Sulla hatte mit dem neuen Privileg für Patrizier einmal mehr hervorgehoben, daß diese für ihn mehr wert waren als der reichste und mächtigste Plebejer aus der Familie eines Konsuls. Und welcher patrizische Name war erlauchter als der Servilius Caepios!

»Schade, daß unser Sohn kein Patrizier ist«, sagte Servilia.

»Mein Name ist für unseren Sohn alt und vornehm genug«, antwortete Brutus steif. »Die Junier Brutier stammen vom Gründer der Republik ab.«

»Ich habe mich schon immer gewundert, warum die Junier Brutier keine Patrizier sind, wenn das stimmt. Der Gründer der Republik war doch Patrizier. Du sprichst immer von einer Adoption durch eine Plebejerfamilie, aber eine Plebejerfamilie namens Junius Brutus stammt sicher von einem Sklaven oder Bauern einer Patrizierfamilie ab.«

Brutus schwieg. Servilias Worte waren ein weiteres Anzeichen dafür, daß sie nicht mehr die stille und unterwürfige Frau von einst war. Ihre Angst vor der Scheidung war geschwunden, ihr Selbstbewußtsein gewachsen. Der Knabe im Kinderzimmer, der jetzt zwei Jahre alt war, bedeutete ihr alles, der Vater des Kindes dagegen nichts. Wenn ihr am Rang ihres Mannes etwas lag, so nur um des Sohnes willen. Das hieß aber nicht, daß sie vor ihrem Mann noch immer kriechen mußte wie in jener Zeit, als der Verrat des alten Mannes noch nicht alles gefährdet hatte.

»Deine jüngere Schwester hat ihre Sache ausgezeichnet gemacht«, sagte Brutus mit einem Anflug von Spott. »Eine Patrizierin, die mit einem Patrizier verheiratet ist! Sie und Drusus Nero können gar nichts falsch machen.«

»Drusus Nero ist Plebejer«, sagte Servilia hochmütig. »Er mag ein geborener Claudier sein, aber mein Onkel Drusus hat ihn adoptiert, und damit ist er Livier und hat keinen höheren Rang als du.«

»Und ich sage dir, er wird Karriere machen.«

»Drusus Nero ist zwanzig Jahre alt und hat kein bißchen Verstand«, sagte Servilia scharf. »Unser Sohn kann schon mit zwei Jahren mehr!«

Brutus sah sie argwöhnisch an. Ihm war nicht entgangen, mit welcher Affenliebe seine Frau an dem kleinen Brutus hing. Aber was hieß Affenliebe! Sie war eine Löwin!

»Jedenfalls«, sagte er beschwichtigend, »wird Sulla uns übermorgen über seine weiteren Pläne informieren.«

»Weißt du schon, was er vorhat?«

»Nicht vor übermorgen.«

Zwei Tage später äußerte sich Sulla zu den Wahlen und zu den Ämtern. Sein Ton ließ keinen Widerspruch zu. »Ich habe das Wahlchaos satt und verordne deshalb ein bestimmtes Verfahren. Sämtliche Wahlen finden in Zukunft im Quintilis statt, also fünf bis sechs Monate vor Amtsantritt des gewählten Kandidaten. Während dieser Wartezeit gilt im Senat eine neue Rangordnung beim Rederecht. Die designierten Konsuln haben das Wort gleich nach den amtierenden Konsuln, die designierten Prätoren gleich nach den amtierenden Prätoren. Der Princeps Senatus, ehemalige Zensoren und Konsularen dürfen von jetzt an erst dann reden, wenn der letzte designierte Prätor das Wort hatte. Es geht nicht an, daß der Senat seine Zeit damit verschwendet, Männern zuzuhören, die ihr Amt schon hinter sich haben, bevor die gegenwärtigen oder künftigen Amtsinhaber etwas sagen dürfen.«

Alle Blicke ruhten auf dem Princeps Senatus Flaccus. Der aber sah trotz der großen Zurücksetzung, die Sullas Erlaß für ihn als Senatsvorsitzenden bedeutete, freundlich in die Runde und schien nicht verstimmt.

»Zuerst finden die Wahlen für die kurulischen Ämter in den Zenturiatskomitien statt«, fuhr Sulla fort, »und zwar am Tag vor den Iden des Quintilis. Zehn Tage vor den Kalenden des Sextilis werden dann in den Tributkomitien die Quästoren, kurulischen Ädilen, Kriegstribunen und niedrigeren Amtsträger gewählt. Zwei bis sechs Tage vor den Kalenden schließlich wird in der Versammlung der Plebs gewählt.«

»Nicht schlecht«, meinte Hortensius zu Catulus. »Dann wissen wir schon lange vor Jahresende, ob wir gewählt worden sind.«

»Und man achtet uns als künftige Amtsinhaber entsprechend«, meinte Catulus zufrieden.

»Jetzt zu den Ämtern als solchen«, sagte Sulla. »Die Ernennung neuer Senatoren, die ich persönlich vorgenommen habe, soll jetzt abgeschlossen sein. Von nun an wird nur noch Senator, wer Quästor war, und dafür muß er mindestens dreißig Jahre alt sein. Jedes Jahr werden zwanzig Quästoren ernannt, eine ausreichende Anzahl, um die Lücken, die verstorbene Senatoren hinterlassen, aufzufüllen. Es gibt zwei kleine Ausnahmen, die sich auf die Gesamtzahl der Senatoren aber nicht auswirken: Ein Volkstribun, der noch nicht Senator ist, zieht auch in Zukunft über sein Amt in den Senat ein, und der Träger einer Graskrone oder eines Bürgerkranzes wird automatisch in den Senat befördert.«

Sulla ließ den Blick über die Senatoren schweifen. »Jedes Jahr werden acht Prätoren gewählt. Ein Plebejer kann sich erst ab dem neunundzwanzigsten Lebensjahr zur Wahl stellen, ein Patrizier dagegen, wie bereits gesagt, schon zwei Jahre früher. Zwischen der Wahl zum Prätor und der Wahl zum Konsul müssen zwei Jahre liegen, und niemand kann für das Konsulat kandidieren, wenn er zuvor nicht Prätor war. Außerdem fasse ich die *lex Genucia* strenger: Niemand – ob Patrizier oder Plebejer! – kann sich ein zweites Mal zum Konsul wählen lassen, bevor nicht zehn volle Jahre verstrichen sind. Ich will keinen Gaius Marius mehr!«

Und das war eine ausgezeichnete Maßnahme, darin waren sich alle einig!

Weniger allgemein und begeistert war die Zustimmung, als Sulla die Gesetze verkündete, mit denen er die Macht der Volkstribune beschneiden wollte. Die Volkstribunen hatten in den Jahrhunderten der Republik nach und nach immer mehr gesetzgeberische Befugnisse an sich gerissen und ein Organ, das nur aus Plebejern bestand, zur stärksten gesetzgeberischen Körperschaft gemacht. Oft hatte ihr Hauptziel darin bestanden, den Senat bei der Ausübung seiner Macht, die weitgehend auf ungeschriebenen Gesetzen beruhte, zu behindern und den Einfluß der Konsuln zu schmälern!

»Damit«, sagte Sulla mit spürbarer Genugtuung, »ist es jetzt endgültig vorbei. Die Volkstribunen werden in Zukunft außer dem Recht, das *ius auxilii ferendi* auszuüben, kaum etwas behalten.«

Unruhe brach aus. Die Senatoren murmelten empört, runzelten die Stirn und sahen Sulla finster an.

»Der Senat soll die höchste Gewalt sein!« rief Sulla laut. »Um dies zu erreichen, muß ich das Volkstribunat schwächen – und das werde ich! Meinem neuen Gesetz zufolge kann ein ehemaliger Volkstribun kein anderes Staatsamt bekleiden – er kann weder Ädil noch Prätor, noch Konsul oder Zensor werden! Und Volkstribun darf er erst dann wieder werden, wenn zehn volle Jahre verstrichen sind. Das *ius auxilii ferendi* kann er nur in der ursprünglich vorgesehenen Weise ausüben, also nur, um ein einzelnes Mitglied der Plebs vor der Willkür eines Magistrats zu schützen. Kein Volkstribun kann gegen Gesetze vorgehen, die angeblich die Plebs als ganzes bedrohen, oder gegen ein ordentlich zusammengetretenes Gericht.«

Sullas Blick ruhte nachdenklich ausgerechnet auf zwei Männern, die das Amt des Volkstribuns nicht bekleiden konnten, weil sie Patrizier waren: Catilina und Lepidus.

»Das Vetorecht des Volkstribuns«, fuhr er fort, »wird drastisch beschnitten. Es gibt kein Veto gegen Senatsdekrete und gegen Gesetze, die vom Senat gebilligt sind; ebensowenig gegen das Recht des Senates, Provinzstatthalter oder Militärbefehlshaber zu ernennen oder die Außenpolitik zu bestimmen. Kein Volkstribun darf ein Gesetz in der Versammlung der Plebs verkünden, solange es nicht durch Senatsbeschluß gebilligt ist. Und er hat auch nicht mehr die Macht, Senatssitzungen einzuberufen.«

Es gab viele betretene und auch einige böse Gesichter. Sulla machte demonstrativ eine Pause, aber niemand protestierte laut. Alle schwiegen. Er räusperte sich. »Quintus Hortensius, was hast du zu sagen?«

Hortensius schluckte. »Ich stimme dir zu, Lucius Cornelius.«

»Ist jemand anderer Meinung?«

Schweigen.

»Gut!« sagte Sulla heiter. »Dann tritt die *lex Cornelia* mit sofortiger Wirkung in Kraft!«

»Das ist ja schrecklich«, beschwerte sich Lepidus später bei Gaius Cotta.

»Ich kann dir nur recht geben.«

»Aber warum haben wir das Gesetz einfach geschluckt?« fragte Catulus. »Warum lassen wir es zu? Wie kann eine Republik ohne ein mit entsprechenden Rechten ausgestattetes Volkstribunat eine richtige Republik sein?«

Hortensius fühlte sich persönlich angegriffen, weil er Sulla nicht widersprochen hatte. »Warum hast du selbst denn nichts gesagt?«

»Weil ich meinen Kopf gerne behalte, wo er ist«, sagte Catulus offen. »Fest zwischen den Schultern angewachsen.«

»Das gilt auch für mich«, sagte Lepidus.

Metellus Pius stieß zu ihnen. »Wie gerissen von Sulla und wie konsequent! Ein anderer hätte das Amt einfach abgeschafft, aber er nicht! Er hat das *ius auxilii ferendi* nicht angetastet, er hat die Befugnisse des Tribuns lediglich auf das zurückgestutzt, was sie einmal waren. Er kann also mit Recht behaupten, er bewege sich im Rahmen der republikanischen Tradition unserer Väter, und darauf beruft er sich ja immer. Wohlgemerkt, ich glaube nicht, daß er damit durchkommt. Das Volkstribunat ist für viele zu wichtig.«

»Aber die Neuerung wird gelten, solange er lebt«, meinte Cotta verärgert.

Die Männer gingen auseinander. Niemand war besonders

glücklich über das, was geschehen war, andererseits wollte auch keiner seine geheimen Gedanken und Wünsche dem anderen anvertrauen. Es war zu gefährlich!

Und daran zeigte sich, dachte Metellus Pius auf dem Nachhauseweg, daß das Klima des Schreckens, das Sulla verbreitete, zu wirken begann.

Als am Anfang des Quintilis die Spiele des Apoll näherrückten, waren zwei weitere Gesetze hinzugekommen, eine *lex Cornelia sumptuaria* und eine *lex Cornelia frumentaria*. Das erste war ein strenges Luxusgesetz, mit dem die Ausgaben für eine gewöhnliche Mahlzeit auf dreißig Sesterzen pro Kopf und für ein Bankett auf dreihundert Sesterzen pro Kopf begrenzt wurden. Luxusartikel wie Parfüme, ausländische Weine, Spezereien und Geschmeide wurden hoch besteuert, die Ausgaben für Bestattungen und Grabmäler wurden eingeschränkt, und auf Purpur aus Tyros wurden gewaltige Zölle erhoben. Das Getreidegesetz war extrem reaktionär. Sulla schaffte den Verkauf von verbilligtem Staatsgetreide ab, war aber immerhin so klug, die staatlichen Verkäufe nicht ganz zu verbieten. Sein Gesetz untersagte dem Staat lediglich, die privaten Händler zu unterbieten.

Das einschneidende Reformprogramm war zwar noch keineswegs abgeschlossen, aber weil alle Maßnahmen seit seinem Triumph so reibungslos verlaufen waren, beschloß der Diktator, einer Eingebung des Augenblicks folgend, die Staatsgeschäfte für ein paar Tage ruhen zu lassen und den *ludi Apollinares* am Anfang des Quintilis beizuwohnen. Die Veranstaltungen im Circus Maximus sagten ihm nicht zu, er wollte vielmehr die Schauspiele sehen, von denen fast ein Dutzend im eilig zusammengezimmerten Holztheater im Circus Flaminius auf dem Marsfeld aufgeführt werden sollten. Die Komödie regierte. Plautus, Terenz und Naevius waren gut vertreten, doch standen auf dem Programm auch mehrere Mimen, und die mochte Sulla ganz besonders gern. Während die richtige Komödie aus einem festen Text bestand, von dem nicht abgewichen werden durfte, rankte sich das Geschehen beim Mimus um eine komische Grundsituation, zu der die Schauspieler ohne Masken improvisierten.

Vielleicht wohnte er den Possen wegen des Zwischenspiels mit

Aurelias Abordnung so begeistert bei; vielleicht bewog ihn auch die Tatsache, daß einer seiner Vorfahren die Spiele begründet hatte, zum Entschluß, sich in der Öffentlichkeit zu zeigen. Oder hatte er das Bedürfnis, den Schauspieler Metrobius wiederzusehen? Dreißig Jahre! War es wirklich schon so lange her? Ein junger Bursche war Metrobius gewesen, und Sulla hatte damals seinen dreißigsten Geburtstag gefeiert, von seinem bisherigen Leben bitter enttäuscht. Seit Sullas Eintritt in den Senat drei Jahre später waren sie sich nur noch selten und in großen Abständen begegnet, und jedes Treffen war qualvoll gewesen.

Sullas Entscheidung, seine Zuneigung zum eigenen Geschlecht zu verleugnen, war wohlüberlegt und ganz von der Vernunft diktiert gewesen, und er hatte konsequent an ihr festgehalten. Männer des öffentlichen Lebens wurden von der Gesellschaft verurteilt, wenn sie sich zu dieser Neigung bekannten – oder ihr gar verfielen! –, auch wenn kein Gesetz ihren Rücktritt erzwang. Es gab zwar Bestimmungen wie die *lex Scantinia,* die für diesen Fall die Todesstrafe vorsah, doch wurden diese Bestimmungen zumeist nicht angewandt, denn man begegnete dem Vergehen mit einer gewissen Toleranz. Nein, die Folgen waren subtiler. Wer tüchtig war, wurde nicht einmal in seiner Karriere behindert, aber er mußte sich amüsierte Blicke, geringschätzige Bemerkungen und reichlich Spott gefallen lassen, und das verringerte das Ansehen, das er in der Gesellschaft genoß, deutlich. Männer, die denselben Rang bekleideten wie er, würden deshalb immer auf ihn herabsehen. Damit war für Sulla ein Glück, das er sich so sehr wünschte, das er so sehr brauchte, in unerreichbare Ferne gerückt. Er hoffte auf die Zeit nach seinem Rückzug aus der Politik, wenn es ihm, wie er sich einredete, völlig gleichgültig sein würde, was die Leute redeten. Er würde sich holen, was er brauchte, und sich für alles entschädigen, was ihm entgangen war. Er hatte viele eindrucksvolle Verdienste vorzuweisen, und sein öffentliches Ansehen würde so gefestigt sein, daß die letzten erotischen Abenteuer eines alten Mannes es nicht mehr erschüttern konnten.

Aber er sehnte sich so sehr nach Metrobius! Ob der sich noch für einen alten und häßlichen Mann interessierte? Auch das hatte ihn bewogen, zu den Spielen zu gehen. Besser, er fand jetzt heraus, wie Metrobius zu ihm stand, als später, wenn er sich zurückzog.

Besser, er labte sich noch einmal am Anblick des geliebten Menschen, solange seine schwächer werdenden Augen noch nicht ganz blind waren.

Mehrere Theatergruppen nahmen an dem Fest teil, darunter auch die von Metrobius geleitete Truppe, die sich vor rund zehn Jahren von Tragödien auf Komödien verlegt hatte. Eine Aufführung dieser Truppe war erst für den dritten Tag vorgesehen, aber Sulla besuchte auch Vorstellungen an den ersten beiden Tagen und amüsierte sich köstlich.

Delmatica begleitete ihn, sie durfte allerdings nicht wie im Circus Maximus bei den Männern sitzen. Im Theater herrschte eine strenge Sitzordnung, denn Theaterstücke galten in der römischen Gesellschaft als anstößig, und man fürchtete um die Sittsamkeit der Frauen, wenn sie sich zusammen mit Männern so viel Unmoral und Nacktheit ansahen. Die ersten beiden Sitzreihen im Halbrund der Zuschauertribüne waren für die Senatsmitglieder reserviert; die vierzehn anschließenden Reihen waren für Ritter mit Staatspferd reserviert gewesen, ein Privileg, das ihnen Gaius Gracchus verschafft hatte. Sulla hatte ihnen das Vorrecht wieder genommen, so daß sie sich jetzt mit niedriger Gestellten um die Plätze balgen mußten. Die wenigen weiblichen Zuschauer saßen auf der rechten Seite ganz oben, wo sie zwar gut hören, das Treiben auf der fernen Bühne aber nur mühsam verfolgen konnten. In einer klassischen Komödie, wie Metrobius sie aufführte, spielte die Truppe mit Masken und ohne Frauen, während beim Mimus aus Atella weibliche Rollen von Frauen übernommen wurden und die Schauspieler keine Masken und oft auch keine Kleider trugen.

Am dritten Tag stand *Der prahlerische Offizier* auf dem Programm, ein beliebtes Stück von Plautus. Und die Hauptrolle hatte Metrobius. Schade! Denn so sah Sulla von seinem Gesicht nicht mehr als die groteske Maske mit dem offenen, zu einem blöden Lachen verzerrten Mund; nur die Hände waren unbedeckt, und der makellose, muskulöse Körper kam in der griechischen Rüstung gut zur Geltung. Doch zum Schluß verbeugten sich die Schauspieler ohne Masken, und jetzt sah Sulla endlich das Gesicht des Metrobius: Das Alter hatte nur sehr wenige Spuren in ihm hinterlassen, auch wenn die lockigen schwarzen Haare inzwischen vornehm weiß gesprenkelt waren und beiderseits der geraden und hohen griechischen Nase eine tiefe Falte hinablief.

Er durfte nicht weinen, nicht hier, nicht in der Mitte der ersten Reihe auf seinem gepolsterten Sitz. Aber es kam ihn hart an, er kämpfte mit den Tränen. Metrobius' Gesicht war zu weit entfernt, die leere, halbmondförmige Orchestra trennte sie voneinander, so daß er seine Augen nicht sehen konnte. Er sah lediglich zwei schwarze Flecken, von denen er nicht wußte, was sie verbargen, nicht einmal, ob sie ihn ansahen oder einen anderen Geliebten drei Reihen hinter ihm. Mamercus, der Sulla begleitet hatte, flüsterte ihm erregt zu: »Bitte doch den Mann, der den prahlerischen Offizier gespielt hat, zu uns herunter! Ich habe das Gefühl, daß ich ihn kenne, aber ich bin nicht sicher. Ich will ihm persönlich gratulieren.«

Die Zuschauer strömten aus dem improvisierten Holzbau, ehrbare Frauen bahnten sich den Weg zu ihren Gatten, Huren gingen ihrem Geschäft nach. Von Chrysogonus begleitet und von den Zuschauern, die sie erkannten, peinlich gemieden, traten Delmatica und Cornelia Sulla in genau dem Augenblick neben Sulla und Mamercus, als Metrobius, der noch immer seine Rüstung trug, vor dem Diktator erschien.

»Du warst vortrefflich, Schauspieler«, lobte der Diktator.

Metrobius lächelte und entblößte dabei die noch immer makellosen Zähne. »Ich war entzückt, dich unter den Zuschauern zu erblicken, Lucius Cornelius.«

»Du hast einst zu meiner Klientel gehört, nicht wahr?«

»So ist es. Du hast mich aus meinen Verpflichtungen entlassen, unmittelbar bevor du gegen Mithridates in den Krieg gezogen bist.« Die Augen des Schauspielers verrieten nichts.

»Ich erinnere mich. Du hast mich vor den Beschuldigungen gewarnt, die ein gewisser Censorinus gegen mich vorbringen würde. Kurz bevor mein Sohn starb.« Ein Lächeln huschte über Sullas zerfurchtes Gesicht und wich sofort wieder einer ernsten Miene. »Und bevor ich Konsul wurde.«

»Eine glückliche Fügung, daß ich dich warnen konnte«, sagte Metrobius.

»Glücklich für mich.«

»Du warst schon immer ein Günstling Fortunas.«

Das Theater war schon fast leer. Sulla, der von den Floskeln genug hatte, wandte sich plötzlich an die Frauen und Mamercus. »Geht nach Hause«, sagte er abrupt, »ich möchte mit meinem ehemaligen Klienten eine Weile reden.«

Delmatica, die seit einiger Zeit schlecht aussah, starrte wie gebannt in das Gesicht des griechischen Schauspielers, bis Chrysogonus sie aus ihren Träumen holte. Sie zuckte zusammen, drehte sich um und folgte den beiden stämmigen germanischen Sklaven, deren einzige Aufgabe darin bestand, der Frau des Diktators den Weg zu bahnen.

Sulla und Metrobius blieben zurück und folgten den anderen in weitem Abstand. Unter normalen Umständen wäre der Diktator sofort von Klienten und Bittstellern umringt worden, aber diesmal blieb ihm das zum Glück erspart.

»Nur diesen Spaziergang«, sagte Sulla. »Mehr verlange ich nicht.«

»Verlange, was du willst«, sagte Metrobius.

Sulla blieb stehen. »Stell dich vor mich, Metrobius, und sieh dir an, was Zeit und Krankheit angerichtet haben. Mein Entschluß hat sich nicht geändert. Aber selbst wenn es so wäre, ich kann weder für dich noch für sonst irgend jemanden etwas tun, außer vielleicht für die armen dummen Weiber, die mich so beharrlich – ja, was? Die mich wahrscheinlich bedauern. Denn ich glaube nicht, daß es Liebe ist.«

»Natürlich ist es Liebe!« Metrobius stand dicht vor ihm, so dicht, daß Sulla erkennen konnte, daß in seinen Augen noch immer Liebe glomm, daß seine Augen ihn noch immer zärtlich anblickten, mit aufrichtigem Interesse und ohne Ekel und Abscheu. Es war eine sanftere, persönlichere Version des Blicks, den Aurelia ihm in Teanum Sidicinum geschenkt hatte. »Wer von uns in deinen Bann geraten ist, kommt nie wieder von dir los, Sulla! Ob Mann oder Frau macht keinen Unterschied. Du bist einzigartig. Neben dir verblassen alle. Und dabei geht es nicht um Tugend oder Güte.« Metrobius lächelte. »Du hast weder das eine noch das andere! Vielleicht ist kein großer Mann tugendhaft. Oder gut. Vielleicht kann jemand, der tugendhaft und gut ist, nicht groß sein. Aber ich habe meinen Platon völlig vergessen, ich weiß deshalb nicht, was er und Sokrates dazu sagen.«

Aus den Augenwinkeln sah Sulla, daß Delmatica sich umgedreht hatte und in seine Richtung starrte. Ihren Gesichtsausdruck konnte er aus der Entfernung nicht erkennen. Dann verschwand sie um eine Ecke.

»Heißt das, du würdest bis zu meinem Tod mit mir zusammenleben, wenn ich mein Amt niedergelegt habe?« fragte Sulla. »Ich habe nur noch wenig Zeit, aber ich hoffe, daß ich wenigstens einen Teil davon in Ruhe und fern von Rom verbringen kann. Wenn du mich begleitest, verspreche ich dir, daß es dir an nichts fehlen wird, am allerwenigsten an Geld.«

Metrobius lachte und schüttelte den dunklen Lockenkopf. »Ach Sulla! Du kannst doch nichts kaufen, was dir seit dreißig Jahren gehört.«

In Sullas Augen standen Tränen. »Dann kommst du mit mir, wenn ich Rom verlasse?«

»Ja.«

»Ich lasse dich holen, wenn es soweit ist.«

»Morgen? Nächstes Jahr?«

»Auf jeden Fall bald. Vielleicht in zwei Jahren. Wartest du?«

»Ich warte.«

Sullas Glück war fast vollkommen. Er seufzte tief. Kurz, zu kurz! Und ihm fiel ein, daß jedesmal bei den letzten Gelegenheiten, wenn er Metrobius gesehen hatte, eine geliebte Person gestorben war. Erst Julilla, dann sein Sohn. Wer würde es diesmal sein? Egal, dachte er. Metrobius ist mir wichtiger als alle. Abgesehen von meinem Sohn, und der ist tot. Soll es diesmal Cornelia Sulla treffen. Oder die Zwillinge. Nur nicht Delmatica! Er nickte Metrobius wie nach einer alltäglichen Begegnung kurz zu und ging.

Metrobius sah ihm lange glücklich nach. Es stimmte also, was die Götter seiner fast vergessenen Heimat Arkadien sagten: Wenn man etwas nur stark genug wollte, bekam man es am Ende auch. Und je höher der Preis, desto größer die Belohnung. Erst als er Sulla nicht mehr sehen konnte, kehrte er in die Umkleideräume zurück.

Sulla ging langsam und allein seines Weges. Schon das war ein seltener Luxus. Wo sollte er die Kraft hernehmen, auf Metrobius zu warten? Metrobius war kein Knabe mehr, aber für Sulla würde er es immer bleiben.

Er hörte Stimmen in der Ferne und ging noch langsamer. Niemand sollte jetzt sein Gesicht sehen. In seinem Herzen kämpften Hoffnung und Vorfreude mit der Wut über die lästige Aufgabe, die er noch erfüllen mußte, und der Angst, daß diesmal Delmatica sterben könnte.

Die Stimmen tönten lauter. Es waren zwei, und sie unterschieden sich deutlich. Sulla kannte eine davon. Seltsam, wie unverwechselbar jede menschliche Stimme klang! Keine zwei Stimmen waren einander gleich, wenn man sich von oberflächlichen Ähnlichkeiten in Tonlage und Akzent nicht täuschen ließ. Die Stimme, die er erkannt hatte, gehörte keinem anderen als Manius Acilius Glabrio, dem Mann seiner Stieftochter Aemilia Scaura.

»Er treibt es wirklich zu toll«, sagte Glabrio gerade mit Nachdruck. »Die Proskriptionen haben der Staatskasse ganze dreizehntausend Talente gebracht! Und damit prahlt er auch noch! Rot werden müßte er vor Scham. Man hätte zehnmal so viel herausholen können! Millionenwerte an Grund und Boden wurden für ein paar Tausender verschleudert! Seine Frau ist stolze Besitzerin riesiger Ländereien im Wert von fünfzig Millionen, gekauft für fünfzigtausend – das ist doch empörend!«

»Wie ich höre, hast du selbst auch davon profitiert, Glabrio.« Sulla erkannte Catilinas Stimme.

»Nur wenig und nicht mehr als mir zusteht, alter Schurke! Woher hat er die Frechheit zu behaupten, die Proskriptionen würden an den Kalenden des letzten Monats enden? Jedesmal, wenn es einen seiner Anhänger oder Verwandten nach einem weiteren Stück Campania oder Küste gelüstet, hängen neue Namen aus. Hast du bemerkt, wie er vorhin zurückgeblieben ist, um mit dem Kerl zu plaudern, der den prahlerischen Offizier gespielt hat? Er kann der Bühne und dem Pack, das auf ihr herumstolziert, einfach nicht widerstehen! Das geht auf seine Jugend zurück, als er den vulgärsten Huren, die sich am Tempel der Venus Erucina feilboten, in nichts nachstand! Er sieht doch lächerlich aus unter seinen Lustknaben, wenn sie wieder überlegen, in welcher Reihenfolge sie sich heute zusammenstecken.«

»Paß auf, was du sagst, Glabrio«, warnte Catilina, dem unwohl wurde. »Vielleicht landest du noch selbst auf einer Proskriptionsliste.«

Glabrio lachte heftig. »Ich doch nicht!« rief er fröhlich. »Ich gehöre zur Familie, ich bin Delmaticas Schwiegersohn! Nicht einmal Sulla kann ein Familienmitglied ächten.«

Die beiden gingen weiter, und die Stimmen wurden leiser. Sulla war wie angewurzelt stehengeblieben, und seine Augen schossen kalte Blitze. Also wurde immer noch geredet! Nach all den Jahren ... Glabrio wußte natürlich vieles, was Rom nicht wußte, aber Rom würde bald alles wissen, was Glabrio wußte oder zu wissen glaubte. Was war daran nur Geschwätz, und was wußte er aus Dokumenten und Papieren, die Jahr für Jahr zu den Akten gelegt worden waren? Sulla sammelte gerade alle möglichen ihn betreffenden schriftlichen Materialien für die Zeit nach seinem Rücktritt, denn er wollte seine Memoiren schreiben wie Catulus Caesar zehn Jahre vor ihm. In seinem Haus lag deshalb vieles herum, und wer mehr über ihn wissen wollte, brauchte nicht viel Geschick, um es in Erfahrung zu bringen. Glabrio! Warum hatte er nicht an Glabrio gedacht, der bei ihm zu Hause ein und aus ging? Nicht nur Cornelia Sulla oder Mamercus besuchten ihn! Auch Glabrio! Wer noch?«

Sullas Unmut darüber, daß er auf Metrobius noch warten mußte, hatte sich gerade erst gelegt, da loderte in ihm bereits der nächste Brand. Ich kann ein Familienmitglied nicht ächten, dachte Sulla beim Weitergehen. Das stimmt. Aber muß es denn Proskription sein? Gibt es nicht einen besseren Weg?

Als er um die Ecke bog, lief er Pompeius in die Arme. Beide Männer blieben erschrocken stehen.

»Wie, Magnus, so ganz allein?« fragte Sulla.

»Manchmal bin ich gern allein.« Pompeius schickte sich an, den Diktator zu begleiten.

»Da pflichte ich dir von Herzen bei. Aber erzähle mir nicht, daß Varro dich langweilt!«

»Zuviel Varro schlägt aufs Gemüt, besonders wenn er von Cato dem Zensor anfängt und von den guten alten Zeiten, als das Geld noch etwas wert war. Immerhin ist es mir lieber, wenn er darüber spricht statt über unsichtbare Geisterhände.« Pompeius grinste.

»Stimmt, ich hatte vergessen, daß er ein Freund des armen alten Appius Claudius war.« Sulla war froh, daß er in seiner augenblicklichen Laune Pompeius und niemanden anders getroffen hatte. »Warum denken wir bei Appius Claudius eigentlich immer an einen alten Mann?«

Pompeius kicherte. »Weil er als alter Mann geboren wurde! Aber du bist nicht auf dem laufenden, Sulla! Appius Claudius' Stern ist gesunken. Es gibt einen neuen Mann in der Stadt: Publius Nigidius Figulus. Ein echter Sophist. Oder Pythagoreer?« Er zuckte gleichgültig die Schultern. »Egal, ich kann diese Philosophen nicht auseinanderhalten.«

»Publius Nigidius Figulus! Ein alter und ehrwürdiger Name, aber ich habe nicht gehört, daß ein Figulus jetzt in Rom von sich reden macht. Kommt er vom Land?«

»Er ist kein Bauerntrampel, wenn du das meinst. Eher ein murmelndes Bächlein, das still vor sich hin plappert ... Er ist ein großer Meister im etruskischen Wahrsagen, vom Blitz bis zur Leber. Und er kennt mehr Lappen in der Leber als ich rhetorische Figuren.«

»Wie viele Figuren kennst du denn, Magnus?« Sulla amüsierte sich köstlich.

»Zwei, glaube ich. Oder drei?«

»Welche denn?«

»*Color* und *descriptio.*«

»Also zwei.«

»Zwei.«

Sie gingen eine Weile schweigend nebeneinander. Beide lächelten, dachten dabei aber an ganz verschiedene Dinge.

»Und wie fühlt man sich als Ritter, wenn man im Theater jetzt keinen Platz mehr reserviert hat?« fragte Sulla.

»Das ist nicht weiter schlimm«, sagte Pompeius unbekümmert. »Ich gehe nie ins Theater.«

»So? Wo bist du dann heute gewesen?«

»Draußen an der Via Recta. Ich habe einen schönen Spaziergang gemacht. In Rom bin ich wie gelähmt. Ich mag die Stadt nicht.«

»Bist du allein hier?«

»Mehr oder weniger. Ich habe meine Frau in Picenum zurückgelassen.« Pompeius machte ein säuerliches Gesicht.

»Magst du sie nicht, Magnus?«

»Na ja, sie tut es, bis etwas Besseres kommt. Sie betet mich an! Aber sie ist einfach nicht gut genug.«

»Na hör mal! Immerhin kommt sie aus einer Familie von Ädilen.«

»Ich komme aus einer Familie von Konsularen. Das sollte meine Frau auch.«

»Dann laß dich scheiden und such dir eine Frau aus einer Familie mit Konsularen.«

»Ich hasse nur das belanglose Geschwätz mit den Frauen und ihren Vätern, das dazu notwendig ist.«

Sulla hatte plötzlich einen blendenden Einfall. Abrupt blieb er in der Gasse stehen, die vom Velabrum zum Vicus Tuscus am Fuß des Palatin führte. »Bei den Göttern!« sagte er atemlos. »Bei den Göttern!«

Pompeius blieb ebenfalls stehen. »Was ist?« fragte er höflich.

»Mein lieber junger Ritter, ich habe eine glänzende Idee!«

»Sehr schön.«

»Spar dir deine Kommentare! Ich muß nachdenken!«

Pompeius gehorchte und schwieg, während Sulla seine schlaffen Lippen zwischen die zahnlosen Kiefer sog und sie wieder fahren ließ. Dann faßte er Pompeius am Arm.

»Magnus, komm morgen früh um die dritte Stunde zu mir«, sagte er. Er machte einen ausgelassenen kleinen Sprung und lief eilig davon.

Pompeius blieb stirnrunzelnd stehen. Dann machte auch er sich auf den Weg, allerdings nicht zum Palatin, sondern in Richtung Forum. Sein Haus lag an den Carinae des Esquilin.

Sulla eilte wie von Furien getrieben nach Hause. Eine Aufgabe wartete, die er mit größtem Vergnügen erfüllte!

»Chrysogonus! Chrysogonus!« brüllte er in der Tür, während seine Toga wie ein einstürzendes Zelt hinter ihm zu Boden sank.

Der Verwalter kam herein und sah ihn besorgt an, wie er es in letzter Zeit öfters tat. Doch das bemerkte Sulla nicht.

»Chrysogonus, nimm eine Sänfte und lauf zu Glabrio. Aemilia Scaura soll sofort herkommen.«

»Lucius Cornelius, du bist ohne Liktoren nach Hause gekommen!«

»Ich habe sie vor der Vorstellung weggeschickt – sie sind manchmal entsetzlich lästig«, sagte der Diktator uneinsichtig. »Geh jetzt und hol meine Stieftochter!«

»Aemilia? Was willst du von ihr?« fragte Delmatica, die eben hereinkam.

»Das wirst du schon sehen.« Sulla lächelte spöttisch.

Seine Frau schwieg und sah ihn forschend an. »Seit deinem Gespräch mit Aurelia und ihrer Abordnung bist du verändert, Lucius Cornelius.«

»Inwiefern?«

Es fiel Delmatica schwer zu antworten, vielleicht weil sie ihn nicht verstimmen wollte, aber schließlich sagte sie: »Ich glaube, deine Stimmung ist anders.«

»Besser oder schlechter, Delmatica?«

»Besser. Du bist – glücklich.«

»Das bin ich«, sagte er mit glücklicher Stimme. »Ich hatte nicht mehr an eine Zukunft als Privatmann gedacht, aber sie hat mich daran erinnert. Was für eine Zeit auf mich wartet, wenn ich erst im Ruhestand bin!«

»Der Schauspieler heute – Metrobius. Er ist ein Freund.«

Etwas in ihren Augen ließ ihn innehalten. Die sorglosen Gedanken verflogen augenblicklich, und das Bild Julillas, die von seinem Schwert getroffen am Boden lag, trat vor sein Auge und ließ Delmaticas Gesicht verschwimmen. Nicht noch eine Frau, die ihn nicht teilen wollte, bitte nicht! Woher wußte sie es? Was wußte sie? Ahnte sie etwas?

»Ich kenne Metrobius, seit er ein Junge war«, sagte er kurz und in einem Ton, der nicht zum Weiterfragen einlud.

»Warum hast du dann zuerst behauptet, du würdest ihn nicht kennen?« fragte sie stirnrunzelnd.

»Er trug bis zum Ende des Stücks eine Maske!« sagte Sulla heftig. »Ich habe ihn viele Jahre nicht gesehen und war nicht sicher!«

Delmatica hatte ihn gefährlich in die Enge getrieben, und das gefiel ihm nicht.

»Ach so, natürlich«, sagte sie langsam. »Natürlich.«

»Geh jetzt, Delmatica, bitte! Ich habe seit Beginn der Spiele schon genug Zeit vertan. Die Arbeit wartet.«

Scheinbar beruhigt wandte sie sich um.

»Noch etwas«, rief er ihr hinterher.

»Ja?«

»Ich werde dich brauchen, wenn deine Tochter kommt. Geh also nicht fort.«

Wie seltsam er in letzter Zeit ist! dachte sie, als sie durch das große Atrium und den säulenumstandenen Garten zu ihren Gemächern schritt. Reizbar, glücklich und launisch. Himmelhoch jauchzend, zu Tode betrübt. Als hätte er, dem jede Verzögerung ein Greuel war, eine Entscheidung getroffen, die nicht sofort verwirklicht werden konnte. Und der gutaussehende Schauspieler ... Was bedeutete er Sulla? Er war wichtig, aber Delmatica wußte nicht, inwiefern. Er sah Sulla nicht ähnlich, sonst hätte sie geglaubt, er sei sein Sohn. Denn sie kannte ihren Mann inzwischen sehr gut und hatte gemerkt, wie intensiv seine Gefühle diesem Schauspieler gegenüber waren.

Als Chrysogonus Delmatica mitteilte, Aemilia Scaura sei eingetroffen, hatte sie noch gar nicht darüber nachgedacht, warum Sulla das Mädchen hatte holen lassen.

Aemilia Scaura war im vierten Monat schwanger und hatte wie manche andere schwangere Frau eine schimmernde Haut und leuchtende Augen bekommen und war gesund und munter. Von Übelkeit keine Spur! Schade nur, daß sie wie ihr Vater Scaurus klein war und eine etwas plumpe Figur hatte, doch ihr Gesicht ähnelte zugleich dem ihrer Mutter, und sie hatte die schönen und lebhaften grünen Augen ihres Vaters geerbt.

Das Mädchen war nicht besonders intelligent und hatte sich nie damit abfinden können, daß ihre Mutter Sulla geheiratet hatte, den sie nicht mochte und der ihr angst machte. In den ersten Jahren war es schon schlimm genug gewesen; aber damals hatte sie Sulla bei den kurzen Begegnungen mit ihm immerhin so attraktiv gefunden, daß sie die Leidenschaft ihrer Mutter für ihn verstehen konnte. Doch nach seiner Krankheit hatte er sich sehr zu seinem Nachteil verändert, und sie begriff nicht, warum ihre Mutter ihn noch immer leidenschaftlich zu lieben schien. Wie konnte eine Frau einen so häßlichen alten Mann lieben? Natürlich erinnerte sie sich noch an ihren Vater, der ebenfalls alt und häßlich gewesen war. Aber Sulla war auch innerlich verkommen, obwohl Aemilia das mehr instinktiv fühlte, als daß sie es in Worte hätte fassen können.

Jetzt hatte ihr Stiefvater sie also überraschend gerufen, und sie hatte Glabrio nur eine hastige Mitteilung hinterlassen können. Sulla begrüßte sie, tätschelte ihr liebevoll die Hand und rückte ihr einen bequemen Stuhl zurecht, Gesten, die sie nervös machten und allerhand befürchten ließen. Was wollte er? Er schien geradezu zu bersten vor Heiterkeit, und seine Augen funkelten boshaft.

Ihre Mutter trat ein, und das Tätscheln der Hand und das Zurechtrücken eines Stuhls begann von vorn. Sulla, so schien es dem Mädchen, wollte eine bestimmte Atmosphäre schaffen und bestimmte Erwartungen wecken, um das, was er tun wollte, besser genießen zu können. Es schien um etwas Wichtiges zu gehen. Sogar um etwas sehr Wichtiges.

»Und wie geht es dem kleinen Glabrio?« fragte Sulla seine Stieftochter freundlich.

»Sehr gut, Lucius Cornelius.«

»Wann ist es denn soweit?«

»Ende des Jahres, Lucius Cornelius.«

»Hm! Schade! Das ist noch eine ganze Weile.«

»Ja, Lucius Cornelius.«

Sulla setzte sich und sah zum Fenster hinaus. Gedankenverloren trommelte er mit den Fingern auf die massive Eichenlehne seines Stuhles. Dann heftete er seinen Blick plötzlich auf Aemilia, und das Mädchen erschauderte.

»Bist du mit Glabrio glücklich?« fragte er.

Sie zuckte zusammen. »Ja, Lucius Cornelius.«

»Die Wahrheit, Mädchen! Ich will die Wahrheit wissen!«

»Ich bin glücklich, Lucius Cornelius, wirklich glücklich!«

»Hättest du einen anderen genommen, wenn es möglich gewesen wäre?«

Eine zarte Röte legte sich auf Aemilias Wangen, und sie senkte den Blick. »Ich habe niemand anders geliebt, wenn du das meinst. Ich war mit Manius Acilius zufrieden.«

»Bist du es immer noch?«

»Ja, natürlich!« Ihre Stimme klang ratlos. »Warum fragst du denn immer wieder? Ich bin glücklich! Wirklich!«

»Schade«, sagte Lucius Cornelius Sulla.

Delmatica sah ihn an. »Was soll das alles?« fragte sie. »Worauf willst du mit deinen Fragen hinaus?«

»Ich will nur sagen, daß ich über die Verbindung deiner Tochter mit Manius Acilius Glabrio gar nicht glücklich bin. Er wagt es, mich zu kritisieren, nur weil er ein Mitglied meiner Familie ist.« Sulla gab sich keine Mühe, seinen Zorn zu verbergen. »Deshalb kann er natürlich unmöglich ein Mitglied meiner Familie bleiben. Deine Tochter läßt sich von ihm scheiden, und zwar sofort.«

Beiden Frauen stockte der Atem. Aemilia Scaura stiegen Tränen in die Augen.

»Lucius Cornelius, ich erwarte ein Kind von ihm! Ich kann mich nicht scheiden lassen!« Aemilia weinte.

»Natürlich kannst du das«, sagte Sulla ruhig. »Du kannst alles, was ich von dir verlange. Und ich verlange von dir, daß du dich sofort von Glabrio scheiden läßt.« Er klatschte in die Hände, und ein Sekretär namens Flosculus trat mit einem Papier in der Hand in den Raum. Sulla nahm das Papier und entließ den Mann mit einem Nicken. »Komm her, Mädchen. Unterschreibe.«

Aemilia Scaura sprang auf. »Nein!«

Delmatica stand ebenfalls auf. »Sulla, du bist ungerecht!« sagte sie schmallippig. »Meine Tochter will sich von ihrem Mann nicht scheiden lassen.«

Das Ungeheuer kam zum Vorschein. »Für mich ist völlig belanglos, was deine Tochter will«, sagte Sulla. »Hierher! Unterschreibe!«

»Nein, ich will nicht, ich will nicht!«

Sulla sprang so schnell auf, wie noch keine der beiden Frauen ihn hatte aufspringen sehen. Wie ein Schraubstock krallten sich die Finger seiner rechten Hand um Aemilia Scauras Lippen und zogen das vor Schmerz schreiende, weinende Mädchen aus seinem Stuhl.

»Hör auf! Hör auf!« schrie Delmatica und versuchte verzweifelt, den eisernen Griff der Finger zu lösen. »Bitte, ich flehe dich an! Laß sie gehen! Sie ist schwanger, du darfst ihr nicht wehtun!«

Der Griff wurde fester und fester. »Unterschreibe«, befahl Sulla.

Aemilia konnte nicht antworten, und auch ihre Mutter brachte kein Wort mehr heraus.

»Unterschreibe«, sagte Sulla etwas sanfter. »Unterschreibe, oder ich bringe dich um, Mädchen, wie ich Carbos Legaten umgebracht habe. Was schert es mich, ob du Glabrios Kind im Bauch trägst? Wenn du es verlierst, ist mir das nur recht! Unterschreibe das Papier für die Scheidung, Aemilia, oder ich hacke dir die Brüste ab und reiße dir die Gebärmutter aus dem Leib!«

Laut aufschluchzend unterschrieb sie. Dann stieß Sulla sie verächtlich weg. »Na also«, sagte er und trocknete sich die Hand ab, die von ihrem Speichel feucht war. »Du darfst mich nie mehr so ärgern, Aemilia. Das ist nicht klug. Jetzt geh.«

Delmatica drückte das Mädchen an sich und sah Sulla zum ersten Mal in ihrem Leben mit einem wahrhaft haßerfüllten Blick an. Er sah den Blick, schien aber ungerührt und wandte den beiden Frauen den Rücken zu.

In ihren Gemächern mußte Delmatica erst einmal sich selbst und ihre hysterische Tochter beruhigen. Beides brauchte lange Zeit.

»Ich habe gehört, daß er so grausam sein kann, aber am eigenen Leib erfahren habe ich es noch nie«, sagte sie, als sie sich wieder etwas gefaßt hatte. »Es tut mir so leid, Aemilia! Ich werde versuchen, ihn umzustimmen, sobald ich ihm gegenübertreten kann, ohne daß ich ihm die Augen aus dem Kopf reißen will.«

Aber das Mädchen winkte nur apathisch ab. »Nein Mutter, nein. Du würdest alles nur verschlimmern.«

»Was hat Glabrio nur getan, daß er so reagiert?«

»Er hat etwas gesagt, das er nicht hätte sagen sollen. Er mag Sulla nicht, ich weiß es. Er macht immer wieder Andeutungen, daß Sulla Männer auf eine Art mag, die sich für Männer nicht schickt.«

Delmatica wurde leichenblaß. »Das ist doch Unsinn! Ach Aemilia, wie konnte Glabrio nur so töricht sein? Du weißt doch, wie Männer sind! Wenn sie diesen Vorwurf nicht verdient haben, benehmen sie sich wie Verrückte!«

»Ich weiß nicht, ob der Vorwurf wirklich unverdient ist.« Aemilia Scaura drückte ein kaltes, feuchtes Tuch an ihren Mund, wo die purpurroten Abdrücke der Finger ihres Stiefvaters sich dunkelrot zu färben begannen. »Ich fand schon immer, daß in ihm eine Frau steckt.«

»Mein liebes Mädchen, ich bin jetzt fast neun Jahre mit Lucius Cornelius verheiratet«, sagte Delmatica, die in den letzten Minuten geschrumpft schien. »Ich versichere dir, das ist eine Verleumdung.«

»Schon gut, denk, was du willst! Mir ist das egal! Ich hasse ihn einfach, diese gemeine Bestie!«

»Ich werde versuchen, ihn umzustimmen, wenn ich gefaßter bin. Ich verspreche es.«

»Paß lieber auf, daß er nicht auf dich wütend wird, Mutter. Seine Meinung wird er nicht ändern. Ich mache mir nur Sorgen um mein Kind, nur das ist mir wichtig.«

Delmatica starrte ihre Tochter schmerzerfüllt an. »Das gleiche gilt für mich.«

Aemilia Scaura ließ das nasse Tuch in den Schoß fallen. »Mutter! Du bist auch schwanger?«

»Ja. Ich weiß es noch nicht lange, aber ich bin mir sicher.«

»Was wirst du tun? Weiß er es?«

»Nein. Und ich werde nichts tun, das ihn dazu veranlassen könnte, sich von mir scheiden zu lassen.«

»Du hast gehört, was man von Aelia erzählt.«

»Natürlich.«

»Mutter, das ändert alles! Ich werde mich fügen, und du auch! Er darf keinen Vorwand haben, sich von dir scheiden zu lassen!«

»Bleibt nur zu hoffen«, sagte Delmatica matt, »daß er mit deinem Mann schonender umspringt als mit dir.«

»Im Gegenteil, er wird ihn härter behandeln.«

»Nicht unbedingt.« Delmatica kannte Sulla. »Du warst zuerst zur Hand. Oft genügt ihm sein erstes Opfer. Bis Glabrio sich bei ihm erkundigt, was los ist, hat er sich vielleicht wieder beruhigt und läßt Gnade walten.«

Sulla hatte sich zwar nicht so weit beruhigt, daß er Gnade walten ließ, aber der schlimmste Zorn über Glabrios unvorsichtige Bemerkungen war verraucht. Und Glabrio war klug genug, um zu wissen, daß er sich durch Drohungen nur noch mehr gefährden würde.

»Eine Scheidung ist doch nicht nötig, Lucius Cornelius«, sagte er. »Wenn ich dich beleidigt habe, werde ich mich nach Kräften bemühen, die Beleidigung aus der Welt zu schaffen. Ich will auf keinen Fall meine Frau gefährden, das versichere ich dir.«

»Deine ehemalige Frau ist nicht in Gefahr.« Sulla lächelte kalt. »Aemilia Scaura ist ein Mitglied meiner Familie und völlig sicher. Aber sie konnte natürlich nicht die Frau eines Mannes bleiben, der falsche Gerüchte über ihren Stiefvater verbreitet.«

Glabrio befeuchtete seine Lippen. »Meine Zunge ist mit mir durchgegangen.«

»Du läßt sie oft mit dir durchgehen, wie ich höre. Das ist natürlich dein gutes Recht. Aber in Zukunft wirst du dich nicht mehr darauf berufen können, Mitglied meiner Familie zu sein. Wenn deine Zunge mit dir durchgeht, wirst du wie jeder andere die Verantwortung dafür tragen. Ich habe seit jener ersten Liste keinen Senator mehr geächtet. Aber nichts hindert mich daran, es erneut zu tun. Ich habe dich wie viele andere junge Männer aus vornehmer Familie vor deinem dreißigsten Geburtstag zum Senator gemacht. Vorerst bleibst du auch Senator, und dein Name kommt nicht auf die Liste. Ob ich aber auch weiterhin so gnädig bin, hängt von dir ab, Glabrio. Dein Kind wächst im Bauch der Halbschwester meiner Kinder heran, und es ist dein einziger Schutz. Wenn es geboren ist, schicke ich es dir. Jetzt geh bitte.«

Glabrio ging ohne ein weiteres Wort. Seine Freunde erfuhren von ihm weder die näheren Umstände seiner überraschenden Scheidung noch die Gründe, warum er sich so eilig aus Rom auf seine Landgüter zurückzog. Die Ehe mit Aemilia Scaura hatte ihm emotional nichts bedeutet. Aemilia hatte seine Bedürfnisse befriedigt, das war alles. Mitgift, ein Kind, alles war gewesen, wie es sich ziemte. Mit den Jahren hätten sie vielleicht mehr Zuneigung zueinander gefaßt, aber dazu würde es nicht mehr kommen. Nur von Zeit zu Zeit durchzuckte ihn Reue, wenn er an sie dachte, vor allem deshalb, weil sein Kind seine Mutter nie kennenlernen würde.

Was als nächstes geschah, war nicht dazu angetan, den Bruch zwischen Sulla und Delmatica zu kitten. Wie verlangt, erschien am nächsten Tag Pompeius beim Diktator.

»Ich habe eine Frau für dich, Magnus«, sagte Sulla ohne lange Vorrede.

Pompeius konnte den Eindruck eines schlafenden Löwen erwecken, und das kam ihm immer dann gut zustatten, wenn er nachdenken wollte, bevor er handelte oder etwas sagte. So wirkte er auch jetzt freundlich und keineswegs argwöhnisch und zeigte nicht, was in ihm vorging. Behäbig, aber gefährlich, dachte Sulla und sah ihn aufmerksam an. Am besten man band ihn an die Familie – dieser Mann war kein Glabrio.

»Wie aufmerksam von dir, Diktator«, sagte Pompeius schließlich. »Um wen handelt es sich denn?«

Pompeius' picentischer Akzent tat Sulla weh, aber er ließ sich nichts anmerken. »Um meine Stieftochter Aemilia Scaura«, sagte er. »Eine Patrizierin. Aus einer Familie, wie man in tausend Jahren keine vornehmere findet. Eine Mitgift von zweihunderttausend Talenten. Und nachweislich fruchtbar. Sie ist von Glabrio schwanger und wurde gestern geschieden. Zugegeben, es mag störend sein, eine Frau zu nehmen, die schon ein anderer geschwängert hat, aber bei der Zeugung war sie Jungfrau. Sie ist ein sittsames Mädchen.«

Daß Pompeius dieses Ansinnen keineswegs abstoßend oder unziemlich fand, sah man sofort. Er strahlte naiv. »Lucius Cornelius, lieber Lucius Cornelius! Ich bin begeistert!«

»Dann ist ja alles gut«, sagte Sulla munter.

»Darf ich sie sehen? Ich glaube nicht, das ich sie schon gesehen habe!«

Ein schwaches Lächeln huschte über das Gesicht des Diktators, als er an die blauen Flecken um Aemilia Scauras Mund dachte, und er schüttelte den Kopf. »Warte zwei bis drei Marktwochen, und komm dann wieder, Magnus. Dann gebe ich sie dir zur Frau. Bis dahin sorge ich dafür, daß jeder Sesterz ihrer Mitgift zurückgezahlt ist.«

»Toll!« schrie Pompeius aufgeregt. »Weiß sie es?«

»Noch nicht, aber sie wird sich sehr freuen. Sie ist insgeheim in dich verliebt, seit sie deinen Triumph gesehen hat.«

Das war eine plumpe Schmeichelei, aber Sulla brachte den Löwen damit endgültig auf seine Seite. Pompeius platzte fast vor Dankbarkeit. »Wunderbar!« rief er. Als er ging, sah er wie ein vollgefressener Kater aus.

Nun konnte Sulla seiner Frau und seiner Stieftochter die Neuigkeit eröffnen, eine Aufgabe, die er nicht ungern erledigte. Delmatica begegnete Sulla ganz anders, seit dieser mit seiner Forderung ihr ruhiges, fast neun Jahre währendes Eheleben durcheinandergebracht hatte. Da Sulla ihre Abneigung überhaupt nicht gefiel, mußte er ihr wehtun.

Die beiden Frauen saßen in Delmaticas Zimmer und erstarrten, als Sulla unangemeldet eintrat. Als erstes untersuchte er Aemilia

Scauras Gesicht; es hatte schlimme blaue Flecken und war unter der Nase geschwollen. Dann sah er Delmatica an. Ihre Miene verriet an diesem Morgen weder Wut noch Abscheu; nur ihre Augen blickten kalt und ablehnend. Sie wirkt krank, dachte er. Dann fiel ihm ein, daß Frauen oft in Krankheit Zuflucht suchten, wenn ihre Gefühle verletzt waren.

»Gute Neuigkeiten!« sagte er gutgelaunt.

Sie gaben keine Antwort.

»Ich habe einen neuen Mann für dich, Aemilia.«

Aemilia blickte entsetzt und mit vom Weinen geröteten, teilnahmslosen Augen zu ihm auf. »Wen?« fragte sie schwach.

»Gnaeus Pompeius Magnus.«

»Sulla, wirklich!« fuhr Delmatica auf. »Das kann nicht dein Ernst sein! Scaurus' Tochter die Frau dieses picentischen Esels? Meine Tochter, in deren Adern das Blut der Meteller fließt? Ich verweigere mein Einverständnis!«

»Du hast überhaupt nichts zu sagen.«

»Ich wünschte, Scaurus lebte noch. Er hätte dir vieles zu sagen!«

Sulla lachte. »Mag sein. Ändern würde das allerdings letztlich nichts. Ich muß Magnus stärker an mich binden als nur durch Dankbarkeit – er ist kein dankbarer Mensch. Und du, Aemilia, bist in unserer Familie im Augenblick die einzige verfügbare Frau.«

Delmaticas graue Haut wurde noch grauer. »Tu es nicht, Lucius Cornelius! Bitte!«

»Ich trage Glabrios Kind im Leib«, flüsterte Aemilia Scaura. »Damit wird Pompeius mich doch nicht wollen.«

»Wer? Magnus? Wenn es nach dem ginge, könntest du sechzehn Ehemänner und sechzehn Säuglinge im Kinderzimmer haben«, sagte Sulla. »Er weiß, was ein gutes Geschäft ist, und das bist du allemal. Ich gebe dir zwanzig Tage, um dein Gesicht gesundzupflegen, dann heiratest du. Wenn das Kind auf der Welt ist, schicke ich es Glabrio.«

Aemilia brach erneut in Tränen aus. »Bitte, Lucius Cornelius, tu mir das nicht an! Laß mich mein Kind behalten!«

»Du kannst mit Magnus noch mehr Kinder haben. Hör jetzt auf, dich wie eine dumme Gans zu benehmen, und sieh den Tatsachen ins Auge.« Sullas Blick wanderte zu Delmatica. »Das gilt auch für dich, Frau.«

Er ging, und Delmatica versuchte, ihre Tochter zu trösten.

Zwei Tage später teilte Pompeius Sulla in einem Brief mit, er habe sich von seiner Frau scheiden lassen und wolle einen festen Termin für die Hochzeit.

»Ich werde voraussichtlich bis zu den Nonen des Sextilis nicht in Rom sein«, schrieb Sulla zurück. »Komme deshalb zwei Tage nach den Nonen des Sextilis zu mir. Vorher nicht.«

Hercules Invictus war der Gott des triumphierenden Imperators und herrschte über das Forum Boarium, das große, offene Areal mit den verschiedenen Fleischmärkten an der Seite des Circus Maximus, wo die Wagenrennen starteten. Dort standen sein großer Altar, sein Tempel und sein Standbild, das den Gott nackt zeigte und nur anläßlich der Siegesparade eines Feldherrn in Triumphgewänder gehüllt wurde. Über das Gelände verstreut lagen weitere Tempel, die dem Hercules als Schutzpatron der Oliven, der Kaufleute und der seinem Schutz unterstellten Geschäftsreisen geweiht waren.

Am Festtag des Hercules Invictus, so verkündete Sulla in einer in der ganzen Stadt verbreiteten Proklamation, werde er dem Gott als Dank für die Gunst, die er ihm auf seinen Feldzügen bezeugt habe, ein Zehntel seines Privatvermögens opfern. Freudige Erregung erfaßte das gemeine Volk, denn Hercules Invictus hatte keinen Tempelschatz, er konnte das geopferte Geld deshalb nicht behalten: Statt dessen wurde davon in seinem Namen und im Namen des triumphierenden Feldherrn ein Fest für alle freien Männer Roms ausgerichtet. Am Tag vor den Iden des Sextilis – dem Festtag des Gottes – sollten fünftausend Tische aufgebaut werden, an denen je über hundert hungrige Bürger Platz fanden. Nicht daß es in Rom tatsächlich eine halbe Million freie Männer gegeben hätte, aber der Stifter des Festes wußte offenbar, daß es ihm kaum gelingen würde, rüstige alte Weiber, entschlossene Ehefrauen und freche Kinder von dem Gelage fernzuhalten. Sullas Proklamation angefügt war eine Liste mit den Standorten der fünftausend Tische. Feste dieser Art waren eine organisatorische Herausforderung, und sie mußten sehr sorgfältig geplant und durchgeführt werden. Die Teilnehmer sollten möglichst in ihren Bezirken bleiben, die Straßen nicht verstopfen und nicht in rivalisierende Stadtteile eindringen, was in Streitigkeiten, Plünderungen, Krawalle und Straßenschlachten ausarten konnte.

Als das Ereignis näherrückte, reiste Sulla mit seiner Frau, seiner Tochter, den Kindern, Enkeln, der Stieftochter und Mamercus nach Misenum zu seiner Villa. Delmatica hatte ihn seit der erzwungenen Scheidung Aemilia Scauras von Glabrio gemieden, aber wenn er sie von ferne gesehen hatte, war ihm jedesmal aufgefallen, daß sie krank aussah. Ein paar Tage Erholung am Meer waren dringend geboten. Begleitet wurden sie außerdem von Konsul Decula, der Sullas Gesetze formulierte, und dem allgegenwärtigen Chrysogonus.

Erst einige Tage später, als sie sich am Meer bereits eingelebt hatten, hatte Sulla Zeit, sich um seine Frau zu kümmern, die ihm noch immer aus dem Weg zu gehen versuchte.

»Es ist sinnlos, mir Dinge wie die Scheidung Aemilias vorzuwerfen«, sagte er ruhig, aber nicht entschuldigend. »Ich werde immer tun, was ich tun muß. Das müßtest du jetzt doch wissen, Delmatica.«

Sie saßen für sich in einer Ecke der Loggia, beschattet von einer Reihe von Zypressen. Vom Meer her wehte eine angenehme Brise. Das Licht war nicht grell, aber Sulla sah trotzdem, daß Delmaticas Leiden, was immer es sein mochte, sich auch in der gesunden Luft nicht gebessert hatte. Delmatica wirkte abgespannt und müde und sehr viel älter als siebenunddreißig.

»Ich weiß es ja auch.« Sie klang bitter. »Und ich wünschte, ich könnte mich damit abfinden! Aber wenn es um meine Kinder geht, kann ich es nicht.«

»Glabrio mußte verschwinden«, sagte Sulla. »Und dazu gab es nur einen Weg – ihn aus meiner Familie auszuschließen. Aemilia ist jung, sie wird darüber hinwegkommen. Pompeius ist kein schlechter Kerl.«

»Er ist kein standesgemäßer Partner.«

»Das stimmt. Trotzdem muß ich ihn an mich binden. Eine Ehe zwischen ihm und Aemilia macht Glabrio außerdem klar, daß er mich nicht ungestraft beschimpfen kann. Ich habe die Macht, Scaurus' Tochter einem Mann wie Pompeius aus Picenum zu geben.« Sulla runzelte die Stirn. »Sieh das ein, Delmatica! Du hast nicht die Stärke, dich mir zu widersetzen.«

»Das weiß ich«, sagte sie leise.

»Es geht dir nicht gut, und ich glaube allmählich, daß dein Befinden gar nichts mit Aemilia zu tun hat«, sagte er freundlicher. »Was ist los?«

»Ich glaube ... ich glaube ...«

»Sage es mir!«

»Ich bekomme noch ein Kind.«

»Jupiter!« Sulla atmete hörbar ein, dann faßte er sich wieder und sah sie grimmig an.

»Ich weiß, daß wir das beide nicht wollen«, sagte sie müde. »Ich bin eigentlich zu alt dazu.«

»Und ich viel zu alt.« Sulla zuckte die Achseln. Dann lächelte er. »Na gut, es ist passiert, und wir haben beide Schuld. Du willst die Schwangerschaft wahrscheinlich nicht abbrechen?«

»Dazu ist es zu spät, Lucius Cornelius. Ich bin jetzt im fünften Monat, und es wäre nicht ungefährlich. Ich habe nichts gemerkt, wirklich.«

»Bist du bei einem Arzt oder einer Hebamme gewesen?«

»Noch nicht.«

Er stand auf. »Ich schicke dir Lucius Tuccius.«

Sie fuhr zusammen. »Bitte nicht, Sulla! Er war Arzt im Heer und weiß nichts über Frauen!«

»Er ist besser als deine Griechen!«

»Was die Behandlung von Männern betrifft, so gebe ich dir recht. Aber ich würde lieber einen Arzt für Frauen aus Neapolis oder Puteoli konsultieren.«

Sulla gab auf. »Geh, zu wem du willst«, sagte er kurz und verließ die Loggia.

Delmatica ließ mehrere Frauenärzte und Hebammen kommen. Sie alle waren der Meinung, Delmatica sei zwar völlig erschöpft, werde aber, wenn das Kind in ihrem Schoß erst die richtige Lage gefunden hätte, wieder zu Kräften kommen.

An den Nonen des Sextilis packten die Sklaven den Hausstand zusammen, und sie machten sich auf den Rückweg nach Rom. Sulla, den das langsame Tempo der Sänften, in denen die Frauen reisten, ungeduldig machte, ritt voraus. Er kam zwei Tage vor den anderen in der Stadt an und traf die letzten Vorbereitungen für den kommenden Festtag.

»Alle Bäcker Roms sind beauftragt, Brot und Kuchen zu bakken; das zusätzlich bestellte Mehl ist bereits ausgeliefert«, berichtete Chrysogonus. Er war noch vor Sulla in der Stadt eingetroffen.

»Und der Fisch wird frisch sein? Die Hitze ist ja schrecklich.«

»Auch daran ist gedacht, Lucius Cornelius. Ich habe einen Abschnitt des Flusses oberhalb des Platzes für die Dreigespanne mit Netzen abtrennen lassen. Dort warten die Fische auf den großen Tag. Am Morgen des Festes beginnen dann tausend Sklaven, die Fische auszunehmen und zu kochen.«

»Und das Fleisch?«

»Wird ebenfalls frisch und ganz zart sein, haben die Lieferanten mir versichert. Jungferkel, Hühnchen, Würste und Milchlämmer. Aus dem italischen Gallien habe ich Nachricht, daß die Frühäpfel und -birnen rechtzeitig eintreffen werden – fünfhundert vierrädrige Wagen, eskortiert von zwei Schwadronen, sind auf der Via Flaminia nach Rom unterwegs. In Alba Fucentia werden Erdbeeren gesammelt und in Eis vom Mons Fiscellus gepackt. Die Beeren kommen in der Nacht vor dem Fest, ebenfalls mit militärischer Eskorte.«

»Ein Jammer, daß die Leute immer so viel Lebensmittel klauen«, sagte Sulla, obwohl er, der in seiner Jugend arm gewesen war und viel gehungert hatte, im Grunde Verständnis dafür hatte.

»Bei Brot oder Hafergrütze bräuchten wir uns keine Sorgen zu machen, Lucius Cornelius«, sagte Chrysogonus. »Gestohlen werden meist Dinge mit ausgefallenem Geschmack.«

»Bist du sicher, daß der Wein genügt?«

»Wir haben sogar zuviel Wein und Essen, Herr.«

»Hoffentlich ist unter dem Wein kein Essig!«

»Der Wein ist ohne Ausnahme vorzüglich. Die Händler, die in Versuchung geraten könnten, ein paar Amphoren mitzuliefern, in die Luft gekommen ist, wissen genau, mit wem sie es diesmal zu tun haben.« Chrysogonus grinste. »Ich habe jedem einzelnen sagen lassen: Wenn nur eine Amphore Essig dabei ist, lassen wir alle kreuzigen, ob römische Bürger oder nicht.«

»Es darf nichts schiefgehen, Chrysogonus! Nichts!«

Als dann doch ein Problem auftrat, hatte es, zumindest auf den ersten Blick, nichts mit dem Volksfest zu tun, sondern mit Delmatica. In Begleitung aller möglichen kundigen Weiber, die Cornelia Sulla unterwegs in den Städten an der Via Appia aufgetrieben hatte, war sie schließlich in Rom eingetroffen.

»Sie blutet«, sagte Cornelia Sulla zu ihrem Vater.

Sulla gab sich keine Mühe, seine Erleichterung zu verbergen. »Verliert sie das Ding?« fragte er erwartungsvoll.

»Wir halten es für möglich.«

»Es wäre sehr viel besser so.«

»Ich glaube auch, daß es keine Tragödie wäre, wenn sie das Kind verlieren würde«, sagte Cornelia Sulla, die ihre Gefühle gut im Griff hatte und ihren Vater kannte. »Aber ich mache mir Sorgen um Delmatica, Vater.«

»Was heißt das?«

»Sie stirbt vielleicht.«

Eine dumpfe Angst glomm in seinen Augen auf, aber seine Tochter hätte nicht sagen können, wovor genau. Er machte eine abwehrende Bewegung und schüttelte heftig den Kopf. »Also ist er doch der Vorbote des Todes!« rief er. »Es kostet immer den höchsten Preis! Aber das ist mir egal! Ganz egal!« Das verständnislose Gesicht seiner Tochter brachte ihn wieder zu sich. »Sie ist eine starke Frau, sie stirbt schon nicht!« schnaubte er.

»Hoffentlich nicht.«

Sulla stand auf. »Sie wollte ihn nicht zu sich lassen, aber jetzt wird sie das. Ob sie will oder nicht.«

»Wen?«

»Lucius Tuccius.«

Einige Stunden später trat der ehemalige Militärarzt mit ernster Miene in Sullas Arbeitszimmer, in dem dieser seit Stunden allein ausharrte. Auf das Entsetzen darüber, daß sein Wiedersehen mit Metrobius wieder ein Todesopfer fordern könnte, waren Schuldgefühle und zuletzt Resignation gefolgt. Delmatica wollte er nicht sehen; er glaubte, ihr nicht mehr unter die Augen treten zu können.

»Du bringst keine gute Nachricht, Tuccius.«

»Nein, Lucius Cornelius.«

»Was genau fehlt ihr?« Unruhig kaute Sulla auf seiner Unterlippe.

»Es sieht so aus, als sei deine Frau schwanger, und offenbar glaubt sie das auch. Aber ich glaube nicht an ein Kind.«

Die rötlichen Streifen der Narben in Sullas Gesicht stachen noch stärker hervor als gewöhnlich. »Was glaubst du?«

»Die Frauen sprechen von Blutfluß, aber dafür kommt zu wenig Blut«, sagte der kleine Arzt stirnrunzelnd. »Blut ist zwar auch dabei, aber vermischt mit einem faul riechenden Ausfluß, den ich bei einem verwundeten Soldaten für Eiter halten würde. Nach meiner Diagnose gibt es eine Art inneren Eiterherd, doch mit deiner Erlaubnis, Lucius Cornelius, möchte ich noch weitere Meinungen einholen.«

»Mach, was du willst«, sagte Sulla scharf. »Aber sorge für Diskretion – ich muß mich um eine Hochzeit kümmern. Ich nehme an, meine Frau kann an ihr nicht teilnehmen?«

»Ganz bestimmt nicht, Lucius Cornelius.«

Als deshalb Aemilia Scaura, im fünften Monat schwanger von ihrem vorigen Mann, Gnaeus Pompeius Magnus im Haus Sullas heiratete, war nicht einmal der einzige Mensch da, der sie liebte. Doch als sie unter ihren flammend roten und safrangelben Schleiern bitter weinte, konnte Pompeius, der sich nach der Trauung sofort um sie kümmerte, sie immerhin so gut trösten und aufheitern, daß sie beim Gehen schließlich sogar lächelte.

Eigentlich hätte Sulla seiner Frau diese unerwartet erfreuliche Wendung der Dinge mitteilen müssen, aber er erfand eine Ausrede nach der anderen, um die Wohnräume seiner Frau nicht betreten zu müssen.

»Ich glaube, er kann einfach nicht zusehen, wie du leidest«, sagte Cornelia Sulla, die Nachrichten von Sulla an seine Frau überbrachte. »Du weißt doch, wie er ist. Wenn ihm an einem Menschen nichts liegt, ist er völlig gleichgültig. Aber wenn er einen Menschen liebt, ist er dieser Situation nicht gewachsen.«

In dem großen Raum, in dem Delmatica lag, roch es faulig, und der Geruch wurde stärker, je näher ein Besucher dem Bett kam. Sie würde sterben, Cornelia Sulla wußte es. Lucius Tuccius hatte recht gehabt, in ihrem Schoß wuchs kein Säugling heran. Was genau ihren armen, gärenden Bauch aufblähte und ihn zum Zerrbild eines schwangeren Leibes machte, konnte niemand sagen. Man wußte nur, daß es etwas Krankes und Bösartiges war.

Das faule Sekret floß mit erbarmungsloser Beständigkeit aus ihr heraus, und ein Fieber brannte in ihr, das kein noch so starkes Medikament und nicht die liebevollste Pflege zu kühlen vermochte. Aber Delmatica war bei Bewußtsein. Schmerzerfüllt ruhten ihre Augen, die hell wie zwei Flammen glänzten, auf ihrer Stieftochter.

»Das ist mir egal«, sagte sie jetzt und wandte den Kopf auf dem schweißnassen Kissen hin und her. »Ich will wissen, wie es meiner armen kleinen Aemilia ergangen ist. War es sehr schlimm?«

»Überhaupt nicht«, sagte Cornelia Sulla, und die Überraschung war ihrer Stimme immer noch anzuhören. »Ob du es glaubst oder nicht, liebste Stiefmutter, als sie zu ihrem neuen Heim aufbrach, war sie sogar glücklich. Pompeius ist ein bemerkenswerter Mann – ich habe ihn bis zum heutigen Tag nur von ferne gesehen und hatte das typische Vorurteil der Cornelier gegen ihn. Aber er sieht blendend aus – viel besser als der dumme Glabrio! Und er hat gezeigt, daß er viel Charme hat. Anfangs flossen Aemilias Tränen in Strömen, aber kaum sagte ihr Pompeius, wie hübsch sie sei und wie sehr er sie schon liebe, da war ihre Verzweiflung wie verflogen. An diesem Mann ist mehr, als ich gedacht hätte, Delmatica. Ich prophezeie dir, er wird seine Frau glücklich machen.«

Delmatica nickte. »Man erzählt so manches über ihn. Vor Jahren, als er fast noch ein Kind war, ging er regelmäßig zu Flora – du weißt, wen ich meine?«

»Die berühmte Hure?«

»Ja. Sie hat ihre beste Zeit jetzt eigentlich hinter sich, aber es heißt, sie trauere immer noch den kurzen Besuchen von Pompeius nach, der nie von ihr ging, ohne überall auf ihrem Körper Bißspuren zu hinterlassen. Ich verstehe nicht, was sie daran finden konnte, aber anscheinend hat es ihr gefallen! Pompeius hat sie überbekommen und an einen Freund weitergereicht. Das hat ihr das Herz gebrochen. Armes dummes Ding! Eine verliebte Dirne ist arm dran!«

»Dann ist Aemilia Scaura meinem Vater am Ende womöglich noch dankbar, daß er sie von Glabrio befreit hat.«

»Ich wünschte, er würde mich besuchen!«

Der Tag vor den Iden des Sextilis kam. Sulla setzte die Graskrone auf und legte die Gewänder des Triumphators an, wie es Brauch war, wenn ein berühmter Feldherr auf dem großen Altar im Forum Boarium opferte. Hinter seinen Liktoren und gefolgt von einer Prozession von Senatoren, schritt der Diktator von seinem Haus über die Treppe des Cacus zu jenem leeren Platz hinunter, auf dem gewöhnlich der Fleischmarkt abgehalten wurde. Auf der Höhe des Standbildes – das heute gleichfalls in die Gewänder des Triumphators gehüllt war – blieb er stehen. Er grüßte den Gott und richtete ein Gebet an ihn. Dann ging er weiter zum großen Altar vor dem kleinen Rundtempel des Hercules Invictus, einem alten dorischen Bau, bekannt wegen der Fresken im Inneren, die der berühmte Tragödiendichter Marcus Pacuvius gemalt hatte.

Das Opfertier, eine wohlgenährte hellbraune Färse, die man mit Drogen gefügig gemacht hatte, wartete wiederkäuend und mit freundlich auf das ausgelassene Treiben auf dem Marktplatz blikkenden braunen Augen in der Obhut von Opferdiener und Opferstecher. Im Gegensatz zu Sulla, der seine Graskrone trug, waren die Häupter der übrigen Anwesenden mit Lorbeer bekränzt, und als der jüngere Dolabella, der als Stadtprätor für das Zeremoniell an diesem Tag verantwortlich war, die Gebete an Hercules Invictus zu sprechen begann, bedeckte niemand sein Haupt, denn Hercules Invictus, ein Fremder innerhalb der heiligen Stadtgrenze, empfing seine Gebete auf griechische Art.

Alles verlief reibungslos. Sulla als Stifter des Opfers und des Festes beugte sich hinab, um etwas Blut der Färse in einem dem Gott Hercules geweihten Becher aufzufangen. Doch als das Gefäß zur Hälfte voll war, huschte ein schwarzer Schatten auf vier Beinen zwischen Pontifex Maximus und Opferstecher hindurch, tunkte die Schnauze in die größer werdende rote Pfütze auf dem Pflaster und begann laut zu schlabbern.

Sulla sprang mit einem Schreckensschrei auf und wich zurück. Der Becher glitt ihm aus der zitternden Hand, sein Inhalt ergoß sich über das Pflaster, und Sullas Krone aus verdorrtem Gras rollte über den Boden und blieb in der Blutlache liegen. Entsetzen ergriff die Umstehenden, während der schwarze Hund noch immer hungrig an dem tiefroten See schlabberte. Die Menschen eilten in alle Richtungen auseinander, spitze Schreie ertönten, einige warfen ihre Lorbeerkränze fort, andere rissen sich büschelweise Haare aus. Niemand wußte, was zu tun war, niemand wußte, wie man diesen Alptraum beenden konnte.

Geistesgegenwärtig nahm der Pontifex Maximus Metellus Pius dem Opferdiener den Hammer aus der Hand, holte weit aus und schmetterte ihn krachend auf den Kopf des leckenden Hundes. Der Hund heulte auf und begann sich zähnefletschend und um sich schnappend wild im Kreise zu drehen. Nach einer Ewigkeit brach er mit zuckenden Gliedern zusammen, verstummte und verendete. Aus seinem Rachen quoll blutiger Schaum.

Der Pontifex Maximus, der noch bleicher als Sulla war, ließ den Hammer zu Boden fallen. »Das Ritual ist geschändet worden!« rief er mit der lautesten Stimme, mit der man ihn je hatte rufen hören. »Stadtprätor, wir müssen von vorn beginnen! Senatoren, faßt euch! Wo sind die Sklaven des Hercules, die dafür zu sorgen hatten, daß kein Hund ins Heiligtum eindringt?«

Opferdiener und Opferstecher trieben die Tempelsklaven zusammen, welche die heilige Stätte vor der Zeremonie verlassen hatten, um nachzusehen, was für Leckereien auf den draußen aufgebauten Tischen lagen. Sulla, dessen Perücke schief auf dem Kopf saß, faßte sich schließlich wieder soweit, daß er sich bücken und seine blutbesudelte Graskrone aufheben konnte.

»Ich muß nach Hause, ein Bad nehmen«, sagte er zu Metellus Pius. »Ich bin unrein. Wir sind alle unrein und müssen erst baden. In einer Stunde treffen wir uns wieder hier.« Zu dem jüngeren Dolabella sagte er streng: »Die Sklaven sollen diese Schweinerei aufputzen und den Kadaver der Färse mitsamt dieser elenden Kreatur in den Fluß werfen. Dann sollen die Kerkermeister sie bis morgen einsperren. Sie werden gekreuzigt. Aber laß ihnen nicht die Beine brechen, sie sollen tagelang leiden, bevor sie sterben. Und zwar hier im Forum Boarium, in Sichtweite des Gottes Hercules. Er will sie nicht mehr. Sie haben zugelassen, daß ein Hund sein Opfer beschmutzt.«

Unrein, unrein, unrein, unrein: Sulla wiederholte das Wort immer und immer wieder, während er nach Hause eilte, um ein Bad zu nehmen und eine *toga praetexta* anzulegen – kein Feldherr hatte ein zweites Triumphgewand. Er reinigte die Graskrone eigenhändig mit Wasser und weinte bitter, als sie trotz aller Vorsicht auseinanderfiel. Als er sie schließlich auf einem weißen Tuch zum Trocknen auslegte, waren von ihr nur noch ein paar verschrumpelte, schlaffe Halme übrig. Die Krone gab es nicht mehr. Er war verflucht, sein Glück war dahin. Sein Glück! Wie konnte er ohne es leben? Wer hatte sie geschickt, diese elende Kreatur, noch schwarz von der Reise durch die Finsternis der Unterwelt? Wer hatte ihm diesen Tag verdorben, jetzt, wo Gaius Marius es nicht mehr konnte? War es Metrobius? Seinetwegen verlor er Delmatica! Nein, nicht Metrobius ...

Dann kehrte er, auf dem Haupt einen Lorbeerkranz wie alle anderen, zum Altar des Hercules Invictus zurück. Seine Liktoren bahnten ihm den Weg durch die Menschenmassen, die sich schon jetzt in den Straßen drängten, um rechtzeitig zu Beginn des Festes bei den Tischen zu sein. Noch immer rollten Ochsenkarren mit Vorräten in die Stadt, und es kam immer wieder zu Staus und erneuter Aufregung, wenn ihre Lenker den Zug der Priester kommen sahen und die Tiere hastig aus dem Weg trieben: Ein Haufen Dung auf dem Weg der Priester bedeutete eine Schändung, für die die Besitzer der Ochsen ausgepeitscht oder mit einer hohen Geldstrafe belegt wurden.

Chrysogonus hatte eine zweite Färse aufgetrieben, die nicht weniger schön war als die erste. Die Droge, die ihr der Verwalter in aller Eile in den Rachen gestopft hatte, zeigte bereits ihre beruhigende Wirkung. Das Ritual wurde ein zweites Mal begonnen, und diesmal verlief alles bis zum Schluß vorschriftsgemäß. Die dreihundert Senatoren bekamen von der Opferzeremonie allerdings kaum etwas mit, denn sie paßten nur noch auf, daß nirgendwo ein Hund lauerte.

Ein Tier, das Hercules Invictus geopfert worden war, durfte nicht vom Scheiterhaufen genommen werden, der neben dem Altar des Gottes loderte, und so verbrannte die Färse wie Caesars weißer Stier auf dem Kapitol zu Asche. Während die Zeugen der schaurigen Ereignisse vom Morgen nach Hause eilten, sobald die Zeremonie beendet war, blieb Sulla und tat, was er sich für den Tag vorgenommen hatte. Er wollte durch die Stadt gehen und dem feiernden Volk einen Teil seines Glücks wünschen. Aber wie konnte er dies jetzt, da Fortuna ihm ihre Gunst wegen eines schwarzen Köters für immer entzogen hatte?

Fünftausend Tische, einfache, auf Böcke gelegte Bretter, bogen sich unter der Last der Speisen, und Wein floß reichlicher als das Blut auf dem Schlachtfeld. Fünfhunderttausend Menschen, die nichts vom Unglück auf dem Forum Boarium wußten, schlangen Fische, Obst und Honigkuchen in sich hinein und stopften mitgebrachte Säcke bis oben mit Speisen voll, um Zuhausegebliebene, darunter auch Sklaven, am Fest teilhaben zu lassen. Sie begrüßten Sulla mit Beifall und Anrufungen der Götter und versprachen, ihn bis ans Ende ihrer Tage in ihre Gebete einzuschließen.

Die Nacht brach herein, als Sulla schließlich in sein Haus auf dem Palatin zurückkehrte, seinen Liktoren dankte und sie mit der Mitteilung entließ, daß sie am nächsten Tag in ihrem Bezirk hinter dem Gasthaus an der Ecke des Clivus Orbius festlich bewirtet würden.

Cornelia Sulla erwartete ihn im Atrium.

»Vater, Delmatica verlangt nach dir.«

»Ich bin zu müde!« sagte er barsch. Er wußte, daß er seiner Frau, die er liebte – aber eben nicht genug –, nie wieder würde gegenübertreten können.

»Bitte geh zu ihr, Vater! Sonst gibt sie diese törichte Idee nicht auf, auf die dein Verhalten sie gebracht hat.«

»Was für eine törichte Idee?« Er schlüpfte aus der Toga und trat zum Altar der Laren und Penaten an der gegenüberliegenden Wand. Dort neigte er den Kopf, zerbrach auf dem Marmorsims ein Stück Salzgebäck und legte seinen Lorbeerkranz darauf.

»Was für eine törichte Idee?« fragte er noch einmal.

»Daß sie unrein ist. Sie sagt immer wieder, sie sei unrein.«

Sulla blieb wie versteinert stehen. Entsetzen durchfuhr ihn, und widerliche Gefühle, die er weder verdrängen noch ertragen konnte, zogen wie ein Heer von Würmern durch seinen Leib. Er erschauerte, streckte, wie um Meuchelmörder abzuwehren, die Arme aus und starrte seine Tochter mit irrem Blick an.

»Unrein!« schrie er. *»Unrein!«*

Und rannte aus dem Haus.

Niemand wußte, wo er die Nacht verbrachte, obwohl Cornelia Sulla Diener mit Fackeln losgeschickt hatte, die ihn bei den fünftausend Tischen, deren Lasten inzwischen merklich leichter geworden waren, suchen sollten. Gegen Sonnenaufgang kehrte er, nur in seine Tunika gehüllt, ins Atrium zurück, wo seine Tochter noch immer auf ihn wartete. Chrysogonus, der die Nacht bei Cornelia Sulla im Atrium geblieben war, trat zögernd auf seinen Herrn zu.

»Gut, daß du hier bist«, sagte Sulla kurz. »Benachrichtige alle Priester. Sie sollen sich in einer Stunde im Tempel des Castor auf dem Forum versammeln.«

»Vater?« fragte Cornelia Sulla verwirrt.

»Mit Frauen will ich heute nichts zu tun haben.« Sulla verschwand ohne ein weiteres Wort in seinen Wohnräumen.

Er badete und lehnte drei purpurgesäumte Togen als schmutzig ab, bevor ihm eine vollkommen sauber erschien. Dann schritt er hinter seinen Liktoren, von denen drei die Toga auf sein Verlangen gewechselt hatten, zum Tempel des Castor und Pollux, wo die Priester besorgt seine Ankunft erwarteten.

»Gestern«, begann er ohne lange Vorrede, »habe ich ein Zehntel meines gesamten Besitzes Hercules Invictus dargebracht. Er ist ein Gott der Männer, nur der Männer. Keine Frau darf sich seinem Altar nähern, und zum Gedenken an seine Reise durch die Unterwelt darf kein Hund seinen Bezirk betreten, da Hunde und alle schwarzen Geschöpfe der Unterwelt angehören. Hercules hat zwanzig Sklaven als Diener, deren Hauptaufgabe darin besteht, dafür zu sorgen, daß weder Frauen noch Hunde oder schwarze Tiere seinen Bezirk verunreinigen. Trotzdem hat gestern ein schwarzer Hund das Blut des ersten Opfers getrunken, das ich Hercules dargebracht habe, eine furchtbare Beleidigung für jeden Gott – und für mich. Was habe ich getan, fragte ich, daß ausgerechnet mir das passiert? Ich wollte dem Gott in bester Absicht ein großes Geschenk machen und ihm ein prachtvolles Opfertier darbringen. Deshalb erwartete ich, daß Hercules Invictus meine Gabe und mein Opfer annehmen würde. Dann trank ein schwarzer Hund das Blut der Färse, und meine Krone wurde mit Blut besudelt.«

Die neunzig anwesenden Priester hörten wie versteinert zu, fassungslos beim Gedanken an die schreckliche Schändung des Heiligtums. Alle hatten sie der Zeremonie am Vortag beigewohnt, und alle waren sie entsetzt und hatten den Rest des Tages und die folgende Nacht immer wieder überlegt, was falsch gemacht worden war und warum der Gott dem Diktator Roms so sehr zürnte.

»Die heiligen Bücher sind vernichtet, wir können sie nicht mehr befragen«, fuhr Sulla fort, der Wirkung seiner Worte gewiß. »Doch der Gott hat meine Tochter als seine Botin auserkoren. Alle Bedingungen waren erfüllt: Sie sprach, ohne zu wissen, was sie sagte, und ohne Kenntnis der Ereignisse vor dem Altar des Hercules Invictus.«

Sulla hielt inne und ließ seinen Blick über die Reihen der Priester schweifen. Das Gesicht, das er suchte, war nicht dabei. »Pontifex Maximus, tritt zu mir!« befahl er schließlich im feierlichen Ton eines Priesters.

Bewegung kam in die Reihen, dann trat Metellus Pius hervor. »Hier bin ich, Lucius Cornelius.«

»Quintus Caecilius, du bist von dieser Sache besonders betroffen. Stelle dich vor die anderen, weil keiner dein Gesicht sehen soll. Ich wünschte, auch ich könnte mein Gesicht verbergen, aber mein Gesicht müßt ihr alle sehen. Ich habe folgendes zu sagen: Meine Frau, Caecilia Metella Delmatica, Tochter eines Pontifex Maximus und leibliche Cousine unseres gegenwärtigen Pontifex Maximus ist …« – Sulla holte Luft – »… unrein. Im selben Augenblick, in dem meine Tochter mir dies sagte, wußte ich, daß es die Wahrheit ist. Meine Frau ist unrein. Ihr Schoß fault. Ich wußte dies zwar schon seit einiger Zeit, aber daß der Zustand der armen Frau die Götter der Männer beleidigt, wußte ich erst, als meine Tochter sprach. Hercules Invictus ist ein Gott der Männer, und Jupiter Optimus Maximus genauso. Ich, ein Mann, trage die Verantwortung für das Wohlergehen Roms. Mir ist die Aufgabe anvertraut, dazu beizutragen, daß Rom sich von den Kriegen und Wirren der letzten Jahre wieder erholt. Wer und was ich bin, ist wichtig. Und nichts, wirklich nichts in meinem Leben darf unrein sein. Auch nicht meine Frau. Heute erkenne ich dies. Ist meine Vermutung richtig, Pontifex Maximus Quintus Caecilius?«

Wie sehr das Ferkel gewachsen ist! dachte Sulla, der als einziger Metellus' Gesicht sehen konnte. Gestern hatte Metellus die Situation gerettet, heute war er der einzige, der die Lage in ihrer ganzen Tragweite begriff.

»Ja, Lucius Cornelius«, sagte Metellus Pius fest.

»Ich habe euch heute hierher bestellt, um die Auspizien einzuholen und zu entscheiden, was zu tun ist«, fuhr Sulla fort. »Ich habe euch die Situation geschildert und gesagt, was ich glaube. Aber nach den Gesetzen, die ich verabschiedet habe, kann ich ohne euren Rat keine Entscheidung treffen. Und dies um so weniger, als die betroffene Person meine Frau ist. Natürlich möchte ich auch nicht, daß man mir nachsagt, ich hätte die Situation dazu benutzt, meine Frau loszuwerden. Ich will meine Frau nicht loswerden, das muß ich klarstellen. Gegenüber euch allen und durch euch gegenüber Rom. Trotzdem glaube ich, daß meine Frau unrein ist und daß die Götter der Männer gekränkt sind. Pontifex Maximus, was sagst du als Oberhaupt der römischen Religion?«

»Auch ich sage, die Götter der Männer sind gekränkt«, verkündete Metellus Pius. »Ich sage, du mußt deine Frau von dir fernhalten. Du darfst nie wieder den Blick auf sie richten und zulassen, daß sie dein Haus verunreinigt oder dich bei der Ausführung der dir vom Gesetz auferlegten Pflichten behindert.«

Alle sahen die Verzweiflung in Sullas Gesicht. »Ich liebe meine Frau«, sagte er mit belegter Simme. »Sie hat mir treu gedient. Sie hat mir Kinder geschenkt. Vor mir war sie die treue Frau des Marcus Aemilius Scaurus, dem sie gleichfalls Kinder geschenkt hat. Ich weiß nicht, warum die Götter der Männer dies von mir verlangen oder wodurch meine Frau ihr Mißfallen erregt hat.«

»Deine Liebe zu deiner Frau ist dadurch nicht in Frage gestellt«, sagte der Pontifex Maximus. »Weder du noch sie hat notwendigerweise einen Gott beleidigt, er sei ein Gott der Männer oder der Frauen. Richtiger ist, daß ihre Anwesenheit in deinem Haus und deine Anwesenheit in ihrem Leben die Wege, über welche Rom die Gnade und Gunst der Götter zufließen, auf dunkle Weise unterbrochen haben. Im Namen der anderen Priester sage ich, daß niemand Schuld trägt, daß wir auf keiner Seite eine Verfehlung entdecken können, Lucius Cornelius, weder auf deiner noch auf der deiner Frau. Was geschehen ist, ist geschehen. Mehr ist dazu nicht zu sagen.«

Er drehte sich um, blickte die schweigende Versammlung an und sagte mit lauter, fester Stimme, ohne zu stottern: »Ich bin euer Pontifex Maximus! Daß ich ohne Stottern und Stammeln zu euch spreche, ist Beweis genug, daß Jupiter Optimus Maximus durch mich spricht. Ich sage, die Frau dieses Mannes ist unrein, ihre Anwesenheit in seinem Leben und seinem Haus beleidigt unsere Götter, und sie muß sofort aus seinem Leben und seinem Haus entfernt werden. Wir brauchen darüber nicht abzustimmen. Wenn einer der Anwesenden mir nicht zustimmt, so sage er es jetzt.«

Die Stille war so tief, als sei der Tempel leer.

Metellus Pius wandte sich wieder an den Diktator. »Wir weisen dich an, Lucius Cornelius Sulla, deinen Dienern zu befehlen, daß sie deine Frau Caecilia Metella Delmatica aus deinem Haus bringen und in den Tempel der Juno Sospita geleiten, wo sie bis zu ihrem Tode bleiben soll. Auf keinen Fall darfst du sie noch einmal sehen. Sobald sie aus dem Haus ist, beauftrage ich den Rex Sacrorum und den Marspriester an Stelle des Jupiterpriesters, die Reinigungsriten in Lucius Cornelius' Haus durchzuführen.«

Er zog sich die Toga über den Kopf. »Ihr himmlischen Zwillinge Castor und Pollux, ihr Dioskuren, Dei Penates oder wie immer ihr genannt werden wollt – ihr, die ihr Götter seid oder Göttinnen oder ohne Geschlecht –, wir sind in eurem Tempel versammelt, weil wir eure Fürsprache beim mächtigen Jupiter Optimus Maximus, dessen Abkömmlinge ihr seid oder nicht seid, und beim Triumphator Hercules Invictus brauchen. Wir bitten euch: Bezeugt den Göttern, daß wir uns redlich bemüht haben, geschehenes Unrecht wiedergutzumachen. Wir versprechen hiermit, daß wir euch ein Zwillingspaar weißer Fohlen opfern werden, sobald wir diese seltenen Opfertiere finden. Helft uns, wie ihr es stets getan habt.«

Die Auspizien wurden eingeholt, und sie bestätigten den Beschluß des Pontifex Maximus. Das klare Morgenlicht, das durch die offene Tür ins Innere des Tempels fiel, verdunkelte sich plötzlich, und ein seltsam kalter Wind wehte herein.

»Noch eines, bevor wir gehen«, sagte Sulla.

Die Priester, die sich schon zum Gehen angeschickt hatten, blieben sofort wieder stehen.

»Wir müssen die Sibyllinischen Bücher ersetzen, denn auch wenn wir noch das Buch von Vegoia und Tages haben, das sicher im Tempel des Apoll verwahrt wird, hilft uns dieses Buch doch bei ausländischen Göttern wie Hercules Invictus nicht weiter. Es gibt viele Sibyllen auf der Welt, und einige stehen der Sibylle von

Cumae sehr nahe, die ihre Verse auf Palmblätter schrieb und sie vor langer Zeit König Tarquinius Priscus zum Kauf anbot. Pontifex Maximus, ich wünsche, daß du jemanden beauftragst, auf der ganzen Welt nach den Versen zu suchen, die in unseren prophetischen Büchern enthalten waren.«

»Du hast recht, Lucius Cornelius, dies muß geschehen«, sagte Metellus Pius ernst. »Ich werde einen geeigneten Mann für diese Aufgabe finden.«

Diktator und Pontifex Maximus gingen gemeinsam zu Sulla nach Hause.

»Meine Tochter wird außer sich sein«, sagte der Diktator, »aber wenn sie es aus deinem Mund hört, wird sie mir keine Schuld geben.«

»Es tut mir sehr leid wegen dieses Unglücks.«

»Mir auch!« sagte Sulla bedrückt.

Cornelia Sulla glaubte ihrem Vater, was sie selbst so sehr überraschte wie ihn.

»Ich glaube, du liebst sie, wie du es vermagst, Vater. Und ich habe keine so schlechte Meinung von dir, daß ich dir unterstellen würde, du wollest sie loswerden.«

»Liegt sie im Sterben?« fragte Metellus Pius. Er bekam plötzlich Gewissensbisse, weil er vorgeschlagen hatte, Delmatica für den Rest ihres Lebens in den Tempel der Juno Sospita zu verbannen.

»Es wird bald zu Ende sein«, sagte Lucius Tuccius. »Sie hat eine schlimme Wucherung im Bauch.«

»Dann bringen wir es rasch hinter uns.«

Als acht kräftige Sänftenträger Delmatica vom Krankenlager hoben, geschah dies nicht in würdevoller Stille. Als Delmatica der Beschluß der Priester mitgeteilt wurde, verflog mit einem Mal die Geduld, die ihr ganzes Leben bestimmt hatte. Sie würde ihren Mann nie wiedersehen! Schluchzend schrie und kreischte sie immer wieder seinen Namen, als man sie hinaustrug. Sulla, dem Tränen die Wangen hinabrannen, saß unterdessen in seinem Arbeitszimmer, die Hände auf die Ohren gepreßt. Wieder hatte er bezahlen müssen. An wen? An Fortuna oder Metrobius?

Am Gemüsemarkt vor der Servianischen Mauer reihten sich vier Tempel aneinander: die Tempel der Pietas, des Janus, der Spes und der Juno Sospita. Die Juno Sospita war keine besonders wichtige Schutzgöttin für Schwangere, sondern mehr eine kriegerische Version der großen Mutter von Pessinus, der Juno der Schlangen aus Lanuvium, der Himmelskönigin und Erlöserin der Frauen. Wohl wegen dieses letzten Aspektes ihrer Erscheinung war es unter gesunden Wöchnerinnen lange Zeit Brauch gewesen, ihre Nachgeburt als Opfergabe in den Tempel der Juno Sospita zu bringen.

Während des Bundesgenossenkrieges, als Geld und Tempelsklaven knapp waren, war Juno Sospita der Metella Balearica, die mit Appius Claudius Pulcher verheiratet gewesen war, im Traum erschienen und hatte sich bitter über den Schmutz in ihrem Tempel beklagt, der es ihr unmöglich mache, dort zu wohnen. Balearica war daraufhin zum Konsul Lucius Caesar gegangen und hatte verlangt, man möge ihr beim Saubermachen des Tempels helfen. Dort hatte man nicht nur verwesende Plazentas gefunden. Überall waren die Überreste toter Frauen, Hündinnen, Säuglinge und Ratten herumgelegen. Obwohl Caecilia Metella Balearica damals selbst schwanger gewesen war, hatte sie zusammen mit Lucius Caesar ihre ekelerregende Aufgabe ganz erfüllt und war zwei Monate später nach der Geburt ihres sechsten Kindes gestorben.

Seither war der Tempel freilich peinlich sauber gehalten worden. Die dargebrachten Nachgeburten wurden in dicht geflochtene, auslaufsichere Körbe gelegt und regelmäßig zur rituellen Verbrennung zur Frau des Jupiterpriesters gebracht. Kein Tempelboden glänzte sauberer, in keinem Tempel duftete es süßer. Cornelia Sulla hatte für das Lager ihrer Stiefmutter einen Platz hergerichtet, und die Sänftenträger durchlitten zitternd die größten Qualen, als sie den geheiligten Raum der Frauen betreten mußten, um Delmatica dort abzusetzen. Delmatica schrie noch immer nach Sulla, aber inzwischen schwächer und schon völlig entkräftet. Die neue Umgebung schien sie gar nicht wahrzunehmen.

Auf einem Sockel stand die bemalte Statue der Göttin. Sie trug Schuhe mit aufwärtsgebogenen Spitzen und schwang einen Speer gegen eine aufgerichtete Schlange. Am eindrucksvollsten war das echte Ziegenfell, das um ihre Schultern lag und an der Taille verknotet war, während der Kopf der Ziege mit den Hörnern wie ein Helm auf ihrem dunkelbraunen Haar saß. Cornelia Sulla und

Metellus Pius setzten sich zu Füßen dieser fremdländischen Gestalt und hielten jeder eine Hand Delmaticas, um der Sterbenden in ihren letzten Schmerzen und ihrer Verzweiflung beizustehen. Es konnte sich nur noch um Stunden handeln, und Delmaticas Qualen waren mehr seelisch als körperlich. Sie verlangte bis zuletzt nach Sulla, unzugänglich gegenüber den vernünftigen Einwänden, die Cornelia Sulla und Metellus Pius erhoben.

Als sie tot war, ließ der Pontifex Maximus die Bestatter im Tempel ein Leichenbett errichten, denn der Leichnam durfte nicht zur feierlichen Aufbahrung nach Hause gebracht und auch nicht ausgestellt werden. So saß sie nach traditioneller Art aufrecht in ihrem Leichenbett im Tempel, bedeckt von einem schwarzen, goldumrandeten Tuch und umringt von gemieteten Klageweibern. Im Hintergrund wachte jene seltsame Göttin mit dem Ziegenfell, der aufgerichteten Schlange und dem Speer.

»Wer ein Luxusgesetz verfaßt hat«, sagte Sulla später, »kann es sich leisten, sich darüber hinwegzusetzen.«

Caecilia Metella Delmaticas Begräbnis kostete deshalb einhundert Talente. Über zwei Dutzend Schauspieler mit Wachsmasken vor den Gesichtern rollten auf Wagen durch die Straßen; die Masken gehörten verstorbenen Mitgliedern der Familie Caecilius Metellus' und zweier Patrizierfamilien, der des Aemilius Scaurus und der des Cornelius Sulla. Die Menge, die sich im Circus Flaminius drängte – man hatte beschlossen, den unreinen Körper nicht über die heilige Stadtgrenze zu bringen –, war freilich weniger vom Pomp der Veranstaltung ergriffen als vom Anblick der dreijährigen Zwillinge Delmaticas, Faustus und Fausta, die in schwarze Gewänder gehüllt von einer mit schwarzen Girlanden behangenen Riesin aus Gallia Transalpina getragen wurden.

An den Kalenden des September begann Sulla mit der eigentlichen Gesetzgebung, einer so großen Flut neuer Bestimmungen, daß der Senat entsetzt aufstöhnte.

»Unsere Gerichte arbeiten schwerfällig und zeitaufwendig«, stellte Sulla fest. »Die Komitien sollten sich nicht mit zivil- oder strafrechtlichen Klagen befassen; solche Verfahren sind zu langwierig und politisch manipulierbar und werden zu sehr durch den Ruf oder die Popularität des Angeklagten beeinflußt – vom Ruf der Verteidiger ganz zu schweigen. Und ein mehrere tausend Stimmen großes Schwurgericht ist weder praktikabel noch vernünftig.

Ich werde in Rom sieben ständige Gerichtshöfe einrichten, zuständig für Verrat, Wucher, Veruntreuung, Bestechung, Urkundenfälschung, Gewaltverbrechen und Mord. Alle Verbrechen außer dem letztgenannten betreffen in irgendeiner Weise Staat oder Schatzamt, deshalb sollen Prätoren die Vorsitzenden der ersten sechs Gerichte sein. Die genaue Verteilung bestimmt das Los. Das Mordgericht soll sämtliche Fälle von Mord, Brandstiftung, Zauberei, Giftmischerei und Meineid verhandeln – und ein neues Verbrechen, das ich Justizmord nennen will: eine Exilstrafe, mit der jemand auf gerichtlichem Weg einen anderen schädigt. Ich gehe davon aus, daß das Mordgericht am meisten zu tun hat, aber auch die einfachsten Fälle verhandelt. Sein Vorsitzender soll jemand sein, der Ädil, aber noch nicht Prätor war. Ernannt wird er von den Konsuln.«

Hortensius, der seine größten Triumphe in der Volksversammlung gefeiert hatte, wo er wegen seines Redestils und seiner Fähigkeit, die Massen mitzureißen, zur Legende geworden war, war entsetzt. Die neuen Geschworenengerichte waren für seinen Geschmack entschieden zu klein.

»Damit geht die echte Kunst der Verteidigung unter!« rief er.

»Das ist doch völlig unwichtig.« Sulla sah ihn erstaunt an. »Viel wichtiger ist das gerichtliche Verfahren, und das soll aus den Händen der Komitien genommen werden, Quintus Hortensius, dazu bin ich fest entschlossen! Ich werde die Volksversammlung jedenfalls auffordern, die Einrichtung dieser neuen ständigen Gerichtshöfe per Gesetz zu bestätigen. Die Komitien werden ihre richterlichen Aufgaben damit formell an diese Gerichte abgeben.«

»Ausgezeichnet!« sagte der Historiker Lucius Cornelius Sisenna. »Damit wird jeder vor Gericht verhandelte Fall sozusagen mit Billigung der Komitien verhandelt, und eine Berufung vor einer Versammlung der Komitien nach der Urteilsverkündung ist nicht mehr möglich.«

»Genau, Sisenna! Und das macht der Richtertätigkeit dieser Versammlungen ein Ende!«

»Aber das ist ja empörend!« rief Catulus aufgebracht. »Und

zudem völlig verfassungswidrig! Jeder römische Bürger hat Anspruch auf Rechtsmittel!«

»Rechtsmittel und Verfahren sind ein und dasselbe, Quintus Lutatius«, belehrte ihn Sulla, »und Teil der neuen römischen Verfassung.«

»Die alte Verfassung war in diesen Fragen gut genug!«

»Die Geschichte hat eines allzu deutlich gezeigt: daß so mancher Schuldige durch die Bestimmungen der alten Verfassung freigekommen ist, weil sich die Volksversammlung von der Rhetorik einiger Redner blenden und dazu verleiten ließ, ein rechtmäßiges Urteil umzustoßen. Empörend war, wie aus solchen Verfahren schamlos politisches Kapital geschlagen wurde, Quintus Lutatius. Rom ist inzwischen so groß und hat so viele Aufgaben, daß es nicht an veralteten Bräuchen und Verfahren festhalten darf, die aus einer Zeit stammen, als Rom kaum größer als ein Dorf war. Ich verweigere niemandem einen gerechten Prozeß. Im Gegenteil, ich mache den Prozeß gerechter. Und das Verfahren einfacher.«

»Und wer sind die Geschworenen?« fragte Sisenna.

»Sie kommen ausschließlich aus dem Senat – ein Grund mehr, warum ich dort eine Reserve von mindestens vierhundert Männern brauche. Der Dienst des Geschworenen ist eine Belastung, und das bleibt er auch weiterhin, wenn sieben Gerichtshöfe besetzt werden müssen. Allerdings will ich die Anzahl der Geschworenen verringern. Fünfzig werden es nur noch bei schweren Verbrechen gegen die Allgemeinheit sein. Ansonsten soll die Anzahl in Zukunft von der Zahl der verfügbaren Männer abhängen, und wenn diese zufällig gerade ist, soll Gleichstand bei der Entscheidung Freispruch bedeuten. Der Senat ist bereits in Dekurien von zehn Männern mit je einem patrizischen Senator als Vorsitzendem unterteilt. Aus diesen Dekurien sollen die Geschworenen kommen, wobei allerdings keine Dekurie für immer einem bestimmten Gericht zugeordnet ist. Die Geschworenen werden für jede Verhandlung und jedes Gericht einzeln durch das Los bestimmt, und zwar nachdem der Verhandlungtermin feststeht.«

»Hervorragend!« rief der jüngere Dolabella.

»Unmöglich!« brüllte Hortensius. »Was passiert, wenn meine Dekurie die Geschworenen einer Verhandlung stellen soll und ich selbst in einem anderen Prozeß den Angeklagten vertrete?«

»Dann mußt du eben beides irgendwie unter einen Hut bringen«, sagte Sulla. Er lächelte kalt. »Die Huren können es, Hortensius! Du kannst es auch!«

Catulus schnaubte verächtlich.

»Wer legt die Anzahl der Geschworenen für einen bestimmten Prozeß fest?« fragte der jüngere Dolabella.

»Der Vorsitzende des Gerichtes«, erklärte Sulla. »Allerdings hängt ihre Zahl auch von der Zahl der verfügbaren Dekurien ab. Ideal wären meiner Ansicht nach fünfundzwanzig bis fünfunddreißig Männer. Und es werden nie alle Mitglieder einer Dekurie verpflichtet, denn dann wäre die Anzahl der Geschworenen ja immer gerade.«

»Sechs der acht Prätoren werden also durch das Los jeweils zum Vorsitzenden eines Gerichtshofes bestimmt«, faßte Metellus Pius zusammen. »Wie wird dann festgelegt, wer Stadtprätor und wer Prätor für Fremdenrecht wird?«

»Die bisherige Bestimmung, nach welcher der Prätor mit dem besten Wahlergebnis Stadtprätor und der mit dem zweitbesten Prätor für Fremdenrecht wird, ist abgeschafft«, verkündete Sulla. »In Zukunft werden alle acht Aufgaben durch das Los verteilt.«

Lepidus war es ganz egal, welcher Prätor welches Amt erhielt. Er stellte jetzt eine Frage, deren Antwort er zwar bereits wußte, aber aus Sullas Mund hören wollte. »Beabsichtigst du also, alle Ritter als Geschworene auszuschließen?«

»Richtig. Seit der Zeit des Gaius Gracchus haben die Ritter die Geschworenengerichte besetzt, von einer kurzen Unterbrechung abgesehen. Das hört jetzt auf! Gaius Gracchus hat es versäumt, in sein Gesetz eine Klausel einzufügen, nach der ein korrupter ritterlicher Geschworener strafrechtlich verfolgt werden kann. Die Senatoren sind in jeder Beziehung vor dem Gesetz verantwortlich, dafür werde ich sorgen!«

»Und welche Aufgaben bleiben dann dem Stadtprätor und dem Prätor für Fremdenrecht?« fragte Metellus Pius.

»Sie sind für alle Zivilprozesse verantwortlich. Und der Prätor für Fremdenrecht ist außerdem für strafrechtliche Prozesse von Nichtrömern zuständig. Allerdings werden diese beiden Prätoren nicht mehr das Recht haben, selbst ein Urteil zu fällen – statt dessen müssen sie den Fall einem Richter übergeben, der unter bestimmten Senatoren und Rittern ausgelost wird. Sein Spruch ist für alle Parteien bindend, auch wenn der Stadtprätor und der Prätor für Fremdenrecht ein Verfahren persönlich überwachen.«

Hortensius stand wegen Sullas höhnischer Bemerkung noch immer Zornesröte im Gesicht, und er hatte seine Fassung noch nicht wieder gewonnen. Deshalb ergriff Catulus das Wort: »Nach der augenblicklichen Verfassung, Lucius Cornelius, kann ein Todesurteil nur durch eine ordnungsgemäß einberufene Versammlung der Komitien gefällt werden. Wenn du den Komitien die Gerichtsbarkeit entziehst, fällen dann ab jetzt die Gerichte die Todesurteile?«

»Nein, Quintus Lutatius, im Gegenteil. Es wird überhaupt kein Todesurteil mehr gefällt. Die Strafen beschränken sich in Zukunft auf Exil, Geldbuße und Beschlagnahmung des Vermögens oder eines Teils davon.«

»Du hast sieben Gerichte benannt«, sagte Mamercus. »Verrat, Wucher, Veruntreuung, Bestechung, Urkundenfälschung, Gewaltverbrechen und Mord. Nun gibt es aber durch die *lex Plautia* bereits einen ständigen Gerichtshof für Fälle von Gewalt gegen die Allgemeinheit. Dazu habe ich zwei Fragen: Erstens, was geschieht mit diesem Gerichtshof, und zweitens, wo werden Sakrilegien verhandelt?«

»Die *lex Plautia* ist nicht mehr nötig.« Sulla lehnte sich erleichtert zurück. Der Senat schien insgesamt zu begrüßen, daß die strafrechtlichen Verfahren den Komitien aus der Hand genommen waren. »Gewaltverbrechen werden entweder am neuen Gericht für Gewaltverbrechen verhandelt oder in besonders schweren Fällen am Gericht für Verrat. Was Sakrilegien angeht, so sind Verbrechen dieser Art zu selten, um ihretwegen einen ständigen Gerichtshof einzurichten. Bei Bedarf wird ein Sondergericht einberufen, dem ein ehemaliger Ädil vorsitzt. Das Sondergericht arbeitet wie die ständigen Gerichte, also ohne Berufungsrecht bei den Komitien. Das Urteil für eine unkeusche Vestalin lautet weiterhin auf Begraben bei lebendigem Leibe, aber der oder die Männer, die ihr zu nahe gekommen sind, werden vor ein anderes Gericht gestellt und nicht mit dem Tod bestraft.«

Sulla räusperte sich. »Für heute bin ich fast fertig. Zunächst noch ein Wort zu den Konsuln: Es ist nicht gut für Rom, wenn die Konsuln aktiv am Krieg im Ausland teilnehmen. Beide sind in ihrem Amtsjahr für das Wohlergehen Roms und Italiens verantwortlich und sonst nichts. Jetzt, da die Volkstribunen auf ihre Plätze verwiesen sind, erhoffe ich mir von den Konsuln mehr Initiative bei der Verkündung von Gesetzen. Dann noch etwas zur Hausordnung: Senatsmitglieder können auch in Zukunft aufstehen, wenn sie etwas zu sagen haben, aber es wird ihnen nicht mehr erlaubt sein, beim Reden auf und ab zu gehen. Gesprochen wird vom zugewiesenen Platz aus, ob im Sitzen oder im Stehen. Lärm wird nicht geduldet. Weder Beifall noch Getrampel, noch Jubel- oder Zwischenrufe. Die Konsuln werden jeden, der gegen die neue Hausordnung verstößt, mit einer Geldbuße von tausend Denaren belegen.«

Als Sulla die Sitzung aufgehoben hatte, versammelte sich eine kleine Gruppe von Senatoren vor den Stufen der Curia Hostilia, darunter treue Anhänger Sullas wie Mamercus und Metellus Pius, aber auch Männer wie Lepidus und Catulus, die Sulla bestenfalls als notwendiges Übel betrachteten.

»Kein Zweifel«, sagte Metellus, »die neuen Gerichte werden die gesetzgebenden Gremien spürbar entlasten – jetzt braucht man nicht mehr mühsam bei der Versammlung der Plebs beantragen, daß ein Verfahren an ein Sondergericht weitergeleitet wird, oder befürchten, daß irgendein Ritter sich bestechen läßt. Doch, die Reformen sind gut.«

»Na ja, Pius«, rief Philippus. »Du kannst dich doch sicher noch an die Zeit erinnern, als Konsul Caepio die Gerichtsbarkeit an den Senat zurückgegeben hatte! Ständig war ich in irgendeinem Prozeß Geschworener, sogar im Sommer!« Philippus wandte sich an seinen Zensorkollegen Marcus Perperna. »Du erinnerst dich bestimmt auch noch.«

»Nur zu gut«, bestätigte Perperna nachdrücklich.

»Ich verstehe nicht«, sagte Catulus, »daß ihr zwar verlangt, der Senat solle die Geschworenen stellen, euch aber beschwert, wenn ihr an der Reihe seid. Wenn wir als Senatoren die Rechtsprechung in der Hand haben wollen, müssen wir das eben in Kauf nehmen.«

»Und jetzt trifft es uns ja seltener«, sagte Mamercus. »Wir sind mehr Senatoren.«

»Wie du redest!« sagte Philippus wütend. »Du bist der Schwiegersohn des großen Sulla; er braucht nur den kleinen Finger zu heben, und schon heulst du wie ein Hund oder blökst wie ein Schaf! So viele Senatoren kann es gar nicht geben! Und aufschieben läßt sich bei ständigen Gerichten auch nichts mehr – früher konnten wir das Urteil in der Volksversammlung wenigstens für die Marktwochen, die wir in den Ferien waren, hinauszögern. Jetzt braucht der Gerichtsvorsitzende nur noch die Geschworenen von einer Liste auszuwählen! Wir wissen nicht einmal vorher, ob wir ausgewählt werden oder nicht, wir können also überhaupt nicht planen. Sulla sagt, gelost wird erst, wenn der Verhandlungstermin feststeht. Ich sehe es schon vor mir! Zwei Tage Erholung am Meer, dann wieder ab nach Rom, um einem Prozeß beizuwohnen!«

»Man hätte die Aufgaben der Geschworenen aufteilen müssen«, sagte Lepidus. »Die wichtigen Gerichtshöfe, also die für Wucher und Verrat, könnten beim Senat bleiben; das Mordgericht dagegen könnte gut mit Geschworenen aus dem Ritterstand besetzt werden – oder sogar mit Geschworenen aus dem Proletariat!«

»Du meinst also, nur die Schwurgerichte, die über Senatoren entscheiden, sollten aus Senatoren bestehen«, sagte Mamercus säuerlich. »Alle anderen Verbrechen, wie Zauberei oder Giftmischerei, sind für Senatoren nicht wichtig genug.«

»So ähnlich.« Lepidus lächelte.

Metellus wechselte das Thema. »Ich wüßte gern, was für Gesetze er sonst noch plant.«

»Bestimmt keine zu unserem Vorteil«, sagte Hortensius.

»Warum denn nicht?« sagte Mamercus, der sich durch Philippus' Vorwurf nicht aus der Ruhe hatte bringen lassen. »Alles, was Sulla bisher getan hat, dient der Stärkung des Senats und soll Rom helfen, zu seinen alten Werten und Bräuchen zurückzufinden.«

»Aber vielleicht ist es für eine Rückkehr zu den alten Bräuchen zu spät«, sagte Perperna nachdenklich. »Vieles von dem, was Sulla abgeschafft oder verändert hat, hat uns gleichfalls lange begleitet. Die Versammlung der Plebs hat jetzt kaum mehr Bedeutung als ein Verein von Würfelbrüdern. Aber das wird nicht so bleiben, weil es nicht so bleiben kann. Schließlich waren die Volkstribunen jahrhundertelang Roms wichtigste Gesetzgeber.«

»Ja, was er mit den Volkstribunen gemacht hat, ist keineswegs volksfreundlich«, sagte Lepidus. »Die Neuordnung der Versammlung der Plebs hat bestimmt keinen Bestand.«

An den Kalenden des Oktober schockierte der Diktator die Römer erneut. Er verrückte das *pomerium,* die heilige Stadtgrenze, um genau hundert Fuß in Richtung Forum Boarium und vergrößerte so das Stadtgebiet um einen allerdings sehr kleinen Teil. Die heilige Stadtgrenze war seit der Zeit der Könige unangetastet geblieben, und an ihr zu rühren galt als Parteinahme für das Königtum, als Akt gegen die Republik. Aller Protest nützte freilich nichts. Ungerührt erklärte Sulla, die offizielle Grenze zwischen Italien und dem italischen Gallien sei jetzt der Rubicon – zwar galt der Rubicon schon lange als Grenze, aber die letzte offizielle Grenzziehung war noch beim Metauro erfolgt. Er könne also mit Fug und Recht behaupten, sagte Sulla weiter, daß er das Territorium Roms in Italien vergrößert habe. Und um dieser Tatsache Rechnung zu tragen, werde er die Stadtgrenze um jene unerheblichen hundert Fuß verschieben.

»Ich für meinen Teil«, sagte Pompeius zu seiner neuen, bereits hochschwangeren Frau, »bin mit dieser Entscheidung völlig einverstanden!«

Aemilia Scaura sah ihn erstaunt an. »Warum?«

Sie stellte oft solche Fragen und hätte einen weniger geltungsbedürftigen Mann sicher verärgert, aber Pompeius liebte es, gefragt zu werden.

»Weil, mein lieber kleiner Melonenbauch« – er kitzelte sie mit einem gierigen Blick und einem Augenzwinkern am Bauch – »weil ich den größten Teil des Ager Gallicus südlich von Ariminum besitze und dieser jetzt offiziell zu Umbria gehört. Damit bin ich einer der größten Landbesitzer ganz Italiens, vielleicht sogar der größte. Genau weiß ich es nicht. Manche haben insgesamt mehr, weil sie noch Land im italischen Gallien besitzen, zum Beispiel die Familie des Aemilius Scaurus – deines Papas, Herzchen – und die des Domitius Ahenobarbus, aber ich habe riesige Ländereien in Lucania geerbt, und wenn jetzt noch die südliche Hälfte des

Ager Gallicus zu meinen Ländereien in Umbria und Nordpicenum kommt, bezweifle ich, daß jemand im eigentlichen Italien mehr hat als ich! Mögen die anderen über den Diktator jammern, ich bin zufrieden.«

»Ich kann es kaum erwarten, deine Ländereien zu sehen«, sagte Aemilia Scaura sehnsüchtig und legte die Hand auf ihren Bauch. »Sobald ich reisen kann, Magnus. Du hast es versprochen.«

Sie saßen nebeneinander auf einer Liege. Er drehte sich zu ihr, drückte sie sanft auf die Liege, verschloß ihr mit zwei Fingern den Mund und begann ihr Gesicht abzuküssen.

»Mehr!« schrie sie, als er von ihr abließ.

Er beugte sich über sie, und seine unsagbar blauen Augen glitzerten. »Was sagt mein gieriges Schmuseweibchen da? Das Schmuseweibchen müßte doch wissen, daß es nicht geht.«

Aemilia Scaura begann haltlos zu kichern, und Pompeius, der dieses Kichern schrecklich gern mochte, kitzelte sie, so daß sie noch mehr kichern mußte. Doch dann wurde sein Verlangen nach ihr so groß, daß er aufstehen und gehen mußte.

»Das blöde Kind!« schrie sie ärgerlich.

»Bald, meine Süße«, sagte er betont fröhlich. »Zuerst müssen wir den kleinen Glabrio loswerden. Dann machen wir selbst einen Versuch.«

Pompeius hatte bisher tatsächlich verzichtet. Niemand, am allerwenigsten Aemilia Scauras steife und hochmütige Verwandtschaft aus der Familie des Caecilius Metellus, sollte ihm nachsagen können, er sei nicht der rücksichtsvollste und liebenswerteste Ehemann. Denn Pompeius wollte von seinen neuen Verwandten unbedingt anerkannt werden.

Als er vom Verhältnis des jüngeren Marius mit Praecia erfahren hatte, hatte er diese in ihrem prachtvollen Haus besucht; für ihn bedeutete es keinen Abstieg, die Hinterlassenschaft eines anderen zu kosten, solange dieser berühmt, mächtig oder adelig genug war. Praecia stellte im übrigen ein erotisches Vergnügen mit Reizen dar, die Aemilia Scaura, wenn es einmal soweit war, sicher nicht zu bieten haben würde, soviel war sicher. Außerdem hatten Ehefrauen die Aufgabe, Kinder zu gebären, auch wenn der armen Antistia nicht einmal diese Freude vergönnt gewesen war.

Wenn Pompeius gerne verheiratet war, dann deshalb, weil er

wußte, wie man eine Frau für sich einnimmt. Er machte Aemilia Komplimente in rauhen Mengen, kümmerte sich nicht darum, wie lächerlich seine Zärtlichkeiten klingen mochten – er vergewisserte sich lediglich, daß der Pontifex Maximus Metellus Pius ihn nicht hören konnte –, und war ihr gegenüber immer fröhlich und gutgelaunt. Und bei alledem – kluger Pompeius! – gestand er ihr Launen zu und nahm es hin, wenn sie weinte, wegen Kleinigkeiten nörgelte und ihn beschimpfte. Und da Aemilia Scaura ebensowenig wie Antistia vor ihr ahnte, daß nicht sie ihren Mann lenkte, sondern vielmehr er sie, stand alles zum besten. Die Beteiligten waren zufrieden, und es gab keinen tiefergehenden Streit.

Pompeius' Dankbarkeit gegenüber Sulla dafür, daß dieser ihm die Tochter des Senatsvorsitzenden Scaurus verschafft hatte, war grenzenlos. Zwar war er selbst überzeugt, daß er für Scaurus' Tochter mehr als gut genug war, aber wenn ein Mann wie Sulla seine Überzeugung teilte, bestärkte ihn das in seiner hohen Meinung von sich selbst. Natürlich wußte er auch, daß Sulla ihn durch die Heirat an sich binden wollte, aber das gab seinem Selbstbewußtsein noch mehr Auftrieb. Der Diktator fegte einen römischen Aristokraten wie Glabrio beiseite, aber Gnaeus Pompeius Magnus war ihm so wichtig, daß er ihm gab, was er Glabrio genommen hatte. Sulla hätte Scaurus' Tochter ja auch seinem Neffen Publius Sulla geben können oder seinem großen Günstling Lucullus.

Pompeius hatte sich beharrlich geweigert, in den Senat einzutreten, aber er wollte sich keineswegs dem Kreis um den Diktator entfremden. Er träumte vielmehr von neuen Zielen: Er wollte der einzige Feldherr in der Geschichte der Republik werden, der ein prokonsularisches Imperium hatte, aber nicht einmal Senator war. Angeblich war das unmöglich, und man hatte ihn ausgelacht und verspottet. Aber einen Mann wie Gnaeus Pompeius Magnus zur Zielscheibe des Spottes zu machen, war gefährlich! Er würde es sie büßen lassen in den kommenden Jahren, jeden einzelnen von ihnen; er würde sie weder töten, wie Marius es getan hätte, noch sie ächten, wie es Sullas Methode war. Nein, er wollte sie demütigen und erniedrigen, bis sie ihn auf den Knien um Erlösung anflehen würden. Das war weitaus süßer, als sie sterben zu sehen!

Pompeius zügelte also sein Verlangen nach dem begehrenswerten Sproß aus dem Geschlecht der Aemilier; er entschädigte sich vorerst mit zahlreichen Besuchen bei Praecia und tröstete sich mit Blicken auf Aemilia Scauras Bauch, in dem hinfort nur noch seine eigene Nachkommenschaft heranwachsen würde.

Aemilias Kind sollte Anfang Dezember zur Welt kommen, doch setzten Ende Oktober plötzlich heftige Wehen ein. Da die Schwangerschaft bisher ohne Komplikationen verlaufen war, überraschte die Frühgeburt alle, auch die Ärzte. Das magere Knäblein, das so früh zur Welt gekommen war, starb am Tag nach der Geburt, wenig später gefolgt von Aemilia Scaura, die unter großen Schmerzen verblutete.

Pompeius überkam abgrundtiefe Verzweiflung. Er hatte Aemilia Scaura auf seine besitzergreifende, wenig wählerische Art aufrichtig geliebt. Wenn Sulla in der bewußten Absicht, Pompeius einen Gefallen zu tun, in ganz Rom nach der richtigen Braut gesucht hätte, so hätte er keine geeignetere finden können als die ständig kichernde, etwas begriffsstutzige und naive Aemilia Scaura. Pompeius, dessen Vater den Beinamen der Schlächter getragen hatte und der selbst der kleine Schlächter genannt wurde, war mit dem Tod zeit seines Lebens in Berührung gekommen, ohne Anwandlungen von Mitleid oder Gnade zu verspüren. Ein Mann lebte, ein Mann starb. Eine Frau lebte, eine Frau starb. Nichts war sicher. Als seine Mutter gestorben war, hatte er etwas geweint, aber bis zum Tod Aemilia Scauras hatte ihn nur der Tod seines Vaters wirklich berührt.

Und nun schmerzte ihn der Tod seiner Frau so sehr, daß er ihr fast auf den Scheiterhaufen gefolgt wäre. Man mußte ihn gewaltsam zurückhalten, als er sich in die Flammen stürzen wollte, und Varro und Sulla wußten nicht, ob es ihm mit seiner rasenden Verzweiflung ganz oder nur zum Teil ernst war. In Wahrheit wußte es nicht einmal Pompeius. Er wußte lediglich, daß Fortuna ihm Scaurus' Tochter gegeben und ihm das Geschenk wieder entrissen hatte, bevor er es genießen konnte.

Noch immer verzweifelt weinend, verließ der junge Mann Rom durch die Porta Collina. Zum zweiten Mal hatte der Tod ihm jäh einen Angehörigen entrissen. Erst seinen Vater, dann Aemilia Scaura. Ein Pompeius aus Nordpicenum konnte da nur eines tun: sich nach Hause zurückziehen.

»Rom hat gegenwärtig zehn Provinzen«, stellte Sulla am Tag nach der Beerdigung seiner Stieftochter im Senat fest. Er trug das Trauergewand des Senators, eine weiße Toga und eine Tunika, deren Purpurstreifen so schmal war, daß sie mehr der Tunika des Ritters als der des Senators glich. Wäre Aemilia Scaura seine leibliche Tochter gewesen, hätte er sich den öffentlichen Geschäften erst nach zehn Tagen wieder zuwenden können, aber so war das unnötig. Angesichts seiner Pläne war Sulla darüber froh.

»Ich will sie euch aufzählen, eingeschriebene Väter: Hispania Ulterior, Hispania Citerior, Gallia Transalpina, das italische Gallien, Mazedonien mit Achaia, Asia, Cilicia, Africa mit Cyrenaica, Sizilien und Sardinien mit Korsika. Zehn Provinzen für zehn Statthalter. Wenn die Statthalter jeweils ein Jahr regieren, brauchen wir für die zehn Provinzen jedes Jahr zehn Männer – die beiden Konsuln und acht Prätoren, die gerade aus dem Amt geschieden sind.«

Sein Blick blieb wie zufällig an Lepidus hängen. »Aber jetzt bekommt jeder Statthalter einen Quästor zugewiesen. Der Statthalter von Sizilien bekommt zwei, einen für Syrakus und einen für Lilybaeum. Damit bleiben neun von zwanzig Quästoren für Italien und Rom. Das reicht. Jedem Statthalter wird zudem ein kompletter Stab von Beamten zugewiesen, von Liktoren und Ausrufern bis zu Schreibern, Boten und Buchhaltern. Der Senat erhält die Aufgabe, jedem Statthalter auf Empfehlung des Schatzamtes hin eine bestimmte Summe zuzuweisen. Dieses Gehalt, das vor Amtsantritt ausbezahlt wird, kann während des Amtsjahres unter keinen Umständen erhöht werden. Der Statthalter muß damit seine Beamten sowie sämtliche Unkosten bezahlen und am Ende der Statthalterschaft eine lückenlose Abrechnung vorlegen. Nichtausgegebene Gelder kann er für sich behalten. Er hat über das ihm ausbezahlte Geld volle Verfügungsgewalt und kann damit tun und lassen, was er will. Auch ist es ihm erlaubt, Geld vor seiner Abreise in die Provinz unter seinem Namen in Rom zu investieren. Aber er muß sich darüber im klaren sein, daß er kein weiteres Geld zu erwarten hat! Hier ist eine Warnung notwendig. Da das Gehalt im Augenblick der Auszahlung in den persönlichen Besitz des neuen Statthalters übergeht, kann es gepfändet werden, wenn er verschuldet ist. Ich weise also alle potentiellen Statthalter darauf hin, daß Schulden ihre öffentliche Laufbahn gefährden. Ein Statthalter, der mittellos in seine Provinz reist, muß nach der Rückkehr damit rechnen, wegen schwerer Verbrechen angeklagt zu werden!«

Sulla sah die Senatoren grimmig an und wandte sich dann wieder den Staatsgeschäften zu. »Ich entziehe den Komitien jedes Mitspracherecht in Sachen Krieg, Provinzen und Außenpolitik. Von jetzt an ist ihnen auch jede Diskussion darüber verboten. Dies ist ausschließlich Recht des Senats.« Ein weiterer grimmiger Blick. »Komitien und Versammlung der Plebs genehmigen in Zukunft Gesetze und halten Wahlen ab. Mehr nicht. Sie haben bei Gerichtsverhandlungen, in der Außenpolitik oder in militärischen Fragen nichts mehr zu sagen.«

Die Senatoren murmelten billigend. Sulla hatte die Tradition auf seiner Seite, und seit der Zeit der Gracchen waren die Volksversammlungen immer mehr dazu benutzt worden, an Militärkommandos und Provinzen heranzukommen oder vom Senat designierten Männern Militärkommandos und Provinzen abzunehmen. So hatte der Vater des Metellus das Kommando in Africa an Marius abtreten müssen, und Sulla war dasselbe mit seinem Kommando gegen Mithridates passiert. Die Neuregelung war dem Senat deshalb willkommen.

Sulla ließ seinen Blick zu Catulus hinüberwandern. »Die beiden Konsuln werden in die Provinzen geschickt, die als besonders unsicher und gefährdet gelten. Im übrigen bestimmt das Los, wer welche Provinz bekommt. Wenn Rom seinen guten Ruf im Ausland behalten will, müssen bestimmte Regeln eingehalten werden. Wenn Schiffe oder Flotten von den Provinzen oder Klientelkönigreichen gestellt werden, müssen die Kosten dafür vom jährlichen Tribut abgezogen werden. Das gleiche gilt für Armeen und Kriegsausrüstung.«

Marcus Junius Brutus, der sich bisher zurückgehalten hatte, faßte sich ein Herz. »Wenn der Statthalter einer Provinz in einen Krieg verwickelt ist, muß er seine Provinz dann am Jahresende trotzdem abgeben?«

Sulla verneinte. Er überlegte einen Augenblick und fuhr fort: »Der Senat könnte sogar gezwungen sein, die amtierenden Konsuln ins Ausland in den Krieg zu schicken. Wenn Rom von allen

Seiten angegriffen wird, läßt sich das vielleicht nicht vermeiden. Ich bitte den Senat lediglich, sich besonders sorgfältig nach Alternativen umzusehen, bevor er die amtierenden Konsuln ins Ausland schickt oder die Amtszeit eines Statthalters verlängert.«

Mamercus hob die Hand, und die Senatoren sahen ihn gespannt an. Es war inzwischen bekannt, daß er Fragen in Sullas Auftrag stellte, so daß alle nun eine wichtige Bekanntmachung erwarteten, die der Diktator durch eine Frage eingeführt sehen wollte.

»Darf ich eine hypothetische Situation erörtern?« fragte Mamercus.

»Unbedingt!« ermunterte ihn Sulla.

Mamercus stand auf. Als Prätor für Fremdenrecht saß er mit den übrigen kurulischen Magistraten auf dem Podium am Ende des Saales. Wenn er aufstand, konnte man ihn von überall sehen – anders als die übrigen Senatoren, die nach Sullas neuer Hausordnung beim Reden nicht mehr umhergehen durften.

»Angenommen, es tritt der Fall ein, daß Rom tatsächlich von allen Seiten angegriffen wird«, begann Mamercus vorsichtig. »Angenommen, die Konsuln und alle entbehrlichen Prätoren ziehen entweder in den Krieg oder haben nicht genug Erfahrung, um am Krieg teilzunehmen. Nehmen wir weiter an, einige Statthalter fallen aus, weil sie von Barbaren getötet wurden oder durch andere Umstände ums Leben gekommen sind. Und im Senat finden sich keine Männer, die ein Kommando oder eine Statthalterschaft übernehmen können oder wollen. Du hast der Volksversammlung jede Entscheidungsbefugnis genommen und diese allein dem Senat übertragen. Was soll der Senat tun?«

»Eine ausgezeichnete Frage, Mamercus!« rief Sulla, obwohl er die Frage doch selbst formuliert hatte. Er zählte die einzelnen Punkte noch einmal an den Fingern auf: »Rom wird von allen Seiten angegriffen. Es stehen keine kurulischen Magistraten zur Verfügung. Ehemalige Konsuln oder Prätoren sind auch nicht verfügbar. Kein Senator hat genug militärische Erfahrung oder Fähigkeiten. Aber Rom braucht einen Feldherrn oder Statthalter. Ist das richtig? Habe ich es richtig zusammengefaßt?«

»Ja, Lucius Cornelius«, antwortete Mamercus ernst.

»Dann muß sich der Senat außerhalb der eigenen Reihen nach einem geeigneten Mann umsehen. Du schilderst eine Situation, die nicht mit herkömmlichen Mitteln gelöst werden kann. Also müssen wir zu außergewöhnlichen Mitteln greifen. Der Senat muß einen Mann finden, der über die nötigen Fähigkeiten verfügt, und diesem Mann dann die Befugnisse eines Feldherrn oder Statthalters verleihen.«

»Kommt dafür auch ein Freigelassener in Frage?« fragte Mamercus erstaunt.

»Jawohl. Allerdings gehe ich davon aus, daß es eher ein Ritter oder Zenturio sein wird. Ich kannte einen Zenturio, der einmal einen gefährlichen Rückzug befehligt hat. Er wurde mit der Krone aus Gras ausgezeichnet und erhielt anschließend die purpurgesäumte Toga des kurulischen Magistraten. Sein Name war Marcus Petreius. Ohne ihn hätte es große Verluste gegeben, und das betreffende Heer wäre nicht mehr einsatzbereit gewesen. Er wurde in den Senat aufgenommen und starb hochgeehrt während des Bundesgenossenkrieges. Sein Sohn ist unter den von mir neu ernannten Senatoren.«

»Aber der Senat ist gesetzlich nicht befugt, einem Nichtsenator das Feldherrnimperium oder eine Statthalterschaft zu verleihen!« wandte Mamercus ein.

»Meine neuen Gesetze ermächtigen, ja verpflichten ihn dazu«, sagte Sulla. »Eine solche Statthalterschaft oder Befehlsgewalt wird auf einer Sondervollmacht basieren, und ich werde den Senat mit der notwendigen Autorität ausstatten, diese Sondervollmacht jedem römischen Bürger, auch einem Freigelassenen, für jedes in Frage stehende Imperium zu verleihen.«

»Was hat er vor?« sagte Philippus leise zum Senatsvorsitzenden Flaccus. »Das ist ja ganz neu.«

»Ich weiß es leider auch nicht«, flüsterte Flaccus zurück.

Aber Sulla wußte es, und Mamercus ahnte es. Sulla wollte Gnaeus Pompeius Magnus noch fester an sich binden, denn Pompeius, der einen Eintritt in den Senat abgelehnt hatte, war wegen der vielen Veteranen seines Vaters noch immer ein militärischer Faktor, mit dem man rechnen mußte. Sulla war fest entschlossen, zu verhindern, daß ein weiterer Marsch auf Rom stattfand. Er selbst sollte der letzte gewesen sein, der dies getan hatte. Wenn Pompeius eines Tages zur Bedrohung wurde, mußte der Senat eine Möglichkeit haben, die beachtlichen Talente dieses Mannes auf legale Weise zu nutzen. Ein entsprechendes Gesetz war für Sulla eine Frage des gesunden Menschenverstandes.

»Es bleibt mir noch, zu definieren, was Verrat ist«, sagte der Diktator einige Tage später. »Vor Einrichtung meiner ständigen Gerichtshöfe gab es mehrere Arten Verrat, vom Hochverrat über verschiedene Zwischenformen bis zu kleineren Hoheitsverletzungen. Allerdings fehlte eine genaue Definition. In Zukunft wird Verrat immer vor dem speziell dafür zuständigen Gericht verhandelt. Die Anklage bleibt aber, wie ihr gleich noch sehen werdet, im großen und ganzen auf Statthalter einer Provinz oder Feldherrn eines ausländischen Krieges beschränkt. Begeht dagegen ein römischer Zivilist in Rom oder Italien Verrat, so lasse ich ihn durch die Volksversammlung aburteilen: Er muß sich vor den Zenturiatskomitien wegen Hochverrats verantworten und sieht folglich der bisherigen Strafe entgegen – Tod am Kreuz, das an einem unfruchtbaren Baum aufgehängt wird.«

Sulla ließ seine Worte eine Weile wirken, dann fuhr er fort: »Verrat ist jeder Verstoß gegen eine der folgenden Vorschriften: Ein Provinzstatthalter darf seine Provinz nicht verlassen. Er darf mit seiner Armee die Grenzen seiner Provinz nicht überschreiten. Er darf nicht aus eigenem Antrieb einen Krieg beginnen. Er darf ohne formelle Ermächtigung durch den Senat nicht in das Gebiet eines Klientelkönigs einmarschieren. Er darf sich mit einem Klientelkönig oder einer ausländischen Institution nicht verbünden, um den Status quo eines fremden Landes zu verändern. Er darf ohne Zustimmung des Senates keine zusätzlichen Truppen rekrutieren. Er darf ohne die formelle Zustimmung des Senates keine Entscheidungen fällen oder Edikte erlassen, die den Status seiner Provinz verändern. Und wenn sein vom Senat designierter Nachfolger eingetroffen ist, darf er höchstens noch dreißig Tage in der Provinz bleiben.«

Sulla lächelte. »Das ist alles. Abschließend noch ein Recht eines Imperiumsinhabers: Er behält sein Imperium so lange, bis er die heilige Grenze von Rom überschreitet. Das war immer so, und ich bekräftige es hiermit erneut.«

»Ich verstehe nicht, warum all diese Regeln und Vorschriften nötig sind!« sagte Lepidus verärgert.

»Ach Lepidus«, sagte Sulla ungeduldig, »sieh doch mich an! Einen Mann, der fast alles getan hat, was jetzt verboten ist. Ich hatte allerdings gute Gründe dafür! Man hat mir unrechtmäßig Imperium und Befehlsgewalt genommen. Aber meine Gesetze werden das in Zukunft verhindern, deshalb kann sich die Situation, in der ich war, nicht wiederholen. Männer, die gegen einen der genannten Punkte verstoßen, machen sich des Verrates schuldig. Wir dürfen nicht zulassen, daß jemand auch nur mit dem Gedanken spielt, nach Rom zu marschieren oder seine Armee von der Provinz nach Rom zu führen. Diese Zeiten sind vorbei. Dafür stehe ich ein.«

Am sechsundzwanzigsten Tag des Oktober wurden zum erstenmal die später jährlich stattfindenden *ludi Victoriae* eröffnet, die Siegesspiele. Veranstaltet wurden sie von Sullas Neffe Sextus Nonius Sufenas, dem jüngeren Sohn von Sullas Schwester. Höhepunkt im Circus Maximus war der erste November, der Jahrestag der Schlacht an der Porta Collina. Es waren gute, wenngleich nicht hervorragende Spiele; immerhin wurde nach über hundert Jahren erstmals wieder das sogenannte trojanische Spiel aufgeführt, bei dem junge Adelige auf dem Pferd eine Reihe komplizierter Übungen vorführten. Die Zuschauer waren begeistert. In Griechenland dagegen war man über die Spiele verstimmt. Daß Sufenas auch von dort Athleten, Tänzerinnen, Musikanten und Possenreißer nach Rom geholt hatte, war für die zur gleichen Zeit in Olympia stattfindenden Spiele eine Katastrophe.

Die Spiele hatten auch ihren Skandal! Der jüngere Sohn des Antonius Orator, Gaius Antonius Hybrida, lenkte beim Rennen eigenhändig einen Wagen! So wie die Teilnahme am trojanischen Spiel für einen Adligen eine Frage des Prestiges war, war es umgekehrt ein peinlicher Schnitzer, selbst einen Wagen zu lenken.

An den Kalenden des Dezember gab Sulla die Namen der Magistraten für das kommende Jahr bekannt. Er selbst würde Konsul sein, Quintus Caecilius Metellus Pius das Ferkel als Belohnung seiner langen Treue zweiter Konsul. Der ältere Dolabella erhielt die Provinz Mazedonien, der jüngere Dolabella Cilicia. Der jüngere Dolabella bekam bei der Verlosung der Quästuren mit Gaius Publicus Malleolus einen tüchtigen Mann, bestand aber außerdem auf der Ernennung von Gaius Verres zu seinem ersten Legaten. Lucullus blieb im Osten und diente weiter unter Thermus, dem Statthalter von Asia, während Gaius Scribonius Curio nach Rom zurückkehrte und Prätor wurde.

Für Sulla war nun die Zeit gekommen, sein gewaltigstes Unternehmen in Angriff zu nehmen: Seine Veteranen mußten mit Land abgefunden werden. Hundertzwanzigtausend Mann aus dreiundzwanzig Legionen wollte er in den nächsten beiden Jahren aus der Armee entlassen. Er hatte schon während seines ersten Konsulates nach dem Bundesgenossenkrieg Ländereien der aufständischen Städte Pompeji, Faesulae, Hardia, Telesia, Grumentum und Bovianum an Kriegsveteranen verteilt, aber das war einfach gewesen im Vergleich zu dem, was ihm jetzt bevorstand.

Sein mit peinlicher Sorgfalt ausgearbeitetes Programm sah vor, die Männer nach Dienstdauer, Rang und persönlichem Verdienst abgestuft zu entlohnen. Zenturionen des ersten Manipels der Triarier, also die rangältesten Zenturionen der gegen Mithridates eingesetzten Legionen, die alle schon zahlreiche Auszeichnungen bekommen hatten, erhielten je fünfhundert Morgen besten Landes, während Fußsoldaten aus den Legionen Carbos, die zu Sulla übergelaufen waren, mit zehn Morgen minderwertigen Landes die geringste Abfindung erhielten.

Sulla verteilte zuerst die etrurischen Ländereien, die er den erneut bestraften Städten Volaterrae und Faesulae abgenommen hatte. Da der Widerstand gegen Sulla in Etruria schon fast Tradition war, konzentrierte er seine altgedienten Soldaten zunächst nicht in geschlossenen Siedlungen, sondern verteilte sie über das Land, in der Hoffnung, künftige Aufstände dadurch besser eindämmen zu können. Doch das stellte sich als verhängnisvoller Fehler heraus. Volaterrae ging sofort zum Aufstand über, tötete zahlreiche Veteranen Sullas, schloß die Tore und richtete sich auf eine Belagerung ein. Da die Stadt auf einer hohen Erhebung inmitten einer tiefen Schlucht lag, konnte sie dem Feind lange standhalten. Zur Eröffnung der Belagerung kam Sulla selbst. Er blieb drei Monate und kehrte dann nach Rom zurück, als er sah, wie langwierig und zermürbend es war, Volaterrae in die Knie zu zwingen.

Immerhin war ihm die Sache eine Lehre, und so ging er später dazu über, Kolonien anzulegen, zusammenhängende Siedlungen ehemaliger Soldaten, die sich in stürmischen Zeiten gemeinsam besser verteidigen konnten. In Übersee gründete Sulla nur auf Korsika zwei Kolonien. Sie sollten die Insel zivilisieren und das korsische Banditentum vernichten. Auch diese Hoffnung trog.

Die neuen Gerichtshöfe arbeiteten erfolgreich und gaben die perfekte Bühne für einen neuen Aufsteiger unter den Rechtsanwälten ab, den jungen Marcus Tullius Cicero. Quintus Hortensius, der bei Verhandlungen vor der Volksversammlung brilliert hatte, brauchte dagegen einige Zeit, um sein schauspielerisches Talent auf die intimere Atmosphäre der gleichfalls unter freiem Himmel tagenden Gerichte umzustellen. Gegen Ende des Jahres erschien Cicero als Vertreter eines Beklagten beim jüngeren Dolabella, dem Stadtprätor, um in einer Voruntersuchung die Frage zu klären, ob für den anstehenden zivilrechtlichen Prozeß eine *sponsio,* eine bestimmte Geldsumme als Streitwert, zu hinterlegen sei oder nicht. Obwohl Cicero allein gegen die beiden prominenten Anwälte von Hortensius und Philippus antreten mußte, setzte er sich durch. Sein Sieg bedeutete den Anfang einer juristischen Karriere, die ihresgleichen suchte.

Im Juni des folgenden Jahres bat der sechsundzwanzigjährige patrizische Adlige Marcus Valerius Messala Niger seinen guten Freund Marcus Tullius Cicero, der ebenfalls sechsundzwanzig Jahre alt war, einen Mann zu vertreten, der mit ihm befreundet und sein Klient war.

»Ich meine den jüngeren Sextus Roscius aus Ameria«, sagte Messala Niger. »Er ist angeklagt, seinen Vater ermordet zu haben.«

»Du bist doch selbst ein guter Anwalt, mein lieber Niger«, wandte Cicero überrascht ein. »Warum verteidigst nicht du ihn? Ein Mordprozeß ist einfach und bringt Geld. Und es kann keine politischen Schwierigkeiten geben.«

»Das glaubst du«, sagte Messala Niger bitter. »In diesem Prozeß gibt es mehr politische Fallen als spitze Pfähle in einem Wehrgraben! Nur ein einziger Mann hat eine Chance, ihn zu gewinnen, und das bist du, Marcus Tullius. Nicht einmal Hortensius wollte den Fall übernehmen.«

In Ciceros dunklen Augen glomm Interesse auf. Er neigte den Kopf und sah Messala Niger unter gerunzelten Brauen scharf an. »Ein Mordfall soll so schwierig sein? Wieso?«

»Wer immer die Verteidigung Roscius' aus Ameria übernimmt, greift Sullas gesamtes System der Proskriptionen an«, sagte Messala Niger. »Um Roscius freizubekommen, muß man nachweisen, daß Sulla und seine Proskriptionen völlig korrupt sind.«

Der sinnliche Mund mit der vollen Unterlippe rundete sich zu einem stummen Pfiff. »Ihr Götter!«

»Ja, ihr Götter. Bist du noch interessiert?«

»Ich weiß nicht ...« Cicero runzelte die Stirn und kämpfte mit sich. Die eigene Haut war ihm lieb, aber ein Fall wie dieser versprach mehr juristische Lorbeeren als jeder andere. »Erzähle mir mehr, Niger. Dann sehen wir weiter.«

Niger setzte sich und versuchte seine Worte so zu wählen, daß Ciceros Interesse weiter geweckt wurde. »Sextus Roscius ist so alt wie ich, und ich kenne ihn seit der Schulzeit. Wir haben beide unter Lucius Caesar und Sulla in der Campania gedient und an sechs Feldzügen teilgenommen. Roscius' Vater besaß den größten Teil von Ameria, darunter dreizehn Grundstücke direkt am Tiber – ein sagenhafter Reichtum! Roscius ist der einzige Sohn, aber er hat noch zwei Vettern, die gewissermaßen die Schurken im Stück sind. Der alte Roscius reiste Anfang des Jahres zu Besuch nach Rom und wurde dort ermordet. Roscius und ich wissen nicht, ob es die Vettern waren. Wahrscheinlich ist es, aber nicht sicher.« Messala Niger machte eine Grimasse. »Die Nachricht von der Ermordung des Vaters gelangte jedenfalls durch einen Agenten der Vettern nach Ameria. Besonders verdächtig ist, daß dieser Agent dem armen Roscius, der doch am meisten betroffen war, nichts gesagt hat! Statt dessen benachrichtigte er nur die Vettern, und die heckten einen Plan aus, wie sie sich den gesamten Besitz meines Freundes unter den Nagel reißen konnten.«

»Ich glaube, ich beginne zu begreifen.« Ciceros Verstand war scharf wie ein Rasiermesser, sobald von verbrecherischer Niedertracht die Rede war.

»In Volaterrae war gerade der Aufstand ausgebrochen, und Sulla leitete die Belagerung zunächst persönlich. Chrysogonus begleitete ihn.«

Wer Chrysogonus war, brauchte Cicero nicht gesagt zu werden. Der intrigante, mit den Listen, Büchern und Einzelheiten von Sullas Proskriptionen befaßte Verwalter war in ganz Rom berüchtigt.

»Die Vettern ritten nach Volaterrae, und es gelang ihnen, mit Chrysogonus zu sprechen. Chrysogonus war zu einem Handel bereit – allerdings zu einem hohen Preis. Er wollte den Ermordeten nachträglich auf eine alte Proskriptionsliste setzen und behaupten, er habe zufällig von dem Mord gelesen und sich erinnert, daß das Opfer geächtet gewesen sei. Soviel sickerte durch. Was anschließend geschah: Chrysogonus gab die Besitzungen von Roscius' Vater – sie waren runde sechs Millionen wert – sofort zur Versteigerung frei und kaufte sie selbst – für ganze zweitausend.«

»Ein tolles Stück!« rief Cicero, der den Bericht aufmerksam verfolgt hatte.

»Findest du? Ich verabscheue den Mann!«

»Ja, natürlich. Du hast recht! Aber was geschah dann?«

»All das geschah, während Roscius noch nicht einmal wußte, daß sein Vater ermordet worden war. Er erfuhr erst davon, als der erste seiner Vettern mit einem Vollstreckungsbefehl von Chrysogonus auftauchte und ihn vom väterlichen Besitz jagte. Chrysogonus behielt zehn der dreizehn Grundstücke für sich und setzte besagten Vetter zu seinem ständigen Verwalter und Vertreter ein. Die drei anderen Grundstücke überschrieb er dem zweiten Vetter als Entschädigung. Und der arme Roscius mußte gleich mit zwei schweren Schlägen fertigwerden: mit der angeblichen Ächtung seines Vaters vor Monaten und mit seiner Ermordung.«

»Hat er das Lügengespinst etwa geglaubt?«

»Ja. Warum auch nicht? Jeder, der zwei Sesterzen in der Tasche hatte, mußte doch damit rechnen, seinen Namen auf einer der Listen zu finden – ob in Rom oder Ameria. Roscius hat den Lügen geglaubt! Und ist gegangen.«

»Und wer hat gemerkt, daß etwas faul war?«

»Die Stadtältesten«, sagte Messala Niger. »Ein Sohn ist sich doch nie ganz sicher, wie integer sein Vater wirklich ist. Freunde sind unvoreingenommener, ihr Verhältnis ist nicht so emotional verzerrt wie das des Sohnes.«

Cicero nickte. Er kam mit seinem Vater nicht gut zurecht.

»Die Freunde setzten sich also zusammen und waren sich einig, daß der alte Roscius nie ein Anhänger Marius', Cinnas oder Carbos gewesen war. Sie beschlossen, nach Volaterrae zu reiten und bei Sulla vorzusprechen. Sulla sollte die Ächtung widerrufen und Roscius wieder zum Erben einsetzen. Sie trugen Berge von Beweisen zusammen und machten sich dann auf den Weg.«

»War einer der Vettern dabei?« fragte Cicero scharfsinnig.

»Jawohl!« Messala Niger lächelte. »Sie wurden vom ersten Vetter begleitet, der auch noch die Frechheit hatte, die Leitung der Mission zu übernehmen! Der zweite Vetter war bereits nach Volaterrae vorausgeritten, um Chrysogonus zu warnen. Die Abordnung bekam Sulla deshalb nie zu Gesicht. Chrysogonus fing sie ab, nahm das gesamte Beweismaterial an sich und versprach, den Diktator zur Rücknahme der Ächtung zu bewegen. Sie sollten sich keine Sorgen machen, beschwichtigte er sie, alles werde in Ordnung kommen. Roscius könne bald sein Erbe antreten.«

»Wußten sie denn nicht, daß Chrysogonus inzwischen der Eigentümer von zehn der dreizehn Grundstücke war?« fragte Cicero ungläubig.

»Nein, Marcus Tullius.«

»Typisch für unsere Zeit.«

»Leider.«

»Bitte erzähle weiter.«

»Nach zwei Monaten merkten die Freunde des alten Roscius schließlich, daß sie hinters Licht geführt worden waren: Der Befehl zur Aufhebung der Ächtung kam nicht, und sie erfuhren, daß die beiden Vettern auf den beschlagnahmten Besitzungen lebten, als seien sie deren Eigentümer. Nachforschungen brachten ans Licht, daß der erste Vetter drei und Chrysogonus die übrigen zehn Grundstücke besaß. Die Freunde waren bestürzt: Schließlich mußten sie annehmen, daß auch Sulla an dem Komplott beteiligt war.«

»Glaubst du das?« fragte Cicero.

Messala Niger überlegte und schüttelte dann den Kopf. »Nein, Cicero.«

»Warum nicht?«

»Sulla ist ein skrupelloser Mensch. Ich gebe ehrlich zu, daß er mir angst macht. In jungen Jahren soll er Frauen wegen ihres Geldes umgebracht haben und über ihre Leichen in den Senat gekommen sein. Aber während meiner Militärzeit habe ich ihn kennengelernt – natürlich nur oberflächlich, denn für einen engen Kontakt war mein Rang zu niedrig, aber er war immer irgendwo und mit allem und jedem beschäftigt. Dabei ist mir an ihm eine gewisse aristokratische Ehrenhaftigkeit aufgefallen. Verstehst du, was ich damit meine?«

Cicero fühlte, wie eine leichte Röte in sein Gesicht stieg. Ob er verstand, was der patrizische Adlige Marcus Valerius Messala Niger mit aristokratischer Ehrenhaftigkeit meinte? Natürlich! Keiner verstand das besser als Cicero, ein *homo novus,* ein Aufsteiger, der Patrizier wie Messala Niger und Sulla glühend beneidete.

»Ich glaube schon«, sagte er.

»Sulla hat seine dunklen Seiten, und wahrscheinlich würde er dich oder mich ohne mit der Wimper zu zucken töten, wenn es in seine Pläne paßte. Aber er hätte für diesen Mord sozusagen patrizische Gründe. Dreizehn Grundstücke am Ufer des Tiber sind nicht genug. Wenn er zufällig günstig beschlagnahmtes Land von Geächteten ersteigern könnte, würde er zugreifen, das ist sicher. Aber ein Komplott schmieden, nur damit er oder ein Freigelassener sich bereichern können? Nein, das glaube ich nicht. Sulla hält auf seine Ehre. Ich sehe das an seinen Gesetzen, die ich für integer halte. Ich bin zwar nicht einverstanden, daß er den Volkstribunen alle Macht genommen hat, aber er hat es legal und öffentlich getan. Er ist ein römischer Patrizier.«

»Dann weiß Sulla also nichts davon«, sagte Cicero nachdenklich.

»Nein, ich glaube nicht.«

»Fahre fort, Marcus Valerius.«

»Etwa um die Zeit, als den Ältesten von Ameria der Verdacht kam, Sulla sei für das Komplott mit verantwortlich, wurde mein Freund Roscius gesprächiger. Es hat lange gedauert, bis der arme Kerl, der monatelang am Boden zerstört war, die Sprache wiederfand, und kaum begann er zu reden, wurden mehrere Anschläge auf sein Leben verübt. Er floh deshalb vor zwei Monaten nach Rom und suchte bei einer Bekannten seines Vaters Zuflucht, bei der Vestalin Metella Balearica, die sich vom Tempeldienst zurückgezogen hat. Du weißt schon, die Schwester von Metellus Nepos. Seine andere Schwester war mit Appius Claudius Pulcher verheiratet und ist bei der Geburt ihres Kindes, des schrecklichen Ungeheuers Publius Clodius, gestorben.«

»Aber wie ging es weiter, Niger?« fragte Cicero freundlich.

»Daß Roscius so mächtige Leute wie Metellus Nepos und die ehemalige Vestalin aus der Familie Caecilius Metellus kennt, bereitete den beiden Vettern einige schlaflose Nächte, wie sich herausstellte. Sie fürchteten, es könne Roscius gelingen, eine Audienz bei Sulla zu bekommen. Ihn umzubringen, wagten sie jetzt nicht mehr, denn sie hätten damit riskiert, daß die Caecilii Metelli eine Untersuchung einleiten, und dabei wären ihre Machenschaften herausgekommen. So hielten sie es für besser, Roscius' Ruf zu ruinieren und ihm mit gefälschten Beweisen die Schuld an der Ermordung seines Vaters in die Schuhe zu schieben. Kennst du einen gewissen Erucius?«

Cicero verzog verächtlich das Gesicht. »Wer kennt ihn nicht? Er ist von Berufs wegen Ankläger.«

»Er hat Roscius des Mordes an seinem Vater beschuldigt. Die Zeugen der Bluttat, die Sklaven des alten Roscius, waren mit dem anderen Besitz inzwischen natürlich an Chrysogonus verkauft worden, so daß unwahrscheinlich war, daß sie in einem Prozeß die Wahrheit sagen würden! Erucius ist übrigens überzeugt, daß Roscius keinen fähigen Anwalt findet, der ihn vertritt. Sulla ist zu gefürchtet, als daß jemand es wagt, seine Proskriptionen anzugreifen.«

»Dann muß sich Erucius in acht nehmen«, sagte Cicero energisch. »Ich bin bereit, deinen Freund Roscius zu verteidigen, Niger.«

»Hast du keine Angst vor Sullas Zorn?«

»Ach Unsinn! Keine Spur! Ich weiß genau, wie ich es anstellen muß. Und ich prophezeie dir, Sulla wird mir danken.« Cicero lächelte vergnügt.

Obwohl vor dem Mordgericht bereits andere Fälle verhandelt worden waren, erregte der Prozeß gegen Sextus Roscius aus Ameria, der angeklagt war, seinen Vater getötet zu haben, ganz besonderes Aufsehen. Laut Sullas Gesetz sollte ein ehemaliger Ädil dem Gericht vorsitzen, aber in diesem Jahr leitete der ehemalige Prätor Marcus Fannius die Verhandlungen. Cicero ließ in seiner Eröffnungsrede weder die Geschworenen noch die Zuschauer im Zweifel darüber, daß seine Verteidigung hauptsächlich auf den korrupten Machenschaften hinter Sullas Proskriptionen aufbauen würde.

Als der letzte Verhandlungstag mit Ciceros Schlußplädoyer kam, stand neben dem Gerichtsvorsitzenden der elfenbeinerne Amtsstuhl des Konsuls. Auf ihm saß kein Geringerer als Lucius Cornelius Sulla.

Die Anwesenheit des Diktators brachte Cicero nicht aus der Fassung. Sie spornte ihn vielmehr zu einem rhetorischen Höhenflug von unerhörter Brillanz an.

»Es gibt drei Schuldige in dieser abscheulichen Affäre«, begann er, an Sulla gerichtet, nicht an die Jury. »Die Vettern Titus Roscius Capito und Titus Roscius Magnus sind die offenkundigen Täter, und doch sind sie es nur an zweiter Stelle. Was sie getan haben, hätte ohne Proskriptionen nicht getan werden können. Ohne Lucius Cornelius ...« – Cicero machte eine so lange Pause, daß selbst Messala Niger in Gedanken den Namen »Sulla« ergänzte – »... Chrysogonus hätten sie ihren abscheulichen Plan nicht zur Ausführung gebracht. Wer ist dieser Chrysogonus? Ich will es euch sagen! Er ist Grieche. Das ist keine Schande. Er ist ehemaliger Sklave. Das ist keine Schande. Er ist Freigelassener. Das ist keine Schande. Er ist ein Klient von Lucius Cornelius Sulla. Das ist keine Schande. Er ist reich. Das ist keine Schande. Er ist mächtig. Das ist keine Schande. Er ist für die Durchführung der Proskriptionen verantwortlich. Das ist keine Schande – was? Oh, Verzeihung! Ich bitte euch vielmals um Verzeihung, Senatoren! Ihr seht, was passiert, wenn man sich ins Reden hineinsteigert. Ich habe mich mitreißen lassen! Noch Stunden hätte ich ›Das ist keine Schande‹ sagen können! Eine regelrechte rhetorische Falle!«

Cicero hatte sich in Schwung geredet und machte jetzt eine Pause, um die nächsten Worte bewußt bis zur Neige auszukosten. »Laßt es mich wiederholen: Chrysogonus ist für die Durchführung der Proskriptionen verantwortlich. Und genau darin liegt die ungeheure Schande, eine Schande von gigantischen, von olympischen Ausmaßen! Seht hier diesen großen Mann auf dem Stuhl des Konsuls – dieses Ideal römischer Tugend, diesen Feldherrn ohnegleichen, diesen Staatsmann einer neuen Zeit, dieses funkelnde Juwel in der Krone des berühmten Geschlechtes der Cornelier! Seht ihn euch an. Wie er so ruhig, so unvoreingenommen und so gelassen wie Zeus auf seinem Stuhl sitzt. Seht ihn euch gut an!«

Cicero wandte sich von Sulla ab und sah die Geschworenen unter zusammengezogenen Augenbrauen scharf an. Selbst in der Toga wirkte der hagere Mann noch wie ein Stock, und doch schien er jetzt zu turmhoher Größe herangewachsen, schien er die Muskeln des Herkules und die Majestät Apollos zu haben.

»Vor einigen Jahren kaufte dieser große Mann einen Sklaven. Er sollte sein Verwalter werden. Ein ausgezeichneter Verwalter, wie sich herausstellte. Als die verstorbene Frau des großen Mannes aus Rom nach Griechenland fliehen mußte, stand der Verwalter ihr mit Trost und Hilfe bei. Er wachte über die Familie des großen Mannes – die Frau, die Kinder, die Enkel und Diener –, während der große Lucius Cornelius Sulla einem Titanen gleich durch die italische Halbinsel zog. Der Verwalter enttäuschte das Vertrauen seines Herrn nicht. Also wurde er freigelassen, und er nahm einen großen Namen an: Lucius Cornelius. Wie es Brauch ist, behielt er als dritten Namen den eigenen: Chrysogonus, der Goldgeborene. Er wurde mit Ehren und Vertrauensbeweisen überhäuft und bekam immer mehr Verantwortung übertragen. Er war nicht mehr nur der freigelassene Verwalter eines großen Mannes, sondern zugleich der Leiter, Verwalter und Ausführende eines Werkes, das zweierlei zum Ziel hatte: Erstens sollten alle Verräter, die Marius, Cinna oder sogar dem schwächlichen Carbo gefolgt waren, ihrer gerechten und gesetzlichen Strafe zugeführt werden. Zweitens sollten Besitz und Ländereien der Verräter dazu dienen, dem verarmten Rom wieder zu Wohlstand zu verhelfen.«

Cicero schritt vor dem Richterstuhl des Marcus Fannius auf und ab. Den linken Arm hatte er erhoben, um die Toga auf seiner linken Schulter festzuhalten, der rechte hing locker herab. Niemand rührte sich. Alle starrten wie gebannt auf ihn und hielten den Atem an.

»Was hat er also getan, dieser Chrysogonus? Während er seinem Herrn und Patron ein unterwürfig lächelndes Gesicht zeigte, sann er auf Rache an allen, die ihn gekränkt oder sich ihm in den Weg gestellt hatten. Durch das Vertrauen seines Herrn gestärkt, griff er im Dunkel der Nacht zur Feder und arbeitete fieberhaft daran, Namen von Leuten, nach deren Besitz er geiferte, in die

Liste aufzunehmen. Im Pakt mit Gewürm und Ungeziefer wollte er sich auf Kosten seines Patrons und auf Kosten Roms bereichern. Und wie geschickt er es anstellte, Geschworene! Welche Pläne er ausheckte, welche Winkelzüge er unternahm, um Spuren zu verwischen! Wie er seinem Herrn schmeichelte, wie er ihm schöntat, wie er seine kleine Armee von Gaunern und Kupplern einsetzte und wie umsichtig er dafür sorgte, daß sein edler Herr keinen Verdacht schöpfte! Denn in Wahrheit war es so: Im Besitz von Vertrauen und Macht, mißbrauchte er beides auf die schändlichste, die gemeinste Weise.«

Cicero stiegen Tränen in die Augen. Er schluchzte laut auf, rang die Hände und krümmte sich wie unter schrecklichsten Seelenqualen zusammen. »Ach Lucius Cornelius Sulla, wie soll ich dir in die Augen sehen! Muß ich es sein, ich, ein einfacher Mann vom Land, ein Bauerntölpel und unbedeutender Winkeladvokat? Muß ich es sein, der dir den Schleier von den Augen reißt, der sie dir öffnet für diesen – welches Adjektiv beschreibt am treffendsten diesen Verrat, den dein von dir so geschätzter Klient Lucius Cornelius Chrysogonus an dir begangen hat? Gemeiner Verrat! Abscheulicher Verrat! Gräßlicher Verrat! Kein Adjektiv wird seiner Niedertracht gerecht!«

Er trocknete sich die Tränen ab. »Warum muß ich es sein? Warum kein anderer? Warum nicht der Pontifex Maximus? Ein großer Mann, und überhäuft mit Ehren! Statt dessen fiel das Los auf mich. Ich will dieses Schicksal nicht, und doch muß ich es annehmen. Was, ihr Geschworenen, hätte ich eurer Meinung nach tun sollen? Den großen Lucius Cornelius Sulla schonen, indem ich ihm den Verrat des Chrysogonus verschweige, oder das Leben eines Mannes retten, der des Mordes an seinem Vater angeklagt, aber unschuldig ist? Ja, ihr habt recht! Man darf auch einem berühmten, einem legendären Mann diese Peinlichkeit, diese öffentliche Demütigung nicht ersparen, wenn andernfalls ein Unschuldiger verurteilt würde!« Cicero richtete sich zu seiner vollen Größe auf. »Geschworene, an euch ist es jetzt, ein gerechtes Urteil zu sprechen.«

Natürlich sprachen die Geschworenen den Angeklagten frei. Als die Menge der Zuschauer sich aufzulösen begann, erhob Sulla sich von seinem Amtsstuhl und schritt auf Cicero zu. »Sehr gut, junger Freund«, sagte er und reichte ihm die Hand. »Du hättest ein hervorragender Schauspieler werden können!«

Cicero, der auf Wolken des Glücks schwebte, drückte Sulla lachend die Hand. »Du meinst, ich bin ein hervorragender Schauspieler! Denn die hohe Kunst des Anwalts besteht doch genau darin, die eigenen Worte durch Gestik und Mimik zu verkörpern.«

»Du wirst eine glänzende Karriere an meinen Gerichtshöfen machen.«

»Solange du mir die Freiheiten verzeihst, die ich mir in diesem Fall herausnehmen mußte.«

»Die verzeihe ich dir gerne!« sagte Sulla unbekümmert. »Ich glaube, ich kann fast alles verzeihen, wenn ich dafür ein gutes Stück zu sehen bekomme. Und ich habe, von einer Ausnahme abgesehen, niemals eine bessere Laienaufführung gesehen, mein lieber Cicero. Im übrigen überlege ich schon seit einiger Zeit, wie ich Chrysogonus loswerden kann – ich bin schließlich nicht völlig blind. Aber das ist eine heikle Sache.« Der Diktator sah sich um. »Wo ist Sextus Roscius?«

Sextus Roscius wurde herbeigeholt.

»Sextus Roscius, du erhältst deine Besitzungen zurück und bist wie dein Vater rehabilitiert«, sagte Sulla. »Ich bedaure, daß du unter der Korruption und Käuflichkeit eines Mannes, dem ich vertraut habe, so sehr zu leiden hattest. Er wird dafür bezahlen.«

»Dank meines ausgezeichneten Anwalts ist die Sache immerhin gut ausgegangen, Lucius Cornelius«, antwortete Sextus Roscius, der mitgenommen aussah.

»Aber das Nachspiel steht noch aus«, sagte der Diktator. Er nickte seinen Liktoren zu und verschwand in Richtung der Treppe, die zum Palatin hinaufführte.

Am nächsten Tag wurde Lucius Cornelius Chrysogonus, römischer Bürger der Tribus Cornelia, kopfüber den Tarpeischen Felsen hinuntergestürzt.

»Du kannst von Glück reden, daß du so bestraft wirst«, hatte Sulla noch zu ihm gesagt. »Ich hätte dir auch die römische Staatsbürgerschaft nehmen und dich auspeitschen und kreuzigen lassen können. Du stirbst einen römischen Tod, weil du dich in schweren Zeiten so gut um meine Frauen gekümmert hast. Mehr kann ich für dich nicht tun. Ich habe dich damals in meine Dienste genommen, weil ich wußte, daß du ein Schurke bist. Ich habe allerdings nicht vorausgesehen, daß ich zu beschäftigt sein würde, um dich im Auge zu behalten. Aber früher oder später kommt alles ans Licht. Auf Wiedersehen, Chrysogonus.«

Die beiden Vettern Capito und Magnus verschwanden aus Ameria, bevor sie gefaßt und vor Gericht gestellt werden konnten. Man hörte nie wieder von ihnen. Cicero war über Nacht zu einem berühmten Mann und Helden geworden. Kein anderer hatte es gewagt, an den Proskriptionen zu rütteln, und diesen gefährlichen Kampf gewonnen.

Nachdem Gaius Julius Caesar vom Amt des Jupiterpriesters befreit und zum Militärdienst unter Marcus Minucius Thermus, dem Statthalter der Provinz Asia, eingeteilt worden war, machte er sich knapp einen Monat vor seinem neunzehnten Geburtstag mit seinen beiden neuen Dienern und dem germanischen Freigelassenen Gaius Julius Burgundus nach Osten auf. Während die meisten Reisenden auf dem Seeweg nach Asia gelangten, hatte sich Caesar für den Landweg entschieden. Von Apollonia in Westmazedonien nach Kallipolis am Hellespont waren es auf der Via Egnatia rund achthundert Meilen. Angesichts des schönen Sommers war es eine angenehme Reise, auch wenn die Wirtshäuser und Herbergen unterwegs nicht so häufig waren wie in Italien. Wer auf dem Landweg nach Asia reiste, mußte im Zelt übernachten.

Da ein Jupiterpriester nicht reisen durfte, hatte Caesar bisher nur in der Phantasie verreisen können. Er hatte alle Bücher verschlungen, die im Ausland geschrieben worden waren, und sich dann vorgestellt, wie es in dem betreffenden Land aussehen mochte. Jetzt erlebte er, um wieviel schöner die Wirklichkeit im Vergleich mit der bloßen Vorstellung war! Sogar der wortgewandte Caesar war sprachlos, er, der geborene Reisende, der abenteuerlustig und neugierig war und beseelt vom unersättlichen Drang, alles Fremde zu erkunden. Unterwegs sprach er mit allen, vom Schafhirten über den Händler bis zum Söldner im Dienst eines lokalen Stammesfürsten. Er sprach ein vornehmes attisches Griechisch, aber auch die vielen exotischen Sprachen, die er in seiner Kindheit im von einem polyglotten Gemisch von Mietern bewohnten Mietshaus seiner Mutter aufgeschnappt hatte, kamen ihm jetzt zustatten. Zwar begegnete er niemandem, der eine dieser Sprachen sprach, aber seine Ohren waren so viele fremde Wörter und Klänge gewohnt, daß er selbst ausgefallene griechische Dialekte verstand und Fremdwörter erkannte. So war er um Mittel zur Verständigung niemals verlegen.

Natürlich wäre es wunderbar gewesen, wenn er Bucephalus hätte reiten können, aber Schlappohr, sein junges und zuverlässiges Maultier, stand dem Streitroß nur im Aussehen nach. So leicht und sicher bewegte es sich über den unebenen Boden, daß Caesar manchmal den Eindruck hatte, es habe Klauen statt Hufe. Burgundus saß auf seinem riesigen Sizilianer, und auch die beiden Diener ritten prachtvolle Pferde. Zwar hatte Caesar sein Ehrenwort gegeben, nur auf einem Maultier zu reiten, aber er wollte, daß andere Reisende darin eine exzentrische Eigenart sahen; an den edlen Pferden seiner Diener sollten sie merken, daß er sich ein herrliches Pferd durchaus hätte leisten können. Wie gerissen Sulla war! Denn er hatte Caesars wunden Punkt getroffen: Caesar war die äußere Erscheinung wichtig. Er wollte andere damit beeindrucken, und das war auf einem Maultier schwer!

Auf dem ersten Abschnitt der Via Egnatia war das Land besonders wild und unwirtlich. Die Straße, die nicht gepflastert, aber sonst in gutem Zustand war, wand sich ins Hochland hinauf, in jenes Gebirge, in dem sich seit Alexander dem Großen wohl kaum etwas verändert hatte. Ein paar Schafherden und einmal in der Ferne einige berittene Krieger, Skordisker vielleicht, waren die einzigen Anzeichen der Zivilisation. Erst ab dem mazedonischen Edessa, wo fruchtbare Flußtäler und Ebenen ein besseres Auskommen versprachen, wurden die Menschen zahlreicher und die Siedlungen größer und dichter. In Thessalonike stieg Caesar im Palast des Statthalters ab. Er nutzte die Gelegenheit zu einem heißen Bad, denn seit Apollonia hatte er sich nur in Flüssen und Seen waschen können, deren Wasser selbst im Sommer kalt war. Die Einladung zum Bleiben schlug er allerdings aus; schon am nächsten Tag reiste er weiter.

Philippi, der Schauplatz mehrerer berühmter Schlachten und vor nicht allzu langer Zeit von einem Sohn König Mithridates' besetzt, war interessant wegen seiner Geschichte und seiner strategischen Bedeutung am Berg Pangaion. Noch mehr interessierte sich Caesar freilich für die Straße weiter ostwärts; dort konnte er sich ein Bild von den militärischen Möglichkeiten in den engen Pässen machen, bevor das Land wieder flacher und das Gelände zugänglicher wurde. Dann lagen der Melas-Golf und ein von Bergen umringter, fruchtbarer Küstenstrich vor ihm, und als er einen weiteren Gebirgskamm passiert hatte, kam der Hellespont in Sicht. Diese Meerenge war mehr als nur eine schmale Meeresstraße: Hier war die Griechin Helle vom Rücken des goldenen Widders ins Meer gestürzt, was der Meerenge den Namen gegeben hatte, hier hatten die Symplegaden gelegen, jene zusammenschlagenden Felsen, denen das Schiff Argo nur knapp entronnen war, und hier hatten die Heere der asiatischen Könige von Xerxes bis Mithridates mit ihren Tausenden von Soldaten nach Thrakien übergesetzt. Am Hellespont stießen Ost und West zusammen.

In Kallipolis schließlich bestieg Caesar für die letzte Etappe der Reise ein Schiff, auf dem auch die Pferde, das Maultier und die Lasttiere untergebracht wurden, und fuhr geradewegs nach Pergamon. Er hoffte, im Kriegsgebiet stationiert zu werden.

Doch der Statthalter Marcus Minucius Thermus hatte mit Caesar anderes vor. »Es ist von entscheidender Bedeutung, daß wir den Aufstand unter Kontrolle bekommen«, erklärte er seinem neuen Kriegstribunen. »Ausgelöst wurde der Aufstand durch das neue Steuersystem, das der Diktator in der Provinz Asia eingeführt hat. Inselstaaten wie Lesbos und Chios ging es unter Mithridates sehr gut, deshalb wünschen sie das Ende Roms herbei. In einigen Städten auf dem Festland herrscht die gleiche Stimmung. Wenn Mytilene uns ein ganzes Jahr standhält, wird das andere Städte zum Aufstand ermutigen. Die Stadt einzuschließen ist wegen ihres doppelten Hafens schwierig. Für eine Blockade haben wir keine geeignete Flotte. Also wirst du, Gaius Julius, zu König Nikomedes nach Bithynien gehen und dort eine Flotte auftreiben. Dann fährst du nach Lesbos und übergibst die Flotte meinem Legaten Lucullus. Er ist mit der Belagerung betraut.«

»Entschuldige meine Unwissenheit, Marcus Minucius«, sagte Caesar. »Aber wie lange braucht man, um eine Flotte zusammenzustellen, und wie viele Schiffe welcher Bauart willst du?«

»Man braucht ewig, und du nimmst, was der König dir gibt –

in anderen Worten, du bekommst nur das, was er selbst nicht braucht. Darin unterscheidet Nikomedes sich nicht von anderen orientalischen Potentaten.«

Der neunzehnjährige Caesar war mit dieser Antwort jedoch nicht zufrieden. Er runzelte die Stirn und gab Thermus eine erste Kostprobe seines beträchtlichen, freilich mit Charme gepaarten Hochmuts. »Das genügt nicht«, sagte er. »Rom muß bekommen, was es braucht.«

Thermus mußte lachen. »Du hast noch viel zu lernen, Caesar!«

Doch seine Worte verfehlten die beabsichtigte Wirkung. Caesar preßte die Lippen zusammen und sah jetzt seiner Mutter sehr ähnlich – die Thermus nicht kannte, sonst hätte er gewußt, mit wem er es zu tun hatte. »Warum sagst du mir nicht einfach, wie viele Schiffe du wann haben willst, Marcus Minucius? Ich kümmere mich dann persönlich darum, daß du sie zum gewünschten Zeitpunkt bekommst.«

Thermus riß erstaunt den Mund auf und war sprachlos. Eigentlich hätte er auf diesen Starrsinn mit einem Wutanfall reagieren müssen, aber er blieb zu seiner eigenen Überraschung ganz ruhig. Allerdings lachte er auch nicht mehr über die Überheblichkeit des Heranwachsenden. Der Statthalter der Provinz Asia begann zu glauben, daß es Caesar tatsächlich ernst war. König Nikomedes und die Zeit würden seinen Hochmut dämpfen, aber daß er sich überhaupt solchen Illusionen hingab, war interessant im Hinblick auf den Brief, in dem Sulla Thermus den jungen Patrizier vorgestellt hatte.

Ich bin ihm gegenüber verpflichtet, weil er durch Heirat zu meinem Neffen geworden ist, aber ich möchte unmißverständlich klarstellen, daß er deshalb nicht bevorzugt werden soll. Ich selbst bevorzuge ihn auch nicht! Ich will, daß ihm schwierige Aufgaben und Ämter übertragen werden. Er hat einen ausgezeichneten Verstand und einen herausragenden Mut und bringt es womöglich noch sehr weit.

Von seinem Verhalten in zwei Gesprächen mit mir abgesehen, war seine Karriere bislang aufgrund seines Amtes als Jupiterpriester wenig spektakulär. Von diesem Amt ist er inzwischen auf legale Weise entbunden. Das heißt allerdings, daß er sich noch nicht als Soldat bewährt hat. Vielleicht ist er also nur mit dem Mund tapfer.

Prüfe ihn, Marcus Minucius, und sage dem lieben Lucullus, er soll dasselbe tun. Wenn er scheitert, darfst Du ihn mit meiner Erlaubnis so hart bestrafen, wie Du willst. Bewährt er sich, erwarte ich, daß Du ihn angemessen belohnst.

Ich habe noch einen letzten, ungewöhnlichen Wunsch. Wenn Du siehst oder erfährst, daß Caesar ein Pferd statt seines Maultieres reitet oder geritten hat, entlasse ihn sofort unehrenhaft und schicke ihn nach Hause.

Thermus hatte sich wieder gefaßt und sagte gelassen: »Na schön, Gaius Julius, ich nenne dir einen Zeitpunkt und eine Flottenstärke. Du übergibst die Schiffe Lucullus in seinem Lager an der anatolischen Küste nördlich von Mytilene an den Kalenden des November. Bis dahin hat der alte Nikomedes zwar wahrscheinlich noch nicht einmal ein Schiff herausgerückt, aber du wolltest ja einen Zeitpunkt. Die Kalenden des November wären ideal: Wir könnten die beiden Häfen noch vor Winter abschneiden und der Stadt dann hart zusetzen. Nun zur Stärke: vierzig Schiffe, mindestens die Hälfte davon gedeckte Triremen oder größer. Auch hier hast du Glück, wenn du dreißig Schiffe auftreibst, von denen fünf Triremen sind.«

Thermus musterte Caesar streng. »Und da du es so gewollt hast, Caesar, muß ich dich darauf hinweisen, daß ich mich in meinem Bericht nach Rom beschweren werde, wenn du zu spät kommst oder die Flotte eine geringere Stärke hat.«

»Natürlich«, sagte Caesar unbeirrt.

»Du kannst vorerst im Palast wohnen«, sagte Thermus freundlich. Obwohl Sulla ihm freie Hand gegeben hatte, gedachte er keineswegs, einen Verwandten des Diktators gegen sich aufzubringen.

»Nein, ich mache mich noch heute auf den Weg nach Bithynien.« Caesar war bereits zur Tür unterwegs.

»Du mußt nicht gleich übertreiben, Gaius Julius!«

»Nein, aber ich muß unbedingt aufbrechen«, sagte Caesar.

Thermus kehrte zu seinem endlosen Papierkrieg zurück. Ein merkwürdiger Mensch! Hervorragende Umgangsformen, aber von einer Art, wie wohl nur Patrizier berühmter Familien sie hatten. Der junge Mann vermittelte den Eindruck, daß er alle Menschen gern hatte und sich keinem überlegen fühlte, zugleich aber wußte, daß er allen – außer vielleicht Fabius Maximus – überlegen war. Schwer einzuschätzen, aber so waren sie eben, die Julier und Fabier. Und wie gut er aussah! Thermus, der für Männer keine geschlechtliche Zuneigung hatte, grübelte über Caesars Neigungen nach. Männer, die aussahen wie er, waren oft dem eigenen Geschlecht zugetan. Aber Caesars Benehmen war alles andere als affektiert gewesen.

Der Berg von Papier vor ihm ermahnte ihn stumm, und Thermus wandte sich wieder der Arbeit zu. Bald hatte er Gaius Julius Caesar vollkommen vergessen.

Ohne zu übernachten, reiste Caesar mit seinem kleinen Gefolge von Pergamon auf dem Landweg weiter. Er folgte zunächst dem Lauf eines Flusses, überwand einen hohen Gebirgskamm und stieg ins Tal des Makestos hinab, der am Unterlauf Rhyndakos hieß. Da Ortsansässige ihm davon abrieten, weiter in Richtung Meer vorzustoßen, bog er vom Flußlauf ab und ritt parallel zur Küste ostwärts nach Prusa. Prusa war die zweitgrößte Stadt Bithyniens, und es hatte geheißen, daß er König Nikomedes dort vielleicht antreffen werde. Die Stadt schmiegte sich malerisch an die Flanken eines gewaltigen schneebedeckten Gebirgsmassivs, aber Nikomedes weilte nicht in seiner dortigen Residenz. Deshalb stieß Caesar weiter bis zum Sangarios vor und gelangte nach einem weiteren kurzen Ritt nach Westen zur Hauptresidenz des Landes, nach Nikomedia, das verträumt an einem langen, schützenden Meeresarm lag.

Wie anders als Italien! Bithynien hatte ein eher mildes als heißes Klima, und dank seiner Flüsse, die um diese Jahreszeit mehr Wasser führten als die Flüsse Italiens, war das Land erstaunlich grün. Der König dieses Reiches herrschte über ein wohlhabendes Land, soviel war klar. Die Einwohner Prusas hatten keine Armut gelitten, und auch Nikomedia war eine wohlhabende Stadt.

Der Palast stand auf einer Anhöhe über den Häusern, aber noch innerhalb der gewaltigen Stadtmauern. Caesars erster Eindruck war der einer griechischen Reinheit der Formen, griechischer Farben und griechischer Bauart – und eines beträchtlichen Reichtums, obwohl Mithridates hier mehrere Jahre geherrscht hatte. Der König von Bithynien hatte diese Zeit im Exil in Rom verbracht, aber Caesar erinnerte sich nicht, ihm dort je begegnet zu sein. Was freilich kein Wunder war: Rom erlaubte keinem regierenden König, die heilige Stadtgrenze zu überschreiten, weshalb Nikomedes eine unverschämt teure Villa auf dem Pincius gemietet und die Verhandlungen mit dem Senat von dort geführt hatte.

Am Palasttor wurde Caesar von einem verblüffend feminin aussehenden Mann unbestimmten Alters empfangen. Der Mann musterte ihn mit lüsternem Blick von oben bis unten, nickte anerkennend und rief einen zweiten Mann herbei, der ebenfalls aussah wie eine Frau und den Dienern einen Stall für die Pferde und das Maultier zuwies. Dann geleitete er den Gast in ein Vorzimmer, wo er warten sollte, bis der König über seine Ankunft unterrichtet worden war und über eine Unterkunft entschieden hatte. Ob Caesar allerdings sofort eine Audienz erhalten würde, konnte der Haushofmeister – denn als solcher stellte der Mann sich heraus – allerdings nicht sagen.

Der kleine Raum, in dem Caesar wartete, war kühl und erlesen dekoriert. Die Wände trugen keine Fresken, waren aber in verschiedene Fächer unterteilt und mit vergoldeten Gesimsen und Pilastern verziert. Die Fächer waren innen zartrosa ausgemalt, der Rest der Wand leuchtete purpurrot, und der Fußboden war eine Komposition aus Marmor in purpurroten und rosa Farbtönen. Durch die Fenster war trotz der geschlossenen Läden eine Gartenlandschaft mit herrlichen Terrassen und Fontänen zu erkennen, und der Duft verschiedener Blumen lag schwer in der Luft. Caesar sog ihn mit geschlossenen Augen tief in sich hinein.

Aus einer halboffenen Tür drangen laute Stimmen, und Caesar öffnete die Augen wieder. Er hörte eine hohe, lispelnde Männerstimme und eine tiefe, dröhnende Frauenstimme.

»Spring!« sagte die Frau. »Hopp!«

»So ein Blödsinn!« sagte der Mann. »Das ist doch erniedrigend!«

»Puzzi-Schnucki-Puzzi!« rief die Frau und lachte wiehernd.

»Hör auf!« sagte der Mann.

»Hopp!« sagte wieder die Frau und lachte.

Auch wenn es unhöflich war, Caesar näherte sich der Tür und spähte in das Nachbarzimmer, eine Art privates Wohnzimmer. Dort bot sich ihm ein faszinierender Anblick. Er sah einen sehr betagten Mann, eine große, etwa zehn Jahre jüngere Frau und einen offensichtlich schon älteren, dicken Hund einer kleinen, Caesar unbekannten Rasse. Der Hund führte Kunststücke auf; er machte Männchen, legte sich hin, wälzte sich über den Boden und stellte sich tot. Und dabei sah er die ganze Zeit die Frau an, die offenbar seine Herrin war.

Der Alte war wütend. »Fort! Husch! Fort!« schrie er. Das weiße Band, das er als Diadem um den Kopf trug, verriet Caesar, daß es sich um König Nikomedes handelte.

Die Frau – offenbar die Königin, denn sie trug ebenfalls ein Diadem – beugte sich zu dem Hund hinunter, doch der sprang rasch auf und biß sie von hinten in das dralle Hinterteil. Jetzt wollte der König sich ausschütten vor Lachen, während der Hund sich erneut totstellte und die Königin, hin und her gerissen zwischen Wut und Lachen, sich die Gesäßbacke rieb. Das Lachen gewann die Oberhand, und sie verpaßte nun ihrerseits dem Hund einen gezielten Fußtritt. Er jaulte auf und schoß davon, und die Königin eilte ihm nach.

Der König war allein. Offenbar wußte er nicht, daß im Nebenraum jemand wartete; niemand hatte ihn über Caesars Ankunft informiert. Langsam gewann er seine Fassung wieder. Er setzte sich in einen Sessel und stieß einen zufriedenen Seufzer aus.

Ähnlich wie seinerzeit Marius und Julia schockiert gewesen waren, als sie den Vater des gegenwärtigen Königs zum erstenmal gesehen hatten, starrte jetzt Caesar König Nikomedes III. befremdet an. Er war groß, dünn und sehnig und trug ein bis zum Boden fallendes, goldbesticktes und mit Perlen übersätes Gewand aus thyrischem Purpur und filigrane, perlenbesetzte goldene Sandalen, in denen Zehen mit goldbemalten Nägeln steckten. Er trug keine Perücke, sondern sein eigenes, kurzgeschnittenes eisgraues Haar, aber sein Gesicht war kunstvoll mit einer dicken Schicht aus schneeweißer Creme und Puder überzogen. Seine Brauen waren sorgfältig mit Rußschwarz nachgezogen, die Wimpern getuscht, die Wangen mit einem zarten Rosa bedeckt. Die runzeligen alten Lippen waren blutrot geschminkt.

Caesar trat in den Raum. »Ich nehme an, die Königin hat bekommen, was ihr zustand.«

Der König von Bithynien fuhr auf. Vor ihm stand ein blutjunger Römer, für die Reise gekleidet in einem einfachen ledernen Brustpanzer. Er war groß, breitschultrig und schlank, hatte kräftige Waden und fein gemeißelte Knöchel, die mit Soldatenstiefeln umschnürt waren. Auf seinem Kopf saß ein Schopf blaßgoldener Haare, der breite, runde Hinterkopf stand in seltsamem Kontrast zu dem langen, spitz zulaufenden Gesicht. Aber welch ein Gesicht! Knochig, doch wie edel geschnitten! Über die Knochen spannte sich eine glatte, blasse Haut, und aus tiefen Höhlen leuchteten zwei große Augen. Die blonden Brauen waren schmal, die blonden Wimpern dicht und lang. Die Augen, dachte der König, die ihn jetzt so amüsiert ansahen, konnten sicher auch ganz anders blicken; die hellblaue Iris war von einem dunkelblauen, fast schwarz erscheinenden Ring umgeben, der den schwarzen Pupillen etwas Unheimliches gab. Doch all das war nichts verglichen mit dem vollen und doch festen Mund des jungen Mannes und den Grübchen an den Mundwinkeln. Nikomedes hätte sie küssen mögen!

»Sei gegrüßt!« sagte er, während er sich rasch aufrichtete und versuchte, verführerisch zu lächeln.

»Laß das!« sagte Caesar. Er setzte sich auf einen Stuhl dem König gegenüber.

»Du bist zu schön, um Männer nicht zu mögen.« König Nikomedes machte ein wehmütiges Gesicht. »Wäre ich nur zehn Jahre jünger!«

»Wie alt bist du denn?« Caesar lächelte und zeigte seine makellosen weißen Zähne.

»Zu alt, als daß ich dir noch geben könnte, was ich gerne würde.«

»Wie alt also?«

»Achtzig.«

»Ein Mann ist angeblich nie zu alt.«

»Für Blicke nie, für Taten schon.«

»Sei froh, daß du nicht mehr kannst«, sagte Caesar, noch immer ruhig lächelnd. »Wenn du könntest, müßte ich dich verprügeln, und das wäre ein diplomatischer Skandal.«

»Was!« spottete der König. »Für Frauen bist du doch viel zu schön.«

»In Bithynien vielleicht. In Rom bestimmt nicht.«

»Du bist dir ganz sicher?«

»Ja.«

»Was für eine Verschwendung!«

»Ich kenne viele Frauen, die anderer Ansicht sind.«

»Ich wette, du hast nie eine von ihnen geliebt.«

»Ich liebe meine Frau«, sagte Caesar.

Der König sah ihn bestürzt an. »Ich werde die Römer nie verstehen!« rief er. »Ihr nennt andere Völker Barbaren, dabei seid ihr die Barbaren.«

Caesar schwang ein Bein über die Armlehne seines Stuhls und ließ es hin und her pendeln. »Ich kann Homer und Hesiod zitieren«, sagte er.

»Das kann auch ein Vogel, wenn man es ihm beibringt.«

»Ich bin kein Vogel, König Nikomedes.«

»Ich wünschte, du wärst einer! Ich würde dich in einen goldenen Käfig sperren und dich immer nur ansehen.«

»Noch ein Haustier? Ich könnte beißen.«

»Tu es!« Der König entblößte seinen dürren Nacken.

»Nein danke.«

»So kommen wir nicht weiter!« sagte der König gereizt.

»Genau das wollte ich sagen.«

»Wer bist du?«

»Ich heiße Gaius Julius Caesar, und ich bin Militärtribun des Marcus Minucius Thermus, des Statthalters der Provinz Asia.«

»Bist du in offizieller Eigenschaft hier?«

»Natürlich.«

»Warum hat Thermus mich nicht unterrichtet?«

»Weil ich schneller reise als Ausrufer und Kuriere. Warum dein Haushofmeister mich nicht gemeldet hat, weiß ich allerdings nicht.« Caesars Bein pendelte immer noch.

In diesem Augenblick trat der Haushofmeister herein. Als er den Besucher beim König sitzen sah, erschrak er.

»Du hast wohl gedacht, du könntest dich zuerst bedienen, was?« fragte der König. »Nun, da kannst du alle Hoffnung aufgeben, Sarpedon! Er mag Männer nicht.« Er wandte sich wieder an Caesar und musterte ihn neugierig. »Julius. Also Patrizier?«

»Richtig.«

»Bist du ein Verwandter des Konsuls, den Gaius Marius töten ließ? Von Lucius Julius Caesar?«

»Er und mein Vater waren Vettern.«

»Dann bist du der Jupiterpriester!«

»Ich war Jupiterpriester. Du hast eine Zeitlang in Rom gelebt.«

»Zu lange.« Der König merkte plötzlich, daß der Haushofmeister noch immer im Raum stand, und runzelte die Stirn. »Hast du dich um eine Unterkunft für unseren erlauchten Gast gekümmert, Sarpedon?«

»Ja, Herr.«

»Dann warte draußen.«

Der Haushofmeister verschwand unter wiederholten Verbeugungen rückwärts aus dem Raum.

»Warum bist du gekommen?« fragte der König.

Caesar setzte sich gerade hin. »Ich bin hier, weil Rom eine Flotte braucht.«

Die Augen des Königs blieben ausdruckslos. »Hm! Eine Flotte? Wie viele Schiffe denn und was für welche?«

»Und bis wann, hast du noch vergessen.«

»Also?«

»Ich brauche vierzig Schiffe, davon die Hälfte gedeckte Triremen oder größer, bereit zum Auslaufen in einem Hafen deiner Wahl bis Mitte Oktober.«

»In zweieinhalb Monaten?« kreischte Nikomedes empört. »Warum hackst du mir nicht gleich beide Beine ab?« Er sprang auf.

»Wenn ich nicht bekomme, was ich will, werde ich das tun.«

Der König setzte sich wieder und sah Caesar böse an. »Vergiß nicht, daß dies mein Königreich und keine römische Provinz ist, Gaius Julius.« Sein blutrot geschminkter Mund verzerrte sich zu einer lächerlichen Grimasse. »Ich gebe dir, was ich kann und wann ich es kann. Und du bittest gefälligst darum! Du verlangst es nicht.«

»Mein lieber König Nikomedes«, sagte Caesar freundlich. »Du bist eine Maus, eingezwängt zwischen zwei Elefanten: Rom und

Pontos.« Seine Augen hatten aufgehört zu lächeln, und Nikomedes fühlte sich plötzlich an Sulla erinnert und fröstelte. »Dein Vater ist so alt geworden, daß du selbst den Thron erst als alter Mann besteigen konntest. Inzwischen hast du sicher gemerkt, wie heikel deine Lage ist. Du hast ebenso lange Zeit im Exil verbracht wie in diesem Palast, und jetzt bist du nur deshalb hier, weil Rom in der Person des Gaius Scribonius Curios dich an diese Stelle gesetzt hat. Wenn man in Rom, das von Pontos sehr viel weiter entfernt ist als du, genau weiß, daß König Mithridates noch lange nicht besiegt ist, dann weißt du das auch. Bithynien gilt seit Prusias II. als Freund und Verbündeter des römischen Volkes, und auch du hast dich unauflöslich an Rom gebunden. Das Herrschen gefällt dir sicher besser als das Exil; das heißt aber, daß du mit Rom kooperieren und seine Forderungen respektieren mußt. Sonst zieht Mithridates gegen Rom und Rom gegen Mithridates, und du arme kleine Maus wirst zwischen beiden zerquetscht.«

Der König saß mit offenem Mund und entsetzt aufgerissenen Augen auf seinem Stuhl. Nach einer langen, atemlosen Pause sog er plötzlich keuchend Luft in seine Lungen, und das Wasser trat ihm in die Augen. »Das ist nicht gerecht!« rief er und brach in Tränen aus.

Verächtlich stand Caesar auf, griff in das Armloch seines Brustpanzers und zog ein Taschentuch heraus. Dann trat er zum König und reichte es ihm. »Denke an deine Stellung und beherrsche dich! Auch wenn unser Treffen informell begonnen hat, ist es immer noch eine Audienz zwischen einem offiziellen Vertreter Roms und dem König von Bithynien. Du sitzt hier aufgedonnert wie eine Tänzerin in deinem Sessel und plärrst, wenn man dir die Wahrheit ins Gesicht sagt! Meine Erziehung verbietet mir, einen ehrwürdigen alten Mann zurechtzuweisen, zumal wenn er römischer Klientelkönig ist, du aber forderst das geradezu heraus! Geh und wasch dir das Gesicht, Nikomedes, dann machen wir weiter.«

Gehorsam wie ein Kind stand der König auf und verschwand.

Schon bald kehrte er mit sauberem Gesicht zurück, begleitet von mehreren Dienern, die Tabletts mit kühlen Getränken brachten.

»Wein aus Chios«, sagte der König. Er setzte sich und strahlte Caesar an, als sei nichts geschehen. »Zwanzig Jahre alt!«

»Danke, ich trinke lieber Wasser.«

»Wasser?«

Das Lächeln kehrte in Caesars Augen zurück. »Ja. Ich mag keinen Wein.«

»Auch gut. Bithyniens Wasser ist berühmt«, sagte der König. »Was willst du essen?«

Caesar zuckte gleichgültig die Achseln. »Egal.«

König Nikomedes sah seinen Gast jetzt mit einem Blick an, der nicht mehr lüstern war, sondern forschend. Er sah durch Caesars äußere Erscheinung hindurch in tiefere Schichten seines Wesens. »Wie alt bist du, Gaius Julius?«

»Ich bin erst neunzehn.«

»Jünger als mein Wein!« sagte der König erstaunt. »Du bist auch mit den Aureliern verwandt? Mit Orestes oder Cotta?«

»Meine Mutter ist eine Aurelia Cotta.«

»Siehst du ihr ähnlich? Denn ich sehe nicht viel Ähnlichkeit mit Lucius Caesar oder Caesar Strabo.«

»Ich habe einiges von ihr, anderes von meinem Vater. Wenn du nach dem Caesar in mir suchst, darfst du nicht an den jüngeren Bruder meines Vaters denken. Denke an seinen älteren Bruder, an Catulus Caesar. Alle drei sind umgekommen, als Gaius Marius nach Rom zurückkehrte. Das weißt du sicher noch.«

»Ja.« Nikomedes nippte nachdenklich an seinem Wein. »Römer lassen sich, wie ich festgestellt habe, von Königen besonders leicht beeindrucken. Der Theorie nach sind sie zwar überzeugte Republikaner, aber sie haben viel für den Glanz des Königtums übrig. Du dagegen scheinst überhaupt nicht beeindruckt.«

»Wenn Rom einen König hätte, Majestät, würde ich das sein«, sagte Caesar einfach.

»Weil du Patrizier bist?«

»Patrizier?« Caesar sah ihn erstaunt an. »Ihr Götter, nein! Ich bin Julier! Das heißt, ich stamme von Aeneas ab. Sein Vater war ein Sterblicher, aber seine Mutter war Venus – also Aphrodite.«

»Du stammst von Aeneas' Sohn Ascanius ab?«

»Bei uns heißt Ascanius Iulus«, sagte Caesar.

»Der Sohn von Aeneas und Creusa?«

»So sagen einige. Creusa starb in den Flammen von Troja, aber ihr Sohn entkam mit Aeneas und Anchises nach Latium. Aeneas hatte allerdings einen weiteren Sohn mit Lavinia, der Tochter von König Latinus. Er hieß ebenfalls Ascanius, also Iulus.«

»Von welchem Sohn des Aeneas stammst du ab?«

»Von beiden«, sagte Caesar ernst. »Ich glaube nämlich, daß es nur einen Sohn gab. Die Frage ist nur, wer die Mutter war. Es ist romantischer zu glauben, er sei Creusas Sohn gewesen, aber wahrscheinlich war seine Mutter doch Lavinia. Nach Aeneas' Tod gründete Iulus auf dem Albanerberg oberhalb von Bovillae die Stadt Alba Longa. Nach Iulus Tod herrschten dort seine Nachkommen, die Julier. Wir waren die Könige von Alba Longa, und als die Stadt an König Servius Tullus von Rom fiel, wurden wir Roms vornehmste Bürger. Und das sind wir noch immer, denn wir stellen traditionell die Priester des Jupiter Latiaris, der viel älter ist als Jupiter Optimus Maximus.«

»Wenn die Julier so vornehm sind, warum haben sie in den Jahrhunderten der Republik dann keine wichtigere Rolle gespielt?«

»Sie hatten kein Geld!«

»Ach, kein Geld!« rief der König verständnisvoll. »Ein schreckliches Problem, Caesar. Auch für mich. Ich habe das Geld für deine Flotte nicht: Bithynien ist bankrott.«

»Bithynien ist nicht bankrott, und du wirst mir die Flotte beschaffen, o König der Mäuse! Sonst wirst du breitgetreten wie ein Ölkuchen unter dem Fuß eines Elefanten.«

»Ich habe das Geld für die Flotte nicht.«

»Warum verschwenden wir hier unsere Zeit?« Caesar stand auf. »Stell deinen Becher hin, König Nikomedes, und laß uns mit den Vorbereitungen beginnen.« Er schob eine Hand unter den Ellenbogen des Königs. »Steh auf! Wir gehen zum Hafen hinunter und schauen, was wir finden.«

Nikomedes riß sich empört los. »Du sollst aufhören, mir zu sagen, was ich tun soll!«

»Erst wenn du es tust!«

»Ich tue es ja!«

»Aber bitte sofort. Heute noch.«

»Morgen.«

»Morgen steht vielleicht schon König Mithridates vor der Stadt.«

»Das ist unmöglich! Mithridates ist in Kolchis, und zwei Drittel seiner Soldaten sind tot.«

Caesar setzte sich interessiert wieder hin. »Erzähle mir mehr.«

»Er ist mit einer Viertelmillion Männern losgezogen, um den wilden Stämmen des Kaukasus wegen ihrer Überfälle auf Kolchis eine Lektion zu erteilen. Typisch Mithridates! Er konnte sich nicht vorstellen, daß man auch mit so vielen Soldaten verlieren kann. Es kam gar nicht zum Kampf. Die Kälte in den Bergen hat alles entschieden. Zwei Drittel der pontischen Soldaten sind erfroren.«

»Davon weiß man in Rom nichts.« Caesar runzelte die Stirn. »Warum hast du die Konsuln nicht informiert?«

»Weil es eben erst passiert ist – außerdem ist es nicht meine Aufgabe, Rom zu informieren!«

»Als Freund und Verbündeter mußt du das sehr wohl. Das letzte, was wir von Mithridates erfahren haben, war, daß er am kimmerischen Bosporus versucht hat, seine Länder nördlich des Schwarzen Meeres neu zu ordnen.«

Nikomedes nickte. »Das hat er getan, nachdem Sulla Murena befohlen hatte, aus Pontos abzuziehen. Aber Kolchis hat den Tribut nicht regelmäßig gezahlt, also hat er dort Zwischenstation gemacht, um nach dem Rechten zu sehen. Dabei hat er von den Überfällen der Barbaren erfahren.«

»Sehr interessant.«

»Du siehst also, Pontos stellt keine Bedrohung mehr da, es ist kein Elefant mehr.«

Caesars Augen funkelten. »Aber es gibt noch einen anderen Elefanten! Einen noch größeren. Er heißt Rom!«

Der König bekam einen Lachanfall. »Meinetwegen«, prustete er schließlich. »Ich gebe mich geschlagen! Du sollst deine Flotte haben!«

Königin Oradaltis trat ein, gefolgt von ihrem Hund. Erstaunt stellte sie fest, daß das Gesicht ihres Mannes nicht mehr geschminkt war und daß in züchtigem Abstand von ihm ein junger Römer saß, der aufgrund seiner Schönheit eigentlich viel näher bei Nikomedes hätte sitzen müssen.

»Das ist Gaius Julius Caesar, meine Liebe«, sagte der König, als er sich wieder beruhigt hatte. »Ein Abkömmling der Göttin Aphrodite und von sehr viel vornehmerer Herkunft als wir. Er hat mich eben dazu überredet, ihm eine große Flotte zur Verfügung zu stellen.«

Die Königin, die sich hinsichtlich Nikomedes' keine Illusionen mehr machte, neigte majestätisch das Haupt. »Es überrascht mich, daß du ihm nicht das gesamte Königreich gegeben hast«, sagte sie. Sie schenkte sich Wein ein, nahm einen Kuchen und setzte sich.

Der Hund trottete zu Caesar, machte Männchen und blickte bewundernd zu ihm auf. Als Caesar ihm einen kräftigen Klaps versetzte, legte er sich auf den Rücken und bot den dicken Bauch zum Kraulen dar.

»Wie heißt er denn?« fragte Caesar, der Hunde gern mochte.

»Sulla«, sagte die Königin.

Caesar fiel ein, wie die Königin Sulla mit der Spitze ihres in einer Sandale steckenden Fußes einen Tritt in seine edelsten Teile verpaßt hatte, und diesmal mußte er lachen.

Beim Essen erfuhr er vom Schicksal der bithynischen Thronerbin Nysa, die das einzige Kind des Königs und der Königin war.

»Sie ist fünfzig und kinderlos«, sagte Oradaltis traurig. »Wir konnten einer Ehe zwischen Mithridates und ihr natürlich nicht zustimmen, und daraufhin hat er es uns unmöglich gemacht, einen passenden Gatten für sie zu finden. Es ist eine Tragödie.«

»Darf ich hoffen, sie kennenzulernen, bevor ich wieder gehe?« fragte Caesar.

»Das steht leider nicht in unserer Macht«, seufzte Nikomedes. »Als Mithridates das letzte Mal in Bithynien einfiel und ich nach Rom fliehen mußte, habe ich Nysa und Oradaltis in Nikomedia zurückgelassen. Mithridates hat unsere Tochter als Geisel genommen. Er hält sie noch immer fest.«

»Hat er sie geheiratet?«

»Wir glauben nicht«, sagte die Königin. »Sie war nie eine Schönheit und schon damals zu alt, um Kinder zu bekommen. Wenn sie ihm offen Widerstand geleistet hat, hat er sie vielleicht getötet; das letzte, was wir gehört haben, war allerdings die Nachricht, sie sei am Leben und werde in Kabira gefangengehalten. Mithridates hält dort noch andere Töchter und Schwestern fest, denen er nicht erlaubt zu heiraten.«

»Dann laß uns hoffen, König Nikomedes, daß der römische

Elefant siegt, wenn es das nächste Mal zu einem Zusammenstoß kommt. Wenn ich nicht selbst an diesem Krieg teilnehme, werde ich jedenfalls dafür sorgen, daß das Schicksal von Prinzessin Nysa geklärt wird.«

»Hoffentlich bin ich bis dahin tot«, sagte der König. Er schien es ernst zu meinen.

»Du wirst doch nicht sterben, bevor deine Tochter zu dir zurückkehrt!«

»Wenn sie je zurückkehrt, dann als pontische Marionette«, sagte Nikomedes bitter.

»Dann solltest du Bithynien besser testamentarisch Rom vermachen.«

»Wie Attalos III., der Rom Asia vermacht hat? Oder wie Ptolemaios Apion, der Rom Cyrenaica vermacht hat? Niemals!«

»Dann fällt Bithynien an Pontos. Und Pontos wird an Rom fallen, was bedeutet, daß Bithynien letzten Endes auf jeden Fall an Rom fällt.«

»Nicht, wenn ich es verhindern kann.«

»Das kannst du nicht«, sagte Caesar ernst.

Am nächsten Tag begleitete der König Caesar zum Hafen und zeigte ihm, daß dort kein einziges Kriegsschiff ankerte.

Doch Caesar ließ sich nicht beirren. »Deine Kriegsflotte ankert gar nicht hier. Ich schlage vor, wir reiten nach Chalkedon weiter.«

»Morgen«, sagte der König, der von seinem schwierigen Gast immer entzückter war.

»Wir reiten sofort«, sagte Caesar bestimmt. »Wie weit ist es bis dort? Vierzig Meilen? Das schaffen wir nicht an einem Tag.«

»Dann fahren wir mit dem Schiff.« Der König verabscheute Reisen.

»Nein, wir nehmen den Landweg. Ich sehe mich gern ein wenig um. Gaius Marius, mein angeheirateter Onkel, sagte einmal, ich solle immer über Land reisen, wenn es möglich sei. Dann sei ich bei späteren Feldzügen im betreffenden Land mit den örtlichen Gegebenheiten vertraut. Sehr nützlich.«

»Also sind Marius und Sulla angeheiratete Onkel von dir.«

»Ich habe ausgezeichnete verwandtschaftliche Verbindungen.«

»Ich glaube, du hast alles, Caesar! Mächtige Verwandte, einen edlen Namen, einen vornehmen Geist, einen anmutigen Körper und ein schönes Gesicht. Ich bin froh, daß ich nicht du bin.«

»Wieso?«

»Du wirst immer Feinde haben. Eifersucht und Neid werden dich immer verfolgen wie die Furien den armen Orestes. Einige werden dich um deine Schönheit beneiden, andere um deinen Körper, wieder andere um deine Abstammung und wieder andere um deinen Verstand. Die meisten werden dich um alles beneiden. Und je höher du aufsteigst, desto schlimmer wird der Neid. Du wirst überall Feinde haben und nirgends Freunde. Du wirst keinem Menschen vertrauen können.«

Caesar hörte nachdenklich zu. »Ich glaube, du hast recht. Was rätst du mir also?«

»Zur Zeit der Könige gab es einen Römer, der Brutus hieß. Dieser Brutus war sehr klug, aber er stellte sich dumm, was ihm seinen Beinamen einbrachte. Als König Tarquinius Superbus dann überall Menschen umbringen ließ, die ihm gefährlich werden konnten, kam er nicht auf den Gedanken, auch Brutus zu töten. Und der stürzte ihn und wurde erster Konsul der neuen Republik.«

»Und er richtete seine eigenen Söhne hin«, ergänzte Caesar, »als sie versuchten, König Tarquinius Superbus aus dem Exil zurückzuholen und in Rom wieder die Monarchie einzuführen. Und? Ich bewundere Brutus nicht. Ich werde nicht wie er Dummheit vortäuschen.«

»Dann mußt du dich mit deinem Schicksal abfinden.«

»Glaube mir, das werde ich!«

»Es ist zu spät, um heute noch nach Chalkedon aufzubrechen«, sagte der König listig. »Laß uns früh zu Abend essen und diese wunderbar anregende Unterhaltung fortsetzen und dann bei Tagesanbruch losreiten.«

»Wir werden bei Tagesanbruch reiten«, sagte Caesar fröhlich, »aber nicht von hier aus. Ich breche in einer Stunde nach Chalkedon auf. Wenn du mitwillst, mußt du dich beeilen.«

Und Nikomedes beeilte sich aus zwei Gründen: Erstens wußte er, daß er auf den eigenwilligen Caesar ein scharfes Auge haben mußte, zweitens war er bis über beide Ohren in diesen jungen Mann verliebt, der so hartnäckig versicherte, er könne mit Männern nichts anfangen.

Eine Stunde später brachen sie auf. Caesar saß auf seinem Maultier.

»Du reitest ein Maultier?« fragte Nikomedes verblüfft.

»Wie du siehst«, erwiderte Caesar hochmütig.

»Warum?«

»Eine Laune.«

»Du reitest ein Maultier und dein Freigelassener ein edles Pferd?«

»Wie du siehst.«

Seufzend ließ der König sich in einen zweirädrigen Wagen helfen, dann setzte der Zug sich in Bewegung. Caesar und Burgundus ritten voraus. Für die Nacht kamen sie im Haus eines bithynischen Adligen unter, der steinalt war und nicht mehr damit gerechnet hatte, daß er seinen Herrscher noch einmal sehen würde. Hier entschuldigte Caesar sich bei Nikomedes.

»Es tut mir leid. Meine Mutter würde mir jetzt vorwerfen, nicht richtig nachgedacht zu haben. Du bist erschöpft. Wir hätten doch segeln sollen.«

»Mein Körper ist erschöpft, allerdings«, sagte Nikomedes mit einem Lächeln. »Aber deine Gesellschaft macht mich wieder jung.«

Am nächsten Morgen trafen sie in der königlichen Residenz von Chalkedon ein. Als Nikomedes mit Caesar frühstückte, strahlte er wieder, war gesprächig und schien erholt.

Gemeinsam betraten sie die wuchtige Mole, die den Hafen von Chalkedon umschloß. »Wie du siehst, liegt hier eine hübsche kleine Kriegsflotte vor Anker. Zwölf Triremen, sieben Quinqueremen und vierzehn ungedeckte Schiffe. Weitere Schiffe liegen in Chrysopolis und Daskyleion.«

»Ist Byzanz an den Zöllen des Bosporus nicht beteiligt?«

»Gegenwärtig nicht. Früher haben die Byzantiner Zölle eingenommen. Sie waren sehr mächtig, und ihre Flotte war fast so groß wie die von Rhodos. Aber seit dem Fall Griechenlands und Mazedoniens müssen sie große Landstreitkräfte unterhalten, um die thrakischen Barbaren im Zaum zu halten. Eine Kriegsflotte können sie sich nicht auch noch leisten. Deshalb sind die Zölle an Bithynien übergegangen.«

»Und deshalb hast du mehrere kleine Flotten.«

»Und deshalb brauche ich diese Flotten auch! Ich werde Rom von den Schiffen, die hier und anderswo liegen, insgesamt zehn Triremen, fünf Quinqueremen und zehn ungedeckte Schiffe zur Verfügung stellen. Den Rest deiner Flotte miete ich.«

»Du mietest ihn?« fragte Caesar höflich.

»Natürlich. Was glaubst du denn, wie wir unsere Flotten zusammenstellen?«

»So wie wir! Wir bauen Schiffe.«

»Das ist Verschwendung, aber so seid ihr Römer eben. Eigene Schiffe zu unterhalten kostet Geld, wenn sie nicht gebraucht werden. Deshalb haben wir, die griechischsprachigen Völker Asias und der Ägäis, nur ganz kleine eigene Flotten. Wenn wir schnell zusätzliche Schiffe brauchen, mieten wir sie einfach. Genau das werde ich jetzt tun.«

»Und wo willst du sie mieten?« fragte Caesar verwirrt. »Wenn es irgendwo in der Ägäis Schiffe gibt, hat Thermus sie bestimmt schon beschlagnahmt.«

»Natürlich nicht dort«, sagte Nikomedes spöttisch und entzückt, den neunmalklugen jungen Mann belehren zu können. »Ich miete sie in Paphlagonien und Pontos.«

»Du meinst, Mithridates vermietet Schiffe an seinen Feind?«

»Warum nicht? Im Augenblick liegen sie nutzlos vor Anker und kosten Geld. Er hat nicht genug Soldaten, um sie zu besetzen, und ich glaube nicht, daß er in diesem oder dem nächsten Jahr plant, nach Bithynien oder in die römische Provinz Asia einzumarschieren!«

»Dann schließen wir Mytilene mit Schiffen des Königs ein, mit dem sich Mytilene unbedingt verbünden will.« Caesar schüttelte den Kopf. »Sehr merkwürdig!«

»Normal«, sagte Nikomedes energisch.

»Wie wirst du jetzt also vorgehen?«

»Ich setze einen Agenten ein. Der zuverlässigste wohnt hier in Chalkedon.«

Caesar überlegte kurz: Wenn der König von Bithynien für Rom Schiffe mietete, würde Rom die Rechnung für diese Schiffe bezahlen müssen. Caesar hatte aber weder das nötige Geld noch die Befugnis, dieses Geld aufzutreiben. Da Nikomedes aber so tat, als komme eine solche Situation öfter vor, sagte Caesar lieber nichts. Inzwischen ahnte er allerdings, warum Rom Schwierigkeiten mit seinen Provinzen und seinen Klientelkönigen hatte. Der Unterhaltung mit Thermus hatte er entnommen, daß Bithynien irgendwann in der Zukunft für die Flotte bezahlt würde. Jetzt fragte er sich, wie lange Bithynien wohl auf das Geld warten mußte.

»Jetzt ist alles geregelt«, sagte der König sechs Tage später. »Deine Flotte liegt in Abydos vor Anker, du kannst sie dort am fünfzehnten Tag des Oktober abholen. Das sind noch zwei Monate, und die wirst du natürlich bei mir wohnen.«

Caesar hatte zwar nichts gegen Nikomedes, glaubte aber, seine Aufgabe sei noch nicht erledigt. »Ich muß die Bereitstellung der Schiffe überwachen.«

»Das geht nicht«, sagte Nikomedes.

»Warum nicht?«

»Das ist nicht üblich.«

Also begleitete Caesar den König nach Nikomedia zurück. Je mehr er mit dem alten Mann und seiner Frau zu tun hatte, desto mehr mochte er die beiden. Und ihren Hund.

Da Caesar noch zwei Monate bis zur Abreise ausharren mußte, plante er Abstecher nach Byzanz, Pessinus und Troja. Leider bestand der König darauf, ihn nach Byzanz zu begleiten und den Seeweg zu nehmen. Caesar bekam die beiden letzten Städte gar nicht zu sehen, da aus der Schiffsreise von zwei bis drei Tagen eine Fahrt von fast einem Monat wurde. Das Tempo war zermürbend langsam, denn der König hielt an jedem kleinen Fischerdorf und zeigte sich der Bevölkerung in seiner ganzen Pracht – mit Rücksicht auf Caesar allerdings mit ungeschminktem Gesicht.

Byzanz war vom Charakter und von der Bevölkerung her griechisch und existierte schon seit sechshundert Jahren. Es lag auf dem höchsten Punkt einer hügeligen Halbinsel auf der thrakischen Seite des Bosporus und hatte sowohl auf der hornförmigen nördlichen Landzunge wie an der offenen Südseite einen Hafen. Die Stadtmauern waren stark befestigt und hoch, und die Größe und Schönheit der privaten wie öffentlichen Bauten kündete vom Reichtum der Metropole.

Der thrakische Bosporus war schöner und eindrucksvoller als der Hellespont, dachte Caesar. Daß König Nikomedes Oberherr der Stadt war, wurde deutlich, sobald die königliche Barke angelegt hatte. Alles, was Rang und Namen hatte, strömte herbei, um ihn zu begrüßen. Caesar merkte allerdings auch, daß er selbst mit finsteren Blicken bedacht wurde und daß einige Byzantiner nicht erfreut darüber waren, daß der König von Bithynien mit einem Römer auf so gutem Fuß stand. Und damit hing ein weiteres Problem zusammen. Ihre gemeinsamen öffentlichen Auftritte hatten sich bisher auf das eigentliche Bithynien beschränkt, wo die Menschen ihren Herrscher und seine Vorlieben kannten und tolerierten. Das war in Byzanz anders. Hier galt Caesar, wie sich bald herausstellte, als Lustknabe des Königs.

Es wäre ein leichtes gewesen, diese Annahme zu zerstreuen – einige Bemerkungen hier und da über alte Männer, die sich lächerlich machten, oder Klagen darüber, wie lästig es sei, mit dem alten König um eine Flotte zu verhandeln. Aber genau das brachte Caesar nicht übers Herz, denn er hatte Nikomedes gern, wenn auch nicht so, wie man in Byzanz vermutete, und er wollte den armen alten Mann nicht an einer Stelle verletzen, an der er selbst besonders empfindlich war: seinem Stolz. Andererseits mußte er die Situation klarstellen, vor allem, weil es um seine Zukunft ging. Caesar wußte, wohin er wollte: ganz nach oben. Es war schlimm genug, daß er dabei einen Teil seines wirklichen Wesens verleugnen mußte; aber noch viel schlimmer war, mit einem Ruf leben zu müssen, der überhaupt nicht stimmte. Wäre der König jünger gewesen, hätte er ihn gebeten, für eine Richtigstellung zu sorgen, denn Nikomedes verurteilte zwar die römische Intoleranz gegenüber der gleichgeschlechtlichen Liebe als unhellenisch, ja barbarisch, aber er war zugleich warmherzig und gutmütig und hätte ihm diesen Wunsch wahrscheinlich erfüllt. Doch so mußte Caesar fürchten, daß seine Bitte den alten Mann verletzen würde. Er, der eine behütete Jugend gehabt hatte, entdeckte jetzt, daß das Leben Probleme aufwerfen konnte, für die es keine befriedigende Lösung gab.

Schuld an der Abneigung der Byzantiner gegen die Römer war natürlich die Besetzung der Stadt vier Jahre zuvor durch Fimbria und Flaccus, jene Feldherren Cinnas, die beschlossen hatten, gegen Asia und Mithridates statt gegen Griechenland und Sulla zu ziehen. Für die Byzantiner machte es keinen Unterschied, daß Fimbria Flaccus ermordet und anschließend Sulla Fimbria vernichtet hatte. Es änderte nichts daran, daß ihre Stadt unter Römern gelitten hatte. Und jetzt kam ihr Herrscher und schwänzelte um einen Römer herum.

Nachdem Caesar sich über seine Lage klargeworden war, versuchte er, die Byzantiner für sich zu gewinnen. Sein Verstand und seine Bildung waren ihm dabei eine große Hilfe; weniger sicher war er sich im Hinblick auf einen Wesenszug, den seine Mutter an ihm immer beklagt hatte: seinen Charme. Er nahm die führenden Bürger der Stadt für sich ein und trug nach Fimbrias und Flaccus' ungehobeltem und barbarischem Benehmen viel dazu bei, ihre Gefühle zu besänftigen. Auf der anderen Seite mußte er freilich einsehen, daß sein Charme sie in ihren Vermutungen über seine sexuellen Neigungen bestärkte: Richtige Männer hatten angeblich keinen Charme.

Also wurde Caesar deutlicher. Zunächst erteilte er allen Männern, die ihm Avancen machten, eine schroffe Abfuhr. Dann verschaffte er sich den Namen der berühmtesten Kurtisane von Byzanz, suchte sie auf und liebte sie, bis sie vor Entzücken schrie.

»Er ist so groß wie ein Esel und geil wie ein Bock«, berichtete sie ihren Freunden und regelmäßigen Liebhabern danach erschöpft. Dann seufzte sie lächelnd und streckte sich lüstern. »Aber er ist wunderbar! Seit Jahren habe ich keinen solchen Mann mehr gehabt!«

Damit hatte Caesar erreicht, was er wollte, und dies, ohne König Nikomedes zu kränken. Die Byzantiner wußten jetzt, was das Verhältnis des Königs zu dem jungen Römer war: eine hoffnungslose Leidenschaft.

Die Reisenden kehrten nach Nikomedia zurück, zu Königin Oradaltis, dem Hund Sulla und dem Palast mit seinen unzähligen Dienern und zänkischen und intriganten Beamten.

»Ich gehe ungern«, sagte Caesar, als er zum letzten Mal mit dem König und der Königin aß.

»Und wir lassen dich ungern gehen«, sagte Königin Oradaltis rauh und kraulte Sullas Bauch mit dem Fuß.

»Kommst du wieder, wenn Mytilene unterworfen ist?« fragte der König. »Es würde uns so sehr freuen.«

»Ich komme wieder«, versprach Caesar.

»Gut!« Nikomedes machte ein zufriedenes Gesicht. »Und jetzt

erkläre mir bitte ein Rätsel der lateinischen Sprache, das ich nie habe lösen können: Warum ist das grammatische Geschlecht von *cunnus* männlich und das von *mentula* weiblich?«

Caesar sah den König erstaunt an. »Keine Ahnung!«

»Aber es gibt doch sicher einen Grund.«

»Ganz ehrlich, ich habe nie darüber nachgedacht. Doch jetzt, wo du es sagst ... Ja, es ist wirklich seltsam.«

»*Cunnus* müßte *cunna* heißen, wo es doch das weibliche Geschlechtsteil ist. Und *mentula* müßte *mentulus* heißen, schließlich ist der Penis männlich. Hinter dem ganzen Männlichkeitskult verbirgt sich bei euch Römern ein heilloses Durcheinander! Eure Frauen sind Männer und eure Männer Frauen.« Der König lehnte sich zurück und strahlte triumphierend.

»Du hast für unsere Geschlechtsteile nicht gerade die nettesten Bezeichnungen gewählt«, sagte Caesar. »*Cunnus* und *mentula* sind obszöne Wörter.« Ohne eine Miene zu verziehen, fuhr er fort: »Die Lösung ist doch ganz einfach. Das Geschlecht des Werkzeugs gibt das Geschlecht an, mit dem es sich paaren soll: Der Penis soll sich ein weibliches Zuhause suchen, die Vagina soll einen Mann willkommen heißen.«

»Unsinn!« sagte der König, sein Lachen mühsam unterdrükkend.

»Sophisterei!« sagte die Königin mit zuckenden Schultern.

»Was sagst du dazu, Sulla?« fragte König Nikomedes den Hund, mit dem er seit Caesars Ankunft sehr viel besser auskam, was vielleicht aber auch daran lag, daß Oradaltis ihn nicht mehr mit ihm ärgerte.

Caesar lachte laut los. »Wenn ich nach Hause komme, frage ich ihn!«

Nach Caesars Abreise wurde es einsam im Palast. Das betagte Königspaar verspürte eine gewisse innere Leere, und selbst der Hund trauerte.

»Er war der Sohn, den wir nie hatten«, sagte Nikomedes.

»Nein!« widersprach Oradaltis heftig. »Einen solchen Sohn hätten wir nie haben können. Nie.«

»Wegen der Veranlagung meiner Familie?«

»Nein! Weil wir keine Römer sind. Er ist ein Römer.«

»Vielleicht sollte man besser sagen, er ist er selbst.«

»Glaubst du, er kommt wieder, Nikomedes?«

Die Frage munterte den König offensichtlich auf. »Ja«, sagte er bestimmt. »Das glaube ich.«

Als Caesar an den Iden des Oktober in Abydos eintraf, lag die versprochene Flotte im Hafen: zwei massige pontische Sechzehner, acht Quinqueremen, zehn Triremen und zwanzig schnittige, aber weniger kriegstaugliche Ruderschiffe.

»Da du die Schiffe für eine Blockade und nicht für eine Seeschlacht brauchst«, schrieb Nikomedes Caesar in einem Brief, »gebe ich dir anstelle der gewünschten zwanzig ungedeckten Kriegsschiffe breite gedeckte Handelsschiffe, die für deine Zwecke umgerüstet worden sind. Wenn du Mytilene über Winter vom Hafen abschneiden willst, brauchst du robustere Schiffe als leichte Ruderer, die bei jedem Sturm sofort an Land gezogen werden müssen. Die Handelsschiffe werden jeden Seegang, bei dem sich ein Schiff noch hinauswagen kann, heil überstehen. Die beiden pontischen Sechzehner werden sich meiner Meinung nach schon deshalb als nützlich erweisen, weil sie durch ihre wuchtige Erscheinung Angst und Schrecken verbreiten. Außerdem sprengen sie die dicksten Hafenketten und werden deshalb beim Angriff gute Dienste leisten. Der Hafenmeister in Sinope war übrigens bereit, sie mir gegen Verpflegung und Besoldung der Besatzungen von fünfhundert Mann pro Schiff zu überlassen, da der König von Pontos im Augenblick keine Verwendung für sie hat. Die Rechnung füge ich auf einem getrennten Blatt bei.«

Von Abydos am Hellespont bis zur anatolischen Küste vor der Insel Lesbos nördlich von Mytilene waren es dem ersten Steuermann zufolge rund hundert Meilen. Für diese Strecke benötigte man zwischen fünf und zehn Tagen, wenn das Wetter blieb, wie es war, und sich alle Schiffe als seetüchtig erwiesen.

»Dann überprüfen wir besser, ob sie das auch sind«, sagte Caesar.

Der Steuermann war es zwar nicht gewohnt, daß ihn der Admiral – als solcher verstand Caesar sich bis zu seiner Ankunft auf Lesbos – alle Schiffe vor Beginn einer Expedition auf ihre Seetüchtigkeit überprüfen ließ, aber er versammelte gehorsam die

Schiffsbauer von Abydos und ließ jedes Schiff sorgfältig untersuchen. Caesar sah den Männern dabei über die Schulter und belästigte sie ständig mit Fragen.

»Wirst du seekrank?« fragte der Steuermann hoffnungsvoll.

»Nicht, daß ich wüßte«, sagte Caesar verschmitzt.

Zehn Tage vor den Kalenden des November segelte die Flotte von vierzig Schiffen in den Hellespont hinaus. Die Strömung vom Schwarzen Meer in die Ägäis trug die Schiffe stetig zur südlichen Ausfahrt der Meerenge, zwischen dem Vorgebirge Mastusia auf der thrakischen Seite und der Mündung des Skamandros auf der kleinasischen Seite. Nur wenig flußaufwärts lag jenes sagenumwobene Troja, aus dessen brennenden Ruinen Caesars Vorfahre Aeneas einst vor Agamemnon geflohen war. Schade, dachte Caesar, daß er keine Zeit hatte für einen Besuch dieser ehrwürdigen Stätte. Dann zuckte er die Achseln. Später vielleicht.

Das Wetter hielt sich, so daß die Flotte nach sechs Tagen die Nordspitze von Lesbos erreichte. Da Caesar nicht schon vor den Kalenden des November am Ziel eintreffen wollte, ließ er die Schiffe auf den Rat des Steuermanns in der Bucht der Insel Kydonia ankern, wo sie von Lesbos aus nicht zu sehen waren. Er wollte die römischen Belagerer überraschen und über Thermus triumphieren.

»Du hast ein phänomenales Glück«, sagte der Steuermann, als die Flotte am Tag vor den Kalenden des November wieder in See stach.

»Inwiefern?«

»Ich habe um diese Jahreszeit noch nie so gutes Wetter erlebt – und das Wetter dürfte noch mehrere Tage anhalten.«

Caesar nickte. Dann befahl er: »Wir laufen bei Einbruch der Nacht eine schützende Bucht auf Lesbos an. Morgen bei Tagesanbruch suche ich dann die Armee auf. Es ist sinnlos, die ganze Flotte in Bewegung zu setzen, solange nicht klar ist, wo der Befehlshaber sie stationieren will.«

Am nächsten Tag kurz nach Sonnenaufgang ließ Caesar sich zum Ufer rudern, um Thermus oder Lucullus aufzusuchen. Wie sich herausstellte, war nur Lucullus anwesend; Thermus weilte noch immer in Pergamon.

Caesar traf sich mit Lucullus an der schmalen, hügeligen Landzunge, auf der Mytilene lag. Lucullus hatte dort soeben einen Wall und einen Graben anlegen lassen.

Caesar sah der Begegnung mit Spannung entgegen. Lucullus dagegen hatte lediglich gehört, ein junger Tribun wolle ihn sprechen, und er war gereizt, da er Gespräche mit jungen, unbekannten Offizieren für Zeitverschwendung hielt. Das Ansehen dieses Mannes war unaufhaltsam gestiegen, seit er Sullas treuer Quästor gewesen war und als einziger Legat jenen ersten Marsch des Konsuls Sulla auf Rom gebilligt hatte. Er genoß bei Sulla seither größtes Vertrauen und hatte Aufgaben erhalten, die eigentlich nur ehemaligen Prätoren übertragen wurden. Lucullus hatte König Mithridates bekriegt und nach Sullas Rückkehr nach Italien die Stellung in der Provinz Asia gehalten, während Murena, der Statthalter der Provinz, unerlaubt Krieg gegen Mithridates in Kappadokien führte.

Der Mann, auf den Caesar zuging, war schlank, kräftig und von durchschnittlicher Größe. Lucullus hatte einen etwas steifen Gang, der aber nicht von einer Mißbildung der Knochen, sondern von einer Steifheit des Gemüts herrührte. Er war nicht schön, aber interessant anzusehen mit seinem blassen länglichen Gesicht, auf dem ein Schopf borstiger Haare eines undefinierbaren Brauns saß. Als Caesar vor ihm stand, sah er in klare und kalte graue Augen.

Der Truppenbefehlshaber runzelte die Stirn. »Ja?«

»Ich bin der Militärtribun Gaius Julius Caesar.«

»Der Statthalter schickt dich?«

»Jawohl.«

»Und warum willst du mich sprechen? Ich habe zu tun.«

»Ich bringe dir die Flotte, Lucius Licinius.«

»Die Flotte?«

»Der Statthalter hat mich beauftragt, in Bithynien eine Flotte zu beschaffen.«

Die kalten Augen richteten sich starr auf ihn. »Ihr Götter!«

Caesar wartete.

»Eine wahrhaft gute Nachricht!« sagte Lucullus. »Ich wußte allerdings nicht, daß Thermus zwei Tribunen nach Bithynien geschickt hat. Wann hat er dich geschickt? Schon im April?«

»Soweit ich weiß, hat er nur mich geschickt.«

»Caesar ... Caesar ... Du bist doch nicht der, den er Ende Quintilis geschickt hat!«

»Doch, genau der.«

»Und du bringst schon jetzt eine Flotte?«

»Ja.«

»Dann kannst du gleich wieder umkehren, Tribun. König Nikomedes hat dir sicher nur unbrauchbare Schiffe mitgegeben.«

»Keineswegs. Ich bringe vierzig Schiffe, die ich persönlich auf ihre Seetüchtigkeit hin überprüft habe: zwei Sechzehner, acht Quinqueremen, zehn Triremen und zwanzig umgebaute gedeckte Handelsschiffe, die nach Auskunft des Königs für eine Blockade im Winter geeigneter sind als leichte ungedeckte Kriegsschiffe.« Caesar ließ sich seinen Triumph durch nichts anmerken.

»Ihr Götter!« Lucullus musterte den jungen Tribun so scharf, als sei er ein im Circus auftretendes Ungeheuer. Dann verzog sich sein linker Mundwinkel ganz langsam nach oben, und das Eis in seinen Augen begann zu schmelzen. »Wie hast du das geschafft?«

»Ich kann gut reden.«

»Ich wüßte gerne, was du ihm gesagt hast! Nikomedes ist ein alter Geizhals, der nicht einen Sesterz freiwillig herausrückt.«

»Keine Sorge, Lucius Licinius, ich habe eine Rechnung.«

»Nenne mich Lucullus, es gibt hier noch mindestens sechs Lucius Liciniusse.« Der Feldherr machte ein paar Schritte in Richtung Ufer. »Natürlich hast du eine Rechnung! Was verlangt er denn für die Sechzehner?«

»Nur Verpflegung und Sold für die Mannschaften.«

»Ihr Götter! Und wo ist diese Wunderflotte?«

»Sie ankert ungefähr eine Meile von hier. Ich dachte, ich frage dich lieber zuerst, ob sie hierher oder direkt zur Blockade der Häfen von Mytilene fahren soll.«

Lucullus' Bewegungen wirkten auf einmal nicht mehr steif. »Ich denke, wir bringen sie sofort zum Einsatz, Tribun.« Er rieb sich die Hände. »Das wird für die Einwohner von Mytilene eine furchtbare Überraschung werden! Sie haben geglaubt, sie könnten sich den ganzen Winter über weiter mit Vorräten eindecken.«

Die beiden Männer erreichten das kleine Schiff, mit dem Caesar gekommen war, und Lucullus sprang behende an Bord. Caesar zögerte.

»Was ist, Tribun? Kommst du nicht?«

»Wenn du es wünschst. Ich weiß noch nicht genau, wie man sich in der Armee gegenüber einem Vorgesetzten verhält, und ich möchte keinen Fehler machen.«

»Komm rein, los!«

Als die zwanzig Ruderer, die zu zehnt auf jeder Seite saßen, das Schiff nach Norden gewendet hatten und es mit langen, gleichmäßigen Ruderschlägen vorantrieben, sprach Lucullus weiter.

»Du weißt nicht, wie man sich gegenüber einem Vorgesetzten verhält? Du bist doch sicher schon über siebzehn, Tribun.«

Caesar unterdrückte einen Seufzer, denn er sah die ermüdenden, detaillierten Erklärungen voraus, die er noch lange würde abgeben müssen. Dann sagte er: »Ich bin neunzehn, aber das ist mein erster Feldzug. Ich war bis Juni Jupiterpriester.«

Lucullus wollte allerdings keine weiteren Einzelheiten; dazu war er zu beschäftigt und zu intelligent. Er nickte nur. »Caesar heißt du ... War deine Tante Sullas erste Frau?«

»Ja.«

»Dann fördert er dich also.«

»Im Augenblick ja.«

»Eine gute Antwort! Ich bin sein treuester Anhänger, Tribun, und da du mit ihm verwandt bist, schulde ich dir diese Warnung: Ich erlaube nicht, daß ihn irgend jemand kritisiert.«

»Von mir wirst du keine Kritik hören, Lucullus.«

»Gut.«

Stille folgte, nur unterbrochen vom Keuchen der Ruderer, die ihre Ruder gleichzeitig ins Wasser tauchten. Dann sprach Lucullus wieder. Er klang amüsiert.

»Ich wüßte immer noch gerne, wie du König Nikomedes eine so gewaltige Flotte abgeluchst hast.«

Jetzt konnte Caesar seinen heimlichen Stolz nicht mehr verbergen, und unbeherrscht, wie er aufgrund seiner Jugend noch war, ließ er sich zu einer Indiskretion gegenüber dem wildfremden Lucullus hinreißen. »Es genügt wohl, wenn ich sage, daß ich mich über den Statthalter geärgert habe. Er wollte nicht glauben, daß ich in der Lage bin, bis zu den Kalenden des November vierzig

Schiffe zu beschaffen, die Hälfte davon gedeckt. Das hat mich in meinem Stolz verletzt, deshalb habe ich versucht, die Schiffe zu bekommen. Und ich habe sie bekommen! Ich hatte keine andere Wahl, weil der Statthalter meinem Wort nicht traute.«

Lucullus ärgerte sich über diese Antwort. Er verabscheute übertrieben selbstsichere Männer, egal welchen Rang sie bekleideten, und er fand Caesars Äußerungen unerträglich arrogant. Er würde dieses Kind schon auf seinen Platz verweisen. »Ich kenne diese angemalte Tunte Nikomedes sehr gut«, sagte er mit eisiger Stimme. »Du bist ja ein besonders hübscher Knabe, und die Vorlieben des Königs sind bekannt. Hat er also Lust auf dich gehabt?« Und ohne Caesar Zeit zur Antwort zu geben, fuhr er fort: »Ja, natürlich hat er das! Gut gemacht, Caesar! Nicht jeder Römer hat so edle Absichten, daß er Rom über seine Keuschheit stellt. Dann war es also dein schönes Gesicht, das vierzig Schiffe vom Stapel laufen ließ. Oder sollte ich sagen, dein Arsch?«

Der Zorn flammte so rasch in Caesar auf, daß er fast auf Lucullus losgegangen wäre. Schmerzhaft gruben sich seine Fingernägel in die Handflächen; niemals in seinem Leben hatte er so heftig um Beherrschung kämpfen müssen. Aber er blieb Sieger. Zu einem Preis freilich, den er niemals vergessen würde. Mit weit aufgerissenen Augen starrte er Lucullus an. Und Lucullus, der solche Augen schon oft gesehen hatte, erbleichte. Wenn er gewußt hätte, wohin, wäre er weggegangen. So blieb er stehen – aber es kostete ihn große Überwindung.

»Die erste Frau«, sagte Caesar mit ausdrucksloser Stimme, »hatte ich mit vierzehn; seither zähle ich die Frauen nicht mehr. Ich kenne Frauen sehr gut. Was du mir vorwirfst, Lucius Licinius Lucullus, ist ein Mittel, das nur Frauen einsetzen. Frauen haben keine andere Waffe als ihre Mösen, um zu bekommen, was sie wollen – oder was ein Mann durch sie bekommen will. Der Tag, an dem ich auf dieses Mittel zurückgreifen muß, um mein Ziel zu erreichen, ist der Tag, an dem ich mir ein Schwert in den Bauch stoße, Lucius Licinius Lucullus. Du trägst einen stolzen Namen, aber verglichen mit meinem ist er weniger als Staub. Du hast meine Würde verletzt. Ich werde nicht ruhen, bis ich diesen Makel ausgelöscht habe. Wie ich die Flotte bekommen habe, geht dich oder Thermus nichts an! Doch sei versichert, es ist auf ehrbare Weise geschehen, ich brauchte dafür weder mit dem König noch mit der Königin ins Bett zu gehen. Ich erreiche meine Ziele nicht mit solchen Methoden. Ich erreiche sie, indem ich meinen Verstand einsetze, eine Gabe, die, wie mir scheint, nur wenige besitzen.«

Caesar wandte sich ab und sah auf die in immer weitere Ferne rückenden Wälle und Gräben der Belagerer, die das Gebiet um Mytilene verwüsteten. Und Lucullus, dem es den Atem verschlagen hatte, konnte froh sein, daß ihr Streit auf Latein stattgefunden hatte. Sonst hätten die Ruderer sie verstanden, und dann hätten bald alle davon gewußt. Besten Dank, Sulla! Welche Hornisse hast du uns geschickt, damit sie unsere Ruhe stört! Dieser Mann macht mehr Ärger als tausend Mytilenes.

Die restliche Fahrt über herrschte eisiges Schweigen. Caesar hatte sich in sich selbst zurückgezogen, und Lucullus zermarterte sich das Hirn, wie er die Achtung Caesars wiedergewinnen könne, ohne die Selbstachtung zu verlieren – denn es war absolut undenkbar, daß er als Feldherr sich bei einem einfachen Tribun entschuldigte. Da ihm am Ende der kurzen Überfahrt noch immer keine befriedigende Lösung eingefallen war, tat er einfach so, als sei Caesar Luft, und kletterte, ohne sich nach ihm umzusehen, die Leiter zum Deck des nächsten Sechzehners hinauf.

Droben angekommen, streckte er, als Caesar ihm folgen wollte, abwehrend die rechte Hand aus.

»Das ist nicht notwendig, Tribun«, sagte er kalt. »Kehre ins Lager zurück und suche dein Quartier auf. Ich will dich nicht sehen.«

»Kann ich meine Diener und Pferde holen?«

»Ja.«

Burgundus, der seinen Herrn besser kannte als jeder andere, merkte sofort, daß etwas Unangenehmes vorgefallen war, doch war er so klug, kein Wort über Caesars grimmige Miene oder seine starren Augen zu verlieren. Stumm begaben sie sich über Land zu Lucullus' Lager.

Caesar behielt von dem Ritt oder der Anlage des Lagers, in das sie einzogen, nichts in Erinnerung. Ein Wachposten wies dem neuen Tribun eine Unterkunft im zweiten Ziegelbau rechts der Hauptstraße zu. Es war noch nicht Mittag, aber der Morgen schien sich ewig hinzuziehen, und Caesar überfiel auf einmal eine Niedergeschlagenheit, die er nicht kannte und die etwas Finsteres und Bedrohliches hatte.

Da es sich um ein festes Lager handelte, das nicht vor dem nächsten Frühjahr abgebrochen werden sollte, waren die Unterkünfte solider und komfortabler als Lederzelte. Die Fußsoldaten waren jeweils zu acht in langen Reihen stabiler Holzhütten untergebracht, die nichtkämpfenden Mitglieder des Heeres zu achtzig in großen Holzbaracken. Der Feldherr hatte ein eigenes Haus aus sonnengetrockneten Ziegeln, der Größe nach einem herrschaftlichen Wohnhaus vergleichbar; die Legaten waren in einem ähnlichen Haus untergebracht, die mittleren Offiziere in einem rechteckigen vierstöckigen Bau aus Lehmziegeln und die Tribunen in einem ähnlichen, etwas kleineren Haus.

Caesar ließ Diener und Pferde anhalten und trat zögernd näher. Aus der geöffneten Tür drangen Stimmen.

Drinnen war es dunkel, aber seine Augen stellten sich auf die Dunkelheit schnell ein, so daß er sah, wo er sich befand, bevor er selbst gesehen wurde. In der Mitte des Raumes stand ein großer Holztisch, um den sieben Männer saßen; die Füße, die in Stiefeln steckten, hatten sie auf den Tisch gelegt. Daß er keinen kannte, war die Strafe dafür, daß er Jupiterpriester gewesen war. Doch nun sah ein stämmiger Kerl mit freundlichem Gesicht am Ende des Tischs auf und entdeckte ihn.

»Sei gegrüßt!« sagte er fröhlich. »Tritt ein, wer du auch bist.«

Caesar trat betont selbstsicher in den Raum, obwohl ihm die Empörung über Lucullus' Beschuldigung noch immer ins Gesicht geschrieben stand. Er war leichenblaß, kein blondgelockter Apoll. Sieben Augenpaare richteten sich auf ihn. Langsam hoben die Männer die Füße vom Tisch. Keiner sagte ein Wort, alle starrten ihn nur an.

Dann stand der Bursche mit dem freundlichen Gesicht auf und ging mit ausgestreckter Hand um den Tisch herum. »Aulus Gabinius«, sagte er und lachte. »Schau nicht so hochnäsig, wer du auch bist! Von der Sorte haben wir schon genug.«

Caesar nahm die Hand und drückte sie fest. »Gaius Julius Caesar«, sagte er, ohne das Lächeln erwidern zu können. »Ich glaube, ich bin hier einquartiert. Als neuer Militärtribun.«

»Wir wußten doch, daß sie einen achten finden würden«, sagte Gabinius und sah zu seinen Kameraden hinüber. »Wir sind auch Militärtribunen – der Abschaum der Menschheit und ein Dorn im Auge unseres Feldherrn. Gelegentlich tun wir auch etwas! Aber wir werden nicht bezahlt, also kann unser Feldherr schlecht darauf bestehen. Wir haben eben zu Abend gegessen, und es ist noch etwas übrig. Aber ich mach dich zuerst mit deinen Leidensgenossen bekannt.«

Die anderen waren inzwischen ebenfalls aufgestanden.

»Gaius Octavius.« Der untersetzte, muskulöse Gaius Octavius sah mit seinem braunen Haar und den haselnußbraunen Augen auf griechische Art schön aus, abgesehen von den Ohren, die wie Henkel senkrecht vom Kopf abstanden. Sein Händedruck war fest.

»Publius Cornelius Lentulus – kurz Lentulus.« Einer der Hochnäsigen offenbar, und dazu ein typischer Cornelier mit dunkler Haut und nichtssagendem Gesicht. Er sah aus, als versuche er eine innere Unsicherheit durch forsches Auftreten zu überspielen.

»Und noch ein Lentulus – Lucius Cornelius Lentulus Niger. Wir nennen ihn Niger.« Noch einer von den Hochnäsigen, und ebenfalls ein typischer Cornelier, aber noch arroganter als der andere Lentulus.

»Lucius Marcius Philippus der Jüngere. Wir nennen ihn Lippus, Triefauge.« Der Spitzname schien Caesar nicht gerechtfertigt, denn Lippus hatte keineswegs einen verschlafenen Blick, sondern vielmehr wunderbar große, dunkle und verträumte Augen und ein Gesicht, das viel besser aussah als das seines Vaters – Lippus schlug seiner claudischen Großmutter nach. Er wirkte heiter und gelassen, und sein Händedruck war sanft, aber nicht schlaff.

»Marcus Valerius Messala Rufus. Genannt Rufus der Rote.«

Keiner von den Hochnäsigen, auch wenn der patrizische Name das nahelegte. Rufus der Rote war tatsächlich rot: Er hatte rote Haare und rötliche Augen. Doch schien er nicht zu denen zu gehören, die leicht rotsehen.

»Und wie gewöhnlich als letzter, weil wir ihn immer übersehen, Marcus Calpurnius Bibulus.«

Bibulus war der Arroganteste von allen, vielleicht deshalb, weil er der weitaus Kleinste war und zudem eine schmächtige Statur hatte. Seine Züge mit den spitzen Wangenknochen und der aufgeworfenen römischen Nase sahen schon von selbst hochmütig aus. Der Mund wirkte mürrisch, die Augenbrauen über den leicht hervorquellenden blaßgrauen Augen waren gerade Striche. Mit seinen stumpfen blonden Haaren und Brauen sah er älter aus als seine einundzwanzig Jahre.

Es geschieht nur selten, daß zwei Menschen gleich bei der ersten Begegnung ohne bestimmte Ursache eine instinktive und unauslöschliche Abneigung gegeneinander haben. Eine solche Abneigung flammte zwischen Gaius Julius Caesar und Marcus Calpurnius Bibulus auf, als sie sich zum ersten Mal sahen. Caesar war überzeugt, daß Bibulus einer der Feinde war, vor denen König Nikomedes ihn gewarnt hatte.

Gabinius holte einen achten Stuhl und stellte ihn zwischen sich und Octavius.

»Setz dich und iß.«

»Ich setze mich gerne, bitte aber um Entschuldigung, wenn ich nichts esse.«

»Aber du trinkst doch Wein!«

»Ich mag keinen Wein.«

Octavius kicherte. »Dann wird es dir hier gefallen! Der Wein hier wird oft wieder ausgekotzt.«

»Du bist der Jupiterpriester!« rief Philippus' Sohn.

»Ich war der Jupiterpriester«, sagte Caesar und wollte es dabei belassen. Dann überlegte er es sich anders. »Ich erkläre euch jetzt, warum, dann braucht ihr nicht mehr zu fragen.« Er erzählte seine Geschichte lebendig und geschickt, und die anderen, von denen keiner besonders belesen war, merkten bald, daß sie es mit einem Intellektuellen, wenn nicht mit einem Gelehrten zu tun hatten.

»Eine abenteuerliche Geschichte«, sagte Gabinius, als Caesar fertig war.

»Du bist also immer noch mit Cinnas Tochter verheiratet«, stellte Bibulus fest.

»Ja.«

Octavius lachte laut. »Und wir sind jetzt vier zu vier, Gabinius! Mit Caesar sind es vier Patrizier! Krieg bis zum bitteren Ende!«

Die anderen warfen ihm vernichtende Blicke zu, und er schwieg verlegen.

»Kommst du direkt aus Rom?« fragte Rufus.

»Nein, aus Bithynien.«

»Was hast du in Bithynien gemacht?« fragte Lentulus.

»Ich habe eine Flotte für die Belagerung von Mytilene beschafft.«

»Ich wette, die alte Schwuchtel Nikomedes hat Gefallen an dir gefunden.« Bibulus grinste höhnisch. Obwohl er wußte, daß seine Bemerkung geschmacklos war und bei den meisten Anwesenden auf Mißfallen stoßen würde, hatte er der Versuchung nicht widerstehen können.

»Das war in der Tat der Fall«, sagte Caesar kühl.

»Und hast du deine Flotte bekommen?« bohrte Bibulus weiter.

»Natürlich«, sagte Caesar ruhig.

Bibulus lachte schrill. »Natürlich? Meinst du nicht eher widernatürlich?«

Keiner sah genau, was als nächstes geschah. Als die sechs anderen sich von ihrer Verblüffung erholt hatten, war Caesar um den Tisch gesprungen und hatte Bibulus gepackt und zu Boden geworfen. Dort hielt er ihn mit ausgestreckten Armen fest. Der Anblick war ebenso lächerlich wie komisch: Bibulus schlug mit seinen zu kurzen Armen wie wild nach Caesars lächelndem Gesicht, ohne ihn zu treffen – es war eine Szene aus einer Posse.

»Wenn du nicht ein unbedeutender Floh wärst, ein Pulex«, sagte Caesar, »würde ich deinen Kopf jetzt draußen auf das Pflaster schlagen. Doch das wäre leider Mord, Pulex. Und du bist zu unbedeutend, als daß es sich lohnte, dich zu Brei zu schlagen. Bleib mir also vom Leib!« Während er Bibulus noch immer auf den Boden drückte, sah er sich im Raum um, bis sein Blick schließlich auf einen sechs Fuß hohen Schrank fiel. Ohne sichtbare Mühe hob er Bibulus hinauf und wich dabei geschickt seinen Fußtritten aus. »Hier darfst du noch eine Weile strampeln, Pulex.«

Dann ging er auf die Straße hinaus.

»Pulex paßt gut zu dir, Bibulus!« lachte Octavius. »Ich nenne dich von jetzt an so, du hast es verdient. Und du, Gabinius? Nennst du ihn auch Pulex?«

»Lieber Podex!« sagte Gabinius mit zornrotem Gesicht. »Was fällt dir ein, Bibulus? Warum sagst du so etwas? Das war völlig unpassend und ist für uns alle peinlich!« Er sah die anderen an. »Was ihr macht, ist mir egal, ich helfe Caesar beim Abladen.«

»Helft mir runter!« rief Bibulus auf dem Schrank.

»Ich helfe dir nicht!« sagte Gabinius verächtlich.

Schließlich half ihm überhaupt keiner, und da der Schrank zu sehr schwankte, als daß er sich langsam hätte herunterlassen können, mußte er springen und landete auf allen Vieren. Bei all seiner Empörung verspürte auch er Betroffenheit und Zerknirschung. Gabinius hatte recht. Was fiel ihm ein? Er hatte sich benommen wie ein Flegel. Er hatte die Kameraden gegen sich aufgebracht und konnte sich nicht einmal damit trösten, daß er gesiegt hatte. Gesiegt hatte Caesar – mit spielerischer Leichtigkeit und ehrenhaft: nicht weil er sich an einem Schwächeren vergriffen hatte, sondern weil er seine Gemeinheit bestraft hatte. Bibulus beneidete Männer, die größer und kräftiger waren als er, denn er wußte, die Welt gehörte den Großen und Starken. Ein Blick auf Caesar hatte genügt, und Neid hatte ihn übermannt: dieses Gesicht, dieser Körper! Und zur Krönung aller körperlichen Vorzüge konnte der Kerl sich auch noch auf erlesene Weise ausdrücken. Das war nicht gerecht!

Bibulus wußte nicht, wen er mehr hassen sollte, sich selbst oder Gaius Julius Caesar, den Mann, der alles hatte. Auf der Straße ertönte brüllendes Gelächter, und Bibulus wurde neugierig. Er schlich sich zur Tür und sah heimlich hinaus. Seine Kameraden standen um den Mann, der alles hatte, und hielten sich die Bäuche vor Lachen – und der Mann saß auf einem Maultier! Bibulus hörte nicht, was er sagte, aber er wußte, daß seine Worte geistreich, unterhaltsam, charmant, interessant, faszinierend und einfach unwiderstehlich waren.

»Gut«, sagte er leise zu sich, als er sich in seine Schlafkammer stahl. »Ich mag ein Floh sein, aber diesen Floh wird er nie mehr los!«

Der Winter kam, und die Belagerung von Mytilene zog sich hin. Während die Belagerer untätig darauf warteten, daß die Bewohner der Stadt verhungerten, fand Lucius Licinius Lucullus endlich Zeit, seinem geliebten Sulla zu schreiben.

Ich habe große Hoffnungen, daß wir hier bis Frühjahr fertig sind. Dies dank überraschender Umstände, von denen ich Dir weiter unten berichten werde. Zunächst bitte ich Dich um einen Gefal-

len. Wenn ich meinen Auftrag im Frühjahr erfüllt habe, laß mich heimkehren! Ich bin schon so lange hier, Lucius Cornelius, und möchte Rom und vor allem Dich wiedersehen. Mein Bruder Varro Lucullus ist jetzt alt und erfahren genug, um kurulischer Ädil zu werden, und ich würde dieses Amt gerne mit ihm teilen – das einzige Amt, in dem Brüder sich gemeinsam bewähren können. Denke an die Spiele, die wir veranstalten könnten! Ganz zu schweigen von den anderen Lustbarkeiten. Ich bin jetzt achtunddreißig, mein Bruder ist sechsunddreißig, also müßten wir bald Prätoren werden, und wir sind noch nicht einmal Ädilen gewesen. Das aber sind wir unserem Namen schuldig. Bitte verschaffe uns dieses Amt und sorge dafür, daß ich anschließend so schnell wie möglich Prätor werde. Wenn Du allerdings meinst, dies sei unklug oder unverdient, füge ich mich natürlich.

Thermus kommt in der Provinz Asia offensichtlich gut zurecht. Um mich zu beschäftigen und von sich fernzuhalten, hat er mir die Belagerung Mytilenes übertragen. Kein übler Kerl, wirklich. Die Leute hier mögen ihn alle, weil er sich geduldig alle Märchen anhört, weshalb sie den Tribut nicht zahlen können, und ich mag ihn, weil er anschließend doch immer auf der Zahlung besteht.

Die beiden Legionen, die mir hier zur Verfügung stehen, sind ein übler Haufen. Murena hatte sie in Kappadokien und Pontos, und davor haben die Männer unter Fimbria gedient. Sie haben einen Eigensinn, der mir nicht gefällt und den ich ihnen schon noch austreiben werde. Natürlich sind sie erbost über Deinen Erlaß, der ihnen auf immer die Rückkehr nach Italien verbietet, weil sie Fimbria den Mord an Flaccus verziehen haben. Sie schikken mir regelmäßig eine Abordnung mit der Bitte um Aufhebung. Aber bei mir erreichen sie damit gar nichts, und sie kennen mich gut genug, um zu wissen, daß ich sie beim kleinsten Anlaß dezimieren lasse. Es sind römische Soldaten, und sie haben zu tun, was ihnen befohlen wird. Ich werde sehr unangenehm, wenn gemeine Soldaten und Tribunen glauben, sie könnten das große Wort führen – doch davon gleich mehr.

Aufgrund der augenblicklichen Lage glaube ich, Mytilene wird bis zum Frühjahr so geschwächt sein, daß ich die Stadt angreifen kann. Um den Erfolg zu sichern, werde ich mehrere Belagerungs-

türme einsetzen. Wenn es mir gelingt, die Stadt vor Sommer zu unterwerfen, wird die ganze übrige Provinz sich unterwerfen.

Der Hauptgrund meiner Zuversicht ist, daß ich von – Du errätst es nicht – Nikomedes die herrlichste Flotte bekommen habe! Thermus hat Deinen angeheirateten Neffen Gaius Julius Caesar Ende Quintilis nach Bithynien geschickt, um dort eine Flotte zu beschaffen. Er hat mir davon geschrieben, aber wir hätten beide nicht erwartet, daß wir die Flotte vor März oder April nächsten Jahres zu sehen bekommen würden. Thermus hat über die Zuversicht des jungen Caesar, daß er die Flotte auch wirklich bekommen werde, gelacht und ihn dadurch offenbar gekränkt. Caesar wollte von Thermus daraufhin genaue Anweisungen über die Stärke der Flotte und den Termin der Bereitstellung. Vierzig Schiffe, die Hälfte davon gedeckte Quinqueremen oder Triremen, sollten an den Kalenden des November in Lesbos sein. So lautete Thermus' Befehl an den arroganten jungen Burschen.

Kannst Du Dir vorstellen, daß Caesar exakt an den Kalenden des November mit einer weitaus besseren Flotte, als jeder Römer von einem Nikomedes erwartet hätte, in meinem Lager aufgetaucht ist? Einschließlich zwei Sechzehnern, für die ich nicht mehr zahlen muß als Verpflegung und Sold für die Besatzungen! Als ich die Rechnung sah, war ich überrascht – Bithynien macht zwar Gewinn, aber nicht unverschämt. Dadurch wird es für mich allerdings zu einer Frage der Ehre, daß ich die Flotte nach dem Fall Mytilenes sofort zurückschicke. Und umgehend vollständig bezahle. Ich hoffe natürlich, daß ich die Rechnung aus der Kriegsbeute bezahlen kann, aber wenn diese nicht so reich ausfallen sollte, wie ich erwarte, könntest Du das Schatzamt dann vielleicht zu einer Sonderzahlung für mich überreden?

Ich muß hinzufügen, daß der junge Caesar arrogant und unverschämt war, als er mir die Flotte überbrachte. Ich mußte ihn in seine Schranken weisen. Natürlich gibt es nur eine Erklärung, wie es ihm gelungen ist, der alten Schwuchtel Nikomedes eine so wunderbare Flotte in so kurzer Zeit abzuschwatzen – er hat mit ihm das Liebeslager geteilt. Das habe ich ihm auch gesagt, um ihn in seine Schranken zu weisen. Allerdings glaube ich nicht, daß irgend etwas auf der Welt Caesar in die Schranken weisen kann! Er hat mich angefahren wie eine aufgerichtete Kobra und behaup-

tet, er brauche nicht auf die Mittel von Weibern zurückzugreifen, um etwas zu erreichen; an dem Tag, an dem er das nötig habe, werde er sich ein Schwert in den Bauch stoßen. Ich wußte nicht mehr, wie ich ihn zur Vernunft bringen sollte, ein Problem, das ich, wie Du weißt, sonst nicht habe. Doch ich glaubte, daß vielleicht die anderen Militärtribunen einen mäßigenden Einfluß auf ihn haben würden. Du wirst Dich an sie erinnern, Du mußt sie am Tag vor ihrer Abreise noch in Rom gesehen haben: Gabinius, zwei Lentulier, Octavius, Messala Rufus, Bibulus und Philippus' Sohn.

Soviel ich mitbekommen habe, hat der kleine Bibulus tatsächlich versucht, Caesar zu bremsen. Er ist wegen seiner Bemühungen auf einem hohen Schrank gelandet. Seither sind die Tribunen gespalten: Caesar hat Gabinius, Octavius und Philippus' Sohn für sich gewonnen, die beiden Lentulier und Bibulus hassen ihn, Rufus steht dazwischen. Natürlich gibt es wegen der Langeweile, die sich während einer Belagerung unter jungen Männern breitmacht, stets Ärger, und es ist schwierig, die Männer zur Arbeit anzutreiben. Sogar für mich. Caesar beschwört den Ärger allerdings regelrecht herauf. Und ich hasse es, wenn ich mich mit Kleinigkeiten herumschlagen muß. Caesar ist eine Nervensäge. Er sieht zu gut aus und ist zu selbstsicher, und er weiß leider genau, wie intelligent er ist.

Der Gerechtigkeit halber muß man allerdings hinzufügen, daß er sehr fleißig ist. Er arbeitet ständig. Ich weiß nicht, wie er es anstellt, aber jeder einfache Fußsoldat im Lager scheint ihn zu kennen – und zu mögen, was die Sache noch schlimmer macht. Er arbeitet völlig selbständig. Meine Legaten meiden ihn inzwischen, weil er Befehle zur Durchführung bestimmter Aufgaben nur dann entgegennimmt, wenn er mit der Durchführung einverstanden ist. Und er weiß immer, wie man etwas besser macht! Er gehört zu den Leuten, die schon immer alles durchgeplant haben, bevor der erste Streich geführt oder der erste Befehl erteilt ist. Deshalb stehen meine Legaten zum Schluß nur allzuoft mit roten Köpfen da.

Bisher ist es mir erst ein einziges Mal gelungen, sein Selbstvertrauen zu erschüttern, und zwar durch meine Anspielung darauf, wie er die Flotte von Nikodemus bekommen hat. Das hat ihn unglaublich wütend gemacht. Aber tut er, was ich will – greift er mich tätlich an und liefert mir so den Vorwand, ihn vors Kriegsgericht zu bringen? Nein! Dazu ist er zu gerissen und beherrscht. Ich mag ihn nicht, das ist sicher. Magst Du ihn? Er war so unverschämt, mir ins Gesicht zu sagen, meine Abstammung sei verglichen mit seiner weniger als Staub!

Genug von den Tribunen. Eigentlich sollte ich von wichtigeren Männern schreiben, zum Beispiel von Legaten. Ich fürchte nur, von ihnen gibt es nichts zu berichten.

Wie ich höre, betätigst Du Dich jetzt als Ehevermittler und hast dem kleinen Pompeius eine Frau weit über seinem eigenen Stand verschafft. Du könntest mir auch eine Braut beschaffen, wenn Du Zeit hast. Seit meinem dreißigsten Geburtstag bin ich aus Rom fort, und obwohl ich fast schon im Alter für die Prätur bin, habe ich noch immer keine Frau, von einem Sohn, der mir einmal nachfolgt, ganz zu schweigen. Das Problem ist, daß ich guten Wein, gutes Essen und gute Unterhaltung jener Art Frau vorziehe, die ich heiraten müßte. Außerdem mag ich nur junge Mädchen, und wer ist schon in solchen Geldverlegenheiten, daß er mir seine dreizehnjährige Tochter gibt? Wenn Dir jemand einfällt, laß es mich wissen. Mein Bruder lehnt es kategorisch ab, als Vermittler zu fungieren, Du kannst Dir also vorstellen, wie froh ich bin, daß Du Dich jetzt mit solchen Dingen befaßt.

Ich grüße und vermisse Dich, lieber Lucius Cornelius.

Ende März traf Marcus Minucius Thermus aus Pergamon ein. Er war mit dem geplanten Angriff auf Mytilene einverstanden. Als er hörte, wie Caesar die Flotte aus Bithynien angeblich beschafft hatte, brüllte er vor Lachen. Lucullus dagegen konnte der Sache noch immer nichts Komisches abgewinnen. Dazu hatten seine Befehlshaber sich zu oft bei ihm über den aufsässigen und rauflustigen Tribun beschwert.

Allerdings gab es im Heer ja noch ein uraltes ungeschriebenes Gesetz: daß man einen Mann, der ständig für Unruhe sorgte, in der Schlacht an einer Stelle einsetzen solle, an der er sie ganz sicher nicht überleben würde. So beschloß Lucullus, während er die Pläne zum Sturm auf Mytilene erstellte, sich an dieses alte Kriegsgesetz zu halten. Caesar mußte sterben. Er hatte in der kommenden Schlacht den Oberbefehl, Thermus würde nur als Beobachter anwesend sein.

Es war nicht ungewöhnlich, daß ein Feldherr vor der Schlacht sämtliche Dienstgrade zum abschließenden Rat einberief, aber bei Lucullus kam es so selten vor, daß darüber geredet wurde. Daß selbst die Jungtribunen anwesend waren, empfand niemand als seltsam. Sie machten besonders viel Ärger, und der Feldherr mißtraute ihnen entschieden. Die Kriegstribunen seiner Legionen dienten gewöhnlich als Melder, zu denen er sie am Ende seines Kriegsrates denn auch ernannte. Außer Caesar.

»Du bist ein Quertreiber«, sagte er kühl zu ihm, »aber wie ich bemerkt habe, arbeitest du gerne hart. Ich habe deshalb beschlossen, dir das Kommando über eine Kohorte zu geben. Ich stelle sie aus den schlimmsten Elementen von Fimbrias Armee zusammen. Ich halte die Kohorte so lange in Reserve, bis ich den hartnäckigsten Widerstand in den Schlachtreihen des Gegners ausgemacht habe. Da hinein schicke ich sie dann. Du als Befehlshaber hast die Aufgabe, dafür zu sorgen, daß sie das Ruder herumwerfen.«

»Du bist ein toter Mann«, sagte Bibulus zufrieden, als sie sich nach dem Kriegsrat wieder in ihr Quartier setzten.

»Ich nicht!« antwortete Caesar vergnügt und zerteilte eines seiner Haupthaare mit einem Schwert, ein anderes mit seinem Dolch.

Gabinius, der Caesar sehr gerne mochte, sah besorgt aus. »Ich wünschte, du wärest ein weniger bekannter Schwanz«, sagte er. »Wenn du nur die Klappe halten und weniger auffallen würdest, wäre die Wahl nicht auf dich gefallen. Der Auftrag, den er dir gegeben hat, ist für einen Jungoffizier unüblich, vor allem, wenn er noch nie im Feld war. Seine sämtlichen Truppen sind Fimbrianer, die zu lebenslanger Verbannung verurteilt sind. Er hat die herausgezogen, die sich am heftigsten aufgelehnt haben, und das ist jetzt deine Kohorte! Wenn er dir schon ein Kommando gibt, hätten es Männer von Thermus' Legionen sein müssen.«

»Das weiß ich doch alles«, sagte Caesar geduldig. »Und wenn ich ein bekannter Schwanz bin, kann ich auch nichts machen – fragt einmal die Frauen im Lager.«

Die Bemerkung zog ein Glucksen und mehrere finstere Blicke nach sich. Die Kameraden, die ihn verabscheuten, waren noch neidischer geworden, weil er sich den Winter über bei den Frauen im Lager auch noch einen Ruf gemacht hatte, der dadurch pikanter und amüsanter wurde, daß sich seine Auserwählten immer besonders gründlich waschen mußten.

»Machst du dir überhaupt keine Gedanken?« fragte Rufus der Rote.

»Nein«, sagte Caesar. »Ich habe genausoviel Glück wie Talent. Warte ab.« Er ließ sein Schwert und seinen Dolch langsam in die Scheiden zurückgleiten, nahm sie vom Tisch und machte sich in sein Zimmer auf. Bibulus kraulte er im Vorübergehen am Kinn. »Keine Angst, kleiner Pulex. So klein wie du bist, bemerkt dich der Feind überhaupt nicht.«

»Wenn er nicht so selbstsicher wäre«, sagte der einfache Lentulus zu Lentulus Niger, als sie zusammen in ihre Kammern hinaufstiegen, »fände ich ihn erträglicher.«

»Irgend etwas wird ihn schon wieder auf normale Größe schrumpfen lassen«, sagte Niger.

»Hoffentlich bin ich dann dabei«, sagte der einfache Lentulus. Er erschauderte. »Morgen wird ein schlimmer Tag, Niger.«

»Vor allem für Caesar«, sagte Niger und lächelte säuerlich. »Lucullus hat ihn dem Pfeilfutter zugeteilt.«

Lucullus ließ sechs Belagerungstürme vor die Mauern von Mytilene ziehen. Sie waren so groß, daß mehrere Hundertschaften die Mauer erstürmen und die Verteidiger niedermachen konnten. Die waren sich leider bewußt, daß sie kaum eine Chance hatten, einem solchen Ansturm standzuhalten, und so suchten sie ihr Heil in einer offenen Feldschlacht vor den Stadtmauern.

Lucullus wurde die halbe Nacht hindurch immer wieder geweckt und mit den Neuigkeiten bekanntgemacht: Die Stadttore hatten sich geöffnet, sechzigtausend Mann strömten heraus und bezogen auf dem Gebiet zwischen den Stadtmauern und dem von Lucullus errichteten Belagerungswall Stellung.

Hornsignale ertönten, Trommeln wirbelten, und wieder ertönten Hörner: Das römische Lager entfachte eine fieberhafte Aktivität, als Lucullus die Soldaten zu den Waffen rief. Er verfügte jetzt über alle vier Legionen der Provinz Asia, seit Thermus mit den beiden anderen eingetroffen war. Da sie nicht zu Fimbrias Armee gehört hatten, würden sie mit Thermus nach Rom zurückkehren, wenn dessen Auftrag beendet war. Ihre Anwesenheit hatte die Fimbrianer wieder an die eigene Situation erinnert und somit für Unmut gesorgt. So befürchtete Lucullus jetzt, wo eine offene Feldschlacht unvermeidlich war, daß sie sich dem Kampf nicht stellen würden. Um so zwingender war es, Caesars Kohorte mit den schlimmsten Elementen von der übrigen Armee zu trennen.

Lucullus konnte den sechzigtausend Männern Mytilenes nur vierundzwanzigtausend Soldaten gegenüberstellen. Allerdings waren unter Mytilenes kampferprobten Kriegern auch sehr viele Alte und Knaben, wie immer, wenn eine Stadt gegen eine Belagerungsarmee mobil machte.

»Ich bin ein Idiot, ich hätte damit rechnen müssen«, sagte Lucullus wütend zu Thermus.

»Wichtiger ist die Frage, woher sie wußten, daß wir heute angreifen würden«, sagte Thermus.

»Spione. Wahrscheinlich Frauen aus dem Lager. Ich lasse sie später alle töten.« Lucullus wandte sich wieder dem Schlachtplan zu. »Das Schlimmste ist, daß man bei der Dunkelheit nicht sieht, wie sie ihre Schlachtreihen aufstellen. Ich muß sie im Auge behalten, bis mein Plan ausgearbeitet ist.«

»Du bist ein brillanter Taktiker, Lucullus«, ermunterte ihn Thermus. »Es wird auch so alles gutgehen.«

Im Morgengrauen stand Lucullus auf einem Belagerungsturm an einem der Wälle, die er hatte errichten lassen, und untersuchte die Aufstellung der feindlichen Verbände. Seine Truppen waren bereits auf Niemandsland vorgedrungen und scharten sich entlang seines Grabens, aus dem in aller Eile Hunderttausende angespitzter Pfähle herausgerissen worden waren. Lucullus wollte es den römischen Soldaten ersparen, aufgespießt zu werden, wenn ein plötzlicher Rückzug unvermeidlich würde. Jedenfalls würde es ein Kampf auf Leben und Tod werden, und das war gut so. Der Belagerungswall schnitt Lucullus' Truppen den Fluchtweg aufs freie Feld ab. Er ging allerdings nicht davon aus, daß die Fimbrianer ihr Heil unbedingt in der Flucht suchen würden: Wenn sie in Stimmung waren, kämpften sie so gut wie jede andere Truppe.

Noch vor Sonnenaufgang war er selbst im Niemandsland, neben sich die Offiziere, welche die Befehlskette bildeten.

»Ich kann mich nicht ans Heer wenden, es würde mich nie

hören«, sagte er mit schmalen Lippen. »Es hängt also alles davon ab, daß ihr mir jetzt gut zuhört und absolut gehorcht. Ihr nehmt das große Nordtor von Mytilene als Orientierungspunkt – es liegt genau im Zentrum des Operationsbereichs. Meine Armee stellt sich in Form eines Halbmondes auf, wobei die Flügel zu diesem Zentrum hin zeigen. In der Mitte der Senke vor dem Tor will ich einen Sturmtrupp als Spitze. Bevor sich die anderen Einheiten in Bewegung setzen, rückt diese Spitze zum Stadttor vor. Meine Taktik besteht nun darin, das feindliche Heer in zwei Teile zu spalten und beide Teile mit den Rundungen des Halbmondes einzuschließen. Das bedeutet, daß die Männer die Gefechtsformation halten und die Enden der Flügel auf einer Höhe mit der Spitze sein müssen. Ich habe keine Kavallerie, die Leute an den Enden des Halbmondes haben sich also entsprechend zu verhalten: ein rascher und wuchtiger Vorstoß.«

Um die siebzig Männer scharten sich um Lucullus, der auf einer kleinen Kiste stand, um alle sehen zu können; die Zenturionen der Kohorten waren da, ebenso die Offiziere. Finster heftete sich sein Blick auf Caesar und den rangältesten Zenturio der rebellischen Kohorte, die er anfänglich als Pfeilfutter vorgesehen hatte. Lucullus hatte keine Schwierigkeiten, sich an den Namen des Zenturios zu erinnern: Marcus Silius, ein streitsüchtiger und ungehobelter Emporkömmling, der immer Rädelsführer war, wenn ihm die Fimbrianer eine Abordnung mit einer Petition schickten. Aber dies war nicht der Zeitpunkt für eine Abrechnung. Gefragt war jetzt ein vernünftiger Entschluß. Es galt zu entscheiden, ob diese Kohorte den Kopf der zentralen Spitze bilden sollte – was sie wahrscheinlich bis zum letzten Mann das Leben kosten würde – oder ob er sie nur als Verstärkung hinter eine der beiden Halbmondkurven setzen sollte. Lucullus ließ sich die Sache durch den Kopf gehen.

»Caesar und Silius – ihr stellt eure Kohorte vorn an die Spitze und laßt sie zum Tor vorrücken. Sobald ihr es erreicht habt, behauptet ihr ohne Rücksicht auf Verluste das Terrain.« Lucullus traf weitere Anordnungen.

»Die Götter stehen mir bei«, sagte Silius aus einem Mundwinkel zu Caesar, als sie darauf warteten, daß der Feldherr mit seinen Befehlen zum Schluß kam. »Muß mir Lucullus, dieser *cunnus,* ausgerechnet so einen süßen Säugling vor die Nase setzen.«

Caesar lachte nur. »Welcher Führer ist dir lieber? Ein süßer Säugling, der auf Gaius Marius' Knien geschaukelt worden ist und dort einiges gelernt hat, oder ein Legat mit angeblicher Erfahrung, der in der Schlacht seinen Arsch nicht vom Ellenbogen unterscheiden kann?«

Gaius Marius! Dieses Wunderwort hallte im Herzen aller römischen Soldaten wie freudiges Glockengeläut nach. Marcus Silius sah den Befehlshaber mit einem forschenden und etwas besänftigten Blick an. »Was hattest du mit Gaius Marius zu schaffen?«

»Er war mein Onkel. Und er glaubte an mich«, sagte Caesar.

»Aber das ist dein erster Feldzug – und dein erstes Gefecht!« hielt Silius dagegen.

»Du weißt wohl alles, was, Silius? Eines solltest du auch wissen. Ich lasse weder dich noch deine Männer hängen. Aber wenn ihr mich hängenlaßt, wird der ganze Haufen ausgepeitscht.«

»Das ist ein Handel«, sagte Silius prompt und verschwand, um seinen Zenturionen Anweisungen zu erteilen.

Lucullus gehörte nicht zu den Feldherren, die wertvolle Zeit verstreichen ließen. Sobald seine Offiziere wußten, wie die Schlachtordnung aussah, ließ er zum Vormarsch blasen. Der Feind hatte offensichtlich keinen richtigen Schlachtplan. Die riesige Menge der Männer hatte sich einfach auf das Gebiet vor der Stadtmauer verteilt, und als die römische Armee vorzurücken begann, machten sie keine Anstalten anzugreifen. Sie würden den Angriff mit den Schilden abwehren und dann zum Kampf übergehen. Ihre Anzahl, da waren sie sicher, machte sie zu den Siegern des Tages.

Silius, der ebenso klug wie aufsässig war, verbreitete die Kunde unter all seinen sechshundert Männern: Ihr Befehlshaber sei ein süßer Säugling und auch noch Gaius Marius' Neffe, und Gaius Marius habe an ihn geglaubt.

Caesar schritt allein vor der Standarte her, den großen rechteckigen Schild am linken Arm, das Schwert noch immer in der Scheide. Marius hatte ihm beigebracht, das Schwert erst unmittelbar vor dem Angriff zu ziehen.

»Du kannst es dir nicht leisten«, hatte er mit dem Mundwinkel, der vom Schlaganfall verschont geblieben war, gemurmelt, »auf den Boden zu schauen, egal, ob du läufst oder im Schritt gehst.

Wenn du die gezogene Waffe in der Rechten hältst und in ein Erdloch oder über einen Stein stolperst, verletzt du dich.«

Caesar hatte keine Angst, nicht einmal im hintersten Winkel seiner Seele, und er dachte keinen Augenblick daran, daß er getötet werden könnte. Dann hörte er seine Männer singen:

»Wir – sind – die – Fim – bri – aner!
Vor – sicht – vor – Fim – bri – anern!
Der König – von – Pontos – saß – in der Falle
Denn – wir – sind – die – Aller – besten!«

Caesar hörte ihnen fasziniert zu, während er den wartenden Horden von Mytilene immer näher kam. Vier Jahre mußten seit Fimbrias Tod vergangen sein, vier Jahre, in denen sie unter zwei Licinii, Murena und dann Lucullus, gedient hatten. Fimbria war ein Geächteter gewesen, aber sie sahen sich noch immer als seine Männer. Das sind keine Licinianer, dachte Caesar und vermutete, daß sie es auch niemals sein würden. Was sie von Murena gehalten hatten, wußte er nicht. Aber Lucullus verabscheuten sie! Aber wer tat dies nicht? Für Caesar war er ein steifarschiger Aristokrat, der nicht daran glaubte, daß es nützlich war, wenn einen die Soldaten liebten. Wie sehr er sich täuschte!

Genau im richtigen Moment ließ Caesar den Hornbläser das Signal zum Abwurf der Speere geben. Beherrscht blieb er aufrecht stehen, als Tausende von Speeren wie zwei Wolken, die unter den Männern von Mytilene Panik verbreiteten und Verwirrung stifteten, über ihn hinwegzischten. Und jetzt galt es nachzustoßen!

Er zog das Schwert, schwang es kurz in die Luft, hörte das seltsame schleifende Geräusch von sechshundert Schwertern, die aus der Scheide gezogen werden, und schritt dann ruhig wie ein Senator, der sich unter die Menge im Forum mischt, mit erhobenem Schild auf den Feind zu. Er hielt das kurze, zweischneidige und rasiermesserscharfe Schwert, mit dem normalerweise keine Hiebe auf den Kopf ausgeführt wurden, auf der Höhe des gegnerischen Unterleibes, die Spitze leicht nach oben und außen gerichtet. Dann folgten Stich auf Hieb und Hieb auf Stich.

Der Feind wurde von diesem Angriff überrumpelt, und die vorstoßende Kohorte der Fimbrianer ließ den Verteidigern Mytilenes kaum Raum, ihre längeren Schwerter über ihren Köpfen zu schwingen. Sie wurden zurückgedrängt und von den nachrückenden Römern so lange zurückgehalten, bis sich die Spitze von Lucullus' Halbmond tief in die Reihen des Feindes gebohrt hatte.

Dann aber schöpften diese Männer, welche die Römer alle haßten und lieber sterben wollten, als ihnen ihre geliebte Stadt ein weiteres Mal in die Hand fallen zu lassen, wieder Mut und behaupteten mit allen Mitteln das Terrain.

Besonders wichtig im Kampf, so entdeckte Caesar, war unerschrockenes Auftreten. Kam ein gegnerischer Soldat auf einen zu, so durfte man auf keinen Fall Angst zeigen oder gar zurückweichen, denn sonst verlor man die Begegnung schon innerlich und vergrößerte die Aussicht, getötet zu werden. Angriff, Angriff und nochmals Angriff, lautete die Devise. Caesar gab sich, gesegnet mit einem hervorragenden Reaktionsvermögen und einem phänomenal scharfen Auge, ganz seinen Attacken hin und verlor keine wertvollen Sekunden mit dem Gedanken an das Geschehen hinter sich.

Bis er entdeckte, daß man selbst dann noch, wenn man sich am stärksten auf den augenblicklichen Kampf konzentrieren mußte, Raum für andere wichtige Gedanken hatte: Er hatte den Befehl über die Kohorte und hatte beinahe vergessen, daß es sie gab. Wie aber sich nach ihr umdrehen, ohne erschlagen zu werden? Wie einen geeigneten Standort erringen, von dem aus die Lage zu überblicken war? Allmählich machte sich in seinem Arm die Erschöpfung bemerkbar, wegen der tiefen Haltung des Schwertes und dessen geringem Gewicht allerdings nicht so schnell wie bei den Feinden, die mit weitaus schwereren Waffen kämpfen mußten; sie schwangen die Waffen immer wilder und führten ihre Hiebe immer lustloser aus.

Neben ihm hatte sich ein Haufen erschlagener Feinde angesammelt, während andere noch immer verzweifelt kämpften. Caesar nahm all seine Kräfte zusammen und schlug sich die Bahn frei, um diesen Hügel menschlicher Leiber zu erklimmen. Seine Beine waren verletzlich, aber keine Körperpartie darüber, und der Haufen war so groß, daß er sich, ohne die Beine schützen zu müssen, umdrehen konnte, sobald er den obersten Punkt erreicht hatte.

Hurrarufe ertönten von seinen Männern, als sie ihn entdeckten, Rufe, über die Caesar sich freute. Allerdings bemerkte er nun, daß seine Kohorte vom übrigen Heer abgeschnitten war. Lucullus' Speerspitze hatte ihre Aufgabe erfüllt, aber sie war nicht ausreichend gedeckt gewesen. Eine Insel inmitten des Feindes, schoß es ihm durch den Kopf. Lucullus' Schuld. Aber wir werden durchhalten, wir werden nicht fallen! Er stieg mit einer Reihe wilder Schläge, mit denen er feindliche Angreifer verwirrte, wieder auf ebenes Terrain hinab und kämpfte sich bis zu Marcus Silius vor, der unermüdlich weiterkämpfte.

»Wir sind abgeschnitten – gib Signal, ein Karree zu bilden«, befahl er dem Hornbläser der Kohorte, der neben dem Standartenträger kämpfte.

Überraschend genau und rasch wurde der Befehl ausgeführt – so gut waren diese Truppen! Caesar und Silius schritten in das Karree hinein und liefen umher, um die Soldaten anzufeuern und an den Schwachstellen für Verstärkung zu sorgen.

»Wenn ich nur mein Maultier hätte, dann könnte ich mir ein Bild vom gesamten Gefechtsverlauf machen«, sagte Caesar zu Silius, »Aber die Jungtribunen von Kohorten der Infanterie dürfen ja nicht reiten. Ein Fehler.«

»Läßt sich schnell beheben«, sagte Silius, der Caesar jetzt respektvoll ansah. Er pfiff ein Dutzend umstehender taktischer Reserven zusammen. »Wir errichten dir aus Soldaten und ihren Schilden eine Tribüne.«

Kurze Zeit später stand Caesar, der über eine Reihe menschlicher Stufen nach oben geklettert war, in voller Größe auf den Schilden über den Köpfen von vier Männern.

»Vorsicht vor feindlichen Speeren!« schrie Silius zu ihm hinauf.

Wie sich zeigte, stand der Ausgang der Schlacht noch keineswegs fest, aber die Taktik, die Lucullus eingeschlagen hatte, war eine solide Sache gewesen. Es sah ganz so aus, als würde der Feind von den römischen Flügeln, die sich unerbittlich weiter schlossen, aufgerollt werden.

»Gib mir deine Standarte!« brüllte Caesar und fing sie auf, als der Träger sie zu ihm hinaufwarf. Dann schwenkte er sie in Richtung von Lucullus, der deutlich sichtbar auf seinem Schimmel saß. »Dann weiß der Oberbefehlshaber wenigstens, daß wir noch am

Leben sind und das Terrain wie befohlen behaupten«, rief er Silius zu, wich zwei Speeren aus und sprang wieder auf festen Boden. »Danke für die Tribüne. Schwer zu sagen, wer siegt.«

Kurze Zeit später starteten die Verteidiger eine Großoffensive gegen Caesars Karree.

»Wir halten nie durch«, sagte Silius.

»Wir halten durch, Silius! Sorg dafür, daß die Reihen so eng wie der Arsch eines Fisches geschlossen sind«, befahl Caesar. »Auf, Silius, los!«

Er bahnte sich mit dem Zenturio einen Weg zur Hauptstoßrichtung des Angriffs, teilte nach rechts und links wilde Hiebe aus und bemerkte, wie verzweifelt der Feind kämpfte. Diese abgeschnittene Kohorte von Römern mußte bis zum bitteren Ende durchhalten, um der übrigen Armee ein Beispiel zu geben. Caesar sah schlagartig eine Gestalt neben sich auftauchen, er hörte Silius überrascht aufstöhnen und erblickte das niedersausende Schwert. Wie er es fertigbrachte, den gegen ihn gerichteten Schlag mit dem Schild abzuwehren und gleichzeitig den Hieb zu parieren, der Silius Kopf in zwei Hälften gespalten hätte, begriff er auch später niemals; er wußte nur, daß es ihm gelungen war und daß er den Mann anschließend trotz des Schildes mit dem Dolch erstach.

Der Zwischenfall wurde zu einer Art Wendepunkt; der feindliche Ansturm auf die Kohorte ließ nach, so daß sie schon kurze Zeit später ihren Vorstoß fortsetzen konnte. Das vergitterte Tor war erreicht. Die Fimbrianer, die jetzt nach hinten gedeckt waren, drehten sich jubelnd der weit entfernten römischen Mauer zu: Nichts konnte sie mehr aus ihrer Stellung werfen!

Dabei blieb es auch. Etwa eine Stunde vor Sonnenuntergang streckte Mytilene die Waffen und ließ dreißigtausend tote Soldaten, zumeist ältere Männer und Knaben, auf dem Schlachtfeld zurück. Gnadenlos ließ Lucullus alle Frauen von Lesbos im römischen Lager töten, während er den Frauen von Mytilene erlaubte, ihre Toten zu bergen und angemessen zu bestatten.

Es dauerte einen ganzen Monat, bis die Folgen der Schlacht beseitigt waren, und diese Arbeit war noch härter als die Vorbereitungen auf den Kampf. Caesars Kohorte, mit der er sich jetzt ständig beschäftigte, war inzwischen überzeugt, daß er Gaius Marius' Gunst verdient hatte – daß sich diese Gunst in der Ernennung zum Jupiterpriester niedergeschlagen hatte, verriet er natürlich nicht – und daß ihm das Kommando zustand. Mehrere Tage bevor der Feldherr Lucullus und der Statthalter Thermus in einem feierlichen Zeremoniell die Helden der vergangenen Schlacht ehrten, hatte der rangälteste Zenturio Marcus Silius beiden förmlich geschworen, daß Caesar ihm in der Schlacht das Leben gerettet und dann das Terrain, auf dem dies geschehen war, bis zum Ende behauptet hatte. Und zudem schwor er, Caesar habe die Kohorte vor dem sicheren Tod bewahrt.

»Wenn es eine ganze Legion gewesen wäre, hättest du die Graskrone gewonnen«, sagte Thermus, als er den Kranz aus Eichenlaub auf Caesars großes Haupt mit dem goldenen Haar setzte. »Da es nur eine Kohorte war, kann Rom dir höchstens die *corona civica* verleihen.« Der Statthalter dachte einen Moment nach. »Du weißt, Gaius Julius, daß du mit dem Erhalt des Bürgerkranzes automatisch in den Senat aufgenommen wirst und nach den neuen Gesetzen der Republik ein Recht auf weitere Auszeichnungen hast. Es sieht ganz so aus, als wolle dich Jupiter Optimus Maximus unbedingt im Senat! Den Sitz, den du mit dem Ende deines Amtes als Jupiterpriester verloren hast, erhältst du jetzt wieder zurück.«

Caesar war der einzige Teilnehmer an der Schlacht um Mytilene, der diese Auszeichnung erhielt, seine Kohorte die einzige, die ihr Feldzeichen jetzt mit der *phalerae* schmücken konnte. Marcus Silius konnte mit Stolz einen ganzen Satz von neun goldenen *phalerae* an die Vorderseite seines ledernen Brustpanzers heften; sie kamen zu seinen schon erworbenen neun silbernen – die jetzt die Rückseite des Panzers zierten –, den fünf breiten silbernen Armspangen und zwei goldenen Ringen hinzu, die an den vorderen Schulterriemen hingen.

»Eines muß ich Sulla lassen«, sagte Silius zu Caesar, als sie mit den anderen Ausgezeichneten auf der Tribüne den Gruß des Heeres entgegennahmen. »Auch wenn er uns die Möglichkeit zur Rückkehr nach Rom verweigert hat, so war er doch zu anständig, um uns die Auszeichnungen zu verweigern.« Er warf einen bewundernden Blick auf Caesars Eichenkranz. »Du bist ein richtiger Soldat, süßer Säugling«, sagte er. »Ich habe nie einen besseren gesehen.«

Und das, dachte Caesar später, war ein wertvolleres Lob als all die Plattheiten und Glückwünsche, mit denen Lucullus, Thermus und die Legaten ihn während des Ehrenmahls überschütteten. Gabinius, Octavius, Lippus und Rufus äußerten sich begeistert, während die beiden Lentulier schwiegen. Bibulus, der durchaus kein Feigling war, aber beim einfachen Dienst als Melder keine Auszeichnung hatte erringen können, konnte dagegen nicht an sich halten.

»Das hätte ich mir ja denken können«, sagte er bitter. »Was du getan hast, hätten wir alle getan, wenn wir das Glück gehabt hätten, in die gleiche Situation zu kommen. Aber du hast das Glück eben für dich gepachtet, in jeder Hinsicht.«

Caesar lachte jovial und kraulte Bibulus am Kinn, das war inzwischen zur Gewohnheit geworden. Diesmal sprang Gabinius für ihn in die Bresche.

»Du mißgönnst dem Mann das Verdienst seiner Tat«, sagte er böse. »Caesar hat uns alle beschämt mit der Menge Arbeit, die er den Winter über geleistet hat, und er hat uns auch alle beschämt mit seiner Leistung auf dem Schlachtfeld! Glück hatte damit überhaupt nichts zu tun, du kleingeistiger, neidischer Dummkopf!«

»Reg dich nicht auf über ihn, Gabinius«, sagte Caesar, der sich die Großzügigkeit leisten konnte und wußte, daß er Bibulus damit reizte. »Glück ist immer mit dabei. Glück ist das Zeichen von Fortunas Gunst, deshalb gehört es Männern mit besonderen Fähigkeiten. Sulla hat Glück. Er ist der erste, der das sagt. Und wartet ab! Caesars Glück wird sprichwörtlich.«

»Und Bibulus' Glück wird es nicht geben«, sagte Gabinius ruhiger.

»Vielleicht«, sagte Caesar in einem Ton, der verriet, daß ihn dieses Thema nicht interessierte.

Thermus, Lucullus und ihre Legaten, Beamten und Tribunen kehrten Ende Juni nach Rom zurück. Gaius Claudius Nero, der neue Statthalter der Provinz Asia, hatte in Pergamon sein Amt angetreten, und Sulla hatte Lucullus mit der Erlaubnis, nach Hause zurückkehren zu dürfen, auch das Versprechen gegeben, daß er und sein Bruder Varro Lucullus im nächsten Jahr kurulische Ädilen würden.

»Bis Du zu Hause eintriffst«, endete der Brief, »bist Du bereits zum kurulischen Ädil gewählt. Bitte entschuldige, wenn ich nicht als Heiratsvermittler für Dich auftrete, aber ich habe in diesem Bereich offenbar kein Glück. Du wirst inzwischen mitbekommen haben, daß Pompeius' neue Frau gestorben ist. Wenn Dir der Sinn im übrigen nach kleinen Mädchen steht, mein lieber Lucullus, dann ist es wohl auch besser, wenn Du die schmutzige Aufgabe selbst übernimmst. Früher oder später findest Du einen verarmten Adeligen, der bereit ist, Dir seine minderjährige Tochter zu verkaufen. Was aber, wenn sie älter wird. Das tun doch alle!«

Als Marcus Valerius Messala Rufus in Rom eintraf, bahnte sich dagegen tatsächlich eine Heirat an. Seine Schwester, auf die er sehr stolz war, war von ihrem Ehemann im Schnellverfahren geschieden worden, wie er ihren tränenbefleckten Briefen hatte entnehmen können. Während sie weiterhin hoch und heilig schwor, daß sie ihn mit ganzer Seele liebe, machte er mit der Scheidung deutlich, daß ihm an ihr überhaupt nichts lag. Warum, begriff keiner. Valeria Messala war schön, intelligent, gebildet und keineswegs langweilig. Sie tratschte nicht, war nicht verschwenderisch und machte den anderen Männern keine schönen Augen.

Als Ende Juni einer der reichsten Plutokraten der Stadt starb, veranstalteten seine beiden Söhne zu seinem Andenken im Forum Romanum prachtvolle Bestattungsspiele. In herrlichen silbernen Rüstungen sollten zwanzig Paare Gladiatoren gegeneinander kämpfen, und zwar nicht wie gewohnt nacheinander, sondern in zwei Kämpfen zu je zehn Paaren – ein Thraker und ein Gallier. Dies waren allerdings nicht Nationalitäten, sondern die beiden Kampfstile, die zur damaligen Zeit praktiziert wurden. Und die gemieteten Kämpfer kamen aus Capuas bester Gladiatorenschule. Da Sulla Sehnsucht nach einer kleinen Zerstreuung hatte und sich diese Schaukämpfe nicht entgehen lassen wollte, waren die trauernden Brüder sorgsam darauf bedacht gewesen, für den Diktator in der Mitte der ersten Reihe einen Sitzplatz umfrieden zu lassen, damit er das Schauspiel unbehelligt vom Gedränge verfolgen konnte.

Keine altüberlieferte Anstandsregel hinderte Frauen daran, an diesem Spektakel teilzunehmen, und sie durften sogar neben den Männern sitzen. Die Spiele, die zu Bestattungen gegeben wurden, galten weniger als Theateraufführung als vielmehr als eine Art Circus. Und Marcus Valerius Messala Niger, der noch seinen Triumph genoß, daß er Cicero für die Verteidigung von Roscius aus Ameria gewonnen hatte, kam auf den Gedanken, seine arme geschiedene Cousine Valeria Messala mit einem Gladiatorenkampf aufzuheitern.

Als die beiden eintrafen, hatte es sich Sulla auf seinem Ehrenplatz bequem gemacht, und die Sitze waren schon fast alle belegt. Die ersten zehn Gladiatoren ließen auf dem Sägemehl im Ring bereits bei ersten Übungen Muskeln spielen, während sie darauf warteten, daß die Brüder mit Gebeten und einem sorgfältig ausgewählten Opfer an den Verstorbenen die Spiele eröffneten. Bei einer solchen Gelegenheit war es besonders nützlich, wenn man vornehme Freunde und vor allem eine Tante hatte, die ehemalige Vestalin und noch dazu Tochter eines Metellus Balearicus war. Die ehemalige Vestalin Caecilia Metella Balearica, die neben ihrem Bruder Metellus Nepos, seiner Frau Licinia und ihrem – als Konsul damals besonders wichtigen – Vetter Metellus Pius das Ferkel saß, hatte den beiden zwei Sitze freigehalten.

Um zu ihnen zu gelangen, mußten sich Messala Niger und Valeria Messala allerdings durch die bereits besetzte zweite Reihe und am Diktator vorbei vorarbeiten. Wie jedermann bemerkte, sah er erholt und gesund aus, vielleicht wegen Ciceros Takt und Geschicklichkeit, ihn von den unangenehmen Seiten der Proskriptionen reinzuwaschen, und weil ihm das Problem Chrysogonus, der vom Tarpeischen Felsen gestoßen worden war, vom Hals geschafft worden war. Im ganzen Forum wimmelte es von Menschen; einfache Leute drängten sich auf jedem Dach und auf jeder Treppe, und alles, was Rang und Namen hatte, saß jetzt auf der ungedeckten Zuschauertribüne um den Ring, ein mit Seilen umgrenztes Quadrat von vierzig Fuß Seitenlänge.

Rom wäre nicht Rom gewesen, wenn sich die Zuspätgekommenen nicht üble Beschimpfungen hätten anhören müssen, als sie sich durch die dicht besetzten Reihen quälten. Während Messala Niger sich nicht im geringsten darum kümmerte, stammelte die arme Valeria immer wieder Entschuldigungen. Schließlich mußte sie sich direkt am Sitz hinter dem Diktator Roms vorbeizwängen. Vor Angst, sie könne ihn anrempeln, heftete sie die Augen auf seinen Hinterkopf und seine Schultern. Sulla trug natürlich seine lächerliche Perücke und die purpurgesäumte *toga praetexta*, und seine vierundzwanzig Liktoren kauerten vor der ersten Reihe auf dem Boden. Beim Vorübergehen entdeckte Valeria eine dicke purpurne Wollfussel auf den weißen Falten der Toga über Sullas linker Schulter. Unwillkürlich streckte sie die Hand nach ihr aus und nahm sie weg.

Sulla, der in der Öffentlichkeit niemals auch nur einen Anflug von Angst zeigte und immer über der Sache zu stehen schien, zuckte bei der leichten Berührung zusammen, fuhr von seinem Stuhl auf und drehte sich so rasch um, daß Valeria erschreckt zurückwich und dem Hintermann auf die Zehen trat. Als der letzte Funken des Schreckens in seinen Augen verglommen war, ließ er den Anblick dieser entsetzten schönen jungen Frau mit dem roten Haar und den blauen Augen genüßlich auf sich wirken.

»Ich bitte dich um Entschuldigung, Lucius Cornelius«, stammelte sie mit feuchten Lippen, während sie nach einer Erklärung suchte. Möglichst unbefangen hielt sie die Fussel vor sich hin. »Siehst du? Das war auf deiner Schulter. Ich dachte, ich nehme es an mich, vielleicht bekomme ich damit auch etwas von deinem Glück.« Ihre Augen füllten sich rasch mit Tränen, die sie aber entschlossen wegblinzelte, und ihr schöner Mund bebte.

»Ich brauche nämlich etwas Glück!«

Er lächelte sie mit verschlossenen Lippen an, ergriff ihre ausgestreckte Hand und schloß mit sanftem Druck ihre Finger um die Fussel, die so viel Aufregung verursacht hatte. »Behalte sie, mein Fräulein; möge sie dir das ersehnte Glück bringen«, sagte er und wandte sich wieder um.

Allerdings versuchte er immer wieder während der Gladiatorenkämpfe mit flüchtigen Blicken herauszubekommen, wo Valeria und Messala Niger, Metellus Pius mitsamt der übrigen Gesellschaft saßen. Und sie bemerkte diese suchenden Blicke genau, warf ihm ein kurzes Lächeln zu, errötete und sah weg.

»Wer ist das?« fragte Sulla das Ferkel, als sich die Menge, die mit dem ausgezeichneten Schauspiel zufrieden gewesen war, langsam auflöste.

Natürlich hatte die gesamte Gesellschaft – und mit ihr ein Großteil des Publikums – Sullas Blicke bemerkt, so daß Metellus Pius keine Ausflüchte machte. »Valeria Messala«, sagte er. »Die Cousine von Niger und die Schwester von Rufus, der nach der Belagerung von Mytilene gerade auf dem Rückweg nach Rom ist.«

»Oho!« Sulla nickte. »Ihre Geburt ist so erlaucht, wie sie selbst schön ist. Und seit kurzem geschieden, nicht?«

»Völlig unerwartet und grundlos. Sie ist darüber tatsächlich sehr betrübt.«

»Unfruchtbar?« fragte der Mann, der sich aus diesem Grund von einer Frau getrennt hatte.

Das Ferkel schürzte verächtlich die Lippen. »Ich bezweifle es. Eher die fehlende Praxis.«

»Hmm!« Sulla dachte einen Augenblick nach und sagte dann energisch: »Sie muß morgen zum Essen kommen. Bitte auch Niger und Metellus Nepos zu mir. Und komm du natürlich auch. Aber keine andere Frau.«

So kam es, daß der junge Militärtribun Marcus Valerius Messala Rufus nach der Ankunft in Rom zur Audienz beim Diktator geladen wurde. Sulla kam gleich zur Sache. Er liebe seine Schwester, sagte er, und wolle sie heiraten.

»Was hätte ich sagen sollen?« fragte Rufus seinen Vetter Niger.

»Hoffentlich hast du gesagt, du bist entzückt«, sagte Niger trocken.

»Ich habe gesagt, ich bin entzückt.«

»Sehr gut!«

»Aber was meint die arme Valeria dazu? Er ist so alt und häßlich! Ich hatte nicht einmal Gelegenheit, sie zu fragen, Niger!«

»Sie wird schon glücklich werden, Rufus. Ich weiß, er ist keine Freude für das Auge, aber er ist inoffiziell König von Rom – und reich wie Krösus! Das ist zumindest Balsam für die Wunde, die ihr die unverdiente Scheidung geschlagen hat«, sagte Niger mit Nachdruck. »Ganz zu schweigen von den Vorteilen der Heirat für uns! Ich glaube, er sorgt dafür, daß ich Pontifex werde und du Augur. Halte einfach deine Zunge im Zaum und sei dankbar.«

Als Rufus sich vergewissert hatte, daß seine Schwester Sulla tatsächlich für anziehend und begehrenswert hielt und diese Heirat selbst wollte, nahm er den vernünftigen Rat seines Vetters an.

Pompeius, der zur Hochzeit geladen war, fand einen günstigen

Augenblick, um mit dem Diktator ein privates Gespräch zu führen.

»Wenn ich nur die Hälfte deines Glücks hätte«, sagte der junge Mann trübsinnig.

»Ja, bei den Frauen hattest du nicht so viel Glück«, sagte Sulla. Er genoß sein Hochzeitsfest in vollen Zügen und war fast allen in seiner Umgebung wohlgesonnen.

»Valeria ist eine sehr hübsche Frau«, gab Pompeius zu.

Sullas Augen tanzten. »Übersehen, Pompeius?«

»Bei Jupiter, ja!«

»In Rom wimmelt es von schönen adeligen Frauen. Warum suchst du dir keine und bittest ihren Papa um die Hand?«

»Von dieser Art Kriegführung verstehe ich nichts.«

»Unsinn! Du bist jung, reich, gutaussehend und berühmt.« Sulla wollte das Thema abschließen. »Frag einfach, Magnus, frag! Es wäre schon ein sehr wählerischer Vater, der deinen Antrag ablehnen würde.«

»Von dieser Art Kriegführung verstehe ich nichts«, wiederholte Pompeius.

Die Augen, die getanzt hatten, blickten den jungen Mann jetzt wissend an. Sulla durchschaute, warum Pompeius nicht fragen konnte. Er hatte zu große Angst davor, daß man ihm sagte, er sei mit seiner Abstammung nicht gut genug für eine Patrizierin. Er selbst wollte immer das Beste, und das stand ihm seiner Meinung nach auch zu, aber der kleinmütige Zweifel, ob ein Pompeius aus Picenum für gut genug befunden würde, hinderte ihn jedesmal am Fragen. Kurz, Pompeius wollte lieber von einem Papa gefragt werden. Und kein Papa hatte das bislang getan.

Sulla hatte plötzlich eine Idee.

»Hast du etwas gegen eine Witwe?« fragte er mit erneut tanzenden Augen.

»Nein. Wenn sie nicht gerade so alt wie die Republik ist.«

»Ich glaube, sie ist um die fünfundzwanzig.«

»Das ist annehmbar. So alt wie ich.«

»Sie hat keine Mitgift.«

»Die Geburt ist mir sehr viel wichtiger als das Vermögen.«

»Die Geburt ist beiderseits einfach glänzend. Plebejisch, aber hervorragend!«

»Wer ist es?« fragte Pompeius und lehnte sich nach vorn. »Wer?«

Sulla richtete sich mühselig auf seiner Liege auf und sah ihn beschwipst an. »Warte, bis ich mit meiner Braut aus den Ferien zurückkehre, Magnus. Komm dann und frag mich wieder.«

Gaius Julius Caesar betrachtete seine Rückkehr als eine Art Triumph, dem ein späterer tatsächlicher Triumph niemals gleichkommen würde. Er war nicht nur frei, er hatte sich auch im Feld behauptet. Und einen bedeutenden Kranz errungen.

Sulla hatte ihn sofort holen lassen und war sehr freundlich gewesen. Das Gespräch fand unmittelbar vor seiner Hochzeit statt, über die ganz Rom sprach, wenn auch nicht offiziell. Caesar erwähnte sie deshalb auch nicht, als Sulla ihn Platz nehmen hieß.

»Gut, Junge, du hast dich selbst übertroffen.«

»Ich hoffe nicht, Lucius Cornelius. Ich habe mein Bestes gegeben, aber ich kann noch Besseres.«

»Daran zweifle ich nicht, man sieht dir das an.« Sulla warf ihm einen etwas verstohlenen Blick zu. »Ich habe gehört, es ist dir gelungen, in Bithynien eine unvergleichliche Flotte zusammenzubringen.«

Caesar konnte nicht verhindern, daß er rot wurde. »Ich habe getan, was von mir verlangt wurde. Genau das«, sagte er durch geschlossene Zähne.

»Geht dir die Sache etwa nach?«

»Die Beschuldigung, ich hätte mich prostituieren müssen, um die Flotte zu bekommen, ist Verleumdung.«

»Laß mich dir etwas sagen, Caesar.« Das zerfurchte und welke Gesicht des Diktators wirkte sanfter und jünger als vor über einem Jahr, als Caesar ihn das letzte Mal gesehen hatte. »Wir sind beide Opfer von Gaius Marius geworden, aber du bist jetzt wenigstens ganz frei, und zwar schon im Alter von – wie alt bist du? Zwanzig?«

»Eben geworden«, sagte Caesar.

»Ich hatte bis über Fünfzig unter ihm zu leiden, schätze dich also glücklich. Und wenn dir dies ein Trost ist, mir ist es völlig egal, mit wem ein Mann schläft, wenn er Rom gut dient.«

»Nein, das ist kein Trost!« rief Caesar empört. »Ich würde

meine Ehre nicht für Rom, nicht für dich und nicht für Gaius Marius verkaufen!«

»Wie? Nicht einmal für Rom?«

»Wenn Rom das ist, wofür ich es halte, dann verlangt es das von mir nicht.«

»Ja, eine gute Antwort.« Sulla nickte. »Schade, daß das nicht immer so ist. Du wirst feststellen, daß Rom eine große Hure sein kann wie jeder andere. Dein Leben war nicht leicht, wenn auch nicht so schwer wie meines. Aber du bist wie ich, Caesar. Das sehe ich! Und deine Mutter auch. Jetzt hast du einen Makel. Du wirst mit ihm leben müssen. Je berühmter du wirst, je größer dein Ansehen ist, desto öfter wirst du es zu hören bekommen. So wie es heißt, ich hätte Frauen umgebracht, um in den Senat zu kommen. Der Unterschied zwischen uns liegt nicht im Wesen, sondern im Ehrgeiz. Ich wollte nur Konsul, dann Konsular und vielleicht noch Zensor werden. Was mir zusteht. Alles weitere ist mir aufgezwungen worden, hauptsächlich wegen Gaius Marius.«

»Mehr als das will ich auch nicht«, sagte Caesar überrascht.

»Du hast mich nicht verstanden. Ich spreche nicht von konkreten Ämtern, sondern vom Ehrgeiz. Du, Caesar, willst vollkommen sein. Dir darf nichts passieren, was dich im geringsten unvollkommen macht. Nicht die Ungerechtigkeit des Makels erbittert dich; was an dir nagt, ist die Tatsache, daß er deiner Vollkommenheit Abbruch tut. Vollkommene Ehre, vollkommene Laufbahn, vollkommene Vergangenheit, vollkommener Ruf. In der Amtszeit immer und auf jede Weise. Und weil du von dir selbst Vollkommenheit verlangst, verlangst du sie auch von allen anderen um dich – und wenn sie sich als unvollkommen herausstellen, läßt du sie links liegen. Die Vollkommenheit frißt dich auf wie mich der Kampf um mein Geburtsrecht.«

»Ich betrachte mich nicht als vollkommen.«

»Das habe ich auch gar nicht behauptet. Hör mir doch zu! Ich sagte, du willst vollkommen sein. Gewissenhaft bis zur höchsten Potenz. Daran wird sich nichts ändern. Du wirst dich nicht ändern. Aber du wirst immer tun, was du tun mußt. Und jedesmal, wenn deine Vollkommenheit schwindet, wird es dich erbittern, und du wirst dich selbst hassen.« Sulla hob ein Stück Papier hoch. »Das ist ein Dekret, das morgen an der Rostra ausgehängt wird.

Du hast den Bürgerkranz errungen. Nach meinen Gesetzen hast du damit Anrecht auf einen Sitz im Senat, einen reservierten Sitzplatz im Theater und Circus sowie auf stehende Ovationen bei jedem öffentlichen Auftritt mit Bürgerkranz. Du wirst ihn im Senat, im Theater und im Circus tragen müssen. Die nächste Senatssitzung ist in einem halben Monat. Ich erwarte, dich in der Curia Hostilia zu sehen.«

Damit war das Gespräch beendet. Als Caesar zu Hause ankam, fand er eine weitere Auszeichnung Sullas vor. Einen sehr eleganten, langbeinigen jungen braunen Hengst, in dessen Mähne ein Blatt mit einer Bemerkung geheftet war: »Du brauchst jetzt kein Maultier mehr, Caesar. Du hast meine volle Erlaubnis, dieses Tier zu reiten. Es ist allerdings nicht ganz vollkommen. Schau dir seine Füße an.«

Als sich Caesar die Füße ansah, brach er in Gelächter aus. Statt gewöhnlicher Pferdehufe hatte das Tier paarzehige Hufe ähnlich denen einer Kuh.

Lucius Decumius erschauderte. »Du läßt ihn besser verschneiden!« sagte er völlig verständnislos. »Ich will so etwas nicht mehr um mich!«

»Im Gegenteil«, sagte Caesar und rieb sich die Augen. »Ich kann ihn zwar nicht oft reiten, da man ihn nicht beschlagen kann. Aber der junge Paarzeh wird mich in jede Schlacht tragen, in der ich kämpfe! Und wenn er das nicht tut, wird er meine Stuten in Bovillae decken. Dieses Pferd bedeutet Glück, Lucius Decumius! Paarzeh muß immer bei mir sein. Dann werde ich keine Schlacht verlieren.«

Caesars Mutter hatte die Veränderung an ihrem Sohn nach der Rückkehr aus Asia sofort bemerkt und sich gefragt, warum er so bedrückt war. Alles hatte doch so gut geklappt! Er war mit dem Bürgerkranz zurückgekommen und war in den Kriegsberichten in den höchsten Tönen gelobt worden. Er hatte ihr sogar mitteilen können, daß die finanzielle Belastung geringer war, als sie befürchtet hatte. König Nikomedes hatte ihm Gold geschenkt, und sein Anteil an der Beute aus Mytilene war wegen des Bürgerkranzes entsprechend größer ausgefallen.

Gaius Matius saß im Garten unter dem Lichtschacht und hielt mit den Händen die Knie umschlungen. »Das verstehe ich nicht«, sagte er und blickte Caesar an, der in der gleichen Haltung am Boden hockte. »Du sagst, man hat deine Ehre angegriffen, und trotzdem hast du von dem alten König einen Sack Gold angenommen? Ist das kein Fehler?«

Caesar hätte sich die Frage von niemandem sonst gefallen lassen, aber Gaius Matius war ein Freund aus der Kindheit.

»Wenn ich das Gold angenommen hätte, nachdem man mich verleumdet hatte, dann schon«, sagte er. »Aber es war so, daß mir der alte Mann das Gold in meiner Eigenschaft als Staatsgast geschenkt hat. Es war ein passendes Geschenk des Klientelkönigs an den offiziellen Abgesandten Roms, seines Patrons. Da er den Tribut zahlt, kann er dem römischen Abgesandten schenken, was er will.« Caesar zuckte die Achseln. »Ich war sehr froh darüber, Pustula. Das Lagerleben ist teuer. Ich bin nicht sehr anspruchsvoll, aber man muß ständig mitmachen, wenn auf den Putz gehauen wird, zu besonderen Festessen und zum Luxus beitragen, den alle verlangen. Immer müssen es die besten Weine und die erlesensten Delikatessen sein, und ob ich selbst einfach esse, spielt da keine Rolle. Das Gold war mir also eine große Hilfe. Als mich Lucullus beleidigt hatte, dachte ich daran, es zurückzuschicken, aber dann fiel mir ein, daß dies den König beleidigen würde. Ich kann ihm doch nicht sagen, was Lucullus und Bibulus mir vorgeworfen haben.«

»Ja, das sehe ich ein.« Gaius Matius seufzte. »Weißt du, Pavo, ich bin sehr froh, daß ich nicht Senator oder Magistrat werden muß. Es ist viel angenehmer, wenn man einfacher Zahlmeister ist!«

Das verstand Caesar freilich überhaupt nicht, so sagte er auch nichts darauf und kehrte statt dessen zum Thema Nikomedes zurück. »Ich habe mein Wort gegeben, daß ich zurückkomme«, sagte er, »und das wird den Gerüchten neue Nahrung geben. Zur Zeit, als ich noch Jupiterpriester war, dachte ich immer, keiner interessiere sich für das Tun von Leuten wie Jungtribunen. Aber das ist nicht so. Jeder tratscht! Die Götter wissen, wo Bibulus überall über meine angebliche Affäre mit König Nikomedes geklatscht hat. Lucullus traue ich das auch zu. Und ebenso den Lentuliern. Sulla kennt bestimmt schon alle pikanten Details.«

»Er hat dich begünstigt«, sagte Matius nachdenklich.

»Allerdings. Obwohl ich nicht verstehe, warum.«

»Dann verstehe ich es schon gar nicht!« Matius, ein leidenschaftlicher Gärtner, bemerkte die winzigen Blättchen eines aufkeimenden Unkrautes und machte sich sofort daran, es aus dem Gras zu rupfen. »Jedenfalls glaube ich, du mußt diese Geschichte einfach durch deinen vorbildlichen Lebenswandel vergessen machen, Caesar. Die Gerüchte werden mit der Zeit verstummen. Das ist immer so.«

»Sulla sagt das Gegenteil.«

Matius rümpfte die Nase. »Weil die Gerüchte um ihn nicht verstummt sind? Komm, Caesar. Er ist ein übler Mensch. Du nicht. Du bist nicht so.«

»Ich bin zu einem Mord fähig, Pustula. Das ist jeder.«

»Ich habe nicht gesagt, daß du es nicht seist, Pavo. Der Unterschied ist, daß Sulla ein übler Mensch ist und du nicht.«

Und von dieser Ansicht ließ sich Gaius Matius nicht abbringen.

Sullas Hochzeit kam und ging vorüber. Das frischvermählte Paar verließ Rom und verbrachte die Ferien in der Villa in Misenum. Allerdings kehrte der Diktator zur nächsten Senatssitzung zurück, zu der er auch Caesar befohlen hatte. Er war mit seinen zwanzig Jahren jetzt einer von Sullas neuen Senatoren. Zwanzig Jahre, und zum zweiten Mal Senator!

Es hätte einer der schönsten Tage seines Lebens werden müssen, mit dem Eichenkranz auf dem Haupt in den vollbesetzten Senat hineinzuschreiten, wo das gesamte Haus einschließlich so ehrwürdiger Konsularen wie der Senatsvorsitzende Flaccus und Marcus Perperna Beifall klatschte, nach Sullas neuer Hausordnung die einzige Gelegenheit, bei der überhaupt noch geklatscht werden durfte.

Statt dessen suchte der junge Mann ein Gesicht nach dem anderen nach Anzeichen von Spott oder Verachtung ab und fragte sich, wer bereits von der Affäre wußte. Er machte Höllenqualen durch, und daran änderte auch die Tatsache nichts, daß Sulla ihm, als er in der hintersten Reihe bei den zweitrangigen Senatoren seinen Platz suchte, zurief, er solle sich in den mittleren Reihen zu den Kriegshelden setzen. Einige kicherten natürlich, ein wohlmeinendes Kichern, das seiner Verlegenheit galt. Caesar nahm es als Spott und hätte sich am liebsten im hintersten Winkel des Saales verkrochen.

Immerhin weinte er während der ganzen Zeit nicht.

Als er nach der – eher langweiligen – Sitzung nach Hause kam, wartete seine Mutter im Empfangsraum. Dies war gar nicht ihre Gewohnheit, denn sie war immer beschäftigt und verbrachte lange Zeit am Tag in ihrem Arbeitszimmer. Jetzt wartete sie mit ihrem Ärger im Magen in stiller Geduld auf ihren Sohn und hatte keine Ahnung, wie sie ein Thema anschneiden sollte, über das ihr Sohn nicht sprechen wollte. Wäre sie gesprächiger gewesen, wäre es ihr leichter gefallen. Aurelia ließ ihn schweigend die Toga ablegen und wußte nicht, wie den Anfang machen. Als er dann schon in sein Studierzimmer gehen wollte, mußte sie einfach handeln.

»Caesar«, sagte sie und hielt inne.

Seitdem er die Toga des Mannes trug, redete sie ihn mit dem Beinamen an, vor allem deshalb, weil »Gaius Julius« für sie noch immer ihr Mann war, daran hatte sich seit seinem Tod nichts geändert. Im übrigen war ihr der Sohn sehr fremd geblieben, der Preis für all die Jahre, in denen sie ihn auf Distanz gehalten hatte, aus Angst um ihn und weil sie sich Wärme und Freundlichkeiten ihm gegenüber nicht hatte leisten können.

Er blieb stehen, eine Augenbraue hochgezogen. »Ja, Mater?«

»Setz dich. Ich möchte mit dir reden.«

Er setzte sich mit fragendem Gesichtsausdruck. Was konnte sie jetzt schon Wichtiges zu sagen haben?

»Caesar, was ist im Osten passiert?« fragte sie schlicht.

Etwas Amüsiertes trat in den fragenden Ausdruck. »Ich habe meine Pflicht getan, einen Bürgerkranz errungen und Sulla erfreut«, sagte er.

Ihr wunderschöner Mund wurde ernst. »Ausflüchte passen nicht zu dir.«

»Ich habe keine Ausflüchte gemacht.«

»Aber du hast mir nicht gesagt, was ich wissen wollte!«

Er lehnte sich mit kälter werdenden Augen in seinen Stuhl zurück. »Ich kann dir nicht sagen, was ich nicht weiß.«

»Du kannst mir mehr sagen, als du gesagt hast.«

»Worüber?«

»Über das Problem.«

»Welches Problem?«

»Das Problem, das ich in jeder deiner Bewegungen, in jedem deiner Blicke und in jeder deiner ausweichenden Gesten sehe.«

»Es gibt kein Problem.«

»Das glaube ich nicht.«

Er klopfte sich auf die Oberschenkel, stand auf und schickte sich zum Gehen an. »Was du glaubst, ist gleichgültig, es gibt kein Problem.«

»Setz dich!«

Er setzte sich leise seufzend wieder hin.

»Ich bekomme es auch so heraus, Caesar. Aber mir ist es lieber, ich erfahre es von dir.«

Er legte den Kopf auf eine Seite, schloß die Augen und ballte die langen Finger zur Faust. Dann seufzte er erneut und zuckte die Achseln. »Ich habe bei König Nikomedes von Bithynien eine herrliche Flotte beschafft. Diese Tat war offenbar vollkommen einzigartig. Man hat mir nachgesagt, ich hätte sie vollbracht, indem ich mit dem König sexuelle Kontakte gehabt hätte. Ich kehrte nach Rom also nicht mit dem Ruf eines Mannes zurück, der besonders tapfer, tüchtig oder schlau ist, sondern der seine Ziele erreicht, indem er seinen Körper verkauft«, sagte er, die Augen noch immer geschlossen.

Sie zerfloß weder vor Mitgefühl, noch schrie sie entsetzt auf oder machte eine empörte Bemerkung. Sie schwieg vielmehr, bis ihr Sohn die Augen wieder öffnete und sie ansah. Es war ein gleichberechtigter Austausch von Blicken, zwei starke Persönlichkeiten, die sich eher Schmerzen bereiteten, als daß sie Trost beieinander fanden, die zu einem Gespräch aber bereit waren.

»Ein ernstes Problem«, sagte sie.

»Eine unverdiente Anschuldigung.«

»Das natürlich schon.«

»Ich werde nicht damit fertig, Mutter.«

»Das mußt du wohl, mein Sohn.«

»Dann sag mir wie!«

»Du weißt wie, Caesar.«

»Ich weiß es ehrlich nicht«, sagte er ernst und mit unsicherer Miene. »Ich habe versucht, es zu ignorieren, aber das ist sehr schwierig, wenn man weiß, daß alle es denken.«

»Wer hat es in die Welt gesetzt?«

»Lucullus.«

»Ich verstehe ... Ihm würde man glauben.«

»Man glaubt ihm in der Tat.«

Einen langen Augenblick sagte sie nichts mehr und blickte nachdenklich vor sich hin. Ihr Sohn sah sie an, wieder verblüfft über ihre Selbstbeherrschung, ihre Fähigkeit, keine Gefühlsregung zu zeigen. Sie öffnete die Lippen und sprach sehr langsam und vorsichtig. Jedes Wort war überlegt.

»Du must es ignorieren, das ist das Allerwichtigste. Wenn du dich auf einen Streit einläßt, bist du in der Defensive. Und das zeigt, wieviel es dir ausmacht. Denk nach, Caesar. Du weißt, was dieser Vorwurf für deine zukünftige Karriere bedeuten kann. Du darfst keinem zeigen, daß du dir bewußt bist, wie ernst diese Sache ist! Du mußt das bis zum Rest deiner Tage ignorieren. Es ist sehr gut, daß es jetzt passiert ist und nicht zehn Jahre später – ein Mann mit Dreißig wird damit schwerer fertig als ein Zwanzigjähriger. Dafür mußt du dankbar sein. In den nächsten zehn Jahren wird viel passieren. Aber der Vorwurf, den man dir macht, wird sich nicht wiederholen. Du mußt sehr hart daran arbeiten, diesen Makel auszulöschen.«

Der Schatten eines Lächelns glomm in ihren ungewöhnlichen Augen auf. »Bisher hat sich dein Schürzenjägertum auf gewöhnliche Frauen aus der Subura beschränkt. Ich schlage vor, du richtest deinen Blick weiter nach oben, Caesar. Ich weiß nicht warum, aber auf Frauen hast du eine ungewöhnliche Wirkung! Von jetzt an müssen die Männer deines Standes von deinen Erfolgen wissen. Das heißt, du mußt dich auf Frauen konzentrieren, die bedeutend und bekannt sind. Keine Kurtisanen wie Praecia, sondern Adelige. Große Damen.«

»Du meinst, ich soll viele Domitias und Licinias entjungfern?« fragte er pikant lächelnd.

»Nein!« sagte sie streng. »Keine unverheirateten Mädchen! Niemals unverheiratete Mädchen! Ich meine die Frauen bedeutender Männer.«

»Oho!« rief Caesar aus.

»Bei den Göttern! Bekämpfe Feuer mit Feuer, Caesar. Einen anderen Weg gibt es nicht. Wenn deine Affären nicht öffentlich bekannt werden, denkt jeder an Affären mit Männern. Sie müssen also so skandalös und bekannt sein wie möglich. Schaff dir einen Ruf als Roms bedeutendster Frauenheld. Aber wähle deine Jagdbeute sehr sorgfältig.« Sie schüttelte verwirrt den Kopf. »Sulla hat es immer geschafft, die Frauen völlig verrückt zu machen. Mindestens einmal hat er dafür einen hohen Preis zahlen müssen – bei der frischvermählten Delmatica, die Scaurus geheiratet hatte. Sulla ist ihr sorgsam aus dem Weg gegangen, aber Scaurus hat ihn trotzdem bestraft und seine Wahl zum Prätor verhindert. Sechs Jahre hat er wegen Scaurus darauf warten müssen, Prätor zu werden.«

»Soll das heißen, daß ich mir damit Feinde mache?«

»Soll es das?« Aurelia dachte nach. »Nein, das soll heißen, Sulla hat deshalb Schwierigkeiten bekommen, weil er Scaurus *keine* Hörner aufgesetzt hat. Hätte er das, hätte Scaurus viel größere Mühe gehabt, sich zu rächen – das kann ein Mann nicht, wenn er bewundert werden will und sich nur lächerlich macht. Er erregt allenfalls Mitleid. Scaurus hat den Kampf gewonnen, weil Sulla es zugelassen hat, daß er als edler Mensch dastand – der Ehemann, der mit hoch erhobenem Haupt verzeiht. Wenn du also eine Frau auswählst, mußt du dich immer vergewissern, daß der Ehemann ein Esel ist. Nimm keine Frau, die versuchen könnte, dich zu ihrer Marionette zu machen – und niemals eine, die so klug ist, daß es ihr gelingt, dich in aller Öffentlichkeit zu ihrer Marionette zu machen.«

Er blickte sie mit großem Respekt an. »Du bist eine außergewöhnliche Frau, Mater! Woher weißt du das alles? Du bist so anständig und sittsam wie Cornelia, die Mutter der Gracchen, und trotzdem gibst du deinem eigenen Sohn die fürchterlichsten Ratschläge!«

»Ich habe lange Zeit in der Subura gelebt«, sagte sie mit heiterer Miene. »Aber der Punkt ist der: Du bist mein Sohn, und man hat dich verleumdet. Was ich für dich tue, würde ich für niemanden sonst tun, außer für meine Töchter. Wenn ich müßte, würde ich für euch töten. Aber das würde unser Problem nicht lösen. Deshalb bin ich sehr froh, wenn ich statt dessen manchen ihren Ruf ruinieren kann. Gleiches für gleiches.«

Fast hätte er sie in die Arme genommen und hochgehoben, aber zu stark war die alte Gewohnheit. Er stand auf, nahm ihre Hand und küßte sie. »Ich danke dir, Mutter. Ich würde für dich ebenso leicht und gerne töten.« Plötzlich hatte er einen Gedanken, über den er vor Freude erbebte. »Ich kann es nicht erwarten, bis Lucullus heiratet. Und dieser Kothaufen Bibulus!«

Am nächsten Tag hatte Caesar erneut mit Frauen zu tun, wenn auch nicht als Schürzenjäger.

»Julia bittet uns zu sich«, sagte Aurelia, als ihr Sohn ausgehen und nachsehen wollte, was es auf dem Forum Romanum Neues gab.

Caesar, der bisher noch keine Zeit gefunden hatte, die Tante zu besuchen, hatte keine Einwände.

Der Tag war schön und sonnig, und zu dieser frühen Stunde war ein Spaziergang von der Subura zum Quirinal noch angenehm. Caesar und Aurelia gingen den Vicus ad Malum Punicum zum Tempel des Quirinus an der Alta Semita hinauf. In diesem hübschen Tempelbezirk stand der punische Apfelbaum, den Scipio Africanus nach dem Sieg über Karthago gepflanzt hatte. Neben ihm wuchsen zwei uralte Myrthenbäume, einer für Patrizier, der andere für Plebejer. Während der Wirren nach dem Bundesgenossenkrieg hatte die patrizische Myrthe allerdings zu verdorren begonnen und war inzwischen fast völlig abgestorben, während die plebejische Myrthe noch immer blühte. Caesar blickte freudlos auf die nackten dürren Äste, die den Untergang des Patriziates zu verheißen schienen. Warum hatte niemand eine neue patrizische Myrthe gepflanzt?

Julia hatte die hundert Talente, die Sulla ihr gelassen hatte, zum Kauf eines komfortablen Privathauses in der Gasse zwischen der Alta Semita und der Servianischen Mauer genutzt. Es war ziemlich geräumig und ein Neubau dazu. Ihre Einkünfte reichten für die nötigen Haussklaven und waren für die Notwendigkeiten des Lebens mehr als genug. Sie konnte es sich sogar leisten, ihre unglückliche Schwiegertochter Mucia Tertia zu unterstützen und bei sich aufzunehmen.

Mit ihren fast fünfzig Jahren hatte sich Julia anscheinend nicht verändert. Nach ihrem Umzug auf den Quirinal hatte sie statt am Webstuhl oder beim Wollspinnen in guten Werken Zuflucht gesucht. Obwohl der Stadtbezirk nicht arm – und auch nicht dicht besiedelt – war, fand sie noch immer Familien, die Hilfe brauchten, sei es wegen übermäßigem Weingenuß oder wegen Krankheit. Eine weniger bescheidene Frau ohne Julias Takt hätte eine Abfuhr bekommen, aber sie konnte mit Menschen umgehen. Und der ganze Quirinal wußte, daß man sich bei Schwierigkeiten an sie zu wenden hatte.

An diesem Tag hatte sie allerdings noch keine gute Tat vollbracht, denn sie wartete mit Mucia Tertia gespannt auf die Ankunft der Besucher.

»Ich habe einen Brief von Sulla bekommen«, sagte Mucia Tertia. »Er schreibt, ich solle wieder heiraten.«

»Das würde ja gegen sein eigenes Gesetz verstoßen, nach dem Witwen von Proskribierten nicht mehr heiraten dürfen!« sagte Aurelia verblüfft.

»Wer die Gesetze macht, kann sie ohne Schwierigkeiten umgehen, Mutter«, sagte Caesar. »Eine Sondergenehmigung unter einem Vorwand, und die Sache ist erledigt.«

»Wen sollst du denn heiraten?« fragte Aurelia.

»Das ist es ja«, sagte Julia mit finsterer Miene. »Das hat er dem armen Kind nicht gesagt. Man kann seinem Brief nicht einmal entnehmen, ob er jemanden im Auge hat oder ob sich Mucia selbst nach einem Mann umsehen soll.«

»Zeig mir den Brief.« Caesar streckte die Hand aus. Er überflog das Schreiben und gab es zurück. »Er verrät aber auch gar nichts. Befiehlt dir nur, wieder zu heiraten.«

»Ich will nicht wieder heiraten!« schrie Mucia Tertia.

Eine Weile herrschte Stille, dann brach Caesar das Schweigen. »Schreib Sulla und sag es ihm. Sehr höflich, aber bestimmt. Warte, wie er reagiert. Dann weißt du mehr.«

Mucia erschauderte. »Das kann ich nicht.«

»Das kannst du, und du weißt das auch. Sulla mag Menschen, die ihm die Stirn bieten.«

»Männer vielleicht, aber nicht die Witwe des jungen Marius.«

»Was soll ich dabei?« fragte Caesar Julia.

»Ich habe keine Ahnung«, gestand Julia. »Es ist nur, weil du der einzige Mann bist, den die Familie noch hat. Deshalb dachte ich, du müßtest es erfahren.«

»Willst du wirklich nicht mehr heiraten?« fragte er Mucia.
»Glaub mir, Caesar, nein.«
»Dann schreibe ich Sulla als Familienoberhaupt.«
In diesem Augenblick schlurfte der alte Haushofmeister Strophantes in den Raum. »Du bekommst noch einen Besucher, Herrin«, sagte er zu Julia.
»Nicht jetzt!« rief sie ärgerlich. »Sag ihm, ich sei nicht da, Strophantes.«
»Er verlangt insbesondere, deine Schwiegertochter Mucia zu sprechen.«
»Wer ist es?« fragte Caesar scharf.
»Gnaeus Pompeius Magnus.«
Caesar machte ein böses Gesicht. »Der Heiratskandidat, nehme ich an!«
»Aber ich bin Pompeius doch noch nie begegnet«, schrie Mucia Tertia.
»Ich auch nicht«, sagte Caesar.
Julia wandte sich ihm zu. »Was sollen wir machen?«
»Nun, wir empfangen ihn, Tante Julia.« Und Caesar nickte dem alten Mann zu. »Hol ihn herein.«
Der Haushofmeister schritt ins Atrium zurück, wo der Besucher, nach Rosenöl duftend, ungeduldig wartete.
»Folge mir, Gnaeus Pompeius«, sagte Strophantes keuchend.

Pompeius hatte seit Sullas Hochzeit auf Neues zu der mysteriösen Braut gewartet, die der Diktator ihm versprochen hatte. Als er erfuhr, daß Sulla mit seiner Frischvermählten aus den Ferien zurückgekehrt war, wartete er auf einen Ruf des Diktators, der aber nicht kam. Schmachtend vor Ungeduld, ging er schließlich von sich aus zu Sulla und fragte nach dem Stand der Dinge.
»Welcher Stand der Dinge?« fragte Sulla unschuldig.
»Das weißt du sehr genau!« knurrte Pompeius wütend. »Du hast gesagt, du hättest eine Frau für mich im Auge!«
»Das habe ich auch! Allerdings!« Sulla kicherte. »Meine Güte, diese Ungeduld der Jugend!«
»Sagst du mir es jetzt, du gehässiger alter Folterknecht?«
»Beschimpfungen, Magnus! Keine Beschimpfungen des Diktators!«

»Wer ist es?«

Sulla gab nach. »Die Witwe des jungen Marius, Mucia Tertia«, sagte er. »Die Tochter von Scaevola Pontifex Maximus und Licinia, der Schwester von Crassus Orator. In ihr ist sehr viel mehr Mucius Scaevola als echter Licinius Crassus, denn ihr Großvater mütterlicherseits war auch der Bruder ihres Großvaters väterlicherseits. Und natürlich ist sie auch eng verwandt mit den Mädchen von Scaevola dem Auguren, also Mucia Prima und Mucia Secunda, daher ihr Name Mucia Tertia, obwohl zwischen ihr und den anderen beiden fünfzig Lebensjahre liegen. Mucia Tertias Mutter lebt übrigens noch. Scaevola ließ sich von ihr scheiden, weil sie mit Metellus Nepos, den sie dann auch geheiratet hat, Ehebruch beging. Mucia Tertia hat also zwei Halbbrüder aus der Familie Caecilius Metellus – Nepos der Jüngere und Celer. Beste verwandtschaftliche Beziehungen, nicht, Magnus? Zu gut, um für den Rest ihres Lebens Witwe eines Proskribierten zu bleiben! Das Ferkel, ihr Cousin, an dem mir sehr viel liegt, ist deshalb vor einiger Zeit auf mich zugekommen.« Sulla lehnte sich in seinem Stuhl zurück. »Nun, Magnus, ist sie richtig?«

»Richtig?« keuchte Pompeius. »Und ob!«

»Na ausgezeichnet.« Der Berg von Arbeit auf seinem Schreibtisch schien zu rufen; Sulla neigte den Kopf und vertiefte sich in die Papiere. Nach einem Augenblick hob er ihn wieder und blickte Pompeius an, der einen verdutzten Eindruck machte. »Ich habe ihr geschrieben, daß sie wieder heiraten soll, Magnus. Es gibt also kein Hindernis«, sagte er. »Laß mich jetzt bitte allein. Und sorge dafür, daß ich eine Einladung zur Hochzeit erhalte.«

Pompeius eilte sofort nach Hause, um ein Bad zu nehmen und die Gewänder zu wechseln, während seine Diener durch die Stadt hetzten und herauszubekommen versuchten, wo Mucia Tertia im Augenblick wohnte. Dann war er mit einer blendend weißen Toga und einer Duftwolke aus Rosenöl geradewegs zu Julias Haus gehastet. Scaevolas Tochter! Crassus Orators Nichte! Verwandt mit den meisten wichtigen Leuten aus der Familie Caecilius Metellus! Alle Söhne, die sie ihm gebären würde, wären mit diesen Leuten blutsverwandt! Keinen Sesterz interessierte es da, daß sie die Witwe des jüngeren Marius war! Und wenn sie so häßlich wäre wie die Sibylle von Cumae!

Häßlich? Das war sie keineswegs! Sie war sehr geheimnisvoll und sehr schön. Sie hatte kupferrotes Haar, dunkelgrüne Augen und eine blasse makellose Haut. Und was für Augen! Augen ohnegleichen! Ach, süß war sie wie Honig! Der erste Blick, noch kein Wort war zwischen ihnen gefallen, und Pompeius war bis über beide Ohren verliebt.

Da wunderte es nicht, daß er von den anderen im Raum, die ihm bereits vorgestellt worden waren, kaum Notiz nahm. Er rückte einen Stuhl neben den von Mucia Tertia und nahm ihre kraftlose Hand an sich.

»Sulla sagt, daß du mich heiraten wirst.« Pompeius strahlte Mucia Tertia mit blendend weißen Zähnen und leuchtend blauen Augen an.

»Das höre ich zum ersten Mal«, sagte sie und spürte auf unerklärliche Weise ihre Abneigung schwinden. Er war so offensichtlich glücklich und wirklich sehr anziehend.

»Nun gut, so ist Sulla eben«, sagte er und seufzte vor purem Entzücken. »Aber du mußt doch zugeben, daß ihm für alle das Beste am Herzen liegt.«

»Dafür würdest du diese Heirat natürlich halten«, sagte Julia eisig.

»Worüber beklagst du dich? Du bist doch gar nicht schlecht weggekommen, verglichen mit den anderen Witwen der Proskribierten«, sagte der Verliebte taktlos und starrte seine künftige Frau an.

Julia hätte fast geantwortet, Sulla sei für den Tod ihres einzigen Kindes verantwortlich, aber sie überlegte es sich anders. Dieser alberne Kerl war als Parteigänger Sullas zu bekannt, um hoffen zu können, daß er auch die andere Seite sehen würde.

Und Caesar, der in einer Ecke saß, machte sich im stillen ein erstes Bild von Gnaeus Pompeius Magnus. Kein richtiger Römer, soviel war sicher. Die Stupsnase, das breite Gesicht und das gewölbte Kinn verrieten nur zu sehr den verderblichen picentischen Einfluß Galliens. Kein richtiger Römer, wenn man ihn reden hörte, auch das war sicher. Sein völliger Mangel an Feingefühl war erstaunlich. Kleiner Schlächter. Der Name war treffend.

»Was hältst du von ihm?« fragte Aurelia Caesar, als sie in der Mittagshitze schwitzend in die Subura zurückschritten.

»Wichtiger wäre zu wissen, was Mucia von ihm hält.«

»Nun, sie mag ihn rasend gerne. Sehr viel mehr, als sie den jungen Marius je gemocht hat.«

»Dazu gehört nicht viel, Mater.«

»Nein.«

»Für Tante Julia wird es einsam werden ohne sie.«

»Ja. Aber sie wird sich zu beschäftigen wissen.«

»Schade, daß sie keine Enkel hat.«

»Das ist die Schuld des jungen Marius!« sagte Aurelia scharf.

Caesar sagte erst wieder etwas, als sie schon fast den Vicus Patricius erreicht hatten. »Ich muß wieder nach Bithynien, Mutter.«

»Bithynien? Das ist unklug, mein Sohn!«

»Ich weiß. Aber ich habe dem König mein Wort gegeben.«

»Muß nach Sullas neuer Hausordnung nicht jeder Senator um Erlaubnis bitten, wenn er Italien verlassen will?«

»Doch.«

»Dann ist es gut«, sagte Aurelia erfreut. »Du mußt dem ganzen Haus gegenüber völlig offen sein, was deine Reise angeht. Und nimm außer Burgundus auch Eutychus mit.«

»Eutychus?« Caesar blieb stehen und blickte sie fragend an. »Er ist dein Haushofmeister! Ohne ihn kommst du schwer zurecht! Warum?«

»Ich komme ohne ihn zurecht. Er stammt aus Bithynien, mein Sohn. Du mußt dem Senat erzählen, dein Freigelassener, der noch immer dein Haushofmeister ist, müsse geschäftlich nach Bithynien. Es ist deine Pflicht als Patron, ihn zu begleiten.«

Caesar lachte laut los. »Sulla hat vollkommen recht. Du hättest ein Mann werden sollen. Wie römisch! Und raffiniert. Ihnen die Wahrheit ins Gesicht sagen, statt eine Reise nach Griechenland vorzutäuschen und dann in Bithynien ertappt zu werden. Ich glaube, Lügen werden immer entdeckt.« Nach einer Pause sagte er »A propos Raffinesse. Dieser Pompeius ist ein ziemlich plumper Kerl, nicht? Für die Taktlosigkeit bei Tante Julia hätte ich ihn am liebsten geprügelt. Und ein Prahlhans ist er, bei den Göttern!«

»Er prahlt ständig, vermute ich«, sagte Aurelia.

»Ich bin froh, daß ich ihn kennengelernt habe«, sagte Caesar nüchtern. »Er hat mir einen sehr guten Grund dafür gezeigt, daß der Makel an meinem Ruf auch etwas Positives hat.«

»Was meinst du damit?«

»Bisher ist noch nichts passiert, das ihn an seinen Platz verwiesen hat. Auch er hat Grenzen, er ist nicht so erhaben und unverletzlich, wie er glaubt. Durch die äußeren Umstände ist er zu einer unerträglich hohen Meinung von sich selbst gekommen. Alles, was er bisher wollte, hat er auch bekommen. Selbst eine Braut, die er keineswegs verdient. Und er ist immer mehr zur Überzeugung gelangt, daß dies immer so sein wird. Aber das wird es natürlich nicht. Eines Tages wird sich alles gegen ihn verschwören. Diese Lektion wird er nicht ertragen. Ich habe meine Lektion wenigstens schon bekommen.«

»Glaubst du wirklich, daß er Mucia nicht verdient?«

»Glaubst du, daß er sie verdient?« fragte Caesar überrascht.

»Ja, ich glaube schon. Seine Herkunft ist belanglos. Sie war mit dem jungen Marius verheiratet, und zwar deshalb, weil ihr Vater sie ganz bewußt dem Sohn eines Emporkömmlings gegeben hat. Sulla vergißt so etwas nicht. Und er vergibt es auch nicht. Er hat den naiven jungen Mann mit ihrer Herkunft geblendet. Und er hat es unterlassen, alle Gründe zu nennen, warum er sie einem Mann gibt, der unter ihrer Geburt ist.«

»Schlau!«

»Sulla ist ein Fuchs wie alle Rothaarigen seit Odysseus.«

»Dann ist es gut, daß ich aus Rom verschwinde.«

»Bis zu Sullas Rücktritt?«

»Ja, bis dahin. Er sagt, er werde sich zurückziehen, wenn er die Wahlen der Konsuln für übernächstes Jahr überwacht hat – vielleicht in elf Monaten, wenn er seine sogenannten Wahlen im Quintilis abhält. Im nächsten Jahr sind Servilius Vatia und Appius Claudius Konsuln. Wen er für übernächstes Jahr im Auge hat, weiß ich nicht. Vielleicht Catulus.«

»Ist Sulla ungefährlich, wenn er zurückgetreten ist?«

»Vollkommen«, sagte Caesar.

TEIL VIER

Oktober 80 v. Chr.
bis Mai 79 v. Chr.

LUCIUS LICINIUS LUCULLUS

Du mußt nach Spanien«, sagte Sulla zu Metellus Pius. »Sonst reißt Quintus Sertorius dort die ganze Macht an sich.«

Metellus Pius sah Sulla mißbilligend an. »Das kann er nicht! Er hat zwar F-F-Freunde unter den Lusitaniern und ist westlich des Guadalquivir sehr stark, a-a-aber du hast in beiden spanischen Provinzen gute Statthalter.«

»Meinst du?« Sulla machte ein mürrisches Gesicht. »Nein, nicht mehr! Gerade habe ich erfahren, daß Sertorius Lucius Fufidius vernichtend geschlagen hat, nachdem dieser Narr so dumm war, sich ihm zur Schlacht zu stellen. Vier Legionen! Und trotzdem konnte Fufidius gegen Sertorius mit seinen siebentausend Mann, von denen nur ein Drittel Römer waren, nichts ausrichten!«

»Die Römer hat er natürlich letztes Frühjahr aus Mauretanien mitgebracht. Und ein Drittel sind Lusitanier?«

»Barbaren, mein Teuerster! Sie sind nicht einen Nagel in der Sohle eines römischen Soldatenstiefels wert. Aber sie haben Fufidius geschlagen.«

»Ach ... beim Pollux!«

Aus einem für Metellus unverständlichen Grund rief dieser recht zahme Wutausbruch bei Sulla einen Lachanfall hervor. Es dauerte eine Weile, bis der Diktator sich wieder soweit in der Gewalt hatte, daß er weiter über das lästige Thema Quintus Sertorius sprechen konnte.

»Sieh mal, Ferkel, ich kenne Quintus Sertorius noch von früher, genau wie du. Hätte Carbo ihn in Italien gehalten, hätte ich an der Porta Collina nicht gesiegt, weil ich wahrscheinlich schon lange vorher geschlagen worden wäre. Sertorius ist Gaius Marius zumindest ebenbürtig, und Spanien ist seine zweite Heimat. Als

Luscus ihn letztes Jahr aus Spanien vertrieb, hatte ich gehofft, der verdammte Kerl werde als mauretanischer Söldner enden und uns keinen Ärger mehr machen. Ich hätte es besser wissen müssen. Zuerst raubte er König Ascalis die Stadt Tingis, dann tötete er Paccianus und beschlagnahmte dessen römische Truppen. Jetzt ist er wieder im jenseitigen Spanien und versucht, aus den Lusitaniern tüchtige römische Soldaten zu machen. Du mußt als Statthalter in die Provinz – aber nicht erst im Frühjahr, sondern gleich zu Beginn des neuen Jahres.« Sulla nahm ein Blatt Papier und wedelte damit ausgelassen vor Metellus Pius' Gesicht herum. »Du kannst acht Legionen haben! Das wären dann acht weniger, für die ich Land finden muß. Und wenn du Ende Dezember aufbrichst, kannst du mit dem Schiff direkt nach Gades fahren.«

»Ein großes Kommando«, meinte der Pontifex Maximus zufrieden. Er war überhaupt nicht abgeneigt, Rom zu verlassen und einen langen Feldzug anzutreten – auch wenn das bedeutete, daß er gegen Sertorius kämpfen mußte. Keine religiösen Zeremonien mehr, keine schlaflosen Nächte, in denen ihn die Sorge quälte, er könnte sich versprechen. Er wußte genau, daß das Stottern verschwinden würde, sobald er Rom verlassen hatte – das war immer so. Da fiel ihm noch etwas ein. »Wer soll eigentlich das diesseitige Spanien verwalten?«

»Ich dachte an Marcus Domitius Calvinus.«

»Nicht Curio? Er ist doch ein g-g-guter General.«

»Für Curio habe ich die Provinz Africa vorgesehen. Calvinus ist dir bei einem großen Feldzug eine bessere Hilfe. Curio könnte sich in seinen Ansichten als zu selbständig erweisen.«

»Verstehe.«

»Calvinus kann weitere sechs Legionen bekommen. Das sind zusammen vierzehn. Sicher genug, um Sertorius zu zähmen.«

»Im Handumdrehen!« erwiderte Metellus eifrig. »K-K-Keine Sorge, Lucius Cornelius. Spanien ist g-g-gerettet!«

Sulla begann erneut zu lachen. »Warum kümmert mich das alles überhaupt? Ich weiß es nicht, Ferkel, und das ist die Wahrheit. Ich werde tot sein, ehe du zurück bist.«

Metellus Pius erschrak und streckte abwehrend die Hände aus. »Nein! Unsinn! Du bist doch noch verhältnismäßig jung!«

»Mir wurde vorausgesagt, ich würde auf dem Höhepunkt des

Ruhms und der Macht sterben«, sagte Sulla ohne Angst oder Bedauern. »Im Juli trete ich zurück und gehe nach Misenum. Mir bleibt nicht mehr viel Zeit, aber ich werde jeden Augenblick genießen.«

»Propheten sind keine Römer«, sagte Metellus Pius streng. »Wir wissen beide, daß sie sich meist irren.«

»Dieser Prophet nicht. Er war Chaldäer und Seher des Partherkönigs.«

Metellus Pius hielt es für klüger, nicht weiter über das Thema zu sprechen; statt dessen erörterte er mit Sulla den bevorstehenden Spanienfeldzug.

Sullas Arbeitseifer wich allmählich der Trägheit. Das umfangreiche Gesetzeswerk war abgeschlossen, und es sah aus, als würde die neue Verfassung auch nach seinem Tod noch Bestand haben; selbst die Landverteilung an seine Veteranen war so weit gediehen, daß Sulla selbst nicht mehr gebraucht wurde. Volaterrae war endlich gefallen; lediglich Nola behauptete sich nach wie vor gegen Rom.

Sulla hatte getan, was in seiner Macht stand, und an fast alles gedacht. Der Senat war gefügig, die Volksversammlungen waren im Grunde machtlos, die Volkstribunen bloße Galionsfiguren, die Gerichte populär und wirksam und die künftigen Provinzstatthalter handlungsunfähig. Die Staatskasse war gefüllt, ihre Beamten waren auf genaue Buchführung verpflichtet. Für den Fall, daß dem Ritterstand der Verlust von sechzehnhundert Rittern, die Sullas Proskriptionen zum Opfer gefallen waren, als Lektion nicht genügte, nahm Sulla zusätzlich noch den Rittern, die Anspruch auf ein Staatspferd hatten, alle sozialen Privilegien weg und ordnete an, daß alle Männer, die von aus Rittern bestehenden Geschworenengerichten in die Verbannung geschickt worden waren, heimkehren sollten.

Natürlich hatte Sulla auch Marotten. Wieder einmal waren die Frauen die Leidtragenden, denn von nun an war es jeder Ehebrecherin untersagt, sich wieder zu verheiraten. Auch Wetten, die er verabscheute, waren verboten, außer bei Boxkämpfen und Wettläufen, die ohnehin keine großen Menschenmengen anzogen. Sullas größte Marotte aber waren die Staatsbeamten, die er für chaotisch, schludrig, faul und korrupt hielt. Deshalb regelte er die Arbeit der Sekretäre, Schreiber, Buchhalter, Herolde, Liktoren und Kuriere, der *calatores* genannten Diener der Priester, der *nomenclatores,* die andere an die Namen wieder anderer erinnern mußten, und der gewöhnlichen Beamten ohne spezielle Berufsbezeichnung, der *apparitores,* bis ins kleinste Detail. Künftig wußte keiner dieser Beamten, in wessen Dienst er trat, wenn die neuen Magistraten ihr Amt antraten, und kein Magistrat konnte namentlich bestimmte Beamte anfordern. Der Losentscheid galt für drei Jahre im voraus, und keine Gruppe diente ständig demselben Magistrat.

Nachdem Sulla bereits jede lautstarke Äußerung des Beifalls oder Unmuts verboten und die Reihenfolge, in der die Senatoren sprachen, geändert hatte, fand er neue Möglichkeiten, den Senat zu verärgern. Er erließ ein Gesetz, das sich auf das Einkommen armer Senatoren nachteilig auswirkte: Die Summe, die Delegationen aus den Provinzen ausgeben konnten, wenn sie in Rom Loblieder auf einen ehemaligen Statthalter anstimmten, wurde begrenzt, was bedeutete, daß die Delegationen bestimmten bedürftigen Senatoren kein Geld mehr geben konnten.

Sullas Gesetzeswerk umfaßte alle Bereiche des öffentlichen Lebens sowie einen Großteil des Privatlebens. Jeder kannte seine Pflichten und Möglichkeiten – er wußte, wieviel er ausgeben konnte, wieviel er einnehmen durfte, wieviel er an die Staatskasse zahlen mußte, wen er heiraten durfte und wo und weswegen er vor Gericht gestellt werden konnte. Ein gewaltiges, praktisch im Alleingang durchgeführtes Unternehmen. Die Ritter waren entmachtet, die Kriegshelden standen ganz oben. Die Versammlung der Plebs und die Volkstribunen waren geschwächt, der Senat war stark. Wer mit den Geächteten engen Kontakt gehabt hatte, war chancenlos, Männer wie Pompeius Magnus hatten die Zügel ergriffen. Gefragt waren nicht mehr Redner wie Quintus Hortensius, die sich in der Volksversammlung ausgezeichnet hatten, sondern Redner wie Cicero, die in der intimeren Atmosphäre der Gerichte glänzten.

»Kein Wunder, daß Rom wankt«, sagte der neue Konsul Appius Claudius Pulcher zu seinem Amtskollegen Publius Servilius Vatia. »Aber trotzdem begehrt keiner gegen Sulla auf.«

»Ein Grund dafür ist die Klugheit vieler seiner Gesetze«, erwiderte Vatia. »Sulla ist ein Genie!«

Appius Claudius nickte träge, aber Vatia verstand diese Teilnahmslosigkeit keineswegs falsch. Seit der Rückkehr von der unvermeidlichen Belagerung Nolas, die Claudius zehn Jahre lang mit Unterbrechungen geführt hatte, ging es ihm nicht gut. Zudem war er ein Witwer mit sechs Kindern, die bereits dafür bekannt waren, daß es ihnen an Disziplin mangelte und daß sie ihre heftigen Streitereien mit Vorliebe in der Öffentlichkeit austrugen.

Vatia hatte Mitleid mit seinem Kollegen und klopfte ihm aufmunternd auf die Schulter. »Auf, Appius Claudius, sei doch etwas optimistischer! Du hast eine schwere Zeit hinter dir, aber jetzt hast du es endlich geschafft.«

»Ich habe es erst geschafft, wenn ich das Vermögen meiner Familie wieder habe«, sagte Appius Claudius verdrossen. »Dieser gemeine Schuft Philippus hat mir alles genommen und es Cinna und Carbo gegeben – und Sulla hat es mir nicht zurückgegeben.«

»Du hättest ihn daran erinnern sollen«, sagte Vatia vernünftig. »Wie du weißt, hatte er eine Menge zu tun. Warum hast du während der Proskriptionen nicht günstig gekauft?«

»Ich war damals in Nola, wenn du dich erinnerst«, erwiderte der Unglückliche.

»Nächstes Jahr wirst du Statthalter einer Provinz, dann kommt alles wieder in Ordnung.«

»Wenn ich gesund bleibe.«

»Ach Appius Claudius! Sei nicht so pessimistisch! Es renkt sich schon alles wieder ein.«

»Da bin ich nicht so sicher. Bei meinem Pech werde ich bestimmt nach Hispania Ulterior geschickt, um Pius abzulösen.«

»Das wirst du nicht, das verspreche ich dir«, beruhigte Vatia ihn. »Wenn du nicht mit Lucius Cornelius sprichst, tue ich es eben. Und ich werde ihn bitten, dir Mazedonien zu geben. Dort kann man allemal ein paar Säcke Gold verdienen und lukrative Verträge schließen. Ganz zu schweigen vom Verkauf der Bürgerrechte an reiche Griechen.«

»Seit wann gibt es dort reiche Menschen?«

»Die gibt es überall, auch in den ärmsten Gegenden. Es liegt in der Natur mancher Leute, daß sie einfach viel Geld verdienen müssen. Sogar den Griechen mit ihrem politischen Idealismus ist es nicht gelungen, die Reichen per Gesetz abzuschaffen. Es hätte sie mit Sicherheit auch in Platons Idealstaat gegeben.«

»Du meinst wohl Leute wie Crassus.«

»Ein hervorragendes Beispiel. Jeder andere wäre am Ende gewesen, wenn Sulla ihn wie Luft behandelt hätte, aber nicht unser Crassus!«

Die Eröffnungssitzung des Senats mit anschließendem Festmahl am Neujahrstag fand in der Curia Hostilia statt, weil der Tempel des Jupiter Optimus Maximus abgebrannt war. Die Tempel des Jupiter Stator oder des Castor waren, da sich die Zahl der Senatsmitglieder erhöht hatte, für diesen Zweck zu klein.

»Ruhe!« sagte Appius Claudius. »Sulla spricht.«

»Eingeschriebene Väter«, begann der Diktator freundlich, »im Grunde ist alles getan. Es war meine erklärte Absicht, Rom wieder auf die Beine zu helfen und neue Gesetze zu erlassen, die im Einklang mit unseren ehrwürdigen Traditionen stehen. Ich habe meine Aufgabe erfüllt. Wie ihr bereits wißt, werde ich bis zu den Wahlen der Magistraten für das kommende Jahr als Diktator im Amt bleiben. Aber einige von euch wollen offenbar nicht glauben, daß ein so mächtiger Mann wie ich so töricht ist, zurückzutreten. Deshalb wiederhole ich noch einmal, ich werde nach den Wahlen im Juli von meinem Amt als Diktator zurücktreten. Das bedeutet, daß die Magistraten des kommenden Jahres die letzten sein werden, die ich persönlich auswähle. In Zukunft wird es freie Wahlen geben, die allen Kandidaten offenstehen. Manche mißbilligen seit je, daß der Diktator seine Magistraten auswählt und nur so viele Kandidaten zur Wahl aufstellt, wie Ämter zur Verfügung stehen. Aber, wie ich stets betont habe, der Diktator muß mit Männern zusammenarbeiten, die bereit sind, ihn uneingeschränkt zu unterstützen. Er kann sich nicht darauf verlassen, daß die Wähler die Besten oder gar diejenigen wählen werden, die schon längst ein Amt hätten bekommen müssen und dieses Amt aufgrund ihres Ranges und ihrer Erfahrung auch verdienen. Als Diktator konnte ich sicherstellen, daß ich die Männer bekam, mit denen ich zusammenarbeiten wollte und denen ein Amt gebührte. Wie etwa meinem teuren, leider abwesenden Pontifex Maximus, Quintus Caecilius Metellus Pius, der weiterhin in meiner Gunst steht. Denn er befindet sich gegenwärtig auf dem Weg ins jenseitige Spanien, um dort gegen den geächteten Schurken Quintus Sertorius zu kämpfen.«

»Er schweift vom Thema ab«, bemerkte Catulus trocken.

»Weil er nichts zu sagen hat«, fügte Hortensius hinzu.

»Außer daß er im Juli zurücktritt.«

»Langsam glaube ich es wirklich.«

Doch der Neujahrstag, der so vielversprechend begonnen hatte, sollte mit verspäteten schlechten Nachrichten aus Alexandria enden.

Zu Beginn des eben zu Ende gegangenen Jahres, des zweiten Jahres von Sullas Herrschaft, war aus Alexandria die Nachricht eingetroffen, auf die Ptolemaios Alexander der Jüngere so lange gewartet hatte: König Ptolemaios Soter Kichererbse war tot, und seine Tochter Königin Berenike regierte nun allein. Doch obwohl sie Thronerbin war, durfte sie nach ägyptischem Recht nicht ohne einen König herrschen. Deshalb hatte eine Delegation aus Alexandria in aller Bescheidenheit bei Lucius Cornelius Sulla angefragt, ob er willens sei, Ptolemaios Alexander den Jüngeren als neuen König nach Ägypten zu schicken.

»Was geschieht, wenn ich mich weigere?« fragte Sulla.

»Dann reißen König Mithridates und König Tigranes die Macht in Ägypten an sich«, sagte der Führer der Delegation. »Ein Angehöriger der ptolemäischen Dynastie muß den Thron besteigen. Wenn Ptolemaios Alexander nicht König und Pharao wird, müssen wir Mithridates und Tigranes bitten, uns den älteren der beiden Bastarde zu schicken, Ptolemaios Philadelphos, wegen seiner Piepsstimme auch Auletes genannt.«

»Aber kann ein Bastard denn vom Gesetz her Pharao werden?«

»Nicht, wenn er der Sohn einer einfachen Frau ist. Aber Auletes und sein jüngerer Bruder sind die Söhne von Ptolemaios Soter und Prinzessin Arsinoe, der königlichen Mätresse und ältesten ehelichen Tochter des Königs von Nabatäa. Es ist schon lange Sitte, daß die unbedeutenden Herrscher Arabiens und Palästinas dem Pharao von Ägypten ihre ältesten Töchter als Mätressen schicken, da dies ein erhabeneres und ehrbareres Schicksal ist als die Heirat mit einem anderen unbedeutenden Herrscher. Und für die Väter bedeutet es mehr Sicherheit, da sie beim Handel entlang des Roten Meeres und durch die verschiedenen Wüsten auf die Hilfe Ägyptens angewiesen sind.«

»Soll das heißen, Alexandria und Ägypten würden einen ptolemäischen Bastard zum König machen, nur weil seine Mutter von königlichem Geblüt war?«

»Wenn wir Ptolemaios Alexander nicht bekommen, ist das unvermeidlich so, Lucius Cornelius.«

»Eine Marionette von Mithridates und Tigranes«, meinte Sulla nachdenklich.

»Da die Frauen der beiden Bastarde Mithridates' Töchter sind, ist auch das unvermeidlich. Tigranes steht schon zu nahe an der ägyptischen Grenze, deshalb können wir nicht auf einer Scheidung der Bastarde beharren. Er würde im Namen von Mithridates in unser Land einmarschieren und es erobern. Für einen Krieg dieser Größenordnung sind wir nicht gerüstet.«

Sulla wirkte plötzlich kühl und sachlich. »Überlaßt das mir, ich kümmere mich darum. Wir dürfen nicht zulassen, daß Armenia und Pontos die Kontrolle über Ägypten erlangen!«

Seine Entscheidung stand schon lange fest, deshalb begab er sich unverzüglich zu Ptolemaios Alexanders Villa auf dem Mons Pincius, um mit dem Ägypter zu sprechen.

»Dein Tag ist gekommen«, sagte der Diktator zu seiner Geisel.

»Ist Kichererbse tot?« fragte der mittlerweile fünfunddreißigjährige Ptolemaios Alexander gespannt.

»Tot und begraben. Königin Berenike herrscht jetzt allein.«

»Dann muß ich sogleich nach Ägypten«, rief Ptolemaios Alexander aufgeregt. »Sofort! Ich darf keine Zeit verlieren!«

»Du gehst, wenn ich es sage, keinen Moment früher«, sagte Sulla schroff. »Setz dich und hör mir zu.«

Ptolemaios Alexander setzte sich, sein weites Gewand um sich ausgebreitet wie einen Ballon, aus dem die Luft entwichen war. Seine Augen waren mit Antimon schwarz umrahmt, der Lidstrich war bis zu den Schläfen hochgezogen, und unter den ebenfalls schwarz gefärbten Augenbrauen waren die Oberlider weiß bemalt. Dadurch wirkten seine Augen ausgesprochen unheimlich, was vermutlich beabsichtigt war.

»Du kannst einen König nicht wie einen Untergebenen behandeln«, sagte Ptolemaios Alexander steif.

»Es gibt auf der ganzen Welt keinen König, der nicht mein Untergebener ist«, erwiderte Sulla verächtlich. »Ich herrsche über Rom! Das macht mich zum mächtigsten Mann zwischen Ozean und Indus. Deshalb werdet Ihr mir zuhören, Majestät – und zwar, ohne mich zu unterbrechen! Ihr könnt nach Alexandria gehen und den Thron besteigen. Aber nur unter bestimmten Bedingungen. Ist das klar?«

»Was für Bedingungen?«

»Du mußt dein Testament machen und es hier in Rom bei den Vestalinnen hinterlegen. Es braucht nur ein einfaches Testament zu sein. Falls du ohne legitime Nachkommen stirbst, vermachst du das Königreich Ägypten Rom.«

Ptolemaios Alexander schnappte nach Luft. »Das kann ich nicht tun!«

»Du mußt tun, was ich dir sage, wenn du in Alexandria regieren willst. Das ist mein Preis. Wenn du ohne legitime Nachkommen stirbst, fällt Ägypten an Rom.«

Ptolemaios Alexanders schwarz umrandete Augen blickten verstört, und die Art, wie er sich auf die rot geschminkten, vollen Lippen biß, erinnerte Sulla an Philippus. »In Ordnung, ich akzeptiere deine Bedingung.« Er zuckte die Schultern. »Ich bin ohnehin kein Anhänger der alten ägyptischen Religion. Was kümmert es mich also, was nach meinem Tod ist?«

»Vortrefflich argumentiert«, meinte Sulla erfreut. »Ich habe meinen Sekretär mitgebracht, damit du das Dokument auf der Stelle aufsetzen kannst. Natürlich muß es mit dem königlichen Siegel und deiner persönlichen Kartusche versehen sein. Ich möchte nicht, daß es nach deinem Tod zu Streitereien kommt.« Sulla befahl einem ptolemäischen Diener, seinen Sekretär zu holen, und während er und Ptolemaios Alexander warteten, meinte er beiläufig: »Da wäre übrigens noch eine Bedingung.«

»Welche?« fragte Ptolemaios Alexander argwöhnisch.

»Soviel ich weiß, hat deine Großmutter Kleopatra III. auf einer Bank in Tyros zweitausend Talente in Gold hinterlegt. Mithridates hat nur das Geld bekommen, das sie auf Kos zurückließ. Und König Tigranes ist es bislang nicht gelungen, die Städte Phönikiens zu unterwerfen, weil er zu sehr mit den Juden beschäftigt ist. Du wirst also die zweitausend Talente in Gold Rom hinterlassen.«

Sullas Blick verriet, daß er keine Debatte wünschte. Ptolemaios Alexander zuckte erneut die Schultern und nickte.

Als Flosculus, der Sekretär, kam, ließ Ptolemaios Alexander sich von einem Sklaven Siegel und Kartusche bringen, und kurz darauf war das Testament geschrieben, unterzeichnet und beglaubigt.

»Ich werde es für dich hinterlegen«, sagte Sulla, »da du den Maueranger zum Vestatempel nicht überqueren darfst.«

Zwei Tage später verließ Ptolemaios Alexander der Jüngere mit der Delegation Rom und bestieg in Puteoli ein Schiff nach Africa; es war einfacher, das Mittelmeer an dieser Stelle zu überqueren und anschließend entlang der afrikanischen Küste von der römischen Provinz nach Kyrene und von dort nach Alexandria zu segeln. Außerdem wollte der neue König von Ägypten Mithridates und Tigranes aus dem Weg gehen und sich nicht auf sein Glück verlassen.

Im Frühjahr war aus Alexandria eine Eilmeldung eingetroffen. Ein als Kaufmann getarnter römischer Agent hatte berichtet, König Ptolemaios Alexander II. habe ein Desaster erlitten. Unmittelbar nach seiner sicheren Ankunft in Alexandria hatte er seine Halbschwester und leibliche Cousine, Königin Berenike, geheiratet. Er war genau neunzehn Tage König von Ägypten. In dieser Zeit entwickelte er offenbar eine so starke Abneigung gegen seine vierzigjährige Frau, Schwester, Cousine und Königin, daß er dieses in seinen Augen unbedeutende weibliche Wesen am Morgen des neunzehnten Tages schließlich ermordete. Sie hatte jedoch zuvor lange zusammen mit ihrem Vater regiert, und die Bürger Alexandrias verehrten sie. Noch am gleichen Tag stürmten die aufgebrachten Bürger den Palast, entführten König Ptolemaios Alexander II. und rissen ihn buchstäblich in Stücke – eine Vorführung, die auf dem Marktplatz für allgemeine Erheiterung sorgte. Ägypten hatte nun weder König noch Königin, und es herrschte Chaos im Land.

»Großartig!« rief Sulla, als er den Brief seines Agenten las. Unverzüglich schickte er eine Delegation römischer Senatoren unter Führung des ehemaligen Konsuls und Zensors Marcus Perperna mit König Ptolemaios Alexanders Testament nach Alexandria. Auf dem Rückweg sollten die Gesandten in Tyros das Gold abholen.

Bis zum Neujahrstag des dritten Jahres von Sullas Herrschaft hatte man nichts mehr gehört.

»Auf der ganzen Reise waren wir vom Pech verfolgt«, berichtete Marcus Perperna. »Vor Kreta erlitten wir Schiffbruch und wurden von Piraten gefangengenommen. Es dauerte zwei Monate, bis in den Städten auf dem Peloponnes genug Geld beisammen war, um uns freizukaufen. Anschließend segelten wir nach Kyrene und von dort entlang der libyschen Küste nach Alexandria.«

»Mit einem Piratenschiff?« fragte Sulla. Trotz der schlimmen Nachricht war ihm zum Lachen zumute. Perperna sah so alt und abgezehrt aus – und verängstigt!

»Gut geraten. Ja, mit einem Piratenschiff.«

»Und was geschah in Alexandria?«

»Nichts Gutes, Lucius Cornelius. Nichts Gutes!« Perperna stieß einen tiefen Seufzer aus. »Die Alexandriner hatten rasch und sicher gehandelt. Sie wußten genau, wen sie nach der Ermordung König Ptolemaios Alexanders rufen mußten.«

»Wen, Perperna?«

»Die beiden unehelichen Söhne des Ptolemaios Soter Kichererbse, Lucius Cornelius. Sie baten König Tigranes in Syrien, ihnen die beiden jungen Männer zu schicken. Der ältere sollte Ägypten regieren, der jüngere Zypern.«

»Sehr geschickt, aber nicht unerwartet«, meinte Sulla. »Erzähl weiter.«

»Als wir in Alexandria eintrafen, saß König Ptolemaios Auletes bereits auf dem Thron, und mit ihm seine Frau, Königin Kleopatra Tryphaena, die Tochter von König Mithridates. Sein jüngerer Bruder, den die Alexandriner Ptolemaios den Zyprer genannt hatten, wurde als Regent nach Zypern geschickt. Seine Frau – ebenfalls eine Tochter des Mithridates – ging mit ihm.«

»Und wie ist ihr Name?«

»Mithridatidis Nyssa.«

»Das Ganze ist gesetzwidrig«, meinte Sulla und runzelte die Stirn.

»Nicht für die Alexandriner!«

»Weiter, Perperna! Erzähl mir das Schlimmste.«

»Natürlich zeigten wir den Alexandrinern das Testament und erklärten, wir seien gekommen, um das Königreich Ägypten formell als Provinz an das römische Reich anzugliedern.«

»Und was sagten sie dazu, Perperna?«

»Sie lachten uns aus, Lucius Cornelius. Ihre Anwälte versuchten, die Ungültigkeit des Testaments zu beweisen. Schließlich wiesen sie auf den König und die Königin hin, um uns zu zeigen, daß sie rechtmäßige Thronerben gefunden hatten.«

»Aber sie sind keine rechtmäßigen Erben!«

»Nur nach römischem Recht. Nach ägyptischem Recht – das offenbar größtenteils aus Gesetzen besteht, die ganz spontan erlassen wurden – sind der König und die Königin legitim.«

»Was hast du also getan, Perperna?«

»Was sollte ich denn tun, Lucius Cornelius? In Alexandria wimmelte es von Soldaten. Wir konnten unseren römischen Göttern nur danken, daß wir lebend und unversehrt aus Ägypten herauskamen.«

»Schon gut«, sagte Sulla, der seine Wut gar nicht erst an unwürdige Personen verschwendete. »Trotzdem, Tatsache bleibt, daß das Testament gültig ist. Ägypten gehört jetzt Rom.« Er trommelte mit den Fingern auf das Schreibpult. »Leider kann Rom im Augenblick nicht viel tun. Ich mußte bereits vierzehn Legionen nach Spanien schicken, um mit Quintus Sertorius fertigzuwerden, und ich habe keine Lust, die Staatskasse durch einen Feldzug am anderen Ende der Welt noch mehr zu belasten. Nicht jetzt, wo Tigranes rücksichtslos und ungehindert über einen Großteil Syriens hinwegzieht und die parthischen Erben in einen Bürgerkrieg verwickelt sind. Hast du das Testament noch?«

»O ja, Lucius Cornelius.«

»Dann werde ich morgen den Senat über die Vorfälle unterrichten und das Testament den Vestalinnen zurückgeben, bis Rom es sich leisten kann, Ägypten gewaltsam zu annektieren. Das ist vermutlich die einzige Möglichkeit, um an unsere Erbschaft zu kommen.«

»Ägypten ist sagenhaft reich.«

»Das ist mir nicht neu, Perperna. Die Ptolemäer sitzen auf dem größten Schatz der Welt und herrschen über eines der reichsten Länder.« Sullas Gesichtsausdruck deutete an, daß er fertig war, aber dann fügte er noch hinzu: »Die zweitausend Talente in Gold aus Tyros hast du wohl auch nicht bekommen, oder?«

»O doch, mühelos, Lucius Cornelius«, sagte Perperna verstört.

»Als wir das Testament vorlegten, wurde uns das Geld sofort ausgehändigt. Auf dem Rückweg, wie du befohlen hast.«

Sulla brach in schallendes Gelächter aus. »Gut gemacht, Perperna! Da kann ich dir das Debakel in Alexandria ja beinahe verzeihen!« Erfreut rieb er sich die Hände. »Eine willkommene Aufbesserung der Staatskasse. Der Senat wird das sicher genauso sehen. Zumindest mußte das arme Rom nicht eine Delegation bezahlen, ohne dafür ausreichend finanziell entschädigt zu werden.«

Sämtliche Könige im Osten machten Schwierigkeiten – ein Nachteil, mit dem Rom sich abfinden mußte, weil Sulla aufgrund interner Streitigkeiten in der Stadt nicht lange genug im Osten bleiben konnte, um Mithridates und Tigranes für immer unschädlich zu machen. Kaum war Sulla nach Hause gesegelt, da versuchte Mithridates erneut, Kappadokien zu annektieren, und Lucius Licinius Murena, der damalige Statthalter der Provinzen Asia und Cilicia, begann sofort einen Krieg mit ihm – ohne Sullas Wissen oder Erlaubnis und entgegen dem Vertrag von Dardanos. Eine Zeitlang schlug Murena sich recht wacker, bis es aufgrund seines Übermuts in Pontos zu einer Reihe verheerender Zusammenstöße mit Mithridates kam. Sulla mußte den älteren Aulus Gabinius losschicken, um Murena in seine Provinzen zurückzubeordern. Aber noch ehe er Murena wegen seines leichtsinnigen Verhaltens bestrafen konnte, kam es zur Konfrontation mit Pompeius. Murena durfte im Triumphzug heimkehren, und Pompeius nahm seinen Platz ein.

In der Zwischenzeit hatte Tigranes die vergangenen sechs Jahre dazu benutzt, sein Königreich Armenien nach Süden und Westen auszudehnen und in Gebiete des Partherkönigs und in das rasch zerfallende Königreich Syrien vorzudringen. Er erkannte seine Chance, als er erfuhr, daß der alte Partherkönig Mithridates zu krank sei, um die geplante Invasion Syriens durchzuführen – und zu krank, um zu verhindern, daß die barbarischen Massageten seine Ländereien im Norden und Osten Parthiens einnahmen und sein Sohn Gotarzes Babylonia an sich riß.

Wie Tigranes selbst einst prophezeit hatte, hatte der Tod des Partherkönigs einen Erbfolgekrieg ausgelöst, der noch dadurch erschwert wurde, daß der Alte offiziell drei Gemahlinnen gehabt hatte – zwei waren seine Halbschwestern väterlicherseits, und die dritte war keine geringere als Automa, eine Tochter des Tigranes. Während die Söhne der verschiedenen Mütter um das noch verbliebene Erbe stritten, spaltete sich eine weitere wichtige Satrapie ab – das sagenhaft reiche Elymaïs, durchzogen von den östlichen Nebenflüssen des Tigris, Choaspes und Pasitigris. Damit waren die schlickfreien Häfen im Osten des Euphrat-Tigris-Deltas ebenso verloren wie die Stadt Susa, ein Sitz der Partherkönige. Aber die Söhne des alten Königs Mithridates kümmerten sich nicht darum und setzten ihren Streit fort.

Auch Tigranes führte weiter Krieg. Im Todesjahr des Gaius Marius fiel er nacheinander in die Königreiche Sophene, Gordyene, Adiabene und Osrhoene ein. Nach deren Eroberung gehörten Tigranes jetzt sämtliche Gebiete am Ostufer des Euphrat, von Tomisa bis hinunter nach Europus; die großen Städte Amida, Edessa und Nisibis fielen ihm ebenso zu wie die Zollgebühren, die entlang des großen Flusses erhoben wurden. Aber anstatt das Einziehen der Zollgebühren den Armeniern zu überlassen, zog Tigranes die Skenitischen Araber auf seine Seite, welche die unfruchtbaren Gegenden zwischen Euphrat und Tigris südlich von Osrhoene kontrollierten und von jeder Karawane, die ihr Gebiet passierte, Wegzoll forderten. Obwohl die Skeniter Nomaden waren, siedelte Sulla sie in Edessa und Carrhae an und machte sie in Samosata und Zeugma am Euphrat zu Zolleintreibern. Ihr König – Abgar mit Namen – war jetzt Tigranes' Klient, und die griechischsprechende Bevölkerung der vom armenischen König unterworfenen Städte mußte in jene Teile Armeniens emigrieren, wo die griechische Sprache bislang unbekannt war. Tigranes wollte unbedingt der kultivierte Herrscher eines hellenisierten Königreichs sein – und wie konnte er sein Reich besser hellenisieren als durch die Schaffung griechischer Siedlungen?

Als Kind war Tigranes vom König der Parther in Seleukeia am Tigris, weit weg von Armenia, als Geisel festgehalten worden. Als sein Vater starb, war er der einzige männliche Nachkomme gewesen, aber der Partherkönig hatte für die Freilassung des jungen Tigranes einen hohen Preis verlangt – siebzig Täler in Media Atropatene, dem reichsten Teil Armeniens. Jetzt marschierte Tigranes in Media Atropatene ein und eroberte die siebzig Täler zurück, wo es Gold, Lapislazuli, Türkise und saftige Weiden im Überfluß gab.

Tigranes mußte jedoch feststellen, daß er für die wachsende Zahl seiner Reiter, die von Kopf bis Fuß in einer gepanzerten Rüstung steckten, nicht genügend nisäische Pferde hatte. Die Pferde, die ebenfalls durch einen Schuppenpanzer geschützt waren, mußten kräftig sein, um die Last tragen zu können. Im darauffolgenden Jahr marschierte Tigranes deshalb in Media Magna, der Heimat der nisäischen Pferde, ein und gliederte es an Armenien an. Ekbatana, der Sommersitz der Partherkönige – und davor der Sommersitz der Könige von Media und Persien, darunter auch Alexanders des Großen – wurde niedergebrannt, und der prächtige Palast wurde geplündert.

Drei Jahre waren vergangen. Während Sulla langsam auf der italischen Halbinsel vorrückte, hatte Tigranes seine Aufmerksamkeit dem Westen zugewandt und war über den Euphrat in die Commagene einmarschiert. Ohne auf Widerstand zu stoßen, nahm er sämtliche Gebiete im Norden Syriens zwischen dem Amanus- und dem Libanon-Gebirge ein, darunter das mächtige Antiochia und die Ebene des Nahr el Assi. Sogar ein Teil Cilicia Pedias fiel ihm zu.

Syrien war hellenisiertes Territorium; die Bevölkerung sprach Griechisch und stand unter dem Einfluß griechischen Brauchtums. Kaum hatte Tigranes sich in Syrien Autorität verschafft, da schickte er ganze Bevölkerungsgruppen mit ihren Familien in seine neu erbaute Hauptstadt Tigranocerta. Handwerker wurden bevorzugt; kein einziger durfte in Syrien bleiben. Der König war sich bewußt, daß die Griechen vor der medischen Bevölkerung beschützt werden mußten. Deshalb wurden die Meder unter Androhung der Todesstrafe angewiesen, die neuen Mitbürger freundlich und zuvorkommend zu behandeln.

Während Sulla sich per Gesetz zum Diktator von Rom ernennen ließ, nahm Tigranes formell den langersehnten Titel König der Könige an. Königin Kleopatra Selene von Syrien, jüngste Schwester und einstige Gemahlin des Ptolemaios Soter Kichererbse, die an der Seite mehrerer seleukidischer Herrscher Syrien regiert hatte, wurde aus Antiochia vertrieben und mußte in einem kleinen Dorf am Ufer des Euphrat in ärmlichen Verhältnissen leben; ihren Platz im Palast von Antiochia nahm der Satrap Magadates ein, der im Namen Tigranes', des Königs der Könige, Syrien regieren sollte.

König der Könige, dachte Sulla zynisch; alle Herrscher im Osten hielten sich für den König der Könige. Wie es schien, sogar die beiden unehelichen Söhne des Ptolemaios Soter Kichererbse, die jetzt mit ihren Frauen, den Töchtern des Mithridates, in Ägypten und Zypern herrschten. Aber das Testament des toten Ptolemaios Alexander war echt; keiner wußte das besser als Sulla, der bei der Niederschrift des Dokuments zugegen gewesen war. Früher oder später würde Ägypten zu Rom gehören. Vorerst regierte Ptolemaios Auletes noch in Alexandria; aber diese Marionette des Mithridates und Tigranes sollte fortan keine ruhige Minute mehr haben! Der Senat von Rom würde regelmäßig Boten nach Alexandria schicken und Ptolemaios Auletes auffordern, zugunsten Roms, der wahren Besitzerin Ägyptens, zurückzutreten.

König Mithridates von Pontos, der in der eisigen Kälte des Kaukasus zweihunderttausend Mann verloren hatte, mußte erneut daran gehindert werden, Kappadokien zu annektieren. Während Mithridates sich schriftlich bei Sulla darüber beschwert hatte, daß Murena vierhundert Dörfer entlang des Kisil-Irmak geplündert und niedergebrannt hatte, hatte er selbst das kappadokische Ufer des Kisil-Irmak eingenommen. Um diese List legitim erscheinen zu lassen, hatte er König Ariobarzanes von Kappadokien eine seiner Töchter zur Braut gegeben. Als Sulla erfuhr, daß das Mädchen erst vier Jahre alt war, schickte er einen Boten zu König Mithridates und befahl ihm im Namen Roms, ganz auf Kappadokien zu verzichten, Braut hin oder her. Der Bote kehrte mit einem Brief des Königs von Pontos zurück, worin Mithridates versprach, sich dem Befehl zu beugen. Zudem ließ er Sulla wissen, daß er eine Delegation nach Rom entsenden werde, um den Vertrag von Dardanos zu ratifizieren.

»Er sollte lieber darauf achten, daß seine Gesandten nicht herumtrödeln«, murmelte Sulla vor sich hin, während er seine Frau suchte. Sie war ganz in der Nähe, und in ihrer Gegenwart schloß er seine Betrachtungen ab. »Wenn sie herumtrödeln, werde ich nicht mehr hier sein, um mit ihnen zu feilschen – und dann viel Glück beim Feilschen mit dem Senat!«

»Was hast du gesagt, Liebster?« fragte Valeria verwirrt.

»Nichts. Gib mir einen Kuß.«

Valeria Messalas Küsse waren so süß wie sie selbst. Insofern war diese vierte Ehe für Sulla ein angenehmes Erlebnis, wenn auch kein anregendes. Zum Teil lag das sicher an seinem Alter und an seinen Gebrechen, vor allem aber daran, daß es den adligen Römerinnen an Verführungskünsten und Sinnlichkeit mangelte. Sie konnten sich im Bett einfach nicht genügend entspannen und waren nicht so ausgelassen, wie der Diktator es sich wünschte. Nun, da seine Potenz nachließ, brauchte er mehr Stimulanz. Warum konnten Frauen einen Mann zwar wahnsinnig lieben, ihm aber dennoch seine sexuellen Wünsche nicht voll und ganz erfüllen?

»Ich denke, Frauen sind wie Gefäße, Lucius Cornelius«, sagte Varro, der das Pech hatte, auf diese Frage antworten zu müssen. »Sie sind dazu bestimmt, Dinge aufzunehmen, vom Penis des Mannes bis hin zu einem Kind, und deshalb müssen sie passiv sein. Dasselbe gilt für Tiere. Das Männchen ist der aktive Teil und muß seinen übermäßigen Trieb befriedigen, indem es mehrere Weibchen deckt.«

Eigentlich war Varro gekommen, um Sulla davon zu unterrichten, daß Pompeius Rom einen kurzen Besuch abstatten wolle, und um sich zu erkundigen, ob Sulla den jungen Mann empfangen werde. Aber noch hatte er nicht den richtigen Moment erwischt, um seine Frage vorzubringen.

Sulla hob die Augenbrauen. »Meinst du, mein lieber Varro, daß ein anständig verheirateter Mann mit der Hälfte der Frauen Roms schlafen muß?«

»Nein, natürlich nicht!« stieß Varro hervor. »Da *alle* Frauen passiv sind, könnte er keine Befriedigung finden.«

»Heißt das, daß ein Mann sich seine Geschlechtspartner unter Männern suchen sollte, wenn er seine Fleischeslust befriedigen will?« fragte Sulla mit ernster Miene.

»Oh! Ah! Äh!« quiekte Varro und wand sich wie ein eingeklemmter Tausendfüßler. »Nein, Lucius Cornelius, natürlich nicht! Bestimmt nicht!«

»Was soll ein anständig verheirateter Mann dann tun?«

»Ich beschäftige mich zwar mit natürlichen Phänomenen, aber um solche Fragen zu beantworten, bin ich nicht qualifiziert oder erfahren genug«, stammelte Varro. Insgeheim wünschte er, er hätte diesen unbequemen, verblüffenden Mann nicht aufgesucht. Aber in den Monaten, in denen Varro Sullas runzliges Gesicht gesalbt hatte, hatte Sulla eine große Zuneigung zu ihm entwickelt, und er war beleidigt, wenn Varro ihm nicht seine Aufwartung machte.

»Beruhige dich, Varro, ich habe nur Spaß gemacht«, meinte Sulla lachend.

»Bei dir weiß man ja nie, Lucius Cornelius.« Varro überlegte, mit welchen Worten er Pompeius' Besuch am besten ankündigte. Varro war kein Dummkopf. Er wußte, daß die Gefühle des Diktators gegenüber Pompeius zwiespältig waren.

Sulla ahnte nicht, wie Varro im Geiste mit Worten jonglierte, nur um einen einfachen Satz zu formulieren. »Wie ich hörte«, sagte er, »hat Varro Lucullus es endlich geschafft, seine Adoptivschwester, also deine Cousine, an den Mann zu bringen.«

»Du meinst Terentia?« Varros Gesicht hellte sich auf. »Oh! Ein wirklicher Glücksfall!«

»Es ist lange her, daß eine wohlhabende Frau wie Terentia so viel Mühe hatte, einen Mann zu finden«, meinte Sulla, der mittlerweile alle Arten von Klatsch liebte.

»Dieser Fall verhält sich etwas anders«, sagte Varro, um Zeit zu gewinnen. »Es findet sich immer ein Mann, der bereit ist, eine wohlhabende Frau zu heiraten. Das Problem bei Terentia war, daß sie sich keinen der Männer anschauen wollte, die ihre Familie für sie ausgesucht hatte. Sie ist wirklich die schlimmste Xanthippe Roms!«

Sullas Lächeln war einem breiten Grinsen gewichen. »Du meinst wohl, sie blieb lieber zu Hause und machte Varro Lucullus das Leben zur Hölle.«

»Vielleicht. Obwohl sie ihn sicher gern hat. Ihr Naturell ist schuld. Aber was kann sie dafür, schließlich wurde es ihr in die Wiege gelegt.«

»Was geschah also? Liebe auf den ersten Blick?«

»Ganz bestimmt nicht. Die Sache wurde von unserem Freund

Titus Pomponius eingefädelt, der wegen seiner Vorliebe für Athen jetzt Atticus genannt wird. Anscheinend kennen sich er und Marcus Tullius Cicero schon seit vielen Jahren. Seit du alles kontrollierst, Lucius Cornelius, kommt Atticus mindestens einmal im Jahr nach Rom.«

»Ich weiß«, sagte Sulla. Er verübelte Atticus seine Spekulationsgeschäfte nicht mehr als Crassus – durch die Art, wie Crassus die Proskriptionen zu seinem Vorteil manipuliert hatte, war er bei Sulla in Ungnade gefallen.

»Jedenfalls ist mit Ciceros Ruhm als Anwalt auch sein Ehrgeiz gewachsen. Aber seine Taschen sind leer. Deshalb mußte er eine reiche Erbin heiraten. Zunächst sah es so aus, als müßte er eines dieser entsetzlich durchschnittlichen Mädchen zur Frau nehmen, die unsere etwas zweifelhaften Plutokraten offenbar im Überfluß zeugen. Aber dann schlug Atticus Terentia vor.« Varro hielt inne und sah Sulla fragend an. »Kennst du Marcus Tullius Cicero überhaupt?«

»Als er noch ein Junge war, kannte ich ihn ganz gut. Mein verstorbener Sohn, der jetzt ungefähr im selben Alter wäre, war mit ihm befreundet. Damals hielt man Cicero für einen Wunderknaben. Nach dem Tod meines Sohnes und vor der Sache mit Sextus Roscius von Ameria sah ich ihn nur während des Bundesgenossenkrieges. Er war in der Campania mein Zeltkamerad. Seitdem hat er sich kaum verändert – nur, daß er jetzt sein eigentliches Betätigungsfeld gefunden hat. Er ist noch genauso pedantisch, redselig und selbstbewußt wie eh und je. Eigenschaften, die ihm als Anwalt zustatten kommen. Ich gebe offen zu, daß er sich hervorragend ausdrücken kann. Und er ist ein heller Kopf! Das Schlimme ist nur, daß er mit Gaius Marius verwandt ist. Sie stammen beide aus Arpinum.«

Varro nickte. »Atticus sprach mit Varro Lucullus, und dieser erklärte sich bereit, Terentia Ciceros Antrag zu übermitteln. Zu seiner Überraschung wollte sie Cicero unbedingt kennenlernen. Sie hatte von seinen überragenden Fähigkeiten bei Gericht gehört und erklärte gegenüber Varro Lucullus, sie wolle einen Mann heiraten, der imstande sei, Ruhm zu erlangen. Cicero sei vermutlich solch ein Mann.«

»Wie hoch ist ihre Mitgift?«

»Sehr hoch! Zweihundert Talente.«

»Dann müssen bei ihr die Bewerber ja Schlange stehen! Und sicher sind ein paar ganz hübsche Burschen darunter. Langsam fange ich an, Terentia zu bewundern, denn offenbar ist sie gegen Roms erfahrenste Mitgiftjäger gefeit.«

»Terentia ist häßlich, mürrisch, streitsüchtig und geizig«, sagte ihr Cousin bedächtig. »Sie ist jetzt einundzwanzig und immer noch allein. Normalerweise sollen Mädchen dem Familienoberhaupt gehorchen und den Mann heiraten, der für sie ausgewählt wurde, aber es gibt keinen Mann – tot oder lebendig –, der Terentia etwas befehlen kann, was sie nicht will.«

»Und der arme Varro Lucullus ist so ein netter Mann«, meinte Sulla amüsiert.

»Genau.«

»Dann hat Terentia Cicero also getroffen?«

»Ja. Und zum Erstaunen aller war sie sogar bereit, ihn zu heiraten.«

»Glücklicher Cicero! Auch ein Günstling Fortunas. Ihr Geld kommt ihm sicher sehr gelegen.«

»Das glaubst du«, sagte Varro grimmig. »Sie selbst setzte den Ehevertrag auf und behielt die vollständige Kontrolle über ihr Vermögen. Sie erklärte sich lediglich bereit, allfälligen Töchtern eine Mitgift zu zahlen und sich an der Finanzierung der Karriere ihrer Söhne zu beteiligen. Aber was Cicero angeht – er ist nicht der Mann, um Terentia unterzukriegen.«

»Wie ist er eigentlich so als Mensch, Varro?«

»Ganz nett. Ich glaube, er hat einen weichen Kern. Aber er ist hochmütig, unerträglich eingebildet und fest davon überzeugt, daß sich keiner vom Verstand her mit ihm messen kann ... Ein erfolgssüchtiger Aufsteiger. Er haßt es, daran erinnert zu werden, daß er mit Gaius Marius entfernt verwandt ist. Wäre Terentia eine dieser entsetzlich durchschnittlichen Töchter unserer etwas zweifelhaften Plutokraten gewesen, hätte er sie wahrscheinlich gar nicht angesehen. Aber ihre Mutter war Patrizierin und früher einmal mit Quintus Fabius Maximus verheiratet. Das bedeutet, daß die Vestalin Fabia ihre Halbschwester ist. Deshalb war Terentia ›gut genug‹, wenn du weißt, was ich meine.« Varro schnitt eine Grimasse. »Cicero ist ein Ikarus, Lucius Cornelius. Er will sich emporschwingen ins Reich der Sonne – als Neuling ohne einen Sesterz ein gefährliches Unterfangen.«

»Arpinum scheint nur solche Burschen hervorzubringen«, meinte Sulla. »Wie gut für Rom, daß dieser neue Mann aus Arpinum keine militärischen Fähigkeiten besitzt!«

»Wie ich hörte, soll das Gegenteil der Fall sein.«

»Oh, ich weiß es besser. Als er mein Zeltkamerad war, war er auch mein Sekretär. Beim bloßen Anblick eines Schwertes wurde er kreidebleich. Aber ich hatte nie einen besseren Sekretär! Wann ist die Hochzeit?«

»Erst nach den *ludi Romani* im September.« Varro lachte. »Varro Lucullus und sein Bruder haben im Moment nichts anderes im Kopf, als die besten Spiele vorzubereiten, die Rom je erlebt hat.«

»Schade, daß ich nicht in Rom sein kann, um sie zu sehen«, sagte Sulla, ohne dabei ein trauriges Gesicht zu machen.

Einen Moment lang herrschte Schweigen. Varro nutzte die Gelegenheit, bevor Sulla ein anderes Thema anschnitt. »Weißt du eigentlich, Lucius Cornelius, daß Gnaeus Pompeius Magnus in Kürze nach Rom kommt?« fragte er zaghaft. »Er würde dich gern aufsuchen, aber er weiß ja, wie beschäftigt du bist.«

»Nicht zu beschäftigt, um Magnus zu sehen«, meinte Sulla vergnügt. Er sah Varro scharf an. »Läufst du immer noch mit Papier und Feder hinter ihm her, um jeden Furz aufzuschreiben, Varro?«

Varro wurde knallrot; bei Sulla wußte man nie, wie er selbst über die harmlosesten Dinge dachte. Glaubte er vielleicht, daß Varro seine Zeit besser damit verbringen sollte, alle Taten (oder jeden Furz) des Lucius Cornelius Sulla aufzuschreiben? »Hin und wieder tue ich das«, sagte Varro kleinlaut. »Es begann durch Zufall, weil wir gerade zusammen waren, als der Krieg ausbrach und ich gegen Pompeius' Enthusiasmus nicht gefeit war. Er sagte, ich solle über Geschichte schreiben, nicht über Naturkunde. Und das tue ich. Aber ich bin nicht Pompeius' Biograph.«

»Gut geantwortet!«

So kam es, daß Varro sich erst einmal den Schweiß vom Gesicht wischen mußte, als er das Haus des Diktators auf dem Palatin verließ. Sie hatten endlos über den Löwen und den Fuchs in der Person Sullas gesprochen, obwohl Varro insgeheim der Meinung war, daß nur eine gewöhnliche Katze in ihm steckte.

Aber Varro hatte seine Sache gut gemacht. Als Pompeius mit seiner Frau in Rom eintraf und sich im Haus seiner Familie in Carinae einquartierte, konnte Varro ihm mitteilen, daß Sulla ihn empfangen und ihm genügend Zeit für eine gemütliche Plauderei widmen wolle. So hatte Sulla sich ausgedrückt, aber natürlich war das ironisch gemeint. Eine gemütliche Plauderei mit Sulla konnte sich am Ende als Balanceakt erweisen.

Aber ach, das Selbstvertrauen und die Eitelkeit der Jugend! Pompeius, der in wenigen Monaten siebenundzwanzig wurde, trat Sulla ohne Bedenken gegenüber.

»Und wie bekommt dir die Ehe?« fragte der Diktator freundlich.

Pompeius strahlte. »Wunderbar! Was für eine Frau hast du da für mich ausgesucht, Lucius Cornelius! Sie ist schön, gebildet und reizend. Und sie ist schwanger. Ende dieses Jahres wird sie meinen ersten Sohn zur Welt bringen.«

»Ein Sohn, was? Bist du sicher, daß es ein Sohn wird, Magnus?«

»Absolut sicher.«

Sulla lachte still in sich hinein. »Nun, du bist ein Günstling Fortunas, Magnus, deshalb wird es vermutlich ein Sohn. Gnaeus junior … Der Schlächter, der kleine Schlächter und der jüngste Schlächter.«

»Das gefällt mir!« rief Pompeius aus. Er war überhaupt nicht beleidigt.

»Du begründest eine Tradition«, erklärte Sulla feierlich.

»Ja, drei Generationen!«

Pompeius lehnte sich zufrieden zurück. Dann bemerkte Sulla, wie die Freude aus Pompeius' großen blauen Augen verschwand; er wirkte plötzlich vorsichtig und nachdenklich. Sulla wartete, bis Pompeius mit der Sprache herausrückte.

»Lucius Cornelius …«

»Ja?«

»Dieses Gesetz, das du verkündet hast – das, wonach der Senat sich außerhalb der eigenen Reihen umsehen soll, wenn unter den Senatoren kein Befehlshaber zu finden ist …«

»Du meinst die Sondervollmacht?«

»Ja.«

»Was ist damit?«

»Könnte sie mir zufallen?«

»Möglich.«

»Aber nur, wenn sich innerhalb des Senats niemand freiwillig meldet.«

»Das stimmt nicht ganz, Magnus. Es heißt, wenn sich im Senat kein *geeigneter und erfahrener Befehlshaber* meldet.«

»Und wer entscheidet darüber?«

»Der Senat.«

Nach einer Weile meinte Pompeius scheinbar beiläufig: »Es wäre gut, viele Klienten im Senat zu haben.«

»Das ist immer gut, Magnus.«

An dieser Stelle entschied Pompeius offensichtlich, das Thema zu wechseln. »Wer wird eigentlich im nächsten Jahr Konsul?« fragte er.

»Zunächst einmal Catulus. Obwohl ich noch nicht entschieden habe, ob er erster oder zweiter Konsul werden soll. Vor einem Jahr schien alles klar zu sein, aber jetzt bin ich nicht mehr so sicher.«

»Catulus ist ein Pedant – wie Metellus Pius.«

»Vielleicht. Aber leider weder so alt noch so weise.«

»Meinst du, Metellus Pius kann Sertorius schlagen?«

»Zuerst wahrscheinlich nicht«, sagte Sulla lächelnd. »Aber denke nicht zu geringschätzig von meinem Ferkel, Magnus. Es dauert zwar eine Weile, bis er in Schwung kommt, aber wenn es soweit ist, macht er seine Sache ausgezeichnet.«

»Pah! Er ist doch eine alte Frau!« meinte Pompeius verächtlich.

»Zu meiner Zeit habe ich einige sehr tapfere alte Frauen gekannt, Magnus.«

Pompeius kam wieder zum Thema. »Wer wird noch Konsul?«

»Lepidus.«

»*Lepidus?*« Pompeius starrte Sulla mit offenem Mund an.

»Hast du etwas dagegen?«

»Ich sagte nicht, daß ich etwas dagegen habe, Lucius Cornelius. Aber ehrlich gesagt, habe ich das. Ich hätte nicht gedacht, daß du ihm wohlwollend gegenüberstehst. Dafür war er nicht unterwürfig genug.«

»Glaubst du wirklich, daß ich die hohen Ämter nur Leuten übertrage, die mir in den Hintern kriechen?«

Das mußte man Pompeius lassen, ängstlich war er nicht. Und während Sulla sich insgeheim amüsierte, erwiderte er: »Eigentlich nicht. Aber sicher hast du die hohen Ämter nicht Männern übertragen, die aus ihrer Abneigung gegen dich keinen Hehl machen, so wie Lepidus.«

»Warum sollte ich?« fragte Sulla erstaunt. »Ich bin doch nicht so dumm und gebe denen die hohen Posten, die meine Autorität untergraben könnten!«

»Aber warum dann Lepidus?«

»Ich werde zurücktreten, bevor er sein Amt antritt. Lepidus will hoch hinaus. Ich hielt es für besser, ihn noch zu meinen Lebzeiten zum Konsul zu machen.«

»Er ist ein guter Mann.«

»Weil er mich öffentlich verhört hat? Oder trotzdem?«

Aber Pompeius wollte sich nicht weiter über dieses Thema auslassen. Obwohl Lepidus' Ernennung zum Konsul seiner Ansicht nach für Sulla untypisch war, interessierte er sich kaum dafür. Sein Interesse galt Sullas Vorkehrungen hinsichtlich der Sondervollmacht. Als er davon erfahren hatte, hatte er sich gefragt, was er damit zu tun haben könnte, aber damals hatte er noch nicht vorgehabt, Sulla danach zu fragen. Jetzt, fast zwei Jahre nach Erlaß des Gesetzes, hielt er es für angebracht, vorsichtig nachzuhaken anstatt direkt zu fragen. Der Diktator hatte natürlich recht. Es war schon schwer genug, als Senatsmitglied seine Ziele zu erreichen; aber als Nichtmitglied etwas vom Senat zu erbitten, war überaus schwierig.

Nachdem Pompeius sich von Sulla verabschiedet hatte, machte er sich in Gedanken versunken auf den Heimweg. Zunächst würde er im Senat Anhänger finden müssen. Und danach würde er eine kleinere Gruppe von Männern um sich scharen, die bereit waren – gegen entsprechende Bezahlung versteht sich –, in seinem Auftrag tatkräftig zu intrigieren und sich sogar an geheimen Aktivitäten zu beteiligen. Aber wo anfangen?

Plötzlich blieb Pompeius stehen, drehte sich um und lief behend, immer zwei Stufen auf einmal nehmend, wieder den Clivus Victoriae hinauf – in einer Toga eine beachtliche Leistung. Philippus! Er würde mit Philippus anfangen.

Es war lange her, seit Lucius Marcius Philippus Gaius Marius in dessen Villa am Meer besucht hatte, um diesem gefährlichen Mann mitzuteilen, daß er, Philippus, zum Volkstribun ernannt worden sei, und ihn zu fragen, was er für ihn tun könne – gegen entsprechende Bezahlung natürlich. Nur Philippus wußte, wie oft er schon im Geiste die Toga hingeworfen hatte. Aber er hatte stets überlebt und sogar sein Ansehen gestärkt. Als Pompeius ihn aufsuchte, war er Konsular und ehemaliger Zensor und zählte zu den Ältesten im Senat. Viele haßten ihn, und nur wenige mochten ihn wirklich, aber trotzdem war er eine Autorität; irgendwie hatte er die meisten davon überzeugt, daß er ein bedeutender und einflußreicher Mann war.

Philippus fand das Gespräch mit Pompeius amüsant und anregend. Bisher hatte er nicht viel mit Sullas Günstling zu tun gehabt, aber er wußte sehr gut, daß Rom mit Pompeius einen jungen Mann hervorgebracht hatte, der Beachtung verdiente. Außerdem war Philippus wieder einmal blank. Oh, nicht wie früher! Sullas Proskriptionen hatten sich als überaus fruchtbare Einnahmequelle erwiesen, und er hatte für ein paar Tausender Besitzungen im Wert von mehreren Millionen erstanden. Aber wie viele Männer seines Schlages war Philippus kein guter Verwalter. Das Geld zerrann ihm schneller unter den Händen, als er es einnehmen konnte. Er war weder imstande, seine ländlichen Betriebe zu überwachen, noch zuverlässige Leute auszuwählen.

»Kurzum, Gnaeus Pompeius, ich bin das genaue Gegenteil von Marcus Licinius Crassus. Er hat noch immer seinen ersten Sesterz und scheffelt jetzt Millionen. *Seine* Leute schlottern vor Angst, wenn sie ihn sehen. Meine lächeln verstohlen.«

»Du brauchst einen Chrysogonus«, sagte Pompeius.

Philippus, der schon immer zur Fettleibigkeit geneigt hatte, war mit den Jahren noch schwammiger geworden, und seine braunen Augen verschwanden fast zwischen den geschwollenen Oberlidern und den dicken Tränensäcken. Diese Augen blickten den jungen Ratgeber jetzt überrascht und mißtrauisch an: Philippus war es nicht gewohnt, gönnerhaft behandelt zu werden.

»Chrysogonus endete aufgespießt unter dem Tarpeischen Felsen!«

»Trotz seines Schicksals war Chrysogonus für Sulla von großem Nutzen«, sagte Pompeius. »Er mußte sterben, weil er sich an den

Proskriptionen bereichert hatte – nicht, weil er seinen Gönner direkt bestohlen hatte. In den vielen Jahren, in denen er in Sullas Dienst stand, arbeitete er unermüdlich. Glaub mir, Lucius Marcius, du brauchst einen Chrysogonus.«

»Aber ich habe keine Ahnung, wie ich einen finden soll.«

»Wenn du willst, besorge ich dir einen.«

Vor Staunen traten die tiefliegenden Augen jetzt aus ihren Höhlen hervor. »Oh! Aber warum willst du das tun, Gnaeus Pompeius?«

»Nenn mich Magnus«, sagte Pompeius ungeduldig.

»Magnus.«

»Weil ich deine Hilfe brauche, Lucius Marcius.«

»Nenn mich Philippus.«

»Philippus.«

»Wie könnte ich dir helfen, Magnus? Du bist reicher, als die meisten ahnen – sogar reicher als Crassus, wenn ich das sagen darf. Du bist erst Mitte Zwanzig und schon ein berühmter Feldherr, und du stehst hoch in Sullas Gunst – was schwer zu erreichen ist. Ich habe es versucht, aber nie geschafft.«

»Aber Sulla tritt zurück«, sagte Pompeius bedächtig. »Und wenn es soweit ist, werde ich wieder in Vergessenheit geraten. Vor allem, wenn Männer wie Catulus und die Dolabella die Hände im Spiel haben. Ich bin nicht Mitglied des Senats und will es auch nicht werden.«

»Sonderbar«, meinte Philippus nachdenklich. »Du hattest die Möglichkeit. Sulla hat deinen Namen ganz oben auf seine Liste gesetzt. Aber du hast abgelehnt.«

»Ich habe meine Gründe.«

»Das denke ich mir.«

Pompeius erhob sich von seinem Stuhl und ging zu dem offenen Fenster des Arbeitszimmers hinüber, das wegen der besonderen Lage des Hauses nicht auf einen Garten mit Säulengang hinausging, sondern über das untere Forum Romanum hinweg einen Ausblick auf das Kapitol bot. Oberhalb der Säulenhalle der zwölf Götter konnte Pompeius die Fundamente eines mächtigen Bauwerks erkennen: Sullas Tabularium, ein gigantisches Archiv, in dem sämtliche Aufzeichnungen und Gesetzestafeln Roms aufbewahrt werden sollten. Andere, dachte Pompeius verächtlich, bauen eine Basilika, einen Tempel oder eine Säulenhalle, aber Sulla baut ein Monument für Roms Bürokratie! Seine Phantasie hat keine Flügel. Sein patrizischer Hang zum Praktischen ist sein schwacher Punkt.

Philippus brach das Schweigen. »Ich wäre dankbar, wenn du für mich einen Chrysogonus finden könntest, Magnus. Das Problem ist nur, daß ich kein Sulla bin. Deshalb bezweifle ich, daß es mir gelingen wird, solch einen Mann zu kontrollieren.«

»Du bist nicht so schwach, wie du aussiehst, Philippus«, sagte der Meister des Takts. »Wenn ich den richtigen Mann finde, wirst du ihn auch unter Kontrolle haben. Du kannst nur keine Leute auswählen, das ist alles.«

»Und warum willst du das für mich tun, Magnus?«

»Oh, das ist nicht alles, was ich für dich zu tun gedenke«, sagte Pompeius und wandte sich lächelnd vom Fenster ab.

»Wirklich?«

»Vermutlich ist dein Hauptproblem, den Geldfluß in Gang zu halten. Du verfügst über einen beträchtlichen Besitz, und dir gehören mehrere Gladiatorenschulen. Aber da alles schlecht verwaltet ist, hast du nicht die Einkünfte, die du haben solltest. Ein Chrysogonus wird das regeln. Aber da du für deine kostspielige Lebensweise bekannt bist, werden höhere Einkünfte aus deinen Besitzungen und Schulen wahrscheinlich nicht immer ausreichen, um deine Bedürfnisse zu befriedigen.«

»Vortrefflich erkannt!« sagte Philippus, dem die Unterhaltung mittlerweile ungeheuren Spaß machte.

»Ich bin bereit, deine Einkünfte durch eine Million Sesterzen jährlich aufzubessern«, erklärte Pompeius sachlich.

Philippus schnappte nach Luft. »Eine Million?«

»Vorausgesetzt, du verdienst sie.«

»Und was muß ich dafür tun?«

»Im Senat eine Gnaeus-Pompeius-Magnus-Faktion bilden, die genügend Einfluß besitzt, damit ich jederzeit bekomme, was ich will.« Pompeius, der keine Scheu, Schuldgefühle oder Selbstzweifel kannte, fiel es nicht schwer, Philippus dabei in die Augen zu sehen.

»Warum wirst du nicht Mitglied im Senat und machst es selbst? Das wäre billiger!«

»Ich will nicht dem Senat angehören. Außerdem ist es besser, wenn ich im Hintergrund bleibe. Ich will nicht im Senat sitzen und die Senatoren auf die Idee bringen, ich könnte mich noch für etwas anderes interessieren als für die Belange eines römischen Ritters.«

»Du bist schlau!« sagte Philippus anerkennend. »Ich frage mich, ob Sulla alle Seiten an dir kennt.«

»Nun, vermutlich hat er wegen mir die Sondervollmacht in sein Gesetz über die Kommandogewalt und Statthalterschaft aufgenommen.«

»Du meinst, er führte die Sondervollmacht ein, weil du es ablehntest, Mitglied des Senats zu werden?«

»Ja.«

»Und deshalb willst du mich reich belohnen, wenn ich für dich im Senat eine Faktion schaffe. Das ist alles schön und gut. Aber die Bildung einer Faktion wird dich viel mehr kosten als das, was du mir zahlst, Magnus. Ich habe nicht vor, andere aus der eigenen Tasche zu bezahlen, denn was du mir gibst, gehört mir.«

»Na schön«, sagte Pompeius gleichmütig.

»Viele Senatoren zweiten Ranges sind arm. Sie werden dich nicht viel kosten, da du lediglich ihre Stimme brauchst. Aber du wirst auch einige Wortgewandte aus den vorderen Reihen kaufen müssen, ganz zu schweigen von denen in der Mitte.« Philippus wirkte nachdenklich. »Gaius Scribonius Curio ist relativ arm. Ebenso der adoptierte Cornelius Lentulus – Gnaeus Cornelius Lentulus Clodianus. Beide wollen unbedingt Konsul werden, aber ihnen fehlt das nötige Geld. Es gibt mehrere Lentuli, aber Lentulus Clodianus ist der Älteste dieses Zweigs. Er kontrolliert die Stimmen der Hinterbänkler in der Lentulus-Klientel. Curio ist eine Autorität für sich – ein interessanter Mann. Aber es wird eine Menge kosten, sie zu kaufen. Vermutlich eine Million für jeden. Falls Curio sich überhaupt verkauft. Für genügend Geld tut er es vermutlich, aber nicht blindlings und nicht ganz. Lucius Gellius Poplicola dagegen würde für eine Million seine Frau, seine Eltern und seine Kinder verkaufen.«

»Ich würde ihnen lieber eine jährliche Summe zahlen, so wie dir«, meinte Pompeius. »Ich könnte ihnen jetzt eine Million zahlen, ja, aber ich glaube, sie wären zufriedener, wenn sie wüßten, daß sie jedes Jahr eine Viertelmillion bekommen. In vier Jahren wäre das dann eine Million. Aber ich brauche sie länger als vier Jahre.«

»Du bist großzügig, Magnus. Manche könnten dich deshalb für töricht halten.«

»Ich bin nicht töricht!« stieß Pompeius hervor. »Ich erwarte etwas für mein Geld!«

Sie sprachen über die Logistik der Zahlungen und über die Summe, die erforderlich war, um die hinteren Reihen mit willigen, nein eifrigen Wählern des Pompeius zu füllen. Plötzlich lehnte Philippus sich mit einem Stirnrunzeln zurück und schwieg.

»Was ist?« fragte Pompeius ein wenig besorgt.

»Es gibt einen, ohne den schaffst du es nicht. Aber er hat bereits so viel Geld, daß er nicht weiß, was er damit anfangen soll. Deshalb ist er nicht käuflich, und aus dieser Tatsache schlägt er Kapital.«

»Du meinst Cethegus.«

»Ja.«

»Wie kann ich ihn herumkriegen?«

»Ich habe nicht die leiseste Ahnung.«

»Dann werde ich ihn am besten aufsuchen«, meinte Pompeius forsch.

»Nein!« rief Philippus erschrocken. »Cethegus ist ein Patrizier aus dem Geschlecht der Cornelii. Er ist so aalglatt und süßlich, daß du ihn dir zum Feind machen würdest. Er mag es nicht, wenn man direkt auf ihn zugeht. Überlaß ihn mir. Ich werde ihn aushorchen und feststellen, was er will.«

Zwei Tage später erhielt Pompeius von Philippus eine Nachricht. Sie bestand nur aus einem Satz: »Gib ihm Praecia, und er ist auf deiner Seite.«

Pompeius hielt das Stück Papier in die Flamme einer Kerze, bis es Feuer fing. Er zitterte vor Wut. Ja, das war typisch für Cethegus! Sein Lohn war die Demütigung seines künftigen Gönners. Pompeius sollte sich für ihn als Kuppler betätigen.

Pompeius verhielt sich gegenüber Mucia Tertia ganz anders als gegenüber Aemilia Scaura oder Antistia. Seine dritte Frau war ihren beiden Vorgängerinnen haushoch überlegen. Erstens hatte sie Verstand. Zweitens war sie geheimnisvoll; er wußte nie, was sie dachte. Und drittens war sie wunderbar im Bett – was für eine Überraschung! Glücklicherweise hatte er sich anfangs nicht zum Narren gemacht und sie seinen kleinen Pudding oder sein reizendes Honigtöpfchen genannt; zwar hatten ihm solche Koseworte auf der Zunge gelegen, aber etwas in ihrem Gesicht hatte sie im Keim erstickt, noch ehe er sie aussprechen konnte. Obgleich er für den jungen Marius nicht viel übrig hatte, war sie doch dessen Frau gewesen, und das war viel wert. Zudem war sie Scaevolas Tochter und Crassus Orators Nichte. Deshalb sagte ihm sein Instinkt, daß er Mucia Tertia als ebenbürtig behandeln mußte, und nicht wie eine Sklavin.

Als Pompeius Mucia Tertia aufsuchte, tat er, was er immer tat: Er gab ihr einen langen, leidenschaftlichen Kuß und streichelte dabei ganz sanft ihre Brustwarze. Dann setzte er sich ihr gegenüber, betrachtete sie mit einem liebevollen, ergebenen Lächeln und kam ohne Umschweife zum Thema.

»Wußtest du, daß ich in Rom eine Geliebte hatte?« fragte er.

»Welche?« erwiderte sie ernst und sachlich; Mucia Tertia lächelte selten.

»Demnach kennst du sie alle«, sagte er beruhigt.

»Nur die beiden bekanntesten. Flora und Praecia.«

Pompeius hatte Flora ganz vergessen. Einen Moment lang war er vollkommen verblüfft, dann lachte er. »Flora? Oh, das war vor langer Zeit.«

»Praecia war auch die Geliebte meines ersten Mannes«, sagte Mucia Tertia gelassen.

»Ja, das wußte ich.«

»Bevor oder nachdem du zu ihr gegangen bist?«

»Vorher.«

»Und es hat dir nichts ausgemacht?«

»Wenn ich nichts gegen seine Witwe habe, warum hätte ich dann etwas gegen seine ehemalige Geliebte haben sollen?« antwortete er prompt.

»Stimmt.« Sie hielt mehrere Stränge feinster Wolle näher ans Licht und prüfte sie eingehend. Auf ihrem Schoß lag eine Stickereiarbeit. Schließlich wählte sie unter den verschiedenen Rottönen den blassesten aus und riß ein Stück Faden ab. Sie befeuchtete das eine Ende des Fadens mit den Lippen, rollte es zwischen den Fingern und führte es durch ein großes Nadelöhr. Erst nachdem sie diese Arbeit erledigt hatte, wandte sie ihre Aufmerksamkeit wieder Pompeius zu. »Was wolltest du wegen Praecia sagen?«

»Ich werde im Senat eine Faktion bilden.«

»Sehr vernünftig.« Immer wieder stach sie die Nadel in den groben Stoff, auf dem ein kompliziertes, buntes Muster entstand; wenn die Arbeit fertig war, würde man nicht erkennen, wo die Fäden zusammentrafen. »Mit wem hast du angefangen, Magnus? Mit Philippus?«

»Ganz genau! Du bist wirklich wunderbar, Mucia!«

»Nur erfahren. Schließlich bin ich mit Politik aufgewachsen.«

»Philippus wird die Faktion für mich zusammenstellen«, fuhr Pompeius fort, »aber es gibt einen, den er nicht kaufen kann.«

»Cethegus«, sagte Mucia und begann, das Innere eines Schnörkels auszufüllen, dessen Umrisse bereits mit einem dunkleren Rot markiert waren.

»Wieder richtig. Cethegus.«

»Er ist wichtig.«

»So hat mir Philippus versichert.«

»Und was ist Cethegus' Preis?«

»Praecia.«

»Oh, ich verstehe.« Der Schnörkel war rasch fertig. »Dann hat Philippus es also dir überlassen, Praecia für den König der Hinterbänkler zu gewinnen?«

»Es sieht so aus.« Pompeius zuckte die Schultern. »Sie muß gut über mich sprechen, sonst hätte er sicher jemand anderen damit beauftragt.«

»Jedenfalls spricht sie besser über dich als über den jungen Gaius Marius.«

»Wirklich?« Pompeius' Gesicht hellte sich auf. »Oh, das ist gut!«

Mucia legte Stickerei und Nadel beiseite; ihre tiefgrünen, unergründlichen Rehaugen ruhten auf ihrem Gatten. »Besuchst du sie noch, Magnus?«

»Nein, natürlich nicht!« sagte Pompeius empört. Aber seine Erregung legte sich rasch, und er blickte sie unsicher an. »Hätte es dir etwas ausgemacht, wenn ich ja gesagt hätte?«

»Nein, natürlich nicht.« Sie nahm ihre Arbeit wieder zur Hand.

Pompeius wurde rot im Gesicht. »Du wärst nicht eifersüchtig?«

»Nein, natürlich nicht.«

»Dann liebst du mich nicht!« rief er, sprang auf und lief aufgeregt im Zimmer herum.

»Setz dich, Magnus.«

»Du liebst mich nicht!« rief er noch einmal.

Mucia seufzte und legte ihre Stickerei hin. »Setz dich, Gnaeus Pompeius! Natürlich liebe ich dich.«

»Wenn du es tätest, wärst du eifersüchtig«, sagte er und ließ sich in seinen Sessel fallen.

»Ich bin kein eifersüchtiger Mensch. Entweder man ist es, oder man ist es nicht. Und warum soll ich eifersüchtig sein?«

»Das wäre der Beweis, daß du mich liebst.«

»Nein, es wäre nur der Beweis, daß ich ein eifersüchtiger Mensch bin«, lautete ihre großartige Logik. »Denk daran, daß ich in einem unruhigen Haushalt aufgewachsen bin. Mein Vater hat meine Mutter wahnsinnig geliebt, und sie liebte ihn auch. Aber er war immer eifersüchtig, und sie ärgerte sich darüber. Schließlich trieben sie seine Launen in die Arme von Metellus Nepos. Er ist nicht eifersüchtig, und sie ist jetzt glücklich.«

»Willst du mich etwa davor warnen, auf dich eifersüchtig zu sein?«

»Ganz und gar nicht«, meinte sie gelassen. »Ich bin nicht meine Mutter.«

»Liebst du mich?«

»Ja, sehr.«

»Hast du den jungen Marius geliebt?«

»Nein, nie.« Der blaßrote Faden war aufgebraucht, und sie riß einen neuen ab. »Gaius Marius war kein treuergebener Ehemann so wie du. Treue Ergebenheit ist eine Eigenschaft, die der Liebe würdig ist.«

Ihre Worte beruhigten ihn, und er kehrte zum eigentlichen Thema zurück. »Die Sache ist die, Mucia, wie soll ich damit umgehen? Ich bin ein Vermittler – nein, warum darum herumreden? Ein Kuppler!«

Mucia kicherte – welch ein Wunder! »Ich begreife, wie schwierig deine Lage ist, Magnus.«

»Was soll ich tun?«

»Handle, wie es deinem Wesen entspricht. Nimm es in Angriff. Du verlierst nur dann die Kontrolle, wenn du darüber nachdenkst, was für eine Figur du dabei abgeben wirst. Also hör auf, dir Gedanken zu machen. Andernfalls wirst du alles verderben.«

»Ich soll also einfach zu ihr gehen und sie fragen?«

»Genau.« Sie fädelte erneut die Nadel ein und blickte dann zu ihm auf. »Mein Rat hat allerdings seinen Preis, mein lieber Magnus«, sagte sie mit dem Anflug eines Lächelns.

»So?«

»Ja. Du mußt mir ausführlich berichten, wie dein Gespräch mit Praecia verlaufen ist.«

Wie sich herausstellte, war der Zeitpunkt für die Unterredung günstig. Nach dem Verlust ihrer beiden Liebhaber, Marius Junior und Pompeius, war Praecia in Trübsinn verfallen und hatte jegliches Interesse an Männern verloren. Obwohl es ihr gutging und sie unabhängig bleiben wollte, war sie für stürmische Leidenschaften mittlerweile zu alt. Wie so viele ihrer weniger bekannten Geschlechtsgenossinnen, die sich der Liebeskunst verschrieben hatten, hatte Praecia im Laufe der Zeit gelernt, sich zu verstellen. Außerdem war sie eine ausgezeichnete Menschenkennerin und hochintelligent. Sie kannte ihre Überlegenheit und ihr Talent, einen Mann zufriedenzustellen, und sie war sich ihres Opfers sicher. Sie mischte sich gern in Dinge ein, die normalerweise wenig oder gar nichts mit Frauen zu tun hatten, vor allem, wenn es um Politik ging. Das war Balsam für Körper und Geist.

Als ihr Pompeius' Ankunft gemeldet wurde, beging sie nicht den Fehler, anzunehmen, er sei gekommen, um das Verhältnis mit ihr wiederaufzunehmen, obwohl es ihr in den Sinn kam, weil sie gehört hatte, daß seine Frau schwanger sei.

»Mein lieber, lieber Magnus!« begrüßte sie ihn freundlich, als er ins Zimmer trat, und streckte ihm die Hände entgegen.

Pompeius gab ihr einen flüchtigen Handkuß und setzte sich in einiger Entfernung von dem Sofa, auf dem sie ruhte, auf einen Stuhl. Der zufriedene Seufzer, den er dabei ausstieß, klang so gekünstelt, daß Praecia lächeln mußte.

»Nun, Magnus?« fragte sie.

»Tja, Praecia, wie ich sehe, ist alles perfekt wie immer. Ist bei dir jemals etwas nicht perfekt gewesen, selbst bei einem unerwarteten Besuch?«

Praecias *tablinum* – sie gab dem Raum denselben Namen, den ihm ein Mann gegeben hätte – war eine hinreißende Schöpfung in zartem Blau und Creme mit genau der richtigen Menge an Goldverzierungen. Sie selbst machte jeden Tag sorgfältig und ausgiebig Toilette, und danach war das Kunstwerk fertig. Heute war sie in ein Gewand aus zartem, graugrünem Stoff gehüllt, und ihr goldenes Haar trug sie hochgesteckt wie die Jagdgöttin Diana, mit ein paar Löckchen in der Stirn. Ihr ebenmäßiges Gesicht war kaum geschminkt; Praecia war viel zu klug, um sich grell zu bemalen, wo Fortuna es doch so gut mit ihr gemeint hatte, auch wenn sie mittlerweile vierzig war.

»Wie geht es dir?« fragte Pompeius.

»Ich bin gesund, aber schlechter Laune.«

»Warum schlechter Laune?«

Sie zuckte die Schultern und schmollte. »Was soll meine Laune denn heben? Du kommst nicht mehr, und sonst kommt auch niemand, der interessant wäre.«

»Ich bin wieder verheiratet.«

»Mit einer recht eigenartigen Frau.«

»Mucia, eigenartig? Ja, vermutlich ist sie das. Aber ich mag sie.«

»Das sieht dir ähnlich.«

Während Pompeius vergeblich nach Worten suchte, um Praecia zu sagen, was er zu sagen hatte, verharrte sie in halb sitzender, halb liegender Pose auf ihrem Sofa und sah ihn mit ihren großen blauen Augen spöttisch an.

»Ich bin es leid!« sagte Pompeius plötzlich. »Ich komme als Abgesandter, Praecia. Ich bin nicht in eigener Sache hier, sondern im Auftrag eines anderen.«

»Wie interessant!«

»Du hast einen Verehrer.«

»Ich habe viele Verehrer.«

»Aber keinen wie diesen.«

»Und was macht ihn so anders? Abgesehen davon, daß er es geschafft hat, dich als Kuppler zu mir zu schicken!«

Pompeius wurde rot. »Ich bin entlarvt, und es ist mir peinlich. Aber ich brauche ihn, und er braucht mich nicht. Deshalb bin ich in seinem Auftrag hier.«

»Das hast du bereits gesagt.«

»Laß die spitze Bemerkung! Ich leide schon genug. Es handelt sich um Cethegus.«

»Cethegus! So, so«, säuselte Praecia.

»Er ist sehr reich, sehr verdorben und sehr boshaft. Er hätte die Dreckarbeit auch selbst erledigen können, aber es macht ihm Spaß, mich zu schicken.«

»Es ist sein Preis, dich als seinen Kuppler fungieren zu lassen.«

»Ganz recht.«

»Anscheinend brauchst du ihn wirklich dringend.«

»Gib mir eine Antwort! Ja oder nein?«

»Bist du fertig mit mir, Magnus?«

»Ja.«

»Dann lautet meine Antwort ja.«

Pompeius erhob sich. »Ich dachte, du würdest nein sagen.«

»Unter anderen Umständen hätte ich gern nein gesagt, aber ehrlich gesagt langweile ich mich, Magnus. Cethegus besitzt Einfluß im Senat, und es macht mir Spaß, mit einflußreichen Männern zu verkehren. Außerdem sehe ich darin einen Vorteil für mich. Ich werde es so einrichten, daß diejenigen, die von Cethegus eine Gefälligkeit erwarten, ihre Beziehung zu mir pflegen müssen. Sehr schön!«

»Grr!« brummte Pompeius. Dann verabschiedete er sich.

Er wagte nicht, Cethegus selbst aufzusuchen; statt dessen ging er zu Lucius Marcius Philippus.

»Praecia ist bereit«, sagte er knapp.

»Ausgezeichnet, Magnus! Aber warum bist du so niedergeschlagen?«

»Er hat mich zu seinem Kuppler gemacht.«

»Es war bestimmt nicht persönlich gemeint.«

»Wohl kaum.«

Im Frühjahr desselben Jahres fiel Nola. Fast zwölf Jahre hatte sich die vom samnitischen Glauben geprägte Stadt in der Campania gegen Rom und Sulla behauptet und allen Belagerungen standgehalten, für die hauptsächlich der Konsul Appius Claudius Pulcher verantwortlich war. Folglich schickte Sulla Appius Claudius nach Süden, um Nolas Kapitulation entgegenzunehmen, und Appius Claudius war es ein Vergnügen, dem Magistrat der Stadt Sullas ungewöhnlich harte Bedingungen zu unterbreiten. Wie Capua, Faesulae und Volaterrae mußte auch Nola sämtliche Gebiete an den römischen *ager publicus* abtreten, und die Einwohner Nolas erhielten nicht das römische Bürgerrecht. Publius Sulla, der Neffe des Diktators, wurde mit der Verwaltung des Gebiets betraut – ein zusätzliches Ärgernis, da Publius Sulla im Jahr zuvor, anstatt die verworrenen Verhältnisse in Pompeji zu ordnen, durch seine schroffe Art die Lage dort nur noch verschlimmert hatte.

Für Sulla jedoch war die Unterwerfung Nolas ein Zeichen. Er konnte ruhig scheiden, auch wenn es den Ort, wo er seine Graskrone erworben hatte, nicht mehr gab. Im Mai und Juni wurde seine Habe langsam, aber stetig nach Misenum geschafft, und eine Kolonne von Bauhandwerkern war damit beschäftigt, die von ihm in Auftrag gegebenen Arbeiten an seinem Landgut fertigzustellen – ein kleines Theater, einen herrlichen Park mit kleinen bewaldeten Tälern, Wasserfällen und Springbrunnen, einen großen Teich und mehrere zusätzliche Räume, die für Feste und Bankette dienen sollten. Ganz zu schweigen von sechs feudalen Gästezimmern, über die ganz Misenum sprach. Ob Sulla wohl beabsichtigte, den König der Parther zu empfangen?

An Quintilis fand Sullas letzte Scheinwahl statt. Zu Catulus' Verdruß sollte er zweiter Konsul sein; zum ersten Konsul wurde Marcus Aemilius Lepidus bestellt, was niemand erwartet hatte, da dieser seit Sullas Übernahme der Diktatur im Senat eine unabhängige Haltung eingenommen hatte.

Zu Beginn des Monats zog Valeria Messala mit den Zwillingen auf das Landgut in der Campania. In Rom rechnete niemand mit Überraschungen. Sulla würde gehen, wie er gekommen war und wie er regiert hatte – in einer Atmosphäre der Achtung und Förmlichkeit. Rom war im Begriff, seinen ersten Diktator seit hundertzwanzig Jahren zu verlieren, und den ersten Diktator, der länger als sechs Monate im Amt war.

Die *ludi Apollinares,* die zum ersten Mal von Sullas entferntem Vorfahr abgehalten worden waren, kamen und gingen, ebenso wie die Wahlen. Am Tag nach den kurulischen Wahlen versammelte sich auf dem Forum Romanum eine riesige Menschenmenge, um dabei zu sein, wenn Sulla sein sich freiwillig auferlegtes Amt niederlegte. Er wollte dies öffentlich tun, und nicht in der Curia Hostilia des Senats – auf der Rostra, eine Stunde nach Tagesanbruch.

Er tat es mit Würde und beeindruckender Erhabenheit. Zunächst entließ er seine vierundzwanzig Liktoren mit außergewöhnlicher Liebenswürdigkeit und (für seine Verhältnisse) teuren Geschenken. Anschließend wandte er sich von der Rostra herab an die Menge, ehe er sich mit den Wählern zum Marsfeld begab, wo er die Aufhebung des Gesetzes des Flaccus Princeps Senatus überwachte, nach dem er zum Diktator ernannt worden war. Nach der Zenturiatsversammlung ging er, des Imperiums und der offiziellen *auctoritas* beraubt, als einfacher Bürger nach Hause.

»Ich möchte, daß einige von euch dabei sind, wenn ich Rom verlasse«, sagte er zu den Konsuln Vatia und Appius Claudius sowie zu Catulus, Lepidus, Cethegus und Philippus. »Seid morgen eine Stunde nach Tagesanbruch an der Porta Capena. Nirgendwo anders, wohlgemerkt! Seht zu, wie ich mich von Rom verabschiede.«

Natürlich gehorchten sie ihm aufs Wort. Sulla war zwar jetzt ein *privatus* ohne Amtsgewalt, aber er war viel zu lange Diktator gewesen, als daß man annehmen konnte, er habe keinerlei Einfluß mehr. Solange er lebte, war Sulla gefährlich.

Alle, die Sulla zur Porta Capena bestellt hatte, kamen, auch wenn seine besonderen Schützlinge – Lucullus, Mamercus und Pompeius – nicht in Rom weilten. Lucullus war mit den Vorbereitungen für seine Spiele im September beschäftigt, Mamercus war in Cumae, und Pompeius sah in Picenum der Geburt seines ersten Kindes entgegen. Als Pompeius später von den Ereignissen an der Porta Capena erfuhr, war er heilfroh, nicht dabeigewesen zu sein. Lucullus und Mamercus hingegen bedauerten ihre Abwesenheit.

Auf dem Marktplatz innerhalb des Tores wimmelte es von Leuten, die ihren verschiedenen Tätigkeiten nachgingen – kaufen, verkaufen, feilschen, unterrichten, herumbummeln, flirten, essen.

Natürlich wurden die Männer in den purpurn umsäumten Togen aufmerksam gemustert, und aus allen Richtungen ertönten die üblichen lautstarken Beschimpfungen gegen die Oberschicht. Die kurulischen Senatoren waren jedoch daran gewöhnt und nahmen keine Notiz davon. Sie stellten sich in die Nähe des Torbogens, warteten und plauderten miteinander.

Nach einer Weile erklang Musik – Pfeifen, Trommeln und Flöten vereinigten sich zu einer unverkennbar bacchantischen Weise. Die Menschen auf dem Platz blieben verdutzt stehen und bildeten eine Gasse, um den Zug durchzulassen, der jetzt aus der Richtung des Palatin auftauchte. An der Spitze gingen blumengeschmückte Huren in feuerroten Togen. Sie schlugen Tamburine gegen ihre Handgelenke und streuten Rosenblüten auf den Weg. Ihnen folgten Mißgeburten und Zwerge, die – teils mit bemalten Gesichtern, teils mit Masken – in bunten Narrenkleidern herumhüpften. Nach ihnen kamen die Musiker. Manche waren fast nur mit Blumen bekleidet, andere wie tänzelnde Satyre oder wunderliche Eunuchen herausgeputzt. In ihrer Mitte, umgeben von lachenden, tanzenden Kindern, trabte schwankend ein dicker, betrunkener Esel mit vergoldeten Hufen und einer Rosengirlande um den Hals; seine traurig herabhängenden Ohren ragten aus zwei Löchern in einem geflochtenen Hut mit breiter Krempe. Auf dem Rücken des Esels saß auf einer roten Decke der ebenfalls betrunkene Sulla und schwenkte einen goldenen Pokal, aus dem der Wein schwappte. Sulla trug eine mit Goldstickerei verzierte rote Tunika aus Tyros, und um den Hals und auf dem Kopf hatte er Blumen. Neben dem Esel ging eine schöne Frau, die in Wirklichkeit ein Mann war. Durch sein dichtes schwarzes Haar zogen sich silberne Fäden, und seine unweibliche Gestalt war in ein halb durchsichtiges safrangelbes Frauengewand gehüllt. Er trug einen großen goldenen Weinkrug, und jedes Mal, wenn Sulla ihm den Pokal hinhielt, schenkte er nach.

Da es auf dem Weg zum Tor bergab ging, kamen die Teilnehmer des Zuges in Schwung und waren nicht zu bremsen. Als der Torbogen unvermittelt vor ihnen auftauchte und Sulla schrie, sie sollten anhalten, kam der Zug so abrupt zum Stehen, daß alle schreiend und kreischend durcheinanderpurzelten. Die Frauen strampelten mit den Beinen in der Luft, so daß man ihre behaarte Scham sehen konnte. Der Esel taumelte und prallte gegen die Mauer eines Brunnens. Sulla schwankte, wurde aber von der Karikatur eines Krugträgers festgehalten und ließ sich schließlich in dessen starke Arme fallen. Nachdem der Diktator sich wieder aufgerichtet hatte, ging er auf die Gruppe der verblüfften Senatoren zu. Als er an einem Paar wild zappelnder, hübscher Frauenbeine vorbeikam, bückte er sich und schob, zum großen Vergnügen und zur sichtlichen Erregung der Frau, seine Hand zwischen ihre Beine.

Während sein Gefolge sich wieder aufrappelte und der Zug sich zur großen Freude der versammelten Menge unter Singen und Tanzen neu formierte, trat Sulla, auf seinen schönen Begleiter gestützt und den Weinpokal schwenkend, vor die Konsuln und begrüßte sie überschwenglich.

»*Tacete!*« schrie Sulla, und der Gesang und die Musik verstummten. Keiner sprach mehr ein Wort.

»Nun ist er endlich da!« rief er – an wen seine Worte gerichtet waren, wußte niemand genau: Vielleicht rief er sie zum Himmel hinauf. »Mein erster Tag als freier Mann!«

Sulla ließ den goldenen Pokal in der Luft kreisen, und sein rot bemalter Mund verzog sich zu einem strahlenden Lächeln. Sein Gesicht unter der albernen rötlichbraunen Perücke war weiß geschminkt, so daß die Narben nicht zu sehen waren. Die Wirkung war nicht so, wie er vielleicht gehofft hatte, da die roten Konturen seines Mundes in die vielen Falten unter der Nase und am Kinn zerflossen. Aber Sulla lächelte andauernd. Er war betrunken, und es kümmerte ihn nicht.

»Mehr als dreißig Jahre habe ich meine wahre Natur verleugnet«, sagte er zu Vatia und Appius Claudius, die ihn verdutzt ansahen. »Ich habe auf Liebe und Vergnügen verzichtet – zuerst meines Rufes und meines Ehrgeizes wegen und später, als alles seinen Gang nahm, Rom zuliebe. Aber das ist jetzt endgültig vorbei! Hiermit gebe ich euch Rom zurück – euch anmaßenden, schrulligen Männern! Ihr dürft eure Wut wieder an eurem armen Land auslassen, indem ihr die falschen Männer wählt, öffentliche Gelder sinnlos verschleudert, den Blick nicht in die Zukunft richtet und nur euch selbst seht. Ich prophezeie euch, daß ihr und eure Nachkommen Rom in den nächsten dreißig Jahren rettungslos ruinieren werdet.«

Zärtlich berührte seine Hand das Gesicht seines Begleiters. »Jeder von euch, der ins Theater geht, weiß natürlich, wer das ist. Metrobius. Mein Freund, für immer und ewig.« Er drehte sich um, zog Metrobius' Kopf zu sich herab und küßte ihn auf den Mund.

Sulla bekam einen Schluckauf. Kichernd ließ er sich zu seinem betrunkenen Esel führen und auf dessen Rücken heben. Der bunte Zug formierte sich neu, passierte das Tor und bewegte sich, gefolgt von einer jubelnden Menge, die Via Latina und Via Appia entlang.

Vatia brach in lautes Schluchzen aus, und die Senatoren wußten nicht, wohin sie sich wenden sollten. Schließlich gingen sie einzeln oder zu zweit davon, und Appius Claudius versuchte, den niedergeschlagenen Vatia zu trösten.

»Ich glaube es einfach nicht!« sagte Cethegus zu Philippus.

»Ich denke, es bleibt uns nichts anderes übrig«, meinte Philippus. »Deshalb hat er uns zu dieser lächerlichen Parade eingeladen. Wie sonst hätte er uns von seinen Fesseln befreien können?«

»Uns befreien? Was meinst du damit?«

»Du hast es ja gehört. Mehr als dreißig Jahre hat er seine wahre Natur verleugnet. Er hat mich und alle wichtigen Leute zum Narren gehalten. Und wie vorzüglich hat er sich heute für seine verpfuschte Kindheit gerächt! Rom wurde von einem abnormen Individuum beherrscht, gelenkt und geheilt. Wir wurden von einem Scharlatan betrogen. Wie muß er insgeheim über uns gelacht haben!«

Sulla lachte tatsächlich. Er lachte den ganzen Weg bis nach Misenum, wohin er sich in einer blumengeschmückten Sänfte tragen ließ, mit Metrobius an seiner Seite und begleitet von einer ausgelassenen Gesellschaft. Er hatte alle auf sein Landgut eingeladen; dort durften sie so lange bleiben, wie sie wollten. Dem Zug hatten sich neben dem Komödianten Roscius und dem Possenspieler Sorex noch viele weniger bekannte Schauspieler angeschlossen. Die lustige Gesellschaft fiel in das neu renovierte Landgut ein, das einst ein passendes Heim für Cornelia, die Mutter der Gracchen, gewesen war, und stürmte ehrfurchtslos die geheiligten Pforten.

»Liber Pater!« rief sein Gefolge und warf ihm Kußhände zu, als er aus der Sänfte stieg, und die Musiker bliesen auf ihren

Pfeifen kurze Triller. Sulla, der alles nur noch halbwegs wahrnahm, lachte wiehernd und stieß Freudenschreie aus.

Das Fest dauerte einen Wochenmarkt lang. Es wurde ungeheuer viel gegessen und getrunken, und von den umliegenden Gütern und aus den Dörfern strömten unzählige ungeladene Gäste herbei. Ihr Gastgeber schloß sie ins Herz und ließ sie sexuelle Freuden erleben, die ihnen bislang unbekannt gewesen waren.

Nur Valeria wurde auf eigenen Wunsch von allem ausgeschlossen. Sie hatte sich bei der Ankunft ihres Mannes in ihre Räume geflüchtet, sich eingeschlossen und geweint. Nachdem Metrobius sie überredet hatte, die Tür zu öffnen, meinte er: »Es wird nicht immer so unerträglich sein. Aber er hat sich schon so lange auf dieses Fest gefreut, daß du ihn gewähren lassen mußt. In ein paar Tagen wird er es büßen müssen – er wird sich furchtbar elend fühlen und überhaupt keine Lust mehr haben, im Mittelpunkt zu stehen.«

»Du bist sein Geliebter«, sagte Valeria völlig verzweifelt.

»Ich bin schon länger sein Geliebter, als du Tage erlebt hast«, sagte Metrobius freundlich. »Ich gehöre zu ihm. Das war immer so. Aber auch du gehörst zu ihm.«

»Liebe zwischen Männern ist widerlich!«

»Unsinn. Das haben dir dein Vater, dein Bruder und deine Vettern erzählt. Woher willst du das wissen? Was hast du in der trostlosen Enge und Abgeschiedenheit einer römischen Adligen schon vom Leben erfahren, Valeria Messala? Meine Gegenwart bedeutet nicht, daß er dich nicht braucht, ebensowenig wie deine Gegenwart bedeutet, daß er mich nicht braucht. Wenn du bleiben willst, mußt du dich damit abfinden, daß es in Sullas Leben viele Lieben gab und noch immer gibt.«

»Ich habe keine große Auswahl«, sagte sie wie zu sich selbst. »Entweder kehre ich in das Haus meines Bruders zurück, oder ich lerne, inmitten dieser wilden Horde zu leben.«

»So ist es«, sagte er und lächelte sie verständnisvoll an. Dann beugte er sich zu ihr und streichelte ihren Nacken, als wüßte er, daß dieser von der Anstrengung, das stolze Patrizierhaupt hochzuhalten, schmerzte.

»Du bist viel zu gut für ihn«, sagte sie und wunderte sich über sich selbst.

»Alles, was ich bin, verdanke ich ihm«, sagte Metrobius ernst. »Wenn er nicht gewesen wäre, wäre ich nichts weiter als ein Schauspieler.«

»Nun, anscheinend bleibt mir keine andere Wahl, als mich diesem Zirkus anzuschließen. Aber, wenn du nichts dagegen hast, nicht auf dem Höhepunkt. Ich habe nicht die Kraft oder die Ausdauer für solchen Trubel. Wenn du meinst, er braucht mich, dann sag mir Bescheid.«

Dabei ließen sie es bewenden. Wie Metrobius vorausgesagt hatte, bekam Sulla eine Woche nach Beginn des Gelages Beschwerden, und die Gäste wurden nach Hause geschickt. Der Possenspieler Sorex und der Komödiant Roscius zogen sich in ihre Zimmer zurück, während Valeria, Metrobius und Lucius Tuccius sich um den kranken Sulla kümmerten. Manchmal war er ein dankbarer, manchmal aber auch ein schwieriger Patient.

Nachdem der ehemalige Diktator sich wieder etwas erholt hatte, begann er, seine Memoiren zu schreiben; ein Lobgesang, so erklärte er Valeria und Metrobius, auf Rom und auf Männer wie Catulus Caesar – sowie auf sich selbst –, aber auch ein metaphorischer Anschlag auf Gaius Marius, Cinna, Carbo und deren Anhänger.

Am Ende des alten Jahres und am Ende des Konsulats von Vatia und Appius Claudius hatte sich Sulla in Misenum installiert. Die ganze Villa fügte sich seinen Launen. Für eine Weile schrieb er an seinen Memoiren. Immer wenn ihm eine besonders treffende und bösartige Wendung auf Gaius Marius' Kosten einfiel, lachte er leise in sich hinein; während er das Buch über den Krieg gegen Jugurtha verfaßte, bereitete ihm der Gedanke Vergnügen, daß er jetzt mit eigenen Worten zugeben konnte, daß Jugurthas Gefangennahme und die erfolgreiche Beendigung des Krieges sein persönlicher Verdienst waren – und daß Marius diese Tatsache absichtlich vertuscht hatte. Danach legte er Feder und Papier beiseite und inszenierte private Komödien und Possenspiele oder gab ein großes Fest, das zuweilen eine ganze Marktwoche dauerte. Dank seiner reichen Phantasie sorgte er stets für Abwechslung. Zu seinem Programm gehörten Scheinjagden mit nackten Knaben und Mädchen als Beute, Wettbewerbe um die bizarrste Stellung beim Geschlechtsverkehr sowie ausgeklügelte Scharaden, bei denen die

Teilnehmer sich nahezu beliebig kostümieren konnten. Sulla veranstaltete lustige Feste und Nacktpartys bei Mondschein, oder er lud bei Tag Gäste ein, die entzückt zusahen, wie sich nackte Jünglinge und Mädchen in dem großen Schwimmbecken aus weißem Marmor vergnügten. Sein Einfallsreichtum und seine Vorliebe für Neuheiten sexueller Art schienen unerschöpflich.

Es gab jedoch keinen Zweifel, daß sich Sullas Gesundheitszustand allmählich verschlechterte. Nach der Jahreswende nahm seine Potenz zusehends ab; Ende Februar konnte ihn nichts mehr in Erregung versetzen. Danach sank seine Stimmung rapide.

Seit dem Umzug nach Misenum suchte nur einer seiner hochgeborenen römischen Freunde Sullas Gesellschaft – Lucullus. Er war während des Quintilis mit seinem Bruder in Africa gewesen, um dort das Einfangen wilder Tiere für die Spiele im September persönlich zu überwachen. Als er Mitte des Monats Sextilis nach Rom zurückkehrte, wurde durch Berichte über die jüngsten Ausschweifungen auf dem Landgut in Misenum dem Aufruhr in der Stadt immer neue Nahrung gegeben.

»Ihr alle, die ihr über ihn urteilt, solltet erst einmal vor eurer eigenen Tür kehren«, erklärte Lucullus. »Sulla kann tun und lassen, was er will.«

Aber erst einige Tage nach dem Ende der *ludi Romani* fand Lucullus Zeit, Sulla zu besuchen. Er traf ihn in einem lichten Augenblick an; Sulla arbeitete an seinen Memoiren und schwelgte in Schadenfreude darüber, was er dem Ruf und den Taten des Gaius Marius damit antat.

»Du bist der einzige, Lucullus«, sagte er, und für einen Moment war in den wäßrigen, schmerzerfüllten Augen eine Spur des alten Sulla zu entdecken.

»Niemand hat ein Recht, dich zu kritisieren!« sagte Lucullus naserümpfend. »Du hast für Rom auf alles verzichtet.«

»Stimmt. Und ich leugne nicht, daß es schwer war. Aber, lieber Freund, wenn ich mich all die Jahre nicht selbst verleugnet hätte, hätte ich an den gegenwärtigen Ausschweifungen nicht halb so viel Freude!«

»Ich verstehe sehr wohl, wo die Reize liegen.« Lucullus' Blick folgte den Bewegungen eines jungen Mädchens, das gerade vor Sullas Fenster nackt in der Sonne tanzte.

»Du liebst junges Blut, nicht wahr?« Sulla kicherte, beugte sich vor und ergriff Lucullus' Arm. »Sieh dir lieber ihren Tanz bis zu Ende an. Danach kannst du mit ihr spazierengehen.«

»Was hast du mit ihren Müttern gemacht?«

»Nichts. Ich kaufe sie ihren Müttern ab.«

Lucullus blieb. Und er kam noch oft wieder.

Im März war Sullas Leidenschaft schließlich erloschen, und es war außerordentlich schwierig, mit ihm fertigzuwerden, selbst für Metrobius und Valeria, die gelernt hatten, zusammenzuarbeiten. Irgendwie – sie wußte nicht genau wie – hatte Valeria bemerkt, daß sie schwanger war. Von Sulla, so hoffte sie. Aber sie konnte es ihm nicht sagen, und sie hatte Angst vor dem Tag, an dem ihr Zustand offensichtlich wurde. Es war um die Jahreswende passiert. Lucullus hatte ein paar sonderbare Pilze mitgebracht, die angeblich aus Africa stammten, und die engsten Freunde, darunter Valeria, hatten davon gegessen. Sie erinnerte sich dunkel, daß alle Anwesenden sich mit ihr amüsiert hatten, von Sulla über Sorex bis zu Metrobius. Es war der einzige Vorfall dieser Art gewesen, und als sie sich der entsetzlichen Folgen bewußt wurde, bekam sie Angst.

Sullas Wutanfälle waren schrecklich. Er schrie und tobte stundenlang, und man mußte aufpassen, daß er denen, die ihm in die Quere kamen, keinen Schaden zufügte, angefangen von den Kindern, die als Spielzeug für seine Freunde dienten, bis hin zu den alten Frauen, welche die Wäsche wuschen und saubermachten. Diejenigen, die ihn daran hinderten, wußten nur zu gut, daß sie sich damit selbst in Gefahr brachten.

»Man darf nicht zulassen, daß er Menschen tötet!« rief Metrobius.

»Ich wünschte, er würde sich mit dem, was ist, abfinden«, sagte Valeria unter Tränen.

»Du bist heute irgendwie verändert, Herrin.«

Das war eine unkluge Bemerkung; es brach aus Valeria heraus, und sie erzählte von ihrer Schwangerschaft. Auch Metrobius erinnerte sich daran, was vorgefallen war.

»Wer weiß«, meinte er lachend, »vielleicht bin sogar ich der Vater. Die Chancen stehen eins zu vier.«

»Fünf.«

»Vier, Valeria. Das Kind kann unmöglich von Sulla sein.«

»Er wird mich umbringen!«

»Nimm jeden Tag, wie er kommt, und sag Sulla nichts«, meinte der Schauspieler mit Entschiedenheit. »Die Zukunft ist unerforschlich.«

Kurze Zeit später bekam Sulla Schmerzen in der Lebergegend, die ihn nicht zur Ruhe kommen ließen. Tag und Nacht ging er schleppenden Schrittes das Atrium auf und ab, unfähig zu sitzen, zu liegen oder zu ruhen. Nur in dem Bad aus weißem Marmor neben seinem Zimmer fand er ein wenig Erleichterung, bis der ganze Kreislauf wieder von vorn begann und er das Atrium auf und ab schritt. Er litt solche Qualen, daß er jammerte und wimmerte und daran gehindert werden mußte, seinen Kopf gegen die Wand zu schlagen.

»Der dumme Kerl, der seinen Nachttopf leert, hat das Gerücht verbreitet, Lucius Cornelius werde von Würmern aufgefressen«, sagte Tuccius, der Arzt, mit verächtlichem Blick zu Metrobius und Valeria. »Offen gesagt, die Unkenntnis der meisten Leute im Hinblick auf die Körperfunktionen und die Symptome einer Krankheit treibt mich fast zum Wahnsinn! Bis der Schmerz anfing, benutzte Lucius Cornelius die Latrine. Aber jetzt braucht er einen Nachttopf, und dessen Inhalt wimmelt von Würmern. Meint ihr, ich könnte den Dienern begreiflich machen, daß Würmer etwas Natürliches sind, daß jeder sie hat und daß sie ein Leben lang in unseren Eingeweiden hausen? Nein!«

»Die Würmer fressen nicht?« flüsterte Valeria. Ihr Gesicht war kreidebleich.

»Nur das, was wir bereits gegessen haben«, erwiderte Tuccius. »Wenn ich das nächste Mal nach Rom komme, werde ich dort sicher dieselbe Geschichte zu hören bekommen. Diener sind die größten Klatschmäuler.«

»Ich glaube, du hast mich beruhigt«, sagte Metrobius.

»Das war nicht meine Absicht. Ich wollte euch nur vor den Geschichten der Diener warnen, falls sie euch zu Ohren kommen. Die Realität ist ernst genug. Sein Urin schmeckt süßer als Honig, und seine Haut riecht nach reifen Äpfeln.«

Metrobius verzog das Gesicht. »Du hast tatsächlich seinen Urin gekostet?«

»Ja, aber erst nachdem ich einen alten Trick angewandt hatte, den ich als Kind von einer weisen Frau gelernt habe. Ich tat etwas von seinem Urin in eine flache Schüssel und stellte sie ins Freie. Alle möglichen Insekten schwirrten herbei und tranken davon. Lucius Cornelius scheidet konzentrierten Honig aus.«

»Und verliert sichtlich an Gewicht«, sagte Metrobius.

Valeria hielt den Atem an und schluckte trocken. »Wird er sterben?«

»Ja«, erwiderte Lucius Tuccius. »Abgesehen von dem Honig – ich weiß nicht, was es bedeutet, nur, daß es tödlich ist – ist seine Leber krank. Zu viel Wein.«

Metrobius' Augen füllten sich mit Tränen. Seine Lippen zitterten, und er seufzte. »Das war zu erwarten.«

»Was sollen wir tun?« fragte Valeria.

»Abwarten, Herrin.« Sie sahen zu, wie Lucius Tuccius davonging, um sich um seinen Patienten zu kümmern. Dann sagte Metrobius ohne eine Spur von Traurigkeit: »Ich habe ihn so viele Jahre geliebt. Vor langer Zeit bat ich ihn einmal, bei ihm bleiben zu dürfen, auch wenn ich dafür mein angenehmes Leben gegen ein hartes hätte eintauschen müssen. Er lehnte ab.«

»Er hat dich zu sehr geliebt«, meinte Valeria sentimental.

»Nein! Er war in die Vorstellung von seiner patrizischen Herkunft verliebt. Er wußte, was er wollte, und das zählte weit mehr als ich.« Metrobius drehte sich um und blickte sie mit hochgezogenen Brauen an. »Hast du noch nicht begriffen, daß Liebe für verschiedene Menschen verschiedene Bedeutungen hat und daß sie nicht immer im gleichen Maß erwidert wird? Ich habe ihm nie Vorwürfe gemacht. Wie sollte ich auch? Schließlich stecke ich nicht in seiner Haut. Immerhin hat er mich vor seinen Kollegen anerkannt, auch wenn er mich so oft weggeschickt hat. ›Mein Freund!‹ Ich würde alles noch einmal erdulden, nur um zu hören, wie er zu Männern wie Vatia und Lepidus diese Worte sagt.«

»Er wird mein Kind nicht mehr sehen.«

»Ich bezweifle sogar, daß er die Zunahme deines Leibesumfangs noch erleben wird, Herrin.«

Auf den furchtbaren Schmerz folgte eine neue Marotte. Diesmal ging es um die finanzielle Notlage der Stadt Puteoli. Puteoli war nicht weit von Misenum entfernt und wurde von der Familie Granius beherrscht, die dort seit Generationen die Bankgeschäfte führte und viele Schiffe besaß. Ein Beamter der Stadt, der nichts von Sullas Ausschweifungen wußte – geschweige denn von seinen vielen Gebrechen –, suchte um eine Unterredung nach. Er wollte Sulla davon unterrichten, daß ein gewisser Quintus Granius der Stadtkasse eine große Summe schulde, aber die Zahlung verweigere, und Sulla um Hilfe bitten.

Der Name Granius war Sulla ebenso verhaßt wie der Name Gaius Marius. Tatsächlich bestanden zwischen den Marii, den Gratidii, den Tullii aus Arpinum und den Granii aus Puteoli enge verwandtschaftliche Beziehungen; Gaius Marius' erste Frau war eine Grania gewesen. Deshalb waren mehrere Granii in die Verbannung geschickt worden, und die, die nicht verbannt wurden, verhielten sich ruhig, für den Fall, daß Sulla sich an sie erinnerte. Zu denen, die glücklich entkommen waren, gehörte auch Quintus Granius, der jetzt von einem Trupp Sullaner in Gewahrsam genommen und zu Sulla nach Misenum gebracht wurde.

»Ich bin diese Summe nicht schuldig«, beteuerte Quintus Granius hartnäckig. Seine Haltung verriet, daß er nicht nachgeben wollte.

Sulla saß erhaben in seinem Amtssessel und starrte Granius wütend an. »Du wirst tun, was der Magistrat von Puteoli verlangt! Du wirst bezahlen!«

»Nein. Man soll mich in Puteoli vor Gericht stellen und den Fall untersuchen.«

»Bezahle, Granius!«

»Nein!«

Sulla erhob sich, zitternd vor Wut und die Hände zur Faust geballt. »Bezahle, Granius, oder ich lasse dich hier und jetzt aufhängen!«

»Du magst vielleicht Diktator von Rom gewesen sein«, sagte Quintus Granius verächtlich, »aber heute hast du nicht mehr Autorität als ich und kannst mir nichts befehlen. Geh wieder zu deinen Zechkumpanen und laß Puteoli seine Probleme selbst lösen!«

Sulla öffnete den Mund, um den Befehl zu geben, Granius aufzuhängen, aber er brachte keinen Ton heraus. Ein Schwächeanfall überkam ihn, und ihm war schrecklich übel und schwindlig. Es kostete ihn Mühe, sich aufrecht zu halten, aber er schaffte es, und sein Blick wanderte zu dem Hauptmann der wartenden Sullaner. »Hängt diesen Kerl auf«, flüsterte er.

Noch ehe der Hauptmann etwas tun konnte, öffnete sich Sullas Mund erneut. Er spuckte Blut; es spritzte nach allen Seiten und lief ihm sogar über die schneeweiße, zerfurchte Stirn. Dann kam schon der nächste Schwall. Er würgte schrecklich und spie noch eine dunkelrote Fontäne aus. Während er langsam auf die Knie sank, rannten die Männer vor Entsetzen davon, weil sie meinten, Sulla werde von Würmern aufgefressen.

Wenige Augenblicke später waren Lucius Tuccius, Metrobius und eine bleiche Valeria bei ihm. Sullas Zustand war sehr ernst; er spuckte immer noch Blut. Während sein Geliebter ihm den Kopf hielt, kauerte seine Frau zitternd neben ihm am Boden und wußte nicht, was sie tun sollte. Auf Tuccius' Befehl hin brachten Diener Handtücher. Mit weit aufgerissenen Augen registrierten sie den Zustand des Zimmers und die schlechte Verfassung ihres Herrn, der würgte, Blut ausspie und zu sprechen versuchte und Metrobius' blutverschmierten Arm mit beiden Händen wie ein Schraubstock umklammerte.

Keiner kümmerte sich mehr um Quintus Granius. Während die Sullaner sich entsetzt zusammendrängten und ihr Hauptmann versuchte, ihnen Mut zu machen, verließ der Bankier aus Puteoli unbemerkt das Haus, schwang sich auf sein Pferd und ritt davon.

Es verging eine Weile, ehe Sulla sich so weit erholt hatte, daß Metrobius ihn vom Boden hochheben und aus dem mit Blutspritzern übersäten Zimmer tragen konnte. Die Sullaner machten sich aus dem Staub und überließen es den Dienern, Ordnung in das Chaos zu bringen.

Sulla war die ganze Zeit bei vollem Bewußtsein, und das Schlimmste für ihn war, daß ihm ständig Blut die Kehle hochstieg, auch wenn er nicht würgte. In einem Anfall von Angst und Hilflosigkeit klammerte er sich an Metrobius und starrte mit verzweifeltem, flehendem Blick in das geliebte Antlitz. Nur so konnte er sich noch verständlich machen. Aus dem Augenwinkel heraus sah er Valerias bleiches, ängstliches Gesicht mit den verblüffend lebhaften blauen Augen und die starre Miene seines Arztes.

Ist das das Ende, fragte er sich, obwohl er es genau wußte.

Aber so will ich nicht sterben! Spuckend und atemlos, schmutzig und unfähig, meinen widerspenstigen Körper dazu zu zwingen, die Sache mit Selbstbeherrschung und angemessener Würde hinter mich zu bringen. Ich war der ungekrönte König von Rom. Ich empfing in Nola die Graskrone. Ich war der bedeutendste Mann zwischen Ozean und Indus. Laß mein Sterben all dieser Dinge würdig sein! Laß es keinen Alptraum aus Blut, Sprachlosigkeit und Angst werden!

Er dachte an Julilla, die allein in ihrem Blut gestorben war. Und an Nicopolis, der weniger blutig, aber qualvoller gestorben war. Und an Clitumna, der sich den Hals und die Glieder gebrochen hatte. Metellus Numidicus, puterrot im Gesicht und nach Luft ringend – ich wußte nicht, wie furchtbar das ist! Delmatica, die sich an die Göttin Juno Sospita wandte und seinen Namen rief. Sein Sohn, das Licht seines Lebens, Julillas Junge, der ihm mehr bedeutet hatte als irgend jemand sonst … Auch er war erstickt.

Ich habe Angst. Große Angst! Das hätte ich nie gedacht. Es ist unumgänglich, es läßt sich nicht vermeiden, es ist bald vorbei, und ich werde nie wieder sehen, hören, fühlen oder denken. Ich werde niemand sein. Nichts. Der Tod kennt keinen Schmerz und keine Träume. Er ist ein ewiger Schlaf. Ich, Lucius Cornelius Sulla, der ungekrönte König von Rom, werde sterben und nur in den Herzen der Menschen weiterleben. Denn nur, wenn man von den Lebenden nicht vergessen wird, ist man unsterblich. Bis auf ein kleines Buch habe ich meine Memoiren abgeschlossen. Für künftige Geschichtsschreiber mehr als genug, um ein Urteil über mich zu fällen. Und mehr als genug, um Gaius Marius für alle Ewigkeit zu vernichten. Er hat keine Memoiren geschrieben. Aber ich. Deshalb werde ich gewinnen. Ich habe schon gewonnen! Von all meinen Siegen bedeutet mir der Sieg über Gaius Marius am meisten.

Sulla spuckte noch ungefähr eine Stunde lang Blut und litt schreckliche Qualen. Dann kam die Blutung zum Stillstand, und er erholte sich etwas. Er war bei vollem Bewußtsein und sah Metrobius, Valeria und Lucius Tuccius so deutlich, als sei ihm am Ende der wichtigste aller Sinne zurückgegeben worden, um sein Sterben in den Gesichtern, die ihm am meisten vertraut waren, widerzuspiegeln. Es gelang ihm zu sprechen.

»Mein Testament. Laßt Lucullus kommen. Er soll es nach meinem Tod lesen. Er ist mein Testamentsvollstrecker und der Vormund meiner Kinder.«

»Ich habe bereits nach ihm geschickt, Lucius Cornelius«, sagte der griechische Schauspieler leise.

»Habe ich dir genug gegeben, Metrobius?«

»Immer, Lucius Cornelius.«

»Ich weiß nicht, was Liebe ist. Aurelia sagte immer, ich wisse es, erkenne es aber nicht. Ich bin nicht so sicher. Neulich träumte ich von Julilla und unserem Sohn. Er kam zu mir und bat mich, zu seiner Mutter zu gehen. Da hätte ich es wissen müssen. Aber ich weinte nur. Ihn habe ich geliebt. Mehr als ich mich selbst liebte. Oh, wie sehr habe ich ihn vermißt!«

»Dem wird bald abgeholfen, lieber Lucius Cornelius.«

»Ein Grund, sich auf den Tod zu freuen.«

»Willst du noch etwas?«

»Nur innere Ruhe. Ein Gefühl von ... Erfüllung.«

»Du hast Erfüllung gefunden.«

»Mein Leichnam.«

»Dein Leichnam, Lucius Cornelius?«

»Die Cornelii wurden alle begraben. Aber ich will das nicht, Metrobius. Es steht zwar in meinem Testament, aber du mußt Lucullus versichern, daß es mir Ernst damit ist. Wenn mein Leichnam in ein Grab gelegt wird, könnte etwas von Gaius Marius' Asche darauf liegen bleiben. Ich habe sie verstreut. Das hätte ich nicht tun sollen. Wer weiß, wo sie verborgen liegt und darauf wartet, mich zu beschmutzen? Sie trieb den Anio hinunter und überzog das Wasser wie Staub. Aber als ein Wind aufkam, wurde die noch trockene Asche auf der Wasseroberfläche fortgeweht. Deshalb kann ich nicht sicher sein. Ich muß verbrannt werden. Du mußt Lucullus sagen, daß es mir Ernst damit ist. Meine Asche soll unter einer luftdichten Haube gesammelt werden, damit Gaius Marius nicht an sie herankommt. Anschließend soll sie in ein Gefäß gefüllt werden, das versiegelt werden muß. Ich werde der einzige Cornelius sein, der verbrannt wird.«

»Es wird alles geschehen, wie du es willst, das verspreche ich dir.«

»Laß mich verbrennen, Metrobius! Lucullus soll mich verbrennen!«

»Ja, Lucius Cornelius.«

»Ich wünschte, ich wüßte, was Liebe ist!«

»Aber du weißt es doch, natürlich weißt du es! Aus Liebe hast du deine wahre Natur verleugnet und dich Rom verschrieben.«

»Ist das Liebe? Das kann nicht Liebe sein. Trocken wie Staub. Trocken wie meine Asche. Der einzige Cornelius, der verbrannt und nicht begraben wird.«

Die prallen, geplatzten Blutgefäße in seinem Schlund hatten noch nicht aufgehört zu bluten, und kurz darauf spuckte Sulla wieder stundenlang Blut. Er wurde immer schwächer. In den nur noch seltenen lichten Augenblicken flehte er Metrobius immer wieder an, dafür zu sorgen, daß auch kein noch so winziges Stäubchen von Gaius Marius mit seinen sterblichen Überresten in Berührung kam. Dann fragte er wieder, was Liebe sei und warum er es nicht wisse.

Lucullus kam noch rechtzeitig, um Sulla sterben zu sehen; allerdings konnte dieser nicht mehr sprechen und war nicht mehr bei Bewußtsein. Die eigenartig blaßblauen Augen mit dem äußeren dunklen Ring und den tiefschwarzen Pupillen hatten ihr bedrohliches Aussehen verloren und wirkten fahl und müde. Er atmete so schwach, daß man einen Spiegel vor seinen Mund halten mußte, um zu erkennen, ob er noch lebte. Seine Haut war wegen des hohen Blutverlusts noch blasser als sonst. Aber das Narbengewebe leuchtete dunkelrot, der kahle Schädel hatte an Spannkraft verloren und kräuselte sich wie die vom Wind gepeitschte See, und der Unterkiefer hing herab. Dann ging mit den Augen eine Veränderung vor sich. Die Pupillen weiteten sich, verdeckten die Iris und verschmolzen mit dem äußeren dunklen Ring. Sullas Lebenslicht erlosch, und die Umstehenden starrten ungläubig auf die weit geöffneten Augen, über denen ein goldener Glanz lag.

Lucius Tuccius beugte sich über Sulla und drückte die Lider zu, und Metrobius legte die Münzen darauf, damit die Lider geschlossen blieben. Unterdessen schob Lucullus einen Denar in Sullas Mund, um für die Fahrt in Charons Boot zu bezahlen.

»Er hatte einen schweren Tod«, sagte Lucullus mit beherrschter Stimme.

Metrobius weinte. »Lucius Cornelius hatte es immer schwer. Ein leichter Tod hätte nicht zu ihm gepaßt.«

»Ich werde seinen Leichnam für ein Staatsbegräbnis nach Rom überführen.«

»Das hätte er sich gewünscht. Vorausgesetzt, er wird verbrannt.«

»Er wird verbrannt werden.«

Wie betäubt vor Schmerz schlich Metrobius von dannen und ging zu Valeria, die nicht stark genug gewesen war, um auf das Ende zu warten.

»Es ist vorbei«, sagte Metrobius.

»Ich habe ihn geliebt«, flüsterte sie. »Ich weiß, ganz Rom glaubte, ich hätte ihn aus praktischen Erwägungen heraus geheiratet, um zuzusehen, wie er meine Familie mit Auszeichnungen überschüttet. Aber er war ein bedeutender Mann, und er war sehr gut zu mir. Ich habe ihn geliebt, Metrobius! Ich habe ihn wirklich geliebt!«

»Ich glaube dir«, sagte Metrobius. Er setzte sich neben sie, nahm ihre Hand und streichelte sie geistesabwesend.

»Was wirst du jetzt tun?« fragte sie.

Aus seinen Träumen gerissen, betrachtete er ihre zierliche weiße Hand mit den langen Fingern. Sie erinnerte ihn an Sullas Hand. Nun, sie waren beide Patrizier. »Ich werde fortgehen«, sagte er.

»Nach dem Begräbnis?«

»Nein, ich kann nicht daran teilnehmen. Kannst du dir Lucullus' Gesicht vorstellen, wenn er mich zwischen den Trauernden erblickt?«

»Aber Lucullus weiß, was du Lucius Cornelius bedeutet hast. Keiner weiß das besser als er!«

»Es wird ein Staatsbegräbnis, Valeria. Nichts darf dessen Würde schmälern, am wenigsten ein griechischer Schauspieler mit einem gebrauchten Arsch.« Seine Worte klangen bitter. Dann zuckte er die Schultern. »Offen gesagt, ich glaube nicht, daß Lucius Cornelius mich dabeihaben wollte. Lucullus dagegen ist ein bedeutender Aristokrat. Hier in Misenum konnte er sich einigen seiner weniger bewundernswerten Neigungen hingeben. Er entjungfert gern kleine Mädchen.« Er sah plötzlich blaß aus. »Wenigstens hatte Sulla die üblichen Laster. Über Lucullus' Untugenden sah er stillschweigend hinweg.«

»Wohin gehst du?«

»Nach Kyrene, in die goldene Provinz.«

»Wann?«

»Heute abend, wenn Lucullus Sulla auf seine letzte Reise geschickt hat und im Haus Ruhe eingekehrt ist.«

»Wie kommst du nach Kyrene?«

»Von Puteoli aus. Es ist Frühling, und es fahren Schiffe nach Africa, oder besser gesagt, nach Hadrumetum. Von dort aus nehme ich mir ein eigenes Frachtschiff.«

»Kannst du dir das leisten?«

»O ja. Sulla konnte mir zwar in seinem Testament nichts hinterlassen, aber dafür hat er mir zu Lebzeiten mehr als genug gegeben. Weißt du, er war schon sonderbar. Bei denen, die er liebte, war er großzügig, obwohl er sonst ein Geizhals war. Das Schlimmste ist, daß er bis zuletzt an seiner Fähigkeit zu lieben zweifelte.« Metrobius hob den Kopf. Seine Augen waren trübe, und er sah Valeria nachdenklich an. »Und du, Valeria? Was ist mit dir?«

»Ich muß zurück nach Rom. Nach dem Begräbnis werde ich in das Haus meines Bruders zurückkehren.«

»Das ist keine gute Idee. Ich habe eine bessere.«

Mit ihren tränenfeuchten blauen Augen sah sie ihn verwirrt an. »Was?«

»Komm mit mir nach Kyrene. Bring dein Kind zur Welt und laß mich sein Vater sein. Es ist mir gleich, wer von uns dich geschwängert hat – Lucullus, Sorex, Roscius oder ich. Aber mir ist eingefallen, daß Lucullus mit von der Partie war, und er weiß ebensogut wie ich, daß Sulla nicht der Vater deines Kindes sein kann. Ich glaube, Rom bedeutet Unheil für dich, Valeria. Lucullus wird dich denunzieren, um dich in Verruf zu bringen. Vergiß nicht, daß du Lucullus nur unter Gleichgestellten bestimmter Praktiken bezichtigen kannst, die seine Kollegen verurteilen würden.«

»Großer Gott!«

»Du mußt mit mir kommen.«

»Sie werden mich nicht lassen!«

»Sie werden es nicht erfahren. Ich werde Lucullus sagen, daß du zu krank seist, um mit Sullas Gefolge zu reisen, und daß ich dich vor dem Begräbnis nach Rom schicken werde. Lucullus ist im Moment zu beschäftigt, um an seine eigene Schwäche zu denken, und er weiß nichts von deinem Kind. Wenn du ihm also entkommen willst, dann jetzt, Valeria!«

»Du hast recht. Er würde mich wirklich denunzieren.«

»Er könnte dich sogar umbringen lassen.«

»Oh, Metrobius!«

»Komm mit mir, Valeria. Sobald er fort ist, verlassen wir dieses Haus. Keiner wird uns sehen. Und keiner wird je erfahren, was mit dir geschehen ist.« Metrobius lächelte gequält. »Ich bin schließlich nur Sullas Freund gewesen. Aber du, Valeria Messala, warst seine Frau und standest weit über mir.«

Aber Valeria war ganz und gar nicht der Meinung, daß sie über ihm stand. Vor Monaten hatte sie sich in ihn verliebt, obwohl sie wußte, daß er diese Liebe nicht erwidern konnte. Deshalb sagte sie: »Ich werde mitkommen.«

Erfreut tätschelte er ihre Hand und legte sie dann in ihren Schoß. »Gut! Bleib solange hier. Lucullus darf dich nicht sehen. Pack ein paar Sachen zusammen, aber nicht mehr, als auf den Rücken eines Maulesels paßt. Sieh zu, daß du nur dunkle, schlichte Kleider mitnimmst und daß deine Umhänge Kapuzen haben. Du mußt aussehen wie *meine* Frau, nicht wie die Frau von Lucius Cornelius Sulla.«

Er ging davon, und Valeria Messala blickte einer Zukunft entgegen, die ganz anders war, als sie es sich nach Sullas Tod vorgestellt hatte. Obwohl sie nie verstanden hatte, welche Gefahr sie für Lucullus darstellte, wußte sie, daß sie dem Schauspieler zutiefst dankbar sein mußte. Sicher würde es schmerzlich sein, zu sehen, wie Metrobius seine Zuneigung Männern schenkte, während sie sich nach seiner Liebe sehnte, aber schließlich wollte er das Kind als sein eigenes anerkennen, und sie konnte ihm ein Familienleben bieten, das er eines Tages vielleicht mehr schätzte als seine flüchtigen Affären. Ja, das war allemal besser, als von der Angst gequält zu werden, ihn nie wieder zu sehen. Oder als die Endgültigkeit des Todes. Bisher hatte sie geglaubt, sich vor dem kühlen, hochmütigen Lucullus zu Unrecht zu fürchten. Aber jetzt wußte sie, daß es richtig war. Sie erhob sich, sah ihre vielen Kleidertruhen durch und wählte die schlichtesten und dunkelsten Sachen aus. Geld hatte sie keines, aber ihr Schmuck war prächtig. Da Metrobius offensichtlich eine Menge Geld besaß, konnte ihr der Schmuck als Mitgift dienen. Eine Sicherheit für künftige Notzeiten. Kyrene! Die goldene Provinz. Das klang wundervoll.

Sullas Begräbnis ließ seinen Triumphzug geradezu unbedeutend erscheinen. Zweihundertzehn Sänften, über und über beladen mit Myrrhe, Weihrauch, Zimt, Melisse, Narde und anderen aromatischen Gewürzen – ein Geschenk der Frauen Roms – wurden von schwarzgekleideten Männern getragen. Und weil Sullas Leichnam durch den hohen Blutverlust so zusammengeschrumpft und vertrocknet war, daß er nicht zur Schau gestellt werden konnte, hatte eine Gruppe von Bildhauern aus Zimt und Weihrauch eine Nachbildung Sullas geschaffen, die auf der Totenbahre saß, und davor ein Liktor aus denselben Gewürzen. Festwagen ließen Sullas Leben Revue passieren, abgesehen von den ersten dreiunddreißig anrüchigen Jahren und den letzten Monaten voller Ausschweifungen. Da stand er vor den Mauern Nolas und nahm aus den Händen eines Zenturio die Graskrone entgegen; dort wachte er streng darüber, wie ein zusammengekauerter König Mithridates den Vertrag von Dardanos unterzeichnete; dort gewann er Schlachten, erließ Gesetze, nahm Jugurtha gefangen und ließ die gefangenen Anhänger des Carbo hinter der Porta Collina hinrichten. Auf einem gesonderten Wagen wurden die über zweitausend Kränze aus purem Gold gezeigt, die ihm von Städten, Tribus, Königen und Ländern verliehen worden waren. Seine Ahnen fuhren schwarzgekleidet in schwarz-goldenen Triumphwagen, die von prächtigen schwarzen Pferden gezogen wurden, und seine fünfjährigen Zwillinge Faustus und Fausta gingen inmitten der Trauernden.

Die Luft war schwül und der Himmel bewölkt. Der größte Trauerzug, den Rom je erlebt hatte, setzte sich in Bewegung. Von dem Haus mit Blick auf den Circus Maximus ging es hinunter zum Velabrum und von dort weiter zum Forum Romanum, wo Lucullus – ein mitreißender und berühmter Redner – auf der Rostra die Trauerrede hielt. Er stand neben der Bahre, auf welcher der nachgebildete Sulla aufrecht hinter seinem ebenfalls aus Gewürzen geformten Liktor saß, während der entsetzlich verunstaltete Leichnam in einem speziellen Fach darunter lag. Zum zweiten

Mal innerhalb von drei Jahren wurden in Rom Tränen vergossen, weil Sullas Zwillinge eines Elternteils beraubt wurden. Aber als Lucullus bekanntgab, daß er der Vormund der Kinder sei und sie nie wieder Not leiden müßten, ertönte lauter Beifall, und es flossen Tränen der Rührung. Hätte das Mitgefühl nicht den Blick verstellt, wäre klar geworden, daß Faustus und Fausta mittlerweile alt genug waren, um zu erkennen, daß sie in Gestalt, Aussehen und Hautfarbe ihrem Großonkel mütterlicherseits, dem furchteinflößenden, aber nicht eben gutaussehenden Quintus Caecilius Metellus Numidicus nachschlugen, den ihr Vater Schweinebacke genannt und in einem Anfall von Wut ermordet hatte, nachdem Aurelia ihn abgewiesen hatte.

Wie durch einen Zauber gebannt, blieb der Regen aus, als der Trauerzug sich erneut in Bewegung setzte. Diesmal ging es den Clivus Argentarius hinauf, durch die Porta Fontinalis, hinter der die einstige Villa des Gaius Marius lag, hinunter zum Marsfeld. Dort wartete schon Sullas Grab in herrlicher Abgeschiedenheit an der Via Lata, in unmittelbarer Nähe des Ortes, wo die Zenturiatsversammlung tagte. In der neunten Stunde des Tages wurde die Bahre auf den riesigen Scheiterhaufen gestellt; die Hohlräume zwischen den Holzscheiten waren mit den Gewürzen aus den zweihundertzehn Sänften ausgefüllt. Nie sollte Sulla süßer duften als in dem Moment, da, gemäß seinem Wunsch, seine sterblichen Überreste verbrannt wurden.

Gerade als die Holzscheite am Fuß des Scheiterhaufens mit Fackeln in Brand gesteckt wurden, kam ein heftiger Wind auf. Der kleine Berg ging in Flammen auf, und das Feuer entwickelte eine so starke Hitze, daß die Trauernden, die sich um den Scheiterhaufen versammelt hatten, sich abwenden und die Hände schützend vors Gesicht halten mußten. Als die Flammen kleiner wurden, begann es schließlich zu regnen – ein heftiger Wolkenbruch, der das Feuer vollends löschte und die Kohlen so rasch abkühlte, daß Sullas Asche schon kurz nach dem lodernden Inferno eingesammelt werden konnte. Das, was von Sulla übrig war, kam in ein erlesenes Alabastergefäß, das mit Gold und Edelsteinen verziert war. Lucullus verzichtete auf die luftdichte Haube, um die Sulla zum Schutz seiner Asche vor einer möglichen Verunreinigung durch ein Staubkörnchen des Gaius Marius gebeten hatte, da es unablässig regnete und kein einziges Staubkörnchen in der Luft war.

Das Gefäß wurde sorgsam in die Grabstätte gelegt, die binnen vier Tagen aus buntem Marmor errichtet und mit Skulpturen geschmückt wurde. Sie war rund und wurde von kannelierten Säulen getragen, die mit der neuen Art von Kapitell gekrönt waren, das Sulla aus Korinth mitgebracht und so populär gemacht hatte – zarte Zweige mit Akanthusblättern. Sein Name, seine Titel und seine Taten waren auf einer Tafel eingemeißelt, und darunter stand eine schlichte Grabschrift, die er selbst verfaßt hatte:

KEIN BESSERER FREUND. KEIN SCHLIMMERER FEIND.

»Ich bin froh, daß es vorbei ist«, sagte Lucullus zu seinem Bruder, als sie bis auf die Haut durchnäßt und vor Kälte zitternd in dem Unwetter nach Hause trotteten.

Lucullus war beunruhigt: Valeria Messala war nicht in Rom eingetroffen. Ihr Bruder Rufus, ihre Vettern Niger und Metellus Nepos sowie ihre Großtante, die ehemalige Vestalin, stellten aufgeregte Fragen; Lucullus hatte ihnen mitteilen müssen, daß er nach Misenum geschickt habe, um sie zu holen, worauf er von einem völlig erschöpften Boten erfahren habe, daß sie verschwunden sei.

Fast ein Monat verging, ehe Lucullus die hektische Suche abbrechen ließ, in deren Verlauf die Küste nördlich und südlich des Landguts auf einer Länge von mehreren Meilen abgesucht und jeder Wald und jeder Hain zwischen Neapolis und Sinuessa durchkämmt worden war. Sullas letzte Gemahlin war verschwunden, und mit ihr ihr Schmuck.

»Beraubt und ermordet«, sagte Varro Lucullus.

Sein Bruder – der selbst diesem geliebten Menschen einiges verschwieg – gab keine Antwort. Das Glück war ihm offenbar ebenso hold wie Sulla, denn er hatte schon vor dem Tag des Begräbnisses erkannt, wie gefährlich Valeria Messala für ihn sein konnte. Sie wußte zu viel von ihm, während er von ihr im Grunde nichts wußte. Er hätte sie umbringen müssen. Wie gut, daß ein anderer es für ihn getan hatte! Fortuna war ihm günstig gesinnt.

Metrobius' Verschwinden interessierte ihn nicht – wenn doch, hätte er bestimmt darüber nachgedacht. In Rom gab es mehr als genug Schwule, um die Lücke auszufüllen; die Theater waren voll von ihnen. Für Lucullus war eher die Tatsache von Bedeutung, daß er nicht mehr unbegrenzt mit mutterlosen kleinen Mädchen versorgt wurde. Oh, wie würde er Misenum vermissen!

TEIL FÜNF

Sextilis (August) 80 v. Chr.
bis Sextilis (August) 77 v. Chr.

GAIUS JULIUS CAESAR

Diesmal segelte Caesar nach Osten. Eutychus, der Verwalter seiner Mutter – eigentlich war es sein Verwalter, aber Caesar beging niemals den Fehler, das zu denken –, war verweichlicht und hatte Rom kaum jemals verlassen. Nun mußte er die Erfahrung machen, daß das Reisen mit Gaius Julius Caesar keine geruhsame Angelegenheit war. An Land – vor allem wenn die Straße so respektabel war wie die Via Appia – legte er am Tag vierzig Meilen zurück, und jeder, der nicht Schritt halten konnte, wurde zurückgelassen. Nur die Angst, Aurelia zu enttäuschen, ließ Eutychus durchhalten, besonders während der ersten Tage, als die dicken Beine und das verwöhnte Hinterteil ihn ungeheuer schmerzten.

»Du bist wundgeritten«, sagte Caesar lachend und ohne jedes Mitgefühl zu dem jämmerlich weinenden Eutychus, als sie an einer Herberge in der Nähe von Beneventum haltmachten.

»Meine Beine schmerzen am meisten«, schniefte Eutychus.

»Natürlich tun sie das! Auf einem Pferd haben sie keine Stütze, sie baumeln nur herunter und schwingen hin und her – vor allem deine, Eutychus! Aber Kopf hoch! Wenn wir erst in Brundisium sind, geht es ihnen sicher schon viel besser. Und dir auch. Das kommt von dem bequemen Leben in Rom.«

Der Gedanke an Brundisium konnte die Stimmung des Verwalters nicht heben. Vielmehr brach er bei der Aussicht auf ein wogendes Ionisches Meer erneut in Tränen aus.

»Caesar ist ein Kerl«, meinte Burgundus grinsend, nachdem Caesar gegangen war, um sich zu vergewissern, daß ihr Quartier sauber war.

»Er ist ein Unmensch!« jammerte Eutychus. »Vierzig Meilen am Tag!«

»Du hast Glück. Das ist erst der Anfang. Aber er wird schonend mit uns umgehen, vor allem wegen dir.«

»Ich will nach Hause!«

Burgundus klopfte dem Verwalter plump auf die Schulter. »Du kannst nicht nach Hause, Eutychus, das weißt du.« Er erschauerte und verzog das Gesicht; in seinem leicht abwesenden Blick lag Abscheu. »Komm, trockne die Tränen ab und versuche ein bißchen herumzulaufen. Es ist besser, mit ihm zu leiden, als zu seiner Mutter zurückzugehen – brrr! Außerdem ist er nicht so herzlos, wie du denkst. In diesem Moment läßt er ein schönes heißes Bad für deinen netten wunden Arsch vorbereiten.«

Eutychus überlebte es, obwohl er nicht sicher war, ob er auch die Fahrt mit dem Schiff überstehen würde. Caesar und sein kleines Gefolge benötigten für die dreihundertsiebzig Meilen von Rom nach Brundisium genau neun Tage. Noch ehe einer seiner Begleiter Luft holen und ihn um ein paar Tage Ruhe bitten konnte, verfrachtete der unerbittliche junge Mann die unglückliche Schar auf ein Schiff, das sie zur Insel Korfu brachte. Von dort ging es mit einem anderen Schiff nach Buthrotum in Epirus und anschließend auf dem Landweg über Akarnanien und Delphi nach Athen. Es war ein griechischer Eselspfad, keine römische Straße; er führte die hohen Berge rauf und runter, durch feuchte Wälder mit glitschigen Böden.

»Offenbar lassen nicht einmal wir Römer Armeen auf diesem Weg marschieren«, bemerkte Caesar, als sie das furchteinflößende Tal von Delphi erreichten, das eher an einen Garten auf einem Massiv erinnerte. Der Gedanke mußte ausgereift sein, bevor er sich umsehen konnte. »Das sollte man sich merken. Eine Armee könnte diesen Weg benutzen, wenn die Soldaten tapfer genug sind. Und niemand würde es wissen, weil niemand es glauben würde. Hm.«

Caesar mochte Athen, und Athen mochte ihn. Im Gegensatz zu seinen noblen Zeitgenossen hatte er noch nirgends die Besitzer großer Häuser oder Güter um Gastfreundschaft ersucht; er gab sich durchaus mit Wirtshäusern oder mit einem Lager an der Straße zufrieden. In Athen hatte er eine ganz passable Herberge unterhalb der Akropolis ausfindig gemacht und sich dort einquartiert. Kurz darauf wurde er in das Haus von Titus Pomponius

Atticus eingeladen. Caesar kannte den Mann nicht, obwohl er – wie jeder in Rom – von dem finanziellen Desaster wußte, das Atticus und Crassus in dem Jahr nach Gaius Marius' Tod erlitten hatten.

»Ich bestehe darauf, daß du bei mir wohnst«, sagte der kultivierte Mann von Welt, der trotz dieser früheren Fehlkalkulation ein guter Menschenkenner war. Ein Blick auf Caesar bestätigte ihm, was Gerüchte bereits angedeutet hatten: Da war einer, der einmal eine wichtige Rolle spielen würde.

»Du bist zu großzügig, Titus Pomponius«, sagte Caesar lächelnd. »Trotzdem möchte ich lieber unabhängig bleiben.«

»Wenn du in Athen unabhängig bleiben willst, riskierst du nur eine Lebensmittelvergiftung und schmutzige Betten«, erwiderte Atticus.

Der Reinlichkeitsfanatiker änderte seine Meinung. »Danke, ich werde kommen. Ich habe kein großes Gefolge – zwei freigelassene Sklaven und vier Diener, wenn du Platz für sie hast.«

»Mehr als genug.«

Alles wurde arrangiert, einschließlich Abendgesellschaften und Ausflügen. Athen stand Caesar plötzlich offen, so daß er länger bleiben mußte als geplant. Obwohl Atticus als genußsüchtig und als Liebhaber von Luxus galt, war er keineswegs verweichlicht, und es gab viele Gelegenheiten, historisch bedeutende Klippen und Felsvorsprünge hinaufzuklettern und im schnellen Galopp über die Ebenen bei Marathon zu jagen. Sie ritten hinunter nach Korinth und hinauf nach Theben, sahen sich das sumpfige Uferland des Orchomenos-Sees an, wo Sulla die beiden entscheidenden Schlachten gegen die Armeen des Mithridates gewonnen hatte, und erkundeten die Pfade, die es Cato dem Zensor ermöglicht hatten, den Feind bei den Thermopylen zu umzingeln – und dem Feind, die letzte Stellung des Leonidas zu überfallen.

»*Fremder, geh und sage den Spartanern, daß wir hier liegen und ihrem Befehl folgen*«, las Caesar auf dem Stein, der an dieses letzte tapfere Gefecht erinnerte. Er wandte sich an Atticus. »Alle Welt kann diese Inschrift zitieren, aber hier hat sie einen ganz anderen Klang, als wenn man sie von einem Blatt Papier abliest.«

»Wärst du zufrieden, wenn man sich deiner so erinnerte, Caesar?«

Das längliche, hübsche Gesicht wirkte verschlossen. »Niemals! Es war eine dumme und sinnlose Geste, eine Verschwendung tapferer Männer. Man *wird* sich an mich erinnern, Atticus, aber nicht wegen meiner Dummheit oder meiner sinnlosen Gesten. Leonidas war ein spartanischer König. Ich bin ein Patrizier der Römischen Republik. Der einzig wahre Sinn seines Lebens war die Art und Weise, wie er es wegwarf. Der Sinn meines Lebens werden die Taten sein, die ich als Lebender vollbringe. Wie ich sterbe, spielt keine Rolle, vorausgesetzt, ich sterbe wie ein Römer.«

»Ich glaube dir.«

Da Caesar ein geborener Gelehrter und sehr gebildet war, hatte er vieles mit Atticus gemein, der einen erlesenen Geschmack hatte. Was Literatur und Kunst betraf, waren ihre Geschmäcker ähnlich, und sie grübelten stundenlang über ein Stück von Menander oder eine Statue von Phidias nach.

»Es gibt nicht mehr viele gute Bilder in Griechenland«, sagte Atticus und schüttelte traurig den Kopf. »Was Mummius nach der Plünderung Korinths nicht mit nach Rom genommen hat – von Aemilius Paullus nach der Schlacht von Pydna ganz zu schweigen –, ist in den Jahrzehnten danach verschwunden. Wenn du die besten Bilder der Welt sehen willst, Caesar, mußt du in das Haus des Marcus Livius Drusus in Rom gehen.«

»Ich glaube, es gehört jetzt Crassus.«

Atticus verzog das Gesicht. Er mochte Crassus nicht, obwohl sie gemeinsam spekuliert hatten. »Wahrscheinlich hat er die Bilder irgendwo im Keller verstaut, wo sie so lange verstauben werden, bis jemand ihm einen Wink gibt, daß sie mehr wert sind als wohlerzogene Sklaven auf dem Markt oder billig aufgekaufte Mietshäuser.«

Caesar grinste. »Tja, Atticus, mein Freund, es können nicht alle kultiviert und gebildet sein. Es muß auch Platz für einen Crassus geben.«

»Nicht in meinem Haus!«

»Du bist nicht verheiratet«, sagte Caesar gegen Ende seines Aufenthalts in Athen. Er machte sich so seine Gedanken, warum Atticus bislang den Verwicklungen einer Ehe aus dem Weg gegangen war. Dennoch war seine Feststellung nicht beleidigend, weil er keine aufschlußreiche Antwort erwartete.

Atticus' längliches, asketisches und recht strenges Gesicht verriet eine gewisse Entrüstung. »Nein, Caesar. Und ich habe auch nicht vor zu heiraten.«

»Ich dagegen bin seit meinem dreizehnten Lebensjahr verheiratet. Mit einem Mädchen, das noch immer nicht alt genug ist, um mit mir zu schlafen. Das ist ein seltsames Schicksal.«

»Seltsamer als die meisten Schicksale. Cinnas jüngere Tochter. Von der du dich nicht scheiden lassen willst, nicht einmal für Jupiter Optimus Maximus.«

»Nicht einmal für Sulla, meinst du wohl«, sagte Caesar lachend. »Ich hatte großes Glück. Ich befreite mich aus Gaius Marius' Netz – mit Sullas tatkräftiger Unterstützung! – und war nicht länger Jupiterpriester.«

»Wo wir gerade von Heirat sprechen, kennst du Marcus Tullius Cicero?« fragte Atticus.

»Nein. Aber ich habe natürlich von ihm gehört.«

»Ihr müßtet eigentlich gut miteinander auskommen, aber vermutlich ginge es nicht«, meinte Atticus nachdenklich. »Was seine geistigen Fähigkeiten angeht, ist Cicero sehr empfindlich, und er hat nicht gern Konkurrenz. Vielleicht bist du ihm sogar geistig überlegen.«

»Was hat das mit Heirat zu tun?«

»Ich habe gerade eine Frau für ihn gefunden.«

»Wie schön«, sagte Caesar gleichgültig.

»Terentia. Varro Lucullus' Adoptivschwester.«

»Eine furchtbare Frau, wie ich hörte.«

»Ja, aber gesellschaftlich besser gestellt, als er erwarten durfte.«

Caesar kam zu dem Schluß, daß es Zeit war zu gehen, da sein Gastgeber sich nur noch auf planlose Konversation beschränkte. Der Gast wußte, wessen Schuld das war. So wie er diesen römischen Plutokraten in seinem selbst auferlegten Exil verstand, hatte Atticus eine Vorliebe für kleine Jungen. Deshalb war der normalerweise recht kontaktfreudige Caesar ziemlich zurückhaltend. Schade. Sonst hätte sich aus dieser ersten Begegnung eine tiefe und dauerhafte Freundschaft entwickeln können.

Von Athen aus nahm Caesar die von den Römern angelegte Heeresstraße nördlich von Attika durch Böotien, Thessalien und das Tempe-Tal; mit einem flüchtigen Gruß hinauf zu Zeus ging es in unbarmherzigem Tempo an dem fernen Gipfel des Olymp vorbei. Von Dium aus fuhr die kleine Gruppe mit dem Schiff von Insel zu Insel, bis sie den Hellespont erreichte. Die Reise von dort nach Nikomedeia dauerte drei Tage.

Im Palast von Nikomedeia wurde Caesar überschwenglich begrüßt. Der alte König und die Königin hatten die Hoffnung schon aufgegeben, ihn jemals wiederzusehen, vor allem, nachdem aus Mytilene die Nachricht eingetroffen war, daß Caesar zusammen mit Thermus und Lucullus nach Rom zurückgekehrt sei. Es blieb jedoch Sulla, dem Hund, überlassen, das ganze Ausmaß der Freude über Caesars Ankunft auszudrücken. Das Tier rannte jaulend und bellend im Palast herum, sprang an Caesar hoch, lief zu König und Königin, als wolle er ihnen sagen, wer da war, und wieder zurück zu Caesar; neben den Possen des Hundes verblaßten die königlichen Umarmungen und Küsse.

»Es ist beinah, als ob er spricht«, sagte Caesar und ließ sich in einen Sessel fallen. Der Hund setzte sich zu seinen Füßen und stieß ein paar erstickte Laute aus. Caesar beugte sich zu ihm hinab und kraulte ihm den Bauch. »Sulla, alter Junge, ich hätte nie gedacht, daß ich mich so freuen würde, dein häßliches Gesicht zu sehen!«

Seine eigenen Eltern, überlegte Caesar später am Abend, nachdem er sich in sein Zimmer zurückgezogen hatte und unbekleidet auf dem Bett lag, hatten sich immer ziemlich distanziert verhalten. Der Vater war selten zu Hause gewesen, und wenn er zu Hause war, schien er mehr daran interessiert zu sein, mit seiner Frau zu streiten, als eine persönliche Beziehung zu seinen Kindern aufzubauen. Und die Mutter war stets gerecht, schonungslos kritisch und unfähig, Gefühle zu zeigen. Vielleicht, dachte Caesar aus seinem gegenwärtigen Blickwinkel heraus, war das ein wesentlicher Grund für die unerklärliche, aber eindeutig ablehnende Haltung des Vaters gegenüber der Mutter – ihre mangelnde Zärtlichkeit, ihre Unnahbarkeit. Was der junge Mann natürlich nicht wissen konnte, war, daß die eigentliche Ursache für die Unzufriedenheit seines Vaters die vorbehaltlose Liebe seiner Frau zu ihrer Tätigkeit als Grundbesitzerin gewesen war – eine Arbeit, die er als unter ihrer Würde betrachtete. Da Caesar und seine Schwestern die

Grundbesitzerin Aurelia nie kennengelernt hatten, konnten sie sich nicht vorstellen, wie ihren Vater dieser Zug an ihr geärgert hatte. Statt dessen hatten sie das Verhalten ihres Vaters mit ihrem eigenen Hunger nach Zärtlichkeit gleichgesetzt; sie konnten ja nicht wissen, wie angenehm die Nächte waren, die ihre Eltern miteinander verbrachten. Als die schreckliche Nachricht vom Tod des Vaters eingetroffen war – übermittelt durch den Überbringer seiner Asche –, hatte Caesar seine Mutter sofort in den Arm genommen, um sie zu trösten. Sie aber hatte sich losgerissen und ihn mit knappen Worten ermahnt, daran zu denken, wer er war. Es hatte weh getan, bis die Distanz, die er von ihr geerbt hatte, sich durchsetzte, und ihm klar wurde, daß er von ihr kein anderes Verhalten erwarten konnte.

Vielleicht, dachte Caesar jetzt, war das nichts weiter als ein Zeichen für etwas, das er überall festgestellt hatte – daß Kinder von ihren Eltern stets etwas verlangten, das die Eltern ihnen nicht geben wollten oder nicht geben konnten. Seine Mutter war eine unbezahlbare Perle, das wußte er. Und er wußte auch, wie sehr er sie liebte und wie viel er ihr verdankte, weil sie ihn ständig darauf aufmerksam machte, wo seine Schwächen lagen – ganz zu schweigen von manch wunderbar weltlichem und unmütterlichem Rat.

Und doch … Wie schön war es, mit Umarmungen und Küssen und bedingungsloser Liebe begrüßt zu werden, wie Nikomedes und Oradaltis ihn heute begrüßt hatten. Er ging allerdings nicht so weit, sich zu wünschen, seine Eltern wären mehr wie sie gewesen; er wünschte sich nur, sie wären seine Eltern gewesen.

Diese Stimmung hielt an, bis er am nächsten Morgen mit ihnen aß und das Licht des Tages die Absurdität seines Wunsches offenbarte. Während Caesar so dasaß und König Nikomedes betrachtete, überlagerte sich das Gesicht seines Vaters mit dem des Königs (aus Achtung vor Caesar hatte Nikomedes sich nicht geschminkt), und am liebsten hätte er laut gelacht. Und Oradaltis – obwohl sie Königin war, war sie nicht einmal ein Zehntel so königlich wie Aurelia. Nicht Eltern, dachte er, sondern Großeltern.

Im Oktober war Caesar in Nikomedeia eingetroffen, und er hatte nicht vor, rasch weiterzuziehen, sehr zur Freude des Königs und der Königin, die bestrebt waren, alle Wünsche ihres Gastes zu erfüllen, sei es ein Besuch in Gordium, in Pessinus oder in den Marmorbrüchen auf der Insel Marmara Adasi. Aber im November – Caesar war noch keinen Monat in Bithynien – wurde er gebeten, etwas sehr Schwieriges und überaus Merkwürdiges zu tun.

Im März desselben Jahres war der neue Statthalter von Cilicia, der jüngere Dolabella, mit zwei anderen römischen Adligen und einem Gefolge von Beamten von Rom aus in seine Provinz aufgebrochen. Der bedeutendere der beiden Begleiter war Dolabellas oberster Legat, Gaius Verres; der andere war sein Quästor, Gaius Publicius Malleolus, der ihm durch das Los zugeteilt worden war.

Malleolus, der durch seine Wahl zum Quästor zu Sullas neuen Senatoren gehörte, war keineswegs ein *homo novus*. In seiner Familie hatte es bereits Konsuln gegeben, und in seinem Atrium hingen Porträts seiner Ahnen. Geld besaß er jedoch wenig; nur aufgrund einiger Glückskäufe während der Proskriptionen konnte die Familie ihre ganze Hoffnung auf den dreißigjährigen Gaius setzen, der durch den Aufstieg ins Konsulat den alten Status der Familie wiederherstellen sollte. Da seine Mutter und seine Schwestern wußten, wie bescheiden Gaius' Gehalt und wie kostspielig die Beibehaltung des Lebensstils des jüngeren Dolabella sein würde, verkauften sie ihren Schmuck, um Malleolus' Geldbeutel aufzufüllen; Malleolus selbst gedachte sich noch ein dickeres finanzielles Polster zu schaffen, wenn er erst in seiner Provinz war. Zudem hatten ihm die Frauen den größten noch vorhandenen Familienschatz zugeschoben, eine prächtige Sammlung Gold- und Silberbesteck. Wenn er für den Statthalter ein Festessen veranstalte und bei dieser Gelegenheit das Familienbesteck benutze, meinten die Damen, werde sein Ansehen steigen.

Leider war Gaius Publicius Malleolus geistig nicht so auf der Höhe wie Männer seines Clans vor ihm; seine Naivität ließ für seine Zukunft in der vordersten Reihe von Dolabellas Gefolge nichts Gutes ahnen. Noch ehe die Gruppe Tarentum erreicht hatte, hatte der oberste Legat Gaius Verres Malleolus genau taxiert, und er verhielt sich dem Quästor gegenüber so charmant und zuvorkommend, daß Malleolus Verres für den besten Kameraden hielt.

Sie reisten zusammen mit dem neuen Statthalter der Provinz Asia, Gaius Claudius Nero, der weitaus maßvoller war als der jüngere Dolabella, nach Osten. Er war Patrizier und besaß ein größeres Vermögen als jener fruchtbare Zweig der Claudii, der den Beinamen Pulcher führte.

Gaius Verres packte wieder einmal die Gier. Obwohl er – dank vorheriger Kenntnis des Gebiets – mit der Proskription bedeutender Grundbesitzer und Magnaten rund um Beneventum ein gutes Geschäft gemacht hatte, hatte dies seine Leidenschaft für Kunstwerke nicht befriedigen können. Die Geächteten von Beneventum waren ein unkultivierter Haufen; sie waren mit einer kitschigen neapolitanischen Kopie einer sentimentalen Gruppe von Nymphen genauso zufrieden wie mit einem Praxiteles oder einem Myron. Zunächst hatte Verres auf die Proskription des Enkels des berühmt-berüchtigten Sextus Perquitienus gewartet, der unter den Rittern einen beispiellosen Ruf als Kunstkenner genoß und dessen Sammlung dank seiner Tätigkeit als Steuerpächter in der Provinz Asia vielleicht noch umfangreicher war als die des Marcus Livius Drusus. Aber dann hatte sich herausgestellt, daß der Enkel Sullas Neffe war, und damit war der Besitz des Sextus Perquitienus für alle Zeit sicher.

Obwohl Gaius Verres' Familie nicht besonders angesehen war – sein Vater war ein *pedarius,* ein Senator zweiten Ranges, in den hinteren Reihen des Senats –, hatte er sich dank seines sicheren Instinkts, immer dort zu sein, wo das Geld war, und seiner Fähigkeit, wichtige Männer von seinen Vorzügen zu überzeugen, bemerkenswert gut geschlagen. Er hatte Carbo mit Leichtigkeit zum Narren gehalten, aber es war ihm nie gelungen, Sulla zu täuschen, obwohl jener ihn bedenkenlos dazu benutzt hatte, Samnium zu vernichten. Leider gab es in Samnium ebensowenig große Kunstwerke wie in Beneventum, und deshalb blieb Verres' Habgier ungestillt.

Verres beschloß, nach Osten zu gehen. Dort in der hellenisierten Welt gab es buchstäblich überall Statuen und Bilder, von Alexandria, Olympia und Pontos bis Byzanz. Als Sulla per Los die Statthalter für das kommende Jahr bestimmt hatte, hatte Verres sich nach Abwägung aller Möglichkeiten für den jüngeren Dolabella entschieden. Dessen Vetter, der ältere Dolabella, war in Mazedonien – was Kunstwerke betraf, eine fruchtbare Provinz –, aber er war ein harter Mann und verfolgte seine eigenen Ziele. Und Gaius Claudius Nero, der neue Statthalter der Provinz Asia, war ein ziemlicher Pedant. Blieb nur noch der neue Statthalter von Cilicia, der jüngere Dolabella. Der gierige, unmoralische Dolabella, der mit schmutzigen, übelriechenden Frauen der ordinärsten Sorte heimlich Orgien feierte und dabei den Geschlechtstrieb steigernde Drogen konsumierte, war für Gaius Verres genau der richtige Mann. Lange vor der Reise nach Osten hatte Verres sich für Dolabella unentbehrlich gemacht, indem er seinen geheimen Lastern nachging.

Glück, dachte Verres triumphierend: Er besaß Fortunas Gunst! Es gab nicht viele Männer wie den jüngeren Dolabella, und in der Regel brachten sie es nicht so weit. Wäre der ältere Dolabella Sulla militärisch nicht eine so große Stütze gewesen, wäre der jüngere nie Prätor und Statthalter einer Provinz geworden. Obwohl der jüngere Dolabella natürlich die Chance ergriffen hatte, lebte er in ständiger Angst. Deshalb atmete er erleichtert auf, als Verres sich als ebenso verständnisvoll wie einfallsreich erwies.

Während die Gruppe mit Claudius Nero unterwegs war, hatte Verres sich zusammenreißen müssen, um nicht hier ein Werk aus einem griechischen Heiligtum und dort eines aus einer griechischen Agora zu stehlen. Besonders in Athen war es ihm schwergefallen, so reichhaltig waren überall die Schätze. Aber Titus Pomponius Atticus lauerte wie eine riesige Spinne inmitten des römischen Netzes, das Athen umgab. Wegen seines Scharfsinns in Geldangelegenheiten, seiner verwandtschaftlichen Beziehungen zu den Metelli und seiner vielen Geschenke an Athen durfte man Atticus nicht verärgern. Zudem war bekannt, wie sehr er die Sorte Römer verabscheute, die Kunstwerke raubte.

Aber in Athen trennten sich die Wege von Dolabella und Claudius Nero, der unbedingt Pergamon erreichen wollte und von Natur aus kein Griechenlandliebhaber war. Deshalb segelte Claudius Nero so schnell wie möglich nach der Provinz Asia, während Dolabellas Schiff die kleine Insel Delos anlief.

Ehe Mithridates vor neun Jahren in die Provinz Asia und in Griechenland eingefallen war, war Delos der Mittelpunkt des weltweiten Sklavenhandels gewesen. Piraten hatten von dort aus den gesamten östlichen Mittelmeerraum mit Sklaven versorgt. Täglich wechselten auf Delos zwanzigtausend Sklaven ihre Besitzer, was nicht hieß, daß eine endlose Parade von Sklavenschiffen den schönen großen Hafen verstopfte. Der Handel vollzog sich auf dem Papier; gegen eine bestimmte Summe wurde das Besitzrecht an den Sklaven dem neuen Herrn übertragen. Nur besondere Sklaven wurden persönlich nach Delos gebracht; ansonsten war die Insel den Händlern vorbehalten.

Früher hatte es dort neben Alexandrinern und Juden auch eine breite italisch-römische Bevölkerungsschicht gegeben. Das größte Gebäude auf Delos war die römische Agora, wo römische und italische Kaufleute ihre Büros untergebracht hatten. Jetzt war das Gebäude windschief und fast ebenso menschenleer wie die Westseite der Insel, wo wegen des besseren Klimas die meisten Häuser standen. An den Hängen des Berges Kynthos lagen die Bezirke und Tempel der Götter, die unter dem Patronat der Ptolemäer aus Ägypten und der Seleukiden aus Syrien nach Delos importiert worden waren. Das Heiligtum der Artemis lag ganz in der Nähe des heiligen Hafens, wo nur Pilgerschiffe vor Anker gingen. Nördlich davon befand sich der große und herrliche Bezirk des Apoll mit einigen der berühmtesten Kunstwerke. Und die Prozessionsstraße zwischen dem Tempel der Leto und dem heiligen See wurde von monumentalen Löwenskulpturen aus weißem Marmor gesäumt.

Verres war unbändig vor Entzücken und ließ sich bei seinen Erkundungen nicht stören. Er eilte von einem Tempel zum anderen, bestaunte die Statue der Artemis von Ephesos, die mit Stierhoden beladen war, die an sterile Hängebrüste erinnerten, bewunderte die Göttin Ma von Komana, die Hekate von Sidon und den Serapis von Alexandria und begeisterte sich für Goldelfenbeinwerke und mit Juwelen besetzte orientalische Throne, auf denen man anscheinend mit übereinandergeschlagenen Beinen sitzen mußte. Im Apollotempel entdeckte er schließlich zwei Statuen, denen er nicht widerstehen konnte – eine Gruppe, bestehend aus dem Satyr Marsyas mit seiner Flöte, dem verzückten Midas und dem empörten Apoll, und eine angeblich von Phidias, dem Meister der Goldelfenbeintechnik, stammende Statue der Leto mit ihren göttlichen Kindern auf dem Arm. Da diese beiden Kunstwerke relativ klein waren, schlichen sich Verres und vier seiner Diener vor Auslaufen des Schiffes mitten in der Nacht in den Tempel, nahmen die Statuen von ihren Sockeln, wickelten sie behutsam in Decken und verstauten sie in dem Teil des Laderaums, wo Gaius Verres' Habseligkeiten untergebracht waren.

»Ich bin froh, daß Archelaus und nach ihm Sulla diesen Ort geplündert haben«, sagte bei Tagesanbruch ein zufriedener Verres zu Malleolus. »Würde auf Delos noch immer der Sklavenhandel blühen, wäre es selbst bei Nacht viel schwieriger, unbehelligt herumzulaufen und etwas zu ergattern.«

Etwas verwundert fragte sich Malleolus, was Verres wohl meinte, aber als er in dessen unnatürlich schönes, honigfarbenes Gesicht blickte, wagte er nicht zu fragen. Kaum einen halben Tag später wußte er es. Ein plötzlich aufkommender Wind hatte das Auslaufen des Schiffes verhindert, und noch bevor der Wind sich wieder gelegt hatte, waren die Priester des Apollotempels zu Dolabella gekommen und hatten sich beklagt, daß zwei der wertvollsten Schätze des Gottes gestohlen worden seien. Und da sie bemerkt hatten, wie lange Verres um die Statuen herumgeschlichen war, mit der Hand darüber gestrichen, sie auf den Sockeln hin und her gerückt und mit den Augen abgemessen hatte, beschuldigten sie ihn der Tat. Entsetzt erkannte Malleolus, daß die Behauptung gerechtfertigt war. Obwohl er Verres mochte und es ihm schwerfiel, zu Dolabella zu gehen und ihm zu berichten, was Verres gesagt hatte, tat er seine Pflicht. Und Dolabella bestand darauf, daß Verres die Kunstwerke zurückgab.

»Dies ist Apolls Geburtsort«, sagte er und erschauerte. »Du darfst hier nicht plündern. Wir werden sonst alle sterben.«

Widerwillig und von einer übermächtigen Wut gepackt, gab Verres die Statuen zurück, indem er sie über die Reling auf das steinige Ufer warf. Das sollte Malleolus büßen. Doch zu Malleolus' großem Erstaunen bedankte sich Verres bei ihm dafür, daß er den Raub verhindert hatte.

»Ich bin so gierig nach Kunstwerken, daß es mir große Probleme bereitet«, sagte Verres mit treuherzigen, feuchten Augen. »Danke, danke!«

Seine Gier sollte jedoch noch befriedigt werden. Auf der Insel Tenedos – die Dolabella wegen der Rolle, die sie im Krieg gegen

Troja gespielt hatte, unbedingt besuchen wollte – eignete sich Verres die Statue des Tenes an, ein schönes hölzernes Kunstwerk, das so alt war, daß es nur entfernt an einen Menschen erinnerte.

»Ich will es, ich muß es haben!« sagte er offen und ließ das Kunstwerk im Laderaum des Schiffes verschwinden, während Dolabella und Malleolus seufzend und kopfschüttelnd zusahen, weil ihre auf einen längeren Zeitraum angelegte und notwendigerweise enge Zusammenarbeit nicht gefährdet werden sollte. Auf Chios und in Erythrae machte Verres ebenfalls reiche Beute, und Malleolus wurde jetzt in eine Korruption hineingezogen, der sich Dolabella schon nicht mehr widersetzen konnte. Als Verres beschloß, aus dem Tempel und dem Bezirk der Hera auf Samos sämtliche Kunstwerke zu entwenden, konnte er Dolabella überreden, ein zusätzliches Schiff anzuheuern und dem Admiral Charidemus von Chios zu befehlen, der Flotille des neuen Statthalters von Cilicia auf dem letzten Stück ihrer Reise nach Tarsus mit seinem Fünfruderer Geleitschutz zu geben. Der immer größer werdende Schatz durfte nicht in die Hände von Piraten fallen! Halicarnassos büßte ein paar Statuen von Praxiteles ein – Verres' letzte Plünderung in der Provinz Asia, wo mittlerweile helle Aufregung herrschte. Dafür raubte er in Pamphylia den wundervollen Harfenisten von Aspendos und den größten Teil der Kunstwerke aus dem Tempel der Artemis in Perge. Da die Statue der Göttin nach Verres' Ansicht schlecht gearbeitet war, nahm er nur den goldenen Umhang und schmolz ihn zu hübschen handlichen Barren ein.

Schließlich gelangten sie nach Tarsus. Dolabella war froh, sich in seinem Palast einrichten zu können, und Verres freute sich über eine eigene Villa, wo er sich an den Schätzen, die er angehäuft hatte, ergötzen konnte. Er wußte die Kunstwerke wirklich zu schätzen und hatte nicht die Absicht, auch nur eines davon zu verkaufen. Nur die Besessenheit und Amoralität des fanatischen Sammlers nahm bei Gaius Verres ein bis dato unbekanntes Ausmaß an.

Auch Gaius Publicius Malleolus freute sich über ein hübsches Haus am Ufer des Cydnus. Er packte sein Gold- und Silberbesteck und seine Geldsäcke aus, denn er wollte seinen Reichtum vermehren, indem er denjenigen, die sich von anderer Seite nichts borgen konnten, zu einem übertriebenen Zinssatz Geld lieh. Er fand Verres ungeheuer sympathisch und hilfsbereit.

Inzwischen war Dolabella in eine Trägheit befriedigter Wollust verfallen, sein Verstand war ständig durch den Giftstoff der Spanischen Fliege und andere Aphrodisiaka getrübt, die Verres ihm beschaffte, und er überließ die Verwaltung der Provinz seinem obersten Legaten und seinem Quästor. Verres war vernünftig genug, die Kunstwerke von Tarsus in Ruhe zu lassen; statt dessen sann er auf Rache. Es war Zeit, sich mit Malleolus zu befassen.

Er schnitt ein Thema an, das allen Römern sehr am Herzen lag – die Abfassung eines Testaments.

»Kurz vor meiner Abreise habe ich bei den Vestalinnen ein neues hinterlegt«, sagte Verres. Das Licht der Kerzen verlieh seinem welligen Haar einen goldenen Schimmer und machte ihn besonders anziehend. »Ich nehme an, du hast dasselbe getan, Malleolus?«

»Nein«, antwortete dieser verwirrt. »Ich muß gestehen, daß ich daran noch nie gedacht habe.«

»Mein lieber Freund, das ist Wahnsinn!« rief Verres. »In der Fremde kann einem alles mögliche passieren – Piraten, Krankheiten, Schiffbruch. Denk nur an Servilius Caepio, der vor fünfundzwanzig Jahren auf der Heimfahrt ertrunken ist. Er war Quästor wie du!« Verres goß noch mehr Dessertwein in Malleolus' vergoldeten Becher. »Du *mußt* ein Testament machen!«

Während Malleolus immer mehr trank, tat Verres nur so. Als der oberste Legat merkte, daß Dolabellas törichter Quästor zu benebelt war, um zu verstehen, was er unterzeichnete, verlangte Verres Papier und Feder, schrieb auf, was Gaius Publicius Malleolus ihm diktierte, und half ihm, das Dokument zu unterschreiben und zu versiegeln. Das Testament wurde in ein Fach von Malleolus' Schreibtisch gelegt und von seinem Verfasser prompt vergessen. Knapp vier Tage später starb Malleolus an einer unbekannten Krankheit, welche die Ärzte aus Tarsus schließlich als Lebensmittelvergiftung deklarierten. Gaius Verres legte das Testament vor und war erstaunt und entzückt, daß sein Freund, der Quästor, ihm seinen gesamten Besitz vermacht hatte, einschließlich des Familiensilbers.

»Furchtbare Sache«, sagte er traurig zu Dolabella. »Eine hübsche Erbschaft, aber es wäre mir lieber, der arme Malleolus weilte noch unter uns.«

Obwohl Dolabellas Verstand durch die Drogen benebelt war, spürte er die Scheinheiligkeit in Verres' Worten. Er beschränkte sich jedoch auf die Frage, wie er so schnell aus Rom einen neuen Quästor bekommen sollte.

»Keine Sorge«, meinte Verres vergnügt. »Ich war Carbos Quästor und gut genug, um zu seinem Proquästor ernannt zu werden, als er als Statthalter ins italische Gallien ging. Mache mich zum Proquästor.«

Und so gingen die Angelegenheiten Cilicias – ganz zu schweigen von der Staatskasse – in Gaius Verres' Hände über.

Den ganzen Sommer hindurch arbeitete Verres emsig, aber nicht zum Wohle Cilicias, sondern zu seinem eigenen Vorteil; vor allem der Geldverleih, den er von Malleolus übernommen hatte, florierte. Nur die Kunstsammlung blieb konstant. An diesem Punkt seiner Karriere war selbst Verres nicht selbstsicher genug, um das eigene Nest zu beschmutzen, indem er aus Städten und Tempeln in Cilicia Kunstwerke raubte. Und er konnte auch nicht wieder anfangen, die Provinz Asia zu plündern – zumindest solange nicht, wie Claudius Nero dort Statthalter war. Denn von der Insel Samos war eine Abordnung nach Pergamon gekommen, um sich bei Claudius Nero über die Plünderung des Heiligtums der Göttin Hera zu beschweren. Dieser hatte mit Bedauern erklärt, es stünde nicht in seiner Macht, den Legaten eines anderen Statthalters zu bestrafen oder zur Ordnung zu rufen, und die Bewohner von Samos sollten sich mit ihrer Beschwerde an den Senat von Rom wenden.

Ende September hatte Verres eine Idee, und er verlor keine Zeit, sie in die Tat umzusetzen. In Bithynien und Thrakien gab es Schätze im Überfluß. Weshalb also sollte er seine Kunstsammlung nicht auf Kosten Bithyniens und Thrakiens vergrößern? Er überredete Dolabella, ihn zum Sonderbotschafter zu ernennen und mit Empfehlungsschreiben zu König Nikomedes von Bithynien und dem Thrakerkönig Sadala zu schicken. Anfang Oktober brach Verres von Attaleia zum Hellespont auf. Er machte um die Provinz Asia einen Bogen und hoffte, daß er unterwegs, wenn auch keine reizvollen Kunstwerke, so doch etwas Gold aus den Tempeln entlang des Weges ergattern konnte.

Die Delegation bestand nur aus Schurken, denn Verres wollte

keine rechtschaffenen, aufrichtigen Männer dabei haben. Sogar die sechs Liktoren, auf die er als Botschafter mit dem Rang eines Proprätors Anspruch hatte, wählte er mit großer Sorgfalt aus, um sicherzustellen, daß sie ihn bei seinen schändlichen Unternehmen unterstützten. Sein wichtigster Gehilfe war ein hoher Beamter aus Dolabellas Stab, ein gewisser Marcus Rubrius. Verres und Rubrius hatten schon oft zusammengearbeitet; unter anderem hatten sie Dolabella schmutzige, übelriechende Frauen besorgt. Unter seinen Sklaven waren große, kräftige Männer, die schwere Statuen schleppen konnten, und kleine, die sich durch enge Öffnungen zwängen konnten, und seine Schreiber waren nur dazu da, um das, was er entwendete, zu katalogisieren.

Die Reise über Land verlief enttäuschend, da Pisidia und der Teil Phrygias, den er durchquerte, von den Feldherren des Mithridates vor neun Jahren völlig geplündert worden waren. Verres überlegte, ob er auf dem Sagaris weiterfahren sollte, um zu sehen, was er in Pessinus stehlen konnte, aber schließlich entschied er, sich geradewegs nach Lampsakos am Hellespont zu begeben. Dort konnte er ein Kriegsschiff der Provinz Asia als Geleitschutz requirieren, an der bithynischen Küste entlangsegeln und alles, was er fand und was ihm gefiel, auf einem stabilen Frachter verstauen.

Der Hellespont war ein Stück Niemandsland. Genaugenommen gehörte er zur Provinz Asia, aber auf der Landseite wurde er von den Bergen Mysias begrenzt, und er war mehr mit Bithynien als mit Pergamon verbunden. Lampsakos war der wichtigste Hafen auf der asiatischen Seite der Meerenge und lag fast gegenüber dem thrakischen Kallipolis. Hier gingen die verschiedenen Armeen, die den Hellespont überquerten, an Land. Lampsakos war eine große, belebte Stadt, deren wirtschaftlicher Wohlstand in hohem Maße auf der Menge und Qualität des im Hinterland erzeugten Weines beruhte.

Obwohl Lampsakos formal der Aufsicht des Statthalters der Provinz Asia unterstand, hatte es sich lange seine Unabhängigkeit bewahrt, und Rom gab sich mit einem Tribut zufrieden. Wie in allen wohlhabenden Städten an der Mittelmeerküste hatten sich auch hier römische Kaufleute niedergelassen, aber die Verwaltung und der größte Teil des Vermögens lagen in den Händen der phokäischen Griechen, die nicht das römische Bürgerrecht besaßen; sie waren nur *socii*, Verbündete.

Verres hatte über jeden Ort entlang seiner Route Erkundigungen eingezogen, und als seine Delegation in Lampsakos eintraf, wußte er über den Status der Stadt und ihrer einflußreichen Bürger Bescheid. Die römische Kavalkade, die von den Hügeln in die Hafenstadt herabgeritten kam, verursachte einen panikartigen Aufruhr. Sechs Liktoren ritten der bedeutenden römischen Persönlichkeit voran, und dahinter folgten zwanzig Diener und eine Truppe von hundert cilicischen Reitern. Die Ankunft der Delegation kam völlig unerwartet; niemand wußte, was sie in Lampsakos wollte.

Ein gewisser Ianitor war in diesem Jahr oberster Ethnarch. Auf die Nachricht hin, daß eine römische Delegation ihn in der Agora erwarte, begab er sich mit einigen anderen Ältesten der Stadt eilends dorthin.

»Ich weiß nicht genau, wie lange ich bleiben werde«, sagte Gaius Verres, »aber ich brauche eine passende Unterkunft für mich und meine Leute.« Er wirkte stattlich und gebieterisch, aber kein bißchen arrogant.

Es sei unmöglich, erklärte Ianitor zögernd, ein Haus zu finden, das groß genug sei, um allen Platz zu bieten. Aber natürlich werde er den Gesandten mit seinen Liktoren und Dienern in seinem Hause unterbringen, und der Rest werde auf andere Haushalte verteilt. Dann stellte Ianitor die übrigen Ältesten vor, darunter Philodamus, der zu Sullas Zeit oberster Stammesführer von Lampsakos gewesen war.

»Wie ich hörte«, sagte der Beamte Marcus Rubrius leise zu Verres, als sie zu Ianitors Haus geführt wurden, »hat der alte Philodamus eine so unvergleichlich schöne und tugendhafte Tochter, daß er sie versteckt hält. Ihr Name ist Stratonike.«

Was die sexuellen Bedürfnisse betraf, war Verres kein Dolabella. Wie seine Statuen und Bilder mußten auch seine Frauen vollendete Kunstwerke sein, lebendig gewordene Galateas. Wenn er nicht in Rom war, verzichtete er daher gewöhnlich auf sexuelle Befriedigung, da er sich nicht mit zweitklassigen Frauen zufriedengeben wollte, nicht einmal mit so berühmten Kurtisanen wie Praecia. Und wenn er einmal heiratete, dann sollte es eine Frau aus gutem Hause und von beispielloser Schönheit sein – eine moderne Aurelia. Diese Reise in den Osten sollte sein Glück festigen und es ihm ermöglichen, mit einer stolzen Caecilia, Metella oder Claudia Pulchra über eine Heirat zu verhandeln. Eine Julia wäre die beste Partie gewesen, aber die Julias waren bereits alle vergeben.

Seit Monaten hatte Verres kein Liebesabenteuer mehr gehabt, und er hatte auch nicht erwartet, in Lampsakos eines zu erleben. Aber Rubrius hatte es sich zur Aufgabe gemacht, Verres' Schwächen herauszufinden – abgesehen von seiner Leidenschaft für leblose Kunstwerke –, und sobald die Delegation in der Stadt eingetroffen war, hatte er sich umgehört. Von geschwätzigen Leuten hatte er erfahren, daß Philodamus eine Tochter namens Stratonike hatte, die aufs Haar der Göttin Aphrodite glich.

»Stelle weitere Nachforschungen an«, sagte Verres knapp. Und als er vor Ianitors Haus anlangte, wo der oberste Ethnarch bereits wartete, um ihn persönlich willkommen zu heißen, setzte Verres sein charmantestes Lächeln auf. Rubrius nickte und folgte dem Sklaven zu seiner weniger vornehmen Unterkunft; schließlich war er nur ein kleiner Beamter ohne den Status eines Gesandten.

Am Nachmittag erschien Rubrius wieder im Hause Ianitors, um mit Verres unter vier Augen zu sprechen.

»Hast du es bequem hier?« fragte Rubrius.

»Mehr oder weniger. Natürlich ist es keine römische Villa. Wie schade, daß keiner der römischen Einwohner von Lampsakos zu den Wohlhabendsten zählt. Ich gebe mich nur ungern mit Griechen ab! Sie sind mir zu unkultiviert. Dieser Ianitor lebt nur von Fisch – es gibt nicht einmal ein Ei oder einen Vogel zum Essen. Aber der Wein war vorzüglich. Wie bist du in Sachen Stratonike vorangekommen?«

»Nur mühsam, Gaius Verres. Das Mädchen ist anscheinend ein Muster an Tugendhaftigkeit, aber vielleicht bewachen ihr Vater und ihr Bruder sie gerade deshalb so wie Tigranes die Frauen in seinem Harem.«

»Dann werde ich zum Essen zu Philodamus gehen müssen.«

Rubrius schüttelte energisch den Kopf. »Ich fürchte, das wird nichts nützen, Gaius Verres. Diese Stadt ist durch und durch phokäisch. Gäste bekommen die Frauen der Familie nicht zu Gesicht.«

Verres und Rubrius steckten die Köpfe zusammen und begannen zu tuscheln.

»Mein Gehilfe Marcus Rubrius ist schlecht untergebracht«, sagte Verres zu Ianitor, nachdem Rubrius gegangen war. »Ich verlange ein besseres Quartier für ihn. Wie ich hörte, ist ein gewisser Philodamus nach dir der nächste bedeutende Mann. Bitte sorge dafür, daß Marcus Rubrius morgen als erstes in das Haus des Philodamus umziehen kann.«

»Ich will den Wurm nicht haben!« fuhr Philodamus Ianitor an, als dieser ihm Verres' Wunsch vortrug. »Wer ist dieser Marcus Rubrius denn schon? Ein schmuddeliger kleiner römischer Beamter! Früher hatte ich römische Konsuln und Prätoren zu Gast – ja sogar den großen Lucius Cornelius Sulla, als er das letzte Mal den Hellespont überquerte! Ich habe noch nie jemanden beherbergt, der so unbedeutend war wie Gaius Verres! Und wer ist *er* denn? Nur ein Gehilfe des Statthalters von Cilicia!«

»Bitte, Philodamus, bitte! Um meinetwillen! Um unserer Stadt willen! Dieser Gaius Verres ist ein übler Bursche, das spüre ich in meinen Knochen. Außerdem hat er hundert berittene Soldaten bei sich. In ganz Lampsakos könnten wir nicht einmal halb so viel erfahrene Soldaten auftreiben.«

Schließlich gab Philodamus nach, und Rubrius wechselte sein Quartier. Aber bald mußte Philodamus feststellen, daß es ein Fehler gewesen war, nachzugeben. Rubrius war kaum im Haus, da verlangte er auch schon die schöne Tochter zu sehen, und als ihm dieses Privileg verweigert wurde, durchstöberte er sogleich Philodamus' geräumiges Haus. Da seine Suche erfolglos blieb, beorderte Rubrius Philodamus in dessen eigenem Haus wie einen Diener zu sich.

»Du wirst Gaius Verres heute nachmittag zum Essen einladen – und serviere etwas anderes als immer nur Fisch! Fisch ist ja schön und gut, aber man kann nicht davon leben. Ich will Lamm, Huhn und anderes Geflügel, eine Menge Eier und den besten Wein.«

Philodamus beherrschte sich. »Aber es war nicht leicht«, sagte er anschließend zu seinem Sohn.

»Sie sind hinter Stratonike her«, meinte Artemidorus wütend.

»Das glaube ich auch, aber sie haben mir diesen Rubrius so

schnell aufgehalst, daß ich keine Gelegenheit hatte, sie aus dem Haus zu bringen. Und jetzt geht es nicht mehr. Vor und hinter dem Haus schleichen Römer herum.«

Artemidorus wollte bei dem Festessen für Verres dabeisein, aber als Philodamus in das zornige Gesicht seines Sohnes blickte, begriff er, daß dessen Gegenwart die Situation nur noch verschlimmern würde. Nach langem Hin und Her war der junge Mann schließlich bereit, woanders zu essen. Was Stratonike anging, war es das beste, sie zusammen mit zwei kräftigen Dienern in ihrem Zimmer einzusperren.

Gaius Verres kam in Begleitung seiner sechs Liktoren, die sich vor dem Haus postierten, während eine Abteilung berittener Soldaten den Hintereingang bewachte. Kaum hatte es sich der römische Gesandte auf seinem Liegesofa bequem gemacht, da verlangte er, daß Philodamus seine Tochter hole.

»Das kann ich nicht tun, Gaius Verres«, erklärte der Alte. »Dies ist eine phokäische Stadt, und das bedeutet, daß unsere Frauen niemals mit Fremden in einem Raum sind.«

»Ich verlange ja nicht, daß sie mit uns ißt, Philodamus«, sagte Verres geduldig. »Ich möchte nur dieses Muster an Tugend sehen, von dem die ganze Stadt spricht.«

»Ich weiß nicht, weshalb man von ihr sprechen sollte, wo sie doch noch niemand gesehen hat«, meinte Philodamus.

»Zweifellos plaudern deine Diener so manches aus. Hol sie her, alter Mann!«

»Ich kann nicht, Gaius Verres.«

Es waren noch fünf andere Gäste anwesend – Rubrius und vier weitere Beamte. Kaum hatte Philodamus sich geweigert, seine Tochter zu holen, da riefen alle, sie wollten sie sehen. Und je beharrlicher Philodamus sich weigerte, desto lauter schrien sie.

Als der erste Gang serviert wurde, nutzte Philodamus die Gelegenheit und verließ den Raum. Er schickte einen seiner Diener zu dem Haus, wo Artemidorus aß, um ihn zu bitten, nach Hause zu kommen und seinem Vater beizustehen. Kaum war der Diener fort, ging Philodamus wieder in das Speisezimmer und weigerte sich weiterhin hartnäckig, den Römern seine Tochter zu zeigen. Rubrius und zwei seiner Begleiter erhoben sich, um das Mädchen zu suchen. Philodamus stellte sich ihnen in den Weg. Auf einem

Rost neben der Tür stand ein Krug mit kochendheißem Wasser, das in Schüsseln gegossen wurde, in denen wiederum kleinere Schüsseln mit Essen aufgewärmt wurden, die aus der Küche kamen. Rubrius griff nach dem Krug und schüttete Philodamus heißes Wasser über den Kopf. Während die Diener entsetzt die Flucht ergriffen, vermischten sich die Schreie des alten Mannes mit den Rufen und dem Hohngelächter der Römer, die sich formierten, um Stratonike zu suchen.

Das Chaos war perfekt, als Artemidorus und zwanzig seiner Freunde vor dem Haus seines Vaters eintrafen, wo Verres' Liktoren ihnen den Weg versperrten. Der Anführer der Liktoren, ein gewisser Cornelius, vertraute auf seine eigene Unverletzlichkeit und dachte nicht einen Moment daran, daß Artemidorus und seine Freunde sich gewaltsam Zutritt zu dem Haus verschaffen würden. Was vielleicht auch nicht der Fall gewesen wäre, hätte Artemidorus nicht die furchtbaren Schreie seines verbrühten Vaters vernommen. Die Lampsaker rückten gnadenlos vor. Während einige Liktoren sich nur leichtere Verletzungen zuzogen, brach Cornelius sich das Genick.

Als Artemidorus und seine Freunde mit Knüppeln in den Händen und mit mordgierigen Blicken in das Speisezimmer stürmten, liefen die Teilnehmer des Banketts vor Schreck auseinander. Aber Gaius Verres war kein Feigling. Er stieß die Eindringlinge verächtlich zur Seite und verließ mit Rubrius und den anderen Beamten das Haus. Vor dem Eingang lag ausgestreckt der tote Liktor, umgeben von seinen fünf erschrockenen Kollegen. Der Gesandte trieb sie, mit dem Leichnam des Cornelius in ihrer Mitte, die Straße entlang.

Inzwischen war die ganze Stadt in Aufruhr, und Ianitor selbst stand in der Eingangstür seines Hauses. Sein Mut sank, als er sah, daß die Römer einen Toten trugen, aber trotzdem ließ er sie ein und verriegelte wohlweislich die Tür hinter ihnen. Während Artemidorus sich um seinen Vater kümmerte, eilten seine Freunde zum Marktplatz der Stadt und forderten die Bewohner auf, sich ihnen anzuschließen. Die Griechen hatten genug von Gaius Verres, und selbst die leidenschaftliche Rede von Publius Tettius, dem einflußreichsten römischen Einwohner der Stadt, konnte sie nicht davon abbringen, Vergeltung zu üben. Tettius und sein Gast Gaius

Terentius Varro wurden einfach beiseite geschoben, und die Menge drängte in Richtung von Ianitors Haus.

Dort angelangt, forderten die erbosten Bürger Einlaß. Als Ianitor sich weigerte, schlugen sie mit einem behelfsmäßigen Rammbock gegen die Tür, und als das nichts nützte, beschlossen sie, das Haus niederzubrennen. An der vorderen Außenwand des Hauses wurden Holzscheite und Brennmaterial aufgestapelt und angezündet. Nur durch das Eingreifen von Publius Tettius, Gaius Terentius Varro und einigen anderen römischen Einwohnern von Lampsakos konnte Schlimmeres verhindert werden. Ihre leidenschaftlichen Appelle brachten die erhitzten Gemüter wieder zur Besinnung, und sie sahen ein, daß der Opfertod eines römischen Gesandten schlimmere Folgen hätte als die Schändung Stratonikes. Das Feuer, das sich bereits auf der Vorderseite des Hauses ausgebreitet hatte, wurde gelöscht, und die Männer von Lampsakos gingen nach Hause.

Ein weniger arroganter Mann als Gaius Verres wäre bei der nächstbesten Gelegenheit dem Hexenkessel entflohen, aber Gaius Verres hatte nicht die Absicht, davonzulaufen. Statt dessen setzte er sich in aller Ruhe hin und schrieb an Gaius Claudius Nero, den Statthalter der Provinz Asia. Er war fest entschlossen, sich nicht von ein paar gemeinen Griechen vertreiben zu lassen.

»Ich verlange, daß du unverzüglich nach Lampsakos kommst und die beiden *socii* Philodamus und Artemidorus wegen Mordes an dem obersten Liktor eines römischen Gesandten vor Gericht stellst«, schrieb er.

Doch obwohl der Brief schnell in Pergamon eintraf, kamen ihm Publius Tettius und Gaius Terentius Varro mit ihrem ausführlichen Bericht an den Statthalter zuvor.

»Ich werde bestimmt nicht nach Lampsakos kommen«, lautete Claudius Neros Antwort. »Mein oberster Legat Gaius Terentius Varro, der rangmäßig weit über dir steht, hat mir berichtet, was tatsächlich vorgefallen ist. Schade vielleicht, daß du nicht verbrannt bist. Du bist, was dein Name schon sagt, Verres – ein Schwein.«

Wütend schrieb Verres als nächstes an Dolabella in Tarsus. Der in herrischem und boshaftem Ton abgefaßte Brief erreichte Tarsus in knapp sieben Tagen. Der Kurier, der ihn überbrachte, hatte so große Angst davor, was Verres ihm wohl antun würde, wenn er trödelte, daß er sogar einen Mord begangen hätte, nur um alle paar Stunden ein frisches Pferd zu bekommen.

»Begib dich sofort und im Laufschritt nach Pergamon«, wies Verres seinen Vorgesetzten ohne einen förmlichen Gruß oder eine Respektsbezeugung an, »und bringe Claudius Nero unverzüglich nach Lampsakos, damit er die *socii,* die meinen obersten Liktor ermordet haben, vor Gericht stellt und verurteilt. Wenn du es nicht tust, werde ich in Rom über gewisse Ausschweifungen und Drogen berichten. Das ist mein Ernst, Dolabella. Und du kannst Claudius Nero ausrichten, daß, wenn er nicht nach Lampsakos kommt und diese griechischen *fellatores* verurteilt, ich auch ihn schmutziger Praktiken bezichtigen werde. Und ich werde es beweisen, Dolabella, ich werde es beweisen, und wenn ich dafür sterben muß.«

Als die Nachricht von den Ereignissen in Lampsakos den Hof von König Nikomedes erreichte, hatten die Dinge sich festgefahren. Gaius Verres wohnte noch immer im Hause Ianitors und konnte sich in der Stadt frei bewegen. Ianitor hatte den Ältesten von Lampsakos allerdings versichern müssen, daß Verres die Stadt nicht verlassen werde. Und alle wußten, daß Claudius Nero aus Pergamon kommen und Vater und Sohn vor Gericht stellen sollte.
»Ich wünschte, ich könnte etwas tun«, sagte der besorgte König zu Caesar.

»Lampsakos gehört zur Provinz Asia, nicht zu Bithynien«, erwiderte Caesar. »Alles, was du tätest, müßte unter dem Deckmantel der Diplomatie geschehen, und ich bin nicht sicher, ob es diesen beiden unglücklichen *socii* helfen würde.«

»Gaius Verres ist ein habgieriger Mensch, Caesar. Anfang des Jahres plünderte er in der gesamten Provinz Asia die Heiligtümer, und anschließend stahl er den Harfenspieler von Aspendos und das goldene Gewand der Artemis von Perge.«

»Wie soll sich Rom da bei seinen Provinzen beliebt machen«, sagte Caesar und verzog verächtlich den Mund.

»Nichts ist vor dem Mann sicher – nicht einmal tugendhafte Töchter angesehener griechischer *socii.*«

»Was macht Verres eigentlich in Lampsakos?«

Nikomedes erschauerte. »Er will mich aufsuchen, Caesar! Er hat Empfehlungsschreiben für mich und für König Sadala von Thrakien dabei. Sein Statthalter, Dolabella, hat ihn mit dem Status eines Gesandten ausgestattet. In Wirklichkeit will er vermutlich unsere Statuen und Bilder stehlen.«

»Solange ich hier bin, wird er das nicht wagen, Nikomedes«, beruhigte Caesar ihn.

Das Gesicht des alten Königs hellte sich auf. »Genau das wollte ich auch sagen. Würdest du als mein Gesandter nach Lampsakos gehen, damit Gaius Claudius Nero weiß, daß Bithynien genau aufpaßt? Ich wage nicht, selbst zu gehen – es könnte als bewaffnete Drohung verstanden werden, selbst wenn ich ohne Militäreskorte käme. Meine Truppen stehen viel näher bei Lampsakos als die Truppen der Provinz Asia.«

Noch ehe Nikomedes zu Ende gesprochen hatte, erkannte Caesar, welche Probleme das mit sich brachte. Wenn er als offizieller Beobachter des Königs von Bithynien nach Lampsakos ging, würde ganz Rom annehmen, er stünde mit Nikomedes auf vertrautem Fuß. Wie konnte er es nur vermeiden, dorthin zu gehen? Oberflächlich betrachtet, war die Bitte berechtigt.

»Es darf nicht so aussehen, als handelte ich in deinem Auftrag, Nikomedes«, sagte Caesar ernst. »Das Schicksal der beiden *socii* liegt in den Händen des Statthalters der Provinz Asia. Es würde ihm nicht gefallen, wenn ein zwanzigjähriger römischer *privatus* als Vertreter des Königs von Bithynien aufträte.«

»Aber ich muß wissen, was in Lampsakos vor sich geht, und zwar von einem, der objektiv genug ist, um nicht zu übertreiben, und der sich als Römer nicht automatisch auf die Seite der Griechen stellt«, erklärte Nikomedes.

»Ich habe nicht gesagt, daß ich nicht gehen will. Ich werde gehen. Aber als einfacher römischer *privatus,* der zufällig in der Gegend war und dessen Neugier gesiegt hat. Auf diese Weise bleibt Bithynien aus dem Spiel, und ich kann dir trotzdem nach meiner Rückkehr ausführlich berichten. Wenn du es danach für notwendig hältst, kannst du beim Senat in Rom formell Beschwerde einlegen, und ich werde aussagen.«

Am folgenden Tag brach Caesar mit Burgundus und vier Dienern auf. Er ritt über Land, so als komme er von irgendwoher und wolle irgendwohin. Obwohl er Lederharnisch und Waffenrock trug, seine bevorzugte Kleidung zu Pferd, hatte er Toga, Tunika und die Sandalen eines Senators eingepackt und den Sklaven mitgenommen, der ihm neue Bürgerkränze aus Eichenlaub flocht. Er wollte zwar nicht im Namen von Nikomedes auftreten, wohl aber in seinem eigenen Namen.

Ende Dezember ritt er auf derselben Straße, die Verres benutzt hatte, nach Lampsakos. Niemand bemerkte seine Ankunft; die Bewohner der Stadt hatten sich unten am Kai versammelt, wo gerade die ansehnliche Flotte Claudius Neros und Dolabellas festmachte. Beide Statthalter waren schlechter Laune: Dollabella, weil er sich ständig in Verres' Würgegriff befand, und Claudius Nero, weil Dolabellas Indiskretionen jetzt auch ihn zu kompromittieren drohten. Ihre Gesichter wurden noch grimmiger, als sie erfuhren, daß es für sie keine geeignete Unterkunft gab, da Ianitor immer noch Verres beherbergte und das einzige noch geräumige Haus in Lampsakos dem Angeklagten Philodamus gehörte. Publius Tettius löste das Problem, indem er einfach einen Kollegen auf die Straße setzte und den freigewordenen Platz in seinem Haus Claudius Nero und Dolabella anbot.

Als Claudius Nero Verres empfing, der bei der Ankunft des Statthalters bereits in dessen Unterkunft wartete, erfuhr er, daß er die Gerichtsverhandlung leiten und Verres als Ankläger, Zeugen, Geschworenen und Gesandten anerkennen sollte, dessen offizieller Status als Proprätor von den Ereignissen in Lampsakos unberührt blieb.

»Lächerlich!« sagte er zu Verres, so daß es Dolabella, Publius Tettius und der Legat Gaius Terentius Varro hören konnten.

»Was meinst du?« fragte Verres.

»Die römische Rechtsprechung ist berühmt. Dein Vorschlag ist eine Farce. Ich habe in meiner Provinz meine Sache gut gemacht. Nach Lage der Dinge werde ich im Frühjahr wahrscheinlich abgelöst. Dasselbe gilt für deinen Vorgesetzten Gnaeus Dolabella. Ich kann zwar nicht für ihn sprechen« – Claudius Nero sah Dolabella an, der seinem Blick auswich –, »aber ich für meinen Teil will meine Provinz in dem Ruf verlassen, ein guter Statthalter gewesen zu sein. Dies wird vermutlich mein letzter großer Fall sein, und ich dulde nicht, daß daraus eine Farce gemacht wird.«

Verres' Gesicht wurde rot vor Zorn. »Ich will eine rasche Verurteilung!« schrie er. »Ich will, daß diese beiden griechischen *socii* ausgepeitscht und enthauptet werden! Sie haben einen römischen Liktor bei der Erfüllung seiner Pflicht ermordet! Wenn man sie ungestraft davonkommen läßt, wird die Autorität Roms in einer Provinz, die sich noch immer danach sehnt, von König Mithridates regiert zu werden, weiter untergraben.«

Das Argument war gut, aber das war nicht der Grund, warum Gaius Claudius Nero letztlich nachgab. Er tat es, weil er nicht die Kraft oder das Rückgrat besaß, sich Verres in einer direkten Konfrontation zu widersetzen. Mit Ausnahme von Publius Tettius und dessen Gast Gaius Terentius Varro hatte Verres alle römischen Bürger, die in Lampsakos lebten, auf seine Seite gezogen und ihre Gemüter derart erhitzt, daß der Friede in der Stadt auf lange Sicht gefährdet war. Es hieß Römer gegen Griechen; und Claudius Nero konnte dem Druck, der jetzt auf ihm lastete, einfach nicht standhalten.

In der Zwischenzeit hatte Caesar in einer schäbigen kleinen Herberge am Hafen, in der vorwiegend Seeleute verkehrten, Unterkunft gefunden. Es war der einzige Ort, wo man ihn, einen verhaßten Römer, aufnehmen wollte. Wäre es nicht so kalt gewesen, hätte er im Freien sein Lager aufgeschlagen; und wäre er nicht entschlossen gewesen, seine Unabhängigkeit zu bewahren, hätte er auch im Hause eines römischen Bürgers unterkommen können. So mußte er mit der Hafenkneipe Vorlieb nehmen. Gerade als er und Burgundus vor dem Abendessen noch einen Spaziergang machten, verkündeten die Herolde auf den Straßen, daß der Prozeß von Philodamus und Artemidorus am nächsten Tag auf dem Marktplatz stattfinden werde.

Am folgenden Tag hatte es Caesar nicht eilig; er wollte, daß alle schon versammelt waren, wenn er auf der Bildfläche erschien. Als es dann soweit war, sorgte er für eine kleine Sensation – ein römischer Adliger, ein Senator, ein Kriegsheld, der keinem der anwesenden Römer Loyalität schuldete. Keiner kannte sein Gesicht gut genug, um es mit einem Namen in Verbindung zu bringen, vor allem da Caesar jetzt keinen Wollmantel und keinen Helm trug, sondern eine schneeweiße Toga, mit dem breiten purpurnen Streifen des Senators auf der rechten Schulter seiner Tunika und den kastanienbraunen Ledersandalen des Senators an den Füßen. Auf dem Kopf hatte er einen Kranz aus Eichenlaub, so daß jeder Römer – die beiden Statthalter eingeschlossen – sich erheben und Caesar mit Beifall begrüßen mußte.

»Ich bin Gaius Julius Caesar, der Neffe von Lucius Cornelius Sulla, dem Diktator«, sagte er arglos zu Claudius Nero und streckte die rechte Hand aus. »Ich war gerade auf der Durchreise, als ich von dieser Sache hörte. Ich hielt es für besser, herzukommen und zu sehen, ob ihr noch einen Geschworenen braucht.«

Als die Anwesenden den Namen hörten, erkannten sie ihn natürlich sofort, obwohl sie dabei eher an den Jupiterpriester als an die Belagerung von Mytilene dachten; sie waren bei Lucullus' Rückkehr nicht in Rom gewesen und waren mit den Einzelheiten der Übergabe von Mytilene nicht vertraut. Caesars Angebot, als Geschworener zu fungieren, wurde zwar abgelehnt, aber man brachte ihm in aller Eile einen Stuhl; schließlich war er nicht nur ein Kriegsheld, sondern auch der Neffe des Diktators.

Der Prozeß begann. Es waren genug römische Bürger da, die als Geschworene fungierten, denn Dolabella und Claudius Nero hatten viele niedere Beamte und eine ganze Kohorte römischer Soldaten aus Pergamon mitgebracht – Fimbrianer, die Caesar sofort erkannten und ihm freudig zujubelten. Noch ein Grund, weshalb keiner der beiden Statthalter über Caesars Anwesenheit erfreut war.

Obwohl Verres die Klage erhoben hatte, übernahm ein römischer Einwohner von Lampsakos die Rolle des Anklägers. Es handelte sich um einen Wucherer, der Claudius Neros Liktoren brauchte, um säumigen Klienten Geld abzunehmen, und der sich darüber im klaren war, daß ihm die Liktoren nicht mehr zur Verfügung stünden, wenn er sich weigerte, als Vertreter der Anklage aufzutreten. Die Bewohner von Lampsakos versammelten sich um den Platz, wo das Gericht tagte, tuschelten miteinander, warfen wütende Blicke in die Runde und drohten gelegentlich mit der Faust. Trotzdem hatte sich keiner bereit erklärt, Philodamus und Artemidorus zu vertreten. Deshalb mußten sich die beiden unter einem fremden Rechtssystem selbst verteidigen.

Es ist eine Farce, dachte Caesar mit ausdruckslosem Gesicht. Claudius Nero, der nominell den Vorsitz hatte, unternahm nicht einmal den Versuch, die Verhandlung zu leiten; er saß nur stumm da und überließ alles Verres und Rubrius. Dolabella, der selbst zu den Geschworenen zählte, setzte sich immer wieder lautstark für Verres ein, und auch Verres, der ebenfalls Geschworener war, sprach für sich. Als die griechischen Zuschauer merkten, daß Philodamus und Artemidorus nicht genügend Gelegenheit bekamen, sich zu verteidigen, stießen manche Beschimpfungen aus. Aber auf dem Platz waren fünfhundert bewaffnete Fimbrianer postiert, die einer tobenden Menge weit überlegen waren.

Das Urteil war kein Urteil: Die Geschworenen beantragten ein Wiederaufnahmeverfahren. Nur so konnte die Mehrheit ihr Mißfallen über das rücksichtslose Vorgehen zum Ausdruck bringen, ohne daß ein Verrinischer Sturm über sie hereinbrach.

Als Verres hörte, daß das Verfahren wiederaufgenommen werden sollte, geriet er in Panik. Wenn Philodamus und Artemidorus am Leben blieben, konnten sie ihn, mit einer aufgebrachten Stadt im Rücken, in Rom anklagen. Und möglicherweise würde sogar ein römischer Senator und Kriegsheld für sie aussagen, denn Verres hatte das bestimmte Gefühl, daß Gaius Julius Caesar nicht auf seiner Seite stand. Zwar hatte sich der junge Mann weder durch Blicke noch durch Äußerungen verraten, aber das allein war schon ein Hinweis für seine Ablehnung. Außerdem war er mit Sulla, dem Diktator von Rom, verwandt. Vielleicht faßte ja auch Gaius Claudius Nero wieder Mut, wenn Verres in Rom vor Gericht gestellt wurde; in dem Fall würden sich seine Behauptungen hinsichtlich Claudius Neros Verhalten wie eine Verleumdungskampagne ausnehmen, um einen wichtigen Zeugen in Mißkredit zu bringen.

Daß Claudius Nero ähnlich dachte, wurde offensichtlich, als er erklärte, das Verfahren solle im Frühsommer wiederaufgenommen werden – zu einem Zeitpunkt, wo die Provinzen Asia und Cilicia bereits neue Statthalter hatten. Obwohl ein römischer Liktor zu Tode gekommen war, hatten Philodamus und Artemidorus plötzlich eine ausgezeichnete Chance, freizukommen. Und wenn sie frei waren, würden sie nach Rom kommen und gegen Gaius Verres Anklage erheben. Denn, wie Philodamus zu den Geschworenen gesagt hatte:

»Wir *socii* wissen, daß wir unter der Obhut Roms stehen und daß wir dem Statthalter, seinen Legaten und Beamten, und durch ihn dem Senat und dem Volk von Rom Rechenschaft ablegen müssen. Wir wissen auch, daß es notgedrungen zu Repressalien kommen muß und viele von uns darunter leiden werden, wenn wir uns der römischen Herrschaft nicht beugen. Aber was sollen wir ausländische Staatsbürger Roms tun, wenn Rom es zuläßt, daß ein Mann, der nichts weiter ist als der Gehilfe eines Statthalters, unsere Kinder begehrt und sie uns entreißt, um sie für üble Zwecke zu mißbrauchen? Mein Sohn und ich haben nur seine Schwester und meine Tochter vor einem gemeinen Rüpel beschützt! Es sollte niemand sterben, und es war keine griechische Hand, die den ersten Schlag geführt hat. Ich wurde in meinem eigenen Haus mit kochendheißem Wasser verbrüht, als ich die Begleiter des Gaius Verres daran zu hindern versuchte, mein Kind zu entführen und ihm Schmerz und Schande zuzufügen. Wären mein Sohn und seine Freunde nicht rechtzeitig gekommen, wäre meine Tochter tatsächlich entführt und entehrt worden. Gaius Verres hat sich nicht wie ein zivilisierter Angehöriger eines zivilisierten Volkes benommen, sondern er hat sich wie der Barbar aufgeführt, der er ist.«

Die Beantragung eines Wiederaufnahmeverfahrens durch römische Geschworene, die während der Verhandlung von Dolabella und Verres eindringlich ermahnt wurden, ihre Pflicht zu tun und die Angeklagten zu verurteilen, ermutigte die Griechen dazu, Claudius Nero und sein Gericht mit Hohngelächter, Buhrufen, Zischen und zornigen Gesten vom Marktplatz zu jagen.

»Du wirst das Wiederaufnahmeverfahren für morgen ansetzen«, sagte Verres zu Claudius Nero.

»Für nächsten Sommer«, erwiderte dieser leise.

»Nicht, wenn du Konsul werden willst, mein Freund. Ich werde dich mit dem größten Vergnügen demütigen, das kannst du mir glauben. Was für Dolabella gilt, gilt auch für dich. Tue, was ich sage, oder sei bereit, die Konsequenzen zu tragen. Denn wenn Philodamus und Artemidorus am Leben bleiben und mich in Rom anklagen, werde ich dich und Dolabella in Rom unter Anklage stellen, lange bevor die Griechen dort eintreffen. Ich werde dafür sorgen, daß ihr beide wegen Erpressung verurteilt werdet. So wird keiner von euch zur Stelle sein, um gegen mich auszusagen.«

Das Wiederaufnahmeverfahren fand am Tag nach dem Prozeß statt. Verres war so damit beschäftigt, Geschworene zu bestechen und denen, die sich nicht bestechen ließen, zu drohen, daß er nicht zum Schlafen kam. Dolabella erging es ebenso, da er Verres auf seiner Runde begleiten mußte.

Aber die Mühe lohnte sich. Mit knapper Mehrheit erklärten die Geschworenen Philodamus und Artemidorus des Mordes an einem römischen Liktor für schuldig, und Claudius Nero ordnete ihre sofortige Hinrichtung an. Von der Kohorte der Fimbrianer in Schach gehalten, mußten die Griechen hilflos mit ansehen, wie Vater und Sohn entkleidet und ausgepeitscht wurden. Der alte Mann war bewußtlos als ihm der Kopf abgehackt wurde, aber Artemidorus war bis zuletzt bei vollem Bewußtsein und weinte, nicht über sein eigenes Schicksal oder das seines Vaters, sondern über das Schicksal seiner verwaisten Schwester.

Nachdem alles vorbei war, mischte sich Caesar furchtlos unter die weinenden Griechen aus Lampsakos, deren Zorn mittlerweile der Trauer gewichen war. Kein anderer Römer wagte sich in ihre Nähe. Begleitet von den Fimbrianern, schafften Claudius Nero und Dolabella bereits ihre Habseligkeiten hinunter zum Kai. Aber Caesar hatte einen Plan. Er hatte nicht lange gebraucht, um zu erkennen, wer unter den Griechen Einfluß hatte, und an diese Männer wandte er sich jetzt.

»Lampsakos ist nicht groß genug, um eine Revolte zu inszenieren«, sagte er zu ihnen, »aber Vergeltung ist möglich. Beurteilt nicht alle Römer nach diesem erbärmlichen Haufen und bleibt ruhig. Ich gebe euch mein Wort, daß ich nach meiner Rückkehr nach Rom den Statthalter Dolabella vor Gericht stellen und dafür sorgen werde, daß Verres nicht zum Prätor gewählt wird. Ich tue das nicht, um Geschenke oder Auszeichnungen zu erhalten, sondern zu meiner eigenen Genugtuung.«

Danach begab sich Caesar zum Hause Ianitors, um mit Gaius Verres zu sprechen, ehe dieser Lampsakos verließ.

»Na, wenn das nicht der Kriegsheld ist!« rief Verres erfreut aus, als Caesar eintrat.

Verres überwachte gerade das Verpacken seiner Sachen.

»Hast du vor, die Tochter mitzunehmen?« fragte Caesar, während er es sich in einem Sessel bequem machte.

»Natürlich«, erwiderte Verres und nickte einem Sklaven zu, der ihm eine kleine Statue brachte, damit er sie begutachtete. »Ja, die gefällt mir. Pack sie ein.« Dann wandte er sich wieder Caesar zu. »Du willst dir wohl unbedingt die Ursache dieses ganzen Theaters ansehen, was?«

»Die Neugier verzehrt mich. Sie soll ja selbst Helena an Schönheit übertreffen.«

»Ja, ich glaube schon.«

»Ich frage mich, ob sie wohl blond ist. Ich habe immer gedacht, Helena müsse blond gewesen sein. Blondes Haar hat das gewisse Etwas.«

Anerkennend betrachtete Verres Caesars Haarschopf. Dann fuhr er sich selbst mit der Hand durchs Haar. »Du und ich sollten es ja eigentlich wissen.«

»Wohin wirst du von Lampsakos aus gehen, Gaius Verres?«

Verres zog die goldbraunen Brauen hoch. »Nach Nikomedeia natürlich.«

»Das würde ich nicht tun«, sagte Caesar mit sanfter Stimme.

»Wirklich? Und warum nicht?« fragte Verres scheinbar gleichgültig.

Caesar senkte den Blick und betrachtete seine Hände. »Sobald ich nach Rom zurückkehre – was in diesem oder im nächsten Frühjahr sein wird –, wird Dolabella dran glauben müssen. Ich werde ihn selbst vor Gericht bringen. Und dich auch. Es sei denn, du gehst jetzt nach Cilicia zurück.«

Caesar sah auf; seine blauen Augen blickten in Verres' honigfarbene Augen. Keiner sagte etwas.

Schließlich brach Verres das Schweigen. »Jetzt weiß ich, an wen du mich erinnerst. An Sulla.«

»Wirklich?«

»Es sind deine Augen. Sie sind zwar nicht so blaßblau wie Sullas, aber sie haben denselben Ausdruck. Ich frage mich, ob du wohl so weit gehen wirst wie Sulla.«

»Das liegt im Schoß der Götter. Ich hoffe nur, keiner zwingt mich dazu, so weit zu gehen wie Sulla.«

Verres zuckte die Schultern. »Nun, Caesar, ich bin kein Gaius Marius, deshalb werde ich es nicht sein.«

»Du bist gewiß kein Gaius Marius«, stimmte Caesar ihm gelassen zu. »Er war ein bedeutender Mann, bis sein Verstand nachließ. Hast du dich entschieden, wohin du von Lampsakos aus gehen wirst?«

»Mit Dolabella nach Cilicia«, sagte Verres und zuckte erneut die Schultern.

»Sehr vernünftig! Soll ich jemanden zum Hafen schicken, um es Dolabella mitzuteilen? Ich möchte nicht, daß er ohne dich davonsegelt.«

»Wenn du willst«, meinte Verres gleichgültig.

Caesar ging weg, um Burgundus zu suchen und ihn anzuweisen, was er Dolabella sagen sollte. Als er durch eine Innentür wieder in das Zimmer trat, kam Ianitor mit einer vermummten Gestalt durch die Vordertür.

»Ist das Stratonike?« fragte Verres gespannt.

Ianitor wischte sich die Tränen von den Wangen. »Ja.«

»Laß uns mit ihr allein, Grieche.«

Ianitor eilte aus dem Zimmer.

»Soll ich sie für dich entschleiern, während du in angemessener Entfernung stehenbleibst und sie genau begutachtest?« fragte Caesar.

»Ich möchte es lieber selbst tun«, meinte Verres und trat neben das Mädchen. Es gab keinen Laut von sich und machte keine Anstalten, wegzulaufen.

Die Kapuze ihres schweren Umhangs verdeckte ihr Gesicht, so daß nichts zu erkennen war. Wie Myron, der das Ergebnis eines Bronzeabdrucks prüfen will, nahm Verres ihr mit zitternder Hand den Umhang ab – und starrte und starrte.

Caesar brach das Schweigen. Er warf den Kopf zurück und lachte, bis ihm die Tränen kamen. »Ich hatte so eine Ahnung«, sagte er, nachdem er sich wieder gefaßt hatte, und suchte nach einem Taschentuch.

Arme Stratonike. Ihr Körper war unförmig, ihre Augen waren schmale Schlitze, ihre Stupsnase beherrschte ihr Gesicht, die rötlichen Haare auf ihrem flachen Hinterkopf wuchsen so spärlich, daß sie schon fast eine Halbglatze hatte, ihre Ohren waren verkümmert, und sie hatte eine schlimme Hasenscharte. Zudem war sie geistig zurückgeblieben. Arme Stratonike.

Mit hochrotem Gesicht machte Verres auf dem Absatz kehrt.

»Verpasse dein Schiff nicht!« rief Caesar ihm nach. »Es wäre mir äußerst unangenehm, das Ende dieser Geschichte in ganz Rom verbreiten zu müssen, Verres!«

Kaum war Verres fort, wurde Caesar wieder ernst. Er ging zu der stummen, reglosen Gestalt hinüber, hob den Umhang vom Boden auf und legte ihn ihr ganz sacht um.

»Keine Angst, mein armes Mädchen«, sagte er, obwohl er nicht sicher war, ob es ihn überhaupt verstand. »Du bist in Sicherheit.« Dann rief er Ianitor, der sofort herbeieilte. »Du hast es gewußt, Ethnarch, nicht wahr?«

»Ja.«

»Warum beim großen Zeus hast du dann geschwiegen? Jetzt sind sie ganz umsonst gestorben!«

»Sie sind gestorben, weil der Tod für sie die bessere Alternative war«, sagte Ianitor.

»Und was soll jetzt aus dieser armen Kreatur werden?«

»Für sie wird gut gesorgt werden.«

»Wie viele von euch wissen es?«

»Nur die Ältesten der Stadt.«

Unfähig, etwas darauf zu erwidern, verließ Caesar Ianitors Haus und Lampsakos.

Gaius Verres eilte zum Hafen hinunter. Wie konnten es diese dummen Griechen wagen, Stratonike zu verstecken, als sei sie Helena von Troja, wo sie in Wirklichkeit ein häßliches Weib war?

Dolabella war nicht gerade erfreut darüber, daß er seine Abreise verschieben und warten mußte, bis Verres' Kisten und Koffer an Bord verstaut waren. Claudius Nero und die Fimbrianer waren bereits fort.

»*Quin taces!*« stieß Verres wütend hervor, als sein Vorgesetzter ihn fragte, wo die wunderschöne Stratonike sei. »Ich habe sie in Lampsakos gelassen. Sie verdienen einander.«

Nach kurzer Zeit stand Verres wieder in Dolabellas Gunst, und auf der Fahrt von Lampsakos nach Pergamon schmiedete er neue Pläne. Dolabella sollte in seine gewohnte Stellung zurückkehren, und Verres wollte den Rest der Amtszeit in Tarsus verbringen und das Gehalt des Statthalters aufbrauchen. Dachte Caesar wirklich, er könne Dolabella vor Gericht stellen? Nun, er würde keine Gelegenheit dazu erhalten. Er, Verres, würde ihm zuvorkommen! Sobald Dolabella nach Rom zurückkehrte, würde er einen Ankläger mit einem berühmten Namen auftreiben und Dolabella für immer ins Exil schicken. Dann konnte niemand mehr die Geschäftsbücher anfechten, die Verres dem Schatzamt vorlegen wollte. Schade, daß er nicht nach Bithynien und Thrakien gekommen war, aber es hatte sich trotzdem für ihn gelohnt.

»Ich glaube«, sagte er zu Dolabella, nachdem sie Pergamon hinter sich gelassen hatten, »daß es in Milet die feinste Wolle der Welt gibt, ganz zu schweigen von den Teppichen und Wandteppichen von außergewöhnlicher Qualität. Laß uns in Milet haltmachen und sehen, was dort zu haben ist.«

»Ich komme nicht darüber hinweg, daß diese beiden *socii* ganz umsonst gestorben sind«, sagte Caesar zu Nikomedes und Oradaltis. »Warum? Sagt mir, warum haben sie das Mädchen nicht einfach vorgeführt und Verres gezeigt, wie es wirklich ist. Damit wäre die Sache erledigt gewesen! Warum haben sie darauf bestanden, das, was eine Komödie hätte sein sollen, letztlich in eine Tragödie zu verwandeln, von der Sophokles nur träumen konnte?«

»Vor allem aus Stolz«, sagte Oradaltis mit Tränen in den Augen. »Vielleicht auch aus Ehrgefühl.«

»Das wäre verständlich gewesen, wenn das Mädchen sich als Baby hätte sehen lassen können, aber sie wußten doch von dem Moment ihrer Geburt an, wie es war. Warum haben sie es nicht ausgesetzt? Niemand hätte sie deswegen verurteilt.«

»Der einzige, der dir diese Frage hätte beantworten können, Caesar, ist auf dem Marktplatz von Lampsakos gestorben«, sagte Nikomedes. »Es muß einen guten Grund gegeben haben, zumindest für Philodamus. Ein Versprechen, das vor einem Gott gegeben wurde – eine Ehefrau und Mutter, die das Kind behalten wollte – eine freiwillig auferlegte Strafe – wer weiß das schon? Wenn wir alle Antworten kennen würden, hätte das Leben keine Geheimnisse mehr parat. Und keine Tragödien.«

»Ich hätte weinen können, als ich sie sah. Statt dessen habe ich mich krankgelacht. Sie erkannte den Unterschied nicht, aber Verres. Deshalb habe ich gelacht. Dieses Lachen wird ihm noch jahrelang in den Ohren klingen, und er wird mich fürchten.«

»Ich bin überrascht, daß wir den Mann nicht zu Gesicht bekommen haben«, sagte der König.

»Ihr werdet ihn auch nicht zu Gesicht bekommen«, erklärte Caesar mit Genugtuung. »Gaius Verres hat seine Zelte abgebrochen und sich wieder nach Cilicia begeben.«

»Warum?«

»Ich habe es verlangt.«

Der König beschloß, nicht weiter nachzuforschen. Statt dessen sagte er: »Du wünschtest, du hättest die Tragödie verhindern können.«

»Natürlich. Es ist eine Qual, dastehen und zusehen zu müssen, wie irgendwelche Dummköpfe im Namen Roms schweren Schaden anrichten. Aber ich schwöre dir, Nikomedes, ich werde mich nie so verhalten, wenn ich erst einmal in dem Alter bin und die Autorität besitze!«

»Du brauchst nicht zu schwören. Ich glaube dir auch so.«

Die Unterhaltung fand statt, bevor Caesar seine Gemächer aufsuchte, um die Spuren seiner Reise zu beseitigen, was äußerst unangenehm war. Jedesmal, wenn er in den drei Nächten, die er in der Herberge am Hafen verbracht hatte, aufgewacht war, hatte eine nackte Hure rittlings auf ihm gesessen, und da der Schlaf sein Wahrnehmungsvermögen getrübt und seinen Verstand ausgeschaltet hatte, hatte es ihm ungeheuren Spaß gemacht. Die Folge war, daß er sich Filzläuse geholt hatte. Als er die winzigen Parasiten entdeckte, war er so entsetzt und angewidert gewesen, daß er nichts mehr essen konnte, und nur eine gewisse Sensibilität hinsichtlich der Auswirkungen fragwürdiger Substanzen auf seine Genitalien hatte ihn davon abgehalten, etwas einzunehmen, um das Ungeziefer zu vernichten. Bislang hatten sie jeden seiner Versuche überlebt, sie durch ein kurzes Bad in eiskaltem Wasser loszuwerden, und während des Gesprächs mit dem alten König hatte Caesar die ganze Zeit gespürt, wie die furchtbaren Parasiten seine Körperhaare durchstreiften.

Jetzt biß er die Zähne zusammen, ballte die Fäuste und sprang unvermittelt auf. »Bitte entschuldige mich, Nikomedes. Ich muß mich von ein paar unliebsamen Gästen befreien«, sagte er scheinbar gelassen.

»Du meinst Filzläuse?« fragte der König, dem fast nichts entging und der offen sprechen konnte, da Oradaltis schon vor einer Weile mit ihrem Hund hinausgegangen war.

»Ich werde noch verrückt! Dieses ekelhafte Ungeziefer!«

Nikomedes verließ mit Caesar das Zimmer.

»Es gibt nur eine Möglichkeit, sich auf Reisen kein Ungeziefer zu holen«, sagte der König. »Es ist schmerzhaft, vor allem beim ersten Mal, aber es funktioniert.«

»Und wenn ich über glühende Kohlen gehen muß, sag es mir, und ich werde es tun«, bat Caesar eindringlich.

»Gerade in deiner seltsamen Gesellschaft werden dich einige als weibisch hinstellen«, meinte Nikomedes boshaft.

»Nichts könnte schlimmer sein als dieses lästige Ungeziefer. Sag es mir!«

»Laß dir am ganzen Körper die Haare auszupfen, Caesar. Unter den Armen, in der Leistengegend und auf der Brust, falls du dort welche hast. Wenn du willst, schicke ich dir den Sklaven, der Oradaltis und mich bedient.«

»Sofort, Nikomedes, sofort!« Caesar faßte sich an den Kopf. »Was ist mit meinem Haupthaar?«

»Hast du da auch Gäste?«

»Ich glaube nicht, aber es juckt überall.«

»Es sind besondere Parasiten, und sie können im Bett nicht überleben. Ich glaube nicht, daß du schon jemals welche hattest, weil du so groß bist. Sie können nicht nach oben krabbeln, deshalb sind die Leute, die sie sich bei anderen holen, immer genau so groß oder kleiner als der Überträger.« Nikomedes lachte. »Du könntest sie von Burgundus haben, sonst kommt kaum jemand in Frage. Es sei denn, deine Huren in Lampsakos haben Kopf an Kopf mit dir geschlafen.«

»Die Huren in Lampsakos haben mich im Schlaf überfallen, aber ich kann dir versichern, daß ich sie, als ich aufwachte, kurz abgefertigt habe!«

Eine ungewöhnliche Unterhaltung, aber Caesar dankte seinem Schicksal später noch oft dafür. Wenn er dieses Ungeziefer loswurde, indem er sich am ganzen Körper die Haare entfernen ließ, dann wollte er sich jedes einzelne auszupfen lassen.

Der Sklave, den Nikomedes ihm schickte, war ein Experte. Unter anderen Umständen hätte Caesar ihn eine solch intime Arbeit nicht ausführen lassen, da er offensichtlich schwul war. Aber unter den gegebenen Umständen war Caesar gespannt, wie es war, wenn er ihn berührte.

»Ich werde jeden Tag nur ein paar auszupfen«, lispelte er.

»Nein, du wirst heute alle auszupfen«, meinte Caesar grimmig. »Ich habe alle Läuse, die ich finden konnte, in meinem Bad ertränkt, aber vermutlich sind die Eier noch da. Wahrscheinlich habe ich es deshalb nicht geschafft, alle loszuwerden. Pah!«

Demetrius protestierte entsetzt. »Das ist unmöglich! Selbst wenn *ich* es mache, ist es furchtbar schmerzhaft!«

»Alle«, erwiderte Caesar beharrlich.

Und so machte sich Demetrius an die Arbeit, während Caesar nackt und scheinbar unbekümmert dalag. Er besaß Selbstdisziplin und großen Mut, und er wäre eher gestorben als zusammenzuzukken, zu stöhnen, zu jammern oder auf andere Weise seinen Schmerz zu zeigen. Und als die Tortur vorbei war und der Schmerz nachließ, fühlte er sich wunderbar. Auch der Anblick seines unbehaarten Körpers gefiel ihm, wenn er sich in dem großen silbernen Spiegel betrachtete, den König Nikomedes in das Gästezimmer des Palastes hatte bringen lassen. Geschmeidig. Schamlos. Erstaunlich nackt. Und irgendwie männlicher. Wie seltsam!

Er fühlte sich wie jemand, der aus der Sklaverei befreit worden war. Mit neuem Selbstbewußtsein und einem besonderen Glanz in den Augen kam er an diesem Abend in den Speisesaal. Nikomedes verschlug es den Atem, und Caesar zwinkerte ihm zu.

Sechzehn Monate hielt Caesar sich in oder um Bithynien auf – die wundervollste Zeit seines Lebens, bis er mit Dreiundfünfzig eine noch wundervollere Zeit erlebte. Er besuchte Troja, um seinem Vorfahren Aeneas seine Ehrerbietung zu erweisen, er ging mehrmals nach Pessinus und nach Byzanz und praktisch überallhin, außer nach Pergamon und Tarsus, wo Claudius Nero und Dolabella noch ein weiteres Jahr blieben.

Seine Beziehung zu Nikomedes und Oradaltis war für ihn eine ungeheuer befriedigende und lohnende Erfahrung. Eines der großen Erlebnisse jener Zeit war der Besuch bei einem Mann, an den er sich kaum noch erinnerte: Publius Rutilius Rufus, sein Großonkel mütterlicherseits.

Rutilius Rufus, der im selben Jahr geboren wurde wie Gaius Marius, war mittlerweile neunundsiebzig und lebte schon seit vielen Jahren in einem ehrenvollen Exil in Smyrna. Er war noch so rege wie ein Fünfzigjähriger, sein Verstand war so scharf wie eh und je, und sein Humor war so ausgeprägt wie der seines Freundes und Kollegen Marcus Aemilius Scaurus Princeps Senatus.

»Ich habe sie alle überlebt«, sagte Rutilius Rufus mit freudiger Genugtuung, nachdem er seinen hübschen jungen Großneffen eingehend gemustert hatte.

»Und du bist deswegen nicht deprimiert, Onkel?«

»Warum sollte ich? Es freut mich sogar! Sulla bittet mich in seinen Briefen immer wieder, nach Rom zurückzukehren, und jeder Statthalter und Beamte, den er hierher schickt, kommt, um mir die Bitte persönlich vorzutragen.«

»Aber du willst nicht.«

»Nein. Mir sind mein wollener Mantel und meine griechischen Pantoffeln viel lieber als meine Toga, und ich genieße hier in Smyrna einen weit besseren Ruf als in Rom. Rom ist ein undankbares und gefährliches Pflaster, junger Caesar – wie sehr du Aurelia ähnelst! Wie geht es ihr? Meine Perle des Ozeans, die ich in der schlammigen Ebene von Ostia fand ... So habe ich sie immer genannt. Sie ist Witwe, nicht wahr? Ein Jammer. Ich habe sie und deinen Vater nämlich zusammengebracht. Vielleicht weißt du es nicht, aber ich habe dir Marcus Antonius Gnipho als Hauslehrer ausgesucht, als du kaum aus den Windeln heraus warst. Damals hielten dich alle für ein Wunderkind. Und da bist du nun, inzwischen einundzwanzig, zweimal hintereinander Senator und Sullas größter Kriegsheld! Schön!«

»Ich würde mich nicht als seinen größten Kriegshelden bezeichnen«, meinte Caesar lächelnd.

»Oh, aber das bist du! Ich weiß es! Ich sitze hier in Smyrna und erfahre alles. Sulla schreibt mir. Das hat er immer getan. Und als er die Angelegenheiten der Provinz Asia geregelt hat, hat er mich oft besucht. Ich habe ihm die Vorlage für die Umorganisation geliefert, die auf dem Programm basierte, das Scaurus und ich vor Jahren entwickelt haben. Schlimm, seine Krankheit. Aber offenbar hat sie ihn nicht daran gehindert, sich mit Rom zu befassen.«

Tagelang ging es in derselben Art weiter. Mit der Heiterkeit eines unbeschwerten Herzens und der Neugier eines geborenen Klatschmauls sprang Rutilius Rufus von einem Thema zum anderen. Er war ein munterer alter Vogel, dem die Jahre das Gefieder nicht zerzausen oder die Fähigkeit nehmen konnten, sich in die Lüfte zu schwingen. Sein Lieblingsthema war Aurelia; Caesar füllte seine Wissenslücken mit charmanten Worten und offenkundiger Zuneigung, und im Gegenzug erfuhr er viele Dinge über seine Mutter, die er nicht gewußt hatte. Von ihrer Beziehung zu Sulla hatte Rutilius Rufus allerdings wenig zu erzählen, und er weigerte sich, Spekulationen darüber anzustellen, obwohl er Caesar mit seiner Überlegung zum Lachen brachte, welche seiner Nichten einem rothaarigen Mann einen rothaarigen Sohn geschenkt hatte.

»Gaius Marius und Julia waren davon überzeugt, daß es Aurelia und Sulla waren, aber natürlich war es Livia Drusa mit Marcus Cato.«

»Richtig, deine Frau war ja eine Livia.«

»Und die ältere meiner beiden Schwestern war die Frau von Caepio, dem Konsul, der das Gold von Tolosa gestohlen hat. Du bist ein Blutsverwandter der Servilii Caepiones, junger Mann.«

»Ich kenne die Familie überhaupt nicht.«

»Ein langweiliger Haufen, den auch kein rutilisches Blut auflockern konnte. Aber jetzt erzähl mir von Gaius Marius und dem Amt des Jupiterpriesters, das er dir aufgehalst hat.«

Obwohl Caesar ursprünglich nur ein paar Tage in Smyrna zu bleiben beabsichtigte, wurden es schließlich zwei Monate. Rutilius Rufus wollte so viel wissen und so viel erzählen. Beim Abschied kamen dem alten Mann die Tränen.

»Ich werde dich nie vergessen, Onkel Publius.«

»Komm wieder! Und schreib mir, Caesar. Von all den Freuden, die das Leben noch für mich bereithält, ist eine rege und offene Korrespondenz mit einem wirklich gebildeten Menschen doch das größte Vergnügen.«

Aber jedes Idyll hat einmal ein Ende, und für Caesar endete es, als er im April des Jahres, in dem Sulla starb, aus Tarsus einen Brief erhielt; er hielt sich zu dem Zeitpunkt gerade in Nikomedeia auf.

»Publius Servilius Vatia, der letztes Jahr Konsul war, ist als

Statthalter nach Cilicia geschickt worden«, berichtete Caesar dem König und der Königin. »Er bittet mich, sein Legat zu werden – offenbar hat Sulla persönlich mich ihm empfohlen.«

»Dann *mußt* du nicht gehen«, meinte Oradaltis eifrig.

Caesar lächelte. »Kein Römer *muß* etwas tun, und das gilt von den höchsten bis zu den niedrigsten Rängen. Aber es gibt gewisse Überlegungen, die unsere Entscheidungen beeinflussen, obwohl der Dienst dem Namen nach freiwillig ist. Wenn ich Karriere machen will, muß ich an sechs Feldzügen teilnehmen, obwohl ich bei zehn dabei sein will. Niemand wird mir je vorhalten können, ich hätte unsere ungeschriebenen Gesetze umgangen.«

»Aber du bist doch bereits Senator!«

»Nur aufgrund meiner militärischen Laufbahn. Und das bedeutet wiederum, daß ich meine militärische Laufbahn fortsetzen muß.«

»Dann gehst du also?« sagte der König.

»Ja, auf der Stelle.«

»Ich kümmere mich um ein Schiff.«

»Nein. Ich reite über Land durch die Cilicische Pforte.«

»Dann gebe ich dir ein Empfehlungsschreiben für König Ariobarzanes in Kappadokien mit.«

Im Palast begann ein reges Treiben, und der Hund trauerte; der arme Sulla spürte, daß Caesar im Begriff war abzureisen.

Und wieder einmal mußte Caesar versprechen, wiederzukommen. Die beiden alten Leute bedrängten ihn so lange, bis er nachgab, und anschließend besänftigten sie ihn, indem sie ihm den Haarausreißer Demetrius zum Geschenk machten.

Doch bevor Caesar aufbrach, versuchte er noch einmal, König Nikomedes davon zu überzeugen, daß es für Bithynien das beste wäre, wenn es nach seinem Tod eine römische Provinz würde.

»Ich werde darüber nachdenken«, meinte Nikomedes nur.

Trotzdem hegte Caesar jetzt die leise Hoffnung, der alte König werde sich letztlich zugunsten Roms entscheiden. Aber die Ereignisse in Lampsakos waren allen Nichtrömern noch zu frisch im Gedächtnis – und wer wollte es dem König verübeln, wenn er sich noch nicht mit dem Gedanken anfreunden konnte, sein Reich Leuten wie Gaius Verres zu vermachen?

Der Verwalter Eutychus wurde zu Aurelia nach Rom zurückgeschickt, und Caesar machte sich mit fünf Dienern – darunter Demetrius, dem Haarausreißer – und Burgundus auf den Weg. Die Reise war beschwerlich. Er überquerte den Fluß Sangarius und ritt zuerst nach Ankyra, der größten Stadt Galatiens. Dort traf er einen interessanten Mann, einen gewissen Deiotarus, den Anführer des Stammes der Tolistobogier.

»Wir sind alle noch ziemlich jung«, sagte Deiotarus. »Vor zwanzig Jahren hat König Mithridates sämtliche galatischen Stammesfürsten ermordet, und unser Volk war ohne Führer. In den meisten Ländern hätte das zum Zerfall des Volkes geführt, aber wir Galater haben schon immer ein loses Bündnis bevorzugt. Deshalb haben wir so lange überlebt, bis die Söhne der Stammesführer erwachsen waren.«

»Mithridates wird euch nicht noch einmal in die Falle locken«, meinte Caesar. Dieser Gallier war ebenso gerissen wie klug.

»Jedenfalls nicht solange ich hier bin«, sagte Deiotarus grimmig. »Ich hatte das Glück, drei Jahre in Rom verbringen zu können, deshalb bin ich erfahrener, als mein Vater es je war. Er ist bei dem Massaker umgekommen.«

»Mithridates wird es noch einmal versuchen.«

»Daran zweifle ich nicht.«

»Und du wirst dich nicht verleiten lassen?«

»Niemals! Er ist noch immer ein tatkräftiger Mann, der noch viele Jahre des Regierens vor sich hat, aber anscheinend will er nicht begreifen, was mir schon lange klar ist – daß Rom am Ende gewinnen muß. Mir wäre es lieber, wenn Rom mich einen Freund und Verbündeten nennen würde.«

»Das ist vernünftig, Deiotarus.«

Caesar ritt weiter zum Halys und folgte dem träge dahinfließenden roten Strom, bis der Berg Argaeus vor ihm auftauchte; von hier nach Mazaka waren es nur vierzig Meilen nach Norden durch die breite, flache Senke des Halys-Beckens.

Natürlich erinnerte er sich an die vielen Geschichten, die Gaius Marius von diesem Land, von der leuchtend bunten Stadt am Fuße des riesigen erloschenen Vulkans, von dem strahlend blauen Palast und dem Zusammentreffen mit König Mithridates von Pontos erzählt hatte. Aber heute drückte sich Mithridates in Sinope herum, und König Ariobarzanes saß mehr oder weniger fest auf dem kappadokischen Thron.

Wohl eher weniger, dachte Caesar nach seiner Begegnung mit Ariobarzanes. Aus einem unerfindlichen Grund waren die Könige von Kappadokien ebenso schwach, wie die Könige von Pontos stark gewesen waren. Und Ariobarzanes war da keine Ausnahme. Er hatte offenbar schreckliche Angst vor Mithridates, und er wies Caesar darauf hin, wie der Herrscher von Pontos den Palast und die Hauptstadt sämtlicher Schätze beraubt hatte.

»Aber sicher wird der Verlust von zweihunderttausend Soldaten im Kaukasus Mithridates noch viele Jahre zu schaffen machen«, sagte Caesar zu dem ängstlichen König. »Kein Feldherr kann sich den Verlust einer so großen Zahl von Soldaten leisten – vor allem dann nicht, wenn es sich nicht nur um gut ausgebildete Soldaten, sondern obendrein um Veteranen eines erfolgreichen Feldzugs handelt. Das waren sie doch, oder?«

»Ja. Im Sommer zuvor hatten sie um Cimmeria und die nördlichen Abschnitte des Schwarzen Meeres gekämpft.«

»Mit Erfolg, wie man hört.«

»Ja. Mithridates' Sohn Machares blieb als Satrap in Pantikapaion. Eine gute Wahl. Ich glaube, er soll für seinen Vater eine neue Armee zusammenstellen.«

»Welcher skythische und roxolanische Soldaten bevorzugt.«

»Sie sind bestimmt besser als Söldner. Pontos und Kappadokien haben leider keine guten Soldaten. Ich bin immer noch auf syrische und jüdische Söldner angewiesen, aber Mithridates stehen nunmehr seit fast dreißig Jahren ganze Horden kriegerischer Barbaren zur Verfügung.«

»Hast du momentan keine Armee, König Ariobarzanes?«

»Im Augenblick brauche ich keine.«

»Und was ist, wenn Mithridates ohne Vorwarnung losmarschiert?«

»Dann bin ich wieder einmal meinen Thron los. Kappadokien, Gaius Julius, ist sehr arm. Zu arm, um sich ein stehendes Heer leisten zu können.«

»Du hast noch einen Feind. König Tigranes.«

Ariobarzanes machte ein unglückliches Gesicht. »Erinnere mich nicht daran! Seine Erfolge in Syrien haben mich meine besten

Soldaten gekostet, denn die Juden bleiben jetzt zu Hause und leisten ihm dort Widerstand.«

»Meinst du nicht, du solltest zumindest den Euphrat und den Halys bewachen?«

»Dafür ist kein Geld da«, erklärte der König hartnäckig.

Caesar ritt kopfschüttelnd weiter. Was konnte man tun, wenn der Herrscher eines Landes sich bereits geschlagen gab, noch ehe der Krieg begonnen hatte? Mit geschultem Auge entdeckte Caesar viele naturbedingte Vorteile, die Ariobarzanes zahllose Möglichkeiten boten, sich auf einen Eindringling zu stürzen, da es dort, wo keine schneebedeckten Gipfel aufragten, bizarre Schluchten gab, so wie Gaius Marius es beschrieben hatte. Sowohl militärisch als auch landschaftlich reizvolle Plätze, die der König bloß als fertige Unterkünfte für Einsiedler betrachtete.

»Was denkst du jetzt, nachdem du mehr von der Welt gesehen hast, Burgundus?« fragte Caesar seinen grobschlächtigen freigelassenen Sklaven, als sie zwischen hohen Kiefern und tosenden Wasserfällen in die Tiefen der Cilicischen Pforte hinabstiegen.

»Daß Rom und Bovillae, Cardixa und meine Söhne großartiger sind als jeder Wasserfall oder Berg«, erwiderte Burgundus.

»Willst du lieber nach Hause, alter Freund? Ich schicke dich gern heim.«

Aber Burgundus schüttelte energisch sein blondes Haupt. »Nein, Caesar, ich bleibe.« Er grinste. »Cardixa würde mich umbringen, wenn dir etwas zustieße.«

»Aber mir wird nichts zustoßen!«

»Dann versuche ihr das mal zu erklären.«

Bei Caesars Ankunft im April war Publius Servilius Vatia im Palast des Statthalters in Tarsus so komfortabel untergebracht, daß es den Anschein hatte, als habe er schon immer dort gewohnt.

»Wir sind sehr froh darüber, ihn hier zu haben«, erklärte Morsimus, Hauptmann der Wache des cilicischen Statthalters und tarsischer Ethnarch.

Zwanzig Jahre waren vergangen, seit Morsimus Gaius Marius nach Kappadokien begleitet hatte, und die dunklen Haare waren grau geworden. Jetzt war er zur Stelle, um Caesar willkommen zu heißen, für den er mehr Loyalität empfand als für einen römischen Statthalter. Caesar war der angeheiratete Neffe seiner beiden Helden Gaius Marius und Lucius Cornelius Sulla, und er wollte alles tun, was in seiner Macht stand, um dem jungen Mann zu helfen.

»Vermutlich hat Cilicia sehr unter Dolabella und Verres gelitten«, sagte Caesar.

»Schrecklich. Dolabella stand die meiste Zeit unter Drogen, und Verres konnte tun und lassen, was er wollte.«

»Wurde denn nichts unternommen, um Tigranes aus dem östlichen Pedia zu vertreiben?«

»Überhaupt nichts. Verres war viel zu sehr mit seinen Wuchergeschäften beschäftigt, ganz zu schweigen von dem Diebstahl von Tempelschätzen, die, wie er meinte, gar nicht vermißt würden.«

»Sobald ich wieder zu Hause bin, werde ich Dolabella und Verres vor Gericht bringen, und ich brauche deine Hilfe, um Beweise zu sammeln.«

»Wenn du nach Hause kommst, wird Dolabella wahrscheinlich schon im Exil sein«, sagte Morsimus. »Der Statthalter hat aus Rom erfahren, daß der Sohn von Marcus Aemilius Scaurus und die Herrin Delmatica gerade Beweismaterial gegen Dolabella zusammentragen, daß Gaius Verres sich mit Ruhm bedeckt, indem er dem jungen Scaurus alle Beweise liefert – und daß Verres vor Gericht aussagen wird.«

»Dieser gerissene *fellator!* Das bedeutet, daß ich nicht an ihn herankomme. Aber vermutlich spielt es keine Rolle, wer Dolabella vor Gericht bringt, solange er nur seine gerechte Strafe erhält. Wenn es mir leid tut, daß ich nicht derjenige bin, dann deshalb, weil ich wegen meines Priesteramts erst spät zum Gericht gekommen bin und weil mich ein Sieg über Dolabella und Verres berühmt gemacht hätte.« Nach einer kurzen Pause fragte er: »Wird Vatia gegen König Tigranes vorgehen?«

»Das bezweifle ich. Er ist in erster Linie hier, um die Seeräuber unschädlich zu machen.«

Vatia bestätigte das, als Caesar ihn um eine Unterredung bat. Vatia war mittlerweile fünfzig, ein Altersgenosse von Metellus Pius dem Ferkel, der noch dazu sein Cousin war. Vor neun Jahren hatte Sulla ursprünglich geplant, Vatia zusammen mit Gnaeus Octavius Ruso zum Konsul zu machen, aber Cinna hatte ihn bei der

Wahl geschlagen, und wie Metellus Pius hatte Vatia lange warten müssen, bis ihm das Amt des Konsuls übertragen wurde, das ihm gemäß Geburtsrecht zustand. Zum Lohn für seine unerschütterliche Treue gegenüber Sulla war er zum Statthalter von Cilicia ernannt worden; er hatte diese Provinz Mazedonien vorgezogen, das in der Folge an seinen Amtskollegen Appius Claudius Pulcher gefallen war.

»Er ist nie nach Mazedonien gekommen«, sagte Vatia zu Caesar. »Unterwegs wurde er krank und kehrte von Tarentum aus nach Rom zurück. Glücklicherweise hatte der ältere Dolabella Mazedonien noch nicht verlassen, und er wurde angewiesen, dort zu bleiben, bis Appius Claudius sich so weit erholt hat, daß er ihn ablösen kann.«

»Was ist mit Appius Claudius?«

»Ich weiß nur, daß er schon lange krank ist. Schon während unseres gemeinsamen Konsulats ging es ihm nicht gut. Nichts konnte ihn damals aufmuntern. Aber er ist so verarmt, daß er sein Amt ausüben muß. Tut er es nicht, kann er sein Vermögen nicht wiedererlangen.«

Caesar runzelte die Stirn, behielt aber seine Gedanken für sich. Er dachte über die Grenzen eines Systems nach, das einem Mann, der eine Provinz verwalten sollte, eine kriminelle Schreibtischkarriere aufzwang. Traditionsgemäß galt das Recht eines Statthalters als geheiligt, Bürgerrechte, Verträge und Steuerfreiheit zu verkaufen und den Erlös in die eigene Tasche zu stecken. Inoffiziell wurden derlei Aktivitäten von Senat und Schatzamt geduldet, um Roms Kosten niedrig zu halten – ein Grund, weshalb es so schwierig war, ein aus Senatoren bestehendes Geschworenengericht dazu zu bringen, einen Statthalter wegen Wucher in seiner Provinz zu verurteilen. Aber durch die Ausbeutung von Provinzen wurde der Haß auf Rom geschürt – schlechte Aussichten für die Zukunft.

»Ich nehme an, wir werden gegen die Seeräuber kämpfen?« sagte Caesar.

»Richtig«, erwiderte der Statthalter, der von Papierstapeln umgeben war. Offensichtlich machte ihm die Büroarbeit Spaß, obwohl er nicht besonders habgierig war und sein Vermögen nicht durch Ausbeutung der Provinz aufstocken mußte. Bei einem Krieg mit den Piraten konnte deren unrechtmäßig erworbener Gewinn ihm eine Menge Profit einbringen.

»Leider«, fuhr Vatia fort, »werde ich aufgrund der Schwierigkeiten, in die mein Vorgänger die Provinz durch seine Aktivitäten gebracht hat, den Feldzug aufschieben müssen. Dieses Jahr muß ich mich um interne Angelegenheiten kümmern.«

»Brauchst du mich dann überhaupt?« fragte Caesar, der noch zu jung war, um sich mit dem Gedanken an eine militärische Karriere hinter dem Schreibtisch anzufreunden.

»Natürlich brauche ich dich«, sagte Vatia mit Nachdruck. »Deine Aufgabe wird es sein, für mich eine Flotte aufzustellen.«

Caesar zuckte zusammen. »Darin habe ich Erfahrung.«

»Ich weiß. Deshalb wollte ich dich hier haben. Es muß eine starke Flotte sein, groß genug, um notfalls in mehrere Flotillen aufgeteilt werden zu können. Die Zeiten, in denen Seeräuber mit kleinen offenen *hemioliai* und Kaperschiffen herumschipperten, sind fast schon vorbei. Heutzutage bemannen sie Zweiruderer und Dreiruderer – ja sogar Fünfruderer – und schließen sich zu Flottenverbänden zusammen, die von Admirälen kommandiert werden, die sie *strategoi* nennen. Sie befahren die Meere wie eine Kriegsflotte, und ihre Flagschiffe sind mit Gold und Purpur verziert. In ihren Verstecken leben sie wie Könige und lassen sich von Gefangenen bedienen. Sie verfügen über ganze Arsenale von Waffen und führen ein Luxusleben, von dem manch wohlhabender Römer nur träumen kann. Lucius Cornelius machte dem Senat klar, warum er mich an einen so abgelegenen, uninteressanten Ort wie Cilicia geschickt hat. Hier haben die Seeräuber ihre wichtigsten Stützpunkte, und hier müssen wir mit ihrer Vernichtung beginnen.«

»Ich könnte mich nützlich machen und ihre Stützpunkte auskundschaften. Ich hätte damit sicher ebensowenig Schwierigkeiten wie mit der Aufstellung einer Flotte.«

»Das ist nicht nötig, Caesar. Wir wissen bereits, wo sich die größten Stützpunkte befinden. Coracesium ist berüchtigt, aber auch so gut befestigt, daß ich bezweifle, ob es mir oder einem anderen jemals gelingen wird, es einzunehmen. Deshalb werde ich am anderen Ende meines Territoriums beginnen – in Pamphylia und Lykia. Ein Piratenkönig namens Zenicetes beherrscht den gesamten pamphylischen Golf, einschließlich Attaleia. Er wird als erster den Zorn Roms zu spüren bekommen.«

»Nächstes Jahr?« fragte Caesar.

»Wahrscheinlich«, erwiderte Vatia, »allerdings nicht vor dem Spätsommer. Ich kann erst gegen die Seeräuber kämpfen, wenn in Cilicia alles geregelt ist und ich sicher sein kann, daß meine Flotte stark genug ist, um den Sieg davonzutragen.«

»Du gehst davon aus, daß du mehrere Jahre Zeit hast.«

»Der Diktator und der Senat haben mir versichert, daß ich nicht zur Eile getrieben werde. Lucius Cornelius ist zwar jetzt im Ruhestand, aber ich glaube nicht, daß der Senat gegen seinen ausdrücklichen Wunsch handeln wird.«

Caesar machte sich daran, eine Flotte aufzustellen. Er tat es jedoch ohne jede Begeisterung, da es mehr als ein Jahr dauern würde, bis sie zum Einsatz käme. Und so wie er Vatia einschätzte, würde es ihm, wenn es zum Krieg kam, an der für den Feldzug nötigen Schnelligkeit und Entschlußkraft fehlen. Obwohl Caesar Lucullus nicht mochte, gab es für ihn keinen Zweifel, daß dieser zweite Feldherr, unter dem er diente, sich weder vom Verstand noch von den Fähigkeiten her mit Lucullus messen konnte.

Als Ausgleich dafür hatte Caesar jetzt Gelegenheit, mehr zu reisen. Im Mai begab er sich nach Rhodos, der unumstrittenen Seemacht im östlichen Teil des Mittelmeers. Rhodos war Rom gegenüber stets loyal gewesen – vor neun Jahren hatte es König Mithridates erfolgreich die Stirn geboten –, und man konnte davon ausgehen, daß es für Vatias bevorstehenden Feldzug Schiffe, Kommandanten und Besatzungen zur Verfügung stellen würde. Allerdings verfügte Rhodos nicht über Seesoldaten, da feindliche Schiffe nicht geentert und Gefechte an Land ausgetragen wurden.

Zum Glück hatte Gaius Verres keine Zeit gehabt, Rhodos zu besuchen, und so wurde Caesar freundlich willkommen geheißen und konnte mit den Befehlshabern der Insel sprechen. Bei dem Handel ging es vor allem darum, ob Rom Rhodos für seine Hilfe bezahlen sollte. Nach Vatias Ansicht hatten die verbündeten Städte, Inseln und Staaten, die Schiffe zur Verfügung stellen sollten, keinen Anspruch auf Bezahlung. Er begründete dies damit, daß alle Beteiligten unmittelbar von der Vernichtung der Seeräuber profitierten, und deshalb sollten sie ihren Dienst kostenlos leisten. Aufgrund dessen mußte Caesar sich bei seinen Verhandlungen an die Anweisungen seines Vorgesetzten halten.

»Seht die Sache doch einmal so«, versuchte Caesar die Befehlshaber zu überreden. »Ein Erfolg bedeutet reiche Beute und das Ende von Überfällen. Rom ist nicht in der Lage, euch zu bezahlen, aber ihr werdet zum Lohn für eure Hilfe einen Anteil an der Beute erhalten. Rhodos ist ein Freund und Verbündeter des römischen Volkes. Warum wollt ihr dieses Verhältnis gefährden? Es gibt nur zwei Möglichkeiten – entweder ihr macht mit oder nicht. Die Entscheidung liegt jetzt bei euch.«

Rhodos gab nach. Im Sommer des darauffolgenden Jahres sollte Caesar seine Schiffe bekommen.

Von Rhodos ging es weiter nach Zypern. Caesar ahnte nicht, daß das Schiff, das bei seiner Abreise gerade in den Hafen von Rhodos einlief, eine kostbare römische Fracht an Bord hatte, nämlich keinen geringeren als Marcus Tullius Cicero, der erschöpft war von der einjährigen Ehe mit Terentia und den heiklen Verhandlungen, die er in Athen zu einem erfolgreichen Abschluß gebracht hatte, als sein jüngerer Bruder Quintus die Schwester von Titus Pomponius Atticus heiratete. Aus Ciceros eigener Verbindung war eine Tochter, Tullia, hervorgegangen, und so hatte er Rom in der Gewißheit verlassen, daß seine Frau vollauf mit dem Kind beschäftigt war. Auf Rhodos lebte der weltberühmte Rhetoriklehrer Appolonius Molon, und dessen Schule wollte Cicero besuchen. Er mußte sich von Rom, von den Gerichten, von Terentia und von seinem Alltag erholen. Seine Stimme war weg, und Apollonius Molon lehrte, daß Stimme und Körper eines Redners seinen geistigen Fähigkeiten entsprechen müßten. Obwohl Cicero Reisen haßte und Angst hatte, seine Abwesenheit von Rom könne seine Karriere bei Gericht gefährden, freute er sich auf sein selbstauferlegtes Exil. Zeit zum Ausruhen.

Für Caesar hingegen gab es keine Ruhepause – einer von Caesars Temperament hatte keine Ruhepause nötig. Er ging in Paphos von Bord, dem Sitz des zyprischen Herrschers Ptolemaios des Zyprioten, des jüngeren Bruders des neuen Königs von Ägypten, Ptolemaios Auletes. Ptolemaios war eher ein Tunichtgut als eine Null. Sein langer Aufenthalt an den Höfen von Mithridates und

Tigranes machte sich bereits bei Caesars erster Begegnung mit ihm in eklatanter Weise bemerkbar. Er verstand nicht nur nichts, er wollte auch nichts verstehen. Anscheinend war seine Erziehung völlig vernachlässigt worden, und seine verborgenen sexuellen Neigungen waren just in dem Moment zutage getreten, als er aus der Obhut der beiden Könige entlassen wurde, so daß es in seinem Palast nicht anders zuging als bei dem alten König Nikomedes. Außer daß Ptolemaios der Zypriot nicht sympathisch war. Die Alexandriner hatten ihn bereits durchschaut, als er das erste Mal mit seinem älteren Bruder und den beiden Frauen in Alexandria eingetroffen war. Und obwohl die Alexandriner sich seiner Ernennung zum Regenten von Zypern nicht widersetzt hatten, hatten sie ein Dutzend tüchtige Beamte mit ihm nach Zypern geschickt. Wie Caesar bald feststellte, waren es im Grunde diese Männer, die Zypern im Namen Ägyptens regierten.

Nachdem Caesar den Annäherungsversuchen von Ptolemaios dem Zyprioten geschickt ausgewichen war, verwendete er seine Energie auf die alexandrinischen Beamten. Es war nicht leicht, mit ihnen zu verhandeln, da sie keine Freunde Roms waren. Sie sahen in Vatias bevorstehendem Feldzug keinen Vorteil für Zypern, und sicher hatten sie daran Anstoß genommen, daß Vatia einen einundzwanzigjährigen Legaten als Bittsteller geschickt hatte.

»Mein Alter ist unwichtig«, erklärte Caesar hochmütig. »Ich bin ein mit Orden ausgezeichneter Kriegsheld, Senator – obwohl in dem Alter eine Aufnahme in den Senat normalerweise nicht zulässig ist – und Publius Servilius Vatias wichtigster militärischer Berater. Ihr solltet euch glücklich schätzen, daß ich mich dazu herabgelassen habe, bei euch vorbeizukommen!«

Zwar fanden Caesars Worte bei den Bürokraten Beachtung, aber ihre Einstellung änderte sich dadurch nicht wesentlich. Obwohl Caesar wie ein Politiker argumentierte, hatte er damit keinen Erfolg.

»Auch Zypern ist von der Piraterie betroffen. Warum könnt ihr nicht einsehen, daß die Bedrohung durch Seeräuber nur dann ausgeschaltet werden kann, wenn alle Länder, die unter den Plünderungen zu leiden haben, sich zusammentun, um die Piraten unschädlich zu machen? Publius Servilius Vatias Flotte muß groß genug sein, um die Seeräuber einzukreisen und vor sich herzutreiben bis zu einem Ort, von wo es kein Entrinnen mehr gibt. Es wird reiche Beute geben, und Zypern wird sich wieder den Handelsmärkten im Mittelmeer anschließen können. Wie ihr wißt, haben die cilicischen und pamphylischen Seeräuber Zypern gegenwärtig von den übrigen Märkten abgeschnitten.«

»Zypern braucht sich den Handelsmärkten im Mittelmeer nicht anzuschließen«, erklärte der alexandrinische Führer. »Alles, was Zypern produziert, gehört Ägypten, und dorthin geht es. Wir dulden keine Seeräuber zwischen Zypern und Ägypten.«

Noch einmal suchte Caesar den Regenten Ptolemaios auf, und diesmal hatte er Glück. Der Regent war in Gesellschaft seiner Frau, Mithridatidis Nysa. Hätte Caesar die Familie des Mithridates gekannt, hätte er sofort bemerkt, daß diese junge Frau eine typische Vertreterin ihres Geschlechts war – groß von Gestalt, mit strohblondem Haar und grünlichgoldenen Augen. Sie besaß einen aufreizenden Charme, und obwohl sie im Grunde keine Schönheit war, fand Caesar sofort Gefallen an ihr. Umgekehrt machte auch sie keinen Hehl daraus, daß Caesar ihr gefiel. Und nachdem das alberne Gespräch mit Ptolemaios dem Zyprioten beendet war, spazierte sie am Arm des Gastes ihres Mannes nach draußen, um ihm die Stelle zu zeigen, wo die Göttin Aphrodite aus dem Schaum des Meeres emporgestiegen war, um auf Erden ihren göttlichen Weg der Zerstörung zu beginnen.

»Sie war meine neununddreißigfache Urgroßmutter«, sagte Caesar und stützte sich auf die Balustrade aus weißem Marmor, die den offiziellen Geburtsort der Göttin vom Rest des Ufers abtrennte.

»Wer? Doch nicht Aphrodite!«

»Doch. Durch ihren Sohn Aeneas stamme ich von ihr ab.«

»Wirklich?« Die leicht hervorquellenden Augen blickten ihn forschend an, als suchten sie nach einem Merkmal dieses erhabenen Geschlechts.

»Ganz ehrlich, Prinzessin.«

»Dann gehörst du der Liebe«, säuselte die Tochter des Mithridates und strich mit einem ihrer langen Finger sanft über Caesars sonnengebräunten rechten Arm.

Die Berührung ging ihm unter die Haut, aber er ließ sich nichts anmerken. »So hat es noch niemand ausgedrückt, Prinzessin, aber es ergibt einen Sinn«, sagte er lächelnd und blickte hinaus zum Horizont, wo das Saphirblau des Wassers und das Aquamarinblau des Himmels sich vermischten.

»Natürlich gehörst du der Liebe, bei solch einer Stammesmutter!«

Caesar sah sie an, seine Augen waren fast auf gleicher Höhe mit den ihren, so groß war sie. »Es ist erstaunlich«, sagte er leise, »daß das Meer gerade an dieser Stelle so viel Schaum bildet. Ich kann mir das nicht erklären.« Er deutete zuerst nach Norden und dann nach Süden. »Siehst du? Jenseits der Absperrung ist kein Schaum!«

»Es heißt, sie habe ihn für immer hier zurückgelassen.«

»Dann sind die Blasen ihre Substanz.« Er schüttelte seine Toga ab und bückte sich, um seine Sandalen aufzuschnallen. »Ich muß in ihrer Substanz baden, Prinzessin.«

»Wenn du nicht ihr neununddreißigfacher Urenkel wärst, würde ich dir zur Vorsicht raten«, sagte die Prinzessin und ließ kein Auge von ihm.

»Ist hier das Schwimmen aus religiösen Gründen verboten?«

»Nicht verboten. Nur unklug. Es heißt, deine neununddreißigfache Urgroßmutter reiße Badende in die Tiefe.«

Als Caesar unbeschadet aus dem Wasser stieg, sah er, daß sie ihr Gewand auf dem stachligen Ufergras ausgebreitet hatte und auf ihn wartete. An seinem Handrücken klebte noch ein Schaumbläschen; er beugte sich über die Prinzessin, drückte es sanft gegen ihre jungfräuliche Brustwarze und lachte, als es zerplatzte. Die Prinzessin zuckte zusammen und erschauerte.

»Von Venus entflammt«, sagte er, als er sich zu ihr legte, feucht und berauscht von der Liebkosung dieses geheimnisvollen Meerschaums. Venus hatte ihn gesalbt und ihm diese herrliche Frau zu seinem Vergnügen zugeführt, die Tochter eines berühmten Königs, die vor ihm noch mit keinem Mann zusammen gewesen war – was er bemerkte, als er in sie eindrang. Liebe und Macht vereint, die höchste Vollendung.

»Von Venus entflammt«, sagte sie und streckte sich wie eine große, goldfarbene Katze, so überragend war das Geschenk der Göttin.

»Du kennst den römischen Namen von Aphrodite«, sagte der Nachfahre der Göttin, der auf einer Luftblase der Glückseligkeit schwebte.

»Rom hat einen langen Arm.«

Die Luftblase zerplatzte, aber nicht wegen dem, was sie sagte; der große Augenblick war vorüber.

Caesar erhob sich. Er hielt nichts davon, nach dem Liebesakt noch zu verweilen. »Also, Mithridatidis Nysa, wirst du deinen Einfluß geltend machen und mir helfen, meine Flotte zu bekommen?« fragte er. Er verschwieg ihr jedoch, warum ihm diese Bitte ein kurzes Lachen entlockte.

»Wie schön du bist«, sagte sie, den Kopf auf die Hand gestützt. »Unbehaart, wie ein Gott.«

»Du auch, wie ich sehe.«

»Alle Frauen bei Hof zupfen sich die Haare aus, Caesar.«

»Aber die Männer nicht.«

»Nein. Weil es weh tut.«

Caesar lachte. Er streifte die Tunika über, schnallte die Sandalen zu und begann die Toga in Ordnung zu bringen und anzulegen. »Steh auf, Weib!« sagte er vergnügt. »Es gilt, eine Flotte zu beschaffen und einen behaarten Ehemann davon zu überzeugen, daß wir lediglich den Meerschaum betrachtet haben.«

»Ach, der!« Sie begann sich anzukleiden. »Es kümmert ihn nicht, was wir tun. Wie du sicher bemerkt hast, war ich noch Jungfrau.«

»Es war unmöglich, es nicht zu bemerken.«

Ihre Augen funkelten. »Ich glaube, wenn ich dir nicht helfen könnte, eine Flotte aufzustellen, hättest du mich sicher kaum eines Blickes gewürdigt.«

»Dem muß ich widersprechen«, sagte er bestimmt, aber ruhig. »Man hat mir einmal vorgeworfen, ich würde genau das tun, um eine Flotte zu bekommen, und was ich damals gesagt habe, gilt auch heute noch – ich würde mir eher das Schwert durch den Leib bohren als weibliche Tricks anwenden, um meine Ziele zu erreichen. Aber du, liebste Prinzessin, warst ein Geschenk der Göttin. Und das ist etwas ganz anderes.«

»Ich habe dich nicht verärgert?«

»Nicht im geringsten. Du mußt sehr vernünftig sein, wenn du

das angenommen hast. Hast du den Verstand von deinem Vater geerbt?«

»Vielleicht. Er ist ein kluger Mann. Aber er ist auch ein Narr.«

»Wieso?«

»Er hört nicht auf den Rat anderer.« Sie wandte sich um und ging mit ihm in Richtung Palast. »Ich bin sehr froh, daß du nach Paphos gekommen bist, Caesar. Ich war es leid, Jungfrau zu sein.«

»Aber du warst es. Warum also gerade ich?«

»Du bist ein Abkömmling von Aphrodite, deshalb bist du mehr als nur ein Mann. Ich bin die Tochter eines Königs. Ich darf mich keinem gewöhnlichen Mann hingeben, sondern nur einem von königlichem oder göttlichem Geblüt.«

»Ich fühle mich geehrt.«

Die Verhandlungen wegen der Flotte nahmen einige Zeit in Anspruch, aber das störte Caesar nicht. Jeden Tag pilgerten er und die Gemahlin von Ptolemaios dem Zyprioten zum Geburtsort der Aphrodite, und jeden Tag badete Caesar in dem Meerschaum, bevor er mit der Frau seines Gastgebers schlief. Offensichtlich hatten die Beamten aus Alexandria mehr Achtung vor Mithridatidis Nysa als vor ihrem Ehemann – was vielleicht etwas mit der Tatsache zu tun hatte, daß König Tigranes gerade in Syrien weilte. Ägypten war weit genug entfernt, um sich sicher zu fühlen, aber bei Zypern war das anders.

Caesar schied in aller Freundschaft und mit großem Bedauern von der Tochter des Königs Mithridates, und er mußte noch lange an sie denken. Abgesehen von dem sexuellen Genuß liebte und schätzte er ihre unbefangene Selbstsicherheit, ihr Wissen, daß sie als Tochter eines berühmten Königs jedem Manne ebenbürtig war. Ein Mann konnte eine römische Frau zwar nicht gerade als Fußabstreifer benutzen, überlegte Caesar, aber trotzdem war eine römische Frau keinem Mann ebenbürtig. Bei seiner Abreise aus Paphos schenkte er Mithridatidis Nysa eine wundervoll gearbeitete Kamee der Göttin, obwohl er sich den seltenen und prachtvoll geschliffenen Edelstein kaum leisten konnte.

Mithridatidis Nysa verstand etwas von Edelsteinen, und hochzufrieden schrieb sie an ihre ältere Schwester in Alexandria:

Vermutlich werde ich ihn nie wiedersehen. Er ist nicht der Typ, der ohne zwingenden Grund irgendwohin geht oder irgend etwas tut. Ich glaube, er hat mich sogar ein bißchen gern gehabt. Aber deswegen würde er nicht nach Zypern zurückkehren. Keine Frau wird je zwischen ihm und seinem angestrebten Ziel stehen.

Ich hatte zuvor noch keinen Römer kennengelernt, obwohl sie in Alexandria recht häufig anzutreffen sind, und vermutlich kennst Du eine ganze Menge. Ist er anders, weil er ein Römer ist? Oder weil er selbst allein ist? Vielleicht kannst Du es mir sagen. Aber ich glaube zu wissen, was Du antworten wirst.

Am besten gefiel mir seine unangreifbare Art; und seine keineswegs nüchterne Gelassenheit. Zugegeben, mit meiner Hilfe hat er seine Flotte bekommen. Ich weiß, ich weiß, er hat mich benutzt! Aber es gibt Zeiten, liebe Tryphaena, da läßt man sich gern benutzen. Außerdem hat er mich ein bißchen gern gehabt. Und er hat meine Herkunft gewürdigt. Keine Frau könnte seinem Lachen widerstehen.

Es war eine angenehme Abwechslung. Ich vermisse ihn, diesen Schuft! Mach Dir keine Sorgen um mich. Um ganz sicher zu gehen, habe ich nach seiner Abreise die Medizin eingenommen. Wäre ich tatsächlich verheiratet und nicht nur dem Namen nach, wäre ich versucht gewesen, es nicht zu tun, denn Caesars Blut ist besser als ptolemäisches. Aber wie es aussieht, werde ich leider nie Kinder haben.

Es tut mir leid, daß Du Probleme hast, und auch, daß man uns nicht beigebracht hat, die Lage Ägyptens zu verstehen. Wohlgemerkt, nicht daß unser Vater, Mithridates, und unser Onkel, Tigranes, sich um diese Probleme gekümmert hätten. Nur wir können ihr Interesse an Ägypten wecken, da wir die nötige ptolemäische Abstammung besitzen, um unsere Ansprüche geltend zu machen. Aber was wir nicht wissen konnten, war, daß die ägyptischen Priester einen so großen Einfluß auf das gemeine Volk haben – auf die Ägypter mehr als auf die Mazedonier. Es ist fast so, als gäbe es zwei Ägypten – zum einen das mazedonische Alexandria und das Delta, und zum anderen das Land am Nil.

Ich meine, teuerste Tryphaena, Du solltest selbst mit den ägyptischen Priestern verhandeln. Dein Gemahl Auletes hat nichts für

Männer übrig, deshalb darfst Du auf Kinder hoffen. Du mußt Kinder bekommen! Aber das kannst du nach ägyptischem Recht erst, nachdem Du gekrönt und gesalbt wurdest, und Du kannst erst gekrönt und gesalbt werden, wenn die ägyptischen Priester bereit sind, die Zeremonie vorzunehmen. Ich weiß, daß die Alexandriner gegenüber der Delegation aus Rom behaupteten, Du seist gekrönt und gesalbt worden. Sie wußten genau, daß Marcus Perperna und die anderen Gesandten die ägyptischen Gesetze und Bräuche nicht kennen. Aber das Volk von Ägypten weiß, daß Du nicht als Herrscherin bestätigt wurdest. Auletes ist ein Dummkopf, es mangelt ihm an Verstand, und er besitzt keinen politischen Scharfsinn. Aber Du und ich, wir sind unseres Vaters Töchter und mit mehr Verstand gesegnet.

Geh zu den Priestern und verhandle mit ihnen. In Deinem eigenen Namen. Mir ist klar, daß Du erst etwas erreichst – und Kinder bekommen kannst –, wenn Du die Priester herumgekriegt hast. Auletes scheint zu glauben, er sei einflußreicher als sie und die Alexandriner seien mächtig genug, um die Priester zu besiegen. Da irrt er sich. Oder vielleicht sollte man besser sagen, Auletes glaubt, es sei wichtiger, König von Mazedonien zu sein als Pharao von Ägypten, und daß er, wenn er König ist, am Ende auch Pharao werden muß. Deinen Briefen entnehme ich, daß Du nicht in diese Falle gegangen bist. Aber das genügt nicht. Du mußt ebenfalls verhandeln. Die Priester wissen, daß unsere Männer die letzten ihres Geschlechts sind und daß es gefährlicher wäre, nach fast tausend Jahren Fremdherrschaft miteinander rivalisierende Herrscher ägyptischer Abstammung als Regenten einzusetzen, als die letzten aus dem Geschlecht der Ptolemäer als Herrscher anzuerkennen. Ich denke, im Grunde wollen sie nur, daß man sich ihnen unterwirft, anstatt sie zu ignorieren oder nicht ernst zu nehmen. Unterwerfe Dich ihnen, teuerste Tryphaena. Und sorge dafür, daß Dein Mann dasselbe tut. Immerhin haben sie die Aufsicht über die Schatzkammern des Pharaos, über die Erträge und über das ägyptische Volk. Die Tatsache, daß Kichererbse vor sieben Jahren Theben geplündert hat, ist unwichtig. Er war gekrönt und gesalbt, er war Pharao. Und Theben ist nicht ganz Ägypten!

Nimm in der Zwischenzeit weiter die Medizin und mache Dir

weder Deinen Mann noch die Alexandriner zum Feind. Solange sie Deine Verbündeten sind, hast Du eine Basis für Deine Verhandlungen mit den Priestern in Memphis.

Gegen Ende des Monats Sextilis war Gaius Julius Caesar zu Vatia nach Tarsus zurückgekehrt und hatte ihm mitgeteilt, daß alle wichtigen Hafenstädte und Gebiete in Vatias Amtsbezirk bereit waren, Schiffe und Mannschaften bereitzustellen. Vatia war zufrieden, vor allem wegen der Vereinbarung mit Zypern. Aber er hatte keine weiteren militärischen Aufgaben für seinen jungen Untergebenen, und außerdem bereitete er ihn auf die Nachricht vor, daß Sulla in Rom gestorben war.

»Mit deiner Erlaubnis, Publius Servilius, möchte ich gern nach Hause zurückkehren«, sagte Caesar.

Vatia runzelte die Stirn. »Warum?«

»Aus mehreren Gründen«, erwiderte Caesar gelassen. »Der Hauptgrund ist, daß ich für dich kaum von Nutzen bin – es sei denn, du hast vor, einen Feldzug vorzubereiten, um König Tigranes aus dem östlichen Pedia und aus Kappadokien zu vertreiben.«

»Mein Auftrag lautet anders, Gaius Julius«, meinte Vatia steif. »Ich muß mich auf die Verwaltung meiner Provinz und die Vernichtung der Seeräuber konzentrieren. Kappadokien und das östliche Pedia müssen warten.«

»Ich verstehe. In dem Fall hast du in naher Zukunft keine militärischen Aufgaben mehr für mich. Die anderen Gründe, weshalb ich nach Hause möchte, sind persönlicher Natur. Ich muß meinen Pflichten als Ehemann nachkommen und mich um meine Karriere bei Gericht kümmern. Nach meiner Zeit als Jupiterpriester bin ich als Anwalt schon nicht mehr der Jüngste. Ich will Konsul meines Jahrgangs werden. Das ist mein Geburtsrecht. Mein Vater war Prätor, mein Onkel war Konsul, und mein Vetter Lucius war ebenfalls Konsul. Die Julier stehen erneut in vorderster Linie.«

»Nun gut, Gaius Julius, du kannst nach Hause gehen«, sagte Vatia, der für derlei Argumente Verständnis hatte. »Ich will dich gern dem Senat empfehlen und die Aufstellung meiner Flotte als für den Feldzug notwendige Aufgabe deklarieren.«

Sullas Tod hatte das Ende der freundschaftlichen Beziehung zwischen den Konsuln Lepidus und Catulus bedeutet. Schon von Natur aus waren die beiden nicht dafür bestimmt, miteinander auszukommen, und gleich nach Sullas Tod kam es zu einer ersten Auseinandersetzung. Catulus schlug vor, Sulla solle ein Staatsbegräbnis erhalten, während Lepidus es ablehnte, für das Begräbnis öffentliche Gelder auszugeben, da die Kosten aus Sullas Nachlaß gedeckt werden könnten. Aus dem nachfolgenden Duell im Senat ging Catulus als Sieger hervor. Sulla wurde auf Kosten der Staatskasse bestattet, die er immerhin aufgefüllt hatte.

Aber Lepidus bekam Unterstützung, denn nach und nach kehrten diejenigen, die Sulla vertrieben hatte, nach Rom zurück. Schon kurz nach dem Begräbnis kamen Marcus Perperna Veiento und Cinnas Sohn Lucius nach Rom. Perperna Veiento hatte es irgendwie geschafft, der Proskription zu entgehen – vermutlich weil er nicht geblieben war, um mit Pompeius um den Besitz in Sizilien zu streiten, und weil er nicht genug Geld hatte, um ihm ein verlockendes Angebot zu machen. Der junge Cinna besaß natürlich kein Geld. Aber nun, da der Diktator tot war, bildeten beide den Kern der Faktion, die insgeheim die Politik und die Gesetze des Diktators ablehnte und die lieber für Lepidus als für Catulus Partei ergriff.

Als erster Konsul und als ein Mann, der Sulla im Senat die Stirn geboten hatte, wähnte sich Lepidus in einer ausgezeichneten Position, um nach Sullas Tod einige Gesetze des Diktators zu lokkern, da seine Anhänger im Senat denen des Catulus zahlenmäßig überlegen waren.

»Ich will als derjenige in die Geschichte eingehen«, sagte Lepidus zu seinem Freund Marcus Junius Brutus, »der Sullas Gesetzeswerk in eine für jedermann – selbst für seine Gegner – annehmbare Form gebracht hat.«

Fortuna hatte beiden ihre Gunst geschenkt. Auf Sullas letzter sorgsam zusammengestellter Magistratsliste war Brutus als Prätor aufgeführt worden, und als die Konsuln und Prätoren am Neujahrstag des vorangegangenen Jahres ihre Ämter übernommen hatten, war das Los, das darüber entschied, welche Provinzen an welche Beamten fielen, günstig für sie ausgefallen. Lepidus hatte Gallia Narbonensis gezogen und Brutus das italische Gallien; ihre

Statthalterschaft sollte am Ende ihrer Amtsperiode beginnen, das heißt am darauffolgenden Neujahrstag. Gallia Narbonensis war bis vor kurzem keine konsularische Provinz gewesen, aber zwei Dinge hatten dies geändert: der wenig erfolgreiche Krieg in Spanien gegen Quintus Sertorius und das Verhalten der gallischen Stämme, die mittlerweile revoltierten und damit den Landweg nach Spanien unsicher machten.

»Wir werden bei der Verwaltung unserer Provinzen zusammenarbeiten«, sagte Lepidus voll Eifer zu Brutus, nachdem die Lose gezogen waren. »Ich werde gegen rebellische Stämme Krieg führen, während du im italischen Gallien Ordnung schaffst und mir Proviant schickst, und was ich sonst noch brauche.«

So freuten sich Lepidus und Brutus auf eine arbeitsreiche und lohnende Zeit als Statthalter im kommenden Jahr. Nach Sullas Begräbnis hatte Lepidus sich daran gemacht, die strengsten Gesetze Sullas zu lockern, während Brutus sich als Vorsitzender des Gerichts für Gewaltverbrechen mit den Ergänzungsgesetzen für dieses Gericht befaßt hatte, das im vorangegangenen Jahr von Sullas Prätor Gnaeus Octavius eingerichtet worden war. Gnaeus Octavius hatte, offenbar mit Sullas Zustimmung, per Gesetz angeordnet, einige von denen, die aus den Proskriptionen Profit geschlagen hatten, zu zwingen, den Besitz zurückzugeben, den sie sich mit Gewalt oder durch Einschüchterung verschafft hatten – was natürlich auch bedeutete, daß die Namen der ursprünglichen Eigentümer von den Proskriptionslisten gestrichen wurden. Brutus, der Gnaeus Octavius' Maßnahme billigte, hatte dessen Arbeit mit Begeisterung fortgesetzt.

Im Juni – Sullas Asche war inzwischen in dem Grab auf dem Marsfeld beigesetzt – erklärte Lepidus vor dem Senat, er werde sich um die Zustimmung des Senats zu einer *lex Aemilia Lepida* bemühen, wonach ein Teil des Landes, das Sulla in Etruria und Umbria konfisziert hatte, zurückgegeben werden sollte, um es an seine Veteranen zu verteilen.

»Wie ihr wißt, eingeschriebene Väter«, wandte sich Lepidus an die aufmerksamen Senatoren, »herrschen nördlich von Rom große Unruhen. Nach meiner Ansicht – und der vieler anderer – sind diese Unruhen größtenteils darauf zurückzuführen, daß sich unser verstorbener, allseits betrauerter Diktator darauf fixiert hat, Etruria und Umbria zu bestrafen, indem er ihnen fast noch den letzten Morgen Land raubte. Daß der Senat die Maßnahmen des Diktators nicht immer gebilligt hat, zeigt sich daran, daß er sich dem Vorhaben des Diktators widersetzte, alle Bürger in den Städten Arretium und Volaterrae zu ächten. Und es ehrt uns, daß wir es geschafft haben, den Diktator von seinem Plan abzubringen, obwohl er damals auf dem Höhepunkt seiner Macht stand. Nun, glaubt nicht, mein neues Gesetz habe Arretium und Volaterrae einen Vorteil zu bieten. Die beiden Städte haben Carbo aktiv unterstützt, und deshalb bekommen sie nichts von mir. Nein, die Gemeinden, um die es mir geht, waren bestenfalls unfreiwillige Gastgeber von Carbos Legionen. Ich spreche von Städten wie Spoletium und Clusium, die momentan zwar einen Groll gegen Rom hegen, weil sie ihre Ländereien verloren haben, die aber niemals Verrat geübt haben. Die Einwohner waren Leidtragende des Bürgerkriegs, weil zufällig eine Armee durch ihre Stadt gekommen ist.«

Lepidus hielt inne und ließ seinen Blick über die Reihen zu beiden Seiten der Curia Hostilia schweifen; er war zufrieden mit dem, was er sah. Mit etwas mehr Nachdruck fuhr er fort:

»Es geht hier nicht um die, die Carbo aktiv unterstützt haben, und die Ländereien dieser Verräter reichen für Sullas Soldaten allemal aus. Ich muß das ausdrücklich betonen. Mit wenigen Ausnahmen ist Italien jetzt durch und durch römisch, und seine Bürger sind wahlberechtigt und auf alle fünfunddreißig Tribus verteilt. Aber in vielen Gegenden Etrurias und Umbrias werden die Bewohner immer noch wie rebellische Verbündete alten Stils behandelt, denn früher gehörte es zur Praxis Roms, Ländereien einer Gegend einfach zu konfiszieren. Aber wie kann sich Rom die Ländereien anständiger, rechtmäßiger Römer widerrechtlich aneignen? Das ist ein Widerspruch! Und wir, eingeschriebene Väter des obersten Verwaltungsorgans von Rom, dürfen solche Praktiken nicht länger dulden. Tun wir es doch, wird es in Etruria und Umbria noch eine Rebellion geben – und Rom kann sich einen weiteren Krieg zu Hause nicht leisten, wo es im Ausland so gefordert ist. Im Augenblick müssen wir für die vierzehn Legionen, die gegen Quintus Sertorius kämpfen, Geld auftreiben. Und offensichtlich müssen wir unser kostbares Geld dafür ausgeben. Die

Rückgabe von Ländereien an Städte wie Clusium und Tuder wird das Volk von Etruria und Umbria beschwichtigen, ehe es zu spät ist.«

Die Senatoren hörten aufmerksam zu, obwohl Catulus sich entschieden gegen die Maßnahme aussprach und, wie von Lepidus erwartet, von den meisten Anhängern Sullas sowie von Konservativen unterstützt wurde.

»So fängt es immer an!« rief Catulus wütend. »Marcus Aemilius Lepidus will unsere neue Verfassung Stück für Stück demontieren, indem er mit Maßnahmen anfängt, von denen er genau weiß, daß sie beim Senat Anklang finden werden. Aber *ich* sage, das darf nicht geschehen! Jede Maßnahme, die er per Senatsbeschluß an die Volksversammlung weiterleiten kann, wird ihn dazu ermutigen, noch weiter zu gehen.«

Aber als weder Cethegus noch Philippus für Catulus Partei ergriffen, wußte Lepidus, daß er gewinnen würde. Seltsam nur, daß sie Catulus nicht unterstützt hatten; aber warum solch ein Geschenk in Frage stellen? Deshalb kam Lepidus auf eine weitere Maßnahme zu sprechen, noch ehe er für sein Gesetz über die Rückgabe der beschlagnahmten Ländereien die Zustimmung des Senats erhalten hatte.

»Es ist die Pflicht dieses Hauses, das Verbot unseres verstorbenen, vielbeweinten Diktators aufzuheben, staatliches Getreide zu einem Preis zu verkaufen, der unter dem der privaten Getreidehändler liegt«, sagte er bestimmt. Die Türen der Curia Hostilia standen weit offen, so daß diejenigen, die draußen standen, zuhören konnten. »Eingeschriebene Väter, ich bin ein vernünftiger, ehrbarer Mann, kein Demagoge! Als erster Konsul habe ich es nicht nötig, unsere ärmsten Bürger zu umwerben. Ich stehe auf dem Höhepunkt meiner politischen Karriere. Ich kann es mir leisten, jeden Preis zu zahlen, den die privaten Getreidehändler für ihren Weizen verlangen. Und ich will auch nicht andeuten, daß unser verstorbener, allseits betrauerter Diktator unrecht hatte, als er den Preis für staatliches Getreide an dem Preis festmachte, den die privaten Getreidehändler verlangten. Vermutlich hat unser verstorbener, allseits betrauerter Diktator einfach nicht an die Folgen gedacht. Denn was ist passiert? Die privaten Getreidehändler haben ihre Preise erhöht, weil es keine staatliche Regelung gibt, die sie zwingt, ihre Preise niedrig zu halten. Welcher Geschäftsmann kann schließlich der Aussicht auf höhere Profite widerstehen? Bestimmen etwa Freundlichkeit und Menschlichkeit sein Handeln? Natürlich nicht! Er ist Geschäftsmann, um für sich und seine Anteilseigner Profit zu machen, und meistens ist er zu kurzsichtig, um zu erkennen, daß, wenn er den Preis für sein Produkt über Gebühr erhöht, er damit die Basis für seinen Profit untergräbt.

Deshalb bitte ich die Mitglieder dieses Hauses, meiner *lex Aemilia Lepida frumentaria* offiziell ihre Zustimmung zu geben und es mir zu ermöglichen, sie der Volksversammlung zur Ratifizierung vorzulegen. Ich werde zu unserer alten, bewährten Methode zurückkehren, wonach der Staat dem Volk Getreide zum festgesetzten Preis von zehn Sesterzen pro Scheffel anbietet. Selbst in Zeiten des Überflusses kann der Staat mit diesem Preis immer noch guten Profit machen, und wenn die fetten Jahre überwiegen, wird der Staat auf lange Sicht keine finanzielle Not leiden.«

Wieder sprach sich Catulus dagegen aus. Aber diesmal erhielt er kaum Unterstützung. Sowohl Cethegus als auch Philippus waren eindeutig für Lepidus' Maßnahme, und sie wurde noch während der Sitzung vom Senat gebilligt. Lepidus konnte sein Gesetz in der Volksversammlung verkünden. Sein Ruhm wuchs, und als er in der Öffentlichkeit erschien, jubelte man ihm zu.

Aber mit seiner *lex agraria* bezüglich der beschlagnahmten Ländereien war es etwas anderes. Obwohl er das Gesetz bei jeder Senatssitzung zur Abstimmung vorlegte, erhielt es nicht genügend Stimmen für einen Senatsbeschluß – das bedeutete, daß er es gemäß Sullas Verfassung keiner Versammlung vorlegen konnte.

»Aber ich gebe nicht auf«, sagte er beim Essen zu Brutus.

Er aß jetzt regelmäßig bei Brutus, denn die Leere in seinem eigenen Haus war für ihn unerträglich. Als die Proskriptionen begonnen hatten, hatte er, wie die meisten Angehörigen der Oberschicht, Angst gehabt, er könne geächtet werden. Während des Konsulats von Marius, Cinna und Carbo war er in Rom geblieben – und er war mit der Tochter des Saturninus verheiratet, der einmal versucht hatte, sich zum König von Rom zu machen. Appuleia selbst hatte den Vorschlag gemacht, er solle sich schnellstens von ihr scheiden lassen. Sie hatten drei Söhne, und es war ungeheuer wichtig, daß das Vermögen der Familie für die beiden jüngeren erhalten blieb. Der älteste Sohn war in die Familie des Cornelius Scipio aufgenommen worden, die eng mit Sulla verwandt war und zu Sullas Lager gehörte. Scipio Aemilianus – benannt nach seinem berühmten Vorfahr – war bereits erwachsen, als Appuleia die Scheidung vorschlug, und der zweite Sohn, Lucius, war achtzehn. Der jüngste, Marcus, war erst neun. Obwohl Lepidus Appuleia von Herzen liebte, hatte er sich um ihrer Söhne willen von ihr scheiden lassen; später, wenn keine Gefahr mehr bestand, wollte er sie noch einmal heiraten. Aber Appuleia war nicht umsonst die Tochter des Saturninus. In der Überzeugung, ihre Gegenwart werde für ihren Ex-Mann und ihre Söhne stets eine Gefahr darstellen, beging sie Selbstmord. Ihr Tod war ein ungeheurer Schlag für Lepidus, von dem er sich nie richtig erholte. Und sooft er konnte, verbrachte er seine freie Zeit im Haus eines anderen, insbesondere im Haus seines besten Freundes Brutus.

»Genau! Du darfst nicht aufgeben«, sagte Brutus. »Stete Beharrlichkeit wird den Senat zermürben, da bin ich sicher.«

»Du solltest lieber hoffen, daß sich der Widerstand der Senatoren rasch legt«, meinte die Dritte im Bunde, die auf einem Stuhl gegenüber dem Speisesofa saß.

Beide Männer warfen Brutus' Frau Servilia einen besorgten, aber respektvollen Blick zu; es lohnte sich immer, zu hören, was Servilia zu sagen hatte.

»Was genau meinst du?« fragte Lepidus.

»Ich meine damit, daß Catulus sich zum Krieg rüstet.«

»Woher weißt du das?« fragte Brutus.

»Ich habe die Ohren gespitzt«, sagte sie, ohne eine Miene zu verziehen. Dann lächelte sie geheimnisvoll. »Ich habe heute morgen Hortensia besucht. Sie ist nicht umsonst die Schwester unseres bedeutendsten Anwalts – und wie er redet sie gern. Catulus verehrt sie, und er erzählt ihr viel. Und sie erzählt es jedem weiter, der es versteht, sie auszuhorchen.«

»Und du besitzt natürlich diese Gabe«, sagte Lepidus.

»Gewiß. Aber was noch wichtiger ist, ich bin daran interessiert, sie auszuhorchen. Die meisten ihrer weiblichen Besucher interessieren sich nur für Klatsch und Frauenprobleme, während Hortensia viel lieber über Politik reden würde. Also habe ich es mir zur Aufgabe gemacht, sie oft aufzusuchen.«

»Erzähl uns mehr, Servilia«, sagte Lepidus, der nicht begriff, was sie sagte. »Für welchen Krieg rüstet sich Catulus? Im diesseitigen Spanien? Er geht nächstes Jahr als Statthalter dorthin, mit einer neuen Armee. Deshalb ist es vermutlich nicht abwegig, daß er sich zum Krieg rüstet, wie du dich ausgedrückt hast.«

»Dieser Krieg hat nichts mit Spanien oder Sertorius zu tun«, sagte Brutus' Frau. »Catulus spricht von Krieg in Etruria. Laut Hortensia will er den Senat überreden, noch mehr Legionen zu bewaffnen, um die Unruhen dort niederzuschlagen.«

Lepidus richtete sich kerzengerade auf. »Aber das ist Wahnsinn! Es gibt nur eine Möglichkeit, den Frieden in Etruria zu sichern, und zwar muß man den Gemeinden einen Gutteil dessen zurückgeben, was Sulla ihnen weggenommen hat!«

»Stehst du mit einem der örtlichen Führer in Etruria in Verbindung?« fragte Servilia.

»Natürlich.«

»Gehört er zu den extrem Konservativen oder zu den Gemäßigten?«

»Zu den Gemäßigten, nehme ich an, wenn du mit den extrem Konservativen die Anführer in Städten wie Volaterrae und Faesulae meinst.«

»Die meine ich.«

»Danke für die Information, Servilia. Du kannst sicher sein, daß ich meine Anstrengungen verdoppeln werde, um die Angelegenheit in Etruria zu regeln.«

Obwohl Lepidus seine Anstrengungen verdoppelte, konnte er Catulus nicht daran hindern, den Senat zu ermahnen, die Legionen aufzustellen, die seiner Ansicht nach zur Niederschlagung der drohenden Revolte in Etruria nötig waren. Aber da Servilia ihn rechtzeitig gewarnt hatte, konnte Lepidus bei den niederen Senatoren und bei hochrangigen Hinterbänklern wie Cethegus um Unterstützung werben. Die Reaktion der Senatsmitglieder auf Catulus' leidenschaftliche Schmährede war daher lau.

»Eigentlich, Quintus Lutatius«, sagte Cethegus zu Catulus, »sind wir eher wegen des mangelnden Einvernehmens zwischen dir und unserem ersten Konsul besorgt als wegen angeblicher Revolten in Etruria. Offenbar sperrst du dich gegen alles, was unser erster Konsul vorschlägt. Ich finde das bedauerlich, vor allem nachdem Lucius Cornelius Sulla sich so große Mühe gegeben hat, die Zusammenarbeit zwischen den verschiedenen Mitgliedern und Faktionen innerhalb des Senats von Rom zu fördern.«

Zerknirscht zog sich Catulus zurück. Aber nicht für lange. Die Ereignisse schienen ihm recht zu geben und Lepidus jede Chance zu nehmen, für sein Gesetz über die Rückgabe beschlagnahmter Ländereien einen Senatsbeschluß zu erwirken. Denn Ende Juni überfielen die enteigneten Bürger von Faesulae die Soldatensiedlungen in der Umgebung, vertrieben die Veteranen von ihren Parzellen und töteten jeden, der Widerstand leistete.

Der Tod mehrerer hundert loyaler sullanischer Legionäre konnte nicht ignoriert werden, und die offene Rebellion der Bürger von Faesulae durfte nicht ungestraft bleiben. Die Wahlen, die im kommenden Monat stattfinden sollten, waren auf einen Schlag vergessen. Zwar war gemäß Sullas neuer Verfassung durch Losentscheid festgelegt worden, welcher Konsul die kurulischen Wahlen leiten sollte – die Wahl war auf Lepidus gefallen –, aber sonst geschah nichts. Statt dessen wies der Senat beide Konsuln an, je vier neue Legionen aufzustellen und sich nach Faesulae zu begeben, um den Aufstand niederzuschlagen.

Kurz vor Ende der Sitzung erhob sich Lucius Marcius Philippus und bat um Gehör. Lepidus, der im Monat Quintilis die Konsulargewalt innehatte, beging seinen ersten großen Fehler: Er erteilte Philippus das Wort.

»Werte Senatorenkollegen«, sagte Philippus mit schallender Stimme, »ich flehe euch an, gebt Marcus Aemilius Lepidus keine Armee! Ich bitte nicht, ich *flehe* euch an! Denn für mich besteht kein Zweifel, daß unser erster Konsul eine Revolution plant – ja schon seit seiner Amtseinführung geplant hat! Bis zum Tode unseres geliebten Diktators tat und sagte er nichts. Aber kaum war unser geliebter Diktator tot, da fing es an. Er lehnte es ab, für den Vorschlag zu stimmen, Sulla auf Staatskosten zu beerdigen. Natürlich verlor er – ich persönlich habe sowieso nie geglaubt, daß er sich einbilden könnte, zu gewinnen. Die Debatte über das Begräbnis war für alle seine Anhänger ein Signal, daß er Verrat betreiben wollte. Und er begann tatsächlich damit, Verrat zu betreiben! Er schlug vor, Leuten beschlagnahmtes Land zurückzugeben, die es *verdient* hatten, daß man es ihnen wegnahm! Und als der Senat die Entscheidung hinauszögerte, versuchte er, sich bei den unteren Klassen mit einem Trick beliebt zu machen, den bislang jeder Demagoge angewandt hat, von Gaius Gracchus bis zu seinem Schwiegervater Saturninus – er wollte per Gesetz die Verbilligung von staatlichem Getreide erwirken. Für das Begräbnis des bedeutendsten Bürgers der Stadt sollte die Staatskasse nicht aufkommen – o nein! Aber für die Versorgung der nutzlosen Proletarier mit billigem Getreide sollte Rom Mittel bereitstellen – o ja!«

Lepidus war nicht der einzige, der über diese heftige Attacke erstaunt war; sämtliche Senatsmitglieder saßen vor Schreck kerzengerade auf ihren Plätzen. Aber Philippus war noch nicht am Ende.

»Und nun, meine Kollegen Senatoren, wollt ihr diesem Mann tatsächlich vier Legionen geben und ihn nach Etruria schicken? Das werde ich nicht zulassen! In Kürze finden die kurulischen Wahlen statt, und laut Losentscheid muß er sie leiten. Deshalb muß er in Rom bleiben und seine Pflicht tun und darf sich nicht davonmachen, um eine Armee aufzustellen! Ich darf euch daran erinnern, daß wir nach Jahren zum ersten Mal freie Wahlen abhalten wollen, und deshalb ist es unumgänglich, daß sie pünktlich und ordnungsgemäß vonstatten gehen. Quintus Lutatius Catulus ist durchaus in der Lage, eine Armee aufzustellen und gegen Faesulae und jede andere etrurische Stadt, die möglicherweise für Faesulae Partei ergreift, Krieg zu führen. Es wäre ein Verstoß gegen Sullas Gesetze, wenn beide Konsuln sich von Rom entfernten, um Krieg zu führen. Um dies zu verhindern, hat unser geliebter Diktator die Klausel bezüglich der außerordentlichen Kommandogewalt in sein Gesetzeswerk aufgenommen. Wir verfügen über die verfassungsmäßigen Mittel, um in einem Krieg dem fähigsten Mann die Kommandogewalt zu übertragen, auch wenn er nicht Mitglied des Senats ist. Aber ihr übertragt einem Mann ohne entsprechende Kriegserfahrung ein wichtiges Kommando! Quintus Lutatius ist ein bewährter, zuverlässiger Mann, der sich in militärischen Fragen auskennt. Aber Marcus Aemilius Lepidus ist unerfahren und hat sich noch nicht bewährt. Außerdem ist er, wie ich meine, ein potentieller Revolutionär. Ihr dürft ihm keine Legionen geben und ihn in ein Gebiet schicken, das er, wie seine Worte erkennen lassen, Rom vorziehen will!«

Zu Beginn der Rede hatte Lepidus mit offenem Mund zugehört, aber dann hatte er sich plötzlich seinem Sekretär zugewandt und ihm Wachstafel und Griffel aus der Hand gerissen; und während Philippus weitergesprochen hatte, hatte er sich Notizen gemacht. Jetzt erhob er sich, um auf Philippus' Rede zu antworten, wobei er die Tafel so hielt, daß er hin und wieder einen Blick darauf werfen konnte.

»Warum sagst du solche Dinge, Philippus«, begann er, ohne Philippus höflichkeitshalber mit seinem vollen Namen anzureden. »Ich muß gestehen, daß ich dein Motiv nicht kenne – aber du hast eins, da bin ich sicher. Wenn der große Zauderer sich in diesem Hause erhebt, um eine seiner großartig formulierten Reden zu halten, hat das immer einen Grund. Irgend jemand bezahlt ihn dafür, daß er immer wieder die Seite wechselt! Wie wohlhabend er geworden ist! – wie fett! – wie zufrieden! – wie versunken in einem persönlichen Morast der Ausschweifungen! – und immer bezahlt von jemandem, der einen Senator als Sprachrohr benötigt!«

Lepidus hob die Wachstafel etwas höher und blickte über deren Rand auf die schweigenden Senatoren. Selbst Catulus war über Philippus' Rede verblüfft, was ein Blick in seine Richtung verriet. Wer auch immer dahintersteckte, es war bestimmt nicht Catulus oder ein Mitglied seiner Faktion.

»Ich werde der Reihe nach auf die einzelnen Punkte eingehen, eingeschriebene Väter. Erstens, meine Passivität vor dem Tod des Diktators. Wie jeder hier weiß, ist das nicht richtig! Denkt nur einmal zurück!

Zweitens, die Abstimmung darüber, ob das Begräbnis des Diktators mit öffentlichen Geldern bezahlt werden sollte. Ja, ich war dagegen, wie viele andere auch. Und warum auch nicht? Sollen wir keine Stimme haben?

Drittens, die Behauptung, meine Ablehnung sei für meine Anhänger – sofern ich welche habe – ein Signal gewesen, daß ich alles zunichte machen wollte, was Lucius Cornelius Sulla aufgebaut hat – was für ein Unsinn! Ich habe lediglich versucht, zwei Gesetze durchzubekommen, was mir nur bei einem gelungen ist.

Aber habe ich jemals auch nur die leiseste Andeutung gemacht, ich wolle Sullas gesamtes Gesetzeswerk umstoßen? Habt ihr je gehört, daß ich das neue Rechtssystem kritisierte? Oder die neuen Regelungen bezüglich der Beamten, des Senats oder der Wahlen? Oder die neuen Hochverratsgesetze, welche die Befugnisse der Provinzstatthalter einschränken? Oder die beschränkte Funktion der Versammlungen? Oder gar das in seinen Rechten stark beschnittene Volkstribunat? Nein, eingeschriebene Väter, das habt ihr nicht! *Weil ich nicht vorhabe, diese Vorschriften zu verfälschen!*«

Den letzten Satz brüllte er so heraus, daß viele Zuhörer aufsprangen. Er machte eine Pause, bis sich alle wieder beruhigt hatten, und fuhr dann fort.

»Viertens, die Behauptung, mein Gesetz, wonach ein Teil der beschlagnahmten Ländereien – wohlgemerkt, ein Teil, nicht alle – den ursprünglichen Besitzern zurückgegeben werden soll, sei verräterisch. Auch das ist Unsinn. Meine *lex Aemilia Lepida* besagt nicht, daß beschlagnahmte Ländereien, die wirklich verräterischen Städten oder Gebieten gehören, zurückgegeben werden sollen. Sie betrifft nur Ländereien, die solchen Orten gehören, die unfreiwillig in den Krieg gegen Carbo hineingezogen wurden.«

Lepidus senkte die Stimme und sprach mit mehr Nachdruck. »Senatoren, denkt bitte einen Moment nach! Wenn wir ein wirklich vereintes römisches Italien wollen, dürfen wir nicht länger die alten Strafen, die wir den italischen Verbündeten auferlegt haben, den Menschen auferlegen, die nach dem Gesetz jetzt ebenso Römer sind wie wir selbst! Wenn Lucius Cornelius Sulla sich in einem Punkt geirrt hat, dann hier. Bei einem Mann seines Alters war das vielleicht verständlich. Aber es ist unverzeihlich, wenn die Mehrheit von uns, die mindestens zwanzig Jahre jünger ist, ebenso denkt wie er. Ich gebe zu bedenken, daß Philippus ebenfalls ein alter Mann ist, mit den verstaubten Vorurteilen eines alten Mannes. Als Zensor zeigte er seine Vorurteile ganz offen, indem er sich weigerte, das zu tun, was Sulla tat – die römischen Neubürger auf die fünfunddreißig Tribus zu verteilen.«

Allmählich nahm Lepidus die Senatsmitglieder für sich ein, und er spürte, wie sich seine Angst legte, und fuhr fort.

»Fünftens, mein Getreidegesetz. Auch dieses Gesetz machte ein offenkundiges Unrecht wieder gut. Ich glaube, wenn Sulla noch länger Diktator geblieben wäre, hätte er das selbst eingesehen und getan, was ich getan habe – ein Gesetz erlassen, wonach die unteren Klassen verbilligtes Getreide erhalten. Niemand kann bestreiten, daß die Getreidehändler habgierig waren. Und dieses Haus war klug genug, die gute Absicht zu erkennen, die hinter meinem Getreidegesetz steckt. Nicht umsonst habt ihr dafür gesorgt, daß es verabschiedet werden konnte, und damit ist die Gefahr gebannt, daß es bei der kommenden Ernte zu gewalttätigen Auseinandersetzungen kommt. *Denn ihr könnt dem Volk kein Privileg wegnehmen, das es schon so lange besitzt, daß es darin ein natürliches Recht sieht!*

Sechstens, meine Funktion als derjenige Konsul, den das Los dazu bestimmt hat, die kurulischen Wahlen zu überwachen. Ja, die Wahl ist auf mich gefallen, und nach unserer neuen Verfassung bedeutet das, daß nur ich die kurulischen Wahlen leiten kann. Aber, eingeschriebene Väter, ich habe nicht darum gebeten, mir vier Legionen zu geben, um die Revolte in Faesulae niederzuschlagen! Ihr habt mich beauftragt! *Aus freien Stücken!* Ohne mein Zutun! Es ist weder euch noch mir in den Sinn gekommen, daß Dinge wie die kurulischen Wahlen Vorrang haben vor offenen Revolten innerhalb Italiens. Ich gebe zu, daß ich von der Annahme ausging, ich solle zuerst die offene Revolte niederschlagen und anschließend die kurulischen Wahlen abhalten. Es ist noch genug Zeit für Wahlen. Schließlich haben wir erst Anfang Quintilis.

Siebtens, es ist kein ausdrücklicher Verstoß gegen Sullas Gesetze, wenn beide Konsuln von Rom abwesend sein sollten, um Krieg zu führen, selbst wenn es außerhalb Italiens ist. Laut Lucius Cornelius Sulla hat der Konsul als erstes die Pflicht, sich um Rom und Italien zu kümmern. Weder Quintus Lutatius Catulus noch ich werden uns über seine Anordnungen hinwegsetzen. Die Klausel bezüglich der außerordentlichen Kommandogewalt eines Nicht-Senators kann nur in Kraft treten, wenn die rechtmäßig gewählten Beamten und alle anderen kompetenten Senatoren nicht verfügbar sind, um einen Krieg zu führen.

Schließlich Punkt acht. Warum bin ich weniger geeignet, im Kriegsfall das Kommando zu führen, als Quintus Lutatius Catulus? Wir haben beide zuletzt als Legaten im Bundesgenossenkrieg gedient. Keiner von uns hat Rom während des Konsulats von Cinna und Carbo verlassen. Wir waren beide aufrichtig und neutral, und Lucius Cornelius Sulla hat uns deswegen nicht bestraft – schließlich sind wir hier, seine beiden letzten persönlich ausgewählten Konsuln! Wir verfügen beide praktisch über dieselbe militärische Erfahrung. Es ist schwer zu sagen, wer von uns beiden sich auf dem Schlachtfeld in Faesulae wohl mehr hervortun wird. Aber sollte man nicht im Interesse Roms hoffen, daß wir beide gleich erfolgreich sind? In der Regel heißt es, wenn die Konsuln bereit sind, auf Anweisung des Senats das militärische Kommando zu übernehmen, dann müssen sie es tun. Im vorliegenden Fall wurden die Konsuln vom Senat angewiesen, und sie haben die Anordnung befolgt. Damit wäre alles gesagt.«

Aber Philippus war noch nicht fertig. Er schien weder frustriert noch verärgert zu sein. Kühl und gelassen nahm er die Debatte zum Anlaß, um die offensichtliche Feindschaft zu beklagen, die sich zwischen den beiden Konsuln entwickelt hatte, und er führte an die hundert Beispiele an, von bloßen Nebensächlichkeiten bis hin zu größeren Auseinandersetzungen. Die Sonne war bereits untergegangen, und eigentlich hätte der Senat seine Beratungen beenden müssen, aber weder Catulus noch Lepidus wollten die Entscheidung bis zum nächsten Tag aufschieben. Also wurden Kerzen angezündet, und Philippus fuhr fort. Es war geschickt gemacht. Als Philippus zum Schluß kam, hätten die Senatoren praktisch allem zugestimmt, nur um endlich nach Hause gehen zu können.

»Ich schlage vor«, sagte Philippus abschließend, »daß beide Konsuln schwören, ihre Armeen nicht als Instrument persönlicher Rache zu mißbrauchen. Das ist wirklich keine große Sache. Aber ich für meinen Teil wäre beruhigter, wenn ich wüßte, daß sie einen Eid abgelegt haben.«

Lepidus erhob sich mühsam. »Wenn du meine persönliche Meinung hören willst, Philippus – das ist bestimmt das Dümmste, was ich je gehört habe! Aber wenn es den Senat glücklich macht und Quintus Lutatius und mir erlaubt, unsere Aufgaben rascher zu erledigen, dann bin ich bereit zu schwören.«

»Ich bin ganz deiner Meinung, Marcus Aemilius«, sagte Catulus. »Können wir jetzt nach Hause gehen?«

»Was meinst du, was Philippus im Schilde führte?« wollte Lepidus am nächsten Tag beim Essen von Brutus wissen.

»Ich weiß es nicht«, sagte Brutus kopfschüttelnd.

»Hast du eine Idee, Servilia?« fragte der erste Konsul.

»Eigentlich nicht«, antwortete sie und runzelte die Stirn. »Mein Mann hat mir zwar in groben Zügen erzählt, was gestern abend gesagt wurde, aber vielleicht wäre es aufschlußreicher für mich, wenn du mir eine Abschrift des Sitzungsprotokolls besorgen könntest – das heißt, falls eines angefertigt wurde.«

Da Lepidus Servilias politische Klugheit zu schätzen gelernt hatte, sprach nichts gegen ihre Bitte, und er erklärte sich bereit, ihr das Dokument am folgenden Tag zu geben, bevor er Rom verließ, um seine vier Legionen aufzustellen.

»Ich denke allmählich«, sagte Brutus, »daß du keine Chance hast, die Lage der etrurischen und umbrischen Städte, die nicht unmittelbar in Carbos Krieg verstrickt waren, zu verbessern. Es gibt im Senat einfach zu viele Männer wie Philippus, die nicht hören wollen, was du zu sagen hast.«

Brutus war es wichtig, daß zumindest ein Teil der umbrischen Gebiete befriedet wurde, weil er nach Pompeius der größte Landbesitzer in Umbria war. Er wollte keine Soldatensiedlungen in der Nachbarschaft seiner Ländereien, die größtenteils bei Spoletium und Iguvium lagen – zwei Gebiete, die bereits beschlagnahmt waren. Daß sich dort noch keine Veteranen angesiedelt hatten, war zwei Umständen zu verdanken: der Trägheit der für die Landverteilung zuständigen Kommissionen und dem Abzug von vierzehn alten Legionen Sullas zum Dienst in Spanien vor zwanzig Monaten. Nur dieser Umstand hatte es Lepidus ermöglicht, seine Gesetze einzubringen. Wären alle dreiundzwanzig Legionen Sullas in Italien geblieben, um, wie ursprünglich geplant, aufgelöst zu werden, hätten Spoletium und Iguvium bereits die volle Anzahl Veteranen zugeteilt bekommen.

»Philippus' gestrige Rede war ein absolutes Ärgernis«, sagte Lepidus, den schon der bloße Gedanke daran in Rage brachte. »Ich kann diese Schwachköpfe einfach nicht verstehen! Als ich Philippus antwortete, dachte ich wirklich, ich könnte sie auf meine Seite ziehen – ich habe überzeugend gesprochen, Servilia. Und trotzdem ließen sie sich von Philippus durch einen Bluff dazu bringen, uns diesen lächerlichen Eid abzunehmen, den wir heute morgen ablegen mußten.«

»Das heißt, sie werden sich noch mehr beeinflussen lassen«, meinte Servilia. »Was mir Sorgen macht, ist, daß du nicht im Senat anwesend sein wirst, um zu kontern, wenn der alte Unruhestifter sich das nächste Mal zu Wort meldet – und er wird sich zu Wort melden! Er heckt irgend etwas aus.«

»Ich weiß nicht, warum wir ihn als alt bezeichnen«, sagte Brutus, der dazu neigte, vom Thema abzuschweifen. »Er ist doch noch gar nicht so alt – gerade mal achtundfünfzig. Und obwohl er so aussieht, als könne er schon morgen an einem Schlaganfall sterben, wird das vermutlich nicht der Fall sein. Das wäre ja auch zu schön!«

Aber Lepidus hatte genug von Spekulationen. »Ich gehe nach Etruria, um Legionen aufzustellen«, sagte er ernst, »und ich möchte, daß du dich mir so bald wie möglich anschließt, Brutus. Wir hatten geplant, nächstes Jahr zusammenzuarbeiten, aber ich glaube, es wäre von Vorteil, schon jetzt damit anzufangen. Vor deinem Gericht wird nichts verhandelt, was nicht bis nächstes Jahr warten könnte, deshalb werde ich darum ersuchen, dich mir als meinen obersten Legaten zur Seite zu stellen.«

Servilia machte ein besorgtes Gesicht. »Ist es klug, deine Soldaten in Etruria anzuwerben?« fragte sie. »Warum nicht in der Campania?«

»Weil Catulus schon vor mir dort angekommen ist und die Campania für sich beansprucht. Ich habe meine Ländereien und Verbindungsleute sowieso in Etruria und nicht südlich von Rom. Ich fühle mich dort wohl, weil ich viel mehr Leute kenne.«

»Aber gerade das stört mich, Lepidus. Vermutlich wird Philippus viel Wesens darum machen und weiterhin deine wahren Absichten in Zweifel ziehen. Es macht keinen guten Eindruck, wenn du in einem Gebiet Soldaten anwirbst, wo eine Revolte droht.«

»Ach, laß doch Philippus machen!« meinte Lepidus verächtlich.

Der Senat ließ Philippus machen. Während der Quintilis sich dem Ende zuneigte und die Aufstellung der Legionen rasch voranging, machte Philippus es sich zur Aufgabe, Lepidus im Auge zu behalten, indem er ihn mit Hilfe eines gut funktionierenden Agentennetzes überwachen ließ. Dagegen verschwendete er keine Zeit darauf, Catulus in der Campania auf die Finger zu sehen. Catulus' vier Legionen waren rasch mit Sullas bewährtesten Gefolgsleuten aufgefüllt, welche die Landarbeit langweilte und die auf einen neuen Feldzug nicht allzuweit weg von zu Hause erpicht waren. Das Dumme war, daß die Männer, die sich in Etruria meldeten, keine Veteranen Sullas waren. Es waren entweder unerfahrene junge Männer aus der Region oder sonstige Veteranen, die für Carbo und dessen Befehlshaber gekämpft hatten und denen es gelungen war, sich vor der Kapitulation abzusetzen. Die meisten Soldaten Sullas, die sich in Etruria neu angesiedelt hatten, zogen es vor, auf ihren Parzellen zu bleiben und diese zu schützen, oder in die Campania zu gehen und in die Legionen des Catulus einzutreten.

Während Philippus den ganzen September hindurch im Senat lautstarke Reden hielt, verwandten Catulus und Lepidus nach der Aufstellung der Legionen ihre ganze Energie auf die Ausbildung der Soldaten. Anfang Oktober brachte Philippus den Senat schließlich dazu, Lepidus nach Rom zurückzubeordern, um die kurulischen Wahlen abzuhalten. Der Befehl erreichte Lepidus in seinem Lager außerhalb Saturnias, von wo aus er den Boten postwendend mit seiner Antwort zurückschickte.

»Ich kann zu diesem Zeitpunkt nicht zurückkehren«, lautete die knappe Erklärung. »Ihr müßt entweder auf mich warten oder statt meiner Quintus Lutatius mit der Aufgabe betrauen.«

Quintus Lutatius Catulus wurde aus der Campania zurückbeordert – aber nicht, um die Wahlen abzuhalten. Es gehörte nicht zu Philippus' Plan, Lepidus diese Gnade zu gewähren. Zudem hatte Cethegus sich so fest mit Philippus verbündet, daß alles, was Philippus wollte, vom Senat mit Dreiviertelmehrheit gebilligt wurde.

Bei alldem war noch kein einziger Schritt gegen Faesulae unternommen worden. Die Stadt hatte ihre Tore geschlossen und wartete ab, zufrieden darüber, daß man sich in Rom offenbar nicht einig werden konnte, was zu tun sei.

Lepidus wurde nochmals aufgefordert, umgehend nach Rom zurückzukehren und die Wahlen abzuhalten. Als er sich erneut weigerte, erklärten Philippus und Cethegus den Senatoren, es müsse davon ausgegangen werden, daß Lepidus sich im Aufstand befinde. Sie hätten Beweise für seine geheimen Machenschaften mit den aufrührerischen Elementen in Etruria und Umbria – und dafür, daß sein oberster Legat, der Prätor Marcus Junius Brutus, ebenfalls in diese Machenschaften verstrickt sei.

Servilia schrieb in einem Brief an Lepidus:

Ich glaube, ich habe endlich herausgefunden, was hinter Philippus' Verhalten steckt, obwohl ich noch keinen eindeutigen Beweis für meine Vermutungen habe. Aber Du kannst davon ausgehen, daß was und wer auch immer hinter Philippus steckt, auch auf Cethegus Einfluß hat.

Ich habe den wörtlichen Text von Philippus' erster Rede immer wieder gelesen und mich mit allen Frauen, die etwas wissen konnten, unterhalten – nur nicht mit der abscheulichen Praecia, die jetzt in Cethegus' Haushalt herumkommandiert. Hortensia weiß nichts, weil ihr Mann Catulus vermutlich auch nichts weiß. Den entscheidenden Hinweis erhielt ich von Julia, der Witwe des Gaius Marius – Du siehst, wie weit ich bei meinen Nachforschungen mein Netz gespannt habe!

Julias frühere Schwiegertochter Mucia Tertia ist jetzt mit diesem jungen Emporkömmling aus Picenum, Gnaeus Pompeius, verheiratet, der die Kühnheit besitzt, sich Magnus zu nennen. Er ist zwar kein Mitglied des Senats, aber dafür sehr wohlhabend, sehr draufgängerisch und sehr darauf bedacht, sich hervorzutun. Ich mußte überaus vorsichtig sein, um bei Julia nicht den Eindruck zu erwecken, als wolle ich sie aushorchen. Aber wenn sie einem erst einmal ihr Vertrauen geschenkt hat, ist sie recht freimütig. Ich war ihr von Anfang an sympathisch, weil mein Schwiegervater Gaius Marius gegenüber stets loyal war – wie Du weißt, hat er ihn während Sullas erstem Konsulat ins Exil begleitet.

Wie sich herausstellte, hat Julia Philippus verabscheut, seitdem er sich vor vielen Jahren an Gaius Marius verkaufte; anscheinend verachtete Gaius Marius den Mann, obwohl er ihn benutzte. Als ich bei meinem dritten Besuch – ich hielt es für klüger, erst Julias volles Vertrauen zu gewinnen, ehe ich näher auf Philippus einging – auf die gegenwärtige Situation und auf Philippus' mögliche Motive zu sprechen kam, Dich zu seinem Opfer zu machen, er-

klärte Julia, sie habe während Mucia Tertias letztem Besuch in Rom ihren Worten entnommen, daß Philippus jetzt für Pompeius arbeite! Ebenso wie Cethegus!

Ich habe nicht weiter nachgefragt. Eigentlich war es auch nicht nötig. Seit seiner ersten Rede hat Philippus unentwegt von Sullas spezieller Klausel gesprochen, die den Senat ermächtigt, sich außerhalb der eigenen Reihen nach einem Befehlshaber oder Statthalter umzusehen, falls in den eigenen Reihen kein geeigneter Mann zur Verfügung steht. Ehrlich gesagt war mir immer noch nicht klar, was das mit der gegenwärtigen Situation zu tun hatte, bis ich mich hinsetzte und über Philippus' Verhalten in den vergangenen dreißig Jahren nachdachte.

Ich kam zu dem Schluß, daß Philippus lediglich die Anweisungen seines Herrn befolgt, wenn sein Herr tatsächlich Pompeius ist. Philippus ist kein Gaius Gracchus oder Sulla; er hat keine großartige Strategie im Kopf, wie er den Senat dazu bringen kann, Euch, die Ihr gegenwärtig mit diesem Feldzug gegen Faesulae beschäftigt seid, von Eurer Aufgabe zu entbinden und Pompeius an Eure Stelle zu setzen. Wahrscheinlich weiß er ganz genau, daß der Senat dies unter keinen Umständen tun wird – schließlich sitzen im Moment zu viele fähige Männer im Senat. Wenn beide Konsuln versagen sollten – was zu diesem Zeitpunkt schwer vorstellbar ist –, wird kein geringerer als Lucullus in die Bresche springen; da er dieses Jahr Prätor ist, besitzt er bereits die Befehlsgewalt.

Nein, Philippus macht nur viel Wirbel, um die Gelegenheit zu haben, den Senat an Sullas spezielle Klausel zu erinnern. Und vermutlich unterstützt Cethegus ihn nur deshalb, weil auch er sich irgendwie im Netz des Pompeius verstrickt hat. Bestimmt nicht aus Geldnot! Aber es gibt andere Gründe als Geld, und Cethegus könnte alle möglichen Gründe haben.

Deshalb, mein lieber Lepidus, glaube ich, daß Du bis zu einem gewissen Grad ein zufälliges Opfer bist und daß Dein Mut, für Deine Überzeugung einzutreten, auch wenn sie den Ansichten des Senats zuwiderläuft, Philippus ein Angriffsziel geliefert hat, das er benutzen kann, um seine Handlungsweise zu rechtfertigen, ganz gleich, wieviel Pompeius ihm dafür zahlt. Er vertritt lediglich die Interessen eines Mannes, der zwar kein Senator ist, es aber für lohnend hält, innerhalb des Senats eine starke Faktion zu haben, für den Fall, daß seine Dienste eines Tages benötigt werden.

Natürlich kann ich mich auch irren. Aber ich glaube es nicht.

»Das ergibt mehr Sinn als alles, was ich bisher gehört habe«, sagte Lepidus zu Brutus, nachdem er ihm Servilias Brief vorgelesen hatte.

»Ich bin mit Servilia einer Meinung«, sagte Brutus respektvoll. »Ich bezweifle, daß sie sich irrt. Sie irrt sich nur selten.«

»Also, mein Freund, was soll ich tun? Nach Rom zurückkehren wie ein braver Junge, die kurulischen Wahlen abhalten und dann in der Versenkung verschwinden – oder soll ich tun, was die etrurischen Führer wollen, und mit ihnen offen gegen Rom rebellieren?«

Diese Frage hatte Lepidus sich schon oft gestellt, seit er sich mit der Tatsache abgefunden hatte, daß Rom ihm niemals gestatten würde, Etruria und Umbria wieder einigermaßen zu Normalität und Wohlstand zurückzuführen. Schuld an seinem Dilemma waren sein Stolz und das gewisse Bedürfnis, sich von der Masse abzuheben, auch wenn sie sich aus römischen Konsularen zusammensetzte. Seit dem Tod seiner Frau war das Leben für ihn bedeutungslos geworden; den wahren Grund für ihren Selbstmord – die Söhne vor politischen Repressalien zu bewahren – hatte er völlig verdrängt. Scipio Aemilianus und Lucius standen voll und ganz hinter ihm, und Marcus war noch ein Kind; er erfüllte die Tradition der Familie des Lepidus, denn er wurde mit einer Glückshaube über dem Gesicht geboren, und dieses Phänomen bedeutete, daß er ein Leben lang ein Günstling Fortunas sein würde. Weshalb also sollte Lepidus sich um einen seiner Söhne Sorgen machen?

Bei Brutus sah die Sache etwas anders aus, obwohl er keine Angst vor einer Niederlage hatte. Nein, Brutus reizte der etrurische Plan, weil seine Ehe mit der Patrizierin Servilia nach acht Jahren an einem Tiefpunkt angelangt war und er wußte, daß seine Frau ihn für unscheinbar, langweilig, feige und verachtenswert hielt. Er liebte sie nicht, aber nachdem seine Freunde und Kollegen Servilias Ansichten zu politischen Fragen mit den Jahren mehr und mehr schätzen gelernt hatten, hatte er erkannt, daß in ihr eine einzigartige Persönlichkeit schlummerte, deren Anerkennung ihm wichtig war. In der gegenwärtigen Situation hatte sie zum Beispiel nicht ihm, sondern dem Konsul Lepidus geschrieben und ihn, den Unbedeutenden, übergangen. Deshalb schämte er sich. Und mittlerweile begriff er, daß auch sie sich schämte. Wenn er ihre Anerkennung zurückgewinnen wollte, mußte er etwas Kühnes, Unverwechselbares tun.

Deshalb beantwortete Brutus schließlich Lepidus' Frage, anstatt ihr auszuweichen. »Ich glaube, du mußt tun, was die Ältesten von dir verlangen, und Etruria und Umbria gegen Rom führen.«

»Gut, ich werde es tun«, sagte Lepidus. »Aber erst am Neujahrstag, wenn ich von diesem dummen Eid entbunden bin.«

An den Kalenden des Januar hatte Rom keine kurulischen Magistrate, weil die Wahlen nicht stattgefunden hatten. Am letzten Tag des alten Jahres hatte Catulus den Senat einberufen und erklärt, am folgenden Tag sollten die Senatoren die *fasces* zum Tempel der Venus Libitina schicken und den ersten *interrex* wählen. Die Amtszeit dieses vorläufigen obersten Magistraten, der *interrex* oder Zwischenkönig genannt wurde und lediglich als Beschützer Roms fungierte, dauerte fünf Tage. Er mußte Patrizier sein, Vorsteher einer Dekurie von Senatoren, und, wie im Fall des ersten Interrex, der ranghöchste Patrizier im Senat. Am sechsten Tag wurde er von dem zweithöchsten Patrizier abgelöst, der ebenfalls Vorsteher einer Dekurie war; der zweite Interrex wurde ermächtigt, die Wahlen abzuhalten.

Am Neujahrstag wurde Lucius Valerius Flaccus Princeps Senatus vom Senat offiziell zum ersten Interrex ernannt, und diejenigen, die sich für das Amt des Konsuls und Prätors zur Wahl stellen wollten, warben ganz aufgeregt und in aller Eile um Stimmen. Der Interrex sandte Lepidus eine kurze Botschaft, worin er ihn aufforderte, seine Armee zu verlassen und unverzüglich nach Rom zurückzukehren. Außerdem erinnerte er ihn daran, daß er einen Eid abgelegt habe, seine Legionen nicht gegen seinen Kollegen zu führen.

Am Mittag des dritten Tages der Amtszeit von Flaccus Princeps Senatus traf Lepidus' Antwort ein.

Ich möchte Dich daran erinnern, Princeps Senatus, daß ich jetzt nicht mehr Konsul, sondern Prokonsul bin, und daß ich mich als Konsul an meinen Eid gehalten habe, an den ich jetzt als Prokonsul nicht mehr gebunden bin. Ich bin zwar froh, meine konsularische Armee aufgeben zu können, möchte Dich aber daran erinnern, daß mir auch als Prokonsul eine Armee zusteht, und deshalb werde ich diese Armee nicht aufgeben. Da meine konsularische Armee aus vier Legionen bestand und meine prokonsularische Armee ebenfalls aus vier Legionen besteht, ist es offensichtlich, daß ich nichts aufgeben muß.

Ich bin jedoch bereit, unter folgenden Bedingungen nach Rom zurückzukehren: daß ich als Konsul wiedergewählt werde; daß jeder Morgen beschlagnahmten Landes in Italien dem ursprünglichen Besitzer zurückgegeben wird; daß die Söhne und Enkel der Proskribierten wieder in ihre Rechte eingesetzt werden und ihr Eigentum zurückbekommen und daß die Volkstribunen ihre volle Machtbefugnis zurückerhalten.

»Und damit«, erklärte Philippus den Mitgliedern des Senats, »müßte selbst dem größten Dummkopf unter den Senatoren klar sein, was Lepidus vorhat! Um seine Bedingungen zu erfüllen, müßten wir die ganze Verfassung umstürzen, die Lucius Cornelius Sulla so mühsam aufgebaut hat, und Lepidus weiß genau, daß wir das nicht tun werden. Seine Antwort kommt einer Kriegserklärung gleich. Deshalb bitte ich den Senat inständig, einen *senatus consultum de re publica defendenda,* einen Beschluß zum Schutz des Staates, zu erlassen.«

Aber das erforderte eine leidenschaftliche Debatte, und so faßte der Senat seinen Beschluß erst am letzten Tag von Flaccus' Amtszeit als erster Interrex. Catulus wurde offiziell ermächtigt, Rom gegen Lepidus zu verteidigen; er sollte zu seiner Armee zurückkehren und sich zum Krieg rüsten.

Am sechsten Tag des Januar endete die Amtszeit von Flaccus Princeps Senatus, und der Senat ernannte Appius Claudius Pulcher, der sich in Rom immer noch von seiner langen Krankheit erholte, zum zweiten Interrex. Und da es Appius Claudius besser ging, machte er sich mit Eifer daran, die Zenturiatskomitien einzuberufen und die kurulischen Wahlen abzuhalten. Diese sollten, so verkündete er, in zwei Tagen innerhalb der Servianischen Mauer auf dem Aventin stattfinden. Der Platz lag zwar außerhalb des Mauerangers, war aber vor einem Angriff des Lepidus sicher.

»Es ist seltsam«, sagte Catulus kurz vor seiner Abreise in die Campania zu Hortensius, »daß es uns nach so vielen Jahren, in denen wir uns nicht des Privilegs erfreuen durften, unsere Magistrate frei zu wählen, so schwer fällt, überhaupt eine Wahl abzuhalten. Es ist fast so, als hätten wir uns daran gewöhnt, daß man alles für uns erledigt, wie eine Mutter für ihre Kinder.«

»Das ist doch völlig kurioses Gewäsch, Quintus«, meinte Hortensius eisig. »Es ist höchstens ein seltsamer Zufall, daß ausgerechnet in dem Jahr, in dem die ersten freien Wahlen stattfinden sollen, ein Konsul die Grundregeln seines Amtes mißachtet. Aber ich mache dich darauf aufmerksam, daß wir jetzt die Wahlen abhalten, und künftig wird das Regieren vonstatten gehen, wie es schon immer vonstatten gehen sollte!«

»Dann wollen wir hoffen«, meinte Catulus beleidigt, »daß die Wähler zumindest so weise entscheiden, wie Sulla es immer getan hat!«

Aber Hortensius hatte das letzte Wort. »Du scheinst zu vergessen, mein lieber Quintus, daß Sulla Lepidus ausgewählt hat!«

Insgesamt waren die führenden Männer des Senats – einschließlich Catulus und Hortensius – mit der Entscheidung der Wähler zufrieden. Erster Konsul wurde Decimus Junius Brutus, ein älterer, aber fähiger Mann, und zweiter Konsul wurde kein geringerer als Mamercus. Offenbar hatten die Wähler eine ebensohohe Meinung von der Familie Cotta wie Sulla, denn im Jahr zuvor hatte Sulla Gaius Aurelius Cotta zum Prätor ernannt, und dieses Jahr wurde sein Bruder Marcus Aurelius Cotta zum Prätor gewählt; das Los machte ihn zum *praetor peregrinus*, der für Prozesse mit Fremden zuständig war.

Catulus war in Rom geblieben, um das Ergebnis der Wahlen abzuwarten. Als das Ergebnis feststand, bot er den neuen Konsuln sogleich das Oberkommando im Krieg gegen Lepidus an. Wie erwartet, lehnte Decimus Brutus aus Altersgründen und wegen mangelnder militärischer Erfahrung ab; aber Mamercus mußte annehmen. Der vierundvierzigjährige Mamercus hatte an sämtlichen Feldzügen Sullas teilgenommen und konnte auf eine ausgezeichnete militärische Karriere zurückblicken. Aber unvorhergesehene Ereignisse und Philippus machten ihm einen Strich durch die Rechnung. Am Tag nach seinem Rücktritt vom Amt des ersten Interrex starb Lucius Valerius Flaccus Princeps Senatus – Mitkonsul des Gaius Marius in dessen vorletzter Amtszeit –, und Philippus schlug vor, Mamercus zum vorläufigen Princeps Senatus zu ernennen.

»Wir können gegenwärtig nicht ohne Senatsvorsitzenden auskommen«, erklärte Philippus, »obwohl es bislang immer die Aufgabe der Zensoren war, ihn zu ernennen. Üblicherweise ist er der ranghöchste Patrizier im Senat, aber rechtlich gesehen können die Zensoren irgendeinen patrizischen Senator ernennen, der ihnen am geeignetsten erscheint. Unser ranghöchster patrizischer Senator ist derzeit Appius Claudius Pulcher, mit dessen Gesundheit es allerdings nicht gerade zum besten steht und der sowieso nach Mazedonien unterwegs ist. Wir brauchen einen Senatsvorsitzenden, der jung und gesund ist – und der sich in Rom aufhält! Bis zur Wahl der beiden Zensoren schlage ich vor, Mamercus Aemilius Lepidus Livianus zum geschäftsführenden Princeps Senatus zu ernennen. Außerdem schlage ich vor, daß er in Rom bleibt, bis die Lage sich beruhigt hat. Folglich muß Quintus Lutatius Catulus sein Kommando gegen Lepidus behalten.«

»Aber ich gehe doch als Statthalter ins diesseitige Spanien!« rief Catulus.

»Unmöglich«, sagte Philippus frei heraus. »Ich schlage vor, wir weisen unseren guten Pontifex Maximus Metellus Pius an, außer Hispania Ulterior auch noch Hispania Citerior zu verwalten, bis wir die Möglichkeit haben, einen neuen Statthalter zu entsenden.«

Da den Senatoren jede Maßnahme recht war, um den stotternden Pontifex Maximus von Rom fernzuhalten, bekam Philippus seinen Willen. Der Senat beauftragte Metellus Pius zusätzlich mit der Verwaltung von Hispania Citerior, ernannte Mamercus zum vorläufigen Princeps Senatus und bestätigte Catulus in seinem Kommando gegen Lepidus. Enttäuscht machte Catulus sich auf, um seine Legionen in der Campania aufzustellen, während der gleichfalls enttäuschte Mamercus in Rom blieb.

Drei Tage später wurde gemeldet, daß Lepidus seine vier Legionen mobilisiere und daß sein Legat Brutus sich ins italische Gallien begeben habe, um seine beiden stehenden Legionen in Bononia an der Kreuzung der Via Aemilia und der Via Annia zu postieren, wo sie Lepidus den besten Rückhalt bieten könnten. Da Clusium und Arretium noch immer mit dem Gedanken spielten, sich wegen des Verlustes ihrer gesamten Ländereien zu erheben, war zu erwarten, daß sie Brutus auf jede nur erdenkliche Weise unterstützten, damit er sich Lepidus anschließen und jeden Versuch von Catulus, dies zu verhindern, unterbinden konnte.

Philippus war verblüfft.

»Unser Oberbefehlshaber Quintus Lutatius Catulus hält sich noch immer südlich von Rom auf und hat die Campania noch nicht verlassen. Lepidus hingegen ist bereits von Saturnia aus nach Süden aufgebrochen und wird versuchen, Catulus daran zu hindern, seine Soldaten ins italische Gallien zu schicken, um dort auf Brutus zu treffen. Außerdem denke ich, wird unser Oberbefehlshaber alle vier Legionen benötigen, um Lepidus aufzuhalten. Was können wir also in bezug auf Brutus tun, der den Schlüssel zu Lepidus' Erfolg in Händen hält? Wir müssen Brutus aufhalten, und zwar rasch! Aber wie? Im Augenblick haben wir keine weiteren Legionen in Italien, und die beiden Legionen im italischen Gallien gehören Brutus. Nicht einmal Lucullus – wäre er noch in Rom anstatt unterwegs in die Provinz Africa – könnte schnell genug auch nur zwei Legionen aufstellen und mobilisieren, um Brutus gegenüberzutreten.«

Die Senatoren hörten mit düsteren Mienen zu. Sie hatten endlich begriffen, daß die Zeit der Unruhen nicht vorbei war, nur weil Sulla sich zum Diktator ernannt und sich bemüht hatte, mit Hilfe seiner Gesetze zu verhindern, daß jemand gegen Rom marschierte. Sulla war noch kein Jahr tot, da wollte schon einer seinem unglücklichen Land seinen Willen aufzwingen, und da erhoben ganze Gebiete Italiens die Waffen gegen die Stadt, zu der die Italiker unbedingt hatten gehören wollen. Vielleicht gab es unter den sprachlosen Senatoren einige, die ehrlich genug waren, um zuzugeben, daß Rom größtenteils durch ihre eigene Schuld in die gegenwärtige Lage gekommen war; aber selbst wenn es sie gab, so sprach doch keiner von ihnen seine Gedanken offen aus. Statt dessen blickten alle auf Philippus, als sei er der Retter, und überließen es ihm, einen Ausweg zu finden.

»Es gibt nur einen einzigen Mann, der Brutus aufhalten kann«, sagte Philippus selbstgefällig. »Die ehemaligen Soldaten seines Vaters – und natürlich seine eigenen Soldaten – arbeiten auf seinen Besitzungen im Norden von Picenum und Umbria. Das ist ein viel kürzerer Weg zu Brutus als von der Campania aus! Er war in der Vergangenheit stets ein treuer Diener Roms, ebenso wie sein Vater. Ich spreche natürlich von dem jungen Ritter Gnaeus Pompeius Magnus. Sieger bei Clusium, Sieger in Sizilien, Sieger über Africa und Numidien. Lucius Cornelius Sulla hat diesem jungen Ritter nicht umsonst erlaubt, seinen Triumph zu feiern! Dieser junge Ritter ist unsere größte Hoffnung! Und er ist in der Lage, Brutus innerhalb weniger Tage aufzuhalten.«

Der neuernannte vorläufige Princeps Senatus und zweite Konsul rutschte auf seinem Amtsstuhl hin und her und runzelte die Stirn. »Gnaeus Pompeius ist kein Mitglied des Senats«, sagte Mamercus, »und mir gefällt der Gedanke nicht, jemandem außerhalb unserer Reihen ein Kommando zu übertragen.«

»Ich bin mit dir völlig einer Meinung, Mamercus Aemilius«, erwiderte Philippus prompt. »Keinem gefällt das. Aber hast du einen besseren Vorschlag? Laut Verfassung haben wir das Recht, uns in Notlagen außerhalb des Senats nach einer militärischen Lösung umzusehen, und dieses Recht wurde uns von keinem geringeren als Sulla verliehen. Nie hat es einen konservativeren Mann gegeben als Sulla, und keiner hat sich mehr für den Erhalt des *mos maiorum* eingesetzt. Trotzdem hat er die gegenwärtige Situation vorausgesehen und für das Problem eine Lösung gefunden.«

Philippus ließ seinen Blick über die Reihen der Senatoren zu beiden Seiten des Hauses schweifen. Seitdem er sich darangemacht hatte, Marcus Livius Drusus zu vernichten, hatte er als Redner und Persönlichkeit an Format gewonnen; mit den lächerlichen Wutanfällen und Schimpfkanonaden war es endgültig vorbei.

»Eingeschriebene Väter«, sagte er ernst, »wir dürfen keine Zeit mit Debatten vergeuden. Während ich zu euch spreche, marschiert Lepidus auf Rom. Ich möchte den ersten Konsul Decimus Junius Brutus höflich darum ersuchen, im Senat den Antrag zu stellen, den Ritter Gnaeus Pompeius Magnus zu beauftragen, seine alten Legionen aufzustellen und im Namen des Senats und des Volkes von Rom gegen Marcus Junius Brutus in den Kampf zu ziehen. Außerdem bitte ich den Senat, dem Ritter Gnaeus Pompeius Magnus den Status eines Proprätors zu verleihen.«

Decimus Brutus wollte schon einwilligen, als Mamercus ihm die Hand auf den Arm legte und sagte: »Ich bin einverstanden, daß du diesen Antrag zur Abstimmung vorlegst, Decimus Junius, aber erst, wenn Lucius Marcius Philippus etwas klargestellt hat. Bei der Formulierung des Antrags sagte er: ›seine alten Legionen aufzustellen‹, anstatt genau anzugeben, wie viele Legionen. Ganz gleich wie hervorragend Gnaeus Pompeius' militärische Leistungen auch sein mögen, er ist kein Mitglied des Senats! Er kann nicht im Namen Roms einfach so viele Legionen aufstellen, wie er für notwendig hält. Deshalb muß der Antrag die genaue Anzahl der Legionen enthalten, die Gnaeus Pompeius im Auftrag des Senats aufstellen soll. Ich bin dafür, die Zahl der Legionen auf zwei zu beschränken. Brutus, der Statthalter des italischen Gallien, hat zwei Legionen, die aus relativ unerfahrenen Soldaten bestehen, die ständig in dieser Provinz stationiert sind. Es dürften daher nicht mehr als zwei Legionen von altgedienten Veteranen des Pompeius nötig sein, um mit Brutus fertigzuwerden.«

Obwohl Philippus dieser scharfsichtige Einwand nicht gefiel, hielt er es für angebracht, darauf einzugehen. Mamercus gehörte zu jenen bedächtigen und soliden Männern, die es immer irgendwie schafften, sich im Senat Einfluß zu verschaffen – und er war mit Sullas Tochter verheiratet.

»Ich bitte den Senat um Verzeihung«, sagte Philippus. »Wie nachlässig von mir! Und ich danke unserem geschätzten Princeps Senatus und zweiten Konsul für sein rechtzeitiges Eingreifen. Ich wollte natürlich sagen, zwei Legionen. Legt dem Senat den Antrag mit genau dieser Anzahl von Legionen vor, Decimus Junius.«

Der Antrag wurde eingebracht und ohne eine einzige Gegenstimme verabschiedet. Cethegus hatte die Arme über dem Kopf ausgestreckt und gegähnt – das Zeichen für seine Anhänger auf den hinteren Bänken, mit Ja zu stimmen. Und da es bei dem Antrag um Krieg ging, hatte der Senatsbeschluß Gesetzeskraft.

Trotz aller politischen Manöver war es ein hastiger und jämmerlicher Krieg, der kaum diesen Namen verdiente. Obwohl Lepidus viel früher zu seinem Marsch auf Rom aufgebrochen war als Catulus von der Campania, war Catulus noch vor ihm in Rom und besetzte das Marsfeld. Als Lepidus mit seinen Legionen jenseits des Tiber auftauchte – er war die Via Aurelia heruntergekommen –, ließ Catulus sämtliche Brücken besetzen und zwang Lepidus, nach Norden zur Milvischen Brücke zu marschieren. Nordöstlich der Via Lata am Fuß der Servianischen Mauer des Quirinal trafen die beiden Armeen aufeinander. Lepidus erwies sich als miserabler Taktiker, unfähig, seine Soldaten logisch zu verteilen, und völlig unfähig, zu siegen.

Nach einer Stunde zog sich Lepidus zur Milvischen Brücke zurück, aber Catulus heftete sich an seine Fersen. Nördlich von Fregenae stellte Lepidus sich erneut zum Kampf, aber nur, um sich den Fluchtweg nach Cosa zu sichern. Von dort gelang ihm mit zwanzigtausend Fußsoldaten und fünfzehnhundert Reitern die Flucht nach Sardinien. Dort wollte er seine Armee neu formieren, um anschließend nach Italien zurückzukehren und es noch einmal zu versuchen. Sein mittlerer Sohn Lucius, Carbos ehemaliger Statthalter Marcus Perperna Veiento und Cinnas Sohn begleiteten ihn. Nur sein ältester Sohn Scipio Aemilianus weigerte sich, Italien zu verlassen. Er verbarrikadierte sich mit seiner Legion in der alten Festung auf dem Albanerberg oberhalb von Bovillae, wo er der Belagerung standhielt.

Aus der geplanten Rückkehr nach Italien wurde nichts. Der Statthalter von Sardinien war ein alter Verbündeter des Lucullus, ein gewisser Lucius Valerius Triarius, der sich Lepidus' Okkupation aufs heftigste widersetzte. Im April dieses unseligen Jahres starb Lepidus auf Sardinien; seine Soldaten behaupteten, er sei an gebrochenem Herzen gestorben, aus Trauer um seine verstorbene Frau. Perperna Veiento und Cinnas Sohn fuhren von Sardinien mit dem Schiff nach Liguria, und von dort marschierten sie mit den zwanzigtausend Fußsoldaten und fünfzehnhundert Reitern auf der Via Domitia nach Spanien zu Quintus Sertorius. Lepidus' mittlerer Sohn Lucius begleitete sie.

Der älteste Sohn Scipio Aemilianus erwies sich als der militärisch erfahrenste unter den Rebellen. Er konnte sich eine ganze

Weile in Alba Longa halten, ehe er sich schließlich ergeben mußte. Auf Anordnung des Senats ließ Catulus ihn hinrichten.

Die größte Schmach widerfuhr Brutus. Da er nichts von Lepidus hörte, hielt er seine beiden Legionen an der Kreuzung der Via Annia und der Via Aemilia in Bononia in Stellung, und so konnte Pompeius ihm ein Schnippchen schlagen. Der junge Mann – mittlerweile achtundzwanzig – hatte seine Legionen natürlich bereits mobilisiert, als Philippus ihm die außerordentliche Vollmacht des Senats sicherte. Aber anstatt seine beiden Legionen von Picenum nach Ariminum und dann auf der Via Aemilia ins Landesinnere zu bringen, marschierte Pompeius auf der Via Flaminia in Richtung Rom. An der Kreuzung mit der Via Cassia wandte er sich nach Norden in Richtung Arretium, und von dort ging es weiter ins italische Gallien. Auf diese Weise hinderte er Brutus daran, sich Lepidus anzuschließen – falls Brutus je wirklich daran gedacht hatte.

Als Brutus erfuhr, daß Pompeius auf der Via Cassia vorrückte, zog er sich nach Mutina zurück. In dieser gut befestigten Stadt wimmelte es von Klienten der Aemilii, sowohl des Lepidus als auch des Scaurus, und Brutus wurde freudig empfangen. Dann kam Pompeius, und Mutina wurde belagert. Die Stadt hielt aus, bis Brutus von Lepidus' Niederlage und Flucht und von seinem Tod auf Sardinien erfuhr. Als klar wurde, daß Lepidus' Soldaten sich inzwischen Quintus Sertorius in Spanien verschrieben hatten, gab Brutus die Hoffnung auf. Anstatt Mutina noch weiteren Entbehrungen auszusetzen, ergab er sich.

»Das war vernünftig«, meinte Pompeius, nachdem er in der Stadt einmarschiert war.

»Vernünftig und angemessen«, entgegnete Brutus matt. »Ich fürchte, Gnaeus Pompeius, ich bin von Natur aus kein streitbarer Mann.«

»Stimmt.«

»Aber ich werde mit Würde sterben.«

Die schönen blauen Augen wirkten noch größer als sonst. »Sterben?« fragte Pompeius verdutzt. »Dazu besteht kein Grund, Marcus Junius Brutus! Du kannst gehen.«

Nun machte Brutus große Augen. »Ich bin frei? Ist das dein Ernst, Gnaeus Pompeius?«

»Sicher!« erwiderte Pompeius vergnügt. »Aber das heißt nicht, daß du jetzt erneut Rebellen um dich scharen sollst. Geh nach Hause.«

»Dann werde ich mich mit deiner Erlaubnis, Gnaeus Pompeius, auf meine Ländereien in Umbria begeben. Ich muß meine Leute dort beruhigen.«

»Ich habe nichts dagegen, Nachbar! Umbria ist auch mein Revier.«

Aber nachdem Brutus aus Mutina fortgeritten war, rief Pompeius einen seiner Legaten zu sich, einen Mann namens Geminius, ein Picenter von bescheidener Herkunft und niederem Rang.

»Ich bin erstaunt, daß du ihn hast gehen lassen«, sagte Geminius.

»Oh, ich *mußte* ihn gehen lassen! Ich genieße beim Senat noch kein so hohes Ansehen, daß ich ohne hinreichenden Grund einen Junius Brutus hinrichten lassen könnte. Auch wenn ich den Status eines Proprätors habe. Deshalb mußt du einen hinreichenden Grund finden.«

»Sag mir nur, was ich tun soll, Magnus.«

»Brutus will nach Umbria zu seinen Besitzungen. Das heißt vermutlich, daß er auf der Via Aemilia ein Stück nach Osten und dann weiter querfeldein reitet. Es soll so aussehen, als hättest du ihn bei dem erneuten Versuch ertappt, eine Rebellion anzuzetteln«, sagte Pompeius. »Du nimmst sofort mit einer Abteilung von Reitern die Verfolgung auf – fünf Schwadronen müßten genügen. Sobald es den Anschein hat, als wolle er Verrat begehen, nimm ihn gefangen und laß ihn hinrichten. Damit stehe ich als Held da und er als doppelter Verräter. Und keiner in Rom kann an seinem Tod Anstoß nehmen. Verstanden, Geminius?«

»Vollkommen.«

Den eigentlichen Grund für Brutus' zweite Chance verriet Pompeius allerdings nicht. Der kleine Schlächter strebte nach dem Kommando in Spanien gegen Sertorius, und seine Chancen, es zu bekommen, waren größer, wenn er eine Ausrede parat hatte, warum er seine Legionen nicht auflöste. Wenn er den Anschein erweckte, daß im italischen Gallien entlang der Via Aemilia ein Aufstand drohte, hätte er eine Erklärung, weshalb er sich noch immer mit einer Armee dort aufhielt, obgleich der Krieg vorbei war. Er wäre von Rom weit genug weg, um für den Senat keine

Bedrohung darzustellen, und trotzdem wäre er immer noch unter Waffen. Bereit, um nach Spanien zu marschieren.

Geminius tat, was ihm befohlen wurde. Als Brutus in der östlich von Mutina gelegenen Stadt Regium Lepidum eintraf, wurde er freudig begrüßt. Wie der Name schon andeutete, lebten in der Stadt Klienten der Familie Aemilius Lepidus, und natürlich boten sie an, für Brutus zu kämpfen, wenn er es wollte. Noch bevor Brutus ablehnen konnte, kamen Geminius und seine fünf Schwadronen durch die Stadttore geritten. Auf dem Marktplatz von Regium Lepidum erklärte Geminius Brutus öffentlich zum Feind Roms und schlug ihm den Kopf ab.

Brutus' Kopf wurde zu Pompeius nach Mutina geschickt. Geminius hatte eine knappe Mitteilung beigefügt, worin es hieß, er habe Brutus dabei überrascht, wie er versucht habe, einen neuen Aufstand anzuzetteln; außerdem sei die Lage im italischen Gallien seiner Ansicht nach instabil.

Kurz darauf übermittelte Pompeius dem Senat seinen Bericht:

Gegenwärtig halte ich es für meine Pflicht, das italische Gallien mit meinen beiden Legionen zu besetzen. Die Legionen des Brutus habe ich wegen Illoyalität aufgelöst, ohne die Soldaten zu bestrafen. Ich habe ihnen lediglich Waffen und Rüstung abgenommen. Ich betrachte das Verhalten von Regium Lepidum als Symptom für die allgemeine Unruhe nördlich der Grenze, und ich hoffe, dies erklärt meine Entscheidung, zu bleiben.

Ich habe den Kopf des Verräters Brutus nicht mitgeschickt, weil er zum Zeitpunkt seines Todes Statthalter mit der Befehlsgewalt eines Proprätors war, und ich glaube nicht, daß der Senat ihn auf der Rostra zur Schau stellen möchte. Statt dessen habe ich seine Asche der Witwe geschickt, damit sie sie angemessen bestattet. Ich hoffe, ich habe nichts falsch gemacht. Es war nie meine Absicht gewesen, Brutus hinzurichten. Er hat sich sein Schicksal selbst zuzuschreiben.

Darf ich höflich darum ersuchen, mir meine Befehlsgewalt noch zu belassen? Ich kann hier im italischen Gallien sehr von Nutzen sein, indem ich die Provinz für den Senat und das Volk von Rom unter Kontrolle behalte.

Unter Philippus' geschickter Anleitung erklärte der Senat die Männer, die an Lepidus' Aufstand beteiligt waren, für verflucht, verzichtete aber auf Repressalien gegen ihre Familien, weil ihnen der Schrecken der Proskription noch in den Gliedern saß. Die Witwe von Marcus Junius Brutus konnte aufatmen. Das Vermögen ihres sechsjährigen Sohnes war gerettet, obwohl es nun an ihr war, sicherzustellen, daß er politisch nicht geächtet wurde, wenn er erwachsen war.

Servilia erzählte dem Knaben in einer Weise vom Tod des Vaters, die ihm begreiflich machen sollte, daß er den Mörder seines Vaters, Gnaeus Pompeius Magnus, diesen picentischen Emporkömmling, niemals bewundern oder unterstützen durfte. Der Junge hörte zu und nickte ernst; er zeigte weder Verwirrung noch Trauer.

Er war ein schmächtiger, zu klein geratener Junge mit spindeldürren Beinen und einem Schmollmund. Das schwarze Haar, die dunklen Augen und die dunkle Haut verliehen ihm eine jugendliche Anmut, welche seine völlig vernarrte Mama als beständige Schönheit betrachtete, und sein Hauslehrer lobte seine Lese-, Schreib- und Rechenkünste. Der Lehrer verschwieg allerdings, daß es dem kleinen Brutus an natürlicher Begabung und Phantasie mangelte. Natürlich hatte Servilia nicht die Absicht, Brutus mit anderen Jungen zur Schule zu schicken; er war zu sensibel, zu intelligent und zu schön – jemand konnte ihm ja etwas tun!

Nur drei Mitglieder ihrer Familie waren gekommen, um Servilia ihr Beleid auszudrücken, und zwei davon waren genaugenommen keine engen Verwandten.

Nachdem ihre Eltern, Großeltern und Tanten gestorben waren, hatte Onkel Mamercus, der einzige noch lebende Blutsverwandte, die sechs verwaisten Kinder seiner Geschwister in die Obhut einer aus der Familie Servilius Caepio stammenden Cousine und deren Mutter gegeben. Diese beiden Frauen, Gnaea und Porcia Liciniana, machten nun ihre Aufwartung – ein Höflichkeitsbesuch, auf den Servilia gut und gern hätte verzichten können. Gnaea war mit ihren knapp dreißig Jahren noch immer die mürrische und schweigsame Untergebene ihrer dominierenden Mutter. Porcia Liciniana beherrschte die Unterhaltung, so wie sie es immer getan hatte.

»Nun, Servilia, ich hätte nie gedacht, daß du so früh Witwe wirst, und es tut mir leid für dich. Ich fand es immer erstaunlich, daß Sulla deinen Mann und dessen Vater nicht auf die Liste der Proskribierten setzte. Aber vermutlich war es deinetwegen. Es wäre wohl selbst für Sulla peinlich gewesen, den Schwiegervater der Nichte seines eigenen Schwiegersohns ächten zu lassen, obwohl er es eigentlich hätte tun sollen. Der alte Brutus klebte an Gaius Marius und später an Carbo wie eine Motte an einer Wachskerze. Offenbar hat die Heirat seines Sohnes mit dir die beiden gerettet. Dachtest du etwa, der Sohn hätte etwas dazugelernt? Aber nein! Er machte sich auf, um einem Dummkopf wie Lepidus zu dienen! Jeder vernünftige Mensch hätte sehen müssen, daß dies niemals gutgehen kann.«

»Ganz recht«, sagte Servilia tonlos.

»Mir tut es auch leid«, bemerkte Gnaea schroff.

Aber der Blick, den Servilia diesem armen Geschöpf zuwarf, verriet weder Zuneigung noch Mitleid. Auch wenn sie Gnaea nicht haßte wie die Mutter, so verachtete sie sie doch.

»Was wirst du jetzt tun?« fragte Porcia Liciniana.

»Sobald wie möglich wieder heiraten.«

»Wieder heiraten! Das schickt sich nicht für eine Frau deines Standes. *Ich* habe nicht wieder geheiratet, nachdem ich Witwe war.«

»Vermutlich hat dich keiner gefragt«, meinte Servilia.

Trotz ihrer Dickfelligkeit fühlte sich Porcia Liciniana durch diese spitze Bemerkung getroffen. Sie erhob sich majestätisch und sagte: »Ich habe meine Pflicht getan und mein Beileid ausgesprochen. Komm, Gnaea, es ist Zeit zu gehen. Wir dürfen Servilia bei ihrer Suche nach einem neuen Ehemann nicht aufhalten.«

»Ein Glück, daß ich euch los bin, ihr alten Jungfern!« sagte Servilia vor sich hin, nachdem die beiden gegangen waren.

Der dritte Besucher, der kurz danach eintraf, war ebenso unwillkommen wie Porcia Liciniana und Gnaea. Marcus Porcius Cato war der jüngste der sechs Waisen und Servilias Halbbruder; ihre gemeinsame Mutter war die Schwester von Drusus und Mamercus.

»Mein Bruder Caepio wäre ebenfalls gekommen«, sagte der junge Cato mit seiner rauhen und unmelodischen Stimme, »aber er befindet sich mit Catulus' Armee außerhalb Roms – als Kadett, falls dir dieser Ausdruck geläufig ist.«

»Er ist mir bekannt«, erwiderte Servilia freundlich.

Da Marcus Porcius Cato noch viel dickfelliger war als Porcia Liciniana, ging Servilia über diese Bemerkung einfach hinweg. Obwohl der junge Cato mittlerweile sechzehn und schon ein Mann war, lebte er, wie seine Schwester Porcia, immer noch bei Gnaea und ihrer Mutter. Vor einiger Zeit hatte Mamercus Drusus' Haus verkauft, weil es angeblich zu groß war, und jetzt wohnten sie alle im Haus von Catos Vater.

Trotz seiner Adlernase war Cato eigentlich ein recht attraktiver junger Mann. Er hatte eine helle Haut, breite Schultern, große, ausdrucksvolle graue Augen, kurzgeschnittenes rötliches bis kastanienbraunes Haar und einen schönen Mund. In Servilias Augen war er jedoch ein richtiges Ungeheuer – aufdringlich, begriffsstutzig, unsensibel und so furchtbar streitsüchtig, daß er, seit er gehen und sprechen konnte, seinen älteren Geschwistern ein Dorn im Auge war.

Es waren nicht nur der Altersunterschied von zehn Jahren und die verschiedenen Väter, was Cato und Servilia trennte. Servilia war eine Patrizierin, deren Stammbaum bis in die Zeit der Könige von Rom zurückreichte, während Catos Zweig auf eine keltiberische Sklavin namens Salonia zurückging, welche die zweite Frau von Cato dem Zensor gewesen war. Für Servilia war diese Schande, die ihre Mutter über ihre eigene Familie und die ihres Mannes gebracht hatte, unerträglich, und sie konnte ihre jüngeren Geschwister nicht ansehen, ohne dabei vor Wut mit den Zähnen zu knirschen und sich zu schämen. Cato gegenüber zeigte sie unverhohlen ihre Abneigung, aber bei Caepio, der angeblich ihr richtiger Bruder war – was nicht stimmte – unterdrückte sie ihre wahren Gefühle. Anstandshalber. Zum Teufel mit dem Anstand!

Cato fühlte sich nicht im geringsten gesellschaftlich gebrandmarkt. Er war ungeheuer stolz auf seinen Urgroßvater, den Zensor, und er hielt seine Familie für untadelig. Da die römische Nobilität Cato dem Zensor diese zweite Ehe verziehen hatte – die er aus heimlicher Rache an seinem versnobten Sohn aus erster Ehe mit einer Licinia geschlossen hatte –, durfte der junge Cato sich auf eine Karriere im Senat und vermutlich auch auf das Konsulat freuen.

»Da hat Onkel Mamercus dir ja keinen passenden Ehemann ausgesucht«, meinte Cato.

»Das stimmt nicht«, erwiderte Servilia gelassen. »Er hat gut zu mir gepaßt. Schließlich war er ein Junius Brutus. Plebejisch vielleicht, aber von Hause aus durch und durch adlig.«

»Warum willst du nicht einsehen, daß die Taten eines Mannes mehr zählen als seine Herkunft?«

»Nein, die Herkunft ist wichtiger.«

»Du bist ein unerträglicher Snob!«

»Ja, das bin ich. Und ich bin den Göttern dankbar dafür.«

»Du wirst deinen Sohn zugrunde richten.«

»Das wird sich noch zeigen.«

»Wenn er erst ein bißchen älter ist, werde ich ihn unter meine Fittiche nehmen. Ich werde ihm den Standesdünkel schon austreiben!«

»Nur über meine Leiche.«

»Wie willst du mich daran hindern? Der Junge kann nicht ewig an deinem Rockzipfel hängen! Da er keinen Vater mehr hat, werde ich die Vaterstelle vertreten.«

»Aber nicht für lange. Ich werde nämlich wieder heiraten.«

»Es schickt sich nicht für eine römische Adlige, wieder zu heiraten! Ich dachte, du wollest Cornelia, der Mutter der Gracchen, nacheifern.«

»Dazu bin ich zu vernünftig. Eine römische Adlige patrizischer Herkunft muß einen Ehemann haben, um ihre herausragende Stellung zu sichern. Das heißt natürlich, einen Ehemann, der ebenso von Adel ist wie sie.«

Cato lachte wiehernd. »Du meinst, du willst so einen überspannten Hanswurst wie Drusus Nero heiraten?«

»Meine Schwester Lilla hat Drusus Nero geheiratet.«

»Dabei können sie sich nicht leiden.«

»Mein Herz blutet für sie.«

»*Ich* werde Onkel Mamercus' Tochter heiraten«, meinte Cato selbstgefällig.

Servilia starrte ihn ungläubig an. »Das wirst du nicht«, schnaubte sie. »Aemilia Lepida wurde vor Jahren Metellus Scipio versprochen, als Onkel Mamercus mit dessen Vater Pius in Sullas Armee diente. Verglichen mit Metellus Scipio bist du ein Emporkömmling!«

»Das ist mir egal. Aemilia Lepida mag zwar mit Metellus Scipio verlobt ein, aber sie liebt ihn nicht. Sie streiten doch die ganze Zeit. Und an wen wendet sie sich, wenn sie unglücklich ist? An mich natürlich! Ich werde sie heiraten, da kannst du sicher sein!«

»Gibt es denn nichts unter der Sonne, was deiner unglaublichen Selbstgefälligkeit einen Stich versetzen kann?« fragte sie.

»Wenn es so etwas gibt, ist es mir noch nicht begegnet«, meinte er gelassen.

»Keine Sorge, es lauert schon irgendwo.«

Wieder stieß er dieses laute, wiehernde Lachen aus. »Du hoffst es!«

»Ich hoffe es nicht, ich weiß es.«

»Meine Schwester Porcia ist auch schon vergeben«, sagte Cato. Da er das Thema nicht wechseln wollte, gab er einfach neue Informationen preis.

»Sicher an einen Ahenobarbus. Ist es der junge Lucius?«

»Genau. Der junge Lucius. Ich mag ihn. Er hat die richtige Einstellung.«

»Er ist fast so ein Emporkömmling wie du.«

»Ich muß jetzt gehen«, sagte Cato und erhob sich.

»Ein Glück!« meinte Servilia erleichtert; diesmal sagte sie es ihrem Besucher direkt ins Gesicht.

An diesem Abend legte sich Servilia mit einer Mischung aus Schwermut und Entschlossenheit in ihr leeres Bett. Sie billigten also ihre Absicht wieder zu heiraten nicht! Sie dachten wohl, mit ihr sei nicht mehr zu rechnen, was?

»Da irren sie sich«, sagte sie laut. Dann schlief sie ein.

Am nächsten Morgen suchte sie Onkel Mamercus auf, mit dem sie sich immer gut verstanden hatte.

»Du bist der Testamentsvollstrecker meines Mannes«, sagte sie. »Ich möchte gern wissen, was aus meiner Mitgift wird.«

»Sie gehört immer noch dir, Servilia, aber nun, da du Witwe bist, wirst du sie nicht mehr brauchen. Marcus Junius Brutus hat dir genug Geld hinterlassen, damit du ein angenehmes Leben führen kannst, und sein Sohn ist jetzt ein wohlhabender Junge.«

»Ich habe nicht vor, allein zu bleiben, Onkel. Ich möchte noch einmal heiraten, wenn du mir einen passenden Ehemann besorgst.«

Mamercus zwinkerte mit den Augen. »Ein schneller Entschluß.«

»Es hat keinen Sinn, es aufzuschieben.«

»Du kannst erst in neun Monaten wieder heiraten, Servilia.«

»Genug Zeit für dich, um jemanden für mich zu finden. Er muß mindestens aus einer ebenso vornehmen Familie stammen und ebenso wohlhabend sein wie Marcus Junius, aber möglichst etwas jünger.«

»Wie alt bist du jetzt?«

»Siebenundzwanzig.«

»Dann möchtest du also einen Mann um die Dreißig?«

»Das wäre ideal, Onkel Mamercus.«

»Aber natürlich keinen Mitgiftjäger.«

Servilia zog die Augenbrauen hoch. »Keinen Mitgiftjäger!«

Mamercus lächelte. »Gut, Servilia, ich werde mich umhören. Das dürfte nicht schwer sein. Du kommst aus gutem Hause, deine Mitgift beträgt zweihundert Talente, und du kannst Kinder gebären. Und weder du noch dein Sohn werden für einen neuen Ehemann eine finanzielle Belastung sein. Ja, ich denke, wir werden etwas Passendes für dich finden.«

»Übrigens, Onkel«, sagte sie, als er sich zum Gehen wandte, »wußtest du, daß der junge Cato ein Auge auf deine Tochter geworfen hat?«

»Was?«

»Der junge Cato hat ein Auge auf Aemilia Lepida geworfen.«

»Aber sie ist doch bereits verlobt – mit Metellus Scipio!«

»Das habe ich Cato gesagt, aber für ihn scheint diese Verlobung kein Hindernis zu sein. Ich glaube allerdings nicht, daß Aemilia Lepida vorhat, Metellus Scipio gegen Cato einzutauschen. Aber ich sah es als meine Pflicht an, Onkel, dir zu sagen, was Cato überall herumerzählt.«

»Sie sind gute Freunde, das stimmt«, meinte Mamercus verwirrt, »aber er ist doch im selben Alter wie Aemilia Lepida! Normalerweise sind Mädchen an gleichaltrigen Jungen nicht interessiert.«

»Ich sage doch, ich weiß nicht, ob sie interessiert ist. Ich weiß nur, daß Cato Interesse hat. Erstick es im Keim, Onkel – erstick es im Keim!«

Das wird dich in deine Schranken weisen, Marcus Porcius Cato, sagte Servilia vor sich hin, als sie auf die ruhige Straße auf dem Palatin hinaustrat, wo Mamercus und Cornelia Sulla wohnten. Wie kannst du es wagen, dich für Onkel Mamercus' Tochter zu interessieren! Für eine Patrizierin!

Zufrieden mit sich ging sie nach Hause. In mancherlei Hinsicht tat es ihr nicht leid, daß das Schicksal sie zur Witwe gemacht hatte. Obwohl ihr Marcus Junius Brutus bei ihrer Heirat nicht zu alt erschienen war, hatten ihn die acht Jahre Ehe in ihren Augen altern lassen, und sie hatte allmählich die Hoffnung aufgegeben, noch weitere Kinder zu bekommen. Ein Sohn war zwar genug, aber es ließ sich nicht leugnen, daß ein paar Mädchen eine Bereicherung gewesen wären. Mit einer guten Mitgift hätten sie die passenden Ehemänner gefunden, die wiederum für ihren Sohn von politischem Nutzen hätten sein können. Ja, der Tod von Brutus war ein Schock gewesen. Aber große Trauer empfand sie nicht.

Ihr Verwalter öffnete ihr die Tür.

»Was ist, Ditus?«

»Jemand möchte dich sprechen, Herrin.«

»Nach all den Jahren müßtest du eigentlich wissen, wie du dich auszudrücken hast, du griechischer Dummkopf«, fuhr sie ihn an; es machte ihr Spaß, zu sehen, wie er vor Angst zitterte. »*Wer* will mich sprechen?«

»Er sagte, er sei Decimus Junius Silanus, Herrin.«

»So, so, er *sagte,* er sei Decimus Junius Silanus. Entweder er ist es, oder er ist es nicht. Wer ist es also, Epaphroditus?«

»Es ist Decimus Junius Silanus, Herrin.«

»Hast du ihn ins Arbeitszimmer geführt?«

»Ja, Herrin.«

Noch in ihren schwarzen Mantel gehüllt, begab sie sich zum Arbeitszimmer. Auf dem Weg dorthin versuchte sie, sich das Gesicht von Decimus Junius Silanus vorzustellen. Er stammte aus derselben berühmten Familie wie ihr verstorbener Mann, nur gehörte er dem Zweig an, der den Beinamen Silanus trug, nicht weil der ursprüngliche Träger dieses Spitznamens häßlich war wie das höhnisch grinsende Silanus-Gesicht, das in jeden Brunnen Roms

Wasser spie, sondern weil er offenbar zu gut aussah. Die Männer dieses Zweigs waren noch immer gutaussehend, und obendrein genossen sie ein ebenso hohes Ansehen wie die Männer vom Geschlecht des Memmius.

Er sei gekommen, erklärte Decimus Junius Silanus und streckte der Witwe seine Hand entgegen, um ihr sein Beileid auszudrücken und seine Unterstützung anzubieten. »Ich denke, daß es sehr schwer für dich ist«, sagte er etwas lahm und errötete dabei.

Er war unverkennbar ein Junius Silanus – blondes Haar, blaue Augen und erstaunlich gutaussehend. Servilia mochte blonde, gutaussehende Männer. Sie reichte ihm die Hand und ließ sie eine Weile in der seinen ruhen; dann drehte sie sich um und warf ihren Mantel über die Lehne des Stuhls ihres verstorbenen Mannes. Unter dem Mantel trug sie ebenfalls Schwarz. Die Farbe stand ihr gut, denn sie bildete einen Kontrast zu ihrer hellen Haut. Ihre Augen und ihre Haare dagegen waren so pechschwarz wie ihre Trauerkleider. Sie hatte auch Geschmack; ihre Kleidung war elegant und dezent zugleich. Sie war in Wirklichkeit ebenso vollkommen, wie Decimus Junius Silanus sie sich vorgestellt hatte.

»Kennen wir uns, Decimus Junius?« fragte sie und bedeutete ihm, auf dem Sofa Platz zu nehmen, während sie sich auf einem Stuhl niederließ.

»Ja, Servilia, aber es ist schon ein paar Jahre her. Wir trafen uns auf einer Gesellschaft im Hause von Quintus Lutatius Catulus, bevor Sulla Diktator wurde. Wir sprachen nicht lange miteinander, aber ich erinnere mich, daß du erst vor kurzem einen Sohn zur Welt gebracht hattest.«

Ihr Gesicht hellte sich auf. »Oh, natürlich! Bitte verzeih mir meine Unhöflichkeit.« Sie faßte sich an die Stirn und sah dabei traurig aus. »Es ist nur so viel geschehen seit damals.«

»Keine Ursache«, sagte er verständnisvoll und setzte sich, ohne den Blick von ihr zu wenden.

Sie räusperte sich verlegen. »Darf ich dir etwas Wein anbieten?«

»Nein, danke.«

»Wie ich sehe, hast du deine Frau nicht mitgebracht, Decimus Junius. Geht es ihr gut?«

»Ich habe keine Frau.«

»Oh!«

Hinter der geheimnisvoll-verführerischen Fassade überschlugen sich die Gedanken. Sie gefiel ihm! Ohne Zweifel, sie gefiel ihm! Offenbar schon seit langem. Aber er war ein Ehrenmann. Da er wußte, daß sie verheiratet war, hatte er nicht gewagt, die Bekanntschaft mit ihr oder ihrem Mann zu vertiefen. Aber nun, da sie Witwe war, wollte er der erste sein und die Konkurrenz ausstechen. Er war von vornehmer Herkunft, ja – aber war er auch wohlhabend? Er war der älteste Sohn, weil sein erster Name Decimus war. Und er war um die Dreißig. Aber war er wohlhabend? Das mußte sie erst noch herausfinden.

»Bist du im Senat, Decimus Junius?«

»Momentan, ja. Ich bin *quaestor urbanus.*«

Gut, gut! Zumindest verfügte er über das Einkommen eines Senators. »Wo sind deine Ländereien, Decimus Junius?«

»Oh, überall. Aber hauptsächlich in der Campania. Zwanzigtausend Morgen am Vulturnus zwischen Telesia und Capua. Außerdem habe ich noch Ländereien am Tiber, ein großes Haus am Golf von Tarentum, ein Landhaus in Cumae und eines in Larinum.« Er wollte Eindruck auf sie machen.

Servilia lehnte sich auf ihrem Stuhl zurück und atmete vorsichtig aus. Er war reich. Sehr reich sogar.

»Wie geht es deinem kleinen Sohn?« fragte er.

Sie konnte nicht verbergen, daß sie in ihren Sohn vernarrt war. Ihre Augen begannen zu leuchten, und ihr sonst so geheimnisvolles Gesicht erstrahlte voll Liebe. »Er vermißt seinen Vater, aber ich glaube, er versteht es.«

Decimus Junius Silanus erhob sich. »Es wird Zeit für mich zu gehen, Servilia. Darf ich wiederkommen?«

Sie schloß die zarten Lider mit den langen schwarzen Wimpern. Ein sanftes Purpur färbte ihre Wangen, und um ihren Mund spielte ein leises Lächeln. »Ja, Decimus Junius. Ich würde mich sehr freuen.«

Und für dich würde es mich auch freuen, Porcia Liciniana! dachte sie triumphierend, als sie ihren Gast persönlich zur Tür begleitete. Ich bin noch keinen Monat Witwe, und schon habe ich meinen nächsten Ehemann gefunden! Warte nur, bis ich es Onkel Mamercus erzähle!

Einen Monat nach dem Tod von Marcus Junius Brutus schrieb Lucius Marcius Philippus an Gnaeus Pompeius Magnus:

Obwohl wir uns bereits in der zweiten Jahreshälfte befinden, gehen die Dinge alles in allem gut voran. Ich hatte gehofft, Mamercus auf Dauer in Rom festhalten zu können, aber als er von Brutus' und Lepidus' Tod erfuhr, war er der Meinung, daß sein Amt als Princeps Senatus ihn nicht länger an Rom binde, und er bat den Senat um Erlaubnis, sich für den Krieg gegen Sertorius rüsten zu dürfen. Und die Böcke im Senat verwandelten sich prompt in Schafe und gaben Mamercus die vier Legionen des Catulus, die in Capua noch immer unter Waffen stehen und auf ihre Entlassung warten. Ich muß hinzufügen, daß Catulus mit seinem kleinen Feldzug gegen Lepidus sehr zufrieden ist. Er hat sich – unverdientermaßen – einen großartigen militärischen Ruf erworben, ohne daß er sich weiter aus Rom hinauszuwagen brauchte als bis zum Marsfeld, und er drängte den Senat, Mamercus die Verwaltung von Hispania Citerior und das Kommando gegen Sertorius zu übertragen.

Möglicherweise ist Mamercus genau der Mann, den Spanien braucht. Deshalb muß ich sicherstellen, daß er nie dorthin kommt. Ich muß für Dich eine außerordentliche Vollmacht für Spanien erwirken, bevor Lucullus aus Africa zurückkehrt. Glücklicherweise scheine ich den richtigen Mann gefunden zu haben, um Mamercus einen Strich durch die Rechnung zu machen. Er gehört zu den diesjährigen zwanzig Quästoren und heißt Gaius Aelius Staienus. Außerdem wurde er durch das Los der Armee des Konsuls zugeteilt. Mit anderen Worten, er war seit Beginn seiner Amtszeit in Capua und hat für Catulus gearbeitet, und künftig wird er für Mamercus arbeiten.

Einen zuverlässigeren, größeren Schurken wirst Du kaum finden, mein lieber Magnus! Er ist Gaius Verres durchaus ebenbürtig. Stell Dir vor, dieser Verres stolziert jetzt, nachdem er mit seiner Aussage bei dem Prozeß gegen den jüngeren Dollabella dessen Verurteilung und Verbannung sichergestellt hat, in Rom als Verlobter einer Caecilia Metella herum! Es ist die Tochter von Metellus Caprarius dem Ziegenbock und die Schwester jener drei aufstrebenden jungen Männer, die leider das Beste sind, was die

Familie der Caecilii Metelli in dieser Generation hervorgebracht hat. Ein rechter Abstieg.

Jedenfalls, mein lieber Magnus, bin ich an unseren Schurken Gaius Aelius Staienus herangetreten und habe ihn für unsere Zwecke verpflichtet. Wir haben zwar nicht über präzise Summen gesprochen, aber es wird nicht billig. Er wird jedoch alles tun, was getan werden muß, davon bin ich überzeugt. Er hat vor, unter den Soldaten eine Meuterei anzuzetteln, sobald Mamercus lange genug in Capua ist, um den Anschein zu erwecken, als sei er der Grund für die Meuterei. Als ich mir die Bemerkung erlaubte, daß die Soldaten Sullas Veteranen seien und sich wohl kaum gegen den Schwiegersohn ihres geliebten Sulla wenden würden, lachte Staienus so herzhaft und zuversichtlich, daß ich meine Bedenken gleich über Bord warf. Was kann man von einem Mann, der es geschafft hat, in die Familie der Aelii aufgenommen zu werden, und der sich von den Leuten lieber Paetus als Staienus nennen läßt, anderes erwarten als große Dinge? Er beeindruckt jeden, vor allem aber Angehörige der unteren Schichten, die sich leicht von seinen Reden mitreißen lassen.

Seit ich Staienus' Plan kenne, habe ich einen anderen Ton angeschlagen und setze Mamercus wegen seines Kommandos unter Druck. Jedesmal, wenn ich den guten Mann sehe, frage ich ihn, warum er sich noch immer in Rom aufhält, anstatt sich nach Capua zu begeben und seine Soldaten auszubilden. Ich glaube, wir können sicher sein, daß Mamercus spätestens im September das Opfer einer Meuterei wird. Und sobald ich davon erfahre, werde ich den Senat drängen, sich mit der Klausel bezüglich der Sondervollmacht zu befassen.

Zum Glück verschlechtert sich die Lage in Spanien zusehends, was meine Aufgabe erleichtern wird. Deshalb habe Geduld und sei zuversichtlich, mein lieber Magnus! Bald ist es so weit. Und es wird noch genug Zeit sein, um die Alpen zu überqueren, bevor der Schnee die Pässe blockiert.

Die Meuterei, die kurz nach Beginn des Monats Sextilis stattfand, war von Gaius Aelius Staienus so klug eingefädelt worden, daß weder erbittert gekämpft noch Blut vergossen wurde. Da es den Soldaten offenbar wirklich ernst war, war Mamercus nicht bereit, sie zu bestrafen. Eine Abordnung war zu ihm gekommen und hatte mit Entschiedenheit erklärt, die Legionen wollten mit keinem anderen Befehlshaber nach Spanien gehen als mit Gnaeus Pompeius Magnus, weil sie der Ansicht seien, daß keiner außer Gnaeus Pompeius Magnus Quintus Sertorius schlagen könne.

»Vielleicht haben sie ja recht«, sagte Mamercus nach seiner Rückkehr nach Rom zu den Senatoren – er war verunsichert genug, um aufrichtig zu sein. »Ich gebe zu, daß ich ihnen keinen Vorwurf mache. Eigentlich haben sie mich respektvoll behandelt. Soldaten mit ihrer Erfahrung haben ein Gespür für solche Dinge, und sie kennen mich. Wenn sie glauben, ich könne nicht mit Quintus Sertorius fertigwerden, dann muß ich mich ebenfalls fragen, ob ich es könnte. Wenn sie glauben, Gnaeus Pompeius sei der einzig Richtige für diese Aufgabe, dann muß ich mich fragen, ob sie nicht recht haben.«

Diese offenen Worte machten einen tiefen Eindruck auf die Senatoren. Selbst in den vorderen Reihen wurde weder Empörung laut, noch kam es zu Debatten. Das machte es Philippus leicht, sich Gehör zu verschaffen.

»Eingeschriebene Väter«, begann er mit einschmeichelnder Stimme, »es ist höchste Zeit, daß wir die Lage in Spanien sachlich und vorurteilslos abschätzen. Es war ein erhebendes Erlebnis, unserem verehrten und klugen zweiten Konsul und Princeps Senatus Mamercus Aemilius Lepidus Livianus zuzuhören! Laßt mich deshalb in demselben bedächtigen Ton fortfahren.«

Von seinem Platz in der vordersten Reihe ließ er den Blick über die Reihen der Senatoren schweifen.

»Die frühen Erfolge des Quintus Sertorius nach dem erneuten Einmarsch in Spanien vor dreieinhalb Jahren waren leicht zu erklären. Männer wie Lucius Fufidius unterschätzten ihn und stellten sich ihm überstürzt zum Kampf. Aber als unser Pontifex Maximus Quintus Caecilius Metellus Pius als Statthalter ins jenseitige Spanien ging und sein Kollege Marcus Domitius Calvinus Statthalter im diesseitigen Spanien wurde, wußten wir, daß Quintus Sertorius schwer zu schlagen sein würde. Und dann, in diesem ersten Sommer des Feldzugs, überfiel Sertorius' Legat Lucius Hirtuleius Calvinus' sechs Legionen mit nur viertausend Mann – und schlug ihn vernichtend. Calvinus und die meisten seiner Soldaten starben auf dem Schlachtfeld. Sertorius selbst zog gegen Pius, obwohl er es vorzog, sich auf Pius' geschätzten Legaten Thorius zu konzentrieren. Thorius fiel in der Schlacht, und seine drei Legionen wurden übel zugerichtet. Unser teurer Pius mußte sich den Winter über nach Olisipo am Tagus zurückziehen, mit Sertorius im Rücken.

Im darauffolgenden Jahr – also letztes Jahr – gab es keine großen Schlachten. Aber auch keine großen Erfolge! Während Pius die ganze Zeit versuchte, sich Sertorius vom Hals zu halten, fiel Hirtuleius in Zentralspanien ein und sicherte Sertorius' Vormachtstellung unter den keltiberischen Stämmen. Die Lusitanier hatte Sertorius bereits in der Hand, und jetzt bestand die Aussicht, daß er sich fast ganz Spanien unter den Nagel riß – abgesehen von den Gebieten zwischen dem Guadalquivir und dem Orospeda-Gebirge, wo Pius sich zu stark darauf konzentrierte, Sertorius herauszufordern.

Der letztjährige Statthalter von Gallia Narbonensis, Lucius Manlius, dachte jedoch, *er* könne Sertorius einen Schlag versetzen, und überquerte mit vier Legionen die Pyrenäen. Am Ebro stieß er auf Hirtuleius, der ihm eine so empfindliche Niederlage beibrachte, daß er umgehend den Rückzug in seine Provinz antreten mußte. Aber auch dort war er bald nicht mehr sicher. Hirtuleius folgte ihm und schlug ihn erneut.

Und in diesem Jahr ist es nicht besser, eingeschriebene Väter. Hispania Citerior hat noch keinen neuen Statthalter, und Hispania Ulterior wird noch von Pius verwaltet, der bislang weder westlich des Guadalquivir noch nördlich des Orospeda-Gebirges vorgerückt ist. Quintus Sertorius konnte ungehindert über den Paß bei Consabura nach Hispania Citerior gelangen und bei Osca eine Stadt errichten – denn er besaß tatsächlich die Kühnheit, seine Okkupation römischer Gebiete nach römischen Richtlinien zu organisieren! Er hat eine offizielle Hauptstadt und einen Senat – ja sogar eine Schule, in der die Kinder barbarischer Stammesführer Latein und Griechisch lernen sollen, damit sie später in der Lage sind, ihre Aufgaben als Führer des sertorianischen Spanien zu übernehmen! Seine Magistrate tragen römische Titel, sein Senat besteht aus dreihundert Mitgliedern. Und jetzt haben sich ihm auch noch Marcus Perperna Veiento und die Soldaten des Lepidus angeschlossen, die aus Sardinien fliehen konnten.«

Das alles war den Senatoren nicht neu. Aber bisher hatte es niemand in einer so knappen, sachlichen Rede zusammengefaßt. Die Senatoren seufzten und hockten zusammengekauert und hilflos auf ihren Stühlen.

»Eingeschriebene Väter, wir *müssen* einen Statthalter ins diesseitige Spanien schicken! Wir haben es versucht, aber Lepidus machte es Quintus Lutatius unmöglich zu gehen, und unser Princeps Senatus wurde durch eine Meuterei daran gehindert. Mir ist klar, daß der nächste Statthalter ein ganz besonderer Mann sein muß. Seine wichtigste Aufgabe muß es sein, Krieg zu führen, die Verwaltung der Provinz ist Nebensache. Von den vierzehn Legionen, die Pius und Calvinus vor zweieinhalb Jahren mitgenommen haben, sind vielleicht noch sieben übrig, und die sind mit Pius in Hispania Ulterior. Hispania Citerior ist besetzt – von Quintus Sertorius. Und niemand widersetzt sich ihm.

Ganz gleich, wen wir ins diesseitige Spanien schicken, er muß eine Armee haben, denn Pius können wir keine Soldaten wegnehmen. Und der Kern der Armee befindet sich in Capua, vier Legionen, die größtenteils aus Veteranen Sullas bestehen. Sie haben sich standhaft geweigert, mit einem anderen Befehlshaber als Gnaeus Pompeius Magnus nach Spanien zu gehen. Und der ist kein Senator, sondern Ritter.«

Philippus machte eine längere Pause, um den Anwesenden die Möglichkeit zu geben, das eben Gehörte zu verdauen. Als er fortfuhr, klang seine Stimme lebhafter und bestimmter.

»Wir haben demnach nur einen Kandidaten – Gnaeus Pompeius Magnus. Aber das Gesetz des Lucius Cornelius Sulla schreibt vor, daß das Kommando zuerst einem Mitglied des Senats angetragen werden muß, das bereit ist, das Kommando zu übernehmen, und das über ausreichende militärische Erfahrung verfügt. Ich werde jetzt feststellen, ob es im Senat einen solchen Mann gibt.«

Philippus wandte sich an den ersten Konsul. »Decimus Junius Brutus, willst du das Kommando?«

»Nein, Lucius Marcius. Ich bin zu alt und zu unerfahren.«

»Mamercus?«

»Nein, Lucius Marcius. Meine Soldaten sind verärgert.«

»Stadtprätor?«

»Nein. Selbst wenn mein Amt es zulassen würde, Rom länger als zehn Tage fernzubleiben«, sagte Gnaeus Aufidius Orestes.

»Praetor peregrinus?«

»Nein, Lucius Marcius«, lautete die Antwort von Marcus Aurelius Cotta.

Danach lehnten noch weitere sechs Prätoren ab.

Anschließend wandte sich Philippus den vorderen Reihen zu und fragte die Konsularen.

»Marcus Tullius Decula?«

»Nein.«

»Quintus Lutatius Catulus?«

»Nein.«

Und so ging es weiter. Ein Nein folgte dem anderen.

Schließlich wagte es Philippus sogar, sich selbst zu fragen. »Nein. Ich bin zu alt, zu fett und militärisch zu unerfahren«, erklärte er.

Dann wandte er sich von einer Seite des Hauses zur anderen. »Fühlt sich irgendeiner der Anwesenden in der Lage, dieses wichtige Kommando zu übernehmen? Gaius Scribonius Curio, was ist mit dir?«

Nichts hätte Curio lieber getan, als ja zu sagen, aber Curio war gekauft worden, und die Ehre schrieb ihm seine Antwort vor. »Nein.«

Unter den Anwesenden war ein noch recht junger Senator, der sich zusammenreißen mußte, um nicht aufzuspringen und sich zu melden. Es gelang ihm nur, weil er wußte, daß Philippus seine Ernennung niemals gutheißen würde. Gaius Julius Caesar wollte die Aufmerksamkeit erst dann auf sich ziehen, wenn er zumindest eine kleine Chance hatte, zu gewinnen.

»Dann wenden wir uns also wieder der Sondervollmacht und Gnaeus Pompeius Magnus zu«, sagte Philippus. »Ihr habt mit eigenen Ohren gehört, wie einer nach dem anderen abgelehnt hat. Nun kann es ja sein, daß sich unter den Senatoren und Promagistraten, die sich momentan außerhalb Roms aufhalten, ein geeigneter Mann befindet. Aber wir können es uns nicht leisten zu warten! Wir müssen jetzt handeln, oder wir verlieren Spanien! Der einzige geeignete Mann, der uns zur Verfügung steht, ist Gnaeus Pompeius Magnus. Zwar ist er ein Ritter und kein Senator, aber seit seinem sechzehnten Lebensjahr steht er unter Waffen, und seit seinem zwanzigsten Lebensjahr führt er seine eigenen Legionen in die Schlacht. Unser verstorbener und viel betrauerter Lucius Cornelius Sulla hat ihn allen anderen Männern vorgezogen. Mit Recht! Der junge Pompeius Magnus hat Erfahrung, Talent, ein großes Heer von Veteranen, und ihm liegt das Wohl Roms am Herzen.

Die Verfassung gestattet es uns, diesen jungen Mann mit der Befehlsgewalt eines Prokonsuls auszustatten, ihn zum Statthalter von Hispania Citerior zu ernennen, ihm das Kommando über so viele Legionen zu übertragen, wie wir für angemessen halten, und seinen Status als Ritter außer acht zu lassen. Aber ich möchte darum bitten, die Sondervollmacht nicht so abzufassen, als wollten wir unterstellen, er habe bereits als Konsul gedient. *Non pro consule, sed pro consulibus* – nicht als ein gewesener Konsul, sondern im Interesse der diesjährigen Konsuln. Auf diese Weise wird er ständig an seine außerordentliche Vollmacht erinnert.«

Nachdem Philippus sich gesetzt hatte, erhob sich der erste Konsul Decimus Junius Brutus. »Mitglieder dieses Hauses, ich verlange eine Abstimmung. Diejenigen, die dafür sind, dem Ritter Gnaeus Pompeius Magnus eine Sondervollmacht zu erteilen, ihn mit der Befehlsgewalt eines Prokonsuls auszustatten und ihm sechs Legionen zu geben, sollen sich zu meiner Rechten aufstellen. Diejenigen, die dagegen sind, zu meiner Linken.«

Keiner stellte sich zu seiner Linken auf, nicht einmal der junge Senator Gaius Julius Caesar.

TEIL SECHS

September 77 v. Chr.
bis Winter 72/71 v. Chr.

Pompeius hatte in Mutina niemanden, mit dem er über den Brief des Philippus oder über den Beschluß, den der Senat an den Iden des August gefaßt hatte, hätte sprechen können. Er versuchte immer noch, Varro davon zu überzeugen, daß dieser als vielversprechender junger Schriftsteller, der sich für alle natürlichen und menschlichen Phänomene interessierte, von der Expedition nach Spanien ungemein profitieren könne. Aber Varro reagierte auf seine zahlreichen Briefe leider wenig begeistert. Seine Kinder waren jetzt in einem Alter, in dem er sie besonders herzig fand, und er hatte nicht das Bedürfnis, eine Reise anzutreten, die ihn womöglich lange Zeit aus Rom fernhalten würde.

Der frischgebackene Prokonsul, der nie Konsul gewesen war, hatte sich auf sein neues Amt gut vorbereitet und wußte genau, wie er vorgehen wollte. Zunächst teilte er dem Senat in einem Brief mit, er werde drei seiner Veteranenlegionen mitnehmen und drei der vier Legionen, die zuerst von Catulus und dann von Mamercus befehligt worden waren. Außerdem schrieb er, Metellus Pius scheine in Hispania Ulterior keinen offensiven Krieg zu führen, und der Schwerpunkt der Kampfhandlungen habe sich seit seiner Ankunft von Hispania Ulterior nach Hispania Citerior verlagert. Deshalb solle der Senat veranlassen, daß Metellus Pius ihm eine seiner sieben Legionen abtrete. Auch sei sein Schwager Gaius Memmius, der im Augenblick als Militärtribun bei Metellus Pius diene, nächstes Jahr alt genug, um Quästor zu werden. Könnte man ihm nicht erlauben, in Abwesenheit zu kandidieren, und ihn als Quästor dem Stab des Pompeius in Hispania Citerior zuteilen?

Der Senat folgte Philippus inzwischen blindlings, und seine Zustimmung traf ein, noch bevor Pompeius Mutina verlassen hatte. Pompeius fühlte sich in der Überzeugung bestärkt, daß er vom Senat bekommen konnte, was er wollte. Seine Frau Mucia Tertia hatte er mit seinem fast zweijährigen Sohn und seiner neugeborenen Tochter in der ihm ergebenen Region Picenum zurückgelassen und ihr streng verboten, in seiner Abwesenheit Rom zu besuchen. Er rechnete mit einem langen Feldzug und hielt es für unklug, seine schöne Frau den Versuchungen der Hauptstadt auszusetzen.

Obwohl er von seiner alten Reiterei bereits tausend Mann mobilisiert hatte, wollte er in Gallia Transalpina weitere Reiter rekrutieren, was zugleich ein guter Grund war, auf dem Landweg nach Spanien zu ziehen. Denn er war ein schlechter Seemann und fürchtete das Meer, und er wollte ihm sein Heer nicht anvertrauen, auch wenn die Winterwinde für eine Überfahrt nach Hispania Citerior günstig wehten.

Er hatte alle verfügbaren Karten studiert und alle Händler und Reisenden befragen lassen, die je den Landweg nach Spanien benutzt hatten. Auf der Via Domitia mußte er mit Schwierigkeiten rechnen, das wußte er nun. Als Marcus Perperna Veiento mit den Überresten von Lepidus' Heer von Sardinien nach Liguria übergesetzt und nach Spanien geflohen war, hatte er überall eifrig gegen Rom gehetzt. Und er hatte es geschafft, alle großen Stämme in Gallia Transalpina aufzuwiegeln – die Helvier, die Vokontier, die Salluvier und die arekomischen Volken.

Am meisten fürchtete Pompeius den Zeitverlust, den der Marsch durch das Gebiet dieser feindlichen und ausgesprochen kriegerischen Völker bedeuten konnte. Er zweifelte nicht daran, daß er sie letztlich alle besiegen werde, aber er wollte Hispania Citerior unbedingt erreichen, bevor der Winter hereinbrach. Wenn er anstelle von Metellus Pius als Sieger im Krieg gegen Sertorius gelten sollte, durfte er für den Marsch nach Spanien auf keinen Fall ein ganzes Jahr brauchen. Genau das aber konnte wegen der aufsässigen Stämme in Gallia Transalpina leicht passieren. Alle bekannten Alpenpässe waren in der Hand verschiedener Stämme: Die Salluvier, ein Volk von Kopfjägern, beherrschten die luftigen Höhen der Meeralpen, die Vokontier hielten das Tal der Durance und den Paß am Mont Genèvre besetzt, die Helvier bewachten den mittleren Abschnitt des Rhône-Tals, und die Volken blockierten die nach Spanien führende Via Domitia am Fuße der Cevennen.

Pompeius hätte natürlich auch durch die Unterwerfung dieser aufständischen Barbaren zu Ruhm und Ehre kommen können, aber das reichte ihm nicht. Er wollte den Ruhm, den er in den Jagdgründen des Sertorius ernten konnte; deshalb mußte er eine langwierige und verlustreiche Überquerung der Alpen vermeiden.

Noch bevor er Mitte September aus Mutina abmarschierte, hatte Pompeius einen Entschluß gefaßt: Er würde die bekannten Wege meiden und eine neue Route erschließen. Der größte nördliche Nebenfluß des Po war die Dora Baltea. Donnernd schoß er von jenem höchsten Alpenmassiv herab, das zwischen der westlichen Poebene und den Gewässern der östlichen Gallia Narbonensis aufragte – dem Genfer See, dem Oberlauf der Rhône und dem mächtigen Rhein, der das Land der Gallier von dem der Germanen trennte. Das herrliche Tal, das die Dora Baltea aus den Bergen gewaschen hatte, hieß von alters her Tal der Salasser, weil es von einem gallischen Stamm dieses Namens bewohnt wurde. Als man eine Generation zuvor Gold im Sand des Flusses gefunden hatte und römische Goldsucher in das Tal vorgedrungen waren, hatten die Salasser den Eindringlingen so heftigen Widerstand entgegengesetzt, daß sich jetzt kein Römer weiter stromaufwärts wagte als bis Eporedia.

Am oberen Ende des Tals der Salasser gab es angeblich zwei Pässe. Der eine, ein Ziegenpfad im wahrsten Sinne des Wortes, führte über hohe Berge nach Octodurus, einer Siedlung des keltischen Stammes der Veragrer, und dann am Oberlauf der Rhône entlang, bis diese am Ostufer des Genfer Sees mündete. Der Paß lag 10000 Fuß hoch und war nur im Sommer und Frühherbst passierbar, für ein ganzes Heer war er allerdings zu gefährlich. Der andere Paß lag auf einer Höhe von etwa 7000 Fuß; die Paßstraße war zwar breit genug für Wagen, aber gleichfalls nicht gepflastert. Sie führte in das nördliche Quellgebiet der Isère und folgte deren Lauf durch das Land der Allobroger. Die Kimbern waren über diesen Paß geflohen, nachdem sie bei Vercellae von Marius und Catulus Caesar geschlagen worden waren. Sie waren jedoch nur langsam vorwärtsgekommen, und viele von ihnen waren von den Allobrogern und dem weiter westlich ansässigen Stamm der Ambarrer erschlagen worden.

Nach einem ersten Gespräch mit einer Gruppe zivilisierter Salasser gab Pompeius jeden Gedanken an den höheren Paß auf; der niedrigere dagegen interessierte ihn immer mehr. Der Weg mochte noch so rauh und gefährlich sein, solange er breit genug für Wagen war, konnte er ihn mit seinen Legionen und, wie er hoffte, auch mit seiner Reiterei benutzen. Die Jahreszeit war dem Kalender etwa einen Monat voraus; er würde die Grajischen Alpen also im Spätsommer überqueren, wenn er Anfang September aufbrach, und es war äußerst unwahrscheinlich, daß es um diese Jahreszeit auf einer Höhe von siebentausend Fuß schon schneite. Wagen für schweres Gepäck wollte er nicht mitführen. Er vertraute darauf, daß er sich in der Gegend von Narbo in Gallia Narbonensis mit dem schweren Teil des Proviants und der Ausrüstung würde versorgen können. Also beschlagnahmte er lediglich alle Maulesel, die er finden konnte, um sie als Lasttiere zu verwenden.

»Wir werden schnell marschieren«, verkündete er, als das Heer im Morgengrauen zum Abmarsch bereit stand, »egal, wie schwierig das Gelände ist. Je weniger die Allobroger auf unsere Ankunft gefaßt sind, desto geringer ist die Wahrscheinlichkeit, daß wir durch einen Krieg aufgehalten werden. Wir müssen um jeden Preis die Pyrenäen erreichen, bevor auch der niedrigste Paß nach Spanien zu ist! Gallia Transalpina gehört moralisch der Familie Domitius Ahenobarbus, und von mir aus kann sie die Provinz behalten! Wir wollen bis zum Winter in Hispania Citerior sein. Und das werden wir auch!«

Ende September überschritt Pompeius den niedrigeren der beiden Pässe am Ende des Tals der Salasser, ohne auf nennenswerte Schwierigkeiten oder auf Widerstand der einheimischen Bevölkerung zu stoßen. Dann marschierte er das Tal der Isère hinunter und durchquerte das Land der wilden Allobroger so schnell, daß diese nur wütend ihre Speere schütteln konnten, ihn aber nicht mehr einholten. Erst als er die Rhône erreichte, traf er auf organisierten Widerstand von seiten der Helvier, die das Westufer des Stroms und einen Teil der Cevennen bewohnten. Aber die Helvier waren keine ebenbürtigen Gegner. Er schlug mehrere

Haufen ihrer Krieger und ließ sich dann als Garantie für künftiges Wohlverhalten Geiseln stellen. Die Vokontier und die Salluvier, die sich in die Rhône-Ebene heruntergewagt hatten, erlitten das gleiche Schicksal, und nachdem Pompeius' Truppen das Sumpfland zwischen Arelate und Nemausus durchquert hatten, erging es auch den arekomischen Volken nicht anders. Pompeius hatte inzwischen mehrere hundert Kinder als Geiseln genommen, die er in Massilia festsetzen ließ.

Noch vor Einbruch des Winters überquerte er die Pyrenäen. Auf dem Gebiet der zivilisierten Indiceten in der Nähe der alten Stadt Emporiae fand er einen hervorragenden Lagerplatz. Damit hatte er wie geplant die Grenze von Hispania Citerior überschritten, auch wenn er nicht weit in die Provinz vorgedrungen war.

Der Prokonsul, der nie Senator, geschweige denn Konsul gewesen war, verfaßte nun einen Brief an den Senat, in dem er von seinen Abenteuern bei der Überquerung der Alpen berichtete. Dabei versäumte er nicht, den großen Mut zu betonen, mit dem er einen neuen Weg erkundet hatte, und die Leichtigkeit, mit der er den Widerstand der Gallier gebrochen hatte.

Pompeius vermißte jetzt schmerzlich, daß Varro nicht bei ihm war, der seiner trockenen und eintönigen Prosa sonst immer den letzten Schliff verliehen hatte. Seufzend ging er daran, einen weiteren Brief an seinen Kollegen, den Prokonsul Metellus Pius das Ferkel in Hispania Ulterior, zu schreiben.

Ich bin in Emporiae eingetroffen und habe das Winterlager bezogen. Den Winter werde ich damit verbringen, meine Truppen auf die Feldzüge der nächsten Jahre vorzubereiten. Ich glaube, der Senat hat angeordnet, daß Du mir eine Deiner Legionen abtrittst. Inzwischen ist mein Schwager Gaius Memmius vermutlich zum Quästor gewählt worden. Er wird mein Quästor sein und kann Deine Legion zu mir bringen.

Natürlich können wir Sertorius am besten besiegen, wenn wir zusammenarbeiten. Deshalb hat der Senat darauf verzichtet, einem von uns den höheren Rang zu verleihen. Wir sind Kollegen und sollen den Feldzug gemeinsam führen.

Ich habe eine Menge Zeit darauf verwandt, mit Männern zu sprechen, die Spanien gut kennen, und ich habe einen großartigen

Plan für das kommende Jahr. Sertorius wagt sich nicht in den Teil von Hispania Ulterior, der östlich des Guadalquivir liegt, weil er ihm zu dicht besiedelt und zu stark romanisiert ist. Es gibt dort nicht genug Wilde, die er beeindrucken kann.

Es ist Deine Pflicht, Quintus Caecilius, auf Deine Provinz aufzupassen und nichts zu tun, was Sertorius zu einem Vorstoß in Dein Gebiet östlich des Guadalquivir provozieren könnte. Ich für meinen Teil werde ihn dieses Jahr aus der Küstenregion von Hispania Citerior vertreiben. Die Versorgung meiner Truppen ist gesichert, denn die Küste ist fruchtbar, und es wird mir nicht schwerfallen, genügend Lebensmittel zu bekommen. Ich marschiere also im Frühjahr nach Süden, überquere den Ebro und stoße bis Neu-Karthago vor. Dazu müßte die Zeit bis Mittsommer bequem reichen. Gaius Memmius wird mit der Legion, die Du mir schuldest, vom Guadalquivir über Ad Fraxinum und Eliocroca nach Neu-Karthago marschieren. Neu-Karthago gehört natürlich immer noch uns, es ist nur durch die Truppen des Sertorius vom Rest der Provinz abgeschnitten. Wenn ich mich in Neu-Karthago mit Gaius Memmius vereinigt habe, kehren wir nach Emporiae ins Winterlager zurück. Auf dem Rückweg verstärken wir die verschiedenen Küstenstädte.

Im Jahr darauf werde ich Sertorius aus dem Binnenland von Hispania Citerior hinauswerfen und ihn nach Südwesten in das Gebiet der Lusitanier abdrängen. Im dritten Jahr, Quintus Caecilius, werden wir unsere Heere vereinigen und ihn am Tagus vernichten.

Als Metellus Pius den Brief Mitte Januar in Hispalis bekam, zog er sich in sein Arbeitszimmer zurück, um ihn ungestört zu lesen. Er lachte nicht, denn der Inhalt war zu ernst, aber ein säuerliches Lächeln konnte er sich doch nicht verkneifen. Er wußte nicht, daß auch Sulla einst einen ähnlichen Brief von Pompeius erhalten hatte, voller wichtigtuerischer Informationen über ein Land, das Sulla selbst viel besser kannte. Bei den Göttern, der kleine Schlächter strotzte nur so vor Selbstvertrauen. Und wie gönnerhaft er war!

Es war jetzt drei Jahre her, daß Metellus Pius mit seinen acht Legionen in Hispania Ulterior eingetroffen war, drei Jahre, in denen Sertorius ihn als Feldherr immer wieder an der Nase herumgeführt hatte. Niemand hatte größeren Respekt vor Quintus Sertorius und seinem Legaten Lucius Hirtuleius als Metellus Pius das Ferkel. Und niemand wußte besser, wie schwer es selbst für einen Pompeius sein würde, Sertorius und Hirtuleius zu schlagen. Metellus' Pech war, daß Rom ihm nicht genug Zeit gelassen hatte. Laut Äsop gewann eine Kombination aus »langsam, aber stetig« das Rennen. Genau das war Metellus Pius. Er hatte seine Truppen neu organisiert, um den Verlust einer Legion wettzumachen, dann hatte er sich in seiner Provinz eingeigelt und jede Provokation Sertorius' vermieden. Mit Absicht natürlich. Denn solange er wartete und die detaillierten Berichte seiner Kundschafter über die Truppenbewegungen des Sertorius auswertete, hatte er nachgedacht. Es war keineswegs unmöglich, Sertorius zu schlagen, aber nicht mit konventionellen militärischen Mitteln. Metellus war zu der Überzeugung gelangt, daß die Lösung wenigstens zum Teil in einer raffinierteren Art der Spionage lag – in einem Netz von Kundschaftern, das verhindern würde, daß Sertorius im voraus von seinen Truppenbewegungen erfuhr. Oberflächlich betrachtet eine sehr schwere Aufgabe, denn sowohl seine Kundschafter wie die des Sertorius stützten sich vor allem auf einheimische Quellen, aber keineswegs unlösbar! Metellus Pius hatte einen Plan.

Jetzt aber war Pompeius auf der spanischen Bühne erschienen, ausgestattet mit einem gleichberechtigten Imperium des Senats – oder besser gesagt, des Philippus – und fest davon überzeugt, fähiger zu sein als Sertorius, Hirtuleius und Metellus Pius zusammen. Nun ja, die Zeit würde Pompeius schon lehren, was er jetzt noch nicht hören wollte; die Zeit und ein paar Niederlagen. Zwar war der junge Mann zweifellos mutig wie ein Löwe, aber Metellus kannte auch Sertorius, seit er achtzehn war, und wußte, daß Sertorius ebenfalls den Mut eines Löwen hatte. Und viel wichtiger noch, Sertorius war militärisch der Erbe des Marius; er verstand sich so gut auf die Kriegskunst wie kaum ein anderer Feldherr der römischen Geschichte. Metellus Pius hatte jedoch begonnen, nach einer schwachen Stelle des Sertorius zu suchen, und er war fast sicher, sie in dessen Vorstellung von sich selbst gefunden zu haben. Wenn er Sertorius' großartiges, geradezu mythisches Selbstbild untergrub, konnte er ihn damit vielleicht besiegen.

Daß ihm jetzt auf dem Schlachtfeld Gnaeus Pompeius Magnus gegenüberstand, würde Sertorius' Selbstvertrauen nicht einmal ankratzen.

Der Sohn des Metellus Pius klopfte und bat um Einlaß – Metellus Pius war ein Pedant, was gute Manieren betraf –, dann trat er ein. Allgemein Metellus Scipio genannt, von seinem Vater dagegen nur Quintus, war sein voller Name von wahrhaft majestätischer Länge: Quintus Caecilius Metellus Pius Scipio Nasica. Er war jetzt neunzehn Jahre alt und vor einem Jahr nach Spanien gekommen, um im Stab seines Vaters als ständiger Begleiter eines Prätors zu dienen. Auch Metellus Pius hatte seine militärische Grundausbildung bei seinem Vater absolviert, und Metellus Scipio war stolz darauf, daß er diese Tradition fortsetzen durfte. Er war allerdings nicht der leibliche Sohn seines Vaters; Metellus Pius hatte den ältesten Sohn seiner Schwägerin adoptiert, die wie seine Frau Licinia hieß und mit Scipio Nasica verheiratet war. Warum die ältere Licinia so fruchtbar war, daß sie viele Kinder geboren hatte, die jüngere Licinia aber unfruchtbar, wußte er nicht. So etwas kam eben vor, und wenn es vorkam, ließ man sich entweder von der unfruchtbaren Frau scheiden oder, wenn man sie liebte – und Metellus liebte seine Licinia –, adoptierte man ein Kind.

Insgesamt war Metellus Pius mit dem Ergebnis seiner Adoption durchaus zufrieden, obwohl er sich manchmal wünschte, daß die Intelligenz des Jungen etwas größer und seine angeborene Arroganz deutlich kleiner gewesen wäre. Mit letzterem hatte er freilich rechnen müssen: Auch Scipio Nasica war arrogant. Sein Adoptivsohn war zwar groß und gutgebaut, hatte aber kein attraktives Gesicht, und wahrscheinlich wollte er das durch seine Arroganz ausgleichen. Er hatte blaugraue Augen und sehr helle Haare, sah seinem Adoptivvater also überhaupt nicht ähnlich. Einige seiner Altersgenossen wie der junge Cato hatten gesagt, Metellus Scipio laufe herum, als habe er einen schlechten Geruch in der Nase. Sie stimmten jedoch darin überein, daß er allen Grund hatte, die Nase hoch zu tragen. Er war nämlich seit seinem zehnten Geburtstag mit Aemilia Lepida verlobt, der Tochter von Mamercus und dessen erster Frau, einer Claudia Pulchra. Und obwohl die beiden jungen Leute oft genug stritten, waren sie einander doch aufrichtig zugetan.

»Ein Brief von Gnaeus Pompeius Magnus aus Emporiae«, sagte Metellus Pius. Er hob den Brief hoch, machte jedoch keine Anstalten, ihn seinen Sohn lesen zu lassen.

Der arrogante Ausdruck auf Metellus Scipios Gesicht verstärkte sich, und er schnaubte verächtlich. »Das ist ein Skandal, Vater.«

»Einerseits schon, mein Sohn. Andererseits hat mich der Inhalt des Briefs wieder getröstet. Unser geniales militärisches Wunderkind hält Sertorius offensichtlich für einen militärischen Trottel und glaubt, er sei ihm haushoch überlegen.«

»Ach wirklich?« Metellus Scipio setzte sich. »Er denkt wohl, er könne Sertorius in einem einzigen kleinen Feldzug schlagen, was?«

»Das nicht, mein Sohn! Aber in dreien«, sagte Metellus das Ferkel lächelnd.

Sertorius hatte den Winter zusammen mit seinem fähigsten Legaten Lucius Hirtuleius, mit dem ebenfalls sehr tüchtigen Legaten Gaius Herennius und mit dem noch relativ unerfahrenen Marcus Perperna Veiento in seiner neuen Hauptstadt Osca verbracht.

Nach Perpernas Ankunft hatte es zunächst Schwierigkeiten gegeben. Perperna hatte automatisch angenommen, daß die zwanzigtausend Fußsoldaten und fünfzehnhundert Reiter, die er mitgebracht hatte, auch weiterhin unter seinem Befehl stehen würden. Sertorius aber lehnte dieses Ansinnen rundweg ab.

Perperna war wütend. »Es sind doch *meine* Männer, Quintus Sertorius! Ich habe das Recht, zu sagen, was mit ihnen geschieht und wie sie eingesetzt werden sollen. Sie unterstehen immer noch meinem Befehl!«

»Du führst dich noch schlimmer auf als Konsul Caepio vor der Schlacht von Arausio«, sagte Sertorius. »Ich denke nicht im Traum daran, dir die Truppen zu überlassen. Es gibt in Spanien nur einen obersten Feldherrn und einen Konsul, und der bin ich!«

Doch damit war der Streit nicht beendet. Perperna verkündete lauthals, Sertorius habe nicht das Recht, ihm eine gleichberechtigte Stellung zu verweigern und ihm seine Soldaten wegzunehmen.

Also brachte Sertorius das Problem vor seinen Senat. »Marcus Perperna Veiento will selbständig und gleichberechtigt mit mir gegen die Römer in Spanien Krieg führen. Er will meinen Befehlen nicht gehorchen und sich meinen Plänen nicht unterordnen. Ich bitte euch, eingeschriebene Väter, ihm zu erklären, daß er sich entweder mir unterordnen oder Spanien verlassen muß.«

Sertorius' Senat kam dieser Aufforderung natürlich gerne nach, aber Perperna blieb halsstarrig. Überzeugt, Recht und Herkommen auf seiner Seite zu haben, wandte er sich an sein Heer. Seine Männer gaben ihm jedoch deutlich zu verstehen, daß ihrer Ansicht nach Sertorius recht hatte. Ihm wollten sie dienen, nicht Perperna.

So lenkte Perperna schließlich ein. Alle, selbst Sertorius, hatten den Eindruck, daß er sich mit Anstand in seine Niederlage schickte und keinen Groll mehr hegte. Unter der versöhnlichen Oberfläche aber fraß die Wut in Perperna, und er tat alles, damit sie sich nicht legte. Schließlich bekleidete er römischem Recht zufolge genau den gleichen Rang wie Sertorius. Beide waren sie Prätoren gewesen, und keiner hatte es zum Konsul gebracht.

Sertorius bemerkte Perpernas Wut nicht. Er beschäftigte sich in diesem Winter vor allem mit den Plänen für den Feldzug des nächsten Jahres.

»Ich kenne Pompeius überhaupt nicht«, sagte er mit geheuchelter Besorgnis. »Wenn ich mir jedoch seine bisherige Laufbahn ansehe, glaube ich, daß wir ihn leicht schlagen können. Hätte ich Carbo damals zugetraut, daß er Sulla schlagen könnte, wäre ich in Italien geblieben. Carbo hatte mit Carinas, Censorinus und Brutus Damasippus ein paar gute Leute. Als er dann selbst desertierte, hätte Pompeius zeigen können, was er wirklich wert ist – aber Carbo hat seine Kommandeure und Soldaten völlig demoralisiert zurückgelassen. Pompeius ist auch in seinen ersten Schlachten noch nie auf einen wirklich fähigen Feldherrn oder ein schlagkräftiges Heer gestoßen.«

»Das hat sich jetzt radikal geändert«, ergänzte Hirtuleius grinsend.

»Allerdings. Wie nennen sie ihn doch gleich? Den kleinen Schlächter? Das ist entschieden zuviel der Ehre. Ich werde ihn einfach das Kind nennen. Er ist eingebildet und gewissenlos und hat keinen Respekt vor den römischen Institutionen. Sonst wäre er nicht mit einem Imperium hier, das ihn dem alten Weib in Hispania Ulterior gleichstellt. Er hat den Senat manipuliert, damit er ihm dieses Kommando verschaffte, denn ein Recht darauf hat er absolut nicht, ganz egal welche Spezialklauseln Sulla in seine neuen Gesetze eingebaut hat. Also muß ich ihm eben zeigen, wo sein Platz ist. Und der ist nicht annähernd so hoch, wie er denkt.«

»Weißt du, was er vorhat?« fragte Herennius.

»Das Nächstliegende natürlich«, sagte Sertorius vergnügt. »Er wird die Ostküste entlangmarschieren, um sie uns abzunehmen.«

»Und das alte Weib?« fragte Perperna, der Sertorius' Spitznamen für Metellus Pius begeistert übernommen hatte.

»Er hat bis jetzt nicht gerade Großes geleistet, oder? Aber ich werde ihn in eine Ecke seiner Provinz zurückdrängen, nur für den Fall, daß er aufgrund der Ankunft des Pompeius übermütig wird. Ich ziehe die Lusitanier an der westlichen Grenze seiner Provinz zusammen. Das zwingt ihn, den Guadalquivir zu verlassen und seine Residenz an die Guadiana zu verlegen, hundert zusätzliche Meilen von der Westküste entfernt – nur falls er Lust bekommen sollte, Pompeius zu helfen. Aber das ist unwahrscheinlich. Das alte Weib ist nicht gerade abenteuerlustig und sehr vorsichtig. Und warum sollte er sich auch bemühen, Pompeius zu helfen, der es geschafft hat, dem Senat ein gleichrangiges Imperium abzupressen? Metellus ist zwar ein Pedant, Perperna, und er wird seine Pflicht für Rom tun, ganz egal, wer ein gleichrangiges Imperium bekommt. Aber er wird nicht ein Quentchen mehr tun. Und wenn es erst am Ufer der Guadiana von Lusitaniern wimmelt, wird er es als seine erste Pflicht betrachten, sie in Schach zu halten.«

Sertorius hob die Sitzung auf und ging, um sein weißes Hirschkalb zu füttern. Das Tier, dem schon wegen seiner seltenen Farbe etwas Magisches anhaftete, war für Sertorius' spanische Gefolgsleute ungeheuer wichtig geworden. Für sie war es der Beweis, daß die Götter Sertorius magische Kräfte verliehen hatten. Sertorius hatte sein Geschick im Umgang mit wilden Tieren über die Jahre nicht verloren, und als er das zweite Mal nach Spanien gekommen war, hatte er genau gewußt, welchen Eindruck es auf die Eingeborenen machte, daß er nur mit den Fingern zu schnippen brauchte, und die wilden Tiere kamen herbeigelaufen. Das weiße Hirschkalb war ihm zwei Jahre zuvor in den Bergen Zentralspaniens zugelaufen. Von seiner Schönheit überwältigt, war er auf die Knie gesunken und hatte es in die Arme genommen. Er hatte es nur trösten wollen, nichts weiter. Doch unter den Spaniern in seiner Begleitung hatte sich ehrfürchtiges Gemurmel erhoben, und sie hatten ihn von diesem Augenblick an mit völlig anderen Augen gesehen. Ein weißes Hirschkalb war für sie die Verkörperung ihrer Schutzgöttin Diana. Daß Diana Sertorius ihre besondere Gunst zeigte, erhob ihn weit über alle gewöhnlichen Sterblichen. Und er hatte gewußt, wer das weiße Hirschkalb war, denn er war anbetend vor ihm auf die Knie gesunken.

Das weiße Hirschkalb war ihm seither wie ein Hund überallhin gefolgt. Niemand anderer durfte sich ihm nähern, nur Sertorius. Und, noch wunderbarer, das Kalb war nie gewachsen! Es war ein niedliches, kleines Kitz mit rubinroten Augen geblieben, das ständig um Sertorius herumtollte und von ihm liebkost und geküßt werden wollte. Es schlief auf einem Schaffell neben seinem Bett, und er hatte es sogar auf seinen Feldzügen dabei. Während der Schlacht band er es an einem sicheren Platz an einem Pfosten fest, da es sonst versucht hätte, ihm in das Getümmel zu folgen. Er durfte das Leben des Hirschkalbs nicht gefährden. Denn wenn es starb, würden die Spanier glauben, die Göttin habe ihn verlassen.

Tatsächlich glaubte er allmählich schon selbst, daß das weiße Kalb ein Beweis göttlicher Gunst war. Er nannte es natürlich Diana, und wenn er mit ihm sprach, bezeichnete er sich selbst als Papa.

»Papa ist hier, Diana!« pflegte er zu rufen.

Und Diana sprang sofort herbei und wollte geküßt werden. Sertorius ging in die Knie, schlang die Arme um das bebende kleine Wesen, drückte die Lippen in das weiche Fell, zog das Tier spielerisch am Ohr und streichelte es. Wenn er sich mit seinen Legaten beriet, durfte es jedoch nicht ins Haus. Verstört ließ es dann den Kopf hängen. Nach den Sitzungen mußte es der »Papa« jeweils mit vielen zusätzlichen Umarmungen und zärtlich gemurmelten Worten trösten; nur dann fraß es wieder. Verständlich, daß Diana Sertorius in Gedanken beinahe mehr beschäftigte als seine germanische Frau und sein halbgermanischer Sohn, die schließlich nicht gottgesandt waren. Nur seine Mutter liebte er mehr als das Hirschkalb, aber sie hatte er seit sieben Jahren nicht mehr gesehen.

Während das weiße Hirschkalb zufrieden die Nase in das frische Heu bohrte – im Winter gab es in Osca nur Schnee und Eis, kein frisches Gras –, setzte sich Sertorius auf einen Felsen hinter dem Haus und versuchte, sich in Pompeius hineinzudenken. Ein Kind! Glaubten die Römer wirklich, daß dieses Kind aus Picenum ihn, Sertorius, besiegen konnte? Als er aufstand, war er zu dem Schluß gekommen, daß die Römer und der Senat sich von dem Verwirrspiel hatten täuschen lassen, das Philippus so gut beherrschte. Sertorius hatte natürlich seine Kontaktleute in Rom – Männer vornehmer Herkunft und mit klangvollen Namen. Unter Sullas Knute gab es viele Unzufriedene, und einige von ihnen hielten Sertorius über die Situation in Rom auf dem laufenden. Seit der Ernennung des Pompeius hatte sich der Ton ihrer Berichte leicht verändert. Einige wichtige Männer deuteten an, daß Rom Sertorius unter Umständen als Diktator willkommen heißen würde, wenn es ihm gelänge, den neuen Beherrscher des Senats zu schlagen.

Sertorius hatte jedoch noch über etwas anderes nachgedacht. In sein Haus zurückgekehrt, bestellte er Lucius Hirtuleius zu einem Gespräch unter vier Augen.

»Wir müssen absolut sichergehen, daß das alte Weib auch wirklich in Hispania Ulterior bleibt«, sagte er. »Vielleicht sind die Lusitanier keine ausreichende Abschreckung. Ich will deshalb, daß du mit deinem Bruder im Frühjahr das spanische Heer übernimmst und in Laminium in Stellung gehst. Wenn das alte Weib dem Kind dann doch helfen will, kannst du ihn aufhalten. Wenn er aus seiner Provinz auszubrechen versucht und den Oberlauf der Guadiana oder des Guadalquivir überschreitet, kannst du ihm entgegentreten.«

Sertorius' spanisches Heer trug seinen Namen zu Recht. Es bestand aus vierzigtausend Soldaten lusitanischer und keltiberischer Stämme, die Sertorius und Hirtuleius mühevoll, aber erfolgreich in der Kampfweise der römischen Legionen ausgebildet hatten. Sertorius hatte daneben noch andere spanische Truppen zur Verfügung, die ihre hergebrachte Kampfweise beibehalten hatten und sich hervorragend darauf verstanden, Hinterhalte zu legen und Guerillakrieg zu führen. Aber er hatte von Anfang an gewußt, daß er römisch ausgebildete Legionen brauchen würde, wenn er Rom auf spanischem Boden schlagen wollte. Seit Carbos endgültiger Niederlage waren zwar viele Männer römischer oder italischer Herkunft nach Spanien gekommen, um bei ihm zu dienen, aber es waren nicht genug gewesen. Also hatte er das spanische Heer geschaffen.

»Wirst du auch ohne uns mit Pompeius fertig?« fragte Hirtuleius.

»Mit Leichtigkeit. Ich habe ja Perpernas Männer.«

»Dann mache dir wegen des alten Weibs keine Sorgen. Mein Bruder und ich achten darauf, daß er in Hispania Ulterior bleibt.«

»Denk immer daran«, sagte Metellus Pius zu Gaius Memmius, als dieser sich auf den Marsch nach Neu-Karthago vorbereitete, »deine Truppen sind kostbarer als deine eigene Haut. Wenn unsere Lage sich verschlechtert – das heißt, wenn Pompeius weniger erfolgreich ist, als er erwartet –, bringst du deine Männer an einen befestigten Ort, wo sie vor Angriffen sicher sind. Du bist ein guter, verläßlicher Mann, Memmius, und ich verzichte ungern auf dich. Aber sorge gut für deine Männer.«

Mit einem feierlichen Ausdruck auf dem ebenmäßigen Gesicht verabschiedete sich der neue Quästor des Pompeius, der gleichzeitig dessen Schwager war. Dann brach er mit seiner Legion nach Osten auf, durch eine Landschaft, die als die reichste und fruchtbarste der Welt galt – reicher als die Campania, als Ägypten, als die Provinz Asia. Im Winter wie im Sommer herrschte hier ein angenehmes Klima, und dank der Flüsse, die vom ewigen Schnee der Berge gespeist wurden, gab es dort Wasser im Überfluß. Ja, Hispania Ulterior war eine Kornkammer, grün im Frühjahr und Frühsommer und golden, wenn die reiche Ernte eingebracht wurde. Auch die Tiere waren dort fett und fruchtbar, und in den Gewässern wimmelte es von Fischen.

Mit Gaius Memmius reisten zwei Männer, die weder Römer noch Spanier waren: ein Onkel und dessen Neffe. Die beiden waren fast gleich alt, und beide hießen Kinahu Hadasht Byblos. In ihren Adern floß phönizisches Blut, und sie waren Bürger der großen Hafenstadt Gades, die vor rund tausend Jahren als Kolonie der Phönizier gegründet worden war. Das Leben in Gades war immer noch stark von phönizischen Gebräuchen bestimmt. Die Herrschaft Karthagos war leicht zu ertragen gewesen, denn die Karthager waren ebenfalls Phönizier gewesen. Dann waren die

Römer gekommen, und auch mit ihnen waren die Einwohner von Gades zufrieden gewesen. Gades war aufgeblüht, und allmählich hatten die vornehmen Bürger begriffen, daß das Schicksal ihrer Stadt unauflösbar mit Rom verknüpft war. Die Herrschaft eines zivilisierten Volkes aus dem Mittelmeerraum war der Herrschaft der barbarischen Stämme aus Ost- und Zentralspanien bei weitem vorzuziehen. Deshalb fürchteten die Gadetaner nichts mehr, als daß Rom sich eines Tages aus Mangel an lohnenden Zielen aus Spanien zurückziehen könnte. Das war der Grund, warum Onkel und Neffe Kinahu Hadasht Byblos Gaius Memmius und seine Legion begleiteten und versuchten, sich so nützlich wie möglich zu machen. Memmius hatte ihnen nur zu gern die Verantwortung für die Beschaffung von Nahrungsmitteln übertragen und nutzte die beiden außerdem als Dolmetscher und Informationsquelle. Da er ihren punischen Namen nicht aussprechen konnte und die beiden recht gut Latein sprachen, wenn auch mit dem für ihre eigene Sprache typischen Lispeln, hatte er ihnen in Anspielung darauf den Spitznamen Balbus, Stotterer, gegeben. Zu Memmius' Verblüffung waren die beiden begeistert darüber, einen lateinischen Beinamen bekommen zu haben.

»Gnaeus Pompeius hat mir befohlen, über Ad Fraxinum und Eliocroca zu marschieren«, sagte Memmius zu dem älteren Balbus. »Ist das der beste Weg?«

»Ich glaube ja, Gaius Memmius.« Balbus hatte ein orientalisches Gesicht mit einer Hakennase, hohen Wangenknochen und großen schwarzen Augen. »Es bedeutet, daß wir dem Guadalquivir fast bis zu seinen westlichen Quellen folgen und das Orospeda-Gebirge an der schmalsten Stelle überqueren. Wenn wir von Ad Fraxinum nach Basti marschieren, kommen wir auf einen Weg, der über die Wasserscheide nach Eliocroca führt. Von dort gelangen wir schnell auf den Campus Spartarius hinunter. So nennen die Römer die Ebene der Contestaner bei Neu-Karthago. Einen anderen Weg zu nehmen, bringt uns keinen Vorteil.«

»Werden wir auf Widerstand stoßen?«

»Nicht, bis wir das Orospeda-Gebirge überquert haben. Auf der anderen Seite vielleicht.«

»Sind die Contestaner Freunde oder Feinde?«

Balbus zuckte die Schultern. »Wie soll man das bei einem spanischen Stamm wissen? Die Contestaner haben immer in der Nähe zivilisierter Menschen gelebt, und das ist vielleicht nicht ohne Wirkung geblieben. Aber auch Sertorius ist ein zivilisierter Mensch, und er wird von allen Spaniern sehr bewundert.«

»Dann müssen wir eben abwarten«, sagte Memmius und verdrängte das Problem aus seinen Gedanken. Zunächst einmal mußte er Eliocroca erreichen.

Bevor Marius die Minen in den Bergen zwischen Guadalquivir und Guadiana erschlossen hatte, die seither nach ihm Marianische Berge genannt wurden, war das Orospeda-Gebirge die wichtigste Quelle für das Blei und Silber gewesen, das Rom in Spanien gewann. Im südlichen Teil der Berge, durch den Gaius Memmius' Marschroute führte, gab es deshalb kaum noch Wald. Insgesamt mußte er wie Pompeius eine Strecke von etwa fünfhundert Meilen zurücklegen. Da sein Weg durch schwieriges Terrain führte, war er schon Mitte März aufgebrochen, etwas früher als Pompeius. Obwohl er sich keineswegs beeilt hatte, erreichte er bereits Ende April die kleine Stadt Eliocroca an einem südlichen Arm des Tader. Vor ihm erstreckte sich der Campus Spartarius.

Von hier waren es nur noch etwa dreißig Meilen nach Neu-Karthago. Memmius war lange genug in Spanien gewesen, um keinem einheimischen Stamm zu trauen, und so setzte er den Marsch kampfbereit und mit fest geschlossenen Reihen fort. Seine Vorsicht war nicht unbegründet. Auf der gut ausgebauten Straße, die von Eliocroca in die Ebene führte, stieß er schon nach wenigen Meilen auf bewaffnete Contestaner. Memmius gelobte, dem Jupiter Optimus Maximus ein männliches Kalb zu opfern, wenn er seine Legion unbeschadet in das auf einer Halbinsel gelegene, vom Festland durch einen Wasserlauf getrennte Neu-Karthago in Sicherheit bringen konnte.

Er hatte schlimme fünfundzwanzig Meilen vor sich; aber nur wenn die Contestaner ihm den Weg über die Brücke abgeschnitten hätten, die vom Festland in die Stadt führte, wäre seine Lage wirklich hoffnungslos gewesen. Also schickte er seine zweihundert gallischen Reiter voraus, um diesen Engpaß zu sichern. Dann ließ er seine Kohorten quadratische Blöcke bilden. Langsam kämpfte die Legion sich voran, wobei die Männer an den verwundbaren Außenflanken ständig von Männern innerhalb der Marschsäule abgelöst wurden. Die Contestaner, die keine Reiterei hatten und die offene Feldschlacht nicht gewohnt waren, konnten diese Formation nicht ins Wanken bringen. Als Gaius Memmius die Brücke erreichte, hatte er die Contestaner abgeschüttelt und konnte seine Legion sicher in die Stadt führen.

In Neu-Karthago schickte er den älteren Balbus mit einem Brief an Metellus Pius auf dem Seeweg nach Gades zurück. Das Schiff, mit dem Balbus fuhr, stank durchdringend nach *garum,* jener übelriechenden Fischpaste, welche die Köche auf der ganzen Welt so sehr schätzten. Auch der Brief stank nach Fisch, als er seinen Bestimmungsort erreichte, aber das tat seinem wichtigen Inhalt keinen Abbruch. Gaius Memmius schilderte darin seine Lage, bat um Hilfe und warnte Metellus Pius, Neu-Karthago werde noch in diesem Jahr fallen, wenn es nicht mit Nahrungsmitteln versorgt werde. Den jüngeren Balbus schickte Memmius auf eine gefährlichere Mission. Er sollte sich durch das Gebiet der feindlichen Stämme nördlich der Stadt zu Pompeius durchschlagen.

Pompeius verließ sein Winterlager bei Emporiae in den ersten Apriltagen, nachdem ihm einheimische Ratgeber mitgeteilt hatten, der Wasserstand des Ebro werde Ende April niedrig genug sein, um den Fluß ohne Schwierigkeiten zu überqueren.

Das Problem der Legaten hatte er inzwischen zu seiner Zufriedenheit gelöst; er hatte nur Picenter und Italiker ernannt. Zu seinen ersten Legaten machte er Lucius Afranius und Marcus Petreius, erfahrene Soldaten aus Picenum, die schon einige Jahre unter ihm gedient hatten. Die anderen Legaten waren Caesars Tischkamerad aus Mytilene, Aulus Gabinius, der ebenfalls einer picentischen Familie entstammte, Gaius Cornelius, der allerdings nicht zu den patrizischen Cornelii gehörte, und Decimus Laelius, der kein Mitglied jener Laelii war, die es unter Scipio Africanus und Scipio Aemilianus zu Ruhm gebracht hatten. Alle waren bewährte Soldaten oder zeigten vielversprechende Ansätze. Was jedoch den gesellschaftlichen Rang betraf, konnten sie sich mit Ausnahme von Gabinius, dessen Vater und Onkel Senatoren waren, ohne massive Protektion durch Pompeius keine Hoffnung auf eine Karriere in Rom machen.

Alles verlief nach Plan. Pompeius marschierte mit seinen sechs

Legionen und der fünfzehnhundert Mann starken Reiterei zügig die Küste hinunter und erreichte Dertosa am Nordufer des Ebro, ohne auf Widerstand zu treffen. Erst als er sich anschickte, die Furt zu überqueren, griffen ihn zwei Legionen unter Herennius an. Doch Pompeius hatte sie schnell abgewehrt, und mit stolzgeschwellter Brust rückte er weiter nach Süden vor. Wenig später stellte sich ihm Herennius erneut entgegen, diesmal durch zwei Legionen des Perperna verstärkt. Als jedoch die ersten Soldaten seiner Vorhut fielen, zog dieser sich eilig nach Süden zurück.

Pompeius' Kundschafter leisteten hervorragende Arbeit. Als er stetig weiter vorrückte, meldeten sie, Herennius und Perperna hätten sich im feindlichen Valentia verkrochen, einer großen Stadt fast hundert Meilen weiter südlich. Da die Vorräte des Heeres schrumpften, beschleunigte Pompeius das Marschtempo; Valentia lag am Turia-Fluß, dessen weites Schwemmland extrem fruchtbar war und intensiv bestellt wurde. Als er Saguntum erreichte, meldeten ihm seine Kundschafter, Sertorius selbst sei weit weg und könne Herennius und Perperna unmöglich helfen, Valentia zu halten. Offensichtlich hatte Sertorius befürchtet, Metellus Pius könnte den Oberlauf des Tagus überqueren und in Nordspanien einfallen, und war deshalb mit seinem Heer bei Segontia in Stellung gegangen, um Metellus dort entgegenzutreten, falls dieser aus dem schmalen Gebirgszug auftauchte, der den Tagus vom Ebro trennte. Ein schlauer Plan, Sertorius, dachte Pompeius selbstgefällig, aber besser wäre es gewesen, du könntest jetzt Herennius und Perperna helfen!

Es war inzwischen Mitte Mai, und Pompeius mußte erleben, wie grausam ein langer Sommer im spanischen Tiefland sein konnte. Er mußte auch erfahren, wieviel Wasser seine Männer an einem einzigen Tag trinken konnten und wie schnell sie die Nahrungsmittelvorräte verbrauchten. Bis zur Erntezeit waren es noch einige Monate, und seit der Überquerung des Ebro hatte Pompeius in den Getreidespeichern der Städte, die er passierte, nur wenig Korn gefunden. Die Küste, die laut den Schilderungen seiner Ratgeber so reich war, war nicht mit der italischen Küste zu vergleichen. Pompeius hatte die Adriaküste immer für arm und spärlich besiedelt gehalten, aber sie war fruchtbarer und dichter besiedelt als die, an der er jetzt entlangzog.

Auch als er in Saguntum Getreide requirieren wollte, hatte er kein Glück. Die Stadt betonte, daß sie immer treu zu Rom gestanden habe, konnte aber leider kein Getreide erübrigen. Piraten hatten ihre Getreidespeicher ausgeraubt, und die Einwohner hatten selbst nicht genug zu essen, bis die Ernte eingebracht war. Valentia und die fruchtbaren Ebenen der Turia lockten jetzt mehr denn je. Und Pompeius brach sein Lager ab und marschierte los.

Wenn der Eindruck nicht trog, den die gewaltigen Felswände im Landesinnern machten, dann mußte es für jedes Heer sehr schwierig sein, das spanische Binnenland zu durchqueren, und Sertorius hatte, wenn er Anfang Mai wirklich noch in Segontia gewesen war, nicht die geringste Chance, Valentia vor Ende Juni zu besetzen. Doch auch das nur, wenn er fliegen lernte, wie die Kundschafter Pompeius versicherten. Pompeius glaubte ihnen, denn es wollte nicht in seinen Kopf, daß ein anderer Feldherr sein Heer schneller bewegen könnte als er selbst. Es war nicht auszuschließen, daß die Kundschafter ehrlich waren, wahrscheinlich aber logen sie, weil sie im Solde des Sertorius standen. Jedenfalls war Pompeius noch keinen Tagesmarsch von Saguntum entfernt, als er erfahren mußte, daß Sertorius mit seinem Heer bereits zwischen ihm und Valentia stand – und eifrig damit beschäftigt war, die Rom treue Stadt Lauro zu belagern.

Pompeius wollte einfach nicht begreifen, daß Sertorius jeden Pfad, jede Biegung, jedes Tal und jeden Paß zwischen dem Mittelmeer und den Bergen Westspaniens kannte und sich mit unwahrscheinlicher Geschwindigkeit durch dieses Territorium bewegen konnte. Jedes Dorf und jeder Weiler hätte ihm all seine Nahrungsmittel gegeben, wenn er darum gebeten hätte. Die Dorfbewohner vergötterten ihn beinahe. Kein Keltiberer und kein Lusitanier freute sich nämlich über die römische Präsenz in Spanien. Sie alle hatten die Erfahrung gemacht, daß es den Römern nur darum ging, die Reichtümer des Landes auszubeuten. Daß ihre strahlende neue Hoffnung Sertorius selbst ein Römer war, betrachteten die spanischen Eingeborenen als ein spezielles Geschenk ihrer Götter. Denn wer hätte die Römer besser bekämpfen können als ein Römer?

Als die Kundschafter meldeten, daß Sertorius nur zwei kleine Legionen mit sich führe, blieb Pompeius vor Staunen der Mund offenstehen. Was für eine Frechheit! Welch ein Leichtsinn! Dieser Mann hatte die Stirn, eine römische Stadt zu belagern, wenn sechs römische Elitelegionen und fünfzehnhundert Reiter in der Nähe standen! Unglaublich! Pompeius brach sofort nach Lauro auf. Er fieberte vor Erwartung und war überglücklich, daß ein gnädiges Schicksal ihn so früh auf den obersten Feldherrn des Feindes treffen ließ.

Pompeius stand auf einem erhöhten Aussichtspunkt im Norden Lauros und blickte mit kühlem, leidenschaftslosem Blick auf das Heer des Sertorius hinunter, das auf der kleinen Ebene vor der Stadt in Stellung gegangen war. Was er sah, war geeignet, seine Zuversicht noch zu steigern. Eine Meile östlich der Stadtmauern lag das Meer, und im Westen erhob sich ein kleiner Tafelberg. Von seinem Hügel aus war klar zu erkennen, daß der Berg für eine Schlacht die ideale Operationsbasis war. Aber Sertorius hatte ihn einfach ignoriert! Pompeius hatte seinen Entschluß schnell gefaßt. Er ließ sein Heer im Schnellschritt auf den Tafelberg zumarschieren, völlig sicher, daß er schon bald auf seinem Hochplateau stehen werde. Der neunundzwanzigjährige Feldherr ritt auf seinem großen, protzigen Staatsschimmel den Truppen voran, damit ihn auf Lauros Stadtmauern auch jeder sehen konnte.

Obwohl Pompeius den Berg auf dem ganzen Weg nicht aus den Augen gelassen hatte, merkte er erst, als er unmittelbar davorstand, daß sein flacher Gipfel von Speeren nur so starrte. Plötzlich war die Luft von Buhrufen, Geschrei und Gelächter erfüllt. Die Männer des Sertorius überschütteten Pompeius mit Hohn und Spott. Da müsse er schon früher aufstehen, riefen sie, wenn er Quintus Sertorius einen Berg abnehmen wolle.

Der Tumult verebbte, und auf dem Berg erhob sich eine einzelne Stimme. »Hast du wirklich gedacht, ich wüßte nicht, daß du es auf den Hügel abgesehen hast, Kind? Du warst einfach zu langsam! Ich weiß, du hältst dich für klüger als Africanus und für tapferer als Horatius Cocles. Aber du bist eben nur ein kleiner Amateur und kannst einem wirklichen Feldherrn nicht das Wasser reichen. Aber bleib noch ein bißchen, dann zeigt dir Quintus Sertorius, wie ein Profi arbeitet!«

Pompeius war nicht so dumm, Sertorius in seiner uneinnehmbaren Stellung anzugreifen. Er fühlte, wie ihm die Schamröte ins Gesicht stieg, riß sein Pferd herum, sprengte mit stierem Blick geradewegs durch die eigenen Linien und hielt erst an, als er seinen alten Aussichtspunkt wieder erreicht hatte.

Inzwischen hatte die Sonne den Zenit bereits überschritten, aber der Tag war noch lang genug für ein weiteres Manöver. Pompeius war zu stolz, darauf zu verzichten. Er atmete tief durch, bis er wieder klar denken konnte, dann ließ er seinen Blick erneut prüfend über die Ebene schweifen. Unter ihm standen seine Soldaten und zapften gierig das letzte Wasser aus den Schläuchen auf den Rücken der Lastesel. Es war unschwer zu erkennen, daß sie miteinander sprachen, während sie, auf ihre Speere und Schilde gestützt, die schweißbedeckten Köpfe an den Strahlen der Sonne trockneten. Offensichtlich unterhielten sie sich über die Demütigung, die ihrem wunderbaren jungen Feldherrn widerfahren war, fragten sich, ob er auch diesen Feldzug werde gewinnen können, und kamen zu dem Schluß, daß sie wohl besser ihr Testament gemacht hätten.

Er hatte Afranius und Petreius eigentlich nicht bei sich haben wollen, und den Gedanken an die jüngeren Legaten konnte er nicht einmal ertragen, besonders was Aulus Gabinius betraf. Trotzdem rief er jetzt Afranius und Petreius herbei, und als sie ihre Pferde links und rechts neben seinem Staatspferd zum Stehen gebracht hatten, zeigte er mit einem Stab in die Ebene hinunter.

»Seht ihr, wo Sertorius steht?« sagte Pompeius – eine rhetorische Frage, auf die er keine Antwort erwartete. »Er ist mit der Stadtmauer beschäftigt. Wahrscheinlich will er sie untergraben. Sein Lager liegt gleich da drüben, unter der Stadtmauer. Er hat also den Tafelberg wieder aufgegeben. Er will ihn eigentlich gar nicht, er ist nur scharf auf die Stadt. Aber«, zischte Pompeius mit zusammengebissenen Zähnen, »auf diesen Trick falle ich kein zweites Mal herein! Er ist ungefähr eine Meile von uns entfernt«, fuhr er dann ruhig fort. »Und seine Front ist ungefähr halb so lang. Sie ist sehr dünn – das ist unser Vorteil. Wenn er überhaupt eine Chance haben will, muß er sie straffen, wenn er uns kommen sieht. Und er glaubt, daß er eine Chance hat, sonst wäre er nicht mehr da. Wenn nötig, kann er nach Osten oder Westen zurückfallen und seine Truppen links und rechts der Stadtmauer zerstreuen. Wahrscheinlich wird er in beide Richtungen fliehen – das ist jedenfalls, was ich täte.«

Der letzte Satz war Pompeius herausgerutscht. Er wurde rot, sprach aber flüssig weiter. »Wir rücken mit vorgeschobenen Flügeln und zurückhängendem Zentrum vor. Die Reiterei wird geteilt und bildet die äußeren Spitzen der Flügel. Die Innenseiten der Flügel werden aus je einer Legion Fußsoldaten gebildet, die tiefgestaffelt links und rechts des Zentrums marschieren. Die restlichen vier Legionen bilden das Zentrum. Wenn ein Heer auf flachem Terrain angreift, ist schwer zu erkennen, wie weit die Flügel vorgeschoben sind, und ich werde sie immer weiter vorschieben, je näher wir dem Feind kommen. Wenn Sertorius mich unterschätzt – und das tut er mit Sicherheit –, dann wird er mir eine solche Kriegslist nicht zutrauen. Erst wenn er von meinen Flügeln eingeschlossen ist und nicht mehr nach Osten und Westen zurückfallen kann, wird er meinen Plan durchschauen. Dann hat er jedoch keinen Fluchtweg mehr, und wir können ihn vor der Stadtmauer aufrollen.«

»Es wird funktionieren«, riskierte Afranius eine Bemerkung.

»Es wird funktionieren«, nickte auch Petreius.

Das war alle Bestätigung, die Pompeius brauchte. Er ließ die Hörner am Fuß des Hügels »Tretet an und formiert euch« blasen, überließ es Afranius und Petreius, den anderen Legaten und den wichtigsten Zenturionen seine Befehle zu übermitteln, und ließ sechs berittene Herolde zu sich rufen.

Afranius und Petreius bekamen zunächst nicht mit, was er den Herolden auftrug, und als sie es schließlich hörten, waren zu viele Leute in der Nähe, als daß sie ihm die Sache noch hätten ausreden können. Außerdem war es zu spät. Sie konnten nur noch zusehen, wie die Herolde davonritten, und hofften verzweifelt für ihren Feldherrn, daß seine Strategie diesmal erfolgreich sein werde.

Während sich das Heer in Bewegung setzte, sprengten die Herolde mit einer weißen Fahne vor die äußeren Wälle von Sertorius' Lager. Dort verkündeten sie den Bewohnern Lauros ihre Botschaft. »Heraus, ihr Bürger von Lauro, heraus!« riefen sie. »Strömt auf die Zinnen eurer Stadt und seht zu, wie Gnaeus Pompeius Magnus diesem wolfsköpfigen Renegaten den Garaus macht, der sich einen Römer schimpft. Er wird ihn lehren, was ein echter Römer ist. Kommt und seht, wie Gnaeus Pompeius Magnus Quintus Sertorius vernichtet!«

Es klappt! dachte Pompeius, der mutig genug war, abermals an der Spitze seines Heeres zu reiten. Die Flügel schoben sich wie geplant immer weiter nach vorn, als die Legionen vorrückten, und Sertorius hatte seinen Männern noch immer nicht befohlen, nach Osten oder Westen zu fliehen. Ich werde sie einschließen, dachte Pompeius. Sertorius wird sterben, mit all seinen Männern. O ja, er wird auf eine sehr schmerzhafte und endgültige Weise erfahren, was es heißt, Gnaeus Pompeius Magnus zu erzürnen!

Doch Sertorius hatte sechstausend Mann vor Pompeius' Kundschaftern verborgen gehalten und sie so aufgestellt, daß dieser sie auf seinem Aussichtspunkt nicht sehen konnte. Diese Truppen fielen jetzt über die ungeschützte Nachhut des Pompeius her und hatten sie zerfetzt, bevor Pompeius in der Vorhut überhaupt etwas davon merkte. Als ihm der Angriff endlich gemeldet wurde, konnte er die Katastrophe nicht mehr aufhalten. Seine Flügel waren schon so weit voraus, daß er ihren Vormarsch nicht mehr bremsen konnte. Sie waren nach innen geschwenkt und hatten die Truppen des Sertorius in ein hartes Gefecht verwickelt – unter Lauros Zinnen. Diese waren dank der Herolde tatsächlich schwarz von Zuschauern, die nun allerdings Zeugen der Katastrophe des Pompeius wurden. Als es ihnen trotz mehrmaliger Versuche nicht gelang herumzuschwenken, versuchten Pompeius und seine Legaten verzweifelt, mit den vier Legionen des Zentrums ein Karree zu bilden. Um die Sache noch schlimmer zu machen, sprengten in diesem Augenblick mehrere Abteilungen der sertorianischen Reiterei hinter der Stadtmauer hervor, umritten die Flügel des Pompeius und nahmen sein Staatspferd an der Spitze des Zentrums aufs Korn.

Eine Katastrophe jagte die andere. Doch die Veteranenlegionen des Pompeius bestanden aus guten Soldaten und wurden von erfahrenen Zenturionen geführt. Sie kämpften verbissen, auch wenn ihnen die Zunge vor Durst am Gaumen klebte und sie mit Grauen feststellen mußten, daß ihr wunderbarer junger Feldherr, den sie so lange für unbesiegbar gehalten hatten, schon wieder übertölpelt worden war. Schließlich gelang es Pompeius und seinen Legaten doch, ihr Karree zu formen und sogar ein Lager zu errichten.

In der Abenddämmerung zog sich Sertorius zurück, und sie konnten das Lager befestigen. Es war von Leichenbergen umgeben und von Hohngeschrei überschüttet, das jetzt nicht mehr nur von den Soldaten des Sertorius, sondern auch von den Bürgern Lauros kam. Pompeius war zu stolz, sich den scharlachroten Feldherrenmantel über den Kopf zu ziehen und über die Niederlage zu weinen. Statt dessen zwang er sich, zwischen seinen halbverdursteten Soldaten umherzugehen und sie mit einem Lächeln hier und ein paar freundlichen Worten da aufzumuntern. Außerdem dachte er darüber nach, wie er Wasser auftreiben konnte, denn er mochte nicht daran denken, wie er sich von dieser Schande je würde reinwaschen können.

Im ersten Licht der Morgendämmerung schickte er Boten zu Sertorius und bat um Zeit, die Toten zu bestatten. Seiner Bitte wurde so großzügig entsprochen, daß er das leichenbedeckte Schlachtfeld verlassen und sein Lager an einen Ort verlegen konnte, wo es reichlich Trinkwasser gab. Danach jedoch überfiel ihn eine tiefe Depression, und er überließ es seinen Legaten, die Leichen zu zählen und sie in tiefen Gräben zu bestatten. Es gab kein Holz in der Nähe, um sie zu verbrennen, und Öl war auch nicht vorhanden. Pompeius zog sich in sein Zelt zurück, während die unverwundeten Soldaten ein stabiles Lager errichteten, das ihm Sertorius vom Leib halten sollte, wenn der Waffenstillstand zu Ende war.

Erst als die Sonne am Tag nach der Schlacht unterging, wagte es Afranius, um eine Audienz zu bitten. Er kam allein.

»Es wird bis zum nächsten Markttag dauern, bis wir mit den Bestattungen fertig sind«, sagte der Erste Legat ohne Umschweife.

Auch Pompeius kam gleich zur Sache. »Wie viele Tote sind es, Afranius?«

»Zehntausend Fußsoldaten und siebenhundert Reiter.«

»Verwundete?«

»Fünftausend sind ziemlich schwer verwundet, und fast alle haben irgendwelche Schnittwunden, blaue Flecken oder Kratzer. Die überlebenden Reiter sind unverletzt, aber sie haben nicht genug Pferde. Sertorius hatte es auf die Pferde abgesehen.«

»Mir bleiben also vier Legionen Fußsoldaten, von denen eine aus Schwerverwundeten besteht, und achthundert Reiter, die nicht genügend Pferde haben.«

»So ist es.«

»Er hat mich verprügelt wie einen Hund.«

Afranius starrte auf die lederne Zeltwand und schwieg.

»Er ist ein Vetter von Gaius Marius, nicht?«

»Das stimmt.«

»Vielleicht ist das der Grund.«

»Vielleicht.«

Beide Männer sagten längere Zeit nichts. Dann brach Pompeius das Schweigen. »Wie soll ich das dem Senat erklären?« sagte er leise. Es klang wie ein Wimmern.

Afranius riß seinen Blick von der Zeltwand los und sah seinem Feldherrn ins Gesicht. Er hatte einen hundertjährigen Greis vor sich. Das Herz wurde ihm schwer. Er liebte Pompeius aufrichtig, als Freund und als Feldherrn. Mehr noch als das normale Mitleid, das man für einen Freund empfindet, schmerzte ihn die plötzliche Erkenntnis, daß Pompeius innerlich verfallen und absterben würde, wenn niemand ihm half, sein Selbstvertrauen zurückzugewinnen. Dieser graugesichtige alte Mann war ihm völlig fremd.

Also sagte er: »Wenn ich du wäre, würde ich die Sache auf Metellus Pius schieben. Sag einfach, er habe seine Provinz nicht verlassen, um dir zu helfen. Außerdem würde ich die Größe von Sertorius' Armee in meinem Bericht verdreifachen.«

Pompeius schreckte entsetzt zurück. »Nein, Afranius. Das kommt überhaupt nicht in Frage!«

»Warum?« fragte Afranius verblüfft; moralische Skrupel hatte er bei Gnaeus Pompeius Magnus noch nie erlebt.

»Erstens«, erklärte Pompeius geduldig, »werde ich Metellus Pius brauchen, wenn überhaupt noch etwas bei dieser spanischen Mission herauskommen soll; ich habe fast ein Drittel meiner Truppen verloren, und ich kann den Senat nicht um Nachschub bitten, bevor ich nicht mindestens einen Sieg vorzuweisen habe. Zweitens ist es möglich, daß jemand aus Lauro nach Rom entkommt, und man würde ihm glauben, was er erzählt. Und drittens bin ich zwar kein Weiser, aber ich glaube trotzdem, daß die Wahrheit meist zum allerungünstigsten Zeitpunkt ans Licht kommt.«

»Ah, jetzt verstehe ich!« brach es aus Afranius heraus, dem ein großer Stein vom Herzen fiel. Pompeius hatte also doch keine moralischen Skrupel; er sah einfach nur den Tatsachen ins Auge.

»Dann weißt du bereits, was du dem Senat erklären mußt«, fügte er verwirrt hinzu.

»Natürlich weiß ich das«, sagte Pompeius gereizt. »Ich weiß nur nicht, *wie* ich es erklären soll! Mit welchen Worten, meine ich! Varro ist nicht da, und wer sonst könnte die richtigen Worte finden?«

»Ich glaube«, sagte Afranius taktvoll, »deine eigenen Worte sind für solche Nachrichten genau das richtige. Die literaturbegeisterten Senatoren werden einfach annehmen, daß du die ungeschminkte Wahrheit in ungeschminktem Stil erzählst – das ist die Art, wie ihre Gehirne funktionieren, wenn du mich fragst. Und die anderen haben keinen Sinn für stilistische Feinheiten und werden an deinen Worten ohnehin keinen Anstoß nehmen.«

Diese ungemein scharfsinnige und logische Argumentation trug einiges dazu bei, Pompeius wieder aufzurichten – oberflächlich zumindest. Die tieferen und grausamer verwundeten Schichten seines Charakters, die seinen Stolz, seine *dignitas* und sein Selbstvertrauen beherbergten, würden langsamer heilen; Narben würden zurückbleiben, und manche Schicht war vielleicht auf immer zerstört.

Immerhin machte sich Pompeius nun daran, den Bericht an den Senat zu schreiben. Der Gestank der verwesenden Leichen stieg ihm in die Nase, und er schonte sich nicht, sondern schilderte offen die verfehlte Strategie, mit der er in die Schlacht gegangen war, und den bodenlosen Leichtsinn, mit dem er die Herolde vor die Mauern Lauros geschickt hatte. Dann ließ er den Entwurf, den er mit einem Griffel auf ein von unzähligen Korrekturen zerfurchtes Wachstäfelchen geschrieben hatte, seinem Sekretär bringen, der ihn in ordentlicher Schrift – ohne Schreib- oder Grammatikfehler – mit Tinte auf Papier kopierte. Nicht, daß er den Brief schon abgeschickt hätte; der Kampf um Lauro war ja noch nicht entschieden.

Sechzehn Tage vergingen. Sertorius setzte die Belagerung der Stadt fort, und Pompeius rührte sich nicht aus dem Lager. Er wußte, daß er nicht ewig untätig bleiben konnte; die Nahrungsmittel gingen schnell zur Neige, und die Pferde und Maulesel wurden zusehends magerer. Doch er konnte sich nicht zurückziehen – solange Lauro belagert wurde und Sertorius tat, was immer er wollte. Er mußte unbedingt Nahrungsmittel beschaffen. Als ihm seine Kundschafter unter Androhung der Folter schworen, daß das Gebiet im Norden völlig frei von sertorianischen Patrouillen sei, schickte er eine große, gut bewaffnete Reiterabteilung los, um in der Gegend von Saguntum Lebensmittel zu requirieren.

Die Männer waren keine zwei Stunden fort, als ihn ein dringender Hilferuf erreichte: Das Gebiet wimmelte nur so von Sertorius' Männern, welche die Reiter einen nach dem anderen vom Pferd holten. Pompeius schickte seinen Reitern eine ganze Legion zu Hilfe und verbrachte die nächsten Stunden damit, rastlos auf den Wällen seines Lagers hin und her zu gehen und angstvoll nach Norden zu starren.

Bei Sonnenuntergang verkündeten ihm die Herolde des Sertorius das Urteil. »Geh nach Hause, Kind!« riefen sie. »Geh heim nach Picenum! Hier stehst du mit echten Männern im Kampf. Na, wie fühlt sich ein Amateur, wenn er es mit einem Profi zu tun bekommt? Willst du wissen, was aus deinen Leuten geworden ist, die Nahrungsmittel beschaffen sollten? Sie sind tot! Bis auf den letzten Mann! Aber diesmal brauchst du dich um ihre Bestattung nicht zu kümmern. Das wird Quintus Sertorius für dich erledigen, fast umsonst! Er hat nur ihre Waffen und Rüstungen in Zahlung genommen! Geh nach Hause, Kind! Heim zur Mama!«

Pompeius fühlte sich wie in einem Alptraum. Es durfte einfach nicht wahr sein, daß plötzlich sertorianische Truppen im Norden aufgetaucht waren, obwohl von den Soldaten, die in der Schlacht gekämpft hatten, nicht ein einziger den Belagerungsring um Lauro verlassen hatte, auch die Reiter nicht, die während der Schlacht hinter der Stadt hervorgeprescht waren.

»Das waren keine regulären Soldaten oder Reiter«, sagte der oberste Kundschafter, bebend vor Furcht. »Das waren Guerillakämpfer. Sie legen wie aus dem Nichts einen Hinterhalt, töten und verschwinden wieder.«

Pompeius war von seinen spanischen Kundschaftern schwer enttäuscht. Er ließ sie alle hinrichten und schwor sich, in Zukunft nur noch seine eigenen Picenter als Kundschafter einzusetzen. Besser, er schickte Männer los, denen er traute und welche die Landschaft nicht kannten, als Männer, die zwar die Landschaft kannten, denen er aber nicht trauen konnte. Dies war die erste Lektion des spanischen Krieges, die er wirklich gelernt hatte, aber es würde nicht die letzte sein. Er dachte nämlich nicht im Traum daran, nach Picenum zurückzukehren. Er wollte in Spanien bleiben und die Sache mit Sertorius zu Ende bringen, und wenn es ihn das Leben kostete! Er würde Feuer mit Feuer, Stein mit Stein, Eis mit Eis bekämpfen. Gleichgültig, wie viele Fehler ihm noch unterlaufen und wie oft diese Personifikation des Bösen, dieser geniale Antirömer, ihn noch in einen Hinterhalt locken sollte, er würde niemals aufgeben. Er hatte sechzehntausend Soldaten und fast seine gesamte Reiterei verloren, aber er würde nicht aufgeben, bis der letzte Mann und das letzte Pferd tot waren.

Der Gnaeus Pompeius Magnus, der sich gegen Ende des Monats Sextilis langsam von Lauro zurückzog, wobei ihm die Schreie der sterbenden Stadt in den Ohren gellten, war ein völlig anderer Mann als der junge Feldherr, der im Frühling in den Süden hinabstolziert war, so überzeugt von seiner eigenen Wichtigkeit, so zuversichtlich und so entsetzlich unvorsichtig. Der neue Gnaeus Pompeius hörte sogar den sertorianischen Herolden höchst aufmerksam zu, die ihm auf dem Fuße folgten und seinen Soldaten das schreckliche Los verkündeten, das auf die Frauen von Lauro warten werde, sobald sie bei ihren neuen Herren im fernen Westen Lusitaniens eingetroffen wären. Außer den Herolden interessierte sich kein Sertorianer mehr für Pompeius, als er hastig Saguntum, Sebelaci und Intibili passierte und den Ebro überquerte. In weniger als dreißig Tagen hatte er seine erschöpften, halbverhungerten Männer in das Winterlager bei Emporiae geführt; und er würde es in diesem unheilvollen Jahr nicht mehr verlassen. Ein Entschluß, der ihm um so leichter fiel, als er hörte, daß Metellus Pius die einzige Schlacht gewonnen hatte, die er hatte schlagen müssen, und zwar auf geniale Art.

Als der ältere Balbus Metellus Pius den Brief des Memmius überbracht hatte, dachte Metellus sofort darüber nach, wie er Memmius aus seiner mißlichen Lage in Neu-Karthago befreien konnte. Auch der Mann, den Sertorius verächtlich das alte Weib nannte, hatte sich verändert. Daß der Senat ausgerechnet den kleinen Schlächter mit einem gleichrangigen Imperium versehen hatte, war für seinen Stolz ein schwerer Schlag gewesen. Vielleicht hatte es tatsächlich dieser monumentalen Beleidigung bedurft, damit der starke Panzer Risse bekam, mit dem sich Metellus gegen Herausforderungen schützte, und damit der edle Kern sichtbar wurde, der sich darunter verbarg. Das Ferkel hatte schwer an dem Fluch – oder Segen – eines überaus selbstherrlichen Vaters zu tragen gehabt, dessen Mut und Arroganz unglaublich war und dessen Starrköpfigkeit an Debilität grenzte. Metellus Numidicus hatte sich von Marius um seinen Krieg gegen Jugurtha betrogen gefühlt, und auch danach hatte ihn dieser Emporkömmling, wie er meinte, immer wieder um die wohlverdienten Ehren betrogen. Er selbst wiederum hatte seinem Sohn keine andere Möglichkeit gelassen, als sich in unerschütterlicher Treue dafür einzusetzen, daß der vergötterte Vater aus dem Exil zurückkehren durfte, an dem ebenfalls Gaius Marius schuldig war. Schließlich war der Sohn doch noch aus dem Schatten des Vaters getreten und im Begriff gewesen, Sullas Lieblingsfeldherr zu werden. Doch da war der zweiundzwanzigjährige Pompeius aufgetaucht und hatte ihn mit einer größeren und besseren Armee ausgestochen.

Da Metellus Pius peinlich genau darauf achtete, sich immer wie ein römischer Adliger zu verhalten, mußte er sich die Befriedigung versagen, seinen Quälgeist Pompeius durch irgendwelche heimlichen Machenschaften in ein schlechtes Licht zu setzen. So geschah es, daß Metellus Pius, ohne daß er es selbst bemerkt hätte, die alte Haut des stotternden Ferkels abstreifte und ein neuer und besserer Feldherr darunter zum Vorschein kam. Nur indem er mehr entscheidende Schlachten gewann als Pompeius, konnte er sich an diesem picentischen Emporkömmling auf eine Weise rächen, die eines römischen Adligen würdig war!

Bezüglich der Kundschafter hatte Metellus Pius seine Lektion schon sehr früh gelernt. Er wählte seine Spione nur noch aus den Reihen seiner eigenen römischen Soldaten, oder er nahm Männer aus dem phönizischen Gades, die sich vor den spanischen Barbaren weit mehr fürchteten als vor den Römern. So erfuhr Metellus Pius schon bald, daß Lucius Hirtuleius und sein jüngerer Bruder mit der spanischen Armee bei Laminium im südlichen Zentralspanien lagerten. Er setzte sein säuerliches Lächeln auf und lehnte sich gemütlich im Sessel zurück, als er erkannte, welche Strategie hinter diesem Schachzug steckte. Dann schickte er in Gedanken einen obszönen Fluch nach Laminium und schwor sich, daß er auch in zehn Jahren noch nicht so dumm sein werde, den Oberlauf der Guadiana oder des Guadalquivir hinaufzumarschieren. Sollte Hirtuleius nur verrotten vor Langeweile!

Um den Lusitaniern zu zeigen, daß er gut auf sie vorbereitet war, residierte er jetzt unweit der Guadianamündung, und nicht mehr hundert Meilen weiter östlich am Guadalquivir, wo er es bequemer gehabt hätte. Er hatte jedoch die Zeit genutzt, um die Befestigungsanlagen seiner Provinz auszubauen, und so hatte er im Juni das Gefühl, daß sie gut genug waren, um den Massen von Lusitaniern standzuhalten, die an der Grenze warteten, auch wenn er selbst sich von der Guadiana entfernte und nur zwei seiner sechs Legionen als Besatzung der Befestigungen zurückließ.

Inzwischen hatte das alte Weib sämtliche Informanten des Sertorius identifiziert und konnte die Strategie in die Tat umsetzen, die er für seinen Geheimdienst entwickelt hatte: Er spielte den sertorianischen Spionen geschickt die Information zu, daß er aus seiner Stellung am Unterlauf der Guadiana abrücke. Aber nicht, um den Oberlauf der Guadiana oder des Guadalquivir hinaufzumarschieren – und Lucius Hirtuleius bei Laminium in die Arme zu laufen –, sondern um Gaius Memmius in Neu-Karthago zu entsetzen. Er wolle, so berichteten die Spione wenige Tage später Hirtuleius, den Guadalquivir zwischen Italica und Hispalis überschreiten, dann den Singilis hinauf in das Solorius-Gebirge marschieren, es an seiner Nordwestflanke bei Acci überqueren, von dort aus nach Basti ziehen und schließlich über Eliocroca auf den Campus Spartarius hinuntersteigen.

Metellus Pius hätte diesen Weg tatsächlich nehmen können, und er legte großen Wert darauf, daß Hirtuleius glaubte, daß er ihn nehmen werde. Er wußte genau, daß Herennius, Perperna und Sertorius vollauf damit beschäftigt waren, Pompeius die dringend notwendigen Lehren zu erteilen. Außerdem wußte er, daß Sertorius fest darauf vertraute, daß Hirtuleius und die spanische Armee das Ferkel in seinem Stall würden festhalten können. Der Weg über Neu-Karthago konnte leicht nach Norden fortgesetzt werden, und wenn Metellus Pompeius bei Lauro mit seinen vier Legionen und der des Gaius Memmius zu Hilfe kam, dann konnte sich die Balance leicht zugunsten des Pompeius verschieben. Also mußte Sertorius diesen Marsch unbedingt verhindern.

Metellus Pius hoffte, daß Hirtuleius Laminium verlassen und sich auf das offene Terrain zwischen der Guadiana und dem Guadalquivir herunterwagen würde. Abseits der Schluchten, in denen die sertorianischen Feldherren so erfolgreich operierten, würde er leichter zu schlagen sein. Kein Sertorianer traute den Völkern in Hispania Ulterior östlich des Guadalquivir. Deshalb hatte Sertorius auch nie versucht, dieses Gebiet zu besetzen. Und wenn Hirtuleius von Metellus' Plänen hörte, würde er bestimmt die Schlacht suchen, bevor Metellus in das sichere Gebiet jenseits des Guadalquivir gelangte. Natürlich hätte Hirtuleius auch einfach in den Norden der Provinz marschieren und Metellus Pius erst auf dem Campus Spartarius erwarten können, einem Gebiet, dessen Bewohner Sertorius erwiesenermaßen freundlich gesinnt waren. Hirtuleius war jedoch viel zu schlau, diesen logischen Schachzug zu machen. Wenn er sich nämlich zu weit aus Zentralspanien entfernte, brauchte Metellus das Ferkel nur kehrtzumachen, um spielend den Paß bei Laminium zu überwinden und auf dem kürzesten Weg zu Pompeius nach Lauro zu marschieren.

Hirtuleius hatte nur eine einzige Möglichkeit: Er mußte in das offene Gelände zwischen der Guadiana und dem Guadalquivir hinunterziehen und Metellus Pius aufhalten, bevor er den Guadalquivir überschritt. Metellus Pius bewegte sich jedoch schneller, als ihm Hirtuleius zugetraut hatte, und stand schon in der Nähe der Stadt Italica am Guadalquivir, als Hirtuleius und die spanische Armee noch einen guten Tagesmarsch entfernt waren. Also trieb Hirtuleius seine Truppen zur Eile an, damit ihm seine Beute nicht über den breiten und tiefen Fluß entschlüpfte.

Der Monat Quinctilis war angebrochen, und Südspanien hatte unter der ersten großen Hitzewelle des Sommers zu leiden. Die Sonne ging hinter dem Solorius-Gebirge auf und brannte unbarmherzig auf das Land herunter, das sich von der Hitze des vorigen Tages noch kaum erholt hatte, denn die windstille, schwüle Nacht hatte ihm kaum Erleichterung verschafft. Metellus Pius ging ausgesprochen fürsorglich mit seinen Truppen um. Er brachte sie im Schatten großer luftiger Zelte unter, achtete darauf, daß sie reichlich kühles Quellwasser tranken, und ließ sie Stirn und Nacken mit Tüchern kühlen, die mit demselben kühlen Quellwasser getränkt waren. Außerdem gab er seinen Männern einen neuen Ausrüstungsgegenstand mit in die Schlacht – einen Schlauch kalten Wassers, den sie an ihrem Gürtel befestigen mußten.

Selbst als sich die Armee des Hirtuleius auf der Straße nach Norden rasch näherte und man die unbarmherzige Sonne schon auf den Speerspitzen seiner Männer aufblitzen sah, ließ Metellus Pius seine Soldaten noch im Schatten ihrer Zelte ruhen und sorgte dafür, daß die Wannen, in die sie ihre kalten Kompressen tauchten, stets mit frischem Wasser gefüllt waren. Erst im allerletzten Moment gab er den Befehl, sich zur Schlacht zu formieren. Daher gingen seine Soldaten ausgeruht und kampflustig in Stellung und unterhielten sich vergnügt darüber, wie sie einander während der Schlacht zu einem dringend benötigten Schluck aus dem Wasserschlauch würden verhelfen können.

Die spanische Armee hingegen hatte bereits zehn harte Meilen unter der brennenden Sonne zurückgelegt. Sie führte zwar reichlich Wasser auf Lasteseln mit, fand aber vor der Schlacht nicht mehr die Zeit, eine Pause zu machen und zu trinken. Hirtuleius hatte keine Chance, mit seinen ausgetrockneten Männern die Schlacht zu gewinnen. Einmal wurden die feindlichen Feldherren sogar in einen Kampf Mann gegen Mann verwickelt – ein Ereignis, das seit den Tagen Homers kaum mehr vorgekommen war –, und obwohl Hirtuleius jünger und stärker war als Metellus Pius, gewann sein gut getränkter und gekühlter Gegner die Oberhand. Sie wurden im Schlachtgetümmel wieder voneinander getrennt, bevor der Kampf wirklich entschieden war, aber Hirtuleius hatte eine Wunde am Schenkel davongetragen und Metellus Pius den Ruhm. Nach einer Stunde war alles vorbei. Die spanische Armee löste sich auf, floh nach Westen und ließ viele tote und erschöpfte Männer auf dem Schlachtfeld zurück. Erst als Hirtuleius die Guadiana überquert und Lusitanien erreicht hatte, konnte er seinen Männern erlauben, eine Rast einzulegen.

»Ist das nicht ein wunderbarer Anblick?« sagte Metellus Pius zu seinem Sohn, als sie der kleiner werdenden Staubwolke im Westen Italicas nachblickten.

»*Papa*, du warst einfach toll!« schrie der junge Mann, der in seiner Begeisterung ganz vergessen hatte, daß er viel zu erwachsen war, um diese kindliche Bezeichnung zu benutzen.

»Und jetzt«, sagte das Ferkel mit stolzgeschwellter Brust, wobei er im Geiste schon die Briefe an Pompeius und den Senat formulierte, »nehmen wir alle ein kühles Bad im Fluß und schlafen uns ordentlich aus, bevor wir morgen nach Gades aufbrechen.«

Metellus Scipio blieb der Mund offen stehen. »Nach Gades? Warum denn nach Gades?«

»Natürlich nach Gades!« Metellus Pius versetzte seinem Sohn einen Stoß zwischen die Schultern. »Komm mit in den Schatten, Junge! Ich kann es mir nicht leisten, daß einer von meinen Leuten einen Sonnenstich bekommt, denn ich brauche euch bis zum letzten Mann. Würde es dir nicht gefallen, dieser Hitze durch eine lange Seereise zu entkommen?«

»Eine lange Seereise? Wohin?«

»Nach Neu-Karthago natürlich, um Gaius Memmius zu befreien.«

»Du bist einfach genial, Vater!«

Dieser Satz klang Metellus Pius mindestens ebenso angenehm in den Ohren wie der donnernde Jubel und die »Imperator«-Rufe, mit denen ihn sein Heer nach der Schlacht geehrt hatte. Ich habe es geschafft! dachte er, während er seinen Sohn in den Schatten des Feldherrenzeltes schob. Ich habe Quintus Sertorius' bestem Feldherrn eine entscheidende Niederlage beigebracht.

Die Flotte, die von Gades aus in See stach, war gewaltig, und sie war hervorragend bewacht von allen Kriegsschiffen, die der Statthalter hatte auftreiben können. Die Frachtschiffe waren mit Weizen, Öl, gesalzenem Fisch, Trockenfleisch, Kichererbsen, Wein und sogar Salz beladen, damit Neu-Karthago nicht verhungern würde, obwohl es zu Lande von den Contestanern und zur See von Piraten blockiert wurde.

Nachdem er Neu-Karthago mit Lebensmitteln versorgt hatte, nahm Metellus Pius die Legion des Gaius Memmius an Bord der leeren Frachtschiffe und segelte in gemütlichem Tempo die Ostküste von Hispania Citerior hinauf. Es amüsierte ihn köstlich, wie die Piratenschiffe davonschossen, wenn sie seiner Flotte ansichtig wurden. Die Piraten hatten zwar in den gleichen Gewässern vor einigen Jahren die Flotte Gaius Cottas in einer regelrechten Seeschlacht geschlagen. Aber sie hatten offensichtlich nicht den geringsten Appetit auf ein gesalzenes Ferkel.

Für Metellus Pius, dieses Musterexemplar eines römischen Adligen, war es selbstverständlich, daß er Gaius Memmius und seine Legion bei Pompeius in Emporiae abliefern würde. Und wenn er dort sein Licht nicht gerade unter den Scheffel stellen und sich vielleicht ein bißchen zu mitleidig über den miserablen Sommer äußern würde, den Pompeius hinter sich hatte, dann schuldete ihm Pompeius dieses kleine Vergnügen. Denn schließlich hatte er versucht, ihm die Schau zu stehlen.

Als die Flotte die berühmte Piratenhochburg Dianium passiert hatte und für die Nacht in einer kleinen, versteckten Bucht vor Anker gegangen war, stahl sich ein kleines Boot aus dem Hafen von Dianium und hielt auf die Bucht zu. Dem Boot entstieg der jüngere Balbus, und er hatte viel zu berichten.

»Ach, wie schön ist es, wieder unter Freunden zu sein«, sagte er in seinem weichen, lispelnden Latein zu Metellus Pius, Metellus Scipio und Gaius Memmius – und zu seinem Onkel, den gesund und wohlbehalten wiederzusehen ihn sehr glücklich machte.

»Ich schätze, du hast es nicht geschafft, mit meinem Kollegen Gnaeus Pompeius in Kontakt zu treten«, sagte Metellus Pius.

»Nein, Quintus Caecilius. Ich bin nur bis Dianium gekommen. Die ganze Küste von der Mündung des Sucro bis zum Tader wimmelt nur so von Sertorianern, und man sieht mir zu sehr an, daß ich aus Gades stamme. Also hätten sie mich bestimmt gefangengenommen und gefoltert. In Dianium dagegen gibt es viele Leute, die punisch aussehen. Deshalb hielt ich es für klüger, dort zu bleiben und mich unauffällig umzuhören.«

»Und was hast du gehört, Balbus Minor?«

»Oh, ich habe nicht nur gehört! Ich habe auch gesehen«, sagte Balbus mit leuchtenden Augen. »Es ist noch keine zwei Markttage her, da hat eine große Flotte im Hafen angelegt. Sie hatte den weiten Weg von Pontos hierher zurückgelegt, und sie kam direkt von König Mithridates.«

Die Römer lehnten sich gespannt vor.

»Weiter«, sagte Metellus Pius sanft.

»An Bord des Flaggschiffs befanden sich zwei Gesandte des

Königs; beide sind römische Deserteure. Ich glaube, sie sind früher Legaten gewesen und haben einen Teil von Fimbrias Truppen befehligt. Sie heißen Lucius Magius und Lucius Fannius.«

»Ich habe ihre Namen auf Sullas Proskriptionslisten gesehen«, sagte Metellus Pius.

»Sie haben Quintus Sertorius, der vier Tage nach ihrer Ankunft nach Dianium kam, um die Verhandlungen persönlich zu führen, dreitausend Talente in Gold und vierzig Kriegsschiffe angeboten.«

»Was war der Preis?« knurrte Gaius Memmius.

»Daß Sertorius, wenn er Diktator von Rom wird, dem Mithridates den Besitz aller Länder bestätigt, die er bereits beherrscht, und daß er ihm erlaubt, sein Königreich weiter zu vergrößern.«

»Wenn Sertorius Diktator von Rom wird?« platzte Metellus Scipio empört heraus. »Das wird nie passieren!«

»Sei still, mein Sohn!« sagte Metellus Pius, der seine eigene Empörung gut verbarg. »Und laß den guten Balbus Minor fortfahren.«

»Quintus Sertorius war mit den Bedingungen des Königs einverstanden. Mit *einer* Einschränkung: Asia und Cilicia bleiben römische Provinzen. Die Gesandten stimmten im Namen ihres Königs zu, sagten allerdings, sie müßten dem König zuerst persönlich Bericht erstatten, damit er das Abkommen formell bestätigen könne.«

»Ist die pontische Flotte noch in Dianium?«

»Nein, Quintus Caecilius. Sie ist nach neun Tagen wieder abgesegelt.«

»Hat irgendwelches Gold den Besitzer gewechselt, und hat Sertorius schon Schiffe bekommen?«

»Noch nicht. Erst im Frühjahr. Aber Quintus Sertorius hat dem König einen Vertrauensbeweis geschickt.«

»In welcher Form?«

»Er hat dem König eine ganze Zenturie seiner besten spanischen Guerillatruppen geschickt. Sie stehen unter dem Kommando von Marcus Marius, einem jungen Mann, auf den er große Stücke hält.«

Metellus Pius runzelte die Stirn. »Marcus Marius? Wer ist denn das?«

»Ein unehelicher Sohn des Gaius Marius. Er wurde von einer

Frau aus dem Stamm der Baeturi geboren, als Marius vor achtundvierzig Jahren Proprätor in Hispania Ulterior war.«

»Dann ist dieser Marcus Marius gar nicht mehr so jung«, sagte Gaius Memmius.

»Das stimmt«, sagte Balbus zerknirscht. »Es tut mir leid, daß ich einen falschen Eindruck erweckt habe.«

»Ihr Götter!« rief Metellus Pius belustigt. »Das ist doch keine strafbare Handlung, Mann! Sprich weiter!«

»Marcus Marius hat Spanien nie verlassen. Obwohl er gut Latein spricht und eine ordentliche Erziehung genoß – Marius wußte von ihm und ließ ihn keineswegs mittellos zurück –, hat er sich für die Sache der spanischen Barbaren entschieden. Er war der erfolgreichste Guerillaführer des Quintus Sertorius – ein Spezialist für Angriffe aus dem Hinterhalt.«

»Und nun hat ihn Sertorius zu Mithridates geschickt, damit er ihm beibringt, wie man Überfälle macht und Leute ausplündert«, sagte Metellus Scipio. »Sehr verdienstvoll, Sertorius!«

»Das Geld und die Schiffe werden in Dianium abgeliefert?« fragte Metellus Pius.

»Ja. Im Frühjahr, wie ich gesagt habe.«

Diese sensationellen Neuigkeiten boten Metellus Pius auf dem ganzen Weg nach Emporiae genügend Stoff zum Nachdenken und Briefeschreiben. Er hatte nie in Betracht gezogen, daß Sertorius Pläne haben könnte, die darüber hinausgingen, als eine Art römischer König über ganz Spanien zu herrschen. Seine Sache war immer als absolut untrennbar von der Sache der spanischen Bevölkerung erschienen.

»Nun«, sagte Metellus Pius zu Pompeius, als er in Emporiae eingetroffen war, »ich glaube, es wird höchste Zeit, daß wir uns diesen Quintus Sertorius einmal genauer ansehen. Die Eroberung Spaniens ist nur sein erster Schritt. Wenn wir beide ihn nicht aufhalten, wird er eines Tages mit seinem hübschen weißen Diadem vor den Toren Roms stehen, und die Römer brauchen es ihm nur noch aufzusetzen. *König von Rom!* Und Verbündeter von Mithridates und Tigranes.«

Metellus Pius hatte sich sehr darauf gefreut, ein bißchen Salz in die offenen Wunden des Pompeius zu streuen, nun aber merkte er, daß er darauf verzichten mußte. Er brauchte nur einen Blick in das blasse Gesicht und die leeren Augen des kleinen Schlächters von einst zu werfen, und hatte verstanden, daß er diesen Pompeius nicht an seine Schwächen erinnern durfte, sondern ihn psychisch wieder aufbauen mußte. Numidicus, der Vater des Metellus Pius, hätte um seiner Ehre willen trotzdem Salz in die Wunden gestreut, aber sein Sohn hatte zu lange im Schatten seines Vaters gelebt, um einem derart übersteigerten Ehrbegriff zu huldigen.

Damit die Reparaturarbeiten nicht gefährdet wurden, die Metellus Pius an Pompeius' erschüttertem Selbstbewußtsein zu verrichten gedachte, schickte er seinen taktlosen und hochnäsigen Sohn mit Aulus Gabinius nach Gallia Narbonensis, um Pferde und Reiter zu rekrutieren. Dann gewann er Gaius Memmius als Verbündeten für seine therapeutische Aufgabe und beauftragte Afranius und Petreius, die arg geschrumpfte Armee des Pompeius zu reorganisieren. Er vermied es mehrere Tage lang, das Gespräch auf den mißglückten Feldzug des vergangenen Sommers zu bringen. Dabei kam es ihm sehr gelegen, daß die Nachrichten aus Dianium genügend neuen und anregenden Gesprächsstoff boten.

Schließlich, als bereits der Dezember nahte und Metellus Pius dringend in seine Provinz zurückkehren mußte, kam er doch noch auf das heiße Thema zu sprechen.

»Ich finde es nicht notwendig, auf Ereignissen herumzureiten, die bereits der Vergangenheit angehören«, sagte er knapp. »Was wir bereden müssen, sind die Feldzüge des kommenden Jahres.«

Pompeius hatte Metellus Pius immer ganz gern gemocht. Doch jetzt wünschte er sich, daß Metellus ihn so richtig zur Schnecke gemacht hätte. Ein gesunder Haß auf das Ferkel hätte es ihm ermöglicht, seine Ansichten als wertlos abzutun. Nun aber machte ihm das Zartgefühl und die echte Freundlichkeit seines Kollegen die eigenen Unzulänglichkeiten erst recht bewußt. Offensichtlich maß ihm Metellus nicht genügend Bedeutung bei, um ihn zu verachten. Er war für ihn nur einer von vielen jungen Militärtribunen, die bei ihrer ersten selbständigen Mission auf die Nase gefallen waren. Solchen Leuten mußte man aufhelfen, ihnen den Staub von den Kleidern klopfen und sie wieder aufs Pferd setzen.

Doch diese Haltung machte es immerhin möglich, daß die beiden freundschaftlich zusammensitzen konnten. Vor seinen Niederlagen gegen Sertorius hätte Pompeius bei einem solchen Kriegsrat sofort das Gespräch bestimmt, nun aber saß er einfach da und wartete darauf, daß Metellus Pius einen Plan entwickelte.

»Diesmal«, sagte Metellus, »werden wir zusammen losmarschieren und Sertorius am Sucro stellen. Keiner von uns hat ein Heer, das groß genug wäre, diese Aufgabe allein zu bewältigen. Ich kann allerdings nicht über Laminium marschieren, weil dort Hirtuleius mit der spanischen Armee auf mich wartet. Also werde ich einen recht großen Umweg machen müssen, und zwar so heimlich wie möglich. Nicht, daß wir verhindern könnten, daß Sertorius und mit ihm Hirtuleius von meinem Anmarsch erfährt. Aber Hirtuleius wird Laminium verlassen müssen, um mich aufzuhalten, und er wird das erst tun, wenn Sertorius es befiehlt. Sertorius ist ein absoluter Autokrat, was militärische Angelegenheiten betrifft.«

»Auf welchem Weg willst du denn marschieren?« fragte Pompeius.

»Er wird mich weit nach Westen führen, durch Lusitanien. Ich werde schließlich in Segovia herauskommen.«

»Segovia! Aber das ist ja am Ende der Welt!«

»Stimmt. Aber ich werde Sertorius Sand in die Augen streuen, und ich werde Hirtuleius umgehen. Sertorius wird glauben, daß ich in das Gebiet am Oberlauf des Ebro einmarschieren und es ihm abnehmen will, während er mit dir beschäftigt ist. Er wird Hirtuleius losschicken, um mich aufzuhalten, weil Laminium über hundert Meilen näher bei Segovia liegt als der Ort, wo er selbst sich aufhält.«

»Was genau soll ich dabei tun?« fragte Pompeius demütig.

»Bleibe bis Mai in deinem Lager in Emporiae. Ich werde zwei Monate brauchen, um Segovia zu erreichen, also muß ich mich lange vor dir auf den Weg machen. Wenn du selbst losmarschierst, mußt du äußerste Vorsicht walten lassen. Der wichtigste Teil unseres Plans besteht darin, daß es so aussehen muß, als ob du dich mit einem bestimmten Ziel und völlig unabhängig von mir bewegst. Aber du darfst Valentia keinesfalls vor Ende Juni erreichen.«

»Wird Sertorius versuchen, mich bei Saguntum oder Lauro zu stellen?«

»Das glaube ich kaum. Er kämpft nicht zweimal auf dem gleichen Territorium. Und die Gegend um Saguntum und Lauro kennst du ja inzwischen gut.«

Pompeius wurde dunkelrot im Gesicht, aber er sagte nichts.

Metellus das Ferkel sprach weiter, als ob er den Wechsel von Pompeius' Gesichtsfarbe nicht bemerkt hätte. »Nein, er wird dich diesmal bis Valentia durchkommen lassen. Das Gebiet ist neu für dich, verstehst du? Herennius und der Verräter Perperna halten Valentia noch immer besetzt, aber ich glaube nicht, daß sie dort warten werden, bis du sie belagerst – Sertorius stellt sich nicht gerne in Küstenstädten, er kämpft lieber in seinen Bergfesten – die sind uneinnehmbar.«

Metellus Pius machte eine Pause und blickte Pompeius forschend ins Gesicht, das wieder seine alte gramvolle Blässe angenommen hatte. Aber er registrierte ehrlich erfreut, daß ihn die Augen wach und interessiert anblickten. Gut! Er war also voll bei der Sache.

»Von Segovia aus werde ich an den Sucro marschieren. Denn ich glaube, daß dich Sertorius dort zur Schlacht zwingen wird.«

Pompeius ließ sich die Sache mit gerunzelter Stirn durch den Kopf gehen, der, wie Metellus sogleich merken würde, noch immer gut funktionierte. Pompeius hatte lediglich nicht mehr das Selbstvertrauen, eigene Pläne zu machen. Aber ein paar Siege würden genügen, um sein Selbstvertrauen wiederherzustellen. Pompeius' Charakter war bereits gebildet. Er konnte nicht mehr völlig umgeformt werden. Nur erschüttert.

»Aber ein Marsch von Segovia an den Sucro wird dich mitten durch das trockenste Gebiet in ganz Spanien führen!« protestierte Pompeius. »Es ist eine absolute Wüste! Und bis du den Sucro erreichst, mußt du einen Gebirgszug nach dem andern überqueren, anstatt im Tal zu marschieren. Ein fürchterlicher Marsch!«

»Genau darum will ich ihn machen«, sagte Metellus Pius. »Niemand hat diese Route je freiwillig gewählt, und Sertorius wird gewiß nicht damit rechnen, daß sie ausgerechnet von *mir* genommen wird. Ich hoffe, daß ich den Sucro erreiche, bevor seine Kundschafter herausfinden, daß ich dort bin.« Seine braunen Augen ruhten wohlgefällig auf seinem Gegenüber. »Du hast deine Karten und Berichte genau studiert, Pompeius, daß du das Land so gut kennst.«

»Das habe ich, Quintus Caecilius«, sagte Pompeius, erfreut über das Lob. »Es kann eigene Erfahrungen nicht ersetzen, aber es ist das Beste, was man tun kann, bis man Erfahrungen gesammelt hat.«

»Du hast schon angefangen, Erfahrungen zu sammeln«, sagte Metellus Pius herzlich. »Keine Sorge.«

»Schlechte Erfahrungen«, murmelte Pompeius.

»Keine Erfahrung ist schlecht, Gnaeus Pompeius. Vorausgesetzt, sie führt schließlich zum Erfolg.«

Pompeius zuckte die Schultern. »Kann schon sein.« Er blickte verlegen auf seine Hände. »Wo soll ich sein, wenn du den Sucro erreichst? Und wann glaubst du, daß du dort bist?«

»Sertorius selbst wird den Sucro nicht verlassen, um nach Norden an die Turia zu marschieren«, sagte Metellus Pius fest. »Herennius und Perperna versuchen vielleicht, dich bei Valentia aufzuhalten, aber ich glaube, sie werden den Befehl haben, sich zu Sertorius an den Sucro zurückzuziehen. Ich will versuchen, bis Ende Quinctilis in der Nähe von Sertorius zu sein. Das bedeutet, wenn du die Turia bereits Ende Juni erreichst, mußt du eine gute Ausrede finden, warum du dich einen ganzen Monat dort aufhältst. Was immer geschieht, du darfst auf keinen Fall vor Ende Quinctilis weiter nach Süden marschieren, um Sertorius selbst zu treffen. Wenn du das tust, kann ich dir nicht zu Hilfe kommen. Sertorius hat das Ziel, dich und deine Legionen von der spanischen Landkarte zu putzen – dann wäre er mir an Truppen haushoch überlegen. Und ich würde untergehen.«

»Letztes Jahr habe ich dich aufsteigen sehen, Quintus Caecilius.«

»Das war vielleicht ein Zufall; jedenfalls hoffe ich, daß Sertorius das glaubt. Wenn ich Hirtuleius wieder treffen und erneut besiegen sollte, dann werde ich jedenfalls versuchen, diesen Erfolg vor Sertorius geheimzuhalten, bis ich mich mit dir vereinigt habe. Das kannst du mir glauben.«

»Wie ich gehört habe, soll das in Spanien schwierig sein. Sertorius erfährt doch alles.«

»So wird behauptet. Aber ich bin jetzt auch ein paar Jahre in Spanien, und Sertorius' Vorsprung schmilzt dahin. Sei unbesorgt, Gnaeus Pompeius! Wir werden gewinnen!«

Pompeius war vielleicht nicht gerade guter Stimmung, nachdem Metellus Pius aufgebrochen war, um seine Flotte zurück nach Gades zu bringen, aber sein Selbstvertrauen war deutlich gestärkt. Er verließ sein Quartier und half Afranius, Petreius und den nachgeordneten Legaten, seiner neustrukturierten Armee den letzten Schliff zu verpassen. Er hatte kein schlechtes Gewissen, daß er dem Ferkel eine seiner Legionen abgenommen hatte, denn ohne sie hätte er überhaupt nicht ins Feld ziehen können. Die genaue Zahl seiner Soldaten ließ ihm zwei Alternativen: Er konnte fünf unterbesetzte Legionen bilden oder vier von normaler Stärke. Da er militärisch durchaus kein Trottel war, entschied er sich für fünf Legionen; mit fünf konnte man besser manövrieren als mit vier. Es fiel ihm schwer, seinen überlebenden Soldaten in die Augen zu sehen, was er seit seiner Niederlage das erste Mal wirklich tat. Zu seiner freudigen Überraschung machten sie ihm jedoch aus dem Tod so vieler Kameraden keinen Vorwurf. Statt dessen waren sie fest entschlossen, Sertorius das Leben schwerzumachen, und sie waren wie früher bereit, alles zu tun, was ihr wunderbarer junger Feldherr befahl.

Da der Winter im Tiefland mild und ungewöhnlich trocken war, konnte Pompeius seine neuen Truppeneinheiten zusammenschweißen, indem er sie ein Stück den Ebro hinaufführte und mehrere sertorianische Städte eroberte – zumindest Biscargis und Celsa waren groß genug, daß ihr Velust Sertorius schmerzen mußte. Danach zog sich Pompeius wieder in sein Lager nach Emporiae zurück und bereitete seinen Marsch an die Küste vor.

Er erfuhr aus einem Brief von Metellus Pius', daß Sertorius Herennius als Befehlshaber in Osca zurückgelassen hatte und nach Dianium gereist war, um die vierzig Kriegsschiffe und dreitausend Talente Gold persönlich in Empfang zu nehmen. Danach war er mit Perperna nach Lusitanien aufgebrochen und hatte Hirtuleius bei der Ausbildung neuer Männer geholfen, um die argen Lücken in den Reihen der spanischen Armee zu schließen.

Pompeius hatte seinen eigenen Geheimdienst beträchtlich verbessern können, weil ihm Metellus Pius Onkel und Neffe Balbus überlassen hatte und weil seine picentischen Kundschafter besser zurechtkamen, als er erwartet hatte.

Wie verabredet begann er seinen Marsch erst Anfang Mai und

bewegte sich mit extremer Vorsicht. Er überschritt bei Dertosa den Ebro, und da er auf dem Land aufgewachsen war, registrierte er automatisch, daß das fruchtbare und intensiv bewirtschaftete Tal für die Jahreszeit sehr trocken wirkte. Der Weizen auf den Feldern stand weniger dicht als er hätte stehen sollen, und trug noch keine Ähren.

Wieder war keine Spur vom Feind zu sehen, aber auf seinem zweiten Marsch in den Süden hatte Pompeius daran keine Freude mehr. Er wurde noch vorsichtiger und hielt seine Marschkolonne in ständiger Verteidigungsbereitschaft. An Saguntum und Lauro eilte er mit abgewandtem Gesicht vorbei; Saguntum stand noch, aber Lauro war nur noch eine schwarze, leblose Ruine. Nachdem er eine Botschaft abgeschickt hatte, von der er hoffte, daß sie Metellus Pius in Segovia erreichen werde, betrat er Ende Juni das breite, fruchtbare Tal der Turia, an deren jenseitigem Ufer die große, gut befestigte Stadt Valentia stand.

Hier traf er auf Herennius und Perperna, die ihn auf der schmalen Ebene zwischen der Stadt und dem Fluß erwarteten. Wie ihn seine Kundschafter informierten, hatten sie ebenfalls fünf Legionen, verfügten jedoch über dreißigtausend Mann, während seine fünf Legionen nur aus zwanzigtausend Mann bestanden. Am größten war ihre Überlegenheit bei der Reiterei, die Pompeius' Kundschafter auf etwa tausend gallische Reiter schätzten. Dagegen war die Reiterei des Pompeius nur vierhundert Mann stark, obwohl Metellus Scipio und Aulus Gabinius in Gallia Narbonensis emsig Reiter rekrutiert hatten.

Immerhin konnte er sich auf die Informationen seiner picentischen Kundschafter verlassen, und er glaubte ihnen auch, als sie ihm versicherten, daß sich das Kundschaften in Spanien von dem in Italien nicht wesentlich unterschied. Als er mit Sicherheit wußte, daß keine sertorianischen Horden in seinem Rücken auf der Lauer lagen, die nur darauf warteten, seine Nachhut anzugreifen oder ihm in die Flanken zu fallen, schickte er seine Armee über die Turia – und in die Schlacht.

Der Fluß hatte eine flache Uferböschung und stellte kein Hindernis dar; sein Bett war hart wie Stein, und das Wasser reichte nur bis zu den Knöcheln. Da das Gelände keiner Seite einen taktischen Vorteil bot, entwickelte sich eine ganz normale Schlacht, die von dem Heer mit der besseren Moral und der größeren Kampfkraft gewonnen würde. Die einzige Neuerung, die Pompeius einführte, war aus seinem Mangel an Reitern entstanden. Er hatte zu Recht angenommen, daß Perperna und Herennius versuchen würden, mit ihrer überlegenen Reiterei seine Flanken aufzurollen. Deshalb hatte er an den Außenseiten seiner Flügel Truppen mit den altmodischen Speeren der griechischen Phalanx aufgestellt und ihnen befohlen, mit den furchterregenden, fünfzehn Fuß langen Waffen auf die Pferde, und nicht auf die Reiter zu zielen.

Der Kampf war hart und zog sich lange hin. Herennius war als Feldherr längst nicht so begabt wie Sertorius oder Hirtuleius, und er merkte erst, als es zu spät war, daß ihm in dieser Schlacht das schlimmste Los beschieden war. Perperna, der westlich von ihm kämpfte, befolgte keinen einzigen seiner Befehle. Die beiden Männer hatten sich, bevor die Schlacht begann, nicht einigen können, wie sie zu führen war; und so kämpften sie schließlich als zwei getrennte Einheiten. Für Pompeius war dies allerdings nicht erkennbar. Er erfuhr erst später davon.

Die Schlacht endete mit einer schweren Niederlage für Herennius, aber nicht für Perperna. Herennius beschloß, lieber zu sterben, als den Krieg auf Geheiß des Sertorius zusammen mit einem so verräterischen und hassenswerten Mann wie Perperna fortzusetzen, und warf sein Leben auf dem Schlachtfeld weg. Als er fiel, verließ seine drei Legionen und die ihm direkt unterstellte Reiterei der Mut. Zwölftausend Männer starben, und Perperna zog sich mit den überlebenden achtzehntausend zu Sertorius an den Sucro zurück.

Pompeius hatte nicht vergessen, daß Metellus Pius ihn gewarnt hatte, vor Ende des Monats Quinctilis am Sucro einzutreffen. Also verfolgte er Perperna nicht. Dieser Sieg hatte seinem angekratzten Selbstvertrauen überaus gut getan. Wie herrlich war es doch, daß seine Veteranen ihm wieder zujubelten! Und daß er die Adler und Standarten mit dem wohlverdienten Lorbeer schmücken konnte!

Valentia war durch Perpernas Abzug praktisch wehrlos geworden. Nur seine Mauern trennten die Bewohner noch von der Rache der Römer. Pompeius unterzog die Mauern einer gründlichen Inspektion, bis er mehr Schwachpunkte erkannte, als für eine erfolgreiche Belagerung nötig waren. Er grub nur ein paar Tunnel, legte Feuer an einem hölzernen Abschnitt der Befestigungsanlagen, spürte die Wasserzufuhr auf und schnitt sie ab, und Valentia ergab sich. Darauf ließ Pompeius sämtliche Lebensmittel aus der Stadt bringen und in einem stillgelegten Steinbruch unter einer Schicht Torf verstecken. Sodann schickte er die gesamte Bürgerschaft von Valentia auf den Sklavenmarkt in Neu-Karthago – per Schiff, denn die römische Flotte von Hispania Ulterior kreuzte dank weiser Voraussicht eines gewissen römischen Ferkels gerade in jenen Gewässern, und von den vierzig Triremen, die Sertorius jetzt besaß, war keine Spur zu sehen. Sechs Tage vor Ende des Quinctilis machte sich Pompeius auf den Weg zum Sucro, wo er wie erwartet auf Sertorius und Perperna stieß. Sie hatten auf der Ebene, die sich zwischen Pompeius und dem Fluß erstreckte, zwei getrennte Lager aufgeschlagen.

Wie bei der Schlacht an der Turia bot auch hier das Gelände dem Feind keine taktischen Vorteile. Nicht einmal in der weiteren Umgebung gab es Hügel, größere Wälder, Gehölze oder Schluchten, wo Sertorius Reiter oder Guerillakämpfer hätte verstecken können. Die nächstgelegene Stadt war das kleine Saetabis, fünf Meilen südlich des Flusses. Und der Fluß war breiter als die Turia und für seinen Treibsand berüchtigt.

Pompeius stand vor einem schweren Dilemma. Er hatte nichts von Metellus Pius gehört und wußte deshalb nicht, ob er mit Verstärkung rechnen konnte. Wenn er nun die Schlacht hinausschob, bis sich Metellus Pius mit ihm verband – immer vorausgesetzt, daß er überhaupt kam –, würde sich Sertorius vielleicht in ein Gebiet zurückziehen, das für ihn günstigere Voraussetzungen bot. Oder er würde vielleicht den Braten riechen und darauf kommen, daß Pompeius die Schlacht verzögerte, weil er Verstärkung erwartete. Andererseits war Pompeius, wenn er sich mit seinen zwanzigtausend Mann sofort zum Kampf stellte, zahlenmäßig weit unterlegen, denn Sertorius verfügte über fast vierzigtausend Soldaten. Reiter dagegen waren dank der Verluste des Herennius inzwischen auf beiden Seiten knapp.

Am Ende war es die Furcht, daß Metellus Pius überhaupt nicht kommen könnte, die Pompeius zur Schlacht trieb – wenigstens redete er sich das ein, denn er wollte sich nicht eingestehen, daß sein altes ruhmsüchtiges Selbst wiedererwacht war und ihm einflüsterte, daß er seinen Triumph nicht mit Metellus Pius würde teilen müssen, wenn er sofort kämpfte. Der Kampf mit Herennius war nur ein Vorspiel dieser Schlacht mit Sertorius gewesen, und Pompeius brannte darauf, die Schmach zu tilgen, die ihm Sertorius angetan hatte. Ja, sein Selbstvertrauen war wiederhergestellt! Und so ließ Gnaeus Pompeius Magnus am vorletzten Tag des Quinctilis in der Morgendämmerung das gewaltige Lager hinter sich, das er hatte errichten lassen, und stellte sich mit seinen fünf Legionen und vierhundert Reitern in der Ebene zur Schlacht.

Quintus Caecilius Metellus Pius hatte sein komfortables Quartier vor den Mauern Italicas auf dem Westufer des Guadalquivir an den Kalenden des April verlassen und war auf die Guadiana zumarschiert. Er nahm seine gesamte Streitmacht mit – sechs Legionen mit einer Gesamtstärke von fünfunddreißigtausend Mann und tausend leichte numidische Reiter. Da die aristokratische Flüssigkeit, die in seinen Adern floß, nicht durch bäuerliches Blut verdünnt war, fiel ihm nicht auf, daß das bestellte Land, das er durchquerte, nicht so grün aussah wie in anderen Jahren und die Feldfrüchte weniger üppig sprossen. Er führte in seiner Verpflegungskolonne Getreide im Überfluß mit und hatte auch genügend andere Nahrungsmittel dabei, um die Mahlzeiten seiner Männer abwechslungsreich zu gestalten und Mangelkrankheiten vorzubeugen.

Als er die Guadiana etwa hundertfünfzig Meilen oberhalb ihrer Mündung überquerte, traten ihm keine Lusitanier entgegen. Das freute ihn, denn es bedeutete, daß die Lusitanier keine Ahnung hatten, wo er sich befand, und noch immer an der Küste auf ihn warteten. Obwohl so weit stromaufwärts keine größeren Siedlungen existierten, gab es doch ein paar Weiler, und der Boden des Tals war bestellt. Also würde die Nachricht von seiner Ankunft mit Sicherheit den Strom hinunter zu den versammelten Stammeskriegern wandern. Bis sie jedoch hier waren, hatte er die Guadiana schon weit hinter sich gelassen. Sie konnten ihn dann zwar verfolgen, aber sie würden ihn niemals einholen!

Der römische Heerzug marschierte zügig durch das sanfte Hügelland und bewegte sich auf Turmuli am Tagus zu. Gelegentlich kam es zu Gefechten mit lokalen Kriegern, aber sie wurden verjagt wie lästige Fliegen auf dem Rumpf eines Pferdes. Da Metellus nach Segovia wollte, überquerte er den Tagus und marschierte querfeldein in nordwestlicher Richtung weiter.

Die Straße, auf der er sich bewegte, war wenig mehr als eine primitive Wagenspur, aber wie bei solchen Pfaden üblich, überquerte sie das westliche Hochplateau auf dem Weg des geringsten Widerstands; die Höhenunterschiede betrugen nie mehr als tausend Fuß, und sie stieg nie höher als zweitausendfünfhundert Fuß. Metellus Pius war das Gebiet unbekannt, und so sah er sich interessiert um und befahl seinen Geographen, alles genau zu kartographieren und zu beschreiben. Menschen gab es wenig, und wenn die Römer doch welche trafen, wurden sie sofort getötet.

Und weiter marschierten sie, durch herrliche Mischwälder aus Eichen, Buchen, Ulmen und Birken vor der zunehmenden Sonnenhitze geschützt. Der Sieg über Hirtuleius hatte die Männer mit ungeheurer Zuversicht erfüllt. Und er hatte bei ihrem Feldherrn zu einer neuen Einstellung geführt, was ihr Wohlergehen betraf. Metellus Pius war fest entschlossen, sie nicht mehr leiden zu lassen als unbedingt nötig, und da er außerdem wußte, daß er gut in der Zeit war, achtete er darauf, das Marschtempo so zu halten, daß ein gutes Mahl und eine ordentliche Nachtruhe immer genügten, die Kräfte seiner Männer wiederherzustellen.

Die römischen Kolonnen schlängelten sich zwischen zwei Gebirgszügen hindurch, und schließlich lag das Tal des Duero vor ihnen, den die Römer von allen spanischen Strömen am wenigsten kannten. Wäre Metellus Pius in der gleichen Richtung weitermarschiert, hätte er die große und wohlhabende Stadt Salamantica erreicht. Er wandte sich jedoch nach Nordosten und marschierte hart an den Berghängen zu seiner Rechten vorbei. Denn er hatte keine Lust, den Stamm der Vetioner zu provozieren, deren Goldgruben hundertfünfundvierzig Jahre zuvor Hannibal veranlaßt hatten, Salamantica zu plündern. Und so hatte Metellus das Ferkel sein Heer pünktlich an den Kalenden des Juni nach Segovia gebracht.

Trotzdem hatte es Hirtuleius vor ihm geschafft, Segovia zu erreichen, was nicht weiter verwunderlich war. Laminium lag nur zweihundert Meilen von Segovia entfernt, während Metellus Pius sechshundert Meilen hatte zurücklegen müssen. Vermutlich hatte man aus Turmuli eine Meldung an Sertorius geschickt, daß eine römische Armee durchgekommen, aber nicht den Tagus hinaufmarschiert sei. Sertorius hatte, wie von Metellus geplant, angenommen, daß das römische Heer zum Oberlauf des Ebro unterwegs war, und zwar entweder, um ihn von der Ostküste und Pompeius wegzulocken oder um in seine Kernlande vorzustoßen.

Eines aber wußte Metellus Pius genau: Sertorius hatte nicht erraten, wohin er wirklich wollte. Um dies zu erraten, hätte er dem alten Weib wesentlich mehr Verstand – und Gerissenheit – zutrauen müssen.

Zunächst mußte Metellus Pius sein Heer in einem stark befestigten Lager unterbringen. Vorsichtig wie immer ließ er seine Soldaten in voller Rüstung graben und bauen – eine zusätzliche Belastung, die keinem Legionär willkommen war. Die Männer fanden sich jedoch damit ab, als ihre Zenturionen verkündeten, daß Hirtuleius in der Nähe sei. Sie arbeiteten wie die Ameisen und schütteten einen Wall nach dem anderen auf. Die Wagen, Ochsen, Maultiere und Pferde waren schon auf den Lagerplatz gebracht worden, als er noch vermessen und mit roten Fähnchen abgesteckt wurde. Sie blieben unter minimaler Bewachung stehen, denn auch Nicht-Kombattanten wurden zur Arbeit herangezogen. Fünfunddreißigtausend Mann arbeiteten so diszipliniert und gut organisiert zusammen, daß das Lager nach einem Tag stand, und das, obwohl jede seiner Seiten eine Meile lang war, obwohl die holzverstärkten Wälle eine Höhe von fünfundzwanzig Fuß aufwiesen, obwohl sich alle zweihundert Schritt ein Turm erhob und obwohl der Graben vor den Wällen eine Tiefe von fünfundzwanzig Fuß hatte. Als sich die vier Tore aus massiven Baumstämmen schlossen und die Wachposten ihren Platz eingenommen hatten, stieß der Feldherr einen Seufzer der Erleichterung aus; sein Heer war nun vor einem Angriff sicher.

Der Tag war dennoch nicht ohne Zwischenfall vergangen. Lucius Hirtuleius hatte es gar nicht gefallen, daß das alte Weib aus Hispania Ulterior es sich hinter Gräben, Wällen und Palisaden gemütlich machen wollte, und er hatte mit seiner Reiterei einen Ausfall aus seinem Lager gemacht, um Metellus zum Abbruch der Bauarbeiten zu zwingen. Metellus Pius aber war nicht umsonst dreieinhalb Jahre in Spanien gewesen. Er lernte allmählich wie der Feind zu denken. Und so hatte er sich viele Meilen vor Segovia freiwillig von sechshundert seiner leichten numidischen Reiter getrennt. Er hatte ihnen befohlen, dem Hauptheer heimlich zu folgen und sich so aufzustellen, daß ein potentieller Angreifer sie nicht sehen konnte. Kaum hatte nun Hirtuleius seinen Ausfall begonnen, als die Reiter auch schon aus einem nahen Wäldchen hervorbrachen und ihn zurück in sein Lager jagten.

Während der folgenden Marktwoche geschah nichts. Die Soldaten ruhten sich aus und hatten allmählich das Gefühl, als trauten sich die feindlichen Truppen nicht, ihre Ruhe zu stören. Sie verschliefen die Nächte und vertrieben sich die vielen Stunden des Tages mit militärischen Übungen und sportlichen Aktivitäten. Das Feldherrenzelt des Metellus Pius befand sich an der Kreuzung der Lagerstraßen *via praetoria* und *via principalis*. Es stand auf einem kleinen Hügel in der Mitte des Lagers, so daß der Feldherr über die Zelte hinweg zu allen vier Wällen sehen konnte. Metellus Pius ging oft die beiden Lagerstraßen entlang, bog in Gassen ein, an denen Zelte aus geöltem Rindsleder standen, und sprach mit seinen Männern. Er erklärte ihnen sorgfältig, was er als nächstes vorhatte, und ließ sie spüren, daß er voller Zuversicht war.

Er war kein warmer Mensch und fühlte sich im Umgang mit Untergebenen nicht sonderlich wohl, aber er war nicht so kalt, daß er gegen offene Zuneigung immun gewesen wäre. Bei der Schlacht am Guadalquivir hatte er seine Soldaten so fürsorglich behandelt, daß sie ihn seither mit anderen Augen betrachteten. Sie hatten begonnen, ihm ihre Zuneigung zu zeigen, schüchtern zuerst, dann immer offener. Sie dankten ihm dafür, daß er ihnen durch seine Fürsorge und seine Weitsicht in jener Schlacht den Sieg ermöglicht hatte. Auch war es ihnen völlig gleichgültig, daß er ausgesprochen praktische Motive für seine Fürsorge gehabt hatte, die nicht etwa auf Liebe basierten, sondern auf seinem Wunsch, Hirtuleius zu schlagen. Sie wußten es besser. Er hatte sie gehegt und gepflegt wie eine alte Gluckhenne und so dem Spitznamen alle Ehre gemacht, den ihm Sertorius in seiner Verachtung verpaßt hatte. Und damit hatte er sein persönliches Interesse an ihrem Wohlergehen verraten.

Seither waren sie mit ihm von Gades nach Emporiae und wieder zurück gesegelt. Sie waren ihm sechshundert Meilen durch unbekanntes Land gefolgt, in dem es von Barbaren nur so wimmelte. Und immer waren sie bei ihm sicher gewesen. So kam es, daß Quintus Caecilius Metellus Pius, als er durch die Straßen und Gassen seines Lagers in Segovia schritt, in der warmen Zuneigung seiner Soldaten aufgetaut war und begriffen hatte, daß sein Verstand und seine typisch römische Liebe zum Detail ihm eine Armee beschert hatten, um die er weinen würde, wenn er sich von ihr trennen mußte. Sie gehörten ihm. Und – damit kam er nicht so gut zurecht – er gehörte ihnen. Sein Sohn kam mit letztgenannter Tatsache überhaupt nicht zurecht. Er begleitete seinen Vater nur ungern, wenn er durch das Lager spazierte. Metellus Scipio war mehr ein Snob als ein Pedant, und er war von Natur aus unfähig, die Zuneigung von Leuten anzunehmen, die nicht seines Ranges waren – ja vielleicht nicht einmal von Leuten, die nicht durch Adoption oder Abstammung mit ihm verwandt waren.

Als der Feldherr seine Soldaten endlich aus dem Lager ließ, damit sie Hirtuleius zur Schlacht herausfordern konnten, wußten diese genau, warum er sechs ganze Legionen und tausend Reiter in ein Lager gestopft hatte, das eigentlich viel zu klein war. Er wollte Hirtuleius glauben machen, daß seine fünf Legionen nicht die volle Mannschaftsstärke hatten und er sein Lager deshalb so stabil gebaut hatte, weil er ohne die notwendige Ausrüstung hatte marschieren müssen. Einige numidische Reiter hatten Bemerkungen in dieser Richtung ausgetauscht, als sie die Reiter des Hirtuleius in ihr Lager zurückgejagt hatten.

Metellus Pius wählte ein bestimmtes Blatt aus dem Buch des Scipio Africanus und entschied sich für ein Gelände, auf dem ein Feldherr zur Schlacht antreten sollte, der über schlecht gerüstete Truppen mit mieser Moral verfügte. Das Gelände war von kleinen Wasserläufen durchzogen, etwas uneben und mit Büschen und kleinen Bäumen bewachsen, welche die Bewegungsfreiheit einschränkten. Außerdem ließ er Hirtuleius deutlich sehen, daß er sein Zentrum hatte ausdünnen müssen, um der breiten Front der vierzigtausend exzellent bewaffneten und trainierten spanischen Soldaten entgegenzutreten. Seine Flügel waren zu weit vorgeschoben, und die numidischen Reiter an ihren Spitzen benahmen sich, als hätten ihre Befehlshaber die Kontrolle über sie verloren. Als Hirtuleius von seinen Kundschaftern erfahren hatte, daß die Armee des alten Weibes ihr Lager verließ, hatte er noch nicht gewußt, ob er an diesem Tag die Schlacht annehmen sollte. Nachdem er jedoch einen kritischen Blick auf die Aufstellung des Feindes und das Gelände geworfen hatte, entschied er sich mit einem verächtlichen Grunzen, die Schlacht zu wagen.

Metellus' Flügel nahmen zuerst den Kampf auf, und das war Hirtuleius gerade recht. Er rückte sofort auf das schwache Zentrum des Feindes vor, in der Absicht, ein Loch hineinzustoßen, durch das er schnell drei Legionen ziehen wollte, die danach herumschwenken und dem Feind in den Rücken fallen sollten. In dem Moment jedoch, als die spanische Armee sich zwischen die scheinbar ungeordneten Flügel vorgeschoben hatte, ließ Metellus Pius seine Falle zuschnappen. Er hatte seine besten Männer in den Flügeln versteckt. Einige verstärkten nun plötzlich das Zentrum, während die anderen eine Schwenkung vollzogen und dem Feind in die Flanken fielen. Bevor er versuchen konnte, sich aus dieser Falle zu befreien, sah sich Hirtuleius von einer Masse verwirrter Männer umgeben und hatte die Schlacht verloren. Er und sein jüngerer Bruder fielen, und die Soldaten des Metellus Pius machten mit einem Triumphgesang auf den Lippen Hackfleisch aus Sertorius' geliebter spanischer Armee. Nur wenige Spanier überlebten. Sie flohen nach Lusitanien und verkündeten die schreckliche Nachricht von der Niederlage. Keiner von ihnen kehrte je zurück, um für Sertorius zu kämpfen. Ihre Stammesgenossen waren den Römern zunächst gefolgt, nachdem sie an der Mündung der Guadiana vergeblich auf ihre Beute gewartet hatten, dann aber waren sie in Hispania Ulterior einmarschiert und hatten sogar den Guadalquivir überschritten. Als sie jedoch die Kunde von der Niederlage der spanischen Armee erreichte, stimmten sie ein schreckliches Klagelied an, weil sie ihre große Chance verpaßt hatten, und zerstreuten sich in den Wäldern.

Segovia war im Grunde kaum mehr als ein kleines Dorf, das auf einem Berggipfel thronte, und es konnte Metellus Pius nicht einen einzigen Tag standhalten. Seine Bewohner wurden dem Schwert übergeben, und seine Gebäude gingen in Flammen auf. Metellus Pius wollte niemanden am Leben lassen, der nach Osten fliehen und Sertorius hätte berichten können, daß seine spanische Armee nicht mehr existierte.

Sobald die Zenturionen verkündeten, ihre Männer seien wieder frisch und ausgeruht, begann Metellus Pius seinen Marsch an die Mündung des Sucro. Die Zeit drängte, und so beschloß er, das Bergmassiv hinter Segovia zu überqueren, anstatt einen Weg darum herum zu suchen. Die Überquerung der Iuga Carpetana, wie die Bergkette hieß, erwies sich als schwierig, aber nicht unmöglich. Der Pfad durch das Gebirge war selbst für die Ochsenwagen gangbar, und er war mit etwa fünfundzwanzig Meilen sehr kurz. Als Metellus Pius die Städte Miaccum und Sertobriga passierte, führte er sein Heer so weit in ihrem Süden vorbei, daß ihre Bürger glaubten, Hirtuleius und die spanische Armee auf dem Rückweg nach Laminium zu erblicken.

Danach schleppte sich das Heer durch eine Landschaft, die so trocken war, daß sogar die Schafe sie zu meiden schienen. In regelmäßigem Abstand stieß Metellus Pius jedoch auf ausgetrocknete Flüsse, in deren Bett er nach Wasser graben konnte, und außerdem war die Entfernung zum Oberlauf des Sucro, der noch Wasser führte, nicht so groß, daß die Armee von Hispania Ulterior ernsthaft in Gefahr geschwebt hätte. Die Hitze war gewaltig, und Schatten gab es keinen. Doch da der Mond genug Licht spendete, marschierte Metellus Pius nur bei Nacht, und tagsüber ließ er seine Männer im Schatten ihrer Zelte schlafen.

Welcher Instinkt ihn veranlaßt hatte, gleich auf das nördliche Ufer des Sucro zu wechseln, als er ihn erreichte, konnte Metellus später nicht mehr sagen. Jedenfalls war es eine gute Entscheidung gewesen, denn ein Stück flußabwärts war das Flußbett ein tückisches Gemisch aus Treibsand und Kies, und es wäre sehr zeitraubend gewesen, den Fluß dort zu überschreiten. So aber standen seine Truppen schon auf dem nördlichen Ufer, als sie sich vor Sonnenuntergang marschbereit machten und plötzlich in der Ferne das unverkennbare Geräusch einer Schlacht hörten. Man schrieb den zweitletzten Tag des Quinctilis.

Quintus Sertorius hatte vom Morgengrauen bis eine Stunde vor Sonnenuntergang die Legionen des Pompeius beobachtet, wie sie in Schlachtordnung warteten. Und während der Tag sich dahinschleppte, hatte er sich immer wieder gefragt, ob Pompeius bei seiner Entscheidung bleiben oder ob er wieder abmarschieren werde. Sertorius hätte letzteres bei weitem vorgezogen, denn wenn Pompeius ihm den Rücken zugewandt hätte, hätte er schnell herausgefunden, daß er einen schrecklichen Fehler gemacht hatte. Doch leider war das Kind entweder schlau genug, um zu wissen, was es tat, oder aber es hatte eine Glücksgottheit neben sich stehen, die es dazu überredete, Stunde um Stunde unter der brennenden Sonne zu warten.

Die Sache lief nicht gut für Sertorius, trotz seiner vielen Vorteile: Seine Truppen konnten die Hitze besser ertragen, sie hatten Wasser im Überfluß, und er kannte die Umgebung genau. Doch erstens hatte er von Lucius Hirtuleius nichts mehr gehört, seit dieser ihm eine kurze Meldung geschickt hatte: Er habe Segovia erreicht, aber Metellus Pius sei noch nicht da. Nun werde er dreißig Tage lang warten, um zu sehen, ob das alte Weib doch noch auftauche. Wenn nicht, werde er wie befohlen an den Sucro marschieren und sich mit Sertorius verbinden. Zweitens hatten seine Kundschafter, die er auf den höchsten Hügeln der Gegend postiert hatte, noch keine Staubwolke gemeldet, die angezeigt hätte, daß Hirtuleius das trockene Tal des Sucro heruntermarschierte. Und drittens – das war seine größte Sorge – war Diana verschwunden.

Das weiße Hirschkalb hatte ihn, seit er Osca verlassen hatte, ständig begleitet. Es hatte sich von dem Getümmel und Chaos einer Armee auf dem Marsch nicht stören lassen und auch nicht von der Sommersonne, die einen Albino eigentlich hätte verbrennen müssen, ihm aber überhaupt nicht schadete – ein weiteres Zeichen für seinen göttlichen Ursprung. Doch dann, als Sertorius hier am Sucro sein Lager aufgeschlagen und Herennius und Perperna bei Valentia in eine gute Position gebracht hatte, um Pompeius zu zermürben, war Diana plötzlich verschwunden. Eines Nachts hatte er sich schlafen gelegt, und das Tier hatte sich wie üblich auf dem Schaffell neben seinem Lager zusammengerollt, doch als er im Morgengrauen erwachte, war es verschwunden.

Zunächst hatte er sich über seine Abwesenheit keine Sorgen gemacht. Es war absolut stubenrein und beschmutzte niemals ein Gebäude mit seinen Exkrementen. Deshalb hatte er angenommen, es sei einfach nach draußen gegangen, um sein Geschäft zu verrichten. Wenn er jedoch frühstückte, dann pflegte es auch zu fressen, und im Sommer war es nach der Nachtruhe immer am hungrigsten. Diesmal aber war es nicht zum Fressen zurückgekehrt.

Das war jetzt dreiunddreißig Tage her. Sertorius hatte erfolglos immer größere Teile der Gegend abgesucht, bis er schließlich Leute fragen mußte, ob sie das Kalb gesehen hätten. Die Nachricht verbreitete sich wie ein Lauffeuer, bis schließlich das ganze Lager fieberhaft nach Diana suchte. Sertorius sah sich gezwungen, den strengen Befehl zu erlassen, daß die Disziplin auch dann aufrechterhalten werden müsse, wenn er selbst einmal verschwinden sollte.

Das Tier bedeutete so viel, besonders den Spaniern. Als ein Tag dem anderen folgte, ohne daß man eine Spur von ihm entdeckt hatte, begann die Moral seiner Truppen zu sinken, eine Entwicklung, die durch die dumme Niederlage bei Valentia noch verstärkt wurde, an der Perperna die Schuld trug, weil er sich weigerte, mit Herennius zusammenzuarbeiten. Sertorius war sich völlig darüber im klaren, daß der Fehler bei Perperna lag, aber seine Leute waren der festen Überzeugung, daß der Fehler im Verschwinden von Diana lag. Das weiße Hirschkalb war das Glück des Sertorius gewesen, und nun hatte er sein Glück verloren.

Erst kurz vor Sonnenuntergang ließ er seine Truppen zur Schlacht antreten, überzeugt, daß sie in viel besserem Zustand waren als die des Pompeius, die unter der langen Wartezeit in der Sommersonne gelitten haben mußten. Pompeius kommandierte den rechten Flügel der Römer, Lucius Afranius den linken, und das Zentrum stand unter dem Befehl eines Legaten. Seit dem Treffen von Lauro im Vorjahr hatte Sertorius für die Feldherrenkunst des Pompeius nichts als Verachtung übrig, und so beschloß er, selbst gegen Pompeius zu kämpfen. Auch das Zentrum befehligte er selbst, während er Afranius Perperna überließ.

Die Lage sah von Anfang an gut für Sertorius aus, und sie wurde noch besser, als Pompeius unmittelbar nach Sonnenuntergang vom Schlachtfeld getragen wurde, nachdem ihm ein mit Widerhaken versehener Speer den Schenkel zerfetzt hatte. Das große weiße Staatspferd blieb auf dem Schlachtfeld; es war durch denselben Speer getötet worden. Der führungslos gewordene linke

Flügel des Pompeius begann nun zurückzuweichen, obwohl Aulus Gabinius heldenhaft versuchte, ihn zum Stehen zu bringen.

Unglücklicherweise machte Perperna auf seinem Flügel eine viel schlechtere Figur. Afranius gelang es, Perpernas Linien zu durchbrechen und sein Lager zu erobern. Sertorius mußte ihm persönlich zu Hilfe eilen, und er konnte Afranius nur unter schweren Verlusten wieder aus dem Lager vertreiben. Inzwischen war die Nacht hereingebrochen, aber es herrschte Vollmond, und die Schlacht wurde im Mondlicht und bei Fackelschein fortgesetzt, obwohl der aufgewirbelte Staub die Sicht zusätzlich erschwerte. Sertorius war fest entschlossen, den Kampf nicht eher zu beenden, als bis er eine Position errungen hatte, die ihm am nächsten Morgen den sicheren Sieg bringen würde.

So kam es, daß Sertorius allen Grund hatte, sich auf den nächsten Morgen zu freuen, als er den Kampf schließlich einstellte.

»Ich werde die Leiche dieses Kindes an einen Baum hängen und sie den Vögeln überlassen«, sagte er mit einem bösartigen Lächeln. Und dann stellte er eifrig und doch mutlos die Frage: »Und Diana, ist sie zurückgekommen?«

Nein, Diana war nicht zurückgekommen.

Sobald es hell genug war, ging die Schlacht weiter. Pompeius führte immer noch das Kommando; er lag auf einer Bahre, die von einigen seiner größten Männer in Schulterhöhe gehalten wurde. Seine Armee hatte sich in der Nacht neu formiert. Sie war dicht zusammengerückt und hatte offensichtlich den Befehl, keine Risiken einzugehen, um die Verluste so gering wie möglich zu halten – eine Taktik, die Sertorius zutiefst verachtete.

Und dann, kurz nach Sonnenaufgang, erschien ein neues Gesicht mit einer frischen Armee auf dem Schlachtfeld: Quintus Caecilius Metellus Pius kam von Westen heran und marschierte durch die Schlachtreihen Perpernas, als ob sie nicht da wären. Gleich darauf hatte Perperna sein Lager zum zweiten Mal verloren, und schon rückte Metellus Pius gegen das Lager des Sertorius vor. Zeit zu verschwinden, dachte Sertorius.

»Wenn dieses verdammte alte Weib nicht aufgetaucht wäre«, fluchte er verzweifelt, während er mit Perperna hastig den Rückzug antrat, »dann hätte ich dem Kind einen Tritt verpaßt, daß es bis nach Rom geflogen wäre.«

Der Rückzug endete in dem Vorgebirge westlich von Saetabis. Sertorius brachte wieder Ordnung in sein geschlagenes Heer und zählte die Verluste. Insgesamt waren etwa viertausend Mann gefallen, die zumeist unter Perpernas Befehl gestanden hatten. Sertorius verteilte die Männer aus den stark dezimierten Kohorten auf andere, die ein paar Mann Verstärkung brauchten, wobei er Perperna geflissentlich ignorierte. Perperna wollte sofort protestieren, daß Sertorius mit dieser Entscheidung mutwillig seine Autorität untergrabe, aber nach einem Blick in das finstere Gesicht mit der verstümmelten Augenhöhle beschloß er nachzugeben – für den Augenblick jedenfalls.

Jetzt erst erhielt Sertorius die Nachricht, daß Lucius und Gaius Hirtuleius bei Segovia den Tod gefunden hatten, zusammen mit der gesamten spanischen Armee. Dies war ein fürchterlicher Schlag und einer, den Sertorius nie erwartet hatte. Jedenfalls nicht von dem alten Weib aus Hispania Ulterior. Wie schlau von Metellus, einen solchen Umweg zu machen, daß seine wahren Absichten nie erkennbar wurden, sich in so großer Entfernung an Miaccum und Sertobriga vorbeizuschleichen, daß man ihn für Hirtuleius hielt, und danach im Mondlicht zu marschieren, damit er keinen Staub aufwirbelte, der seine Ankunft am Júcar hätte verraten können! Meine Spanier haben recht, dachte Sertorius. Als Diana verschwunden ist, habe ich mein Glück verloren. Fortuna begünstigt mich nicht mehr.

Wie ihm gemeldet wurde, hatten das Kind und das alte Weib offensichtlich darauf verzichtet, weiter nach Süden zu marschieren. Sie hatten sich, nachdem sie das Schlachtfeld aufgeräumt und das unglückliche Saetabis all seiner Nahrungsmittel beraubt hatten, mit ihren Heeren nach Norden gewandt. Nun, das war gut gedacht. Es war schon Sextilis, und sie hatten noch einen weiten Weg vor sich, bevor das Kind es sich im Winterlager würde bequem machen können. Was aber hatte das alte Weib im Sinn? Würde Metellus Pius nach Hispania Ulterior zurückkehren, oder würde er das Kind auf dem ganzen Weg in den Norden begleiten? Quintus Sertorius hatte eine böse Müdigkeit an sich entdeckt, die nicht nachgeben wollte, und so kam er zu dem Schluß, daß er seine Wunden nun genug geleckt hatte. Er würde dem alten Weib und dem Kind auf ihrem Weg nach Norden folgen und dabei möglichst großen Schaden anrichten, ohne es auf eine weitere direkte Konfrontation ankommen zu lassen.

Sein Lager war schon abgebaut, und seine Armee rückte gerade ab, wobei die Guerillaeinheiten die Vorhut bildeten, da traten zwei kleine Kinder aus der Gegend schüchtern auf ihn zu. Ihre nackten Füße waren noch brauner als ihre nackten Körper, und sie trugen leuchtende Goldkügelchen in der Nase und in den Ohren. Zwischen ihnen ging mit einem kostbaren Familienstrick um den Hals ein dreckverkrustetes braunes Hirschkalb. Tränen traten Sertorius in das verbliebene Auge – wie nett, wie freundlich von den Kindern! Sie hatten gehört, daß sein wundervolles, gottgegebenes weißes Hirschkalb verschwunden war, und nun wollten sie ihm ihr eigenes Tier als Ersatz anbieten.

Er drehte den Kopf, um die Kinder mit der verstümmelten Hälfte seines Gesichts nicht zu erschrecken, und ging in die Hocke. Zu seiner Überraschung begann das Tier bei dieser Geste sofort wild zu zappeln. Wie seltsam, Tiere kannten doch sonst keine Furcht vor Quintus Sertorius!

»Habt ihr mir euer Kälbchen gebracht?« sagte er sanft. »Vielen Dank, aber ich kann es leider nicht annehmen. Ich breche gerade auf, um gegen die Römer zu kämpfen, und es wäre mir viel lieber, wenn ihr es behalten würdet. Bei euch ist es sicher!«

»Aber es ist doch deins!« rief das Mädchen.

»Meins? Aber nein! Mein Hirschkalb war weiß.«

»Es ist weiß«, sagte das Kind, spuckte sich in die Hand und rieb ein Stück Fell des Kälbchens sauber. »Siehst du?«

In diesem Moment hatte das Tier es geschafft, sich von dem Seil zu befreien und sprang auf Sertorius zu. Die Tränen liefen ihm in Strömen über die Wange, als er es in die Arme schloß und es streichelte und küßte und gar nicht mehr loslassen wollte. »Diana! Meine Diana!« murmelte er unablässig.

Als die Kinder mit ihrem Familienstrick davongeschickt wurden, lag dieser in einem Sack voller Gold, den ein Sklave bei ihren Eltern abliefern mußte. Quintus Sertorius aber badete sein Kälbchen in einer nahegelegenen Quelle, wobei er es einer genauen Inspektion unterzog. Warum es auch immer verschwunden sein mochte, der Aufenthalt in der Wildnis hatte ihm jedenfalls gar nicht gut getan: Eine große Raubkatze mußte es angefallen haben, denn seine beiden Flanken waren von tiefen, halbverheilten Narben gezeichnet, die von scharfen Krallen stammten. Die Raubkatze mußte es von hinten angesprungen und zu Boden geworfen haben. Wie es diesem Angriff entkommen war, wußte nur die Gottheit – aber vielleicht hatte sie das Wunder ja selbst bewerkstelligt.

»Nun, Diana«, sagte Sertorius, als er das Kalb in einer Kiste auf die Ladefläche eines Wagens stellte, »ich hoffe, du hast gelernt, daß die Wildnis nur für Wilde gut ist. Hast du einen männlichen Hirsch gerochen? War es das? Oder haben dich die Lagerhunde gepiesackt? In Zukunft wirst du auf diese Art reisen, mein Kleines. Ich kann den Gedanken nicht ertragen, daß ich dich noch einmal verlieren könnte.«

Die Nachricht hatte sich in Windeseile verbreitet; Diana war wieder da! Und mit ihr das Glück des Sertorius.

Pompeius und Metellus Pius hatten Valentia hinter sich gelassen und marschierten auf Saguntum zu. Die Nahrungsmittel, die sie in Saetabis geraubt hatten, waren eine willkommene Ergänzung ihrer schwindenden Vorräte, und dasselbe galt für das Versteck, das Pompeius in dem verlassenen Steinbruch bei Valentia angelegt hatte. Sie hatten beschlossen, gemeinsam die Ostküste hinauf nach Emporiae zu marschieren. Metellus Pius würde den Winter in Gallia Narbonensis verbringen. Seine Männer hatten sich über den tausend Meilen langen Umweg zwar nicht beschwert, den Metellus ihnen zugemutet hatte, um Pompeius zu helfen, aber Metellus war trotzdem der Ansicht, daß ein Marsch von weiteren fünfhundert Meilen für dieses Jahr genügte. Außerdem wollte er sich im Frühling im Zentrum der Kampfhandlungen befinden, und er wußte, daß Hispania Ulterior vor plündernden Lusitaniern sicher war, seit er die spanische Armee vernichtet hatte.

Aus Saguntum war eine Gesandtschaft gekommen und hatte ihnen versichert, daß die Stadt nach wie vor treu zu Rom stehe und alles in ihrer Macht Stehende tun werde, um sie zu unterstützen. Dies war kein Wunder: Schließlich war es das enge Bündnis Saguntums mit Rom – und Massilia – gewesen, das vor anderthalb Jahrhunderten den zweiten Punischen Krieg ausgelöst hatte. Nahrungsmittel aber hatte die Stadt kaum zu bieten, und auch das war kein Wunder. Die Ernte war schlecht gewesen, weil der Winterregen ausgeblieben war und das Korn in dieser wichtigen Wachstumsphase kein Wasser bekommen hatte, und auch im Spätfrühling hatte es nicht geregnet, als das Getreide Wasser gebraucht hätte, um Ähren zu bilden.

Daher mußten die beiden Heere so schnell wie möglich zum Ebro marschieren, wo die Ernte später und reicher gewesen war. Wenn sie den Fluß bis Ende des Monats Sextilis erreichten, würde die Ernte ihnen gehören, und nicht Sertorius. Also bedankten sich die beiden Feldherren höflich bei den Gesandten, schickten sie nach Hause und zogen an der Stadt vorbei.

Die Wunde an Pompeius Schenkel heilte, aber sie heilte langsam; die Widerhaken des Speers hatten Sehnen und Muskeln zerfetzt, und es mußte viel Gewebe nach- und zusammenwachsen, bis Pompeius das Bein wieder würde belasten können. Allerdings hatte Metellus Pius den Eindruck, daß der Verlust des Staatspferds Pompeius mehr schmerzte als der Umstand, daß er sein Bein noch nicht gebrauchen konnte und es dauerhaft verunstaltet sein würde. Nun ja, ein Pferd war zweifellos schöner als das Bein eines Mannes. Und Pompeius hätte nicht einmal diesseits der Rosea Rura im Land der Sabiner ein Pferd finden können, das dem toten Schimmel gleichgekommen wäre, geschweige denn in Spanien, wo die Pferde klein und unansehnlich waren.

Pompeius war wieder gedrückter Stimmung, und das war nur natürlich. Metellus hatte nicht nur den besten General des Sertorius getötet und seine beste Armee vernichtet, auch der Sieg am Júcar war ganz auf sein Konto gegangen. Selbst Lucius Afranius, Marcus Petreius und der neue Legat Lucius Titurius Sabinus hatten sich besser geschlagen als Pompeius selbst. Natürlich hätte man zu seinen Gunsten anführen können, daß sich Sertorius ganz auf ihn konzentriert hatte, aber Pompeius war ihm nicht gewachsen gewesen, und darauf kam es an. Und nun hatte sich dieser marianische Renegat, wie Pompeius' Kundschafter meldeten, schon wieder an ihre Fersen geheftet und wartete ohne Zweifel auf seine nächste Chance. Seine Guerillaeinheiten machten sich schon bemerkbar und fielen über alle Abteilungen her, die Metellus und Pompeius ausschickten, um Nahrungsmittel zu requirieren. Pompeius war jedoch in dieser Beziehung inzwischen genauso weise geworden wie Metellus das Ferkel, und so hatten beide Heere nur geringe Verluste, trieben aber auch kaum Nahrungsmittel auf.

Dann aber stießen sie, kaum daß sie Saguntum passiert hatten, anscheinend ganz zufällig im Tal der Turia auf die Armee des Sertorius. Und Sertorius beschloß, die Schlacht zu wagen, wobei er wiederum dafür sorgte, daß er mit seinen eigenen Legionen Pompeius gegenüberstand. Denn Pompeius war das schwache Glied in der Kette, nicht Metellus Pius.

Die Strategie des Sertorius erwies sich als Fehler. Er hätte viel besser daran getan, Metellus selbst in Schach zu halten und Pompeius Perperna zu überlassen. Der Kampf begann am frühen Nachmittag und endete mit Einbruch der Nacht. Pompeius ließ sich auf der Bahre ins Feld tragen, denn er wollte sich nicht nachsagen lassen, daß er wie Achill im Zelt herumhing, während seine Verbündeten sich in den Kampf warfen. Metellus Pius ging als Sieger aus der Schlacht hervor. Er erlitt eine leichte Verwundung am Arm, konnte aber seine Verluste gering halten, während Perperna fünftausend Mann verlor. Dagegen war der arme Pompeius weiterhin vom Pech verfolgt; seine Reiterei wurde bis auf den letzten Mann aufgerieben, und er hatte sechstausend Gefallene zu beklagen – anderthalb Legionen! Daß die Römer den Sieg für sich verbuchen konnten, verdankten sie den Verlusten Perpernas und dem Umstand, daß auch Sertorius dreitausend Mann verloren hatte.

»Er wird im Morgengrauen zurück sein«, sagte Metellus Pius vergnügt, als er kam, um nach Pompeius zu sehen.

»Nein«, sagte Pompeius. »Er zieht sich bestimmt zurück. Es ist nicht gut für ihn gelaufen, aber für Perperna war die Schlacht eine Katastrophe.«

»Er greift wieder an, Gnaeus Pompeius. Ich kenne ihn.«

Er kennt ihn! dachte Pompeius bitter. So eine Frechheit! Und mich läßt er spüren, daß ich keine Ahnung habe.

Doch das Ferkel hatte recht. Sobald der Morgen graute, war Sertorius wieder da, kampflustig und siegessicher wie eh und je. Diesmal korrigierte er seinen Fehler, ließ Pompeius links liegen und griff Metellus' Lager an, sobald es hell genug war. Metellus war jedoch gut vorbereitet. Er hatte Sertorius hereingelegt und

Pompeius und seine Truppen in seinem Lager untergebracht. Metellus Pius sah dieser Tage viel jünger und frischer aus als ehedem, besonders als er Sertorius nach Saguntum hineinjagte, während sich Pompeius auf der Bahre in sein Zelt zurücktragen ließ.

Doch für Pompeius hatte der Sieg einen schrecklich hohen Preis: Er hatte zum ersten Mal einen Legaten verloren. Sein Schwager, Freund und Quästor, Gaius Memmius war gefallen. Und so saß er zusammengekrümmt auf einem von Maultieren gezogenen Karren, während Metellus Pius den Marsch nach Norden befehligte.

Er ließ Perperna und Sertorius tun, was immer sie wollten. Vermutlich bestraften sie gerade Saguntum, aber Metellus Pius war überzeugt, daß sie dort nicht lange bleiben würden. Saguntum konnte sich kaum selbst ernähren, geschweige denn ein Heer.

Als die beiden römischen Armeen am Ende des Sextilis den Ebro erreichten, mußten sie feststellen, daß die Ernte dieses Jahres bereits sicher in den Kornspeichern der gewaltigen Bergfestungen des Sertorius lagerte und die Erde zu einer eintönigen schwarzen Wüste verbrannt war. Sertorius war wirklich nicht lange in Saguntum geblieben. Er hatte sie überholt und war zuerst an den Ebro gelangt, wo er das gesamte Gebiet verwüstet hatte.

Auch Emporiae und den Indiceten ging es nicht gut; nach zwei Wintern mit Pompeius waren zwar ihre Geldbeutel fett, aber die Ernte war mager gewesen. »Ich schicke meinen Quästor Gaius Urbinius nach Hispania Ulterior«, sagte Metellus Pius. »Er soll genügend Truppen rekrutieren, um meine Provinz zu sichern. Ich selbst aber muß im Frühjahr in der Nähe liegen, wenn wir Sertorius das Kreuz brechen wollen. Deshalb werde ich wie geplant in Gallia Narbonensis überwintern.«

»Die Ernte ist dort auch nicht gut gewesen.«

»Stimmt. Aber die Provinz hat seit vielen Jahren keine Armee versorgen müssen, also wird schon genug für mich da sein.« Metellus Pius runzelte die Stirn. »Ich mache mir eher Sorgen, was du tun wirst. Ich glaube nicht, daß es hier soviel Nahrung gibt, daß deine Männer etwas Speck ansetzen können. Und wenn du sie im Winter nicht fett kriegst, dann werden sie im Sommer sehr mager bleiben.«

»Ich gehe an den Oberlauf des Duero«, sagte Pompeius ruhig.

»Ihr Götter!«

»Nun, das Gebiet liegt ein gutes Stück westlich der Städte des Sertorius, und ich werde es leichter haben, die dortigen Festungen zu unterwerfen, als ich es mit Orten wie Calagurris oder Vareia hätte. Der Ebro gehört Sertorius, von der Quelle bis zur Mündung. Der Duero nicht. Die paar Spanier, denen ich traue, erzählen mir, daß das Land dort nicht so hoch liegt und der Winter nicht so streng ist wie in der Nähe der Pyrenäen.«

»Aber die Vakkäer wohnen in dem Gebiet, und sie sind kriegerisch.«

»Na und«, sagte Pompeius müde und brachte sein schmerzendes Bein in eine bequemere Stellung. »Kennst du einen spanischen Stamm, der das nicht wäre?«

»Eigentlich hast du recht, Pompeius«, sagte das Ferkel und nickte nachdenklich. »Der Plan gefällt mir immer besser. Geh du an den Duero. Du mußt nur frühzeitig aufbrechen, denn im Winter ist es zu schwierig, die Wasserscheide im Quellgebiet des Ebro zu überschreiten.«

»Keine Sorge«, sagte Pompeius. »Den Winter werde ich schlagen. Aber zuerst«, fügte er grimmig hinzu, »muß ich einen Brief schreiben.«

»An Rom und den Senat.«

»Genau, Pius. An den Senat und das Volk von Rom.« Die blauen Augen, die in letzter Zeit älter und vorsichtiger wirkten, blickten fragend in die braunen des Metellus. »Kann ich auch für dich schreiben und sprechen, Metellus Pius?«

»Auf jeden Fall!«

»Bist du sicher, daß du nicht lieber selbst schreiben würdest?«

»Nein, es ist besser, wenn du ihnen die Meinung sagst. Du bist derjenige, den diese selbsternannten Experten, die sich auf ihren Liegen die Ärsche breit liegen, mit einem außerordentlichen Imperium ausgestattet haben. Ich bin nur ein normaler alter Statthalter in den Klauen eines furchtbaren Krieges. Mich würden sie überhaupt nicht beachten, denn sie wissen ganz genau, daß ich zur alten Garde gehöre. Dich aber kennen sie nicht, Magnus. Und sie trauen dir nicht so ganz über den Weg. Du bist nämlich keiner von ihnen. Schreib an sie, und jage ihnen einen gehörigen Schrekken ein, Magnus!«

»Worauf du dich verlassen kannst«, sagte Pompeius grimmig.

Metellus Pius erhob sich. »Was mich betrifft, ich werde gleich morgen nach Narbo aufbrechen. Es kommt auf jeden Tag an, an dem ich nicht von deinen Nahrungsvorräten zehre.«

»Willst du nicht wenigstens meine Prosa ein bißchen aufpolieren? Varro hat das immer getan.«

»Nein, das will ich nicht«, sagte Metellus Pius lachend. »Sie kennen meinen Stil. Schreib ihnen einen Brief, wie sie ihn noch nie gesehen haben.«

Und Pompeius schrieb einen Brief, wie sie ihn noch nie gesehen hatten.

An den Senat und das Volk von Rom:

Geschrieben in Emporiae an den Nonen des Oktober im Jahr der Konsuln Lucius Octavius und Gaius Aurelius Cotta. An den Iden des Oktober beginne ich meinen Marsch den Ebro hinauf zum Duero, zu einem Ort, wo die Pisuerga in den Duero mündet. Dort befindet sich eine Stadt namens Septimanca, die mitten in einem fruchtbaren Hochland liegt. Ich hoffe, daß ich dort überwintern und genug Nahrungsmittel auftreiben kann, um meinen Männern die Bäuche zu füllen. Glücklicherweise habe ich nun wesentlich weniger Männer, als ich hatte, als ich vor zwei Jahren in Emporiae eintraf. Meine Truppen sind auf vier Legionen zusammengeschmolzen; keine davon zählt mehr als viertausend Mann, und ich habe überhaupt keine Reiterei mehr.

Warum ich meine Truppen etwa fünfhundert Meilen durch feindliches Territorium marschieren lasse, damit sie überwintern können? Weil es in Ostspanien nichts zu essen gibt. Darum! Warum ich dann keine Nahrungsmittel in Gallia Transalpina oder Cisalpina kaufe, wo doch die Winde günstig wären, um sie in meine Richtung über das Meer zu transportieren? Weil ich kein Geld habe. Darum! Weder für die Nahrungsmittel noch für die Schiffe. Mir bleibt nichts anderes übrig, als mir die Nahrungsmittel bei den spanischen Stammeskriegern zu holen, und ich kann nur hoffen, daß sie schwach genug sind, sich von vierzehntausend hungrigen Römern das Essen rauben zu lassen. Darum muß ich auch so weit marschieren, um Stammeskrieger zu finden, die hoffentlich schwach genug sind. Am Ebro sind keine Nahrungsmittel zu bekommen, es sei denn, man erobert eine von Sertorius' Festungen, und dazu bin ich nicht in der Lage. Wie lang hat Rom gebraucht, um Numantia zu erobern? Und Numantia ist ein Hühnerstall im Vergleich zu Calagurris oder Clunia. Außerdem wurde es nicht von einem Römer befehligt.

Ihr wißt aus meinen früheren Schreiben, daß ich im Feld zwei schlechte Jahre hatte, auch wenn mein Kollege Quintus Caecilius Metellus Pius Pontifex Maximus mehr Erfolg hatte. Quintus Sertorius muß sich langsam daran gewöhnen. Dies ist sein Land. Er kennt es, und er kennt seine Bewohner. Ich kenne es nicht. Ich habe mein Bestes getan. Ich glaube nicht, daß irgendein anderer, den Ihr hättet schicken können, besser abgeschnitten hätte. Mein Kollege Metellus Pius hat drei Jahre gebraucht, bis er seinen ersten Sieg errang. Ich habe im zweiten Jahr immerhin an zwei Siegen mitgewirkt, als mein Kollege Metellus Pius und ich Sertorius mit vereinten Kräften am Júcar schlugen und dann noch einmal bei Saguntum.

Mein Kollege Pius und ich glauben, daß wir siegen werden. Ich sage das nicht einfach so. Wir können wirklich siegen. Aber um zu siegen, brauchen wir ein bißchen Hilfe aus der Heimat. Wir brauchen mehr Legionen. Wir brauchen Geld. Ich sage nicht mehr *Geld, denn bis jetzt habe ich überhaupt kein Geld erhalten. Und soviel ich weiß, hat auch mein Kollege kein Geld bekommen, außer dem Gehalt für sein erstes Jahr als Statthalter. Oh, jetzt kann ich Euch förmlich hören. Ihr schreit: Erringe ein paar Siege und plündere ein paar Städte, dann hast Du Dein Geld. Nun, in Spanien ist das ganz anders. Es gibt kein Geld in Spanien. Das Beste, was ich mir erhoffen kann, wenn ich eine Stadt erobere, ist ein bißchen Nahrung. Es ist kein Geld da. Falls ihr Schwierigkeiten habt, das zur Kenntnis zu nehmen, sage ich es noch einmal. ES GIBT HIER KEIN GELD. Als ihr mich hierher schicktet, habt ihr mir sechs Legionen und fünfzehnhundert Reiter mitgegeben und genug Geld, um meine Truppen ein halbes Jahr zu besolden und um für ein halbes Jahr Proviant zu kaufen. Das war vor zwei Jahren. Meine Kriegskasse war nach einem halben Jahr leer. Das war vor anderthalb Jahren. Aber es kam kein Geld mehr. Und es kamen auch keine Truppen mehr.*

Ihr wißt – ich weiß, daß Ihr es wißt, weil mein Kollege Pius und ich uns die Mühe gemacht haben, es Euch zu melden –, daß Quintus Sertorius mit König Mithridates von Pontus einen Pakt geschlossen hat. Sertorius hat sich bereit erklärt, alle Eroberungen von König Mithridates zu bestätigen und ihn weitere Eroberungen machen zu lassen, wenn er erst Diktator von Rom *ist. Nun, das sollte Euch eigentlich zeigen, daß sich Quintus Sertorius nicht damit begnügen wird, nur König von Spanien zu sein. Er will auch König von Rom werden, gleichgültig, welchen Titel er sich verleiht. Es gibt nur zwei Männer, die ihm Einhalt gebieten können. Meinen Kollegen Pius und mich. Ich sage das, weil wir hier vor Ort sind und weil wir wirklich die Möglichkeit haben, ihm Einhalt zu gebieten. Aber nicht mit den Mitteln, über die wir verfügen. Sertorius hat die römische Begabung, aus spanischen Barbaren gute römische Soldaten zu machen, und er kann sich dabei auf die gesamte spanische Bevölkerung stützen. Wenn diese zwei Dinge nicht wären, hätte ich ihm schon vor zwei Jahren den Garaus gemacht. Aber er ist noch immer da, und er rekrutiert und trainiert immer noch Soldaten. Mein Kollege Pius und ich können in Spanien nicht rekrutieren. Niemand, der bei Verstand ist, würde in unsere Heere eintreten. Wir können unsere Männer nicht bezahlen. Wir können ihnen nicht einmal den Bauch füllen. Und, die Götter sind meine Zeugen, es gibt keine Beute zu verteilen.*

Ich kann Sertorius schlagen. Wenn ich es nicht auf andere Weise bewerkstelligen kann, dann werde ich der stete Tropfen sein, der den Stein so höhlt, daß ein Kind ihn mit einem Spielzeughammer zerschlagen kann. Mein Kollege Pius hat dieselbe Einstellung. Doch ich kann Sertorius nicht schlagen, wenn ihr mir nicht mehr Soldaten, mehr Reiter UND ETWAS GELD schickt. Ich habe meine Soldaten seit anderthalb Jahren nicht bezahlt, und ich habe nicht nur bei den Lebenden Schulden, sondern auch bei den Toten. Ich habe eine Menge eigenes Geld mitgebracht, aber ich habe alles aufgebraucht, um Nahrungsmittel und Ausrüstung zu kaufen.

Ich entschuldige mich nicht für meine Verluste. Sie waren das Resultat einer Fehleinschätzung, die ich mit den Informationen, die ich in Rom erhalten hatte, nicht korrigieren konnte. Besonders falsch war die Einschätzung, daß sechs Legionen und fünfzehnhundert Reiter genügen, um mit Sertorius fertigzuwerden. Ich hätte zehn Legionen und dreitausend Reiter gebraucht. Dann hätte ich ihn im ersten Jahr geschlagen, und Rom hätte jetzt mehr Soldaten und mehr Geld. Darüber solltet Ihr einmal nachdenken, erbarmungswürdiger Haufen, der Ihr seid.

Und hier habe ich noch etwas, worüber Ihr Euch die Köpfe zerbrechen solltet. Wenn ich nicht mehr in der Lage sein sollte, in Spanien zu bleiben, und mein Kollege Pius sich deshalb aus seiner kleinen Ecke Spaniens hervorwagen muß, was glaubt ihr, was dann passiert? Ich werde nach Italien zurückkehren. Und ich werde Quintus Sertorius hinter mir herziehen wie ein Komet seinen Schweif. Darüber solltet Ihr wirklich einmal lange und sorgfältig nachdenken. Und schickt mir ein paar Legionen und ein paar Reiter UND ETWAS GELD.

Übrigens schuldet mir Rom ein neues Staatspferd.

Der Brief erreichte Rom in den letzten Tagen des Monats November. Die Amtszeit der amtierenden Konsuln ging gerade zu Ende, und die Konsuln des nächsten Jahres bereiteten sich darauf vor, ihr Amt anzutreten. Weil sein Kollege Lucius Octavius an einer chronischen Krankheit litt, saß nur Gaius Aurelius Cotta, der andere Konsul, auf dem kurulischen Stuhl. Der Princeps Senatus Mamercus las Pompeius' Brief den schweigenden Senatoren vor, eines der wenigen Privilegien, die Sulla dem Princeps Senatus nicht genommen hatte.

Lucius Licinius Lucullus, der erste der beiden neugewählten Konsuln, erhob sich, um auf den Brief zu antworten. Sein Kollege Marcus Aurelius Cotta, der mittlere Bruder des amtierenden Konsuls, wollte zu diesem plumpen, aber höchst beunruhigenden Schreiben nichts sagen, und sein Bruder auch nicht.

»Eingeschriebene Väter«, begann Lucullus, »ihr habt soeben den offenen Bericht eines Soldaten gehört, und nicht das verklausulierte Schreiben eines Politikers.«

»Den Bericht eines Soldaten? Ich würde sagen, der Autor ist als Schreiber genauso schlecht wie als Feldherr!« sagte Quintus Hortensius und hielt sich die Nase zu, als ströme der Brief einen üblen Geruch aus.

»Ach, halt doch die Luft an, Hortensius!« sagte Lucullus gereizt. »Was ich zu sagen habe, braucht nicht mit den schlauen Bemerkungen eines Pantoffelfeldherrn garniert zu werden. Wenn du von deinem wohlgedeckten Tisch aufspringen und deine Fische im Stich lassen willst, um Sertorius auszutricksen, dann trete ich dir nicht nur mein Rederecht ab, sondern streue dir auch noch Rosenblüten vor die fetten kleinen Plattfüße! Aber solange dein Schwert nicht so scharf ist wie deine Zunge, läßt du die Zunge lieber da, wo sie hingehört, nämlich in deinem allerliebsten Feinschmeckerschnäuzchen!«

Hortensius sank beleidigt in sich zusammen.

»Wir haben nicht das verklausulierte Schreiben eines Politikers gehört«, nahm Lucullus den Faden wieder auf. »Und der Brief schont uns Politiker nicht. Aber der Autor schont sich auch nicht. Das Schreiben wimmelt nicht von Ausreden, und die erwähnten Siege und Niederlagen stimmen völlig mit den Berichten überein, die uns Quintus Caecilius Metellus Pius regelmäßig geschickt hat.

Nun bin ich selbst nie in Spanien gewesen«, fuhr Lucullus fort. »Einige von euch kennen das Land, aber den meisten ergeht es wie mir, sie kennen es überhaupt nicht. In früheren Zeiten hat Hispania Ulterior immer in dem Ruf gestanden, ein gutes Geschäft für einen Statthalter zu sein – reich, wohlgeordnet, friedlich und doch wohlversehen mit Barbaren an zwei Grenzen, so daß die Kriege, die ein Statthalter sich zu führen bemüßigt fühlte, relativ leicht zu bewerkstelligen waren. Hispania Citerior hat nie diesen Ruf genossen – die Profite sind dort mager, und die einheimischen Völker befinden sich in ständiger Unruhe. Deshalb konnte der Statthalter von Hispania Citerior seinen Geldbeutel noch nie so richtig füllen und mußte sich ständig mit kriegerischen Bergstämmen herumschlagen. All das hat sich jedoch mit der Ankunft des Quintus Sertorius geändert. Er kannte Spanien bereits gut, weil er unter Gaius Marius und als Militärtribun unter Titus Didius dort gedient hat. Ihr erinnert euch vielleicht, daß er damals die Graskrone gewann, obwohl er noch sehr jung war. Nachdem dieser bemerkenswerte und überaus fähige Mann als marianischer Rebell nach Spanien geflohen war, um der Vergeltung zu entgehen, wurde Hispania Citerior im wahrsten Sinne des Wortes unregierbar; und Hispania Ulterior westlich des Guadalquivir wurde ebenfalls unregierbar. Wie Gnaeus Pompeius in seinem Brief schreibt, brauchte der hervorragende Statthalter von Hispania Ulterior fast drei Jahre, bis er eine Schlacht gegen Hirtuleius gewinnen konnte, also gegen einen der Anhänger des Sertorius, und nicht gegen Sertorius selbst. Pompeius wirft uns nicht einmal vor, daß wir es wegen der Kämpfe in Italien zwei Jahre lang versäumt haben, überhaupt einen Statthalter nach Hispania Citerior zu schicken. Aber durch dieses Versäumnis, eingeschriebene Väter, haben wir die Provinz Sertorius wie ein Geschenk serviert!«

Lucullus machte eine Pause und sah Philippus, der sich weit vorgelehnt hatte und breit lächelte, direkt in die Augen. Er haßte es, für ihn die Kastanien aus dem Feuer zu holen, aber es ging ihm um die Sache, und er hielt es für besser, wenn ein designierter Konsul das Notwendige sagte und nicht ein Mann, von dem inzwischen auch der dümmste Senator wußte, daß er eine Marionette des Pompeius war.

»Als ihr, eingeschriebene Väter, Gnaeus Pompeius Magnus sein außerordentliches Imperium verliehen habt, war ich Statthalter in der Provinz Africa, und ihr konntet keinen geeigneten Senator finden, um das Übel Sertorius mit der Wurzel auszureißen. Ihr habt Gnaeus Pompeius mit sechs Legionen und fünfzehnhundert Reitern losgeschickt. Ich will euch offen sagen, daß ich selbst nur mit zehn Legionen und einer Reiterei von dreitausend Mann losgezogen wäre. Das sind die Zahlen, die Gnaeus Pompeius in seinem Brief nennt, und sie sind einer solchen Aufgabe angemessen!

Wenn man die militärischen Leistungen von Gnaeus Pompeius betrachtet, ist man beeindruckt. Und Pompeius ist jung genug, um flexibel und anpassungsfähig zu sein, genau die Eigenschaften, die ein Mann zusammen mit seinem jugendlichen Enthusiasmus zu verlieren pflegt. Gegen jeden anderen Feind von Rom hätten sechs Legionen und fünfzehnhundert Reiter genügt. Aber Quintus Sertorius ist ein ganz spezieller Fall. Wir haben seit Marius nicht seinesgleichen gehabt, und ich persönlich halte ihn für einen besseren Feldherrn als Marius. Deshalb sind die anfänglichen Niederlagen des Pompeius überhaupt nicht verwunderlich. Er hatte einfach kein Glück mehr. Und er stieß auf einen der besten Soldaten, die Rom je hervorgebracht hat. Daran gibt's nichts zu rütteln.

Auch der genialste Feldherr hat jedoch eine bestimmte Art zu denken. Der Statthalter von Hispania Ulterior, unser geschätzter Metellus Pius, ist inzwischen so lange in Spanien gewesen, daß er allmählich begreift, wie Sertorius denkt. Und ich beglückwünsche Pius dazu. Offen gesagt, hätte ich ihm eine solche Leistung nicht zugetraut! Aber er kann Sertorius nicht allein schlagen. Der Kriegsschauplatz ist zu groß – so groß wie der des Bundesgenossenkriegs, der in ganz Italien tobte. Ein Mann kann nicht im Norden und Süden gleichzeitig sein, zumal die beiden Regionen durch ein trockenes und bergiges Gebiet getrennt sind.

Ihr habt den zweiten Mann – einen einfachen Ritter, dem ihr eine Art unbenannter militärischer Krone aufgesetzt habt – ausgeschickt, um Hispania Citerior zu regieren. Wie hast du es damals doch formuliert Philippus, *non proconsule, sed pro consulibus?* Ihr machtet ihn glauben, daß er mit einer angemessenen Zahl Soldaten und mit angemessenen Finanzmitteln versehen war. Und, damit kein Mißverständnis aufkommt, natürlich war er scharf auf den Job! Wer von uns alten Sodaten wäre das nicht gewesen, mit neunundzwanzig? Er war scharf auf den Job! Und er wäre vielleicht sogar mit noch weniger Truppen losgezogen! Ja, ihr hättet ihn vielleicht sogar auf vier Legionen und fünfhundert Reiter herunterhandeln können!«

»Schade, daß wir es nicht getan haben«, versetzte Catulus. »Er hat mehr als vier Legionen verloren, seit er dort ist.«

»Hört, hört!« schrie Hortensius.

»Und das«, sagte Lucullus, der die beiden Schwager diesmal ignorierte, »bringt mich zum Kern der Sache. Wie kann Rom hoffen, einem Mann wie Quintus Sertorius Einhalt zu gebieten, wenn Rom nicht bereit ist, das Geld oder die Männer zu schicken, mit denen ihm Einhalt geboten werden kann? Nicht einmal ein Quintus Sertorius hätte sich in einem Zweifrontenkrieg behaupten können, in dem Pompeius und Pius je zehn Legionen und dreitausend Reiter befehligt hätten! Pompeius wirft in seinem Brief diesem Gremium vor, den Krieg zu verlieren – und ich teile diese Ansicht! Wie kann dieses Gremium Wunder erwarten, wenn es die Zauberkünstler nicht bezahlen will, die sie wirken sollen? Weder Geld noch Verstärkung – so darf es nicht weitergehen! Dieses Gremium muß das Geld auftreiben, um die erschreckend kleine Zahl von Legionen unter Pompeius und Pius zu bezahlen, und es muß das Geld auftreiben, um Pompeius mindestens zwei weitere Legionen zu schicken. Vier wären besser.«

Gaius Cotta ergriff vom kurulischen Stuhl aus das Wort. »Ich bin mit allem einverstanden, was du gesagt hast, Lucius Licinius. Aber wir haben nicht das Geld, Lucius Licinius. Wir haben schlicht und ergreifend nicht das Geld.«

»Dann müssen wir es auftreiben«, sagte Lucullus.

»Woher sollen wir es nehmen?« fragte Gaius Cotta. »Es ist schon drei Jahre her, daß wir nennenswerte Einkünfte aus Spanien bezogen haben, und seit sich die Contestaner erhoben haben, haben wir überhaupt nichts mehr bekommen. Hispania Ulterior hat keinen Zugang mehr zu den Minen in den Marianischen Bergen und den südlichen Orospeda, und Hispania Citerior kann die Minen um Neu-Karthago nicht ausbeuten. Die Zeiten, als die Schatzkasse einen Anteil von zwanzigtausend Talenten in Gold, Silber, Blei und Eisen aus Spanien erhielt, sind vorüber, und die Minen verloren. Außerdem sind unsere Einkünfte aus der Provinz Asia durch die Ereignisse der letzten fünfzehn Jahre auf ein Niveau gesunken, das noch nie so niedrig war, seit wir das Land vor über fünfundfünfzig Jahren geerbt haben. Wir führen in Illyrien, Mazedonien und Gallia Transalpina Krieg. Es gibt sogar Gerüchte, daß König Mithridates sich wieder erhebt. Und wenn Nikomedes von Bithynien sterben sollte, wird sich die Lage im Osten noch mehr zuspitzen.«

»Wenn wir unseren Statthaltern in Spanien kein Geld und keine Truppen schicken«, sagte Lucullus, »nur weil wir am anderen Ende des Mittelmeers Ereignisse voraussehen, die vielleicht gar nicht eintreffen, dann ist das absolut idiotisch, Gaius Cotta.«

»Nein, Lucius Lucullus!« schrie Cotta wütend. »Ich brauche überhaupt nichts vorauszusehen, um zu wissen, daß wir kein Geld haben, das wir nach Spanien schicken könnten, von Truppen ganz zu schweigen! Gnaeus Pompeius und Quintus Pius werden mit dem zurechtkommen müssen, was sie haben!«

Das längliche Gesicht des Lucullus wurde hart wie Stein. »Dann«, sagte er kalt, »wird ein neuer Komet am römischen Himmel erscheinen. Sein Kopf wird absolut loyal sein, nämlich ein bankrotter Gnaeus Pompeius, der mit einer zerlumpten Armee nach Hause eilt. Aber sein Schweif! Sein Schweif wird Quintus Sertorius sein, mit den spanischen Barbaren, die ihm absolut ergeben sind! Und unterwegs werden sich ihm die Volken, die Salluvier, die Vokontier, die Allobroger, die Helvier und zweifellos auch die Bojer und die Insubrer aus Gallia Cisalpina anschließen, ganz zu schweigen von den Ligurern!«

Nach diesen Worten herrschte im Senat absolutes Schweigen.

Da entschloß sich Philippus, Sullas Regel zu brechen, er sprang auf und marschierte geradewegs ins Zentrum der Curia Hostilia. Dort faßte er seine Gegner einen nach dem anderen scharf ins Auge, von Cethegus, der aschfahl geworden war, bis zu Catulus und Hortensius, die unter seinem Blick erschreckt zusammenzuckten. Schließlich wandte er sich dem kurulischen Podium zu und fixierte Gaius Cotta, der völlig aus der Fassung geraten war, was sich in seinem Gesicht deutlich spiegelte.

»Eingeschriebene Väter«, sagte Philippus, »ich schlage vor, daß wir die Verwalter der Staatskasse und die Steuerexperten zu uns bestellen und sehen, wo wir die beträchtliche Summe Geldes bekommen können, von der der ehrenwerte Konsul sagt, daß wir sie nicht haben. Außerdem schlage ich vor, daß wir zwei Legionen und eine oder zwei Reiterschwadronen auftreiben.«

Als Pompeius vor Septimanca im Land der Vakkäer eintraf, fand er das Hochland kleiner, als seine Kundschafter berichtet hatten, aber es machte einen wohlhabenden Eindruck. Die Stadt lag auf einer Klippe über der Pisuerga, aber sie war nicht unverwundbar, und das ganze Gebiet ergab sich kampflos, als Pompeius eintraf. Mit Hilfe seiner Dolmetscher versuchte er daraufhin, die Ängste seiner Bewohner zu zerstreuen. Er versicherte ihren Häuptlingen, daß er alles bezahlen werde, was er requirierte, und daß seine Männer sich anständig verhalten würden.

Einige Meilen nördlich des Quellgebiets des Duero lag Clunia, die westlichste Hochburg des Sertorius. Einige Siedlungen im Süden dieser Stadt hatten jedoch vom traurigen Schicksal Segovias gehört und schickten, kaum daß Pompeius in Septimanca eingetroffen war, Gesandte, die eifrig ihre Loyalität zu Rom betonten und ihm anboten, was immer er brauchte. In der Folge schickte Pompeius, nachdem er sich mit seinen Legaten, Dolmetschern und einheimischen Beratern besprochen hatte, Lucius Titurius Sabinus und fünfzehn Kohorten zum Überwintern nach Termes. Die Bewohner dieser Siedlung waren zwar Keltiberer, hatten aber jede Lust verloren, Sertorius zu dienen.

In der spanischen Bevölkerung, schrieb Pompeius in seinem Neujahrsgruß an Metellus Pius, zeichne sich ein Stimmungsumschwung ab. Und wenn es ihnen in den Feldzügen des nächsten Jahres gelänge, Sertorius solchen Schaden zuzufügen, daß er sichtbar ins Wanken geriete, dann werde die Zahl der Orte wachsen, die wie Septimanca und Termes ängstlich darauf bedacht seien, sich den Römern zu unterwerfen. Der Krieg werde sich in die Kernlande des Sertorius am Ebro verlagern, und es würden keine Expeditionen an die südliche Ostküste mehr notwendig sein.

Der Frühling kam früh am Oberlauf des Duero, und Pompeius verlor keine Zeit. Er ließ die Bürger von Septimanca und Termes ihre Felder unter den Pflug nehmen – sowie etwas extra Land, falls seine Truppen im nächsten Winter zurückkehren würden – und marschierte mit seinen vier zahlenmäßig sehr kleinen Legionen die Pisuerga hinauf nach Pallantia. Die Stadt hatte sich für Sertorius erklärt, und das offensichtlich nur, weil das rivalisierende Septimanca sich zu Rom bekannt hatte.

Auch Metellus Pius brach sein Winterlager in Gallia Narbonensis zeitig ab und marschierte den Ebro hinauf, in der Absicht, sich wieder mit Pompeius zu verbinden. Sein wichtigstes Ziel bestand jedoch darin, die Route zwischen dem Ebro und Zentralspanien wieder für die römischen Truppen zu öffnen. Deshalb verließ er zunächst den Ebro und marschierte den Jalón hinauf, einen großen Nebenfluß des Ebro, der in der Iuga Carpetana entsprang, und unterwarf alle sertorianischen Städte, die an dem Fluß lagen. Als er diesen erfolgreichen Feldzug beendet hatte, verfügte er über eine kurze Marschroute in seine eigene Provinz, und er hatte Sertorius den Zugang zu den Oberläufen des Tagus und der Guadiana blockiert, so daß er von den Stämmen Lusitaniens abgeschnitten war.

Pallantia dagegen erwies sich als eine harte Nuß, und Pompeius richtete sich darauf ein, die Stadt längere Zeit zu belagern, und zwar auf die gleiche Art, wie Scipio Aemilianus Numantia belagert hatte, wie die Herolde des Pompeius nicht müde wurden, der Stadt zu verkünden. Pallantia reagierte, indem es Sertorius in Osca um Hilfe bat, und Sertorius erschien mit seiner eigenen Armee vor der Stadt, um die Belagerer zu belagern. Er ignorierte die Aktivitäten des Metellus Pius am Jalón, als er in der Nähe vorbeimarschierte, denn er war noch immer fest davon überzeugt, daß Pompeius das schwächste Glied in der Kette war.

Vor Pallantia war keiner der Feldherren an einer direkten Konfrontation interessiert, denn Pompeius hatte es auf die Stadt abgesehen und Sertorius auf die Soldaten des Pompeius. Also griff sich Sertorius die Männer des Pompeius in kleinen Gruppen, während Pompeius eifrig Baumstämme und Zunder vor den stabilen Holzbefestigungen der Stadt aufhäufte. Anfang April zog sich Pompeius zurück, und Sertorius half der Stadt, die verbrannten Abschnitte ihrer Befestigungen zu reparieren, bevor er aufbrach, um Pompeius zu verfolgen.

Einen Monat später vereinigten sich Pompeius und Metellus Pius vor Calagurris am Oberlauf des Ebro, einer der stärksten sertorianischen Städte. Metellus Pius hatte Pompeius eine Truhe voll Geld, zwei frische Legionen und sechstausend zusätzliche Soldaten mitgebracht, die, in Kohorten aufgeteilt, die Legionen, die Pompeius noch hatte, wieder auf Sollstärke brachten. Zusammen mit all diesen großzügigen Gaben aus Rom war auch der neue Proquästor des Pompeius eingetroffen, kein anderer als Marcus Terentius Varro.

Pompeius schämte sich seiner Freudentränen nicht, so glücklich war er, Varros leuchtende Glatze mit dem dünnen Haarkranz über den Ohren wiederzusehen.

»Ich war schon abmarschiert, als Varro mit deiner Verstärkung in Narbo eintraf«, sagte Metellus Pius, als die drei bei einem willkommenen Becher verdünnten Weins zusammensaßen. »Aber ich habe ihn getroffen, als ich aus dem Tal des Jalón wieder an den Ebro hinunterkam. Und es freut mich zu sagen, Magnus, daß er auch mir eine Truhe voller Geld übergeben hat.«

Pompeius holte tief Luft und ließ einen gewaltigen Seufzer der Erleichterung hören. »Dann hat mein Brief also gewirkt«, sagte er zu Varro.

»Gewirkt?« Varro lachte. »Ich würde eher sagen, er hat den Senatoren ein Feuer unter dem Arsch gemacht, wie sie es nicht mehr erlebt haben, seit Saturninus sich zum König von Rom erklärte! Du hättest ihre Gesichter sehen sollen, als Lucullus die gallischen Stämme aufzählte, die sich Sertorius angeschlossen hätten, wenn er dir als Kometenschweif nach Rom gefolgt wäre.«

»Lucullus?« fragte Pompeius erstaunt.

»Ja! Er hat sich sehr für dich eingesetzt, Magnus.«

»Warum? Ich hätte nicht gedacht, daß er mich leiden kann.«

»Kann er wahrscheinlich auch nicht. Aber er hatte wohl Angst, man könnte ihn losschicken, um dich in Spanien abzulösen. Er ist ein guter Soldat, aber er will um keinen Preis nach Spanien geschickt werden. Wer will das schon, wenn er noch alle Tassen im Schrank hat?«

»Ja, wer wohl?« grinste Metellus Pius.

»Jetzt habe ich also sechs Legionen, und wir können beide etwas Sold bezahlen«, sagte Pompeius. »Wieviel haben wir bekommen, Varro?«

»Genug, um den Lebenden und den Toten den rückständigen Sold zu zahlen und um die Lebenden einen Teil dieses Jahres zufriedenzustellen. Aber leider nicht genug, damit wir sie auch später bezahlen können. Tut mir leid, Magnus. Mehr konnte Rom nicht aufbringen.«

»Ich wünschte, ich wüßte, wo Sertorius seinen Schatz aufbewahrt!« sagte Pompeius. »Ihr könnt sicher sein, daß mein nächster Angriff dieser Stadt gelten würde, und ich würde nicht eher ruhen, als bis seine Geldsäcke in meiner Schatztruhe wären.«

»Ich glaube, daß auch Sertorius kein Geld mehr hat, Magnus«, sagte Metellus Pius und schüttelte den Kopf.

»Quatsch! Er hat doch erst vor einem Jahr dreitausend Talente in Gold von König Mithridates bekommen!«

»Schon verbraucht, vermute ich. Vergiß nicht, er hat keine Provinzen, aus denen er regelmäßige Einnahmen bezieht, und er hat nicht die Sklaven, um die Minen auszubeuten. Außerdem haben auch die spanischen Stämme kein Geld.«

»Ja, vermutlich hast du recht.«

Die drei schwiegen einen Augenblick, um diese angenehme Nachricht zu verdauen. Dann holte Metellus Pius so tief Luft, als wolle er etwas sagen, das ihm schon lange auf der Seele brannte.

»Magnus, ich glaube, ich habe eine Idee.«

»Ich bin ganz Ohr.«

»Wir haben gerade gesehen, daß Spanien verarmt ist, und zwar sowohl die Spanier als auch die Römer. Selbst die punischen Gadetaner leiden. Reichtum ist für die meisten Menschen in Spanien ein unerreichbarer Traum. Nun habe ich aber einen kleinen Schatz, der Hispania Ulterior gehört und sich in einer Truhe in meiner Residenz in Castulo befindet, seit Scipio Africanus ihn dort hingetan hat. Ich habe keine Ahnung, warum ihn keiner der geldgierigeren Statthalter mitgenommen hat, jedenfalls hat es keiner getan. Es sind hundert Talente in Goldmünzen, die einst von Hannibals Schwager Hasdrubal geprägt wurden.«

»Ach, deshalb haben sie ihn nicht genommen«, sagte Varro grinsend. »Kein Römer könnte karthagische Goldmünzen in Umlauf bringen, ohne daß man ihm unangenehme Fragen stellt.«

»Da hast du recht.«

»Du hast also hundert Talente in karthagischen Goldmünzen«, sagte Pompeius. »Was hast du damit vor?«

»Tatsächlich besitze ich noch etwas mehr. Ich habe außerdem noch zwanzigtausend Morgen bestes Ackerland direkt am Guadalquivir, das ein Servilius Caepio lokalen Adligen zur Begleichung ihrer Steuerschulden abgenommen hat. Auch dieses Land befindet sich schon seit Jahrzehnten ungenutzt in römischem Besitz und wird ein schönes Sümmchen einbringen, wenn man es verpachtet.«

Pompeius erkannte, worauf Metellus Pius hinauswollte. »Du willst das Geld und das Land als Belohnung für die Auslieferung von Quintus Sertorius aussetzen.«

»Genau.«

»Das ist eine geniale Idee, Pius. Ob es uns gefällt oder nicht, wir werden Sertorius wohl nie auf dem Schlachtfeld vernichten können. Er ist einfach zu gerissen. Und außerdem gibt es in Spanien unzählige Männer, die er rekrutieren kann und die sich darum scheren, ob er sie bezahlen kann oder nicht. Ihnen kommt es nur darauf an, Rom zu Fall zu bringen. In jedem Militärlager und in jeder Stadt gibt es jedoch immer ein paar geldgierige Männer. Wenn man eine Belohnung aussetzt, trägt man den Krieg direkt in den Palast des Sertorius hinein. Und man macht ihn zu einem Nervenkrieg. Mach es, Pius! Mach es!«

Pius machte es. Die Proklamation wurde innerhalb einer Marktwoche in ganz Spanien verbreitet: Hundert Talente in Goldmünzen und bestes Land am Ufer des Guadalquivir für den Glücklichen, der Informationen liefert, die direkt zum Tod oder zur Gefangennahme von Quintus Sertorius führen.

Pompeius und Metellus Pius erfuhren schon bald, daß diese Maßnahme Sertorius schwer zu schaffen machte. Als er von der Belohnung hörte, entließ er sofort seine Leibwache aus römischen Truppen und ersetzte sie durch eine Abteilung seiner treuesten oscischen Spanier. Außerdem mied er fortan die Gesellschaft seiner römischen und italischen Anhänger – Maßnahmen, welche die Römer und Italiker zutiefst verletzten. Wie konnte er nur glauben, daß ihn ein Römer oder ein Italiker verraten würde! Der ranghöchste unter den beleidigten Römern und Italikern war Marcus Perperna Veiento.

Inmitten dieses Nervenkriegs nahm der normale Krieg seinen unerbittlichen Verlauf. Pompeius und Metellus Pius hatten sich vereinigt und eroberten eine Anzahl sertorianischer Städte. Calagurris war allerdings nicht gefallen, denn Sertorius und Perperna waren mit dreißigtausend Mann aufgetaucht und hatten das Hinterland besetzt, um sich die Belagerer in Gruppen zu greifen – nach der bewährten Methode, die Sertorius schon vor Pallantia angewandt hatte. Was Pompeius und Metellus Pius letztlich zwang, die Belagerung aufzugeben, waren jedoch nicht die Überfälle des Sertorius gewesen, sondern der Nachschubmangel. Sie hatten ihre zwölf Legionen einfach nicht länger ernähren können.

Die Verpflegung der Truppen hatte sich infolge der schlechten Ernte des Vorjahrs zu einem Dauerproblem entwickelt. Und als das Frühjahr in den Sommer überging und in der Sommerhitze die nächste Ernte reifte, machte eine unwahrscheinliche Katastrophe den Abnutzungskrieg unmöglich, den Pompeius und Metellus Pius hatten führen wollen: Im gesamten westlichen Mittelmeerraum brach eine furchtbare Lebensmittelknappheit aus. Schon im Winter und Spätfrühling hatte es nur spärlich geregnet, und die Frucht stand nicht gerade üppig auf den ausgetrockneten Feldern. Da brach kurz vor der Erntezeit ein sintflutartiges Unwetter herein, das über dem gesamten Gebiet von Africa bis zu den Alpen und vom Atlantik bis Mazedonien und Griechenland tobte, und in Africa, auf Sizilien, auf Sardinien, in Italien, in Gallia Cisalpina und Transalpina sowie in Hispania Citerior die gesamte Ernte vernichtete. Nur in Hispania Ulterior hatten ein paar Feldfrüchte das Unwetter halbwegs überstanden.

»Wir haben nur einen Trost«, sagte Pompeius am Ende des Sextilis zu Metellus Pius. »Auch Sertorius werden die Nahrungsmittel knapp werden.«

»Er hat noch genug Getreide aus früheren Jahren in seinen Speichern«, sagte Metellus Pius bedrückt. »Er wird viel leichter durchkommen als wir.«

»Ich könnte wieder an den Oberlauf des Duero ziehen«, grübelte Pompeius. »Aber ich bezweifle, daß das Gebiet sechs ganze Legionen ernähren kann.«

»Dann kehre ich in meine Provinz zurück«, sagte Metellus Pius entschlossen. »Ich glaube nicht, daß du mich im Frühling brauchen wirst. Du kannst allein tun, was hier noch zu tun ist. In Hispania Citerior gibt es keine Nahrung für meine Truppen, aber wenn du es schaffst, eine der größeren sertorianischen Städte zu erobern, wirst du deine Männer verpflegen können. Ich kann zwei von deinen Legionen nach Hispania Ulterior mitnehmen und sie dort überwintern lassen. Wenn du sie im Frühling zurückhaben willst, schicke ich sie dir. Wenn du sie nicht verpflegen kannst, behalte ich sie. Es wird schwierig werden, aber Hispania Ulterior ist besser davongekommen als jeder andere Ort westlich der Cyrenaica. Du kannst dich darauf verlassen, wer immer mit mir geht, bekommt auch genug zu essen.«

Pompeius nahm das Angebot an, und Metellus Pius brach mit acht Legionen viel früher in seine Provinz auf, als er eigentlich geplant hatte. Pompeius schickte seine restlichen vier Legionen sofort nach Septimanca und Termes ins Winterlager, er selbst aber blieb mit Varro und der Reiterei am Unterlauf des Ebro. Dank des Unwetters gab es genügend Gras für die Pferde, und so konnten sie mit der Reiterei in Emporiae überwintern, wo sich Pompeius unverzüglich daranmachte, seinen zweiten Brief an den Senat von Rom zu schreiben. Diesmal aber verließ er sich ganz auf seine eigene Prosa, obwohl Varro wieder bei ihm war.

An den Senat und das Volk von Rom:

Ich weiß genau, daß Rom und Italien genauso schwer unter dem allgemeinen Getreidemangel zu leiden haben wie ich selbst.

Ich habe zwei meiner Legionen mit meinem Kollegen Pius nach Hispania Ulterior geschickt, das sich in besserem Zustand befindet als Hispania Citerior.

Dieser Brief hat nicht den Zweck, Nahrungsmittel zu erbitten. Ich werde meine Männer irgendwie am Leben erhalten, genauso sicher, wie ich Sertorius letztlich besiegen werde. In diesem Brief geht es um Geld. Ich bin nämlich noch immer ein Jahr mit dem Sold im Rückstand, und ich habe es satt, meine Männer ständig vertrösten zu müssen.

Obwohl ich mich am westlichen Ende der Welt aufhalte, kommt mir doch zu Ohren, was anderswo vorgeht. Ich weiß, daß König Nikomedes tot ist und Mithridates im Frühsommer in Bithynien einmarschiert ist. Ich weiß, daß sich die Stämme in Mazedonien auf der ganzen Länge der Via Egnatia in Aufruhr befinden. Ich weiß, daß es wegen der Piraten für römische Flotten unmöglich ist, Getreide aus dem östlichen Mazedonien und der Provinz Asia nach Italien zu verschiffen, um die Ernährungskrise zu bekämpfen. Ich weiß, daß Lucius Lucullus und Marcus Cotta, die diesjährigen Konsuln, den Auftrag erhielten, gegen Mithridates zu kämpfen. Ich weiß, daß Rom unter Geldmangel leidet. Aber ich weiß auch, daß Ihr dem Konsul Lucullus zweiundsiebzig Millionen Sesterzen angeboten habt, um eine Flotte zu finanzieren und – daß er das Angebot abgelehnt hat. Ihr habt also mindestens zweiundsiebzig Millionen Sesterzen unter einer Bodenplatte der Schatzkammer versteckt. Und das macht mich sehr wütend. Es bedeutet nämlich, daß ihr Mithridates mehr fürchtet als Sertorius. Ich habe da andere, ganz andere Maßstäbe. Der eine ist ein Potentat aus dem Osten, dessen einzige Stärke in der großen Zahl seiner Truppen liegt. Der andere ist ein Römer, und das ist seine Stärke! Ich weiß genau, gegen welchen Mann ich lieber kämpfen würde. Tatsächlich hätte ich es gern gesehen, wenn Ihr mich damit beauftragt hättet, Mithridates niederzuwerfen. Ich wäre wirklich scharf darauf gewesen, nach dieser undankbaren Aufgabe in Spanien, einem Land, nach dem kein Hahn zu krähen scheint.

Ich kann in Spanien nicht weitermachen ohne ein paar von den zweiundsiebzig Millionen Sesterzen. Deshalb schlage ich vor, daß Ihr Eure Bodenplatte hochhebt und ein paar Säcke mit Geld aus dem Loch darunter holt. Die Alternative ist einfach: Ich werde meine Soldaten hier in Hispania Citerior entlassen – alle vier Legionen, die ich noch bei mir habe –, und dann sollen die Soldaten selber sehen, wie sie zurechtkommen. Der Weg nach Hause ist weit. Ohne einen ordentlichen Befehlshaber werden sich vermutlich nur wenige für den Rückmarsch entscheiden. Die Mehrheit wird tun, was ich in ihrer Lage auch tun würde. Sie werden sich von Quintus Sertorius anwerben lassen, weil er sie ernähren und regelmäßig bezahlen kann. Die Entscheidung liegt bei Euch. Entweder Ihr schickt mir Geld, oder ich entlasse auf der Stelle meine Truppen.

Übrigens bin ich noch immer nicht für mein Staatspferd entschädigt worden.

Pompeius bekam sein Geld; die Senatoren verstanden ein Ultimatum, wenn es ihnen in derart unverblümter Deutlichkeit gestellt wurde. Das ganze Land stöhnte, aber es wäre absolut nicht in der Lage gewesen, mit einer Invasion des Sertorius fertigzuwerden, besonders wenn dieser durch vier Legionen des Pompeius verstärkt gewesen wäre. Der Schock, den Pompeius' Brief auslöste, war sogar heilsam genug, daß auch Metellus Pius Geld erhielt. Nun mußten die beiden römischen Feldherren nur noch Nahrungsmittel auftreiben.

Und siehe da, die beiden Legionen des Pompeius kehrten mit einer riesigen Wagenkolonne voller Lebensmittel zurück, und Gnaeus Pompeius Magnus konnte seinen Abnutzungskrieg wieder beginnen. Er nahm schließlich doch Pallantia ein und marschierte danach auf Cauca, wo er die Bewohner bat, seine Kranken und Verwundeten zu pflegen. Sie waren einverstanden, doch Pompeius hatte seine besten Soldaten als Kranke und Verwundete verkleidet und nahm die Stadt von innen heraus. Die Hochburgen des Sertorius fielen eine nach der anderen, und ihre Getreidevorräte kamen Pompeius zugute. Als der Winter hereinbrach, konnten sich nur noch Calagurris und Osca halten.

Pompeius erhielt einen Brief von Metellus Pius.

Pompeius, ich bin entzückt. Die Feldzüge, die Du dieses Jahr geführt hast – allein geführt hast –, haben Sertorius das Rückgrat gebrochen. Ich mag vielleicht die Siege auf dem Schlachtfeld er-

rungen haben, aber die notwendige Zähigkeit hast allein Du bewiesen. Du hast nicht einen Augenblick aufgegeben und Sertorius nicht eine einzige Atempause gelassen. Und immer bist Du es gewesen, den Sertorius selbst angriff, während ich das Glück hatte, mich zuerst mit Hirtuleius schlagen zu dürfen. Hirtuleius war zweifellos kein schlechter Feldherr, aber Sertorius ist Klassen besser, und was diesen Perperna betrifft, er ist eine absolut mittelmäßige Figur.

Und jetzt muß ich den Soldaten unserer Legionen ein Kompliment machen. Dies war der bitterste und undankbarste aller römischen Kriege, unsere Männer haben ungeheure Strapazen erdulden müssen. Trotzdem kann sich keiner von uns über Unzufriedenheit oder gar Rebellion beklagen, und das, obwohl wir Jahre mit dem Sold im Rückstand waren und es keine Beute gab. Wir haben Städte geplündert, nur um wie die Ratten nach dem letzten Körnchen Getreide zu suchen. Ja, wir haben zwei wunderbare Armeen, Gnaeus Pompeius, und ich wollte, ich hätte Vertrauen, daß Rom sie belohnt, wie sie es verdient haben. Aber ich habe kein Vertrauen. Rom ist unbesiegbar. Es mag Schlachten verlieren, aber Kriege verliert es keine. Vielleicht sind unsere tapferen Soldaten der Grund dafür, wenn man sich ihre Loyalität, ihre Disziplin und ihr enormes Durchhaltevermögen vor Augen hält. Wir Befehlshaber und Statthalter leisten auch unseren Beitrag, aber letztlich gebührt der Ruhm meiner Ansicht nach doch den römischen Soldaten.

Ich weiß nicht, wann Du nach Hause zurückkehren willst. Ich nehme an, da der Senat Dir Dein Spezialkommando verliehen hat, wird er es Dir auch wieder entziehen können. Was mich betrifft, ich bin der Statthalter des Senats in Hispania Ulterior und habe es nicht eilig heimzukehren. Für den Senat ist es gegenwärtig einfacher, meine Statthalterschaft zu verlängern, wenn ich darum bitte, als einen neuen Statthalter für Hispania Ulterior zu finden. Also werde ich darum bitten, daß mein Imperium um mindestens zwei Jahre prorogiert wird. Ich will die Provinz wieder in einen ordentlichen Zustand bringen und sie gegen die Lusitanier sichern, bevor ich gehe.

Ich freue mich nicht auf meine Rückkehr nach Rom, denn dort erwartet mich ein neuer Konflikt – ein Kampf mit dem Senat, der mir Land bewilligen muß, auf dem ich meine Veteranen ansiedeln kann. Ich könnte es nicht ertragen, wenn meine Männer nicht belohnt würden. Deshalb will ich sie in Gallia Cisalpina ansiedeln, aber nicht südlich, sondern nördlich des Po. Es gibt dort riesige Flächen gutes Acker- und Weideland, das sich gegenwärtig in der Hand von Galliern befindet. Da es eigentlich kein römisches Land ist, wird der Senat kein Interesse daran haben, und gegen einen Haufen Insubrer werde ich meine Veteranen allemal unterstützen. Ich habe die Sache bereits mit meinen Zenturionen besprochen, und sie waren hocherfreut. Meine Soldaten werden sich also nicht ziellos herumtreiben und vielleicht mehrere Jahre warten müssen, bis ein Komitee von Landverteilern und Bürokraten vermessen und geschwatzt, Listen erstellt und geschwatzt, zugeteilt und geschwatzt und am Ende doch nichts erreicht hat. Je mehr ich von diesen Komitees sehe, desto mehr bin ich überzeugt, daß das einzige, was so ein Komitee wirklich organisieren kann, eine Katastrophe ist.

Ich wünsche Dir alles Gute, lieber Magnus.

Pompeius überwinterte diesmal bei den Vascones, einem mächtigen Stamm, der in den westlichen Pyrenäen ansässig und von Sertorius inzwischen schwer enttäuscht war. Da die Vascones die Soldaten des Pompeius gut behandelten, hielt dieser seine Männer auf Trab, indem er sie für den Stamm eine Festung bauen ließ. Zuvor hatte er die Vascones einen Eid schwören lassen, daß Pompaelo, wie er den neuen Mittelpunkt einer Stadt taufte, dem Senat und dem Volk von Rom immer treu ergeben sein würde.

Für Quintus Sertorius war es ein harter Winter. Vielleicht hatte er die ganze Zeit gewußt, daß er für eine verlorene Sache kämpfte, und bestimmt war ihm klar, daß er nie zu Fortunas Günstlingen gehört hatte. Aber er konnte sich diese Tatsachen nicht offen eingestehen. Statt dessen redete er sich ein, daß die Sache gut für ihn gelaufen war, solange er seine römischen Gegner hatte glauben machen können, daß sie ihn im Feld besiegen könnten. Sein Abstieg hatte begonnen, als das alte Weib und das Kind das Spiel durchschaut und beschlossen hatten, offene Feldschlachten zu vermeiden.

Daß seine Feinde Verräter mit einem Preis lockten, hatte ihn bis ins Mark getroffen, denn er war Römer genug, um zu wissen, daß selbst im Herzen des vernünftigsten und anständigsten Menschen die Habgier erwachen kann. So konnte er seinen römischen und italischen Verbündeten nicht mehr trauen, die in der gleichen Tradition aufgewachsen waren wie er selbst. Nur seine Spanier waren noch unschuldig genug, daß sie von jenem Laster der Zivilisation noch nicht betroffen waren, das man Habgier nennt. Sertorius rechnete nun ständig damit, eine Hand verstohlen an den Messergriff wandern zu sehen oder einen verdächtigen Ausdruck auf einem Gesicht wahrzunehmen, und allmählich brach er unter der ständigen Anspannung zusammen. Da er genau wußte, daß sein neues unberechenbares Verhalten den Spaniern ungewöhnlich und seltsam erscheinen mußte, nahm er sich ihnen gegenüber mächtig zusammen; und um sich besser zusammennehmen zu können, trank er immer mehr Wein als Beruhigungsmittel.

Dann jedoch erlitt er den härtesten Schlag seines Lebens: Aus Narsae kam die Nachricht, daß seine Mutter gestorben war. Dies war schlimmer als jeder Verrat. Nicht einmal, wenn man ihm die blutbefleckten Leichname seiner germanischen Frau und seines Sohnes zu Füßen gelegt hätte, dem er absichtlich keine römische Erziehung hatte angedeihen lassen, wäre seine Trauer größer gewesen als beim Tod seiner Mutter Maria. Er schloß sich viele Tage lang in seinem abgedunkelten Zimmer ein, wobei ihm nur das weiße Hirschkalb Diana und eine Unzahl von Weinkrügen Gesellschaft leisteten. All die Jahre war er nicht nach Hause gekommen. Und nun dieser Verlust! Und die entsetzlichen Schuldgefühle!

Als er schließlich wieder auftauchte, war eine nie gekannte Härte über ihn gekommen. Früher war er die Höflichkeit selbst gewesen, nun aber mißtraute er selbst seinen Spaniern und beleidigte aus nichtigem Anlaß seine besten Freunde. Er konnte es körperlich spüren, wie ihm Pompeius mit seiner äußerst wirkungsvollen und kühl kalkulierten Zermürbungstaktik das Land entriß, das er so lange beherrscht hatte. Unter dem Einfluß des Weins war sein Verfolgungswahn ins Unermeßliche gewachsen, und schließlich konnte er ihn nicht mehr beherrschen. Als er erfuhr, daß einige der spanischen Häuptlinge heimlich ihre Kinder von seiner berühmten Schule in Osca weggeholt hatten, stürmte er mit seiner Leibgarde in die lichtdurchfluteten, friedlichen Kolonnaden der Schule und brachte viele der verbliebenen Kinder um. Dies war der Anfang vom Ende.

Marcus Perperna Veiento hatte nie vergessen oder vergeben, daß ihm Sertorius die Kontrolle über seine Armee entzogen hatte, noch konnte er die angeborene Überlegenheit dieses Marianischen Renegaten aus den Sabiner Bergen verkraften. Jedes Mal, wenn sie eine Schlacht schlugen, hatte er von neuem erfahren müssen, daß Sertorius der weitaus begabtere Feldherr war und seine Soldaten mit einer Hingabe für ihn kämpften, von der Perperna nicht einmal träumen konnte. Doch er brachte es nicht fertig sich einzugestehen, daß er Sertorius auf keinem Gebiet übertreffen konnte, und so übertraf er ihn schließlich auf dem Gebiet des Verrats.

In dem Augenblick, als er hörte, daß Metellus Pius eine Belohnung ausgesetzt hatte, war seine Entscheidung gefallen. Er hatte nicht mit dem Glück gerechnet, daß Sertorius ihm die Sache so leicht machen würde, indem er wild um sich schlug, aber er machte es sich gern zunutze.

Perperna veranstaltete ein Fest – um das eintönige Winterleben in Osca etwas abwechslungsreicher zu gestalten, wie er locker versicherte –, und er lud seine römischen und italischen Kumpane dazu ein. Und natürlich Sertorius. Er wußte nicht, ob Sertorius kommen würde, bis er die massige Gestalt und das zweigeteilte Gesicht tatsächlich in der Tür erscheinen sah. Dann jedoch schoß er sofort auf den Ehrengast zu, geleitete ihn an den Ehrenplatz auf seiner eigenen Liege und sorgte dafür, daß seine Sklaven den Mann mit unverdünntem starkem Wein versorgten.

Alle Anwesenden außer Sertorius waren in die Verschwörung eingeweiht, und die Atmosphäre war zum Zerreißen gespannt. Die Verschwörer versuchten ihre Furcht und ihr schlechtes Gewissen zu betäuben, indem sie unverdünnten Wein in sich hineinschütteten, bis Perperna befürchtete, keiner werde mehr nüchtern genug sein, um die Tat auszuführen. Das weiße Hirschkalb hatte seinen Herrn begleitet – natürlich, denn es war in letzter Zeit kaum mehr von seiner Seite gewichen. Es hatte sich auf der Liege zwischen Perperna und Sertorius niedergelassen, eine Beleidigung, die Perperna in eine ungeheure Wut versetzte, obwohl er selbst wahrhaft Schlimmeres plante. Also verließ er so schnell wie möglich die Liege im Zentrum des Raums und bedeutete dem halb spanischen, halb römischen Marcus Antonius, seinen Platz einzunehmen. Antonius war ein primitiver Bursche, den einer der großen Antonier mit einer Bäuerin gezeugt, jedoch nie als Sohn anerkannt, geschweige denn der sprichwörtlichen Großzügigkeit der Antonier hatte teilhaftig werden lassen.

Das Gespräch wurde roher und die Scherze derber, wobei sich Antonius besonders hervortat. Sertorius, der Obszönitäten und schlüpfrige Witze verabscheute, nahm an dem Geplänkel nicht teil, sondern liebkoste Diana und trank, wobei seine heile Gesichtshälfte einen abwesenden, in sich gekehrten Ausdruck zeigte. Schließlich machte einer der Zecher eine besonders wüste Bemerkung, die jedermann in Begeisterung versetzte. Nur Sertorius ließ sich mit angewidertem Gesicht auf die Liege zurückfallen. Perperna wurde von panischer Furcht ergriffen, daß Sertorius das Fest verlassen könnte, und so gab er das verabredete Zeichen, obwohl der Lärm so laut war, daß er nicht wußte, ob es gehört werden würde.

Er schmetterte seinen silbernen Becher mit solcher Kraft auf den Boden, daß dieser laut scheppernd wieder hoch in die Luft flog. Sofort war es totenstill. Doch Antonius reagierte viel schneller als der nichtsahnende, schwer berauschte Sertorius; er riß den großen Dolch des römischen Legionärs unter seiner Tunika hervor, warf sich auf sein Opfer und stieß ihm den Dolch in die Brust. Diana quiekte laut und zappelte; Sertorius richtete sich auf. Da stürzte die ganze Gesellschaft nach vorn und hielt den verwundeten Mann an Armen und Beinen fest, damit Antonius ihm den Dolch wieder und wieder in die Brust rammen konnte. Sertorius starb ohne einen Laut. Doch selbst wenn er geschrien hätte, wäre ihm niemand zu Hilfe gekommen. Seine spanischen Leibwächter, die er vor der Tür hatte warten lassen, waren schon lange zuvor ermordet worden.

Das Hirschkalb schrie noch immer durchdringend, kam auf die Beine, als die Mörder befriedigt zurücktraten, und stupste seinen Herrn, der blutbedeckt und regungslos auf der Liege lag, verzweifelt mit der Nase an. Da endlich sah Perperna eine Aufgabe, der er sich gewachsen fühlte. Er ergriff den Dolch, den Antonius hatte fallen lassen, und stieß ihn dem Tier direkt hinter dem Vorderlauf in die Flanke. Das weiße Hirschkalb brach zuckend über der Leiche des Sertorius zusammen, und als die Mörder den Leichnam schreiend und johlend packten und ihn wie ein ausgedientes Möbelstück vor die Tür von Perpernas Haus warfen, schmissen sie ihm Diana gleich hinterher.

Pompeius erhielt die Nachricht auf eine Weise, die er hinterher für absolut voraussehbar halten würde, obwohl sie ihn damals mit ehrlichem Abscheu erfüllt hatte. Die Nachricht stammte nämlich von Marcus Perperna Veiento persönlich, und sie erreichte Pompeius so schnell, wie ein Pferd von Osca nach Pompaelo galoppieren konnte. Der Autor des Schreibens informierte Pompeius in aller Kürze vom Ableben des Sertorius und kam ohne Umschweife darauf zu sprechen, daß Pompeius und Metellus Pius ihm, Perperna, nun hundert Talente in Gold sowie zwanzigtausend Morgen Land schuldeten. Zum Schluß teilte er mit, daß die gleiche Botschaft auch an Metellus Pius gegangen sei.

Pompeius antwortete aus eigener Verantwortung und schickte einen Eilboten mit einer Abschrift an Metellus Pius.

Es macht mich keineswegs glücklich zu hören, daß Quintus Sertorius von einem Wurm wie Dir getötet wurde, Perperna. Er war dem Untergang geweiht, aber er hatte es trotzdem verdient, einen besseren Tod von edlerer Hand zu sterben.

Dagegen macht es mir großes Vergnügen, Dir die Belohnung zu verweigern, denn sie war nicht auf einen Kopf ausgesetzt. Sie war für einen Mann bestimmt, der uns Informationen geliefert hätte, die dazu geführt hätten, daß wir Sertorius ergriffen oder getötet hätten. Wenn in dem Steckbrief, den Du gesehen hast, nicht erwähnt war, daß es uns um Informationen ging, mußt Du den Schreiber dafür verantwortlich machen. Ich selbst habe allerdings keinen Steckbrief gesehen, in dem diese Tatsache nicht erwähnt worden wäre. Du kommst aus einer Familie von Konsularen, hast selbst dem Senat angehört und bist Prätor gewesen, Perperna. Du hättest es besser wissen müssen.

Da ich annehme, daß Du als Feldherr die Nachfolge von Quintus Sertorius angetreten hast, habe ich das große Vergnügen, Dir die Information zu liefern, daß der Krieg fortgesetzt wird, bis der letzte Verräter tot und der letzte Aufständische in die Sklaverei verkauft ist.

Als der Tod des Sertorius in Spanien bekannt wurde, zerstreuten sich seine spanischen Anhänger in den Wäldern Lusitaniens und Aquitaniens, und selbst einige seiner römischen und italischen Soldaten desertierten aus Perpernas Heer. Perperna ließ sich davon nicht beirren, sammelte alle Truppen, die ihm geblieben waren, und verließ Osca im Mai, um Pompeius zur Schlacht zu stellen. Die kurze Antwort, mit der Pompeius seine Bitte um die Belohnung abgeschmettert hatte, hatte ihn gereizt bis aufs Blut. Wie konnte dieser picentische Emporkömmling es wagen, für einen Caecilius Metellus zu antworten? Caecilius Metellus hatte allerdings überhaupt nicht geantwortet.

Die Schlacht war nicht besonders spannend. Perperna stieß zufällig auf eine der Legionen des Pompeius, die gerade südlich von Pompaelo Nahrungsmittel besorgte. Die Männer hatten sich über das Gelände verstreut und waren durch mehrere Dutzend Ochsenkarren behindert. Als sie die letzte Armee des Sertorius auf sich zustürmen sahen, flohen sie in eine tiefe Schlucht, und Perperna verfolgte sie begeistert. Erst als sich Perpernas Heer bis zum letzten Mann in der Schlucht befand, ließ Pompeius die Falle zuschnappen; seine Männer stürmten von allen Seiten die Abhänge hinab und massakrierten die letzte Armee des Sertorius.

Einige Soldaten fanden Perperna, der sich in einem Dickicht versteckt hatte, schleppten ihn vor Aulus Gabinius, und dieser brachte ihn sofort zu Pompeius. Grau vor Entsetzen, versuchte Perperna sein Leben freizukaufen, indem er Pompeius als Gegenleistung sämtliche privaten Papiere des Sertorius bot. Sie würden, winselte er, den Verdacht bestätigen, daß viele wichtige Männer in Rom einen Sieg des Sertorius gewünscht und gehofft hätten, daß er Rom nach den Prinzipien des Marius umgestalten würde.

»Was immer das sei«, sagte Pompeius mit steinernem Gesicht und ausdruckslosen Augen.

»Was was sei?« fragte Perperna zitternd.

»Die Prinzipien des Marius.«

»Bitte, Gnaeus Pompeius. Ich flehe dich an! Sieh dir die Papiere an, und du wirst wissen, wie recht ich habe!«

»Dann gib sie mir«, sagte Pompeius lakonisch.

Ungeheuer erleichtert, erklärte Perperna Aulus Gabinius, wo er nach den Papieren suchen sollte, die er mit sich geführt hatte, weil er sie in Osca nicht sicher wähnte. Dann wartete er mit kaum verhohlener Ungeduld, bis der Suchtrupp zurückkam. Zwei der Soldaten stellten eine große Truhe vor Pompeius auf den Boden.

»Öffnet sie!« sagte Pompeius.

Er ging in die Hocke und wühlte lange Zeit in den versiegelten Schriftrollen und Papieren. Gelegentlich breitete er ein Blatt vor sich aus, um es murmelnd zu lesen, wobei er immer wieder mit dem Kopf nickte. Auf den größten Teil der Papiere warf er nur einen Blick, aber bei einigen der kürzeren Schriftstücke, die er überlas, zog er die Augenbrauen hoch. Er stand auf, als die Truhe leer war und die Dokumente wild durcheinander auf dem zertrampelten Gras lagen.

»Schieb den ganzen Mist auf einen Haufen, und verbrenn ihn jetzt und hier vor meinen Augen!« sagte Pompeius zu Aulus Gabinius.

Perperna blieb vor Überraschung der Mund offen stehen, aber er sagte nichts.

Als der Inhalt der Truhe lichterloh brannte, wandte sich Pompeius mit einem Ausdruck tiefster Befriedigung an Gabinius, wies mit dem Kinn auf Perperna und sagte: »Gabinius, töte diesen Wurm!«

Perperna starb durch das Schwert eines römischen Legionärs, und in dem Augenblick, als sein Kopf über den blutgetränkten Boden rollte, war der Krieg in Spanien zu Ende.

»So, das war's«, sagte Aulus Gabinius.

Pompeius zuckte die Schultern. »Den sind wir los«, sagte er.

Beide hatten eine Weile auf Perpernas abgetrennten Kopf hinuntergestarrt, dem vor Überraschung und Entsetzen die Augen aus den Höhlen getreten waren. Nun aber drehte sich Pompeius herum und trat zu den anderen Legaten. Sie hatten sich wohlweislich nicht von der Stelle gerührt, da man sie nicht gerufen hatte.

»Mußtest du die Papiere verbrennen?« fragte Gabinius.

»Aber natürlich.«

»Wäre es nicht besser gewesen, sie mit nach Rom zu nehmen? Dann hätten wir alle Verräter zur Strecke bringen können.«

Pompeius schüttelte den Kopf und lachte. »Hättest du Lust gehabt, die nächsten hundert Jahre Hochverratsprozesse zu führen? Manchmal ist es klüger, wenn man etwas für sich behält. Ein Verräter hört nicht auf, ein Verräter zu sein, nur weil die Papiere, die ihn hätten entlarven können, in Rauch aufgegangen sind.«

»Ich verstehe nicht ganz.«

»Ich meine, die bleiben uns erhalten, Aulus Gabinius. Sie laufen uns nicht davon.«

Der Krieg war zwar zu Ende, aber Pompeius war ein zu gründlicher Mensch, um einfach zusammenzupacken und mit Perpernas Kopf auf einem Speer nach Hause zu marschieren. Er hinterließ gern geordnete Verhältnisse, was er im wesentlichen dadurch erreichte, daß er jedermann töten ließ, der in Zukunft zu einer Bedrohung werden konnte. Zu den Opfern gehörten auch die germanische Frau und der Sohn des Sertorius, den Pompeius in Osca aufspürte, nachdem er im Juni die Kapitulation dieser gewaltigen Festung angenommen hatte. Der dreißigjährige Mann, den man ihm als Sertorius' Sohn präsentierte, sah Sertorius ähnlich genug, um die Geschichte glaubhaft zu machen, obwohl er kein Latein sprach und wie ein Spanier vom Stamm der Ilergetes wirkte.

Als Clunia und Uxama von Sertorius' Tod hörten, bedauerten sie, daß sie sich Pompeius unterworfen hatten, schlossen die Tore und richteten sich auf eine Belagerung ein. Pompeius tat ihnen den Gefallen. Zuerst fiel Clunia, dann Uxama und als letzte Stadt Calagurris. Dort mußten die Römer zu ihrem Entsetzen feststellen, daß die Männer der Stadt lieber ihre eigenen Frauen und Kinder verspeist hatten, als sich zu ergeben. Pompeius ließ alle noch lebenden Einwohner hinrichten und brannte danach nicht nur die Stadt, sondern auch die ganze Umgebung nieder.

Natürlich waren die ganze Zeit Botschaften zwischen dem siegreichen Feldherrn und Rom hin und her gegangen. Nicht alle Schreiben waren offizieller Natur, und nicht alle Dokumente waren für die Öffentlichkeit bestimmt. Der wichtigste Briefpartner des Pompeius war Philippus, der sich im Senat gewaltig aufspielte. Die Konsuln dieses Jahres, Lucius Gellius Poplicola und Gnaeus Cornelius Lentulus Clodianus, waren heimliche Klienten des Pompeius, und so konnte er sie leicht dafür gewinnen, denjenigen Spaniern, die ihm wertvolle Dienste geleistet hatten, das Bürgerrecht zu verleihen. Ganz oben auf der Liste war zweimal ein fremdartiger Name verzeichnet: Kinahu Hadasht Byblos, der Onkel, dreiunddreißig Jahre; und Kinahu Hadasht Byblos, der Neffe, achtundzwanzig Jahre, beide angesehene Bürger und Kaufleute fürstlichen Geschlechts aus dem phönizischen Gades. Die beiden nahmen jedoch nicht den Namen des Pompeius an, denn Pompeius hatte nicht die Absicht, Rom mit einer Flut spanischer Gnaeus Pompeiusse zu überschwemmen, die nur durch unterschiedliche Beinamen zu unterscheiden waren. Der Onkel und der Neffe aus Gades wurden in die Klientel von Lucius Cornelius Lentulus gesteckt, einem Legaten des Pompeius, der ein Vetter des amtierenden Konsuls war. Und so kamen sie als Lucius Cornelius Balbus Major und Lucius Cornelius Balbus Minor nach Rom und gingen unter diesen Namen in die Annalen der Stadt ein.

Pompeius machte noch immer keinerlei Anstalten, sich zu beeilen. Er nahm die Minen um Neu-Karthago wieder in Betrieb und bestrafte die Contestaner für den Angriff auf den guten, gefallenen Gaius Memmius. Pompeius' Schwester war durch den Tod des Quästors zur Witwe geworden; Pompeius würde etwas in dieser Sache unternehmen müssen, wenn er nach Rom zurückkehrte. Langsam wurde aus Hispania Citerior wieder eine ordentliche römische Provinz. Sie erhielt eine gut organisierte Verwaltung, ein Steuersystem, klare Gesetze und all die anderen Dinge, die damals für die römische Herrschaft kennzeichnend waren.

Erst im Herbst nahm Pompeius seinen Abschied von Spanien, wobei er inbrünstig hoffte, nie mehr zurückkehren zu müssen. Sein Selbstvertrauen war weitgehend wiederhergestellt, obwohl er nie mehr ohne einen gewissen Schauder einem militärischen Gegner entgegentreten würde und nie mehr einen Krieg beginnen wollte, ohne dem Gegner zumindest um einige Legionen überlegen zu sein. Außerdem schwor er sich, nie mehr gegen einen Römer zu kämpfen.

Auf der Paßhöhe in den Pyrenäen ließ Pompeius Siegeszeichen aufstellen, so die Rüstung, die einst Quintus Sertorius getragen und die Rüstung, in der Perperna seinen Kopf verloren hatte. Sie wurden an hohen Pfosten befestigt, wobei die Lederriemen traurig im Bergwind klapperten und jeden, der die Grenze zwischen Gallien und Spanien überschritt, daran erinnerten, daß es sich nicht lohnte, einen Krieg gegen Rom zu beginnen. Neben den Siegeszeichen ließ Pompeius einen Steinhaufen mit einer Gedenktafel errichten, auf der sein Name, sein Titel, sein Auftrag, die Anzahl der Städte, die er erobert, und die Namen der Männer, die er mit dem römischen Bürgerrecht belohnt hatte, verzeichnet waren.

Danach stieg er nach Gallia Narbonensis hinunter, wo er den Winter damit zubrachte, sich an Garnelen und Meeräschen gütlich zu tun. Wie der Krieg hatte auch das Wetter dieses Jahr eine glückliche Wendung genommen; in beiden Spanien hatte es eine gute Ernte gegeben, in Gallia Narbonensis aber war sie überreich gewesen.

Pompeius wollte nicht vor Mitte des Jahres nach Rom zurückkehren. Nicht weil er sich seiner Leistungen geschämt hätte, sondern weil er schlicht nicht wußte, was er als nächstes tun, welchen Pfeiler der römischen Tradition und Verfassung er als nächstes umstürzen sollte. Am achtundzwanzigsten Tag des September würde er fünfunddreißig Jahre alt werden; dann war er nicht mehr der milchgesichtige Liebling der Legionen. Also mußte er sich ein Ziel setzen, das eines Mannes würdig war, nicht eines Knaben. Aber welches Ziel? Ein Ziel zweifellos, das ihn der Senat nur höchst ungern würde erreichen lassen. Er spürte, daß die Antwort bereits in einem Teil seines Unterbewußtseins verborgen lag, den er noch nicht zu erforschen wagte.

Also hörte er auf, sich den Kopf zu zerbrechen. Es gab genügend Dinge, die er sofort anpacken mußte. Beispielsweise galt es, die neue Straße über die Alpen zu befestigen, die er gefunden hatte. Sie mußte vermessen, gepflastert und getauft werden. Getauft, aber wie? Via Pompeia? Das hörte sich gut an! Aber wer wollte schon sterben und einen Straßennamen zu seinem Gedenken hinterlassen? Nein, es war besser, wenn man nur seinen Namen in Erinnerung behielt: Pompeius der Große. Ja, damit war alles gesagt.

TEIL SIEBEN

*September 78 v. Chr.
bis Juni 71 v. Chr.*

Nach seinem Ausscheiden aus Publius Servilius Vatias Dienst hatte es Caesar nicht eilig heimzukehren. Statt dessen unternahm er eine Reise durch jene Teile der Provinzen Asia und Lycia, die er noch nicht gesehen hatte. Als er schließlich Ende September des Jahres, in dem Lepidus und Catulus Konsuln waren, nach Rom zurückkehrte, herrschte dort große Besorgnis. Lepidus hatte, statt Wahlen zum Magistrat abzuhalten, wie es seine Pflicht gewesen wäre, die Stadt verlassen und Truppen in Etruria ausgehoben. In Rom ging die Furcht vor einem neuen Bürgerkrieg um.

Ob diese Furcht nun begründet war oder nicht, Caesar ließ sich nicht von ihr anstecken. Er hatte ganz andere, persönliche Sorgen.

Seine Mutter schien während seiner Abwesenheit überhaupt nicht gealtert zu sein, aber sie hatte sich verändert; sie war sehr traurig.

»Weil Sulla tot ist!« sagte Caesar vorwurfsvoll, und seine Stimme verriet einen tiefsitzenden Groll, der noch aus der Zeit stammte, als er Sulla für ihren Liebhaber gehalten hatte.

Aurelia nickte.

»Aber warum? Du schuldest ihm keinen Dank!«

»Doch, für dein Leben, Caesar.«

»Das hat doch vor allem er in Gefahr gebracht!«

»Ich bin traurig, daß er tot ist.«

»Ich nicht.«

»Dann laß uns von etwas anderem reden.«

Caesar gab sich geschlagen und lehnte sich seufzend in seinen Stuhl zurück. Das trotzig erhobene Kinn seiner Mutter zeigte unmißverständlich an, daß sie nicht zum Nachgeben bereit war, was immer er auch vorbringen würde.

»Es ist an der Zeit, daß ich das Lager mit meiner Frau teile, Mutter.«

Aurelia hob die Augenbrauen. »Sie ist kaum sechzehn.«

»Zum Heiraten ist das für ein Mädchen zu früh, zugegeben. Aber Cinnilla ist bereits seit neun Jahren verheiratet, und das verändert die Situation. Bei unserem Wiedersehen habe ich in ihren Augen gelesen, daß sie bereit ist, mit mir das Lager zu teilen.«

»Du magst recht haben. Dein Großvater hätte allerdings gesagt, wenn Mann und Frau aus einem alten Patriziergeschlecht stammen, gibt es eine schwere Schwangerschaft. Es wäre mir lieber, sie wäre etwas reifer, bevor sie in die eheliche Pflicht genommen wird.«

»Cinnilla ist reif, Mutter.«

»Wann soll es sein?«

»Heute nacht.«

»Aber sollten wir nicht eure ehelichen Bande vorher noch einmal bekräftigen? Durch ein Festmahl im Familienkreis etwa; deine Schwestern sind gerade beide in Rom, Caesar.«

»Nein, kein Festmahl, nichts.«

Und dabei blieb es. Von ihrem Sohn ermahnt, wagte Aurelia auch nicht, vor ihrer Schwiegertochter irgendwelche Andeutungen zu machen. Als Cinnilla in ihr kleines Schlafgemach gehen wollte, hielt sie Caesar in dem plötzlich leeren *triclinium* zurück.

»Heute nacht geht es hier entlang, Cinnilla.« Er nahm sie bei der Hand und führte sie in das Gemach ihres Gebieters.

Sie wurde blaß. »Aber ich bin noch nicht soweit!«

»Da geht es dir wie allen Mädchen. Ein Grund mehr, es ein für allemal hinter sich zu bringen. Danach können wir unbeschwert miteinander leben.«

Es war klug, ihr jetzt keine weitere Bedenkzeit zu geben, obwohl sie die vergangenen vier Jahre natürlich kaum an etwas anderes gedacht hatte. Er half ihr aus den Gewändern, legte diese, ordnungsliebend wie er war, sorgfältig zusammen und freute sich, daß das Zimmer zum ersten Mal seit Aurelias Auszug nach dem Tod seines Vaters wieder von einer Frau bewohnt wurde. Cinnilla saß auf der Bettkante und schaute ihm zu. Als er sich freilich seinerseits zu entkleiden begann, schloß sie die Augen.

Er setzte sich neben sie, nahm ihre Hände in die seinen und legte sie auf seinen nackten Schenkel.

»Weißt du, was jetzt kommt, Cinnilla?«

Sie nickte, ohne die Augen zu öffnen.

»Dann sieh mich an.«

Sie öffnete ihre großen dunklen Augen und sah unverwandt auf das Gesicht vor ihr, das sie anlächelte und, wie ihr schien, von nichts als Liebe sprach.

»Wie schön du bist, meine süße Frau.« Er berührte ihre hochsitzenden, festen Brüste, deren Spitzen fast die gleiche Farbe hatten wie ihre goldbraune Haut. Auch sie begann, ihn zu liebkosen.

Er schlang die Arme um sie und küßte sie. Obwohl sie so lange davon geträumt hatte, war jetzt alles noch viel wunderbarer. Sie öffnete die Lippen, erwiderte seinen Kuß, streichelte ihn, fand sich plötzlich neben ihm auf dem Lager und antwortete mit wonnevollen Zuckungen und Schauern auf seinen andrängenden Körper. Seine Haut zu fühlen, die so seidig war wie ihre, erfüllte sie mit fiebriger Lust. So viele Jahre hatte sie ihn geliebt und zum Mittelpunkt ihres Lebens gemacht, und nun endlich erlebte sie den Triumph, in ihrem Fleisch zu besiegeln, was sie vor dem Gesetz schon lange gewesen war: seine Frau. Das Warten hatte sich gelohnt und steigerte ihre Verzückung noch.

Mit kundiger Hand brachte er sie zu völliger Hingabe, ohne mehr mit ihr zu tun, als jungfräuliche Mädchen in ihren Phantasien zu träumen wagen. Dann spürte sie einen kleinen Schmerz, aber ihre stetig wachsende Erregung litt nicht darunter. Ihn ganz in sich zu spüren, war das Überwältigendste für sie. Sie hielt ihn, bis ein zauberhaftes und gänzlich unerwartetes Hochgefühl durch alle Fasern ihres Wesens strömte. Davon hatte ihr nie jemand gesprochen. Aber, so verstand sie nun, das war es, was Frauen an die Ehe band.

Am Morgen danach standen sie früh auf, um noch ofenwarmes Brot zu essen und kühles Wasser aus der steinernen Zisterne im Garten zu trinken. Das Speisezimmer war mit Rosen geschmückt. Kleine Wollpuppen und Weizenähren hingen von den Lampen herab, und auf einer Konsole stand eine Karaffe mit leichtem, lieblichem Wein. Aurelia trat ein, küßte die beiden und wünschte ihnen Glück; auf sie folgten nacheinander die Diener und Lucius Decumius mit seinen Söhnen.

»Wie schön es ist, endlich richtig verheiratet zu sein!« sagte Caesar.

Cinnilla nickte heftig. »Das finde ich auch.« Sie strahlte so sehr, wie eine Braut nach der Hochzeitsnacht nur strahlen kann.

Gaius Matius, der als letzter kam, war tief gerührt. Keiner wußte besser als er, wie viele Frauen Caesar bereits umarmt hatte. Daß Caesar von seiner jugendlichen Gattin trotzdem nicht enttäuscht war, erfüllte Gaius Matius mit Bewunderung. Er selbst bezweifelte, daß er einem Mädchen in Cinnillas Alter hätte die Erfüllung schenken können, wenn er mit ihr neun Jahre lang keusch wie mit einer Schwester zusammengelebt hätte. Aber offensichtlich war Caesar aus anderem Holz geschnitzt.

Bei der ersten Senatssitzung, der Caesar nach seiner Rückkehr beiwohnte, überredete Philippus die Versammlung, Lepidus nach Rom zurückzubeordern und Magistratswahlen abhalten zu lassen. Bei der folgenden Sitzung wurde zuerst Lepidus' schroffe Weigerung verlesen, dann der Senatserlaß, der Catulus die Rückkehr nach Rom befahl.

Zwischen dieser und der dritten Sitzung bekam Caesar Besuch von seinem Schwager Lucius Cornelius Cinna.

»Wir stehen an der Schwelle eines Bürgerkriegs«, begann der junge Cinna, »und ich möchte dich auf der Seite des Siegers sehen.«

»Und der wäre?«

»Lepidus.«

»Er wird nicht siegen, Lucius, ganz ausgeschlossen.«

»Mit Etruria und Umbria auf seiner Seite kann er unmöglich verlieren!«

»Das habe ich schon oft gehört. Ich kenne nur einen Menschen, der nicht verlieren kann.«

»Und der wäre?« fragte Cinna verärgert.

»Ich.«

Ein Ausspruch, den Cinna so belustigend fand, daß er sich vor Lachen ausschütten wollte. »Wirklich, Caesar«, sagte er, als er sich wieder gefaßt hatte, »du bist ein wunderlicher Kauz! Bei dir weiß ich nie, wann du scherzt.«

»Das liegt daran, daß ich nur selten scherze.«

»Unsinn! Denn das war doch wohl nicht ernst gemeint, als du sagtest, der einzige Mensch, der nicht verlieren könne, seist du.«

»Das war mein voller Ernst.«

»Du schließt dich also nicht Lepidus an?«

»Nein, auch dann nicht, wenn er bereits vor den Toren Roms stünde.«

»Da machst du einen Fehler. Ich schließe mich ihm an.«

»Ich mache dir keinen Vorwurf. Schließlich hat Rom dich unter Sulla arg geschröpft.«

Der junge Cinna begab sich nach Saturnia, wo Lepidus mit seinen Legionen lagerte. Lepidus hatte inzwischen die zweite, diesmal von Catulus im Namen des Senats ausgesprochene Aufforderung erhalten, weigerte sich aber erneut, nach Rom zurückzukehren. Bevor Catulus zu seinen Truppen in die Campania eilte, bat Caesar ihn um eine Unterredung.

»Was willst du?« fragte Catulus kalt. Er hatte den für seine Begriffe zu schönen und zu begabten jungen Mann nie gemocht.

»Ich möchte in deinem Heer dienen, wenn es zum Krieg kommt.«

»In meinem Heer ist kein Platz für dich.«

Caesars Augen verfinsterten sich und blickten mit jener tödlichen Schärfe, die auch Sullas Augen eigen gewesen war. »Du brauchst mich nicht zu mögen, um meine Dienste in Anspruch zu nehmen.«

»Aber wie willst du mir dienen? Welchen Nutzen hätte ich von dir? Wie ich höre, willst du dich Lepidus anschließen.«

»Das ist gelogen!«

»Meines Wissens nicht. Der junge Cinna war bei dir, ehe er Rom verließ, und ihr habt alles miteinander abgesprochen.«

»Cinna hat mir seine Glückwünsche ausgesprochen, wie es sich für einen Schwager gehört, wenn seine Schwester den Vollzug ihrer Ehe feiert.«

Catulus blieb skeptisch. »Du magst Sulla von deiner Treue überzeugt haben, Caesar, aber in meinen Augen bleibst du ein Unruhestifter. Ich will deine Dienste nicht, weil ich unter meinen Offizieren niemanden dulde, dessen Treue nicht verbürgt ist.«

»Sollte Lepidus tatsächlich auf Rom marschieren, Vetter, dann werde ich für Rom kämpfen. Wenn nicht in deinem Heer, dann auf andere Weise. Ich bin ein römischer Patrizier vom gleichen Blut wie du und niemandes Klient oder Anhänger.« Auf halbem Weg zur Tür hielt Caesar noch einmal inne. »Du tätest gut daran, mich als jemanden im Gedächtnis zu behalten, der stets treu zur römischen Verfassung steht. Ich werde Konsul sein, wenn meine Zeit gekommen ist, aber nicht weil ein Verlierer wie Lepidus sich zum Diktator von Rom aufgeschwungen hat. Dazu hat Lepidus weder den nötigen Mut noch die Härte. Und, wenn ich das sagen darf, du genausowenig.«

Caesar blieb also in Rom. Die Ereignisse überschlugen sich, und der Bürgerkrieg schien unmittelbar bevorzustehen. Ein Senatsbeschluß zur Verteidigung der Republik wurde erlassen, der Senatsvorsitzende Flaccus starb, der zweite *interrex* hielt Wahlen ab, und schließlich marschierte Lepidus auf Rom. Wie einige tausend andere Männer hohen und niederen Standes trat Caesar auf dem Marsfeld gerüstet vor Catulus. Er wurde einer mehrere hundert Mann starken Truppe zugeordnet, welche die Holzbrücke vom Transtiberum in die Stadt sichern sollte. Da Catulus ihm kein Kommando übertrug, obwohl er Träger des Bürgerkranzes war, tat er Dienst in der Mannschaft. In Kämpfe wurde er nicht verwickelt, und als die Schlacht vor der Servianischen Mauer unterhalb des Quirinals vorbei war, kehrte er nach Hause zurück, ohne sich für die Verfolgung des Lepidus entlang der etrurischen Küste zu melden.

Caesar konnte Catulus' Hochmut und Gehässigkeit nicht vergessen, doch er war auch in seinem Haß geduldig. Irgendwann würde Catulus an die Reihe kommen.

Bei seiner Heimkehr mußte Caesar zu seinem großen Kummer feststellen, daß der jüngere Dolabella bereits ins Exil gegangen war und Gaius Verres als Verfechter von Mannestugend und Rechtschaffenheit auftrat. Verres hatte Metellus Caprarius' Tochter geheiratet und genoß hohes Ansehen bei den Wählern aus dem Ritterstand, die seine Aussage vor Gericht gegen den jüngeren Dolabella als Verbeugung vor ihrem gedemütigten Stand betrachteten. Endlich gab es einen Senator, der nicht davor zurückschreckte, einen Senatskollegen zu belasten.

Caesar ließ durch Lucius Decumius und Gaius Matius verbreiten, daß er jeden beliebigen Bewohner der Subura als Anwalt vertreten werde. In den Monaten, in denen Lepidus und Brutus immer tiefer sanken, während gleichzeitig Pompeius' Stern aufging, nahm er sich mehrerer wenig spektakulärer Fälle an, die alle mit einem Erfolg für ihn endeten. Sein Ansehen als Anwalt wuchs so sehr, daß Kenner des Rechts und der Rhetorik zu den Prozessen kamen, um ihn zu hören. Meist wirkte er an den Gerichtshöfen des Stadtprätors oder des Prätors für Fremdenrecht, gelegentlich aber auch am Gerichtshof für Strafverfahren. Zwar versuchte Catulus weiterhin, Caesar zu verleumden, aber die Leute hörten immer weniger auf ihn, denn was Caesar zu sagen hatte und mehr noch wie er es sagte, gefiel ihnen.

Als einige Städte in Mazedonien und Mittelgriechenland Caesar baten, in ihrem Namen Anklage gegen den älteren Dolabella zu erheben – der von seiner verlängerten Statthalterschaft zurückgekehrt war, nachdem Appius Claudius Pulcher endlich in seiner Provinz eingetroffen war –, nahm Caesar das Mandat an. Es sollte sein erster wirklich bedeutender Prozeß sein, denn das Verfahren sollte bei der *quaestio de repetundae* stattfinden, dem Gericht für Fälle von Erpressung in den Provinzen, und richtete sich gegen einen politisch einflußreichen Mann aus einer der höchsten römischen Familien. Da Caesar wenig über die Amtsführung des älteren Dolabella wußte, begann er mit den Zeugenanhörungen und sammelte Beweise für die Anklage. Seine Mandanten, die griechischen Ethnarchen, waren von ihm begeistert, zeigte er sich doch stets umgänglich, zuvorkommend und voller Respekt für ihren politischen Rang. Vor allem aber beeindruckte sie sein Gedächtnis: Was er einmal gehört hatte, vergaß er nicht mehr. Oft griff er ein scheinbar nebensächliches, von niemandem bemerktes Detail auf, das sich dann unerwartet als wichtig erwies.

»Vor übertriebener Zuversicht muß ich allerdings warnen«, sagte er zu seinen Mandanten am Morgen des Prozeßbeginns. »Auf der Geschworenenbank sitzen nur Senatoren, deren Sympathien vor allem Dolabella gehören. Er gilt als guter Statthalter, weil er die Skordisker in Schach gehalten hat. Ich halte es daher für unwahrscheinlich, daß wir den Prozeß gewinnen.«

Tatsächlich endete das Verfahren mit einem Freispruch – trotz der erdrückenden Beweise, über die nur ein Senatorengericht hinwegsehen konnte, das über einen Senatskollegen zu befinden hatte. Dennoch brauchte sich Caesar bei seinen Mandanten nicht zu entschuldigen. Seine Beweisführung und seine Redekunst vor Gericht wurden als die beste juristische Leistung seit langem gepriesen, und viele drängten ihn, seine Reden zu veröffentlichen.

»Sie werden einmal als Muster für Schüler der Rhetorik und des Rechts dienen«, sagte Marcus Tullius Cicero, der um eine Abschrift für sich selbst bat. »Du hättest zwar nicht verlieren dürfen, aber ich bin froh, daß ich rechtzeitig aus dem Ausland heimgekommen bin, um deine Reden zu hören. Mit ihnen hast du selbst Hortensius und Gaius Cotta übertroffen.«

»Auch ich bin froh, Cicero«, gestand Caesar. »Wenn man von Cethegus mit Lob überschüttet wird, ist das eine Sache, aber etwas ganz anderes ist es, von einem Anwalt deines Kalibers um Abschriften meiner Reden vor Gericht gebeten zu werden.« Er fühlte sich von Ciceros Bitte geschmeichelt.

»In Rhetorik kannst du mich nichts mehr lehren«, entgegnete Cicero und minderte damit, ohne es eigentlich zu wollen, sein großzügiges Kompliment. »Aber ich kann dir versichern, Caesar, daß ich das Verfahren studieren werde, wie du den ganzen Prozeß aufgezogen und deine Anklage untermauert hast.« Cicero sprach weiter, während sie mit langen Schritten über das Forum gingen. »Ich bin verblüfft über deine Fähigkeit, die Stimme zu modulieren. Im Gespräch ist sie so tief, aber wenn du vor einer Versammlung sprichst, gibst du ihr ein helles Timbre, so daß sie herrlich weit trägt. Wer hat dir das beigebracht?«

»Niemand«, entgegnete Caesar erstaunt. »Mir ist nur aufgefallen, daß Männer mit tiefer Stimme von ferne schlechter zu hören sind als solche mit heller Stimme. Da ich aber von allen gut gehört werden möchte, habe ich mich in einen Tenor verwandelt.«

»Apollonius Molon, mit dem ich in den letzten beiden Jahren Fragen der Rhetorik studiert habe, behauptet, daß die Stimme eines Menschen von der Länge seines Halses abhängt. Je länger der Hals, desto tiefer die Stimme. Und du hast einen langen, dünnen Hals! Zum Glück hat mein Hals gerade die richtige Länge«, mußte Cicero noch hinzufügen.

»Eher kurz«, sagte Caesar mit funkelnden Augen.

»Gerade richtig«, wiederholte Cicero unbeeindruckt.

»Du siehst gut aus und hast endlich ein paar Pfund zugenommen.«

»Ja, mir geht es gut. Und es reizt mich, wieder bei Gericht aufzutreten. Allerdings möchte ich mich nicht unbedingt mit dir messen. Manche Titanen sollten lieber nicht aufeinanderstoßen. Dazu rechne ich auch solche wie Hortensius und Gaius Cotta.«

»Ich hätte mehr von ihnen erwartet«, sagte Caesar. »Wenn das Gericht nicht schon vor Beginn des eigentlichen Verfahrens sein Urteil gefällt hätte und statt dessen meiner Darlegung des Falls aufmerksam gefolgt wäre, hätten die beiden verloren. Sie waren schlecht vorbereitet und machten keinen glänzenden Eindruck.«

»Da muß ich dir recht geben. Gaius Cotta ist dein Onkel, nicht wahr?«

»Ja, aber das spielt keine Rolle. Wir schätzen durchaus einen Schlagabtausch.«

Sie hielten an und kauften Pasteten von einem Händler, der seine leckeren Happen schon seit Jahren vor dem Haus des Jupiterpriesters feilbot.

»Ich glaube«, nahm Cicero das Gespräch wieder auf, während er seine Lieblingspastete gierig hinunterschlang, »daß du aus deiner früheren Stellung als Jupiterpriester noch beträchtliches Kapital schlagen könntest. Lockt es dich nicht, in das bequemere und schönere Haus dort hinter Gavius' Verkaufsstand zu ziehen? Soweit ich weiß, hast du immer noch eine Wohnung in der Subura, und das dürfte nicht die passende Adresse für einen Anwalt deines Kalibers sein.«

Caesar zuckte verblüfft zusammen, dann warf er den Rest seiner Pastete einem bettelnden Vogel hin. »Selbst wenn ich in dem letzten Loch auf dem Esquilin wohnte, Cicero, würde mich das nicht verlocken!«

»Also ich bin froh darüber, auf dem Palatin zu wohnen«, sagte Cicero, der schon bei seiner zweiten Pastete war. »Mein Bruder Quintus lebt in dem alten Familienhaus in der Carinae«, bemerkte er großspurig, als wäre seine Familie schon seit Generationen dort ansässig, wo sie doch in Wahrheit das Haus erst gekauft hatte, als er noch ein kleiner Junge war. Dann kicherte er, weil ihm etwas eingefallen war. »Übrigens, was die Freisprüche in letzter Zeit betrifft: Weißt du schon, was Quintus Calidius gesagt hat, als er am Gerichtshof für Erpressungsfälle eine Niederlage einstecken mußte?«

»Das muß an mir vorübergegangen sein, aber ich lasse es mir gern von dir berichten.«

»Er sagte, die Niederlage sei für ihn nicht überraschend gekommen, denn die übliche Bestechungssumme an Sullas mit Senatoren besetzten Gerichten betrage neuerdings dreihunderttausend Sesterzen, und einen solchen Betrag könne er nicht aufbringen.«

Auch Caesar nahm es von der humorigen Seite und lachte. »Dann sollte ich auch die Finger vom Gerichtshof für Erpressungsfälle lassen.«

»Vor allem, wenn Lentulus Sura Vorsitzender ist.«

Da Publius Cornelius Lentulus Sura den Vorsitz im Prozeß um den älteren Dolabella geführt hatte, wurde Caesar hellhörig. »Das ist gut zu wissen, Cicero.«

»Mein Lieber, was unsere Gerichtshöfe betrifft, gibt es nichts, was ich dir nicht sagen könnte!« verkündete Cicero mit einer theatralischen Geste. »Frage mich nur, wenn du etwas wissen willst.«

»Ich werde darauf zurückkommen«, sagte Caesar. Dann gab er Cicero zum Abschied die Hand und ging in Richtung Subura davon.

Quintus Hortensius trat hinter einer Säule hervor und ging auf Cicero zu, der Caesars hochgewachsener Gestalt nachschaute, bis sie langsam in der Ferne verschwand.

»Er war brillant«, sagte Hortensius. »Gib ihm noch ein paar Jahre Prozeßerfahrung, mein lieber Cicero, und du und ich, wir werden uns nach anderen Lorbeeren umsehen müssen.«

»Hätte er unparteiische Geschworene gehabt, mein lieber Hortensius, hättest du schon heute morgen deinen Lorbeerkranz eingebüßt.«

»Bist du aber unfreundlich!«

»Lange wird es nicht mehr so bleiben.«

»Was meinst du damit?«

»Daß die Geschworenengerichte nur aus Senatoren zusammengesetzt sind.«

»Von wegen. Der Senat hat wieder alles im Griff.«

»Darin irrst du dich. Es melden sich immer mehr Stimmen, die den Volkstribunen ihre alten Rechte wiedergeben wollen. Wenn das geschieht, Quintus Hortensius, werden die Gerichte wieder aus Rittern bestehen.«

Hortensius zuckte nur mit den Schultern. »Ich sehe da keinen Unterschied, Cicero. Ob Senatoren oder Ritter, gegebenenfalls läuft es immer mit einer Bestechung.«

»Ich für meinen Teil besteche meine Geschworenen nicht«, stellte Cicero kühl fest.

»Das weiß ich. Er übrigens auch nicht.« Dabei wies Hortensius mit der Hand in Richtung Subura. »Aber es ist nun einmal Brauch, mein Guter, zudem ein durchaus gängiger.«

»Ein Brauch, der einen Anwalt nicht befriedigen kann. Wenn ich einen Prozeß gewinne, will ich die Gewißheit haben, daß ich es meinem Geschick verdanke und nicht der Summe, die mein Mandant zur Bestechung der Geschworenen einsetzt.«

»Dann bist du ein Narr, der sich nicht lange halten wird.«

Ciceros ansprechende, aber nicht ebenmäßige Gesichtszüge erstarrten, seine Augen funkelten drohend. »Ich werde dich überdauern, Hortensius, daran zweifle ich nicht.«

»Ich stehe unverrückbar fest auf meinem Platz.«

»Eben das sagte auch der Riese Antäus, ehe ihn Herkules vom Boden hob und erwürgte. *Ave,* Quintus Hortensius.«

Ende Januar des folgenden Jahres brachte Cinnilla ein blondes, zartes Töchterchen zur Welt, das Vater und Mutter gleichermaßen entzückte.

»Ein Sohn kostet die Eltern stets ein Vermögen, Teuerste«, bemerkte Caesar gegenüber der glücklichen jungen Mutter, »während eine Tochter eine politische Trumpfkarte von kaum zu überschätzendem Wert darstellt. Vor allem, wenn sie von beiden Seiten patrizischer Abstammung ist und eine gute Mitgift besitzt. Die Zukunft eines Sohnes ist immer ungewiß, aber unsere Julia ist schon jetzt vollkommen. Wie ihre Großmutter Aurelia wird sie sich vor Verehrern nicht retten können.«

»Was die Mitgift betrifft, sehe ich die Zukunft nicht so rosig«, gab die Mutter zu bedenken, die während der Geburt sehr gelitten hatte, nun aber wieder auf dem Weg der Genesung war.

»Mach dir deswegen keine Sorgen, liebste Cinnilla. Bis Julia im heiratsfähigen Alter ist, haben wir die Mitgift beisammen.«

Aurelia, die sich sogleich des Säuglings angenommen hatte, fühlte sich ganz in ihrem Element. Sie vergötterte das kleine Mädchen. Zwar hatte sie schon vier Enkelkinder, Lias beide Söhne von verschiedenen Vätern und Ju-jus Tochter und Sohn, aber keines wohnte in ihrem Haus, und vor allem waren sie nicht der Nachwuchs ihres Sohnes, der Freude ihres Lebens.

»Sie behält sicher diese blauen Augen, weil sie so klar sind«, sagte Aurelia, entzückt, daß die kleine Julia nach ihres Vaters Seite ging. »Auch ihr Haar hat nicht mehr Farbe als Eis.«

»Es tröstet mich, daß wenigstens du Haare erkennen kannst«, sagte Caesar mit ernster Miene. »Mir scheint sie vollkommen kahl, und das gefiele mir gar nicht, denn unsere Familie ist für dichtes, volles Haar bekannt.«

»So ein Unfug! Natürlich hat sie Haare. Warte nur, bis sie ein Jahr alt geworden ist, dann wirst du sehen, was für einen dichten Haarschopf sie hat. Solches Haar dunkelt kaum nach, das süße kleine Ding wird immer einen eher silbernen als goldenen Glanz haben.«

»Mir scheint sie so reizlos wie die arme Gnaea.«

»Caesar, Caesar! Sie ist doch gerade erst geboren. Aber sie wird dir immer ähnlich sehen.«

»Welch ein Schicksal«, sagte Caesar und verließ seine Mutter.

Er machte sich auf den Weg in das berühmteste Gasthaus der Stadt, das an der Ecke des Forum Romanum und des Clivus Orbius stand. Ihm war gemeldet worden, daß dort seine Mandanten, die ihn mit der Anklage gegen den älteren Dolabella beauftragt hatten, auf ihn warteten und dringend zu sprechen wünschten.

»Wir haben einen neuen Fall für dich«, sagte Iphikrates von Thessalonika, der Sprecher der griechischen Gäste.

»Ich fühle mich geschmeichelt«, sagte Caesar mit einem Stirnrunzeln. »Aber wen wollt ihr nun verklagen? Appius Claudius Pulcher war nicht lange genug im Amt, um ihm den Prozeß zu machen, selbst wenn es euch gelänge, den Senat davon zu überzeugen, einen amtierenden Statthalter zu verklagen.«

»Diesmal geht es um einen ganz anderen Fall, der nichts mit

Statthaltern in Mazedonien zu tun hat«, erläuterte Iphikrates. »Ihr sollt Gaius Antonius Hybrida wegen Grausamkeiten verklagen, die er vor zehn Jahren als Kavalleriepräfekt unter Sulla begangen hat.«

»Beim Jupiter! Nach so vielen Jahren?«

»Wir erwarten gar nicht, den Prozeß zu gewinnen, darauf kommt es uns nicht an. Nur haben uns unsere Erfahrungen mit dem älteren Dolabella zu der schmerzlichen Einsicht geführt, daß wir unter der Knute gewisser Römer leben müssen, die sich schlimmer als Tiere aufführen. Es ist an der Zeit, daß die Stadt Rom dies endlich zur Kenntnis nimmt. Bittschriften nützen da nichts. Kein Mensch fühlt sich bemüßigt, sie zu lesen, am allerwenigsten der Senat. Anklagen wegen Verrats oder Erpressung sind höchst selten vor Gerichtshöfen, die nur von den höchsten Kreisen in Rom besucht werden. Wir dagegen wollen die Aufmerksamkeit der Ritter und womöglich auch der unteren Stände für uns gewinnen. Daher haben wir an einen Prozeß vor dem Gerichtshof für Strafverfahren gedacht, denn das ist eine populäre Arena, die von allen Klassen besucht wird. Bei unserer Suche nach einer geeigneten Anklage drängte sich der Name Gaius Antonius Hybrida sofort auf.«

»Was hat er verbrochen?«

»Er war Kavalleriepräfekt, dem die Distrikte von Thespiae, Eleusis und Orchomenos unterstanden, als Sulla oder seine Stellvertreter mit ihren Truppen in Böotien lagen. Als Soldat hat er sich nicht hervorgetan, dafür fand er um so größeres Gefallen an abartigen Vergnügungen: Foltern, Verstümmeln, Vergewaltigen von Frauen und Männern, Knaben und Mädchen, schließlich auch Mord.«

»Und sein Name ist tatsächlich Hybrida?«

»Ja, er heißt tatsächlich so.«

»Ich habe ihn stets für einen typischen Vertreter der Antonii gehalten: einen Trunkenbold, der nicht eher ruht, bis er alles Geld ausgegeben hat, mit einem maßlosen Appetit auf Essen und Frauen.« Sein Gesicht zeigte, daß er sich ekelte. »Aber Folter? Selbst für einen Antonius wäre das ungewöhnlich. Ich würde das eher von einem Ahenobarbus annehmen!«

»Wir haben unwiderlegbare Beweise, Caesar.«

»Dann muß er diese fatale Neigung von der Seite seiner Mutter geerbt haben. Sie war keine Römerin, wenn ich auch nie etwas Nachteiliges über sie gehört habe. Sie stammte aus Apulia, aber die Apulier sind keine Barbaren, und was ihr mir berichtet, ist reine Barbarei. Selbst Gaius Verres ist nicht soweit gegangen.«

»Wir haben unwiderlegbare Beweise«, wiederholte Iphikrates. Er schaute Caesar ernst an. »Nun versteht Ihr vielleicht unsere Not, denn wer aus den feinsten Kreisen Roms würde uns schon glauben, es sei denn, ganz Rom redete von dem Fall und alle sähen unsere Beweise mit eigenen Augen?«

»Habt ihr Opfer, die als Zeugen aussagen können?«

»Dutzende, wenn es sein muß. Leute, die sich nichts haben zuschulden kommen lassen. Verstümmelt sind sie alle: manchen hat man die Augen ausgestochen, manchen die Ohren abgeschnitten, manche haben keine Zunge mehr, manche keine Nase oder Hände oder Füße oder Beine oder Geschlechtsteile. Frauen ist die Gebärmutter herausgerissen worden, anderen Unglücklichen hat man die Haut abgezogen, oder sie haben gleich mehrere Grausamkeiten auf einmal erdulden müssen. Dieser Mensch war eine Bestie. Seine Spießgesellen nicht weniger, aber die kommen hier nicht in Betracht, da sie nicht der Nobilität angehören.«

Caesar sah betrübt aus. »Dann sind seine Opfer also mit dem Leben davongekommen?«

»Die meisten ja. Hybrida meinte, sein grausames Geschäft sei eine Kunst. Und die Kunst bestehe darin, dem Opfer den größtmöglichen Schmerz und die grausamste Verstümmelung beizufügen, ohne daß der Tod eintrete. Er empfand das größte Vergnügen, nach Monaten wieder in eine seiner Städte zu reiten und zu sehen, daß seine Opfer noch am Leben waren.«

»Es wird zwar schwierig für mich werden, aber ich übernehme den Fall dennoch«, sagte Caesar entschlossen.

»Schwierig? Wie sollen wir das verstehen?«

»Sein älterer Bruder Marcus ist mit meiner Cousine ersten Grades verheiratet – der Tochter des Konsuls Lucius Caesar, der später von Gaius Marius ermordet wurde. Drei kleine Söhne – Hybridas Neffen – sind meine Vettern zweiten Grades. Es gilt als Verstoß gegen die guten Sitten, Mitglieder der eigenen Familie vor Gericht zu belangen, Iphikrates.«

»Erstreckt sich die Verwandtschaftsbeziehung wirklich auf Gaius Antonius Hybrida? Schließlich ist Eure Cousine nicht mit ihm verheiratet.«

»Das stimmt, und deshalb übernehme ich den Fall. Aber viele werden meine Entscheidung mißbilligen. Die Blutsbande gehen über Julias drei Söhne.«

Lucius Decumius war es schließlich, dem sich Caesar anvertraute.

»Du hast doch deine Ohren überall, Vater«, begann Caesar. »Hast du auch schon von Hybridas Umtrieben gehört?«

Lucius Decumius sah äußerlich immer gleich aus. Caesar fiel es schwer, ihm ein bestimmtes Alter zu geben, schätzte ihn aber auf ungefähr sechzig.

»Etwas, nicht viel. Seine Sklaven leben bei ihm nie länger als sechs Monate, wenn man auch nie von ihrem Begräbnis hört. Ich finde es immer verdächtig, wenn sie nicht begraben werden. Gewöhnlich deutet das auf gewisse abartige Veranlagungen hin.«

»Nichts ist schändlicher als Grausamkeit an einem Sklaven.«

»Du mußt so denken, Caesar, weil du die beste Mutter der Welt hast und weil du im rechten Geist erzogen worden bist.«

»Das sollte nichts mit der Erziehung zu tun haben, die jemand genossen hat«, entrüstete sich Caesar. »Das hat etwas mit der inneren Natur eines Menschen zu tun. Ich kann solche Greuel verstehen, wenn sie von Barbaren begangen werden, denn ihre Götter und überlieferten Sitten verlangen von ihnen Dinge, die wir Römer schon vor Jahrhunderten geächtet haben. Der Gedanke, daß ein römischer Aristokrat – obendrein ein Antonius – Vergnügen daran findet, solche Grausamkeiten zu begehen ... Nein, ich kann es kaum glauben!«

Doch Lucius Decumius schaute ihn nur mit seinen weisen Augen an. »So geht es nun einmal in der Welt zu, das weißt auch du. Vielleicht gemeinhin nicht ganz so schrecklich, aber das liegt oft nur daran, daß die meisten Leute Angst haben, gefaßt zu werden; denn das zieht Strafe nach sich. Betrachte den Fall einen Augenblick lang ganz unvoreingenommen. Dieser Antonius Hybrida ist ein römischer Aristokrat wie du. Die Gerichte schützen ihn, und sein eigener Stand ebenfalls. Wovor sollte er sich fürchten, wenn er seinen Neigungen frönt? Je höher ein Mensch steht, desto tiefer kann er fallen. Bisweilen aber triffst du auf einen Mann, der den Drang in sich hat, so zu sein, wie es ihm gerade gefällt, und der diesem Drang auch tatsächlich nachgibt. Wie Antonius Hybrida. Viele gibt es nicht von dieser Art. Aber einige gibt es immer, Caesar, einige schon.«

»Ja, du hast recht. Natürlich hast du recht.« Caesar senkte müde die Augenlider; nichts von seinen Gefühlen drang nach draußen. »Du meinst also, daß solche Menschen zur Rechenschaft gezogen werden müssen.«

»Sonst besteht die Gefahr, daß sie sich rasch vermehren. Für einen, der verschont wird, wagen sich zwei neue hervor.«

»Also muß ich sie zur Rechenschaft ziehen. Das wird nicht leicht sein.«

»Zweifellos.«

»Was weißt du noch über ihn, außer den dunklen Gerüchten, wonach er Sklaven verschwinden lasse?«

»Nicht viel, nur daß er verhaßt ist. Bei den Händlern ebenso wie bei den einfachen Leuten. Wenn ihm auf der Straße ein junges Mädchen begegnet, das ihm gefällt, dann kneift er es gleich so, daß es ihr weh tut und es laut zu schreien beginnt.«

»Wie paßt aber meine Cousine Julia da hinein?«

»Das mußt du deine Mutter fragen, Caesar, nicht mich.«

»So etwas kann ich doch nicht meine Mutter fragen, Lucius Decumius!«

Der alte Mann dachte nach und nickte. »Nein, allerdings kannst du das nicht.« Dann, nach einer Pause: »Diese Julia ist ein törichtes Weib – kein Vergleich mit den klugen Julias aus deiner Familie. Ihr Antonius ist ein ziemlicher Draufgänger, wenn du weißt, was ich meine, aber kein Menschenquäler. Nur gedankenlos. Der weiß auch nicht, wann er seinen Bälgern den Hintern zu versohlen hat.«

»Du meinst, die Jungen verwildern?«

»Wie herumstreunende junge Hunde.«

»Wie heißen sie doch gleich ... Marcus, Gaius, Lucius. Ach, wenn ich mich doch mit Familiendingen besser auskennen würde! Ich höre leider immer nur mit halbem Ohr hin, wenn die Frauen darüber reden. Meine Mutter könnte mir im Handumdrehen alles auseinandersetzen ... Aber sie ist zu schlau, sie würde nicht eher lockerlassen, bis sie erfahren hat, weshalb ich mich plötzlich für Familienangelegenheiten interessiere, und dann würde sie alles tun, um mir diesen Prozeß auszureden. Dann hätten wir nur Streit miteinander. Es ist besser, sie erfährt erst dann von meiner Übernahme der Anklage, wenn die Sache schon ausgemacht ist.« Er seufzte betrübt. »Ich möchte noch mehr über die Jungen erfahren, um die sich Hybridas Bruder so wenig kümmert.«

Lucius Decumius blickte nach oben und schürzte die Lippen. »Ich sehe sie manchmal in der Subura, eigentlich sollten sie sich dort nicht ohne Diener oder Lehrer herumtreiben, aber sie machen es trotzdem. Sie stibitzen Eßwaren in den Läden, weniger aus Hunger als aus Übermut.«

»Wie alt sind sie?«

»Das weiß ich nicht so genau. Marcus könnte man aufgrund seiner Größe für einen Zwölfjährigen halten, er benimmt sich aber wie ein Fünfjähriger, also mag er sieben oder acht sein. Die beiden anderen sind kleiner.«

»Ja, die Antonii sind ein ungehobelter Menschenschlag. Ich nehme an, der Vater der Kinder wird nicht mit Geld um sich werfen.«

»Nein, steht immer knapp vor dem Desaster.«

»Dann tue ich den Jungen nichts Gutes, wenn ich die Anklage übernehme.«

»Gewiß nicht.«

»Aber ich muß sie übernehmen.«

»Ja, ich weiß.«

»Außerdem brauche ich weitere Zeugen. Am besten freie Bürger – auch Frauen oder Kinder –, die bereit sind, vor Gericht auszusagen. Hybrida soll ähnliche Scheußlichkeiten auch hier in Rom begangen haben. Und seine Opfer können nicht alle nur verschwundene Sklaven gewesen sein.«

»Ich werde mich umhören, Caesar.«

Caesars Frauen daheim merkten schon, als er zur Haustür hereinkam, daß er Kummer mit sich herumtrug, aber weder Aurelia noch Cinnilla versuchten, in ihn zu dringen. In normalen Zeiten hätte sich Aurelia das nicht nehmen lassen, aber die Enkeltochter beschäftigte sie jetzt mehr, als sie selbst zugeben wollte, daher machte sie sich nicht weiter Gedanken über die Stimmung ihres

Sohnes. Damit nahm sie sich die Gelegenheit, ihm die Anklage gegen Gaius Antonius Hybrida auszureden, dessen Neffen zu Caesars engeren Vettern gehörten.

Eigentlich gehörte der Fall vor den Strafgerichtshof, aber je länger Caesar darüber nachdachte, desto weniger gefiel ihm die Vorstellung, Hybrida vor diesem Gericht zu verklagen. Zum einen lag es am Vorsitzenden Marcus Junius Juncus, der seine Versetzung an einen Gerichtshof, der ehemaligen Ädilen vorbehalten war, immer noch nicht verwunden hatte; er hatte den Vorsitz übernehmen müssen, weil sich in diesem Jahr kein ehemaliger Ädil für dieses Amt bereit erklärt hatte. Caesar hatte schon einmal mit ihm zu tun gehabt, als er bei einem Prozeß im Januar Vertreter der Anklage war. Zum anderen lag das Problem in dem Umstand, daß die klagende Partei nicht römisch war. Tatsächlich war die Aussicht auf Erfolg vor jedem Gerichtshof gering, wenn die Kläger aus dem Ausland kamen und der Beklagte aus der römischen Aristokratie stammte. Caesar mußte also seine Mandanten auf eine Niederlage einstimmen. Schlimmer noch, er wußte, daß ein Richter wie Juncus den Prozeß möglichst unbemerkt über die Bühne bringen würde, womöglich an einem Ort, wo kaum Zuhörer zu erwarten waren. Zu alledem kam noch, daß der Volkstribun Gnaeus Sicinius das Publikum auf dem Forum gerade mit einer Kampagne in den Bann schlug, den Volkstribunen alle Rechte wiederzugeben, die sie einst innegehabt hatten. Die ganze Stadt interessierte sich für nichts anderes, vor allem seitdem Sicinius eine witzige Bemerkung gelungen war, die bei allen Liebhabern politischer Bonmots die Runde machte.

»Warum«, so hatte ihn Gaius Scribonius Curio entnervt gefragt, »plagst du mich und meinen Kollegen Gnaeus Octavius, warum plagst du die Prätoren, Ädilen, deinen eigenen Volkstribunkollegen Publius Cethegus, alle Konsulare und großen Männer, Finanzleute wie Titus Atticus und sogar die armen Quästoren, ohne auch nur ein Wort gegen Marcus Licinius Crassus zu verlieren? Hat Marcus Crassus deine giftigen Attacken etwa nicht verdient? Oder ist es Marcus Crassus, der dir alle deine Injurien eingibt? Nun, Sicinius, du kleiner Kläffer, sage mir doch, warum du Crassus unbehelligt läßt.«

Da Sicinius genau wußte, daß Curio und Crassus Streit miteinander hatten, tat er so, als überlege er erst ernsthaft, bevor er antwortete:

»Weil Marcus Crassus Heu um beide Hörner gewickelt trägt.« Das zahlreiche Publikum, dem jede Nuance dieser schlagfertigen Antwort aufging, schüttelte sich vor Lachen. Ein Ochse, der ein Horn mit Heu umwickelt trug, war ein gewohnter Anblick; es galt als Warnung vor einem Tier, das vielleicht gutmütig aussah, aber plötzlich mit den Hörnern zustoßen konnte. Ochsen, deren beide Hörner mit Heu umwickelt waren, wurden wie die Pest gemieden. Hätte Marcus Crassus nicht schon von Natur aus die unerschütterliche Behäbigkeit und bullige Kraft eines Rindviehs gehabt, wäre die Bemerkung nicht als so treffend empfunden worden.

Wie konnte Caesar nun dem populären Sicinius die treue Gefolgschaft abspenstig machen? Wie konnte er dem beabsichtigten Prozeß das Echo verschaffen, das er verdiente? Während er über diese Fragen nachdachte, reisten seine Mandanten nach Böotien zurück und sammelten Beweise und Zeugenaussagen, wie Caesar es ihnen aufgetragen hatte. Die Monate vergingen, die Mandanten kehrten nach Rom zurück, doch er hatte Juncus noch immer nicht gefragt, ob er den Fall vor seinem Gericht verhandeln wolle.

»Ich verstehe Euch nicht«, machte Iphikrates seiner Ungeduld Luft. »Wenn wir uns nicht beeilen, bekommen wir womöglich überhaupt keinen Prozeß.«

»Ich habe das Gefühl, daß wir besser noch zuwarten«, sagte Caesar. »Hab noch ein wenig Geduld, Iphikrates. Ich verspreche dir, daß ich alles tun werde, damit du und deine Mitstreiter nicht noch weitere Monate in Rom warten müssen. Sind eure Zeugen in einem sicheren Versteck untergebracht?«

»Ja, wie du es angeordnet hast, Caesar. In einem Landhaus außerhalb von Cumae.«

Dann, an einem Tag Anfang Juni, kam plötzlich die Antwort. Caesar hatte eine Pause beim Gericht des *praetor peregrinus*, Marcus Terentius Varro Lucullus, gemacht. Der jüngere Bruder des Mannes, den die Mehrheit der Römer als den fähigsten Politiker der Zukunft ansahen, ähnelte Lucullus sehr und war ihm sehr zugetan. Das Schicksal hatte es gewollt, daß sie als Kinder getrennt wurden, dennoch hatte ihre Zuneigung nicht darunter gelitten, im Gegenteil, sie war sogar noch gewachsen. Lucullus hatte in seiner Ämterlaufbahn bewußt eine Pause eingelegt, um zusammen mit Varro Lucullus die Ädilität auszuüben. Gemeinsam hatten sie so spektakuläre Spiele inszeniert, daß die Leute immer noch davon schwärmten. Es wurde allgemein angenommen, daß sie beide in naher Zukunft das Konsulat erreichen würden; sie waren beliebt bei der Wählerschaft und entstammten der Nobilität.

»Nun, wie verbringst du deine Tage?« fragte Caesar lächelnd. Er schätzte den Prätor, an dessen Gerichtshof er in vielen kleineren Prozessen als Anwalt gewirkt und eine großzügige Freiheit genossen hatte, wie er es von anderen Richtern nicht gewohnt war. Varro Lucullus war ein hervorragender Kenner des Rechts und stand im Ruf unbedingter Integrität.

»Mit Langeweile«, sagte Varro Lucullus, ebenfalls lächelnd.

In der kurzen Spanne zwischen seiner Frage und Varro Lucullus' Antwort war Caesar ein glänzender Einfall gekommen, der sich ihm sofort mit Evidenz aufzwang. So war es immer bei ihm: Nach monatelangem Grübeln kam ihm plötzlich der erleuchtende Gedanke, wie ein Problem zu lösen sei.

»Wann verläßt du Rom für die Sitzungsperiode auf dem Land?«

»Es ist Brauch geworden, daß der Prätor für Fremdenrecht sich immer dann an der campanischen Küste blicken läßt, wenn die sommerliche Hitze ihren Höhepunkt erreicht hat«, seufzte Varro Lucullus. »Allem Anschein nach werde ich aber mindestens noch einen Monat in Rom festgehalten.«

»Dann reiß dich bitte nicht los!«

Varro Lucullus blickte verdutzt; eben hatte er sich doch noch mit Caesar unterhalten, dessen juristischen Scharfsinn er so sehr bewunderte, nun war der Platz, an dem der junge Mann gestanden hatte, plötzlich leer.

»Ich weiß jetzt, wie wir es machen!« verkündete Caesar wenig später Iphikrates in dem Nebenzimmer, das er im Gasthaus gemietet hatte.

»Wie denn?« fragte der bedeutende Mann aus Thessalonika.

»Ich wußte doch, daß es richtig war, abzuwarten, Iphikrates. Wir werden Gaius Antonius Hybrida weder unter Mordanklage stellen noch ihn überhaupt strafrechtlich belangen.«

»Wie? Keine strafrechtliche Verfolgung?« Iphikrates tat verblüfft. »Aber allein darum geht es uns doch!«

»Durchaus nicht. Es geht darum, öffentliche Anteilnahme in ganz Rom zu erwecken. Das würde uns vor Juncus' Gerichtshof nicht gelingen, vor allem könnten wir dort nicht das Publikum anlocken, das sonst Sicinius auf dem Forum zuhört. Juncus würde sich einen abgelegenen, stickigen Winkel in der Basilica Porcia oder Opimia aussuchen, wo jeder, dessen Anwesenheit bei dem Verfahren notwendig ist, unter der Hitze zu leiden hätte, und die, die nicht unbedingt erscheinen müssen, gar nicht erst kommen. Das Gericht würde uns nicht gewogen sein, und Juncus könnte, unterstützt von den Geschworenen und den Anwälten des Beklagten, das Verfahren durchpeitschen.«

»Welche andere Wahl haben wir dann noch?«

Caesar lehnte sich vor. »Ich lege den Fall dem Prätor für Fremdenrecht als Zivilsache vor. Statt Hybrida wegen Mordes zu belangen, verklage ich ihn auf Wiedergutmachung für das Unrecht, das er sich als Kavalleriepräfekt vor zehn Jahren in Griechenland hat zuschulden kommen lassen. Du legst eine beträchtliche Summe als *sponsio* beim Prätor für Fremdenrecht ein. Damit verpflichtest du Hybrida, den Beklagten, an dich, den Kläger, ebendiese Summe zu zahlen, falls sich im Verlauf des Prozesses herausstellen sollte, daß du in der Streitsache recht bekommst. Die Summe muß größer als Hybridas gesamtes Vermögen sein. Kannst du zweitausend Talente aufbringen, und bist du auch bereit, sie preiszugeben, falls etwas schiefgehen sollte?«

Iphikrates schnappte nach Luft. »In der Tat, die Summe ist hoch. Aber wir sind mit dem Willen nach Rom gekommen, keine Mühen und Kosten zu scheuen, wenn es darum geht, den Römern begreiflich zu machen, daß sie uns nicht länger mit Menschen wie Hybrida und dem älteren Dolabella plagen dürfen. Ja, Caesar, wir werden die zweitausend Talente aufbringen. Es wird einige Umstände bereiten, aber wir bekommen sie hier in Rom zusammen.«

»Abgemacht, dann hinterlegen wir zweitausend Talente als *sponsio* und strengen ein Zivilverfahren gegen Gaius Antonius Hybrida an. Das allein wird schon für Aufsehen sorgen. Zugleich machen wir ganz Rom deutlich, daß wir es ernst meinen.«

»Hybrida dürfte nicht einmal in der Lage sein, ein Viertel dieser Summe aufzubringen.«

»Ganz richtig, Iphikrates. Aber es liegt im Ermessen des Prätors für Fremdenrecht, von der Einlage der *sponsio* abzusehen, wenn er zu der Erkenntnis gelangt ist, daß ein Prozeß in jedem Fall stattfinden muß. Und eines muß man Varro Lucullus lassen: er ist auf Recht und Billigkeit bedacht.«

»Gesetzt, wir gewinnen, und Hybrida hat die zweitausend Talente nicht vorher eingelegt, was geschieht dann?«

»Dann, Iphikrates, hat er sie auf jeden Fall aufzutreiben! Zahlen muß er, denn so sieht es ein Zivilverfahren unter Römischem Recht vor.«

»Ah, jetzt verstehe ich!« Still lächelnd lehnte sich Iphikrates zurück und legte die Arme um die Knie. »Wenn er verliert, wird er zum Bettler, und er muß Rom völlig ruiniert verlassen. An eine Rückkehr kann er dann nicht mehr denken, oder?«

»Nein, eine Rückkehr ist dann ausgeschlossen.«

»Gesetzt aber, wir verlieren, dann erhält er unsere zweitausend Talente?«

»So ist es.«

»Glaubst du, daß wir verlieren werden, Caesar?«

»Nein.«

»Wozu dann aber deine Warnung, es könne auch etwas schiefgehen? Warum sagst du uns, wir sollten darauf gefaßt sein, unser Geld zu verlieren?«

Caesar legte die Stirn in Falten und erklärte seinem griechischen Mandanten, was er, der Römer aus altem Patriziergeschlecht, seit frühester Jugend gelernt hatte. »Das Römische Recht ist eben nicht so ehern, wie es scheint. Vieles hängt vom Richter ab, und gemäß Sullas Gesetz kann der Richter nicht Varro Lucullus heißen. In dieser Hinsicht vertraue ich auf dessen Rechtschaffenheit, daß er einen unbefangenen Richter benennt. Aber da ist noch ein anderes Risiko. Manchmal findet ein versierter Anwalt eine Lücke in der Gesetzgebung, die sich zu einer gewaltigen Kluft weiten kann. Hybrida wird von den besten Anwälten Roms verteidigt.« Caesar legte eine Pause ein, die Hände wie Fänge gekrümmt. »Wenn mir eine Idee gekommen ist, wie unser Problem gelöst werden könnte, warum sollte dann nicht jemand anderes einen

Einfall haben, Hybridas Problem zu lösen? Das ist es ja, was Menschen wie mich an der Justiz so fesselt, wenn Richter und Prozeß ohne verborgene Einflußnahme sich frei entfalten können. Unsere Beweisführung mag noch so schlüssig und überzeugend wirken, dennoch gilt es vor dem brillanten Kollegen der anderen Partei auf der Hut zu sein. Wenn nun Cicero die Verteidigung übernimmt? Das wäre schrecklich! Gewiß, ich glaube nicht, daß er in diese Versuchung käme, wenn er erst einmal die Einzelheiten der Anklage kennt. Aber Hortensius hätte solche Skrupel nicht. Schließlich muß eine der beiden Seiten gewinnen. Wir kämpfen für ein Prinzip, und das ist überhaupt der riskanteste Grund, vor Gericht zu gehen.«

»Ich werde mich mit meinen Mitklägern besprechen und dir morgen unsere Antwort mitteilen«, sagte Iphikrates, ehe er Caesar verließ.

Die Antwort lautete, Caesar möge den Prätor für Fremdenrecht bitten, ein Zivilverfahren gegen Gaius Antonius Hybrida einzuleiten. Daraufhin ging Caesar gemeinsam mit seinen Mandanten zu Varro Lucullus und bat um Hinterlegung von zweitausend Talenten als *sponsio,* eben die Summe, die sie als Schadenersatz von Hybrida forderten.

Varro Lucullus verschlug es zunächst die Sprache. Stumm saß er da, dann schüttelte er verwundert den Kopf und bat, den Bankwechsel begutachten zu dürfen. »Der Wechsel ist echt, und ihr meint es ernst«, sagte er zu Caesar.

»Wir sind eisern entschlossen, *praetor peregrinus.*«

»Warum geht ihr nicht vor den Gerichtshof für Erpressungsfälle?«

»Weil es sich bei diesem Fall nicht um Erpressung handelt. Es geht um Mord, aber noch um vieles mehr, nämlich Folter, Vergewaltigung und lebenslange Verstümmelung. Meinen Mandanten geht es nach so langer Zeit nicht mehr darum, vor Gericht recht zu bekommen. Sie fordern Schadenersatz für die Opfer in Thespiae, Eleusis und Orchomenos, an denen sich Gaius Antonius vergriffen hat. Diese Menschen sind nicht mehr in der Lage, ihr Brot zu verdienen oder Eltern, Ehemänner und Ehefrauen zu sein. Diese Unglücklichen zu ernähren und ihnen ein würdiges Leben zu ermöglichen, kostet ihre Mitbürger große Summen, die sie von

Gaius Antonius Hybrida erstattet bekommen wollen. Es handelt sich also um ein Zivilverfahren, *praetor peregrinus,* bei dem es um Schadenersatz geht.«

»Dann lege kurz deine Beweise vor, *advocatus,* damit ich entscheiden kann, ob ich als Gerichtsvorsitzender die Klage annehmen muß oder nicht.«

»Ich werde deinem Gerichtshof und dem Richter, den du benennst, die Zeugenaussagen von acht Opfern oder Zeugen von Grausamkeiten vorlegen. Sechs sind Bürger von Thespiae, Eleusis und Orchomenos, die anderen beiden sind Bewohner Roms, ein Freigelassener und ein syrischer Staatsbürger.«

»Warum läßt du auch einen Römer aussagen, *advocatus?«*

»Als Beweis dafür, daß Gaius Antonius Hybrida immer noch seinen abscheulichen Neigungen nachgeht, *praetor peregrinus.«*

Zwei Stunden später nahm Varro die Klage vor seinem Gerichtshof an und bestätigte die *sponsio* der Griechen. An Gaius Antonius Hybrida erging eine gerichtliche Vorladung für den folgenden Morgen. Darauf ernannte Varro Lucullus den zuständigen Richter: Publius Cornelius Cethegus. Nach außen ließ sich Caesar nichts anmerken, aber das Herz hüpfte ihm vor Freude. Ausgezeichnet! Der Richter war so wohlhabend, daß er sein ganzes Ansehen aus dem Anspruch bezog, nicht bestechlich zu sein. So kultiviert und feinfühlig war dieser Mann, daß er über den Tod eines Lieblingsfisches oder Schoßhundes Tränen vergoß und das Gesicht hinter seiner Toga verbarg, wenn auf dem Marktplatz einem Huhn der Kopf abgehackt wurde. Vor allem aber war er ein Mann, der keine Vorliebe für die Antonii hegte. Würde sich Cethegus gehalten fühlen, einen Senatskollegen zu schützen, welches Verbrechens er auch angeklagt werde? Oder würden die Geschworenen bei dem Zivilverfahren so denken? Nein, Cethegus sicher nicht! Schließlich ging es nicht um die Aberkennung der römischen Staatsbürgerschaft oder um Verbannung. Dies war ein reines Zivilverfahren, bei dem es nur um Geld ging.

Kurz nach Caesars Erscheinen vor dem Prätor für Fremdenrecht breitete sich die Neuigkeit bereits in Windeseile auf dem Forum Romanum aus. Das Interesse an dem Prozeß wuchs noch, als Caesar von den Martern sprach, die Hybridas Opfer hatten erdulden müssen. Immer mehr Zuhörer versammelten sich um ihn und konnten kaum den für den folgenden Morgen angesetzten Prozeßbeginn abwarten. Sollten vor Gericht wirklich solche Ungeheuerlichkeiten zu sehen sein wie ein Mann, dem man die Haut abgezogen hatte, und eine Frau, deren Geschlechtsteile so verstümmelt worden waren, daß sie sich nicht mehr richtig erleichtern konnte?

Die Nachricht von dem Prozeß war auch bis in Caesars Haus gedrungen, wie er gleich bei seiner Heimkehr aus dem Gesichtsausdruck seiner Mutter erriet.

»Was muß ich da hören?« fragte sie ihn mit drohendem Unterton. »Du vertrittst die Anklage in einem Prozeß gegen Gaius Antonius Hybrida? Das darf doch nicht wahr sein! Zwischen euch bestehen Blutsbande.«

»Zwischen Hybrida und mir bestehen keine Blutsbande, Mutter.«

»Seine Neffen sind deine Vettern!«

»Sie sind die Kinder seines Bruders, die Verwandtschaft besteht also über ihre Mutter. Von Blutsverwandtschaft könnte nur dann die Rede sein, wenn sie Hybridas Söhne wären – hat er überhaupt welche? –, die wiederum meine Vettern wären.«

»Das kannst du einer Julia doch nicht antun!«

»Ich würde es bedauern, wenn unsere Familie ins Gerede käme, Mutter, aber keine Julia ist unmittelbar in den Prozeß verwickelt.«

»Das Haus Julius Caesar ist durch Heirat mit den Antonii verbunden. Das ist Grund genug!«

»Nein, das ist es nicht. Eher liegt Torheit seitens der Julii darin, ein Bündnis mit den Antonii einzugehen. Das sind nichtsnutzige Streuner! Eines sage ich dir, Mutter, ich würde einer Julia aus meiner eigenen Familie nie erlauben, einen Antonius zu heiraten.« Darauf zeigte Caesar seiner Mutter die Schulter.

»Überleg es dir bitte noch einmal, Caesar. Man wird dich dafür verurteilen.«

»Nein, mein Entschluß steht fest.«

Nach dieser Auseinandersetzung wurde das Mittagessen in eisiger Stimmung eingenommen. Cinnilla, die sich zwischen zwei Starrköpfen wie ihrem Gatten und ihrer Schwiegermutter recht hilflos vorkam, schob Bauch- und Zahnweh und andere Beschwerden vor, an denen ihr kleiner Liebling angeblich litt, und flüchtete in die Kinderstube. Caesar und Aurelia blieben, beide erhobenen Hauptes, am Tisch zurück.

Manche äußerten ihre Mißbilligung, aber Caesar war durchaus nicht der erste, der als Anwalt einen weitläufigen Verwandten vor Gericht verklagte. Es hatte schon viele andere Fälle gegeben, in denen ein engeres Verwandtschaftsverhältnis für mehr Bedenken gesorgt hatte, als es die bloß formalen Einwände vermochten, die Männer wie Catulus gegen die Klage gegen Gaius Antonius Hybrida erhoben.

Hybrida konnte die Vorladung nicht ignorieren, und so wartete er am nächsten Morgen mit einem Gefolge bekannter Persönlichkeiten, darunter Quintus Hortensius und Caesars Onkel Aurelius Cotta, vor dem Gerichtshof des Prätors für Fremdenrecht. Indes war keine Spur von Marcus Tullius Cicero zu sehen, nicht einmal im Publikum. Erst als Cethegus die Anhörung eröffnete, gewahrte Caesar den Vermißten gerade noch aus den Augenwinkeln. Auf Cicero war eben doch Verlaß, einen spektakulären Prozeß wie diesen ließ er sich nicht entgehen! Vor allem dann nicht, wenn die Anklage die Form eines Zivilverfahrens gewählt hatte.

Hybrida fühlte sich unbehaglich, das sah Caesar sofort. Das dichte kastanienbraune Haar und die braunen Augen wiesen diesen großen, muskulösen Mann ebenso als einen Antonius aus wie die Adlernase und das vorspringende Kinn. Ehe Caesar Hybridas Greueltaten zu Ohren gekommen waren, hatte er hinter den groben Zügen dieses Gesichts einen rüpelhaften Menschen vermutet, der zuviel trank, zuviel aß und sich sexuellen Ausschweifungen hingab. Nun wußte er es besser: es waren die Züge eines Ungeheuers.

Der Prozeß begann schlecht für Hybrida. Hortensius verstieg sich dazu, die unverzügliche Aussetzung des Verfahrens zu verlangen, denn, so behauptete er, wenn die zu verhandelnde Sache nur ein Zehntel so ernst sei, wie die Anklage andeute, dann gehöre sie vor den Gerichtshof für Strafverfahren. Varro Lucullus blieb ausdruckslos sitzen und machte keine Miene einzugreifen, solange sein Richter ihn nicht um Rat fragte, woran Cethegus gar nicht dachte. Früher oder später würde die Reihe an ihn kommen, an diesem Gericht den Vorsitz zu führen. Ohne große Begeisterung hatte er sich auf irgendeinen Streitfall um Gelder eingestellt. Nun aber war er auf einen ausgesprochen heiklen Fall gestoßen, der ihn zwar anwidern mochte, aber wenigstens nicht langweilen würde. So wies er Hortensius' Antrag geschickt zurück und führte den Prozeß zügig weiter.

Gegen Mittag wollte Cethegus dann die Zeugen hören. Ihr Auftritt sorgte für Aufsehen. Iphikrates und seine Mitkläger hatten die Opfer, die sie von Griechenland bis hierher gebracht hatten, mit sicherem Instinkt für dramatische und mitleidheischende Effekte ausgewählt. Besonders erschütternd wirkte ein Mann, der selbst nicht aussagen konnte, weil ihm Hybrida große Teile des Gesichts entstellt und die Zunge herausgerissen hatte. Dafür war aber seine haßerfüllte Frau eine redegewandte und auf ihre Art vernichtende Zeugin. Cethegus hörte ihr zu und schaute dabei auf ihren armen Ehemann, der mit grünlichem Gesicht dasaß und schwitzte. Nach der Zeugenvernehmung vertagte Cethegus den Prozeß auf den nächsten Morgen. Für sich betete er, nach Hause zu kommen, ohne daß ihm übel wurde.

Hybrida versuchte, am Ende des ersten Prozeßtages das letzte Wort zu haben. Beim Verlassen des Gerichtshofes packte er Caesar am Arm und hielt ihn fest.

»Wo hast du dieses traurige Gelichter aufgelesen?« fragte er mit der Miene betroffenen Erstaunens. »Dazu hast du sicherlich das halbe Reich durchstöbern müssen! Aber es wird nicht verfangen. Was sind sie denn anderes als eine Handvoll trostloser Mißgeburten! Sonst nichts! Erpicht darauf, statt der dürftigen griechischen Almosen, die sie bisher bekommenhaben, saftige römische Schadenersatzzahlungen einzustreichen!«

»Nur eine Handvoll?« erboste sich Caesar mit Donnerstimme. Der Lärm der sich zerstreuenden Menge ließ plötzlich nach; viele wandten sich um und warteten, was er sagen werde. »Sonst nichts? Gaius Antonius Hybrida, ich sage dir, einer allein wäre schon zuviel! Nur ein Opfer, ob Mann, Frau oder Kind, das in solcher Weise verstümmelt, das seiner Jugend, seiner Schönheit und seiner Würde als Menschenwesen beraubt wurde, ist schon eines zuviel. Scher dich fort!«

Gaius Antonius Hybrida ging heim, nicht ohne verstört festzustellen, daß seine Anwälte nicht geneigt waren, ihn zu begleiten. Sogar sein Bruder fand einen Vorwand, nicht den gleichen Weg gehen zu müssen. Dennoch war er nicht ganz allein; neben ihm ging ein kleiner, vierschrötiger Mann, der seit anderthalb Jahren dem Senat angehörte und sein Freund geworden war. Der Mann hieß Gaius Aelius Staienus und war stets auf der Suche nach mächtigen Bundesgenossen, nach Tischen, an denen er auf anderer Kosten prassen konnte, und vor allem nach Gelegenheiten, viel Geld zu verdienen. Er hatte im vorigen Jahr einiges von Pompeius' Geld eingesteckt, als er unter Mamercus Quästor war und einen Aufstand angezettelt hatte – natürlich keinen häßlichen, blutigen Aufstand! Für ihn war alles wie am Schnürchen gelaufen, ohne daß der geringste Verdacht auf ihn gefallen wäre.

»Du wirst den Prozeß verlieren«, sagte er zu Hybrida, als sie dessen Villa auf dem Palatin betraten.

Hybrida war nicht in der Stimmung, darüber zu streiten. »Ich weiß.«

»Aber wäre ein Sieg nicht sehr verlockend?« fragte Staienus träumerisch. »Zweitausend Talente einzustreichen. Diese Summe winkt dem Sieger.«

»Wer redet von einstreichen, auftreiben muß ich sie, und das wird mich für mehr Jahre heillos überschulden, als ich noch zu leben habe.«

»Nicht unbedingt«, schnurrte Staienus einschmeichelnd. Er machte es sich in Hybridas Klientenstuhl bequem und schaute sich um. »Hast du noch etwas von dem Wein aus Chios übrig?«

Hybrida ging zu einer Konsole hinüber und schenkte aus einer Karaffe zwei Becher Wein ein, reichte einen seinem Gast und setzte sich ebenfalls. Er nahm einen tiefen Schluck und schaute dann Staienus an. »Du hast also noch ein Eisen im Feuer. Sprich dich aus.«

»Zweitausend Talente sind eine stattliche Summe. Aber tausend Talente sind auch eine ganze Menge.«

»Allerdings.« Hybridas kleiner Mund ging auf und ließ makellos weiße Zähne erkennen. »Ich bin kein Narr, Staienus. Wenn ich bereit bin, die zweitausend Talente mit dir halbe-halbe zu teilen, dann garantierst du mir, einen Freispruch zu erwirken. Ist es so gedacht?«

»Ja, genau so.«

»Dann bin ich einverstanden. Wenn du mir einen Freispruch

garantierst, gehören tausend Talente von der Einlage der Griechen dir.«

»Die Sache ist ganz einfach«, sagte Staienus versonnen. »Eigentlich müßtest du dich bei Sulla bedanken, wenn er nicht schon tot wäre. Er hätte sicher nichts dagegen, daß du dich statt dessen bei mir bedankst.«

»Spanne mich nicht weiter auf die Folter, sondern rede endlich!«

»Ach ja, richtig. Ich habe vergessen, daß du lieber andere folterst, als selbst gepiesackt zu werden.« Wie viele unbedeutende Menschen, die plötzlich in hohe Stellungen aufrücken, konnte Staienus die Genugtuung nicht verhehlen, Macht auszuüben, wenn er damit auch in Kauf nahm, daß mit Prozeßende die Freundschaft mit Hybrida zu Ende war, wie wirkungsvoll auch sein juristischer Kniff sein mochte. Aber das war ihm einerlei. Tausend Talente waren Lohn genug, und im übrigen, was bedeutete schon die Freundschaft mit einer Kreatur wie Hybrida?

»Rede, Staienus, oder verschwinde!«

»Das *ius auxilii ferendi*«, sagte Staienus nur.

»Schön, was hat es damit auf sich?«

»Der ursprüngliche Zweck dieses Rechts der Volkstribunen – das einzige, das Sulla nicht angetastet hat – bestand darin, einen Angehörigen der Plebs aus den Händen eines Magistrats zu befreien.«

»Das *ius auxilii ferendi!*« rief Hybrida erstaunt. Seine schmollende Miene hellte sich für einen Augenblick auf, um sich dann gleich wieder zu verdüstern. »Das werden sie nie zulassen.«

»Sie müssen es.«

»Nicht Sicinius, nie und nimmer! Es braucht nur eine Gegenstimme im Geschworenenkollegium, und die anderen neun Volkstribunen sind machtlos. Dazu gibt sich Sicinius nicht her, Staienus. Der Mann ist eine rechte Plage, aber er ist unbestechlich.«

»Sicinius«, entgegnete Staienus freudig, »ist bei keinem seiner Kollegen beliebt. Er geht allen derart auf die Nerven, daß sie ihn nicht mehr ausstehen können. Tatsächlich habe ich erst vorgestern zwei Tribunen gehört, die damit drohten, ihn vom Tarpejischen Felsen zu stürzen, wenn er nicht aufhöre, laut die alten Rechte der Volkstribunen zu fordern.«

»Du meinst also, man könnte Sicinius einschüchtern?«

»Ja, unbedingt. Allerdings mußt du dazu bis morgen eine beträchtliche Summe auftreiben, denn keiner seiner Kollegen wird mitmachen, wenn er nicht reichlich belohnt wird. Aber du wirst es schaffen, vor allem in Erwartung der tausend Talente, die bald hereinkommen.«

»Wieviel?«

»Neunmal fünfzigtausend Sesterzen, das macht insgesamt vierhundertfünfzigtausend. Geht das?«

»Ich kann es versuchen. Ich frage meinen Bruder, der möchte keinen Skandal in der Familie. Außerdem habe ich noch andere Quellen. Ja, Staienus, ich glaube, daß es geht.«

Damit war die Sache abgemacht. Gaius Aelius Staienus hatte an diesem Abend viel zu tun. Er hastete vom Haus eines Volkstribuns zum anderen: Marcus Atilius Bulbus, Manius Aquillius, Quintus Curius, Publius Popillius, bis er mit neun von ihnen einig geworden war. Zum Haus des zehnten, Gnaeus Sicinius, ging er nicht.

Die Fortsetzung des Prozesses war auf zwei Stunden nach Tagesanbruch festgesetzt. Schon vorher hatten sich dramatische Szenen abgespielt, so daß das begeisterte Publikum auf dem Forum Romanum an diesem Tag voll auf seine Kosten kommen sollte. In der Morgendämmerung rotteten sich die neun übrigen Volkstribunen zusammen und schleppten Gnaeus Sicinius gewaltsam auf den Kapitolhügel. Dort schlugen sie ihn grün und blau, hielten ihn über den steilabfallenden Tarpejischen Felsen und ließen ihn in den Abgrund blicken. Sie schärften ihm ein, seine Kampagne für die alten Rechte der Volkstribunen einzustellen, und nötigten ihm einen Eid ab, daß er sich fortan so verhalten werde, wie es seine Kollegen von ihm verlangten. Am Ende hatte man Sicinius auf einer Bahre heimgetragen.

Kaum hatte Cethegus den zweiten Sitzungstag des Prozesses gegen Hybrida eröffnet, da drängten neun Volkstribunen in Varro Lucullus' Gerichtshof und empörten sich laut darüber, daß ein Angehöriger der Plebs gegen seinen Willen von einem Magistrat festgehalten werde.

»Ich appelliere an den Vorsitzenden, das *ius auxilii ferendi* anzuwenden!« rief Hybrida händeringend.

»Marcus Terentius Varro Lucullus, wir sind von einem Vertreter der Plebs gebeten worden, das *ius auxilii ferendi* einzuklagen«, sagte Manius Aquillius. »Ich gebe dir hiermit kund, daß wir dem Gesuch entsprechen.«

Varro Lucullus sprang auf. »Das ist ein offenkundiger Mißbrauch!« entrüstete er sich. »Ich weigere mich, euch die Anwendung dieses Rechts zu erlauben. Wo ist der zehnte Volkstribun?«

»Er liegt schwerkrank daheim im Bett«, höhnte Manius Aquillius, »aber du kannst ihn gern holen lassen. Er wird nicht gegen uns stimmen.«

»Ihr brecht das Recht!« schrie Cethegus. »Ein schändlicher Frevel, ein unerhörter Skandal ist das! Wieviel hat euch Hybrida dafür gezahlt?«

»Laß Gaius Antonius Hybrida frei!« schrie Manius Aquillius ebenso laut, »oder wir ergreifen jeden, der sich unserem Recht widersetzt, und stürzen ihn vom Tarpejischen Felsen hinab!«

»Ihr behindert die Rechtsprechung!« sagte Varro Lucullus.

»Der Fall kann nicht in einem Magistratsgerichtshof entschieden werden, das weißt du genau, Varro Lucullus«, sagte Quintus Curius. »Ein Mann allein ist kein Gericht! Wenn du gegen Gaius Antonius vorgehen willst, mußt du seinen Fall vor dem Gerichtshof für Strafverfahren verhandeln, an dem das *ius auxilii ferendi* nicht gilt!«

Caesar stand die ganze Zeit bewegungslos da und versuchte gar nicht, Einspruch zu erheben. Seine Mandanten hatten zitternd hinter ihm Zuflucht gesucht. Mit versteinertem Gesicht sagte er ihnen leise: »Ich bin ein Patrizier, kein Magistrat. Wir müssen das weitere Verfahren dem *praetor peregrinus* überlassen. Erhebt also keine Einwände.«

»Nun gut, dann nehmt euren Angehörigen der Plebs mit!« beschied Varro Lucullus, eine Hand auf Cethegus' Arm, um ihn zurückzuhalten.

Da meldete sich Gaius Antonius Hybrida aus der Mitte der neun streitsüchtigen Volkstribunen zu Wort. »Da ich den Prozeß gewonnen habe, will ich auch die *sponsio,* die Caesars warme griechische Freunde hinterlegt haben.«

Der Hinweis auf die warmen griechischen Freunde war eine bewußte Verleumdung, die Caesar schlagartig wieder den Schmerz ins Bewußtsein rief, den er über die Verdächtigungen wegen seiner Zeit bei König Nikomedes empfunden hatte. Ohne zu zögern stürmte er durch die Reihen der Volkstribunen und fuhr Hybrida mit beiden Händen an die Gurgel. Hybrida, der sich immer für einen Herkules gehalten hatte, konnte sich weder aus dem eisernen Griff befreien noch seines Angreifers habhaft werden. Nie hätte er solche Kräfte bei Caesar vermutet, hätte er sie nicht am eigenen Leib spüren müssen. Erst Varro Lucullus und seinen sechs Liktoren gelang es, Caesar von seinem Opfer zu lösen. Später wunderte sich mancher aus der Zuschauermenge, daß die neun Volkstribunen keine Anstalten gemacht hatten, Hybrida zu helfen.

»Die Klage ist abgewiesen«, schrie Varro Lucullus aus voller Kehle. »Ich, Marcus Terentius Varro Lucullus erkläre, daß die Voraussetzungen für die Hauptverhandlung nicht gegeben sind. Das Verfahren ist damit beendet! Kläger, nehmt eure *sponsio* zurück. Ihr anderen geht alle nach Hause!«

»Die *sponsio* gehört Gaius Antonius!« rief eine andere Stimme: Es war Gaius Aelius Staienus.

»Nein, sie gehört nicht Hybrida!« widersprach Cethegus. »Die Klage ist vom Prätor für Fremdenrecht abgewiesen worden, in dessen Zuständigkeit der Fall liegt. Die zweitausend Talente gehen an ihre Besitzer zurück, da keine *sponsio* gilt.«

»Nehmt jetzt endlich euren Angehörigen der Plebs und verlaßt meinen Gerichtshof!« fauchte Varro Lucullus die Volkstribunen an. »Schert euch weg! Und laßt euch gesagt sein, daß ihr mit eurem skandalösen Mißbrauch dieser Institution der Sache des Volkstribunats keinen Dienst erwiesen habt! Ich werde alles in meiner Macht Stehende tun, um euch ein für allemal einen Maulkorb zu verpassen!«

Die neun Tribunen gingen fort, hinter ihnen Staienus, der noch immer der entgangenen *sponsio* nachtrauerte, und Hybrida, der sich vorsichtig an die malträtierte Kehle langte.

Während die erregte Menge noch hin und her wogte, schauten sich Varro Lucullus und Caesar an.

»Wenn es nach mir gegangen wäre, hättest du dieses Ungeheuer ruhig erwürgen können, aber du wirst verstehen, daß ich es nicht zulassen konnte«, sagte Varro Lucullus.

»Ich verstehe«, erwiderte der noch immer vor Erregung bebende Caesar. »Ich dachte immer, ich sei ein beherrschter Mann! Ansonsten bin ich kein Heißsporn, aber ich konnte einfach nicht ertragen, daß mich solch ein Schurke wie Hybrida Päderast nennt.«

»Das leuchtet ein«, bemerkte Varro Lucullus trocken, denn er erinnerte sich daran, was sein Bruder zu diesem Thema gesagt hatte.

Auch Caesar erinnerte sich nun, wessen Bruder er hier gegenüberstand, sagte sich aber, daß Varro Lucullus durchaus zu einem selbständigen Urteil fähig war.

»Hat man schon soviel Bosheit gesehen?« empörte sich Cicero, der nun, da sich der Aufruhr gelegt hatte, ebenfalls hinzutrat. »Verlangt dieses Aas doch die *sponsio,* bei den Göttern!«

»Es braucht ein gerütteltes Maß an Bosheit«, sagte Caesar und deutete auf den verstümmelten Mann und seine Frau, »um Menschen so etwas anzutun.«

»Abscheulich!« rief Cicero und setzte sich auf die Stufen des Gerichtshofes.

Caesar wandte sich nun an Iphikrates, der unsicher von einem Fuß auf den anderen trat. »Nun, wenigstens haben wir die zweitausend Talente gerettet. Außerdem ist es uns gelungen, in Rom für allgemeine Empörung zu sorgen. Der Senat wird künftig sehr genau überlegen, welchen Mann er als Statthalter nach Mazedonien schickt. Geh nun in dein Gasthaus zurück und nimm diese unglücklichen Opfer mit. Ich bedaure nur, daß die Bürger ihrer Heimat weiterhin für sie aufkommen müssen. Aber ich hatte dich gewarnt.«

»Ich bedaure nur eins«, sagte Iphikrates, schon zum Gehen gewandt, »daß wir Gaius Antonius Hybrida nicht seiner gerechten Strafe haben zuführen können.«

»Sicher, wir haben es nicht geschafft, ihn finanziell zu ruinieren. Aber er muß Rom verlassen, und es wird eine ganze Weile dauern, bis er sich wieder in diese Stadt traut.«

»Glaubst du wirklich«, fragte Cicero, »daß Hybrida neun Volkstribunen bestochen hat?«

»Da bin ich ganz sicher!« schaltete sich der dabeistehende Cethegus ein, der sich immer noch nicht beruhigen konnte. »Abgesehen von Sicinius, obwohl ich den auch nicht in mein Herz geschlossen habe, sind die Volkstribunen dieses Jahres ein elendes Pack!«

»Wie sollten sie auch glänzende Tugenden haben?« fragte Caesar, schon wieder ganz gelassen. »Heutzutage ist in öffentlichen Ämtern kein Ruhm zu erwerben. Das ist eine Sackgasse.«

»Ich frage mich«, sagte Cicero, »wieviel Hybrida die neun Volkstribunen gekostet haben.«

Cethegus spitzte kennerisch die Lippen. »Etwa vierzigtausend jeder.«

Varro Lucullus' Augen funkelten. »Du scheinst dir absolut sicher zu sein, Cethegus! Woher weißt du das?«

Der König der Hinterbänkler vergaß seinen Zorn. Dieses Aufbrausen paßte sowieso nicht zu seinem sonstigen Stil, wenn es auch, wie er behauptete, durchaus verzeihlich sei. Dann antwortete er mit hochgezogener Braue und der ihm eigenen gedehnten Aussprache. »Mein verehrter *praetor peregrinus,* was die Begehrlichkeiten der Senatoren betrifft, so gibt es für mich keine Geheimnisse. Für jeden Senator könnte ich dir auf den Sesterz genau die entsprechende Bestechungssumme angeben. Für das schäbige Volkstribunenpack sind es vierzigtausend für jeden.«

Eben diese Summe, so mußte Hybrida entdecken, hatte auch Gaius Aelius Staienus gezahlt; neunzigtausend Sesterzen hatte er in die eigene Tasche gesteckt.

»Heraus damit!« forderte der Mann, der seine Mitmenschen gern folterte und verstümmelte. »Gib das Zugeld heraus, Staienus, oder ich reiße dir eigenhändig die Augen aus! Ich bin jetzt schon dreihundertsechzigtausend Sesterzen los – du und deine zweitausend Talente!«

Doch Staienus ließ sich nicht beeindrucken. »Vergiß nicht«, sagte er boshaft grinsend, »daß es meine Idee war, auf das *ius auxilii ferendi* zurückzugreifen. Ich behalte die neunzigtausend. Du dagegen solltest den Göttern danken, daß du nicht dein ganzes Vermögen verloren hast.«

Das Aufsehen, das der abgesetzte Prozeß erregt hatte, legte sich allmählich, nicht ohne für einige nachhaltige Folgen zu sorgen. Eine davon war, daß das Kollegium der Volkstribunen dieses Jahres als das schändlichste überhaupt in die Annalen der politischen

Geschichtsschreiber einging. Mazedonien blieb in der Hand verantwortlich handelnder – allerdings militärischer – Statthalter; Gnaeus Sicinius beschwor auf dem Forum nicht mehr die Rückkehr zu den alten Rechten der Volkstribunen; Caesars Ruhm als Anwalt wuchs weiter; Gaius Antonius Hybrida schließlich mied mehrere Jahre lang Rom und die Orte, wo Römer verkehrten. Er zog sich auf die Insel Cephallenia im Ionischen Meer zurück, wo er der einzige Zivilisierte – wenn er als solcher gelten konnte – unter lauter Barbaren war. Dort entdeckte er auch mehrere alte Grabhügel, die wahre Schätze bargen: erlesene verzierte Dolche, Masken aus purem Gold, Kannen aus Elektrum, Bergkristallschalen und Haufen von Edelsteinen. Der Wert dieser Schätze überstieg bei weitem zweitausend Talente. Mit ihnen hätte er sich das Konsulat nach seiner Heimkehr sichern können, selbst wenn er jede einzelne Stimme hätte kaufen müssen.

Kein Vorfall erregte im folgenden Jahr die Aufmerksamkeit Caesars, der in Rom blieb und sich mit großem Erfolg als Anwalt betätigte. Cicero war in diesem Jahr nicht in Rom. Nach der Wahl zum Quästor zog er bei der Verlosung der Amtssitze die Stadt Lilybaeum in Westsizilien, wo er unter dem Statthalter Sextus Peducaeus arbeiten sollte. Da er als Quästor nun Mitglied des Senats geworden war, nahm er in Kauf, Rom verlassen zu müssen, wenn er auch eher auf einen Einsatz innerhalb Italiens gehofft hatte. Er stürzte sich mit Begeisterung in die neue Arbeit, bei der es vor allem um die Getreideversorgung ging. Die Ernte war in diesem Jahr schlecht ausgefallen, doch die Konsuln hatten Vorkehrungen für den zu erwartenden Getreidemangel getroffen, indem sie große Mengen des noch in Sizilien gelagerten Getreides aufgekauft hatten. Diese Vorräte wurden nun in Rom dank einer vorsorglich erlassenen *lex frumentaria* billig verkauft.

Cicero liebte es wie jeder andere Literat auch, Briefe zu schreiben und zu erhalten. Schon lange vor seinem jetzigen, dem einunddreißigsten Lebensjahr war er ein eifriger Briefschreiber gewesen. Doch erst in seine Zeit in Sizilien fällt der Höhepunkt seiner Leidenschaft für das Briefeschreiben, die in einem ständigen Strom von Briefen zwischen ihm und dem gelehrten Plutokraten Titus Pomponius Atticus ihren Niederschlag fand. Dank Atticus blieb er auch in den Monaten seiner insularen Einsamkeit in Lilybaeum über das gesellschaftliche Leben in Rom stets auf dem laufenden.

So schrieb Atticus in einem Brief gegen Ende von Ciceros Zeit im fernen Sizilien:

Zu den befürchteten Hungeraufständen ist es dank Roms klugen Konsuln nicht gekommen. Ich hatte neulich eine Aussprache mit Gaius Cottas Bruder Marcus, dem designierten Konsul des nächsten Jahres. Warum, so fragte ich ihn, müssen in einem Volk, das von so klugen Männern regiert wird, die einfachen Leute in regelmäßigen Abständen immer noch von Hirse und Rüben leben? Es sei höchste Zeit, daß Rom gegen die privaten Getreideanbauer in Sizilien oder in unseren anderen Provinzen vorgehe und ihnen vorschreibe, ihre Ernte an den Staat zu verkaufen und nicht auf höhere Preise von den privaten Getreidegroßhändlern zu spekulieren, denn nur allzuoft werde das Getreide dann in Sizilien gehortet, wo es doch in Rom den Hunger der einfachen Leute stillen sollte. Ich könne dieses Horten, nur um einen höheren Gewinn zu erzielen, nicht billigen, wenn die Wohlfahrt eines Volkes, noch dazu eines so klugen, darunter leide. Marcus Cotta hörte mir aufmerksam zu und versprach, im kommenden Jahr entsprechende Schritte zu unternehmen. Da ich nicht im Getreidehandel spekuliere, kann ich mir diese patriotischen und altruistischen Gefühle leisten. Lach bitte nicht, Marcus Tullius.

Quintus Hortensius, der wohl am meisten von sich selbst eingenommene plebejische Ädil unserer Generation, hat glänzende Spiele veranstaltet und es sich nicht nehmen lassen, kostenlos Getreide an das Volk auszuteilen. Wenn sein Jahr gekommen ist, möchte er Konsul werden. Seitdem Du fern von Rom bist, tut er sich bei den Gerichten sehr hervor, wenn ihm auch der junge Caesar manchen Schrecken einjagt und ihm oft den Lorbeer stiehlt. Das ist ihm gar nicht recht, und neulich soll er gesagt haben, er wünsche sich auch Caesar aus Rom fort. Doch diese Sottisen sind nichts im Vergleich zu dem Bankett, das er anläßlich seiner Einsetzung als Augur gegeben hat. Er ließ gebratenen Pfau servieren. Du hast richtig gelesen: gebratenen Pfau. Die Vögel – sechs sollen es gewesen sein – waren zuerst gebraten und vorge-

schnitten worden, dann richteten die Köche die Federn wieder her und ließen das Geflügel mit wippendem Kopfschmuck und ausgestellten Schwanzfedern auf goldenen Platten auftragen. Der Eindruck auf die Gäste war so ungeheuer, daß andere renommierte Feinschmecker wie Cethegus, Philippus und der designierte Konsul Lucullus schon mit dem Gedanken spielten, Selbstmord zu begehen. Allerdings sorgte der Genuß des Bratens dann für Ernüchterung, denn ein alter Soldatenstiefel hätte – gut gekaut – besser gemundet.

Daß Appius Claudius Pulcher im letzten Jahr in Mazedonien gestorben ist, hat die Familie in eine wunderliche Lage gebracht. Sie waren noch nie vom Glück verfolgt. Zuerst nahm der Neffe Philippus als Zensor seinem Onkel Appius Claudius alles weg, dann hat dieser bei den Auktionen zur Zeit der Proskription nicht entschieden genug alles wieder aufgekauft. Darauf wurde er zu krank, um seine Provinz zu verwalten, und als er dann doch die Verwaltung seiner Provinz übernehmen konnte, hatte er zwar militärische Erfolge, aber starb zu früh, als daß er sein Vermögen hätte konsolidieren können.

Die sechs Kinder, die er hinterlassen hat, sind schrecklich, vor allem die jüngeren! Der älteste Sohn Appius Claudius entpuppt sich als gescheiter und unternehmungslustiger Mann. Kaum daß sein Vater ihm den Rücken gekehrt hatte, gab er das älteste Mädchen Claudia dem Quintus Marcius Rex zur Frau, obwohl sie über keine Mitgift verfügte. Ich glaube, Rex hat für sie tief in die Tasche greifen müssen. Wie alle weiblichen Mitglieder der Familie Claudius Pulcher war sie eine hinreißende Schönheit, und das hat wohl den Ausschlag gegeben. Rex wird es als ihrem Ehemann recht wohl ergehen, zumal von ihr gesagt wird, sie habe von allen drei Mädchen die besten Anlagen.

Die drei Jungen sind dagegen allesamt Sorgenkinder. Der jüngste, der sich selbst schlicht Publius Clodius nennt, ist so ungebärdig und abstoßend, daß ihn keiner adoptieren mag. Gaius Claudius, der mittlere, ist ein dummer Bursche, auch bei ihm verbietet sich eine Adoption. So muß der junge Appius Claudius, der gerade zwanzig geworden ist, nicht nur für seine eigene Karriere im Senat, sondern auch noch für die Laufbahn seiner beiden jüngeren Brüder aufkommen. Was Quintus Marcius Rex gezwungenermaßen zur Ausbildung der Söhne der Familie Claudius Pulcher beitragen mußte, dürfte kaum mehr als ein Tropfen auf den heißen Stein gewesen sein.

Allerdings stellte er sich erstaunlich geschickt an, lieber Marcus Tullius. Da er nur zu gut wußte, daß ihm jede tata *mit etwas Grips im Kopf einen Korb geben würde, schaute er sich nach einer reichen Braut um und hielt um wessen Hand an? – rate mal. Um keine andere als die trübselige alte Jungfer Servilia Gnaea! Du weißt, von wem ich spreche. Ohne Ironie kann man sagen, daß sie von Scaurus und Mamercus dazu angestellt worden war, Drusus' sechs Waisen großzuziehen. Auch sie ohne Mitgift und die schrecklichste Mutter in Rom, eine Porcia Liciniana. Scaurus und Mamercus sollen ihr eine Mitgift in Aussicht gestellt haben, die ihr zu dem Zeitpunkt ausgezahlt werde, zu dem Drusus' Waisen die Volljährigkeit erreichen. Und das haben sie mittlerweile. Marcus Porcius Cato, der jüngste der Nachkommen, ist gerade achtzehn geworden, wohnt in seines Vaters Haus und hat seine Unabhängigkeit erklärt.*

Als der zwanzigjährige Appius Claudius Pulcher um Servilia Gnaea warb, griff sie sofort zu. Sie ist jetzt zweiunddreißig Jahre alt und durch und durch alte Jungfer. Allerdings glaube ich dem Gerücht nicht, wonach sie sich rasieren soll. Das macht nur ihre Mutter, wie jeder weiß. Das Beste an Appius Claudius' Handel ist wohl, daß seine Schwiegermutter, die genannte Porcia Liciniana, sich in ein geräumiges Haus am Meer zurückgezogen hat, das Scaurus und Mamercus am gleichen Tag gekauft haben sollen, an dem sie die Tochter anstellten. Deshalb braucht Appius Claudius nun nicht mit seiner Schwiegermutter zusammenzuleben. Die zweihundert Talente kommen ihm sicherlich sehr gelegen.

Aber das Tollste kommt noch, Marcus. Appius Claudius hat es geschafft, Clodilla, die jüngste seiner Schwestern, mit keinem anderen als Lucullus zu verheiraten! Gerade fünfzehn soll sie sein – sagen er und Lucullus. Ich würde ihr eher vierzehn geben, aber ich kann mich täuschen. Eine glänzende Partie! Dank Sulla ist Lucullus unerhört reich geworden und verwaltet außerdem noch das Vermögen der Himmlischen Zwillinge. Damit will ich nicht etwa andeuten, unser rechtschaffener Lucullus könne Gelder von

Faustus und Fausta veruntreuen, aber was hindert ihn daran, die Zinsen in seine Tasche zu stecken?

Dem unternehmerischen Sinn dieses zwanzigjährigen Jünglings ist es also zuzuschreiben, daß sich die Vermögenslage der Familie Appius Claudius Pulcher dramatisch zum Besseren gewendet hat. Ganz Rom lacht über ihn, aber nicht ohne ihn insgeheim zu bewundern. Diesen Appius Claudius muß man im Auge behalten! Der vierzehnjährige Publius Clodius soll schon ein richtiger Schwerenöter sein, und sein großer Bruder zügelt ihn in keiner Weise. Er ist ein hübscher, frühreifer Junge und zu Streichen jeder Art aufgelegt. Ich glaube aber, daß er ein heller Kopf ist und sich daher mit der Zeit mäßigen und ein musterhafter patrizischer Römer wird.

Was kann ich Dir sonst noch berichten? Ach ja. Es ist kürzlich ans Licht gekommen, daß Gnaeus Sicinius jahrelang bei Crassus tief verschuldet war. Die Römer erfuhren davon, weil Sicinius ruiniert ist und Crassus nicht das Geld zurückzahlen kann. Ich wußte gar nicht, daß Crassus Geld geliehen hat, aber ihm ist nichts vorzuwerfen. Er leiht nur Senatoren Geld und erhebt keine Zinsen. Das ist seine Art, sich Klienten unter den Senatoren zu schaffen. Ich werde Freund Crassus beobachten lassen. Leihe Dir auf keinen Fall Geld von ihm, Marcus! Zinsfreie Kredite sind eine große Versuchung, aber Crassus fordert sein Geld zurück, wann es ihm gerade paßt, ohne jede Vorwarnung und ohne weitere Stundung. Wer nicht zahlen kann, ist ein ruinierter Mann. Und die Zensoren, wenn wir welche hätten, könnten nichts für ihn tun, denn er verlangt ja keine Zinsen. Kurz und gut: Er kann nicht des Wuchers geziehen werden, er ist nur ein grundehrlicher netter Kerl, der seinen Senatorenfreunden ein wenig mit Geld aushilft.

Das mag für heute genügen. Terentia ist wohlauf, ebenso die kleine Tullia. Was für ein hübsches Kind Deine Tochter doch ist! Dein Bruder hat sich nicht verändert. Ich wünschte mir sehr, er würde besser mit meiner Schwester auskommen. Aber in dieser Hinsicht haben wir beide wohl keine große Hoffnung mehr. Pomponia ist ein Drachen und Quintus ein Landadliger von altem Schrot und Korn: dickköpfig, genügsam und stolz, und er läßt sich in seinem Haus von niemandem dreinreden.

Lebe wohl. Ich schreibe Dir noch, ehe ich Rom verlasse und zurück nach Epirus gehe, wo meine Rinderzucht floriert. Für Schafhaltung ist die Gegend zu naß, die Zehen der Tiere bekämen die Fäule. Alle haben sich jetzt so sehr auf die Wollerzeugung verlegt, daß sie ganz vergessen, wieviel Rindsleder in der Welt gebraucht wird. Rinderzucht wird als Geldanlage unterschätzt.

Gegen Ende des Sextilis erhielt Caesar eine Eilbotschaft aus Bithynien. König Nikomedes lag im Sterben und wünschte ihn noch einmal zu sehen. Caesar kam diesem Ruf gern nach, zumal ihm in Rom allmählich die Luft zum Atmen ausging und die Arbeit bei Gericht in Routine versank. Zwar war die Nachricht nicht erfreulich, aber man hatte mit ihr rechnen müssen. Noch am gleichen Tag, an dem er Oradaltis' Brief erhalten hatte, machte er sich reisefertig.

Burgundus würde ihn wie immer begleiten; auch Demetrius, der sein Körperhaar auszupfte, war mit von der Partie, und der Spartaner Brasidas, der seine Bürgerkronen aus Eichenlaub flocht. Caesar reiste diesmal mit größerem Gefolge als früher, denn seiner bedeutenderen Stellung gemäß hatte er nun einen Sekretär, mehrere Schreiber, Leibdiener und eine kleine Schar Freigelassener bei sich. So leistete er sich das teure Vergnügen, mit einem zwanzigköpfigen Gefolge in den Osten aufzubrechen. Er war nun fünfundzwanzig Jahre alt und seit fünf Jahren Senator.

»Glaubt ja nicht«, sagte Burgundus zu denen, die zum erstenmal dabeiwaren, »daß eine Reise mit Caesar das reine Vergnügen ist. Wenn Gaius Julius unterwegs ist, kennt er weder Rast noch Ruhe!«

Nikomedes war noch am Leben, als Caesar in Bithynien ankam, aber es bestand für ihn keine Hoffnung mehr auf Heilung.

»Es ist schlicht das hohe Alter, das ihn dahinsiechen läßt«, sagte Königin Oradaltis mit Tränen in den Augen. »Ach, wie werde ich ihn vermissen! Ich bin mit ihm verheiratet, seit ich fünfzehn bin. Wie soll ich ohne ihn leben?«

»Du wirst es schaffen, denn du mußt«, sagte Caesar und trocknete ihr die Tränen. »Wie ich sehe, ist dein Hund Sulla noch munter; an ihm hast du also einen treuen Gefährten. Nach dem, was du mir erzählt hast, muß Nikomedes froh sein, diese Welt zu verlassen. Mir wäre die Vorstellung unerträglich, dahinzusiechen, ohne noch zu irgend etwas nützlich zu sein.«

»Vor etwa zehn Tagen hat er sich hingelegt«, sagte Oradaltis. »Die Ärzte meinen, er könne jede Stunde von uns gehen – heute, morgen oder nächsten Monat, keiner vermag das genau zu sagen.«

Als Caesar dann das eingefallene Gesicht des Königs auf dem großen holzgeschnitzten Bett sah, schien es ihm, als werde der Todkranke den Tag nicht überleben. Er war nur noch Haut und Knochen, nichts erinnerte mehr an die einstigen königlichen Züge; er sah aus wie ein vertrockneter, runzliger Winterapfel. Kaum hatte Caesar aber seinen Namen genannt, öffnete er die Augen, streckte die Hände aus und lächelte, während ihm Tränen über die Wangen liefen.

»Du bist gekommen!« sagte er mit erstaunlich kräftiger Stimme.

»Wie hätte ich nicht kommen können?« fragte Caesar, der sich auf das Bett gesetzt hatte und die abgemagerten Hände des Kranken fest in die seinen nahm. »Ein Wort von dir genügt, und ich komme.«

Nikomedes lebte noch einmal richtig auf, als Caesar ihn vom Bett zum Sofa trug und von dort nach draußen auf einen Stuhl an einem windgeschützten, sonnigen Platz. Allerdings hatte er die Kraft, sich auf den Beinen zu halten, für immer verloren. Von Zeit zu Zeit fiel er mitten im Satz in einen Halbschlaf, aus dem er nach einem langen Augenblick wieder erwachte, ohne sich erinnern zu können, was er zuvor gesagt hatte. Er konnte nichts Festes mehr essen, sondern lebte nur noch von einer Mischung aus Ziegenmilch mit stärkendem Wein und Honig, die er schluckweise trank.

Es ist erstaunlich, dachte Caesar, der sonst so wählerisch und auf peinliche Sauberkeit bedacht war, daß dann, wenn einem geliebten Menschen Derartiges passiert, der gewöhnlich sich einstellende Ekel ausbleibt. Weder fühle ich mich abgestoßen, noch rufe ich gleich nach einem Diener, der den Kranken waschen soll. Vielmehr macht es mich glücklich, mich um ihn zu kümmern. Ich würde mit Freuden seinen Nachttopf fortschaffen.

»Hast du Nachricht von deiner Tochter?« fragte Caesar den König an einem Tag, an dem es ihm besser ging.

»Nein, nicht von ihr selbst. Aber sie soll immer noch wohlauf in Kabeira sein.«

»Kannst du mit Mithridates nicht über ihre Heimkehr verhandeln?«

»Nur um den Preis meines Königreichs, wie du weißt, Caesar.«

»Aber wenn sie nicht heimkehrt, wird es sowieso keinen Thronerben geben.«

»Bithynien hat hier bereits einen Thronerben.«

»In Nikomedeia? Wen denn?«

»Ich habe daran gedacht, Bithynien dir zu überlassen.«

»Mir?«

»Ja, dir. Du sollst König werden.«

»Nein, mein guter alter Freund, das ist unmöglich.«

»Du würdest ein großer König werden, Caesar. Gefällt dir der Gedanke nicht, über dein eigenes Land zu herrschen?«

»Mein Land ist Rom, Nikomedes, und wie alle Römer bin ich mit dem Glauben an die Republik groß geworden.

Die Unterlippe des Königs zitterte. »Kann dich mein Angebot gar nicht verlocken?«

»Nein.«

»Bithynien braucht einen jungen und starken Herrscher, Caesar. Wer sonst sollte das sein, wenn nicht du!«

»Es gibt das Römische Reich.«

»Und Römer wie Gaius Verres.«

»Das ist richtig, aber es gibt auch Römer wie mich. Rom ist die einzige Lösung, Nikomedes. Es sei denn, du willst Pontus die Herrschaft überlassen.«

»Alles andere, nur nicht das!«

»Dann gib Bithynien in Roms Obhut.«

»Kannst du mein Testament in gültiger römischer Form abfassen?«

»Ja.«

»Dann bitte ich dich darum, Caesar. Ich gebe mein Königreich in die Hände Roms.«

Mitte Dezember starb König Nikomedes der Dritte von Bithynien. Seine eine Hand lag in Caesars Händen, die andere in denen seiner Frau; so verschied er, ohne noch einmal zum Abschied aus seinem langen Traum zu erwachen.

Der Letzte Wille des Königs war frühzeitig genug mit Eilboten nach Rom gebracht worden, so daß Caesar noch vor dem Tod des fünfundachtzigjährigen Monarchen die Antwort des Senats erhalten hatte. Danach sollte der Statthalter der Provinz Asia, Marcus Junius Juncus, nach Bithynien reisen und gleich nach dem Tod des Königs mit der Eingliederung des Königreichs in die Provinz Asia beginnen. Da Caesar bis dahin bleiben wollte, sollte er Juncus über den Zeitpunkt der Übernahme in Kenntnis setzen.

Caesar war enttäuscht; Bithyniens erster Statthalter würde kein freundlicher und kein verständnisvoller Mensch sein.

»Ich möchte, daß alle Schätze und Kunstwerke im ganzen Reich in einer Liste erfaßt werden«, sagte Caesar der Witwe, »desgleichen der Bestand des Schatzamtes, die Größe der Flotte und die Truppenstärke des Heeres. Rüstungen, Schwerter, Speere, Katapulte und Belagerungsmaschinen, alles, was ihr besitzt, soll ohne Ausnahme gezählt werden.«

»Ich werde das veranlassen, aber warum?« fragte Oradaltis mit besorgter Miene.

»Falls der Statthalter der Provinz Asia vorhaben sollte, auch nur einen Speer oder eine Drachme für sich abzuzweigen, dann möchte ich das gern wissen«, sagte Caesar grimmig. »Dazu ist diese Liste erforderlich, denn ich würde es mir zur Pflicht machen, ihn in Rom zu verklagen und für seine Verurteilung zu sorgen. Wenn du alle Wertgegenstände auf einer Liste erfassen läßt, kannst du sicher sein, daß du zumindest die sechs wichtigsten Römer in deinem Land als Zeugen für die Richtigkeit der Aufzählung benennen kannst. Damit erhält diese Urkunde eine Beweiskraft, die auch ein Senatorengericht nicht bezweifeln kann.«

»Oh, mein Guter! Werde ich selbst denn in Sicherheit sein?« fragte die Königin.

»Ja, ganz gewiß, wenn du es über dich bringen kannst, aus dem Palast in ein Privathaus zu ziehen – am besten in Nikomedeia oder in Chalkedon oder Prusa – und alles, was dir lieb und teuer ist, mitzunehmen. Dann kannst du für den Rest deiner Tage in Frieden und Behaglichkeit leben.«

»Du magst Marcus Junius Juncus nicht.«

»Ich mag ihn überhaupt nicht.«

»Ist er ein zweiter Gaius Verres?«

»Das bezweifle ich, Oradaltis«, sagte Caesar ruhig, »er ist nur gewöhnlich geldgierig und bestechlich. Da er sich für Roms ersten offiziellen Vertreter in Bithynien hält, wird er alles stehlen, was ihm seiner Meinung nach zusteht. Rom wird von ihm eine Aufstellung aller Wertgegenstände verlangen, aber ich wette, daß seine Aufstellung und deine Liste sich nicht decken werden. Dann können wir ihn dingfest machen!«

»Wird er nicht vermuten, daß es bereits eine Liste gibt?«

Caesar lachte. »Er nicht! Östliche Reiche stehen nicht in dem Ruf der Genauigkeit – Genauigkeit gilt als eine Domäne der Römer. Freilich, da er weiß, daß ich hier bin, glaubt er sicher, ich würde mich als erster von den Schätzen des Landes bedienen. Daher wird es ihm gar nicht einfallen, ich könnte mich mit dir verbündet haben, um ihm eine Falle zu stellen.«

Ende Dezember war es dann soweit. Die Königin verlegte ihre Residenz in das kleine Fischerdorf Rheba an der Schwarzmeerküste nahe des Bosporus. Hier besaß Nikomedes ein Landhaus, das die Königin als idealen Wohnsitz für eine zurückgezogen lebende ehemalige Herrschergattin ansah.

»Wenn Juncus dein Haus beschlagnahmen will, zeigst du ihm eine Abschrift der Eigentumsurkunde und weist ihn darauf hin, daß sich das Original bei deinen Bankiers befindet. Wo willst du dein Vermögen deponieren?«

»Ich dachte an Byzanz. Das wäre von Rheba aus am nächsten.«

»Ausgezeichnet! Byzanz gehört nicht zu Bithynien, daher kann Juncus keine Einsicht in dein hinterlegtes Vermögen nehmen oder gar die Hand danach ausstrecken. Du sagst ihm auch, daß die Möbel in deinem Haus ebenfalls dir gehören und aus deiner Mitgift stammen. Dann darf er nichts beschlagnahmen. Laß deshalb nichts von dem auf die Liste schreiben, was du behalten willst! Wenn überhaupt jemand etwas für seinen eigenen Gebrauch mitnehmen darf, dann du.«

»Ich denke aber auch an Nysa«, sagte die alte Dame bekümmert. »Wer weiß? Vielleicht kann ich sie doch noch vor meinem Tod in die Arme schließen.«

Ein Bote brachte die Nachricht, Juncus sei auf dem Weg durch den Hellespont und werde in einigen Tagen in Nikomedeia ankommen. Er wolle dazwischen noch Prusa anlaufen und die Stadt besichtigen. Caesar ließ die Königin in ihrem Landhaus unterbringen, sorgte dafür, daß das Schatzamt sie mit einem ausreichenden Vermögen für ein standesgemäßes Leben ausstattete, und deponierte Oradaltis' Geldmittel und die Liste mit den Wertgegenständen bei ihren Bankiers in Byzanz. Von dort aus stach er dann mit seinem Gefolge in See. Er wollte der thrakischen Küste des Propontis bis zum Hellespont folgen und so Marcus Junius Juncus, dem Statthalter der Provinz Asia und bald auch Bithyniens, aus dem Weg gehen.

Caesar wollte nicht nach Rom zurückkehren, sondern plante, nach Rhodos zu reisen und dort für ein oder zwei Jahre bei Apollonius Molon Rhetorik zu studieren. Bei ihm, so hatte ihn Cicero überzeugt, werde seine Redekunst den letzten Schliff erhalten. Caesar wußte allerdings, daß sein rhetorisches Geschick schon jetzt beträchtlich war. Anders als Cicero vermißte er Rom nicht, genausowenig wie seine Familie. Zwar schätzte er durchaus das beruhigende Gefühl, eine Familie zu besitzen, setzte aber voraus, daß Frau und Kind ebenso wie seine Mutter immer für ihn dazusein hatten. Sie würden einfach bis zu seiner Rückkehr auf ihn warten. Ihm wäre nicht im Traum eingefallen, daß der Tod eine seiner Lieben oder gar alle während seiner Abwesenheit hinwegraffen könnte.

Die Reise wurde sehr kostspielig, wie er bald feststellen mußte. Er hatte es Nikomedes und Oradaltis abgeschlagen, ihn mit Geld auszustatten, und statt dessen nur um ein Andenken gebeten. Daraufhin hatten sie ihm einen echten Smaragd aus Skythien geschenkt, der mit den viel blasseren, trüberen Steinen vom Roten Meer nicht zu vergleichen war. Dieser flachgeschliffene Cabochon von der Größe eines Hühnereis zeigte das Profil des Königs und der Königin von Bithynien. Ein solches Kleinod würde man um keinen Preis und auch in großer Not nicht verkaufen. Aber Caesar machte sich um Geld keine Sorgen. Vorerst hatte er genug, und die Zukunft würde schon Rat schaffen. Mit dieser Haltung hatte er schon seine stets besorgte Mutter zur Weißglut gebracht. Aber verglichen mit seinen früheren Reisen erhöhten ein zwanzigköpfiges Gefolge und gemietete Schiffe die Kosten um das Zwanzigfache.

In Smyrna traf er wieder mit Publius Rutilius Rufus zusammen. Der alte Mann amüsierte ihn köstlich mit seinen Geschichten über

Cicero, der ihn auf seiner Reise von Rhodos nach Rom besucht hatte.

»Ein erstaunliches Gewächs!« lautete Rutilius Rufus' Urteil über Cicero. »Er wird in Rom nicht glücklich werden, obwohl er diese Stadt über alles liebt. Ich stehe nicht an, ihn das Salz der Erde zu nennen – so anständig, warmherzig und urwüchsig ist dieser Mann.«

»Ich verstehe, was du meinst«, sagte Caesar. »Nur, lieber Onkel Publius, er besitzt auch einen scharfen Verstand und sehr viel Ehrgeiz.«

»Wie Gaius Marius.«

»Nein«, widersprach Caesar, »nicht wie Gaius Marius.«

In Milet klagte man ihm, wie Verres der Stadt die feinsten Wollstoffe, Gobelins und Teppiche geraubt und dann dem Ethnarchen höhnisch empfohlen hatte, beim Senat in Rom Beschwerde einzulegen.

»Dann könnt ihr euch noch glücklich schätzen«, sagte Caesar, während er sich schon auf seine Weiterfahrt nach Halikarnassos vorbereitete. »Er hätte auch eure Kunstschätze mitnehmen und eure Tempel plündern können, wie er es anderswo getan hat.«

Das Schiff, das er in Byzanz gemietet hatte, war ein schmuckes Handelsschiff mit vierzig Ruderern, hohem Heck nebst zwei Steuerrudern und mittschiffs einer Kabine für ihn. Dreißig ausgesuchte Pferde und Maultiere, darunter auch der riesige Neseaner und sein eigener geliebter Paarzeh, waren in Verschlägen zwischen seiner Kabine und dem Heck untergebracht. Sie segelten nie mehr als fünfzig Meilen, ohne wieder einen Hafen anzulaufen. Da die Pferde und Maultiere jedesmal an Land und zurück an Bord gebracht wurden, war das Ein- und Ausschiffen immer eine mit Lärm und Geschrei verbundene Nervenprobe.

Milet unterschied sich kaum von Smyrna, Pitane und dem anderen halben Dutzend Häfen, die sie bereits angelaufen hatten. Jeder im Hafen wußte, daß dieses Schiff von einem römischen Senator gemietet worden war, und entsprechend groß war die allgemeine Neugier. Das war er also! Der gutaussehende junge Mann, der in echter Römertoga so forsch einhergeht, als würde ihm die ganze Welt gehören! Und gehörte sie ihm nicht wirklich?

Schließlich war er ein Vertreter des römischen Weltreichs. Die weniger hellen Köpfe in seinem Gefolge entblödeten sich nicht, dem Geschwätz noch mehr Nahrung zu geben. Bald wußten alle Neugierigen, die im Hafen von Milet herumlungerten, daß er ein hoher Aristokrat und brillanter Anwalt war. Ihm allein sei es zu verdanken, daß König Nikomedes von Bithynien auf dem Sterbebett sein Land testamentarisch dem Römischen Reich vermacht habe. Kein Wunder, daß Caesar froh war, als die Anker gelichtet wurden und das Schiff wieder in See stach.

Das Wetter war gut, der Seegang ruhig. Eine kräftige Brise blähte das große Leinwandsegel und schonte die Kräfte der Ruderer. Caesar hielt sich auf dem Achterdeck auf, neben ihm stand der Kapitän, der ihm versicherte, daß sie am folgenden Tag Halikarnassos erreichen würden.

Sie waren sieben oder acht Meilen entlang der Küste gefahren, als die Spitze eines Vorgebirges vor ihnen ins Meer ragte. Caesars Schiff segelte friedlich zwischen der Landspitze und einer aus dem Dunst auftauchenden Insel hindurch.

»Das ist Pharmakussa«, sagte der Kapitän. Sie passierten die Insel in Küstennähe, in einiger Entfernung vom festländischen Iasos, auf einer Route, die zur nächsten Halbinsel dieser zerklüfteten Küste führte. Pharmakussa war eine kleine Insel, deren Gestalt unterschiedlich großen weiblichen Brüsten glich, wobei der südlich gelegene Teil die größere der beiden bildete.

»Ist die Insel bewohnt?« fragte Caesar beiläufig.

»Nein, nicht einmal ein Hirte mit seiner Herde lebt dort.«

Sie waren schon fast an der Insel vorbeigefahren, als plötzlich eine flache schnittige Kriegsgaleere hinter der größeren Brust auftauchte und in schneller Fahrt auf Caesars Schiff zusteuerte.

»Piraten!« kreischte der Kapitän bleich vor Schreck.

Caesar nickte nur. Er hatte gerade nach hinten ins Kielwasser geschaut. »Ja, und eine zweite Galeere kommt von hinten auf uns zu. Wieviel Mann sind an Bord der ersten?«

»Kämpfer? Mindestens hundert, und bis an die Zähne bewaffnet.«

»Und auf der Galeere hinter uns?« Der Kapitän reckte den Hals. »Das ist ein größeres Schiff. Vielleicht hundertfünfzig.«

»Dann hältst du also Widerstand für zwecklos.«

»Bei den Göttern, ja, Senator!« stieß der Mann hervor. »Sie würden uns im nächsten Augenblick niedermetzeln. Wir können nur hoffen, daß sie es auf ein Lösegeld abgesehen haben. Da unser Schiff nicht tief im Wasser liegt, haben sie sicherlich schon erkannt, daß wir keine Fracht geladen haben.«

»Glaubst du, sie wissen, daß jemand an Bord ist, für den sie ein hohes Lösegeld fordern können?«

»Sie wissen über alles Bescheid, Senator! Sie haben ihre Spione in allen Häfen um das Ägäische Meer. Ich vermute, die Spione sind gestern von Milet aus losgerudert und haben den Piraten eine Beschreibung meines Schiffs und die Nachricht gebracht, daß sich ein römischer Senator an Bord befindet.«

»Haben die Piraten ihren Unterschlupf auf Pharmakussa?«

»Nein, Senator. Es wäre von Milet und Priene aus zu leicht, sie ausfindig zu machen. Sie haben hier nur für ein paar Tage auf der Lauer gelegen und nach einem möglichen Opfer Ausschau gehalten. Länger als ein paar Tage brauchen sie nie zu warten, denn irgendeine saftige Beute kommt immer vorbeigesegelt. Wir haben Pech. Jetzt in der Winterzeit stürmt es gewöhnlich in diesen Gewässern, deshalb habe ich gehofft, von Piraten verschont zu bleiben. Aber leider ist das Wetter zu gut.«

»Was haben sie mit uns vor?«

»Sie werden uns in ihren Unterschlupf schleppen und dort auf das Lösegeld warten.«

»Wo könnte ihr Piratennest liegen?«

»Wahrscheinlich in Lycia. Irgendwo zwischen Patara und Myra.«

»Das ist recht weit von hier.«

»Mehrere Tage mit dem Schiff.«

»Warum so weit?«

»Weil sie dort völlig sicher sind, ein idealer Unterschlupf für Piraten! Hunderte versteckte Buchten und Täler. Sicherlich gibt es dort mindestens dreißig Piratennester.«

Caesar blieb unbeeindruckt, obwohl die Galeeren jetzt sehr rasch näher kamen. Er sah die bewaffneten Piraten am Schandeck ihrer Schiffe stehen und hörte ihre Rufe. »Was hindert mich«, sagte er laut, »nach der Lösegeldzahlung mit einer Kriegsflotte zurückzukommen und das ganze Pack gefangenzunehmen?«

»Du würdest die Bucht nie im Leben wiederfinden, Senator. Es gibt Hunderte, und alle sehen sie gleich aus. So wie das Labyrinth im alten Knossos, nur ist dieses hier gezackt und nicht viereckig.«

Caesar rief seinen Leibdiener herbei und befahl in ruhigem Ton, seine Toga zu holen. Der verängstigte Mann brachte ihm das weiße Gewand, das Caesar selbst anlegte.

Burgundus kam und fragte ihn, ob sie sich zum Kampf bereitmachen sollten.

»Nein, natürlich nicht«, antwortete Caesar. »Es wäre anders, wenn die Umstände uns etwas günstiger wären, so aber liefe ein Kampf auf Selbstmord hinaus. Wir werden also brav stillhalten, hörst du, Burgundus?«

»Jawohl, Caesar.«

»Dann sage allen, daß ich keine tollkühnen Helden will.« Und zum Kapitän gewandt: »Du meinst, ich finde die richtige Bucht nie wieder?«

»Nie, Senator, glaube mir. Viele andere haben es schon versucht.«

»In Rom hatten wir angenommen, Publius Servilius Vatia habe die Piratenplage ein für allemal ausgerottet, als er die Isaurier geschlagen hatte. Er hat sich sogar als Vatia Isauricus feiern lassen, so erfolgreich war sein Feldzug.«

»Piraten sind wie Stechmücken, Caesar. Man glaubt sie ausgeräuchert zu haben, aber kaum ist die Luft wieder rein, sind sie auch wieder da.«

»So ist das also. Als Vatia, ich meine Vatia Isauricus, der Herrschaft des Piratenkönigs Zenicetes ein Ende setzte, hat er nur ein wenig an der Oberfläche gekratzt, aber das Übel nicht mit Stumpf und Stiel ausgerottet. Ist das richtig?«

»Ja und nein. König Zenicetes war nur ein Piratenanführer. Und was die Isaurier betrifft« – der Kapitän zuckte mit den Schultern –, »so hat keiner von uns, die wir diese Gewässer befahren, jemals verstanden, warum ein großer römischer Feldherr gegen einen zurückgebliebenen Volksstamm in Pisidien Krieg führt und glaubt, damit das Piratenunwesen auszurotten! Vielleicht haben sich einige Enkel der Isaurier tatsächlich den Piraten angeschlossen, aber eigentlich sind die Isaurier viel zu weit vom Meer entfernt, um sich mit Piraterei abzugeben.«

Inzwischen waren beide Kriegsschiffe längsseits gegangen, und die Piraten begannen das Handelsschiff zu entern.

»Aha, da kommt ihr Anführer!« sagte Caesar kühl.

Ein hochgewachsener, jugendlich wirkender Mann, dessen purpurne tyrische Tunika goldgewirkte Verzierungen aufwies, bahnte sich seinen Weg durch die Piratenhorden an Deck und kam den Aufgang zum Achterdeck herauf. Er trug keine Waffen und machte auch sonst keinen kriegerischen Eindruck.

Caesar wünschte ihm einen guten Tag.

»Täusche ich mich nicht, wenn ich glaube, dem römischen Senator Gaius Julius Caesar, dem Träger des Bürgerkranzes, gegenüberzustehen?«

»Nein, du täuschst dich nicht.«

Der Anführer blinzelte aus hellgrünen Augen und fuhr mit gepflegter Hand durch seine blonde Lockenpracht. »Du bist sehr gelassen, Senator«, bemerkte er. Sein Griechisch ließ vermuten, daß er vielleicht von einer der Inseln der Sporaden stammte.

»Warum sollte ich es nicht sein?« sagte Caesar mit erhobenen Augenbrauen. »Ich nehme an, du wirst mir erlauben, mich und mein Gefolge freizukaufen. Also habe ich nicht viel zu fürchten.«

»Stimmt. Aber gemeinhin schlottern meine Gefangenen trotzdem vor Angst und Schrecken.«

»Dieser Gefangene nicht.«

»Du bist eben ein Kriegsheld.«

»Was soll nun geschehen, äh, ich kenne deinen Namen noch nicht ...«

»Polygonus.« Der Anführer schaute sich zu seinen Männern um, welche die Mannschaft des Handelsschiffs in eine Ecke und Caesars Gefolge in eine andere zusammengetrieben hatten.

Wie ihr Anführer waren auch die übrigen Piraten aufgetakelte Laffen. Manche trugen Perücken, andere hatten ihr natürliches langes Haar mit der Brennschere in kräuselnde Locken gezwungen. Die einen hatten sich wie Huren geschminkt, andere waren glatt rasiert und gaben sich sehr männlich, aber allesamt waren sie sehr gut gekleidet.

»Was soll nun geschehen?« fragte Caesar nochmals.

»Deine Besatzung lasse ich auf mein Schiff bringen, während ich einen Teil meiner Mannschaft an die Ruder deines Schiffes setze, und dann fahren wir so schnell wie möglich nach Süden. Bis Sonnenuntergang haben wir Knidos hinter uns, fahren aber noch weiter. In drei Tagen bist du in meinem Haus, wo du als mein Gast wohnst, bis dein Lösegeld bezahlt ist.«

»Wäre es nicht einfacher, ein paar meiner Diener schon hier in der Nähe von Bord gehen zu lassen? Ein Leichter könnte sie zurück nach Milet bringen. In so einer reichen Stadt dürften sie keine Schwierigkeiten haben, die nötige Summe zusammenzubringen. Wie hoch ist übrigens mein Lösegeld?«

Der Anführer überhörte die zweite Frage und schüttelte heftig den Kopf. »Nein, das Lösegeld, das wir letztens bekommen haben, stammte aus Milet. Wir verteilen die Last auf die Städte in der Gegend, weil die losgekauften Männer sich manchmal viel Zeit lassen, das Lösegeld an die Gemeinden zurückzuzahlen, die es für sie aufgebracht haben. Jetzt sind Xanthos und Patara an der Reihe, also Städte in Lycia. Wir erlauben dir erst dann, deine Diener auszuschicken, wenn wir Patara erreichen.« Polygonus warf seinen Kopf in den Nacken, damit ihm die Locken frei über die Schultern fielen. »Und was die Summe betrifft: zwanzig Silbertalente.«

Caesar wich empört zurück. »Wie? Zwanzig Silbertalente? Mehr soll ich nicht wert sein?«

»Das ist die übliche Summe für Senatoren, auf die sich alle Piraten geeinigt haben. Für einen Magistraten bist du noch zu jung.«

»Ich bin Gaius Julius Caesar!« sagte der Gefangene selbstbewußt. »Guter Mann, du hast noch nicht begriffen, mit wem du es zu tun hast. Ich bin nicht nur Patrizier, sondern Sproß des Juliergeschlechts. Und wenn du mich fragst, was es heißt, ein Julius zu sein: Nun, es heißt, daß ich über Aeneas von der Göttin Aphrodite abstamme. Meine Vorfahren waren Konsuln, und ich selbst werde, wenn ich das Alter erreicht habe, ebenfalls Konsul sein. Ich bin nicht bloß Senator. Ich bin Träger des Bürgerkranzes – ich spreche im Senat – bei den Sitzungen habe ich meinen Platz in der mittleren Reihe – und wenn ich das Haus betrete, müssen sich alle, auch die Konsulare und Zensoren, erheben und mir applaudieren. Zwanzig Silbertalente sagst du? Ich bin fünfzig Silbertalente wert!«

Polygonus hatte gebannt zugehört. Solch einen Gefangenen hatte er bisher noch nie! So selbstbewußt, so unerschrocken und so hochmütig! Doch irgend etwas gefiel ihm an dem einnehmenden Gesicht dieses jungen Römers. War da nicht ein Zwinkern in seinen Augen? Machte sich dieser Gaius Julius Caesar über ihn lustig? Aber warum machte er sich einen Scherz, der ihn das Doppelte der üblichen Lösegeldsumme kosten würde? Er meinte es ernst, er mußte es einfach ernst meinen. Oder … Nein, er war sich sicher, daß der andere ihm zugezwinkert hatte.

»Sehr wohl, Hoheit, fünfzig Silbertalente ist der Preis!« sagte Polygonus ebenfalls mit einem Zwinkern.

»So ist es recht«, sagte Caesar und kehrte seinem Gegenüber den Rücken.

Nach drei Tagen Fahrt über das Meer, wo ihnen kein Kriegsschiff aus Rhodos oder einer anderen Hafenstadt begegnete, wurde Caesars Gefolge bei Patara an Land gesetzt. Da Polygonus auf seiner Galeere gereist war, hatte ihn Caesar seit ihrer ersten Begegnung nicht mehr gesehen. Jetzt kam er wieder auf das Handelsschiff und beobachtete, wie Caesars Männer in einen Leichter umstiegen.

»Du kannst sie alle bei dir behalten bis auf einen«, sagte der Piratenanführer. »Ein Mann reicht, um das Lösegeld zu beschaffen.«

»Einer genügt nicht für einen Mann meines Standes«, entgegnete Caesar kühl. »Ich behalte nur drei Männer als Gefolge: meinen Leibdiener Demetrius und zwei Schreiber. Wenn ich lange auf das Lösegeld warten muß, brauche ich jemanden, dem ich meine Verse diktieren kann. Vielleicht schreibe ich auch ein Schauspiel. Eine Komödie! Ja, Stoff für eine Komödie habe ich hier reichlich. Oder noch besser eine Farce.«

»Wer soll deine Männer anführen?«

»Mein Freigelassener, Gaius Julius Burgundus.«

»Was für ein Hüne! Als Sklave würde er ein Vermögen einbringen.«

»Das hat er früher auch. Er muß unbedingt seinen Neseaner reiten. Und die anderen brauchen auch ihre Reittiere. Sie sollen standesgemäß reisen, darauf lege ich Wert.«

»Hoheit mögen darauf großen Wert legen, und in der Tat sind die Pferde ausgezeichnet, aber eben deshalb behalte ich sie für mich.«

»Das wirst du nicht!« erwiderte Caesar scharf. »Du bekommst fünfzig Silbertalente als Lösegeld, dafür kannst du die Pferde herausgeben. Ich behalte nur Paarzeh für mich, oder sind die Straßen hier gepflastert? Paarzeh ist nicht beschlagen, er kann nicht auf Pflasterstraßen geritten werden.«

»Wirklich«, sagte Polygonus eingeschüchtert, »mit dir ist nicht zu spaßen.«

»Laß die Pferde an Land bringen, Polygonus«, ordnete Caesar an.

Burgundus war gar nicht wohl bei dem Gedanken, Caesar fast ohne Gefolge in der Gewalt dieser Banditen zu lassen, aber er hütete sich, mit ihm darüber zu streiten. Sein Auftrag lautete, das Lösegeld zu beschaffen.

Für Caesar ging die Reise weiter nach Ostlycia, entlang einer Küste, die man sich einsamer nicht vorstellen konnte. Keine Straßen, keine Fischerdörfer, keine menschlichen Behausungen waren zu sehen, nur die schneebedeckten Gipfel der Solyma, deren Vorgebirge steil ins Wasser abfielen. Buchten tauchten unvermutet auf und stellten sich als Einkerbungen in steile Berghänge heraus, ein schmales Band rötlichgelben Sands zu Füßen einer Felswand gleicher Farbe. Aber weit und breit keine Spur von einem Piratennest. Merkwürdig! dachte Caesar, der auf dem Achterdeck stehengeblieben war. Seit sein Schiff die Mündung des Flusses, an dem Patara und Xanthos lagen, hinter sich gelassen hatte, beobachtete er Stunde um Stunde die vorüberziehende Küste.

Bei Sonnenuntergang steuerten die beiden Galeeren und das Handelsschiff, das sie geleiteten, eine der zahllosen Buchten an. Sie fuhren hinein, bis sie am Ufer auf Sand liefen. Erst als Caesar ins seichte Wasser gesprungen und auf unsicherem Grund bis ans trockene Land gegangen war, erkannte er, was vom Wasser aus nicht zu sehen gewesen war. Die Felsklippe im Hintergrund der Bucht bestand aus zwei Felsen, deren Lücke von einer vorspringenden Kante verdeckt war. Dahinter weiteten sich die Felsen und gaben den Blick auf ein schüsselartig daliegendes Tal frei: das Piratennest.

Polygonus schritt mit Caesar durch die Lücke zwischen den Felsen. »Wir haben jetzt noch Winter«, sagte Polygonus gutgelaunt zu seinem Gefangenen, »und mit den fünfzig Talenten, die wir einstreichen werden, können wir uns alle Muße gönnen, statt mit den ersten Frühjahrsstürmen übers Meer kreuzen zu müssen.«

Seine Männer hatten bereits Rundhölzer unter den Bug der Galeeren und des Handelsschiffes gelegt. Caesar und Polygonus schauten zu, wie die drei Schiffe auf den Hölzern über den Strand gezogen und zwischen den Felsen hindurch bis in das versteckte Tal transportiert wurden. Anschließend wurden sie mit Stützen gesichert.

»Macht ihr das immer so?« fragte Caesar.

»Nicht, wenn wir wieder ausfahren, aber das wäre ungewöhnlich. Während wir auf Kaperfahrt sind, kommen wir nicht heim.«

»Ihr habt hier ein wirklich feines Nest!« sagte Caesar anerkennend.

Die Talschüssel erstreckte sich etwa anderthalb Meilen in der Breite und eine halbe Meile in der Länge. In ihrem hintersten Winkel ergoß sich ein dünner Wasserfall von verborgenen Höhen in einen Teich. Ein Fluß wand sich von dort in mehreren Schlingen bis an die Bucht, blieb aber für einen Beobachter vom Meer aus verborgen. Die Piraten oder Mutter Natur hatten für ihn unterhalb des Felsens einen schmalen Kanal als Abfluß gegraben.

Eine wohldurchdachte und solide gebaute Stadt nahm den größten Teil des Tals ein. Drei- und vierstöckige Steinhäuser säumten kiesbestreute Straßen, mehrere mächtige gemauerte Silos und Lagerhäuser standen gegenüber dem Gelände, auf dem die Schiffe auf dem Trockenen lagen. Ein Marktplatz mit Tempel bildete den Mittelpunkt für das gesellschaftliche Leben der Stadt.

»Wie viele Menschen leben hier bei euch?« fragte Caesar.

»Ehefrauen, Konkubinen und Kinder – und Lustknaben für manche Männer – mitgerechnet, etwa tausendfünfhundert. Dazu kommen noch die Sklaven.«

»Wie viele?«

»Schätzungsweise zweitausend. Wir selbst machen keinen Finger krumm«, verkündete Polygonus stolz.

»Es überrascht mich, daß es nicht zu Aufständen kommt, wenn

deine Männer auf See sind. Oder sind die Frauen und Lustknaben so gefürchtete Krieger?«

Der Piratenanführer lachte abfällig. »Wir sind keine Narren, Senator! Alle Sklaven gehen ständig in Ketten. Und da ein Entkommen nicht möglich ist, warum sollten sie sich erheben?«

»Mich würde das nicht abhalten.«

»Du würdest gefangen, sobald wir wieder zurück sind. Wir lassen keine Ersatzschiffe hier, mit denen man fliehen könnte.«

»Vielleicht würde ich euch aber gefangennehmen, wenn ihr zurückkämet.«

»Da kann ich dich beruhigen, Senator, wir bleiben alle hier, bis dein Lösegeld ankommt und behalten dich scharf im Auge.«

»Oh!« entfuhr es Caesar. Er machte ein enttäuschtes Gesicht. »Willst du damit sagen, daß ich für euch fünfzig Silbertalente herbeischaffen lassen muß, ohne daß mir in der Zwischenzeit eine kleine weibliche Abwechslung zustünde?«

»Daran soll es nicht fehlen, wenn deine Vorliebe in diese Richtung geht«, kicherte Polygonus. »Wenn du Frauen brauchst, wir haben genug.«

»Habt ihr auch eine Bibliothek in eurer schönen kleinen Stadt?«

»Ein paar Bücher müssen wohl irgendwo herumliegen. Allerdings sind wir keine Gelehrten.«

Die beiden Männer waren nun vor einem großen Haus angekommen. »Hier wohne ich«, sagte Polygonus. »Du wirst hier einquartiert, denn mir ist es lieber, dich in der Nähe zu behalten. Natürlich bekommst du deine eigenen Gemächer.«

»Ein Bad wäre mir jetzt sehr angenehm.«

»Mein Haus steht an Bequemlichkeiten dem Palatin nicht nach. Dein Bad wird sofort gerichtet, Senator.«

»Du kannst mich Caesar nennen.«

»Gern, Caesar.«

Das Gebäude war groß genug, um auch Demetrius und den beiden Schreibern noch Räume neben ihrem Herrn zu bieten. Caesar genoß sogleich sein Bad, das genau die richtige Temperatur, nämlich etwas mehr als lau, aufwies.

»Du wirst mich rasieren und zupfen, solange wir hier warten müssen, Demetrius«, sagte Caesar, während er sich sein helles, leicht welliges Haar kämmte. Er ließ den goldgerahmten und mit

Gemmen verzierten Spiegel sinken und schüttelte den Kopf. »Dieses Haus birgt ein Vermögen.«

»Sie haben viele Schätze gestohlen«, bemerkte Demetrius.

»Bestimmt haben sie einen großen Teil der Beute in einigen Häusern versteckt. Längst nicht alle Gebäude sind bewohnt.« Dann begab sich Caesar zu Polygonus in das Speisezimmer.

Das Essen war ausgezeichnet und reichhaltig, der Wein köstlich.

»Du hast einen guten Koch«, sagte Caesar anerkennend.

»Ich stelle fest, daß du im Essen Maß hältst und keinen Wein trinkst«, bemerkte Polygonus.

»Leidenschaft kenne ich nur für meine Arbeit.«

»Wie, nicht für Frauen?«

»Frauen«, entgegnete Caesar, der sich gerade die Hände wusch, »Frauen sind auch Arbeit.«

»Ein solches Urteil über Frauen höre ich zum ersten Mal!« lachte Polygonus. »Du bist ein seltsamer Kauz, der Leidenschaft nur für seine Arbeit kennt.« Er rieb sich den Bauch und roch kennerhaft am Inhalt seines Kristallbechers. »Was das Piratenhandwerk so reizvoll für mich macht, ist das Leben in Luxus, dem ich mich hingeben kann, wenn ich nicht auf Beutefahrt die Meere durchkreuze. Vor allem aber schätze ich einen edlen Tropfen.«

»Auch mir ist der Geschmack nicht unangenehm«, sagte Caesar, »aber ich mag nicht trinken, wenn mein Verstand darunter leidet. Denn schon ein halber Becher verdünnten Weins genügt, um meinem Verstand etwas von seiner Schärfe zu nehmen.«

»Aber du fühlst dich dann den ganzen Tag über, wie du dich schon am Morgen gefühlt hast«, rief Polygonus aus.

Caesar lächelte. »Nicht unbedingt.«

»Wie meinst du das?«

»Nun, mein Guter, zum Beispiel werde ich am Morgen des Tages, an dem ich mit einer Flotte unter meinem Kommando hierher zurückkomme, stocknüchtern und im Besitz aller meiner Kräfte sein. Ich erobere den Platz und nehme euch alle gefangen. Wenn ich euch dann in Ketten sehe, fühle ich mich gewiß beschwingter als beim Aufwachen am Morgen. Doch das ist noch nicht alles. Am Tag, an dem ich dich kreuzigen lasse, Polygonus, werde ich mich fühlen wie noch nie zuvor in meinem Leben!«

Polygonus brach in Gelächter aus. »Caesar, du bist mit Abstand der unterhaltsamste Gast, den ich je unter meinem Dach beherbergt habe. Vor allem dein Humor ist köstlich!«

»Danke für dieses Kompliment, aber das Lachen wird dir vergehen, wenn du erst einmal am Kreuz hängst.«

»Dazu wird es nicht kommen.«

»Eben doch.«

Polygonus lag hingestreckt auf der Liege, in Purpur und Gold gewandet, Ringe an jedem Finger, glitzernde Ketten um den Hals, und lachte erneut. »Meinst du, ich hätte nicht bemerkt, wie du auf dem Achterdeck deines Schiffes gestanden und die Küste beobachtet hast? Schlag dir das aus dem Kopf, Caesar, keiner findet hierher zurück.«

»Du schon.«

»Weil ich es schon tausendmal gemacht habe. Bei den ersten hundert Malen habe ich mich immer wieder geirrt.«

»Das glaube ich dir gern. Du bist nicht annähernd so intelligent wie ich.«

Das saß. Polygonus richtete sich auf. »Jedenfalls intelligent genug, einen römischen Senator gefangenzunehmen und ihn um fünfzig Talente ärmer zu machen!«

»Du sprichst von Eiern, die noch nicht ausgebrütet sind.«

»Sollten sie es nicht, dann werden sie hier verfaulen!«

Polygonus hielt es nach diesem Schlagabtausch nicht länger aus und verließ überstürzt seinen Gefangenen, der allein den Weg in seine Gemächer finden mußte. Dort wartete ein sehr hübsches Mädchen auf ihn – eine Gabe, die er zu schätzen wußte, aber erst nachdem er sie zu Demetrius geschickt hatte, um sicherzugehen, daß sie sauber war.

Caesar blieb vierzig Tage in dem Piratennest. Während der ganzen Zeit sah er sich in seiner Freiheit nicht eingeschränkt; er konnte gehen, wohin er wollte, und sprechen, mit wem er wollte. Sein Ruf verbreitete sich im ganzen Ort, und schon bald wußten alle, daß er vorhabe, nach seinem Freikauf mit einer Flotte zurückzukommen, sie gefangenzunehmen und anschließend zu kreuzigen.

»Nein, nein, nur die Männer!« entgegnete Caesar lächelnd einer

Schar Frauen, die ihn mit Fragen bestürmten. »Wie könnte ich Schönheiten wie euch ans Kreuz schlagen lassen?«

»Was hast du denn mit uns vor?« fragte ihn eine der Frauen keck.

»Ich verkaufe euch. Wie viele Frauen und Kinder gibt es hier?«

»Etwa tausend.«

»Tausend. Wenn der Durchschnittspreis, den ihr auf jedem beliebigen Sklavenmarkt erzielt, bei tausenddreihundert Sesterzen pro Kopf liegt, kann ich die Summe, die andere als Lösegeld für mich aufbringen mußten, zurückzahlen und ihnen sogar noch einen kleinen Gewinn verschaffen. Aber ihr Frauen und Kinder seid schöner als die Sklaven, die man gewöhnlich in kleinen Städten findet, daher rechne ich mit einem Durchschnittspreis von zweitausend Sesterzen. Damit erhalten meine Geldgeber einen fetten Gewinn.«

Die Frauen kicherten, denn war er nicht wirklich reizend? Sie mochten ihn alle sehr gern. Er war immer so freundlich und vergnügt, stets zu Späßen aufgelegt, und nie zeigte er die leiseste Spur von Furcht oder Niedergeschlagenheit. Seine Scherze und seine Geschichten, wie er die Männer kreuzigen und die Frauen und Kinder in die Sklaverei verkaufen wolle, gehörten bald zur gängigen Unterhaltung in der Stadt. Auch er hatte seinen Spaß dabei, wenn er augenzwinkernd seine Geschichten zum besten gab. Das erste Mädchen, das er nach seiner Ankunft erhalten hatte, schwärmte von seinen Fähigkeiten als Liebhaber und bescherte ihm damit die sehnsüchtigen Blicke anderer Frauen. Die Männer hatten aber bald herausgefunden, daß er bei der Wahl der Frauen taktvoll war: Nie nahm er eine Frau, auf die ein anderer ein angestammtes Recht hatte.

»Ich mache nur solche Ehemänner zum Hahnrei, die mir ebenbürtig sind«, sagte er in einem überheblichen Ton, der ganz den Aristokraten verriet.

»Freunde?« fragten die Frauen ihn dann unter Gelächter.

»Nein, Feinde«, entgegnete Caesar.

»Ja, sind wir etwa nicht deine Feinde?«

»Meine Feinde schon, aber keine ebenbürtigen. Ihr seid doch bloß elendes Piratenpack.«

An dieser Stelle verfielen seine Zuhörer gewöhnlich in Gelächter, denn sie ließen sich gern beleidigen, wenn er alles mit dem ihm eigenen warmen Humor erzählte.

Eines Abends speiste er gerade mit Polygonus, als der Piratenanführer plötzlich seufzte.

»Ich werde dich leider verlieren, Caesar.«

»Ah! Die Lösegeldsumme ist also beisammen.«

»Sie wird morgen mit deinem Freigelassenen hier eintreffen.«

»Wie hast du das eingerichtet? Ich nehme an, daß er geführt werden muß, da du behauptest, keiner werde allein den Weg hierher finden.«

»Oh, ein paar meiner Männer haben ihn die ganze Zeit über begleitet. Als das letzte Silbertalent im Beutel war, bin ich benachrichtigt worden. Sie kommen morgen gegen Mittag hier an.«

»Und dann darf ich gehen?«

»Ja.«

»Wie steht es mit meinem gemieteten Schiff?«

»Das darfst du mitnehmen.«

»Und Kapitän und Mannschaft?«

»Die sind an Bord. Du segelst gegen Abend nach Westen.«

»Dann ist also mein gemietetes Schiff im Lösegeld inbegriffen.«

»Natürlich nicht!« gab Polygonus erstaunt zurück. »Der Kapitän hat zehn Talente bezahlt, um sein Schiff und seine Mannschaft auszulösen.«

»Ach!« stöhnte Caesar. »Noch eine Schuld, die ich in allen Ehren abzahlen muß.«

Wie angekündigt, kam Burgundus am folgenden Tag gegen Mittag an. Es war der vierzigste Tag von Caesars Gefangenschaft.

»Nun kann ich Cardixa wieder unter die Augen treten und darf Vater ihrer Söhne heißen«, sagte Burgundus mit Tränen in den Augen. »Du siehst gut aus, Caesar.«

»Sie waren aufmerksame Gastgeber. Wer hat das Lösegeld bereitgestellt?«

»Patara und Xanthos, jeweils zur Hälfte. Sie waren zwar nicht glücklich darüber, haben aber nicht gewagt, die Zahlung zu verweigern. Nicht so kurz nach Vatia.«

»Sie bekommen ihr Geld wieder, und zwar schneller, als sie glauben.«

Zu Caesars Abschied erschien die ganze Bevölkerung der Piratenstadt, einige Frauen weinten sogar offen. Auch Polygonus war betrübt.

»Einen Gefangenen wie dich werde ich nie wieder haben!«

»Das ist nur zu wahr«, sagte Caesar lächelnd. »Deine Piratenkarriere neigt sich ihrem Ende zu, mein Freund. Vor dem Frühjahr komme ich wieder.«

Wie immer fand Polygonus Caesars Worte höchst amüsant. Er lachte noch, während er vom schmalen Sandstrand aus zuschaute, wie der Kapitän Caesars Schiff aus der Bucht manövrierte und im Abendlicht Kurs nach Westen einschlug.

»Und daß du ja nicht anhältst, Kapitän!« schrie ihm der Piratenanführer nach. »Sonst hast du meine Eskorte im Kielwasser!«

Hinter dem östlichen Berghang schob sich eine *hemiolia* heran, die es an Schnelligkeit mit jedem anderen Schiff aufnehmen konnte.

Mit einsetzender Abenddämmerung war von ihr nichts mehr zu sehen; Caesars Schiff war mittlerweile in der Nähe von Patara angelangt.

»Als nächstes soll einigen Leuten die Sorge um ihr Geld genommen werden«, kündigte Caesar an. Er schaute zum Kapitän hinüber. »Übrigens zahle ich dir die zehn Talente zurück, die du zum Freikauf von Schiff und Besatzung hast auslegen müssen.«

Offenkundig glaubte der Kapitän nicht, daß es in Caesars Macht stünde, seine Worte wahr zu machen. »Die Reise steht unter keinem guten Stern«, murmelte er nur.

»Und ich sage dir«, erwiderte Caesar, »wenn sie zu Ende ist, wirst du als gemachter Mann nach Byzanz heimfahren. Aber nun bring mich an Land.«

Sein Landgang war nur sehr kurz. Die Pferde und Maultiere wurden erst gar nicht an Land gebracht, da er keine Zeit verlieren wollte. Am nächsten Morgen schaute er sein ganzes Gefolge unternehmungslustig an. »Los, Kapitän, beeilen wir uns!«

»Kurs auf Rhodos?«

»Natürlich, nach Rhodos.«

Die Reise dauerte drei Tage; am ersten Abend wurde Telmessos, am zweiten Kaunos angelaufen. Beidemal erlaubte Caesar nicht, daß die Reittiere in den Häfen an Land geschafft wurden.

»Ich bin zu sehr in Eile, und die Tiere werden das überleben«, sagte er nur. Dann, wie zu sich selber: »Welch ein Glück! Fortuna begünstigt mich. Nun kommt mir meine Erfahrung im Aufstellen von Flotten zugute. Ich weiß genau, wohin ich bei der Ankunft in Rhodos gehen und an wen ich mich wenden muß.«

Tatsächlich hatte er keine zwei Stunden, nachdem sein Schiff im Hafen von Rhodos festgemacht hatte, die Männer, an die er sich wenden wollte, um sich versammelt.

»Ich brauche eine Flotte von zehn Triremes und fünfhundert Soldaten«, sagte er zu dem rhodischen Offiziersstab, der sich im Amtszimmer des Hafenmeisters versammelt hatte.

»Zu welchem Zweck?« fragte der junge Admiral Lysander.

»Mit der Flotte will ich zum Stützpunkt des Piratenanführers Polygonus zurückfahren und das ganze Nest ausheben.«

»Polygonus? Seinen Unterschlupf findest du nie wieder!«

»Ich finde ihn wieder. Gebt mir die Flotte, dann fällt für Rhodos ein ansehnlicher Teil der Beute ab.«

Die rhodischen Offiziere überzeugte weder Caesars Begeisterung noch sein Selbstvertrauen, sondern einzig seine Autorität, und so gaben sie ihm die zehn Triremes und fünfhundert Soldaten. Sie kannten ihn aus früheren Tagen, als er mit Vatia in Rhodos gewesen war. Einige aus Vatias Umkreis hielten noch immer zu ihm. König Zenicetes hatte seine Bergfeste auf dem Termessos niedergebrannt, als Vatia zu ihrer Zerstörung anrückte. Vatia hatte jedoch, ohne sich von der Vorstellung irremachen zu lassen, daß eine unermeßlich große Beute in Flammen aufgegangen sei, einfach abgewartet, bis die Asche erkaltet war, hatte sie dann durchsieben lassen und das geschmolzene Gold und Silber wiedergewonnen. Daraufhin war die Achtung der Rhodier für Vatia um vieles gestiegen. Wenn der römische Feldherr zu einer solchen Tat fähig war, mochte etwas von seinem Stil auch auf seinen ehemaligen Legaten abgefärbt haben. Deshalb, so schlossen die Rhodier, lohne es sich, auf Caesars Fähigkeiten zu setzen.

Am Abend, bevor die Suche nach Polygonus' Piratennest beginnen sollte, lag die Flotte an der Mündung des Flusses unterhalb von Patara. Caesar ging noch einmal in die Stadt und befahl den Kapitänen aller leeren Handelsschiffe, seiner Flotte zu folgen. Am folgenden Tag stand er wieder auf dem Achterdeck seines Schiffes und hielt stundenlang Ausschau nach der versteckten Bucht.

»Ehe Polygonus Patara verließ«, sagte Caesar zum Kapitän, »hatte ich den Piraten lange genug zugehört, um mir ein Bild davon zu machen, was sie eine für diese Küste typische Bucht nennen. Dann habe ich für mich die Merkmale zusammengestellt, die einer Bucht zukommen und welche nicht. Mit diesem Begriff ausgestattet, brauchte ich nur noch die Buchten zu zählen.«

»Ich habe nach Merkpunkten Ausschau gehalten«, sagte der Kapitän, »eigentümlich geformte Felsen im Meer, bestimmte Bergformen oder ähnliches. Aber schon jetzt weiß ich nicht mehr, wo wir sind.«

»Merkpunkte sind nicht zuverlässig, das menschliche Gedächtnis bringt sie durcheinander. Aber gebt mir Zahlen, und die Sache kann nicht schiefgehen.«

»Wenn du dich aber verzählt hast, Caesar?«

»Ich habe mich nicht verzählt.«

Damit sollte er recht behalten. Die Bucht, in der die fünfhundert Soldaten aus Rhodos landeten, sah aus wie viele andere auch. Die Flotte hatte die Nacht zuvor westlich davon vor Anker gelegen. Sie war unentdeckt geblieben, denn, wie sich später zeigte, hatte Polygonus nicht einmal Wachen aufgestellt. Seine vier Kriegsgaleeren lagen allesamt in dem versteckten Tal auf dem Trockenen, so sicher fühlte er sich. Doch kaum war die Sonne aufgegangen, da standen er und seine Männer in den Ketten, die sonst ihre Sklaven getragen hatten.

»Du kannst nicht behaupten, daß ich dich nicht gewarnt hätte«, sagte Caesar zu Polygonus, der die Hände in Eisen trug.

»Noch hänge ich nicht am Kreuz, Römer!«

»Aber du wirst! Das ist sicher!«

»Wie hast du unser Versteck wiedergefunden?«

»Durch simples Zählen. Ich habe jede Bucht von Patara bis hierher gezählt.«

Dann wandte er sich um und winkte Admiral Lysander heran. »Komm, schauen wir nun, welche Schätze Polygonus beiseite geschafft hat.«

Es waren viele, wie sich herausstellte. Nicht nur die Getreidespeicher waren fast bis unters Dach gefüllt, auch andere Nahrungsmittel waren in solcher Fülle vorhanden, daß ganz Xanthos und Patara den restlichen Winter und Frühling über daran genug gehabt hätten. In einem großen Gebäude stapelten sich kostbare Stoffe und Purpurtuche, Tische aus feinstem Zitrusholz, vergoldete Speisesofas und elegante Stühle. In einem anderen Gebäude standen Truhen voller Münzen und Juwelen. Viele Juwelen waren nach ägyptischer Art aus Fayence, Beryll, Karneol, Achat, Onyx, Lapislazuli und Türkisen gefertigt. Eine der Truhen barg Tausende von Perlen, manche so groß wie Taubeneier, andere in den apartesten Farben.

»Ich bin nicht wirklich überrascht«, sagte Lysander. »Polygonus hat zwanzig Jahre lang in diesen Gewässern sein Unwesen getrieben, und er ist dafür bekannt, daß er seine Schätze hortet. Allerdings hatte ich nicht vermutet, daß er auch auf den Schiffahrtswegen zwischen Zypern und Ägypten Beute gemacht hat.«

»Wegen der Perlen und Juwelen?«

»Solche findet man nirgendwo sonst.«

»Und die Alexandriner auf Zypern hatten die Frechheit, mir gegenüber zu behaupten, ihre Schiffahrtswege seien sicher!«

»Sie mögen nicht, daß Außenstehende ihre Schwächen kennen, Caesar.«

»Das habe ich mir auch schon gedacht«, meinte Caesar. »Doch nun wollen wir die Beute aufteilen.«

»Genaugenommen sind wir Rhodier nur ausführende Organe, Caesar«, sagte Lysander. »Vorausgesetzt, du zahlst uns Sold für die Männer und Miete für die Schiffe, gehört die Beute dir.«

»Ein Teil davon, aber gewiß nicht alles, mein Freund. Ich möchte im Senat keinen Fragen zu meiner Person ausgesetzt werden, die ich nicht aufrichtig und wahrheitsgemäß beantworten kann. Ich nehme daher tausend Talente in Münzen für das Schatzamt, fünfhundert Talente für mich selbst und eine Handvoll Perlen, die ich nach Gutdünken auswähle. Die übrigen Münzen und die Juwelen soll Rhodos als Anteil an der Beute erhalten. Das Lagerhaus mit den Möbeln und Tuchen könnt ihr verkaufen, aber ich wünsche mir, daß der Erlös in Rhodos zum Bau eines Tempels zu Ehren meiner Ahnin, der Göttin Aphrodite, verwendet wird.«

Lysander blinzelte. »Das ist mehr als großzügig, Caesar! Warum behältst du nicht die ganze Truhe mit Perlen für dich? Damit wärst du mit einem Schlag für den Rest deines Lebens von allen Geldsorgen befreit.«

»Nein, Lysander, ich nehme nur eine Handvoll. Wohlstand ist mir, wie jedem anderen auch, sehr angenehm, aber zuviel davon würde mich zum Geizhals machen.« Caesar beugte sich über die Truhe und griff mit der Hand hierhin und dorthin: zwanzig von den dunklen Perlen, die wunderschön schimmerten; eine Perle von der Größe und der Farbe einer Erdbeere; ein Dutzend in der Farbe des Erntemonds; eine übergroße purpurrote Perle und sechs, die silbern glitzerten. »Schau! Ich kann sie sowieso nicht verkaufen, ohne daß sich ganz Rom fragte, woher ich sie wohl habe. Aber ich kann Frauen damit beschenken, wenn mir der Sinn danach steht.«

»Dir wird der Ruf vorauseilen, gar nicht geizig zu sein.«

»Ich will nicht, daß irgend etwas davon bekannt wird, Lysander, das ist mein voller Ernst! Meine Zurückhaltung hat nichts mit fehlendem Geiz zu tun. Mir geht es um meinen Ruf in Rom. Ich habe mir geschworen, mich nie dem Vorwurf auszusetzen, Provinzen erpreßt oder römisches Eigentum veruntreut zu haben.« Er zuckte die Schultern. »Außerdem, je mehr Geld ich habe, desto rascher gebe ich es aus.«

»Und Patara und Xanthos?«

»Erhalten die Frauen und Kinder, die sie in die Sklaverei verkaufen können, sowie alle Nahrungsvorräte. Aus dem Verkauf der Sklaven erhalten sie mehr, als sie für die Lösegeldsumme aufbringen mußten; die Vorräte stellen eine Zugabe dar. Doch wenn du erlaubst, nehme ich noch zehn Talente für den Kapitän meines Schiffes, denn auch er hatte ein Lösegeld zu zahlen.« Die eine Hand auf Lysanders Schulter, führte er ihn aus dem Gebäude. »Die Schiffe aus Xanthos und Patara treffen bei Einbruch der Dunkelheit hier ein. Ich rate dir, Rhodos' Anteil an Bord deiner Schiffe zu schaffen, ehe die anderen kommen. Meine Schreiber werden über alles Buch führen. Schicke dann das Geld für Rom mit einer Eskorte nach Rom.«

»Was soll mit den Piraten geschehen?«

»Laß sie an Bord der Schiffe aus Patara und Xanthos schaffen, dann übergib mir das Kommando, damit ich sie nach Pergamon bringe. Da ich kein kurulischer Magistrat bin, habe ich nicht die

Befugnis, Hinrichtungen in den Provinzen anzuordnen. Deshalb muß ich die Gefangenen vor den Statthalter in Pergamon bringen und ihn um seine Erlaubnis bitten, das zu tun, was ich ihnen angedroht habe: sie zu kreuzigen.«

»Dann lasse ich Roms Anteil auf meine Galeeren bringen, die Fracht ist nicht zu groß. Zur Zeit sind die Gewässer sicher, ich schicke dann von Rhodos aus das Geld nach Rom.« Lysander hatte noch einen Vorschlag zu machen. »Ich gebe dir vier meiner Schiffe als Geleit nach Pergamon mit. Du hast Rhodos soviel Reichtum gebracht, daß es dir mit Freuden einen Dienst erweist.«

»Ja, vergeßt es nicht!« sagte Caesar. »Wer weiß? Vielleicht werde ich euch eines Tages ebenfalls um einen Gefallen bitten müssen.«

Die Piraten wurden zum Strand geführt; als letzter in der langen Reihe winkte Polygonus Caesar ernst zum Abschied.

»Wie verwöhnt diese Burschen doch waren«, sagte Caesar mit einem Kopfschütteln. »Ich dachte immer, Piraten seien schmutzig, ungebildet und rauflustig. Aber diese Männer waren weich.«

»Natürlich«, sagte Lysander. »Ihre Wildheit wird weit überschätzt. Wie oft müssen sie sich zum Kampf stellen, um an ihre Beute zu kommen? Höchst selten. Wenn sie tatsächlich kämpfen müssen, tun sie es unter dem Befehl ihrer Admirale, die erstaunlich gut ausgebildete Männer sind. Kleinere Piratenanführer wie Polygonus greifen nicht Geleitzüge an, sondern halten sich an ungeschützte Handelsschiffe. Piraten, die im Verband kämpfen, finden sich in den Gewässern um Kreta. Aber wer wie Polygonus hinter den hohen Bergen der Solyma lebt, glaubt sich am Ende vollkommen sicher und gebärdet sich wie ein König in seinem eigenen Reich.«

»Rhodos könnte mehr tun, um der Piratenplage ein Ende zu setzen«, bemerkte Caesar.

Aber Lysander lachte nur verhalten und war anderer Meinung. »Schuld daran ist Rom! Schließlich war es Rom, das uns gedrängt hat, unsere Flotte zu verkleinern, als es sich anschickte, die Herrschaft über den östlichen Teil unseres Meeres zu übernehmen. Rom glaubte, überall für Sicherheit sorgen zu können, auch auf den Schiffahrtswegen. Aber das hierfür notwendige Geld gab es aus Geiz nicht dafür her. Rhodos lebt nun unter römischer Führung und tut nur, was Rom verlangt. Wenn wir aus eigenem Antrieb einen vernichtenden Schlag gegen die Piraten führten, würde Rom womöglich glauben, es brüte seinen eigenen Mithridates aus.«

Dem hatte Caesar nichts entgegenzusetzen.

Marcus Junius Juncus war nicht in Pergamon, als Caesars Schiff den Kaikos erreicht hatte und im Hafen der Stadt vor Anker ging. Nach römischem Kalender kam das Ende des Monats März näher, der Winter war also noch nicht vorüber, obwohl sie während der Fahrt entlang der Küste gutes Wetter hatten. Die Stadt erhob sich prächtig vor ihnen, aber selbst von der Flußniederung aus waren noch Spuren von Schnee und Eis auf den Dächern der Paläste und Tempel zu sehen.

»Wo ist der Statthalter? In Ephesos?« fragte Caesar bei der Ankunft den Proquästor Quintus Pompeius, der seiner Abstammung nach eher Rufus' Zweig als dem des Pompeius nahestand.

»Nein, er ist in Nikomedeia«, antwortete Pompeius knapp. »Ich wollte gerade wieder zu ihm zurückkehren. Du hast Glück, überhaupt einen von uns hier anzutreffen, denn wir sind alle so beschäftigt in Bithynien. Ich bin nur auf einen Sprung hier, um dem Statthalter leichtere Kleidung zu besorgen. Wir hatten nicht erwartet, daß es in Nikomedeia wärmer sein würde als in Pergamon.«

»Oh, das war schon immer so«, sagte Caesar ernst. Er verbiß sich seine Frage, ob der Proquästor der Provinz Asia nichts Dringenderes zu tun habe, als Juncus leichtere Kleidung zu holen. »Ach, Quintus Pompeius«, fuhr er in freundlichem Ton fort, »wenn es dir recht ist, bringe ich dem Statthalter die Kleider. Für dich habe ich andere Arbeit, die erledigt werden muß, ehe du wieder nach Bithynien reisen kannst. Siehst du die Schiffe dort drüben?«

»Ja, ich sehe sie«, sagte Pompeius. Er war alles andere als glücklich darüber, daß ein Jüngerer ihm auftrug, was er zu tun hatte.

»An Bord der Schiffe sind fünfhundert Piraten, die für mehrere Tage eingekerkert werden müssen. Ich fahre weiter nach Bithynien und erbitte von Marcus Junius die amtliche Erlaubnis, sie zu kreuzigen.«

»Wie? Piraten, die gekreuzigt werden sollen?«

»So ist es. Ich habe ein Piratennest in Lycia ausgehoben – mit Hilfe einer zehn Schiffe zählenden Flotte aus Rhodos, wie ich gleich hinzufügen möchte.«

»Dann bleib doch hier und kümmere dich selber um deine lausigen Gefangenen!« entgegnete Pompeius. »Den Statthalter kann auch ich fragen.«

»Entschuldige, daß ich dir widerspreche, aber so kann in dieser Angelegenheit nicht verfahren werden«, sagte Caesar sanft, aber bestimmt. »Ich bin ein *privatus,* und als solcher habe ich auch die Piraten gefangengenommen. Ich muß den Statthalter persönlich sprechen. Lycia ist Teil seiner Provinz, daher muß ich ihm die Umstände selbst darlegen. So verlangt es das Gesetz.«

Der Wortstreit ging noch eine Weile hin und her, doch von Anfang an stand fest, wer der Sieger sein würde. Dann fuhr Caesar in einer schnellen Galeere nach Nikomedeia, während es Pompeius überlassen blieb, sich um die gefangenen Piraten zu kümmern.

Als Caesar in einem kleinen Vorzimmer im Palast in Nikomedeia auf den vielbeschäftigten Marcus Junius Juncus wartete, mußte er betrübt feststellen, daß vieles schon fast bis zur Unkenntlichkeit entstellt war. Zwar waren die Vergoldungen, Wandgemälde und anderen Kunstgegenstände noch an ihrem Platz, aber einige vertraute und ihm liebgewordene Statuen und Gemälde waren bereits aus den Gängen und Zimmern verschwunden.

Es wurde schon langsam dunkel, als Juncus endlich raschen Schrittes ins Zimmer kam. Offensichtlich hatte er erst sein Abendessen beendet, ehe er einen Senatskollegen von seinem langen Warten erlöste.

»Caesar! Welche Freude, dich zu sehen! Was führt dich her?« So begrüßte der Statthalter den wartenden Caesar und streckte ihm die Hand entgegen.

»*Ave,* Marcus Junius. Du bist sehr beschäftigt.«

»Ja, allerdings. Du kennst diesen Palast hier in- und auswendig, nicht wahr?« Der Ton der Worte war zwar freundlich, aber die Anspielung war nicht zu überhören.

»Da ich es war, der dir die Nachricht von König Nikomedes' Tod geschickt hat, müßtest du es eigentlich wissen.«

»Aber du hattest nicht die Freundlichkeit, hier auf mich zu warten.«

»Ich bin ein *privatus,* Marcus Junius, ich hätte dir nur im Weg gestanden. Einen Statthalter läßt man am besten nach seinem eigenen Gutdünken schalten und walten, wenn er vor einer so schwierigen Aufgabe steht, wie es die Eingliederung einer neuen Provinz in das Imperium darstellt.«

»Was hast du dann hier zu tun?« Juncus betrachtete seinen Gast mit offenkundigem Mißfallen. Er erinnerte sich nur zu gut an ihren Schlagabtausch vor dem Gerichtshof für Strafsachen, bei dem er oft den kürzeren gezogen hatte.

»Vor zwei Monaten bin ich in den Gewässern vor Pharmakussa in die Hände von Piraten gefallen.«

»Ja, das passiert vielen. Ich vermute, daß du dich freikaufen konntest, da du gesund vor mir stehst. Aber ich kann wirklich nichts tun, um dein Lösegeld wiederzubekommen. Wenn du aber darauf bestehst, lasse ich über mein Amt eine Beschwerde im Senat von Rom einreichen.«

»Das könnte ich auch selbst«, sagte Caesar spöttisch. »Ich bin nicht gekommen, um mich zu beklagen, Marcus Junius. Ich bitte dich vielmehr um die Erlaubnis, fünfhundert gefangene Piraten zu kreuzigen.«

Juncus starrte ihn an. »Wie bitte?«

»Wie du gerade so scharfsinnig geschlossen hast, konnte ich mich aus der Hand der Piraten freikaufen. Daraufhin stellte ich eine kleine Kriegsflotte auf, kehrte in das Piratennest zurück und hob es aus.«

»Dazu hattest du kein Recht!« fauchte Juncus. »Ich bin der Statthalter, das wäre meine Aufgabe gewesen!«

»Bis ich Nachricht nach Pergamon geschickt – ich komme gerade aus Pergamon, wo ich meine Gefangenen habe einkerkern lassen – und bis der Bote dich in Nikomedeia erreicht hätte, wäre der Winter vorbeigewesen. Dann hätte Polygonus seinen Unterschlupf verlassen und wäre schon wieder auf Beutefahrt. Wenn ich auch ein *privatus* bin, so habe ich doch so gehandelt, wie es von einem Mitglied des römischen Senats erwartet wird: Ich habe alles getan, damit die Feinde Roms ihrer gerechten Strafe nicht entkommen.«

Die prompte Entgegnung verschlug Juncus erst einmal die Sprache. Er mußte nach Worten suchen. »Dann ist dein Vorgehen zu loben«, sagte er schließlich.

»Das meine ich schon.«

»Und jetzt soll ich dir erlauben, fünfhundert gute, kräftige Männer zu kreuzigen? Das kann ich nicht zulassen! Deine Gefangenen gehören jetzt mir. Ich werde sie in die Sklaverei verkaufen.«

»Ich habe ihnen mein Wort gegeben, sie zu kreuzigen«, sagte Caesar bestimmt.

»Ihnen hast du dein Wort gegeben?« fragte Juncus geradezu verstört. »Das sind doch Räuber und Halunken!«

»Selbst wenn sie Barbaren oder Affen wären, täte dies nichts zur Sache, Marcus Junius! Ich habe geschworen, sie zu kreuzigen. Ich bin Römer, mein Wort bindet mich, und ich muß es einlösen.«

»Den Schwur hättest du nicht tun dürfen! Wie du richtig gesagt hast, bist du ein *privatus*. Ich pflichte dir darin bei, daß du recht getan hast, Roms Feinde nicht der Strafe entkommen zu lassen. Aber es ist mein Vorrecht zu entscheiden, wie mit Gefangenen in meiner Amtssphäre zu verfahren ist. Sie werden als Sklaven verkauft. Das ist mein letztes Wort in dieser Sache.«

»Nun gut«, sagte Caesar mit kaltem Blick. Er wandte sich zum Gehen.

»Einen Augenblick noch!« rief Juncus.

Caesar schaute ihn nochmals an. »Ja?«

»Es hat doch wohl eine Beute gegeben?«

»Ja.«

»Wo befindet sie sich? In Pergamon?«

»Nein.«

»Du kannst sie nicht für dich behalten!«

»Das habe ich auch nicht. Der größte Teil ging an Rhodos, das die Schiffe und die Soldaten gestellt hat. Ein Teil ging an die Bürger von Xanthos und Patara, welche die fünfzig Talente für die Zahlung des Lösegeldes aufgebracht haben. Meinen Teil habe ich der Aphrodite gewidmet, die Bewohner von Rhodos sollen damit ihr zu Ehren einen Tempel errichten. Und Roms Teil ist unterwegs in die Hauptstadt.«

»Und wie steht es mit meinem Anteil?«

»Ich wußte nicht, daß auch du einen Anspruch erheben würdest, Marcus Junius.«

»Aber ich bin der Statthalter dieser Provinz!«

»Der Fang war zwar reich, aber doch nicht so riesig. Polygonus ist kein König Zenicetes.«

»Wieviel hast du nach Rom gesandt?«

»Tausend Talente in Münzen.«

»Dann gab es doch genug.«

»Für Rom schon. Aber nicht für dich«, stellte Caesar ruhig fest.

»Ich als Provinzstatthalter hätte Roms Anteil an das Schatzamt schicken müssen!«

»Abzüglich welcher Summe?«

»Abzüglich des mir zustehenden Anteils.«

»Dann schlage ich vor, du beantragst beim Schatzamt die Herausgabe des Statthalteranteils.«

»Das werde ich tun, ganz bestimmt!«

»Etwas anderes hätte mich auch gewundert.«

»Ich werde mich auch beim Senat über dein selbstherrliches Handeln beschweren, Caesar! Du hast dir die Befugnisse des Statthalters angemaßt!«

»Das ist allerdings wahr«, sagte Caesar schon im Gehen begriffen. »Und zwar zu Recht. Andernfalls wären dem Schatzamt tausend Talente entgangen.«

Caesar nahm sich ein Pferd und eilte zurück nach Pergamon. Ohne Rast ritt er, einzig von Burgundus und Demetrius begleitet, die ihm nur mit Mühe folgen konnten. Von seinem Zorn angetrieben, vergaß er die Müdigkeit und die schmerzenden Muskeln. Gerade sieben Tage nach seiner Abreise von Pergamon war er wieder in der Stadt – zwei Tage früher als die Galeere, die sich noch auf dem Weg durch den Hellespont befand.

»Geschafft!« rief er dem Proquästor Pompeius munter zu. »Hoffentlich hast du in der Zwischenzeit die Kreuze anfertigen lassen. Ich habe keine Zeit zu verlieren.«

»Was für Kreuze?« fragte Pompeius erstaunt. »Warum sollte ich Kreuze für Gefangene anfertigen lassen, die Marcus Junius in die Sklaverei verkaufen will?«

»Erst hatte er wohl diese Absicht«, sagte Caesar wohlgemut, »aber als ich ihm erklärte, daß ich geschworen hatte, sie zu kreuzigen, hat er mich verstanden. Gehen wir also an die Arbeit, und machen wir die Kreuze! Eigentlich hätte ich schon vor zwei Monaten mit meinem Studium bei Apollonius Molon beginnen sollen. Die Zeit eilt dahin, Pompeius, also frisch ans Werk!«

Caesar trieb den verblüfften Proquästor so zur Eile an, wie dieser es mit Juncus nie erlebt hatte. Dennoch ging es ihm nicht schnell genug, so daß er schließlich auf eigene Faust Bauholz kaufte und die Piraten dazu zwang, ihre Kreuze selber zu machen.

»Arbeitet ordentlich, Piratenpack, denn an diesen Kreuzen werdet ihr selbst hängen! Es gibt wohl keinen schlimmeren Tod als tagelang am Holz zu hängen, weil das Kreuz nicht so gebaut ist, wie es sein soll.«

»Warum hat sich der Statthalter nicht dafür entschieden, uns als Sklaven zu verkaufen?« fragte Polygonus, der ungeschickt im Umgang mit Werkzeug war und mit der Arbeit nicht recht vorankam. »Ich war mir sicher, er würde es tun.«

»Da irrst du dich«, erwiderte Caesar, nahm ihm die Zapfen aus der Hand und begann selber, den Querbalken mit dem Stamm des Kreuzes zu verbinden. »Wie hast du es nur geschafft, an die Spitze deiner Piraten aufzusteigen, Polygonus? Du bist so unfähig!«

»Es gibt eben Männer«, sagte Polygonus, auf einen Spaten gestützt, »die gerade wegen ihrer Unfähigkeit erstaunliche Karrieren machen.«

Caesar richtete das Kreuz aus, dessen Balken nun verzapft war. »Ich gehöre nicht zu ihnen.«

»Das habe ich schon vor einiger Zeit gemerkt«, seufzte Polygonus.

»Fang an zu graben!«

»Wozu werden die gebraucht?« fragte Polygonus nach einer Weile und zeigte auf einen Haufen Holzpflöcke. Seinen Spaten überließ er Caesar, der es eilig hatte.

»Keile«, knurrte der Senator nur, während schon die Erde hochflog. »Ist das Loch tief genug, um das Gewicht von Kreuz und Mann aufzunehmen, wird das Kreuz hineingerammt. Nur ist der Boden hier zu locker, das Ganze würde nicht lotrecht stehen. Deshalb werden am Fuß des Kreuzes Keile in die Erde getrieben. Wenn die Hinrichtung vorbei ist und du tot bist, entfernt man die Keile und kann dein Kreuz leicht aus dem Boden heben. So kann der Statthalter diese wundervollen Hinrichtungswerkzeuge gleich für die nächste Ladung Piraten verwenden, die ich gefangennehme.«

»Geht dir nicht der Atem aus?«

»Ich habe genug Atem, um gleichzeitig arbeiten und reden zu können. Komm, Polygonus, hilf mir, deine letzte Ruhestätte auf Erden herzurichten ... So ist es recht!« Caesar trat einen Schritt zurück. »Jetzt treibe einen Keil in den Boden, das Kreuz steht noch schief.« Ungeduldig warf er den Spaten weg und hob einen Hammer auf. »Nein, nein, auf der anderen Seite! Zur Neigung hin! Du scheinst kein Baumeister zu sein.«

»Nein, das bin ich nicht«, sagte Polygonus grinsend, »aber ich habe meinen Henker dazu gebracht, mir mein Kreuz zu zimmern.«

Caesar lachte. »Glaubst du etwa, mir wäre das entgangen? Aber dafür wirst du einen Preis zahlen, wie du als Pirat wissen solltest.«

Polygonus verging plötzlich das Grinsen; starr vor Schreck schaute er Caesar an. »Einen Preis?«

»Den anderen wird man die Beine brechen. Sie werden schnell sterben. Du dagegen bekommst von mir einen kleinen Halt für die Füße, so daß dich nicht das volle Körpergewicht nach unten zieht. Es wird Tage dauern, bis dich der Tod erlöst, Polygonus!«

Als die Galeere, die Caesar aus Nikomedeia gefolgt war, den Fluß zum Hafen von Pergamon hinauffuhr, bot sich den Männern an den Rudern ein schrecklicher Anblick. Sie hatten auch in Rhodos schon Menschen sterben sehen – auch durch die Hand des Henkers –, aber Hinrichtungen nach römischer Art gehörten nicht zum Alltag in ihrer Heimatstadt. Rhodos war Freund und Verbündeter Roms, keine eroberte Provinz. Der Anblick von fünfhundert Kreuzen auf einem brachliegenden Feld zwischen Hafen und Küste war für sie ebenso befremdend wie ungeheuerlich. Hier standen Tote Spalier. Nur einer, der Anführer, dessen Haupt zum Hohn mit einem Kranz geschmückt war, hatte noch Leben in sich und schrie seinen Schmerz hinaus.

Quintus Pompeius war in Pergamon geblieben, da er die Stadt nicht eher verlassen wollte, bis auch Caesar gegangen war. Auch ihn hatte der Anblick der Kreuze erschüttert. Kreuzigungen kamen immer wieder vor – dieser Tod war den Sklaven, nicht den Freien vorbehalten –, allerdings nie in solchen Ausmaßen. Aber hier, säuberlich in Reih und Glied aufgestellt, wurden Männer gleich regimentweise hingerichtet. Den Mann, der dieses düstere Schauspiel in so kurzer Zeit inszenieren konnte, mußte man im Auge behalten. Und man durfte ihn nicht, auch wenn er es nicht offiziell tat, in Pergamon frei schalten und walten lassen. So wartete denn Quintus Pompeius, bis Caesars Flotte Kurs auf Rhodos und Patara nahm.

In Nikomedeia fand der Proquästor den Statthalter in gehobener Stimmung. Juncus hatte gerade Goldbarren in einem Versteck in einem Verlies unterhalb des Palastes gefunden und sie sich sogleich angeeignet. Ihm entging dabei, daß ihm Caesar und Oradaltis mit diesem Schatz eine Falle gestellt hatten.

»Mein lieber Pompeius, du hast viel getan, um Bithynien in die Provinz Asia einzugliedern«, begann Juncus gönnerhaft, »deshalb möchte ich deiner Bitte nachkommen. Du darfst dir künftig den Siegerbeinamen Bithynicus zulegen.«

Nach dieser Gunstbezeugung war Pompeius, nunmehr Bithynicus, in fast ebenso gehobener Stimmung wie der Statthalter. Gemeinsam lagerten sie sich zum Abendessen und gaben sich dem Genuß hin.

Juncus war es, der nach dem letzten Gang des üppigen Essens das Gespräch auf Caesar brachte.

»Er ist der arroganteste Schwanz, der mir je begegnet ist«, sagte er und zeigte seine Zähne. »Verweigert mir meinen Anteil an der Kriegsbeute und hat die Kühnheit, mich um die Erlaubnis zur Kreuzigung von fünfhundert kräftigen Piraten zu fragen. Dabei bieten die mir immerhin einen gewissen Ausgleich für die entgangene Beute, wenn ich sie auf dem Sklavenmarkt verkaufe.«

Pompeius schaute ihn mit großen Augen an. »Sie verkaufen?«

»Was ist denn?«

»Du hast doch befohlen, die Piraten kreuzigen zu lassen, Marcus Junius!«

»Keineswegs!«

Pompeius schrumpfte geradezu zusammen. »Verdammt!«

»Ja was ist denn?« wiederholte Juncus, der nun doch unruhig wurde.

»Caesar ist sieben Tage nach seiner Reise zu dir wieder in Pergamon eingetroffen und berichtete mir, du habest deine Erlaubnis zur Kreuzigung der gefangenen Piraten gegeben. Ich gebe zu, daß mich das etwas erstaunt hat, aber nie wäre es mir in den Sinn gekommen, daß er nicht die Wahrheit sagte. Marcus Junius, er hat alle ohne Ausnahme kreuzigen lassen.«

»Das hat er nicht gewagt!«

»Doch, er hat es getan. Und mit einer solchen Selbstsicherheit – so gelassen! Er hat mich herumgescheucht wie einen Sklaven. Ich habe ihm sogar gesagt, wie sehr es mich wundere, daß du deine Einwilligung gegeben hast. Sah er deswegen verlegen aus oder gar schuldig? Keineswegs! Wirklich, Marcus Junius, ich habe ihm jedes Wort geglaubt. Zumal ich von dir nichts Gegenteiliges gehört hatte!« fügte Pompeius listig hinzu.

Juncus kamen die Tränen vor Wut. »Die Männer hätten auf dem Sklavenmarkt zwei Millionen Sesterzen eingebracht. Zwei Millionen, Pompeius! Und er hat dem Schatzamt in Rom tausend Talente geschickt, ohne mich überhaupt zu fragen oder mir einen Anteil anzubieten. Nun muß ich wegen des Anteils eine Eingabe beim Schatzamt machen, und du weißt ja, wie mühsam das ist. Ich kann froh sein, wenn der Bescheid kommt, ehe mein erster Urgroßenkel geboren ist! Während dieser Hurensohn bestimmt Tausende Talente für sich beiseite geschafft hat. Tausende!«

»Da bin ich nicht so sicher«, gab Pompeius zu bedenken, bemühte sich aber, dem völlig verzweifelten Juncus nicht ins Gesicht zu sehen. »Ich habe mich ein bißchen mit dem ersten Kapitän der Flotte aus Rhodos unterhalten. Dabei kam heraus, daß Caesar die übrige Beute tatsächlich den Behörden von Rhodos, Xanthos und Patara übergeben hat. Der Fang war zwar reich, aber es gab keine märchenhaften Schätze. Der Kapitän vermutete, daß Caesar nur sehr wenig für sich selbst behalten hat, und diese Meinung wird von allen Betroffenen geteilt. Einer von Caesars Freigelassenen sagte, der Senator wisse zwar Reichtum zu schätzen, sei aber zu klug, als daß er das Geld über sein politisches Ansehen stellte. Caesar werde man nie vor dem Gerichtshof für Erpressungsfälle verklagen können. Außerdem soll er, noch während seiner Gefangenschaft in dem Piratenunterschlupf, den Seeräubern geschworen haben, er werde sie alle kreuzigen lassen. Es dürfte schwerfallen, ihm nachzuweisen, daß er sich an der Beute bereichert hat, Marcus Junius.«

Juncus trocknete sich die Tränen und putzte sich die Nase. »Ich kann auch nicht beweisen, daß er in Nikomedeia oder anderswo in Bithynien irgend etwas für sich beiseite geschafft hat. Aber er hat es bestimmt getan. Da bin ich mir sicher. Ich habe rechtschaffene Männer während meiner Laufbahn kennengelernt, aber ich schwöre, er gehört nicht zu ihnen, Pompeius! Er ist viel zu selbstsicher, als daß er ein lauterer Mensch sein könnte. Und viel zu überheblich. Er tut so, als gehöre ihm die ganze Welt!«

»Nach den Worten des Anführers der Piraten – der Caesar übrigens für einen seltsamen Vogel hielt – hat er sich genauso überheblich verhalten, als er noch ihr Gefangener war. Überall, wo er auftauchte, soll er die Leute herablassend, aber immer witzig beleidigt haben. Seine Lösegeldsumme war auf zwanzig Talente festgesetzt worden, worüber er geradezu empört war. Er sei mindestens fünfzig Talente wert, hat er ihnen gesagt. Tatsächlich brachte er sie dazu, die Summe auf fünfzig Talente zu erhöhen!«

»Ach, deshalb hat er von fünfzig Talenten gesprochen! Mir war es damals zwar aufgefallen, aber ich war zu wütend auf ihn, als daß ich deswegen nachgehakt hätte, und dann habe ich es vergessen.« Juncus schüttelte den Kopf. »Vielleicht liegt hier die Erklärung, Pompeius. Der Mann ist wahnsinnig! Fünfzig Talente ist das übliche Lösegeld für einen Zensor. Ja, ich glaube, der Mann ist einfach wahnsinnig.«

»Vielleicht wollte er damit auch nur Xanthos und Patara einschüchtern, damit sie sofort zahlen«, äußerte Pompeius.

»Nein! Er ist wahnsinnig, und der Wahn zeigt sich in seiner grenzenlosen Selbstherrlichkeit. Das war schon immer sein beherrschender Zug.« Juncus' Miene verfinsterte sich. »Die Gründe, die dahinterstehen, sind mir gleichgültig. Aber für das, was er mir angetan hat, muß er mir büßen! Oh, ich kann es immer noch nicht glauben! Zwei Millionen Sesterzen!«

Wenn Caesar befürchtet haben sollte, daß man ihm feindselig begegnen werde, was bei seinen politischen und militärischen Großtaten nicht ausbleiben konnte, so ließ er sich doch nichts anmerken. Als sein Schiff schließlich im Hafen von Rhodos ankerte, entlohnte er den Kapitän und gab ihm ein großzügiges Draufgeld. Dann mietete er ein bequemes, aber nicht protziges Haus am Stadtrand und nahm sein Studium bei dem großen Rhetoriklehrer Apollonius Molon auf.

Da Rhodos, diese große, dem kleinasiatischen Festland vorgelagerte Insel, ein Zentrum des Handels im östlichen Mittelmeer war, herrschte an Nachrichten und Klatsch kein Mangel. Ein Römer, der zum Studium hierhergekommen war, mußte sich von Rom und den Entwicklungen in den anderen Teilen der römischen Welt nicht abgeschnitten fühlen. So erfuhr Caesar von Pompeius' Brief an den Senat, wie sich der Senat darauf verhielt und welche Rolle Lucullus dabei spielte. Er erfuhr auch, daß der letztjährige Konsul Lucius Octavius in Tarsos gestorben war, wo er erst Anfang März seinen Posten als Statthalter Cilicias angetreten hatte. Noch wußte niemand, wen der Senat als Ersatz nach Tarsos schikken würde. Daß König Nikomedes Bithynien testamentarisch dem Römischen Reich überlassen hatte, war in allen Ständen Roms mit Freude aufgenommen worden, aber, soviel bekam Caesar auch in Rhodos mit, nicht alle waren damit einverstanden, daß das neue Land der Provinz Asia einverleibt wurde. Der Streit darüber war noch nicht entschieden, wenn auch Juncus bereits den Befehl erhalten hatte, mit der Eingliederung zügig voranzuschreiten. Beide neuen Konsuln, Lucullus und Marcus Cotta, hätten Bithynien lieber zu einer selbständigen Provinz mit einem eigenen Statthalter gemacht. Marcus Cotta liebäugelte sogar mit dem Gedanken, im kommenden Jahr dort selbst den Statthalterposten zu übernehmen.

Dennoch interessierte die Menschen in Rhodos mehr, was in ihrer Nachbarschaft vor sich ging. Für sie war das, was in Pontos und Kappadokien passierte, von ungleich größerer Bedeutung als die Ereignisse in Rom oder Spanien. Es hieß, nach dem Einmarsch von König Tigranes' Truppen nach Kappadokien vor vier Jahren sei kein Bürger in Eusebeia Mazaka geblieben, der König habe sie alle nach Tigranokerta umgesiedelt. Der König von Kappadokien, der auf Caesar keinen großen Eindruck gemacht hatte, lebe seit dem Einmarsch in Alexandria. Daß er gerade diese ferne Stadt als Exil gewählt habe, rechtfertigte er mit dem Hinweis, daß Tarsos zu nahe bei Tigranes und Rom für ihn zu teuer sei.

Gerüchte kursierten, König Mithridates sei so zornig über die Eingliederung Bithyniens ins Römische Reich gewesen, daß er in Pontos wieder ein gewaltiges Heer ausgehoben habe. Allerdings wußte niemand Genaueres zu berichten. Allem Anschein nach hatte Mithridates die Grenzen seines Reiches aber noch nicht überschritten.

Marcus Junius Juncus kam ebenfalls ins Gerede. Von ihm hieß es, er habe einige der bedeutendsten Bürger Bithyniens – vor allem solche, die in Herakleia am Schwarzen Meer wohnten – verschleppt. Weiterhin seien offizielle Beschwerden beim Senat in Rom eingereicht worden, des Inhalts, Juncus bereichere sich schamlos an den größten Schätzen des Landes.

Anfang Juni ging ein Entsetzen durch die ganze Provinz Asia: König Mithridates war auf dem Vormarsch. Seine Truppen hatten bereits Paphlagonia überrannt und standen vor Herakleia, direkt an der Grenze zu Bithynien. Die Nachricht, der König von Pontos wolle Bithynien für sich erobern, war bis nach Rom gelangt. Abstammung und Geburt sowie die Nachbarschaft beider Länder sprachen dafür, daß Bithynien zu Pontos und nicht zu Rom gehöre. König Mithridates werde nicht zusehen, wie Rom sich Bithynien einverleibe! Doch vor Herakleia blieb das pontische Heer plötzlich stehen und rückte nicht weiter vor. Mithridates hatte Rom wieder einmal den Fehdehandschuh hingeworfen, war dann aber vor dem entscheidenden Schritt zurückgeschreckt und wartete nun ab, was Rom tun werde.

Marcus Junius Juncus und Quintus Pompeius, nun Bithynicus genannt, flohen zurück nach Pergamon, wo sie mehr Zeit damit verbrachten, lange Berichte an den Senat zu verfassen, als die Provinz Asia für einen neuen Krieg gegen den König von Pontos zu rüsten. Da der Statthalterposten in Cilicia nach Lucius Octavius' Tod verwaist war, erhielten die beiden in Tarsos liegenden Legionen keinen Befehl, der Provinz Asia zu Hilfe zu eilen. Auch Junius forderte sie nicht an. Die beiden in Ephesos und Sardes stationierten Legionen der Fimbriani wurden nach Pergamon zurückgerufen und blieben auch dort. Wie es hieß, gehe es Juncus eher darum, seine eigene Haut zu retten, als Bithynien zu verteidigen.

Caesar verfolgte all diese Gerüchte zwar aufmerksam, machte aber keine Anstalten, nach Pergamon zu reisen. Obwohl niemand in der Provinz Asia etwas mit König Mithridates zu tun haben wollte, fand sich keiner bereit, gegen ihn zu kämpfen, wenn der Statthalter keine eindeutigen Befehle erteilte. Und der Statthalter hütete sich, in dieser Hinsicht Befehle auszugeben. Im Quintilis begann im Süden der Provinz die Getreideernte, und im Sextilis würde auch der Norden folgen. Doch Juncus blieb untätig und ließ kein Getreide als Kriegsvorrat requirieren.

Noch im Sextilis wurde bekannt, daß die Konsuln Lucullus und Marcus Cotta vom Senat ermächtigt worden waren, militärisch gegen Mithridates vorzugehen. Wenig später wurde Bithynien plötzlich eine eigene Provinz mit Marcus Cotta als Statthalter, während Cilicia an Lucullus ging. Niemand wußte, was aus der Provinz Asia werden sollte, deren Statthalter nur Quästorenrang hatte und der nun zwischen den beiden Konsuln des Jahres stand. Als Rangniederer mußte Juncus das tun, was ihm aufgetragen wurde. Aber er war kein Parteigänger des Lucullus, und er hatte sich weder durch Tüchtigkeit hervorgetan noch durch eine tadellose Amtsführung geglänzt. Für Juncus brachen schlimme Zeiten an.

Kurze Zeit darauf erhielt Caesar einen Brief von Lucullus' Bruder Varro Lucullus.

In Rom herrscht helle Aufregung, wie Du Dir vorstellen kannst. Ich schreibe Dir, Caesar, weil Du die Dinge sonst nur aus der Ferne mitbekommst, auch, weil ich meine Gedanken zu Papier bringen muß, aber kein Tagebuchschreiber bin, und schließlich, weil ich niemandem lieber als Dir schreibe. Ich bin dazu verurteilt, in Rom zu bleiben, was auch geschehen mag, es sei denn, beide Konsuln würde der Schlag treffen. Da aber der erste Konsul mein Bruder und der zweite Dein Onkel ist, kann das keiner von uns wünschen. Warum muß ich auf jeden Fall in Rom bleiben? Weil ich der designierte erste Konsul des kommenden Jahres bin! Ist das nicht prächtig? Mein Kollege ist Gaius Cassius Longinus – ein guter Mann, wie ich meine.

Zuerst ein paar Neuigkeiten aus Rom. Vielleicht hast Du schon gehört, daß unser Freund Gaius Verres sich bei der Wahlbürgerschaft und bei vielen Magistraten so gekonnt eingeschmeichelt hat, daß er nun Stadtprätor ist. Weißt Du aber, wie er dieses gewöhnlich undankbare Amt in einen einträglichen Posten verwandelt hat? Nachdem der Plutokrat Lucius Minucius Basilus gestorben war, ohne ein Testament zu hinterlassen, oblag es Verres, den Erbanspruch von dessen nächstem Verwandten entgegenzunehmen. Dies ist ein Neffe des Verstorbenen, ein gewisser Marcus Satrius. Doch wer erhob dagegen Einspruch? Rate mal. Niemand anderes als Hortensius und Marcus Crassus, die beide zu Basilus' Lebzeiten großen Grundbesitz von dem Verstorbenen gepachtet hatten. Die beiden kamen nun zu Verres und behaupteten, Basilus hätte ihnen diesen Grundbesitz überlassen, wenn er ein Testament verfaßt hätte. Und Verres bestätigte ihre Ansprüche! Reich beschenkt gingen Hortensius und Marcus Crassus heim, während der arme Satrius leer ausging. Was Gaius Verres betrifft, so glaubst Du sicherlich auch nicht, daß er nur aus reiner Herzensgüte zugunsten von Hortensius und Marcus Crassus entschieden hat, oder?

Wie üblich gibt es auch dieses Jahr wieder eine Nervensäge unter den Volkstribunen. Diesmal ist es ein merkwürdiger Mensch, Lucius Quinctius mit Namen. Ein Mann in den Fünfzigern, der sich hochgearbeitet hat; er kleidet sich, wenn er nicht von Amts wegen die Toga tragen muß, mit Vorliebe in lange Gewänder aus tyrischem Purpur. Obendrein sind seine Sprache und sein ganzes Benehmen unerträglich geziert. Das Kollegium war noch keinen Tag im Amt, da wiegelte Quinctius schon die Menge auf dem Forum mit den alten Forderungen nach den vollen Rechten der Volkstribunen auf. Im Senat verspritzte er sein ganzes Gift auf meinen Bruder.

Quinctius verhält sich nun still und brav. Mein Bruder Lucullus hat ihn, wie er sich ausdrückt, mit einer zweizinkigen Gabel zu fassen bekommen. Zuerst, das war die erste Zinke, hat er die Hunde auf den Volkstribun des vergangenen Jahres, Quintus Opimius, losgelassen. Die Hunde waren in diesem Fall Catulus und Hortensius, die Opimius wegen wiederholter Überschreitung seiner Amtsautorität vor Gericht zogen und mit ihrer Klage Erfolg hatten. Opimius wurde mit einer Geldstrafe belegt, die genau der Höhe seines gesamten Vermögens entsprach. Als ruinierter Mann mußte er sich daraufhin aus dem öffentlichen Leben zurückziehen. Dann, und das war die zweite Zinke, begann Lucullus, sanft, aber beharrlich auf Quinctius einzureden. Ihn werde das gleiche Los wie Opimius erwarten, wenn er sich nicht mäßigen und mit seinen Forderungen an sich halten könne. Das Mittel brauchte eine Weile, bis es wirkte, aber der Erfolg war überzeugend.

Falls Du glaubst, Du seist fern und vergessen, so irrst Du Dich, lieber Caesar. Ganz Rom spricht von den Händeln, die Du mit Piraten gehabt hast, und wie Du sie entgegen dem Befehl des Statthalters hast kreuzigen lassen. Wie, höre ich Dich fragen, davon weiß man schon in Rom? Ja, allerdings. Nicht, daß Juncus geredet hätte. Sein Proquästor, dieser Pompeius, der kürzlich die Frechheit besessen hat, seinen völlig ruhmlosen Namen mit dem Siegerbeinamen Bithynicus zu schmücken, hat die Geschichte jedem, der sie hören wollte, erzählt. Offensichtlich war er bestrebt, aus Juncus einen Helden zu machen, doch die Laune des Volkes wollte es, daß jedermann, Catulus nicht ausgenommen, Dich als den Helden ansieht. Es gab sogar Stimmen, die davon sprachen, Dir zusätzlich zu Deinem Bürgerkranz auch noch den Schiffskranz zu verleihen, aber Catulus wollte dann doch nicht soweit gehen und erinnerte die eingeschriebenen Väter daran, daß Du als privatus *gehandelt habest, weshalb eine militärische Auszeichnung nicht in Betracht komme.*

Das Piratenunwesen ist dieses Jahr oft Gegenstand langer Diskussionen im Senat gewesen. Liegt es daran, daß Philippus von einer unerfindlichen Trägheit befallen ist, oder daß Cethegus an den meisten Sitzungen nicht mehr teilnimmt, oder daß Catulus und Hortensius neuerdings mehr Interesse an den Gerichtshöfen als am Senatsgeschehen zeigen? Ich weiß es nicht, fest steht nur, daß der diesjährige Senat mit der Geschwindigkeit einer Schnecke arbeitet. Einen Beschluß fassen? Unmöglich! Ein Verfahren beschleunigen? Nicht auszudenken!

Immerhin warb unser Prätor Marcus Antonius im Januar dafür, man solle ihn mit der Vollmacht ausstatten, dem Piratenunwesen in unserem Meer ein Ende zu bereiten. Der Hauptgrund für sein Begehren, gerade ihm diese Vollmacht zu geben, bestand darin, daß seinem Vater, Marcus Antonius Orator, bereits vor dreißig Jahren ein ähnlicher Befehl erteilt worden war. Ohne Zweifel sind die Piraten zu einem ernstzunehmenden Problem geworden, und vor allem in Zeiten des Kornmangels müssen wir die Getreide-

transporte auf dem Seeweg vom Osten nach Rom schützen. Dennoch waren die meisten erheitert bei dem Gedanken, daß Antonius – gewiß kein Ungeheuer wie sein Bruder Hybrida, eher ein liebenswürdiger, hilfloser Schwachkopf – Anspruch auf eine so weitreichende Vollmacht erhob, wie sie die Vernichtung der Piraten im gesamten Mittelmeer darstellte.

Nichts geschah, was über endlose Diskussionen hinausging. Nur daß Metellus, der älteste Sohn des Caprarius, des Ziegenbocks, der in diesem Jahr Prätor geworden ist, sich ebenfalls für die Idee begeisterte und sich für dieselbe Aufgabe bewarb. Als Metellus' Kampagne eine Bedrohung für Antonius wurde, wandte sich dieser an – errätst Du es? Nein? An Praecia, die Mätresse des Cethegus! Alle Welt weiß, daß sie Cethegus um den kleinen Finger wickelt, und so wenden sich alle, die sich irgendeine Gunst von ihm versprechen, zuerst einmal an sie und machen ihr den Hof. Man kann nur vermuten, daß Praecia ein geheimes Verlangen nach großen, dummen Burschen hegt, denn am Ende erhielt Antonius den Oberbefehl! Das Zicklein mußte arg gebeutelt die Arena verlassen, wird aber zu gegebener Zeit wiederkehren. Cethegus war so großzügig, daß Antonius ein uneingeschränktes Imperium auf See und ein prokonsularisches Imperium auf dem Land erhielt. Er mußte Bodentruppen im Umfang von einer Legion ausheben, während er die Schiffe für seine Flotte in den Hafenstädten beschlagnahmen sollte, in deren Gebiet er im Laufe der Kämpfe eindringen würde. Dieses Jahr kümmert er sich um den westlichen Teil unseres Meeres.

Wenn die Beschwerden, die der Senat von den Hafenstädten im Westen erhält, nicht abreißen, darf man daraus schließen, daß Marcus Antonius mehr Talent besitzt, Gelder aufzutreiben als Piratennester auszuheben. Bis jetzt ist jedenfalls die Zahl der Piraten, die er zur Strecke gebracht hat, mit Deinen Erfolgen nicht zu vergleichen. Ein Gefecht, das er vor der Küste der Campania geführt hat, wollte er als großen Sieg hinstellen, aber wir haben keine Beweise wie Schiffsschnäbel oder Gefangene gesehen. Ich glaube schon, daß er bei Lipara die Faust geballt und vor den Balearen kräftig gebrüllt hat, aber deswegen bleibt die Ostküste Spaniens fest in der Hand der mit Sertorius verbündeten Piraten, und auch Liguria bleibt weiterhin ungezähmt. Den Beschwerden zufolge verschwendet er die meiste Zeit und Energie auf einen wilden und kostspieligen Lebensstil. Im nächsten Jahr, so kündigt er in seinem letzten Bericht an den Senat an, werde er die Kämpfe in den östlichen Teil unseres Meeres verlagern. Gytheion auf dem Peloponnes will er zu seinem neuen Stützpunkt machen und von dort aus in die Gewässer um Kreta kreuzen, wo alle großen Piratenflotten lägen. Ich meine hingegen, er hat Gytheion vor allem deswegen gewählt, weil es für sein einzigartiges Klima und seine schönen Frauen bekannt ist.

Nun zu Mithridates. Die Nachricht, daß König Nikomedes gestorben war, erreichte Rom erst im März; vermutlich waren die Winterstürme die Ursache für die Verzögerung. Sein Testament wurde bei den Vestalinnen hinterlegt. Juncus kannte die Anweisungen, daß Bithynien in die Provinz Asia einzugliedern sei, bereits zu dem Zeitpunkt, als Du ihm den Tod des Königs mitteiltest. Der Senat war daher in dem Glauben, alles sei auf gutem Wege. Doch unmittelbar nach dieser Nachricht traf ein offizieller Brief des Königs Mithridates ein, in dem dieser behauptete, Bithynien gehöre Nysa, der erwachsenen Tochter des Königs Nikomedes, und er, Mithridates, habe seine Truppen in Marsch gesetzt und werde Nysa zu ihrem rechtmäßigen Thron verhelfen. Niemand nahm den Brief ernst. Von der Tochter des verstorbenen Königs hatte man seit Jahren nichts gehört. Wir gaben Mithridates in knappen Worten den Bescheid, daß wir einen Anwärter auf den Thron von Bithynien nicht anerkennen würden, und mahnten ihn, innerhalb der Grenzen seines Reiches zu bleiben. Auf unsere Drohungen benahm er sich gewöhnlich wie eine Schnecke, die sofort die Fühler einzieht, wenn sie Widerstand spürt, daher kümmerte sich niemand mehr um die Sache.

Niemand, außer meinem Bruder. In den langen Jahren, die er im Osten gelebt und Krieg geführt hatte, hatte er ein besonderes Gespür entwickelt: Er roch den kommenden Krieg. Er versuchte sogar, im Senat über die Kriegsgefahr zu sprechen, erntete jedoch nur Gähnen. Im nächsten Jahr sollte er das italische Gallien übernehmen. Als er dieses Los am Neujahrstag gezogen hatte, war er überglücklich, denn er hatte befürchtet, der Senat könnte Pompeius Hispania Citerior wegnehmen und statt dessen ihm geben. Deswegen hatte er sich im Senat stets so entschieden für Pompeius eingesetzt. Er hätte alles andere lieber genommen, nur nicht Hispania Citerior!

Wie dem auch sei, als wir Ende April erfuhren, daß Lucius Octavius in Tarsos gestorben war, bat mein Bruder darum, man möge ihm Cilicia anvertrauen und das italische Gallien einem der Prätoren. Es drohe Krieg mit König Mithridates. Und wie verhielten sich die Senatoren angesichts dieser bösen Vorzeichen? Sie verharrten in ihrer Trägheit und gähnten wiederum nur gelangweilt! Alles, was Mithridates vor fünfzehn Jahren getan hatte, schien vergessen, daß er achtzigtausend unserer Leute in der Provinz Asia hingemetzelt und das Land besetzt hatte, bis ihn Sulla dann wieder vertrieb. Die eingeschriebenen Väter redeten und redeten … ohne einen Beschluß zu fassen.

Als es dann hieß, Mithridates sei auf dem Vormarsch und stehe mit dreihunderttausend Mann vor Herakleia, hätte man annehmen können, nun werde etwas geschehen. Nein, mitnichten. Der Senat konnte sich nicht einigen, welche Maßnahme ergriffen, geschweige denn, wer in den Osten entsandt werden sollte. Irgendwann stand Philippus auf und schlug vor, der Oberbefehl im Osten solle Pompeius Magnus gegeben werden. Letzterer ist allerdings viel interessierter daran, seinen angeschlagenen Ruf in Spanien wieder aufzupolieren.

Schließlich tat mein armer Bruder etwas, für das er sich selbst verachtete – er ging zu Praecia. Du kannst Dir denken, daß er anders mit der Dame umging als Marcus Antonius. Lucullus ist zum Schmeicheln zu aufrichtig und zum Betteln zu stolz. Statt kostspieliger Geschenke, schmachtender Seufzer und Liebesschwüre gab er sich sehr trocken und geschäftsmäßig. Der Senat sei eine Ansammlung von lauter Narren, er habe die Nase voll, dort seine Zeit und Energie zu verschwenden. Dagegen habe er immer sagen hören, daß Praecia einen scharfen Verstand und eine ausgezeichnete Bildung besitze. Sie müsse doch erkennen, daß es notwendig sei, jemanden in den Osten zu schicken, der Mithridates' Vormarsch Einhalt gebieten könne. Und daß der Mann, der sich am besten für diese Aufgabe eigne, er, Lucius Licinius Lucullus, sei. Wenn sie aber diese Notwendigkeit einsehe, könnte sie dann nicht Cethegus Beine machen, damit er endlich etwas in dieser Sache unternehme? Offensichtlich hat es ihr sehr gefallen, daß man von ihr sagte, sie sei scharfsinniger und gebildeter als alle Senatoren – und sie zählte wohl auch Cethegus dazu! –, denn sie muß daraufhin Cethegus mächtig zugesetzt haben: Plötzlich faßte der Senat einen Beschluß.

Das italische Gallien sollte einem noch zu bezeichnenden Prätor gegeben werden, während mein Bruder Cilicia erhielt. Er wurde angewiesen, sich noch während seines Konsulats in den Osten zu begeben und am ersten Tag des kommenden Jahres das Amt des Statthalters in der Provinz Asia zu übernehmen, zu der weiterhin Cilicia gehörte. Juncus, dessen Amtszeit in Asia eigentlich verlängert werden sollte, muß Ende des Jahres nach Rom zurückkehren. Nach den vielen Beschwerden, die wegen seiner Amtsführung in Bithynien eingegangen waren, stimmte der Senat einhellig für seine Ablösung.

In Italien steht nur eine Legion einsatzbereiter Truppen. Man hatte die Männer ausgehoben und ausgebildet, um sie später nach Spanien zu schicken, aber nun gehen sie mit Lucullus in den Osten. Praecia hatte Cethegus sogar dahin gebracht, daß die eingeschriebenen Väter Lucullus die Summe von zweiundsiebzig Millionen Sesterzen bewilligten, damit er eine Flotte ausrüsten könne. Marcus Antonius hatte man überhaupt kein Geld angeboten. Marcus Cotta wurde zum Statthalter der neuen römischen Provinz Bithynien ernannt. Er verfügt über die Seestreitkräfte Bithyniens, ihm fehlt es also nicht an Schiffen, doch auch ihm bot der Senat kein Geld an. Wie weit ist es mit uns gekommen, Caesar, daß mittlerweile eine Frau mehr Macht besitzt als die Konsuln?

Mein Bruder verzichtete großzügig auf die zweiundsiebzig Millionen. Er sagte, die Reserven, die Sulla in der Provinz Asia angelegt habe, reichten für seine Bedürfnisse. Er wolle sich Schiffe und Besatzungen für seine Flotte in den Städten und Distrikten Asias beschaffen und dann die Kosten von den Tributzahlungen abziehen. Da im Senat kaum Geld vorhanden ist, sprachen die eingeschriebenen Väter meinem Bruder ihren tiefen Dank aus.

Wir stehen am Ende des Quinctilis; Lucullus und Marcus Cotta gehen in weniger als einem Monat in den Osten. Dank Sullas Gesetzgebung stehen die designierten Konsuln über dem Stadtprätor, so daß Cassius und ich in Rom das Sagen haben, und nicht dieser schreckliche Gaius Verres.

Das Expeditionsheer wird per Schiff in den Osten gebracht, weil dies im Sommer der schnellere Weg ist, als durch Mazedonien zu marschieren. Der Transport einer Legion ist auch kein so gewaltiges Unternehmen. Ich glaube, mein Bruder will vor allem nicht in einen Feldzug westlich des Hellesponts verwickelt werden, wie es einst Sulla geschah. Er hält Curio durchaus für fähig, mit dem Einfall pontischer Truppen in Mazedonien fertigzuwerden. Voriges Jahr führten Curio und Cosconius ihre Truppen in Illyrien so geschickt, daß sie die Dardaner und Skordisker aufrollten. Curio zieht nun gegen die Besser.

Lucullus soll Ende September in Pergamon ankommen; wie es dann weitergeht, weiß ich allerdings nicht. Ich vermute, daß sich mein Bruder selbst darüber noch nicht schlüssig ist.

Somit wärst Du wieder auf dem laufenden, Caesar. Bitte schreibe mir, wenn Du etwas Neues erfährst. Ich glaube nicht, daß Lucullus Muße findet, mich mit Neuigkeiten zu versorgen!

Caesar mußte seufzen, als er den Brief gelesen hatte. Mit einemmal hatten Atemübungen und rhetorische Schulung keinen Reiz mehr. Er hatte von Lucullus keine Aufforderung erhalten und bezweifelte, daß es je dazu kommen würde. Vor allem, seitdem die Geschichte, wie er im Handstreich das Piratennest ausgehoben hatte, in Rom in aller Munde war. Lucullus würde gewiß die Tat gelobt haben, aber nicht den Mann, der dahinterstand. Er liebte es, wenn alles seinen amtlich korrekten Weg ging. Ein Privatmann, der mit der Autorität eines Statthalters auftritt, wäre durchaus nicht nach Lucullus' Geschmack, selbst wenn er verstand, warum Caesar so gehandelt hatte.

Ich frage mich, dachte Caesar am folgenden Tag, ob der Wille Macht über die Wirklichkeit hat. Kann ein Mann durch die Anspannung seines Willens den Gang der Ereignisse beeinflussen? Oder ist es eher eine Folge des Wirkens der Fortuna? Ich habe Glück, ich stehe in ihrer Gunst. Wieder bietet sich eine einzigartige Gelegenheit, und niemand außer mir ist da, der sie ergreifen könnte. Genauer gesagt, niemand außer Männern wie Juncus, aber auf die kommt es nicht an.

In Rhodos verdichteten sich die Nachrichten, daß König Mithridates' Truppen nicht in einer Front, sondern in drei Stoßrichtungen vorrückten. Die Truppenbewegungen hatten ihren Ursprung in Zela in Pontos, wo das Hauptquartier und das Ausbildungszentrum des gewaltigen Heeres lag. Die erste Heersäule, dreihunderttausend Mann unter Führung des Königs selbst, marschierte an der Küste Paphlagonias entlang auf Bithynien. Dem König zur Seite standen drei Vettern, die Generäle Hermokrates und Taxiles für das Landheer sowie Admiral Aristonicus, der eine Flotte von tausend Schiffen, darunter viele Piratengaleeren, befehligte. Die zweite Heersäule, rund hunderttausend Mann starke Truppen unter Diophantos' Kommando, des Neffen des Königs, rückte durch Kappadokien auf Cilicia vor. Die dritte Heersäule, ebenfalls hunderttausend Mann stark, stand unter dem Befehl des Generals Eumachos, eines weiteren Vetters des Königs, und des Marcus Marius, des unehelichen Sohns des Gaius Marius, den Sertorius nach Pontos geschickt hatte. Sie hatte den Befehl erhalten, nach Phrygien einzumarschieren und durch die Hintertür in die Provinz Asia einzufallen.

Es ist ein Jammer, seufzte Caesar, daß Lucullus und Marcus Cotta diese Nachrichten nicht rechtzeitig erhalten; die beiden in Cilicia stationierten Legionen waren bereits über das Meer auf dem Weg nach Pergamon. Sie sollten Lucullus' Befehl unterstellt werden, der nunmehr Cilicia ungeschützt gegen die einmarschierenden Truppen des Diophantos zurückließ. Man konnte nur hoffen, daß die Ereignisse Diophantos dazu nötigen würden, seinen Vormarsch zu bremsen. Dank König Tigranes dürfte er in Kappadokien kaum auf Widerstand stoßen.

Die zwei Legionen der Fimbriani waren bereits in Pergamon bei dem feigen Statthalter Juncus, der sie wohl kaum in den Süden schicken würde, um Eumachos und Marcus Marius aufzuhalten. Sie sollten ihm zu seinem Schutz dienen und ihm womöglich die Flucht ermöglichen, wenn die Provinz Asia ein zweitesmal in weniger als fünfzehn Jahren an Mithridates fiel. Ohne einen willensstarken Römer, der sie führte, würden die Bewohner Asias keinen Widerstand leisten. Nun war es bereits Ende des Sextilis, doch Lucullus und Marcus Cotta waren gewiß noch einen weiteren Monat auf See unterwegs. Aber gerade dieser Monat, so dachte Caesar, würde die Entscheidung in Asia bringen.

»Außer mir ist niemand da«, sagte Caesar zu sich selbst.

Die andere Stimme in ihm antwortete: »Aber ich werde keinen Dank ernten, wenn ich Erfolg haben sollte.«

»Ich tue es nicht, um Dank zu ernten, sondern zu meiner eigenen Genugtuung.«

»Genugtuung? Was verstehst du darunter?«

»Ich meine, ich muß mir selbst beweisen, daß ich dazu fähig bin.«

»Man wird dich nicht so bewundern, wie man Pompeius Magnus bewundert.«

»Natürlich nicht! Pompeius Magnus ist ein bedeutungsloser Picenter, er könnte nie eine Gefahr für die Republik werden. Er hat nicht das Zeug dazu. Sulla hatte es, und ich auch.«

»Warum begibst du dich dann in diese Gefahr? Am Ende kannst du wegen Hochverrats vor Gericht gestellt werden – und dann nützt es dir gar nichts, wenn von Verrat nicht die Rede sein kann! Das braucht es gar nicht. Deine Taten werden der Deutung unterliegen, und wer wird diese Deutung maßgebend bestimmen?«

»Lucullus.«

»So ist es. Er hat dich bereits als geborenen Unruhestifter bezeichnet, und du wirst ihm immer in diesem Licht erscheinen, wenn er dir auch den Bürgerkranz verliehen hat. Bilde dir nicht ein, nur weil du den größten Teil der Piratenbeute fortgegeben hast, seist du unangreifbar. Du hast einen, wenn auch geringen Teil behalten und nicht angegeben. Männer wie Lucullus werden dich immer verdächtigen, etwas für dich beiseite geschafft zu haben.«

»Dennoch, ich muß es tun.«

»Dann tu es wie ein Julius, nicht wie ein Pompeius! Kein Theater, keine Fanfaren, kein Triumphgeschrei, kein Aufplustern der eigenen Person, selbst wenn du einen strahlenden Sieg davonträgst.«

»Ruhige Pflichterfüllung, um der eigenen Genugtuung willen.«

»Ja, genau.«

Er rief Burgundus zu sich.

»Wir brechen morgen früh nach Priene auf. Nur du, ich und zwei Schreiber, die mein Vertrauen haben. Für jeden von euch ein Pferd oder ein Maultier, für mich Paarzeh und ein beschlagenes

Pferd sowie ein Maultier. Wir beide brauchen außerdem unsere Rüstung und Waffen.«

Lange Jahre in Caesars Diensten hatten Burgundus gelehrt, keine Überraschung bei solchen plötzlichen Entschlüssen zu zeigen. »Und Demetrius?« fragte er nur.

»Ich werde nicht so lange fortbleiben, daß ich ihn brauche. Im übrigen bleibt er besser hier, er kann den Mund nicht halten.«

»Soll ich Plätze für eine Überfahrt besorgen, oder ein Schiff mieten?«

»Miete ein Schiff, aber klein, leicht und sehr schnell muß es sein.«

»Schnell genug, um Piraten hinter sich zu lassen?«

Caesar lächelte. »Wirklich, Burgundus, einmal genügt.«

Die Reise dauerte vier Tage und führte über Knidos, Myndos und Branchidae nach Priene an der Mündung des Mäander. Noch nie hatte Caesar eine Schiffsreise solches Vergnügen bereitet. Das schnittige Boot ohne Aufbauten eilte dahin, angetrieben von zwanzig Ruderern, die sich zum Schlag der Trommel in die Riemen legten. An Bord befand sich eine zweite, ebenso gute Rudermannschaft, welche die erste stets ablöste, ehe bei den Männern echte Müdigkeit einsetzte. Dank dieser Einteilung in Schichten blieb genug Zeit zum Essen und Trinken zwischen zwei Rudereinsätzen.

Sie kamen rechtzeitig am vierten Tag in Priene an, so daß Caesar den dortigen Ethnarchen, einen Mann mit dem äthiopischen Namen Memnon, noch aufsuchen konnte.

Caesar sparte sich die üblichen Höflichkeitsfloskeln und begann unvermittelt: »Ich vermute, du wärst so kurz nach der Herrschaft des Mithridates in der Provinz Asia nicht Ethnarch geworden, wenn du ein Verfechter seiner Sache gewesen wärst. Ich frage dich also: Würdest du eine erneute Herrschaft des Mithridates begrüßen?«

Memnon zuckte zusammen. »Nein, Caesar.«

»Gut. In diesem Fall, Memnon, verlange ich viel von dir, noch dazu in kürzester Zeit.«

»Ich werde mein Bestes tun. Was verlangst du?«

»Daß du selber die Miliz von Priene einberufst und Abgesandte in alle Städte und Gemeinden zwischen Halikarnassos und Sardes schickst, die dort die Miliz mobilisieren. Ich brauche so schnell wie möglich die größtmögliche Zahl waffenfähiger Männer. Vier Legionen, alle unter ihren gewöhnlichen Offizieren. Sie sollen sich heute in acht Tagen in Magnesia am Mäander sammeln.«

Memnon strahlte mit einemmal. »Der Statthalter hat endlich gehandelt!«

»Ja, und kraftvoll«, sagte Caesar. »Er hat mir das Kommando über die Miliz der Provinz Asia gegeben, wenn er auch leider keine anderen römischen Offiziere für diese Aufgabe erübrigen kann. Das bedeutet, Memnon, daß Asia diesmal allein kämpfen muß, statt wie bisher nur Zuschauer zu sein und den Lorbeer den römischen Legionen zu überlassen.«

»Das wird auch Zeit!« sagte Memnon, in dessen Augen Kampfeslust aufflackerte.

»Der Meinung bin ich auch. Die von römischen Offizieren ausgebildete und ausgerüstete ansässige Miliz wird gemeinhin unterschätzt. Aber damit ist es nun vorbei.«

»Wer ist unser Gegner?«

»Ein pontischer Feldherr namens Eumachos und ein abtrünniger Spanier, ein gewisser Marcus Marius. Übrigens ist er nicht mit meinem Onkel, dem großen Gaius Marius, verwandt«, log Caesar, der das Vertrauen der Miliz nicht durch diesen Namen gefährdet sehen wollte.

Daraufhin ließ Memnon die Miliz der Provinz Asia zusammenrufen. Er tat dies, ohne je ein offizielles Schreiben gesehen zu haben, aus dem Caesars Bevollmächtigung hervorgegangen wäre, ja ohne sich überhaupt zu fragen, ob dieser Römer tatsächlich der war, der er zu sein vorgab. Wenn Caesar etwas in die Hand nahm, kam niemand auf den Gedanken, an seiner Autorität zu zweifeln.

Caesar nahm am Abend des gleichen Tages Wohnung in Memnons Haus. Nachdem er sich in seine Gemächer zurückgezogen hatte, besprach er sich mit Burgundus.

»Auf diesem Feldzug kannst du mich nicht begleiten, mein Guter«, begann er, »und protestiere bitte nicht wieder, Cardixa werde nicht mehr mit dir sprechen, wenn du nicht zu meinem Schutz in meiner Nähe bleibst. Ich brauche dich für etwas weit Wichtigeres, als am Rand des Schlachtfeldes zu stehen und sich im stillen zu wünschen, ein römischer Legionär oder ein Angehöriger der Miliz zu sein. Du sollst nach Ankyra reiten und Deiotarus einen Besuch abstatten.«

»Der Häuptling aus Galatien«, sagte Burgundus und nickte. »Ja, ich kenne ihn.«

»Auch er sollte dich kennen. Selbst unter den Galliern von Galatien gibt es keinen solchen Hünen wie dich. Ich bin sicher, daß er mehr über die Bewegungen von Eumachos' und Marcus Marius' Truppen weiß als ich. Aber ich schicke dich nicht zu ihm, damit du ihn warnst. Vielmehr sollst du ihm sagen, daß ich ein Heer aus der Miliz der Provinz Asia aufstellen und versuchen werde, die pontischen Truppen an den Unterlauf des Mäander zu locken. Irgendwo in der Nähe des Flusses hoffe ich sie stellen und besiegen zu können. Wenn mir das gelingt, ziehen sie sich sicherlich nach Phrygien zurück, ehe sie sich sammeln und einen neuen Angriff wagen. Sage Deiotarus, er werde keine bessere Gelegenheit haben, die pontischen Truppen aufzureiben, als wenn er sie an ihrem Sammelplatz in Phrygien angreift. Mit anderen Worten, sage ihm, er soll in taktischer Absprache mit mir vorgehen. Wenn wir beide unsere Sache gut machen, ich in Asia und er in Phrygien, dann wird es dieses Jahr keine Invasion in Asia oder Galatien geben.«

»Wie reise ich, Caesar? Ich meine, in welchem Aufzug?«

»Du sollst aussehen wie ein Kriegsgott, Burgundus. Lege die goldene Rüstung an, die dir Gaius Marius geschenkt hat, stecke dir die größten Purpurfedern, die du auf dem Markt auftreiben kannst, in den Helmbusch und singe aus voller Kehle einen dieser furchteinflößenden germanischen Kriegsgesänge. Wenn du dann pontischen Soldaten begegnest, reite geradewegs durch ihre Reihen und tue so, als seien sie Luft für dich. Du wirst sehen, auf deinem Neseaner wird man dich für die Verkörperung aller Schrecken des Krieges halten.«

»Und nach meinem Besuch bei Deiotarus?«

»Kehrst du dem Lauf des Mäander folgend zu mir zurück.«

Die hunderttausend pontischen Soldaten, die im Frühjahr unter Eumachos' und Marcus Marius' Führung von Zela aufgebrochen waren, hatten von Mithridates den Marschbefehl erhalten, massiv in die Provinz Asia einzudringen. Wer in mehr oder weniger gerader Linie vom pontischen Zela durch die abgelegenen phrygischen Gebiete bis nach Asia gelangen wollte, mußte Galatien durchqueren. Allerdings konnte sich Mithridates bei den Galatern nicht sicher sein. Eine neue Generation von Anführern war an die Stelle jener getreten, die er vor fast dreißig Jahren anläßlich eines Festes hingemetzelt hatte. Die pontische Herrschaft über Galatien war nur sehr oberflächlich. Er meinte zwar, er werde sich noch einmal dieser versprengten Gallier annehmen müssen, doch das habe noch Zeit. Seine besten Soldaten hatte er sich für seine eigenen Divisionen vorbehalten; die Männer unter Eumachos' und Marcus Marius' Kommando waren nicht besonders kampferfahren. Ein Feldzug am Mäander gegen die ungeordneten Milizen der griechischen Einwohner Asias sollte den Männern Gelegenheit geben, ihren Kampfgeist zu erproben und Vertrauen in ihre Truppe zu erlangen.

Am Ende dieser Überlegungen stand des Königs Entschluß, Eumachos und Marcus Marius mit ihrem Heer bei sich zu behalten, während er nach Paphlagonia marschierte. Er beglückwünschte sich selbst dazu, wie gut er für diesen Feldzug gegen Rom gerüstet war. In pontischen Getreidespeichern lagerten riesige Mengen Weizen. Allein seine Kornvorräte reichten, um seine Untertanen und Truppen mehrere Jahre lang zu ernähren. Daher beunruhigte ihn der Gedanke keineswegs, daß er hunderttausend Mann zusätzlich nach Paphlagonia brachte. Mit nebensächlichen Fragen, wie denn diese gewaltigen Mengen Korn und andere Vorräte zu transportieren seien, gab er sich nicht ab. Dazu hatte er seine Untergebenen, die diese Aufgabe schon irgendwie erledigen würden. In Wirklichkeit hatten diese Fremden, die in seinem Sold standen, weder die Ausbildung noch die praktische Phantasie für die Arbeit, die ein gewöhnlicher römischer *praefectus fabrum* leistet. Allerdings wäre kein römischer Feldherr je auf die Idee gekommen, ein Heer über längere Entfernungen zu bewegen, wenn es mehr als zehn Legionen zählte.

Zu dem Zeitpunkt, da Eumachos und Marcus Marius mit ihrer hunderttausend Mann starken Heersäule sich vom Gros des Heeres unter Mithridates trennten, wurden die Vorräte bald knapp. Dem König blieb nichts anderes übrig, als Soldaten in langen

Kolonnen viele Meilen weit zu den Ochsenkarren des Trosses zurückzuschicken. Von dort mußten die Männer auf ihren Schultern schwere Säcke mit Nahrungsmitteln zurück zur Truppe tragen. Infolgedessen war ein Teil seiner Soldaten immer von der schweren Arbeit als Träger erschöpft. Die Flotte, so wurde dem König gemeldet, werde Nachschub nach Herakleia bringen. Von dort ab werde die Versorgung wieder klappen, versicherte man ihm.

Für Eumachos und Marcus Marius war der Hinweis auf Herakleia nur ein schwacher Trost, denn sie marschierten nun landeinwärts am Lauf des Billaeus entlang, überwanden einen Gebirgszug und gelangten schließlich ins Tal des Sakaria. In diesem fruchtbaren Teil Bithyniens ließen es sich die Soldaten auf Kosten der dort ansässigen Bauern gutgehen. Bald darauf aber kamen sie in das dichtbewaldete Hochland, wo nur in den engen Tälern und auf schmalen Parzellen Ackerbau möglich war.

Die beiden Feldherren sahen ein, daß sie ein hunderttausend Mann starkes Heer so nicht weiter versorgen konnten, und entschieden sich daher, die pontischen Truppen zu teilen.

»Du brauchst nicht das ganze Heer, um mit dem Häuflein Griechen in der Provinz Asia fertigzuwerden«, sagte Marcus Marius zu Eumachos. »Vor allem brauchst du keine Reiterei. Ich bleibe mit einem Teil der Fußsoldaten und allen Berittenen hier am Ufer des Tembris. Wir betreiben Ackerbau und machen Heu, während wir auf Nachricht von dir und deinen Truppen warten. Du mußt nur vor Wintereinbruch wieder zurück sein, aber sorge dafür, daß die Hälfte der Bewohner Asias als Lastenträger mitkommt. Vom Oberlauf des Tembris ist es nicht weit zu den Gebieten der galatischen Tolistoboger. Im Frühjahr überfallen und vernichten wir sie und plündern ihre Vorräte, dann ist unsere Versorgung im nächsten Jahr sichergestellt.«

»Mein Vetter, der König, wird es nicht gern hören, daß du seinen großen Feldzug nur unter dem Blickwinkel der Nahrungsbeschaffung für die Truppe siehst«, entgegnete Eumachos, der damit durchaus keine grimmige Bemerkung machen wollte. Er hatte viel zuviel Angst vor Mithridates, als daß er sich in irgend etwas, was den König betraf, grimmigen Humor geleistet hätte.

»Dein Vetter, der König, braucht dringend eine Lektion in römischer Logistik«, entgegnete Marcus Marius unbeeindruckt,

»dann wird ihm erst aufgehen, wie schwierig es ist, ein marschierendes Heer dieses Ausmaßes zu versorgen. Ich bin zu euch geschickt worden, damit ich euch beibringe, wie ein Hinterhalt gelegt und ein Überfall möglichst wirkungsvoll durchgeführt wird. Bisher habe ich aber erst an der Spitze eines Heeres gestanden, und darin habe ich wenig Erfahrung. Dennoch sagt mir mein gesunder Menschenverstand, daß die Hälfte unserer Truppen hier in der Flußniederung bleiben und Ackerbau betreiben muß, damit unsere Vorräte wieder aufgefüllt werden. Es ist traurig genug, wenn ein Feldherr, der offen ausspricht, daß seine Soldaten auch essen müssen, schon den Zorn des Königs zu gewärtigen hat! Wenn du mich fragst, so habe ich den Eindruck, als schwebe Mithridates oft in den Wolken.«

Noch mehr Zeit ging verloren, bis Marcus Marius einen geeigneten Lagerplatz gefunden hatte. Eumachos weigerte sich nämlich weiterzumarschieren, ehe er nicht genau wußte, wo er Marius bei seiner Wiederkehr finden könne. So war es schon Anfang September, als Eumachos mit fünfzigtausend Fußsoldaten die Bergkette der Dindyma überquerte und unterwegs eines der tributpflichtigen Gebiete am Mäander plünderte. Je weiter sie flußabwärts marschierten, desto leichter konnten sie sich Nahrungsmittel und Futter beschaffen. Das war ein zusätzlicher Anreiz, den Feldzug so lange zu führen, bis dieser reiche Landstrich wieder zum Reich des Königs Mithridates von Pontus gehören würde.

Da die meisten großen Städte am Südufer des sich in vielen Krümmungen dahinwindenden Flusses lagen, folgte Eumachos lieber am Nordufer einer gepflasterten Straße, die in Tripolis begonnen hatte. Er hatte seinen Soldaten versprochen, die Städte würden zur Plünderung freigegeben, wenn sie erst einmal die ganze Provinz Asia erobert hätten. Daher umging er jetzt Nysa, die erste große Stadt auf ihrem Weg, und marschierte weiter flußabwärts in Richtung Tralleis. Während des Vorrückens war es nicht möglich, die Soldaten stets beisammen zu halten, denn ständig mußte unterwegs Proviant aufgetrieben werden. Bisweilen boten sich auch Verlockungen wie eine Herde junger Schafe oder eine Schar fetter Gänse am Weg, worauf mehrere hundert schreiende Soldaten losrannten und nicht eher ruhten, als bis auch das letzte Tier zur Strecke gebracht und geschlachtet war. Mit der Truppendisziplin stand es bis dahin nicht zum besten.

Der friedliche und abwechslungsreiche Vormarsch durch eine reiche Gegend ließ in der Truppe Feststimmung aufkommen. Die Späher, die Eumachos aussandte, erstatteten zweimal täglich stets die gleiche Meldung: kein Hinweis auf Widerstand. Das, so dachte Eumachos voller Verachtung, könne nur daran liegen, daß es südlich von Pergamon gar kein Zentrum des Widerstands gebe. Alle römischen Legionen, selbst diejenigen, die in Cilicia gelegen hatten, waren nun um Pergamon zusammengezogen worden und sollten die teure Person des Statthalters schützen. Jeder pontische Feldherr wußte dies schon seit langem, und auch Marcus Marius' Späher, die er an den Kaikos ausgesandt hatte, hatten diese Erkenntnis bestätigt.

Eumachos wiegte sich so sehr in Sicherheit, daß er gar nicht beunruhigt war, als eines Abends seine Späher nicht wie gewöhnlich eine Stunde vor Sonnenuntergang eintrafen. Das Heer stand jetzt näher bei Tralleis als bei Nysa. Die sanften Hänge des Flußtales, durch das der Mäander in immer neuen Kurven zog, lagen im Gold der Abendsonne, deren schräge Strahlen über die Stoppelfelder glitten. Eumachos gab den Befehl, das Lager aufzuschlagen. Der Platz wurde nicht befestigt, auch gab es keine eingespielte Routine, wie ein Heerlager aufzuschlagen sei; wie wenn ein Starenschwarm sich irgendwo niederließe, so richteten sich die Männer unter viel Schwatzen, Zanken und Umherlaufen für die Nacht ein.

Es war noch hell genug, um sich zurechtfinden zu können, als plötzlich aus den abendlichen Schatten vier Legionen Miliz der Provinz Asia in römischer Schlachtordnung über die pontischen Truppen herfielen und die beim Nachtmahl sitzenden Soldaten niedermetzelten. Obwohl die pontischen Truppen doppelt soviel Männer wie die Miliz zählten, waren sie so überrascht, daß sie kaum Widerstand leisteten.

Eumachos und seine obersten Legaten konnten von Glück sagen, daß sie sich zufällig am entgegengesetzten Ende des pontischen Heerlagers befanden, als Caesars Männer angriffen. Da sie beritten waren, gelang ihnen die Flucht in Richtung auf Marcus Marius' Lager am Tembris. Um das Schicksal ihres Heeres kümmerten sie sich nicht weiter.

Den Truppen des Königs Mithridates war in diesem Jahr das Glück nicht hold. Eumachos kam gerade noch rechtzeitig am Ufer des Tembris an, um mitzuerleben, wie Deiotarus und die galatischen Tolistoboger über Marius Marcus und die andere Hälfte des Invasionsheers herfielen. Der Angriff wurde hauptsächlich von der Reiterei vorgetragen, ohne daß sie auf ernsthaften Widerstand stieß. Die sarmatischen und skythischen Reiterscharen, die sich von Mithridates hatten anwerben lassen, mochten in der Steppe unschlagbar sein, doch in den engen, steilen Tälern des Tembris konnten sie ihre Wendigkeit nicht ausspielen und fielen zu Tausenden.

Bis Dezember hatten sich die Reste der dritten Heersäule unter Eumachos zurück nach Zela durchgeschlagen; Marcus Marius hatte sich auf den Weg zu Mithridates gemacht, denn er wollte dem König lieber selber berichten, wie es seinem Invasionsheer ergangen war, statt den Hergang in einem Bericht niederzuschreiben.

Die Miliz der Provinz Asia jubelte und stimmte mit der gesamten Bevölkerung des Mäandertals in Siegesfeiern ein, die sich über mehrere Tage hinzogen.

Caesar hatte bei seiner Truppenansprache vor Beginn der Schlacht noch einmal betont, daß Asia sich nun selber verteidigen müsse. Rom sei weit weg und könne nicht helfen, und diesmal liege das Schicksal der Provinz Asia allein in den Händen der Griechen, die dieses Land bewohnten. In gewöhnlichem Griechisch, wie es die Menschen in dieser Gegend sprachen, beschwor er ihre Vaterlandsliebe und ihren Willen zur Selbstverteidigung. Die zwanzigtausend Männer aus Lydia und Karia, die er zum Angriff auf die lagernden Truppen des Eumachos führte, waren von seiner Rede so angespornt, daß die eigentliche Schlacht fast zu einem Spaziergang für sie wurde. Vier Wochen lang hatte er sie exerzieren lassen und ihnen Disziplin eingeimpft, vier Wochen lang hatte er ihnen ein Bewußtsein für ihren eigenen Wert gegeben. Am Ende stand ein Erfolg, wie er ihn größer nicht hätte wünschen können.

»Ein weiteres pontisches Heer ist dieses Jahr nicht zu erwarten«, sagte Caesar zu Memnon, als sie zwei Tage nach dem Sieg über Eumachos in Tralleis beim Siegesbankett saßen. »Aber nächstes Jahr könnte der Feind wieder angreifen. Ich habe euch gezeigt, was in einem solchen Fall zu tun ist. Nun ist es an den Männern der Provinz Asia, ihr Land selber zu verteidigen. Ich wage vorauszusagen, daß Rom an anderen Fronten so in Anspruch genommen sein wird, daß weder Legionäre noch Feldherren für einen Einsatz in Asia bereitstehen. Nun wißt ihr jedoch, daß ihr euch durchaus selber verteidigen könnt.«

»Das tun wir, Caesar, und wir verdanken es dir«, sagte Memnon.

»Nein, nein! Ihr brauchtet lediglich jemanden, der euch das nötige Selbstvertrauen gab, und ich habe die Gunst der Stunde genutzt und es euch gegeben.«

Memnon rückte näher an Caesar heran. »Wir haben die Absicht, einen Siegestempel so nahe am Schlachtfeld zu errichten, wie es der Fluß bei Hochwasser erlaubt. Im Gespräch ist ein kleiner Hügel draußen vor der Stadt Tralleis. Erlaubst du uns, eine Porträtstatue von dir in diesem Tempel aufzustellen, damit die Menschen hier nie vergessen, wer sie zum Sieg geführt hat?«

Nur wenn Lucullus dagewesen und Einspruch gegen dieses Ansinnen eingelegt hätte, wäre Caesar bereit gewesen, auf diese seltene Ehre zu verzichten. Tralleis lag fern von Rom und gehörte nicht zu den größten Städten der Provinz Asia. Wenn überhaupt, dann würden nur sehr wenige Römer seines Standes einen Siegestempel besuchen, der sich weder durch sein Alter noch – aller Wahrscheinlichkeit nach – durch seinen künstlerischen Rang auszeichnete. Doch Caesar bedeutete diese Ehre sehr viel. Mit sechsundzwanzig sollte er mit einer lebensgroßen Porträtstatue samt allen Insignien eines Feldherrn in einem Siegestempel geehrt werden, denn bereits in diesem Alter hatte er ein Heer zum Sieg geführt.

»Es wäre mir eine große Freude«, antwortete er ernst.

»Dann schicke ich morgen Glaucus zu dir, damit er Maß nimmt. Er ist ein guter Bildhauer, der in den Werkstätten in Aphrodisias arbeitet, und da er auch der Miliz angehört, ist er jetzt zusammen mit uns hier. Ich sorge dafür, daß er seinen Maler mitbringt, der einige farbige Skizzen von dir anfertigen soll. Damit ersparst du dir weitere Modellsitzungen, wenn du anderswo noch zu tun hast.«

Tatsächlich hatte Caesar noch anderswo zu tun. Ganz obenan stand eine Reise zu Lucullus nach Pergamon, ehe die Nachricht vom Sieg bei Tralleis den Konsul auf anderen Wegen erreichte. Da Burgundus sieben Tage vor der Schlacht aus Galatien zurückgekehrt war, konnte Caesar den germanischen Hünen als Begleiter für seine beiden Schreiber und den kostbaren Paarzeh nach Rhodos schicken. Die Reise nach Pergamon wollte er allein machen.

Er ritt die hundert Meilen ohne Pause und machte nur halt, um die Pferde zu wechseln. Dies tat er so oft, daß er tagsüber zehn Meilen in der Stunde und nachts immer noch sieben Meilen in der Stunde zurücklegte. Der Weg führte über eine gute Römerstraße, und obgleich der Mond nur als dünne Sichel am Himmel stand, war die Nacht wolkenlos; auch darin zeigte sich wieder sein Glück. Von Tralleis war er zwei Tage nach dem Siegesbankett im Morgengrauen aufgebrochen, am folgenden Tag erreichte er vor Sonnenuntergang Pergamon. Es war Mitte Oktober.

Lucullus empfing ihn sofort. Caesar fiel auf, daß er es ohne seinen Onkel Marcus Cotta tat, obwohl dieser ebenfalls im Statthalterpalast wohnte; er mußte aber dem Konsul zugute halten, daß er auch Juncus nicht hinzugezogen hatte.

Lucullus übersah Caesars entgegengestreckte Hand; er bat ihn auch nicht, Platz zu nehmen. Die ganze Unterredung fand im Stehen statt.

»Was hat dich von deinen Studien abgebracht, Caesar?« fragte Lucullus kalt. »Haben wieder Piraten deinen Weg gekreuzt?«

»Nein, keine Piraten«, sagte Caesar militärisch knapp, »sondern ein Heer des Mithridates. Fünfzigtausend Mann stark kam es den Mäander herunter. Ich wußte von seinem Vormarsch schon vor deiner Ankunft im Osten, hielt es aber für zwecklos, den Statthalter in Kenntnis zu setzen. Er hätte sich übrigens diesbezügliche Erkenntnisse weitaus leichter beschaffen können als ich, hatte aber nichts unternommen, um das Tal des Mäander zu verteidigen. Daraufhin habe ich Memnon von Priene veranlaßt, die Miliz der Provinz Asia zu den Waffen zu rufen. Zu letzterem hat der Ethnarch, wie dir bekannt ist, die Befugnis, vorausgesetzt, eine Anweisung von römischer Seite liegt vor. Er hatte keinen Grund daran zu zweifeln, daß ich im Namen Roms handelte. Bis Mitte September hatte er zusammen mit den Ethnarchen von Lydia und Karia eine zwanzigtausend Mann starke Streitmacht versammelt. Ich exerzierte mit der Miliz, bis sie zum Kampfeinsatz hinreichend ausgebildet war. Das pontische Heer drang in der zweiten Septemberhälfte in die Provinz ein. Unter meinem Kommando besiegte die Miliz vor vier Tagen nahe der Stadt Tralleis die Truppen des Fürsten Eumachos. Fast alle pontischen Soldaten wurden getötet oder gefangengenommen, wenn auch Fürst Eumachos die Flucht gelang. Ich habe erfahren, daß sich der Tetrarch Deiotarus der Tolistoboger einem weiteren pontischen Heer unter dem Spanier Marcus Marius entgegenstellen wird. Du erhältst sicherlich in den nächsten Tagen Meldung, ob Deiotarus Erfolg hatte. Soweit mein Bericht.«

Lucullus' langes Gesicht zeigte keine Regung. »Das reicht auch! Warum hast du nicht den Statthalter in Kenntnis gesetzt? Du konntest gar nicht wissen, was er plante.«

»Der Statthalter ist ein unfähiger und korrupter Charakter, wie ich aus eigener Erfahrung weiß. Hätte er wirklich Gegenmaßnahmen ergreifen wollen – was ich bezweifle –, hätte er dies nicht mit der nötigen Eile getan. Das wußte ich, und deshalb habe ich ihn nicht in Kenntnis gesetzt. Ich wollte vermeiden, daß er das Heft in die Hand nimmt, weil ich wußte, daß ich das Notwendige sehr viel besser tun würde als er.«

»Du hast deine Befugnisse überschritten, Caesar. Genaugenommen hattest du überhaupt keine Befugnisse.«

»Das stimmt. Folglich habe ich auch keine überschritten.«

»Wir führen hier kein sophistisches Streitgespräch!«

»Wenn es nur eines wäre. Was soll ich sagen? Ich bin noch nicht sehr alt, Lucullus, aber ich habe schon zu viele von diesen skrupellosen Beamten gesehen, die Rom, mit einem Imperium ausgestattet, in seine Provinzen schickt. Ich glaube indessen nicht, daß Rom von Männern wie Juncus, Dolabella oder Verres größeren Nutzen hat als von Männern meines Schlages, ob sie nun mit einer Vollmacht ausgestattet sind oder nicht. Ich sah, was zu tun war, und habe danach gehandelt. Und ich tat es mit dem Wissen, daß ich keinen Dank erwarten durfte, daß ich getadelt und womöglich wegen eines kleineren Verrats vor Gericht gestellt würde.«

»Unter Sullas Gesetzen gibt es nur noch Hochverrat.«

»Dann also Hochverrat.«

»Warum bist du zu mir gekommen? Willst du um Gnade bitten?«

»Lieber würde ich sterben!«

»Du änderst dich nicht.«

»Das scheint mir eher ein Vorzug.«

»Ich kann über deine Tat nicht hinwegsehen.«

»Das habe ich gar nicht von dir erwartet.«

»Dennoch bist du zu mir gekommen. Warum?«

»Um dem kommandoführenden Magistraten Bericht zu erstatten, wie es meine Pflicht ist.«

»Ich vermute, du meinst deine Pflicht als Mitglied des römischen Senats«, sagte Lucullus, »obwohl du diese Pflicht dem Statthalter genauso schuldest wie mir. Aber ich will nicht ungerecht sein, denn ich sehe, daß Rom allen Grund hat, dir für dein promptes Handeln dankbar zu sein. Unter vergleichbaren Umständen hätte ich vielleicht ähnlich gehandelt, wenn ich sicher gewesen wäre, nicht das Imperium des Statthalters zu mißachten. Für mich ist die Befehlsgewalt, die einem Mann gegeben wird, sehr viel wichtiger als seine Charaktereigenschaften. Man hat mir vorgeworfen, daß König Mithridates nunmehr seinen dritten Krieg gegen Rom führen kann, weil ich Fimbria nicht dabei geholfen hätte, Mithridates bei Pitane gefangenzunehmen. Dadurch hätte ich Mithridates Gelegenheit zur Flucht gegeben. Du hingegen hättest mit Fimbria nach dem Grundsatz zusammengearbeitet, daß der Zweck die Mittel heiligt. Doch wie hätte ich rechtfertigen sollen, den geächteten Vertreter einer ungesetzlichen römischen Regierung zu bestätigen? Ich stehe zu meiner Weigerung, Fimbria zu helfen. Ich stehe zu jedem römischen Beamten, dem ein Imperium gegeben wurde. Um es auf den Punkt zu bringen, du scheinst mir ganz in die Richtung eines anderen jungen Mannes zu gehen, der ebenfalls große Ideen hat: Gnaeus Pompeius, der sich selbst ›der Große‹ nennt. Aber du, Caesar, bist sehr viel gefährlicher als jeder Pompeius. Du bist dazu geboren, den Purpurmantel zu tragen.«

»Seltsam«, unterbrach ihn Caesar. »Das Gleiche habe ich mir auch schon gesagt.«

Lucullus warf ihm einen vernichtenden Blick zu. »Ich will dich nicht vor Gericht stellen, aber genausowenig kann ich dich loben.

Die Schlacht bei Tralleis wird in meinen Kriegsberichten nach Rom nur eine kurze Erwähnung finden, des Inhalts, daß die Miliz der Provinz Asia unter Führung des dortigen Kommandostabs einen Sieg errungen habe. Dein Name wird nicht erscheinen. Ich werde dich weder in meinen Stab aufnehmen noch einem anderen Statthalter erlauben, dich in seinen Stab aufzunehmen.«

Caesar hatte alles mit steinerner Miene und abwesendem Blick angehört, doch als Lucullus mit einer knappen Handbewegung anzeigte, daß das Thema für ihn erledigt sei, änderte sich Caesars Gesichtsausdruck, und er verbarg nicht länger seinen Widerspruch.

»Ich lege keinen Wert darauf, in den Berichten als Oberbefehlshaber der Miliz genannt zu werden, wohl aber beharre ich darauf, daß daraus hervorgeht, daß ich, Caesar, am Feldzug am Mäander von Anfang bis Ende teilgenommen habe. Wenn mein Name nicht erwähnt wird, kann ich den Krieg gegen Mithridates nicht als meinen vierten Feldzug beanspruchen. Ich habe aber den festen Vorsatz, an zehn Feldzügen teilgenommen zu haben, ehe ich als Quästor kandidiere.«

Lucullus blickte ihn erstaunt an. »Du brauchst nicht als Quästor zu kandidieren! Du bist doch schon Mitglied des Senats.«

»Nach Sullas Gesetzen muß ich Quästor sein, ehe ich zum Prätor oder Konsul gewählt werden kann. Und ehe ich Quästor bin, will ich auf zehn Feldzüge verweisen können.«

»Viele, die zum Quästor gewählt wurden, haben noch nicht einmal an den verlangten sechs Feldzügen teilgenommen. Wir leben nicht mehr in den Zeiten Scipio Africanus' und Catos des Zensors! Niemand wird darauf schauen, wie viele Feldzüge du mitgemacht hast, wenn du dich zur Quästorenwahl stellst.«

»In meinem Fall«, beharrte Caesar unbeirrt, »wird sich einer daraus ein Gewissen machen, meine Feldzüge aufzuzählen. Mein Lebensplan steht fest. Ich will nichts der Gunst eines anderen verdanken und vieles auch gegen hartnäckigen Widerstand erreichen. Ich stehe über den anderen, und ich will es besser als die anderen machen. Aber nie, und das habe ich mir geschworen, gegen die Verfassung Roms. Ich möchte die Ämterlaufbahn genau so absolvieren, wie es das Gesetz vorschreibt. Wenn ich mich mit dem Hinweis zur Wahl stelle, an zehn Feldzügen teilgenommen und im ersten den Bürgerkranz errungen zu haben, wird mir bei der

Quästorenwahl der erste Platz zustehen. Das scheint mir der einzig annehmbare Platz zu sein nach so vielen Jahren als Senator.«

Lucullus sah in Caesars feingeschnittenes Gesicht, dessen Augen ihn so sehr an die Sullas erinnerten, und begriff, daß er bis hierher und nicht weiter gehen konnte. »Bei den Göttern, dein Hochmut kennt keine Grenzen! Also gut, ich werde dich in den Kriegsberichten namentlich erwähnen und anmerken, daß du an dem Feldzug von Anfang bis Ende teilgenommen hast und auch in der Schlacht dabeigewesen bist.«

»Das ist mein gutes Recht.«

»Eines Tages wirst du dich überheben, Caesar.«

»Unmöglich!« gab Caesar lachend zurück.

»Gerade mit solchen Bemerkungen machst du dich verhaßt.«

»Ich wüßte nicht, warum, denn ich sage nur die Wahrheit.«

»Noch etwas.«

Caesar, der sich schon zum Gehen gewandt hatte, blieb stehen. »Ja?«

»In diesem Winter wird der Prokonsul Marcus Antonius bei seinem Feldzug gegen die Piraten den Kriegsschauplatz verlagern. Er begibt sich dann vom westlichen in den östlichen Teil unseres Meeres. Wie ich gehört habe, will er die Gewässer um Kreta von der Piratenplage befreien. Als Hauptquartier hat er Gytheion bestimmt, wo bereits einige seiner Legaten emsig beschäftigt sind, denn Marcus Antonius braucht eine große Flotte. Du hast den Ruf, unser bester Flottenorganisator zu sein, wie ich aus deinem Wirken in Bithynien und Vatia Isauricus weiß. Rhodos hast du sogar zweimal geholfen. Wenn du deiner Liste einen weiteren Feldzug hinzufügen willst, dann begib dich sogleich nach Gytheion. Ich werde Marcus Antonius mitteilen, daß du im Rang eines Militärtribunanwärters dienen und am Ort bei römischen Bürgern Quartier beziehen sollst. Wenn ich je zu hören bekomme, daß du dir selbst eine Wohnung genommen oder in irgendeiner Form deinen Anwärterstatus überschritten hast, dann schwöre ich dir, Gaius Julius Caesar, daß ich dich vor Marcus Antonius' Militärgericht stellen werde! Und glaube ja nicht, ich könnte ihn von der Richtigkeit eines solchen Schritts nicht überzeugen! Nachdem du – ein Verwandter! – seinen Bruder vor Gericht angeklagt hast, hat er dich nicht in sein Herz geschlossen. Natürlich kannst du das Amt ablehnen, das ist das Recht jedes römischen Bürgers. Allerdings ist es das einzige militärische Amt, das dir angeboten wird, nachdem ich einige Briefe an die entsprechenden Stellen geschrieben habe. Ich bin Konsul. Meine Befehlsgewalt geht über die aller anderen Kommandoinhaber, einschließlich des jüngeren Konsuls. Du brauchst dich also gar nicht erst anderswo um ein Amt zu bemühen, Caesar!«

»Du vergißt dabei«, bemerkte Caesar höflich, »daß Marcus Antonius ein unumschränktes Imperium auf dem Meer hat. Zu Wasser würde seine Befehlsgewalt sogar über die des älteren Konsuls gehen.«

»Dann richte ich es so ein, daß ich mich nie in den Gewässern befinde, wo Antonius gerade auf- und abtaucht«, erwiderte Lucullus ermüdet. »Mache nun noch deinem Onkel Cotta deine Aufwartung, ehe du gehst.«

»Bietest du mir kein Bett für die Nacht an?«

»Das einzige Bett, das ich dir geben würde, wäre das des Prokrustes.«

Wenige Augenblicke darauf stand Caesar vor seinem Onkel Marcus Aurelius Cotta. »Mir war schon klar«, erklärte er seinem Onkel, »daß ich mich mit meinem Feldzug gegen Eumachos in die Nesseln setzen würde, aber ich hätte nicht gedacht, daß Lucullus so weit gehen würde. Ich hatte vielmehr damit gerechnet, entweder Vergebung zu finden oder wegen Verrats vor Gericht gestellt zu werden. Statt dessen hat Lucullus dadurch persönliche Vergeltung geübt, daß er meine weitere Karriere behindern will.«

»Ich habe keinen wirklichen Einfluß auf ihn«, sagte Marcus Cotta. »Lucullus ist ein selbstherrlicher Mensch. Aber das bist du ja auch.«

»Ich kann leider nicht länger bleiben, Onkel. Ich soll mich sofort auf den Weg machen ... äh, nach Rhodos glaube ich, als Vorbereitung für meinen Einsatz in Gytheion. Dort soll ich in einem Haus Quartier beziehen, das von römischen Bürgern geführt wird. Wirklich, die Bedingungen, die dein älterer Kollege stellt, sind schon recht eigen! Ich muß meine Freigelassenen, darunter auch Burgundus, nach Rom zurückschicken, denn mir ist nicht erlaubt, ein meinem Stand entsprechendes Gefolge bei mir zu haben.«

»Das ist allerdings seltsam!« verwunderte sich Marcus Cotta.

»Selbst ein einfacher Legionär darf, vorausgesetzt, er hat die Mittel dazu, wie ein König leben. Und ich nehme doch an, daß du dir nach deinem handstreichartigen Sieg über die Piraten einen königlichen Lebenswandel leisten kannst.«

»Durchaus nicht, Onkel, mein Beutel ist leer. Es war schlau, gerade Antonius auszusuchen. Bei den Antonii bin ich alles andere als beliebt.« Caesar seufzte. »Stell dir vor, stuft mich doch dein Kollege als Anwärter ein! Mir hätte zumindest der Rang eines Militärtribuns gebührt, auch wenn ich nicht gewählt wurde.«

»Wenn du beliebt sein willst, Caesar – ach, was rede ich da! Dir Ratschläge geben? Du weißt mehr Antworten, als ich Fragen kenne, und du hast klare Vorstellungen über dein weiteres Leben. Du sitzt jetzt in den Nesseln, aber du wolltest dich ja gerade dort niederlassen.«

»Zugegeben, Onkel. Aber nun muß ich gehen und mir ein Nachtquartier in der Stadt suchen, bevor alle Wirte ihre Türen verriegeln. Wie geht es übrigens meinem Onkel Gaius?«

»Sein Statthalteramt im italischen Gallien ist nicht verlängert worden, obwohl dort kein Ersatz in Sicht ist. Er hat lange genug gedient. Nun erwartet er nur noch, daß er einen Triumph bekommt.«

»Ich wünsche dir viel Glück in Bithynien, Onkel.«

»Das werde ich nötig haben.«

Mitte November kam Caesar in der kleinen peloponnesischen Hafenstadt Gytheion an. Lucullus war unterdessen nicht untätig gewesen, denn Caesar stellte fest, daß die Militärbehörden über seine Ankunft unterrichtet waren und ihnen die Beschreibung seiner Befugnisse als Militärtribunanwärter schriftlich vorlag.

»Was hast du bloß angestellt?« fragte ihn der Legat Marcus Manius, der beauftragt war, Antonius' Hauptquartier einzurichten.

»Den Konsul Lucullus verstimmt«, beschied ihn Caesar knapp.

»Willst du das nicht etwas genauer erklären?«

»Nein.«

»Zu schade. Ich sterbe vor Neugierde.« Manius ging neben Caesar die enge gepflasterte Straße hinunter. »Ich zeige dir am besten zuerst dein Quartier. Es ist gar nicht so schlecht. Ein großes altes Haus, in dem zwei alte Römer wohnen, Apronius und Canuleius mit Namen, und beide Witwer. Sie sollen mit zwei Schwestern verheiratet gewesen sein – Frauen aus Gytheion – und sind nach dem Tod der zweiten Schwester zusammengezogen. Ich habe gleich an die beiden gedacht, als ich Anweisung erhielt, ein Quartier für dich zu finden. Sie haben genug Platz für dich, und sie werden dich verwöhnen. Zwei drollige alte Käuze, aber sehr freundlich. Glaube aber nicht, daß du viel in Gytheion sein wirst. Ich beneide dich nicht darum, den Griechen Schiffe abluchsen zu müssen! Doch aus den Akten geht hervor, daß du der Beste auf diesem Gebiet bist, also darf ich wohl annehmen, daß du der Aufgabe gewachsen bist.«

»Das nehme ich auch an«, pflichtete Caesar lächelnd bei.

Das Requirieren von Kriegsschiffen auf dem Peloponnes war nicht ohne Reiz für jemanden, der sich in der Dichtung der alten Griechen auskannte: War Pylos mit dem Adjektiv »sandig« richtig beschrieben? Haben Titanen die Mauern von Argos errichtet? Über dieser Landschaft lag der Traum einer mythischen Zeit, vor dem die Gegenwart in Bedeutungslosigkeit versank, so als ob die Götter selbst nur Kinder wären, verglichen mit dem Menschengeschlecht, das auf diesem Boden gelebt hatte. Und noch etwas machte Caesar den Aufenthalt angenehm: Er, der das Talent besaß, sich die Feindschaft der Großen Roms zuzuziehen, gewann im Umgang mit Leuten einfachen Standes rasch die Zuneigung seiner Mitmenschen.

Der Umfang der Flotte wuchs während des Winters nur langsam an, aber doch in einem Maße, daß Caesars Vorgesetzter zufrieden sein konnte. Statt sich auf Versprechungen zu verlassen, requirierte der beste Flottenorganisator des ganzen Römischen Reiches vom Fleck weg jedes halbwegs kriegstaugliche Schiff. Dann brachte er die Hafenstädte dazu, Verträge zu unterzeichnen, die bis April die Lieferung neuer Galeeren nach Gytheion garantierten. Nach Caesars Schätzung würde Marcus Antonius kaum vor April in seinem neuen Hauptquartier ankommen, da er erst im März von Massilia aus in See stechen wollte.

Im Februar traf ein Teil von dessen persönlichem Gefolge in Gytheion ein. Caesar, der mit hochgezogenen Augenbrauen und leichtem Zucken in den Mundwinkeln ihre Ankunft beobachtete, bekam eine genauere Vorstellung von der Art und Weise, wie Marcus Antonius einen Feldzug führte. Wenn Gytheion keine angemessene Residenz bieten könne, dann, so forderte die Voraustruppe, müsse eine solche an der Küste mit Blick auf den Golf von Lakonien und die Insel Kythera errichtet werden. Das Anwesen müsse künstliche Teiche und Wasserfälle, Zierbrunnen und Fontänen aufweisen, die Villa über eine Zentralheizung und eine Innenausstattung in farbigem Marmor verfügen.

»Der Bau kann unmöglich vor dem Sommer fertig sein«, sagte Caesar mit einem Augenzwinkern zu Manius. »Ich habe daran gedacht, dem großen Mann Logis bei Apronius und Canuleius anzubieten.«

»Es wird ihm gar nicht behagen, daß sein Haus noch nicht fertig ist«, sagte Manius, der die Sache wie Caesar von der humorigen Seite sah. »Im übrigen haben die Einheimischen die lobenswerte griechische Haltung eingenommen, ihre kostbaren städtischen Gelder in diese pompöse Villa zu stecken, wohlgemerkt, um sie später, wenn Antonius wieder weitergezogen ist, zu gesalzenen Preisen an alle möglichen Möchtegern-Herrscher zu vermieten.«

»Es soll mir ein besonderes Anliegen sein, den Ruf dieses Denkmals des schlechten Geschmacks überall zu verbreiten«, sagte Caesar. »Schließlich haben wir hier ein einzigartiges mildes Klima, somit ein idealer Ort, um sich dem Müßiggang hinzugeben oder abgeschirmt von der Welt allen erdenklichen Lastern zu frönen.«

»Ich würde gern noch erleben, wie sie ihr Geld wieder hereinbekommen«, meinte Manius. »Was für eine Verschwendung von Steuergeldern! Aber ich will nichts gesagt haben ...«

Als Marcus Antonius schließlich eintraf, sah er in Gytheions geräumigem und sicherem Hafen alle Arten von Schiffen ankern. Caesar hatte auch Handelsschiffe nicht verschmäht, da Antonius eine Legion Bodentruppen zu transportieren hatte. Daß die Villa für den großen Mann erst halb fertig war, konnte dessen gute Laune nicht trüben. Er hatte solche Mengen unverdünnten Weins getrunken, daß er seit seiner Abfahrt von Massilia nicht mehr nüchtern gewesen war. Für Antonius bestand ein Feldzug in erster Linie darin, möglichst vielen Frauen das Tor zu ihrem Lustgarten einzustoßen, wofür ihn die Natur, so ging das Gerücht, mit einem verschwenderisch großen Organ ausgestattet hatte. Von Sieg sprach er immer, wenn sich die Damen ob seines ungestümen Andrangs und der Größe seines Rammbocks entsetzten.

»Bei den Göttern, was für ein Hohlkopf!« sagte Caesar bei sich. Natürlich hatte er Sorge getragen, daß Marcus Manius seine Tätigkeit als Flottenorganisator in den Berichten an den Senat gebührend würdigte. Als ihn daher Ende April, nur wenige Tage nach Antonius' Ankunft, ein Brief seiner Mutter erreichte, bedeutete die Nachricht, die er enthielt, eine gnädige Entlassung aus seinem Dienst in Gytheion, ohne daß er deshalb einen Feldzug weniger auf seinem Konto hatte.

Gaius Aurelius Cotta, Caesars ältester Onkel, war Anfang des Jahres aus dem italischen Gallien heimgekehrt und am Vorabend seines Triumphes unerwartet gestorben, so lautete die Nachricht. Neben vielem anderen hinterließ er einen Sitz im Kollegium der Pontifices, wo er der dienstälteste Priester gewesen war. Obwohl Sulla festgelegt hatte, daß sich das Kollegium aus acht Plebejern und sieben Patriziern zusammensetzen sollte, bestand es bei Gaius Cottas Tod aus neun Plebejern und nur sechs Patriziern, da Sulla vor der Notwendigkeit gestanden hatte, diesen und jenen mit einem Amt als Pontifex oder Augur zu belohnen. Starb ein plebejischer Pontifex, wählte das Kollegium gewöhnlich einen anderen Plebejer als Nachfolger; da aber die Zusammensetzung nicht mehr der sullanischen Verordnung entsprach, kooptierten die Kollegiumsmitglieder für einen Patrizier. Ihre Wahl war auf Caesar gefallen.

Aurelia vermutete in ihrem Brief, Caesars Wahl hänge damit zusammen, daß seit der Ermordung des Augurs Lucius Caesar und des Pontifex Caesar Strabo vor dreizehn Jahren kein Julius mehr Mitglied des Kollegiums der Pontifices oder der Auguren gewesen war. Zwar sei allgemein angenommen worden, daß Lucius Caesars Sohn bei der nächsten Vakanz im Kollegium der Auguren zum Zug komme, aber niemand habe für möglich gehalten, daß Caesar in das Kollegium der Pontifices gewählt würde. Laut ihrem Gewährsmann Mamercus sei die Wahl nicht einhellig ausgefallen. Catulus habe sich gegen Caesar ausgesprochen, ebenso Metellus, der älteste Sohn des Ziegenbocks. Doch nach ausgiebiger Eingeweideschau und Konsultation der prophetischen Bücher habe schließlich Caesar gewonnen.

Aber das Wichtigste, was ihm seine Mutter mitzuteilen hatte, war Mamercus' Hinweis, daß Caesar für seine Weihe zum Pontifex so rasch wie möglich nach Rom zurückkehren solle, andernfalls sei es möglich, daß Catulus das Kollegium doch noch zu einer Meinungsänderung bewegen könnte.

Mit seinem fünften Feldzug auf der offiziellen Liste konnte Caesar ohne Bedauern abreisen. Die einzigen Menschen, die er vermissen würde, waren seine beiden Hauswirte Apronius und Canuleius und der Legat Marcus Manius.

»Ich muß gestehen«, sagte er zu Manius, »daß ich gern noch gesehen hätte, wie das vollendete Denkmal des schlechten Geschmacks in seiner ganzen schauerlichen Pracht dasteht.«

»Pontifex zu werden ist weitaus wichtiger«, sagte Manius, der noch gar nicht recht gemerkt hatte, welche herausragende Gestalt Caesar eigentlich war. In Manius' Augen war er immer ein uneitler, mit gesundem Menschenverstand ausgestatteter junger Mann gewesen, der jede Aufgabe glänzend löste und wie ein Besessener arbeitete. »Was wirst du tun, wenn du in das Kollegium eingeführt bist?«

»Ich suche mir einen bescheidenen Proprätor, der sich mit einem Krieg abmüht, mit dem er nicht fertig wird«, sagte Caesar. »Lucullus ist nun Prokonsul, folglich kann er die anderen Statthalter nicht mehr nach seiner Pfeife tanzen lassen.«

»Nach Spanien?«

»Zu auffällig in Kriegsberichten. Nein, ich fühle bei Marcus Fonteius vor, ob er nicht einen frischen jungen Militärtribun in der Provinz Gallia Transalpina gebrauchen kann. Er ist ein *vir militaris,* und das sind immer verständige Männer. Er schert sich bestimmt nicht um das, was Lucullus von mir denkt, solange ich gute Arbeit leiste.« Das freundliche Gesicht bekam plötzlich einen grimmigen Ausdruck. »Aber eins nach dem anderen. Jetzt ist erst einmal Marcus Junius Juncus dran. Ich werde ihn vor dem Gerichtshof für Erpressungsfälle verklagen.«

»Ja, weißt du's denn noch nicht?«

»Was?«

»Daß Juncus tot ist. Er ist nie nach Rom zurückgekommen. Schiffbruch.«

Für alle war er ein Thraker, obwohl er eigentlich gar kein Thraker war. Im gleichen Jahr, in dem Caesar Gytheion verließ und zum Pontifex in Rom ordiniert wurde, betrat dieser sechsundzwanzigjährige Thraker, der keiner war, zum erstenmal die Bühne der Geschichte.

Er stammte aus einer rechtschaffenen, wenn auch nicht berühmten Familie. Sein Vater, ein Campaner vom Vesuv, hatte zu jenen gehört, die von der *lex Plautia Papiria* Gebrauch gemacht hatten. Nach dieser Verordnung aus dem Bundesgenossenkrieg wurde jedem Italiker, der binnen sechzig Tagen die Waffen niederlegte und sich an einen Prätor in Rom wandte, das römische Bürgerrecht verliehen.

Nichts im bäuerlichen Herkommen des Jungen deutete darauf hin, daß er einmal eine Leidenschaft für den Krieg und alles Militärische entwickeln würde. Dennoch wunderte sich sein Vater nicht, daß sein zweiter Sohn, kaum siebzehnjährig, sich zum Dienst in der Legion meldete. Dank seiner Beziehungen konnte er ihm einen Platz als Kadett in der Legion verschaffen, die Marcus Crassus für Sulla ausgehoben hatte, als dieser in Italien landete und den Krieg gegen Carbo begann.

Der Junge gedieh unter der soldatischen Ordnung und zeichnete sich in der Schlacht aus, noch ehe er achtzehn geworden war. Darauf wurde er in eine von Sullas Elitelegionen versetzt, wo er bald zum Militärtribunanwärter ernannt wurde. Statt der Entlassung, die ihm am Ende des letzten Feldzugs in Etruria angeboten wurde, nahm er eine neue Verpflichtung im Heer des Gaius Cosconius an. Mit dessen Truppen marschierte er nach Illyrien, wo die unter dem Namen Dalmater zusammengefaßten Stämme unterworfen werden sollten.

Anfangs war er vom Kriegsschauplatz und von der Art der Kriegführung begeistert und fügte seiner wachsenden Zahl von Auszeichnungen noch weitere *armillae* und *phalerae* hinzu. Dann aber geriet Cosconius in eine Belagerung hinein, die über zwei Jahre dauern sollte. Die Hafenstadt Salonae kämpfte nicht mehr, verweigerte aber die Kapitulation. Der zum jungen Mann gereifte Militärtribun empfand die Belagerung als unerträglich langweilig und reine Zeitverschwendung. Sein Lebensziel stand fest: Er wollte im römischen Heer eine Karriere als *vir militaris* machen. Gaius

Marius hatte so seine Laufbahn begonnen, und wie weit hatte er es gebracht! Jetzt aber sah er sich monatelang zum Nichtstun und Ausharren verurteilt.

Er bat um seine Versetzung nach Spanien, denn wie viele seiner Kameraden war er fasziniert von den Kriegstaten des Sertorius. Doch der befehlshabende Legat seiner Legion zeigte kein Verständnis und schlug seine Bitte ab. Die Langeweile nahm kein Ende. Ein zweitesmal bat er um Versetzung nach Spanien, und wieder erhielt er eine abschlägige Antwort. Daraufhin ließ seine Disziplin rapide nach. Er verschaffte sich einen zweifelhaften Ruf durch Aufsässigkeit, Trunkenheit und unerlaubtes Fernbleiben von der Truppe. Damit war es schlagartig vorbei, als Salonae endlich fiel und der Feldherr Cosconius gemeinsam mit Gaius Scribonius Curio, dem Statthalter von Mazedonien, einen Vernichtungsfeldzug gegen die Dardaner begann. Das war eher nach seinem Geschmack!

Dann aber kam es zu einem Vorfall, welcher die Karriere des jungen Militärtribuns abrupt beendete. Es war von Rebellion die Rede, und der verständnislose Legat stellte sich als sein heimlicher Feind heraus. Der junge Mann wurde mit einigen anderen vor Cosconius' Militärgericht gestellt und der Meuterei angeklagt. Das Gericht befand ihn für schuldig. Wäre er ein Angehöriger der Hilfstruppen oder ein anderer Nicht-Römer gewesen, hätte sein Urteil Auspeitschen mit anschließender Hinrichtung gelautet. Da er aber ein Römer und Offizier im Range eines Militärtribunanwärters war – und obendrein Träger zahlreicher Tapferkeitsmedaillen –, wurde er vor eine Wahl gestellt. Sein Bürgerrecht würde er in jedem Fall verlieren, aber er konnte sich aussuchen entweder ausgepeitscht und danach auf Lebenszeit aus Italien verbannt zu werden oder aber Gladiator zu werden. Wie nicht anders zu erwarten, wählte er die zweite Möglichkeit, die ihm erlaubte, wenigstens nach Hause zurückzukehren. Als Campaner wußte er alles über Gladiatoren, denn die Gladiatorenschulen lagen alle in der Gegend von Capua.

Zusammen mit sieben anderen Männer, die ebenfalls der Meuterei für schuldig befunden worden waren und die wie er das Gladiatorendasein dem Exil vorgezogen hatten, wurde er auf dem Seeweg nach Aquileia gebracht. Dort kaufte ihn ein Händler und sandte ihn zu einer Auktion nach Capua. Der angehende Gladiator war keineswegs erpicht darauf, mit seinem früheren Römerstatus zu paradieren. Sein Vater und sein älterer Bruder mochten Gladiatorenkämpfe nicht und besuchten nie Leichenspiele. Er konnte daher in der Nähe des väterlichen Bauernhofs leben, ohne daß Vater und Bruder es je erfahren würden. Deshalb suchte er sich einen Gladiatorennamen aus, einen einprägsamen und kriegerischen, der Erinnerungen an strahlende Kämpfertugenden anklingen ließ: Spartacus. Ja, dieser Name zerging auf der Zunge. Er schwor sich, einmal ein berühmter Gladiator zu werden, einer, um den man sich in ganz Italien reißt, der zehn Mädchen an jedem Finger hat und der mit Einladungen zu Gelagen überhäuft wird.

Auf dem Markt in Capua wurde er an einen Fechtmeister jener berühmten Gladiatorenschule verkauft, die dem Konsular und ehemaligen Zensor Lucius Marcius Philippus gehörte. Das war nicht weiter erstaunlich, denn sein ganzes Aussehen prädestinierte ihn zum Gladiator: er war hochgewachsen, Waden, Schenkel, Brust, Schultern und Arme strotzten vor Muskeln, sein Nacken glich dem eines Stiers und seine Haut der eines sonnengebräunten Mädchens, ein paar sehr apart aussehende Narben ausgenommen; sein blondes Haar und seine grauen Augen verliehen ihm ein angenehmes Wesen; schließlich bewegte er sich mit der Anmut eines Prinzen, und er besaß die Haltung eines Königs. Der *lanista,* der ihn im Auftrag von Philippus für hunderttausend Sesterzen kaufte, erkannte in ihm sofort den geborenen Gladiator. Sein Auftraggeber, der selbstverständlich nicht dabei war – er hatte die fünfhundert Gladiatoren, die ihm gehörten und die er so profitabel vermietete, noch nie in seinem Leben gesehen –, konnte bei diesem Handel nur gewinnen.

Es gab nur zwei Kategorien von Gladiatoren: die Thraker und die Gallier. Während der Meister Spartacus musterte, fiel es ihm schwer zu entscheiden, für welche Kategorie er ihn ausbilden sollte. Gewöhnlich gab das Äußere des Mannes sogleich die Antwort, doch Spartacus war eine solch strahlende Erscheinung, daß er gut in beide Kategorien passen würde. Da aber Gallier mehr Narben trugen und insgesamt eher Gefahr liefen, für den Rest ihres Lebens verstümmelt zu werden, nicht zuletzt aber wegen des hohen Kaufpreises, entschied sich der Meister schließlich dafür, aus Spartacus einen Thraker zu machen. Konnte er seine natürliche Schönheit in der Arena behalten, würde sein Mietpreis steigen, wenn er sich erst einmal einen Ruf verschafft hatte. Sein Kopf besaß Adel und kam barhäuptig besser zur Wirkung, denn ein Thraker trug keinen Helm.

Die Ausbildung begann unverzüglich. Als vorsichtiger Mann achtete der Meister darauf, daß Spartacus' athletisches Können seinem Aussehen entsprach, ehe er für ihn einen mit Silber und Gold verzierten Leibpanzer anfertigen ließ. Spartacus trug außerdem einen scharlachroten Lendenschurz, der um die Hüften von einem schwarzen Ledergurt gehalten wurde. Als Waffe diente ihm der Krummsäbel eines thrakischen Reiters. Die Beine waren durch lange Schienen geschützt, die bis zum Oberschenkel reichten. Dadurch wurde er gegenüber seinem Gegner, dem Gallier, etwas schwerfälliger; er mußte also diesen Nachteil durch taktische Intelligenz ausgleichen. Sein rechter Arm steckte in einem mit Eisenschuppen gepanzerten Lederhandschuh. Lederriemen, die ihm an Hals und Brust befestigt waren, sorgten für festen Halt. Seine Ausrüstung wurde durch einen kleinen Rundschild vervollständigt.

Spartacus flog alles zu. Um seine Person blieb ein Rest von Geheimnis, denn er hütete sich, jemals von seiner früheren militärischen Laufbahn zu sprechen. Die Kameraden, die mit ihm verurteilt worden waren, hatten sich in Aquileia von ihm getrennt. Was schließlich der dortige Agent in seinem Geschäftsbrief über ihn zu sagen wußte, war mehr als dürftig. Immerhin sprach er das campanische Latein genausogut wie das campanische Griechisch, er konnte halbwegs lesen und schreiben, und er kannte sich im Kriegswesen aus. All dies verwirrte seinen *lanista* nicht wenig, und er sah Schwierigkeiten voraus. Spartacus war in allem viel zu sehr Krieger, auch beim Kampf mit Holzschwert und Lederschild in der Übungsarena. Der erste mehrfache Armbruch bei einem seiner Gegner mochte noch ein Versehen sein, doch nachdem Spartacus fünf seiner Fechtlehrer durch Knochenbrüche außer Gefecht gesetzt hatte, ließ ihn der Meister zu sich kommen.

»Schau, Spartacus«, sagte er mit ruhiger Stimme, »du mußt lernen, das Fechten in der Arena als Spiel und nicht als Krieg zu betrachten. Du spielst jetzt eine Rolle! Die Etrusker haben vor gut tausend Jahren diese Spiele erfunden. Das Wissen und das Handwerk, das jeder Gladiator braucht, ist von Generation zu Generation weitergegeben worden. Nirgendwo sonst auf der Welt gibt es solche Spiele. Wenn ein Mensch gestorben ist, veranstalten seine Verwandten ihm zu Ehren Leichenspiele, aber nicht solche, wie sie Achilles für seinen Patroklos ausrichtete – Wettlauf und Weitsprung, Boxen und Ringen –, sondern ein Wettkampf im Gewand von Kriegsspielen, bei denen es auf athletisches Können ankommt.«

Der blonde Hüne hörte mit ausdruckslosem Gesicht zu, doch sein Meister bemerkte, daß sein Schüler die Finger seiner rechten Hand ständig öffnete und schloß, als spüre er den Drang, ein Schwert in die Hand zu nehmen.

»Hörst du mir überhaupt zu, Spartacus?«

»Ja, Meister.«

»Der Fechtlehrer ist dein Ausbilder, nicht dein Gegner. Und ich kann dir sagen, daß ein wirklich guter Lehrer schwer zu finden ist! Dank deinem fehlgeleiteten Ungestüm habe ich fünf Lehrer weniger als vor einem Monat, und ich kann sie nicht mit gleichwertigen Vertretern ihres Fachs ersetzen. Gewiß, sie sind alle noch am Leben. Aber zwei sind für diese Arbeit nicht mehr zu gebrauchen. Spartacus, du kämpfst hier nicht gegen die Feinde Roms. In der Arena soll auch nicht Blut in Strömen fließen! Die Leute wollen ein sportliches Ereignis sehen, ein Spiel, das aus Angriff und Parade besteht und bei dem Kraft und Eleganz, Geschick und taktische Intelligenz gefragt sind. Aus den Abschürfungen, Schnitten und Striemen, die alle Gladiatoren davontragen, fließt genügend Blut, um die Sensationslust des Publikums zu befriedigen. Die Zuschauer wollen nicht sehen, wie sich zwei Männer gegenseitig umbringen oder sich die Arme abschlagen! Sie wollen Spiele sehen, Spartacus, Spiele! Einen athletischen Wettkampf! Wollten die Leute sehen, wie sich Männer gegenseitig niedermachen und verstümmeln, wäre ein Schlachtfeld der geeignete Ort, und die Götter wissen, daß es mehr als genug Schlachtfelder in unserer Campania gegeben hat!« Für einen Augenblick wandte er den Blick von Spartacus. »Geht das in deinen Schädel? Verstehst du jetzt das Ganze besser?«

»Ja, Meister.«

»Dann geh wieder und übe wie ein guter Junge! Laß deine Kampfwut an den Sandsäcken und Popanzen aus. Und wenn du wieder mit dem Holzschwert einem Fechtlehrer gegenüberstehst, dann übe dich in eleganten Bewegungen und vermeide dieses schauderhafte Geräusch brechender Knochen!«

Da Spartacus genug Verstand besaß, um zu verstehen, was der Meister ihm klarmachen wollte, ließ er es sich nach ihrer Unterredung für eine Weile angelegen sein, nur auf die Bewegungsabläufe zu achten, ja er sah darin sogar eine Herausforderung, die einen Reiz für ihn hatte. Die umsichtigen, verständnisvollen Fechtlehrer, die gegen ihn antraten, stellten befriedigt fest, daß er nun nicht mehr ihre Gliedmaßen zerschmettern wollte, sondern seine Aufmerksamkeit auf die Bewegungsabläufe des Kampfes richtete, für die sich das Publikum so begeisterte. Der Meister war mißtrauischer und wollte noch nicht glauben, daß Spartacus von seiner Blutgier geheilt sei. Doch nach einem halben Jahr war auch er überzeugt und setzte seinen schwierigen Gladiator auf eine Liste von fünf Paaren, die bei Leichenspielen in den Guttae bei Capua auftreten sollten. Da die Spiele ganz in der Nähe stattfanden, konnte der Meister persönlich anwesend sein und selbst in Augenschein nehmen, welche Figur Spartacus in der Arena machte.

Der Gallier, der gegen Spartacus antrat, war ihm durchaus ebenbürtig; noch ein Stückchen größer als er und ebenso athletisch gebaut. Nur mit einem knappen Schurz bekleidet, der gerade die Scham bedeckte, kämpfte er mit einem langen, leicht gewölbten Schild und einem geraden zweischneidigen Schwert. Das Prunkstück seiner Ausrüstung aber war sein Helm: eine glänzende Silberkappe mit Backenstücken und Seitenflügeln und bekrönt mit einem springenden emaillierten Fisch, der größer als der sonst übliche Helmbusch war.

Spartacus hatte den Gallier vorher nie gesehen, geschweige denn gesprochen. In einem weitläufigen Gebäude wie Philippus' Gladiatorenschule kannten die Insassen niemanden außer den Fechtlehrern, dem Meister und den Schülern ihrer Ausbildungsstufe. Er hatte lediglich vorher erfahren, daß sein erster Gegner ein erfahrener Gladiator mit vierzehn Kämpfen sei, der sich in der Arena von Capua, wo er gewöhnlich auftrat, großer Beliebtheit erfreue.

Anfangs verlief alles gut. Spartacus bewegte sich mit seiner schweren Beinpanzerung in abgezirkelten Schritten stets knapp außerhalb der Reichweite des Galliers. Einige Frauen im Publikum waren von seinem hübschen Gesicht und seinem herkulesartigen Körper so hingerissen, daß sie laute Seufzer ausstießen und den Mund zu schmatzenden Küssen schürzten. Spartacus hatte sich im Handumdrehen eine Schar treuer Bewunderinnen erobert. Da aber der Meister einem Neuling keinen Umgang mit Frauen erlaubte, solange dieser nicht seine Sporen in der Arena abverdient hatte, verwirrten Spartacus die vielen weiblichen Gunstbezeugungen, so daß er einen Augenblick nicht auf den Gallier achtgab. Nur einen Fußbreit hob er seinen Rundschild zu hoch, aber das genügte seinem wieselflinken Gegner, um ihm eine klaffende Wunde am linken Gesäßteil beizubringen.

Das war das Ende des Kampfes und das Ende des Galliers. Es geschah so schnell, daß keiner in der Menge mehr sah als eine huschende Bewegung. Spartacus drehte sich auf der linken Ferse und führte die Klinge seines Krummsäbels seitlich in den Hals seines Gegners. Der Stahl ging tief genug, um die Halswirbel zu durchtrennen; der Kopf des Galliers kippte zur Seite, stieß an seine Schulter und hing dort mit vor Entsetzen weitaufgerissenen Augen und offenem Mund. Im Publikum entstand heller Aufruhr; Frauen kreischten oder fielen in Ohnmacht, auch Männer schrien, manche stürzten davon, andere mußten sich übergeben.

Unterdessen wurde Spartacus zu den Unterkünften zurückgebracht.

»Das reicht!« fuhr ihn der Meister an. »Aus dir wird nie im Leben ein Gladiator!«

»Aber er hat mich verwundet!« protestierte Spartacus.

Der Meister schüttelte nur den Kopf. »Wie kann jemand nur so schlau und gleichzeitig so dumm sein?« fragte er. »Mit deinem Aussehen und deiner Begabung hättest du der berühmteste Gladiator in ganz Italien werden können! Du hättest dir leicht einen Ruf erworben, mir hätte man auf die Schulter geklopft, und Lucius Marcius Philippus hätte einen dicken Gewinn eingestrichen. Aber das geht offenbar in deinen Schädel nicht rein, Spartacus. Du bist eben zu dumm dazu! So schlau und gleichzeitig so dumm. Du fliegst heute noch raus!«

»Raus? Aber wo soll ich hin?« fragte der Beschimpfte. »Ich muß meine Zeit als Gladiator abdienen!«

»Oh, das wirst du auch«, sagte der Meister. »Aber nicht hier. Lucius Marcius Philippus besitzt noch eine andere Schule weiter draußen vor Capua. Dorthin schicke ich dich. Eine hübsche kleine Schule, ungefähr hundert Gladiatoren, zehn Fechtlehrer und der beste *lanista* im ganzen Geschäft. Gnaeus Cornelius Lentulus Batiatus, der Barbar. Der Alte stammt aus Illyrien. Nach mir, Spartacus, wird Batiatus das reine Gift für dich sein.«

»Das überstehe ich«, gab Spartacus unbeeindruckt zurück. »Ich muß ja.«

In der Morgendämmerung des folgenden Tages fuhr ein geschlossener Karren für den Ausgestoßenen vor. Spartacus stieg rasch ein, doch kaum war der Türriegel wieder vorgeschoben, mußte er feststellen, daß ein paar Spalten zwischen schlecht vernagelten Brettern die einzige Verbindung zur Außenwelt bildeten. Er war eingesperrt und wußte noch nicht einmal, wohin er gebracht wurde! Gefangener zu sein war eine so entsetzliche Vorstellung für jeden Römer, daß Spartacus, als der Karren schließlich durch das hohe eisenbeschlagene Tor der Gladiatorenschule des Gnaeus Cornelius Lentulus Batiatus rumpelte, halb wahnsinnig und übel zugerichtet war, so oft hatte er sich gegen die Bretterwände seines Gefängnisses geworfen.

Das war nun schon ein Jahr her. Seinen fünfundzwanzigsten Geburtstag hatte er noch in der anderen Schule begangen, seinen sechsundzwanzigsten erlebte er in den Mauern der Anstalt, die von ihren Insassen Villa Batiatus genannt wurde. Hier wurde niemand gehätschelt! Die Größe der Belegschaft schwankte bisweilen, doch die Anstaltsbücher sprachen gewöhnlich von rund hundert Gladiatoren – fünfzig Thraker und fünfzig Gallier. Alle waren aus anderen Schulen hierhergekommen, weil sie etwas auf dem Kerbholz hatten, zumeist Disziplinverstöße zusammen mit Körperverletzung oder Meuterei. Man hielt sie wie Bergwerksklaven, nur daß sie innerhalb der Villa Batiatus keine Ketten trugen und daß sie mit gutem Essen, einem sauberen Lager und sogar mit Frauen versorgt wurden.

Dennoch war es Sklaverei. Jeder Gladiator wußte, daß er bis ans Ende seines Lebens in der Villa Batiatus bleiben würde, selbst wenn er die Kämpfe in der Arena überlebte. Wer zu alt zum Kämpfen war, wurde als Fechtlehrer oder Diener weiterbeschäftigt. Sie erhielten keinen Lohn. Auch reichten die Pausen zwischen den Kämpfen nicht, um die davongetragenen Wunden auszuheilen, denn wenn bei Batiatus die Nachfrage rege war – und das war fast immer der Fall –, waren sie stets im Einsatz. Batiatus war der Mann, der jeden Preis unterbot, so daß jeder, der ein paar Sesterzen übrig hatte und einen verstorbenen Verwandten mit Leichenspielen ehren wollte, sich bei ihm ein paar Männer mieten konnte.

Aus der Villa Batiatus gab es so gut wie kein Entrinnen. Das Anwesen war in viele kleine Areale aufgeteilt, die alle mit Mauern und Gittern voneinander abgetrennt waren. Keines der Areale, in denen sich Gladiatoren aufhielten, stieß unmittelbar an die hohen, mit Eisenspitzen bewehrten Außenmauern. Auch bei auswärtigen Auftritten war eine Flucht so gut wie unmöglich; bei Reisen im geschlossenen Karren hatte jeder Mann Ketten an Händen und Füßen, und der Kopf steckte in Halseisen. Gingen sie zu Fuß, bewachte sie eine Schar Bogenschützen, die ihre Pfeile stets schußbereit hielten. Nur kurz bevor sich für den Gladiator das Tor zur Arena öffnete, wurden ihm die Ketten abgenommen, aber auch dann blieben Bogenschützen stets in seiner Nähe.

Wie anders sah doch das Leben eines gewöhnlichen Fechters aus! Er durfte seine Unterkunft verlassen, wann er wollte, wurde gehätschelt und geehrt, Frauen umschwärmten ihn, und wenn er am Ende seinen Abschied nahm, würde eine hübsche Summe zusammengekommen sein. Er hatte im Jahr nicht mehr als fünf oder sechs Kämpfe zu bestehen, und nach fünf Jahren oder dreißig Kämpfen, je nachdem, konnte er die Arena verlassen und sich zurückziehen. Sogar Freie wählten manchmal das Gladiatorenhandwerk, der größte Teil bestand aus Deserteuren oder Meuterern aus der Legion, und nur ein kleiner Rest kam schon versklavt in die Schulen. Daß die Männer so umsorgt wurden, hatte einen einsichtigen Grund: Ein ausgebildeter Gladiator stellte eine sehr teure Investition dar, mit der pfleglich umgegangen werden mußte, sollte sie dem Besitzer der Schule einen guten Gewinn einbringen.

In Batiatus' Schule war das anders. Dem *lanista* war es einerlei, ob ein Gladiator schon beim ersten Kampf sein Leben im Sand der Arena aushauchte oder ob er die vorgeschriebenen zehn Jahre durchhielt. Männer weit über zwanzig wurden gar nicht als Kämpfer aufgenommen, und länger als zehn Jahre trat keiner vor dem Publikum auf. Die Zuschauer und die Hinterbliebenen, welche die Gladiatoren mieteten, wollten junge, geschmeidige Kämpfer sehen. Wenn ein Mann aus der Villa Batiatus seinen Abschied von der Arena genommen hatte, blieb er innerhalb der Anstaltsmauern. Ein trostloses Schicksal im Vergleich mit einem gewöhnlichen Gladiator, der am Ende seiner Karriere tun und lassen konnte, was er wollte. Meist ging ein solcher Mann nach Rom oder in eine andere große Stadt und verdingte sich als Türsteher, Leibwächter oder berufsmäßiger Schläger.

In der Villa Batiatus herrschte eine eherne Ordnung, die ihr Sinnbild in einem Eisenring gefunden hatte, der mit einem ebensolchen Stab geschlagen wurde und im ganzen Anwesen seinen harten, metallischen Klang verbreitete. Das Leben der Insassen wurde von dem Stundenplan diktiert, der auf der Wand des Hauptübungsplatzes so hoch geschrieben stand, daß niemand ihn auswischen konnte. Die Männer – manchmal mehr, manchmal weniger als hundert – sperrte man bei Sonnenuntergang jeweils zu siebt oder zu acht in vergitterte Zellen, zwischen denen keine Verständigung möglich war. Nicht einmal Geräusche drangen durch die Mauern. Kein Insasse blieb in der gleichen Gruppe; die Belegung für die Nacht war so gestaffelt, daß jeder Mann an jedem Abend in eine neue Zelle wechselte. Nach zehn Tagen änderte sich der Belegungsplan erneut, und der Mann kam wieder in eine andere Gruppe. Dank diesem von Batiatus ersonnenen System brauchte ein Neuling ein ganzes Jahr, bis er alle Insassen kennengelernt hatte. Die Zellen waren sauber und mit großen bequemen Betten ausgestattet, außerdem hatte jede einen Vorraum mit Bad, fließendem Wasser und mehreren Abortkübeln. Die Gladiatoren durften sich in den Zellen, die im Winter warm und im Sommer angenehm kühl waren, nur zwischen Sonnenuntergang und Sonnenaufgang aufhalten. Tagsüber wurden die Räume von Sklaven gereinigt, mit denen die Männer nicht in Kontakt kamen.

Bei Sonnenaufgang weckte das Geräusch weggeschobener Riegel die Männer. Den ganzen Tag über blieb der einzelne Gladiator in Gesellschaft der Männer, mit denen er in der Nacht die Zelle geteilt hatte. Jede Gruppe nahm ihr Frühmahl in dem mit Mauern versehenen Hof unmittelbar vor ihrer Zelle ein. Bei Regenwetter schützte sie ein über ihren Köpfen gespanntes Leinwandzelt. Dann exerzierte die Gruppe routinemäßige Übungen durch, bis ein Fechtlehrer kam, sie in Paare aufteilte, wenn möglich Gallier gegen Thraker, und zu Zweikämpfen mit Holzschwert und Lederschild aufeinander losließ. Darauf folgte die Hauptmahlzeit des Tages – gebratenes Fleisch, frischgebackenes Brot nach Belieben, Olivenöl, Obst und Gemüse der Jahreszeit entsprechend, Eier, Fisch, Brei aus Hülsenfrüchten, der mit Brot aufgetunkt wurde, und soviel Wasser, wie ein Mann trinken konnte. Wein, und sei es auch nur, um dem Wasser etwas Geschmack zu geben, wurde nie ausgeschenkt. Nach dem Mittagessen folgte eine zweistündige Ruhepause, ehe die Männer dazu angehalten wurden, Rüstungen zu putzen, Leder einzufetten, Schuhe zu flicken oder andere Reparaturen an ihrer Ausrüstung auszuführen. Danach mußten unter der Aufsicht von Wachen sämtliche Werkzeuge wieder weggesperrt werden. Nach anstrengenden Kraftübungen bekamen alle noch ein drittes, leichteres Mahl, ehe jeder Gladiator in eine neue Zelle mit anderen Genossen wechselte.

Batiatus hielt sich vierzig Sklavinnen, deren einzige Aufgabe, abgesehen von leichter Küchenarbeit, darin bestand, die sexuellen Gelüste der Gladiatoren zu stillen. Die Frauen besuchten die Männer jede dritte Nacht. Auch hier sorgte ein ausgeklügeltes System dafür, daß ein Mann mit allen vierzig Frauen abwechselnd zusammenkam. Numeriert gingen die sieben oder acht Frauen, die einer Zelle zugeordnet waren, unter Aufsicht in die Zelle und geradewegs zu den ihnen angewiesenen Betten. Dort durften sie nur solange bleiben, bis der Mann seinen Trieb befriedigt hatte. Viele Männer waren zu wenigstens drei oder vier Geschlechtsakten pro Nacht fähig, mußten aber dazu jedesmal die Frau wechseln. Da Batiatus sich wohl bewußt war, daß in diesen nächtlichen Begegnungen die Gefahr aufkeimender zärtlicher Gefühle lag, ließ er eine Wache in der Zelle postieren, die dafür zu sorgen hatte, daß die Frauen auch tatsächlich weiterzogen und daß die Männer keine Gespräche mit ihren Beischläferinnen anfingen.

Nicht alle hundert Gladiatoren hielten sich in der Villa auf. Ein

Drittel, manchmal gar die Hälfte, war auswärts unterwegs. Dieses Wanderleben mochte keiner von ihnen, da sie nicht so gut versorgt wurden wie in der Villa Batiatus, von Frauen für die Nacht ganz zu schweigen. Doch dank der regelmäßigen Abwesenheit eines Teils der Männer kamen die Frauen in den Genuß einiger freier Tage, allerdings wiederum im Rahmen des strengen Dienstplans, wie Batiatus überhaupt eine Leidenschaft für Pläne und Reglementierungen hatte. Urlaub war auch für jene Frauen nötig, die hochschwanger waren und sich auf ihre Niederkunft vorbereiteten. Batiatus gab ihnen nur für den letzten Monat vor der Niederkunft und den Monat danach frei, dann mußten sie ihren Dienst wiederaufnehmen. Die Frauen taten daher alles, um nicht schwanger zu werden, und diejenigen, die es doch wurden, trieben meist ab. Jedes Neugeborene wurde der Mutter sofort weggenommen. War es ein Mädchen, wurde es auf den Abfallhaufen der Villa Batiatus geworfen; war es ein Junge, gab man es Batiatus zur Begutachtung. Er hatte immer ein paar Klientinnen an der Hand, die gern ein männliches Neugeborenes kauften.

Die Frauen wurden von einer echten Thrakerin mit Namen Aluso geführt. Sie war einst Priesterin im Stamm der Besser gewesen und hatte sich ein kriegerisches Wesen bewahrt. Neun Jahre lang gehörte sie nun schon zu Batiatus' Huren, wofür sie ihn mehr haßte, als es alle Gladiatoren der Schule taten. Das Mädchen, dem sie im ersten Jahr ihres Aufenthalts das Leben geschenkt hatte, hätte nach der Sitte ihres Stammes später einmal das Priesteramt ihrer Mutter übernehmen sollen, doch Batiatus hatte nur taube Ohren für ihre verzweifelten Bitten, das Kind behalten zu dürfen. So endete das Mädchen wie alle anderen auch auf dem Abfallhaufen. Danach nahm Aluso stets zu ihren geheimen Mitteln Zuflucht und brachte kein Kind mehr zur Welt. In ihrem Innern aber nährte sie unversöhnliche Rache und schwor bei ihren Göttern, daß Batiatus einmal eines schrecklichen Todes sterben werde.

Aus alledem ging hervor, daß Gnaeus Cornelius Lentulus Batiatus zu den tüchtigsten und umsichtigsten Männern gehörte, welche die Welt der Arena je gekannt hat. Nichts entging ihm, keine Vorsichtsmaßnahme wurde vernachlässigt, über keine Einzelheit hinweggesehen. Das war der eine Grund, warum seine

Fechtschule für undisziplinierte Gladiatoren so erfolgreich war. Der andere lag in Batiatus' Geschick als *lanista.* Er traute niemandem, übertrug nichts auf andere, was er selbst besser machte. Er allein besaß den Schlüssel zur Waffenkammer, in der Rüstungen und Schwerter verwahrt wurden. Er organisierte die Auftritte bei Leichenspielen und legte die Reiseroute fest. Er suchte sich seine Leute selbst aus, gleichgültig, ob Wächter, Sklave, Waffenschmied, Koch oder Fechtlehrer, ob Waschfrau oder Hure. Er führte die Bücher, und er war der einzige, der den Besitzer der Schule, Lucius Marcius Philippus, kannte. Philippus besuchte seine Schule nie, sondern ließ Batiatus zu sich nach Rom kommen. Batiatus war auch der einzige, der nach dem kolossalen Umbruch, für den Pompeius vor ein paar Jahren verantwortlich gewesen war, weiterhin zu Philippus' Klienten gehörte. Tatsächlich war Pompeius von Batiatus so beeindruckt gewesen, daß er ihn gefragt hatte, ob er Philippus' Majordomus werden wolle. Batiatus hatte lächelnd abgelehnt; denn er liebte seine Arbeit.

Doch die Tage der Villa Batiatus waren gezählt, als Spartacus und sieben andere Gladiatoren Ende des Sextilis von einem Auftritt in Larinum heimkehrten. Es war das Jahr, in dem Caesar seinem Vorgesetzten Marcus Antonius und der Stadt Gytheion den Rükken kehrte und in Rom sein Pontifikat antrat.

Die acht Männer waren wie üblich zusammengepfercht in einem geschlossenen Gefängniskarren nach Larinum gebracht und ständig in Ketten gehalten worden, bis sie zum Kampf in der Arena standen. Ende des vorhergehenden Jahres war der bekannteste Mann in der Stadt, Statius Albius Oppianicus, von seinem Stiefsohn Aulus Cluentius Habitus wegen versuchten Mordes an ihm verklagt worden. Im Laufe des Verfahrens, das in Rom stattfand, war eine lange Reihe von Morden, die sich über einen Zeitraum von zwanzig Jahren erstreckten, nach und nach ans Licht gekommen. Oppianicus, so erfuhren die Römer, war verantwortlich für den Mord an seinen Ehefrauen, Söhnen, leiblichen und Stiefbrüdern, Vettern und weiteren Menschen. Das Motiv für diese Morde, die er entweder selbst begangen oder zu denen er Mörder gedungen hatte, war ausnahmslos seine Gier nach Geld und Macht. Dank seiner Freundschaft zu dem märchenhaft reichen

Patrizier Marcus Licinius Crassus wäre Oppianicus beinahe freigesprochen worden; der Volkstribun Lucius Quinctius war ebenfalls an dem Prozeß beteiligt, und eine hohe Summe stand zur Bestechung der Geschworenen bereit. Daß Oppianicus schließlich doch verurteilt wurde, lag am Geiz des Mannes, den er für die Bestechung der Senatoren angeheuert hatte, nämlich derselbe Gaius Aelius Staienus, der Pompeius einige Jahre zuvor so nützlich gewesen war und der neunzigtausend Sesterzen für sich abgezweigt hatte, als er im Auftrag von Gaius Antonius Hybrida neun Volkstribunen bestechen sollte. Staienus war einfach nicht in der Lage, unsaubere Geschäfte sauber auszuführen; so behielt er das Bestechungsgeld, das ihm Oppianicus anvertraut hatte, und lieferte Oppianicus der Verurteilung aus.

Die Boshaftigkeit des Oppianicus war in Larinum immer noch das beherrschende Gesprächsthema, auch wenn Gladiatoren in der Arena Leichenspiele aufführten. In der Stadt hatte es in den vergangenen Jahren einfach zu viele Leichenspiele gegeben. Während die Gladiatoren im Hof eines Gasthauses angekettet bei Tisch saßen, hörten sie mit interessierter Miene den Gesprächen ihrer vier Wächter zu. Zwar war es ihnen nicht erlaubt, miteinander zu sprechen, aber mit der Zeit hatten sie sich die Fertigkeit erworben, sich mit geheimen Kürzeln untereinander zu verständigen. Die Schauergeschichte des Mehrfachmörders aus der feinen Gesellschaft von Larinum zog alle Aufmerksamkeit auf sich, so daß keiner der Wächter viel auf die Gladiatoren achtete.

Mochte Batiatus auch mit manischer Akribie strenge Sicherheitsvorkehrungen ausgetüftelt haben, Spartacus, der jetzt schon über ein Jahr in der Villa Batiatus überstanden hatte, vereinte dennoch in seiner Hand die Fäden eines Komplotts, das auf einen Massenausbruch und einen Massenmord abzielte. Er kannte nunmehr jeden Insassen und hatte gelernt, sich mit Menschen zu verständigen, die er tage- und sogar monatelang nicht sehen konnte. Wenn Batiatus ein kompliziertes Netz gespannt hatte, das Gladiatoren und Huren daran hindern sollte, sich näher kennenzulernen, dann war es Spartacus gelungen, ein nicht weniger kompliziertes Netz zu weben, mit dem die Männer und Frauen untereinander Botschaften austauschen und Rückmeldungen an ihn geben konnten. Tatsächlich hatte Batiatus' System der erzwungenen indirekten Kontakte für Spartacus auch sein Gutes: Es verhinderte nämlich, daß schwierige Charaktere sich oft genug begegneten, um in Streit zu geraten oder sich ihrerseits zu einem Komplott gegen Spartacus als Anführer des geplanten Aufstands zu verschwören.

Spartacus hatte zu Beginn des Sommers seine Fühler ausgestreckt, und nun, Ende des Sextilis, waren seine Pläne fertig. Jeder Gladiator ohne Ausnahme hatte erklärt, er werde, wenn Spartacus einen Ausbruch versuchen wolle, mit von der Partie sein. Die Huren, denen eine entscheidende Rolle bei dem Komplott zukam, hatten sich ebenfalls mit ihm verschworen.

Zwei römische Deserteure, die sich in militärischen Dingen fast ebenso gut auskannten wie ihr Anführer, hatte Spartacus mittels seines Kassibersystems zu seinen Stellvertretern ernannt. Die beiden kämpften als Gallier und nannten sich Crixus und Oenomaus. Das war ein Zugeständnis an das Publikum, das lateinische Namen nicht mochte, weil es gern verdrängte, daß die meisten Helden der Arena Geächtete aus den römischen Legionen waren. Der Zufall wollte es, daß sich Crixus und Oenomaus zusammen mit Spartacus in Larinum aufhielten. Ein Glück für Spartacus, der den Zeitpunkt des geplanten Ausbruchs vorverlegen konnte.

Sie wollten acht Tage nach der Rückkehr aus Larinum losschlagen, gleichgültig, wie viele oder wie wenige Gladiatoren dann in der Villa Batiatus anwesend wären. Da es der Tag nach dem Markttag war, würde ihre Zahl eher über als unter dem Durchschnitt liegen. Hinzu kam, daß Batiatus im September die Auftritte einschränkte, denn er pflegte dann seinen Urlaub zu nehmen und seinen jährlichen Besuch bei Philippus abzustatten.

Die thrakische Priesterin Aluso war zu Spartacus' engster Verbündeter geworden. Nachdem alle Insassen dem Komplott zugestimmt hatten, richteten die Männer und Frauen, mit denen Spartacus gerade in einer Zelle war, es so ein, daß er und Aluso die ganze Nacht zusammen verbringen konnten, wenn Aluso zur diensthabenden Abteilung der Frauen gehörte. Miteinander flüsternd, gingen sie noch einmal alle Einzelheiten durch, und Aluso versprach, sie werde gemeinsam mit den anderen Frauen alles tun, damit die Männer in ihrer fieberhaften Begeisterung blieben. Seit Sommeranfang hatte sie Küchengeräte für Spartacus gestohlen. Sie war so geschickt vorgegangen, daß der Verdacht, als die Geräte schließlich vermißt wurden, nicht auf sie, sondern auf den Koch fiel und niemand etwas von einer Gladiatorenrevolte ahnte. Ein Hackbeil, ein Tranchiermesser, ein Knäuel starker Schnur, ein gläserner Krug, der in Scherben geschlagen wurde, ein Fleischerhaken: eine bescheidene Ausbeute, aber genug für acht Männer. Alle Gegenstände wurden in den Stuben der Frauen versteckt, die sie selber sauberhalten mußten. Am Abend vor dem Ausbruch schmuggelten die Frauen, die für Spartacus' Zelle vorgesehen waren, alle Geräte unter ihrer spärlichen Kleidung zu ihm.

Der Morgen dämmerte. Die acht Männer verließen zum Frühmahl ihre Zellen. Nur mit Lendenschurzen bekleidet, hatten sie keine Waffen bei sich, aber jeder trug unter dem scharlachroten Tuch des Schurzes ein etwa drei Fuß langes Stück Schnur. Der Bogenschütze, ein Fechtlehrer und zwei ehemalige Gladiatoren, die als Aufseher dienten, wurden so schnell erdrosselt, daß die eiserne Zellentür noch nicht einmal geschlossen wurde. Dem Bogenschützen nahmen sie den Schlüssel für die anderen Zellen ab, dann holten sie die Waffen unter ihren Betten hervor und stürzten davon. Spartacus und seine sieben Kameraden eilten von Zelle zu Zelle, ehe die Aufseher überhaupt bemerkten, was vor sich ging. Jede Gladiatorengruppe hatte beim Aufstehen gemurrt und gebummelt und den Gang zum Frühmahl so lange wie möglich hinausgezögert, so daß keiner den Hof erreichte, ehe nicht ihre acht katzengleich heranhuschenden Kameraden zu ihnen stießen. Der Stahl eines Hackbeils blitzte auf, ein Messer grub sich in die Brust eines Aufsehers, eine messerscharfe Glasscherbe trennte eine Gurgel durch, und die acht Stück Schnur sorgten weiterhin für einen lautlosen Tod.

Alles geschah ohne ein Wort, einen Ruf, eine Warnung. Spartacus und die anderen Gladiatoren hatten bald die Zellen und die davorliegenden Höfe erobert. Einige der toten Männer trugen Schlüssel bei sich, mit denen noch mehr Tore in dem weitläufigen Labyrinth aufgeschlossen wurden. Die siebzig Männer, die zu dieser Zeit in der Villa Batiatus wie Gefangene lebten, eilten auf leisen Sohlen der Freiheit entgegen. In einem Schuppen wurden Äxte und Gerätschaften verwahrt; ein dumpfes Geräusch, und alles, was entfernt als Waffe dienen konnte, befand sich in der Hand der Gladiatoren. Nun zeigte sich ein zweiter Fehler in der ganzen Anlage von Batiatus' Gladiatorenschule: Die hohen inneren Mauern schirmten die Höfe so gegeneinander ab, daß nichts von dem Geschehen nach außen drang. Batiatus hätte Wachtürme errichten und seine Bogenschützen auf ihnen postieren müssen.

Der Alarm wurde erst ausgelöst, als die Männer schon die Küchen erreicht hatten, und da war es bereits zu spät. Die Gladiatoren hatten sich jedes scharfe Küchengerät gegriffen, benutzten Topfdeckel zur Abwehr der Pfeile und ließen keinen Lebenden ungeschoren. Auch Batiatus entkam ihnen nicht. Er hatte eigentlich am Tag zuvor in Urlaub gehen wollen, war aber dann doch geblieben, da eine Unstimmigkeit in seinen Büchern ihn noch aufgehalten hatte. Die Männer hatten ihn am Leben gelassen, bis alle Frauen befreit waren. Sie nahmen ihn in Empfang und machten sich unter Alusos kundiger Aufsicht über ihn her; am Ende aß Aluso mit schauderhafter Gier Batiatus' Herz.

Bis die Sonne vollends aufgegangen war, hatten Spartacus und seine neunundsechzig Gefährten die Villa Batiatus erobert. Sie holten die Waffen aus der Waffenkammer und spannten Ochsen und Maultiere vor jeden verfügbaren Karren. Dann wurden die Fahrzeuge mit Nahrungsvorräten aus der Küche und den übriggebliebenen Waffen beladen, die Tore geöffnet, und der kleine Zug von Männern und Frauen machte seinen Weg in die Welt hinaus.

Für Spartacus, der die Campania seit seiner Kindheit kannte, hatte es mit dem Ausbruch aus der Villa Batiatus nicht sein Bewenden; seine Pläne gingen weiter in die Zukunft. Die Gladiatorenschule lag sieben Meilen außerhalb der Stadt an der Straße von Capua nach Nola. Spartacus kehrte Capua den Rücken und wies in Richtung Nola. Sie waren noch nicht lange unterwegs, da begegnete ihnen ein anderer Zug von Ochsenkarren. Sie überfielen die Reisenden, da sie unbedingt verhindern wollten, daß Überlebende ihren Fluchtweg verrieten. Zu ihrer freudigen Überraschung stellte sich heraus, daß die Karren mit Waffen und Rüstungen für eine andere Gladiatorenschule beladen waren. Nun besaßen sie mehr Waffen und Rüstungen, als sie überhaupt tragen und handhaben konnten.

Bald verließen die Flüchtenden die Hauptstraße und nahmen

einen verlassenen Feldweg, der in südwestlicher Richtung in die Gegend des Vesuvs führte.

Aluso gesellte sich zu Spartacus an die Spitze der Kolonne. Sie hatte sich von Batiatus' Blut gereinigt und trug nun das geschuppte Hemd eines Bogenschützen und einen thrakischen Säbel.

»Du gleichst der Göttin Minerva«, sagte Spartacus lächelnd. Er hatte keine Einwände gegen die Art und Weise erhoben, in der Aluso an Batiatus Rache übte.

»Zum erstenmal seit zehn Jahren fühle ich mich wieder ganz ich selbst«, sagte sie und schüttelte dabei die große Ledertasche, die von ihrer Hüfte herabhing. Darin verwahrte sie Batiatus' Kopf, dessen Haut sie skarifizieren und aus dessen Schädelknochen sie einen Trinkbecher fertigen wollte, wie es in ihrem Stamm Brauch war.

»Wenn du möchtest, sollst du meine Frau sein.«

»Ich möchte schon, wenn ich zu deinem Kriegsrat gehören darf.«

Sie sprachen griechisch, da Aluso kein Latein beherrschte. Sie redeten mit der Leichtigkeit jener, die zusammen die tiefste Lust genossen hatten und nun das überwältigende Gefühl, frei zu sein, keine Ketten und keine Wächter mehr zu kennen, gemeinsam erlebten.

Der Vesuv sah beeindruckender aus als andere Berggipfel. Unweit der Bucht von Crater stand er allein in der reichen Ebene der Campania. Bis zu einer Höhe von dreitausend Fuß zogen sich an ihren Flanken Weingärten, Obsthaine sowie Weizen- und Gemüsefelder hin. Mehrere Tausend Fuß über diesen fruchtbaren Hängen erhob sich ein zerfurchter Felskegel, in dessen Spalten nur hier und da Bäume ihre Wurzeln gruben, der aber ansonsten weder bebaut noch bewohnt war.

Spartacus kannte jeden Felsen und jede Höhle dieses Berges. Der Bauernhof seines Vaters lag am Westhang, und er und sein Bruder hatten in ihrer Kindheit in den Felsen der Kraterregion gespielt. Nun führte er seinen Zug immer höher den Berg hinauf, bis er an eine schüsselförmige Senke am felsigen Nordhang gelangte. Die Ränder der Senke waren abschüssig, so daß die Ochsenkarren nur mühsam dieses Hindernis überwanden, ihr Grund aber war mit Gras bewachsen und bot Raum für weit mehr Menschen und Tiere, als Spartacus' Karawane jetzt zählte. Gelbe Schwefelflecken überzogen überall die Felsvorsprünge, und faulige Gerüche stiegen aus einem Erdhügel in der Mitte. Das Gras war nie abgeweidet worden, denn kein Schafhirte brachte seine Herde bis hier herauf. Daß es an diesem Ort spuken sollte, verschwieg Spartacus seinen Gefährten.

Mehrere Stunden lang überwachte er den Bau des Lagers. Er wies die Männer an, aus den Brettern der Gefängniskarren Hütten zu bauen, während die Frauen sich um das Essen kümmerten. Doch als die Sonne im Westen hinter dem Rand der Senke verschwunden war, rief er alle wieder zusammen.

»Crixus und Oenomaus, stellt euch rechts und links von mir auf«, befahl er, »und du, Aluso, Anführerin der Frauen, unsere Priesterin und meine Gefährtin, setze dich hier zu meinen Füßen. Alle anderen mögen sich mir gegenüber lagern.«

Er wartete, bis sich die Gruppe niedergelassen hatte, dann sprang er auf einen Felsen.

»Im Augenblick sind wir frei, doch vergessen wir nicht, daß wir nach dem Gesetz Sklaven sind. Wir haben unsere Aufseher und unseren Besitzer getötet, und wenn die staatlichen Behörden von unserem Ausbruch erfahren, wird die Jagd auf uns eröffnet. Nie zuvor hatten wir die Möglichkeit, uns als eine Gemeinschaft zu versammeln und über unsere Ziele und unsere Zukunft frei zu sprechen.«

Er holte tief Atem. »Zuallererst möchte ich klarstellen, daß ich niemanden, weder Mann noch Frau, gegen seinen Willen hierbehalten werde. Wer also seinen eigenen Weg gehen will, hat die Freiheit, jederzeit zu gehen, wohin er will. Ich verlange auch keine Gelöbnisse, niemand soll mir feierlich Gefolgschaft schwören. Wir waren alle Gefangene, wir haben Ketten getragen, keiner hat die Vorrechte genossen, die den Freien vor dem Sklaven auszeichnen. Die Frauen waren gezwungen, sich wie gemeine Huren hinzugeben. Ich werde daher nichts tun, um euch an mich zu binden.«

Er machte eine ausholende Bewegung mit der Hand. »Was ihr hier seht, ist nur ein vorübergehendes Lager. Früher oder später müssen wir es verlassen, denn man hat unseren Aufstieg gewiß beobachtet, und die Kunde von unseren Taten wird sich schnell verbreiten.«

Ein Gladiator aus der ersten Reihe – Spartacus kannte seinen Namen nicht – meldete sich zu Wort.

»Ich sehe voraus, daß man uns verfolgen und stellen wird«, sagte der Mann stirnrunzelnd. »Wäre es da nicht besser, sich gleich zu trennen? Wenn wir uns in alle Richtungen verstreuen, werden wenigstens einige entkommen. Wenn wir aber zusammenbleiben, werden wir auch zusammen gefangen.«

Spartacus nickte. »Was du sagst, ist nicht falsch. Dennoch bin ich nicht deiner Ansicht. Warum? Nun, hauptsächlich, weil wir kein Geld haben. Außerdem haben wir keine anderen Kleider als die, mit denen uns Batiatus ausgestattet hat und in denen uns sofort jeder erkennt. Schließlich können wir uns nur auf unsere Waffen verlassen, daher wäre es gefährlich, auseinanderzugehen. Batiatus hatte kein Geld in der Villa, nicht einen Sesterz. Aber Geld brauchen wir zum Überleben, deshalb müssen wir zusammenbleiben, bis wir uns welches beschafft haben.«

»Wie sollen wir das machen?« fragte derselbe Mann.

Spartacus antwortete ihm zuerst mit einem traurigen, aber gewinnenden Lächeln. »Ich weiß es nicht«, sagte er ganz offen. »Wären wir in Rom, könnten wir jemanden ausrauben. Aber wir sind in der Campania, hier leben mißtrauische Bauern, die ihr Geld auf die Bank tragen oder es dort verstecken, wo es keiner findet.« Er breitete beschwörend die Arme aus. »Laßt mich schildern, wie ich mir unsere Zukunft vorstelle, dann kann sich jeder seine Gedanken darüber machen. Morgen um die gleiche Stunde versammeln wir uns wieder und stimmen ab.«

»Sprich, Spartacus«, ermunterte ihn Crixus.

Das Abendlicht wurde immer schwächer, aber Spartacus schien auf seinem Felsen die letzten Sonnenstrahlen auf sich zu versammeln. Er hatte ganz das Aussehen eines Mannes, der andere führen konnte: entschlossen, selbstsicher, stark und zuverlässig.

»Ihr kennt alle den Namen Quintus Sertorius«, begann er. »Ein Römer, der gegen einen Staat aufbegehrt, der Männer wie Batiatus hervorbringt. Er hat sich Spanien untertan gemacht und wird bald auf Rom marschieren. Dort wird er sich zum Diktator ausrufen lassen und dann den Staat von Grund auf erneuern. Wir wissen das, weil die Leute überall dort, wo wir als Gladiatoren aufgetreten sind, oft davon geredet haben. Wir wissen auch, daß viele Bürger in Italien, vor allem aber die Samniter, Sertorius gern an der Spitze des Staates sehen würden.«

Er fuhr mit der Zunge über seine trockenen Lippen, dann sprach er weiter. »Ich weiß, was ich tun werde! Ich gehe nach Spanien und trete an Quintus Sertorius' Seite. Doch wenn irgend möglich, will ich mit einer Armee zu ihm gehen – einer Armee, die bereits Schläge gegen das Rom Sullas und seiner Nachfolger ausgeteilt hat. Ich lasse die Werbetrommel unter Samnitern, Lucanern und allen anderen italischen Bundesgenossen rühren, die ihre Hoffnung auf ein neues Rom setzen und dem Verlust ihres Erbes nicht tatenlos zusehen wollen. Ich nehme auch die Sklaven aus der Campania in unsere Reihen auf und biete ihnen die vollen Bürgerrechte im Rom des Quintus Sertorius an. Wir verfügen über mehr Waffen, als wir tragen können, es sei denn, wir werben mehr Männer an. Sollte Rom Truppen gegen uns schicken, vernichten wir sie und nehmen ihnen Waffen und Ausrüstung ab!«

Er versuchte, feste Haltung anzunehmen. »Ich habe nur mein Leben zu verlieren, und ich habe mir geschworen, nie wieder solch ein Dasein zu fristen, wie Batiatus es mir aufgenötigt hatte. Ein Mensch – ja selbst ein Sklave! – muß das Recht haben, sich zu Gleichgesinnten zu gesellen und sich frei in der Welt zu bewegen. Gefangen zu sein ist schlimmer als der Tod. Nie wieder lasse ich mich einsperren!«

Er war so aufgewühlt, daß ihm die Tränen kamen. Hastig wischte er über sein Gesicht. »Ich bin ein Mensch und will eine Spur in dieser Welt hinterlassen! Ihr alle dürft das gleiche von euch behaupten! Wenn wir zusammenhalten und den Kern einer Armee bilden, können wir uns unserer Haut wehren und sogar mit unserem Kampf in die Geschichte eingehen. Wenn wir uns aber in alle Winde zerstreuen, muß jeder von uns nur laufen und nochmals laufen. Warum sollen wir wie die Hasen davonlaufen, wenn wir wie tapfere Soldaten marschieren können? Warum sollen wir uns nicht einen Platz im Rom des Quintus Sertorius verdienen, indem wir Italien auf seine Ankunft vorbereiten und ihm dann entgegengehen? Wir wissen, daß Rom nur wenige Legionen in Italien liegen hat. Wer von uns hat nicht die Bürger von Capua klagen hören, ihr Auskommen schwinde dahin, weil die Garnison vor der Stadt leer sei. Wer könnte unseren Vormarsch aufhalten? Ich bin einmal Militärtribun gewesen. Crixus, Oenomaus und viele andere von uns haben in Roms Legionen gedient. Verstehen Männer wie Lucullus oder Pompeius Magnus etwa mehr davon, Truppen auszuheben und eine Armee zu unterhalten, als ich oder Crixus oder Oenomaus oder jeder andere von uns? Es ist kein Hexenwerk, eine Armee zu unterhalten! Warum sollten wir also keine Armee bilden? Wir können Siege erringen! In Italien gibt es keine kampferprobten Truppen, die uns aufhalten könnten, nur ein paar Kohorten frischausgehobener Rekruten. Im Gegenteil, uns werden kriegserfahrene Soldaten zuströmen, die Samniter und Lucaner, die für ihre Unabhängigkeit von Rom gekämpft haben. Und in unserer Mitte werden wir die Neulinge ausbilden, die ebenfalls zu uns stoßen. Kann nicht auch ein Sklave Mut und Tapferkeit im Krieg beweisen? Mehr als einmal haben Heere von Unfreien Rom an den Rand der Niederlage gebracht, und sie sind am Ende nur deshalb geschlagen worden, weil ihre Führer nichts von römischer Kriegführung verstanden. An ihrer Spitze standen keine Römer!«

Spartacus erhob seine mächtigen Arme, ballte die Hände zur Faust und schüttelte sie. »Ich werde an der Spitze unserer Armee stehen! Und ich werde uns zum Sieg führen! Mit dem Siegerlorbeer geschmückt und mit Rom zu unseren Füßen, werden wir vor Quintus Sertorius treten!« Er ließ die Arme sinken. »Denkt über meine Worte nach, mehr verlange ich nicht.«

Die kleine Schar der Gladiatoren und Frauen sagte nichts, als Spartacus von seinem Felsen sprang, doch alle auf ihn gerichteten Augen leuchteten. Aluso lächelte ihm aufmunternd zu.

»Morgen stimmen sie für dich«, sagte sie.

»Ja, das glaube ich auch.«

»Dann komm mit mir zur Quelle. Sie muß gereinigt werden, wenn sie das lebensspendende Naß für viele sein soll.«

Spartacus verstand zwar nicht, was Aluso tat, aber er empfand einen heiligen Schauder, als er sah, über welche geheimen Kräfte sie gebot. Nachdem sie mehrere Beschwörungen gemurmelt und mit Batiatus' abgetrennter Hand an der bröckelnden Wand gegraben hatte, aus der die heiße, übelriechende Quelle sprudelte, brach plötzlich ein zweiter Strahl hervor: ein kühles, süßes, labendes Wasser.

»Das ist ein gutes Zeichen«, sagte Spartacus.

Innerhalb von zwanzig Tagen waren tausend Freiwillige zu dem Lager in der Senke nahe des Vesuvgipfels geströmt. Für Spartacus blieb es ein Rätsel, wie rasch sich die Kunde verbreitet hatte, denn er hatte noch keine Werber in die umliegende Gegend entsandt. Etwa ein Zehntel der Neuankömmlinge, die in Spartacus' Armee aufgenommen werden wollten, waren entflohene Sklaven, aber die große Mehrheit bildeten Freie samnitischer Abstammung. Nola lag nicht weit entfernt, und Nola haßte Rom. Nicht anders war es mit Pompeji, Neapolis und den anderen italischen Stämmen, die Sulla bis aufs Blut bekämpft hatten, erst im Bundesgenossenkrieg und dann für Pontius Telesinus. Rom mochte glauben, es habe Samnium ein für allemal besiegt. Aber Spartacus, der einen samnitischen Namen nach dem anderen in seine Liste schrieb, hatte gute Gründe anzunehmen, daß erst dann von einem vollständigen Sieg die Rede sein konnte, wenn der letzte Samnite nicht mehr am Leben war. Viele kamen in Rüstung und mit der Waffe in der Hand, kampferprobte Krieger, die ausspuckten, wenn Sullas Name fiel, oder die eine beschwörende Geste machten, um den Bösen Blick abzuwenden, wenn Cethegus und Verres erwähnt wurden, jene römischen Feldherren, die mordend und sengend durch die samnitischen Stammlande gezogen waren.

Am Morgen des letzten Tages im September kam Crixus zu Spartacus. »Ich muß dir etwas zeigen«, sagte er aufgeregt.

Spartacus, der gerade mit einer Hundertschaft Sklaven exerzierte, übergab das Kommando einem anderen Gladiator und ging mit Crixus, der ungeduldig an seinem Arm zog. »Worum geht es denn?« fragte Spartacus.

»Das mußt du mit eigenen Augen sehen«, antwortete Crixus. Er führte Spartacus zu einer Lücke in der Kraterwand, von wo aus sich ein Blick auf den nördlichen Hang des Vesuvs bot.

Zwei Samniter, die dort Wache hielten, waren in heller Aufregung. »Schaut!« sagte einer zu den Anführern.

Und Spartacus schaute. Unter ihm breitete sich auf etwa tausend Fuß eine öde Kraterlandschaft mit Felsen und Höhlen aus, daran schlossen sich regelmäßig angelegte Felder an. Dort unten aber wand sich eine Kolonne römischer Soldaten durch die Stoppelfelder. Sie wurde von vier Berittenen angeführt, deren attische Helme und beschlagene Rüstungen sie als Stabsoffiziere auswiesen. Drei ritten Seite an Seite voran, während der vierte, angetan mit der kunstvoll geknoteten, scharlachroten Schärpe des Imperiumsträgers, ihnen allein folgte.

»Aha! Nun haben sie schließlich doch einen Prätor geschickt!« höhnte Spartacus.

»Wie viele Legionen sind das da unten?« fragte Crixus besorgt.

Spartacus schaute ihn verdutzt an. »Legionen? Du hast doch in der Legion gedient, Crixus, also solltest du auch ihre Stärke schätzen können.«

»Das ist es ja gerade! In der Legion war ich, aber wenn man drin ist, hat man keine Vorstellung, wie sie von außen aussieht.«

Spartacus grinste. »Sei unbesorgt. Die da unten bringen es auf nicht mehr als eine halbe Legion – fünf Kohorten von der grünsten Sorte, der ich je begegnet bin. Schau nur, wie die marschieren, die können nicht einmal den richtigen Abstand zum Vordermann halten. Mehr noch, sie werden von einem Mann geführt, der genauso grün ist wie sie! Siehst du, wie er sich hinter seinen Legaten versteckt? Ein untrügliches Zeichen, denn ein zuversichtlicher Feldherr reitet stets voran.«

»Fünf Kohorten? Das sind wenigstens zweieinhalbtausend Mann.«

»Fünf Kohorten, die noch nie in einer Legion gedient haben, Crixus.«

»Ich lasse Alarm blasen.«

»Nein, bleib hier. Sie sollen glauben, daß wir sie nicht bemerkt haben. Wenn sie Hornsignale und Rufe hören, machen sie halt und lagern unten am Hang. Wenn sie aber meinen, sie hätten uns ein Schnippchen geschlagen, läßt der Grünschnabel an ihrer Spitze die Kolonne weitermarschieren, bis sie die felsige Gipfelregion erreichen, und dann merkt er erst, daß er dort kein Lager aufschlagen kann. Dann ist es zu spät, um wenden zu lassen und bergab zu marschieren. Die ganze Truppe muß sich dann in kleinen Gruppen gerade da niederlassen, wo sie Platz für die Nacht findet. Grüne Jungen! Wären sie am Fuß des Berges weiter nach Süden gegangen, wären sie auf den Feldweg gestoßen, der geradewegs zu unserem Lager führt.«

Bis es Abend wurde, wußte Spartacus durch Kundschafter, daß es sich bei dem Strafexpeditionskorps ohne jeden Zweifel um frische Rekruten handelte und daß der Feldherr ein Prätor namens Gaius Claudius Glaber war.

Tatsächlich hatte der Senat Glaber beauftragt, in Capua fünf Kohorten auszuheben, sich an die Fersen der Rebellen zu heften und sie dann in ihrer Höhle am Vesuv auszuräuchern.

Am folgenden Morgen gab es kein Strafexpeditionskorps mehr. In der Nacht hatte Spartacus Stoßtrupps die Felsen hinuntergeschickt, manche sogar an Seilen, um den Feind rasch und geräuschlos zu töten. So unerfahren waren diese Rekruten, daß sie ihre Rüstungen abgenommen, ihre Waffen zu Haufen zusammengelegt und sich dann um Lagerfeuer geschart hatten. Jedes Feuer verriet eindeutig, wo sich die einzelnen Gruppen zum Schlafen niedergelassen hatten. So unbedarft war aber auch Gaius Claudius Glaber, daß er dachte, das bergige Gelände sei ein besserer Schutz als ein nach den Regeln angelegtes Lager. Als schon bald der Morgen graute, merkten einige wachsame Legionäre, was um sie herum vorging, und schlugen Alarm. Panik brach aus.

Spartacus schlug nun mit Macht zu, sogar die Frauen wirkten als Fackelträger beim Generalangriff mit. Die Hälfte der Truppen Glabers fiel, die andere Hälfte floh, ließ aber Waffen und Rüstungen zurück. Allen voran flohen Glaber und seine drei Legaten.

Waffen und Ausrüstung für fast dreitausend Fußsoldaten wanderten in das Waffenlager am Vesuv. Spartacus befreite seine wachsende Armee von ihrer circensischen Aufmachung und kleidete sie in Legionärsrüstungen. Glabers Troß wurde den bereits vorhandenen Karren und Zugtieren zugeschlagen. Von nun an strömten scharenweise Freiwillige zu den Rebellen, die meisten davon ausgebildete Soldaten. Als Spartacus' Rekrutierungsliste fünftausend Mann zählte, hielt er den Zeitpunkt für gekommen, das Versteck am Vesuv zu verlassen und seine Armee in eine andere Gegend zu verlegen. Er wußte genau, wohin er gehen wollte.

Die beiden Prätoren Publius Varinius und Lucius Cossinius waren mit zwei Legionen Rekruten aus der Garnison bei Capua unterwegs auf der Straße nach Nola, als vor ihnen ein gut befestigtes römisches Lager unweit der verwüsteten Villa Batiatus in Sicht kam. Der Oberbefehlshaber Varinius war ein erfahrener Feldherr und sein Stellvertreter Cossinius nicht weniger. Schon ein flüchtiger Blick auf die Legionäre ihrer Truppe hatte in ihnen die schlimmsten Befürchtungen geweckt; offenbar hatten die Männer ihre Ausbildung gerade erst begonnen. Als wäre die Aufgabe des Prätors nicht schon schwierig genug, herrschte windiges naßkaltes Wetter, und eine grippeartige Krankheit grassierte in den Reihen der Legionäre. Varinius erkannte beim Anblick der kunstgerecht angelegten Befestigungen neben der Straße nach Nola, daß sie nur den Rebellen gehören konnten. Zugleich wurde ihm klar, daß seine Truppen zu einem Angriff gegen eine solche Bastion nicht fähig waren. So ließ er seine Männer ein Lager in einiger Entfernung von dem der Rebellen anlegen.

Keiner kannte die Namen oder irgendwelche Einzelheiten über die Rebellen, außer daß sie aus der Gladiatorenschule des Gnaeus Cornelius Lentulus Batiatus ausgebrochen waren, dann am Vesuv Zuflucht gesucht und dort ihre Reihen mit Tausenden von unzufriedenen Samnitern, Lucanern und Sklaven aufgefüllt hatten. Von dem in Ungnade gefallenen Glaber kam die Nachricht, die Rebellen seien nun im Besitz der kompletten Ausrüstung seiner Legionen. Im übrigen müsse die Führung der Rebellenarmee in militärischen Dingen sehr beschlagen sein, denn seine fünf Kohorten seien nach allen Regeln der Kriegskunst aufgerieben worden.

Indessen schlossen Varinius und Cossinius aus den eingehenden Berichten ihrer Kundschafter, daß sich die Stärke der Rebellentruppen nur auf etwa fünftausend Mann belief und daß sich auch zahlreiche Frauen darunter befanden. Varinius schöpfte wieder Mut und ließ seine beiden Legionen tags darauf in Gefechtsbereitschaft versetzen. Er konnte sich in der Gewißheit wiegen, daß seine frisch ausgehobenen Legionen, mochten sie auch durch Krankheit geschwächt sein, zahlenmäßig dem Gegner doch weit überlegen waren.

Nach der Schlacht wußte Varinius nicht, ob er seine Niederlage eher auf das blanke Entsetzen zurückführen sollte, in das seine Männer beim Anblick der Rebellen geraten waren, oder auf die grassierende Krankheit, die vielen Soldaten so zusetzte, daß sie die Waffen niederlegten und behaupteten, sie könnten einfach nicht kämpfen. Am härtesten traf den Prätor aber, daß Cossinius bei dem Versuch gefallen war, eine Gruppe von Soldaten, die desertieren wollten, wieder in die Linien der Legion zurückzuholen. Außerdem war ein großer Teil der Legionärsausrüstungen auf dem Schlachtfeld verlorengegangen. An eine Verfolgung der Rebellen, die zurück in ihr Lager eilten, war gar nicht zu denken. Der starke Regen hielt unvermindert an. Varinius ließ seine völlig durchnäßten und von allem Kampfgeist verlassenen Truppen kehrtmachen und nach Capua marschieren. Dort verfaßte er seinen Kriegsbericht an den Senat, wobei er weder sich selbst noch die Senatoren schonte. Sein Schreiben gipfelte in dem Satz, daß es in Italien zur Zeit keine kampferprobten Truppen gebe – ausgenommen die Armee der Rebellen.

Er konnte endlich auch den Feind mit Namen nennen: Spartacus, ein thrakischer Gladiator.

Sechs Wochen widmete sich Varinius der Ausbildung seiner erbarmungswürdigen Soldaten. Die Mehrzahl war zwar aus der Schlacht mit dem Leben davongekommen, aber ob sie auch die immer noch grassierende Grippe überstehen würden, schien fraglich. So mußte er auf die Dienste einiger Zenturionen aus Sullas Zeiten zurückgreifen. Sie ließen sich zwar für die Ausbildung der Rekruten anwerben, waren aber nicht bereit, sich zu einem weiteren Feldzug zu verpflichten. Der Senat hielt es für angebracht, vier weitere Legionen auszuheben. Rom schickte ihm einen vierten Prätor aus der achtköpfigen Gruppe dieses Jahres: Publius Valerius sollte Varinius als Legat zur Seite stehen. Nachdem der erste geflohen, der zweite gefallen und der dritte besiegt war, hatte der vierte Prätor kein leichtes Los.

Ende November hielt Varinius seine Männer für ausreichend gedrillt, um im Kampf bestehen zu können, und ließ sie von Capua aus auf Spartacus' Lager marschieren. Zu seiner Verblüffung war das Lager aber leer. Spartacus hatte seine Rebellenarmee still und leise abgezogen: ein weiterer Beweis dafür, daß dieser Thraker, der kein Thraker war, die Kriegskunst wie ein römischer Feldherr verstand. Varinius' Truppen blieben weiterhin von Krankheit verfolgt. Während er die gelichteten Reihen seiner beiden Legionen nach Süden führte, mußte er mit ansehen, wie ganze Kohorten nicht Schritt halten konnten. In dieser Not versprachen ihre Zenturionen, zum Gros des Heeres wieder aufzuschließen, sobald es den Männern bessergehe. Bei Picentia holte er die Rebellen kurz vor der Furt über den Silarus ein. Nun aber stellte er fest, daß Spartacus' Legion zu einer regelrechten Armee angewachsen war. Vor weniger als zwei Monaten zählten dessen Truppen fünftausend Mann, und nun waren sie auf fünfundzwanzigtausend angeschwollen! Da an Angriff nicht zu denken war, mußte Varinius tatenlos zusehen, wie der plötzlich imponierend starke Gegner den Silarus durchquerte und auf der Via Popillia nach Lucanien marschierte.

Varinius und sein Legat Valerius warteten, bis die kranken Kohorten ihren Rückstand aufgeholt hatten und auch die ihnen verbliebenen Männer wieder bei Kräften waren. Dann wurde ein Kriegsrat abgehalten.

»Die Frage lautet«, sagte Valerius, »ob wir den Gegner trotz unserer zahlenmäßigen Unterlegenheit jetzt angreifen sollen oder ob wir den Winter über unsere Truppen soweit verstärken können, daß es klüger scheint, die Auseinandersetzung bis in das Frühjahr hinein zu verschieben.«

»Ich glaube, wir haben gar keine Wahl«, entgegnete Varinius. »Wir müssen ihnen jetzt auf den Fersen bleiben, denn bis zum Frühjahr haben sie womöglich ihre Truppenstärke nochmals verdoppelt. Vor allem dürfte jeder neue Mann, der zu ihnen stößt, ein kriegserfahrener Lucaner sein.«

Varinius und Valerius setzten daher die Verfolgung fort, obgleich sie sahen, daß Spartacus die Via Popillia verlassen hatte und geradewegs in die unwegsamen Regionen der Lucaner Berge zog. Acht Tage lang folgten sie ihm, ohne mehr zu entdecken als alte Spuren ihres Feindes; dennoch legten sie jeden Abend ein befestigtes Lager an. Das war zwar anstrengend, aber ein Gebot der Vorsicht.

Auch am neunten Abend begannen die Männer die Schanzarbeiten wie üblich unter Murren. Sie hatten noch nicht lange genug in der Legion gedient, um die Notwendigkeit eines befestigten Lagers einzusehen. Da brach plötzlich Spartacus' Angriff los. So überrascht waren Varinius' auch zahlenmäßig unterlegene Truppen, daß sie ihr Heil in der Flucht suchten. Ihr Befehlshaber ließ neben dem Großteil seiner Männer auch sein prächtiges, mit einer kostbaren Schabracke geschmücktes Staatspferd zurück. Mit achtzehn Kohorten war er aus Capua ausgezogen, mit fünf kehrte er aus Lucanien zurück. Gemeinsam mit Valerius überquerte er den Silarus und ließ, ehe er weiter in die Campania marschierte, seine verbliebenen Kohorten unter dem Befehl des Quästors Gaius Toranius zur Sicherung der Furt zurück.

Die beiden Prätoren eilten nach Rom und bedrängten den Senat, so rasch wie möglich weitere Truppen bereitzustellen. Die Lage wurde mit jedem Tag ernster, doch da Lucullus und Marcus Cotta im Osten und Pompeius in Spanien bereits große Armeen unterhielten, waren die Senatoren der Ansicht, daß weitere Truppenaushebungen nur Verschwendung von Zeit und Geld seien. Das Reservoir an waffenfähigen Männern in Italien sei erschöpft. Im Januar trafen Berichte ein, Spartacus habe Lucanien mit vierzigtausend Mann, aufgeteilt in acht Legionen, verlassen. Die Rebellen hätten die am Silarus Wache haltenden fünf Kohorten des Gaius Toranius aufgerieben und bis auf den letzten Mann getötet. Auch Toranius sei gefallen. Weiter hieß es, die Campania sei nun in Spartacus' Hand. Er versuche, Städte mit samnitischer Bevölkerung zur Übergabe zu bewegen, indem er sie auffordere, sich für ein freies Italien zu entscheiden.

Erst jetzt erhielten die Beamten des Schatzamtes Weisung, nicht weiter über das Loch in der Staatskasse zu lamentieren, sondern Geldquellen ausfindig zu machen, um Veteranen erneut zum Dienst in der Legion anzuwerben. Der Prätor Quintus Arrius, der eigentlich Gaius Verres als Statthalter von Sizilien hätte ablösen sollen, wurde eilends nach Capua geschickt, um dort ein aus vier Legionen bestehendes Heer mit möglichst vielen Veteranen auszuheben. Die beiden neuen Konsuln Lucius Gellius Poplicola und Gnaeus Cornelius Lentulus Clodianus wurden mit dem Oberbefehl über die neuen Truppen im Krieg gegen Spartacus betraut.

Von diesen Rüstungsanstrengungen erfuhr Spartacus erst nach und nach, als er wieder in der Campania war. Auch seine Armee wuchs immer noch; neue Kohorten wurden während des Vormarsches ausgebildet und in die bestehenden Legionen eingegliedert.

Es war ein schmerzlicher Verlust, daß Oenomaus bei dem erfolgreichen Angriff auf das Lager des Varinius und Valerius gefallen war, aber Crixus stand nach wie vor seinen Mann, und andere fähige Truppenführer traten in Erscheinung. Das Staatspferd, das einmal Varinius gehört hatte, schien wie geschaffen für einen Anführer. Spartacus küßte es jeden Morgen und kämmte ihm die lange Silbermähne, ehe er sich auf seinen Rücken schwang; er nannte es Batiatus.

Im sicheren Glauben, daß sich Städte wie Nola und Nuceria ihm anschlössen, hatte er seine Gesandten zu den Magistraten geschickt. Sie sollten ihnen erst seine Absicht darlegen, an der Seite von Quintus Sertorius für eine neue Republik in Italien zu kämpfen, und sie dann um Unterstützung in Form von Truppen, Nahrungsvorräten und Geld bitten. Die Antwort fiel anders aus als erwartet, denn keine Stadt in der Campania oder anderswo wollte den Kampf des Quintus Sertorius und des ehemaligen Gladiators Spartacus unterstützen.

»Wir sind keine Freunde der Römer«, sagten die Magistraten von Nola, »und wir sind stolz darauf, ihnen länger als jede andere Stadt in Italien widerstanden zu haben. Doch mit dem Widerstand ist es vorbei, für immer. Unser Wohlstand ist dahin, die Blüte unserer Jugend ist gefallen. Wir werden nicht an eurer Seite gegen Rom kämpfen.«

Als aus Nuceria die gleiche Antwort kam, trat Spartacus mit Crixus und Aluso zu einem Kriegsrat zusammen.

»Plündere sie«, sagte die thrakische Priesterin. »Lehre sie, daß es klüger ist, auf unserer Seite zu stehen.«

»Ich bin derselben Ansicht«, pflichtete auch Crixus bei, »allerdings aus anderen Gründen. Wir verfügen über vierzigtausend Mann, über genügend Waffen und Rüstungen, um jeden einzelnen damit auszustatten, und über reichliche Nahrungsvorräte. Aber das ist auch alles. Es ist schön und gut, unseren Männern ein Leben in Ehren und Wohlstand unter der Regierung des Quintus Sertorius zu versprechen, aber besser wäre es, wir könnten ihnen jetzt schon etwas von diesem Wohlstand geben. Wenn wir jede Stadt plündern, die sich uns nicht anschließen will, versetzen wir alle anderen Städte, die noch auf unserem Weg liegen, in Angst und Schrecken, und obendrein stellen wir unsere Soldaten zufrieden. Frauen und Beute – jedem Soldaten lacht das Herz, wenn er den Befehl zur Plünderung hört!«

Spartacus war in gereizter Stimmung wegen der abschlägigen Antworten, die er bisher erhalten hatte. Daher entschloß er sich rasch. »Gut. Wir stürmen Nuceria und Nola. Sag den Männern, sie sollen keinen Pardon geben.«

Die Männer hielten sich an den Befehl. Das Ergebnis fiel so überzeugend aus, daß Spartacus von nun an in Plünderungen nur Vorteile sah. In Nuceria und Nola erbeuteten seine Männer Geld und Schätze, Nahrungsvorräte und Frauen. Wenn die Plünderungen weiter so ergiebig blieben, würde er vor Quintus Sertorius nicht nur mit einer Armee, sondern auch mit einer großen Kriegsbeute aufwarten können. Dann aber sprach alles dafür, daß Quintus Sertorius, der Diktator von Rom, den Verbündeten Spartacus, den thrakischen Gladiator, zu seinem *tribunus militum* machen würde.

Spartacus mußte daher bestrebt sein, über eine möglichst große Kriegsbeute zu verfügen, ehe er Italien verließ. Seine Armee war immer noch sehr begehrt. Aus ganzen Distrikten baten Männer um Aufnahme und berichteten, daß es in Teilen von Lucanien, Bruttium und Calabria noch reiche Beute zu machen gebe, da diese Gegenden vom Bundesgenossenkrieg verschont geblieben waren. Die Rebellen zogen daher von der Campania nach Süden und plünderten erst Cosentia in Bruttium, dann Thurii und Metapontum am Golf von Tarentum. Zu Spartacus' großer Freude bargen alle drei Städte unerhörte Reichtümer.

Spartacus hatte Aluso Silber gegeben, um damit den skarifizierten Schädel des Batiatus zu verzieren. Doch nun befahl er ihr, das Silber auf den nächsten Abfallhaufen zu werfen und statt dessen Gold zu verwenden. Wie in den Beutezügen ein unbestreitbarer Reiz lag, so ging für ihn auch von Aluso ein unwiderstehlicher Reiz aus. Sie dachte zwar wie eine Barbarin, aber sie verfügte über Zauberkräfte und brachte ihm Glück. Solange er Aluso an seiner Seite hatte, war er einer von Fortunas Günstlingen.

Ja, sie besaß Zauber. Sie konnte Wasser aufspüren, sie ahnte drohendes Unheil voraus, und sie gab ihm stets den richtigen Rat. Wenn er die Frau, die mit seinem Kind schwanger ging, betrachtete – ihren vollen roten Mund, der so lebhaft mit dem flachsblonden Haar und den wilden grauen Wolfsaugen kontrastierte, ihre Fesseln und Handgelenke, an denen stets Goldreife klimperten –, dann schien sie die vollkommene Frau für ihn zu sein. Er dachte das nicht zuletzt deswegen, weil sie aus Thrakien kam und er ein Thraker geworden war. Sie gehörten zusammen; sie war für ihn das Sinnbild seines neuen, atemberaubenden Lebens.

Anfang April marschierte er in den Osten Samniums ein. Zumindest hier glaubte er Verbündete unter den Städten zu finden. Aber Asernia, Bovianum, Beneventum und Saepinum schlugen sein Angebot aus; keine dieser Städte wollte ihm ihre Tore öffnen. Obendrein lohnte sich keine Plünderung, denn Verres und Cethegus hatten sie bereits früher ausgeraubt. Immerhin stießen weiterhin einzelne Samniter zu seiner Armee, die mittlerweile auf neunzigtausend Mann angeschwollen war.

Spartacus mußte feststellen, daß so viele Menschen nicht leicht zu führen waren. Wenn auch die Truppen in römische Legionen gegliedert und nach römischer Art bewaffnet waren, fehlten ihm doch eine ausreichende Zahl fähiger Legaten und Tribunen, welche die eiserne römische Disziplin trotz Entgleisungen der Soldaten, wie sie der Wein und der Streit um die Gunst der Marketenderinnen mit sich brachten, aufrechterhalten konnten. Deshalb hielt er die Zeit für gekommen, ins italische Gallien zu marschieren und von dort ins Spanien des Quintus Sertorius. Dabei wählte er nicht die Route westlich des Apennins – nichts zog ihn in die Nähe Roms –, sondern er wollte an der Adriatischen Küste hinauf durch Gegenden ziehen, die sich gegen die Vorherrschaft Roms auf der italienischen Halbinsel erbittert gewehrt hatten. Er rechnete damit, daß viele der Marruciner, Vestiner, Frentaner und Picenter sich ihm anschließen würden.

Aber Crixus wollte nicht nach Hispania Citerior gehen, genausowenig wie die dreißigtausend Mann, die seinem Befehl unterstellt waren.

»Warum sollen wir so weit ziehen?« fragte er. »Wenn es stimmt, was du über Quintus Sertorius erzählst, dann kommt er eines Tages selbst nach Italien. In diesem Fall ist es besser, wenn wir noch hier sind mit dem Fuß auf dem Nacken des besiegten Rom. Vom italischen Gallien bis Spanien sind es noch einmal ein halbes Tausend Meilen, und der Weg würde uns durch die Gebiete barbarischer Völker führen, die uns für Römer ansähen. Meine Männer und ich, wir sind gegen die Idee, Italien zu verlassen.«

»Wenn ihr Italien durchaus nicht verlassen wollt«, erwiderte Spartacus zornig, »dann bleibt eben im Land! Was kümmert mich das? Die Armee ist mit fast hunderttausend Mann sowieso zu groß, ich kann mich nicht um alle kümmern. Geh meinetwegen deinen eigenen Weg, Crixus, je eher, desto besser! Nimm deine dreißigtausend Schafsköpfe und werde glücklich in Italien!«

Während also Spartacus mit siebzigtausend Soldaten – sowie einem umfangreichen Troß und vierzigtausend Frauen, Säuglingen und Kindern – nach Norden zog und den Tifernus überqueren wollte, wandten sich Crixus und seine dreißigtausend Mann nach Süden in Richtung Brundisium.

Die Konsuln Gellius und Clodianus verließen etwa zur gleichen Zeit – es war Ende April – Rom mit dem Ziel Capua, wo ihre Truppen auf sie warteten. Quintus Arrius, der ehemalige Prätor, hatte dem Senat gemeldet, die vier neuen Legionen in Capua seien so gut ausgebildet, wie es eben ging; er könne zwar nicht die Hand dafür ins Feuer legen, daß sie sich in der Schlacht bewährten, aber er hoffe es.

Bei ihrer Ankunft in Capua erfuhren die Konsuln, daß sich Spartacus und Crixus getrennt hatten und Spartacus nun nach Norden zog. Sogleich wurde ein Kriegsplan geschmiedet. Quintus Arrius sollte mit einer Legion nach Süden marschieren und Crixus sofort stellen und vernichten; Gellius sollte die zweite Legion übernehmen und Spartacus auf den Fersen bleiben, bis Arrius zu ihm stoßen könne. Clodianus sollte mit den restlichen beiden Legionen in Eilmärschen erst an Rom vorbei und dann auf der Via Valeria nach Osten ziehen, um an der Adriatischen Küste von Norden her gegen Spartacus vorzurücken. Die beiden Konsuln könnten dann Spartacus in die Zange nehmen.

Wenige Tage später kamen gute Nachrichten von Quintus Arrius. Obwohl ihm der Feind zahlenmäßig fünffach überlegen war, hatte er mit seinen Legionären am Gebirgsmassiv des Garganus aus einem Hinterhalt heraus Crixus' undisziplinierte Rebellenhorden angegriffen. Ihr Anführer und alle dreißigtausend Männer blieben auf der Strecke: entweder waren sie im Kampf gefallen oder nach dem Sieg hingerichtet worden. Quintus Arrius machte keine Gefangenen.

Gellius hingegen hatte kein Kriegsglück. Was Arrius mit Crixus gemacht hatte, tat Spartacus mit ihm. Die Soldaten der einen Legion, über die Gellius gebot, hatten kaum die Übermacht des Feindes erkannt, da suchten sie ihr Heil auch schon in der Flucht. Das war das einzig Richtige, wie sich später herausstellte, denn alle, die sich dem Ansturm entgegenstellten, wurden niedergemetzelt. Außerdem flohen sie in voller Rüstung und nahmen auch ihre Waffen mit. Als dann Arrius später zu Gellius stieß, sammelten sie gemeinsam die verstreuten Truppen zusammen und verfügten wieder über ein wohlgerüstetes Heer, mit dem sie, zumindest in der Theorie, erneut gegen den Feind antreten konnten.

Spartacus ließ sich jedoch von der Taktik, die Arrius und Gellius nach ihrer Niederlage einschlugen, keineswegs beeindrucken. Er marschierte unverzüglich nach Norden und suchte die Schlacht mit Clodianus, von dessen Kriegslist er durch einen gefangengenommenen römischen Militärtribunen erfahren hatte. Bei Hadria an der Adriatischen Küste trafen die beiden Heere aufeinander. Clodianus erlitt das gleiche Schicksal wie Gellius. Seine Legionäre stoben in Panik auseinander. Spartacus, der Sieger auf zwei Schlachtfeldern, setzte seinen Marsch nach Norden fort, ohne auf weiteren Widerstand zu treffen.

Ungeachtet ihrer Niederlagen sammelten Gellius, Clodianus und Arrius ihre Truppen und stellten sich bei Firmum Picenum erneut zur Schlacht. Wieder mußten sie eine Niederlage hinnehmen. Spartacus zog weiter in den Ager Gallicus. Ende des Sextilis überquerte er den Rubicon und befand sich nun im italischen Gallien. Auf der Via Aemilia marschierte er nach Placentia in Richtung Westalpen.

Die Po-Ebene war eine fruchtbare, reiche Gegend. Hier gab es reichlich Futter für die mitgeführten Tiere, und in den Städten warteten volle Kornspeicher auf Truppen und Troß. Spartacus war dazu übergegangen, ausnahmslos alle Städte, die eine gute Beute versprachen, zu plündern. Mit dieser Taktik machte er sich und seine Truppen bei den Bewohnern des italischen Galliens nicht gerade beliebt.

Bei Mutina, auf halbem Weg zu den Alpen, traf die gewaltige

Rebellenarmee auf den Statthalter Gaius Cassius Longinus, der sich den Eindringlingen mit nur einer Legion entgegenstellte. So heldenhaft dieses Ansinnen auch war, es konnte nur mit einer Niederlage enden. Cassius' Legat Gnaeus Manlius kam zwei Tage später mit der zweiten Legion der Provinz auf das Schlachtfeld und wurde ebenfalls geschlagen. Beide Male hatten die Legionäre gekämpft und verloren, und das bedeutete für Spartacus, daß über zehntausend Rüstungen und Waffen in seine Hände fielen.

Der letzte Römer, mit dem Spartacus gesprochen hatte, war der römische Militärtribun gewesen, der vor einigen Monaten bei Gellius' erster Niederlage gefangen worden war. Weder bei Hadria noch bei Firmum Picenum hatte er Gellius, Clodianus oder Arrius zu Gesicht bekommen. Aber hier in Mutina hatte er nun zwei hochrangige römische Gefangene, Gaius Cassius und Gnaeus Manlius, in seiner Gewalt, und ihm gefiel der Gedanke, mit ihnen zu sprechen. Wurde es nicht Zeit, so dachte er, daß Mitglieder des Senats endlich mit dem Mann bekannt wurden, von dem ganz Italien redete? Sollte der Senat nicht endlich wissen, wer er war? Er hatte durchaus nicht die Absicht, Cassius und Manlius zu töten oder in Gefangenschaft zu halten, vielmehr wollte er sie nach Rom zurückschicken, damit sie selber Bericht erstatteten.

Das hatte ihn jedoch nicht daran gehindert, seine hohen Gefangenen in Eisen legen zu lassen. Als sie ihm vorgeführt wurden, saß er, in eine makellose weiße Toga gekleidet, im Empfangssaal auf einem erhöhten Platz. Cassius und Manlius schauten ihn verblüfft an, und erst als er sie in einem Latein mit campanischer Färbung anredete, begriffen sie, mit wem sie es zu tun hatten.

»Du bist Italiker!« rief Cassius.

»Nein, Römer«, verbesserte ihn Spartacus.

Ein Cassius war nicht so leicht zu beeindrucken. Dieses Patriziergeschlecht blickte auf eine stolze kriegerische Tradition zurück, und wenn auch einmal ein Cassius einen militärischen Fehler begangen haben mochte, so war doch keiner von ihnen je vor dem Feind weggelaufen. Auch dieser Cassius erwies seinem Geschlecht alle Ehre, denn er hob einen seiner in Ketten gelegten Arme, ballte die Hand zur Faust und drohte dem großen, stattlichen Mann.

»Befreie mich von diesen entwürdigenden Ketten, dann bist du bald ein toter Römer!« stieß er hervor. »Ein Deserteur aus der

Legion bist du, stimmt's ? Einer, den man als Thraker in die Arena geführt hat!«

Spartacus errötete. »Ich bin kein Deserteur«, sagte er aufgebracht. »Vor dir steht ein Militärtribun, der wegen angeblicher Meuterei in Illyrien zu Unrecht verurteilt worden ist. Du findest deine Ketten entwürdigend? Was glaubst du wohl, wie ich meine Ketten empfunden habe, als ich in die Gladiatorenschule dieses Unmenschen Batiatus gesteckt wurde? Deine Ketten gegen meine Ketten, Prokonsul Cassius!«

»Töte uns, dann haben wir es hinter uns«, sagte Cassius.

»Dich töten? O nein, mit dir habe ich etwas Besseres vor«, sagte Spartacus jetzt höhnisch. »Ich schicke dich nach Rom. Dort wirst du dem Senat berichten, wer ich bin und wohin ich gehe, weiterhin, was ich tun werde, einmal dort angekommen, und schließlich, was ich sein werde, wenn ich zurückkomme.«

Manlius machte Anstalten zu antworten; Cassius warf ihm einen zornigen Blick zu, worauf er es unterließ.

Cassius schäumte. »Wer du bist? – Ein Meuterer. Wohin du gehst? – Ins Verderben. Was du tust, einmal dort angekommen? – Ein Fraß für die Würmer. Was du sein wirst, wenn du zurückkommst? – Ein seelenloser Schatten. Das werde ich dem Senat mit Freuden berichten!«

»Wenn du schon dabei bist, dann erzähle dem Senat auch gleich das noch«, fauchte Spartacus, sprang auf und riß sich die Toga vom Leib; er trat mit den Füßen danach wie ein Hund, der mit den Hinterläufen seinen Kot wegscharrt, dann beförderte er sie mit einem Fußtritt vom Podium. »Auf mein Kommando hören achtzigtausend Mann, die wie römische Legionäre ausgerüstet und ausgebildet sind. Die meisten von ihnen sind Samniter und Lucaner, aber sogar die Sklaven, die in meiner Armee dienen, sind tapfere Männer. Meine Kriegsbeute ist mehrere Tausend Talente wert. Jetzt bin ich auf dem Weg zu Quintus Sertorius in Hispania Citerior. Gemeinsam werden wir Roms Legionen und Feldherren in beiden Teilen Spaniens vernichtende Niederlagen beibringen, und anschließend kommen Quintus Sertorius und ich nach Italien zurück. Dann hat für dein Rom die letzte Stunde geschlagen, Prokonsul! Noch vor Ende des nächsten Jahres ist Quintus Sertorius römischer Diktator und ich sein *tribunus militum!*«

Cassius und Manlius hörten sich Spartacus' Tirade mit wechselnden Gefühlen an, die sich in rascher Folge auf ihren Gesichtern malten – Wut und Schrecken, Staunen und Verstörtheit –, aber als sie sicher waren, daß er geendet hatte, zeigten sie sich auf einmal höchst belustigt! Beide warfen den Kopf in den Nacken und lachten aus voller Kehle.

Spartacus stand da und fühlte, wie ihm die Schamröte ins Gesicht stieg. Was fanden sie nur so lustig an seiner Rede? Lachten sie über seine Kühnheit? Hielten sie ihn schlicht für verrückt?

»Oh, du Narr!« sagte Cassius, als er, noch mit Tränen des Lachens in den Augen, wieder zu sich kam. »Du Bauerntölpel! Hast du denn keine Spione? Natürlich nicht! Du kannst einem römischen Kommandanten nicht das Wasser reichen! Worin unterscheidet sich denn deine Horde von den Horden der Barbaren? In nichts, das ist die schlichte Wahrheit. Ich kann es schier nicht glauben, daß du es noch nicht mitbekommen hast, aber du scheinst es wirklich nicht zu wissen!«

»Was denn?« fragte Spartacus, leichenblaß. Auf den Hohn in Cassius' Stimme und die Beschimpfungen, mit denen er ihn belegte, hatte er keinen Zorn gezeigt, sondern alles in ihm wich einem überwältigenden Gefühl: Angst.

»Sertorius ist tot! Letzten Winter ist er von seinem eigenen Legaten Perperna ermordet worden. Es gibt keine Rebellenarmee in Spanien mehr, nur noch die siegreichen Legionen des Metellus Pius und des Pompeius Magnus. Sie werden bald nach Italien zurückkehren und dir mitsamt deiner ganzen Barbarenhorde den Garaus machen!« Cassius bekam einen neuen Lachanfall.

Spartacus ertrug dieses Gelächter nicht länger; er hielt sich mit beiden Händen die Ohren zu und lief aus dem Saal geradewegs zu Aluso.

Sie, die Spartacus mittlerweile einen Sohn geschenkt hatte, fand keine tröstenden Worte für ihn. Er griff nach seinem roten Feldherrenmantel, der auf dem Sofa lag, verbarg den Kopf darin und überließ sich den Tränen.

Erst nach einer Weile konnte er wieder sprechen. »Was soll ich tun?« fragte er sie, während er seinen Oberkörper vor und zurück wiegte. »Ich habe eine Armee ohne Kriegsziel und ein Volk ohne Heimat!«

Aluso kauerte am Boden, die Knie weit auseinander, vor sich ihre Trinkschale, die losen Fingerknochen und Batiatus' schauerlich zugerichtete Hand. Sie schlug mit der Hand nach den Knochen, schaute gebannt auf ihr Muster und murmelte dabei vor sich hin.

»Roms großer Feind im Westen ist tot«, sagte sie schließlich, »aber Roms großer Feind im Osten lebt noch. Die Knochen sagen, daß wir uns mit Mithridates verbünden müssen.«

Warum, so fragte sich Spartacus, war er nicht selber darauf gekommen? Er warf den Feldherrenmantel fort und schaute Aluso aus großen tränenfeuchten Augen an. »Mithridates, natürlich! Wir überqueren die Ostalpen, marschieren durch Illyrien und Thrakien und vereinen unser und sein Heer in Pontus.« Er wischte sich die Nase mit der Hand, schniefte und schaute Aluso fest an. »Thrakien ist deine Heimat, Aluso. Willst du lieber dort bleiben?«

Sie zog nur verächtlich die Nase kraus. »Mein Platz ist an deiner Seite, Spartacus. Die Besser sind ein besiegtes Volk. Kein Volksstamm auf der ganzen Erde ist stark genug, um Rom auf Dauer zu widerstehen, nur ein großer König wie Mithridates. Nein, Spartacus, wir bleiben nicht in Thrakien, sondern verbünden uns mit König Mithridates.«

Ein gewaltiges Heer wie Spartacus' Rebellenarmee brachte es mit sich, daß es unmöglich war, zu allen Mitgliedern direkt sprechen zu können. Spartacus ließ die große Menschenmenge um sich sammeln, so gut es ging, und bemühte sich nach Kräften, allen Männern und Frauen verständlich zu machen, warum sie nun kehrtmachen und auf der Via Aemilia nach Bononia marschieren und von dort aus auf der Via Annia in nordöstlicher Richtung nach Aquileia und Illyrien weiterziehen würden. Manche verstanden ihn, aber viele verstanden ihn auch nicht, teils weil sie Spartacus nicht selbst gehört, sondern nur eine Darstellung aus zweiter Hand bekommen hatten, teils weil sie die Furcht vieler Italiker vor dem östlichen Despoten teilten. Quintus Sertorius war ein Römer. Mithridates hingegen war ein Barbar, der Säuglinge schlachtete und alle versklaven würde.

Der Zug setzte sich wieder in Bewegung, diesmal nach Osten. Als Bononia näher rückte, wuchs der Unmut unter den Soldaten und dem ganzen Troß. Wenn Spanien schon weit weg war, was war dann erst Pontus? Viele Samniter und Lucaner, die den Großteil der Armee ausmachten, sprachen Oskisch und Lateinisch, aber schlecht oder überhaupt nicht Griechisch. Wie sollten sie sich ohne Griechisch in einem Land wie Pontus verständigen?«

Bei Bononia trat eine hundertköpfige Abordnung von Legaten, Tribunen, Zenturionen und einfachen Soldaten vor Spartacus.

»Wir wollen Italien nicht verlassen«, erklärten sie.

»Wenn es so ist, lasse ich euch auch nicht im Stich«, erwiderte Spartacus, der sich seine große Enttäuschung verbiß. »Ohne mich bleibt ihr nicht beieinander, und dann würden euch die Römer alle niedermetzeln.«

Die Abordnung war kaum gegangen, da eilte er wie immer zu Aluso. »Ich bin besiegt, Aluso, aber nicht von einem äußeren Feind, nicht einmal von Rom. Meine eigenen Männer sind zu furchtsam, sie verstehen einfach nicht.«

Die Knochen, aus denen sie die Zukunft las, verhießen nichts Gutes. Sie zerstreute sie ärgerlich, dann schob sie sie wieder zu einem Haufen zusammen und steckte sie in ihren Beutel. Was sie aus ihnen las, würde sie nicht verraten. Es gab eben Dinge, die besser in den Herzen der Frauen verborgen blieben, die der Erde näher waren als die Männer.

»Dann gehen wir nach Sizilien«, sagte sie. »Die Sklaven in diesem Teil des Römischen Reiches werden sich gewiß unserer Rebellion anschließen, wie sie sich schon zweimal gegen Rom erhoben haben. Vielleicht überlassen uns die Römer Sizilien sogar kampflos, wenn wir versprechen, ihnen genügend Korn zu einem günstigen Preis zu verkaufen.«

Aluso konnte ihre Unsicherheit nicht verbergen. Spartacus spürte es und spielte für einen Augenblick mit der Idee, seine Armee auf den Weg nach Süden zu schicken und auf der Via Cassia gegen Rom zu marschieren. Dann aber siegte doch die Vernunft, die aus Alusos Vorschlag sprach. Sie hatte wie immer recht. Der Ausweg konnte nur Sizilien heißen.

Wer zum Pontifex gewählt wurde, trat in den vornehmsten Kreis der politischen Macht in Rom. Das Augurenamt kam gleich danach, und in manchen Familien wurde dieses Amt ebenso eifersüchtig gehütet wie in anderen das Pontifikat, aber stets besaß der Pontifex dieses gewisse Etwas, das ihn vor allen anderen Priesterämtern auszeichnete. Gaius Julius Caesar wußte daher, daß er mit der Aufnahme ins Kollegium der Pontifices seinem höchsten Ziel, dem Konsulat, einen Schritt näher gekommen war. Damit hatte er sein Scheitern als Jupiterpriester mehr als wettgemacht. Keiner würde mit dem Finger auf ihn zeigen und behaupten, dieses Amt stehe ihm nicht zu, er hätte eigentlich Jupiterpriester sein sollen. Seine Stellung als kooptierter Pontifex war für jedermann ein deutliches Zeichen, daß er einen festen Platz im engsten Kreis der staatlichen Elite besaß.

Seine Mutter, das war ihm zu Ohren gekommen, verkehrte mit Mamercus und dessen Frau Cornelia Sulla und bewegte sich nun viel freier in den Kreisen der Nobilität, die sie früher wegen ihres Exils in der Subura gemieden hatten. Ihresgleichen hatten Respekt, ja Bewunderung für sie. Hätte seine Tante Julia nicht in dem Odium gestanden, mit Gaius Marius verheiratet gewesen zu sein, wäre ihr wohl mit zunehmendem Alter die Stellung einer neuen Cornelia, der Mutter der Gracchen, zugekommen. Alles deutete darauf hin, daß dieser Titel nun seiner Mutter zugesprochen würde. Sie speiste mit Frauen wie Hortensia, der Frau des Catulus, und Lutatia, der Frau des Hortensius, mit jungen verheirateten Frauen aus der feinen Gesellschaft wie Servilia – der Witwe eines Brutus und Gattin des Decimus Junius Silanus, mit dem sie zwei Töchter hatte, zusätzlich zu dem Sohn aus der Ehe mit Brutus – und mit mehreren Licinias, Marcias, Cornelia Sciones und Junias.

»Das ist wundervoll, aber warum tust du das, Mater?« fragte er mit einem Augenzwinkern.

Ihre Augen leuchteten, und ihr Lächeln zauberte kleine Grübchen in die Wangen. »Erwartest du etwa eine Antwort auf diese rhetorische Frage?« sagte sie nur. »Du weißt es genauso gut wie ich, Caesar. Du nimmst die Sprossen deiner Karriere immer rascher, und ich helfe dir dabei.« Sie räusperte sich. »Übrigens, den meisten dieser Frauen scheint jeder gesunde Menschenverstand abzugehen. Daher kommen sie gern mit ihren Sorgen zu mir.« Sie dachte nochmals über ihre Worte nach und verbesserte sich dann. »Alle bis auf Servilia. Sie steht mit beiden Füßen fest auf der Erde, und sie weiß, was sie will. Du solltest einmal ihre Bekanntschaft machen.«

Caesar gab sich schrecklich gelangweilt. »Danke Mutter, lieber nicht. Ich freue mich zwar über jeden kleinen Gefallen, den du mir tust, aber deswegen fühle ich mich noch nicht verpflichtet, an Damenkränzchen teilzunehmen. Die einzigen Frauen, die mich außer dir und Cinnilla interessieren, sind die Ehefrauen der Männer, die ich zum Hahnrei machen möchte. Da ich keinen Strauß mit Decimus Junius Silanus auszufechten habe, sehe ich nicht ein, warum ich mit seiner Frau Umgang pflegen sollte. Die Familie der Servilii ist doch unerträglich!«

»Die Frau ist durchaus nicht unerträglich«, sagte Aurelia, aber nicht mit dem Nachdruck, als hätte sie recht behalten wollen. Statt dessen wechselte sie das Gesprächsthema. »Wie mir scheint, hast du noch nicht an dein früheres Gesellschaftsleben angeknüpft.«

»Allerdings, weil ich es gar nicht will. Ich habe gerade noch genug Zeit, zu Marcus Fonteius nach Gallia Transalpina zu gehen und ihn auf einem kurzen Feldzug zu begleiten. Das werde ich auch tun. Nächstes Jahr im Juni bin ich wieder zurück und kandidiere für die Wahl zum Militärtribunen.«

»Das klingt vernünftig«, pflichtete sie ihm bei. »Wie ich höre, bist du zu einem Kriegsherrn ohnegleichen geworden. Nun könntest du dich endlich auch in einer offiziellen Stellung versuchen.«

Er zuckte zusammen. »Du hast eine spitze Zunge, Mater!«

Fonteius, der sich wie die meisten Statthalter jenseits der Alpen Massilia zum Stützpunkt gewählt hatte, war fest entschlossen, Caesar zehn Monate lang zu beschäftigen. Er hatte im Krieg gegen die Vocontier eine schlimme Beinverletzung erlitten. Nun machte ihn die Vorstellung ganz krank, alles bisher Erreichte wieder verlorengehen zu sehen, weil er nicht reiten konnte. Bei Caesars Ankunft gab er ihm daher sogleich den Befehl über die beiden Legionen der Provinz und trug ihm auf, den Feldzug entlang der Durance zu Ende zu führen. Fonteius selbst wollte sich um die Nachschublinien nach Spanien kümmern. Als dann die Nachricht von Sertorius' Tod eintraf, konnte der Statthalter aufatmen. Gemeinsam mit Caesar begab er sich in das Tal der Rhône zu einem Feldzug in die Siedlungsgebiete der Allobroger.

Fonteius und Caesar waren beide geborene Soldaten und kamen prächtig miteinander aus. Am Ende des zweiten Feldzugs fanden beide, daß nichts mehr Spaß mache als mit einem militärisch denkenden Kopf zusammenzuarbeiten. Caesar konnte nun auf seinem Rückweg nach Rom, den er wie üblich im Eiltempo zurücklegte, auf sieben Feldzüge zurückblicken – ihm blieben nur noch drei, um sein Soll zu erfüllen. Er hatte die Zeit in Gallien genossen, war es doch für ihn die erste Reise westlich der Alpen. Auch fiel ihm der direkte Umgang mit den Galliern nicht schwer, denn dank seinem alten Lehrer Marcus Antonius Gnipho, dank Cardixa und einigen anderen Bedienten aus dem Gefolge seiner Mutter sprach er mehrere gallische Mundarten. Die salluvischen und vocontischen Kundschafter, die glaubten, kein Römer sei in ihren Sprachen bewandert, verfielen gern in ihre gallische Mundart, wenn sie sich über Dinge unterhielten, die nicht für römische Ohren bestimmt waren. Caesar aber entging nichts von dem, was er eigentlich nicht wissen sollte, ohne sich je zu verraten.

Es war ein günstiger Zeitpunkt, um für die Wahl zum Militärtribun zu kandidieren. Da Spartacus mit seiner Rebellenarmee Rom bedrohte, würde Caesar seinen Dienst in den Legionen der Konsuln auf heimatlichem Boden leisten. Aber zuerst mußte er gewählt werden. Dazu mußte er sich, angetan mit der weißen Toga des Kandidaten, unter die Wählerschaft auf jedem Marktplatz und in jeder Basilika in Rom mischen. Auch das Volk unter den Arkaden, in den Handwerksgilden und Schulen, vor den Toren und Säulengängen durfte er nicht vernachlässigen. Da jährlich vierundzwanzig Militärtribunen von der Volksversammlung gewählt wurden, war es nicht besonders schwierig, gewählt zu werden, aber Caesar hatte sich ein höheres Ziel gesetzt: Er wollte der Kandidat sein, der die meisten Stimmen auf sich vereinigen konnte. Daher legte er sich in einer Weise ins Zeug, die den andern Kandidaten angesichts der geringen Bedeutung dieses Amtes übertrieben schien. Er nahm auch nicht die Dienste eines *nomenclators* in Anspruch, eines jener Männer, die ihre Gedächtniskunst anderen für Geld zur Verfügung stellten. Caesar war sein eigener *nomenclator*, er vergaß nie ein Gesicht oder den dazugehörigen Namen. Wer sich sofort erkannt und mit dem richtigen Namen angesprochen fand, obwohl mehrere Jahre seit der letzten Begegnung verflossen waren, mußte sein Gegenüber für einen höflichen und brillanten Zeitgenossen halten und ihm seine Stimme geben. Erstaunlicherweise vernachlässigten die meisten Kandidaten die Subura und sahen in ihr nur das Sammelbecken für den Abschaum, auf den Rom gut verzichten könnte. Caesar hingegen, der sein Leben lang in der Subura gewohnt hatte, wußte, daß es dort viele Menschen gab, die dem unteren Teil der Oberschicht, und viele, die den bestimmenden Kreisen der Plebs angehörten. Er kannte sie alle, und keiner von ihnen würde ihm seine Stimme versagen.

Tatsächlich stand er nach der Auszählung der Stimmen an der Spitze. Wie die anderen zwanzig neugewählten Quästoren würde er sein Amt am fünften Tag des Dezember und nicht am Neujahrstag antreten. Die Lose, die den Tribunen die Legion, in der sie Dienst tun sollten, zuwiesen, würden erst kurz vor seinem Dienstantritt gezogen. Daher konnte er auch schwerlich eine konsularische Legion besuchen, selbst Capua lag außerhalb seiner Reichweite. Ein bedrückender Umstand angesichts der militärischen Katastrophen in jenem Jahr.

Ende des Quinctilis war auch dem begriffsstutzigsten Senator klargeworden, daß die Konsuln Gellius und Clodianus den Vormarsch des Spartacus nicht aufhalten konnten. Mit Philippus an der Spitze, dem diese Aufgabe nicht leichtfiel, denn er gehörte wie die Konsuln zur Partei des Pompeius, brachte eine Abordnung des Senats den Konsuln schonend bei, daß ihnen der Oberbefehl im Krieg gegen Spartacus wieder entzogen werde. Man brauche sie in Rom zum Regieren, das Kriegführen könne man einem Senator mit prokonsularischem Imperium überlassen. Dieser Mann müsse bei den Veteranen so hohes Ansehen genießen, daß sie sich von ihm überzeugen ließen, noch einmal zu ihren alten Feldzeichen zurückzukehren. Ein Mann, der auf eine lange Kriegserfahrung zurückblicke und vorzugsweise Sullanische Ansichten vertrete. Ein Mann schließlich, der nicht bloß dem Senat angehöre, sondern mindestens schon einmal Prätor gewesen sei.

Natürlich wußte jeder in- und außerhalb des Senats, daß es nur einen Kandidaten für diese Aufgabe gab, einen, der ohne ferne Provinz und ohne irgendwelche Kriegshändel frei von staatlichen

Pflichten in Rom saß, einen zudem, der über die notwendige Veteranengefolgschaft und genügend militärische Erfahrung verfügte: Marcus Licinius Crassus. Er war im Jahr zuvor Stadtprätor gewesen, hatte dann aber einen Statthalterposten mit der Begründung abgelehnt, daß er in Rom mehr gebraucht werde als in irgendeiner fernen Provinz. Bei jedem anderen wäre dies als staatsbürgerliche Trägheit und Mangel an politischem Ehrgeiz sofort verurteilt worden, aber einem Marcus Crassus sah man dergleichen nach. Das mußte man allerdings auch, denn der größte Teil des Senats stand mit einer mehr oder weniger hohen Summe bei ihm in der Kreide. Nicht, daß er alle seine Beziehungen spielen ließ, um das Amt zu bekommen. Das entsprach nicht seiner Art. Statt dessen saß er in seinen Büros hinter dem Macellum Cuppedenis und wartete ab. Von Büros zu sprechen, mochte Eindruck machen, bis der Neugierige einmal selbst Crassus' Haus besuchte. Keine teuren Bilder schmückten die Wände, keine bequemen Sofas standen bereit, keine großen Säle boten Raum für plaudernde Gruppen von Klienten, keine Diener reichten Falerner Wein und erlesene Käsesorten herum. Daß dergleichen anderswo üblich war, wußte man. Titus Pomponius Atticus etwa, der frühere Partner Crassus', den er nun so verabscheute, führte seine Geschäfte in einer exquisiten Umgebung. Crassus dagegen verstand gar nicht, wie ein mit allen Wassern gewaschener Geschäftsmann überhaupt das Verlangen haben konnte, sich mit schönen und kostbaren Dingen zu umgeben. Für ihn war das vergeudetes Geld. In seinem Büro saß er hinter einem Schreibtisch in einer Ecke des überfüllten großen Raumes, umgeben von Buchhaltern, Schreibern und Sekretären. Das mochte auf den ersten Blick wie eine Unbequemlichkeit erscheinen, hatte aber den Vorteil, daß er sein Personal ständig im Auge hatte, und seinem Auge entging nichts.

Nein, er buhlte nicht um dieses Amt, und er mußte sich die Gunst der Senatoren nicht erkaufen. Mochte Pompeius Magnus sein Geld für solche Machenschaften vergeuden! Damit brauchte er sich nicht abzugeben, der jedem Senator in Geldverlegenheit Bargeld in beliebiger Höhe zu leihen bereit war – und dazu noch zinslos. Pompeius würde sein Geld nie wiederbekommen. Crassus dagegen konnte seine geliehenen Summen jederzeit zurückfordern und litt daher nie unter Geldknappheit.

Im September faßte der Senat endlich einen Entschluß: Er fragte Marcus Licinius Crassus, ob er, ausgestattet mit einem vollen prokonsularischen Imperium, acht Legionen übernehmen und im Krieg gegen den thrakischen Gladiator Spartacus befehligen wolle. Crassus nahm sich mehrere Tage Bedenkzeit für seine Antwort, die er dann im Senat mit wenigen, aber wohlbedachten Worten vortrug. Für Caesar, der von seinem Platz auf der anderen Seite der Curia Hostilia aufmerksam zuhörte, war es Anschauungsunterricht dafür, wie sich das Fluidum einer Persönlichkeit und die Macht des Geldes zu einer mächtigen Allianz verbanden.

Crassus war recht groß, wirkte jedoch nicht so, weil er sehr breit gebaut war. Nicht, daß er fettleibig gewesen wäre, vielmehr hatte er einen mächtigen Leib mit kräftigen Gelenken, großen Händen, einem Stiernacken und breiten Schultern. In der Toga machte er den Eindruck massiver Korpulenz, sobald er aber seine muskulösen Arme entblößte oder mit kräftigem Druck Hände schüttelte, merkte man, aus welchem Holz er geschnitzt war. Sein Gesicht war groß und breit, ausdruckslos, aber nicht unangenehm, seine hellgrauen Augen strahlten freundliche Gelassenheit aus. Haupthaar und Augenbrauen zeigten ein helles Braun, und seine Haut bekam in der Sonne rasch eine dunkle Tönung.

Er sprach nun mit seiner gewöhnlichen Stimme, die überraschend hell klang – Apollonius von Molon hätte dies auf Crassus' kurzen Hals zurückgeführt, dachte Caesar –, und wandte sich an die versammelten Senatoren: »Eingeschriebene Väter, ich weiß die Ehre zu schätzen, daß ihr mir diese umfassende Befehlsgewalt anvertrauen wollt. Ich würde gern annehmen, aber ...«

Er hielt inne und ließ seinen freundlichen Blick von einem Gesicht zum anderen wandern. »... ich allein bin nicht maßgebend. Wenn ich über einigen Einfluß verfüge, dann verdanke ich ihn den rund tausend Männern aus dem Ritterstand, die ihr politisches Gewicht in diesem Haus nicht direkt zum Tragen bringen können. Ich kann das Imperium nicht annehmen, ohne ihrer Zustimmung sicher zu sein. Deshalb ersuche ich das hohe Haus, einen Senatsbeschluß zur Ratifizierung an die Versammlung der Plebs weiterzuleiten. Wenn diese Versammlung die Vergabe des Imperiums an mich gutheißt, nehme ich liebend gern an.«

Das ist schlau, Crassus! mußte Caesar anerkennen. Wenn der

Senat ein Imperium vergab, konnte er es auch wieder entziehen, wie es Gellius und Clodianus erleben mußten. Aber wenn der Senat der Versammlung der Plebs einen Beschluß zur Ratifizierung zuleitete und die Versammlung ihn tatsächlich ratifizierte, dann konnte nur diese Körperschaft ihn auch wieder annullieren. Unmöglich war es nicht, aber da den Volkstribunen seit Sullas Reformen der Biß fehlte und der Senat sich zudem nicht gerade durch Entschlußfreudigkeit auszeichnete, würde eine von der Versammlung der Plebs ratifizierte Imperiumsvergabe Crassus in eine sehr starke Position versetzen. Wirklich schlau, Crassus!

Niemand wunderte sich, daß der Senat seinen Beschluß folgsam der Versammlung der Plebs zuleitete und daß diese ihn auch einhellig ratifizierte. Marcus Licinius Crassus konnte sich als Imperiumsträger im Krieg gegen Spartacus in einer stärkeren Position fühlen als Pompeius in Hispania Citerior; Pompeius war das Imperium nur vom Senat verliehen worden, es war also kein Gesetz in Roms Tabularien.

Marcus Crassus stürzte sich nun mit der gleichen Energie in seine neue Aufgabe, mit der er sonst spottbillige Sklaven in bestimmten Fertigkeiten drillen ließ, um sie dann teuer zu verkaufen.

Als erstes gab er die Namen seiner Legaten bekannt: der zweiundfünfzigjährige Lucius Quinctius, der Konsuln und Gerichten das Leben schwermachte; Marcus Mummius, der fast das Alter für die Prätur erreicht hatte; Gaius Pomptinus, ein junger Kriegsherr; und Quintus Arrius, der einzige Veteran aus dem Krieg gegen Spartacus, auf den Crassus große Stücke hielt.

Dann wählte er seine Stabsoffiziere aus. Da die Truppen der Konsuln durch Verluste im Gefecht und durch Fahnenflucht zahlenmäßig von vier auf zwei Legionen gesunken waren, wollte er nur die ersten zwölf der vierundzwanzig Militärtribunen einsetzen, aber nicht diejenigen, die für dieses Jahr gewählt worden waren. Ihre Dienstzeit ging zu Ende, und Crassus schien nichts gefährlicher für seine arg gebeutelten Legionen, als ihre Offiziere knapp einen Monat nach Beginn des Feldzugs schon wieder austauschen zu müssen. Deshalb wollte er die für das kommende Jahr gewählten Tribunen möglichst früh einberufen. Er berief auch einen der Quästoren des kommenden Jahres: Gnaeus Tremellius Scrofa, Sproß einer alten Prätorenfamilie.

Bis es soweit war, ging Crassus nach Capua und schickte von dort aus Werber zu seinen Veteranen aus den Tagen, als er Krieg gegen Carbo und die Samniter geführt hatte. Er mußte sehr rasch sechs Legionen ausheben. Mancher, der ihm nicht wohlgesonnen war, erinnerte sich daran, daß seine Soldaten damals wenig Verständnis für seine Weigerung hatten, die Beute aus Städten wie Tuder nicht zu verteilen, und prophezeite, er werde nur wenige Freiwillige zusammenbringen. Möglicherweise hatte sich aber mit den Jahren der Groll gelegt, auf jeden Fall strömten seine Veteranen in hellen Scharen zu seinen Feldzeichen. Als daher Anfang November bekannt wurde, daß Spartacus' Rebellenarmee kehrtgemacht hatte und nun die Via Aemilia hinunterzog, war Crassus mit seinen militärischen Vorbereitungen fast fertig.

Er hatte sich auch um die Überreste der konsularischen Legionen kümmern müssen, die seit den Niederlagen von Gellius und Clodianus ihr Lager bei Firmum Picenum nicht verlassen hatten. Sie umfaßten zwanzig Kohorten, also die gewöhnliche Kohortenzahl zweier Legionen, waren aber die Überlebenden von vier Legionen, weshalb nur die wenigsten unter ihnen in der gleichen Einheit gekämpft hatten. Sie hatten nicht nach Capua verlegt werden können, solange Crassus' sechs Legionen dort ausgehoben und zusammengestellt wurden. In den letzten Jahren waren so wenig neue Truppen ausgehoben worden, daß man die Hälfte des Lagers um Capua geschlossen und aufgelöst hatte.

Crassus wußte, daß Spartacus mit seiner Armee bis in die Nähe von Ariminum gelangt war, als er Marcus Mummius und die zwölf Militärtribunen nach Firmum Picenum schickte, um die zwanzig Kohorten abzuholen. Er hatte daher Mummius den strikten Befehl erteilt, jede Berührung mit dem Feind zu vermeiden, der immer noch nördlich von Firmum Picenum vermutet wurde. Es war Mummius' Unglück, daß Spartacus Troß und Zivilisten in Ariminum zurückgelassen hatte und mit seinen Truppen weitergezogen war, da er wußte, daß ihm keine Gefahr im Rücken drohte. So kam es, daß zur gleichen Zeit, da Mummius in dem von Gellius und Clodianus errichteten Lager eintraf, auch die Vorausabteilung der Rebellenarmee dort auftauchte.

Ein Zusammenstoß der feindlichen Truppen war unvermeidlich. Mummius gab sein Bestes, aber weder er noch seine Militärtribunen, unter ihnen auch Caesar, konnten etwas ausrichten. Keiner von ihnen kannte die Truppe, die nie richtig ausgebildet worden war und zudem Angst vor den Rebellen hatte. Was dann kam, verdiente den Namen Schlacht nicht. Die Rebellen walzten das Lager nieder, als bestehe es gar nicht, während die Soldaten der konsularischen Legionen von Panik ergriffen in alle Winde davonstoben. Sie warfen Waffen, Schilde, Leibpanzer und Helme fort, alles, was sie am Laufen hinderte. Die Letzten wurden erschlagen, das Gros der Fußtruppen kam mit dem Leben davon. Die Rebellen dachten gar nicht daran, die Flüchtenden zu verfolgen, sondern sammelten nur die zurückgelassenen Waffen und Rüstungen ein und fledderten die Leichen der Gefallenen.

»Es stand nicht in deiner Macht, dieses Fiasko zu verhindern«, sagte Caesar zu Mummius. »Die Schuld liegt bei unserer militärischen Aufklärung.«

»Marcus Crassus wird wütend sein«, rief Mummius verzweifelt.

»Das ist noch gelinde ausgedrückt«, sagte Caesar grimmig. »Aber auch die Spartacani sind ein undisziplinierter Haufen.«

»Immerhin über hunderttausend!«

Sie waren auf dem Gipfel eines Berges postiert und beobachteten, wie sich ganze Völkerscharen nach Süden wälzten. Caesar, der scharfe Augen besaß, wies in die Ferne.

»An Truppen besitzt Spartacus nicht mehr als achtzigtausend Mann, vielleicht noch weniger. Was wir jetzt sehen, sind die Zivilisten – Frauen, Kinder und Männer, die keine Waffen tragen. Insgesamt zählen sie gewiß wenigstens fünfzigtausend. Spartacus hat einen Mühlstein am Hals, denn er muß die Familien und das Hab und Gut seiner Krieger mit sich schleppen. Wir haben es nicht mit einer Armee, sondern mit einem Volk ohne Heimat zu tun, Mummius.«

Mummius nahm sich zusammen. »Wir haben keinen Grund, weiter hier zu bleiben. Marcus Crassus muß Meldung über das Geschehen erstattet werden, je eher, desto besser.«

»Die Spartacani werden in ein oder zwei Tagen verschwunden sein«, schätzte Caesar. »Ich schlage vor, daß wir hier bleiben, bis alle weitergezogen sind, und dann die versprengten Reste der konsularischen Legionen sammeln. Wenn wir sie sich selbst überlassen, sehen wir sie nie wieder. Ich glaube, Marcus Crassus wäre es lieber, sie zu Gesicht zu bekommen, in welch erbärmlichem Zustand sie auch sein mögen.«

Mummius schaute seinen Militärtribun verblüfft an. »Du bist ein denkender Kopf, Caesar. Dein Vorschlag trifft ins Schwarze. Wir sammeln die armen Teufel ein und nehmen sie mit. Andernfalls kennt der Zorn unseres Feldherrn keine Grenzen.«

Fünf Kohorten lagen tot in den Trümmern des Lagers, darunter auch die meisten Zenturionen. Fünfzehn Kohorten hatten überlebt. Mummius brauchte elf Tage, um die Legionäre aufzustöbern und zu mustern. Die Aufgabe gestaltete sich nicht so schwierig, wie er befürchtet hatte, denn die verstörten Krieger waren mehr oder weniger in der Gegend geblieben.

Nur in Tuniken gekleidet und mit Sandalen an den Füßen, marschierten die fünfzehn Kohorten in Crassus' Lager, das er außerhalb von Bovianum aufgeschlagen hatte. Ihm war in der Zwischenzeit eine Abteilung der Rebellenarmee, die sich vom Gros gelöst und nach Westen geschlagen hatte, in die Hände gefallen; sechstausend Rebellen fanden den Tod. Spartacus selbst war auf dem Weg nach Venusia. Crassus hatte es nicht für klug gehalten, ihm in eine Gegend zu folgen, die für seine zahlenmäßig unterlegene Truppe ein ungünstiges Terrain bot. Mittlerweile war es Anfang Dezember, doch da der Kalender um vierzig Tage voraus war, hatte der Winter noch nicht Einzug gehalten.

Crassus hörte sich Mummius' Bericht in vielsagendem Schweigen an. »Ich will dich nicht tadeln, Marcus Mummius«, sagte er schließlich, »aber was soll ich mit fünfzehn Kohorten von Legionären anfangen, auf die kein Verlaß ist und denen der Mut zum Kämpfen fehlt?«

Keiner wagte eine Antwort. Trotz seiner Frage wußte Crassus genau, was er tun würde. Langsam wanderte sein Blick von einem Gesicht zum anderen, verweilte auf Caesars und ging dann weiter.

»Wie viele sind es?« fragte er.

»Siebentausendfünfhundert Mann, Marcus Crassus. Fünfhundert Legionäre pro Kohorte.«

»Ich verhänge die *decimatio* über sie«, verkündete Crassus.

Es wurde totenstill; keiner der Anwesenden regte sich.

»Laßt das ganze Heer morgen bei Sonnenaufgang antreten und bereitet alles vor. Caesar, du bist Pontifex und wirst deines Amtes walten. Bestimme die Gabe für das Opfer. Soll sie dem Jupiter Optimus Maximus oder einem anderen Gott dargebracht werden?«

»Wir sollten sie dem Jupiter Stator darbringen, Marcus Crassus. Er ist der Gott, der die Soldaten auf der Flucht aufhält. Und dem Sol Indiges und der Bellona. Die Gabe soll ein schwarzes Stierkalb sein.«

»Mummius, deine Militärtribunen sollen alles für die Verteilung der Lose herrichten. Caesar ausgenommen.«

Damit entließ Crassus seine Stabsoffiziere. Keiner von ihnen sagte ein Wort, als sie das Feldherrenzelt verließen.

Bei Sonnenaufgang waren Crassus' Legionen in langen Reihen angetreten; ihnen gegenüber standen in zehn Reihen zu je siebenhundertfünfzig Mann die Soldaten, an denen das Exempel statuiert werden sollte. Die wichtigste zahlenmäßige Einteilung bei der *decimatio* war die Dekurie, also zehn Mann. Mummius hatte fieberhaft an einem Verfahren gearbeitet, wie am einfachsten und schnellsten vorgegangen werden könnte. Selbstverständlich war ihm Crassus dabei eine große Hilfe.

Die fünf Kohorten standen so da, wie sie Mummius und seine Militärtribunen aufgegriffen hatten, nur in Tunika und Sandalen, aber jeder Mann mit einem Knüppel versehen. Außerdem waren alle von eins bis zehn durchgezählt worden. Sie, die als Feiglinge gebrandmarkt waren, hatten auch alle das Aussehen von Feiglingen, denn es gab keinen, der nicht zitterte, dessen Gesicht nicht von der Angst entstellt war und der nicht trotz der Morgenkühle vor Aufregung schwitzte.

»Arme Kerle«, sagte Caesar zu seinem Kollegen, dem Militärtribun Gaius Popillius. »Ich frage mich, was sie mehr entsetzt, der Gedanke, derjenige zu sein, den das Los zum Sterben bestimmt, oder einer von den neun zu sein, die ihn töten müssen. Sie haben keine soldatische Haltung.«

»Sie sind noch zu jung«, gab Popillius zu bedenken.

»Das ist gewöhnlich ein Vorzug«, entgegnete Caesar, der an diesem Tag die ganz aus breiten scharlach- und purpurroten Streifen bestehende Toga eines Pontifex trug. »Was weiß man schon mit siebzehn oder achtzehn? Man hat weder Frau noch Kinder daheim, für die man sorgen müßte. Die Jungen sind stürmisch und suchen nach Gelegenheiten, sich die Hörner abzustoßen. Da ist es besser, sie bewähren sich auf dem Schlachtfeld, als wenn sie nur Frauen und Wein im Kopf haben und sich im Wirtshaus prügeln. Auf dem Schlachtfeld sind sie dem Staat wenigstens nützlich.«

»Du bist ein hartherziger Mann«, sagte Popillius.

»Nein, nur ein praktisch denkender.«

Crassus war bereit. Caesar zog sich eine Falte seines weiten Gewandes über den Kopf und begab sich zu dem Platz, an dem das rituelle Opfer dargebracht worden war. Jede Legion verfügte über ihren eigenen Priester und Auguren, und auch jetzt war es einer der Militärauguren, der die Leber des Stierkalbs begutachtete. Da aber die Verhängung der *decimatio* nur einem Feldherrn mit prokonsularischem Imperium zustand, war auch eine höhere priesterliche Autorität als die des Opferpriesters der Legion gefordert. Deswegen war Caesar berufen worden, die Ergebnisse der Leberschau des Augurs zu bestätigen. Er verkündete zuerst mit lauter Stimme, daß Jupiter Stator, Sol Indiges und Bellona das ihnen dargebrachte Opfer angenommen hätten, sprach darauf die abschließenden Gebete und bedeutete Crassus mit einem Nicken, daß er beginnen könne.

Des göttlichen Wohlwollens versichert, hob Crassus an zu reden. Auf der einen Seite der zu maßregelnden Kohorten war eine hohe Tribüne errichtet worden, auf der Crassus und seine Legaten standen. Der einzige Militärtribun in dieser Gruppe war Caesar in seiner Eigenschaft als Pontifex. Alle anderen standen um einen Tisch auf dem freien Feld zwischen den Veteranenlegionen und den ausgesonderten fünf Kohorten. Ihre Aufgabe war es, die Lose auszuteilen.

»Legaten, Tribunen, Anwärter, Zenturionen und Legionäre«, ließ sich Crassus mit seiner hohen, weittragenden Stimme vernehmen, »ihr seid heute hier versammelt, um einer Bestrafung beizuwohnen, die so selten und so streng ist, daß sie schon seit mehreren Generationen nicht mehr angewendet wurde. Mit der *decimatio* werden allein solche Soldaten gemaßregelt, die sich als unwürdig erwiesen haben, in den römischen Legionen zu dienen, solche, die ihre Feldzeichen auf feige und unverzeihliche Weise verlassen haben. Ich habe befohlen, diese Strafe auf die fünfzehn hier in Tuniken angetretenen Kohorten anzuwenden, und ich habe gute Gründe dafür, denn seitdem sie zu Beginn des Jahres ins Kriegshandwerk eingeführt wurden, haben sie sich auf jedem Schlachtfeld schmählich dem Kampf entzogen. Bei ihrem letzten Fiasko haben sie sich des schwersten Vergehens schuldig gemacht, das ein Soldat begehen kann: sie haben ihre Waffen und Rüstungen auf dem Schlachtfeld zurückgelassen, so daß sie dem Feind in die Hände fallen mußten. Keiner von ihnen verdient, am Leben zu bleiben, aber es liegt nicht in meiner Macht, jeden von ihnen hinrichten zu lassen. Solches wäre allein das Vorrecht des Senats. Ich werde daher von meinem Recht als Oberbefehlshaber mit prokonsularischem Imperium Gebrauch machen und jeden Zehnten maßregeln. Damit hoffe ich, bei den Überlebenden den bisher fehlenden Kampfgeist zu wecken, so daß sie sich in Zukunft als würdige römische Soldaten erweisen. Euch allen aber will ich damit zeigen, daß ich keine Feigheit vor dem Feind dulde! Unsere Götter seien mir Zeuge, daß ich den guten Ruf und die Ehre jedes römischen Soldaten gerächt habe!«

Als Crassus ans Ende seiner Ansprache kam, hielt Caesar gespannt den Atem an. Wenn die Männer der sechs Legionen, die als Zeugen dieser Bestrafung versammelt waren, Crassus zujubeln würden, dann durfte Crassus auf die Zustimmung des Heeres bauen. Wenn aber seine Rede mit Schweigen quittiert würde, müßte er sich auf Meutereien gefaßt machen. Niemand mochte die *decimatio*, deshalb verhängte sie auch kein Feldherr. War Crassus, dem in Politik und Geschäften keiner so leicht etwas vormachte, ebenso klug in seinem Umgang mit römischen Veteranen?

Die sechs Legionen jubelten einhellig. Caesar, der Crassus genau beobachtete, sah, wie dieser kaum merklich aufatmete; also war auch er sich seiner Sache nicht ganz sicher gewesen!

Die Verteilung der Lose begann. Es gab 750 Dekurien, also mußten 750 Männer sterben. Dazu war eine komplizierte Auslosung notwendig, die Crassus und Mummius durch ein ausgeklügeltes System abzukürzen gedachten. In einem großen Korb lagen 750 Täfelchen: 75 trugen die Ziffer I, 75 die Ziffer II und so weiter, bis zur Ziffer X. Sie waren aufs Geratewohl in den Korb geworfen und dann gemischt worden. Der Militärtribun Gaius Popillius hatte nun die Aufgabe, jeweils 75 der durcheinander gemischten, zwei Zoll großen Holztäfelchen in zehn kleinere Körbe zu zählen, die er dann an die zehn übrigen Tribunen zum Verteilen ausgab.

Das war der Grund, weshalb man die zu maßregelnden Kohorten in zehn Reihen zu jeweils 75 Dekurien, wovon jede in einigem Abstand zur nächsten stand, hatte antreten lassen. Ein Militärtribun ging nun von einem Ende der Reihe zum anderen, hielt vor jeder Dekurie und zog ein Täfelchen aus seinem Korb. Er rief die Nummer aus, der Legionär mit der betreffenden Nummer trat vor, dann ging der Tribun zur nächsten Dekurie.

Hinter ihm begann das Töten. Selbst das ging nach strenger Vorschrift vonstatten. Zenturionen aus Crassus' eigenen sechs Legionen, die keinen der Männer aus den fünf Kohorten kannten, waren dazu abgestellt worden, die Durchführung der Hinrichtung zu überwachen. Nur wenige der Zenturionen aus den fünf Kohorten hatten überlebt, aber diejenigen, die noch am Leben waren, hatte man von der Strafe nicht ausgenommen. Sie standen nun wie die einfachen Legionäre in der Reihe und hofften, vom Los verschont zu werden. Der Mann, der die tödliche Nummer besaß, wurde von den neun übrigen Männern seiner Dekurie zu Tode geknüppelt. So entging keiner der Pein der Strafe, ob er nun überlebte oder Opfer wurde.

Die überwachenden Zenturionen kannten das Verfahren genau und gaben entsprechende Anordnungen. »Du, knie nieder und rühr dich nicht«, geboten sie dem vom Los Verurteilten. »Du, schlag ihm auf den Kopf, daß er stirbt«, sagten sie zu dem am weitesten links Stehenden. »Du, schlag genauso zu«, zum nächsten und immer so fort zu den neun Männern, die alle mit ihren dicken Knüppeln auf den ungeschützten Hinterkopf des Knienden schlagen mußten. Da nicht jeder die Kraft zum Töten hatte, war nicht jeder Schlag tödlich, und manche verfehlten ihr Opfer ganz. Doch die dabeistehenden Zenturionen fuhren die Männer andauernd an, hart und gezielt zuzuschlagen. Je weiter die Hinrichtungen in der Reihe der Dekurien vorankamen, desto schneller und präziser gingen sie vonstatten.

Binnen dreizehn Stunden war die *decimatio* vollzogen; die Letzten wurden nach Einbruch der Dunkelheit im Schein von Fackeln hingerichtet. Danach entließ Crassus seine müden Legionäre, die dem grausamen Schauspiel stehend hatten beiwohnen müssen. Die siebenhundertfünfzig Leichen wurden auf dreißig Scheiterhaufen verteilt und verbrannt. Die Asche wurde nicht den Verwandten nach Hause geschickt, sondern in die Gräben der Lagerlatrinen geschüttet. Der letzte Wille der Opfer, sofern sie ein Testament hinterlassen hatten, wurde nicht respektiert. Geld und Wertgegenstände gingen ausnahmslos in den Besitz des Staates über. Damit sollte ein Teil der auf dem Schlachtfeld zurückgelassenen Waffen und Rüstungen bezahlt werden.

Keiner, der diese nach langen Jahren erstmals wieder verhängte Bestrafung mit eigenen Augen gesehen hatte, blieb davon ungerührt; die Mehrheit der Soldaten war tief beeindruckt. Die Überlebenden der nunmehr vierzehn Kohorten schluckten ihre Furcht hinunter und setzten nun alles daran, solche Legionäre zu werden, wie sie Crassus erwartete. Aus Capua kamen noch sieben weitere Kohorten gutausgebildeter Rekruten, die den vierzehn Kohorten zugeschlagen wurden. Zusammen erreichten sie nun die Sollstärke zweier Legionen. Da sie immer noch als die konsularischen Legionen galten, ernannte Crassus die zwölf Militärtribunen zu ihren Kommandanten, mit Caesar, dem Dienstältesten der Tribunen, an der Spitze der Legion I.

Während Marcus Crassus ein Exempel an den Männern statuierte, die nicht den Mut aufgebracht hatten, gegen die Rebellenarmee zu kämpfen, hielt Spartacus vor der Stadt Venusia Leichenspiele für den gefallenen Crixus ab. Gewöhnlich machte er keine Gefangenen, aber aus dem Lager bei Firmum Picenum hatte er dreihundert Soldaten der konsularischen Legionen ausgewählt. Den ganzen Weg über bis nach Venusia lehrte er sie die Anfangsgründe des Gladiatorenhandwerks und bestimmte die eine Hälfte zu Galliern und die andere zu Thrakern. Vor Venusia steckte er die Soldaten dann in prachtvolle Monturen und zwang sie zu Ehren von Crixus, gegeneinander auf Leben und Tod zu kämpfen. Dem Mann schließlich, der aus allen Kämpfen als Sieger hervorging, bestimmte Spartacus einen Tod nach römischer Art: Er ließ ihn erst auspeitschen und dann enthaupten. Dieses

Blutopfer von dreihundert Feinden sollte Crixus' Seele tiefe Genugtuung geben.

Die Leichenspiele für Crixus hatten noch einen anderen Zweck; während die gewaltige Armee zum Feiern und Ausruhen lagerte, konnte sich Spartacus unter seine Männer mischen und sie in einer persönlicheren Art als draußen vor Mutina ansprechen. So überzeugte er alle, daß die Antwort auf die Frage nach einer endgültigen Heimstatt für sie in Sizilien lag. Obwohl er alle Kornspeicher, die an seinem Weg lagen, geleert und große Vorräte an Käse, Hülsenfrüchten, Rüben und Trockenobst angelegt hatte und Tausende von Schafen, Schweinen, Hühnern und Enten mit sich führte, machte ihm die Ernährung seines Volkes weit mehr Sorge als die Bedrohung durch irgendein römisches Heer. Der Winter nahte; sie mußten Sizilien erreichen, bevor die Kälte hereinbrach.

Im Dezember wanderte er weiter südwärts bis zum Golf von Tarentum. Die unglücklichen Städte und Gemeinden dieser von vielen Flüssen bewässerten, fruchtbaren Ebene wurden um ihre gesamte Ernte gebracht. Bei der Stadt Thurii, die er bereits auf seiner ersten Wanderung durch diesen Landstrich geplündert hatte, ließ er seine Armee landeinwärts abbiegen, das Tal des Crathis entlang marschieren und schließlich auf die Via Popillia einschwenken. Kein römisches Heer hinderte sie. Auf der breiten Straße überquerten sie bequem die Lucaner Berge und erreichten den kleinen Fischerhafen Scyllaeum.

Auf der anderen Seite der schmalen Meerenge lag Sizilien. Nur noch eine kurze Überfahrt, und ihre langen Wanderungen würden ein Ende haben. Aber was für eine Fahrt! Scylla und Charybdis machten hier das Meer unsicher. Draußen vor der Bucht von Scyllaeum bleckte Scylla die Zähne, die in dreifachem Kranz in jedem ihrer sechs Köpfe steckten, dazu geiferten und heulten Hundeköpfe, die ihre Lenden umgaben. Selbst wenn ein Schiff das Glück hatte, an der schlafenden Scylla vorbeizusegeln, drohte auf der anderen Seite der Meerenge Charybdis, ein gierig alles in seinen Schlund saugender Mahlstrom.

Nicht, daß Spartacus selbst an solche Märchen geglaubt hätte. Doch ohne es recht zu merken, verlor er nach und nach ganze Schichten seines Römerseins; wie die Schalen einer Zwiebel lösten sie sich von ihm ab und legten einen ursprünglichen, noch aus der Kindheit stammenden Kern frei. Es war nun fast fünf Jahre her, seit er aus der Legion des Cosconius ausgestoßen worden war. Seitdem hatte er nicht mehr wie ein zivilisierter Römer gelebt. Die Frau, die er sich zur Gefährtin gewählt hatte, glaubte an Fabelgestalten wie Scylla und Charybdis und mit ihr viele seiner Krieger. Und bisweilen stahlen sich diese Ungeheuer auch in seine Träume.

Scyllaeum war der Stützpunkt einer großen Fischereiflotte, die zweimal im Jahr dem wandernden Thunfisch folgte; der Hafen wurde aber auch von Piraten angelaufen. Die römischen Legionen, die auf der nahen Via Popillia von und nach Sizilien marschierten, verhinderten zwar, daß größere Piratenflotten hier vor Anker gingen. Dennoch schoben gerade einige kleinere Freibeuter, die in Scyllaeum heimisch waren, ihre schlanken kleinen Schiffe ohne Deckaufbauten zum Überwintern auf den Strand, als die Spartacani in die Stadt kamen.

Spartacus überließ es seinen Männern und ihren Frauen, sich im Hafen am Fisch gütlich zu tun; er selbst suchte sogleich den Anführer der dortigen Piraten auf und fragte ihn, ob er Piratenadmirale kenne, die über eine umfangreiche Flotte großer Schiffe verfügten. O ja, man kenne sogar mehrere! war die Antwort.

»Ich möchte sie sprechen«, sagte Spartacus. »Ich will so rasch wie möglich mehrere Tausend meiner besten Kämpfer nach Sizilien übersetzen lassen. Ich zahle jedem tausend Talente Silber, der mir Gewähr geben kann, uns binnen eines Monats hinüberzubringen.«

Spartacus hatte damit begonnen, seine Legaten und Tribunen aus seiner vielsprachigen Kriegerschar heranzuziehen. Nach dem Verlust von Crixus und Oenomaus hatten sich zwei Männer als ihre Nachfolger empfohlen. Castus und Gannicus waren beide Samniter, die mit Mutilus während des Bundesgenossenkrieges und mit Pontius Telesinus im Krieg gegen Sulla gekämpft hatten. Sie waren Krieger durch und durch und besaßen Erfahrung als Truppenbefehlshaber. Spartacus hatte mit der Zeit lernen müssen, daß sein Heerhaufen nur dann wie eine Armee marschierte, wenn der Feind drohte. Viele seiner Soldaten hatten ihre Frauen, nicht wenige Kinder und sogar Eltern und Verwandte im Troß. Kein Oberbefehlshaber konnte eine solch buntscheckige und unberechenbare Menge militärisch führen, daher hatte Spartacus seine Rebellenarmee in drei Teile mit jeweils eigenem Troß aufgeteilt. Die stärkste und am besten ausgebildete Truppe befehligte er selbst, die beiden anderen Teile hatte er Castus und Gannicus anvertraut.

Auf die Nachricht, daß zwei Piratenadmirale ihren Besuch angekündigt hatten, rief Spartacus Aluso, Castus und Gannicus zu sich.

»Allem Anschein nach kann ich genügend Schiffe bekommen, um in Kürze zwanzigtausend Mann nach Pelorus überzusetzen«, teilte er ihnen mit. »Was mir indessen Sorge macht, ist die große Volksmasse, die ich hier zurücklassen muß. Es wird womöglich Monate dauern, bis ich sie nach Sizilien bringen kann. Was meint ihr, kann ich sie hier in Scyllaeum lassen? Haben wir genügend Vorräte? Oder soll ich alle, die nicht gleich mit mir nach Sizilien übersetzen, zurück in die fruchtbare Gegend am Golf von Tarentum schicken? Die hier ansässigen Bauern und Fischer sagen, der kommende Winter werde sehr streng.«

Castus, der älter und erfahrener war als Gannicus, äußerte sich in überlegten Worten zu Spartacus' Vorschlag.

»Gegenwärtig können wir uns gut aus dieser Gegend hier verpflegen, Spartacus. Westlich des Hafens liegen die fruchtbaren Hänge eines Vorgebirges. Nach meinen Schätzungen könnte der ganze Haufen, Soldaten und Zivilisten, etwa zwei Monate lang hier lagern, ohne unsere Vorräte allzusehr anzugreifen. Und wenn zwanzigtausend der stärksten Esser nach Sizilien übersetzen, dann reicht es für drei Monate.«

Spartacus hatte sich entschieden. »Dann bleiben alle vorerst hier. Legt im Westen der Stadt ein neues Lager an, und sagt den Frauen und Kindern, sie sollen Getreide und Gemüse anbauen. Sogar Kohl und Rüben wären uns nun von Nutzen.«

Die beiden Samniter waren kaum gegangen, da schaute Aluso mit den wilden Augen einer Wölfin auf ihren Gatten und knurrte mit heiserer Stimme. Spartacus lief jedesmal ein Schauer über den Rücken, wenn er an ihr diese animalischen Regungen beobachtete. Sie waren ein sicheres Zeichen dafür, daß der Geist der Prophetie wieder über sie kam.

»Sei auf der Hut, Spartacus!« flüsterte sie.

»Wovor soll ich auf der Hut sein?«

Sie schüttelte den Kopf und knurrte wieder. »Ich weiß es nicht. Vor etwas, das aus dem Schnee kommt.«

»Es wird noch lange nicht schneien, wenigstens einen Monat, vielleicht noch länger«, entgegnete er sanft. »Bis dahin bin ich mit meinen besten Soldaten in Sizilien, und ich glaube nicht, daß uns der Krieg dort drüben übermäßig anstrengen wird. Sollen vielleicht die hier Zurückbleibenden besonders auf der Hut sein?«

»Nein«, sagte sie mit fester Stimme, »es gilt dir allein.«

»Sizilien ist ein mildes, gesegnetes Land ohne starke militärische Befestigungen. Von Milizen und reichen Großgrundbesitzern habe ich nichts zu fürchten.«

Aber Aluso ließ sich nicht beschwichtigen, im Gegenteil, ein Beben überkam sie. »Du wirst deinen Fuß nie auf diese Insel setzen, Spartacus.«

Doch der folgende Morgen schien ihre Prophezeiung Lügen zu strafen, denn zwei Piratenadmirale landeten in Scyllaeum, und beide waren so berühmt, daß sogar Spartacus ihre Namen kannte: Pharnaces und Megadates. Sie hatten ihre Piratenkarriere weit im Osten in den Gewässern des Schwarzen Meers begonnen, aber seit etwa zehn Jahren beherrschten sie die Seewege zwischen Sizilien und der Provinz Africa und machten auf alles Jagd, was nicht wie die großen römischen Getreidetransporte durch Geleitzüge gesichert wurde. Wenn ihnen der Sinn danach stand, erlaubten sie sich sogar einen Vorstoß in den Hafen von Syracus und stahlen dort, direkt vor der Nase des Statthalters, Vorräte und Fässer des edelsten Weins.

Spartacus stellte verblüfft fest, daß beide eher wie aalglatte, erfolgreiche Geschäftsleute als wie Piraten aussahen. Ihre Gesichtsfarbe war blaß, beide hatten Bäuche, und ihr Betragen war geziert.

»Wißt ihr, wer ich bin?« fragte er sie geradeheraus. »Wollt ihr mit mir ins Geschäft kommen trotz der Drohung der Römer?«

Die beiden wechselten untereinander schlaue Blicke.

»Wir machen überall und mit jedem Geschäfte trotz der Drohung der Römer«, antwortete Pharnaces.

»Ich will zwanzigtausend Soldaten von hier nach Pelorus übersetzen und brauche dazu Schiffe.«

»Die Überfahrt ist nur kurz, aber im Winter voller Gefahren«, sagte Pharnaces, der als der Wortführer anzusehen war.

»Die Fischer in Scyllaeum sagen aber, das Ganze sei durchaus möglich.«

»Gewiß, gewiß.«

»Werdet ihr mir also helfen?«

»Schauen wir erst einmal, wie das aussähe ... zwanzigtausend Mann, in jedem Schiff zweihundertfünfzig – es sind ja nur ein paar Meilen, das überstehen sie schon, auch wenn sie wie eingelegte Feigen im Topf zusammengepfercht werden –, macht achtzig Schiffe.«

Pharnaces verzog leicht das Gesicht. »So viele Schiffe dieser Größe haben wir nicht, Spartacus. Zwanzig Schiffe können wir bieten.«

»Fünftausend Mann pro Überfahrt«, sagte Spartacus mit hochgezogenen Brauen. »Dann sind also vier Fahrten nötig. Was verlangt ihr dafür, und wann könnt ihr losfahren?«

Die beiden schauten Spartacus verblüfft an.

»Alle Wetter, das nenne ich einen Schacher«, sagte Megadates.

»Ich habe keine Zeit. Also nochmals: Wieviel verlangt ihr, und wann könnt ihr losfahren?«

Pharnaces ergriff wieder das Wort. »Fünfzig Talente Silber pro Schiff und Überfahrt – viertausend Talente insgesamt.«

Nun war es Spartacus, der verblüfft dreinschaute. »Viertausend Talente! Dafür müßte ich ja mein ganzes Geld draufgeben!«

»Ja oder nein?« sagten beide Admirale wie aus einem Mund.

»Wenn ihr versprecht, eure Schiffe binnen fünf Tagen klar zur Abfahrt zu machen, bin ich mit dem Handel einverstanden«, sagte Spartacus.

»Gib uns die viertausend Talente im voraus, dann sorgen wir für alles«, schlug Pharnaces vor.

Spartacus setzte eine schlaue Miene auf. »O nein, so nicht! Die Hälfte jetzt, die andere Hälfte, wenn die letzte Überfahrt erfolgt ist.«

»Abgemacht!« sagten Pharnaces und Megadates wieder wie aus einem Mund.

Aluso durfte an der Unterredung nicht teilnehmen. Aus Gründen, über die er sich selbst nicht im klaren war, widerstrebte es

Spartacus, ihr den Handel mit den Piraten offenzulegen. Vielleicht sah sie für ihn schon ein Grab in den Wellen, da sie prophezeit hatte, er werde Sizilien nie erreichen. Natürlich brachte sie ihn dazu, doch alles zu sagen, und zu seiner Verblüffung nickte sie erfreut.

»Ein guter Preis«, sagte sie. »Du bekommst das Geld wieder herein, sobald du in Sizilien bist.«

»Ich dachte, du glaubtest nicht daran, daß ich je meinen Fuß auf diese Insel setze!«

»Das war gestern, mein Gesicht hat mich getäuscht. Heute sehe ich alles deutlich vor mir. Alles wird gut.«

So wurden auf Spartacus' Befehl zweitausend Talente Silber aus den Troßkarren an Bord der schönen, vergoldeten Quinquereme mit den purpur- und goldfarbenen Segeln gebracht, mit der Pharnaces und Megadates nach Scyllaeum gekommen waren. Vom Schlag der mächtigen Ruder angetrieben, glitt das Schiff zur Bucht hinaus.

»Wie ein hundertfüßiges Untier«, sagte Aluso.

Spartacus lachte. »Ja, so sieht es aus. Vielleicht fürchtet es sich deshalb nicht vor Scylla.«

»Es ist zu groß für Scyllas Maul.«

»Scylla ist eine Ansammlung gefährlicher Klippen«, sagte Spartacus.

»Scylla«, widersprach Aluso, »ist ein Wesen.«

»In fünf Tagen weiß ich es genau.«

Fünf Tage später hatten sich die ersten fünftausend Mann im Hafen von Scyllaeum versammelt. Angetan mit Helm und Rüstung, die Waffen und übrige Ausrüstung neben sich, wartete jeder Mann mit flauem Gefühl auf die Einschiffung, sollte die Fahrt doch zwischen Scylla und Charybdis hindurchgehen! Nur dank der Gespräche mit den Fischern hatten die Männer soviel Mut gefaßt, sich in dieses Abenteuer zu stürzen, denn die Fischer schworen zwar, daß es Scylla und Charybdis wirklich gebe, doch sie wußten auch die Beschwörungsformeln, welche die Ungeheuer in Schlaf versetzen konnten, und versprachen, sie auch anzuwenden.

Obwohl fünf Tage lang das Wetter gut und die See ruhig gewesen war, waren die zwanzig Piratenschiffe nicht gekommen. Mit besorgter Miene hielt Spartacus mit Castus und Gannicus

Rat und entschied dann, die fünftausend Mann an Ort und Stelle übernachten zu lassen. Sechs Tage, sieben Tage, acht Tage vergingen, doch kein Piratenschiff war am Horizont zu sehen. Zehn, fünfzehn Tage. Die fünftausend Mann waren schon längst wieder in ihr Lager zurückgeschickt worden, doch jeden Tag stand Spartacus am Aussichtspunkt an der Hafeneinfahrt und suchte, die Hand schützend über die Augen haltend, den Horizont in Richtung Süden ab. Sie würden kommen. Sie mußten einfach!

»Du bist betrogen worden«, sagte Aluso am sechzehnten Tag, als Spartacus keine Anstalten mehr machte, seinen Aussichtsposten zu beziehen.

Er schluckte krampfhaft. »Ja, ich bin betrogen worden.«

»Oh, Spartacus, die Welt ist voller Betrüger und Lügner!« rief Aluso. »Wenigstens haben wir in gutem Glauben gehandelt, und du bist wie ein Vater zu diesen armen Menschen. Ich sehe eine Heimstatt für uns jenseits des Wassers, ich sehe alles so genau, daß ich es fast berühren kann! Und dennoch werden wir Sizilien nie erreichen. Beim erstenmal, als ich in den Knochen las, erkannte ich es, aber später haben mich auch die Knochen betrogen. Betrüger und Lügner!« Ihre Augen funkelten, sie knurrte. »Hüte dich vor dem, der aus dem Schnee kommt!«

Spartacus hörte nicht mehr, Weinkrämpfe schüttelten ihn.

»Alles lacht über mich«, sagte Spartacus später am Tag zu Castus und Gannicus. »Sie sind mit unserem Geld davongesegelt und wußten bereits, daß sie nie wiederkommen würden. Zweitausend Talente für ein paar kurze Worte!«

»Es war nicht dein Fehler«, sagte Gannicus, der sonst eher schweigsam war. »Auch in Geschäften setzt man Treu und Glauben voraus.«

Castus zuckte mit den Schultern. »Sie sind eben keine Geschäftsleute, Gannicus. Sie kennen nichts anderes als Rauben und Stehlen. Ein Pirat ist ein Räuber, der sich nicht einmal maskiert.«

»Nun, es ist nicht zu ändern«, seufzte Spartacus. »Jetzt steht unsere Zukunft auf dem Spiel. Wir müssen bis zum Sommer auf der italienischen Halbinsel durchhalten, dann beschlagnahmen wir jedes Fischerboot zwischen der Campania und Rhegium und setzen nach Sizilien über.«

Mittlerweile wußte man zwar überall, daß es in Italien ein neues

Heer gab, aber Spartacus war nun schon so lange ungestraft durch das Land gezogen, daß er römische Rüstungsanstrengungen kaum beachtete. Seine Kundschafter waren faul, er selbst war gleichgültig geworden. So lange hatte er schon die Spartacani in seiner Obhut wie ein Hirte seine Herde, daß er seine Rolle nicht mehr in einem kriegerischen Licht sah. Er war weder Feldherr noch König, sondern ein Patriarch, der eine Heimstatt für seine Kinder suchte. Und nun würde er sie wieder auf die Wanderung schicken. Aber wohin? Ihr Hunger war so groß!

Als Crassus seinen Marsch in den Süden begann, schritt er an der Spitze eines Expeditionsheeres, das nur ein Ziel kannte: die Vernichtung der Spartacani. Doch vorerst hatte er keine Eile. Er wußte genau, wo sich seine Beute aufhielt, und hatte erraten, daß ihr Ziel Sizilien hieß. Für Crassus machte das keinen Unterschied. Wenn er Spartacus' Truppen auf Sizilien bekämpfen sollte, um so besser. Er hatte sich mit dem Statthalter – immer noch Gaius Verres – abgesprochen und von diesem die Versicherung erhalten, daß die Sklaven in Sizilien so kurz gehalten würden, daß sie auf keinen Fall einen dritten Aufstand gegen Rom versuchen konnten, selbst wenn Spartacus nach Sizilien käme. Verres hatte die Miliz in Alarmbereitschaft versetzt und sie um Pelorus stationiert, während er seine römischen Truppen für einen Feldzug beliebiger Größe in Reserve behielt. Außerdem konnte er sicher sein, daß Crassus den Rebellen auf den Fersen bleiben und die Hauptlast des Krieges übernehmen würde.

Doch nichts geschah. Die ganze Masse der Spartacani blieb in ihrem Lager vor Scyllaeum, denn, so hieß es, sie hatten keine Flotte zum Übersetzen nach Sizilien bekommen. Bei diesem Stand der Dinge schrieb Gaius Verres.

Ich habe eine merkwürdige Geschichte gehört, Marcus Crassus. Spartacus soll sich an die Piratenadmirale Pharnaces und Megadates mit der Bitte gewandt haben, zwanzigtausend seiner besten Soldaten von Scyllaeum nach Pelorus überzusetzen. Die Piraten zeigten sich damit einverstanden, vorausgesetzt, er zahle viertausend Talente Silber – zweitausend im voraus als Sicherheit und den Rest nach Erledigung des Auftrags.

Spartacus zahlte ihnen zweitausend Talente, und sie verschwanden damit auf Nimmerwiedersehen. Sie müssen sich ins Fäustchen gelacht haben. Für ein bloßes Versprechen haben sie eine fürstliche Summe eingesteckt. Manche werden zwar sagen, es sei Narrheit gewesen, die Vereinbarung nicht zu erfüllen und sich weitere zweitausend Talente entgehen zu lassen, aber Pharnaces und Megadates haben es vorgezogen, sich mit der halben Summe zu begnügen und dafür nichts zu tun. Sie hatten keine hohe Meinung von Spartacus und sahen ein unwägbares Risiko darin, auch die anderen zweitausend Talente verdienen zu wollen.

Nach meiner persönlichen Einschätzung ist Spartacus ein Dilettant und Bauerntölpel. Pharnaces und Megadates führten ihn so leicht hinters Licht, wie ein römischer Schwindler einen Apulier hereinlegt. Wenn im vorigen Jahr ein halbwegs schlagkräftiges Heer in Italien gestanden hätte, dann, so glaube ich, hätte es ihn und seine Rebellen im Handumdrehen vernichtet. Sein einziger Vorteil ist die schiere Masse. Aber wenn er Dir, Marcus Crassus, gegenübersteht, wird er keine Chance haben. Das Kriegsglück hat Spartacus verlassen, wohingegen Du, Marcus Crassus, bewiesen hast, daß Du zu Fortunas Günstlingen gehörst.

Caesar, dem Crassus den Brief zum Lesen gegeben hatte, lachte schallend, als er zum Schluß des Briefes gekommen war.

»Was mag er wohl im Schilde führen?« fragte er Crassus. »Braucht er einen Kredit? Bei den Göttern, dieser Mann verschlingt Geld!«

»Verres würde ich kein Geld leihen«, sagte Crassus, »er wird sich nicht halten.«

»Ich hoffe, deine Vermutung trifft zu! Woher weiß er aber soviel über den Handel zwischen Spartacus und den beiden Piratenstrategen?«

Crassus lachte verschmitzt; sein breites, sanftes Gesicht war mit einemmal wie verwandelt, er sah plötzlich jünger und geradezu bübisch aus. »Wenn ich mich nicht furchtbar irre, dann haben sie ihm alles erzählt, als er sie um seinen Anteil an den zweitausend Talenten bat.«

»Glaubst du, sie haben ihm einen Anteil gewährt?«

»Ganz bestimmt. Er überläßt ihnen Sizilien als Stützpunkt.«

Sie saßen allein im Feldherrenzelt, neben ihnen verbreiteten zwei Kohlefeuer wohlige Wärme. Es war inzwischen Anfang Februar, der Winter war hereingebrochen. Sie befanden sich innerhalb eines befestigten Lagers, das gleich neben der Via Popillia vor den Toren Terinas etwa hundert Meilen von Scyllaeum stand.

Warum Marcus Crassus gerade den achtundzwanzigjährigen Caesar zu seinem Vertrauten auserkoren hatte, bot reichlich Gesprächsstoff für seine Legaten, die darüber eher verwirrt als neidisch waren. Ehe Crassus seine Mußestunden mit Caesar teilte, hatte er keine Freunde besessen, daher fühlte sich kein Legat übergangen oder verdrängt. Was die beiden verband, war ein Rätsel, denn zwischen ihnen klaffte ein Altersunterschied von sechzehn Jahren, ihre Einstellung zum Geld war konträr, und auch ihre literarischen oder musischen Interessen waren verschieden. Jedem, der sie gemeinsam auftreten sah, schienen sie nicht zusammenzupassen. Männer wie Lucius Quinctius kannten Crassus schon seit Jahren und waren ihm in Politik und in Geschäften eng verbunden, ohne indes so etwas wie Freundschaft beanspruchen zu können. Doch von dem Zeitpunkt an, da Crassus die diesjährigen Militärtribunen zwei Monate früher als üblich zu sich berufen hatte, war seine Gunst Caesar zugeflogen; er suchte seine Sympathie, und Caesar erwiderte sie.

Die Lösung des Rätsels war sehr einfach. Die beiden Männer hatten erkannt, daß jeder von ihnen einmal eine wichtige Rolle in der Zukunft spielen würde, sie hegten weitgehend die gleichen politischen Ambitionen. Ohne diese gegenseitige Erkenntnis wäre die Freundschaft nicht möglich gewesen. Doch als sie erst einmal Wurzeln geschlagen hatte, kamen andere Momente hinzu, die sie noch verstärkten. Die Härte, die Crassus so offen zeigte, lag nicht weniger in dem geschmeidigeren, charismatischen Caesar; keiner der beiden hatte noch Illusionen über die Nobilität, aus der sie stammten; beide besaßen ein gerütteltes Maß gesunden Menschenverstands und scherten sich wenig darum, ob sie sich die Hände schmutzig machten oder nicht.

Die Unterschiede waren oberflächlich, wenn sie auch den gewöhnlichen Beobachter blendeten: hier der elegante Caesar, der in dem Ruf eines gefährlichen Frauenhelden stand, dort der sofort Vertrauen erweckende, väterlich wirkende Crassus; hier der brillante Intellektuelle, dort der gewiefte Pragmatiker. Ein seltsames Gespann. So urteilten alle faszinierten Beobachter, die von nun an Caesar als einen Mann betrachteten, mit dem in Zukunft gerechnet werden mußte, denn warum hätte sich Marcus Crassus sonst mit ihm abgegeben?

»Heute nacht wird es noch schneien«, sagte Crassus. »Morgen früh marschieren wir. Ich will den Schnee zu meinem Vorteil nutzen und nicht durch ihn aufgehalten werden.«

»Es wäre um vieles sinnvoller«, bemerkte Caesar, »wenn unser Kalender mit den Jahreszeiten übereinstimmte. Ich kann Ungenauigkeit nicht ertragen!«

Crassus schaute verdutzt. »Wie kommst du darauf?«

»Nun, wir haben bereits Februar, und erst jetzt bricht der Winter herein.«

»Du redest wie ein Grieche. Wichtig ist nur, daß man das Datum kennt, im übrigen kann man die Hand nach draußen halten, um zu spüren, ob es warm oder kalt ist. Was stört dich der Rest?«

»Es stört mich, weil es unordentlich und unsauber ist!«

»Wenn alles in der Welt sauber wäre, fiele es schwer, Geld zu machen.«

»Es fiele schwer, Geld beiseite zu schaffen, meinst du wohl«, entgegnete Caesar verschmitzt.

Als sich Crassus' Legionen Scyllaeum näherten, meldeten ihm Kundschafter, Spartacus lagere immer noch am Fuß des Vorgebirges in der Nähe des Hafens, wenn es auch Anzeichen für einen baldigen Abzug gebe. Seine Leute hätten die Vorräte der ganzen Gegend aufgebraucht.

Crassus und Caesar ritten mit den Baumeistern der Legion und einer Eskorte Berittener voran, da sie wußten, daß Spartacus keine Pferde besaß. Zwar hatte er früher einmal begonnen, einen Teil seiner Truppen zu Reitern auszubilden und zeitweilig sogar versucht, wildlebende Pferde in den Wäldern Lucaniens zu zähmen, doch weder mit seinen Männern noch mit den Wildpferden war ihm Erfolg beschieden gewesen.

Es schneite ununterbrochen an diesem windstillen Nachmittag, während die beiden römischen Kriegsherren mit ihrem Gefolge aus der Ferne das Lager des Feindes beobachteten. Wenn überhaupt Wachen aufgestellt waren, dann hatte man keine große Sorgfalt walten lassen, denn die Römer blieben unbehelligt. Allerdings half ihnen auch der Schnee, der die Geräusche dämpfte und Pferde und Reiter in Weiß hüllte.

»Besser, als ich gehofft habe«, sagte Crassus zufrieden, als die Kavalkade zum Lager zurückritt. »Wenn wir einen Graben mit aufgeschüttetem Wall zwischen den beiden Bergschluchten ziehen, können wir Spartacus in dem von ihm besetzten Gebiet einschließen.«

»Das wird sie nicht lange aufhalten«, sagte Caesar.

»Lange genug für meine Zwecke. Sie sollen Hunger leiden, frieren und an ihrer Lage verzweifeln. Wenn sie dann ausbrechen, werden sie nach Norden in Richtung Lucanien drängen.«

»Das muß dir gelingen. Sie versuchen es gewiß an unserem schwächsten Punkt, und der liegt nicht im Süden. Du ziehst wohl am besten die konsularischen Legionen für die Grab- und Schanzarbeiten heran.«

Crassus schaute überrascht. »Sie werden graben, aber gemeinsam mit allen anderen auch. Graben und Wall müssen in einer Woche fertig sein, und das bedeutet, daß auch altersgraue Veteranen den Spaten in die Hand nehmen werden. Im übrigen hält körperliche Bewegung warm.«

»Ich kann die Organisation für dich übernehmen«, anerbot sich Caesar.

Crassus lehnte wie erwartet ab. »Mich würde es freuen, aber das geht leider nicht. Lucius Quinctius ist mein Erster Legat, folglich fällt die Aufgabe an ihn.«

»Schade. Er scheint mir zu sehr in sein Amt und seine Rhetorik verliebt.«

Das mochte stimmen oder nicht, auf jeden Fall stürzte sich Lucius Quinctius mit großem Eifer auf die Aufgabe, die Spartacani mit Wall und Graben einzuschließen. Er besaß Einsicht genug, sich auf das Urteil seiner Baumeister zu verlassen, da er, wie Caesar richtig vermutet hatte, von Befestigungsanlagen nicht viel verstand.

Bald zog sich ein fünfzehn Fuß breiter und fünfzehn Fuß tiefer Graben zwischen den beiden Schluchten hin, die das Gebiet der

Spartacani begrenzten; die ausgehobene Erde wurde zu einem mit Holz verstärkten Wall aufgeschüttet, auf dem eine Palisade und in regelmäßigen Abständen Wachtürme errichtet wurden. Trotz ständigen Schneefalls war der Graben in sieben Tagen fertiggestellt. Acht Lager – für jede Legion eines – waren in regelmäßigen Abständen hinter dem Wall errichtet worden. Der Feldherr Crassus besaß also genug Soldaten, um die acht Meilen lange Befestigungslinie zu verteidigen.

Spartacus merkte, daß mit Crassus Bewegung in den Krieg gekommen war, doch schien ihn das kaum zu interessieren. Vielmehr warf er die Energie seiner Männer plötzlich auf den Bau von Flößen, die von den Booten der Fischer aus Scyllaeum geschleppt werden sollten. Die Römer, die dieses Treiben beobachteten, bekamen den Eindruck, daß er seine ganze Hoffnung auf eine Flucht über die Meerenge setzte und seinen Plan für so sicher hielt, daß er sich sehenden Auges den letzten Ausweg auf dem Land abschneiden ließ. Schließlich kam der Tag, an dem der Exodus stattfinden sollte. Alle Römer, sofern sie der Dienst nicht anderswo festhielt, kletterten auf die Hänge des nahen Silagebirges, um von dort einen guten Ausblick auf den Hafen von Scyllaeum zu haben. Was sich dort abspielte, war ein Fiasko. Viele Flöße kenterten, ehe sie ihre Menschenfracht überhaupt aufnehmen konnten; die übrigen, die über Wasser blieben, kamen nicht einmal bis zur Hafeneinfahrt, geschweige denn aufs Meer hinaus. Die Fischerboote waren nicht dafür geeignet, so schwere, ungeschlachte Fahrzeuge zu schleppen.

»Immerhin scheinen nicht viele Männer ertrunken zu sein«, bemerkte Caesar gegenüber Crassus, als sie auf ihrem Beobachtungsposten standen.

»Das mag Spartacus vielleicht bedauern«, sagte Crassus ungerührt. »So hätte er ein paar hungrige Mäuler weniger.«

»Ich glaube eher, daß Spartacus sie liebt. Eben so, wie ein selbsternannter König sein Volk liebt.«

»Selbsternannt?«

»Geborene Könige kümmern sich wenig um ihr Volk«, sagte Caesar, der einen geborenen König kennengelernt hatte. Er zeigte auf den Strand der Bucht, wo das fieberhafte Treiben anhielt. »Ich sage dir, Marcus Crassus, dieser Mann liebt noch den letzten undankbaren Mitläufer in seiner großen Horde! Andernfalls hätte er sich schon vor einem Jahr von ihnen losgesagt. Ich frage mich, wer er eigentlich ist?«

»Ausgehend von dem, was mir Gaius Cassius mitgeteilt hat, habe ich Nachforschungen anstellen lassen«, sagte Crassus, der schon mit dem Abstieg begonnen hatte. »Komm, Caesar, wir haben genug gesehen. Wenn er sein Volk tatsächlich liebt, muß er ein Narr sein.«

»Oh, das ist er gewiß«, sagte Caesar. »Was hast du über ihn herausgefunden?«

»Fast alles, bis auf seinen wahren Namen. Wahrscheinlich werden wir ihn nie erfahren. Irgendein schlampiger Archivar, der wohl meinte, Sullas Tabularium könne Militärakten ebenso aufnehmen wie alles andere auch, achtete nicht darauf, sie vor Feuchtigkeit zu schützen. Nun sind sie nicht mehr zu entziffern, und Cosconius kann sich an keine Namen mehr erinnern. Zur Zeit lasse ich seine Militärtribunen ausfragen.«

»Viel Glück! Auch sie werden sich vermutlich nicht mehr an Namen erinnern können.«

Crassus gab einen grunzenden Laut von sich, der auch ein kurzes Lachen hätte sein können. »Kennst du die Legende, die in Rom über ihn erzählt wird – daß er ein Thraker sein soll?«

»Gewiß, jeder weiß, daß er ein Thraker ist. Thraker oder Gallier – etwas anderes gibt es doch nicht.« Caesars Lachen klang ehrlich. »Trotzdem halte ich diese Legende für ein Werk der Agenten des Senats.«

Crassus blieb plötzlich stehen und schaute Caesar mit dem Ausdruck größter Verwunderung an. »Ah, du bist ein ganz Schlauer!«

»Allerdings, schlau bin ich.«

»Gut, aber spricht etwas für deine Annahme?«

»Freilich. Wir hatten in letzter Zeit genug abtrünnige Römer. Wir wären ja Narren, wenn wir dieser Liste, die solche militärische Leuchten wie Gaius Marius, Lucius Cornelius Sulla und Quintus Sertorius umfaßt, noch weitere hinzufügen würden. Da schickt es sich weit besser, ihn einen Thraker sein zu lassen.«

»Huh!« stöhnte Crassus.

»Ich würde ihn gern einmal mit eigenen Augen sehen!«

»Durchaus möglich, wenn wir ihn dazu bringen, sich zum

Kampf zu stellen. Er reitet einen auffälligen Apfelschimmel mit rotem Sattelzeug und einem medaillonverzierten Sattel. Das Pferd hat früher Varinius gehört.«

Ein verbissener Kampf zwischen dem Thraker und dem Römer begann. Spartacus' Männer versuchten einen Monat lang immer wieder Crassus' Befestigungen zu durchbrechen, wurden aber jedesmal zurückgeschlagen. Jeder Römer wußte, daß die Vorräte im Lager der Spartacani zur Neige gehen mußten. Auf der anderen Seite suchte jeder von Spartacus' Soldaten – Caesar hatte sie auf rund siebzigtausend geschätzt – nach dem schwachen Punkt in der römischen Verteidigung. Schließlich glaubten sie, sie hätten ihn in der Mitte der Befestigungslinie ausgemacht, denn dort schienen die Ränder des Grabens unter dem Druck von Schmelzwasser eingestürzt zu sein. Spartacus trieb seine Männer an dieser Stelle über Graben und Wall, mußte aber sehr bald erkennen, daß sie in eine Falle gelaufen waren. Zwölftausend seiner Männer fanden den Tod, die übrigen zogen sich zurück.

Daraufhin ließ der Thraker, der kein Thraker war, die letzten Gefangenen aus den konsularischen Legionen holen. Er stellte unter seinen Männern Trupps zusammen, versah sie mit glühend heißen Pfählen und Zangen und teilte ihnen die Gefangenen zu. Dann postierte er sie an den Punkten entlang des Walls, wo die größtmögliche Zahl Legionäre die nun folgenden grausamen Folterungen sehen und die Schmerzensschreie ihrer Kameraden hören konnte. Doch nach dem Schrecken der *decimatio* fürchteten Crassus' Legionen ihren Feldherrn mehr, als daß sie Mitleid mit ihren armen, mit Feuer und Eisen gefolterten Kameraden empfunden hätten. Sie überstanden diese Szenen, indem sie den Blick abwandten und sich Wolle in die Ohren stopften. Als letztes Mittel führte Spartacus seinen wertvollsten Gefangenen vor, den ranghöchsten Zenturio aus Gellius' alter zweiten Legion. Er ließ ihn durch Hände und Füße aufs Kreuz nageln und verwehrte ihm die Gnade der zerbrochenen Beine, die sein Sterben beschleunigt hätte. Crassus' Antwort bestand darin, seine besten Bogenschützen auf dem Befestigungswall zu postieren; der Zenturio starb in einem Hagel wohlgezielter Pfeile.

Anfang März schickte Spartacus schließlich seine Frau Aluso

in Crassus' Lager. Sie sollte um Bedingungen für eine Kapitulation nachsuchen. Crassus empfing sie im Feldherrenzelt in Gegenwart seiner Legaten und Militärtribunen.

»Warum ist Spartacus nicht selbst gekommen?« fragte Crassus.

Auf diese Frage lächelte Aluso nur milde. »Weil die Armee ohne meinen Mann auseinanderfallen würde«, sagte sie, »und weil er dir, Marcus Crassus, auch unter einem Waffenstillstand nicht traut.«

»Dann ist er klüger geworden. Früher hat er sich von Piraten um zweitausend Talente Silber prellen lassen.«

Aluso war mit solchen Bemerkungen nicht aus der Fassung zu bringen. Sie antwortete nicht, auch nicht mit einem Blick. Sie hatte ihr Auftreten, das begriff Caesar sogleich, ganz darauf abgestellt, eine zivilisierte Empfangsdelegation zu verunsichern. Sie sah genau so aus, wie sich ein Römer eine barbarische Hexe vorstellen mochte. Das flachsblonde Haar floß ihr strähnig über Schultern und Rücken, sie trug eine schwarze Felltunika mit langen Ärmeln und darunter enganliegende Beinkleider. An Fuß- und Armgelenken blinkten goldene Ketten und Reife, an den Ohrläppchen hing noch mehr Goldgeschmeide, und ihre hennagefärbten Finger zierten zahlreiche Ringe. Um den Hals trug sie eine Kette aus kleinen Vogelschädeln, während an dem schweren Goldgürtel um ihre schmale Taille mehrere schaurige Trophäen prangten: eine eingeschrumpfte Hand, die noch Fingernägel und Hautfetzen aufwies, ein Kinderschädel sowie das Rückgrat einer Katze oder eines Hundes samt Schwanz. Ihre Tracht wurde von einem prächtigen Wolfspelz vervollständigt. Dessen Vorderläufe lagen ihr verschlungen auf der Brust, und der zähnebleckende Wolfsschädel, in dessen Augenhöhlen funkelnde Edelsteine steckten, prangte über ihrer Stirn.

Sie machte durchaus Eindruck auf die Männer, die sie schweigend betrachteten, wenn auch keiner von ihnen sie als schön bezeichnet hätte; dazu wirkte ihr Gesicht mit den hellen, irre funkelnden Augen zu verstörend.

Auf Crassus machte sie jedoch nicht den erhofften Eindruck. Für ihn gab es keine Reize außer dem des Geldes. Er schaute sie daher mit der gleichen Miene an, mit der er alle Menschen ansah, nämlich mit sanfter Gelassenheit.

»Du hast das Wort, Frau«, sagte er nur.

»Ich bin gekommen, um nach den Bedingungen für eine Kapitulation zu fragen, Marcus Crassus. Unsere Nahrungsvorräte sind erschöpft. Frauen und Kinder hungern, damit unsere Soldaten noch etwas zu essen haben. Mein Ehemann gehört nicht zu denen, die ungerührt zusehen können, wie hilflose Menschen leiden. Eher will er sich und seine Armee aufgeben. Nenne mir deine Bedingungen, dann teile ich sie ihm mit. Morgen bringe ich dir dann seine Antwort.«

Der Feldherr würdigte sie keines Blickes. Über die Schulter sagte er ihr in einem Griechisch, das besser als das ihre war: »Sag deinem Ehemann, daß es für ihn keine Bedingungen für eine Kapitulation gibt. Ich bin nicht bereit, seine Kapitulation anzunehmen. *Er* hat diese Rebellion angezettelt. Nun soll er sie bis zum bitteren Ende ausfechten.«

Aluso stockte der Atem. Auf alles war sie gefaßt gewesen, nur nicht darauf. »Das kann ich ihm unmöglich berichten! Du mußt seine Kapitulation annehmen!«

»Nein«, sagte Crassus, ihr immer noch den Rücken kehrend. Er schnippte mit den Fingern seiner rechten Hand. »Geleite sie hinaus, Marcus Mummius, und führe sie durch unsere Linien.«

Caesar mußte sich eine Weile gedulden, ehe er Crassus allein sprechen konnte. Er brannte darauf, ihm seine Meinung über die Begegnung mit Aluso mitzuteilen.

»Das hast du großartig gemacht«, sagte er gleich zu Beginn. »Sie war sich so sicher, daß sie Eindruck auf dich machen würde.«

»Törichtes Weib! Ich habe Erkundigungen über sie einziehen lassen. Danach ist sie eine Priesterin der Besser, obwohl ich sie eher eine Hexe nennen würde. Die meisten Römer sind abergläubisch – selbst an dir habe ich Züge von Aberglauben bemerkt, Caesar! –, aber ich nicht. Ich glaube nur an das, was ich sehe, und das war in diesem Fall eine Frau von mäßigem Verstand, die sich so kostümiert hat, wie ihrer Vorstellung nach eine Gorgo aussieht.« Er lachte auf. »Mir fällt eine Geschichte ein, die man sich über den jungen Sulla erzählt. Er soll einmal als Medusa verkleidet auf eine Gesellschaft gegangen sein. Auf dem Kopf trug er eine Perücke aus lebenden Schlangen, mit der er den Gästen einen gehörigen Schreck einjagte. Aber du und ich, wir beide wissen, daß es nicht der Anblick der Schlangen war, vor dem sich alle entsetzten. Nein, es war Sulla selbst. Hätte sie ebenfalls solch einen furchterregenden Zug in ihrem Wesen gehabt, hätte ich vielleicht auch vor ihr gezittert.«

»Zugegeben. Aber sie besitzt das zweite Gesicht.«

»Viele Leute besitzen das zweite Gesicht. Ich habe liebe alte Großmütter gekannt, deren Hände zitterten, aber die das zweite Gesicht besaßen. Auch stolz aussehende Advokaten, von denen du nie angenommen hättest, daß außer solidem juristischem Verstand noch etwas anderes in ihrem Kopf Platz haben könnte. Wie dem auch sei, weshalb glaubst du, daß sie das zweite Gesicht besitzt?«

»Weil sie mit größerer Furcht vor dir zu dieser Begegnung gekommen ist, als du je vor ihr gehabt hättest.«

Einen Monat lang hatte sich das schöne Wetter gehalten. Nachts fiel die Temperatur unter den Gefrierpunkt, tagsüber war es kaum wärmer, aber immer blauer Himmel und Schnee, unter dem der Boden gefroren blieb. Doch nach den Iden des März kam ein schrecklicher Sturm, der mit Graupelschauern begann und in anhaltende Schneefälle überging. Bald türmte sich überall Schnee auf. Spartacus sah seine Chance.

Dort, wo Wall und Graben in die Schlucht nahe bei Scyllaeum übergingen – Spartacus' erfahrenste Truppen hatten an dieser Stelle ihr Lager –, erhob sich die hunderttausend Mann starke Rebellenarmee und stürmte mit dem Mut der Verzweiflung gegen die römischen Befestigungen an. Sie warfen Baumstämme, Steine, tote Kämpfer und Tierkadaver, ja sogar große Teile der mitgeführten Kriegsbeute in den Graben, bis er aufgefüllt war, dann kletterten sie über die Palisade. Gleich einer Armee von Schatten wogten die Rebellen in immer neuen Wellen über den zugeschütteten Graben und flohen geradewegs ins Herz des Sturmes. Keiner hinderte sie daran; Crassus hatte angeordnet, die dort liegende Legion solle sich ihnen nicht entgegenstellen, sondern ruhig im Lager bleiben.

Die planlose Flucht der Rebellen offenbarte, wie wenig Halt es unter den Spartacani noch gab und daß kaum Hoffnung bestand, sie wieder zusammenzuschweißen. Während Spartacus mit seiner kämpfenden Truppe, die noch über eine gewisse Disziplin verfügte, auf der Via Popillia nach Norden eilte, schlugen sich Castus und Gannicus mit ihren Truppen, gefolgt vom Gros der Frauen, Kinder und nicht waffenfähigen Männer in die Wälder des Silagebirges durch. Von Hunger und der Anstrengung erschöpft, legten sich viele der Spartacani im Dickicht auf felsigem Grund nieder und erfroren. Diejenigen, welche die Flucht überstanden und wärmeres Wetter erlebten, erreichten schließlich die ersten Siedlungen in Bruttium. Hier wurden sie sofort als Spartacani erkannt und erschlagen.

Nicht, daß für Crassus das Schicksal dieser Zivilisten irgendeine Bedeutung gehabt hätte. Als der Schneefall nachließ, brach er das Lager ab und folgte mit seinen acht Legionen der Rebellenarmee auf der Via Popillia nach. Mit der Unerschütterlichkeit eines Ochsen bewegte sich der Heereszug voran. Crassus hatte eine Taktik ausgeheckt. Es bestand kein Grund zur Eile. Von Kälte und Hunger gebeutelt und ohne rechtes Ziel vor Augen, würden die Rebellen immer langsamer und auch zahlenmäßig immer kleiner werden. Es war daher klüger, den Troß in die Mitte der Heereskolonne zu nehmen, wo er nicht Gefahr lief, überfallen zu werden. Früher oder später würde er die Rebellen einholen.

Seine Kundschafter waren dafür um so emsiger. Ende März meldeten sie Crassus, daß die Spartacani sich am Silarus in zwei Teile geteilt hätten. Der eine Teil unter Spartacus ziehe auf der Via Popillia weiter in die Campania, während der andere Teil unter Castus und Gannicus nach Osten das Tal des Silarus hinaufwandere.

»Gut!« sagte Crassus. »Kümmern wir uns für eine Weile nicht um Spartacus und konzentrieren wir unsere Kräfte auf die beiden Samniter.«

Die Kundschafter meldeten, daß die Rebellen unter Castus und Gannicus nicht sehr weit gekommen waren. Auf ihrer Wanderung waren sie auf die reiche kleine Stadt Volcei gestoßen und aßen sich dort zum erstenmal seit zwei Monaten richtig satt. Kein Grund also, ihnen eilig nachzusetzen!

Als Crassus' vier Legionen, die dem Troß vorausgingen, in die Nähe von Volcei kamen, waren Castus und Gannicus immer noch am Schmausen und merkten nichts von der drohenden Gefahr.

Die Spartacani hatten nur ein sehr notdürftiges Lager am Ufer eines kleinen Sees angelegt, der um diese Jahreszeit ausreichend klares Wasser enthielt. Im Herbst hätte der gleiche Platz wohl weniger einladend gewirkt. Hinter dem See erhob sich ein Berg. Crassus erkannte sofort, was zu tun war, und wartete nicht auf die vier Legionen, die dem Troß folgten.

»Pomptinus und Rufus, nehmt zwölf Kohorten und schleicht euch zur Rückseite des Berges. Wenn ihr eure Stellung erreicht habt, greift vom Berg herab an. Ihr könnt geradewegs in die Mitte ihres Lagers stürmen, wenn man es überhaupt so nennen will. Sobald ich euch losstürmen sehe, greife ich von vorn an. Wir werden sie wie einen Käfer zwischen zwei Fingern zerdrücken.«

Der Plan war perfekt. Er hätte gelingen müssen, wenn eine Laune des Schicksals, die kein Kundschafter vorausahnen konnte, nicht alles über den Haufen geworfen hätte. Castus und Gannicus hatten nämlich gemerkt, daß in Volcei auch genügend Nahrungsvorräte für Spartacus' Truppen vorhanden waren und hatten daher einen Boten zu ihrem Anführer geschickt, er möge umkehren und mit seinen Männern an dem Schmaus teilnehmen. Tatsächlich machte sich Spartacus sofort auf den Weg und erschien gerade zu dem Zeitpunkt auf der anderen Seite des Sees, als Crassus zum Angriff blasen ließ. Castus' und Gannicus' Männer flüchteten in die Reihen ihrer gerade angekommenen Kameraden, und gemeinsam suchten alle Spartacani das Weite.

Andere Feldherren hätten jetzt händeringend zum Himmel geschaut, nicht aber Crassus. »Das war Pech, aber am Ende siegen wir doch«, sagte er gänzlich unerschüttert.

Mehrere Stürme fegten über das Land und setzten jedermann zu. Die Truppen beider Seiten hielten sich nun in der Gegend um den Silarus auf. Allerdings schien es, als wolle Spartacus die Via Popillia verlassen, während Castus und Gannicus auf dieser Straße in Richtung Campania marschierten. Wie eine Spinne, die auf ihre Beute wartet, hielt sich Crassus wieder im Hintergrund. Er hatte seine Truppen ebenfalls geteilt, nachdem er nun wieder über seine acht Legionen verfügte. Den Troß wußte er in Sicherheit. Er gab Lucius Quinctius und Tremellius Scrofa das Kommando über zwei Legionen Fußsoldaten und die gesamte Reiterei und wies sie an, dem Teil der Spartacani zu folgen, der die Via Popillia verlassen würde. Er selbst wollte dem anderen Teil auf der Straße nachfolgen.

Das römische Heer wälzte sich wie ein Mühlstein weiter. Da Caesars Legion zum Heeresteil des Oberbefehlshabers gehörte, konnte er aus der Nähe beobachten, mit welcher Beharrlichkeit dieser ungewöhnliche Feldherr vorging. Bei Eburum, nicht weit nördlich des Silarus, holte Crassus schließlich Castus und Gannicus ein und vernichtete ihre Armee: Dreißigtausend Rebellen fielen in der Schlacht. Die wenigen, denen die Flucht durch die römischen Linien gelang, flohen landeinwärts auf der Suche nach Spartacus.

Wie groß war aber die Freude bei allen Soldaten der siegreichen Legionen, als Crassus nach der Schlacht eine Entdeckung unter der aufgetürmten Kriegsbeute der Spartacani machte: fünf römische Feldzeichen, die von mehreren besiegten Truppenteilen stammten, dazu sechsundzwanzig Kohortenbanner und die *fasces* von fünf Prätoren.

»Schaut her!« rief er freudestrahlend. »Ist das nicht ein beglükkender Anblick?«

Der Feldherr bewies nun, daß er seine Truppen auch sehr rasch bewegen konnte, wenn es darauf ankam. Von Lucius Quinctius kam die Meldung, er und Scrofa seien in einen Hinterhalt geraten, aus dem sie sich aber ohne große Verluste hätten befreien können. Spartacus bleibe weiterhin in ihrer Reichweite.

Crassus marschierte los.

Das große Unternehmen war fehlgeschlagen. Spartacus war nur der Teil der Armee geblieben, der mit ihm zu den Quellen des Tanagrus hinaufzog. Mit ihm wanderte Aluso und sein Sohn.

Spartacus mußte erkennen, daß die Niederlage, die er Quinctius und Scrofa beigebracht hatte, ohne Wert für ihn war. Ihre Reiterei hatte ihre Schnelligkeit ausgespielt, sich rasch wieder formiert und den Rückzug der römischen Fußtruppen gesichert. Danach versuchte Spartacus gar nicht mehr, erneut das Kampfgebiet zu wechseln. Seine Männer hatten sich in drei kleinen Städten vorerst ausreichend mit Nahrung versehen können. Was aber das nächste und übernächste Tal bereithielt, wußte er nicht. Der Frühling nahte; die Getreidespeicher waren fast leer, und Gemüse war nach dem strengen Winter noch nicht gewachsen. Ihre mitgeführten Hühner waren mager, und ihre Schweine – schlaue Tiere! – hatten Reißaus in die Wälder genommen. Ein abstoßender Mensch, ein Bürger aus dem nahen Potentia, hatte sich ein Vergnügen daraus gemacht, zu Spartacus zu gehen und ihm die Nachricht zu bringen, Varro Lucullus sei mit seinen Legionen aus Mazedonien unterwegs nach Brundisium, man erwarte jeden Tag seine Landung. Er habe vom Senat den Befehl erhalten, als Verstärkung zu Crassus' Heer zu stoßen.

»Deine Tage sind gezählt, Gladiator!« sagte der Mann schadenfroh. »Rom ist unbesiegbar!«

»Ich sollte dir die Kehle durchschneiden«, entgegnete der Gladiator bedrückt.

»Tu es doch! Genau das erwarte ich von dir!«

»In diesem Fall gebe ich dir nicht die Genugtuung, einen ehrenhaften Tod zu sterben. Verschwinde!«

Aluso hatte zugehört. Nachdem der Mann weggegangen war, suchte sie Spartacus' Nähe und legte ihre Hand auf seinen Arm.

»Das Ende naht«, flüsterte sie.

»Ich weiß, Aluso.«

»Ich sehe dich in der Schlacht fallen, aber ich sehe dich nicht tot.«

»Wenn ich in der Schlacht falle, ist das mein Ende.«

Er fühlte sich so müde, das Fiasko im Hafen von Scyllaeum lastete immer noch auf ihm. Wie konnte er seinen Männern ins Gesicht sehen, wo er doch wußte, daß seine mangelnde Voraussicht schuld daran war, daß Crassus sie eingeschlossen hatte? Die Frauen und Kinder waren fort, doch sie würden nicht wiederkommen. Sie waren alle irgendwo in den Lucaner Bergen verhungert.

Zwar hatte er keine Anhaltspunkte, ob das, was der Mann aus Potentia ihm über Varro Lucullus gesagt hatte, wahr oder falsch war, aber er wußte, daß ihm der Weg nach Brundisium dennoch versperrt war. Crassus beherrschte die Via Popillia; die Nachricht von Castus' und Gannicus' vernichtender Niederlage hatte ihn erreicht, noch ehe er den Hinterhalt für Quinctius und Scrofa legte. Ihm stand kein Weg mehr offen außer jenem zum letzten Gefecht. Bei diesem Gedanken überkam ihn bittere Freude … Weder seine Herkunft noch seine Talente hatten ihn für eine solch erdrückende Verantwortung prädestiniert, für das Leben und die Wohlfahrt eines ganzen Volkes einzustehen. Er war nur ein ganz gewöhnlicher römischer Bürger aus italischer Familie, der am Fuß des Vesuv zur Welt gekommen war und dort zusammen mit seinem Vater und seinem Bruder ein Leben in Bescheidenheit hätte verbringen sollen. Wer war er denn, daß er sich anmaßte, einem neuen Volk zur Geburt zu verhelfen? Dazu fehlte ihm der Adel, die Bildung und die Größe. Doch es war ehrenhaft, als freier Mann auf dem Schlachtfeld zu sterben. Nie wieder würde er sich gefangennehmen lassen.

Bald hieß es, Crassus sei im Anmarsch. Spartacus nahm Aluso und seinen Sohn und setzte sie in einen mit sechs Maultieren bespannten Wagen, den er weit genug entfernt von der Stätte seines letzten Kampfes bereitgestellt hatte. Dies tat er, damit Frau und Kind der Verfolgung durch die Römer entgingen. Er hätte es lieber gesehen, wenn sie sogleich abgefahren wären, doch Aluso weigerte sich: Sie müsse den Ausgang der Schlacht abwarten. Hinten im Wagen lagen Gold, Silber, kostbare Gegenstände und Münzen versteckt als Sicherheit für ein Leben in Wohlstand für Frau und Kind. Daß sie getötet werden könnten, war Spartacus bewußt, doch ihr Schicksal lag im Schoß der Götter, und die Götter hatten ihr Leben bisher verschont.

Vierzigtausend Spartacani versammelten sich zur Begrüßung ihres Anführers. Spartacus hielt keine Ansprache vor der Schlacht, aber sie jubelten ihm laut zu, als er auf dem prächtigen Apfelschimmel Batiatus vorbeiritt. Er nahm seinen Platz ein neben dem Feldzeichen seiner Armee, dem springenden Fisch aus Email, der den Helm eines Galliers zierte, erhob beide Hände mit geballter Faust und ließ sich dann aus dem Sattel gleiten. Mit der Rechten zog er seinen Säbel, den Krummsäbel eines thrakischen Gladiators, schloß die Augen, hob die Waffe und stieß sie in Batiatus' Hals. Blut schoß in dickem Strahl hervor, doch das edle Roß wehrte sich nicht. Wie ein Opfertier ging es auf die Knie, kippte auf die Seite und starb.

Hier also sollte alles enden. Wozu noch Worte? Indem Spartacus vor aller Augen sein geliebtes Pferd tötete, machte er seinen treuen Soldaten deutlich, daß er das Schlachtfeld nicht lebend verlassen wollte. Er hatte sich seine letzte Möglichkeit zur Flucht genommen.

Wie erwartet wurde die Schlacht hart und unerbittlich, und das Blut floß in Strömen. Die meisten Rebellen folgten dem Beispiel ihres Anführers und kämpften, bis sie tödlich getroffen oder aus Erschöpfung niedersanken. Spartacus selbst erschlug zwei Zenturionen, ehe ihm ein Unbekannter im Getümmel die Sehnen eines Beines durchtrennte. Er sank auf die Knie, focht aber hartnäckig weiter, bis er unter einem Berg von Leichen begraben wurde.

Fünfzehntausend Spartacani kamen mit dem Leben davon und flohen; sechstausend wandten sich nach Apulia, die übrigen schlugen sich zu den Lucaner Bergen durch.

»Ein Feldzug, noch dazu im Winter, in knapp sechs Monaten beendet«, sagte Crassus zu Caesar. »Alles in allem habe ich wenig Soldaten verloren, und Spartacus ist tot. Rom hat seine Feldzeichen und *fasces* wieder, außerdem wird man für einen großen Teil der Kriegsbeute der Spartacani die Besitzer nicht mehr ausfindig machen können. Wir haben also gute Arbeit geleistet.«

»Da ist allerdings noch eine Kleinigkeit, Marcus Crassus«, bemerkte Caesar, der den Befehl erhalten hatte, das Schlachtfeld nach Überlebenden abzuschreiten.

»Nämlich?«

»Spartacus. Er ist nirgends zu finden.«

»Unfug!« sagte Crassus unwirsch. »Ich habe doch selbst gesehen, wie er gefallen ist!«

»Ich auch. Ich habe sogar die Stelle noch genau in Erinnerung. Ich könnte dich geradewegs dorthin führen. Komm mit, und ich zeige es dir. Aber er ist nicht da, Marcus Crassus.«

»Seltsam!« Der Feldherr zog eine ärgerliche Miene, schürzte die Lippen und überlegte einen Augenblick. Dann sagte er mit einem Schulterzucken: »Nun, was macht das schon? Seine Armee hat das Weite gesucht, das ist das Entscheidende. Ich darf sowieso keinen Triumph über einen Gegner feiern, der als Sklave gilt. Der Senat wird mir nur eine *ovatio* gewähren, aber das ist nicht das gleiche wie ein Triumph.« Er seufzte. »Und was ist mit seiner Frau, der thrakischen Hexe?«

»Auch sie haben wir nicht gefunden. Allerdings haben wir einige Zivilisten aus dem Troß aufgegriffen, die sich in die Büsche geschlagen hatten. Ich fragte sie über diese Frau aus und fand heraus, daß ihr Name Aluso sei. Sie schworen mir, sie sei in einen von furchterregenden Schlangen gezogenen, rotglühenden Wagen gestiegen und dann zischend himmelwärts davongefahren.«

»Schatten der Medea! Vermutlich wollen sie aus Spartacus einen Jason machen!« Crassus schritt mit Caesar zu dem Leichenberg, unter dem Spartacus begraben liegen sollte. »Mir scheint, daß sich alle beide davongestohlen haben. Meinst du nicht auch?«

»Ganz bestimmt«, sagte Caesar.

»Wir müssen sowieso das ganze Gebiet nach versprengten Spartacani durchkämmen. Irgendwo stöbern wir sie schon auf.«

Caesar erwiderte nichts. Seiner Meinnung nach würden sie nie wieder auftauchen. Dieser Gladiator war nicht dumm. Er würde kein zweitesmal eine Armee aufstellen, sondern lieber in der Namenlosigkeit verschwinden.

Den ganzen Mai hindurch machte die römische Armee Jagd auf Spartacani, die sich in den Bergen Lucaniens und Bruttiums versteckt hatten. Die Gegend bot ideale Schlupfwinkel für Räuber, daher war es unbedingt nötig, alle überlebenden Spartacani aufzuspüren. Caesar hatte den Teil der Rebellenarmee, der nach Süden entkommen war, auf neun- bis zehntausend Mann geschätzt, doch alle Flüchtigen, die seine Truppen aufgespürt und gestellt hatten, betrugen zusammengenommen gerade sechstausendsechshundert. Die übrigen würden wahrscheinlich Räuber werden und allen Reisenden, die ohne Begleitschutz auf der Via Popillia nach Rhegium unterwegs waren, das Leben schwermachen.

»Ich kann die Jagd allein weiterführen«, sagte Caesar an den Kalenden des Juni. »Allerdings werden wir mit steigendem Aufwand immer weniger fangen.«

»Nein«, entschied Crassus. »Ich will bis nächste Woche mit meinem Heer in Capua sein, die konsularischen Legionen eingeschlossen. Nächsten Monat finden die Wahlen zu den kurulischen Ämtern statt, und ich will für meine Konsulatskandidatur rechtzeitig in Rom sein.«

Daran war nichts Überraschendes. Caesar verlor kein Wort darüber. Statt dessen erkundigte er sich nach den sechstausend Spartacani, die nordöstlich nach Apulia geflohen waren.

»Sie sind bis an die Grenze des italischen Galliens gekommen«, wußte Crassus zu berichten. »Dort trafen sie auf Pompeius Magnus, der mit seinen Legionen aus Spanien zurückkam. Du kennst Magnus. Er hat sie alle erschlagen.«

»Dann bleiben uns also nur noch unsere Gefangenen hier. Was hast du mit ihnen vor?«

»Sie gehen mit uns bis Capua.« Crassus schaute seinen Militärtribun mit seiner üblichen phlegmatischen Miene an, doch in seinen Augen lag eisige Kälte. »Rom kann keine weiteren Sklavenkriege gebrauchen, Caesar. Sie verursachen dem Schatzamt nur unnötige Kosten. Hätten wir weniger Glück gehabt, wären fünf Feldzeichen und fünfundzwanzig *fasces* für immer verlorengegangen, ein Makel für Roms Ehre, den ich persönlich für unerträglich gehalten hätte. Roms Feinde könnten später Männern wie Spartacus zu einer falschen Größe verhelfen. Andere könnten darin einen Ansporn sehen, ihm nachzueifern, ohne je die triste Wahrheit zu kennen. Du und ich, wir wissen, daß Spartacus aus der römischen Legion hervorgegangen ist, insofern ähnelte er einem Quintus Sertorius sehr viel mehr als einem mißhandelten Sklaven. Hätte er in der Legion nicht das Kriegshandwerk gelernt, wäre er nie so erfolgreich gewesen. Er soll nicht zu einem Freiheitshelden werden. Deshalb will ich Spartacus dazu benutzen, dem ganzen Spuk der Sklavenaufstände ein für allemal ein Ende zu setzen.«

»Es war eher ein Samniter- als ein Sklavenaufstand.«

»Richtig. Aber die Samniter bleiben eine Plage, mit der Rom weiterhin leben muß. Die Sklaven hingegen müssen lernen, wo ihr Platz ist. Ich habe die Machtmittel, ihnen diese Lektion zu erteilen, und ich tue es auch. Wenn ich mit den Resten der Spartacani fertig bin, wird es keine Sklavenaufstände mehr in der römischen Welt geben.«

Caesar dachte gewöhnlich schnell und durchschaute die Menschen, mit denen er zu tun hatte, auf den ersten Blick, so daß er die Antwort vor den anderen wußte. Diesmal aber erriet er nicht, was Crassus vorhatte.

»Wie willst du das erreichen?« fragte er ihn.

»Die Tatsache, daß wir gerade sechstausendsechshundert Gefangene gemacht haben, hat mich auf eine Idee gebracht. Die Entfernung zwischen Capua und Rom beträgt einhundertzweiunddreißig Meilen, jede zu fünftausend Fuß. Das macht insgesamt sechshundertsechzigtausend Fuß. Ich habe vor, alle hundert Fuß zwischen Capua und Rom einen Rebellen ans Kreuz schlagen zu lassen. Und sie sollen dort solange hängen bleiben, bis von ihnen nur noch blanke Knochen übrig sind.«

Caesar holte Luft. »Ein schauderhafter Anblick.«

»Eine Frage habe ich an dich«, sagte Crassus und legte seine Stirn in Falten. »Soll ich alle Kreuze auf einer Seite der Straße errichten lassen, oder soll ich zwischen beiden Seiten wechseln?«

»Nur auf einer Seite der Straße«, antwortete Caesar ohne Zögern. »Unbedingt nur auf einer Seite. Vorausgesetzt, du meinst die Via Appia und nicht die Via Latina.«

»Ja, natürlich die Via Appia. Die zieht sich über Meilen schnurgerade hin und hat wenig Hügel.«

»Dann nur auf einer Seite. Das Auge kann das Ganze dann besser in den Blick nehmen.« Caesar lächelte. »Ich habe einige Erfahrung im Kreuzigen.«

»Ich habe davon gehört«, sagte Crassus ernst. »Dennoch kann ich dich nicht mit dieser Aufgabe betrauen. Sie schickt sich nicht für einen Militärtribun, der zu den gewählten Magistraten gehört. Das hier ist die Aufgabe des *praefectus fabrum.*«

Da der *praefectus fabrum* – der Offizier im Heer, der sich um alle Fragen der Technik und des Nachschubs kümmerte – einer von Crassus' Freigelassenen war und als Meister seines Fachs galt, zweifelten weder Caesar noch Crassus, daß das Unternehmen reibungslos ablaufen werde.

Und wirklich, als Crassus Ende Juni gemeinsam mit seinen Legaten, den gewählten und ernannten Militärtribunen und nur von einer Reiterschwadron begleitet die Via Appia von Capua nach Rom hinaufzog, war die linke Seite der alten prächtigen Straße den ganzen Weg über von Kreuzen gesäumt. Alle hundert Fuß hing ein Rebell in den Stricken, die ihm die Arme an den Ellbogen und die Beine unterhalb der Knie fesselten. Crassus hatte ihnen gegenüber keine Gnade gezeigt, keinem Spartacanus wurden die

Beine gebrochen. Von Capua bis zur Porta Capena war die Luft vom Stöhnen und Wimmern der Unglücklichen erfüllt, die eines langsamen und qualvollen Todes sterben mußten.

Das Schauspiel lockte auch Neugierige an. Manche brachten einen unbotmäßigen Sklaven mit, damit er Crassus' Werk sehe, und machten ihm klar, daß es das Recht jedes Herrn sei, Sklaven ans Kreuz schlagen zu lassen. Viele machten bei diesem schauerlichen Anblick sogleich wieder kehrt, und Reisende, welche die Via Appia zwischen Capua und Rom nicht vermeiden konnten, waren dankbar dafür, daß die Kreuze nur auf einer Seite der Straße standen. Da der Anblick aus der Entfernung erträglicher ausfiel, wurde die Servianische Mauer auf beiden Seiten der Porta Capena zum beliebtesten Aussichtspunkt für alle, die in Rom wohnten und das Schauspiel lieber aus der Ferne sehen wollten. Der Blick reichte über viele Meilen, aber die Gesichter der Unglücklichen waren nicht zu erkennen.

Achtzehn Monate lang hingen die Gekreuzigten an der Via Appia. Was einmal aus Haut und Muskeln bestand, verfiel allmählich, bis nur noch klappernde Knochen übrigblieben. Crassus hatte verboten, sie vor dem letzten Tag seines Konsulats abzunehmen.

Caesar dachte nicht ohne Bewunderung, daß kein Feldzug in der ganzen Geschichte Roms so sauber und so erfolgreich geführt worden war: was mit einer *decimatio* begonnen hatte, endete mit einer Massenkreuzigung.

TEIL ACHT

Mai 71 v. Chr.
bis März 69 v. Chr.

THE CONSUL POMPEY

Als Pompeius die Grenze am Rubicon erreichte, ließ er seine Armee nicht zurück. Sein Anteil des Ager Gallicus lag im italischen Gallien, und nach Italien würde er marschieren, gleichgültig, was Sullas Gesetze sagten. Seine Soldaten kamen fast um vor Heimweh, und die Mehrzahl seiner Truppen bestand noch immer aus picentischen und umbrischen Veteranen. Er errichtete vor Sena Gallica ein riesiges Lager, gab den Befehl, keiner dürfe sich ohne die Erlaubnis eines Militärtribuns daraus entfernen, und marschierte mit einer Kohorte Fußsoldaten als Begleitschutz die Via Flaminia hinunter nach Rom.

Kurz nachdem er den langen Marsch von Narbo zu seinem neuen Paß über die Alpen angetreten hatte, war ihm die lange verdrängte Antwort eingefallen, und er wunderte sich, daß er so blöd gewesen war, sie nicht früher zu sehen. Dreimal hatte er ein Spezialkommando erhalten, einmal von Sulla, zweimal vom Senat; zweimal mit den Vollmachten eines Prätors und einmal mit denen eines Konsuls. Er war unzweifelhaft der Erste Mann in Rom, das wußte er genau. Doch er wußte ebenfalls, daß niemand, auf den es ankam, diese Tatsache je zugeben würde. Also würde er einen unwiderlegbaren Beweis dafür liefern müssen, und der einzige Weg, dies zu tun, war ein Coup, so kühn und offensichtlich verfassungswidrig, daß danach niemand mehr bestreiten könnte, daß er den Titel des Ersten Mannes in Rom vollauf verdiente.

Er, der noch immer ein Ritter war, würde den Senat dazu zwingen, ihn zum Konsul zu machen.

Pompeius hatte den Senat noch nie gemocht, und seine Verachtung war mit der Zeit immer mehr gewachsen. Die Mitglieder des Senats waren so leicht zu kaufen wie die Kuchen in einer Bäckerei, und die Trägheit des Gremiums war so monumental, daß es nicht einmal über seinen Schatten springen konnte, um den eigenen Untergang zu verhindern. Als er seine Männer von Tarentum nach Rom in Marsch gesetzt hatte, um einen Triumph zu erzwingen, hatte selbst Sulla klein beigegeben! Pompeius hatte dies damals nicht erkannt – so magisch war die Wirkung gewesen, die Sulla auf seine Mitmenschen ausgeübt hatte. Inzwischen wußte er jedoch, daß er, Magnus, in dieser Angelegenheit gesiegt hatte, nicht Sulla. Sulla aber war als Gegner ungleich furchtbarer gewesen, als der Senat es je sein würde.

Während seines letzten Jahres im Westen hatte Pompeius fassungslos die Nachrichten über die Erfolge des Spartacus verfolgt. Auch wenn die Konsuln Gellius und Clodianus in seinem Sold standen und er ihre Schwächen kannte, fand er es doch unglaublich, wie unfähig sie sich als Feldherren erwiesen und daß sie ihre Niederlagen einzig mit der schlechten Moral ihrer Soldaten erklären konnten. Er hätte ihnen beinahe geschrieben, daß er selbst sogar eine Armee von Eunuchen besser geführt hätte. Doch er hatte darauf verzichtet; es machte wenig Sinn, Männer gegen sich aufzubringen, für die er einen hohen Preis bezahlt hatte.

Zwei weitere Nachrichten, die er erst in Narbo erfahren hatte, waren ihm noch unglaublicher erschienen. Die erste erfuhr er durch Briefe von Gellius und Clodianus: Der Senat hatte die Konsuln ihres Kommandos im Krieg gegen Spartacus enthoben. Die zweite Nachricht kam von Philippus: Marcus Licinius Crassus hatte den Senat dazu erpreßt, die Volksversammlung ein Gesetz verabschieden zu lassen, das ihm das Kommando im Krieg gegen Spartacus übertrug, und nachdem man ihm acht Legionen und eine ordentliche Reiterei versprochen hatte, hatte er es gnädig angenommen. Pompeius hatte mit Crassus im Feld gestanden. Er hielt ihn für einen absolut mittelmäßigen Feldherrn, und auch seine Truppen waren mittelmäßig. Aus diesem Grund hatte er über die Nachricht des Philippus nur den Kopf schütteln können. Auch Crassus würde Spartacus nicht schlagen.

Just als er Narbo verlassen wollte, erreichte ihn eine letzte Nachricht, die seinen Eindruck vom Krieg gegen Spartacus vollauf bestätigte: So miserabel waren Crassus' Truppen, daß er sie dezimiert hatte! Und das war, wie jeder Feldherr aus der Geschichte und aus den militärischen Handbüchern wußte, eine letzte Verzweiflungsmaßnahme, die zum Scheitern verurteilt war, weil sie die Moral vollends zerstörte. Es gab absolut nichts, das Männern noch das Rückgrat hätte stärken können, die solche Feiglinge waren, daß sie eine *decimatio* verdient hatten. Und doch war es typisch für den großen, schwerfälligen Crassus, zu glauben, daß er die Schwächen seiner Armee ausgerechnet durch eine *decimatio* werde beseitigen können.

Pompeius hatte mit dem Gedanken gespielt, rechtzeitig in Italien einzutreffen, um mit Spartacus aufzuräumen, und aus diesem Gedanken wurde wie ein Donnerschlag DIE IDEE geboren: Natürlich würde ihn der Senat auf Knien bitten, ein weiteres Spezialkommando zu übernehmen – die Vernichtung des Spartacus und seiner Anhänger. Diesmal jedoch würde er darauf bestehen, daß man ihn zum Konsul wählte, bevor er die Aufgabe übernahm. Wenn Crassus von den eingeschriebenen Vätern ein Kommando erpressen konnte, das durch die Volksversammlung beschlossen wurde, dann hatten die eingeschriebenen Väter nicht die geringste Chance, sich den Wünschen von Gnaeus Pompeius Magnus zu widersetzen. Prokonsul, *non pro consule sed pro consulibus,* das war einfach nicht mehr gut genug! Er würde nicht auf ewig für den Senat die Dreckarbeit machen und sich dafür mit Imperien abspeisen lassen, welche die wahre senatorische Machtvollkommenheit nicht beinhalteten. Nein! Nie wieder! Er hatte überhaupt nichts dagegen, in den Senat einzutreten, wenn er dies als Konsul tun konnte. Soweit er sich erinnerte, hatte das vor ihm noch keiner geschafft. Es würde eine echte Premiere sein, eine absolute Sensation, und sie würde der ganzen Welt beweisen, daß er der Erste Mann in Rom war.

Auf dem ganzen Weg die Via Domitia hinunter hatte er in Träumen geschwelgt, die so glücklich und angenehm waren, daß Varro und viele andere sich fragten, was wohl in seinem Kopf vorging. Manchmal war er in Versuchung geraten, etwas zu verraten, hatte jedoch immer davor zurückgescheut und seine Pläne lieber für sich behalten. Varro und die anderen würden bald genug merken, was er vorhatte.

Als Pompeius die neue Paßstraße vermessen und gepflastert hatte und mit seinem Heer durch das Tal der Salasser nach Gallia

Cisalpina hinunterstieg, war er noch immer von freudiger Erwartung erfüllt. Auch als das Heer die Via Aemilia hinuntermarschierte, pfiff Pompeius noch immer vergnügt vor sich hin. Doch dann, bei der kleinen Stadt Forum Popilii, die schon ein gutes Stück in Italien lag, traf ihn ein furchtbarer Schlag. Er rannte mit seinen sechs Legionen im wahrsten Sinne des Wortes in einen wilden Mob schmutzbedeckter Männer hinein, die an ihrer miserablen Bewaffnung als Anhänger des Spartacus zu erkennen waren. Es war kein Problem, sie zusammenzutreiben und alle zu töten. Nein, das Problem bestand darin, daß Marcus Crassus die Armee des Spartacus schon vor einem knappen Monat vernichtet hatte. Der Krieg gegen Spartacus war zu Ende!

Kein Legat des Pompeius wunderte sich über den Verdruß ihres Feldherrn, denn sie hatten alle angenommen, daß er deshalb so vergnügt die Via Aemilia hinuntergeritten war, weil er fest mit einem neuen Feldzug rechnete. Daß er geplant hatte, sich vor diesem Feldzug zum Konsul wählen zu lassen, hatte allerdings keiner geahnt. Nun war er mehrere Tage in so gedrückter Stimmung, daß selbst Varro seine Gesellschaft mied.

Warum habe ich diese Nachricht nicht erhalten, als ich noch in Gallia Transalpina stand? dachte Pompeius bitter. Nun werde ich mit meiner noch nicht entlassenen Armee drohen müssen, aber ich habe mit ihr schon die Grenze Italiens überschritten und Sullas Verfassung verletzt. Und Crassus hat seine Armee auch noch nicht entlassen. Wenn ich noch in Gallia Transalpina wäre, hätte ich einfach abwarten können, bis Crassus seinen Triumph gefeiert hätte und seine Truppen wieder ins Zivilleben zurückgekehrt wären. Ich hätte die mir hörigen Senatoren einsetzen können, um die kurulischen Wahlen zu blockieren, bis ich meine Kandidatur bekanntgegeben hätte. Nun aber stehe ich in Italien. Also werde ich mit meiner Armee drohen müssen.

Die gedrückte Stimmung hielt jedoch nur einige Tage vor. Als Pompeius seine Männer in das Lager bei Sena Gallica führte, pfiff er zwar noch nicht wieder vergnügt vor sich hin, aber seine Depression war verflogen. Er hatte nachgedacht und sich eine wichtige Frage gestellt: Aus was für Männern bestand eigentlich Crassus' Armee? Die Antwort war schnell gefunden: aus dem Abschaum Italiens, zu feige, sich einem Kampf zu stellen. An dieser Tatsache konnte auch der Sieg des Crassus nichts geändert haben. Die sechstausend Flüchtlinge, die Pompeius bei Forum Popilii niedergemacht hatte, waren ein kläglicher Haufen gewesen. Vielleicht hatte die *decimatio* Crassus' Männern tatsächlich ein wenig das Rückgrat gesteift, aber wie lange würde die Wirkung vorhalten? Und hatte sie die Truppen des Crassus seinen Männern ebenbürtig gemacht, die sich in Spanien jahrelang durch Hitze und Kälte geschleppt hatten, ohne Sold, ohne Beute, ohne ordentliche Nahrung und ohne Dank des erhabenen Senats? Nein. Die Antwort war ein uneingeschränktes, unwiderrufliches NEIN!

Als Rom immer näher kam, kehrte die alte Hochstimmung des Pompeius allmählich zurück.

»Was geht in deinem Kopf vor?« wollte Varro wissen, als er neben Pompeius auf der Straße dahinritt.

»Daß man mir ein Staatspferd schuldet. Das Schatzamt hat mir nie Ersatz für mein geliebtes weißes Staatspferd geleistet.«

»Ist das denn kein Staatspferd?« sagte Varro und zeigte auf Pompeius' kastanienbraunen Wallach.

»Diese Schindmähre?« grunzte Pompeius verächtlich. »Mein Staatspferd muß ein Schimmel sein.«

»Das ist keine Schindmähre«, sagte Varro, der einen Teil der Rosea Rura sein eigen nannte und ein anerkannter Pferdekenner war. »Es ist wirklich ein sehr gutes Tier.«

»Nur weil es früher Perperna gehört hat?«

»Nein, weil es eben ein gutes Pferd ist.«

»Mag sein. Aber es ist nicht gut genug für mich.«

»Woran hast du wirklich gedacht?«

»Was denkst du, daß ich gedacht habe?«

»Das habe ich dich gefragt. Nun sag schon!«

»Warum riskierst du nicht eine Vermutung?«

Varro runzelte die Stirn. »Ich dachte, ich hätte eine, als wir bei Forum Popilii in diese Spartacusanhänger hineinrannten, nämlich daß du auf ein weiteres Spezialkommando gehofft hattest und sehr enttäuscht warst, als Spartacus bereits vernichtet war. Jetzt aber bin ich einfach ratlos.«

»Dann zerbrich dir nur weiter den Kopf, Varro«, sagte Pompeius. »Ich werde meine Gedanken vorerst für mich behalten.«

Die Kohorte, die Pompeius nach Rom eskortierte, bestand aus Männern, die aus Rom stammten. Diese Art gesunder Menschenverstand war typisch für Pompeius – warum sollte er Männer nach Rom schleppen, die lieber an einem anderen Ort gewesen wären? Nachdem er an der Via Recta ein kleines Lager aufgeschlagen hatte, erlaubte er den Soldaten, Zivilkleidung anzulegen und in die Stadt zu gehen. Afranius, Petreius, Gabinius, Sabinus und die anderen Legaten verloren keine Zeit, ihrem Beispiel zu folgen, und auch Varro hatte es eilig, Frau und Kinder wiederzusehen.

Damit war Pompeius der alleinige Herr des Marsfelds, zumindest was seinen Teil betraf. Zu seiner Linken, mehr in der Nähe der Stadt, befand sich nämlich ein zweites Lager: das Lager des Marcus Crassus. Er hatte sich, wie es schien, ebenfalls von einer Kohorte eskortieren lassen, und wie Pompeius hatte auch er die scharlachrote Flagge gesetzt, welche die Anwesenheit des Feldherrn verkündete. So ein Pech ... Warum mußte ausgerechnet jetzt noch eine zweite Armee in Italien stehen? Auch wenn es eine Armee von Feiglingen war. Pompeius hatte nicht vor, einen Bürgerkrieg zu entfesseln; irgendwie hatte er sich bei diesem Gedanken schon immer unwohl gefühlt. Er hatte den Gedanken nicht aus Loyalität oder Patriotismus verworfen; er war einfach nicht von denselben Gefühlen getrieben wie Sulla. Rom war nicht die Heimat seines Herzens, nicht seine Ehre und nicht der Quell seines Lebens. Seine Heimat würde für immer Picenum sein. Nein, er wollte keinen Bürgerkrieg führen. Aber er mußte den Eindruck erwecken, als ob er dazu bereit wäre.

Und so setzte er sich an den Schreibtisch und entwarf einen Brief an den Senat:

An den Senat von Rom:

Ich, Gnaeus Pompeius Magnus, habe vor sechs Jahren durch Euren Beschluß den Spezialauftrag erhalten, die Rebellion des Quintus Sertorius in Hispania Citerior niederzuwerfen. Wie Ihr wißt, gelang es mir, zusammen mit meinem Kollegen Quintus Caecilius Metellus Pius aus Hispania Ulterior die Revolte niederzuschlagen und den Tod des Quintus Sertorius herbeizuführen. Auch seine verschiedenen Legaten, einschließlich des Schurken Marcus Perperna Veiento, sind tot.

Ich habe keine große Beute gemacht. In einem Land, das durch eine Serie von Katastrophen verwüstet ist, gibt es keine große Beute zu machen. Der Krieg in Spanien gehört zu den wenigen Kriegen, bei denen Rom keinen Profit gemacht hat. Trotzdem fordere ich einen Triumph. Denn ich bin der festen Überzeugung, daß ich Euren Auftrag korrekt erfüllt habe und viele tausend Feinde Roms durch mich gefallen sind. Ich fordere, daß mir dieser Triumph unverzüglich gewährt wird, damit ich in den kurulischen Wahlen, die im Monat Quintilis stattfinden sollen, als Konsul kandidieren kann.

Pompeius hatte eigentlich vorgehabt, den Entwurf von Varro überarbeiten und etwas diplomatischer gestalten zu lassen. Aber nachdem er das kurze Schreiben mehrmals durchgelesen hatte, kam er zu dem Schluß, daß nichts daran verbessert werden konnte. Man durfte nicht zu sanft mit den Senatoren umspringen!

Er lehnte sich gerade zufrieden in seinem Stuhl zurück, als Philippus erschien.

»Gut!« schrie Pompeius, stand auf und schüttelte Philippus die schweißig-schlaffe Hand. »Ich habe hier einen Brief, den du lesen solltest. Du kannst ihn für mich in den Senat bringen.«

»Du forderst deinen wohlverdienten Triumph?« sagte Philippus und nahm mit einem Seufzer Platz. Er hatte den Weg zur Via Recta zu Fuß zurückgelegt, weil ihm eine Sänfte zu langsam gewesen wäre, aber er hatte nicht bedacht, wie weit es war und wie heiß ein Tag im Juni sein konnte, selbst wenn es von der Jahreszeit her immer noch Frühling war.

»Ich verlange schon ein bißchen mehr«, sagte Pompeius und überreichte Philippus grinsend die Wachstafel. »Da, lies! Oder willst du zuerst etwas trinken, mein Lieber?«

Philippus brauchte einige Zeit, um die krakelige Schuljungenschrift des Pompeius zu entziffern. Just in dem Moment, als er beim letzten Satz angelangt war, nahm er den ersten großen Zug verdünnten Wein – und verschluckte sich. Er hustete und spuckte so sehr, daß Pompeius aufstehen und ihm auf den Rücken klopfen mußte, und es dauerte eine ganze Weile, bis Philippus sich soweit erholt hatte, um etwas zu dem Brief sagen zu können.

Aber er sagte nichts. Statt dessen starrte er Pompeius an, als ob er ihn noch nie gesehen hätte. Mit forschendem Blick musterte er den muskulösen Mann, der immer noch seinen Brustpanzer trug, die makellose, leicht sommersprossige Haut, das ungemein attraktive Gesicht mit dem Grübchen im Kinn und den wie bei Alexander goldblonden Haarschopf. Und diese Augen – groß, offen, hellwach und von einem solchen Blau! Pompeius Magnus, der neue Alexander. Was hatte ihn derart erbittert, daß er eine solche Forderung stellte? Der Vater war ein sehr seltsamer Mann gewesen, und der Sohn hatte immer versucht, die Leute zu überzeugen, daß er überhaupt nicht seltsam war. Doch der Sohn war viel seltsamer als der Vater, das wußte Philippus jetzt! Lucius Marcius Philippus war nicht so leicht zu überraschen, aber diesmal war er mehr als überrascht. Dies war ein Schock, der einen Mann glatt umwerfen konnte!

»Das ist doch nicht dein Ernst?« sagte er zaghaft.

»Warum sollte es nicht mein Ernst sein?«

»Magnus, was du verlangst, kann niemals erfüllt werden. Unmöglich! Denn es widerspricht jedem geschriebenen und ungeschriebenen Gesetz. Niemand kann Konsul werden, bevor er im Senat sitzt! Selbst der junge Marius und Scipio Aemilianus wurden nicht zu Konsuln gewählt, bevor sie Mitglieder des Senats waren! Man kann vielleicht sagen, Scipio Aemilianus habe einen Präzedenzfall geschaffen, als er Konsul wurde, ohne zuvor Prätor gewesen zu sein; und der Junge Marius ist nicht einmal Quästor gewesen, bevor er Konsul wurde, aber er wurde einige Zeit vor den Wahlen in den Senat aufgenommen! Und seit Sulla sind all diese Präzedenzfälle nichts mehr wert! Magnus, ich bitte dich, schicke diesen Brief nicht ab!«

»Ich will aber Konsul werden!« sagte Pompeius und preßte die Lippen so fest zusammen, daß sich ein weißer Ring um seinen Mund bildete.

»Der Brief wird einen solchen Sturm von Gelächter auslösen, daß er geradewegs zu dir zurückgeweht wird! Er ist absolut unmöglich!«

Pompeius setzte sich auf einen Stuhl, schwang ein Bein über die Armlehne und ließ den gestiefelten Fuß baumeln. »Natürlich ist es möglich«, sagte er liebenswürdig. »Ich habe sechs Legionen der besten und tapfersten Truppen dieser Welt, um es möglich zu machen.«

Philippus stieß hörbar die Luft aus, zitterte am ganzen Leib und schrie: »Das würdest du nicht tun!«

»Du weißt, daß ich es tun würde.«

»Aber Crassus hat acht Legionen in Capua stehen! Das bedeutet einen zweiten Bürgerkrieg!«

»Pah!« sagte Pompeius, der noch immer seinen Fuß baumeln ließ. »Acht Legionen von Feiglingen. Die würde ich mit Vergnügen zu Mittag verspeisen.«

»Das hast du auch von Quintus Sertorius gesagt.«

Der Fuß kam abrupt zur Ruhe. Pompeius wurde blaß und steif vor Wut. »Sag das nie wieder, Philippus!«

»Ach, hör schon auf!« stöhnte Philippus händeringend. »Magnus, ich flehe dich an, tu's nicht! Wer hat dir den Floh ins Ohr gesetzt, daß Crassus eine Armee von Feiglingen kommandiert? Ist es, weil er die Legionen der Konsuln dezimiert hat? Laß dich bitte eines Besseren belehren. Er hat sich eine hervorragende Armee geschmiedet; sie ist ihm genauso treu, wie deine dir treu ist. Marcus Crassus ist nicht mit Gellius oder Clodianus zu vergleichen! Hast du nicht gehört, was er an der Via Appia zwischen Capua und Rom getan hat?«

»Nein«, sagte Pompeius, und zum ersten Mal sah er etwas verunsichert aus. »Was hat er denn getan?«

»An der Via Appia zwischen Capua und Rom hängen sechstausendsechshundert Anhänger des Spartacus an sechstausendsechshundert Kreuzen – alle hundert Fuß ein Kreuz, Magnus! Er hat die Soldaten der konsularischen Legionen dezimiert, um ihnen zu zeigen, was er von feigen Truppen hält. Und er hat die Überlebenden der Armee des Spartacus gekreuzigt, damit jeder Sklave in Italien weiß, was mit Sklaven geschieht, wenn sie rebellieren. Das sind nicht die Taten eines Mannes, den man unterschätzen sollte, Magnus! Er würde einen Bürgerkrieg vielleicht bedauern, weil er seinen Geschäften eher abträglich wäre, aber er würde die Waffen gegen dich erheben, wenn der Senat es ihm befiehlt. Und er hätte sehr gute Chancen, dich zu vernichten!«

Die Unsicherheit war verschwunden, Pompeius' Gesichtsausdruck war wieder von der Sturheit eines Maultiers. »Ich werde meinen Schreiber eine hübsche Kopie meines Briefes anfertigen lassen, Philippus, und du wirst ihn morgen im Senat verlesen.«

»Du wirst dich ruinieren!«

»Das werde ich nicht.«

Das Gespräch war offensichtlich beendet; Philippus stand auf. Er hatte das Zelt noch nicht verlassen, als Pompeius schon den nächsten Brief begann. Diesmal schrieb er an Marcus Licinius Crassus.

Ich grüße Dich und gratuliere Dir vieltausendmal, mein alter Freund und Kollege aus den Tagen, als wir gegen Carbo kämpften. Wie ich höre, hast Du Italien befriedet, während ich Spanien befriedet habe. Man sagt, Du habest die Feiglinge aus den Legionen der Konsuln zu einem hervorragenden Heer kampfesmutiger Männer zusammengeschweißt und uns allen gezeigt, wie man am besten mit rebellischen Sklaven umgeht.

Ich gratuliere Dir nochmals aufs herzlichste. Wenn Du heute abend in Deinem Quartier bleibst, würde ich gerne zu einer kleinen Plauderei vorbeikommen.

»Was führt er im Schilde?« begehrte Crassus von Caesar zu wissen.

»Interessant«, sagte Caesar und gab ihm Pompeius' Brief zurück. »Allerdings gefällt mir der Stil nicht besonders.«

»Er hat überhaupt keinen Stil! Er ist ein Barbar.«

»Und? Wirst du heute abend hierbleiben, damit unser Freund ›zu einer kleinen Plauderei vorbeikommen‹ kann? Ich möchte wissen, ob dieser Satz so unschuldig ist, wie er klingt, oder ob eine List dahintersteckt.«

»Ich kenne Pompeius und weiß, daß er den Satz schlicht für angemessen hält«, sagte Crassus. »Natürlich werde ich heute abend hierbleiben.«

»Mit mir oder ohne mich?« fragte Caesar.

»Mit dir. Kennst du ihn?«

»Ich habe ihn vor langer Zeit einmal getroffen, aber ich glaube kaum, daß er sich an mich oder an den Anlaß erinnern wird.«

Eine Vermutung, die Pompeius bestätigte, als er einige Stunden später eintraf. »Bin ich dir schon einmal begegnet, Gaius Julius? Ich erinnere mich nicht.«

Caesar lachte spontan, aber nicht spöttisch. »Das überrascht mich nicht, Gnaeus Pompeius. Du hattest damals nur Augen für Mucia.«

»Ach ja!« dämmerte es Pompeius. »Du warst in Julias Haus, als ich meiner Frau vorgestellt wurde! Natürlich!«

»Wie geht es ihr? Ich habe sie seit Jahren nicht gesehen.«

»Ich halte sie in Picenum«, sagte Pompeius, dem nicht auffiel, daß er sich etwas seltsam ausdrückte. »Wir haben einen Jungen und ein Mädchen – und vielleicht bald noch mehr Kinder, wie ich hoffe. Auch ich habe meine Frau seit Jahren nicht gesehen, Gaius Julius.«

»Caesar. Mir ist es lieber, wenn man mich Caesar nennt.«

»Das trifft sich gut, mir gefällt es auch viel besser, wenn man Magnus zu mir sagt.«

»Das kann ich mir vorstellen!«

Crassus wollte auch einmal zu Wort kommen. »Bitte, nimm Platz, Magnus. Du siehst gut gebräunt und durchtrainiert aus, für einen Mann in deinem Alter – dieses Jahr waren es fünfunddreißig, nicht?«

»Erst am vorletzten Tag des September.«

»Das sind Haarspaltereien. Du hast mehr in deine ersten fünfunddreißig Jahre gepackt, als die meisten in der doppelten Zeit fertigbringen, und mir graust jetzt schon davor, was du mit siebzig geleistet haben wirst. Hast du in Spanien gut aufgeräumt?«

»Sehr gut. Aber wie ihr wißt«, fügte Pompeius großzügig hinzu, »hatte ich einen ausgesprochen fähigen Helfer.«

»Ja. Er hat uns alle überrascht, der alte Pius. Brachte nie etwas fertig, bis er nach Spanien auszog.« Crassus stand auf. »Einen Schluck Wein?«

Pompeius lachte. »Nur, wenn du inzwischen einen besseren Wein hast, du unverbesserlicher Geizkragen.«

»Er ist immer noch der gleiche«, sagte Caesar.

»Essig.«

»Gut, daß ich keinen Wein trinke, wo ich doch einen ganzen Feldzug mit ihm zusammensein mußte«, sagte Caesar lächelnd.

»Du trinkst keinen Wein? Ihr Götter!« Pompeius konnte es nicht fassen und wandte sich an Crassus. »Hast du schon einen Triumph beantragt?«

»Nein, ich erfülle nicht die Bedingungen für einen Triumph. Für den Senat war der Krieg gegen Spartacus ein Sklavenkrieg, deshalb steht mir nur eine Ovation zu.« Crassus räusperte sich; er sah ein wenig niedergeschlagen aus. »Aber eine Ovation habe ich beantragt. Sie soll so bald wie möglich stattfinden. Ich werde mein Imperium rechtzeitig niederlegen, um für das Konsulat kandidieren zu können.«

»Richtig. Du bist vor zwei Jahren Prätor gewesen, also dürfte dem nichts im Wege stehen.« Pompeius grinste vergnügt. »Ich glaube kaum, daß du Schwierigkeiten haben wirst, gewählt zu werden, nach deinem großartigen Sieg. Am einen Tag die Ovation und am nächsten das Konsulat, würde ich sagen.«

»So soll es laufen«, sagte Crassus, der noch nicht gelächelt hatte. »Ich muß den Senat dazu überreden, mindestens für die Hälfte meiner Truppen Land zu bewilligen, und da wird es eine große Hilfe sein, wenn ich Konsul bin.«

»Bestimmt«, sagte Pompeius herzlich und stand auf. »Also, ich muß jetzt gehen. Ich will noch einen ordentlichen Spaziergang machen. Wer rastet, der rostet – und wird ein alter Mann, wie ihr sagt.« Damit war er draußen.

Crassus und Caesar sahen sich verdutzt an. »Worum ging es ihm eigentlich?« fragte Crassus.

»Ich habe das ungute Gefühl«, sagte Caesar, »daß wir das bald erfahren werden.«

Am frühen Nachmittag hatte ein Bote eine sauber abgeschriebene Version von Pompeius' Brief bei Philippus abgeliefert. Also rechnete Philippus nicht mehr damit, noch einmal von Pompeius zu hören, bevor er den Brief im Senat verlesen hatte. Kaum hatte er sich jedoch am Nachmittag von der Speiseliege erhoben, als erneut ein Bote des Pompeius erschien und ihn zum zweiten Mal auf das Marsfeld beorderte. Einen Augenblick lang erwog Philippus, ihm eine kurze abschlägige Antwort mitzugeben, aber dann dachte er an den schönen Batzen Geld, den er immer noch jedes Jahr von Pompeius bezog, und bestellte eine Sänfte. Von Fußmärschen hatte er genug!

»Wenn du beschlossen hast, daß ich den Brief morgen doch nicht verlesen soll, dann hättest du mich bloß benachrichtigen müssen. Warum bestellst du mich an einem Tag gleich zweimal hierher?«

»Um den Brief brauchst du dir keine Gedanken zu machen«, sagte Pompeius ungeduldig. »Lies das Ding vor und laß sie ruhig darüber lachen. Das Lachen wird ihnen bald vergehen. Der Brief ist nicht der Grund, warum ich dich herbestellt habe. Ich habe eine Aufgabe für dich, die viel wichtiger ist. Und ich will, daß du sie sofort in Angriff nimmst.«

Philippus runzelte die Stirn. »Was für eine Aufgabe?«

»Ich werde Crassus auf meine Seite treiben«, sagte Pompeius.

»Oho! Und wie willst du das fertigbringen?«

»Ich werde es nicht selber tun. Du wirst es machen – und meine anderen Anhänger im Senat. Ihr sollt den Senat davon abbringen, Crassus Land für seine Truppen zu bewilligen. Aber ihr müßt es sofort tun, bevor seine Ovation bewilligt ist und einige Zeit vor den kurulischen Wahlen. Ihr müßt Crassus so gegen den Senat aufbringen, daß er ihm sein Heer nicht mehr zur Verfügung stellt, wenn der Senat beschließen sollte, mich mit Gewalt zu vernichten. Ich habe Crassus erst kürzlich einen Besuch abgestattet und weiß jetzt, wie ich vorgehen muß. Er machte eine Bemerkung, daß er zum Konsul kandidiert, weil er glaubt, seine Veteranen als Konsul leichter mit Land versorgen zu können. Du kennst Crassus! Er wird nie im Leben selbst für das Land bezahlen, aber er kann seine Soldaten nicht entlassen, ohne daß sie irgendwie versorgt werden. Wahrscheinlich wird er nicht viel verlangen – schließlich war der Feldzug nur kurz. Genau damit wirst du argumentieren – daß ein Feldzug von sechs Monaten es nicht wert ist, kostbaren *ager publicus* zu verschwenden, besonders wenn der Feind nur aus Sklaven bestand. Wenn die Beute groß genug war, dann geben sich seine Soldaten vielleicht mit ihr zufrieden. Aber ich kenne Crassus! Der größte Teil der Beute wird nicht auf der Liste für das Schatzamt zu finden sein. Er kann der Versuchung nicht widerstehen, den Löwenanteil der Beute in die eigene Tasche zu stecken. Und seine Männer will er vom Senat dafür entschädigen lassen.«

»Ich habe gehört, daß die Beute ziemlich klein war«, sagte Philippus mit einem vielsagenden Grinsen. »Crassus erklärte, Spartacus habe fast sein gesamtes Geld an die Piraten bezahlt, die seine Männer nach Sizilien übersetzen sollten. Aus anderen Quellen habe ich allerdings erfahren, daß Spartacus nur die Hälfte seines Bargelds für die geplante Überfahrt bezahlte.«

»Typisch Crassus!« sagte Pompeius, der sich an alte Zeiten erinnert fühlte. »Ich sage dir, er muß sich einfach bereichern. Wie viele Legionen hat er doch gleich? Acht? Zwanzig Prozent für das Schatzamt, zwanzig Prozent für Crassus, zwanzig Prozent für seine Legaten und Tribunen, zehn Prozent für die Reiterei und die Zenturionen, dreißig Prozent für die Fußsoldaten. Das bedeutet, daß die Fußsoldaten ungefähr hundertfünfundachtzig Sesterzen pro Kopf erhalten. Damit können sie keine großen Sprünge machen, was, Philippus?«

»Ich habe gar nicht gewußt, daß du so gut in Arithmetik bist, Magnus!«

»Die lag mir schon immer mehr als Schreiben und Lesen.«

»Wieviel Beute springt denn für deine Männer heraus?«

»Ungefähr das gleiche. Aber die Rechnung ist ehrlich, und sie wissen es. Ich habe immer ein paar Vertreter der einfachen Soldaten dabei, wenn ich die Beute aufteile. Sie haben dann ein besseres Gefühl, nicht so sehr, weil sie sicher sein können, daß ihr Feldherr ehrlich ist, sondern weil sie sich geehrt fühlen. Diejenigen von meinen Soldaten, die noch kein Land besitzen, werden Land bekommen. Vom Staat, wie ich hoffe. Aber wenn sie es nicht vom Staat bekommen, kriegen sie es von mir.«

»Das ist sehr großzügig, Magnus.«

»Nein, Philippus, es ist nur weitsichtig. Ich werde diese Männer – und ihre Söhne – in Zukunft brauchen, also macht es mir nichts aus, jetzt großzügig zu sein. Wenn ich jedoch ein alter Mann bin und meinen letzten Feldzug geführt habe, dann werde ich die Unkosten nicht selber tragen, darauf kannst du Gift nehmen. Durch meinen letzten Feldzug werde ich mehr Geld nach Rom bringen, als die Stadt in den letzten hundert Jahren gesehen hat. Ich weiß noch nicht genau, was für ein Feldzug es sein wird, aber es wird einer sein, bei dem es viel zu holen gibt. Ich habe schon an Parthien gedacht. Und wenn ich den Reichtum Parthiens nach Rom bringe, dann erwarte ich, daß Rom meine Veteranen mit Land versorgt. Bisher ist meine Karriere ein ziemliches Verlustgeschäft gewesen – du weißt ja, wieviel ich dir und meinen anderen Leuten im Senat jedes Jahr zahle.«

Philippus wand sich auf seinem Stuhl und sagte abwehrend: »Du wirst schon bekommen, was dein Geld wert ist.«

»Da hast du recht, mein Freund«, sagte Pompeius fröhlich. »Und du kannst dich gleich morgen an die Arbeit machen. Der Senat muß sich weigern, Crassus' Truppen mit Land zu versorgen. Außerdem will ich, daß die kurulischen Wahlen verschoben werden. Ich will, daß meine Bewerbung für das Konsulat abgesegnet und mein Name auf der Kandidatenliste eingetragen und nicht wieder gelöscht wird. Ist das klar?«

»Vollkommen.« Der gedungene Senator stand auf. »Es gibt nur eine Schwierigkeit, Magnus. Viele Senatoren stehen bei Crassus in der Kreide, und ich bezweifle, daß wir sie auf unsere Seite ziehen können.«

»Das können wir«, sagte Pompeius. »Wenn wir den Senatoren, die nicht allzuschwer verschuldet sind, das Geld geben, um ihre Schulden bei Crassus zu begleichen. Finde heraus, wer ihm vierzigtausend Sesterzen oder weniger schuldet. Wenn sie schon meine Kreaturen sind oder meine Kreaturen werden wollen, müssen sie Crassus sofort auszahlen. Das wird ihm den Ernst seiner Lage deutlich machen, wenn er ihn nicht schon begriffen hat.«

»Trotzdem wünschte ich, daß ich mit deinem Brief noch ein Weilchen warten dürfte.«

»Du wirst meinen Brief morgen verlesen, Philippus. Ich will niemanden über meine Motive im unklaren lassen. Ich will, daß der Senat und Rom schon morgen wissen, daß ich nächstes Jahr Konsul sein werde.«

Rom und der Senat erfuhren es um die Mittagsstunde des nächsten Tages, denn kurz darauf stürmte Varro atemlos und ganz aufgelöst in Pompeius' Zelt.

»Das ist nicht dein Ernst!« keuchte er, warf sich auf einen Stuhl und fächerte sich mit einer Hand das krebsrote Gesicht.

»Doch, es ist mein Ernst.«

»Wasser. Ich brauche Wasser.« Varro hievte sich mühsam aus seinem Stuhl und ging zu dem Tisch, auf dem die flüssigen Erfrischungen des Pompeius standen. Er nahm einen gewaltigen Schluck, füllte seinen Becher wieder auf und kehrte zu seinem Stuhl zurück. »Magnus, sie werden dich zerquetschen wie eine Wanze!«

Pompeius machte eine verächtliche Geste, dann starrte er Varro gespannt an. »Wie haben sie es aufgenommen, Varro? Ich will alles hören, bis ins letzte Detail.«

»Also, Philippus hatte sich schon vor der Sitzung von Konsul Orestes, der im Monat Juni die *fasces* innehat, auf die Rednerliste setzen lassen. Da er die Sitzung selbst beantragt hatte, erhielt er gleich das Wort, nachdem die Auguren die Zeichen gedeutet hatten. Und dann hat er deinen Brief verlesen.«

»Haben sie gelacht?«

Varro setzte verblüfft den Becher ab. »Gelacht? Bei den Göttern, nein! Sie waren alle wie vor den Kopf geschlagen. Dann setzte ein Gemurmel ein, leise zuerst, dann immer lauter, bis das ganze Haus in Aufruhr war. Konsul Orestes gelang es schließlich, die Ordnung wiederherzustellen, und Catulus ergriff das Wort. Du kannst dir sicher gut vorstellen, was er zu sagen hatte.«

»Kommt überhaupt nicht in Frage! Verfassungswidrig! Ein Affront gegen jedes gesetzliche und moralische Gebot in der römischen Geschichte!«

»All das und noch einiges mehr. Als er fertig war, stand ihm tatsächlich Schaum vor dem Mund.«

»Was passierte, als er fertig war?«

»Philippus hielt eine großartige Rede, eine der besten, die ich ihn je habe halten hören – und er ist ein großer Redner. Er sagte, du habest das Konsulat verdient; es sei lächerlich, wenn ein Mann, der zweimal Proprätor und einmal Prokonsul gewesen sei, sich zum Schweigen verpflichtet in den Senat schleichen müsse. Er sagte, du habest Rom vor Sertorius gerettet, habest Hispania Citerior in eine Modellprovinz verwandelt, ja sogar einen neuen Paß über die Alpen eröffnet. All diese Dinge und eine Menge anderer Taten bewiesen, daß du immer der treuste Diener Roms gewesen seist. Ich kann hier nicht all seine Geistesblitze aufzählen. Frag ihn nach seinem Redemanuskript – er hat nicht auswendig gesprochen –, aber ich kann dir sagen, er machte einen gewaltigen Eindruck.«

»Und dann hat er plötzlich das Thema gewechselt«, fuhr Varro fort und sah auf einmal ganz verwirrt aus. »Es war schon seltsam. Im einen Moment spricht er noch über deine Kandidatur als Konsul, und im nächsten Moment redet er davon, daß es inzwischen zur Gewohnheit geworden ist, kleine Stücke unseres kostbaren *ager publicus* zu verteilen, um die Habgier unserer Fußsoldaten zu befriedigen. Sie wollten dank Gaius Marius inzwischen selbst für den kleinsten und dürftigsten Feldzug mit römischem Staatsland entschädigt werden. Außerdem werde dieses Land den Soldaten nicht im Namen Roms, sondern im Namen ihrer Feldherren zugeteilt. Dieser Unsitte müsse Einhalt geboten werden, sagte er. Sie züchte auf Kosten des Senats und des Volks von Rom Privatarmeen heran, weil sie die Soldaten auf den Gedanken bringe, daß sie primär ihrem Feldherrn Treue schuldeten und erst in zweiter Linie Rom.«

»Sehr gut«, schnurrte Pompeius. »Hat er es dabei bewenden lassen?«

»Nein, hat er nicht«, sagte Varro und nahm einen Schluck Wasser. Er leckte sich nervös die Lippen, als ihm der Verdacht kam, daß hinter der ganzen Sache vielleicht Pompeius steckte. »Er ging nun ausdrücklich auf den Feldzug gegen Spartacus ein und auf Crassus' Bericht an den Senat. Er hat buchstäblich Hackfleisch aus Crassus gemacht, Magnus. Wie Crassus es wagen könne, nach einem sechsmonatigen Feldzug Land für seine Veteranen zu fordern. Wie er es wagen könne, Land für Soldaten zu fordern, die er habe dezimieren müssen, damit sie überhaupt kämpften. Wie er es wagen könne, Land für Männer zu fordern, die nur getan hätten, was man von jedem loyalen Römer erwarten könne, nämlich einen Feind abwehren, der ihre Heimat bedrohte. Ein Krieg gegen eine fremde Macht sei eine Sache, aber ein Krieg gegen einen Schurken, der auf italienischem Boden eine Armee von Sklaven gegen Rom ins Feld führe, sei eine ganz andere. Niemand könne Anspruch auf eine Belohnung erheben, wenn er nur seine Heimat verteidigt habe. Dann schloß er seine Rede, indem er den Senat bat, die Unverschämtheit des Crassus nicht hinzunehmen und ihm nicht dabei zu helfen, die persönliche Loyalität seiner Soldaten auf Kosten Roms zu erkaufen.«

»Großartig, Philippus!« strahlte Pompeius. »Und was ist danach passiert?«

»Catulus stand wieder auf, aber diesmal ergriff er für Philippus Partei. Wie recht er doch habe, daß man der von Gaius Marius eingeführten Unsitte, Staatsland an Soldaten zu verschenken, einen Riegel vorschieben müsse. Das müsse aufhören, sagte er. Der *ager publicus* Roms müsse im öffentlichen Besitz bleiben, er dürfe nie mehr von Feldherren verwendet werden, um sich die Loyalität ihrer einfachen Soldaten zu erkaufen.«

»Und? War die Debatte damit zu Ende?«

»Nein«, beendete Varro seinen Bericht. »Cethegus erhielt das Wort. Er unterstützte sowohl Philippus als auch Catulus ohne Einschränkung. Nach ihm taten Curio, Gellius, Clodianus und ein Dutzend andere dasselbe. Danach brach ein solcher Aufruhr aus, daß Orestes die Sitzung schloß.«

»Herrlich!« schrie Pompeius.

»Das ist dein Werk, Magnus. Habe ich recht?«

Pompeius riß in gespielter Überraschung die Augen auf. »Mein Werk? Was willst du damit sagen, Varro?«

»Du weißt, was ich meine«, sagte Varro mit verkniffenem Mund. »Ich gebe zu, daß ich es erst jetzt erkannt habe, aber ich habe es erkannt. Du setzt alle in deinem Sold stehenden Senatoren ein, um einen Keil zwischen Crassus und den Senat zu treiben! Und wenn du Erfolg hast, kann der Senat nicht mehr über Crassus' Armee verfügen. Und wenn der Senat nicht über eine Armee verfügt, kann dir Rom nicht die Lektion erteilen, die du so dringend verdient hast, Gnaeus Pompeius!«

Pompeius war ernsthaft verletzt und warf seinem Freund einen flehentlichen Blick zu. »Aber Varro, ich verdiene es doch, Konsul zu sein.«

»Du verdienst es, gekreuzigt zu werden!«

Bei Widerstand pflegte sich Pompeius immer zu verhärten. Varro konnte sehen, wie seine Miene gefror. Wie immer in einer solchen Situation, steckte er zurück. Er versuchte, seinen Fehler wiedergutzumachen und sagte: »Tut mir leid, Magnus. Ich war ganz außer mir. Das mit dem Kreuz nehme ich zurück. Aber du weißt doch bestimmt, daß du schreckliches Unheil anrichtest. Wenn die Republik überleben soll, muß jeder einflußreiche Mann darauf achten, daß er nicht die Verfassung untergräbt. Was du vom Senat gefordert hast, widerspricht allen Prinzipien des *mos maiorum.* Selbst Scipio Aemilianus ist nicht so weit gegangen wie du – und er war ein direkter Nachfahr von Africanus und Paullus!«

Aber das machte die Sache nur noch schlimmer. Pompeius

sprang auf. »Das hättest du nicht sagen sollen, Varro!« schrie er starr vor Zorn. »Ich weiß, was du meinst! Wie kommt ein normaler Sterblicher aus Picenum dazu, etwas zu wagen, das sich nicht einmal dieser blaublütige Halbgott getraut hat? Ich aber werde Konsul sein!«

Die Wirkung, welche die Vorgänge in jener Senatssitzung auf Varro gehabt hatten, war nichts im Vergleich zu der, die sie bei Marcus Licinius Crassus hinterließen. Er erhielt seinen Bericht von Caesar, der Quintus Arrius und die anderen senatorischen Legaten davon abgehalten hatte, Crassus sofort nach der Sitzung aufzusuchen. Bei Lucius Quinctius hatte ihn das allerdings einige Mühe gekostet.

»Laß mich es ihm erzählen«, bat Caesar. »Du bist einfach zu aufgebracht, und du wirst auch ihn aufbringen. Er aber muß Ruhe bewahren.«

»Wir haben nicht einmal eine Chance bekommen, unseren Teil zu sagen«, schrie Quinctius und schlug sich mit der Faust in die Handfläche. »Dieser Schwanz von einem Konsul hat nur unsere Gegner zu Wort kommen lassen, dann hat er die Sitzung geschlossen, bevor auch nur einer von uns reagieren konnte!«

»Ich weiß«, sagte Caesar geduldig. »Glaub mir, wir werden in der nächsten Sitzung zu Wort kommen. Orestes hat das Richtige getan. Alle waren ganz außer sich. Aber nächstes Mal gehört uns das Haus. Nichts ist entschieden! Also laß mich Crassus Bericht erstatten. Bitte!«

Die Legaten waren daraufhin widerwillig nach Hause gegangen, während Caesar raschen Schrittes zu Crassus' Lager auf dem Marsfeld eilte. Die Nachricht von der Sitzung hatte sich in Windeseile herumgesprochen. Und als Caesar sich auf dem Weg zum Clivus Argentarius durch die Menge auf dem unteren Forum Romanum schob, schnappte er diverse Gesprächsfetzen auf, die alle von der Aussicht auf einen neuen Bürgerkrieg handelten. »Pompeius will Konsul werden, und der Senat will es nicht zulassen ... Crassus wird sein Land nicht bekommen ... Es ist höchste Zeit, daß Rom diesen überheblichen Feldherren endlich einmal die dringend notwendige Lektion erteilt ... Dieser Pompeius ist schon ein toller Bursche ...« und vieles mehr.

»So, jetzt bist du im Bilde«, schloß Caesar seinen Bericht.

Crassus hatte der kurzen, präzisen Schilderung der Ereignisse mit ausdruckslosem Gesicht gelauscht, und auch, als Caesars Bericht zu Ende war, blieb es maskenhaft. Eine ganze Weile blickte er schweigend durch den offenen Zelteingang auf die stille Pracht des Marsfelds hinaus. Schließlich wies er mit einer Handbewegung auf die Landschaft und sagte, ohne sich zu Caesar herumzudrehen: »Wie schön. Man sollte nicht glauben, daß sich nur eine Meile die Via Lata hinunter eine Jauchegrube wie Rom befindet.«

»Ja, es ist schön«, sagte Caesar aufrichtig.

»Und was hältst du von den weniger schönen Ereignissen, die sich heute morgen im Senat abgespielt haben?«

»Ich denke«, sagte Caesar ruhig, »daß uns Pompeius bei den Eiern hat.«

Dies rief ein Lächeln hervor, dem ein tonloses Lachen folgte. »Da hast du absolut recht, Caesar.« Crassus wies auf seinen Schreibtisch, auf dessen Platte sich zahlreiche kleine Beutel stapelten. »Weißt du, was das ist?«

»Geld, was denn sonst.«

»Das Geld all der Senatoren, die mir kleinere Beträge schuldeten«, sagte Crassus. »Fünfzig Rückzahlungen, insgesamt.«

»Und fünfzig Stimmen weniger im Senat.«

»Du sagst es.« Crassus drehte seinen Stuhl herum, legte die Füße auf die Beutel mit dem Geld und lehnte sich mit einem Seufzer zurück. »Wie du schon sagtest. Pompeius hat uns bei den Eiern.«

»Ich bin froh, daß du es so ruhig aufnimmst.«

»Soll ich etwa herumrennen und mir die Haare raufen? Das würde mich auch nicht weiterbringen. Es würde nicht das geringste an meiner Lage ändern. Aber gibt es überhaupt etwas, das sie ändern könnte?«

»Nicht, was unsere Hoden betrifft. Aber wir können immer noch in den Grenzen arbeiten, die uns Pompeius gesetzt hat – man kann sich noch bewegen, selbst wenn man eine haarige Klaue um die guten alten Eier hat.« Caesar grinste.

Crassus grinste zurück. »Stimmt. Hättest du Pompeius einen derart brillanten Schachzug zugetraut?«

»Ja, er ist tatsächlich brillant. Auf seine ungeschliffene Art.

Aber er hat nicht politisch agiert, Crassus. Er hat dir erst mit dem Hammer eins draufgegeben und dann seine Bedingungen gestellt. Wenn er politisch denken könnte, wäre er zuerst zu dir gekommen und hätte dir erklärt, was er beabsichtigt. Dann hätte man sich vielleicht in aller Ruhe arrangieren können, ohne ganz Rom mit der Aussicht auf einen neuen Bürgerkrieg in Furcht und Schrecken zu versetzen. Das Problem mit Pompeius ist, daß er keine Ahnung hat, wie andere Leute denken und wie sie reagieren. Es sei denn, sie denken und reagieren genau wie er.«

»Vermutlich hast du recht. Aber ich glaube, es hat eher mit seinen Selbstzweifeln zu tun. Wenn er absolut sicher wäre, daß er den Senat zwingen kann, ihn Konsul werden zu lassen, wäre er nicht zu mir gekommen, bevor er handelte. Ich bin ihm jedoch weniger wichtig als der Senat, Caesar. Es ist der Senat, den er beeinflussen muß. Ich bin nur sein Werkzeug. Deshalb schadet es seiner Sache nicht, wenn er mir erstmal eins draufgibt. Er hat mich bei den Eiern. Wenn ich Land für meine Veteranen will, muß ich dem Senat mitteilen, daß er sich nicht auf mich und meine Soldaten stützen kann, um Pompeius in Schach zu halten.« Crassus bewegte die Stiefel auf der Tischplatte; das Geld in den Beuteln klingelte.

»Was hast du vor?«

»Ich habe vor, dich sofort zu Pompeius zu schicken. Ich muß dir nicht sagen, was du tun sollst. Verhandle, Caesar.«

Und Caesar ging los, um zu verhandeln. Wenigstens kann man sich darauf verlassen, daß man die Feldherren zu Hause antrifft, dachte er grimmig. Bis zu seinem Triumph durfte kein Feldherr das *pomerium* überschreiten. Wenn er die Stadtgrenze übertrat, verlor er automatisch sein Imperium und konnte seinen Triumph oder seine Ovation nicht mehr feiern. Während also die Legaten, Tribunen und Soldaten in der Stadt kommen und gehen konnten, wie sie wollten, mußte der Feldherr auf dem Marsfeld bleiben.

Auch Pompeius war zu Hause – wenn man ein Zelt als Zuhause bezeichnen kann. Seine Legaten Afranius und Petreius waren bei ihm und musterten Caesar mit kaum verhohlener Neugier. Sie hatten einiges über ihn gehört – die Geschichte mit den Piraten und ähnliches –, und sie wußten, daß er schon im Alter von zwanzig Jahren den Bürgerkranz gewonnen hatte. Alles Dinge, die alten

Militärs wie Afranius und Petreius großen Respekt einflößten. Trotzdem hatte dieser geschniegelte Bursche die Erscheinung eines Dandys und wirkte so gar nicht wie ein militärischer Held. Er trug keine Militärkleidung, sondern eine Toga, hatte die Nägel sorgfältig geschnitten und poliert, auf seinen Schuhen war nicht ein Körnchen Staub, und sein Haar war perfekt frisiert. Kaum zu glauben, daß er durch Sonne und Wind von Crassus' Quartier zu Pompeius spaziert war.

»Ich weiß, du trinkst keinen Wein. Darf ich dir Wasser anbieten?« sagte Pompeius und deutete einladend auf einen Stuhl.

»Nein danke«, sagte Caesar und setzte sich. »Das einzige, was ich brauche, ist ein Gespräch unter vier Augen.«

»Wir sehen uns später«, sagte Pompeius zu den Legaten.

Er wartete, bis er sie den Pfad zur Via Recta hinuntergehen sah. Erst dann wandte er sich an seinen Gast. »Nun?« fragte er auf seine ungehobelte Art.

»Ich komme von Marcus Crassus.«

»Ich hatte eigentlich erwartet, daß er selbst kommen würde.«

»Es ist besser für dich, wenn du mit mir verhandelst.«

»Er ist wohl wütend?«

Caesar hob die Brauen. »Crassus? Wütend? Überhaupt nicht!«

»Warum ist er dann nicht selbst gekommen?«

»Um den Klatsch in Rom noch schlimmer zu machen, als er ohnehin schon ist?« sagte Caesar. »Wenn ihr beide miteinander verhandelt, Gnaeus Pompeius, dann tut ihr es besser durch Männer, die wie ich die Diskretion selbst sind und sich durch absolute Loyalität gegenüber ihren Vorgesetzten auszeichnen.«

»Dann bist du also Crassus' Mann, was?«

»In dieser Sache schon. Ansonsten bin ich mein eigener Herr.«

»Wie alt bist du?« fragte Pompeius grob.

»Im Monat Quinctilis werde ich neunundzwanzig.«

»Crassus würde das eine Haarspalterei nennen. Du wirst also bald in den Senat kommen?«

»Ich bin im Senat. Schon seit fast neun Jahren.«

Pompeius glaubte, sich verhört zu haben. »Wie das?«

»Ich habe in Mytilene den Bürgerkranz gewonnen«, sagte Caesar. »Laut Sullas Verfassung werden militärische Helden in den Senat aufgenommen.«

»Alle reden von Sullas Verfassung«, sagte Pompeius und ging absichtlich nicht auf die unangenehme Bemerkung über den Bürgerkranz ein. Er selbst hatte nie eine vergleichbare Auszeichnung gewonnen, und das schmerzte. »Ich bin nicht so sicher, ob ich Sulla dafür dankbar bin!«

»Solltest du aber!« sagte Caesar. »Du verdankst ihm deine besten Kommandos. Aber nach dem, was du dir heute geleistet hast, habe ich große Zweifel, daß der Senat je wieder einem Ritter ein Spezialkommando verleihen wird.«

Pompeius riß die Augen auf. »Was meinst du damit?«

»Was ich gesagt habe. Du kannst den Senat nicht zwingen, dich Konsul werden zu lassen, und erwarten, daß dir der Senat das vergibt, Gnaeus Pompeius. Und du kannst auch nicht erwarten, daß du den Senat für immer kontrollieren wirst. Philippus ist ein alter Mann und Cethegus ebenfalls. Wenn sie abtreten, wen willst du dann benützen? Die ranghöchsten Senatoren werden dann alle Catulus' Einstellung haben – die Familie Caecilius Metellus, die Cornelii, die Licinii, die Claudii. Also wird sich ein Mann, der ein Spezialkommando haben will, an das Volk wenden müssen, und mit Volk meine ich nicht die Patrizier und die Plebejer. Ich meine die Plebs. Rom wurde früher fast ausschließlich durch die Versammlung der Plebs regiert; ich prophezeie dir, daß das auch in Zukunft wieder so sein wird. Volkstribunen sind ungemein nützlich – aber nur wenn sie über gesetzgeberische Vollmachten verfügen.« Caesar hüstelte. »Außerdem ist es billiger, Volkstribunen zu kaufen als so hochgestellte Persönlichkeiten wie Philippus und Cethegus.«

Caesar beobachtete gleichgültig, wie Pompeius alles wie ein Schwamm in sich aufsaugte. Er mochte den Burschen nicht, aber er wußte noch nicht genau, warum. Er war als Kind viel mit Galliern zusammengewesen, also war es nicht der Gallier in Pompeius, der ihn abstieß. Was war es dann? Caesar dachte darüber nach, während Pompeius seine Worte verdaute; er kam zu dem Schluß, daß er ganz einfach den Mann nicht mochte, nicht das, wofür er stand. Seine Eitelkeit stieß ihn ab, seine fast kindische Selbstbezogenheit und die ausgedehnten Hohlräume in einem Geist, der offensichtlich keinen Respekt vor dem Gesetz hatte.

»Was hat mir Crassus zu sagen?« fragte Pompeius.

»Er möchte ein Abkommen aushandeln, Gnaeus Pompeius.«

»Worüber?«

»Wäre es nicht besser, wenn du zuerst deine Bedingungen formulierst, Gnaeus Pompeius?«

»Ich wünschte, du würdest aufhören, mich so zu nennen. Ich hasse es, wenn man mich so nennt. Ich bin Magnus für die Welt!«

»Dies sind formelle Verhandlungen, Gnaeus Pompeius. Sitte und Tradition gebieten es, daß ich dich mit deinem *praenomen* und deinem *nomen* anrede. Willst du nun zuerst deine Bedingungen formulieren?«

»Aber ja, natürlich!« knurrte Pompeius. Er wußte nicht genau, warum er plötzlich kochte vor Wut, nur daß es mit diesem glatten, geschniegelten Burschen zu tun hatte, den ihm Crassus als seinen Vertreter geschickt hatte. Jedes Wort, das er sagte, machte ausgesprochen Sinn, und trotzdem wurde Pompeius fast verrückt vor Wut. Er, Magnus, hätte eigentlich den Ton angeben sollen, aber dieses Gespräch entsprach überhaupt nicht seinen Erwartungen. Caesar benahm sich, als ob er die Macht hätte. Der Mann war hübscher als der tote Memmius und gewiefter als Philippus und Cethegus zusammengenommen. Er hatte die zweithöchste militärische Auszeichnung gewonnen, die Rom zu bieten hatte – und zwar unter einem so unbestechlichen Mann wie Lucullus. Also war er auch ein ausgesprochen tapferer und guter Soldat. Hätte Pompeius die Geschichten von den Piraten, vom Testament des Königs Nikomedes und von der Schlacht am Mäander gekannt, dann hätte er das Gespräch vielleicht anders geführt; Afranius und Petreius kannten sie wenigstens zum Teil, er aber hatte typischerweise nichts von ihnen gehört. Aus diesem Grund gab er in dem Gespräch mehr von sich Preis, als er unter anderen Umständen getan hätte.

»Deine Bedingungen«, drängte Caesar.

»Lauten lediglich, daß der Senat dazu gebracht werden muß, den Beschluß zu fassen, daß ich für das Konsulat kandidieren kann.«

»Ohne daß du Senatsmitglied bist?«

»Ohne daß ich Senatsmitglied bin.«

»Was geschieht, wenn der Senat dich kandidieren läßt und du die Wahlen verlierst?«

Pompeius lachte, aufrichtig erheitert. »Ich könnte nicht einmal verlieren, wenn ich es versuchte.«

»Wie ich höre, hast du starke Konkurrenz: Marcus Minucius Thermus, Sextus Peducaeus, Lucius Calpurnius Piso Frugi, Marcus Fannius, Lucius Manlius – und natürlich die zwei führenden Kandidaten Metellus das Zicklein und Marcus Crassus.« Auch Caesar wirkte erheitert.

Keiner der Namen sagte Pompeius viel, außer dem letzten. Er richtete sich auf. »Du meinst, er will kandidieren?«

»Wenn du, Gnaeus Pompeius, wie es den Anschein hat, Crassus dahin bringen willst, dem Senat den Einsatz seiner Armee zu verweigern, dann muß er einfach kandidieren – und er muß gewählt werden«, sagte Caesar sanft. »Wenn er nächstes Jahr nicht Konsul ist, wird er wegen Hochverrats angeklagt, bevor der Januar vorbei ist. Als Konsul kann er für seine Tat nicht zur Verantwortung gezogen werden, bevor sein Konsulat zu Ende ist, und jedes Prokonsulat, das ihm folgen könnte. Erst dann ist er wieder ein *privatus.* Er muß also unbedingt zum Konsul gewählt werden, und dann muß er die volle Macht des Volkstribunats wiederherstellen. Danach wird er einen Volkstribunen bitten, daß er ein Gesetz beantragt, das gutheißt, daß er sein Heer dem Senat verweigert hat – und er wird die anderen neun Volkstribunen veranlassen, kein Veto einzulegen. Erst dann kann er als *privatus* nicht mehr für den Hochverrat zur Rechenschaft gezogen werden, den zu begehen du von ihm verlangst.«

Auf dem Gesicht des Pompeius hatte sich nacheinander eine ganze Reihe von Gemütszuständen abgezeichnet: Verwirrung, Verblüffung, Begreifen, totale Verwirrung und schließlich Furcht. »Was willst du damit sagen!« schrie er erschüttert; plötzlich hatte er das Gefühl zu ersticken.

»Ich will dir in aller wünschenswerten Deutlichkeit sagen«, sagte Caesar kalt, »daß ihr beide dafür sorgen müßt, daß ihr wegen des Spiels, das ihr mit dem Senat und den beiden Armeen, die eigentlich Rom gehören, zu treiben gedenkt, nicht des Hochverrats angeklagt werdet. Zu diesem Zweck müßt ihr beide nächstes Jahr Konsul werden, und ihr werdet beide sehr hart arbeiten müssen, um das Volkstribunat in seiner alten Form wiederherzustellen. Der einzige Weg, auf dem ihr beide vermeiden könnt, daß eure Taten schlimme Folgen haben, besteht darin, daß ihr die Versammlung der Plebs einen Beschluß verabschieden laßt, der euch beide von jeder Schuld freispricht, was eure Armeen und die Manipulation des Senats betrifft. Es sei denn, du hast deine Armee nicht über den Rubicon nach Italien hineingeführt, Gnaeus Pompeius. Hast du?«

Pompeius schauderte. »Ich habe mir nichts dabei gedacht!« schrie er.

»Die meisten Senatoren«, fuhr Caesar im Plauderton fort, »sind natürlich Schafe. Das weiß jeder. Und genau deshalb übersehen manche Leute, daß es im Senat auch ein paar Wölfe gibt. Philippus zähle ich nicht zu den Wölfen, auch Cethegus nicht. Aber Metellus das Zicklein hätte eigentlich den Beinamen Großer Wolf verdient, und auch Catulus hat durchaus Fänge zum Reißen, nicht nur Backenzähne zum Wiederkäuen. Auch Hortensius ist in dieser Beziehung nicht zu unterschätzen. Er war zwar noch nicht Konsul, hat aber kolossalen Einfluß und ist ein hervorragender Jurist. Und dann ist da noch mein jüngster und gescheitester Onkel, Lucius Cotta. Selbst mich könnte man zu den Wölfen rechnen! Jeder der genannten Männer ist durchaus in der Lage, dich und Marcus Crassus wegen Hochverrats anzuklagen, wahrscheinlich aber werden sie es alle zusammen tun. Und du wirst vor einem Gericht stehen, das mit Senatoren besetzt ist, vergiß das nicht! Nachdem du einer ganzen Menge Senatoren eine lange Nase gedreht hast. Marcus Crassus kommt vielleicht davon, aber du nicht, Gnaeus Pompeius. Natürlich hast du eine riesige Gefolgschaft im Senat, aber wirst du sie noch zusammenhalten können, nachdem du ihr mit einer Bürgerkriegsdrohung vor der Nase herumgewedelt und sie gezwungen hast, sich deinen Wünschen zu beugen? Mag sein, daß du als Konsul und als Prokonsul deine Anhänger noch bei der Stange halten kannst, aber als Privatmann wird dir das nicht mehr gelingen. Es sei denn, du hältst deine Armee für den Rest deines Lebens unter den Adlern, und das wird, da das Schatzamt die Kosten nicht trüge, selbst für einen Mann mit deinen Geldmitteln nicht möglich sein.«

Das Gefühl zu ersticken hatte sich verstärkt. Einen Augenblick kam sich Pompeius wieder vor wie auf dem Schlachtfeld vor Lauro, als er nicht hatte verhindern können, daß Quintus Sertorius ihn einkesselte. Dann riß er sich zusammen und sah wieder hart und entschlossen aus. »Wieviel von dem, was du sagst, hat Marcus Crassus selbst verstanden?«

»Genug«, sagte Caesar ruhig. »Er ist schon lange im Senat, und in Rom ist er noch länger. Er hat viel mit den Gerichten zu tun und kennt die Verfassung in- und auswendig. Es ist alles in der Verfassung zu finden. Sullas Verfassung ist die Verfassung Roms.«

»Du meinst also, daß ich zurückstecken sollte.« Pompeius holte tief Atem. »Nein, das werde ich nicht! Ich will Konsul werden! Ich verdiene es, Konsul zu werden. Und ich werde Konsul sein!«

»Das läßt sich bewerkstelligen. Aber nur auf dem Weg, den ich vorgezeichnet habe«, sagte Caesar fest. »Du und Marcus Crassus auf dem kurulischen Stuhl, Wiederherstellung des Volkstribunats und ein Freispruch per Plebiszit, gefolgt von einem weiteren Plebiszit, das die Soldaten beider Armeen mit Land versorgt.« Er zuckte leicht die Schultern. »Schließlich brauchst du als Konsul einen Kollegen, Gnaeus Pompeius! Du kannst nicht Konsul ohne Kollege werden. Warum also nicht ein Kollege, der unter denselben Nachteilen leidet und dieselben Risiken eingeht wie du. Stell dir vor, Metellus das Zicklein würde zu deinem Kollegen gewählt! Vom ersten Tag an hättest du seine Reißzähne im Genick. Und er würde seine letzten Reserven mobilisieren, um sicherzustellen, daß du mit deinem Versuch, das Volkstribunat wiederherzustellen, keinen Erfolg hast. Wenn zwei Konsuln eng zusammenarbeiten, kann ihnen der Senat kaum wirksamen Widerstand entgegensetzen. Besonders, wenn sie zehn einige, wiedererstarkte Volkstribunen hinter sich haben.«

»Ich sehe, worauf du hinauswillst«, sagte Pompeius langsam. »Es wäre ein großer Vorteil, einen umgänglichen Kollegen zu haben. In Ordnung. Ich werde mit Marcus Crassus Konsul sein.«

»Vorausgesetzt«, sagte Caesar liebenswürdig, »daß du das zweite Plebiszit nicht vergißt. Die Soldaten von Marcus Crassus müssen mit Land versorgt werden.«

»Kein Problem! Dann kann ich ja meine Männer gleich mitversorgen, wie du sagst.«

»Dann ist der erste Schritt gemacht.«

Bis zu diesem vernichtenden Gespräch mit Caesar hatte Pompeius das Gefühl gehabt, daß Philippus seine Konsulkandidatur organisieren und alles Notwendige tun werde; jetzt aber geriet er ins Grübeln. Hatte Philippus alle Folgen bedacht? Warum hatte er ihn nicht vor einer Anklage wegen Hochverrats gewarnt und ihm gesagt, daß er die Macht des Volkstribunats wiederherstellen mußte? War es Philippus vielleicht ein bißchen leid, ein bezahlter Angestellter zu sein? Oder hatte er den Höhepunkt seiner Leistungsfähigkeit überschritten?

»Ich bin ein politischer Idiot«, sagte Pompeius in dem Versuch, von gewinnender Offenheit zu sein. »Das Problem ist, daß mich Politik einfach nicht fasziniert. Was mich interessiert, ist ein Kommando, und ich dachte, das Konsulat sei nichts anderes als ein gewaltiges ziviles Kommando. Du hast mich eines Besseren belehrt, Caesar. Es hat Hand und Fuß, was du sagst. Also rate mir bitte, wie soll ich vorgehen. Soll ich Philippus einfach weiterhin Briefe verlesen lassen?«

»Nein, einer genügt«, sagte Caesar, der offensichtlich nicht abgeneigt war, als Pompeius' politischer Berater zu fungieren. »Sie haben deine Herausforderung erhalten. Ich vermute, du hast Philippus bereits gesagt, daß er die kurulischen Wahlen verzögern soll, also werde ich darauf nicht weiter eingehen. Der nächste Schachzug des Senats wird darauf abzielen, die Oberhand zu gewinnen. Er wird dir und Marcus Crassus verbindliche Termine setzen – dir für deinen Triumph, Marcus Crassus für seine Ovation. Und natürlich wird es einen Senatsbeschluß geben, der euch beide verpflichtet, eure Truppen unmittelbar nach der Feier zu entlassen. Das ist ganz normal.«

Da sitzt er, dachte Pompeius, kein bißchen anders, als wie er hereingekommen ist. Er hat keinen Durst, scheint sich in seiner riesigen Toga trotz des heißen Tages nicht unwohl zu fühlen, hat von dem harten Stuhl keinen schmerzenden Hintern bekommen und keinen steifen Hals, weil er den Kopf immer ein wenig zu mir herumdrehen mußte. Und die Worte, mit denen er seine Gedanken ausdrückt, sind so gut gewählt, wie seine Gedanken gut geordnet sind. Ja, es lohnt sich entschieden, diesen Caesar im Auge zu behalten.

»Du wirst den ersten Schachzug machen müssen«, fuhr Caesar fort. »Wenn du den Termin für deinen Triumph erhältst, mußt du dir entsetzt die Haare raufen und erklären, dir sei gerade eingefallen, daß du ihn unmöglich feiern kannst, bevor Metellus Pius aus Hispania Ulterior zurückgekehrt ist. Ihr hättet vereinbart, den Triumph gemeinsam zu feiern und die Kosten zu teilen, weil es in Spanien keine nennenswerte Beute gab und so weiter. In dem Moment aber, wo du diesen Grund vorbringst, deine Armee nicht zu entlassen, wird sich Marcus Crassus seinerseits entsetzt die Haare raufen und lauthals schreien, daß er seine Armee unmöglich entlassen kann, denn dann stehe nur noch eine Armee in Italien unter Waffen, und zwar deine. Ihr könntet diese Farce weiterspielen, bis das Jahr zu Ende ist. Der Senat wird nicht allzu viele Monate brauchen, bis er erkennt, daß ihr beide gar nicht die Absicht habt, eure Heere zu entlassen, sondern eure Positionen gewissermaßen legalisieren wollt. Wenn keiner von euch mit seinen Truppen eine Bewegung macht, die auf Rom bedrohlich wirken könnte, sind eure Erfolgschancen recht gut.«

»Das gefällt mir«, sagte Pompeius und strahlte.

»Freut mich. Es ist immer leichter, den Bekehrten zu predigen. Wo war ich gleich stehengeblieben?« Caesar runzelte die Stirn und tat so, als müsse er nachdenken. »Ach ja! Wenn der Senat begreift, daß keiner von euch seine Armee entläßt, wird er die entsprechenden *consulta* erlassen. Diese Beschlüsse werden euch erlauben, *in absentia* für das Konsulat zu kandidieren, denn natürlich könnt ihr beide nicht nach Rom kommen und eure Bewerbung persönlich beim Wahlleiter einreichen. Ob der Wahlleiter Orestes oder Lentulus Sulla heißt, wird das Los entscheiden, aber für mich besteht kein großer Unterscheid zwischen den beiden.«

»Was unternehme ich, weil ich nicht im Senat bin?« fragte Pompeius.

»Nichts. Das ist das Problem des Senats. Es wird durch ein *senatus consultum* gelöst werden, das es der Volksversammlung erlaubt, einem Ritter die Kandidatur zum Konsul zu gestatten. Ich nehme an, das Volk wird das Gesetz mit Begeisterung verabschieden – die vielen Ritter werden es als einen gewaltigen Sieg betrachten.«

»Und Marcus Crassus und ich können unsere Heere entlassen, sobald wir die Wahl gewonnen haben«, sagte Pompeius befriedigt.

»Aber nicht doch.« Caesar schüttelte den Kopf. »Ihr haltet eure

Heere bis Neujahr unter den Adlern. Deshalb werdet ihr den Triumph und die Ovation erst im Dezember feiern. Marcus Crassus soll seine Ovation zuerst bekommen. Am letzten Tag des Monats Dezember kannst du dann deinen Triumph abhalten.«

»Das hört sich alles sehr vernünftig an«, sagte Pompeius und runzelte die Stirn. »Warum hat mir Philippus die Sache nicht ordentlich erklärt?«

»Ich habe keine Ahnung«, sagte Caesar mit Unschuldsmiene.

»Aber ich habe eine!« sagte Pompeius grimmig.

Caesar erhob sich und ordnete mit äußerster Konzentration die Falten seiner Toga. Dann ging er in seinem eleganten, aufrechten Gang zur Tür. Im Zelteingang drehte er sich noch einmal um und sagte lächelnd: »Ein Zelt ist eine sehr behelfsmäßige Behausung, Gnaeus Pompeius; es macht sich gut für einen Feldherrn, der nur ein paar Tage auf seinen Triumph zu warten gedenkt; aber du solltest besser nicht diesen Eindruck erwecken. Ich mache dir einen Vorschlag: Du mietest für den Rest des Jahres eine teure Villa auf dem Mons Pincius, holst deine Frau aus Picenum, empfängst Gäste und züchtest vielleicht ein paar hübsche Fische. Ich werde dafür sorgen, daß Crassus dasselbe tut. Ihr werdet so wirken, als ob ihr notfalls den Rest eures Lebens außerhalb der Stadtgrenzen verbringen wolltet.«

Damit war Caesar verschwunden, und Pompeius hatte Gelegenheit, seine Fassung wiederzugewinnen und seine Gedanken zu ordnen. Die Ferien im Feld waren vorüber; er würde sich mit Varro zusammensetzen und die Gesetze studieren müssen. Caesar schien sie bis ins letzte Detail zu kennen, obwohl er sechs Jahre jünger war als er. Wenn der Senat seine Wölfe hatte, dann durfte Gnaeus Pompeius Magnus kein Schaf bleiben! Bis Neujahr würde er auch seine Gesetze, und nicht nur seinen Senat in- und auswendig kennen!

»Bei den Göttern«, ächzte Crassus, als Caesar seinen Bericht beendet hatte. »Du bist vielleicht raffiniert, Caesar! Ich hätte nicht halb soviel erwartet. Ich will nicht sagen, daß ich letztlich nicht auch einen solchen Plan entwickelt hätte, aber du mußt ihn auf dem Weg von meinem zu Pompeius' Zelt ausgeheckt haben. Eine Villa auf dem Pincius, was für eine Idee! Ich habe ein wunderbares

Haus auf dem Palatin, das ich gerade für ein Vermögen renoviert habe. Warum sollte ich dann Geld für eine Villa auf dem Pincius ausgeben? Ich fühle mich wohl in einem Zelt.«

»Was für ein unverbesserlicher Geizkragen du doch bist, Marcus Crassus!« sagte Caesar lachend. »Du wirst eine Villa auf dem Pincius mieten, die mindestens so teuer ist wie die des Pompeius, und du wirst Tertulla und deine Jungen sofort dort einziehen lassen. Du kannst es dir leisten. Betrachte die Sache als eine notwendige Investition. Denn das ist sie auch! Du und Pompeius, ihr müßt für die nächsten sechs Monate wie erbitterte Feinde wirken.«

»Und was wirst du selber tun?«

»Ich werde mir einen Volkstribun suchen. Am besten einen picentischen. Ich weiß nicht warum, aber die Männer aus Picenum fühlen sich zum Volkstribunat hingezogen, und sie sind gute Volkstribunen. Es sollte nicht schwierig sein, einen zu finden.«

»Warum ausgerechnet einen Picenter?«

»Erstens wird er sich wahrscheinlich für Pompeius einsetzen. Sie halten wie Pech und Schwefel zusammen, diese Picenter. Und zweitens wird er ein Feuerfresser sein. Das liegt den Picentern im Blut.«

»Sei vorsichtig, daß du dir an deinem Feuerfresser nicht die Finger verbrennst«, sagte Crassus. Er dachte bereits darüber nach, welcher seiner Freigelassenen mit den Agenten, welche die Villen auf dem Pincius vermieteten, das beste Geschäft abschließen könnte. Wie schade, daß er nie darauf gekommen war, dort in Immobilien zu investieren! Ein hervorragendes Viertel! All die ausländischen Könige und Königinnen, die dort einen Palast suchten. Nein! Er würde nicht mieten! Er würde kaufen! Mieten war reine Verschwendung; es brachte nicht einen einzigen Sesterz ein.

Im November gab der Senat seinen Widerstand auf. Marcus Licinius Crassus erhielt die Mitteilung, daß er *in absentia* für das Konsulat kandidieren dürfe. Gnaeus Pompeius Magnus erhielt die Mitteilung, daß der Senat die Volksversammlung per Beschluß aufgefordert habe, in seinem Fall die üblichen Bedingungen für eine Konsulkandidatur – Mitgliedschaft im Senat, Quästorat und Prätorat – auszusetzen. Als die Volksversammlung das entsprechende Gesetz verabschiedet hatte, freute sich der Senat, Pompeius mitteilen zu dürfen, daß er *in absentia* für das Konsulat kandidieren könne et cetera, et cetera.

Wenn ein Kandidat in Abwesenheit kandidierte, erschwerte das normalerweise seinen Wahlkampf. Er durfte das *pomerium* nicht überschreiten, um wichtige Wähler zu treffen, mit den Leuten auf dem Forum zu plaudern, bescheiden in der Nähe herumzustehen, wenn ein Volkstribun eine *contio* einberief, um auf dieser Versammlung die Verdienste seines bevorzugten Kandidaten herauszustreichen und seine Rivalen herunterzuputzen. Da die Kandidatur *in absentia* der besonderen Erlaubnis des Senats bedurfte, war sie sehr selten. Es war noch nie vorgekommen, daß zwei Kandidaten gleichzeitig *in absentia* zur Wahl gestanden hatten. Es stellte sich jedoch heraus, daß die üblichen Nachteile dieses Mal keinerlei Rolle spielten. Die Debatte im Senat hatte sich lange hingezogen und war sehr hitzig geführt worden, obwohl beide Kandidaten mit ihrer nicht entlassenen Armee gedroht hatten; als der Senat schließlich nachgab, hatten alle anderen Kandidaten ihre Bewerbung zurückgezogen, um gegen den krassen Rechtsbruch zu protestieren, den die Kandidatur des Pompeius darstellte. Durch den Rücktritt aller anderen Bewerber waren Pompeius und Crassus als die verkappten Diktatoren entlarvt worden, die sie tatsächlich waren.

Pompeius und Crassus bekamen zahlreiche Drohungen zu hören, die sich zumeist auf eine Anklage wegen Hochverrats nach dem Verlust ihrer Imperien bezogen. Als daher der Volkstribun Marcus Lollius Palicanus, ein Picenter, eine besondere Versammlung der Plebs im Circus Flaminius auf dem Marsfeld einberief, wußten die Senatoren, die sich von Pompeius und Crassus losgesagt hatten, sofort, was sich da zusammenbraute. Pompeius und Crassus würden den Kopf aus der Schlinge ziehen, indem sie das Volkstribunat wieder mit den alten Vollmachten ausstatteten und zehn dankbare Volkstribunen anschließend ein Gesetz durchbringen ließen, das sie gegen die verdiente Strafe für ihre Handlungen immunisierte.

Viele Bürger Roms hätten es gerne gesehen, wenn das alte Volkstribunat wiederhergestellt worden wäre. Die meisten, weil es sich um eine altehrwürdige Institution handelte, die dem *mos maiorum* entsprach. Nicht wenige jedoch, weil sie die aufregenden alten Zeiten wieder herbeisehnten, in denen ein radikaler Demagoge die Massen auf dem unteren Forum Romanum hatte aufhetzen können, bis die Fäuste flogen und sich gemietete Ex-Gladiatoren in den Kampf stürzten. Es war daher abzusehen, daß die Versammlung des Lollius Palicanus, von der allgemein bekannt war, daß auf ihr die Wiederherstellung des alten Volkstribunats diskutiert werden sollte, eine große Menschenmenge anziehen würde. Als sich jedoch die Nachricht verbreitete, daß Pompeius und Crassus für Palicanus sprechen würden, erreichte die Begeisterung ein Ausmaß, das nicht mehr dagewesen war, seit Sulla die Versammlung der Plebs zu einem weitgehend bedeutungslosen Stelldichein degradiert hatte.

Im Circus Flaminius fanden normalerweise die weniger aufwendigen Spiele statt. Er faßte nur fünfzigtausend Zuschauer, und als Palicanus seine Versammlung abhielt, war er bis zur letzten Tribüne besetzt. Da man kein Wort verstand, wenn man das Pech hatte, mehr als wenige hundert Fuß vom Redner entfernt zu sein, waren die meisten Leute nur ans Tiberufer geströmt, damit sie ihren Enkeln einst erzählen konnten, daß sie an dem historischen Ereignis persönlich teilgenommen hatten, bei dem zwei Konsulkandidaten und militärische Helden versprachen, das Volkstribunat wiederherzustellen. Denn genau das würden sie tun! Mit Sicherheit!

Palicanus eröffnete die Versammlung mit einer mitreißenden Rede, die darauf abzielte, bei den kurulischen Wahlen möglichst viele Stimmen für Pompeius und Crassus zu gewinnen; wer nahe genug bei ihm stand, um ihn verstehen zu können, gehörte den höheren Klassen an, und seine Stimme hatte Gewicht. Alle neun Kollegen des Palicanus waren anwesend; sie alle sprachen für Pompeius und Crassus. Als Crassus erschien, erhob sich donnernder Applaus, und auch seine Rede war von Beifallsstürmen begleitet. Sie bildete eine gute Einstimmung auf das wirkliche Ereignis des Tages. Denn nach ihm betrat der eigentliche Star die Bühne: Pompeius der Große! Er trug eine Rüstung aus gleißendem Gold, so hell wie die Sonne, und er sah absolut göttlich aus. Er brauchte keine große Rede zu halten; denn die Masse war einzig gekommen, um Pompeius den Großen zu sehen, nicht, um ihn zu hören, und sie ging in einem Taumel der Begeisterung nach Hause.

So war es kein Wunder, daß Pompeius aus den kurulischen Wahlen, die am Tag vor den Nonen des Dezember stattfanden, als erster Konsul hervorging und Crassus als zweiter. Rom würde einen Konsul haben, der nie im Senat gesessen hatte – und Rom hatte ihn seinem älteren und orthodoxeren Kollegen vorgezogen.

»Nun hat Rom also zum ersten Mal einen Konsul, der nie Senator gewesen ist«, sagte Caesar, nachdem sich die Wahlversammlung zerstreut hatte. Er saß mit Crassus auf der Loggia derselben Villa, auf der einst Jugurtha von Numidien seine finsteren Pläne geschmiedet hatte. Crassus hatte die Villa auf dem Pincius gekauft, nachdem er die lange Liste erlauchter Ausländer gesehen hatte, die sie im Lauf der Jahre gemietet hatten. Er und sein Gast sahen den Staatssklaven zu, wie sie die Umzäunungen, Stege und Wahlplattformen auf der Saepta abbauten.

»Und dies allein deshalb, weil er unbedingt Konsul werden wollte«, antwortete Crassus, wobei er den weinerlichen Ton nachahmte, der in Pompeius' Stimme lag, wann immer ihm etwas verweigert wurde. »Er ist ein großes Kind.«

»In mancher Hinsicht schon.« Caesar warf einen Blick in Crassus' Gesicht, das wie immer völlig ausdruckslos war. »Du wirst das Regieren besorgen müssen. Er versteht nichts davon.«

»Als ob ich das nicht wüßte! Obwohl er inzwischen Varros kleines Benimm-Handbuch für Senatoren und Konsuln studiert haben muß.« Crassus grunzte verächtlich. »Stell dir das vor! Ein erster Konsul, der ein Benimm-Handbuch zu Rate zieht! Es macht mir großen Spaß, wenn ich mir vorstelle, was Cato der Zensor dazu sagen würde.«

»Er hat mich gebeten, das Gesetz zu verfassen, das dem Volkstribunat wieder die alten Vollmachten verleiht. Hat er dir davon erzählt?«

»Wann erzählt er mir schon was?«

»Ich habe abgelehnt.«

»Warum?«

»Erstens, weil er annahm, daß er der erste Konsul sein würde.«

»Er wußte, daß er der erste Konsul sein würde!«

»Und zweitens, weil du absolut in der Lage bist, jedes Gesetz zu entwerfen, das ihr beide vorschlagen wollt – schließlich bist du Stadtprätor gewesen!«

Crassus schüttelte den Kopf und legte eine Hand auf Caesars Arm. »Mach es, Caesar, mach es! Es wird ihn bei Laune halten. Wie alle verwöhnten Babys hat auch er die Gabe, die richtigen Leute für seine Ziele einzuspannen. Wenn du ablehnst, weil du dich nicht benutzen lassen willst, habe ich nichts dagegen. Aber wenn du die Arbeit als eine Herausforderung betrachtest und sie eine wertvolle gesetzgeberische Erfahrung für dich ist, dann mach das Gesetz. Niemand wird davon erfahren – dafür wird er schon sorgen.«

»Da hast du allerdings recht«, lachte Caesar. Dann wurde er ernst. »Ich würde es tatsächlich gerne tun. Wir haben keine ordentlichen Volkstribunen mehr gehabt, seit ich ein Junge war – Sulpicius war der letzte. Und ich sehe eine Zeit voraus, in der wir die Gesetze der Tribunen alle dringend brauchen werden. Für mich als Patrizier war es eine interessante Erfahrung, mit den Volkstribunen zusammenzuarbeiten. Palicanus hat mir übrigens schon den Mann vorgestellt, mit dem ich als nächstes arbeiten werde.«

»Wen?«

»Einen gewissen Plautius, aber nicht aus der alten Familie der Silvani. Er stammt wie Palicanus aus Picenum, und seine Familie scheint auf einen Freigelassenen zurückzugehen. Ein guter Mann. Er ist bereit, alles durchzusetzen, was ich durch die wiedererstarkte Versammlung der Plebs erreichen will.«

»Die tribunizischen Wahlen haben noch nicht stattgefunden«, sagte Crassus. »Vielleicht wird er nicht gewählt.«

»Er kann nicht verlieren«, sagte Caesar zuversichtlich. »Er ist einer von Pompeius' Leuten.«

»Sind sie nicht ein Fluch unserer Zeit?«

»Pompeius hat Glück, daß er dich zum Kollegen hat, Marcus Crassus. Ich muß mir immer Metellus das Zicklein an deiner Stelle vorstellen. Eine Katastrophe! Aber es tut mir leid, daß du nicht die Ehre hast, erster Konsul zu sein.«

Crassus lächelte milde. »Mach dir keine Sorgen, Caesar. Ich habe ein paar Überraschungen für ihn auf Lager. Wenn unsere Amtszeit Ende nächsten Jahres zu Ende ist, wird Rom mehr Grund haben, meinen Abschied zu beklagen als den seinen, das garantiere ich dir.«

»Na dann«, sagte Caesar und erhob sich. »Höchste Zeit, daß ich nach Hause gehe. Ich habe die Frauen in meiner Familie noch kaum gesehen, seit ich nach Rom zurückgekehrt bin. Sie brennen sicher darauf, alles über die Wahlen zu hören.«

Caesar bereute seinen Entschluß, kaum daß er einen Blick in sein Wohnzimmer geworfen hatte. Es schienen unzählige Frauen auf ihn zu warten. Als er sie trotzdem zählte, waren es sechs: seine Mutter, seine Frau, seine Schwester Ju-ju, seine Tante Julia, die Frau des Pompeius und noch eine weitere Frau, die er nach einigem Überlegen als seine Cousine Julia identifizierte. Sie wurde Julia Antonia genannt, weil sie mit Marcus Antonius, dem Piratenjäger, verheiratet war. Aller Augen waren auf sie gerichtet, und das war kein Wunder. Sie saß mit steif von sich gestreckten Beinen auf dem Rand ihres Stuhls und heulte wie ein Schloßhund.

Caesar hatte noch kein Wort sagen können, da erhielt er einen gewaltigen Stoß ins Kreuz, und als er herumwirbelte, sah er einen großen Knaben hinter sich stehen, der unübersehbar ein Antonius war und ein breites Grinsen aufgesetzt hatte. Das Grinsen verging ihm rasch. Caesars Hand schoß vor, er packte den Jungen an der Nase und riß ihn grob zu sich her. Der Knabe stieß ein Heulen aus, das dem seiner Mutter in nichts nachstand, aber er dachte nicht daran, sich hilflos zusammenzukrümmen. Statt dessen versuchte er mit seinem großen Fuß Caesars Schienbein zu treffen, ballte die Hände zu Fäusten und schlug wild um sich. In diesem Augenblick stürzten sich zwei weitere kleinere Jungen auf Caesar und bearbeiteten seine Flanken und seine Brust mit ihren Fäustchen. Doch der dreifache Angriff verpuffte wirkungslos in den Falten von Caesars riesiger Toga.

Im Nu waren alle drei Knaben außer Gefecht gesetzt – zu schnell, als daß eine der Anwesenden hätte sehen können, wie es geschah. Die beiden kleineren Jungen knallten hörbar mit den Köpfen zusammen und flogen gegen die Wand; der größere Junge erhielt eine Ohrfeige, die ihm die Tränen in die Augen trieb, und wurde mit einigen kräftigen Tritten in den Hintern zu seinen Brüdern befördert.

Die Mutter hatte aufgehört zu heulen, als der ungleiche Kampf begann, und sprang jetzt auf, um über den Peiniger ihrer Lieblinge herzufallen.

»Setz dich, Weib!« donnerte Caesar so laut, daß sie zurück zu ihrem Stuhl wankte und erneut in Tränen ausbrach.

Caesar faßte nun die Jungen ins Auge, die sich halb liegend, halb sitzend an die Wand drückten und genauso laut heulten wie ihre Mutter.

»Wenn sich einer von euch von der Stelle rührt, wird er wünschen, nie geboren zu sein. Dies ist mein Haus, und nicht die Menagerie auf dem Mons Pincius. Solange ihr meine Gäste seid, müßt ihr euch wie zivilisierte Römer benehmen, und nicht wie tingitanische Affen. Ist das klar?«

Seine arg zerzauste und beschmutzte Toga zusammenhaltend, schritt Caesar zwischen den Frauen hindurch auf sein Arbeitszimmer zu. »Ich bringe das hier in Ordnung«, sagte er in einem scheinbar ruhigen Ton, an dem seine Frau und seine Mutter erkannten, daß er sich eisern beherrschen mußte. »Und wenn ich zurückkomme, wird hier absoluter Friede herrschen. Bringt dieses elende Weib zum Schweigen, selbst wenn ihr sie knebeln müßt, und übergebt ihre Söhne Burgundus. Richtet ihm aus, daß er sie mit meiner Erlaubnis notfalls erdrosseln kann.«

Caesar war nicht lange weg, aber als er zurückkehrte, waren die Knaben verschwunden, und die sechs Frauen saßen aufrecht und schweigend auf ihren Stühlen. Sechs Paare weit aufgerissener Augen folgten ihm, als er zwischen seiner Mutter und seiner Frau Platz nahm.

»Nun, Mater, wo liegt das Problem?« sagte er freundlich.

»Marcus Antonius ist tot«, erklärte Aurelia. »Er hat auf Kreta Selbstmord begangen. Du weißt, daß er von den Piraten geschlagen wurde, zweimal zu Wasser und einmal zu Land. Er hat alle seine Schiffe und Männer verloren. Aber du weißt vielleicht nicht, daß die Anführer der Piraten, Panares und Lasthenes, ihn gezwungen haben, einen Vertrag zwischen dem kretischen Volk und Rom zu unterzeichnen. Der Vertrag ist gerade in Rom angekommen, zusammen mit der Asche des Marcus Antonius. Der Senat hat zwar noch nicht die Zeit gefunden, über Marcus Antonius zu beraten, aber in der Stadt geht bereits das Gerücht um, daß er seinen Namen für immer entehrt hat – die Leute nennen ihn sogar schon Marcus Antonius Creticus! Aber sie meinen damit nicht ›Kreter‹, sondern ›Mann aus Kreide‹.«

Caesar seufzte, und sein Gesicht zeigte eher Ärger als Bedauern. »Er war nicht der richtige Mann für die Aufgabe«, sagte er, wobei er auf die Gefühle der Antonia keine Rücksicht nahm. »Ich habe das schon als Tribun in Gytheion gemerkt. Ich muß jedoch gestehen, daß ich ein solches Ende nicht vorausgesehen habe. Aber es hat viele schlimme Vorzeichen gegeben.« Er wandte sich der Witwe zu. »Herzliches Beileid, Julia Antonia. Leider sehe ich nicht, wie ich dir helfen könnte.«

»Julia Antonia bittet dich, die Bestattungsriten für Marcus Antonius zu organisieren«, sagte Aurelia.

»Aber sie hat doch einen Bruder«, antwortete Caesar schroff. »Warum kann Lucius Caesar die Aufgabe nicht übernehmen?«

»Lucius Caesar ist mit der Armee von Marcus Cotta im Osten«, sagte Tante Julia. »Und dein Vetter Sextus Caesar will nichts mit dem Begräbnis zu tun haben. Da auch Gaius Antonius Hybrida nicht in Rom ist, sind wir die Familie, die Julia Antonia am nächsten steht.«

»In diesem Fall werde ich die Trauerfeierlichkeiten organisieren. Es wäre allerdings klug, wenn wir ihn in aller Stille beerdigen würden.«

Julia Antonia erhob sich in einer wahren Kaskade von Nadeln, Broschen, Kämmen und Taschentüchern. Sie schien Caesar wegen der unsanften Behandlung ihrer Söhne und der nüchternen Analyse der Fähigkeiten ihres toten Ehemanns nicht mehr gram zu sein. Offensichtlich genießt sie es, angeschrien und zurechtgewiesen zu werden, dachte Caesar, als er sie zur Tür begleitete. Und ohne Zweifel hat der tote Marcus Antonius dieses Bedürfnis mehr als erfüllt. Schade, daß er nicht auch die Kinder diszipliniert hat, denn die Mutter ist dazu offensichtlich nicht in der Lage. Die Knaben wurden aus Burgundus' Gemächern geholt, wo sie eine heilsame Erfahrung gemacht hatten: Die Söhne von Cardixa und Burgundus waren wahre Riesen im Vergleich zu ihnen. Wie ihre Mutter schienen auch sie keinen Groll mehr zu hegen, aber sie waren vor Caesar auf der Hut.

»Ihr braucht keine Angst vor mir zu haben, wenn ihr euch

anständig benehmt«, sagte Caesar vergnügt und zwinkerte ihnen zu. »Aber wenn ich euch wieder erwische, wenn ihr ungezogen seid, dann könnt ihr was erleben!«

»Du bist sehr groß, aber ich hätte nicht gedacht, daß du so stark bist«, sagte der älteste Junge. Er war der hübscheste der drei, obwohl seine Augen für Caesars Geschmack etwas zu dicht beieinander lagen. Doch sie blickten ihm offen ins Gesicht und hatten einen mutigen und intelligenten Ausdruck.

»Eines Tages wirst du auf einen kleinen Winzling treffen, der dich flach auf den Rücken legt, bevor du auch nur einen Finger krumm machen kannst«, sagte Caesar. »Aber jetzt geh nach Hause und kümmere dich um deine Mutter. Und mach deine Hausaufgaben, anstatt durch die Subura zu schleichen, Unheil anzurichten und Leute zu bestehlen, die dir nichts getan haben. Auf lange Sicht werden dir die Hausaufgaben mehr nützen.«

Der junge Marcus Antonius kniff skeptisch die Augen zusammen. »Woher willst du das wissen?«

»Ich weiß alles«, sagte Caesar, schloß hinter den Jungen die Tür und kehrte zu den restlichen Frauen zurück. »Die Invasion der Germanen«, sagte er lächelnd. »Was für ein furchterregender Stamm kleiner Jungen! Haben sie niemand, der sie beaufsichtigt?«

»Niemand«, sagte Aurelia. Sie ließ einen entzückten Seufzer hören. »Ach, wie ich es genossen habe, als du ihnen Manieren beigebracht hast! Ich hatte Lust, ihnen eine Tracht Prügel zu verpassen, seit sie angekommen sind.«

Caesars Augen ruhten wohlgefällig auf Mucia Tertia, die er ungeheuer attraktiv fand. Die Ehe mit Pompeius bekam ihr offensichtlich gut. In Gedanken notierte er sie auf seiner Liste künftiger Eroberungen – Pompeius hatte es mehr als verdient! Aber die Zeit war noch nicht reif. Der schreckliche kleine Schlächter sollte zuerst noch höher aufsteigen. Caesar zweifelte nicht, daß er bei Mucia Tertia Erfolg haben werde; es war ihm nicht entgangen, daß sie ihn ein paarmal interessiert angestarrt hatte. Aber die Traube sollte noch eine Weile an Pompeius' Weinstock reifen, bevor er sie abschnitt. Im Moment hatte er mit Metella, der Frau des Gaius Verres, mehr als genug zu tun. Metellas Furche zu pflügen war eine Form von Gartenarbeit, die er ungeheuer befriedigend fand.

Da seine süße kleine Frau ihn beobachtete, riß er seine Augen von Mucia Tertia los und ließ sie zu Cinnilla wandern. Als er ihr mit einem Auge zublinzelte, mußte sie ein Kichern unterdrücken, und es zeigte sich, daß sie mindestens eine Eigenschaft ihres Vaters geerbt hatte: sie wurde feuerrot. Ein liebes Mädchen. Nie eifersüchtig, obwohl sie natürlich Gerüchte gehört hatte – und sie wahrscheinlich glaubte. Nach all den Jahren kannte sie ihren Caesar gut genug! Der Einfluß Aurelias war jedoch zu stark, als daß Cinnilla seine Schürzenjägerei zur Sprache gebracht hätte, und er selbst tat es natürlich auch nicht.

Bei seiner Mutter war er nicht so vorsichtig. Schließlich hatte sie als erste die Idee gehabt, daß er die Frauen seiner Standesgenossen verführen könnte. Auch scheute er sich nicht, sie gelegentlich um Rat zu fragen, wenn sich eine Frau als schwierig erwies. Die Frauen waren für ihn ein Geheimnis, das er wohl nie lösen würde, und es lohnte sich, Aurelias Meinung zu hören. Seit sie häufig mit Frauen ihres Standes vom Palatin und aus Carinae zusammenkam, war sie über jeden Klatsch informiert und gab ihn vertrauensvoll und unverblümt an ihren Sohn weiter. Natürlich genoß er es, seine Frauen verrückt vor Liebe zu machen, bevor er sie fallenließ; dann waren sie für die Ehemänner, denen er Hörner aufgesetzt hatte, nie mehr zu gebrauchen.

»Ich vermute, ihr habt euch alle hier versammelt, um Julia Antonia zu trösten«, sagte er und überlegte, ob seine Mutter wohl den Mut haben würde, ihm süßen verdünnten Wein und kleine Kuchen zu reichen.

»Sie kam mit all ihren Kinkerlitzchen in mein Haus und hatte diese entsetzlichen Knaben im Schlepptau«, sagte Tante Julia. »Ich wußte, daß ich mit allen vier nicht fertigwerden würde. Deshalb habe ich sie hergebracht.«

»Und du hast Tante Julia besucht?« fragte Caesar Mucia Tertia mit einem betörenden Lächeln.

Sie holte tief Atem, verschluckte sich und hustete verlegen. »Ich besuche Julia sehr häufig, Gaius Julius. Der Quirinal liegt ganz nahe beim Pincius.«

»Ach ja, natürlich.« Er bedachte Tante Julia mit einem ähnlich strahlenden Lächeln. Auch sie war keineswegs unempfänglich dafür, nahm es jedoch naturgemäß anders auf.

»Ich fürchte, ich werde Julia Antonia in nächster Zeit öfter zu Gast haben«, sagte Tante Julia seufzend. »Und ich wünschte, ich würde deine Technik beherrschen, was ihre Söhne betrifft!«

»Ihre Besuche werden nicht lange anhalten, Tante Julia, und ich werde es mir zur Aufgabe machen, den Knaben hin und wieder ins Gewissen zu reden. Keine Sorge! Julia Antonia ist in kürzester Zeit wieder verheiratet.«

»Die will doch niemand!« schnaubte Aurelia verächtlich.

»Es gibt immer Männer, die auf den Charme hilfloser Frauen besonders anfällig reagieren«, sagte Caesar. »Unglücklicherweise hat sie bei der Wahl ihrer Männer keine glückliche Hand. Deshalb wird auch der nächste nicht besser sein als Marcus Antonius, der Mann aus Kreide.«

»Da hast du entschieden recht, mein Sohn.«

Caesar wandte sich seiner Schwester Ju-ju zu, die bis jetzt kein Wort gesagt hatte, obwohl sie eigentlich eine lebhafte Person war. »Ich pflegte auch von Lia zu sagen, daß sie keine glückliche Hand mit Männern hat«, sagte er. »Aber dir habe ich noch keine Gelegenheit gegeben, dein Geschick zu beweisen.«

Sie lächelte. »Ich bin sehr zufrieden mit dem Mann, den du für mich ausgesucht hast, Caesar. Außerdem muß ich zugeben, daß die jungen Männer, auf die ich vor meiner Heirat ein Auge geworfen hatte, sich alle als ziemlich enttäuschend erwiesen.«

»Dann läßt du besser Atius und mich den Mann für deine Tochter beschaffen, wenn die Zeit kommt. Atia ist sehr hübsch und zugleich intelligent; sie wird also nicht jedermann ansprechen.«

»Ist das nicht schade?« sagte Ju-ju.

»Daß sie intelligent ist, oder daß die Männer damit nichts anfangen können?«

»Letzteres.«

»Mir gefallen intelligente Frauen«, sagte Caesar. »Aber sie sind dünn gesät. Keine Sorge, wir finden schon jemanden für Atia, der ihre Qualitäten zu schätzen weiß.«

Tante Julia erhob sich. »Es wird bald dunkel, Caesar – ich weiß, daß du dich am liebsten so nennen läßt, selbst von deiner Mutter. Aber mir fällt es immer noch schwer. Ich muß gehen.«

»Ich bitte die Söhne von Lucius Decumius, dir eine Sänfte zu besorgen und dich zu begleiten«, sagte Caesar.

»Ich habe eine Sänfte«, sagte Tante Julia. »Mucia darf nicht zu Fuß gehen, also sind wir äußerst bequem vom Quirinal in die Subura gelangt. Das heißt, es wäre bequem gewesen, wenn wir das Transportmittel nicht mit Julia Antonia hätten teilen müssen. Sie hat uns beinahe ertränkt mit ihren Tränen. Außerdem haben wir selbst ein paar stramme Burschen, die uns begleiten.«

»Ich bin auch mit einer Sänfte gekommen«, sagte Ju-ju.

»Verwöhntes Pack«, schnaubte Aurelia. »Es hätte euch allen gutgetan, zu Fuß zu gehen.«

»Ich wäre gern zu Fuß gegangen«, sagte Mucia Tertia leise. »Aber nicht alle Ehemänner haben die gleichen Ansichten wie du, Aurelia. Gnaeus Pompeius findet es unschicklich, wenn ich zu Fuß gehe.«

Caesar spitzte die Ohren. Aha, eine Spur von Unzufriedenheit! Sie fühlt sich eingeengt; er läßt ihr zu wenig Freiheit. Er sagte jedoch nichts, sondern wartete einfach ab und plauderte mit den Frauen, während ein Sklave zur Straßenkreuzung lief, um die Sänften zu rufen.

»Du siehst nicht gut aus, Tante Julia.« Caesar sprach das Thema erst an, als er seiner Tante auf ihren Platz in der geräumigen Sänfte half, die Pompeius für Mucia Tertia besorgt hatte.

»Ich werde alt, Caesar«, antwortete sie leise und drückte seine Hand. »Siebenundfünfzig. Aber es fehlt mir nichts, außer daß mir die Knochen weh tun, wenn das Wetter kalt ist. Ich habe allmählich Angst vor dem Winter.«

»Hast du es warm genug, da draußen auf dem Quirinal?« fragte Caesar scharf. »Dein Haus ist dem Nordwind ausgesetzt. Soll ich in deinen Keller ein *hypocaustum* einbauen lassen?«

»Spar dein Geld, Caesar«, sagte sie. »Ich kann mir die Bodenheizung schon leisten, wenn ich sie brauche.« Dann zog sie die Vorhänge zu.

»Es geht ihr nicht gut«, sagte Caesar zu seiner Mutter, als sie in die Wohnung zurückgingen.

Aurelia dachte einen Augenblick nach und kam zu einem abgewogenen Urteil. »Es würde ihr schon gutgehen, wenn sie ein erfülltes Leben hätte. Aber ihr Mann und ihr Sohn sind tot. Sie hat niemand außer uns und Mucia Tertia. Und wir sind nicht genug.«

Das Wohnzimmer war von den Flämmchen der Öllampen in ein weiches Licht getaucht, und die Läden waren geschlossen, um den kalten Wind fernzuhalten, der durch den Lichtschacht drang. Das Zimmer war warm und heimelig. Cinnilla saß mit Caesars Tochter auf dem Boden. Das Mädchen war jetzt fast sechs, ein entzückendes Kind, feingliedrig, anmutig und so blond, daß ihr Haar silbern schimmerte.

Als sie ihren Vater erblickte, trat ein Leuchten in ihre großen blauen Augen. Sie breitete die Arme weit aus und rief: »Papa! Papa! Nimm mich auf den Arm!«

Caesar hob sie auf und preßte seine Lippen auf ihre rosige Wange. »Na, wie geht es meiner Prinzessin heute?«

Aurelia und Cinnilla sahen zu, wie er ganz begeistert einer langen Litanei kleiner kindlicher Taten lauschte. Cinnilla ging dabei nur durch den Kopf, wie sehr sie die beiden liebte, aber Aurelia dachte über das Wort Prinzessin nach. Caesar wird es weit bringen und eines Tages sehr reich sein. Also wird das Kind zahllose Verehrer haben. Aber Caesar wird nicht so nett zu ihr sein, wie meine Mutter und mein Stiefvater-Onkel zu mir waren. Er wird sie mit dem Mann verheiraten, den er am meisten braucht, gleichgültig, wie es ihr dabei geht. Also muß ich sie dazu erziehen, daß sie ihr Schicksal gefaßt und heiter auf sich nimmt.

Am vierundzwanzigsten Dezember feierte Crassus endlich seine Ovation. Da auch viele Samniter für Spartacus gekämpft hatten, hatte ihm der Senat zwei Zugeständnisse gemacht: Er mußte nicht zu Fuß gehen, sondern durfte auf einem Pferd reiten, und statt dem weniger angesehenen Myrtenkranz durfte er den Lorbeerkranz des Triumphators tragen. Eine ordentliche Menge von Zuschauern jubelte seiner Armee zu, die er für die Feier von Capua nach Rom geführt hatte. Angesichts der mageren Beute setzte es allerdings viele Rippenstöße und spöttische Bemerkungen. Denn ganz Rom wußte, daß Marcus Crassus' größtes Laster die Geldgier war.

Die Menge, die bei Pompeius' Triumph am letzten Tag des Dezember die Straßen säumte, war viel größer. Irgendwie hatte es Pompeius geschafft, sich beim Volk von Rom beliebt zu machen, vielleicht wegen seiner relativen Jugend, seiner strahlend blonden

Schönheit, die an Alexander den Großen errinnerte, oder weil sein Gesicht auf das Volk irgendwie anziehend wirkte. Trotzdem war die Liebe, welche die Römer für Pompeius hegten, nicht dieselbe, die sie für Gaius Marius gefühlt hatten. Marius war trotz aller gegenteiligen Bemühungen Sullas der liebenswerteste Mensch in ihrem Gedächtnis geblieben.

Anfang Dezember, etwa um die Zeit, als in Rom die kurulischen Wahlen abgehalten wurden, überquerte Metellus Pius endlich die Alpen und führte sein Heer nach Gallia Cisalpina hinunter, wo er seine Truppen sofort entließ und sie auf den weiten, reichen Ländereien nördlich des Po ansiedelte. Während der letzten gemeinsamen Monate in Spanien hatte Metellus das Ferkel wohl gespürt, daß Pompeius sich nicht damit abfinden würde, nach seiner Rückkehr einfach in der Versenkung zu verschwinden, und hatte sich zu den Konflikten in Rom demonstrativ neutral verhalten. Auch als Catulus, Hortensius und andere angesehene Mitglieder der Familie Caecilius Metellus ihn brieflich baten, doch Stellung zu beziehen, hatte er sich mit der Begründung geweigert, er sei zu lange nicht in Rom gewesen, um sich zu den Geschehnissen zu äußern. Als er schließlich Ende Januar in Rom eintraf, feierte er einen bescheidenen Triumph mit den Truppen, die er zu diesem Zweck nach Rom geführt hatte, und nahm seinen alten Platz in dem von Pompeius und Crassus beherrschten Senat wieder ein, als sei nichts geschehen. Mit diesem Verhalten ersparte er sich viel Ärger, auch wenn ihm dadurch die Anerkennung für seinen Sieg über Quintus Sertorius versagt blieb, die er eigentlich verdient gehabt hätte.

Die *lex Pompeia Licinia de tribunicia potestate* wurde Anfang Januar unter der Ägide des Pompeius im Senat angeschlagen, denn er hatte als erster Konsul in diesem Monat die *fasces* inne. Das Gesetz, das die alten Vollmachten der Volkstribunen wiederherstellte, war so populär, daß ihm der Senat kaum Widerstand entgegensetzte. Auch die Senatoren, von denen Pompeius und Crassus eigentlich erwartet hatten, daß sie laut gegen das Gesetz wettern würden, begnügten sich mit einem leisen Meckern, und das *senatus consultum,* das der Volksversammlung empfahl, das Gesetz zu verabschieden, fiel fast einstimmig aus. Einige Senatoren hatten zwar den Einwand erhoben, daß es eigentlich von den Zenturiatskomitien ratifiziert werden müsse, aber Caesar, Hortensius und Cicero hatten übereinstimmend versichert, daß nur die Tribuskomitien Gesetze beschließen könnten, welche die Tribus beträfen. Innerhalb des vorgeschriebenen Zeitraums von drei Marktwochen trat die *lex Pompeia Licinia* in Kraft. Die Volkstribunen konnten nun wieder gegen Gesetze und gegen die Handlungen von Magistraten ihr Veto einlegen; sie konnten in der von ihnen geleiteten Versammlung der Plebs Plebiszite mit Gesetzeskraft verabschieden lassen, ohne dazu durch ein *senatus consultum* ermächtigt zu sein; und sie konnten sogar wegen Hochverrat, Erpressung und anderen politischen Delikten Anklage erheben.

Caesar sprach jetzt regelmäßig im Senat. Da es sich immer lohnte, ihm zuzuhören – seine Reden waren geistreich, interessant, knapp und treffend –, hatte er sich schon bald eine Gefolgschaft erworben und wurde immer häufiger gebeten, seine Reden zu veröffentlichen. Sie galten als ebensogut wie die Ciceros, und selbst dieser soll gesagt haben, Caesar sei der beste Redner Roms – außer ihm selbst natürlich.

Der Volkstribun Plautius brannte darauf, von den erneuerten Vollmachten seines Amtes Gebrauch zu machen. Er verkündete im Senat, daß er der Versammlung der Plebs ein Gesetz vorlegen werde, das den verurteilten Anhängern von Lepidus und Sertorius das Bürgerrecht zurückgeben würde. Caesar erhob sich sofort und hielt eine Rede für das Gesetz, wobei er leidenschaftlich dafür plädierte, es auch auf all die Bürger auszudehnen, die unter Sulla proskribiert worden waren. Der Senat stimmte der Erweiterung jedoch nicht zu und unterstützte nur das auf die Anhänger von Lepidus und Sertorius beschränkte Gesetz des Plautius. Caesar aber schien gar nicht enttäuscht, daß sein Antrag abgelehnt worden war. Ja, er wirkte sogar seltsam vergnügt.

»Der Senat hat dir einen Korb gegeben, Caesar«, sagte Marcus Crassus verwirrt, »du aber schnurrst vor Zufriedenheit!«

»Mein lieber Crassus, ich habe ganz genau gewußt, daß sie einer Amnestie für Sullas Proskribierte niemals zustimmen würden«, sagte Caesar lächelnd. »Zu viele wichtige Männer, die durch die Proskriptionen fett geworden sind, müßten dann alles zurückgeben. Das konnte niemals durchgehen. Es sah jedoch ganz danach aus, als ob es dem konservativen Block um Catulus gelingen könnte, auch die Amnestie für die Anhänger des Lepidus und Sertorius zu verhindern. Deshalb habe ich dafür gesorgt, daß diese Maßnahme im Vergleich zu einer Amnestie aller Proskribierten gemäßigt wirkte. Wenn du etwas durchsetzen willst und merkst, daß dir der Wind ins Gesicht bläst, dann mußt du viel weiter gehen, als du eigentlich willst, Marcus Crassus. Die Opposition regt sich dann so über deine Zusatzanträge auf, daß sie ganz aus den Augen verliert, daß sie eigentlich auch gegen den ursprünglichen Antrag war.«

Crassus grinste. »Caesar, du bist der geborene Politiker. Ich hoffe nur, daß deine Gegner deine Methoden nicht eines Tages durchschauen, sonst könnten sie dir das Leben ziemlich schwermachen.«

»Ich mache einfach gern Politik«, sagte Caesar.

»Du machst alles gern, was du tust, und setzt dich mit Leib und Seele dafür ein. Das ist dein Geheimnis. Und natürlich, daß du den nötigen Grips dafür hast.«

»Schmeichle mir nicht, Crassus, so groß ist mein Kopf nun auch wieder nicht«, antwortete Caesar.

»Er ist zu groß, wenn du mich fragst«, sagte Crassus lachend. »Und du solltest in deinem Umgang mit den Frauen anderer Männer auch etwas diskreter sein, wenigstens was die nähere Zukunft betrifft. Wie ich höre, wollen unsere neuen Zensoren sich den Senatorenlisten mit derselben Sorgfalt widmen, wie ein übereifriges Kindermädchen nach Läusen sucht.«

Es gab zum ersten Mal wieder Zensoren, seit Sulla das Amt von der Liste der Magistrate gestrichen hatte. Und sie waren ein seltsames Paar, die Zensoren Gnaeus Cornelius Lentulus Clodianus und Lucius Gellius Poplicola. Jeder wußte, daß sie Pompeius' Kreaturen waren, aber als Pompeius sie im Senat für das Amt vorgeschlagen hatte, waren alle geeigneteren Kandidaten – Catulus und Metellus Pius, Vatia Isauricus und Curio – von ihrer Kandidatur zurückgetreten und hatten Clodianus und Gellius das Feld überlassen.

Crassus' Prophezeiung erwies sich als richtig: Normalerweise vergaben die Zensoren zuerst alle Staatsaufträge, aber Clodianus und Gellius verteilten lediglich die heiligen Ämter, wie etwa das

Füttern der Gänse und Hühner des Kapitols. Danach widmeten sie sich sofort der Säuberung des Senats. Das Ergebnis wurde auf einer speziellen *contio* verlesen, die sie auf dem Forum Romanum von der Rostra aus einberufen hatten, und es war eine ungeheure Sensation. Nicht weniger als vierundsechzig Senatoren wurden aus dem Senat entfernt, zumeist, weil sie im Verdacht standen, als Geschworene Bestechungsgelder angenommen oder bezahlt zu haben. Viele Geschworene aus dem Prozeß gegen Statius Albius Oppicianus waren betroffen, und auch Cluentius, der Stiefsohn des Oppicianus, der bei dem Prozeß als Ankläger fungiert hatte, wurde degradiert. Viel aufsehenerregender war jedoch die Tatsache, daß auch Quintus Curius, einer der Qästoren des vergangenen Jahres, Publius Cornelius Lentulus Sura, der erste Konsul desselben Jahres, und Gaius Antonius Hybrida, das Monster vom Orchomenos-See, aus dem Senat ausgeschlossen wurden.

Es war nicht unmöglich für einen ausgestoßenen Senator, wieder in den Senat zu gelangen. Allerdings durfte er diesen Dienst nicht von den Zensoren erwarten, die ihn ausgestoßen hatten, sondern mußte sich entweder zum Quästor oder zum Volkstribun wählen lassen. Dies war ein beschwerlicher Weg für Lentulus Sura, der bereits Konsul gewesen war – und keiner, den er sofort zu beschreiten gedachte. Er war nämlich verliebt, und der Senat interessierte ihn im Moment herzlich wenig. Kurz nach seinem Ausschluß heiratete er die schutzbedürftige Julia Antonia. Caesar hatte recht behalten. Julia Antonia hatte keine glückliche Hand bei der Wahl ihrer Ehemänner, und mit Lentulus Sura hatte sie eine noch schlechtere Wahl getroffen als mit Marcus Antonius, dem Mann aus Kreide.

Als Clodianus und Gellius mit dem Senat fertig waren, machten sie sich endlich daran, auch die normalen Staatsaufträge zu verteilen. Sie betrafen hauptsächlich die Steuerpacht in den Provinzen, aber auch die Bau- und Restaurationsaufträge für zahlreiche staatliche Gebäude und öffentliche Einrichtungen, von der Renovierung von Latrinen und Zirkustribünen bis zum Bau von Brükken und Basiliken. Auch diesmal trafen sie eine sensationelle Entscheidung: Sie schafften das Steuersystem ab, das Sulla eingeführt hatte, um die Provinz Asia zu entlasten.

Lucullus und Marcus Cotta schienen den Krieg gegen Mithridates zu einem befriedigenden Abschluß gebracht zu haben, wobei sich allerdings nur Lucullus Lorbeeren verdient hatte. Im Jahr des Konsulats von Pompeius und Crassus sah sich Mithridates gezwungen, an den Hof seines Schwiegersohns Tigranes von Armenien zu fliehen. Tigranes aber weigerte sich, ihn zu empfangen. Lucullus hatte nun fast ganz Pontus sowie Kappadokien und Bithynien besetzt und mußte sich nur noch mit Tigranes befassen. Zunächst aber fand er endlich die Zeit, sich um die dringend notwendige Regierungsarbeit zu kümmern, und machte sich sofort daran, die verwickelten finanziellen Angelegenheiten der Provinz Asia zu regeln, die er zusammen mit Cilicia seit drei Jahren regierte. Dabei ging er mit aller Härte gegen die Steuerpächter vor, so hart, daß er zweimal von seinem Recht Gebrauch machte, innerhalb seiner Provinzen Hinrichtungen anzuordnen. Er ließ mehrere *publicani* köpfen und trat damit in die Fußstapfen von Marcus Aemilius Scaurus, der einige Jahre zuvor dasselbe getan hatte.

In Rom erhob sich wegen der Hinrichtungen ein gewaltiges Geschrei, besonders als die Reformen des Lucullus die Profite der Steuerpächter noch mehr schmälerten als Sullas System. Lucullus hatte schon immer dem erzkonservativen Block im Senat angehört, und er war bei den führenden Geschäftsleuten Roms, zu denen auch Männer wie Crassus und Atticus gehörten, ausgesprochen verhaßt. Außerdem war er der einzige Feldherr seiner Zeit, der Pompeius das Wasser reichen konnte, und das war vielleicht der Grund, warum auch Pompeius ihn nicht mochte.

So überraschte es niemanden, als die von Pompeius gekauften Zensoren verkündeten, daß Sullas System der Steuereintreibung in Asia abgeschafft sei und die vorsullanischen Zustände wiederhergestellt würden.

Lucullus aber ließ die Entscheidung kalt, und er ignorierte die Direktiven der Zensoren. Solange er Statthalter in Asia sei, verkündete er, werde er weiterhin nach Sullas System verfahren. Es sei vorbildlich und hätte auch in allen anderen Provinzen Roms eingeführt werden sollen. In der Folge gingen die hastig gegründeten Gesellschaften bankrott, die auf die Steuerpacht in Asia spekuliert hatten, und die mächtigsten Angehörigen des Ritterstands forderten einmütig, Lucullus als Statthalter zu entlassen.

Lucullus aber ignorierte die Direktiven aus Rom – und seine eigene schwierige Lage – weiterhin. Ihm war es viel wichtiger, seine Provinzen nach den großen Kriegen in Ordnung zu bringen. Ein Mann wie er würde sie in sauberem Zustand verlassen.

Caesar fühlte sich zwar von Natur aus keineswegs zu erzkonservativen Senatoren wie Catulus und Lucullus hingezogen, aber er hatte allen Grund, Lucullus dankbar zu sein. Denn er hatte folgenden Brief der Königin Oradaltis von Bithynien erhalten:

Meine Tochter ist nach Hause zurückgekehrt, Caesar. Wie Du sicher weißt, hat Lucius Licinius Lucullus den Krieg gegen Mithridates sehr erfolgreich geführt und ihn schon vor einem Jahr nach Pontus hineingetragen. Unter den vielen Festungen des Königs galt Kabeira immer als die stärkste. Dieses Jahr aber hat sie sich Lucullus ergeben, und er hat entsetzliche Dinge darin gefunden: Die Kerker waren voll mit politischen Gefangenen und Verwandten, die Mithridates vielleicht hätten gefährlich werden können. Sie wurden gefoltert oder vom König bei seinen ständigen Experimenten mit Gift als Versuchstiere mißbraucht. Aber ich will mich nicht bei diesen grauenhaften Geschichten aufhalten. Dafür bin ich zu glücklich.

Unter den Frauen, die in der Festung lebten, befand sich auch Nysa. Sie brachte fast zwanzig Jahre dort zu und ist als eine alte Frau von über sechzig Jahren zu mir zurückgekehrt. Mithridates hatte sie jedoch für seine Verhältnisse gut behandelt – er machte keinen Unterschied zwischen ihr und der kleinen Sammlung von Nebenfrauen und Konkubinen, die er sich auf Kabeira hielt. Auch einige seiner Schwestern, die nicht heiraten und Kinder gebären sollten, hielt er dort fest, und so hatte mein Kind eine Menge alte Jungfern zur Gesellschaft. Übrigens hat der König so viele Frauen und Konkubinen, daß auch seine Frauen in Kabeira jahrelang wie Jungfrauen leben mußten.

Lucullus war sehr freundlich zu den Frauen, die er aus der Festung befreit hatte, und achtete sorgfältig darauf, daß ihnen von seinen Männern keine Gewalt angetan wurde. Laut Nysa behandelte er sie ebenso gut, wie Alexander der Große einst die Mutter, die Frauen und die anderen Haremsdamen von Darius III. behandelt hatte. Ich glaube, Lucullus hat die pontischen

Frauen zu seinem Verbündeten Machares, dem Sohn des Mithridates, nach Cimmeria geschickt.

Nysa ließ er frei, sobald er wußte, wer sie war. Aber nicht genug damit, Caesar. Er überhäufte sie mit Gold und Geschenken und schickte sie mit einer Eskorte zu mir zurück. Kannst Du Dir vorstellen, wie es diese gealterte und nie besonders schöne Frau genoß, frei wie ein Vogel durch das Land zu reisen?

Ach, und das Wiedersehen! Ich hatte keine Ahnung, daß sie frei war, bis sie strahlend wie ein junges Mädchen zur Tür meiner Villa in Reba hereinmarschierte. Sie war ja so glücklich, mich wiederzusehen! Mein letzter Wunsch hat sich erfüllt; ich habe meine Tochter wieder.

Sie kam gerade noch rechtzeitig. Sulla, mein geliebter alter Hund, war einen Monat vor ihrer Ankunft an Altersschwäche gestorben, und ich war furchtbar deprimiert. Die Diener wollten mich verzweifelt überreden, einen neuen Hund anzuschaffen, aber Du weißt ja, wie das ist. Man denkt an all die liebenswerten Eigenschaften und lächerlichen Marotten, die das geliebte Tier gehabt hat, an den Platz, den es im Familienleben eingenommen hat. Und dann kommt es einem wie Verrat vor, wenn man einfach ein neues Tier in den Korb setzt, kaum daß das alte begraben ist.

Jetzt habe ich keine Lust mehr zu sterben! Nysa hat natürlich geweint, weil ihr Vater nicht mehr da war, aber wir leben hier ungemein harmonisch und vergnügt zusammen – wir angeln Fische vom Hafendamm aus und machen Gesundheitsspaziergänge durch das Dorf. Lucullus lud uns ein, in dem Palast in Nikomedeia zu leben, aber wir bleiben lieber hier. Und wir haben ein süßes kleines Hündchen namens Lucullus.

Bitte, Caesar, nimm Dir die Zeit, mal wieder in den Osten zu reisen. Ich hätte so gern, daß Du Nysa kennenlernst, und ich vermisse Dich sehr.

Die Delegierten aller sizilischen Städte mit Ausnahme von Syrakus und Messana wandten sich zunächst an Marcus Lollius Palicanus, den Volkstribun des vergangenen Jahres, um ihn als Ankläger gegen Gaius Verres zu gewinnen. Palicanus verwies sie jedoch an Pompeius, und Pompeius meinte, für diese Aufgabe sei Marcus Tullius Cicero der ideale Mann.

Verres war als Statthalter nach Sizilien gegangen, nachdem er Stadtprätor gewesen war. Er hatte den Posten – vor allem dank Spartacus – drei Jahre lang behalten und war gerade erst nach Rom zurückgekehrt, als die sizilische Delegation im Januar Cicero aufsuchte. Sowohl Pompeius als auch Palicanus waren persönlich betroffen: Palicanus war einigen seiner Klienten zu Hilfe gekommen, als Verres sie verfolgt hatte, und Pompeius hatte in Sizilien eine beträchtliche Anzahl Klienten angesammelt, als er es einst im Auftrage von Sulla besetzt hatte.

Cicero war unter Sextus Peducaeus Quästor gewesen, bevor Verres diesen als Statthalter abgelöst hatte. Auch er hatte das Land sehr ins Herz geschlossen, und auch er hatte eine hübsche Anzahl Klienten erworben. Trotzdem verhielt er sich ablehnend, als ihn die Sizilianer aufsuchten.

»Ich arbeite nie als Ankläger«, sagte er. »Nur als Verteidiger.«

»Aber Gnaeus Pompeius Magnus hat dich empfohlen. Er sagte, nur du könnest den Prozeß gewinnen. Bitte, Cicero, wir flehen dich an, mach eine Ausnahme von deiner Regel und klage Gaius Verres an! Wenn wir nicht gewinnen, könnte es gut sein, daß sich Sizilien gegen Rom erhebt.«

»Dann hat er Sizilien aber ordentlich ausgesaugt«, konstatierte Cicero trocken.

»Das hat er. Und dann hat er es zerstückelt, Cicero. Uns ist nichts geblieben, alle unsere Kunstwerke sind verschwunden, in unseren Tempeln gibt es keine Statue und kein Bild mehr, und er hat sich auch sämtliche Kunstgegenstände angeeignet, die sich in Privatbesitz befanden. Was soll man von einem Mann halten, der die Frechheit besaß, eine freie Frau zu versklaven, die für ihre Wandteppiche berühmt war, und sie zwang, in einer Manufaktur für ihn zu arbeiten? Er unterschlug das Geld, das er vom römischen Schatzamt bekam, um Getreide zu kaufen, und dann nahm er den Bauern das Getreide ab, ohne dafür zu bezahlen! Er hat sich ganze Höfe, Güter und sogar Erbschaften unter den Nagel gerissen. Die Liste seiner Schandtaten ist endlos!«

Auch Cicero war entsetzt, doch er schüttelte noch immer ablehnend den Kopf. »Es tut mir leid, aber ich arbeite nicht als Ankläger.«

Der Sprecher der Delegation holte tief Atem. »Dann fahren wir nach Hause«, sagte er. »Wir hatten gedacht, daß ein Mann, der in der Geschichte Siziliens so beschlagen ist, daß er sogar das Grab des Archimedes gesucht und gefunden hat, unsere Lage verstehen und uns helfen würde. Aber deine Liebe zu Sizilien ist erkaltet, und offensichtlich schätzt du auch Gnaeus Pompeius nicht so sehr, wie er dich schätzt.«

An Pompeius und an seine berühmte Entdeckung – Cicero hatte in der Umgebung von Syrakus tatsächlich das verschollene Grab des Archimedes entdeckt – erinnert zu werden, das war einfach zuviel. Die Anklagevertretung war in Ciceros Augen eine Verschwendung seiner Talente, denn das – höchst illegale – Honorar fiel dabei immer viel niedriger aus als die Summen, die ein Ex-Statthalter oder ein *publicanus* zu zahlen bereit war, wenn er in Gefahr schwebte, alles zu verlieren. Außerdem war die Rolle des Anklägers alles andere als populär. Er wurde immer als ein widerlicher Bursche gesehen, der danach trachtete, einem unglücklichen Menschen das Leben zu ruinieren, während ein Verteidiger, der für seinen unglücklichen Mandanten einen Freispruch erwirkte, als Held gefeiert wurde. Dabei spielte es nicht die geringste Rolle, daß dieser unglückliche Mandant zumeist ausgesprochen schlau, geldgierig und schuldig war, denn jeder Versuch, einem Menschen vorzuschreiben, wie er sein Leben zu führen hatte, wurde schlicht als eine Beschneidung seiner persönlichen Rechte betrachtet.

Cicero stieß einen tiefen Seufzer aus. »Also gut«, sagte er, »ich übernehme den Fall. Aber denkt immer daran, daß die Verteidiger nach den Vertretern der Anklage sprechen, so daß die Geschworenen völlig vergessen haben, was die Anklage vorgebracht hat, wenn sie ihr Urteil verkünden müssen. Außerdem müßt ihr bedenken, daß Verres exzellente Verbindungen hat. Seine Frau ist eine Caecilia Metella, der Mann, der dieses Jahr eigentlich hätte Konsul sein sollen, ist sein Schwager, und ein anderer Schwager von ihm ist gegenwärtig Statthalter auf Sizilien. Von ihm könnt ihr keine Hilfe erwarten! Auch alle anderen Mitglieder der Familie Caecilius Metellus werden auf Verres' Seite stehen. Wenn ich die Anklage vertrete, dann wird Quintus Hortensius die Verteidigung leiten, und andere Anwälte, die fast ebenso berühmt sind wie er, werden zu seiner Mannschaft gehören. Wenn ich sagte, daß ich den Fall übernehme, heißt das noch nicht, daß ich ihn auch gewinnen werde.«

Die Delegation hatte Ciceros Haus kaum verlassen, als er seine Entscheidung bereits bedauerte. Wie kam er dazu, jeden Caecilius Metellus in Rom gegen sich aufzubringen, wo doch seine Chancen auf das Konsulat ohnehin nur auf der schmalen Basis seiner persönlichen Fähigkeiten als Jurist beruhten? Er war genau wie Gaius Marius, sein ungeliebter Landsmann aus Arpinum, ein *homo novus,* aber als Soldat hatte er nicht das geringste Talent, und ein neuer Mann kam viel schwerer voran, wenn er keinen Ruhm auf dem Schlachtfeld ernten konnte.

Natürlich wußte er genau, warum er den Fall trotzdem übernommen hatte; es war dieses absurde Gefühl der Loyalität, das er gegenüber Pompeius hegte. Obwohl inzwischen viele Jahre vergangen waren und er sich große Lorbeeren als Jurist erworben hatte, würde er nie vergessen, mit welch beiläufiger Freundlichkeit der siebzehnjährige Kadett Pompeius einem anderen Kadetten begegnet war, für den sein Vater nur Verachtung übrig gehabt hatte. Cicero würde Pompeius sein Leben lang dankbar sein, daß er ihn in der schlimmen Zeit, als er Pompeius Strabos Kadett war, unter seine Fittiche genommen und ihn vor Strabos Grausamkeit und seinen schrecklichen Wutausbrüchen geschützt hatte. Niemand hatte einen Finger gerührt, um ihm zu helfen – außer Pompeius, der Sohn des Feldherrn. Dank Pompeius war es ihm warm gewesen in jenem Winter, dank Pompeius war er mit Schreibarbeiten beschäftigt worden, dank Pompeius hatte er nie in einer Schlacht das Schwert führen müssen. Dies alles würde er ihm nie vergessen.

Und so begab sich Cicero nach Carinae, um mit Pompeius zu sprechen.

»Ich wollte dir nur mitteilen«, sagte er mit unheilschwangerer Stimme, »daß ich beschlossen habe, Gaius Verres anzuklagen.«

»Wunderbar!« sagte Pompeius herzlich. »Viele von Verres' Opfern sind meine Klienten – soweit er sie am Leben gelassen hat. Du kannst den Prozeß gewinnen, Cicero, da bin ich ganz sicher. Und nun sage frei heraus, was du dafür verlangst.«

»Ich verlange nichts von dir, Magnus. *Ich* bin es, der für immer in deiner Schuld stehen wird.«

Pompeius war ehrlich verblüfft. »Du in meiner Schuld, warum?«

»Du hast mir das Jahr in der Armee deines Vaters erträglich gemacht.«

»Ach, das meinst du!« Pompeius packte Cicero lachend am Arm und schüttelte ihn. »Ich hätte nicht gedacht, daß man dafür ein Leben lang dankbar sein könnte.«

»Ich bin es aber«, sagte Cicero mit Tränen in den Augen. »Wir haben eine Menge zusammen erlebt während des Bundesgenossenkriegs.«

Vielleicht kamen Pompeius eher schreckliche Erlebnisse in den Sinn, wie etwa die Suche nach dem Leichnam seines Vaters, den sie schließlich nackt und geschändet gefunden hatten. Jedenfalls schüttelte er den Kopf, wie um den Bundesgenossenkrieg aus seinen Gedanken zu verbannen, und kredenzte Cicero einen Becher hervorragenden Wein. »Also gut, mein Freund, laß mich einfach wissen, wenn ich dir irgendwie helfen kann.«

»Das werde ich«, sagte Cicero dankbar.

»Der ganze Zicklein-Zweig der Familie Caecilius Metellus wird natürlich empört sein über die Anklage«, sagte Pompeius nachdenklich. »Dasselbe gilt auch für Catulus, Hortensius und andere.«

»Damit hast du den wichtigsten Grund erwähnt, warum ich den Fall dieses Jahr nicht zu spät vor Gericht bringen darf. Ich will nicht das Risiko eingehen, daß er sich bis ins nächste Jahr hinzieht. Alle gehen davon aus, daß Metellus das Zicklein und Hortensius nächstes Jahr Konsuln werden.«

»Irgendwie schade«, sagte Pompeius. »Es ist gut möglich, daß nächstes Jahr wieder die Ritter in den Gerichten sitzen, und das wäre ein Nachteil für Verres.«

»Nicht, wenn die Konsuln hinter den Kulissen die Besetzung des Gerichts manipulieren, Magnus. Außerdem gibt es keine Garantie, daß unser Prätor Lucius Cotta sich dafür entscheiden wird, die Gerichte mit Rittern zu besetzen. Ich habe neulich mit ihm gesprochen. Er erwartet, daß er für seine Untersuchung über die Zusammensetzung der Gerichte Monate brauchen wird. Und er ist nicht überzeugt davon, daß Ritter als Geschworene besser wären als Senatoren. Ritter können nämlich nicht wegen Bestechlichkeit angeklagt werden.«

»Das läßt sich ändern«, sagte Pompeius. Er hatte keinen Respekt vor dem Gesetz und fand, daß man es ändern konnte, wann immer es dem eigenen Vorteil im Wege stand.

»Es könnte sich als schwierig erweisen.«

»Ich wüßte nicht, warum.«

»Weil man«, erklärte Cicero geduldig, »wenn man dieses Gesetz ändern will, von einer der beiden Tribuskomitien, die von den Rittern dominiert sind, ein neues Gesetz verabschieden lassen muß.«

»Sie haben ein Gesetz verabschiedet, das Crassus und mich vor Strafverfolgung schützt, was unsere Taten im letzten Jahr betrifft«, sagte Pompeius, der ein Gesetz nicht vom anderen unterscheiden konnte.

»Ja, weil ihr nett zu ihnen wart, Magnus. Und sie wollen, daß ihr auch weiterhin nett zu ihnen seid. Ein Gesetz, das sie wegen Bestechlichkeit vor den Richter bringen könnte, würden sie aber gar nicht nett finden.«

»Nun ja, vielleicht hast du recht, und Lucius Cotta wird sich doch nicht für Geschworene aus dem Ritterstand entscheiden. Es war nur so ein Gedanke.«

Cicero stand auf, um zu gehen. »Nochmals vielen Dank, Magnus.«

»Halte mich auf dem laufenden.«

Einen Monat später teilte Cicero dem Stadtprätor Lucius Cotta mit, daß er Gaius Verres im Namen der sizilischen Städte wegen Erpressung verklagen werde, und zwar auf eine Summe von zweiundvierzigeinhalb Millionen Sesterzen und auf Rückgabe sämtlicher Kunstwerke und Wertsachen, die er aus den Tempeln Siziliens geraubt und seinen Bürgern gestohlen hatte.

Gaius Verres war nach seiner Rückkehr aus Sizilien triumphierend durch die Stadt stolziert, völlig sicher, daß ihn seine Position als Schwager von Metellus dem Zicklein vor jeder Strafverfolgung schützte. Trotzdem geriet er in Panik, als er hörte, daß ausgerechnet Cicero, der sonst nie als Ankläger fungierte, ein Verfahren gegen ihn angemeldet hatte. Er benachrichtigte sofort seinen Schwager Lucius Metellus, den Statthalter von Sizilien, und bat ihn, alle Beweise zu beseitigen, die er selbst vielleicht übersehen hatte, als er seinen Raub von der Insel abtransportiert hatte. Bezeichnenderweise hatten sich weder Syrakus noch Messana der Klage der anderen Städte angeschlossen; sie hatten Verres geholfen und ihren Teil von dem Ertrag seiner Schandtaten kassiert. Welch ein Glück, daß der neue Statthalter der zweitälteste Bruder seiner Frau war!

Die beiden in Rom verbliebenen Brüder, Quintus das Zicklein, der mit Sicherheit nächstes Jahr Konsul sein würde, und Marcus, der jüngste der drei Söhne des Metellus Caprarius, besprachen sich hastig mit Verres, um die Katastrophe eines Prozesses abzuwenden. Sie kamen überein, Quintus Hortensius mit dem Fall zu beauftragen. Er würde die Verteidigung leiten, falls die Sache wirklich vor Gericht kam. Zunächst aber sollte er eine Strategie entwickeln, den Prozeß überhaupt zu verhindern oder wenigstens Cicero als Ankläger auszuschalten.

Hortensius reichte im März eine Beschwerde beim Stadtprätor ein: Cicero sei nicht der richtige Mann, um die Anklage gegen Gaius Verres zu führen. Statt Cicero schlug er Quintus Caecilius Niger als Ankläger vor, einen Verwandten der Zicklein-Meteller, der Verres als Quästor gedient hatte, als dieser das zweite Jahr sizilischer Statthalter war. Der einzige Weg, auf dem Ciceros Eignung als Ankläger geprüft werden konnte, war eine spezielle Anhörung, die man als *divinatio* oder Vermutung bezeichnete. Bei einer solchen Anhörung mußten die Richter zu einer Entscheidung kommen, ohne daß harte Beweise vorgelegt wurden, sie konnten also nur vermuten, wer der geeignete Anklagevertreter war. Die in Frage kommenden Ankläger mußten den Richtern erklären, warum sie als Anklagevertreter am besten geeignet waren. Caecilius Niger vertrat seine Sache jedoch schlecht, und so entschieden die Richter für Cicero und ordneten an, daß das Verfahren bald zu eröffnen sei.

Verres, die beiden Zicklein-Meteller und Hortensius mußten sich etwas Neues einfallen lassen.

»Du wirst nächstes Jahr Prätor, Marcus«, sagte der große Rechtsanwalt zum jüngsten der Brüder. »Also werden wir sicherstellen, daß das Los auf dich fällt, wenn es um den Vorsitz beim Gericht für Erpressungsfälle geht. Der diesjährige Vorsitzende Glabrio verabscheut dich, Gaius Verres. Er wird nicht zulassen, daß auch nur der geringste Korruptionsverdacht auf sein Gericht fällt, und sei es nur, weil er dich haßt. Das heißt, wenn der Prozeß dieses Jahr stattfindet und Glabrio den Vorsitz führt, haben wir keine Chance, Geschworene zu bestechen. Und vergeßt nicht, daß Lucius Cotta dieses Jahr jedes wichtige Geschworenengericht beobachtet wie eine Katze die Maus. Da der Prozeß viel Aufmerksamkeit erregen wird, glaube ich, daß Cotta sich sein Urteil über die Tauglichkeit der nur aus Senatoren zusammengesetzten Geschworenengerichte weitgehend aufgrund seines Verlaufs bilden wird. Auch die diesjährigen Konsuln Pompeius und Crassus mögen uns überhaupt nicht!«

»Du willst damit sagen«, sagte Gaius Verres, »daß wir mein Verfahren bis nächstes Jahr verschleppen müssen, weil dann Marcus Vorsitzender des Gerichts für Erpressungsfälle wird.«

»Genau«, sagte Hortensius. »Quintus Metellus und ich sind nächstes Jahr Konsuln – ein großer Vorteil! Wir können dann mit Leichtigkeit das Losverfahren manipulieren, damit Marcus den Vorsitz bekommt, und gleichgültig, ob die Gerichte des nächsten Jahres mit Senatoren oder Rittern besetzt sind – wir werden sie bestechen!«

»Aber wir haben erst April«, sagte Verres bedrückt. »Ich sehe keine Möglichkeit, wie wir das Verfahren bis zum Jahresende verzögern könnten.«

»Doch, das können wir«, sagte Hortensius zuversichtlich. »In Fällen wie diesem, wo die Beweise in großer Entfernung von Rom gesammelt werden müssen, und das in einem so großen Land wie Sizilien, braucht jeder Ankläger sechs bis acht Monate, um seinen Prozeß vorzubereiten. Ich weiß, daß Cicero noch nicht einmal begonnen hat, denn er ist noch immer in Rom und hat auch noch keine Agenten nach Sizilien geschickt. Er hofft natürlich, daß er rasch Beweise und Zeugen auftreiben kann, aber da wird ihm Lucius Metellus einen Strich durch die Rechnung machen. Er ist Statthalter von Sizilien und wird Cicero oder seinen Agenten jeden erdenklichen Knüppel zwischen die Beine werfen.«

Hortensius strahlte. »Ich sage voraus, daß Cicero das Verfahren frühestens im Oktober eröffnen kann. Natürlich hätte er auch dann noch genug Zeit für einen Prozeß. Doch wir werden ihn nicht stattfinden lassen! Wir beantragen nämlich, daß Glabrios

Gericht vor deinem Fall einen anderen verhandelt, Verres. Das Opfer muß jemand sein, der eine Menge hieb- und stichfester Beweise hinterlassen hat, die wir schnell zusammentragen können. Irgendein armer Idiot, der ein paar kleine Unterschlagungen auf dem Kerbholz hat, kein so großer Fisch wie ein Provinzstatthalter. Wir sollten uns den Präfekten eines Verwaltungsbezirks aussuchen, beispielsweise in Griechenland. Ich habe da schon ein Opfer im Auge. Bis Ende des Monats Quinctilis haben wir genügend Beweise, um den Stadtprätor zufriedenzustellen. Cicero kann bis zu diesem Zeitpunkt unmöglich prozeßbereit sein. Aber wir werden es sein!«

»Wen hast du denn als Opfer vorgesehen?« fragte Metellus das Zicklein erleichtert.

»Ich hatte an Quintus Curtius gedacht«, sagte Hortensius. »Er war Varro Lucullus' Legat und Präfekt von Achaia, als Varro Statthalter von Mazedonien war. Wenn Varro nicht vollauf damit beschäftigt gewesen wäre, die Besser in Thrakien zu unterwerfen und mit dem Boot die Donau bis zum Meer hinunterzufahren, hätte er selbst dafür gesorgt, daß Curtius angeklagt wurde. Als er jedoch zurückkehrte und von Curtius' kleinen Unterschlagungen erfuhr, hielt er den Zeitpunkt für zu spät und die Sache für zu unbedeutend, um noch ein Verfahren einzuleiten. Die Beweise sind jedoch vorhanden. Wir brauchen sie nur zusammenzutragen, und Varro Lucullus wird uns mit Vergnügen helfen, unseren kleinen Fisch an Land zu ziehen. Ich beantrage sofort beim Stadtprätor, das Verfahren gegen Quintus Curtius noch dieses Jahr zu eröffnen.«

»Dann gibt Lucius Cotta Glabrio die Anweisung, dasjenige Verfahren zuerst zu eröffnen, das zuerst vorbereitet ist«, sagte Verres eifrig. »Und das wird, wie du sagst, der Fall Curtius sein. Wenn der Prozeß erst einmal eröffnet ist, kannst du ihn leicht bis zum Ende des Jahres verschleppen! Cicero wird mit seinem Prozeß warten müssen. Das ist genial, Quintus Hortensius, einfach genial!«

»Ja«, sagte Hortensius selbstgefällig, »ich glaube, meine Idee ist nicht schlecht.«

»Cicero wird schäumen vor Wut«, sagte Metellus.

»Es wäre mir ein Hochgenuß, das zu erleben!« sagte Hortensius.

Sie mußten letztlich doch auf den Genuß verzichten. Als Cicero hörte, daß Hortensius gegen einen früheren Präfekten von Achaia ein Verfahren vor dem Gericht für Erpressungsfälle angemeldet hatte, wußte er sofort, was Hortensius bezweckte. Er war entsetzt, und dann fiel er in eine rabenschwarze Depression.

Sein geliebter Vetter Lucius Cicero war aus Arpinum zu Besuch gekommen und sah sofort, wie verstört Cicero war. »Was ist los?« fragte er.

»Hortensius! Er will einen anderen Fall vor das Gericht bringen, bevor ich die Beweise gegen Gaius Verres beisammen habe.« Cicero ließ sich entmutigt auf seinen Stuhl sinken. »Unser Prozeß wird sich bis ins nächste Jahr hinziehen, und ich würde mein ganzes Vermögen darauf wetten, daß die Zicklein-Meteller und Hortensius bereits einen Weg ausgebrütet haben, wie sie Marcus dem Zicklein die Zuständigkeit für den Gerichtshof für Erpressungsfälle zuschanzen können, wenn er nächstes Jahr Prätor ist.«

»Dann wird Gaius Verres freigesprochen«, sagte Lucius Cicero.

»Todsicher!«

»Also mußt du dein Beweismaterial zuerst beisammen haben«, sagte Lucius.

»Bevor der Quinctilis zu Ende ist? Das ist der Termin, den unser Freund Hortensius beim Stadtprätor beantragt hat. Bis dahin schaffe ich es nie! Sizilien ist riesig, und Verres' Schwager ist Statthalter dort. Er wird mich in jeder Hinsicht behindern. Ich kann es nicht schaffen, Lucius! Nie und nimmer!«

»Natürlich kannst du!« sagte Lucius Cicero energisch und sprang auf. »Mein lieber Marcus Tullius, niemand kann mit deiner Effektivität und deinem Organisationstalent wetteifern, wenn du dich in einen Fall verbissen hast. Du gehst ungemein planmäßig, logisch und methodisch vor. Du kennst Sizilien in- und auswendig, und du hast Freunde dort, von denen viele unter diesem schrecklichen Verres gelitten haben. Der Statthalter wird dich natürlich behindern, wo es nur geht, aber Verres' Opfer werden dir mit allen Mitteln helfen. Wir haben jetzt Ende April. In zwei Marktwochen mußt du deine Angelegenheiten in Rom erledigt haben. Inzwischen suche ich ein Schiff, das uns nach Sizilien bringt, und Mitte Mai fahren wir beide nach Sizilien. Du schaffst es, Marcus Tullius. Ich weiß, daß du es schaffst!«

»Würdest du wirklich mit mir kommen, Lucius?« fragte Cicero, und sein Gesicht hellte sich auf. »Du würdest mir eine unschätzbare Hilfe sein.« Ciceros angeborene Begeisterungsfähigkeit kam wieder zum Durchbruch. Plötzlich schien die Aufgabe gar nicht mehr so unlösbar. »Ich muß unbedingt meine Klienten aufsuchen. Ich habe nicht genug Geld, um schnelle Schiffe zu mieten und auf einem zweirädrigen Einspänner durch Sizilien zu jagen.« Er hieb mit der flachen Hand auf den Schreibtisch. »Beim Jupiter, ich bin richtig scharf auf die Reise, Lucius. Und sei es nur, weil ich mich auf das Gesicht freue, das Hortensius machen wird!«

»Dann laß uns losfahren!« Lucius grinste. »Fünfzig Tage von Rom nach Rom, mehr Zeit haben wir nicht. Zehn Tage für den Weg und vierzig Tage, um Beweismaterial zu sammeln.«

Und so begab sich Lucius Cicero in die Porticus Aemilia am Hafen von Rom, um mit den Agenten der Schiffseigner zu verhandeln. Marcus Tullius Cicero aber ging zu dem Haus auf dem Quirinal, wo er seine Mandanten untergebracht hatte.

Er kannte ihren Sprecher gut. Hiero von Lilybaeum war der Ethnarch der wichtigen westsizilischen Hafenstadt Lilybaeum gewesen, als Cicero dort als Quästor gedient hatte.

»Mein Vetter Lucius und ich«, erklärte Cicero, »müssen all unser sizilisches Beweismaterial in nur fünfzig Tagen zusammentragen, damit ich euren Fall *vor* dem des Hortensius vor Gericht bringen kann. Wir können es schaffen – aber nur, wenn ihr bereit seid, die Kosten zu tragen.« Cicero errötete. »Ich bin kein reicher Mann, Hiero, und ich kann mir schnelle Transportmittel nicht leisten. Vielleicht muß ich auch Leute für Informationen oder Gegenstände bezahlen, die ich brauche, und ich werde auf jeden Fall Zeugen mit nach Rom nehmen müssen.«

Hiero hatte Cicero immer gemocht und bewundert. Seine Zeit in Lilybaeum war ein Vergnügen für jeden sizilischen Griechen gewesen, der mit dem römischen Quästor zu tun hatte. Cicero war schnell, genial und ideenreich, wenn es um Buchführung oder Steuerprobleme ging, er war ein hervorragender Verwaltungsbeamter. Vor allem aber hatten ihn die Leute wegen einer ausgesprochen seltenen Eigenschaft geliebt und bewundert – er war ein ehrlicher Mann.

»Wir schießen dir gerne vor, was du brauchst, Marcus Tullius«, sagte Hiero. »Aber vielleicht wäre jetzt der richtige Zeitpunkt, über dein Honorar zu sprechen. Wir können dir praktisch nur Bargeld geben, und es ist mir bewußt, daß römische Rechtsanwälte nur ungern Bargeld annehmen, weil das für die Zensoren zu leicht nachzuweisen ist. Ich weiß, daß Kunstwerke und ähnliches die üblichen Geschenke sind, aber es ist uns nichts geblieben, das deiner wert wäre.«

»Darüber brauchst du dir keine Gedanken zu machen!« sagte Cicero freundlich. »Ich weiß genau, was ich als Honorar haben will. Ich beabsichtige nächstes Jahr als plebejischer Ädil zu kandidieren. Meine Spiele werden ganz ordentlich ausfallen, aber mit den wirklich reichen Männern, die normalerweise Ädilen sind, kann ich nicht konkurrieren. Ich kann mich jedoch ziemlich beliebt machen, wenn ich billiges Getreide verteile. Bezahlt mich in Getreide, Hiero – es ist die einzige Art von Gold, die jedes Jahr von neuem aus der Erde sprießt. Ich kaufe es mit dem Gehalt, das ich als Ädil bekomme, aber damit kann ich nicht mehr als zwei Sesterzen pro Scheffel bezahlen. Wenn ihr mir zu diesem Preis Getreide in der erforderlichen Menge verkauft, dann verlange ich kein anderes Honorar. Vorausgesetzt natürlich, ich gewinne euren Prozeß.«

»Abgemacht!« sagte Hiero ohne Zögern und machte sich daran, eine Zahlungsanweisung für seine Bank zu schreiben, die sich auf zehn Talente belief und auf Ciceros Namen lautete.

Marcus und Lucius Cicero waren genau fünfzig Tage unterwegs, in denen sie unermüdlich Beweise und Zeugen sammelten. Der Statthalter von Sizilien, verschiedene Piraten, die Magistrate von Syrakus und Messana und einige römische Steuerpächter versuchten zwar, ihre Arbeit zu behindern. Weit mehr Leute hatten jedoch großes Interesse daran, ihnen zu helfen, und einige von ihnen waren sehr einflußreich. Während die Bücher des Quästors von Syrakus entweder verschwunden oder lückenhaft waren, erwiesen sich die von Lilybaeum als eine wahre Goldgrube an Beweisen. Buchhalter und Kaufleute meldeten sich als Zeugen, von den Getreidebauern ganz zu schweigen. Und schließlich hatte Cicero auch noch Glück: Als es Zeit für die Rückreise wurde und ihm von den fünfzig Tagen nur noch vier geblieben waren, war das Wetter so gut, daß er mit Lucius und allen Zeugen die Reise nach

Ostia in einem leichten, offenen Boot machen konnte. Sie trafen am letzten Tag des Juni in Rom ein, und Cicero hatte noch einen ganzen Monat, um den Prozeß vorzubereiten.

Im Lauf dieses Monats arbeitete Cicero nicht nur an dem Fall, sondern kandidierte auch als plebejischer Ädil. Wie er das alles bewältigte, war ihm hinterher ein Rätsel. Tatsächlich aber funktionierte Cicero nie besser, als wenn sein Schreibtisch so mit Arbeit überhäuft war, daß ihm die Papierstapel fast die Sicht versperrten. Er traf seine Entscheidungen wie der Blitz, und alles paßte zusammen: Die silberne Zunge und die goldene Stimme produzierten mühelos Witz und Weisheit; der ansehnliche Kopf, der so massiv und knollig auf seinen Schultern saß, erschien jedem Betrachter als vornehm; und die eindrucksvolle Persönlichkeit, die sich manchmal in der dunkelsten Ecke seines komplizierten Charakters verbarg, war unübersehbar. Im Laufe dieses einen Monats entwickelte Cicero sogar eine neue Methode der Prozeßführung, eine Technik, mit der er etwas erreichte, das im römischen Rechtswesen noch nie dagewesen war: Es gelang ihm, den Geschworenen so schnell und wirkungsvoll eine überwältigende Menge an hieb- und stichfesten Beweisen vorzulegen, daß die Verteidigung chancenlos war.

Daß Cicero so bald aus Sizilien zurückkehrte, verschlug Hortensius den Atem, besonders da er selbst unerwartete Schwierigkeiten hatte, das Verfahren gegen den unglücklichen Quintus Curtius auf die Beine zu stellen. Nachdem er in Ruhe darüber nachgedacht hatte, war er jedoch davon überzeugt, daß Cicero bluffte. Er konnte seinen Fall frühestens im September vorbereitet haben!

Auch hatte Cicero nach seiner Rückkehr feststellen müssen, daß in Rom keineswegs alles zum besten stand. Metellus das Zicklein und sein jüngster Bruder hatten bei Ciceros Mandanten ganze Arbeit geleistet. Sie waren inzwischen der festen Überzeugung, daß Cicero das Interesse an ihrem Fall verloren hatte. Denn die Zicklein-Meteller hatten über sorgfältig ausgewählte Agenten das Gerücht verbreitet, Cicero habe sich von Verres mit einer riesigen Summe bestechen lassen. Cicero mußte mehrere Gespräche mit Hiero und seinen Kollegen führen, bis er wußte, warum sie plötzlich völlig verstört waren. Als er es jedoch herausgefunden hatte, fiel es ihm nicht schwer, ihre Furcht zu zerstreuen.

Im Monat Quinctilis fanden drei verschiedene Wahlen statt, wobei zunächst die kurulischen Amtsträger von den Zenturiatskomitien gewählt wurden. Das Ergebnis war für Cicero wenig erfreulich: Hortensius und Metellus das Zicklein wurden Konsuln, und Marcus das Zicklein konnte sich als Prätor durchsetzen. Danach waren die Tribuskomitien zur Wahl aufgerufen, wobei die Tatsache, daß sie Caesar mit der höchsten Stimmenzahl zum Quästor wählten, Cicero kaum ins Bewußtsein drang. Schließlich, am siebenundzwanzigsten Tag des Quinctilis, wählte auch die Versammlung der Plebs, und Cicero wurde zusammen mit einem gewissen Marcus Caesonius zum plebejischen Ädil gekürt. Cicero und Caesonius hatten das Gefühl, gut zusammenarbeiten zu können, und Cicero gefiel es besonders, daß sein Kollege ein wirklich reicher Mann war.

Dank der amtierenden Konsuln Pompeius und Crassus fanden in Rom diesen Sommer so viele wichtige Ereignisse statt, daß die Wahlen kein großes Aufsehen erregten. Die Wahlleiter und der Senat wollten dieses Jahr alles, was mit den Wahlen zu tun hatte, möglichst schnell hinter sich bringen. Deshalb wurden schon am Tag nach der letzten Wahlversammlung die Lose gezogen, die den Staatsbeamten für das nächste Jahr ihre Tätigkeitsbereiche zuwiesen. Niemand war überrascht, als das Los wie durch ein Wunder Marcus dem Zicklein den Vorsitz im Gericht für Erpressungsfälle bescherte. Damit war alles vorbereitet, um Gaius Verres zu Beginn des nächsten Jahres den Freispruch zu sichern.

Am letzten Tag des Quinctilis schlug Cicero zu. Da keine Versammlungen der Komitien anberaumt waren, war der Gerichtshof des Stadtprätors offen, und Lucius Aurelius Cotta war persönlich anwesend. Cicero marschierte mit seinen Mandanten im Schlepptau schnurstracks auf ihn zu, verkündete, daß er den Prozeß gegen Gaius Verres komplett vorbereitet habe, und bat Lucius Cotta zusammen mit Manius Acilius Glabrio, dem Vorsitzenden des Gerichtshofs für Erpressungsfälle, einen passenden Termin für das Verfahren festzusetzen, damit es sobald wie möglich beginnen könne.

Alle Senatoren hatten das Duell zwischen Cicero und Hortensius mit Spannung verfolgt. Die Anhänger der Familie Caecilius Metellus stellten nur eine Minderheit im Senat, und weder Lucius

Cotta noch Glabrio gehörten zu ihnen; tatsächlich wären die meisten eingeschriebenen Väter durchaus glücklich gewesen, wenn Cicero das ausgeklügelte Verteidigungssystem überwunden hätte, das Hortensius und die Zicklein-Meteller für Verres aufgebaut hatten. Lucius Cotta und Glabrio waren daher entzückt, Cicero mit dem nächstmöglichen Termin dienen zu können.

Die ersten beiden Tage des Sextilis waren *feriae,* an denen keine Strafprozesse stattfinden durften, und am dritten Tag fand die Prozession der gekreuzigten Hunde statt. Als die Gallier vierhundert Jahre zuvor in Rom einmarschiert waren und das Kapitol als Brückenkopf besetzen wollten, schlugen die Wachhunde nicht an. Nur das Schnattern der heiligen Gänse hatte den Konsul Marcus Manlius geweckt und es ihm ermöglicht, den gallischen Angriff abzuschlagen. Seit jener Nacht formierte sich in der Arena des Circus Maximus jedes Jahr ein feierlicher Zug: Neun Hunde wurden an Kreuze aus Holunderholz genagelt, und eine Gans wurde mit Blumen bekränzt auf einer purpurnen Sänfte im Zug mitgetragen, um der Feigheit der Hunde und des Heldentums der Gänse zu gedenken. Der Tag war schlecht geeignet für einen Strafprozeß, denn der Hund galt als ein Tier der Unterwelt.

So wurde der Prozeßbeginn auf den fünften Tag des Sextilis gelegt, inmitten einer Stadt, die trotz der drückenden Sommerhitze von Besuchern überquoll und begierig der Genüsse harrte, die Pompeius und Crassus für sie vorbereitet hatten. Trotzdem nahm niemand an, daß der Prozeß gegen Gaius Verres unter Zuschauermangel leiden werde, selbst wenn das Verfahren mit Crassus' öffentlichem Festessen und den Siegesspielen des Pompeius würde wetteifern müssen.

Sulla hatte für seine neuen ständigen Gerichtshöfe die Verfahrensregeln von Gaius Servilius Glaucia im wesentlichen beibehalten, aber beträchtlich verfeinert, was sich nachteilig auf die Dauer der Verfahren auswirkte. Jeder Prozeß gliederte sich in zwei Teile, die *actio prima* und die *actio secunda.* Zwischen dem ersten und dem zweiten Teil mußte eine Frist von einigen Tagen liegen, die der Vorsitzende des Gerichts auf Wunsch jedoch beliebig verlängern konnte.

Die *actio prima* bestand aus einer langen Rede des Chefanklägers, der eine ähnlich lange Rede des Hauptverteidigers folgte.

Danach hielten die anderen Anwälte der Anklage und der Verteidigung abwechselnd weitere lange Reden, bis sämtliche Vertreter beider Seiten zu Wort gekommen waren. Danach wurden die Zeugen der Anklage vernommen, wobei die Verteidigung jeden einzelnen ins Kreuzverhör nahm und ihn die Anklage wenn nötig erneut in den Zeugenstand rufen konnte. Wenn eine der beiden Parteien das Verfahren verzögern wollte, konnte die Zeugeneinvernahme sehr lange dauern. Danach wurden die Zeugen der Verteidigung aufgerufen, wobei die Anklage jeden einzelnen ins Kreuzverhör nahm und die Verteidigung deren Zeugen wenn nötig erneut vernehmen konnte. Es folgte eine lange Debatte zwischen dem Chefankläger und dem Hauptverteidiger; solche Debatten waren auch zwischen einzelnen Zeugen möglich, wenn eine der Parteien es wünschte. Die *actio prima* war beendet, wenn der Hauptverteidiger seine letzte Rede gehalten hatte.

Die *actio secunda* war im Prinzip eine Wiederholung der *actio prima.* Allerdings wurden dabei nicht immer Zeugen aufgerufen. In diesem zweiten Teil wurden die größten und leidenschaftlichsten Reden gehalten, denn nach den Schlußplädoyers der Anklage und der Verteidigung mußten die Geschworenen ihr Urteil sprechen. Sie hatten keine Zeit, das Urteil zu diskutieren, entschieden also, während sie das Schlußplädoyer des Hauptverteidigers noch in den Ohren hatten. Dies war der Hauptgrund, warum Cicero gerne verteidigte und es haßte anzuklagen.

Mittlerweile wußte er jedoch, wie er das Verfahren gegen Verres gewinnen konnte, vorausgesetzt, daß sich der Vorsitzende des Gerichts entgegenkommend verhielt.

»Prätor Manius Acilius Glabrio, Vorsitzender dieses Gerichts, ich möchte meinen Prozeß etwas anders führen als üblich«, begann Cicero. »Was ich vorschlage, ist jedoch keineswegs illegal. Es ist nur neu. Der Grund meines Vorschlags liegt in der außerordentlich großen Zahl von Zeugen, die ich aufrufen werde, und in der ebenso großen Anzahl verschiedenartiger Vergehen, deren sich der Angeklagte Gaius Verres schuldig gemacht hat. Ist der Vorsitzende gewillt, eine kurze Skizze meines Vorschlags anzuhören?«

Hortensius stürmte nach vorne. »Was soll das? Was geht hier vor?« protestierte er. »Ich frage noch einmal. Was sind das für

Neuerungen? Der Prozeß gegen Gaius Verres muß auf die übliche Art durchgeführt werden. Darauf bestehe ich!«

»Ich werde mir anhören, was Cicero vorzuschlagen hat«, sagte Glabrio, »und zwar ohne Unterbrechungen«, fügte er sanft hinzu.

»Ich möchte gerne all die langen Reden vermeiden«, begann Cicero, »und ich möchte mich jeweils auf eine bestimmte Art von Vergehen konzentrieren. Die Untaten von Gaius Verres sind so zahlreich und so verschieden, daß es den Geschworenen sehr schwerfallen wird, sie alle getrennt im Kopf zu behalten. Indem ich jede Kategorie von Verbrechen einzeln behandle, will ich dem Gericht helfen, den Überblick zu behalten, das ist alles. Ich schlage deshalb vor, daß ich jeweils ein Verbrechen kurz skizziere und dann alle Zeugen und Beweise präsentiere, die mit dem betreffenden Verbrechen zu tun haben. Wie man sieht, habe ich die Absicht, allein zu arbeiten – ich habe keinen einzigen assistierenden Anwalt mitgebracht. In der *actio prima* dieses Verfahrens sollte weder die Anklage noch die Verteidigung lange Reden halten. Sie würden nur die kostbare Zeit des Gerichts verschwenden, besonders in Anbetracht der Tatsache, daß es dieses Jahr noch mindestens einen weiteren Fall zu verhandeln hat – den des Quintus Curtius. Ich schlage daher vor, all die langen Reden für die *actio secunda* aufzusparen. Die Geschworenen werden erst nach den großartigen Reden der *actio secunda* ihr Urteil sprechen. Ich sehe keinen Grund, warum mein Kollege Quintus Hortensius etwas gegen einen Vorschlag einwenden sollte, der es den Geschworenen ermöglicht, in der *actio secunda* leidenschaftliche Reden zu hören, die den Reiz des Neuen haben, weil sie tatsächlich neu sind. Wie spannend, wie erfrischend und wie vergnüglich wird es sein, diese Reden zu hören!«

Hortensius war zunächst etwas unsicher; doch dann kam ihm Ciceros Vorschlag durchaus plausibel vor. Er hatte nichts gesagt, was der Verteidigung das Recht aufs letzte Wort beschneiden würde. Außerdem fand Hortensius den Gedanken sehr attraktiv, ganz zum Schluß der *actio secunda* sein Bestes zu geben und das Publikum mit einer juristischen Glanzleistung zu verblüffen. Ja, Cicero hatte recht! Es war gut, die langweilige Beweisaufnahme in der *actio prima* so schnell wie möglich hinter sich zu bringen und sich das Leuchtfeuer von Alexandria für das große Finale aufzusparen.

Deshalb nickte Hortensius nur, als Glabrio ihn fragend ansah, und sagte ruhig: »Bitte Marcus Tullius, seinen Vorschlag näher auszuführen.«

»Führe deinen Vorschlag näher aus, Marcus Tullius«, sagte Glabrio.

»Ich habe nicht viel mehr zu sagen, Manius Acilius. Nur daß die Anwälte der Verteidigung nicht länger reden sollen als ich selbst – nur in der *actio prima* natürlich! In der *actio secunda* bekommt die Verteidigung alle Redezeit, die sie will. Da ich mich mit einer erklecklichen Zahl hervorragender Verteidiger konfrontiert sehe, während ich wie gesagt ganz allein die Anklage vertrete, sollte der Verteidigung dieser Vorteil wohl mehr als genügen. Ich verlange nur dies: Die *actio prima* soll durchgeführt werden, wie ich es skizziert habe.«

»Dein Vorschlag ist durchaus verdienstvoll, Marcus Tullius«, sagte Glabrio. »Was meinst du dazu, Quintus Hortensius?«

»Laßt uns verfahren, wie Marcus Tullius vorgeschlagen hat«, sagte Hortensius.

Nur Gaius Verres sah besorgt aus. »Wenn ich nur wüßte, was Cicero im Schilde führt«, flüsterte er Metellus dem Zicklein ins Ohr. »Hortensius hätte nicht zustimmen sollen!«

»Ich kann dir versichern«, flüsterte sein Schwager zurück, »daß die Geschworenen alle Zeugenaussagen vergessen haben werden, wenn die *actio secunda* vorüber ist.«

»Warum besteht Cicero dann auf diesen Änderungen?«

»Weil er weiß, daß er verlieren wird, und trotzdem einen guten Eindruck hinterlassen will. Das kann er nur mit einer Neuerung erreichen. Caesar hat denselben Weg eingeschlagen, als er den älteren Dolabella verklagte – er bestand auf Neuerungen. Es hat ihm viele Lorbeeren eingebracht, obwohl er den Fall verlor. Genauso wird es auch Cicero ergehen. Sei unbesorgt, Hortensius wird mit Sicherheit gewinnen!«

Bevor er mit Feuereifer daranging, die erste Kategorie von Verbrechen zu umreißen, richtete Cicero noch einige allgemeine Bemerkungen an die Geschworenen:

»Vergeßt nicht, daß der Senat unserem Stadtprätor Lucius Aurelius Cotta den Auftrag erteilt hat, eine Untersuchung über die Zusammensetzung der Gerichte durchzuführen – und daß der Senat beschlossen hat, der Volksversammlung ein Gesetz zur Verabschiedung zu empfehlen, das auf den Ergebnissen von Cottas Untersuchung beruht. In der Zeit zwischen Gaius Gracchus und der Herrschaft unseres Diktators Sulla hat der Senat ein Recht verloren, das ihm zuvor niemand streitig gemacht hatte – das Recht, die Geschworenen bei den Strafverfahren gegen römische Bürger zu stellen. Dieses Privileg hat Gaius Gracchus den Rittern zugesprochen – und wir alle wissen, welche Folgen das hatte! Sulla gab das Recht, die neuen ständigen Gerichtshöfe zu besetzen, wieder an den Senat zurück. Aber die Tatsache, daß die Zensoren vierundsechzig Männer aus dem Senat ausstoßen mußten, zeigt, daß wir Senatoren des Vertrauens nicht immer würdig gewesen sind, das Sulla in uns gesetzt hat. Gaius Verres ist nicht der einzige, der heute hier vor Gericht steht. Auch der Senat von Rom steht vor Gericht! Wenn sich dieses senatorische Gericht nicht anständig und ehrenhaft verhält, dann kann niemand Lucius Cotta einen Vorwurf daraus machen, wenn er empfehlen sollte, daß uns eingeschriebenen Vätern das Recht, die Geschworenen zu stellen, wieder entzogen wird. Geschworene dieses Gerichts, ich flehe euch an, vergeßt nicht einen Augenblick, welch gewaltige Verantwortung auf euren Schultern lastet – die Verantwortung für das Schicksal und den Ruf des Senats von Rom!«

Nach dieser Vorrede begann Cicero seine Zeugen zu vernehmen und sein Beweismaterial vorzulegen. Eine Aussage jagte die andere: Getreidediebstahl in einem Ausmaß von dreihunderttausend Scheffel in einem einzigen Jahr in einem einzigen kleinen Bezirk, ganz zu schweigen von den in anderen Bezirken gestohlenen Mengen. Illegale Aneignung von Land, wodurch die Zahl der Bauern in einem einzigen Bezirk innerhalb von drei Jahren von zweihundertfünfzig auf achtzig vermindert wurde, ganz zu schweigen von dem Land, das Verres in anderen Bezirken an sich gebracht hatte. Unterschlagung von Geldern des Schatzamts, die für den Ankauf von Getreide bestimmt waren. Erhebung von Wucherzinsen von vierundzwanzig und mehr Prozent. Vernichtung oder Fälschung der Berichte über die eingezogenen Abgaben. Diebstahl von Statuen und das Herausstemmen der Juwelen aus kostbaren Trinkgefäßen bei einem Gastmahl unter den Augen des Gastgebers. Diebstahl sämtlicher goldener und silberner Teller nach einem anderen Gastmahl, wobei diese in Säcke gestopft wurden, um den Abtransport zu erleichtern. Erpressung zum Bau eines Schiffes, das nie bezahlt wurde, um einen Teil der Beute nach Rom zu transportieren. Duldung von Piratenstützpunkten gegen Beteiligung an den Profiten der Piraten. Fälschung von Testamenten zum Vorteil des Angeklagten und so weiter und so fort.

Cicero untermauerte seine Anklagepunkte mit zahllosen Berichten und Dokumenten, und er legte Wachstäfelchen vor, auf denen noch zu erkennen war, daß die Zahlen abgeändert worden waren. Vor allem aber hatte er Zeugen in rauhen Mengen, Zeugen, die während des Kreuzverhörs nicht eingeschüchtert oder diskreditiert werden konnten. So hatte er nicht nur Zeugen aus einem Bezirk, in dem Verres Getreide gestohlen hatte, sondern aus vielen Bezirken. Und er konnte beweisen, daß Verres zahllose Kunstwerke von Praxiteles, Phidias, Polykleitos, Myron, Strongylion und allen anderen berühmten Bildhauern an sich gebracht hatte, indem er beispielsweise eine »Quittung« vorlegte, aus der hervorging, daß Verres sich eine Cupido-Statue von Praxiteles für ein paar Kupfermünzen »gekauft« hatte. Die Beweise waren massiv und absolut vernichtend. Sie brachen wie eine Flut über das Gericht herein, ein Fall von Diebstahl, Amtsmißbrauch oder Ausbeutung nach dem andern, neun volle Tage lang, bis die *actio prima* am vierzehnten Tag des Sextilis beendet war.

Hortensius zitterte, als er den Gerichtssaal verließ, und als Verres mit ihm sprechen wollte, schüttelte er wutentbrannt den Kopf. »Bei dir zu Hause!« sagte er barsch. »Und bring deine Schwäger mit!«

Das Haus von Gaius Verres lag auf dem besten Teil des Palatin. Es war eines der größten Gebäude auf dem Hügel, aber Verres hatte es so mit Kunstwerken vollgestopft, daß es aussah wie die kleine, überfüllte Werkstatt eines Bildhauers im Velabrum. Wo keine Statuen standen oder Bilder hingen, standen Schränke, die riesige Sammlungen von Gold- und Silbertellern, Juwelen oder wunderbare Stickereien und Wandteppiche enthielten. Tischplatten aus gemasertem Zitronenholz mit Sockeln aus Gold und Elfenbein stießen an vergoldete Stühle oder standen neben überaus prunkvollen Liegen. Draußen im Säulengarten drängten sich die größeren Statuen; sie waren zumeist aus Bronze, obwohl auch hier an vielen Stellen Gold und Silber aufblitzte. Ein wildes Chaos, das die Beute eines fünfzehnjährigen Raubzugs repräsentierte.

Die vier Männer versammelten sich in Verres' Arbeitszimmer, das ebenfalls mit Kunstwerken vollgestopft war.

»Du wirst freiwillig ins Exil gehen müssen«, sagte Hortensius.

Verres blieb vor Schreck der Mund offenstehen. »Du machst Witze! Wir haben doch noch die *actio secunda* vor uns! Mit deinen Reden wirst du bestimmt einen Freispruch erreichen!«

»Du Narr!« brüllte Hortensius. »Hast du denn nichts kapiert? Ich bin ausgetrickst, eingewickelt, hinters Licht geführt, über den Löffel balbiert worden, oder wie immer du die Tatsache bezeichnen willst, daß Cicero mir keine Chance gelassen hat, diesen erbärmlichen Prozeß zu gewinnen! Selbst wenn nach der *actio prima* ein ganzes Jahr verstriche und ich mit meinen Assistenten in der *actio secunda* einen Monat lang die besten Reden der Welt hielte, würden die Geschworenen diese Wahnsinnsflut von Beweisen nicht vergessen haben. Ich will dir offen sagen, Gaius Verres, wenn mir auch nur der zehnte Teil deiner Verbrechen bekannt gewesen wäre, hätte ich den Fall nie übernommen. Mummius oder Paullus waren blutige Anfänger im Vergleich zu dir. Und was hast du eigentlich mit dem ganzen Geld gemacht? Bei Juno, wo ist es geblieben? Wie kann ein Mann so viel Geld ausgeben, der für einen Cupido von Praxiteles ein paar Kupfermünzen, meistens aber überhaupt nichts bezahlt? Ich habe im Lauf meiner Karriere so manchen Erzgauner verteidigt, aber du stellst sie alle in den Schatten! Geh freiwillig ins Exil, Gaius Verres!«

Verres und seine Schwäger hatten der Schimpftirade fassungslos gelauscht.

Hortensius erhob sich. »Nimm mit, soviel du kannst, aber wenn ich dir einen guten Rat geben darf, dann laß die Kunstwerke, die du in Sizilien zusammengeraubt hast, zu Hause. Du wirst sowieso nicht mehr mitschleppen können, als du aus dem Hera-Tempel von Samos gestohlen hast. Konzentriere dich auf Gemälde und kleinere Kunstwerke. Und bring dein Geld im Morgengrauen aus der Stadt – warte keinen Tag länger.« Er ging zur Tür, wobei er sich mühsam zwischen den Statuen durchschlängelte. »Meine elfenbeinerne Sphinx von Phidias will ich allerdings gleich mitnehmen. Wo ist sie?«

»Deine was?« keuchte Verres. »Ich schulde dir überhaupt nichts – du hast keinen Freispruch erwirkt!«

»Du schuldest mir eine elfenbeinerne Sphinx von Phidias«, sagte Hortensius. »Und du solltest den Göttern danken, daß ich nicht mehr verlange. Allein der Rat, den ich dir gerade gegeben habe, ist mehr wert. Meine Sphinx, Verres. Sofort!«

Die Sphinx war so klein, daß Hortensius sie unter den Arm nehmen und in den Falten seiner Toga verstecken konnte, ein exquisites Kunstwerk, das bis ins kleinste Detail perfekt gearbeitet war; selbst die Federn der Schwingen waren mit höchster Sorgfalt gestaltet.

»Ganz schön frech«, sagte Marcus das Zicklein, als Hortensius gegangen war.

»Unverschämt!« knurrte Verres.

Doch der designierte Konsul Metellus das Zicklein sagte mit gerunzelter Stirn: »Er hat recht, Gaius. Du mußt spätestens morgen nacht aus Rom verschwinden. Cicero wird das Gericht dazu veranlassen, dein Haus zu versiegeln, sobald er erfährt, daß du Gegenstände abtransportierst. Wie bist du bloß auf die Idee gekommen, alles hier aufzubewahren?«

»Es ist nicht alles hier, Quintus, nur die Stücke, die ich jeden Tag sehen muß. Den größten Teil habe ich auf meinem Grundstück bei Cortona gelagert.«

»Du meinst, du hast noch mehr? Bei den Göttern, Gaius! Ich kenne dich nun schon seit Jahren, aber du bist immer für eine Überraschung gut. Kein Wunder, beschwert sich unsere arme Schwester, daß du sie vernachlässigst. Hier ist nur das Zeug, das du jeden Tag sehen mußt?«

Verres schnaubte verächtlich. »Deine Schwester hat sich also beschwert! Und das obwohl ihr Caesar schon seit Monaten den Hof macht! Sie muß mich für einen Idioten halten! Oder für so blind, daß ich eine Bronze von Myron nicht von einem Besenstiel unterscheiden kann.« Er sprang auf. »Ich hätte Hortensius sagen sollen, wo der größte Teil meines Geldes geblieben ist, dann wärt ihr ganz schön rot geworden. Die drei Zicklein sind schon teure

Schwäger, und du bist der teuerste, Quintus! Die Kunstwerke sind mir geblieben, aber wer hat das Geld aus den Getreideverkäufen eingesteckt? Immerhin, damit ist es jetzt vorbei! Ich befolge den Rat meines Advokaten und gehe ins freiwillige Exil, wo ich mit etwas Glück behalten kann, was ich mitnehme. Kein Geld mehr für die Zicklein – auch für Metella Capraria nicht! Soll Caesar ihr den Lebensstil bieten, den sie gewöhnt ist! Und euch wünsche ich viel Glück, wenn ihr aus ihm Geld herauspressen wollt. Und glaubt bloß nicht, daß ich die Mitgift eurer Schwester zurückerstatte. Ich reiche heute noch die Scheidung ein – wegen Ehebruchs mit Caesar.«

Nach dieser Rede suchten die beiden Schwäger wutentbrannt das Weite. Verres blieb noch einen Moment hinter seinem Schreibtisch stehen und ließ geistesabwesend die Finger über die glatten, bemalten Wangen einer Hera von Polykleitos gleiten. Dann brüllte er nach seinen Sklaven. Normalerweise hätte er es nicht ertragen können, sich auch nur von einem einzigen Gegenstand in diesem Haus zu trennen. Nur weil er seine Haut retten mußte und weil ihm klar war, daß er alles verlieren würde, wenn er nicht auf einen Teil verzichtete, hatte er die Kraft, mit seinem Hausverwalter von einem Kunstwerk zum anderen zu gehen und zu bestimmen: »Mitnehmen, hierlassen, mitnehmen, mitnehmen, hierlassen ...«

»Du wirst Wagen mieten und sie morgen um Mitternacht in die Gasse hinter dem Haus bestellen. Wenn du etwas ausplauderst, lasse ich dich kreuzigen! Und achte darauf, daß alles gut verpackt wird, verstanden?«

Wie von Hortensius vorausgesagt, versiegelte Glabrio am Morgen nach Verres' heimlicher Abreise das Haus und untersagte Verres' Bank, Geldmittel für ihn zu transferieren – zu spät natürlich; Geld war von allen Wertgegenständen am leichtesten zu transportieren. Man brauchte nur ein Stück Papier, das man am Ende der Reise irgendwo vorlegte.

»Glabrio stellt ein Komitee zusammen, das die Entschädigung regeln soll«, sagte Cicero zu Hiero von Lilybaeum. »Ich fürchte jedoch, sie wird nicht allzu üppig ausfallen. Verres hat all sein Geld aus Rom fortgeschafft. Allerdings sieht es so aus, als hätte er die Kunstschätze aus Siziliens Tempeln zum größten Teil hiergelassen. Leider gilt das nicht für die Juwelen und das kostbare Geschirr, das er Privatleuten gestohlen hat. Auch davon konnte er allerdings nicht alles verschwinden lassen, es war einfach zuviel. Die Sklaven, die er zurückließ, sind ein erbärmlicher Haufen, aber wir haben von ihrem Haß auf Verres profitiert, denn sie haben uns mit Vergnügen mitgeteilt, daß er den größten Teil der Beute auf seinem Grundstück bei Cortona lagert. Bestimmt sind die Brüder Metellus auf dem Weg dorthin, aber ich habe mit meinem Freund Caesar gesprochen, der schneller reist als irgend jemand, den ich kenne. Deshalb wage ich die Voraussage, daß die Abordnung des Gerichts vor den Metellern in Cortona eintreffen wird. Vielleicht finden wir dort noch so manches, was nach Sizilien gehört.«

»Wohin ist Gaius Verres gegangen?« fragte Hiero neugierig.

»Ich glaube, er ist unterwegs nach Massilia. Es ist beliebt bei den Kunstliebhabern unter unseren Exulanten.«

»Wir sind jedenfalls überglücklich, daß wir unser nationales Erbe wiederhaben«, sagte Hiero strahlend. »Vielen Dank, Marcus Tullius. Vielen Dank!«

»Ich glaube, ich werde euch zu danken haben«, sagte Cicero sanft. »Vorausgesetzt, ihr seid mit meiner Prozeßführung so zufrieden, daß ihr nächstes Jahr unser Abkommen über das Getreide erfüllt. Die Spiele der Plebs werden erst im November nächsten Jahres stattfinden, also braucht ihr das Getreide nicht von der diesjährigen Ernte zu nehmen.«

»Es ist uns ein Vergnügen, dich zu bezahlen, Marcus Tullius. Und ich verspreche dir, daß du das Volk von Rom mit einer großartigen Getreideverteilung wirst beglücken können.«

»Und so«, sagte Cicero später zu seinem Freund Titus Pomponius Atticus, »hat dieser seltene Ausflug in das Reich der Anklage einen Gewinn abgeworfen, den ich bestens gebrauchen kann. Ich werde mein Getreide für zwei Sesterzen pro Scheffel kaufen und es für drei verkaufen. Der Extra-Sesterz sollte mehr als genug sein, um die Transportkosten zu decken.«

»Verkauf es für vier Sesterzen pro Scheffel und steck ein bißchen Geld in die eigene Tasche«, sagte Atticus. »Du hast es bitter nötig.«

Cicero war schockiert. »Das würde ich nie tun, Atticus! Die Zensoren könnten sagen, ich hätte mich bereichert, indem ich ein verbotenes Honorar für meine Dienste als Rechtsanwalt angenommen habe.«

»Oh, Cicero!« seufzte Atticus. »Du wirst nie ein reicher Mann werden. Ein Mann mag Arpinum verlassen, aber man wird ihm Arpinum nie austreiben können. Du denkst wie ein Landedelmann, Cicero!«

»Ich denke wie ein ehrlicher Mann«, sagte Cicero. »Und darauf bin ich sehr stolz.«

»Soll das etwa heißen, daß ich kein ehrlicher Mann bin?«

»O nein!« schrie Cicero entsetzt. »Du bist ein römischer Geschäftsmann hohen Ranges – für dich gelten ganz andere Regeln. Ich bin kein Caecilius, aber du bist einer!«

Atticus wechselte das Thema. »Wirst du den Prozeß gegen Verres in einem Buch dokumentieren?«

»Ja, ich habe daran gedacht.«

»Auch die großen Reden der *actio secunda,* die du nie gehalten hast? Hast du im voraus welche vorbereitet?«

»Aber ja! Ich mache immer grobe Entwürfe meiner Reden, Monate bevor ich sie halten will. Allerdings muß ich die Reden der *actio secunda* modifizieren, weil ich eine Menge Dinge einfügen will, die ich bereits in der *actio prima* angesprochen hatte. Ich muß sie ein bißchen aufmotzen, versteht sich.«

»Versteht sich«, sagte Atticus feierlich.

»Warum fragst du?«

»Ich denke daran, mir ein Hobby zuzulegen, Cicero. Das Geschäftsleben ist langweilig, und die Leute, mit denen ich dabei zu tun habe, sind noch langweiliger. Also werde ich einen kleinen Laden eröffnen, mit einer großen Werkstatt im Hinterhaus – auf dem Argiletum. Sosius wird einen Konkurrenten bekommen, denn ich will einen Verlag gründen. Wenn du nichts dagegen hast, hätte ich gerne die Exklusivrechte an deinem ganzen künftigen Werk. Du würdest ein Zehntel des Kaufpreises von jedem Buch bekommen, das ich verkaufe.«

»Großartig!« Cicero strahlte. »Abgemacht, Atticus, abgemacht!«

Im April, kurz nachdem die neugewählten Zensoren Mamercus als Princeps Senatus bestätigt hatten, verkündete Pompeius, er werde Siegesspiele abhalten. Sie sollten Mitte Sextilis beginnen und unmittelbar vor dem Beginn der *ludi Romani* am vierten September enden. Pompeius sah höchst zufrieden aus, als er die Ankündigung machte, denn außer den Spielen hatte er noch einen anderen Grund, sich zu freuen. Er hatte nämlich einen Coup gelandet, der für einen Mann aus Picenum immense Bedeutung besaß. Seine verwitwete Schwester Pompeia würde keinen anderen als Publius Sulla *sive* Sextus Perquitienus, den Neffen des toten Diktators Sulla, heiraten. Ja, die Familie Pompeius aus Nordpicenum war im Begriff, in die beste römische Gesellschaft aufzusteigen. Sein Vater hatte sich noch mit den Lucilii begnügen müssen. Er selbst aber hatte sich mit den Mucii, den Licinii und den Cornelii verbunden! Welch eine Genugtuung!

Crassus war es völlig egal, wen Pompeius' Schwester zu ihrem zweiten Ehemann wählte. Ihn störten vielmehr die Spiele. »Er will, daß die Landbevölkerung über zwei Monate lang in Rom bleibt und mit Geld um sich wirft!« sagte er zu Caesar. »Und das in der schlimmsten Sommerhitze! Die Ladenbesitzer werden in der ganzen Stadt Statuen von ihm aufstellen, und die vielen alten Leutchen, die im Sommer gerne ein paar zusätzliche Sesterzen verdienen, indem sie Feriengäste aufnehmen, werden dahinschmelzen vor Dankbarkeit!«

»Es ist gut für Rom. Und es bringt Geld.«

»Ja, aber was habe ich davon?« stöhnte Crassus.

»Du mußt dich eben mit einer eigenen Veranstaltung ins Spiel bringen.«

»Dann sage mir wie – und wann? Die apollinischen Spiele dauern bis zu den Iden des Monats Quinctilis, dann finden im Abstand von jeweils fünf Tagen Wahlen statt – die kurulischen, die des Volkes und die der Plebs. An den Iden des Quinctilis will Pompeius seine verdammte Staatspferd-Parade abhalten. Und nach den Wahlen der Plebs bleibt zwar jede Menge Zeit, um einkaufen zu gehen, aber nicht, um zurück aufs Land zu fahren und wiederzukommen, denn Mitte Sextilis fängt er schon mit seinen Siegesspielen an. Sie dauern fünfzehn Tage! Wie protzig! Und unmittelbar darauf finden die Römischen Spiele statt. Beim Jupiter, seine Volksbelustigungen werden die Hinterwäldler eher drei als zwei Monate in der Stadt halten, Caesar. Und was ist mit mir? Es wird sein, als ob ich überhaupt nicht existierte!«

Caesar wirkte überhaupt nicht beunruhigt. »Ich habe eine Idee«, sagte er.

»Sprich dich aus«, sagte Crassus. »Soll ich mich vielleicht als Pollux verkleiden?«

»Und Pompeius als Castor? Das würde mir gefallen. Aber genug der Scherze! Was immer du tust, Marcus, muß mehr kosten, als Pompeius für seine Veranstaltungen ausgibt. Anders kannst du ihn nicht ausstechen. Bist du bereit, ein riesiges Vermögen auszugeben?«

»Ich würde so ziemlich alles geben, um nach meiner Amtszeit besser dazustehen als Pompeius!« schnaubte Crassus. »Schließlich bin ich der reichste Mann Roms – seit zwei Jahren schon.«

»Mach dir keine Illusionen«, sagte Caesar. »Du machst keinen Hehl aus deinem Reichtum, und niemand hat je behauptet, reicher zu sein. Unser Pompeius ist jedoch ein typisches Mitglied des grundbesitzenden Landadels, und er ist sehr verschwiegen, was sein Vermögen betrifft. Es ist größer als das deinige, Marcus, das garantiere ich dir! Als der Ager Gallicus offiziell zu italischem Gebiet erklärt wurde, sind die Grundstückspreise dort in die Höhe geschnellt. Pompeius hat mehrere Millionen Morgen der besten Ländereien Italiens in seinem Besitz – ich sage in seinem Besitz, nicht gemietet oder gepachtet – und das nicht nur in Umbria und Picenum. Er hat all die herrlichen Ländereien geerbt, die den Lucilii am Golf von Tarentum gehörten, und er ist gerade rechtzeitig aus Africa zurückgekehrt, um ein paar wunderschöne Ufergrundstücke am Tiber, am Volturnus, am Liris und am Aternus zu erwerben. Nicht du bist der reichste Mann Roms, sondern Pompeius, das kannst du mir glauben.«

Crassus glotzte Caesar fassungslos an. »Das ist nicht möglich!«

»O doch! Nur weil ein Mann nicht hinausposaunt, wie reich er ist, muß er noch lange nicht arm sein. Du gibst mit deinem Geld an, weil du früher einmal arm warst. Wenn Pompeius seine Veteranen mit Land versorgt, wirkt das ungemein großzügig, aber ich wette, daß er das Land nur verpachtet und ihnen keine

Besitzurkunden ausstellt. Das bedeutet, daß alle seine Veteranen den Zehnten entrichten. Pompeius ist eine Art König, Crassus. Er hat sich nicht umsonst Magnus genannt. Für seine Leute ist er der König. Und daß er jetzt erster Konsul ist, heißt für ihn nur, daß die Macht seines Königreichs gewachsen ist.«

»Ich bin zehntausend Talente schwer«, sagte Crassus barsch.

»Das sind zweihundertfünfzig Millionen Sesterzen für einen Buchhalter«, sagte Caesar lächelnd. »Machst du damit jährlich zehn Prozent Gewinn?«

»Natürlich.«

»Würdest du auf den Gewinn dieses Jahres verzichten?«

»Du meinst, ich soll tausend Talente ausgeben?«

»Genau das meine ich!«

Dies war ein schmerzlicher Gedanke, das war Crassus deutlich anzusehen. »Ja, das würde ich. Wenn ich damit Pompeius ausstechen kann, sonst nicht!«

»Am Tag vor den Iden des Sextilis, also vier Tage, bevor Pompeius' Siegesspiele beginnen, findet das Fest des Herkules Invictus statt. Wie du dich vielleicht erinnerst, hat Sulla dem Gott ein Zehntel seines Vermögens geopfert, indem er das Volk von Rom an fünftausend Tischen bewirtete.«

»Wie könnte ich das vergessen? Der schwarze Hund hat das Blut des ersten Opfertiers getrunken. Es war das einzige Mal, daß ich Sulla wirklich entsetzt gesehen habe. Seine Graskrone fiel in das entweihte Blut.«

»Vergiß das Grauen von damals, Marcus«, sagte Caesar. »Ich garantiere dir, wenn du ein Zehntel deines Vermögens dem Herkules Invictus opferst, wird kein schwarzer Hund auch nur in der Nähe sein. Du gibst wie Sulla ein öffentliches Bankett, aber an zehntausend Tischen! All die Leute, die sonst vielleicht ans Meer gefahren wären, bleiben dieses Jahr in Rom, um sich ein Schauspiel nach dem anderen anzusehen – und nichts wird sie mehr beglücken als ein Fest, bei dem alles umsonst ist.«

»Zehntausend Tische? Selbst wenn ich jeden einzelnen fußhoch mit Muränen, Austern, Flußaalen und Meeräschen belade, wird mich das keine zweihundert Talente kosten. Außerdem hat man, wenn man sich den Bauch vollgeschlagen hat, vielleicht wirklich das Gefühl, daß man nie mehr hungrig sein wird, aber trotzdem hat man schon am nächsten Tag wieder Hunger. Feste sind nach einem Tag vergangen und vergessen, Caesar.«

»Richtig«, sagte Caesar. »Aber«, fuhr er träumerisch fort, »du hast ja von tausend Talenten erst zweihundert Talente ausgegeben. Nehmen wir an, daß sich zwischen Sextilis und November etwa dreihunderttausend römische Bürger in Rom aufhalten. Bei der normalen Getreidezuteilung hat jeder Bürger Anspruch auf fünf *modii* Getreide. Das ist ein *medimnus* pro Monat, zum Preis von fünfzig Sesterzen – ein niedriger Preis, aber natürlich nicht ganz so niedrig wie der Großeinkaufspreis. Also macht das Schatzamt selbst in mageren Jahren wenigstens einen kleinen Gewinn. Dieses Jahr wird jedoch nicht mager sein. Und zu deinem Glück war auch das letzte Jahr nicht mager. Du wirst nämlich dein Getreide aus der letztjährigen Ernte kaufen müssen.«

»Kaufen?« fragte Crassus verwirrt.

»Ich bin noch nicht zu Ende. Fünf Scheffel Getreide mal drei Monate ... mal dreihunderttausend Bürger. ... Das sind viereinhalb Millionen Scheffel, und die kosten ungefähr achthundert Talente. Und genau diese achthundert Talente«, schloß Caesar triumphierend, »wirst du ausgeben, mein lieber Marcus. Du wirst nämlich drei Monate lang monatlich fünf Scheffel Getreide an alle römischen Bürger verteilen. Und zwar nicht verbilligt, sondern umsonst!«

»Ungemein großzügig«, sagte Crassus mit ausdruckslosem Gesicht.

»Genau! Und eine Maßnahme, die gegenüber allen Plänen des Pompeius einen entscheidenden Vorteil hat. Seine Spiele werden nämlich schon über zwei Monate zu Ende sein, wenn du deine letzte Ration Getreide verteilst. Und wenn das Gedächtnis so kurz ist, wie du meinst, dann beherrschst du zuletzt allein das Feld. Ganz Rom wird dank Marcus Licinius Crassus freies Getreide essen, von dem Monat an, in dem die Preise explodieren, bis zu dem Monat, in dem sie wegen der neuen Ernte wieder fallen. Du wirst ein Held! Und sie werden dich ewig lieben!«

»Immerhin werden sie dann vielleicht aufhören, mich einen Brandstifter zu schimpfen«, grinste Crassus.

»Da liegt der Unterschied zwischen deinem Reichtum und dem des Pompeius.« Caesar grinste ebenfalls. »Das Geld des Pompeius fliegt nämlich nicht als Asche durch die römische Luft. Es ist höchste Zeit, daß du dein Image etwas aufpolierst, Marcus Crassus!«

Da Crassus die riesige Menge Weizen über Strohmänner einkaufte und nicht ein Sterbenswörtchen darüber verlauten ließ, daß er am Tag vor den Iden des Sextilis ein Zehntel seines Vermögens dem Herkules Invictus opfern wollte, konnte Pompeius völlig unbeschwert seine eigenen Pläne verfolgen, ohne die geringste Ahnung, daß er Gefahr lief, ausgestochen zu werden.

Pompeius wollte ganz Rom – und ganz Italien – beweisen, daß die schlechten Zeiten vorüber waren, und wie hätte er das besser tun können, als indem er das ganze Land in einen Taumel von Festen und Feiertagen stürzte. Das Konsulat von Gnaeus Pompeius sollte der Bevölkerung als eine Zeit des Wohlstands und der Freiheit in Erinnerung bleiben, als eine Zeit ohne Angst, Hungersnot und Bürgerkrieg. Wenn man von einem starken Element der Selbstbeweihräucherung absah, hatte Pompeius wirklich lautere Absichten: Die kleinen Leute, die nicht wichtig genug gewesen waren, um unter den Proskriptionen zu leiden, sprachen in letzter Zeit immer häufiger sehnsüchtig von den Tagen, als Sulla Diktator gewesen war. Nach dem Konsulat des Gnaeus Pompeius Magnus aber sollte Sullas Herrschaft in ihrem Gedächtnis wieder einen bescheideneren Platz einnehmen.

Anfang Quinctilis begann die Landbevölkerung in Massen nach Rom zu strömen, und die meisten Besucher wollten bis Mitte September in der Stadt logieren. Auch viele Römer blieben dieses Jahr, selbst wenn sie zu den oberen Klassen gehörten, in der Stadt, anstatt wie sonst an die Küste zu fahren. Pompeius war sich bewußt, daß dies die Verbrechens- und Krankheitsraten beträchtlich steigern konnte, und setzte sein hervorragendes organisatorisches Talent ein, um dieser Gefahr vorzubeugen. Er ließ ehemalige Gladiatoren in den Alleen und Seitengassen der Stadt patrouillieren, befahl den Liktoren, ein Auge auf die Gauner und Betrüger zu haben, die das Forum Romanum und andere Versammlungsorte unsicher machten, ließ die Badebecken des Tribariums vergrößern und bepflasterte unzählige freie Wände mit Plakaten, die dazu aufriefen, gutes Trinkwasser zu verwenden, seine Notdurft nur in den öffentlichen Latrinen zu verrichten, sich die Hände zu waschen und schlechtes Essen zu meiden.

Pompeius war sich nicht sicher, ob die Landleute wirklich alle verstanden, was für eine Sensation es war, daß der erste Konsul Roms vor seiner Wahl nur Ritter gewesen und erst bei seiner Inauguration am Neujahrstag Senator geworden war. Deshalb hatte er beschlossen, ihnen diese Tatsache durch die Parade der Staatspferde zu verdeutlichen. Also hatten seine Zensoren Clodianus und Gellius die *transvectio,* wie die Parade hieß, wieder ins Leben gerufen, die schon jahrzehntelang nicht mehr stattgefunden hatte.

Gaius Gracchus hatte nämlich die Senatoren auf eine sehr künstliche Weise von den Rittern getrennt. Er hatte sie beispielsweise für die Zenturiatskomitien keine eigenen Zenturien bilden lassen, sondern sie blieben wie eh und je auf die ersten Zenturien der ersten Klasse verteilt. Auch hatte er ihnen das Recht auf ein Staatspferd nicht genommen. Eine solche Maßnahme hätte noch größeren Zorn verursacht, als er mit seinen Reformen ohnehin schon hervorrief. Das Staatspferd war nämlich ein überaus wichtiges Privileg, weil es nur den Mitgliedern der ursprünglichen achtzehn Zenturien zustand, deren Zahl noch immer auf je hundert Mitglieder beschränkt war. Wer eines Staatspferds nicht mehr für würdig befunden wurde, wurde aus den achtzehn führenden Zenturien ausgestoßen, und das hätte sich kein Senator gefallen lassen. Als die Zensoren des Pompeius die *transvectio* wieder einführten, verfügten trotzdem viele Senatoren über kein Staatspferd mehr, denn sie waren dazu übergegangen, ihren Söhnen, Brüdern oder Neffen, die dem Senatorenstand noch nicht angehörten, das Familienstaatspferd zu überlassen. Andere aber hatten wie Pompeius Strabo eisern an ihrem persönlichen Recht auf das Tier festgehalten, denn es stellte nach wie vor ein gewaltiges Prestigeobjekt dar.

In den politisch unruhigen Zeiten des Gaius Gracchus hatten die Volkstribunen einmal versucht, die Institution des Staatspferds abzuschaffen. Warum, hatten sie gefragt, sollte der Staat ausgerechnet die achtzehnhundert Reittiere jener achtzehnhundert Männer bezahlen, die ein solches Reittier am leichtesten selbst bezahlen konnten? Die Tribunen hatten sich jedoch nicht durchsetzen können. Es hätte den Besitzern der Staatspferde zwar kaum etwas ausgemacht, für ihr Pferd aufkommen zu müssen, aber sie wollten keinesfalls die *dignitas* verlieren, die mit dem Besitz eines Staatspferds verbunden war. Und so waren die Senatoren nicht in spezielle Zenturien gesteckt worden, und sie hatten das Recht auf ein Staatspferd nicht verloren.

Allerdings hatten die Volkstribunen mit ihrem Sparvorschlag genügend Wirbel gemacht, daß man die Staatspferde aus der Schußlinie nehmen mußte. Nach dem Tod von Gaius Gracchus hatten die Zensoren aufgehört, die jährliche Parade der Staatspferde an den Iden des Quinctilis abzuhalten – bis der Konsul Gnaeus Pompeius Magnus sie wieder einführte, um mit Hilfe seines Staatspferds Furore zu machen.

Die Parade begann an den Iden des Quinctilis, als sich die achtzehnhundert Inhaber von Staatspferden im Morgengrauen vor dem Tempel des Mars Invictus versammelten, der im Inneren des Circus Flaminius auf dem Marsfeld lag, und dem Gott ein Opfer darbrachten. Danach bestiegen sie ihre Staatspferde, ritten in feierlicher Prozession, eine Zenturie nach der anderen, durch das Tor zwischen den Gemüsemärkten am Velabrum entlang zum Vicus Iugarius, dem sie folgten, bis sie zum unteren Forum Romanum kamen. Dort schwenkten sie nach rechts und ritten das Forum hinauf zu einer eigens errichteten Tribüne vor dem Tempel von Castor und Pollux, wo die Zensoren sie erwarteten. Wer bei der Tribüne angelangt war, stieg ab und führte sein Staatspferd vor die Zensoren, die Pferd und Reiter einer genauen Inspektion unterzogen. Beide mußten nämlich den uralten Vorschriften des Ritterstands genügen, sonst konnten die Zensoren dem Mann das Pferd entziehen und ihn aus den achtzehn ursprünglichen Zenturien ausstoßen. In der Vergangenheit war dies durchaus vorgekommen; besonders Cato der Zensor war für die Strenge seiner Inspektionen bekannt gewesen.

Die *transvectio* war eine solche Sensation, daß halb Rom versuchte, sich als Zuschauer aufs Forum zu drängen, auch wenn sich die meisten Schaulustigen schließlich damit begnügen mußten, die Parade auf ihrem Weg vom Circus Flaminius auf das Forum an sich vorüberziehen zu lassen. Jeder erdenkliche Aussichtspunkt war schwarz von Menschen – Dächer, Säulenhallen, Treppen, Hügel, Felsen, Bäume. Händler mit Nahrungsmitteln,

Fächern, Sonnenschirmen und Getränken schoben sich durch die Menge, priesen aus vollem Hals ihre Waren an, stießen mit ihren Bauchläden an Kinderköpfe und gaben die Schimpfwörter doppelt zurück, mit denen sie belegt wurden. Jeder von ihnen hatte einen Sklaven dabei, der den Bauchladen wieder auffüllen mußte und die Langfinger in der Menge davon abhalten sollte, sich die Ware oder die Einnahmen anzueignen. Kleinkinder wurden hochgehalten und pißten auf die Köpfe unter ihnen, Säuglinge schrien, Kinder wuselten zwischen den Beinen der Zuschauer umher, Bratensaft tropfte auf Tuniken und bildete einen hüschen Kontrast zu den Flecken der Eiercreme, Schlägereien brachen aus, Leute wurden ohnmächtig oder erbrachen sich, und alle aßen ununterbrochen. Kurz, es war ein typisch römischer Festtag.

Der Zug der Ritter bestand aus achtzehn Zenturien, und jeder wurde ihr traditionelles Emblem vorangetragen – Wolf, Bär, Maus, Vogel, Löwe und so weiter. Da der Weg an einigen Stellen ziemlich schmal wurde, konnten nicht mehr als vier Ritter nebeneinander reiten. Daher bestand jede Zenturie aus fünfundzwanzig Reihen, und der ganze Zug war fast eine Meile lang. Alle Männer trugen Rüstungen, manche waren unglaublich alt und wirkten bizarr; andere waren neu und erglänzten in Gold und Silber, wie die des Pompeius. Seine Familie war erst spät in die achtzehn ersten Zenturien aufgestiegen, und sie besaß keine alte Rüstung, die als etruskisch oder latinisch hätte durchgehen können. Nichts aber kam den Staatspferden gleich. Es waren ausnahmslos hervorragende Tiere, rassige Schimmel oder graue Schecken aus den Rosea Rura. Sie waren mit allen erdenklichen Medaillons und Schmuckstücken behängt, ihre Sättel waren aufs Kostbarste verziert, das Zaumzeug bestand aus gefärbtem Leder, und sie trugen phantastische Decken. Manche waren darauf dressiert, graziös die Hufe zu heben, anderen hatte man Silber- oder Goldfäden in Mähne und Schwanz geflochten.

Die prachtvolle Inszenierung war ganz darauf angelegt, Pompeius zur Geltung zu bringen. Es wäre praktisch unmöglich gewesen, jeden einzelnen Reiter genau zu inspizieren. Dann hätte die Parade mindestens dreißig Stunden gedauert, selbst wenn die Zensoren sich sehr beeilt hätten. Der Zenturie des Pompeius war jedoch einer der vorderen Plätze zugewiesen worden, so daß die

Zensoren nur etwa dreihundert Männer feierlich fragen mußten, wie sie hießen, zu welchem Stamm sie gehörten, wie der Name ihres Vaters laute und ob sie an mindestens sechs Feldzügen teilgenommen oder mindestens zehn Jahre lang gedient hätten. Danach wurden die – zuvor festgestellten – Vermögensverhältnisse gutgeheißen, und der Befragte führte sein Pferd von dannen.

Als die erste Reihe der vierten Zenturie vom Pferd stieg, war Pompeius dabei; und auf dem Forum trat eine erwartungsvolle Stille ein, die nicht zuletzt den Agenten zu verdanken war, die Pompeius geschickt in der Menge plaziert hatte. Seine goldene Rüstung blitzte in der Sonne, der Purpur der Konsulwürde flatterte um seine Schultern und mischte sich mit dem Scharlachrot des Feldherrn. Sein großes weißes Pferd trug ein Geschirr aus scharlachrotem Leder und goldene *phalerae.* Auch er selbst war großzügig mit Ritterabzeichen und Medaillons behängt, und der scharlachrote Busch seines attischen Helms bestand aus einer wogenden Masse gefärbter Reiherfedern.

»Name?« fragte Clodianus, der erste Zensor.

»Gnaeus Pompeius Magnus!« brüllte Pompeius.

»Stamm?«

»Clustumina!«

»Vater?«

»Gnaeus Pompeius Strabo, Konsul!«

»Hast du an sechs Feldzügen teilgenommen oder zehn Jahre gedient?«

»Ja!« schrie Pompeius, so laut er konnte. »Zwei Feldzüge im Bundesgenossenkrieg, einer, um das belagerte Rom zu verteidigen, zwei mit Lucius Cornelius Sulla in Italien. Ein Feldzug in Sizilien, einer in Africa, einer in Numidien, einer zur Verteidigung Roms gegen Lepidus und Brutus, sechs in Spanien und einer, um mit den Anhängern des Spartacus aufzuräumen! Das sind insgesamt sechzehn Feldzüge, und außer denen, die ich als Kadett mitgemacht habe, fanden sie alle unter meinem Oberbefehl statt!«

Die Menge tobte, schrie, jubelte und applaudierte mit Händen und Füßen; ein Beifallssturm nach dem anderen brandete an die schmerzenden Ohren der Zensoren und der restlichen Teilnehmer der Parade, so laut, daß manches Pferd scheute und mancher Reiter unsanft auf dem Pflaster landete.

Bis der Lärm schließlich abebbte, dauerte es seine Zeit, denn Pompeius hatte sich die Zügel um den Arm geschlungen, war auf den freien Platz vor dem Tempel getreten und hatte dort kleine Kreise gezogen, wobei er seinerseits der Menge applaudiert hatte. Danach rollten die Zensoren ihre Listen zusammen, nahmen Platz und sahen feierlich nickend zu, wie die restlichen vierzehn Zenturien im Trab an ihnen vorüberritten.

»Was für eine Schau!« knurrte Crassus, dessen Staatspferd sich im Besitz seines ältesten Sohnes Publius befand, der inzwischen zwanzig war. Er und Caesar hatten das Ereignis auf der Loggia von Crassus' Haus beobachtet. Es hatte früher Marcus Livius Drusus gehört und bot einen wunderbaren Blick auf das Forum. »Was für eine Farce!«

»Aber genial inszeniert, Crassus, wirklich genial! Du mußt zugeben, daß Pompeius die besten Noten für Erfindungsreichtum und Volkstümlichkeit verdient hat. Seine Spiele werden wahrscheinlich noch besser werden.«

»Sechzehn Feldzüge! Und bei allen, außer denen seiner Kadettenzeit, will er der Feldherr gewesen sein. Daß ich nicht lache! Gewiß, nach dem Tod seines Vaters war er ungefähr eine Marktwoche lang Feldherr bei der Belagerung Roms, und in dieser Zeit hat er nichts anderes getan, als die Armee seines Vaters auf den Rückmarsch nach Picenum vorzubereiten. Und Sulla hat ihm in Italien gezeigt, wo's langgeht, und Metellus Pius ebenfalls, und Catulus war gegen Lepidus und Brutus der eigentliche Feldherr. Und was hältst du von seiner letzten Behauptung, er habe mit den ›Anhängern des Spartacus‹ aufgeräumt? Beim Jupiter, wenn wir unsere eigenen Karrieren so großzügig interpretieren würden wie er die seine, dann wären wir alle große Feldherren!«

»Du kannst dich damit trösten«, sagte Caesar, »daß Catulus und Metellus Pius wahrscheinlich genau dasselbe sagen.« Aber auch seine Eitelkeit war verletzt. »Der Mann ist ein Emporkömmling aus der tiefsten italischen Provinz!«

»Ich hoffe, mein Plan mit dem freien Getreide wird funktionieren.«

»Er wird funktionieren, Marcus Crassus, das verspreche ich dir.«

Pompeius kehrte voller Begeisterung in sein Haus in der Carinae zurück, aber das Hochgefühl war nicht von Dauer. Am folgenden Morgen verkündeten Crassus' Herolde, der Konsul Marcus Licinius Crassus werde am Fest des Herkules Invictus dem Gott ein Zehntel seiner gesamten Besitztümer opfern, indem er ein öffentliches Fest an zehntausend Tischen veranstalten und den größten Teil des Opfers dazu verwenden werde, jedem römischen Bürger, der sich in Rom aufhalte, im September, Oktober und November jeweils fünf Scheffel Weizen zu spenden.

»Wie konnte er es wagen!« schrie Pompeius Philippus an, der gekommen war, um ihm zu seiner Vorstellung bei der *transvectio* zu gratulieren – und um zu sehen, wie der große Mann auf Crassus' Schachzug reagieren werde.

»Sehr geschickt von ihm«, sagte Philippus. »Bei Spielen sind die Kosten zu unüberschaubar, aber die Nahrungsmittelpreise kennt jeder. Die Römer können sich also schnell ausrechnen, wieviel das alles kostet. Sie wissen jeden Preis, von der Muräne bis zur Salzsprotte. Selbst wenn sie sich die Salzsprotte gar nicht leisten können, fragen sie auf dem Markt, was sie kostet. Sie wissen auch ganz genau, wieviel Crassus für den Weizen bezahlt hat und wie viele Scheffel er kaufen mußte. Uns werden die Ohren weh tun vom Klicken der Rechenbretter.«

»Darf ich dich so verstehen, daß sie zu dem Ergebnis kommen werden, daß Crassus mehr für sie ausgegeben hat als ich?« fragte Pompeius mit einem Glitzern in den Augen.

»Ich fürchte ja.«

»Dann muß ich meine Agenten verbreiten lassen, wie teuer Spiele sind. Wieviel wird Crassus ausgeben? Was meinst du?«

»Etwa tausend Talente.«

»Crassus? Tausend Talente?«

»Mindestens.«

»Dafür ist er doch viel zu geizig!«

»Nicht dieses Jahr, Magnus. Deine Großzügigkeit und dein schauspielerisches Talent haben unseren großen Ochsen offensichtlich dazu gebracht, mit beiden Hörnern zuzustoßen.«

»Was kann ich tun?«

»So gut wie nichts, außer absolut traumhafte Spiele abzuhalten.«

»Du hast mir nicht alles gesagt, Philippus!«

Die fetten Kinnbacken wabbelten, die dunklen Augen flackerten. Dann seufzte Philippus, zuckte die Achseln und sagte: »Nun ja, besser du hörst es von mir als von einem deiner Feinde. Es ist das freie Getreide, mit dem Crassus dich ausstechen wird.«

»Meinst du, weil er ihnen die leeren Bäuche füllt? Es gibt dieses Jahr keine leeren Bäuche in Rom!«

»Er wird im September, Oktober und November jeweils fünf Scheffel freies Getreide an jeden römischen Bürger verteilen. Das sind neunzig Tage lang täglich zwei Ein-Pfund-Laibe Brot. Und der größte Teil dieser neunzig Tage fällt in die Zeit, wo deine ganze Serie von Spielen vorbei ist. Alle werden dich und deine Taten vergessen haben. Dagegen wird bis Ende November jeder Römer, der in ein Brot beißt, dankbar an Marcus Licinius Crassus denken. Er kann einfach nicht verlieren, Magnus!«

Es war lange her, daß Pompeius zum letzten Mal einen Wutanfall bekommen hatte, aber derjenige, den er jetzt zur alleinigen Erbauung von Lucius Marcius Philippus bekam, war einer seiner besten. Er riß sich die Haare büschelweise aus, kratzte sich die Wangen und den Hals blutig und holte sich am ganzen Körper blaue Flecken, als er in seiner Wut gegen die Wand rannte und sich auf den Boden warf. Er vergoß eine wahre Flut von Tränen, zerbrach Möbel und Kunstwerke in tausend Stücke, und sein Geheul drohte das Dach vom Haus zu blasen. Mucia Tertia kam erschrocken herbeigerannt, warf einen kurzen Blick auf die Szene und ergriff entsetzt die Flucht. Die Sklaven taten das gleiche. Nur Philippus blieb sitzen und sah Pompeius fasziniert zu, bis Varro den Raum betrat.

»Großer Gott!« flüsterte Varro.

»Eindrucksvoll, nicht?« sagte Philippus. »Er ist jetzt schon viel ruhiger. Du hättest sehen sollen, wie er noch vor ein paar Minuten tobte. Schrecklich!«

»Ich habe es früher schon gesehen«, sagte Varro, als er vorsichtig um die hingestreckte Gestalt auf den schwarz-weißen Marmorfliesen herumgeschlichen war und sich neben Philippus auf die Liege setzte. »Er hat bestimmt von Crassus' Schachzug erfahren!«

»Genau. Wann hast du ihn in diesem Zustand gesehen?«

»Als seine Elefanten nicht durch die Porta Triumphalis paßten«, sagte Varro so leise, daß ihn der auf dem Rücken liegende Pompeius nicht hören konnte; er wußte nie genau, wieviel bei einem solchen Wutanfall Schauspielerei war und wieviel echte Pein, die wirklich jede Wahrnehmung der Außenwelt ausgelöscht hätte. »Auch als Carrinas ihm bei der Belagerung von Spoletium entschlüpfte. Er kann es einfach nicht ertragen, wenn ihm jemand einen Strich durch die Rechnung macht.«

»Der Ochse hat mit beiden Hörnern zugestoßen«, sagte Philippus nachdenklich.

»Der Ochse«, sagte Varro sarkastisch, »hat zur Zeit drei Hörner. Und das dritte soll – wenn man dem Klatsch der Weiber glauben darf – bei weitem das größte sein.«

»Dann hat es sicher einen Namen.«

»Gaius Julius Caesar.«

Pompeius richtete sich sofort auf. Seine Kleider waren zerrissen, Gesicht und Kopfhaut bluteten. »Was ist mit Caesar?« rief er.

»Nur daß er Crassus beraten hat, wie er sich beliebt machen kann«, sagte Varro.

»Wer hat dir das erzählt?« Pompeius sprang auf die Füße und nahm das Taschentuch, das Philippus ihm reichte.

»Palicanus.«

»Er muß es wissen«, sagte Philippus und stöhnte angeekelt, als Pompeius die Nase lautstark in sein Taschentuch leerte.

»Caesar versteht sich gut mit Crassus, das weiß ich«, sagte Pompeius dumpf. »Er hat letztes Jahr alle Verhandlungen geführt. Und er hat vorgeschlagen, daß wir den Volkstribunen ihre Macht zurückgeben.« Dies mit einem häßlichen Seitenblick auf Philippus, der keinen Vorschlag dieser Art gemacht hatte.

»Ich habe gewaltigen Respekt vor Caesars Fähigkeiten«, sagte Varro.

»Crassus auch – und mir geht es nicht anders.« Pompeius sah immer noch häßlich drein. »Nun ja, jetzt weiß ich wenigstens, zu welcher Partei Caesar gehört.«

»Caesar gehört nur zu Caesars Partei«, sagte Philippus. »Das solltest du nie vergessen. Und du solltest dir Caesar warmhalten, wenn du klug bist. Auch wenn er Crassus geholfen hat. Einen Caesar wirst du immer brauchen, besonders, wenn ich tot bin –

und das kann nicht mehr allzulange dauern. Ich bin zu fett, um siebzig zu werden. Lucullus fürchtet Caesar! Und das will was heißen. Es gibt nur einen Mann, den Lucullus ebenfalls fürchtete: Sulla! Sieh dir diesen Caesar scharf an, und denk an Sulla!«

»Wenn du sagst, ich soll ihn mir warmhalten, dann werde ich das tun, Philippus«, sagte Pompeius großzügig. »Aber es wird lange dauern, bis ich vergessen habe, daß er mir mein Konsulat ruiniert hat!«

Zwischen den Spielen des Pompeius – die vor allem deshalb ein großer Erfolg waren, weil sich sein Geschmack in Zirkus und Theater mit dem der einfachen Leute deckte – und den *ludi Romani* lagen die Kalenden des September, und an den Kalenden des September fand traditionell eine Senatssitzung statt. Sie war schon immer eine wichtige Sitzung gewesen, und so auch in diesem Jahr: Lucius Aurelius Cotta trug sein Gutachten vor.

»Ich habe den Auftrag erfüllt, den ihr mir zu Beginn des Jahres erteilt habt, eingeschriebene Väter«, sagte Lucius Cotta vom kurulischen Podium aus. »Und ich hoffe, ihr werdet mit meiner Arbeit zufrieden sein. Bevor ich ins Detail gehe, möchte ich kurz umreißen, was ich euch als Gesetz zu empfehlen rate.«

Lucius Cotta hatte keine Schriftrollen oder Papiere in Händen, und auch der Assistent des Stadtprätors schien keine Dokumente dabeizuhaben. Da der Tag extrem heiß war – es war immer noch Hochsommer –, ließ das Haus einen schwachen Seufzer der Erleichterung hören; Lucius Cotta würde ihre Geduld nicht allzulange strapazieren. Schließlich neigte er ohnehin nicht zur Weitschweifigkeit; von den drei Cottas war er der jüngste und bei weitem der hellste Kopf.

»Offen gesagt, Kollegen Senatoren«, sagte er mit seiner klaren lauten Stimme, »ich war weder von den Rittern noch von den Senatoren sonderlich beeindruckt, was ihre Tätigkeit als Geschworene betrifft. Wenn die Geschworenen ausschließlich aus Senatoren bestehen, bevorzugen sie den Senatorenstand. Und wenn sie ausschließlich Ritter sind, die ein Staatspferd besitzen, bevorzugen sie den Ritterstand. In beiden Fällen neigen die Geschworenen dazu, bestechlich zu sein, und zwar vor allem deshalb, weil sie alle aus dem gleichen Stand kommen – sei es nun aus dem der Senatoren oder aus dem der Ritter. Deshalb mache ich den Vorschlag, das Amt der Geschworenen gleichmäßiger als je zuvor auf die Stände zu verteilen. Gaius Gracchus entzog dem Senat das Recht, die Geschworenen zu stellen, und übergab es den achtzehn Zenturien der ersten Klasse, deren Mitglieder ein Staatspferd und ein Einkommen von mindestens vierhunderttausend Sesterzen pro Jahr haben. Nun stammen unbestreitbar fast alle Senatoren aus Familien, die zu den achtzehn Zenturien an der Spitze der ersten Klasse gehören. Ich will damit sagen, daß Gaius Gracchus nicht weit genug ging. Deshalb schlage ich vor, jedes Geschworenengericht zu gleichen Teilen mit drei Gruppen zu besetzen, nämlich mit Senatoren, mit Rittern, die ein Staatspferd besitzen, und mit Zahlmeistern – den Rittern, aus denen der größte Teil der ersten Klasse besteht und deren Jahreseinkommen sich auf mindestens dreihunderttausend Sesterzen pro Jahr beläuft.«

Ein Murmeln erhob sich, aber kein zorniges; die Gesichter wandten sich Lucius Cotta zu wie die Blumen der Sonne. Sie wirkten erstaunt, aber nachdenklich.

Lucius Cotta ließ seine Überzeugungskraft spielen. »Wie mir scheint, waren wir Senatoren in den vielen Jahren, die zwischen Gaius Gracchus und der Diktatur von Lucius Cornelius Sulla verstrichen, sentimental geworden. Wir dachten damals sehnsüchtig an die Zeit zurück, als wir über das Privileg verfügten, die Geschworenen zu stellen, und hatten ganz vergessen, daß es sich dabei um eine schwere Pflicht handelte. Denn wir hatten nur dreihundert Männer, um alle Geschworenengerichte zu besetzen, dagegen konnten die Ritter mit Staatspferd ihre Geschworenen immerhin aus fünfzehnhundert Mann auswählen. Dann hat uns Sulla unser geliebtes Privileg zurückgegeben, und obwohl er den Senat erweitert hatte, damit wir es erfüllen konnten, mußten wir schon bald feststellen, daß alle Senatoren, die in Rom weilten, andauernd durch irgendwelche Geschworenenpflichten in Anspruch genommen wurden. Denn durch die ständigen Gerichtshöfe hat sich der Bedarf an Geschworenen beträchtlich vermehrt. Sulla ging vermutlich davon aus, daß wir dank der kleineren Zahl der Geschworenen bei den einzelnen Gerichten und dank der größeren Zahl der Senatoren nicht dauernd als Geschworene gebraucht würden, aber er hat das Problem unterschätzt.

Als ich meine Untersuchung begann«, fuhr Lucius Cotta fort, »war ich nur von der einen Sache felsenfest überzeugt, daß der Senat selbst in seiner erweiterten Form nicht groß genug ist, um für jeden Prozeß die Geschworenen zu stellen. Und doch, eingeschriebene Väter, widerstrebte es mir, die Gerichte wieder den Rittern aus den achtzehn Staatspferd-Zenturien zu überlassen. Dies hätte ich als einen doppelten Verrat empfunden, als einen Verrat an meinem eigenen senatorischen Stand und als einen Verrat an dem hervorragenden Rechtssystem, das Sulla mit den ständigen Gerichtshöfen geschaffen hat.«

Alle Senatoren hatten sich gebannt vorgelehnt. Es war absolut einleuchtend, was Lucius Cotta sagte!

»Aus diesem Grund dachte ich zuerst daran, die Geschworenenpflicht zwischen dem Senat und den achtzehn ersten Zenturien gleich zu verteilen, also jedes Gericht zu fünfzig Prozent mit Senatoren und zu fünfzig Prozent mit Rittern zu besetzen. Nach einigen Berechnungen stellte ich jedoch fest, daß die Last für die Senatoren auch dann noch zu schwer wäre.«

Lucius Cotta streckte mit ernstem Gesicht und leuchtenden Augen beide Hände aus und gab seiner Rede eine etwas andere Richtung: »Wenn ein Mann über seine Mitmenschen zu Gericht sitzen muß«, sagte er ruhig, »dann sollte er, gleichgültig welchen Status er hat, frisch, wach und interessiert sein. Dies aber ist nicht möglich, wenn er zu häufig Geschworener sein muß. Er wird immer matter, müder, desinteressierter – und immer anfälliger für Bestechungen. Was, mag er sich fragen, soll mich sonst für die lästige Pflicht als Geschworener entschädigen außer einer ordentlichen Bestechungssumme. Der Staat bezahlt seine Geschworenen nicht. Deshalb sollte er auch nicht das Recht haben, riesige Mengen ihrer Zeit in Anspruch zu nehmen.«

Viele Senatoren nickten oder murmelten zustimmend; es gefiel ihnen sehr, was Lucius Cotta zu sagen hatte.

»Ich bin mir bewußt, daß viele von euch aus diesem Grund meinten, daß die Geschworenenpflicht an ein größeres Gremium übertragen werden sollte, als es der Senat darstellt. Auch bin ich mir natürlich bewußt, daß die Pflicht, die Geschworenen zu stellen, schon einmal für einen kurzen Zeitraum auf beide Stände verteilt war. Aber, wie ich schon sagte, ging keine der bisherigen

Lösungen weit genug. Da die ersten achtzehn Zenturien achtzehnhundert Mitglieder abzüglich der Senatsmitglieder haben, verfügen die Ritter über ein ausreichendes Reservoir von Männern, die Geschworene werden können, und ein Ritter muß vielleicht einmal pro Jahr als Geschworener fungieren.«

Lucius Cotta machte eine Pause und blickte befriedigt in die Runde. Dann fuhr er lebhaft fort: »Ein Mann aus der ersten Klasse ist genau, was der Name sagt: erstklassig. Er ist ein hervorragender Bürger, der über ein jährliches Einkommen von nicht weniger als dreihunderttausend Sesterzen verfügt. Aber Rom ist eine sehr alte Stadt. Manche Institutionen haben sich überhaupt nicht geändert, und andere hat man zwar weiterbestehen lassen, aber man hat ihnen zusätzliche Leute zugeteilt oder neue Funktionen aufgepfropft. So auch die erste Klasse. Ganz zu Anfang bestand sie nur aus den ersten achtzehn Zenturien. Weil wir jedoch eisern daran festhielten, daß jede Zenturie nur aus hundert Mann bestehen durfte, mußten wir die erste Klasse erweitern, indem wir ihr mehr Zenturien hinzufügten. Als wir dreiundsiebzig zusätzliche Zenturien hatten, beschlossen wir, die erste Klasse auf eine andere Art zu erweitern – indem wir mehr als hundert Männer in die zusätzlichen Zenturien aufnahmen. So bekamen wir schließlich eine erste Klasse mit schwach besetzter Spitze. In den ersten achtzehn Zenturien waren immer noch achtzehnhundert Mann, in den restlichen dreiundsiebzig dagegen viele tausend.

Warum, fragte ich mich, sollten wir eigentlich den vielen tausend Mitgliedern der ersten Klasse, deren Familien nicht so angesehen sind, daß sie zu den achtzehn Zenturien der Ritter mit Staatspferd gehören, keine öffentlichen Pflichten anbieten? Wenn wir auch die große Zahl der weniger angesehenen Ritter, der Zahlmeister, ein Drittel der Geschworenen stellen ließen, würden wir die Last auf sehr viele Schultern verteilen, und das neue Amt würde auf die vielen *tribuni aerarii* als ein gewaltiger Ansporn wirken. Stellt euch eine Jury von beispielsweise einundfünfzig Mann vor, die aus siebzehn Senatoren, siebzehn Rittern mit Staatspferd und siebzehn Zahlmeistern besteht. Die siebzehn Senatoren hätten dank ihres juristischen Wissens und ihrer langen Praxis als Geschworene Gewicht. Die siebzehn Ritter mit Staatspferd kämen aus angesehenen Familien mit großem Vermögen. Und die siebzehn Zahlmeister wären durch jugendliche Frische, einen anderen Erfahrungshorizont, die Mitgliedschaft in der ersten Klasse der römischen Bürger und ihr ebenfalls beträchtliches Vermögen für die neue Aufgabe qualifiziert.«

Wieder streckte Lucius Cotta beide Hände aus, dann ließ er die rechte fallen und zeigte mit der linken auf die massiven Bronzetüren der Curia Hostilia. »Dies ist meine Lösung, eingeschriebene Väter! Die Geschworenen werden zu gleichen Teilen von allen drei Ständen der ersten Klasse gestellt. Wenn ihr einen entsprechenden Beschluß faßt, werde ich meinen Vorschlag als Gesetz formulieren und ihn der Volksversammlung zur Abstimmung vorlegen.«

Pompeius hatte im Monat September die *fasces* inne und saß auf seinem kurulischen Stuhl vor dem Podium. Crassus' Stuhl hinter ihm war leer.

»Was meint der designierte Konsul?« richtete Pompeius die vorgeschriebene Frage an Quintus Hortensius.

»Der designierte Konsul gratuliert Lucius Cotta zu seiner hervorragenden Arbeit«, sagte Hortensius. »Lucius Cotta hat eine ungemein vernünftige Lösung für ein schwieriges Problem gefunden. Sie hat meinen Beifall als designierter kurulischer Magistrat und als Anwalt.«

»Und was sagt der zweite designierte Konsul?« fragte Pompeius.

»Ich stimme mit meinem erstgewählten Kollegen überein«, sagte Metellus das Zicklein, der keinen Grund mehr hatte, sich der Maßnahme zu widersetzen, nachdem der Prozeß gegen Verres beendet war und Verres sich aus dem Staub gemacht hatte.

Pompeius befragte der Rangordnung nach einen Magistraten nach dem anderen, und keiner fand an dem Gesetzesvorschlag etwas auszusetzen. Einige waren zwar versucht, Kritik zu üben, aber wenn sie daran dachten, wieviel Zeit sie als Geschworene hatten verbringen müssen, packte sie das Grausen, und sie hielten lieber den Mund.

»Eine hervorragende Reform«, sagte Cicero zu Caesar, als die beiden am Ausgang zusammentrafen. »Wir haben beide eine Schwäche für ehrliche Geschworene. Wie schlau Lucius Cotta seine Reform angelegt hat! Zwei Drittel der Geschworenen müßten nun bestochen werden, damit sie das richtige Urteil sprechen – das ist viel teurer, als wenn man nur eine Hälfte bestechen muß –, und wenn sich ein Drittel bestechen läßt, werden die anderen beiden mit größter Wahrscheinlichkeit ablehnen. Ich wage die Voraussage, mein lieber Caesar, daß die Bestechung der Geschworenen zwar nicht ganz aufhören, aber doch sehr viel seltener vorkommen wird. Für die Zahlmeister wird es Ehrensache sein, sich anständig zu benehmen, um sich ihres neuen Amtes als würdig zu erweisen. Ja, Lucius Cotta hat wirklich eine geniale Lösung gefunden!«

Caesar machte es großen Spaß, seinem Onkel von dieser Äußerung Ciceros zu berichten, als dieser beim Abendessen neben ihm auf dem *triclinium* saß. Weder Aurelia noch Cinnilla waren zugegen; Cinnilla war im vierten Monat schwanger, und es war ihr fast immer übel, während Aurelia die kleine Julia umsorgte, die ebenfalls kränkelte. Die beiden Männer speisten also allein, und es gefiel ihnen gar nicht schlecht.

»Ich gebe zu, daß ich an das Problem der Bestechung gedacht habe«, sagte Lucius Cotta lächelnd. »Aber ich konnte vor dem Senat nicht allzu deutlich werden, wenn er meinem Vorschlag zustimmen sollte.«

»Wie wahr! Trotzdem haben die meisten Senatoren die Auswirkung deines Gesetzes auf die Bestechlichkeit gesehen. Leute wie Cicero und ich halten diesen Aspekt für einen enormen Vorteil; Hortensius dagegen wird ihn vielleicht im stillen verfluchen. Wenn man vom Problem der Bestechung absieht, ist das Beste an deiner Lösung, daß du Sullas ständige Gerichtshöfe beibehalten hast. Sie sind meines Erachtens seit der Einführung von Strafprozeß und Geschworenen der größte Fortschritt in der römischen Rechtsgeschichte gewesen.«

»Das ist aber ein dickes Lob, Caesar!« Lucius Cotta sonnte sich einen Augenblick in Caesars Anerkennung; dann stellte er seinen Weinbecher auf den Tisch und runzelte die Stirn. »Du genießt das Vertrauen von Marcus Crassus, Caesar, also kannst du vielleicht meine Befürchtungen zerstreuen. Dies ist in vieler Hinsicht ein glückliches Jahr gewesen – keine Kriege, die wir nicht mit Leichtigkeit gewinnen konnten, das Schatzamt weniger beansprucht als in den letzten Jahren, ein ordentlicher Zensus aller römischer Bürger in Italien, eine gute Ernte in Italien und den Provinzen und ein ordentliches Gleichgewicht zwischen alten und neuen Regierungsmethoden. Wenn man von der Verfassungswidrigkeit von Magnus' Konsulat absieht, ist dies wirklich ein gutes Jahr gewesen. Als ich hier durch die Subura ging, hatte ich das Gefühl, daß die normale römische Bevölkerung – die Leute, die kaum je einmal zur Abstimmung aufgerufen werden und denen Crassus' Getreideverteilung wirklich hilft, ihr knappes Einkommen zu strecken – glücklicher sind, als sie es seit über zwanzig Jahren waren. Ich gebe zu, daß nicht sie zu leiden haben, wenn Köpfe rollen und die Rinnsteine auf dem Forum von Blut überfließen; aber von der Stimmung, in der solche Schlächtereien stattfinden, werden auch sie ergriffen, selbst wenn ihr Leben nicht gefährdet ist.«

Lucius Cotta machte eine Atempause und trank einen Schluck Wein.

»Ich glaube, ich weiß, worauf du hinauswillst, Onkel«, sagte Caesar. »Aber sprich ruhig weiter.«

»Es ist ein herrlicher Sommer gewesen, besonders für das einfache Volk. Eine Volksbelustigung jagte die andere; es gab so viel Essen, daß man sich bis zum Platzen vollfressen und trotzdem noch sackweise Essen mit nach Hause nehmen konnte, damit sich auch alle Familienmitglieder vollfressen konnten; es gab Löwenjagden, Elefantenparaden, Wagenrennen und überall Theateraufführungen; die Parade der Staatspferde war eine Sensation – und vor allem gab es Getreide, ganz umsonst! Außerdem verliefen die Wahlen friedlich und fanden endlich einmal rechtzeitig statt. Und wir haben obendrein noch einen spektakulären Prozeß gehabt, in dem der Schurke bekommen hat, was er verdiente, und Hortensius eins aufs Auge. Nicht zu vergessen die sauberen Badebecken im Tribarium; viel weniger Krankheiten, als man hätte erwarten können; ja sogar die Verbrechen und Betrügereien waren auf ein erträgliches Maß beschränkt!« Lucius Cotta lächelte. »Ob sie es nun verdient haben oder nicht, die größte Anerkennung und das größte Lob ernten die Konsuln. Die Vorstellung, die sich die Leute von ihnen machen, ist ebenso romantisch wie phantastisch. Wir beide wissen es natürlich besser. Obwohl man nicht bestreiten kann, daß sie hervorragende Konsuln waren – sie haben nur die notwendigen Gesetze gemacht, um ihren Hals zu retten, und ansonsten kaum Schaden angerichtet. Und doch – und doch – es sind Gerüchte im Umlauf, Caesar. Gerüchte, daß zwischen Pompeius und Crassus nicht alles zum besten steht. Daß sie nicht miteinander reden. Daß der eine nicht anwesend ist, wenn der andere irgendwo zugegen sein muß. Und ich mache mir Sorgen, weil ich diesen Gerüchten Glauben schenke – und weil ich finde, daß wir aus der Oberklasse den kleinen Leuten wenigstens ein einziges perfektes Jahr schulden.«

»Die Gerüchte sind wahr«, sagte Caesar nüchtern.

»Warum?«

»Hauptsächlich, weil Marcus Crassus Pompeius die Schau gestohlen hat und Pompeius es nicht ertragen kann, ausgestochen zu werden. Er dachte, daß er nach seiner Farce mit den Staatspferden und den Spielen der Held sein werde. Dann hat Crassus für drei Monate freies Getreide angekündigt und Pompeius gezeigt, daß er nicht der einzige Mann in Rom ist, der ein riesiges Vermögen besitzt. Pompeius hat sich gerächt, indem er Crassus aus seinem Leben verbannte, öffentlich wie privat. So hätte er beispielsweise Crassus mitteilen müssen, daß heute eine Senatssitzung stattfand. Natürlich weiß jeder, daß an den Kalenden des September immer eine Senatssitzung stattfindet, aber der erste Konsul beruft sie ein, und er muß den rangniedrigeren Magistraten offiziell Mitteilung machen.«

»Mir hat er Mitteilung gemacht«, sagte Lucius Cotta.

»Er hat alle benachrichtigt, außer Crassus. Und Crassus hat das als persönliche Beleidigung aufgefaßt. Deshalb ist er nicht erschienen. Ich habe versucht, ihn umzustimmen, aber er hielt eisern an seinem Entschluß fest.«

»So ein Schwachsinn!« rief Lucius Cotta und ließ sich angeekelt auf die Liege zurücksinken. »Die beiden werden es noch fertigbringen, ein Jahr zu ruinieren, welches das beste von tausend hätte sein können!«

»Das werden sie nicht«, sagte Caesar. »Ich lasse es nicht zu. Aber wenn ich es schaffe, einen Waffenstillstand zwischen ihnen zu vermitteln, wird er nicht lange halten. Deshalb warte ich bis zum Ende des Jahres, Onkel, und ich bringe ein paar Cottae mit ins Spiel. Wenn das Jahr zu Ende geht, werden wir Crassus und Pompeius zu einer öffentlichen Versöhnung zwingen, die jedermann zu Tränen rührt. Wir kriegen ein *exeunt omnes* am letzten Tag des Jahres, bei dem aus voller Brust gesungen wird – selbst ein Plautus wäre stolz auf eine solche Aufführung gewesen.«

»Weißt du, Caesar«, sagte Lucius Cotta nachdenklich und richtete sich auf, »als du noch ein Junge warst, hatte ich dich auf meiner Liste der Männer vermerkt, die man im Sinne von Archimedes als die großen Beweger bezeichnen kann – ›gib mir einen Punkt, wo ich hintreten kann, und ich bewege die Erde!‹ So sah ich dich, und deshalb bedauerte ich es sehr, als sie dich zum Jupiterpriester machten. Als du es geschafft hattest, diese Fessel abzustreifen, setzte ich dich wieder auf meine Liste. Aber die Dinge nehmen einen Verlauf, den ich nicht erwartet hätte. Du bewegst, aber du bewegst mit Hilfe eines komplizierten Systems von Hebeln und Zahnrädern! Für einen jungen Mann bist du auf allen Ebenen sehr bekannt, von der Subura bis zum Senat. Aber du agierst nicht wie ein großer Beweger, eher wie der Haushofmeister an einem orientalischen Hof. Du gibst dich damit zufrieden, die treibende Kraft hinter den Kulissen zu sein und läßt andere Männer den Ruhm kassieren. Ich finde das sehr seltsam für einen Mann wie dich!«

Caesar hatte mit zusammengepreßten Lippen zugehört, und auf seinen elfenbeinfarbenen Wangen waren zwei rote Flecke erschienen. »Du hast mich nicht zu Unrecht auf deine Liste gesetzt, Onkel. Aber mein Amt als Jupiterpriester war vielleicht das Beste, was mir angesichts der Tatsache, daß ich es wieder losgeworden bin, je passiert ist. Es lehrte mich, meine Macht vorsichtig zu gebrauchen und mein Licht unter den Scheffel zu stellen, weil es ausgeblasen werden könnte, wenn ich es zu offen zeige. Es lehrte mich, daß die Zeit ein besserer Verbündeter ist als Geld oder einflußreiche Mentoren. Es lehrte mich die Geduld, die mir meine Mutter nie zugetraut hat – und es lehrte mich, daß nichts umsonst ist! Ich lerne immer noch, Onkel. Und ich hoffe, daß ich nie aufhören werde zu lernen! Lucullus hat mich gelehrt, daß ich lernen kann, indem ich Ideen entwickle und sie von anderen Personen verwirklichen lasse. Ich halte mich im Hintergrund und beobachte, was geschieht. Aber sei unbesorgt, Lucius Cotta! Die Zeit wird kommen, wo ich mich als der größte Beweger aller Zeiten erweisen werde. Ich werde Konsul sein, wenn meine Zeit gekommen ist, doch das wird nur der Anfang sein.«

Der November war ein schlimmer Monat, obwohl das Wetter warm und freundlich war. Tante Julia begann unter einer ominösen Krankheit zu leiden, die kein Arzt diagnostizieren konnte, selbst Lucius Tuccius nicht. Das Symptom war ein allgemeiner Verfall; sie verlor an Gewicht, an Zuversicht, an Energie und an Interesse.

»Ich glaube, sie ist müde, Caesar«, sagte Aurelia.

»Aber doch bestimmt nicht lebensmüde«, sagte Caesar entsetzt, der eine Welt ohne Tante Julia nicht glaubte ertragen zu können.

»Doch«, sagte Aurelia. »Das ist ihr größtes Problem.«

»Sie hat doch so viel, wofür sie leben kann!«

»Nein. Ihr Mann und ihr Sohn sind tot, also hat sie nichts mehr, wofür sie leben kann. Ich habe dir das schon einmal erklärt.« Ihre wunderschönen Augen füllten sich mit Tränen. »Ich kann ihr das wenigstens zum Teil nachfühlen; mein Ehemann ist auch tot. Wenn du auch sterben würdest, Caesar, wäre das mein Ende. Ich hätte nichts mehr, wofür ich leben könnte.«

»Es wäre ein schwerer Schlag, aber nicht das Ende, Mater«, sagte Caesar. Er konnte nicht glauben, daß er ihr so viel bedeutete. »Du hast doch Enkelkinder, und du hast zwei Töchter.«

»Das ist wahr. Aber Julia hat keine.« Die Tränen waren verschwunden. »Der Lebensinhalt einer Frau sind ihre Männer, Caesar, nicht die Frauen, die sie geboren hat, oder die Kinder, die ihre Töchter gebären. Keine Frau ist wirklich zufrieden mit ihrem Los, denn wir alle sind zu einer undankbaren und schattenhaften Existenz verurteilt. Die Männer bewegen und kontrollieren diese Welt, nicht die Frauen. Deshalb lebt die intelligente Frau ihr Leben durch ihre Männer.«

Caesar spürte, daß sie einen schwachen Moment hatte, und nutzte ihn gnadenlos aus. »Mutter, was hat dir eigentlich Sulla bedeutet?«

Er erhielt tatsächlich eine Antwort. »Er war aufregend und interessant. Er achtete mich auf eine Weise, wie es dein Vater nie getan hat, obwohl ich nie den Wunsch verspürte, seine Frau zu sein oder seine Geliebte. Dein Vater war mein wirklicher Lebensgefährte. Sulla war mein Traum. Nicht aufgrund seiner Größe, sondern aufgrund seiner Agonie. Unter seinen Freunden gab es niemanden, der ihm gleich gewesen wäre. Nur der griechische Schauspieler, der ihm in den Ruhestand folgte, und ich, eine Frau.« Der schwache Moment war vorüber, und sie warf Caesar einen energischen Blick zu. »Genug davon! Du darfst mich jetzt zu Julia begleiten.«

Die Tante war nur noch ein Schatten ihrer selbst, doch sie blühte ein wenig auf, als sie Caesar erblickte. Er verstand jetzt ein bißchen besser, was seine Mutter ihm erklärt hatte: Der Lebensinhalt einer intelligenten Frau sind ihre Männer. Ist das gerecht? fragte er sich. Sollten die Frauen nicht mehr vom Leben haben? Aber dann stellte er sich ein Forum Romanum und eine Curia Hostilia vor, die zur Hälfte mit Frauen besetzt waren, und schauderte. Frauen waren zum Vergnügen da, um dem Mann in seinem Heim Gesellschaft zu leisten, um ihm zu dienen und sich nützlich zu machen. Pech für sie, wenn sie mehr wollten!

»Erzähl mir eine Geschichte vom Forum«, sagte Julia und ergriff Caesars Hand.

Ihre eigene Hand glich mehr und mehr einer Klaue, und seine empfindliche Nase, die so sehr an das exquisite Parfüm seiner Tante gewohnt war, nahm in den letzten Tagen einen säuerlichen Geruch wahr, den das Parfüm nicht mehr ganz überdecken konnte. Nicht der Geruch des Alters. Das Wort Tod kam ihm in den Sinn, aber er schob es beiseite und setzte ein fröhliches Lächeln auf.

»Ich habe wirklich eine Geschichte vom Forum zu erzählen«, sagte er im Plauderton, »eine Geschichte über eine Basilika, besser gesagt.«

»Eine Basilika? Welche?«

»Die erste Basilika überhaupt, die Basilica Porcia, die vor über hundert Jahren von Cato dem Zensor erbaut wurde. Wie du weißt, haben die Volkstribunen ihre Sitzungen schon immer in einem Saal im Erdgeschoß abgehalten. Und vielleicht weil sie ihre frühere Macht zurückerhalten haben, schien ihnen das Schicksal dieses Jahr gnädig zu sein. Genau in der Mitte des Sitzungssaals befindet sich nämlich eine riesige Säule, die es fast unmöglich macht, eine Sitzung abzuhalten, an der außer den zehn Volkstribunen noch jemand teilnimmt. Also hat Plautius, der Vorsitzende des Tribunenkollegiums, beschlossen, die Säule loszuwerden. Er ging zu unserem berühmtesten Architekturbüro und fragte, ob es eine Möglichkeit gebe, sie abzureißen. Und als die Sache vermessen und berechnet worden war, erhielt er folgende Antwort: Ja, die Säule könne entfernt werden, ohne daß die Stabilität des Gebäudes gefährdet würde.«

Julia lag auf ihrer Liege und hatte ihren Körper an Caesar geschmiegt, der auf dem Rand der Liege saß. Ihre großen grauen Augen lagen tief in den entzündeten Höhlen, aber sie waren fest auf sein Gesicht gerichtet. Sie lächelte und schien wirklich interessiert. »Ich habe keine Ahnung, worauf die Geschichte hinausläuft«, sagte sie und drückte seine Hand.

»Die Volkstribunen wußten es auch nicht! Die Baumeister holten ihre Gerüste und stützten das Gebäude sorgfältig ab, die Architekten machten eine letzte genaue Untersuchung, und alles war für den Abriß der Säule bereit. Da kam ein junger Mann von dreiundzwanzig Jahren hereinspaziert – angeblich wird er im Dezember vierundzwanzig – und verkündete, daß er die Entfernung der Säule verbiete!

›Wer bist denn du?‹ fragte Plautius.

›Ich bin Marcus Porcius Cato, der Urenkel von Cato dem Zensor, der die Basilika erbaut hat‹, sagte der junge Mann.

›Wie schön für dich!‹ sagte Plautius. ›Und jetzt mach, daß du fortkommst, bevor du die Säule auf den Kopf kriegst!‹

Aber der junge Mann rührte sich nicht von der Stelle. Die Volkstribunen konnten tun und lassen, was sie wollten, er rührte sich einfach nicht vom Fleck. Er schlug sein Lager direkt unter dem lästigen Hindernis auf und setzte ihnen unbarmherzig zu, wann immer jemand da war, dem er zusetzen konnte. Er schimpfte ununterbrochen, und zwar mit einer Stimme, die laut Plautius eine Bronzestatue zerspringen lassen könnte – ich kann das nur bestätigen, denn ich habe ihn gehört.«

Aurelia hörte jetzt genauso interessiert zu wie Julia. »Was für ein Theater«, schnaubte sie verächtlich. »Ich hoffe, sie haben ihr Veto gegen ihn eingelegt.«

»Sie haben es versucht. Aber er weigerte sich, das Veto zu akzeptieren. Er sei ein echtes Mitglied der Plebs, und sein Urgroßvater habe das Gebäude erbaut, und sie würden es nicht zerstören, nur über seine Leiche. Er hat sich festgebissen wie ein Hund in einer Ratte – das muß man ihm lassen! Er nannte unzählige Gründe für sein Verhalten, aber im Grunde drehte sich alles darum, daß sein Urgroßvater die Basilica Porcia auf eine bestimmte Weise hatte erbauen lassen und daß diese bestimmte Weise heilig war, unantastbar, weil sie zum *mos maiorum* gehörte.«

Julia kicherte. »Wer hat gewonnen?« fragte sie.

»Der junge Cato natürlich. Die Volkstribunen konnten seine Stimme einfach nicht mehr hören.«

Aurelia war schockiert. »Haben sie es mit Gewalt versucht? Sie hätten ihn doch einfach vom Tarpejischen Felsen stürzen können.«

»Ich glaube, das hätten sie mit Vergnügen getan«, sagte Caesar. »Aber als er sie so weit getrieben hatte, daß sie gerne Gewalt angewandt hätten, hatte sich die Sache herumgesprochen, und täglich versammelte sich eine große Menschenmenge, um den Streit zu beobachten. Deshalb kam Plautius zu der Einsicht, daß es den Volkstribunen in den Augen des Mobs mehr geschadet hätte, körperliche Gewalt anzuwenden, als klein beizugeben und die Säule stehenzulassen. Natürlich haben sie Cato ein Dutzend Mal aus dem Gebäude hinausgeworfen, aber er kam einfach wieder zurück! Und es wurde klar, daß er niemals aufgeben würde. Also hielt Plautius eine Versammlung der Volkstribunen ab, und alle zehn Mitglieder des Kollegiums kamen überein, die Säule weiterhin zu ertragen.«

»Wie sieht dieser Cato aus?« fragte Julia.

Caesar runzelte die Stirn. »Schwer zu beschreiben. Er ist gleichzeitig hübsch und häßlich. Man könnte ihn mit einem edlen Pferd vergleichen, das versucht, durch ein Holzgatter an einem Apfel zu knabbern.«

»Ganz Nase und Zähne«, sagte Julia sofort.

»Genau.«

»Ich kann dir noch eine andere Geschichte über ihn erzählen«, sagte Aurelia.

»Nur zu!« sagte Caesar, der merkte, daß Julias Interesse geweckt war.

»Sie ereignete sich, bevor der junge Cato zwanzig wurde. Er hatte schon immer seine Cousine Aemilia Lepida angebetet, Mamercus' Tochter. Sie war bereits mit Metellus Scipio verlobt, als dieser nach Spanien ging, um unter seinem Vater zu dienen. Als Metellus Scipio jedoch einige Jahre vor seinem Vater zurückkehrte, hatten er und Lepida einen schlimmen Streit. Lepida löste ihre Verlobung und verkündete, daß sie Cato heiraten werde. Mamercus kochte vor Wut! Besonders, so scheint es, weil meine Freundin Servilia, die Catos Halbschwester ist, ihn gewarnt hatte, daß sich zwischen Cato und Aemilia Lepida etwas abspielen könnte. Jedenfalls ging am Ende alles gut aus, weil Aemilia Lepida Cato gar nicht wirklich heiraten wollte. Sie benutzte ihn nur, um Metellus Scipio eifersüchtig zu machen. Als Metellus Scipio zu ihr kam und sie um Vergebung bat, war Cato nicht mehr gefragt, und Metellus Scipio stand wieder in ihrer Gunst. Kurz darauf haben die beiden geheiratet. Cato aber hat die Abfuhr so schlecht verkraftet, daß er versuchte, sowohl Metellus Scipio als auch Aemilia Lepida umzubringen. Als ihm das mißlang, wollte er Metellus Scipio verklagen, weil er ihm Aemilia Lepida abspenstig gemacht habe. Sein Halbbruder Servilius Caepio – ein netter junger Mann, der gerade Hortensius' Tochter geheiratet hat – konnte ihn jedoch überzeugen, daß er sich mit einer Klage zum Narren gemacht hätte, und Cato nahm Abstand von seinem Vorhaben. Allerdings soll er im folgenden Jahr zahllose Gedichte geschrieben haben, die bestimmt alle erbärmlich schlecht waren.«

»Wirklich witzig!« sagte Caesar mit bebenden Schultern.

»Damals war es ganz und gar nicht witzig. Das kannst du mir glauben!« versetzte seine Mutter. »Was immer aus dem jungen Cato einmal wird, seine bisherige Karriere deutet darauf hin, daß er immer die Fähigkeit haben wird, seiner Umgebung extrem auf die Nerven zu gehen. Mamercus und Cornelia Sulla verabscheuen ihn, von Servilia gar nicht zu reden. Inzwischen gilt das, glaube ich, auch für Aemilia.«

»Er ist jetzt mit einer anderen verheiratet, nicht?« fragte Caesar.

»Ja, mit einer Attilia. Nicht gerade eine gute Partie, aber schließlich ist er ja nicht besonders reich. Sie hat ihm letztes Jahr ein Mädchen geboren.«

Das genügt, dachte Caesar, nach einem Blick auf seine erschöpfte Tante. Eine längere Unterhaltung durfte man ihr zur Zeit nicht zumuten.

»Ich will es zwar nicht glauben, aber du hast recht, Mater«, sagte er zu Aurelia, als sie Julias Haus verließen. »Tante Julia wird sterben.«

»Ja, das wird sie, aber noch nicht gleich, mein Sohn. Sie wird noch einige Zeit im neuen Jahr leben und vielleicht noch länger.«

»Ich hoffe, daß sie noch lebt, wenn ich nach Spanien aufbreche!«

»Caesar! Das ist die Hoffnung eines Feiglings«, sagte seine Mutter unbarmherzig. »Normalerweise hast du keine Angst vor unangenehmen Ereignissen.«

Er blieb mitten auf der Alta Semita stehen und ballte beide Hände zu Fäusten. »Komm mir bloß nicht damit!« schrie er so laut, daß sich zwei Passanten neugierig umdrehten. »Immer hast du es mit der Pflicht. Nichts als Pflicht, Pflicht und noch einmal Pflicht! Das eine will ich dir sagen, Mater: Die einzige Pflicht, die ich scheue, ist die, Tante Julia beerdigen zu müssen, wenn ich noch in Rom bin.« Nur Anstand und Höflichkeit hielten ihn für den Rest dieses unangenehmen Heimwegs an der Seite seiner Mutter; er hätte viel darum gegeben, wenn er sie einfach hätte stehenlassen können und sie den Weg zurück in die Subura alleine hätte finden müssen.

Auch bei ihm zu Hause stand nicht alles zum Besten. Cinnilla war im sechsten Monat schwanger, und es ging ihr nicht besonders gut. Die »Tag und Nacht Übelkeit«, wie Caesar ihren Zustand mit Galgenhumor genannt hatte, war zwar vergangen, aber nun waren ihre Beine und Füße so stark angeschwollen, daß es sie sehr ängstigte. Sie war fast immer ans Bett gefesselt und mußte die Füße hochlegen. Außerdem war Cinnilla nicht nur krank und hatte Angst, sie war auch sauer. Ein Zustand, mit dem der ganze Haushalt große Schwierigkeiten hatte, weil er so gar nicht zu ihrem Charakter paßte.

So kam es, daß Caesar zum ersten Mal, wenn er sich in Rom aufhielt, einen Ort außerhalb seiner Wohnung in der Subura suchte, wo er seine Tage und Nächte verbringen konnte. Bei Crassus zu wohnen kam nicht in Frage. Er hätte nur an die

Kosten gedacht, die er für einen zusätzlichen Esser hätte aufbringen müssen, zumal gerade das teuerste Jahr seines Lebens zu Ende ging. Und Gaius Matius hatte vor kurzem geheiratet, also stand auch die zweite Erdgeschoßwohnung in Aurelias Mietshaus, wo Caesar am liebsten gewohnt hätte, nicht zur Verfügung. Auch war er nicht in der richtigen Stimmung für ein Liebesabenteuer; die Affäre mit Caecilia Metella hatte ein abruptes Ende gefunden, als Verres nach Massilia verschwand, und Caesar hatte bisher noch keinen geeigneten Ersatz für sie gefunden. Um die Wahrheit zu sagen, war seine Lust auf Liebesabenteuer auch wegen des schlechten Gesundheitszustands seiner Frau und seiner Tante ziemlich gedämpft. Also mietete er schließlich eine kleine Vierzimmerwohnung am Vicus Patricius, einige hundert Schritte von seiner anderen Wohnung entfernt, wo er die meiste Zeit in Gesellschaft von Lucius Decumius verbrachte. Da die Gegend fast so verrufen war wie diejenige, wo sich das Mietshaus seiner Mutter befand, würden seine politischen Freunde dort nie auftauchen, und das kam der heimlichtuerischen Seite seines Charakters entgegen. Die Wohnung lag in einem guten Gebäude und wurde allmählich mehr als nur ein Ausweichquartier für ihn. Er stattete sie mit einigen hübschen Möbelstücken und Kunstwerken aus und vergaß auch nicht, ein gutes Bett zu besorgen. Vielleicht würde seine Lust auf Liebesabenteuer ja wieder einmal zunehmen.

Anfang Dezember brachte Caesar eine absolut hinreißende Versöhnung zustande. Die beiden Konsuln standen zusammen auf der Rostra und warteten darauf, daß der Stadtprätor Lucius Cotta die Volksversammlung einberief. Crassus war der amtierende Konsul im Dezember und zur Anwesenheit verpflichtet. Pompeius aber dachte nicht im Traum daran, ein Ereignis von solcher Tragweite nicht mit seiner Anwesenheit zu krönen. Da die Konsuln nicht gut an entgegengesetzten Enden der Tribüne stehen konnten, ohne in der Menge große Unruhe auszulösen, standen sie notgedrungen nebeneinander. Sie schwiegen zwar, aber sie erweckten zumindest den Anschein, als seien sie Freunde.

Auch Caesars leiblicher Vetter, Gaius Cotta, der Sohn des verstorbenen Konsuls gleichen Namens, war zu der Versammlung gekommen. Er war zwar noch kein Senator, aber nichts hätte ihn davon abhalten können, in den Tribuskomitien seine Stimme abzugeben; schließlich ging es um das Gesetz seines Onkels Lucius. Als Gaius Cotta sah, daß Pompeius und Crassus einträchtig beieinanderstanden und das erste Mal seit Monaten wieder wie Kollegen wirkten, stieß er einen Schrei aus, der so laut war, daß sich aller Augen auf ihn richteten.

»Oh«, schrie er noch einmal und noch lauter. »Mein Traum! Mein Traum hat sich erfüllt!«

Und er sprang so plötzlich auf die Tribüne, daß Pompeius und Crassus automatisch einen Schritt auseinander machten. Der junge Gaius Cotta trat zwischen sie, legte ihnen die Arme um die Schultern und sah mit Tränen in den Augen auf die Menschenmenge hinunter, die sich auf dem Platz versammelt hatte.

»*Quirites*«, schrie er, »letzte Nacht hatte ich einen Traum! Jupiter Optimus Maximus sprach zu mir. Er sprach aus einer Wolke von Wasser und Feuer, die mich zugleich durchnäßte und verbrannte! Weit unter mir konnte ich die Gestalten unserer beiden Konsuln Gnaeus Pompeius Magnus und Marcus Licinius Crassus erkennen. Sie standen jedoch nicht nebeneinander wie heute. Der eine stand im Osten und der andere im Westen, und sie blickten trotzig in entgegengesetzter Richtung. Und die Stimme des Großen Gottes sprach zu mir aus der Wolke von Feuer und Wasser: ›Sie dürfen nicht als Feinde aus ihrem Amt scheiden! Sie müssen es als Freunde tun!‹«

Auf dem Forum war es totenstill geworden; alle Augen waren auf die drei Männer gerichtet. Gaius Cotta nahm seine Arme von den Schultern der Konsuln, machte einen Schritt nach vorn, drehte sich um und blickte ihnen ins Gesicht.

»Gnaeus Pompeius und Marcus Licinius«, sagte er mit Donnerstimme, »wollt ihr nicht Freunde werden?«

Einen Moment lang rührte sich keiner der drei. Weder Pompeius noch Crassus verzogen auch nur eine Miene.

»Na los!« schrie Gaius Cotta. »Reicht euch die Hände! Seid Freunde!«

Die Konsuln rührten sich noch immer nicht. Schließlich aber machte Crassus eine Vierteldrehung und streckte seine massige Hand aus.

»Es ist mir eine Ehre«, brüllte er, »als erster einem Manne die Versöhnung anzubieten, der bereits Magnus genannt wurde, als er noch keinen Bart hatte, und der nicht nur einen, sondern zwei Triumphe gefeiert hat, bevor er Senator wurde.«

Pompeius stieß einen Laut aus, der irgendwo zwischen einem Quietschen und einem Jaulen anzusiedeln war, griff mit beiden Händen zu und quetschte mit verzerrtem Gesicht Crassus' Pranke und seinen Oberarm. Beide machten einen Schritt nach vorn und fielen sich um den Hals. Die Menge tobte. In Windeseile hatte sich die Neuigkeit von der Versöhnung im Velabrum, in der Subura und in den Werkstätten jenseits der sumpfigen Palus Ceroliae verbreitet. Von allen Seiten rannten die Menschen herbei, um sich zu vergewissern, daß die Konsuln wirklich wieder Freunde waren. Den Rest des Tages spazierten die beiden gemeinsam durch Rom, schüttelten Hände, erlaubten, daß man sie berührte, und ließen sich beglückwünschen.

»Es gibt solche und solche Triumphe«, sagte Caesar zu seinem Onkel Lucius und seinem Vetter Gaius. »Der heutige war von der besseren Art. Vielen Dank für eure Hilfe.«

»War es schwer, sie von der Notwendigkeit einer Versöhnung zu überzeugen?« fragte der junge Gaius Cotta.

»Nicht wirklich. Wenn dieses Paar auch sonst nichts versteht, sie wissen, wie wichtig es ist, populär zu sein. Keiner von beiden ist beschlagen in der Kunst, Kompromisse zu schließen; aber ich habe die Last auf beide Schultern verteilt, und das hat sie zufriedengestellt. Crassus mußte seinen Stolz als erster hinunterschlucken und all die ekelhaften Eigenschaften vergessen, die er an unserem lieben Pompeius haßt. Aber er hat den Beifall dafür eingeheimst, daß er als erster nachgab und die Hand ausstreckte. Also hat Crassus gewonnen, was das Duell um die Sympathie der Leute betrifft. Zum Glück weiß das Pompeius nicht. Er denkt, er habe gewonnen, weil er sich vornehm zurückhielt und seinen Kollegen zwang, seine Überlegenheit anzuerkennen.«

»Hoffen wir, daß Magnus nicht herausfindet, wer wirklich gewonnen hat, bevor das Jahr zu Ende ist«, sagte Lucius Cotta.

»Ich fürchte, ich habe deine Versammlung gestört, Onkel«, sagte Gaius Cotta. »Du wirst die Menge heute nicht mehr so beruhigen können, daß sie in der Lage ist abzustimmen.«

»Morgen ist auch noch ein Tag«, sagte Lucius Cotta gleichmütig.

Caesar verließ mit den beiden das Forum Romanum über die Vestalische Treppe, die zum Palatin hinaufführte, blieb jedoch auf halbem Wege stehen und blickte zurück. Da standen sie, Pompeius und Crassus, umgeben von Horden glücklicher Römer. Und auch sie waren glücklich; der Bruch war vergessen.

»Dieses Jahr ist ein Wendepunkt gewesen«, sagte Caesar, als er die Treppe weiter hinaufstieg. »Jeder von uns hat eine Art Grenze überschritten. Ich habe das seltsame Gefühl, daß keiner von uns je wieder dasselbe Leben genießen wird.«

»Ja«, sagte Lucius Cotta, »ich verstehe, was du meinst. Ich habe mich dieses Jahr mit meinem Gesetz in den Geschichtsbüchern verewigt. Wenn ich je beschließen sollte, als Konsul zu kandidieren, wird das, fürchte ich, eher ein Abstieg sein.«

»Ich hatte keineswegs an einen Abstieg gedacht«, sagte Caesar lachend.

»Was werden Pompeius und Crassus tun, wenn das Jahr um ist?« fragte Gaius Cotta. »Es heißt, keiner von beiden will abreisen und Provinzstatthalter werden.«

»Stimmt«, sagte Lucius Cotta. »Sie wollen beide ins Privatleben zurückkehren. Warum auch nicht? Beide haben erst kürzlich große Feldzüge angeführt, beide sind so reich, daß sie es nicht nötig haben, eine Provinz auszuplündern, und sie haben ihr gemeinsames Konsulat mit Gesetzen gekrönt, die sie von jedem Verdacht des Hochverrats freisprechen und ihren Veteranen Land verschaffen, soviel sie wollen. Auch ich würde an ihrer Stelle das Land nicht verlassen, um eine Provinz zu regieren.«

»Ihre Lage ist nicht so einfach, wie du denkst«, sagte Caesar. »Was sollen sie jetzt tun? Pompeius sagt, er will in sein geliebtes Picenum zurückkehren und den Senat nie wieder mit seiner Anwesenheit belästigen. Und Crassus ist besessen von dem Gedanken, die tausend Talente zurückzugewinnen, die er dieses Jahr ausgegeben hat.« Caesar stieß einen gewaltigen und glücklichen Seufzer aus. »Ich aber gehe als Quästor nach Hispania Ulterior, unter einem Statthalter, den ich zufällig sehr schätze.«

»Gaius Antistius Vetus, Pompeius' früherer Schwager«, sagte Gaius Cotta grinsend.

Caesar hatte seinen sehnlichsten Wunsch nicht erwähnt, nämlich nach Spanien aufzubrechen, bevor Tante Julia starb.

Doch sein Wunsch erfüllte sich nicht. Mitte Februar wurde Caesar in einer stürmischen Nacht an ihr Bett gerufen; seine Mutter war schon einige Tage zuvor in Julias Haus gezogen.

Julia war bei Bewußtsein und konnte noch sehen; als er erschien, trat ein schwaches Leuchten in ihre Augen. »Ich habe auf dich gewartet«, sagte sie.

Seine Brust schmerzte, so sehr mußte er sich beherrschen, aber er schaffte es zu lächeln, als er sie küßte und sich wie immer auf ihren Bettrand setzte. »Ich hätte dich bestimmt nicht im Stich gelassen«, sagte er leichthin.

»Ich wollte dich unbedingt sehen«, sagte sie. Ihre Stimme war ziemlich klar und fest.

»Hier bin ich, Tante Julia. Was kann ich für dich tun?«

»Was würdest du für mich tun, Gaius Julius?«

»Was immer du verlangst«, sagte er, und er meinte es ernst.

»Dann fällt mir ein Stein vom Herzen, weil du mir sicher verzeihen wirst.«

»Was hätte ich dir zu verzeihen?« fragte er erstaunt. »Es gibt nichts, was du mir angetan hättest. Absolut nichts!«

»Verzeih mir, daß ich Marius nicht daran gehindert habe, dich zum Jupiterpriester zu machen«, sagte sie.

»Tante Julia, niemand konnte Marius daran hindern zu tun, was er tun wollte«, rief Caesar aus. »Der Stadtrand von Rom ist gesäumt von den Gräbern der Männer, die es versuchten! Ich war nie auch nur einen Augenblick versucht, dich dafür verantwortlich zu machen! Und du darfst es auch nicht tun.«

»Wenn du es nicht tust, dann tue ich es auch nicht.«

»Ich tue es nicht. Du hast mein Wort.«

Ihre Augen schlossen sich, und Tränen strömten unter ihren Lidern hervor. »Mein armer Sohn«, flüsterte sie. »Es ist furchtbar, der Sohn eines großen Mannes zu sein. ... Ich hoffe, du wirst keine Söhne haben, denn du wirst ein sehr großer Mann sein.«

Sein Blick begegnete dem seiner Mutter, und plötzlich sah er einen Anflug von Eifersucht in ihren Augen.

Er reagierte spontan, indem er Julia in die Arme schloß und seine Wange an die ihre preßte. »Tante Julia«, flüsterte er in ihr Ohr. »Wie soll ich nur ohne deine Umarmungen und Küsse auskommen?« Sie ist es gewesen, die mich als Kind umarmt und geküßt hat, sagte der Blick, den er seiner Mutter zuwarf, nicht du! Wie kann ich ohne Tante Julia weiterleben?

Doch Tante Julia antwortete nicht mehr, und auch ihre Augen blieben geschlossen. Sie starb mehrere Stunden später, noch immer in Caesars Armen liegend.

Lucius Decumius und seine Söhne waren im Haus, und auch Burgundus war gekommen; Caesar schickte seine Mutter mit ihnen nach Hause, und er selbst ging durch die belebtesten Straßen, ohne einen einzigen Menschen wahrzunehmen. Tante Julia war tot, und niemand außer ihm und seiner Familie wußte es. Die Frau von Gaius Marius war tot, und niemand außer ihm und seiner Familie wußte es. Just als ihm die Tränen in die Augen stiegen, kam ihm der rettende Gedanke, und die Tränen versiegten sofort. Rom sollte von ihrem Tod erfahren. Und Rom würde von ihrem Tod erfahren!

»Ein stilles Begräbnis«, sagte Aurelia, als er bei Sonnenuntergang ihre Wohnung betrat.

»O nein!« sagte Caesar, der plötzlich riesengroß wirkte und eine gewaltige Kraft ausstrahlte. »Tante Julia wird das größte Begräbnis seit dem Tod der Gracchenmutter Cornelia haben! Und alle Masken der Vorfahren werden im Trauerzug mitgetragen, auch die von Gaius Marius und seinem Sohn.«

Aurelia war entsetzt. »Das kannst du nicht tun, Caesar! Hortensius und Metellus das Zicklein sind Konsuln. Rom ist fest in der Hand der Konservativen. Hortensius wird dich durch einen seiner Volkstribunen vom Tarpejischen Felsen stürzen lassen, wenn du die *imagines* von zwei Männern ausstellst, die das konservative Rom als Verräter gebrandmarkt hat!«

»Soll er es doch versuchen!« sagte Caesar verächtlich. »Ich werde Tante Julia mit all den Ehren und all der öffentlichen Anteilnahme in die Unterwelt entlassen, die sie verdient hat!«

Nach diesem Entschluß war das Leid leichter zu ertragen. Caesar hatte etwas Konkretes zu tun, eine Aufgabe, die der geliebten Toten würdiger war als eine Flut von Tränen und ein quälendes Gefühl unwiederbringlichen Verlusts.

Caesar wußte natürlich, wie er sich durchsetzen konnte. Kein Magistrat durfte in der Lage sein, seinen Plan zu vereiteln oder ihn anzuklagen, wie sehr er es auch versuchte. Er betraute die angesehensten Bestattungsunternehmer Roms mit den Begräbnisvorbereitungen und vereinbarte einen Preis von fünfzig Talenten in Silber; für diese riesige Summe waren sie alle bereit, für ihn zu arbeiten, obwohl er die Masken des Gaius Marius und des Jungen Marius in aller Öffentlichkeit durch die Stadt führen wollte. Schauspieler wurden angemietet, um die Masken zu tragen, und Streitwagen, auf denen sie fahren würden. Außer den Masken von Gaius Marius und Gaius Marius Junior würden auch die von König Ancus Marcius, von Quintus Marcius Rex sowie die von Sextus und von Lucius Caesar mitgeführt werden.

Die wichtigste Aufgabe übertrug Caesar Lucius Decumius und seiner Bruderschaft: Sie mußten in ganz Rom die Nachricht verbreiten, daß die große Julia, die Witwe von Gaius Marius, gestorben war und daß sie in zwei Tagen um die dritte Stunde begraben werde. Jedermann war eingeladen. Für Gaius Marius hatte es kein öffentliches Begräbnis gegeben, und den Kopf seines Sohnes hatte man auf der Rostra verrotten lassen. Jetzt aber würde Julia ein glanzvolles Begräbnis erhalten, und Rom konnte Gaius Marius und seinem Sohn endlich die langverdiente letzte Ehre erweisen.

Caesar hatte sämtliche Magistrate überrumpelt; niemand hatte sie von dem bevorstehenden Ereignis unterrichtet, und keiner von ihnen wollte eigentlich an Julias Begräbnis teilnehmen. Aber Marcus Crassus und Varro Lucullus waren erschienen, und Mamercus kam mit Cornelia Sulla. Selbst Philippus erwies Julia die letzte Ehre. Selbst Metellus Pius das Ferkel nahm an der Trauerfeier teil, und natürlich auch die zwei Cotta. Sie alle waren vorgewarnt worden, denn Caesar wollte nicht, daß sich jemand unfreiwillig kompromittierte.

Und Rom kam in Massen, Tausende und Abertausende kleiner Leute, die sich um Interdikte und Ächtungsdekrete nicht scherten. Jetzt hatten sie die Gelegenheit, endlich doch noch um Gaius Marius zu trauern und das geliebte Gesicht mit den riesigen Augenbrauen und dem strengen Stirnrunzeln noch einmal zu sehen, getragen von einem Mann, genauso groß und breitschultrig, wie Gaius Marius es einst gewesen war. Und auch den Jungen Marius konnte man noch einmal bewundern, eine schöne und eindrucksvolle Erscheinung. Noch eindrucksvoller aber wirkte der leibhaftige Neffe des Gaius Marius. Er war in eine Toga gehüllt, die genauso schwarz war wie die Decken der Pferde, welche die Streitwagen zogen; die goldenen Haare und das bleiche Gesicht standen in eindrucksvollem Kontrast zu dem schwarzen Trauergewand. Wirklich gut sah er aus. Geradezu göttlich! Es war das erste Mal, daß Caesar vor einer riesigen Menschenmenge auftrat, seit er den alten, halbgelähmten Marius geführt hatte, und er wollte unbedingt sicherstellen, daß ihn das Volk von Rom nicht vergaß. Er war der einzige Erbe des Gaius Marius, und jeder, der zu Julias Begräbnis gekommen war, sollte wissen, wer er war: der Erbe des Gaius Marius.

Er hielt die Grabrede von der Rostra aus. Es war das erste Mal, daß er von diesem erhabenen Ort aus sprach, das erste Mal, daß er auf ein Meer von Gesichtern hinunterblickte, deren Augen alle auf ihn gerichtet waren.

Julia selbst war für ihren letzten und wichtigsten öffentlichen Auftritt sorgfältig zurechtgemacht worden. Sie war so kunstvoll geschminkt und aufgebahrt, daß sie wie eine junge Frau aussah und ihre Schönheit die Menge zu Tränen rührte. Auf der Rednertribüne befanden sich noch drei weitere Schönheiten: eine gut fünfzigjährige Frau, bei der es sich, wie die Agenten des Lucius Decumius eifrig verbreiteten, um Caesars Mutter handelte; eine Frau um die Vierzig, die an ihrem rotgoldenen Haar als Sullas Tochter zu erkennen war, und ein hochschwangeres kleines dunkelhaariges Mädchen in einer schwarzen Sänfte, das sich als Caesars Frau entpuppte. Auf ihrem Schoß saß ein bezauberndes, ungefähr siebenjähriges, silberblondes Kind, das unschwer als Caesars Tochter zu erkennen war.

»Meine Familie«, rief Caesar mit der hohen, durchdringenden Stimme des Redners, »besteht nur aus Frauen! Die Männer aus der Generation meines Vaters sind alle tot, und von den Männern aus meiner Generation bin ich der einzige, der heute in Rom weilt, um die älteste Frau in meiner Familie zu beweinen: Julia. Ihr

Name bedurfte nie einer Abkürzung oder eines Zunamens, denn sie war die älteste unter ihren julischen Angehörigen, und sie machte dem Namen ihres Geschlechts solche Ehre, daß Rom keine Frau kennt, die ihr gleichkäme. Sie war eine strahlende Schönheit von edlem Charakter, eine treusorgende Ehefrau, Mutter und Tante. Sie besaß all die Wärme einer liebenden Frau und all die Freundlichkeit eines großzügigen Geistes. Die einzige andere Frau, mit der ich sie vergleichen kann, hat ihren Mann und ihre Kinder ebenfalls schon lange vor ihrem Tod verloren – ich meine jene andere große Patrizierin Cornelia, die Mutter der Gracchen. Ihre Lebensläufe gleichen sich darin, daß beide Frauen den Verlust eines Sohnes erdulden mußten. Beiden Söhnen wurde der Kopf vom Rumpf getrennt, und beiden Söhnen wurde das Begräbnis verweigert. Wer wollte sagen, welche Frau mehr gelitten hat. Cornelia, die all ihre Söhne verlor, aber nicht die Schande eines entehrten Ehemanns ertragen mußte, oder Julia, die nur ihren einzigen Sohn verlor, aber erleben mußte, wie ihr Mann entehrt und sie selbst als alte Frau in die Armut getrieben wurde. Cornelia wurde über achtzig Jahre alt, Julia starb in ihrem neunundfünfzigsten Lebensjahr. War Julia weniger tapfer, oder hatte Cornelia das leichtere Schicksal? Wir werden diese Frage niemals beantworten können, Bürger von Rom! Und eigentlich sollten wir sie auch nicht stellen. Beide Frauen waren groß, ja erlaucht!

Ich aber stehe hier, um Julia zu ehren, nicht Cornelia«, fuhr Caesar fort. »Julia aus der Familie Julius Caesar, deren Abstammung erhabener ist als die jeder anderen römischen Frau. In ihren Adern floß das Blut der Könige Roms und der Götter, welche die Stadt gegründet haben. Ihre Mutter war Marcia, die jüngste Tochter von Quintus Marcius Rex, dem edlen Nachkommen von Ancus Marcius, dem vierten König Roms. Jenes Quintus Marcius Rex, dessen wir heute noch mit Dankbarkeit gedenken, weil er Rom das frische Wasser brachte, das heute auf jedem öffentlichen Platz und an jeder Straßenkreuzung aus den Brunnen schießt. Julias Vater war Gaius Julius Caesar, Sextus Julius Caesars jüngerer Sohn. Sie waren Patrizier aus dem Geschlecht der Fabier, dem die Könige von Alba Longa entstammten, und sie stammten auch von Iulus ab, dessen Vater Aeneas von der Göttin Venus geboren wurde. In Julias Adern floß das Blut einer großen und mächtigen

Göttin, und auch das Blut von Mars und Romulus – denn wer war Rhea Silvia, die Mutter von Romulus und Remus? Es war Julia! Und so mischte sich im Blut meiner Tante Julia das Blut mächtiger sterblicher Könige mit dem Blut der unsterblichen Götter, vor denen selbst die mächtigsten Könige erzittern.

Mit achtzehn heiratete Julia einen Mann, den ihr alle kennt und den viele von euch kannten, als er noch lebte. Sie heiratete Gaius Marius, der sieben Mal zum Konsul gewählt wurde, verehrt als Dritter Gründer Roms, Sieger über Jugurtha, Sieger über die Germanen, Sieger der ersten Schlachten im Bundesgenossenkrieg. Bis dieser unbestreitbar große Mann auf dem Höhepunkt seiner Macht starb, ist sie ihm eine liebende und treue Frau gewesen. Ihm gebar sie ihren einzigen Sohn, Gaius Marius Junior, der bereits mit sechsundzwanzig Jahren erster Konsul war.

Es war nicht Julias Fehler, daß ihr Mann und ihr Sohn nach ihrem Tod entehrt wurden«, fuhr Caesar mit erhobener Stimme fort. »Nicht Julias Fehler, daß ein Interdikt über sie verhängt wurde, das sie zwang, das Haus zu verlassen, das sie achtundzwanzig Jahre lang bewohnt hatte, und in ein viel schlechteres Haus zu ziehen, das dem eisigen Nordwind ausgesetzt war, der auf dem äußeren Quirinal weht. Nicht Julias Fehler, daß das Schicksal ihr nur wenig ließ, wofür sie leben konnte, außer den Leuten in ihrem neuen Viertel zu helfen. Nicht Julias Fehler, daß sie vor der Zeit verschied. Nicht Julias Fehler, daß es verboten wurde, die Masken ihres Mannes und ihres Sohnes je wieder in der Öffentlichkeit zu zeigen.

Schon als Kind kannte ich sie gut, denn ich war Gaius Marius' Bursche in jenem schrecklichen Jahr, als ihn sein zweiter Schlaganfall zum hilflosen Krüppel gemacht hatte. Jeden Tag suchte ich ihr Haus auf, um für ihren Mann meine Pflicht zu tun und um ihren warmherzigen Dank zu empfangen. Von ihr bekam ich eine Liebe, die mir keine andere Frau je geben konnte, denn meine Mutter mußte auch mein Vater sein, und sie konnte sich den Luxus nicht erlauben, zärtlich zu sein, denn das steht einem Vater nicht an. Aber Tante Julia gab mir Zärtlichkeit, und selbst wenn ich tausend Jahre alt werden sollte, würde ich nicht eine einzige ihrer Umarmungen, nicht einen ihrer Küsse und nicht einen einzigen liebevollen Blick ihrer wunderbaren grauen Augen vergessen. Und ich sage euch, Bürger von Rom, trauert um sie! Trauert um sie, wie ich es tue! Betrauert ihr Schicksal und die Tragik eines unverdient harten Lebens. Und trauert auch um das Schicksal ihres Mannes und ihres Sohns, deren *imagines* ich euch an diesem unglücklichen Tag zeige. Angeblich darf ich euch ihre Masken nicht zeigen; angeblich kann ich meinen Rang und mein Bürgerrecht verlieren, wenn ich das schreckliche Verbrechen begehe, sie hier auf dem Forum zu zeigen! Ein Verbrechen soll es sein, euch zwei unbelebte Gegenstände zu zeigen, die aus Wachs, aus Farbe und aus dem Haar eines anderen Menschen bestehen! Und ich sage euch, wenn mir wirklich Rang und Bürgerrecht entzogen werden sollten, weil ich euch die Masken von Gaius Marius und seinem Sohn gezeigt habe, dann will ich es mit Fassung tragen! Denn ich will dieser Tante von meinem Blut die Ehre erweisen, die sie verdient hat; und diese Ehre ist untrennbar verknüpft mit der Liebe zu ihrem Mann und zu ihrem Sohn. Ich zeige euch diese *imagines* um Julias willen, und ich werde keinem Magistraten dieser Stadt erlauben, sie aus ihrem Trauerzug zu entfernen! Tritt vor, Gaius Marius! Tritt vor, Gaius Marius Junior! Erweist eurer Frau und Mutter Julia aus dem Geschlecht Julius Caesar die Ehre, der Tochter von Königen und Göttern!«

Die Menge hatte verzweifelt geweint, aber als die Schauspieler mit den Masken von Gaius Marius und Gaius Marius Junior vortraten und sich vor der stillen, steifen Gestalt auf der Bahre verbeugten, setzte ein Murmeln ein, das zu einem Chor von Rufen anschwoll und schließlich in ein donnerndes Brüllen überging. Hortensius und Metellus das Zicklein aber, welche die Szene oben auf der Treppe des Senatsgebäudes entsetzt beobachtet hatten, zogen sich geschlagen zurück. Gaius Julius Caesars Verbrechen würde keine juristischen und disziplinarischen Konsequenzen haben, denn die Stadt Rom stimmte ihm von ganzem Herzen zu.

»Es war einfach genial«, sagte Hortensius kurze Zeit später zu Catulus. »Er hat nicht nur die Gesetze Sullas und des Senats mit Füßen getreten, sondern auch die Gelegenheit benutzt, der Menge bis zum letzten Mann klarzumachen, daß er selbst von Königen und Göttern abstammt.«

»Du bist wirklich damit durchgekommen, Caesar«, sagte Aurelia am Ende dieses äußerst langen Tages.

»Ich wußte es«, sagte Caesar und ließ seine schwarze Toga mit einem erschöpften Seufzer zu Boden gleiten. »Der konservative Block im Senat mag zwar dieses Jahr die Macht haben, aber keines seiner Mitglieder weiß, wie sich die Wähler beim nächsten Mal entscheiden. Die Römer lieben es, ihre Regierung zu wechseln. Und sie lieben Männer, die mutig für ihre Überzeugung eintreten. Besonders, wenn sie den alten Marius wieder auf das Podest heben, von dem die Menschen dieser Stadt ihn nie heruntergeholt haben, gleichgültig, wie viele seiner Statuen man umgestürzt hat.«

In diesem Moment schleppte sich Cinnilla ins Zimmer. Sie bewegte sich wie eine alte gichtkranke Frau und ließ sich vorsichtig neben Caesar auf die Liege sinken. »Es war wundervoll«, sagte sie und schob ihre Hand in die seine. »Ich bin froh, daß ich mich stark genug fühlte, den Nachruf zu hören, auch wenn ich danach nicht mehr dabeisein konnte. Und wie gut du gesprochen hast!«

Caesar nahm ihr Gesicht in beide Hände und strich ihr eine Haarsträhne aus der Stirn. »Meine arme Kleine«, sagte er zärtlich, »es wird jetzt nicht mehr lange dauern!« Er hob ihre Füße vom Boden auf und legte sie auf seinen Schoß. »Du solltest deine Füße nicht hängen lassen, das weißt du.«

»O Caesar, es dauert so lange!« sagte sie mit Tränen in den Augen. »Als ich mit Julia schwanger war, hatte ich überhaupt keine Probleme, aber diesmal ist es einfach schrecklich. Ich verstehe es selbst nicht.«

»Aber ich«, sagte Aurelia. »Diesmal bekommst du einen Jungen. Ich hatte bei meinen beiden Mädchen auch überhaupt keine Probleme, aber du, Caesar, du warst wirklich eine Plage!«

»Ich glaube«, sagte Caesar, wobei er Cinnillas Füße auf den Boden stellte und sich erhob, »ich werde heute in meiner eigenen Wohnung übernachten.«

»Bitte nicht, Caesar!« bat seine Frau und verzog das Gesicht. »Bleib heute nacht hier. Ich verspreche dir, daß wir nicht von Babys und Frauenproblemen reden. Tu etwas, Aurelia, sonst verläßt er uns.«

»Pah«, sagte Aurelia und stand auf. »Wo ist Eutychus? Wir könnten alle eine kleine Mahlzeit vertragen.«

»Er hilft Strophantes ins Bett«, sagte Cinnilla traurig. Aber ihr Gesicht hellte sich auf, als sich Caesar resigniert wieder auf seine Liege zurücksinken ließ. »Der arme alte Mann. Die andern sind alle tot.«

»Er wird ihnen bald folgen«, sagte Caesar.

»Das darfst du nicht sagen!«

»Es steht in seinem Gesicht geschrieben, Frau. Und es wird eine Gnade sein.«

»Ich hoffe«, sagte Cinnilla, »daß ich nicht als letzte übrigbleibe. Das ist am schlimmsten, glaube ich.«

»Noch schlimmer ist es, wenn man nur von unheilvollen Dingen redet«, sagte Caesar, der nicht an schmerzliche Ereignisse erinnert werden wollte.

»Es liegt nur an Rom«, sagte Cinnilla und lächelte, so daß die kleine rosa Falte auf der Innenseite ihrer Lippen sichtbar wurde. »Dir geht es besser, sobald du nach Spanien fährst. In Rom bist du nie so glücklich wie auf Reisen.«

»In neun Tagen ist es soweit. Am Winteranfang steche ich in See. Du hast ganz recht, in Rom fühle ich mich nicht wohl. Wie wäre es, wenn du das Baby irgendwann in den nächsten neun Tagen bekommen könntest? Ich würde meinen Sohn gerne sehen, bevor ich abreise.«

Er sah seinen Sohn, bevor er abreiste, aber das Kind, das die Hebamme und Lucius Tuccius schließlich aus dem Geburtskanal zogen, war schon seit mehreren Tagen tot. Und Cinnilla, aufgequollen, von Krämpfen geschüttelt und durch einen schweren Schlag halbseitig gelähmt, starb fast im gleichen Moment, als sie das tote Kind gebar.

Alle waren fassungslos. Schon Julias Tod war ein schrecklicher Schlag gewesen, aber Cinnillas Tod war ein unerträglicher Verlust. Caesar weinte, wie er nie zuvor in seinem Leben geweint hatte, und es war ihm völlig gleichgültig, wer ihn dabei beobachtete. Stunde um Stunde weinte er; von dem Moment an, als der erste schreckliche Krampf einsetzte, bis zu dem Augenblick, als er auch Cinnilla begraben mußte. Eine geliebte Frau zu verlieren, damit war er noch fertiggeworden, aber beide, das war ein Alptraum, aus dem es kein Erwachen mehr zu geben schien. An das tote

Kind verschwendete er keinen Gedanken. Um Cinnilla trauerte er, die seit seinem vierzehnten Lebensjahr zur Familie gehört, die den Schmerz des Flaminats mit ihm geteilt, das rundliche kleine Ding, das er siebzehn Jahre lang wie eine Schwester und wie eine Frau geliebt hatte. Sie waren zusammen Kinder gewesen, die einzigen Kinder in diesem Mietshaus.

Ihr Tod war für Aurelia viel schlimmer als der Julias, und die eisenharte Frau weinte genauso verzweifelt wie ihr Sohn. Ein Licht war erloschen, das ihr für den Rest ihres Lebens fehlen würde. Cinnilla war ihr Enkeltochter und Schwiegertochter in einem gewesen, eine liebenswerte kleine Person, von der jetzt nur noch Echos kündeten, ein leerer Webstuhl, die leere Hälfte eines Betts. Burgundus weinte, Cardixa weinte, ihre Söhne weinten, und auch Lucius Decumius, Strophantes, Eutychus, all die Diener, die sich kaum mehr erinnern konnten, wie es in Aurelias Wohnung ohne Cinnillas Gegenwart gewesen war. Auch die Mieter der Hauses weinten, und eine Menge Leute in der Subura.

Julias Begräbnis war trotz allem eine glanzvolle Veranstaltung gewesen, die dem Redner Gelegenheit geboten hatte, eine große Frau und seine eigene Familie zu feiern; bei Cinnilla aber verhielt es sich anders. Es gab zwar gewisse Parallelen: Caesar holte diesmal die *imagines* der Familie Cornelius Cinna aus dem Vorratsraum, wo er sie zusammen mit denen der Familie Marius versteckt hatte. Auch sie wurden zum Ärger der Konsuln Hortensius und Metellus von Schauspielern getragen; außerdem sprach Caesar wieder von der Rostra aus, obwohl es nicht der Tradition entsprach, den Nachruf auf eine junge Frau auf der Rednertribüne des Forums zu halten. Diesmal jedoch diente seine Rede nicht dem Ruhm. Er sprach leise und beschränkte sich darauf, von dem Genuß zu erzählen, der ihm Cinnillas Gegenwart gewesen war und der ihm darüber hinweggeholfen hatte, daß er als Junge seine Freiheit verlor. Er sprach von ihrem Lächeln und von den schrecklichen haarigen Gewändern, die sie pflichtbewußt gewebt hatte, um sie als Jupiterpriesterin zu tragen. Er sprach über seine Tochter, die er während seiner Rede auf den Armen trug. Er weinte.

Und er endete mit den Worten: »Ich kenne nur den Schmerz, den ich selber fühle. Das ist die Tragik des Schmerzes – daß wir alle unseren eigenen Schmerz für den größten halten. Vielleicht bin ich wirklich ein kalter, harter Mann, dessen größte Liebe seiner *dignitas* gilt. Mag sein. Ich habe mich einst geweigert, mich von Cinnas Tochter scheiden zu lassen. Damals glaubte ich, Sullas Befehl zu meinem persönlichen Vorteil zu mißachten und wegen der Möglichkeiten, die sich mir dadurch eröffneten. Ich habe euch erklärt, worin die Tragik des Schmerzes besteht. Aber diese Tragik ist nichts im Vergleich zu dem Leid, das man empfindet, wenn man erst erkennt, was einem eine Person bedeutet hat, wenn sie tot ist.«

Niemand jubelte, als die *imagines* Cornelius Cinnas und seiner Vorfahren gezeigt wurden. Aber Rom weinte so sehr, daß sich Caesars Feinde zum zweiten Mal innerhalb von achtzehn Tagen ihre völlige Machtlosigkeit eingestehen mußten.

Caesars Mutter war um Jahre gealtert; Cinnillas Tod hatte ihr das Herz gebrochen. Eine schwierige Lage für den Sohn, dessen Versuche, sie durch Umarmungen und Küsse zu trösten, noch immer zurückgewiesen wurden.

Bin ich so kalt und hart, weil sie so kalt und hart ist? fragte er sich. Aber sie ist doch nur mir gegenüber kalt und hart. Man braucht nur zu sehen, wie sie um Cinnilla trauert. Und wie sie um den schrecklichen alten Sulla getrauert hat.

Wenn ich eine Frau wäre, wäre mir mein Kind ein gewaltiger Trost. Aber ich bin ein römischer Patrizier, und die Kinder eines römischen Patriziers dürfen nur eine Nebenrolle in seinem Leben spielen. Wie oft habe ich meinen Vater gesehen? Und was hatte ich je mit ihm zu besprechen?

»Mater«, sagte er, »ich vertraue dir die kleine Julia an. Sie ist jetzt fast im gleichen Alter wie Cinnilla, als sie hier einzog. Mit der Zeit wird sie den größten Teil des leeren Raums ausfüllen, den Cinnilla in dir hinterlassen hat. Ich werde nie versuchen, sie dir zu entfremden.«

»Das Kind ist bei mir gewesen, seit es geboren ist«, sagte Aurelia. »Du sagst mir wahrhaftig nichts Neues.«

Der alte Strophantes schlurfte herein, sah Mutter und Sohn mit feuchten Augen an und schlurfte wieder hinaus.

»Ich muß an Onkel Publius in Smyrna schreiben«, sagte Aurelia. »Er ist auch einer von denen, die alle überlebt haben, der arme alte Mann.«

»Tu das, Mutter!«

»Ich verstehe dich nicht, Caesar. Du benimmst dich wie ein Kind, das seine Honigkuchen aufgegessen hat und in Tränen ausbricht, weil es dachte, daß es sie nie aufessen könnte.«

»Und wie darf ich diese Bemerkung verstehen?«

»Du hast es in deiner Grabrede für Julia selbst gesagt: Ich mußte dir Mutter und Vater zugleich sein, und deshalb konnte ich dir nicht die Zärtlichkeit geben, die Julia dir gegeben hat. Als ich dich das sagen hörte, war ich erleichtert, weil ich dachte: Endlich hat er begriffen! Jetzt aber bist du so bitter wie eh und je. Schicke dich in dein Los, mein Sohn. Du bedeutest mir mehr als das Leben, mehr als die kleine Julia, mehr als Cinnilla, mehr als irgend jemand sonst. Du bedeutest mir mehr als dein Vater. Und sehr viel mehr als Sulla mir je hätte bedeuten können, selbst wenn ich damals schwach geworden wäre. Wenn es schon keinen Frieden zwischen uns geben kann, dann laß uns wenigstens einen Waffenstillstand schließen!«

»Warum auch nicht?« sagte Caesar mit einem bitteren Lächeln.

»Es wird dir bessergehen, sobald du aus Rom heraus bist, Caesar.«

»Das hat Cinnilla auch gesagt.«

»Sie hatte recht. Nichts wird dir den Schmerz je nehmen, den du über ihren Tod empfindest, aber der frische Seewind wird den Mist wegblasen, der dir das Gehirn verstopft. Es wird wieder funktionieren. Es kann einfach nicht anders.«

Es kann nicht anders, klang es in Caesar nach, als er den kurzen Weg von Rom nach Ostia zurücklegte, wo sein Schiff wartete. Das ist die Wahrheit. Meine Seele mag verwundet sein bis ins Mark, aber mein Geist ist intakt. Es gilt neue Taten zu vollbringen, neue Menschen zu treffen, neue Länder zu erforschen – und kein Lucullus weit und breit! Ich werde überleben.